文心雕龍枝箋

龔鵬程題耑

漢籍合璧 總編纂 鄭傑文

漢籍合璧精華編 主編 王承略 聶濟冬

国家出版基金项目
NATIONAL PUBLICATION FOUNDATION

文心雕龍校箋

［梁］劉　勰　撰

王術臻　校箋

上

漢籍合璧精華編

學術顧問（按齒序排列）：

　　程抱一（法國）　袁行霈　項　楚　安平秋　池田知久（日本）
　　柯馬丁（美國）

編纂委員會（按姓氏筆畫排列）：

主　任：　詹福瑞

委　員：　王承略　王培源　王國良　吕　健　杜澤遜　李　浩　吴振武
　　　　　何朝暉　林慶彰　尚永亮　郝潤華　陳引馳　陳廣宏　孫　曉
　　　　　張西平　張伯偉　黄仕忠　朝戈金　單承彬　傅道彬　鄭傑文
　　　　　蔣茂凝　劉　石　劉心明　劉玉才　劉躍進　閆純德　閻國棟
　　　　　韓高年　聶濟冬　顧　青

總　編　纂：
　　　　　鄭傑文

主　　編：
　　　　　王承略　聶濟冬

本書編纂：
　　　　　辛智慧　李　兵　林　相　段潔文

本書審稿專家：
　　　　　馮春田　唐子恒

國家重點文化工程"全球漢籍合璧工程"成果

前　言

　　中華優秀傳統文化是中華民族寶貴的精神財富。古籍是中華優秀傳統文化的載體，凝聚了古人的智慧，承載了中華民族在人類發展史上的貢獻。古籍整理，是一種傳承、發展中華優秀傳統文化精髓的基礎研究，是一項事關賡續中華文脈、弘揚民族精神、建設文化强國、助力民族復興的重要工作。古籍整理研究雖面對古籍，但要立足當下，把握時代脈搏，將傳統與現實緊密結合，激活古籍的生命力，推動中華文明創造性轉化和創新性發展。

　　山東大學向來以文史見長，在古籍整理研究方面成就斐然。從 2010 年開始，承擔了國家社科基金重大委托項目“子海整理與研究”，遴選先秦至清代的子部書籍中的精華部分進行影印複製和整理研究，已取得了豐碩的成果。自 2018 年始，山東大學在已有的古籍整理成功經驗的基礎上，又承擔了國家重點文化工程——“全球漢籍合璧工程”，主要是對海外存藏的珍本古籍複製影印和整理研究，旨在爲海内外從事古代文、史、哲、藝術、科技專業研究的學者提供新的資料和可信、可靠的研究文本。“漢籍合璧工程”共有四個組成部分，即“目録編、珍本編”“精華編”“研究編”和數據庫。其中，“精華編”是對海外存藏、國内缺藏且有學術價值的珍本古籍進行規範的整理研究。在課題設計上，進行了充分的調查分析和清晰定位，防止低水準重複。從選題、整理、編輯各環節中，始終堅持精品意識，嚴格把握學術品質。“漢籍合璧精華編”的整理研究團隊由近 150 人組成，集合了海内外 30 多所高校和研究機構的古文獻研究者，整理研究力量較爲强大。我們力求整理成果具有資料性、學術性、研究性、高品質的學術特色，以期能爲海内外學者和文史愛好者提供堅實的、方便閲讀的整理文本。

　　“漢籍合璧精華編”採用五次校審、遞進推動的管理模式。一、整理者提交文稿後，初審全稿。編纂團隊根據書稿的完成情況，判斷書稿的整體整理質量,做出退改或進入下一步編輯程序的判斷。二、通校全稿。進入編輯程序的書稿,編纂團隊調整格式,規範文字,初步挑出校點中顯見的不妥之處。三、匿名評審。聘請資深專家通審全稿,全面進行學術把關,盡力消滅硬傷,寫出詳盡的審稿意見。四、修改文稿。專家審稿意見及時反饋給整理者,整理者根據審稿意見修改,完成新文稿。五、終審文稿。待新文稿返回後,主編作最後的質量把關。五步程序完成後,將文稿交付出版。

　　五次校審的目的是爲了保證學術質量,提高整理水準,減少訛誤和硬傷。但校書如掃塵埃落葉,"漢籍合璧精華編"儘管經多道程序嚴加把關,仍難免有錯,懇請方家不吝指教。"漢籍合璧精華編"編纂團隊將及時總結經驗,吸取教訓,把工作做得更好,以實現課題設計的初衷。

序

　　術臻在北大讀研和讀博的七年間，做的是宋元詩學研究，博士論文《滄浪詩話研究》縱橫博辨，新見疊出，給我留下了很深的印象。二〇一〇年他到青島大學任教以後，研究興趣就轉到了六朝，尤其是致力於《文心雕龍》版本研究和文本校勘，經過十一年的不懈努力，終於取得了豐碩的成果。現在他把《文心雕龍校箋》書稿發給我，囑我作序，我爲他能取得這樣的成就而感到分外高興，願爲此書做一推介。

　　《文心雕龍》一書自産生以後，歷經傳抄翻刻，出現了很多文字問題，到明代萬曆年間，人們已經感到此書板既漫滅，訛誤又多，幾不可讀，不得不加以校讎。萬曆三十七年刊刻的梅慶生《文心雕龍音注》，就是這個時期"龍學"研究的重要成果。到了清雍正、乾隆年間，北平黄叔琳又以梅氏音注本爲基礎，對《文心雕龍》重加校訂，乾隆六年由養素堂刊刻問世，這就是著名的《文心雕龍輯注》本。這個本子比明代諸本有很大的進步，可是其中仍然有許多文字問題没有得到解決，於是民國以後，又有許多學者以黄氏輯注爲基礎，重加校勘，其中成就最大的要數楊明照先生的《增訂文心雕龍校注》和王利器先生的《文心雕龍校證》，這兩個校本一直被"龍學"界奉爲圭臬。

　　可是楊、王兩先生的校勘現在看來仍然存在很多問題，兩家的校本不僅有版本使用的局限，而且誤校、漏校者實在不少，有待於後來者加以補正。術臻就是以這兩家爲基礎，使用新材料和新方法，對《文心雕龍》的文字進行重新校理。統觀《校箋》全書，我認爲無論是版本研究，還是文字校勘，都比舊校本有進步，有提高，所謂"前修未密，後出轉精"，此書是當之無愧的。

　　具體而言，此書有以下幾個方面頗值得稱道：

　　一是校勘實際使用的版本數量比舊校本增加了不少。術臻用十餘年時間，廣泛搜集《文心雕龍》版本，到過多家圖書館訪書，凡是有校勘價值的海内外各類版本基本都找到了。楊先生作《校注》實際使用的版本共三十八種,王先生作《校證》共使用二十八種,而《校箋》使用的版本達到了五十九種(主校本四十六種,參校本十三種),增補的這些版本當中,有些是近年來新發現的,有些則是首次用於校勘。另外,用於校勘的批校本和選本的數量也有所增加。

　　二是校勘使用的底本更加優秀。民國以來,學者們校勘《文心雕龍》都用黃氏養素堂本作底本,但他們都簡單地認爲養素堂本有原刻和覆刻的不同,致使其底本選用都不如人意。術臻經過仔細的考證,發現養素堂本實際上有初刻、改刻和覆刻三種不同的形態,初刻本與改刻本差異很大,覆刻本又五花八門,所以同稱養素堂本,卻有質量高下之別。《校箋》以國家圖書館藏清陳鱣藏養素堂本爲底本,等於是選用了一個正宗養素堂本,比前輩學者使用的底本更加可靠。

　　三是系統地梳理了版本源流。楊先生在叙錄《文心雕龍》版本時,對某些版本的源流間有揭示,但不系統,也不全面。《校箋》則首先區分了每類版本的不同形態,如元本分爲元至正本、馮班抄元本、黃丕烈傳録元本、倫明傳録元本,訓故本分爲十行本和九行本,梅本分爲初刻本、復校本、六次本、七次本,等等,然後以四十六種主校本爲考察對象,進行歸納比較,把《文心雕龍》版本發展演變分爲五期。這樣,《文心雕龍》文字系統的歷史承傳演變以及黃本的文字來源就一目了然了。

　　四是糾正舊校之失。前人對《文心雕龍》文字的校理,有許多精彩的見解,但也有很多值得商榷的地方,《校箋》不拘泥於成説,秉持求真的精神,對這些地方提出了新的解説。例如《誄碑》篇"其詳靡聞"之"詳",范文瀾、楊明照、張立齋、李曰剛等先生都認爲當從唐寫本作"詞",而《校箋》則認爲"聞其詳"乃古人常語,今本無誤,不應校改。又如《論説》篇"陰陽莫貳"之"貳",楊明照、王利器、李曰剛等先生都認爲當作"忒",訓差,而《校箋》則認爲"貳"字訓叛、違,正合文義,如果臆改作"忒",反而講不通。全書就是這樣重新審視舊説,把前人的誤校一一做了澄清。

　　五是補苴舊校之缺。例如《練字》篇"字靡異流"之"異",舊校一般祇引黃侃的臆説,認爲當作"易",而《校箋》則引文瀾閣四庫全書本,來證實此字作"易",原本是有版本依據的。又如本篇"聲畫昭精",諸家都不出校,《校箋》則認爲"昭精"連文,實爲不辭,"精"當從訓故本作"情"。全書補缺拾遺,較舊校本更加完善。

　　六是發現了今本《文心雕龍》的某些文字疑誤。劉勰此書歷經明清近代學人的不斷校勘，到現在似乎已經校無可校了，實則不然，術臻在這方面進行了艱苦的探究。例如《事類》篇"張子之文爲拙，然學問膚淺"，范文瀾先生認爲"然"字疑爲衍文，楊明照先生認爲"然"訓"乃"，非衍文，而《校箋》則認爲"然"字不誤，"爲"上疑有脫文，當補一"未"字，"未爲"訓"不可謂"，相當於口語"稱不上"、"算不上"。又如《練字》篇"臧否太半"之"臧否"，諸家不校，而《校箋》則認爲二字當易作"否臧"，訓不善、不用，指後漢學士於"複文隱訓"無法理解，所以有三分之二廢棄不用。這些發現和解説都是極有價值的，説明術臻對古典文學具有很高的感知能力，否則是不可能發現這些文本破綻的。

　　全書校正黄本字句訛誤，共計六百二十二處，其中《原道》篇至《書記》篇，校正四百〇七處，《神思》篇至《序志》篇，校正二百十五處。這些成就的取得，不是偶然的，是術臻長期辛勤努力的結果，同時也得利於他自身所具有的良好的小學素養。據我所知，術臻一向喜歡文字音韻訓詁之學，即使是入北大攻讀古文論碩士學位期間，也不忘選修漢語史專業的課程，重視小學根基，這是他自己對學者治學很獨特的理解。現在他把這種能力運用到古籍校勘中，使得他在處理複雜的文字問題時能夠游刃有餘，得出的結論是令人信服的。

　　版本研究和文本校勘無疑是"龍學"的基礎，楊明照先生在這方面做出了傑出的貢獻，堪稱《文心雕龍》版本校勘學第一人，他的最後一部著作《文心雕龍校注拾遺補正》出版於二〇〇一年，十一年以後，術臻又著手對《文心雕龍》進行重新校勘，試圖爲今人提供一個更加完善、更加可讀的本子。十餘年來，他心無旁鶩，孜孜矻矻，撰寫出這樣一部高水平的"龍學"力作，解決了很多糾纏不清的文字問題，爲正確地理解《文心雕龍》掃除了障礙。我相信，這部書的問世，必將推動"龍學"研究向新的階段發展。

盧永璘

二〇二三年八月二十九日

北京西二旗智學苑

目　録

整 理 説 明

　　梁代劉勰的《文心雕龍》，是中國文論史上的一部劃時代的著作，它籠罩群言，體大思精，集論文之大成，不僅是“述作之金科，文章之玉尺”（明顧起元語），而且具有重要的文化價值，通過此書，“可以探源經籍，而進窺天地之純，古人之大體”（清章學誠語），其成就是巨大的。

　　對於《文心雕龍》的研究，最早可以追溯到宋代辛處信作《文心雕龍注》。此後，經過明、清兩朝，一直到民國、現代，學者們不斷地對它進行校勘、注釋、批點、評論、翻譯，研究隊伍越來越壯大，著述越來越豐厚，①逐漸形成了一門專門的學問。現從幾個方面對此書及其作者略作介紹和闡述。

一、劉勰的生平、思想

　　劉勰，字彥和，生卒年不可確考。其生年最早可推至宋武帝大明七年（四六三），其卒年當在梁武帝普通元年（五二〇）之後，②一生歷宋、齊、梁三世。

---

　　① 據戚良德《百年“龍學”探究》一書（上海古籍出版社，二〇一九年版），僅民國至二〇一七年的海内外“龍學”專著即達七三七部。

　　② 劉勰的確切生卒年，衆説紛紜，疑不能明。范文瀾《文心雕龍注》推定劉勰生於宋明帝泰始初（四六六年左右），卒於梁武帝普通元、二年（五二〇、五二一）。陸侃如《劉勰年表》（見牟世金《劉勰年譜彙考》）推定劉勰生於宋泰始元年（四六五），卒於梁普通二年（五二一）。楊明照《增訂文心雕龍校注》推定劉勰生於宋泰始二、三年（四六六、四六七）間，卒於梁大同四、五年（五三八、五三九）間。李曰剛《梁劉彥和年譜》（見《文心雕龍斠詮》）推定劉勰生於宋泰始六年（四七〇），卒於梁大同五年（五三九）。王更生《梁劉彥和先生年譜》（見《文心雕龍研究》）推定劉勰生於宋武帝大明八年（四六四），卒於梁普通二年（五二一）。李慶甲《劉勰卒年考》（《文學評論叢刊》第一輯，中國社會科學出版社一九七八年版）推定劉勰約生於宋泰始元年（四六五）左右，卒於梁中大通四年（五三二）。牟世金《劉勰年譜彙考》推定劉勰生於宋泰始三年（四六七），卒於梁普通三年（五二二）。曹道衡、沈玉成《劉勰卒年問題的再探討》（《古籍整理與研究》第五期，中華書局一九九〇年版）推斷劉勰卒於梁大同二、三年（五三六、五三七）。周紹恒《〈文心雕龍〉成書於梁代新證續篇》和《劉勰卒年及北歸問題辨》兩文，考定劉勰可能生於宋大明七年（四六三），卒於梁普通五年（五二四），見《文心雕龍散論及其他（修訂本）》，學苑出版社，二〇〇四年版。

祖籍東莞郡莒縣(今山東莒縣)，①晉永嘉喪亂時，劉勰的祖先南奔渡江，定居於南朝重鎮京口(今江蘇鎮江)。

　　關於劉勰的家世，楊明照、李曰剛和牟世金三位先生曾整合有關史料，分別製有東莞劉氏世系表，②對於了解劉勰的身世、思想大有助益。現以此爲基礎，結合鎮江博物館收藏的齊永明五年劉岱墓志石刻，並參照周紹恒先生的有關考證，③將劉氏世系重新整理於下。

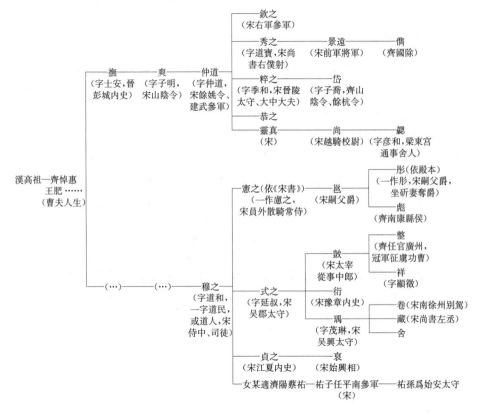

　　①　東莞、莒，屬古琅邪。據《漢書・地理志》，秦置徐州琅邪郡，屬五十一縣，中有東莞。據《後漢書・郡國志三》，徐州刺史部琅邪國，屬十三城，中有東莞、莒。東漢末，設東莞郡，三國、晉時屢有分合。據《宋書・州郡一》，劉宋時期，東莞郡屬徐州，轄莒、諸、東莞三縣。

　　②　楊先生使用的史料爲：《宋書》穆之、劉秀之、海陵王休茂三傳，《南齊書》劉祥、徐孝嗣兩傳，《文選・任昉〈奏彈劉整文〉》及《劉岱墓志》(《文物》一九七七年第六期)，其表見《增訂文心雕龍校注》之《梁書劉勰傳箋注》。李先生的表見於《文心雕龍斠詮》附錄五，牟先生的表見《劉勰年譜彙考》後附。

　　③　見《〈梁書劉勰傳箋注〉將兩個劉整誤爲一人》，收入《〈文心雕龍〉散論及其他》，學苑出版社，二○○○年版。周先生認爲楊、李表中的"劉寅"非東莞劉整之兄，當删，今從之。

　　關於東莞劉氏的門第以及劉勰的出身問題,學術界有不同的看法。王伊同先生將東莞劉氏定爲士族,列入高門權門,他認爲顔延之之妹適東莞劉穆之之子劉憲(一作慮)之,何承天之女適東莞劉秀之,都屬於"名族相婚";他在叙述"甲族起家不一途"時,將劉勰天監初起家奉朝請列於其中。①潘重規先生認爲"六朝建碑,極爲當世所重,而撰制碑文,必擇能文碩學之士",六朝以來碑文作者,均出於名門望族,如沈約、陸倕、何胤、王筠、蕭繹等皆是,所以劉勰也當是以士族身份爲名僧撰寫碑文。②王元化先生認爲:"劉勰並不是出身於代表身份性大地主階級的士族,而是出身於家道中落的貧寒庶族。"③很多學者響應此説,而周紹恒先生對王先生的論據和結論一一進行了反駁,認爲"東莞劉氏當屬於高門士族"。④

　　由以上劉氏族譜可知,東莞劉氏自宋迄齊,連續五代爲官,而且有官至一品、位列三公者。如劉穆之爲劉裕所用後,曾任尚書左僕射、前將軍等,死後贈侍中、司徒,封南康郡公,邑三千户,謚文宣公,配食高祖廟。劉秀之官丹陽尹、尚書右僕射(尚書令、僕相當於宰相之職),⑤宋大明年間出爲使持節、散騎常侍、都督雍梁南北秦四州之竟陵隨二郡諸軍事、安北將軍、寧蠻校尉、雍州刺史,死後贈侍中、司空,持節、都督、刺史、校尉如故,封邑千户,謚忠成公。即如劉勰的父親劉尚,任官越騎校尉,此官爲四品,⑥在郡國太守(五品)之上,也非小官。可見東莞劉氏雖然稱不上膏腴大族,但已滿足成爲士族的條件。⑦至於《南齊書・劉祥傳》記載褚淵罵劉祥"寒士不遜",此"寒士"乃一蔑稱,内涵與"寒人"不同。唐長孺先生説:"東晉南朝自稱或被稱爲'寒士'的,有的是自謙,有的是有意貶低,而大都是先代官位不顯的士人,或者士族中的衰微房分,最

　　① 見《五朝門第》,中華書局,二〇〇六年版,第五二、二一五頁。

　　② 見《劉勰文藝思想以佛學爲根柢辨》,收入曹順慶編《文心同雕集》,成都出版社,一九九〇年版。

　　③ 見《劉勰身世與士庶區别問題》,《中華文史論叢》一九七九年第一輯。

　　④ 見《劉勰出身庶族説獻疑》,《懷化師專學報》一九八九年第一期。

　　⑤ 據萬斯同《宋將相大臣年表》(見《二十五史補編》第三册,開明書店,一九三六年版),劉宋六十年中,宰相(尚書令、僕射)共三十七人,劉秀之即在其中。

　　⑥ 據《宋書・百官志下》。

　　⑦ 毛漢光據《魏書・官氏志》,認爲"凡稱士族需合於二大條件,其一,累官三世以上,其二,任官需達五品以上者"(見《中國中古社會史論》,上海書店出版社,二〇〇二年版,第三七頁)。東莞劉氏顯然已達到成爲士族的條件。

基本的一點，他們仍是士人，不是寒人。這一點往往易被忽視。"①毛漢光先生認爲："在魏晉南北朝時，常有大士族稱次級士族爲'寒族'、'寒門'，這是相對的稱呼，其實次級士族也是士族。"②萬繩楠先生認爲："士族在經濟政治上失勢，便被稱爲'寒士'。"③例如褚淵也曾怒罵謝超宗"寒士不遜"，而謝超宗乃陳郡謝氏，屬於高門士族。④

當然，東莞劉氏至蕭齊時，已是官位不顯，逐漸衰微。因此祝總斌先生認爲劉穆之"大體上應是低級士族"，並將劉秀之劃歸次門士族。⑤唐長孺先生則斷言："劉祥，東莞莒人，劉宋開國元功劉穆之的曾孫，這一家雖亦列於士族，卻非高門。"⑥另外，劉勰的堂叔劉岱（劉粹之之子），在齊永明年間任山陰令時，受太守牽連而被貶爲餘杭縣令，此事在其墓志銘中被描述爲"白衣監餘杭縣"，而以白衣領職視事，是朝廷給予士族的一種特殊懲罰方式。⑦

如此看來，認爲劉勰出身士族當無問題，其祖父劉靈真無官位，自己"家貧"，終齊之世不獲一官，祇能說明他這一房分趨於衰落，卻不能被認爲是庶人、寒人。⑧

東莞劉氏一系人物與瑯邪王氏、陳郡謝氏等高門大族相比，缺乏一般南朝士族所具有的風流意趣，卻頗能表現出不尚虛玄浮華、注重經世實幹的家風。例如劉穆之一生主要的事迹是輔佐劉裕建國，表現出卓越的政治才幹和處理政務的能力；劉秀之"野率無風采"，卻"善於爲政"。⑨其餘劉氏人物雖各有性情特點，但都不以文采風流見長。但是劉穆之"少好《書》《傳》，博覽多通"，說明其學術是以儒學爲主，而兼及百家；在文學方面，雖然劉穆之政務之餘，喜歡

---

① 見《魏晉南北朝史論拾遺》，中華書局，一九八三年版，第二五三頁。
② 見《中國中古社會史論》，上海書店出版社，二〇〇二年版，第三七頁。
③ 見《魏晉南北朝史論稿》，安徽教育出版社，一九八三年版，第二三二頁。
④ 見《南史·謝靈運傳附謝超宗傳》。
⑤ 見《材不材齋史學叢稿》，中華書局，二〇〇九年版，第二九一、一八七頁。
⑥ 見《魏晉南北朝史論拾遺》，中華書局，一九八三年版，第二五六頁。
⑦ 見連小剛《劉岱墓志銘述略》，《鎮江高專學報》二〇一五年第一期。
⑧ 東晉南朝身爲士族而陷入家貧境地的並不鮮見。如東晉郗鑒是漢獻帝御史大夫郗慮的玄孫，郗慮是經學大師鄭玄的弟子，屬於東漢以來的儒學舊族人物，然而郗氏家族在兩晉間仕宦並不顯達，《晉書·郗鑒傳》記載郗鑒"博覽經籍"，"以儒雅稱"，不改郗氏家風，但他"少孤貧"，"躬耕隴畝"。又如《南史·江夷傳附江湛傳》記載出身士族的江湛家"甚貧"，《王韶之傳》記載出身高門士族的王韶之曾"三日絕糧"。
⑨ 見《宋書·劉秀之傳》。

“尋覽篇章，校定墳籍”，但其主要的才華則是“便尺牘”，①説明劉穆之雖然喜歡文學，注重的卻是文學的實際應用價值，他將文學與軍國政教緊密結合，是儒家文以經國思想的實踐者。

東莞劉氏歷史上出現了像劉穆之這樣的協助劉裕建國的佐命元勛，這無形中會對劉勰産生精神上的感召力量，也會影響他對文學功用的判斷，劉勰的文論思想中貫徹着强烈的實用主義，是有其家族精神淵源的。

再者，從劉勰的祖籍及祖先的命名特點看（之、道、寳、靈、真、和、道民、道人），莒縣劉氏當爲天師道奉道世家，②這一家族信仰也對劉勰的思想觀念産生了深刻的影響。③例如他在寫作《文心雕龍》時，首先確立“本乎道，師乎聖，體乎經”的大綱，這實際上是采用了道教“道經師”三寳的講法；④他討論文的起源，乃上追《河圖》《洛書》、玉版金鏤、丹文緑牒等“天文”，實際上是本於道教的“本文”説；他討論文學，卻不忘在書中專設《養氣》一篇，從衛氣養生的角度，討論養氣與寫作的關係，並直接使用了“胎息”這一道教術語。這些都表明劉勰的思想觀念中具有深厚的道門文字教的底蘊。另外，劉勰有意識地運用《周易》大衍之數的原理來架構全書，把緯書放在“文之樞紐”的位置，截取稷下學派鄒奭的稱號“雕龍”二字作爲書名，等等，都表明劉勰對《易》、緯、陰陽學均抱有濃厚的興趣。

劉勰早孤，篤志好學。成年之後，由於家境清貧，他没有婚娶，而是托身於

① 見《宋書·劉穆之傳》。

② 琅邪是太平道的發源地，晉時此地已普遍信奉天師道。陳寅恪先生在《天師道與濱海地區之關係》中説：“六朝人最重家諱，而‘之’、‘道’等字則在不避之列，所以然之故雖不能詳知，要是與宗教信仰有關。”其《崔浩與寇謙之》一文又云，六朝時天師道信徒以“之”字命名者甚多，如琅邪王羲之、王獻之父子同以“之”字命名而不以爲嫌犯。

③ 關於劉勰與天師道的關係問題，早在二十世紀八十年代就引起了學者們的關注。如一九八一年季羨林先生在給王元化先生的信中説：“講到劉勰身世……我忽然想到陳寅恪先生在幾篇文章中都談到天師道的問題。看到劉勰家世好像也信奉天師道。劉穆之、劉秀之，兩輩都用‘之’字排行，與王羲之家及其他許多家相似。天師道對劉勰的思想是否也有關係？頗值得探討。”王元化先生也認爲：“天師道問題確實值得研究，它不僅關係到劉勰的家世，而且也關係到劉勰的思想。……希望這一問題可以得到注意。”（王元化《文心雕龍創作論》第二版跋，此跋作於一九八三年。又見於《文心雕龍講疏》，上海古籍出版社，一九九二年版）具體論證可參見：漆緒邦《劉勰的天師道世家及其對劉勰思想與〈文心雕龍〉的影響》，《北京社會科學》一九九五年第二期；汪師春泓《論劉勰思想中的道教因素——從〈異苑〉兩條材料談起》，《武漢大學學報（人文科學版）》二〇一一年第二期；龔師鵬程《文心雕龍講記》第二講，廣西師範大學出版社，二〇二一年版。

④ 《道教義樞·三寳義》：“一者道寳，二者太上經寳，三者大法師寳。”

鍾山上定林寺，追隨當時的高僧僧祐，在那裏生活了十多年。這期間，劉勰不僅博通經、律二藏，而且對寺中佛教典籍進行了類分、序録。定林寺這段生活，無疑使劉勰加强了自身的佛學修養，而且也有可能使他得以藉助僧祐的特殊地位而初步接觸了蕭子良、蕭宏、蕭偉等王侯。不過，終齊之世劉勰未獲一官，直到梁武帝天監初年，才起家奉朝請。大約在天監三年（五〇四）正月以後，劉勰被中軍臨川王蕭宏引兼記室，正式進入仕途。大約在天監十年（五一一）以前，劉勰又擔任仁威南康王蕭績的記室。

關於"記室"一職，晉干寶説："記室主書儀，凡有表章雜記之書，掌創其草。"①劉宋孔覬説："記室之局，實惟華要，自非文行秀敏，莫或居之。"又説："夫以記室之要，宜須通才敏思，加性情勤密者。覬學不綜貫，性又疏惰，何可以屬知祕記，秉筆文闈？"②可知任記室者，不僅需要熟練駕馭文字的能力，還必須具備廣博深厚的學識（尤其是禮儀制度）、敏捷的應對能力以及嚴謹務實的性格。劉勰一生兩度擔任記室，説明他不僅具有卓越的文學才華，而且具備相當高的處理有關軍國事務的能力，因此他出任太末令，③能够做到"政有清績"。另一方面，劉勰長期擔任記室，從事章表奏記等公文寫作，又是在實踐他的實用主義文學主張，其《雕龍》一書采取了"文"、"筆"並重的立場，上篇論"筆"的部分，把幾乎所有的應用文體都列入他的文學討論範圍，很能體現劉勰經世致用的文學觀念。

劉勰做蕭績記室時，又兼東宮通事舍人，進入了最高政治集團的圈子，達到了他一生參與政治運作的巔峰。身處政教樞要——東宮的劉勰，其才能的施展主要是在兩個方面，一是文學，二是禮學。

太子蕭統同梁武帝一樣熱衷於文學。他在東宮引納才學之士，討論篇籍，商榷古今，又從事文章著述，文學之盛，度越前世。梁代帝王對文學的提倡、獎掖，給文士們打開了進身之路。《梁書》本傳説劉勰"爲文長於佛理，京師寺塔及名僧碑誌，必請勰製文"，④可知劉勰的確是當代一流的寫作能手。身處文

---

① 見《北堂書鈔》六九引《司徒儀》。

② 見《宋書·孔覬傳》。

③ 太末縣治，在今浙江省龍游縣（屬衢州市）。

④ 《高僧傳·超辯傳》説超辯於齊永明十年終於山寺，"東莞劉勰製文"；《高僧傳·僧祐傳》説僧祐於天監十七年卒於建初寺，"東莞劉勰製文"；又，劉勰於天監十五年爲建安王蕭偉製《造剡山石城寺像碑》，都可證明劉勰在齊梁兩朝的文學聲望之高。

學崇拜的文化氛圍中，擅長文學的劉勰能夠成爲東宮文士集團的一員，並深受太子蕭統賞識，也是必然的。

　　劉勰之所以能夠爲太子蕭統所接納，除了他出色的文學才華之外，還有一個原因，那就是劉勰所具有的禮學修養。天監十六年（五一七），梁武帝下詔去宗廟犧牲，改用蔬果。定林寺僧祐等上啓，“請丹陽、琅琊二郡水陸，並不得蒐捕”，江蒨、王述、謝幾卿、周捨等對此進行了參議。大約在天監十七年（五一八）以後，劉勰又上表，主張二郊農社與七廟同改，梁武帝下詔交付尚書參議，最後劉勰的建議爲朝廷所采納。參與朝臣議禮，是劉勰一生中所做的一件大事，因爲他實際參與了朝廷禮樂建設大業，一定程度上實現了他的“立功”夢想。

　　齊、梁兩朝禮學大盛，成爲一時顯學。早在齊武帝永明二年（四八四），朝廷即著手制定禮樂，由王儉總其事，撰治五禮；梁武帝天監初年，朝廷又先後命何佟之、伏暅、沈約、張充、徐勉、周捨等主其事，繼續修撰五禮，到天監十一年（五一二）五禮全部修畢，前後歷時二十餘年。而參與禮樂建設正是劉勰的人生志向。劉勰自稱：“齒在逾立，嘗夜夢執丹漆之禮器，隨仲尼而南行。”（《序志》）實則是借用夢境這一傳統方式而自明其志，也就是自己對“禮樂”政教的嚮往。從崇禮到議禮，這兩個事實觸及了劉勰除道教、文翰、佛學之外的另一項素養——精於禮學，他是齊梁禮學的預流者。劉勰的孔子崇拜情結與禮樂建設理想，對他的文學觀念影響至深，這使得他把文士、文學與軍國禮義統合在一起，提出了一系列改革文風的思想。詳見下文論述。

　　大約在天監十八年（五一九）以後，劉勰受敕與慧震一起到定林寺修撰佛經。完成這一工作以後，他就上表朝廷，請求出家，並且預先燔燒鬚髮，用以堅定信心。待到梁武帝應允以後，劉勰就在寺中穿起僧衣，改名慧地，正式出家。不到一年，劉勰就去世了。除了《文心雕龍》之外，劉勰尚有文集行世，但早已散佚，《隋志》即未加著錄，現僅存《梁建安王造剡山石城寺像碑》和《滅惑論》兩篇。

　　縱觀劉勰一生，其思想觀念可謂複雜，其人生經歷可謂豐富。他出身道教世家，著書論文常使用道教術語，運用道教思想，卻又抨擊早期道教蠹民害國；[1]

---

[1]　見《滅惑論》。

他長期托身佛門，卻以孔子爲人生導師，崇拜儒家《五經》；他順應時勢風會，憑藉文學、禮學和佛學而進身，涉足佛門、王門和文場三大領域，經營、參議過政治、軍事和禮制等事務，整理文化典籍，爲名僧碑誌和寺塔製文，精心結撰論文著作，以成一家之學，在文化、文學領域建樹良多。這一切都表明劉勰成功地實踐了儒家的"三不朽"思想。

二、《文心雕龍》的成書

劉勰在文化上的重要貢獻之一，是他作了《文心雕龍》這部書。《梁書》把劉勰與到沆、丘遲、何遜、鍾嶸、吳均、劉峻、王籍、劉杳等二十四人列入"文學"列傳，正是依據劉勰在"文義"上的成就。

劉勰作《雕龍》一事，《梁書》本傳有較爲詳細的記載："初，勰撰《文心雕龍》五十篇，論古今文體，引而次之。其《序》曰……既成，未爲時流所稱。勰自重其文，欲取定於沈約。約時貴盛，無由自達，乃負其書，候約出，干之於車前，狀若貨鬻者。約便命取讀，大重之，謂爲深得文理，常陳諸几案。"

關於《雕龍》的寫作時間，史無確切記載，清人始考訂此書作於齊代。最先持齊代説的是紀昀："據《時序》篇，此書實成於齊代，今題曰'梁'，蓋後人所追題，猶《玉臺新詠》成於梁而今本題陳徐陵耳。"①《四庫全書總目提要》所述與此略同。又，郝懿行説："劉氏此書，蓋撰於蕭齊之世，觀《時序》篇可見。"②顧廣圻説："此所題非也。《時序》篇有'暨皇齊馭寶，運集休明'，是彥和此書作於齊世。"③

劉毓崧對此曾作專門考證，推定《雕龍》當作於齊和帝時期。他從此書《時序》篇得出三證：一是，全書所述，從唐虞到劉宋，都祇舉其代名，唯獨於"齊"上特加一"皇"字；二是，魏晉之主，稱謚號而不稱廟號，唯獨對齊之四主稱"祖"稱"宗"（祇有文帝以身後追尊，稱"帝"）；三是，歷朝君臣之文，有褒有貶，唯獨對齊則竭力頌美，絕無規過之詞。④楊明照先生進而補充説："《明詩》《通變》《指瑕》《才略》四篇，所評皆至宋而止，於齊世作者則未涉及，亦其旁證。"⑤齊末説

---

①　見芸香堂本《文心雕龍輯註》，卷一首葉"梁劉勰撰"眉批。
②　見吉林大學圖書館藏郝懿行批校思賢講舍本《文心雕龍輯註》，卷首《南史》本傳"初，勰撰《文心雕龍》五十篇"句眉批。
③　見浙江大學圖書館藏顧廣圻黃丕烈合校《文心雕龍輯註》，卷一首葉"梁劉勰撰"眉批。
④　見《通義堂文集》十四《書〈文心雕龍〉後》。
⑤　見《增訂文心雕龍校注》之《梁書劉勰傳箋注》。

影響很大，幾成定論。

但也有不少人認爲《雕龍》作於或成於梁代。如《太平御覽》六〇一引此文作："劉勰，字彦和，自齊入梁，撰《文心雕龍》五十篇，論古今文體。其《序》略云：予齒在逾立……"《御覽》用"自齊入梁"取代《梁書》的"初"字，似是認爲《雕龍》乃劉勰入梁以後所作。近人李詳則認爲《雕龍》"作於齊代，告成於梁朝"，①章太炎先生説："彦和生當梁武之世，故《正緯》一篇亦間有迎合之意。"②也認爲此書作於梁代。劉汝霖《東晉南北朝學術編年》繫"劉勰撰《文心雕龍》"於"天監元年"，鈴木虎雄《沈約年譜》於"天監十年"下云："此書(《雕龍》)必成於梁初。"吉川忠夫也認爲此書作於梁代："在梁朝，沈約的文學名聲，大概是伴隨着其官位的上升而不能不更加提高。……劉勰爲了得到沈約的墨迹，打聽到其外出的機會，就好像正巧也去購物那樣地在沈約的車前拿出新作《文心雕龍》。"③楊明照先生曾一度主張此書作於齊代，而修訂於梁代："《時序》篇末'今聖歷方興，文思光被，海岳降神，才英秀發，馭飛龍於天衢，駕騏驥於萬里，經典禮章，跨周轢漢，唐虞之文，其鼎盛乎'十句，溢美已極，似非指齊之和帝，疑即特意修訂，專頌梁武帝。"④

自一九七九年以來，有不少學者撰文，對劉毓崧的齊末説提出質疑和反駁。

施助、廣信先生認爲，"皇"字未必祇能冠於當代，如梁大同十一年詔"皇王在昔"，此"皇"字是指黄帝時代。作者的結論是：《雕龍》的著述和成書年代不早於梁天監五年，不晚於天監十二年，是可以肯定的。⑤

葉晨暉先生認爲，劉勰用"皇齊"二字不足以證明此書作於齊代，如成於梁代的《南齊書·高帝紀》"史臣曰"有"皇齊所以集大命也"之説，"史臣"是梁代吏部尚書蕭子顯自稱，而《南齊書》的撰寫又經過奏請批准，具有官方色彩，可見梁人稱"皇齊"並不犯忌諱。作者推測，這可能與齊、梁兩朝皇族的特殊淵源

---

① 見《媿生叢録》二。
② 見《文心雕龍劄記》(甲種本)，錢玄同記録。
③ 見《六朝精神史研究》，江蘇人民出版社，二〇一〇年版，第一七三頁。
④ 見《梁書劉勰傳箋注》，《中華文史論叢》一九七九年第一輯。
⑤ 見《關於〈文心雕龍〉的著述和成書年代的探討》，《文學評論叢刊》第三輯，中國社會科學出版社，一九七九年版。

有關，齊、梁皇室同姓同宗，蕭衍常言"情同一家"，又說革代是"爲卿兄弟報仇"，要求蕭子恪兄弟"盡節報我"，①則梁武帝爲了爭取齊代貴族的支持，允許在著作中使用"皇齊"這一美稱也不難理解。②

夏志厚先生認爲，《雕龍》成書肯定是在天監六年蕭宏去中軍職務以前。③他否定齊末說的主要依據是，劉勰書中避梁武帝蕭衍的名諱，如《序志》篇用"大易"而不用"大衍"，對鄒衍、馮衍、王衍三人的稱謂都避免使用"衍"字。

周紹恒先生認爲，《雕龍》當成書於梁代。④其理由是：第一，晚於劉勰的宇文逌在後周稱晉爲"皇晉"，他在《庾信集序》中說："若夫有周之時，掌庾源其得姓；皇晉之代，大尉闡其宗譜。"⑤又，沈約在齊、梁之際稱宋爲"大宋"，《宋書·律志序》說："大宋受命，重啓邊隙。""大宋"與"皇宋"義同。這說明，並非祇有本朝人稱本朝時才會在代名前冠以"皇"字或"大"字。第二，對以故君主稱"祖"稱"宗"的著作並非都是成書於被稱君主所處的時代。如成書於齊梁時期的《宋書》有"高祖地非桓文"、"太祖幼年特秀"、"太宗因易隙之情"等說法，即是對前代君主稱"祖"稱"宗"的例子。第三，劉勰在書中有意識地避梁武帝之父蕭順之的偏諱"順"。如《哀弔》篇中的"蘇慎"本作"蘇順"，《誄碑》篇中唯獨稱蘇順的字"孝山"，《檄移》篇"訂信慎之心"的"信"字，《御覽》引作"順"，《詮賦》篇"順流而作"的"順"字，唐寫本、至正本作"循"，皆其證。但劉勰對齊和帝蕭寶融的偏諱卻不避忌。如《宗經》篇稱"大寶"，《指瑕》篇稱"寶玉"，《時序》篇

---

①　《梁書·蕭子恪傳》記載梁武帝在文德殿引見蕭子恪說："我政言江左以來，代謝必相誅戮，此是傷於和氣，所以國祚例不靈長。……齊、梁雖曰革代，義異往時，我與卿兄弟雖復絕服二世，宗屬未遠……齊業之初，亦是甘苦共嘗，腹心在我。……且建武屠滅卿門，致卿兄弟塗炭，我起義兵，非惟自雪門恥，亦是爲卿兄弟報仇。……我今爲卿報仇，且時代革異，望卿兄弟盡節報我耳。且我自藉喪亂，代明帝家天下耳，不取卿家天下。……卿是宗室，情義異佗，方坦然相期，卿無復懷自外之意。小待，自當知我寸心。"齊、梁王室關係可見一斑。

②　見《〈文心雕龍〉成書的時代問題》，《山西大學學報》一九七九年第三期。《〈文心雕龍·時序〉"海岳降神"句試釋》，《古代文學理論研究》第五輯，一九八一年。《〈時序〉篇末段齊帝廟號蠡測》，《古代文學理論研究》第七輯，一九八二年。

③　見《〈文心雕龍〉成書年代與劉勰思想淵源新考》，《古代文學理論研究》第十一輯，一九八六年。

④　周紹恒先生推斷具體成書時間爲天監三年。見《〈文心雕龍〉成書於齊代說質疑》，《懷化師專學報》一九八六年第一期。《〈文心雕龍〉成書於梁代新證》，《文心雕龍研究》第四輯，二〇〇〇年。

⑤　《文苑英華》六九九引。

稱“馭寶”；《宗經》篇云“昭明有融”，《詮賦》篇、《比興》篇均有“明而未融”句，等等，皆其證。第四，《指瑕》篇説：“而宋來才英，未之或改，舊染成俗，非一朝也。近代辭人，率多猜忌……”宋之後，劉勰不稱“今”而稱“近代”，可以推斷劉勰所處的時代應爲齊代之後的梁代。

賈樹新先生認爲，《雕龍》成書當在梁代，理由之一是劉勰在書中避梁武帝的名諱。[①]他指出，南齊共有七個帝王：高帝蕭道成、武帝蕭賾、鬱林王蕭昭業、海陵王蕭昭文、明帝蕭鸞、東昏侯蕭寶卷、和帝蕭寶融，這些帝王名諱的文字除“鸞”字外，都出現於《雕龍》中，而且象“寶”、“融”、“昭”等字的出現頻率還很高，足以證明《雕龍》對南齊各代帝王的名諱一律不避，而《雕龍》中應當用“衍”字的地方共有九處，卻都避開不用，可知劉勰在書中避梁武帝蕭衍的名諱是確鑿的事實。

上述論文舉出的各種證據，都很有道理，爲我們重新考證《雕龍》的寫作時間提供了重要綫索。我們認爲，從《雕龍》自身所提供的信息看，此書更符合梁初的時代文化特徵。理由有三：

第一，《時序》篇所謂的“今聖歷方興”，從語意脈絡看，應當與“暨皇齊馭寶”成對文，“今”字並非指齊代新皇帝即位，而是指新朝代帝王興起。《時序》篇説：“則黃唐淳而質……宋初訛而新。……今才穎之士，刻意學文，多略漢篇，師範宋集。”“今”字也指新朝代，用法與此同。因此，所謂的“經典禮章，跨周轢漢”，應當是贊美梁武帝天監年間的修定五禮事業。[②]

修撰五禮，始於齊武帝永明年間，但大功告成卻是在梁天監年間。徐勉在普通六年（五二五）上《修五禮表》説：“所定五禮，起齊永明三年……製作歷年，猶未克就，及文憲薨殂，遺文散逸，後又以事付國子祭酒何胤，經涉九載，猶復未畢。……永元中，孝嗣於此遇禍，又多零落。當時鳩斂所餘，權付尚書左丞

---

　　① 並推斷具體成書時間爲天監二年左右。見《關於〈文心雕龍〉的成書時間及劉勰生卒年的新探》，《四平師院學報》一九八〇年第三期。《劉勰避“衍”諱確鑿無疑》，《吉林師範大學學報》二〇〇五年第二期。《用紀昀避諱言論之矛評紀昀“書成於齊代”之盾》，《文學前沿》二〇〇八年第一期。

　　② 鍾嶸《詩品序》説：“方今皇帝，資生知之上才，體沈鬱之幽思，文麗日月，賞究天人，昔在貴游，已爲稱首，況八絃既奄，風靡雲蒸，抱玉者聯肩，握珠者踵武，固以瞰漢魏而不顧，吞晉宋於胸中，諒非農歌轅議敢致流別。”贊美當今皇帝之文采、當代人才之盛、文學度越前代，與劉勰所言“今聖歷方興”云云，如出一轍，故劉、鍾所謂的“今”應當都是指梁代。

蔡仲熊、驍騎將軍何佟之,共掌其事。時修禮局住在國子學中門外,東昏之代,頻有軍火,其所散失,又逾太半。"①可知至齊東昏侯時,所修五禮典籍已經大部分毀於戰火。齊和帝在永元三年(五〇一)三月即位於江陵,"遥廢東昏侯爲涪陵王",第二年(中興二年,五〇二)三月,住在姑蘇的齊和帝即禪位於梁王蕭衍。齊和帝稱帝後一直没有進入建康,且即位時間僅短短的一年,不太可能領導群臣創建劉勰所説的禮樂大備的業績。

五禮修成,是梁武帝時期君臣合作的一大功業。徐勉《修五禮表》説:"天監元年……詔旨云:'禮壞樂缺,故國異家殊,實宜以時修定,以爲永准。但頃之修撰,以情取人……所以歷年不就,有名無實。此既經國所先,外可議其人,人定,便即撰次。'於是尚書僕射沈約等參議,請五禮各置舊學士一人,人各自舉學士二人,相助抄撰。其中有疑者,依前漢石渠、後漢白虎,隨源以聞,請旨斷決。乃以舊學士右軍記室參軍明山賓掌吉禮,中軍騎兵參軍嚴植之掌凶禮,中軍田曹行參軍兼太常丞賀瑒掌賓禮,征虜記室參軍陸璉掌軍禮,右軍參軍司馬褧掌嘉禮,尚書左丞何佟之總參其事。……更使鎮軍將軍丹陽尹沈約、太常卿張充及臣三人同參厥務。……疑事既多,歲時又積,制旨裁斷……洪規盛範,冠絶百王,茂實英聲,方垂千載,寧孝宣之能擬,豈孝章之足云。"這場浩大的文化工程是由梁武帝牽頭並任總裁,由何佟之、伏暅、徐勉相繼總參其事,由明山賓、嚴植之、賀瑒、陸璉、司馬褧、繆昭等禮學大臣分任編撰,由沈約、徐勉、張充、周捨、庾於陵等擔任參議,歷時十一年方全面告成。

徐勉總結這次五禮修撰成果説:"《嘉禮儀注》以天監六年五月七日上尚書,合十有二秩,百一十六卷,五百三十六條。《軍禮儀注》以天監六年五月二十日上尚書,合十有七秩,一百三十三卷,五百四十五條。《賓禮儀注》以天監九年十月二十九日上尚書,合十有八秩,一百八十九卷,二百四十條。《吉禮儀注》以天監十一年十一月十日上尚書,合二十有六秩,二百二十四卷,一千五條。《凶禮儀注》以天監十一年十一月十七日上尚書,合四十有七秩,五百一十四卷,五千六百九十三條。大凡一百二十秩,一千一百七十六卷,八千一十九條。"可謂"經禮大備,政典載弘"(梁武帝下詔語)。從這些實績看,徐勉説梁代禮樂典章"冠絶百王","寧孝宣之能擬,豈孝章之足云",絶非浮誇之辭,因此,

---

① 見《梁書·徐勉傳》。

如認爲劉勰所謂的"經典禮章,跨周轢漢"的盛況指的是梁代,與歷史事實正相符合。劉勰討論文章功用時説:"五禮資之以成,六典因之致用。"(《序志》)就是主張文學應當服務於五禮的實踐。這種"文以經禮"思想的産生,正是由於受到梁初朝廷大張旗鼓地開展五禮修撰事業的激發。①

　　第二,《梁書》所説的劉勰負書干求沈約的時間,更像是發生在梁初。饒宗頤先生認爲,彦和負書干求沈約,必在梁武帝受禪之後;②吉川忠夫認爲沈約貴盛於梁代,劉勰干求沈約即在此時。③此説甚是。《梁書》説《雕龍》成書時,正值沈約"貴盛",但沈約的政治巔峰期是在梁初,而非齊代。蕭衍稱帝前,沈約與范雲一起屢次勸進,是輔佐蕭衍建立帝業的關鍵人物之一,如梁武帝評價沈、范二人之功勞説:"我起兵於今三年矣,功臣諸將,實有其勞,然成帝業者,乃卿二人也。"也正由於此,梁建國後,沈約的政治地位得到空前提升。《梁書》本傳對沈約在天監元年、二年的官職、履歷有詳細的記載:"梁臺建,爲散騎常侍、吏部尚書,兼右僕射。高祖受禪,爲尚書僕射,封建昌縣侯,邑千户,常侍如故。又拜約母謝爲建昌國太夫人。奉策之日,左僕射范雲等二十餘人咸來致拜,朝野以爲榮。俄遷尚書左僕射,常侍如故。尋兼領軍,加侍中。天監二年,遭母憂,輿駕親出臨弔,以約年衰,不宜致毁,遣中書舍人斷客節哭。起爲鎮軍將軍、丹陽尹,置佐史。服闋,遷侍中、右光禄大夫,領太子詹事,揚州大中正,奏尚書八條事,遷尚書令,侍中、詹事、中正如故。累表陳讓,改授尚書左僕射、領中書令、前將軍,置佐史,侍中如故。尋遷尚書令,領太子少傅。"因而《梁書·孫謙傳》才説"天監初,沈約、范雲當朝用事"。顯然,沈約在梁初的政治地位與影響要遠超齊代。

　　《雕龍》寫成以後,劉勰想藉助名流的鑒定和推薦來提升其身價,而他選中沈約作爲干求目標,應該是經過多方面考量的:一是,沈約在上層社會具有顯赫的政治地位,掌握提攜文士的權力;二是,沈約不僅是"當世辭宗",④而且還是文論大家,爲文士階層所普遍仰望;三是,沈約與劉勰同爲奉天師

---

①　周紹恒先生較早發現了《文心雕龍》與梁初修五禮之間的關係,他認爲劉勰撰寫《文心雕龍》的動機是受到梁武帝下詔修五禮的觸發。參見《〈文心雕龍〉成書於梁代新證續篇》,收入《文心雕龍散論及其他》(增訂本),學苑出版社,二〇〇四年版。

②　見《〈文心雕龍·聲律篇〉與鳩摩羅什〈通韻〉》,《中華文史論叢》一九八五年第三輯。

③　見《六朝精神史研究》,江蘇人民出版社,二〇一〇年版,第一七三頁。

④　見《梁書·王筠傳》。

道世家,①至少存在可以溝通的因緣和對話的基礎。除此之外,還有一個重要因素,那就是沈約是當時修撰五禮的核心人物,而劉勰的政治文化理想也正是要參與朝廷禮樂建設,他特意用此書來倡導"文以經禮",是對沈約修禮事業的回應。

第三,劉勰對讖緯的態度,應當是對梁初朝廷讖緯政策的一種反應。劉勰論文,先用五篇建立"文之樞紐":"本乎道,師乎聖,體乎經,酌乎緯,變乎《騷》。"而緯書即在其中,這是十分獨特的理念,個中原因值得仔細探究。

章太炎先生曾說:"彥和生當梁武之世,故《正緯》一篇亦間有迎合之意。"②指出了劉勰作《正緯》與當時政治氣候的關係,爲我們正確解讀此篇打開了一個新的突破口。《正緯》篇集中闡述了劉勰對讖緯的看法,可以從三個方面加以解讀:

首先,劉勰區分了圖讖緯書的"真"與"僞",認爲真正的圖録符讖是"昊天休命",是用以預示聖哲發達的祥瑞,不容否定和排斥。③這種講法,更像是爲"聖歷方興"的梁朝進行合法性辯護,因爲蕭衍建梁,就曾藉助讖緯製造輿論,如太史令蔣道秀向蕭衍陳天文圖讖六十四條,④沈約向蕭衍陳說"行中水,作天子"之讖,⑤陶弘景則"援引圖讖,數處皆成'梁'字,令弟子進之"。⑥

其次,劉勰以一種理性主義態度批判了後來讖緯的虛僞、譎怪,否定了伎數之士所宣揚的陰陽、災異等詭術,這一態度又與梁武帝即位後推行禁緯政策有關。《隋書·經籍志一》說:"至宋大明中,始禁圖讖。梁天監已後,又重其

---

① 沈約的高祖沈警是虔誠的道教徒。沈約《宋書·自序》說:"初,錢唐人杜子恭通靈有道術,東土豪家及京邑貴望並事之爲弟子,執在三之敬。警累世事道,亦敬事子恭。子恭死,門徒孫泰,泰弟子恩傳其業,警復事之。"沈約本人也奉道。《梁書·沈約傳》說:"及還,未至牀,而憑空頓於戶下,因病,夢齊和帝以劍斷其舌。召巫視之,巫言如夢。乃呼道士奏赤章於天,稱禪代之事不由己出。"赤章,是道家向天官禱告禳災的章本。《赤松子章曆》二引《太真科》說:"諸疾病,先上首狀章。不愈,即上解考章。不愈,上解先亡罪謫章。不愈,上遷達章。若沈沈,上卻殺收注章。若頓困,上解禍惡大章。"可知沈約終生沒有放棄天師信仰。

② 見《文心雕龍劄記》(甲種本)。

③ 祥瑞觀念與道教信仰本息息相關,劉勰從"瑞聖"角度接受圖讖,與他的天師道世家背景有關。劉敬叔《異苑》四說:"東莞劉穆之,字道和,小字道人,世居京口,隆安中,鳳凰集其庭,相人韋叟謂之曰:'子必協贊大猷。'"可見信仰天師道的東莞劉氏本有祥瑞觀念。

④ 見《梁書·武帝紀上》。

⑤ 見《梁書·沈約傳》。

⑥ 見《梁書·陶弘景傳》。

制。"考梁武帝禁緯的具體時間,當在天監三年。《廣弘明集·叙梁武帝捨事道法》説:"舊事老子,宗尚符圖,窮討根源,有同妄作。帝乃躬運神筆,下詔捨道。文曰:維天監三年四月八日……"歷代豪傑權要往往利用讖緯作爲攫取大寶的興論工具,但在他們取得政權之後,必然會反過來對讖緯加以禁絶,以鞏固其統治,梁武帝也不例外。《南史·阮孝緒傳》説:"武帝禁畜讖緯,孝緒兼有其書。或勸藏之,答曰:'昔劉德重淮南《秘要》,適爲更生之禍,杜瓊所謂不如不知,此言美矣。'客有求之,答曰:'己所不欲,豈可嫁禍於人?乃焚之。'"從阮孝緒的懼禍心態可以看出,梁武帝這一政策在當時的確産生了很大的震懾力,劉勰斥緯,不過是順應時風而已。

再次,劉勰斥緯的深層動機,在於試圖通過這一"辨僞"工作來維護儒家"經典"的理性及其經世功用,這與梁初推行的議禮制度有關。劉勰從現實功用的角度,對經與緯做了區分,認爲"經顯,聖訓也;緯隱,神教也",儒家五經代表理性主義,爲經世之本,而緯書祇是可遇不可求的天命顯現,其意義在於"瑞聖",而非"配經"。因而對於朝廷而言,經世治國祇需鑽灼儒家經典,所謂:"經足訓矣,緯何豫焉?"這種把緯書與經書剥離開來的主張,實際上是回應梁初盛行的依經議禮之事業。徐勉《修五禮表》説:"以禮儀深廣,記載殘缺,宜須博論,共盡其致……若有疑義,所掌學士當職先立議,通諮五禮舊學士及參知,各言同異,條牒啓聞,決之制旨。"對於禮典編撰中遇到的疑難問題,必須先由參議官進行集體討論,然後交由皇帝加以裁決,而群臣解決禮儀問題的惟一依據便是五經的明文。例如徐勉針對"時人間喪事,多不遵禮,朝終夕殯,相尚以速"的現象,曾上疏説:"《禮記·問喪》云:'三日而後斂者,以俟其生也;三日而不生,亦不生矣。'自頃以來,不遵斯制……傷情滅理,莫此爲大。……請自今士庶,宜悉依古,三日大斂。如有不奉,加以糾繩。"①就是依經文而定禮的典型做法。

綜上所述,劉毓崧提出的兩條重要證據都不能算作鐵證,尤其是對"皇齊"一詞用法的理解,應考慮到齊、梁兩朝皇族"同宗同姓"的特殊關係,不應當脱離具體的歷史背景,一概而論。《文心雕龍》是時代的産物,其中透露出的時代文化信息與梁天監時期更加貼合。

---

① 見《梁書·徐勉傳》。

三、《文心雕龍》的結構

劉勰把《文心雕龍》分成三個部分：一是"文之樞紐"論，共五篇。二是"上篇"，闡明文學的"綱領"，這一部分十篇"論文"，十篇"叙筆"，分門別類地討論了大約三十五種文體，每論一種文體，大都遵循推究起源、解釋名義、列舉代表作、總結寫作規範這樣四個步驟。三是"下篇"，討論文學的"毛目"，這一部分共二十五篇，包括文術論十九篇，文學史論一篇，物色論一篇，文才論一篇，鑒賞論一篇，文士論一篇，序言一篇。全書共五十篇，按照《周易》大衍之數的原理結構而成。

《雕龍》"體大思精"，不僅在當時罕有其匹，後世也少有繼承者，在中國文論史上顯得格外獨特，因而關於《雕龍》理論體系的建構方法問題也就自然成爲學者們探討的重點。

范文瀾先生認爲劉勰的文論體系的安排是建立在佛學基礎上的。他説："《釋藏》迹十釋慧遠《阿毗曇心序》：'《阿毗曇心》者，三藏之要頌，詠歌之微言，管統衆經，領其會宗，故作者以心爲名焉。……其人（法勝）以爲《阿毗曇經》源流廣大，難卒尋究，非贍智宏才，莫能畢綜。是以探其幽致，別撰斯部，始自界品，訖於問論，凡二百五十偈，以爲要解，號之曰心。'彦和精湛佛理，《文心》之作，科條分明，往古所無，自《書記》篇以上，即所謂界品也，《神思》篇以下，即所謂問論也，蓋采取釋書法式而爲之，故能科條明晰若此。"①從佛學角度解釋劉勰文論體系的成因，由范氏發其端，從者甚衆。②

龔師鵬程先生對此説提出質疑："這個推斷是完全不能成立的，因爲在方法上，持此意見者大概都是采用模擬法，但無共同基點的平行模擬，根本不具任何意義。現在卻更要用這樣模擬出來的結果，反過來證明一方受另一方影響，焉有是理？"③他認爲要説明《雕龍》的結構特徵的成因，必須結合劉勰所繼

---

① 見《文心雕龍注》之《序志》篇注。

② 如楊明照先生説："全書文理之密察，組織之謹嚴，似又與劉勰的'博通經論'有關，因爲他那嚴密細緻的思想方法，無疑是受了佛經著作的影響的。"（見《增訂文心雕龍校注·前言》，中華書局，二〇〇〇年版，第六頁）王夢鷗先生又進一步認爲，劉勰的文體論中的四條例（原始以表末，釋名以彰義，選文以定篇，敷理以舉統），"很可能是他先在定林寺爲僧祐編撰佛書總目所定的條例影響。因爲那總目是參照釋道安的《經錄》，分爲'撰緣起'、'詮名錄'、'總經序'、'述列傳'四部分"（見《文心雕龍：古典文學的奧秘》，海南出版社、三環出版社，一九九八年版，第二五頁）。

③ 《〈文心雕龍〉的價值與結構問題》，見《中國文學批評史論》，北京大學出版社，二〇〇八年版，第一一九、一二〇頁。

承的大傳統來考察，他根據《序志》篇"敷贊聖旨，莫若注經，而馬鄭諸儒，弘之已精。……於是搦筆和墨，乃始論文"的自述，點明了這個大傳統，即漢人釋訓經書的方法。漢人治經往往建立條例，如何休《公羊解詁序》説："略依胡毋生條例。"這種條例，也就是立法創制，漢晉之間甚多，如鄭衆《春秋左氏傳條例》、何休《春秋公羊條例》、杜預《春秋釋例》、劉寔《春秋條例》，等等。條例也體現於漢人的釋訓之學中，如《説文解字》是"方以類聚，物以群分，同條牽屬，共理相貫，雜而不越，據形系聯，引而申之，以究萬原，畢終於亥"，《釋名》是"撰天地、陰陽、四時、邦國、都鄙、車服、喪紀，下及民庶應用之器，論叙旨歸"，其他如《方言》《廣雅》《白虎通義》等，體例雖然各不相同，卻都是組織結構自成體系。漢人這個學術傳統對劉勰影響甚深，《總術》篇自言他論文的方法是"圓鑒區域，大判條例"，説明劉勰是依仿經學條例以作論文條例，可以説，《雕龍》的體系化寫作是漢人解經方法在文學批評領域中的一次移植。[①]

　　除了從佛學撰述和兩漢的經學傳統這兩個角度來解釋《雕龍》結構形態的成因之外，我們認爲還可以采用另外一個重要的視角對此加以觀照，那就是劉勰的道教信仰對其文論建構方式的深刻影響。

　　龔師鵬程先生在《文化符號學》一書中，闡述了中國道教的本質——以文字崇拜爲核心建構道教理論。該書《自序》中指出："中國人特有的道教，事實上是一種文字教。""（道教符字妙用）最能顯示我們對文字神奇力量的信仰……文字被視爲一切生成變化的樞紐和力量。故書寫文章，可以同時是一種文學活動，也是宗教行爲。"[②]該書第二章《以文字掌握世界：有字天書——中國宗教（道教）的性質和方法》中，對以上觀點展開進一步申説："這種文字崇拜，是把'道生一'解釋成氣化自然生出文字，而此文字又爲宇宙一切天地人之根本：是創生之本，也是原理之本。不能掌握這個根本，則宇宙便喪失了秩序，顛動不安，從此失去生機，人若離開了創生的原理，人也要銷毀死亡。這才是道教信仰真正的思想核心，道教以宇宙爲虛無，但虛無之中，因氣的作用，可以自然生化萬物……一旦氣化生物，天之日星、地之河岳、人之言動即共同表現爲'文'，《文心雕龍·原道》篇所謂'文之爲德也大矣，與天地並生者何哉？'把

---

①　參見《〈文心雕龍〉的價值與結構問題》，第一二〇至一二二頁。
②　《文化符號學》，上海人民出版社，二〇〇九年版，第十三頁。

這種觀念講得再清楚不過了。自然之道,顯現爲道之文,用道教的表達方式説,就是自然垂文,結氣成字,形成自然天書……這是中國固有的文字崇拜。"
"文字崇拜,可能仍是可以貫通整個道教思想的主綫。"①以上便是龔先生對道教信仰研究的總體結論。

龔先生拈出"文字崇拜"一語用以概括道教信仰的核心,並且舉出劉勰的"原道"論加以印證,爲解讀《雕龍》開出了新的方法——以道教爲切入點,解開劉勰設計的以"原道—徵聖—宗經"爲核心的樞紐論的奥秘。

劉勰論文學,有一個極爲顯著的特點,那就是將文學與宗教捆綁,將文學的誕生與功用深植於宗教氛圍中,以此來增强文學的神秘性,强化文學的尊嚴。換言之,劉勰大力尊崇文學,乃借用了道教的信仰體系,道教中的"道、經、師"三寶思想,被劉勰全盤移用於文學理論的建構之中,由道教的文字與經典崇拜衍生出文學上的經典崇拜,這就是劉勰"宗經"思想的淵源與要領。試分述之如下。

第一,道教的"真文"與劉勰的"道之文"。

《原道》篇首先提出文之"道"與文之"德"的概念,作爲劉勰哲學、宗教與文學觀念的基石。劉勰一則論"德"之文云:"文之爲德也,大矣!與天地並生者,何哉?"再則論"道"之文云:"日月疊璧,以垂麗天之象;山川焕綺,以鋪理地之形:此蓋道之文也。""辭之所以能鼓天下者,乃道之文也。"論"文"而牽涉"道"與"德",這是劉勰十分獨特的講法,對於理解其文學觀十分重要,它關係到對文學起源、文學本質、文學功用的認識,而對於三者關係的理解則需要藉助道教的理念。

道教的觀念中,常用"真文"來解釋道教教義和經典的起源,認爲:在天地之先,空洞之中,凝結成文,故此文可名爲真文、大洞真經、無無上真,等等。此真文又布核五方,故又可稱爲五篇靈文、五符、五靈符,等等,元始天尊曾以火煉之,故又名赤文,或赤書真文。

何爲"真文"? 龔師鵬程先生解釋説:"在道教中,此真文就是道,爲萬物之本體。蓋大道空洞,其顯相即是文。""洞真部本文類《元始無量度人上品妙經》卷一説:'上無復祖,唯道爲身。五文開廓,普植神靈,無文不光,無文不明,無

---

① 《文化符號學》,第一五〇頁。

文不立,無文不成,無文不度,無文不生.'即指此而言。故薛幽棲注曰:'真文之質,即道真之體爲文.'成玄英説得更明白:'真文之體,爲諸天之根本,妙氣自成,不復更有先祖也.'日月、天地、萬物均由此道體生成化度。另外,道又稱爲文,則是指其涵蓋了一切條理、紋理。""在道教的體系中,我們看到'文字—文學—文化'的一體性結構。文字,可以演爲文章,文章又通貫於道。""而在這一套哲學中,'道'無疑居於首出或核心的地位。可是道教之所謂道,與老莊又有不同,乃以'文'爲道之體及道之用者,所以説文字始爲道教信仰的核心。"①龔先生所謂的"真文就是道","大道空洞,其顯相即是文","'文'爲道之體及道之用",是對道教"文/道"關係所做的十分中肯的概括,换言之,"道"(真文)屬形而上性質,而具體的"文"屬形而下性質,具體的文是"真文"的顯相。

而道教的這一真文觀念恰好可以用來解釋劉勰提出的三個概念之間的内在聯繫。"文之爲德"之"文",並非具體的文,而是相當於道教的"真文",也就是"道",而"德"則是此"道"的具體顯相,它是由真文或道化生而來,劉勰把它稱爲"道之文"(劉勰不説"真文之文",而説"道之文",但内涵上兩者並無不同)。"文之爲德"之"文"與"道"俱屬形上性質,是一切具體的文得以生成的原理,而"德"則屬形下性質。由於道體廣大,無所不包,所以其表現形式的"德"也就廣大無邊,故曰"文之爲德也大矣"。劉勰將這一由"道"化生而來的"德"歸納爲三種類型:天文、地文、人文,而文字、文學、文化的展開皆屬於人文。這樣就解決了文學起源的問題:文學作爲"德",乃由形上之"道"化生而來,故此篇名曰:原道。

具體到人文的起源,劉勰説:"人文之元,肇自太極,幽贊神明,《易》象惟先,庖犧畫其始,仲尼翼其終。……若乃《河圖》孕乎八卦,《洛書》韞乎九疇,玉版金鏤之寶,丹文綠牒之華,誰其尸之? 亦神理而已。"他認爲人文開自《易》象,而《易》象來自《河圖》《洛書》,圖書精蘊又源自"神理"。"神理"生文,其實就是"自然"生文,所以劉勰又屢稱"自然":"心生而言立,言立而文明,自然之道也。""草木賁華,無待錦匠之奇:夫豈外飾,蓋自然耳。"自然,是神理、神明或道的屬性,四者俱屬形上層次。這仍是在闡明:文字—文學—文化作爲形下之文,皆原出於道。

---

① 《文化符號學》,第一六七頁,注釋十五。

第二,道教的五譯成世書與劉勰的聖人述作。

《徵聖》篇在《雕龍》中的地位比較特殊,前人曾有輕視之意,如清代李安民說:"後有《宗經》篇,此似可以不作。"①紀昀也説:"此篇卻是裝點門面,推到究極,仍是宗經。"②實則不然。《徵聖》篇講的究竟是什麽呢? 一言以蔽之,曰:聖人的述作能力,亦即"立言"的能力。

劉勰開篇即説:"夫作者曰聖,述者曰明。陶鑄性情,功在上哲,夫子文章,可得而聞,則聖人之情見乎辭矣。"有經典,就該有其創作者,這就必然牽涉寫作者的能力問題。這裏所謂的"陶鑄性情",與《原道》篇所謂的"雕琢情性,組織辭令",均指述作能力而言。③

何爲"述"?《原道》篇説:"玄聖創典,素王述訓,莫不原道心以敷章,研神理而設教。""道沿聖以垂文,聖因文以明道。"玄聖、素王都是闡述神理天道的"述者",天道不可見,須通過聖人來闡明,變成文辭化的經典,用作教化之本,這便是"聖人以神道設教"。可見,在高深莫測的"天道"與辭義彪炳的"經典"之間,"述者"承擔了橋梁中介的重要作用,天道難聞,如述者不作,則經典亦無由立。

因此,《徵聖》篇的主旨就是研究"述者"(聖人)使天道凝定成相的超凡的寫作能力:"《易》稱辨物正言,斷辭則備,《書》云辭尚體要,弗惟好異。故知正言所以立辨,體要所以成辭,辭成無好異之尤,辯立有斷辭之美。雖精義曲隱,無傷其正言;微辭婉晦,不害其體要。體要與微辭偕通,正言共精義並用,聖人之文章,亦可見也。"劉勰立足玄學中的"言意之辨"理論,反復稱頌述作者的正言立辨、體要成辭的高明智慧,認爲唯有具備此一"上哲"靈心,方能打造"銜華而佩實"的雅麗聖文,成功地將天道、聖心鎔鑄於其中,造就經典大體。

天道聖心由難聞難見,到可聞可見,這是述者的文化使命,而這一觀念其實也同樣源自道教中的神聖"作者"觀。《五譯成書品》説:"八明可以開聰,而五譯始成世書。一譯:玉字生於虛無之先,隱乎空洞之中,名大梵玉字,至赤明開圖,火鍊成文,爲赤書玉字,元始以大通神威之力,開廓五文而生神靈,宣緯演祕而成大法也。二譯:火鍊成文,赤書之後,字方一丈……焕耀太空,元始命

---

① 見乾隆四年李安民批點本旁批。
② 見芸香堂本《徵聖》篇眉批。
③ 將此兩句解作"培養教育人"者,誤。

天真皇人書其文，名八威龍文，亦曰諸天八會之書。三譯：元始天尊爲道法宗主，玉辰道君爲靈寶教主，撰此靈書五篇真文，三十二天玉字成經。……四譯：西王母下降，以此經法授漢武帝，……遂以筆書之，改天書玉字爲今文，……爲古今之法言也。五譯：自天真皇人，悉書其文，以爲正音，妙行真人撰集符書，大法修用，真定真人、郁羅真人、光妙真人，集三十六部真經符圖，爲中盟寶籙，以三十六部真經之文爲靈寶大法，因此流傳。……後世漸有神文。"從虛無空洞之中生出赤書玉字，世人難解，經過衆真人的釋譯，最後變成可以被世人識讀的經典。《一切道經音義妙門由起》也説："凡諸真經，皆結空成字，聖師出化，寫以施行。"真經必須經由聖師解釋其音義，方能流傳、施行。

對於道教中的這種經典生成過程的理念，龔師鵬程先生解釋説："這種神聖性作者觀，本來就具有'作而非作'的性質，寫作經典的人，並不以爲經典是他自己寫出來的，反而認爲是另有一個非自己的神秘力量實際寫出了經文，衹不過假手於自己而已，……經典之造作，系應機應運應緣而生，能獲知此一經典，也須有特殊的能力、運命或機緣。順着這個觀念再發展，則不僅一般先知及傳經人衹是個傳述者的角色，連教主仙聖也可能衹是傳述者，他們所説的經典，可能並非他們所'作'，天地之間，本有其書，他們衹是譯成世書，衹是'注書其字，解釋其音'罷了。"①傳述者必須有特殊的述作能力，亦即神聖性的一面，方能將天書真文譯成世書，這也就是劉勰所謂的"功在上哲"的意思。

第三，道教的經典垂教與劉勰的五經分教。

道教製造文字崇拜，其目的在於藉助經典對民衆進行教化。《洞玄靈寶三洞奉道科戒營始》卷二《寫經品》説："經者，聖人垂教，叙録流通，勸化諸天，出生衆聖。因經悟道，因悟成真，開度五億天人，教化三千國土，作登真之徑路，爲出世之因緣，萬古常行，三清永式。"經典就是聖人用以教化大衆的根本，一切文明皆由經典開出。又《玉清無極總真文昌大洞仙經》卷二説："文者，理也。……古者倉頡制字，依類象形。……如伏羲則《河圖》之文，以畫八卦，立三極之道也。……《度人經》云：'五文開廓，普植神靈。'……蓋丹天世界，文明之地，梵天所化，是爲南昌上宫。……是故天地之間，生成變化之道，莫大於此，故曰'開明三景，是爲天根，無文不光，無文不明，無文不立，無文不成，無文

---

① 《文化符號學》，第一四四頁。

不度,無文不生'等語,實基於此。……故文昌之在世者,乃教化之本源。"真文是一切的本源,能開出大千世界,而聖人則可由文以窺道,述作經典以教化世人。

在劉勰的文學理論體系裏,五經也是爲教化而設,所謂"經也者,恒久之至道,不刊之鴻教也","致化惟一,分教斯五"(《宗經》),聖人想要發揮事業,振作人文,就不能不通過五經,因爲五經是"神理"、"至道"的體現。《原道》篇説:"道心惟微,神理設教。"又説:"研神理而設教。"聖人在"龍圖獻體,龜書呈貌,天文斯觀"之後,必須"原道心以敷章",將神理天道敷寫成恒久不變的至道,作爲教化民衆的經典,用以炳燿仁孝之道。①

第四,道教的真文崇拜與劉勰的"宗經"。

在道教觀念裏,"經典"乃上天垂示的寶物,要想從中獲益,就必須以欽敬之心對它加以稱揚、禮贊。如《自然九天生神章經》説:"三洞自然飛玄之氣,結成靈文,……衆真欽奉,萬聖尊崇。"《太上靈寶洪福滅罪像名經》説:"如是三洞寶經,……天子崇之以聖化,公王敬之以太平,士庶恭而福佑,學士修而長生。若能稱揚禮唱,福被無邊,是故至心歸依信禮。"《洞玄靈寶三洞奉道科戒營始》卷二《寫經品》説:"凡有十二相,以造真經,……書寫精妙,紙墨鮮明,裝潢條軸,函笥藏舉,燒香禮拜,永劫供養,得福無量,不可思議。"《要修科儀戒律鈔》卷二説:"法橋既架,福岸可登,抄寫書治,於斯見矣。《本際經》云:若復有人,紙墨縑素,刻玉鐫金,抄寫素治,裝褫條軸,流通讀誦,宣布未聞,當知其人已入道分。……大戒云:抄寫經文,令人代代聰明,博聞妙賾。"簡言之,以各種形式對經典加以崇拜,是修道者的基本功課。

經典就是"真經"、"真文",就是傳達神理天道的"聖人之言",它是相對於浮假無義的"僞"書而言。晉代道安《二教論》的《明典真僞》説:"尋聖人設教,本爲招勸,天文大字,何所詮談。……斯皆語出凡心,不關聖口,豈是典經?"他把《黃庭經》《元陽經》《靈寶經》等諸道典都視爲出於凡愚之心的僞經,而唯有出自聖人之口的真經,纔是一切的原型,是真理,值得崇拜敬奉。這種經典崇拜意識,在劉勰那裏也有明顯的體現。劉勰的經典崇拜意識集中體現於《宗

---

① 另外,《徵聖》篇説:"先王聲教,布在方册。"《正緯》篇説:"經顯,世訓也,緯隱,神教也。"都可以説明劉勰對於五經"人文化成"功用的認識。

經》篇。此篇劉勰從三個方面來樹立五經的典範地位,頌揚五經的偉大:

首先,經典是"三極彝訓"——五經義理的深厚博大。劉勰説:"三極彝訓,其書曰經。經也者,恒久之至道。……故象天地,效鬼神,參物序,制人紀,洞性靈之奧區,極文章之骨髓者也。""聖謨卓絶,墻宇重峻,吐納自深。""根柢槃深,枝葉峻茂。"五經蘊含天地、鬼神、物序、人倫之理,内容廣大深厚,故能成爲教化萬世的至道。這就將五經推到極高的地位,認爲五經是經典中的經典,世教中之世教,於三教中獨尊一家。

其次,經典是"群言之祖"——五經對後世文章的影響力。劉勰説:"故論説辭序,則《易》統其首;詔策章奏,則《書》發其源;賦頌歌讚,則《詩》立其本;銘誄箴祝,則《禮》總其端;紀傳盟檄,則《春秋》爲根:並窮高以樹表,極遠以啓疆,所以百家騰躍,終入環内者也。"五經對後世文學的影響如同"泰山徧雨,河潤千里",它是"群言之祖",没有五經的誕生,文學就無由展開。劉勰這種説法實際上來自道教的經典起源説。《三洞經教部・本文・説三元八會六書之法》説:"又有雲篆明光之章……肇於諸天之内,生立一切也。按,《真誥》紫微夫人説三元八會之書,建文章之祖,八龍雲篆,是根宗所起,有書之始也。"龔師鵬程先生解釋説:"虛無本起、自然成文的天書,往往要經過神靈仙真擬寫纔'演成'經典,故它本身既是經籍,又是經籍之所由生的依據。"[1]則在文學領域,五經就是後世文學的源頭和依據,一切文學皆由五經導出。顯然,劉勰用"群言之祖"和"枝條經典"來描述五經與後世文學的關係,其思維方法是直接承襲道教的"文章之祖"説而來的。

再次,"《六經》彪炳"——五經文辭的光輝,也就是它外在形式的焕耀性。劉勰認爲五經作爲"聖文",非同凡響,它具備光焰照人的"金相玉式",這也是受人崇拜的必備條件。

劉勰在《徵聖》篇裏説"聖文雅麗",五經是"銜華而佩實",《宗經》篇説"《五經》含文",《正緯》篇説"《六經》彪炳",這些説法不僅是指五經作爲至道而具有巨大能量而言,同時也是指五經華麗焕耀的體制,即它所鎔鑄的辭采之美。

對於經典形式美的意義,劉勰是認識得很清楚的,《宗經》篇明言:"夫文以行立,行以文傳,四教所先,符采相濟。"要發揮經典的教化作用,就須文行相

---

[1]　《文化符號學》,第一四七頁。

濟,華實相扶,強調了"采"的價值。的確,豐富的文采有助於彰顯五經的崇高偉大,也有利於引起世人對經典的信仰與崇拜,没有鮮明照灼的文采,經典也就失去了崇高感。①

劉勰的經典"符采相濟"説也源自道教對真文的神聖性描述。如《太上靈寶洪福滅罪像名經》説:"右三十六部尊經符圖,金書玉字……文彩焕耀,洞照八方。""如是三洞寶經……洞治瑩鮮,紫林繡豔,或浮黎而現八角垂芒,太虚而呈五篇焕爛,光輝耀於三界,映朗照於九冥。"《元始無量度人上品妙經四註》説:"故玄文發於中天。……字方一丈之廣,勢垂八角之芒,粲粲煌煌,光華暐曄。"《上清金母求仙上法》説:"昔元始火煉真文,瑩發光芒。""八角垂芒,精光耀眼。"真文之所以爲真,就在於它具有流光溢彩的真身,與黯淡無光的凡俗之體拉開距離。這種對真文的把握方式,勢必將真文神秘化,實則有利於真文經典的發揚。劉勰極力強調五經的文采炳耀,無非是想增加五經的神聖光環,從而達到宗經尊典的目的,作爲有着道教世家背景的文士,劉勰的道教經典崇拜意識在文學領域充分表現了出來。

劉勰在《序志》篇裏使用感夢的獨特方式,表述對孔子的仰慕,無非是想説孔子是人文領域中的"教主",連同經孔子重新鎔鑄的"五經",都具有超越世俗的神聖性,都是要受到世人崇拜的,自己作爲孔子的忠實信徒,正是感受到了五經及其衍生的衆文的偉大作用,才興起了論文之志。"敷讚聖旨"及"述先哲之誥,益後生之慮"兩語點明了劉勰論文的本義,這就有了教徒贊頌教主、傳布聖經之道的宗教情懷。

從《雕龍》的結構來看,劉勰無疑深受道教思想觀念的影響,他的"樞紐論"中的"宗經"思想有明顯的將儒家經典道教化的傾向。采用這一尊孔方式的,也不止劉勰一人,如《南齊書・臧榮緒傳》説:"榮緒惇愛《五經》,謂人曰:'昔吕尚奉《丹書》,武王致齋降位;李、釋教誡,并有禮敬之儀。'因甄明至道,乃著《拜五經序論》。常以宣尼生庚子日,陳《五經》拜之。"臧榮緒與劉勰祖籍相同,都是東莞莒人,而東莞莒之臧氏,在劉宋有臧燾、臧熹,燾孫諶之、凝之、潭之、澄之,從命名特點看,臧氏也應信奉天師道。在信奉道教而又將孔子和儒家經典道教化方面,劉勰的"徵聖"、"宗經"與臧榮緒的"拜五經"是一致的,劉勰的《宗經》相

---

① 這就不難理解劉勰爲何反對六朝文學的浮華,卻又堅持"骨采兼備"的文質觀。

當於臧榮緒的《拜五經序論》。由此可見六朝人對儒家經典的獨特接受方式。

四、劉勰的論文旨趣

劉勰的文學思想觀念是以文學功用論爲核心展開的。《序志》篇説：“唯文章之用，實經典枝條，五禮資之以成，六典因之致用，君臣所以炳焕，軍國所以昭明。”認爲文章對於執行禮典、助成政治秩序、完成軍國事業必不可少。這顯然是回應了曹丕的“文章經國”論，對於把握劉勰文論思想的實質極爲關鍵。

上文已經説過，劉勰本人是宋齊禮學的預流者，他的志向就在於參與禮樂政教建設，這一文化理想直接左右了他的文論建構和文學思想。劉勰在《序志》裏連談兩個夢境，將“攀採彩雲”（文學才華）與“執禮器南行”聯繫在一起，恰好表達了“文以經禮”的思想，①他作《雕龍》的出發點和歸宿就在這裏。

劉勰在“樞紐”論中即已提及文學對於完成禮儀的作用：“鄭伯入陳，以文辭爲功；宋置折俎，以多文舉禮。”（《徵聖》）②《正緯》篇也隱含劉勰對文學與禮義關係的認識。他雖然從義理方面否定了讖緯，卻肯定了“羲農軒皡之源，山瀆鍾律之要，白魚赤烏之符，黃金紫玉之瑞”對於文章寫作的價值：“事豐奇偉，辭富膏腴，無益經典，而有助文章。”認爲歷代寶傳的各種符瑞，應當進入文士筆下，繼續發揮它們的文化符號功能，在應天改歷或封禪册封等重大禮儀活動中用上排場。

“文體”論中的《樂府》篇談到樂、禮關係：“豈惟觀樂，於焉識禮。”不僅樂府與禮儀一體不分，詩、賦等文章又何嘗可以脱離禮儀呢？擴而大之，“上篇”中的幾乎所有文體都是爲禮儀而設，如頌、讚、祝、盟、封禪與吉禮相關，誄、碑、哀、吊與凶禮相關，章、表、奏、啓、議、對與賓禮相關，檄、移與軍禮相關。禮儀之行，資乎文辭，且每一種文體都有與特定禮儀場合相配合的寫作規範和文辭風格。劉勰的整個文體論實際貫穿着他的“文以經禮”思想，這是全書的“綱領”。

在書的“下篇”，劉勰特設《指瑕》篇，指摘各種文病，而中心議題卻是圍繞禮儀倫理對作家文字或作家才情的制約來談。該篇反復舉例説明前人文章寫作中的“失禮”問題，提醒文士行文時必須戒除種種“文忌”，集中體現了劉勰

---

① 《梁書·文學傳》説：“經禮樂而緯國家。”

② 《徵聖》又提及南朝的學術熱門喪服學：“喪服舉輕以包重。”

“文以經禮”、“禮以制文”的觀念。他指出,大才子曹植在寫《武帝誄》時説“尊靈永蟄”,寫《明帝頌》時説“聖體浮輕”,而“浮輕”一詞“有似於胡蝶”,“永蟄”一詞“頗疑於昆蟲”,於禮不當,有失事體。左思、潘岳等作文都存在這類嚴重的瑕疵。文士爲文,本是爲了完成禮儀的,如果“《禮》文在尊極,而施之下流”,就會導致“辭雖足哀,義斯替矣”。文士不能祇顧盡情發揮自己的文學才華而違背了禮儀規範,這是一條鐵律。

劉勰在這一篇還闡述了作“注釋”(“論”的一種)的原則,認爲“注解爲書,所以明正事理”,不能“謬於研求,或率意而斷”。他舉應劭誤注《周禮·地官》鄭注“乏馬”爲例,説明注釋經典必須熟知“辯物之要”,準確地闡述經典中有關典章制度的本義,否則便喪失了它指導當下禮儀建設的應用價值。

劉勰把“文體”論部分稱爲“綱領”,表明“文體”才是劉勰關注的重心所在,①而像陸機《文賦》那樣細緻入微地剖析文術,在劉勰眼中僅是討論一些文學的“毛目”而已。這種價值判斷的背後,實際上隱含着實用主義的文學觀,所以劉勰在論述每一種文體時,都會“選文以定篇,敷理以舉統”,這差不多就是在扮演一個文學導師的角色,因而《雕龍》在本質上就是一部指導寫作的書。實際上,也祇有加強論文的實用性,才可以更加有利於培養文士階層,從而服務於五禮建設與軍國事務,劉勰的良苦用心就在這裏。

一般而言,文學形式的過分華麗,會削弱文學的經世致用功能,劉勰建構自己文論思想的起點是從反浮華開端的。《序志》篇説:“而去聖久遠,文體解散,辭人愛奇,言貴浮詭,飾羽尚畫,文繡鞶帨,離本彌甚,將遂訛濫。”因此,劉勰提出“變乎《騷》”的口號,試圖扭轉文學自《楚辭》以來越來越趨於華艷的歷史大勢,由“楚艷漢侈”返歸五經正體。他反復申明文學寫作應當“體於要”,就是要接續儒家的文論傳統,恢復文學的本義。

劉勰反對艷侈之風,並非要求使文學剥落文采而走向質木,他是在秉持儒家“文質彬彬”的哲學觀念的前提下,本着“去甚去泰”的原則,對文采的使用加以節制。這實際上是一種“用文”理念,即他把“文采”當作文士自身具有的財富和歷史積累的經驗,儒門中人可以把這些財富經驗應用於經國事業,卻又不爲文采所役。這是漢代以來形成的一個儒門文論傳統。如《法言·吾子》説:

---

① 《梁書》本傳稱《文心雕龍》“論古今文體”,也是著眼於其上篇。

“如孔氏之門用賦也,則賈誼升堂,相如入室矣。如其不用何?”《南史·任昉傳》説:“(王)儉每見其文,必三復殷勤,以爲當時無輩,曰:‘自傅季友以來,始復見於任子,若孔門是用,其入室升堂。’”鍾嶸《詩品》説:“故孔氏之門如用詩,則公幹升堂,思王入室,景陽、潘、陸自可坐於廊廡之間矣。”司馬相如、劉楨、曹植、張載、二潘、二陸等文士所創造的豐富的文采,皆可以爲儒門所用,以創造“體要”之文、“文質彬彬”之文,劉勰繼承的正是這個自揚雄以來的文論傳統。

劉勰把《程器》篇放在全書最後作爲論文的結束,具有深刻的用意,説明他論“文”的歸宿乃是論“士”,我們則可以通過劉勰所表彰的人物窺見他的文學宗趣。

劉勰説:“屈賈之忠貞,鄒枚之機覺,黃香之淳孝,徐幹之沉默,豈曰文士必其玷歟?”又説:“昔庾元規才華清英,勳庸有聲,故文藝不稱,若非台岳,則正以文才也。”劉勰所推崇的這些人物可以分爲三種類型:一是屈原、庾亮,此人與王室關係密切,身處朝廷權力中樞,爲輔政重臣;二是賈誼、黃香、徐幹,此人憑才進身,直接爲朝廷、帝王效力;三是鄒陽、枚乘,擅長文學,此人爲地方侯王效力。上述人物雖然可以稱作文士,卻是“楨幹之實才,非群華之韡萼也”(《才略》),符合劉勰“摛文必在緯軍國,負重必在任棟梁”的理想。文士而參與經國,他們所造的文屬於何種形態,也就不難描述了。

尤其值得注意的是,劉勰特地標舉東晉名臣庾亮,這反映了他對文學功用的深刻思考,説明劉勰雖然身處崇尚浮華、文體卑弱的文學氛圍,卻試圖把文學的應用場合從下向上作一提升。

庾亮是晉明帝皇后庾文君之兄,晉成帝時,太后臨朝,政事一決於庾亮。《晉書·庾亮傳》總結其才能説:“晉昵元規,參聞顧命。然其筆敷華藻,吻縱濤波,方駕搢紳,足爲翹楚。”庾亮兼具治才與文才,不過他最擅長的文體不是“文”,而是“筆”,劉勰就評價他説:“庾以筆才逾親。”(《時序》)“庾元規之表奏,靡密以閑暢。”(《才略》)庾亮的《讓中書令表》被蕭統選入《文選》,劉勰評價此文説:“庾公之《讓中書》,信美於往載,序志顯類,有文雅焉。”(《章表》)政治地位之顯赫與文學才華之高,足以使庾亮成爲有晉一代文士經國的典型。

歷史上與庾亮相似的另一個實權派人物,是齊代的王儉。王儉在宋明帝時尚陽羨公主,拜駙馬都尉,後協助蕭道成建齊,以佐命之功,封南昌縣開國公,官至太子少傅、中書監。《南齊書·王儉傳》説王儉:“少有宰相之志,物議咸相推許。時(按,指蕭道成代宋)大典將行,儉爲佐命,禮儀詔策,皆出於儉,褚淵唯爲禪詔文,使儉參治之。"任昉《王文憲集序》説王儉:"自朝章國紀,典彝備物,奏議符策,文辭表記,素意所不蓄,前古所未行,皆取定俄頃,神無滯用。"《資治通鑑‧齊紀二》説王儉:"撰次朝儀國典,自晉宋以來故事,無不諳憶,故當朝理事,斷決如流。"可見,作爲佐命之臣的王儉,象庾亮一樣,擅長詔策奏議表記這類應用文體,是一個身處國家樞機而能以文經國的人物。

　　王儉還是一代文化宗師,他精於目録學、禮學,極大地推動了學術的發展,①爲世人所仰慕。《南齊書‧劉瓛陸澄傳論》説:"王儉爲輔,長於經禮,朝廷仰其風,胄子觀其則。"《南齊書》本傳説:"(王儉)作解散髻,斜插幘簪,朝野慕之,相與放効。"這種造時勢的人物必然會影響到青年時期的劉勰。②劉勰的《序志》篇説:"按轡文雅之場,環絡藻繪之府。"《物色》篇説:"況清風與明月同夜,白日與春林共朝哉?"這兩個句式在王儉的《褚淵碑文》裏已經出現:"逍遥乎文雅之囿,翺翔乎禮樂之場。"③"風儀與秋月齊明,音徽與春雲等潤。"王儉此文是傳誦一時的名作,劉勰依仿其句式而作文,並非不可能。劉勰標舉庾亮,也就同時表彰了王儉,他論文以孔子爲師,崇尚禮學,倡導文以經國,其中就有王儉的影子在。

　　劉勰除了受庾亮、王儉這兩個政治文化人物的影響以外,從曾祖劉穆之給予他的感召力量也是不容忽視的。劉穆之是晉末宋初協助劉裕建國的關鍵人物,這一身份很像此前的庾亮和後來的王儉。《宋書》本傳記載劉裕上表説劉穆之:"爰自布衣,協佐義始,内端謀猷,外勤庶政,密勿軍國,心力俱盡。及登庸朝右,尹司京畿,翼新王化,敷讚百揆。"④劉穆之不僅在政治上有佐命之功,

---

　　①　《南齊書‧王儉傳》説:"上表求校墳籍,依《七略》撰《七志》四十卷。(宋後廢帝元徽元年)上表獻之,表辭甚典。又撰定《元徽四部書目》。"王儉最大的業績是推動了儒學的復興。《南齊書‧王儉傳》説:"儉長禮學,諳究朝儀,每博議,證引先儒,罕有其例,八坐丞郎,無能異者。"《資治通鑑‧齊紀二》説:"自宋世祖好文章,士大夫悉以文章相尚,無以專經爲業者,儉少好禮學及《春秋》,言論造次必於儒者,由是衣冠翕然,更尚儒術。"可見王儉對於推動儒學復興所起的重要作用。

　　②　據牟世金《劉勰年譜彙考》考證,齊武帝永明元年劉勰大約十七歲,他仰慕當代文化宗師也是情理中事。

　　③　此語意最早見於揚雄《劇秦美新》:"是以發秘府,覽書林,遥集乎文雅之囿,翺翔乎禮樂之場。"

　　④　本傳又説:"深謀遠猷,肇基王跡,勳造大業,誠實匪躬。"元嘉二十五年下詔,説劉穆之:"秉德佐命,翼亮景業,謀猷經遠,元勳克茂。"

而且具有經學、文學、藝術等多方面的才華。如《宋書》本傳説他："少好《書》《傳》,博覽多通。"又説他："裁有閑暇,自手寫書,尋覽篇章,校定墳籍。"《述書賦》卷上評劉穆之的書法説："道和閑雅,離古躡真。慢正由德,高蹤絶塵。若昂藏博達之士,謇諤朝廷之臣。"劉穆之曾建議劉裕"縱筆爲大字",認爲大字富有氣勢美。都可説明劉穆之雖門第不高,卻具備很高的文化修養。他的文學才華就在處理政務的過程中得到淋漓盡致的發揮。《宋書》本傳説："穆之内總朝政,外供軍旅,決斷如流,事無擁滯。賓客輻輳,求訴百端,内外諮禀,盈堦滿室,目覽辭訟,手答牋書,耳行聽受,口並酬應,不相參涉,皆悉贍舉。""穆之與朱齡石並便尺牘,嘗於高祖坐與齡石答書,自旦至日中,穆之得百函,齡石得八十函,而穆之應對無廢也。"可知劉穆之的文學才能象庾亮、王儉一樣,也側重在具有實用價值的"筆"。

劉穆之堪稱劉氏祖上的巨大光榮,劉勰受其德行與事功的感召是很自然的。《宋書》劉穆之本傳説："初,穆之嘗夢與高祖俱泛海,忽值大風,驚懼。俯視船下,見有二白龍夾舫。既而至一山,峰嶂聳秀,林樹繁密,意甚悦之。及高祖克京城,問何無忌曰:'急須一府主簿,何由得之?'無忌曰:'無過劉道民。'高祖曰:'吾亦識之。'即馳信召焉。"[①]劉穆之以感夢的形式表達其入世之志和政治理想,這也爲劉勰所效仿:"予生七齡,乃夢彩雲若錦,則攀而採之。予齒在踰立,嘗夜夢執丹漆之禮器,隨仲尼而南行,旦而寤,迺怡然而喜。大哉,聖人之難見也,迺小子之垂夢歟!"(《序志》)這種讖言式的筆法與劉穆之因感夢而入仕的陳説如出一轍,説明劉勰與劉穆之在精神上是相通的,他有意識地把自己的這位先祖視爲人生楷模。

劉勰所推崇的文士,大都是在政治領域"奉時騁績"的楨幹之才,本質上屬於心懷入世之志的儒士,他們自身擁有很高的文學才華,但主要是發揮於事業,而不是用於自適,劉勰所心儀的正是這種"儒士之文"。對於這種文學範式,任昉曾經做過精當的概括。他在《王文憲集序》中,從文體的角度對王儉的文學特質進行了贊美:"公自幼及長,固以理窮言行,事該軍國,豈直雕章縟采

---

① 劉敬叔《異苑》卷七對此有相似的記載:"(劉穆之)嘗夢與武帝汎海,遇大風,驚俯視船下,見二白龍夾船,既而至一山,山峰聳秀,意甚悦。又嘗渡楊子江宿,夢合兩船爲舫,上施華蓋,儀飾甚盛,以升天。既曉,有一老姥問曰:'君昨夜有佳夢否?'穆之乃具説之,姥曰:'君必位居端揆。'言訖不見。後官至僕射、丹陽尹,以元功也。"

而已哉？若乃統體必善，綴賞無地，雖楚趙群才，漢魏衆作，曾何足云，曾何足云！”他認爲王儉的文章爲軍國政教而作，卻又統體必善，文質兼備，其價值絕非一味雕章縟采者所能比。經國者手裏的文學，具有很强的實踐意義和工具價值，一切政治活動、禮儀制度的開展均需藉助它的作用，這時候文義之事也就從童子“雕蟲”提升爲文士“雕龍”，劉勰以“雕龍”命名此書的深層含義就在這裏。

劉勰强調“蓋士之登庸，以成務爲用”，主張“丈夫學文”而能“達於政事”（《程器》），要求文士將文學施用於廟堂，反對“不達政體，而舞筆弄文，支離構辭，穿鑿會巧，空騁其華”（《議對》），這可以説是貫穿整部書的綱領，也是劉勰論文的歸宿。因此，從大判斷上看，劉勰文學思想的精髓是經世致用，其底蘊是經學，而不是道家、佛學，祇有抓住了這個總綱，纔能正確理解劉勰對許多文學問題所做出的判斷，他討論文學的細目問題，諸如言意、文質、真僞、奇正、雅俗、情采、骨采、體勢、才學、渾成與支離、練辭與研術，等等，都是圍繞這一總綱來展開的。

五、《文心雕龍》的著録及版本系統

歷代對《文心雕龍》的著録，大致可分爲五種情況：

一是歸入集部。如《隋書·經籍志》《舊唐書·經籍志》《玉海》均入“總集”類。《袁州本郡齋讀書志》《孫氏祠堂書目内編》均入“別集”。《四庫全書薈要目》《天禄琳琅書目後編》均入“集部”。《文淵閣書目》《祕閣書目》均入“文集”。《行人司書目》入“古文”類。《世善堂書目》入“詩文名選”類。《萬卷堂藝文目録》入“雜文”類。

二是歸入子部。如《寶文堂書目》《徐氏家藏書目》《奕慶堂藏書樓書目》《文瑞樓書目》《鳴野山堂書目》均入“子”類。《菉竹堂書目》《脉望館書目》均入“子雜”類。

三是歸入文史類。如《新唐書·藝文志》《崇文書目》《宋四庫闕書目》《通志》《遂初堂書目》《直齋書録解題》《文獻通考》《宋史·藝文志》《百川書志》均入此類。

四是歸入文説類。如《衢州本郡齋讀書志》《玄賞齋書目》《絳雲樓書目》均入此類。

　　五是歸入詩文評類。如《好古堂書目》入"詩文格評"類。《國史經籍志》《澹生堂藏書目》《述古堂書目》《讀書敏求記》《四庫全書薈要目録》《四庫全書簡明目録》《四庫全書總目提要》《愛日精廬藏書志》《邵亭知見傳書目》《皕宋樓藏書志》《善本書室藏書志》《書目答問》《五萬卷閣書目記》《鐵琴銅劍樓藏書目録》《四庫簡明目録標注》《適園藏書志》均入此類。①

　　今人一般認爲《文心雕龍》是一部討論文學理論的書，但從歷代著録看，這並非古人對此書性質的一貫認識，而把此書歸入集部或子部，則説明古人認爲此書並不是單純地闡發一套文學理論，它附載着更豐富的文化内涵和更深刻的寫作目的，具有文學與哲學的雙重性質。今人接受《雕龍》，也當從政治、文化、學術甚至宗教的高度着眼。

　　《文心雕龍》的版本比較繁多。楊明照先生自言所寓目的版本達八十餘種，一百多部，其《〈文心雕龍〉板本經眼録》列有寫本十一種，②單刻本二十九種，叢書本十種，選本十二種，校本十二種，共七十四種，分別作了叙録，其餘版本未作叙録，是因爲這些版本大多由黄叔琳《文心雕龍輯註》出，不足貴。其《增訂文心雕龍校注》"引用書目"中，列有各類版本六十五種（含《太平御覽》引本一種）。王利器《文心雕龍校證》叙録用以對校的版本共二十八種，李曰剛《文心雕龍斠詮》叙録清以前各類版本六十種（含失傳者），詹鍈《文心雕龍義證》叙録各類版本三十二種，林其錟叙録版本三十一種，③日本鈴木虎雄叙録實際使用的明清版本十三種。④

　　（一）《文心雕龍》版本演變的分期

　　版本雖然繁雜，但其間也有源流可循。下面僅就本次校勘使用的四十五種主校本（見下文叙録），作一歸納。

　　第一，唐寫本、《御覽》引本的文字系統。從異文看，這兩個版本的文字重合處甚多，而又與今本差别較大，代表了元代以前的某一《雕龍》文字系統。以《宗經》篇爲例，"其書言經"，唯此二本"言"作"曰"；"而大寶咸耀"，唯此二本"咸"作

----

①　以上略採楊明照《增訂文心雕龍校注》"附録一"所述。

②　此文初刊於王元化主編《學術集林》卷十一，上海遠東出版社，一九九七年版，後收入《歲久彌光》一書，巴蜀書社，二〇〇一年版。

③　林先生的版本序録，見於楊明照主編《文心雕龍學綜覽》（上海書店出版社，一九九五年版），主要是采録了楊明照、王利器、詹鍈、户田浩曉等先生的叙録成果。

④　見《黄叔琳本文心雕龍校勘記》卷首。

“啓”；“而吐納自深”，唯此二本無“而”字；“採掇生言”，唯此二本“生”作“片”；“五石六鶂”，唯此二本“鶂”作“鴟”；“諒以邃矣”，唯此二本“以”作“已”；“此聖人之殊致”，唯此二本“人”作“文”。又如《詮賦》篇“迭致文契”，唯此二本作“寫送文勢”；“發端必遒”，唯此二本“端”作“篇”；等等。這種情況至少有七十餘處。

今本的許多疑難幸賴唐寫本而得以解決。如《正緯》篇“尹敏戲其深瑕”，唯此本“深瑕”作“浮假”；《辨騷》篇“而風雅於戰國”，唯此本“雅”作“雜”；《樂府》篇“音聲推移”，唯此本“音”作“心”；等等，都當爲正字。由於唐寫本晚出，明清人校勘《雕龍》時都沒有機會利用，因而此本一出，便極大地推動了“龍學”校勘事業，具有劃時代的意義。當然其中也有一些異文顯然不如今本合理，此本雖古，不可過信。

同唐寫本一樣，《太平御覽》引本的許多異文優於今本，足可補正今本的失誤，因而明清以來的校勘家都常用它來校正《雕龍》。如《原道》篇“玉版金鏤之實”，唯此本“實”作“寶”；《宗經》篇“義既極乎性情”，唯此本“極”作“埏”；《明詩》篇“兩漢之作乎”，唯此本“兩”上有“固”字，等等，都可從。

第二，以元至正本爲代表的文字系統。元至正本、馮鈔元本、黃傳元本、倫傳元本，文字雖互有不同，但同屬元刻本一大類。弘治本、弘治活字本、張本、兩京本、胡本，皆由元至正本出。汪本、隆慶本，皆由弘治本出。佘本又由汪本出。兩京本與胡本較爲接近，或彼此有淵源。何本又由佘本出。清代的薈要本、文淵本、文溯本、文津本、文瀾本，也皆由汪本出，但都經過校改，已非汪本之舊。上述這些版本的文字彼此之間雖然也有差異，但大致都是以元至正本爲宗而産生變易。

第三，何本的文字系統。凌本、合刻本、別解本、集成本、尚古本、岡本、王本、崇文本，皆由何本出。其中岡本又由尚古本出，崇文本又由王本出。

何本雖由佘本出，但此本不僅與此前的元至正本、弘治本、汪本、佘本、隆慶本、張本、兩京本差異較大，而且與王批本、訓故本也不同，它與此後的梅本的文字有許多重合，可以視爲何本之前的元明諸本向梅本的一個過渡性版本。例如，《原道》篇“振其徽烈”之“振”，元至正本以迄訓故本皆作“褥”，唯何本作“振”，梅本與之合；“益稷陳謨”之“謨”，元至正本以迄王批本皆作“謀”，而何本作“謨”，梅本與之合；《宗經》篇“自夫子刪述”之“刪”，元至正本以迄王批本皆作“刊”，而何本作“刪”，梅本與之合；等等，皆可訂正黃本之誤。何本是除梅本之外對後世影響最大的明代版本。

第四,王批本的文字系統。此本與元至正本、梅本、黄本系統的各本頗有差異,與何本也非一類,其許多異文可以訂正黄本之誤。如《辨騷》篇"以爲皆合經術",唯此本"皆"作"旨";《封禪》篇"然骨掣靡密",唯此本"掣"作"徹";《物色》篇"至如《雅》詠棠華",唯此本"棠"作"裳";等等,都當爲正字。

第五,訓故本的文字系統。與元至正本、梅本、黄本系統的各本相較,異文比王批本更多,版本淵源顯然不同。王惟儉對《雕龍》下過校勘工夫,時人張同德説他"參互諸刻,正其差謬,疑則乙其處,以竢考訂"。①黄本的許多文字問題賴此本而得以解決。如《詔策》篇"及制誥嚴助",唯此本"誥"作"詔";《情采》篇"五情發而爲辭章",唯此本"情"作"性";《練字》篇"聲畫昭精",唯此本"精"作"情";《知音》篇"觀文者披文以入情",唯此本"披文"作"披辭",等等,都可從。又,王氏將不同版本的異文用"一作某"的形式注於本字下,保存了不少《雕龍》的異文,也彌足珍貴。如《養氣》"似尾閭之波",王氏校云:"(波)一作'洩'。""同乎牛山之木",王氏校云:"(木)一作'伐'。"《序志》"原始以表時",王氏校云:"(時)一作'來'。"均有校勘價值。②

第六,謝鈔本的文字系統。此本乃明錢允治所傳的本子,馮舒從錢謙益處借出後,請謝恒鈔録。馮舒用以校勘此本所用的版本有元至正本、弘治本、佘本、謝兆申本、錢允治本、梅慶生音註萬曆四十年復校本(由《通變》篇"乘機無怯"推知),可知此本與上述六本是不同的本子。

此本許多文字與他本不同。如《原道》篇"以鋪理地之形"之"理地",梅本之前唯此本、馮班鈔本(由元至正本出)作"地理";"則焕乎始盛"之"始",唯此本、《御覽》引本作"爲";《徵聖》篇"布在方册"之"册",唯此本作"策";《史傳》篇"魏牟比之鴞鳥"之"鴞",唯此本作"梟";《檄移》篇"隗囂之檄亡新"之"隗",唯此本作"枚";《章表》篇"陳謝可見"之"可",唯此本作"自";《議對》篇"頗累文骨"之"文",唯此本作"風";《神思》篇"研閱以窮照"、"獨照之匠"之"照",唯此本並作"炤";《體性》篇"卓爍異采者也"之"爍",唯此本作"鑠";《定勢》篇"則新

<hr />

① 　見卷首《合刻訓註〈文心雕龍〉〈史通〉序》。

② 　汪師春泓先生評價此本説:"王惟儉《文心雕龍訓故》在明代'龍學'研究史上是一個奇跡。……能夠取得如此大的業績,在'龍學'史上是十分罕見的。"(《文心雕龍研究史》第一章第四節)

色耳”,唯此本作“則色新耳”;《鎔裁》篇“異端蓁至”之“至”,唯此本作“生”;“情苦芟繁”之“芟”,唯此本作“删”;《夸飾》篇“風格訓世”之“格”,唯此本作“俗”;《養氣》篇“椎骨自厲”之“厲”,唯此本作“勵”;《附會》篇“豆之合黄”,唯此本、《御覽》引本作“石之合玉”;《時序》篇“靈均餘影”之“影”,唯此本作“響”;《才略》篇“思能入巧”之“巧”,唯此本作“教”;《知音》篇“不見西墙”之“墙”,唯此本作“隅”;《程器》篇“蓄素以剛中”之“剛”,唯此本作“綱”;等等。都可證明此本文字自成一體系。而象《原道》篇“則焕乎爲盛”、《附會》篇“石之合玉”這類關鍵字句,多與《御覽》引合,説明此本來源甚早,當早於梅慶生萬曆音注本。

第七,以梅本(初刻梅本)爲代表的文字系統。復校梅本、秘書本、彙編本、梅六次本、梅七次本、抱青閣本、黄本,皆由初刻梅本出。梁本、張松孫本,皆由梅六次本出。另外,凌本、合刻本的許多文字也由梅本出,薈要本、文溯本、文津本、文瀾本的很多校改的文字也本於梅六次本。

梅氏對《雕龍》文字下了一番補闕訂疑的工夫。如《頌讚》“至於班傅之《北征》《西巡》”,梅校:“‘逝’疑作‘巡’。”《誄碑》“事光於誄”,梅校:“‘光’當作‘先’。”《封禪》“雖文理順序”,梅校:“‘順’元作‘煩’。”《章表》“以章爲本者也”,梅校:“‘章’元脱。”等等,均爲正讀。而且梅本以下校語的形式採録了很多《雕龍》異文,保存了明代楊慎、朱謀㙔、曹學佺、謝兆申、徐𤊹等衆多學人的校勘成果,版本學價值很高,對後世影響也大,它的出現,在《雕龍》學史上是一個重大轉折。①

第八,以黄本(養素堂改刻本)爲代表的文字系統。養素堂初刻本由初刻梅本出。黄本由養素堂初刻本出。文淵輯注本、芸香堂本、翰墨園本、龍谿本,皆由黄本出。翰墨園本又由芸香堂本出。

黄本雖然由梅本出,但許多文字與梅本存在差異,顯然是黄氏另外吸收了

---

① 梅慶生《例言》云:“元至正本字句雖經楊用脩校正,而其脱、其誤、其衍十尚七八,因取諸家所校衆本參互考訂,以改其誤,補其脱,删其衍,視元至正本自謂五倍其功。”凌雲《凡例》云:“元至正本字句多脱誤,惟梅子庚本考訂甚備。”張松孫《凡例》云:“梅子庚元至正本讎校精密。”可知梅氏於《雕龍》文字校勘用功甚深。近人傅增湘對初刻梅本評價很高:“萬曆己酉梅慶生刻本,悉取諸家校證之説,重爲改正,别增音注,遂爲是書之總匯。至天啓二年子庚第六次校定刻版,復改補七百餘字。由是千百年來淆訛不可爬梳者,至此乃粗可誦習焉。”(《明嘉靖本〈文心雕龍〉跋》)眼光可謂獨到。汪師春泓先生評價此本説:“梅慶生所作音注本,吸收了當時及其以前的‘龍學’成果,可謂遍稽各種版本,除了自己獨得之見外,還根據衆家已有校注成果作取捨,雖不無依傍,但其裁斷之本身就體現了眼光之高下,故在當時就既是集大成,又是奠基性的著作。”(《文心雕龍研究史》第一章第四節)

明代馮舒等人的校勘成果以及他本精華,經過細心校訂,可謂後出轉精。①如《徵聖》"以文辭爲功",初刻梅本、梅六次本"文"作"立",黃氏校改;"雖欲訾聖",初刻梅本、梅六次本"訾"作"此言",黃氏校改;《正緯》"榮河温洛",初刻梅本、梅六次本"榮"作"滎",黃氏校改;《明詩》"唯稬志清峻",初刻梅本、梅六次本"志"作"旨",黃氏校改,等等,均爲正讀。黃本不僅保存了梅本列出的異文,而且又自出校語,採録了不少《雕龍》異文,具有很高的校勘價值。

倪其心先生對《雕龍》的版本流傳特點曾經做過如下概括:"在明清以前,《文心雕龍》雖然存在傳鈔刊印中發生的脱誤等文字語句錯誤,但仍保持基本構成。明清以後,注本紛紛而出,同時也就對内容的解釋和對異文的判斷產生分歧,從而產生文字語句有所差别的不同版本。"②所謂明清以前各本《雕龍》文字雖然有訛誤,卻能保持基本構成,是相對而言的,事實上,自唐寫本以迄清代諸本,其間的版本遞變也有跡可循。

大致説來,唐寫本和《御覽》引本可歸爲一大類,代表唐宋甚至更早的《雕龍》文字系統。元本(四種)、弘治本、汪本、佘本、張本、兩京本等六本,文字無大的變化,此五種明本與元本相比,基本無獨特之處,可歸爲一大類。至何本、王批本、訓故本、謝鈔本,始出現較大變異,與上述元明六本明顯不同。其中何本不僅與底本佘本差異較大,而且與此前的其他元明諸本也很不相同,其許多文字爲梅本所繼承,可以認爲是明代版本的第一次較大轉折。王批本、訓故本和謝鈔本三種版本也各自具有獨特性,互不相同。

《雕龍》版本在元代以後,以迄明萬曆三十七年梅慶生校改之前,一直未被全面更動、校訂,保持着相對穩定的文字系統,而到了梅慶生時代,《雕龍》的文字系統經過學者們的集體校訂,才真正有了改觀,與元代及明代前期版本出現了較大差異,對後世影響很大。當然,明代的《雕龍》版本發展,實際上有兩條路綫:一是承梅本,如秘書本、彙編本、抱青閣本、黃本。二是承何本,如凌本、

---

①　黃叔琳自序云:"雖子庚自謂校正之功五倍於楊用修氏,然中間脱訛,故自不乏,似猶未得爲完善之本。……(余)旁稽博考,益以友朋見聞,兼用衆本比對,正其句字。人事牽率,更歷寒暑,乃得就緒。覆閲之下,差覺詳盡矣。"黃氏《例言》云:"諸本字句互有異同,擇其義之長者用之。"吳蘭修跋云:"此爲黃侍郎手校。"《四庫全書總目提要》評黃本云:"其譌脱字句,皆據諸家校本改正。"鈴木虎雄云:"校本實出叔琳。"可知黃氏於《雕龍》確實下過幾年校勘的工夫,成就顯著。

②　見《校勘學大綱》第三章第三節,北京大學出版社,二〇〇四年第二版。

合刻本、別解本。

到了清乾隆年間，黃叔琳又進而校訂了梅本，推出輯注本，經過紀昀的評點之後，此本左右了乾隆中葉以後《雕龍》諸本傳播的格局。清代的《雕龍》版本發展也有不同的路綫：一是承黃本，如文淵輯注本、芸香堂本、翰墨園本、龍谿本。二是承汪本，如薈要本、文淵本、文溯本、文津本、文瀾本。三是承何本，如集成本、尚古本、岡本、王本、崇文本。

有鑒於此，我們將《雕龍》版本的發展演變分成五期：

唐宋期→元至正以迄明萬曆二十年何本出現前→明萬曆二十年何本出現以後，以迄明萬曆三十七年梅本出現以前→明萬曆三十七年梅本出現以後，以迄清乾隆六年黃本出現以前→清乾隆六年黃本出現以後。

（二）清黃叔琳養素堂本的各種不同類型

清代中葉以後，最通行的《雕龍》版本當推黃叔琳的《文心雕龍輯註》。此本纂於雍正九年（一七三一），乾隆三年（一七三八）最後定稿，乾隆六年（一七四一）由姚培謙刊出，是爲養素堂本。不過，黃氏養素堂本有初刻、改刻與覆刻的不同，各種後出的刻本之間也存在文字上的差異。

　（甲）養素堂初刻本

上海圖書館藏有一清乾隆六年黃氏養素堂輯注本，卷首“例言”僅有五條，而不是常見的六條；原校姓氏僅列三十三人（無“王惟儉字損仲”），而不是常見的三十四人；在《雕龍》正文、黃氏輯注、校語、眉批等多個方面，都與國家圖書館陳鱣藏養素堂本不同（見下文），可推知此本爲黃氏養素堂初刻本。①

判定此本與陳鱣藏本之間的源流關係，首先要根據黃叔琳自己的説明，他在陳鱣藏本“例言”中説：“梅子庚《音註》流傳已久，而嫌其未備，後得王損仲本，援據更爲詳核，因重加考訂，增注什之五六。”已經指明了孰先孰後。由於初刻時黃氏並未充分使用王惟儉本加以校訂（初刻本僅於《宗經》篇輯注末提及“宜從王惟儉本”），因此“元校姓氏”中也就不具王惟儉之名，或者説漏掉了王氏之名，換言之，王惟儉本在黃氏所用的校本中是一個後補的版本，或者説是一個後來纔充分利用的版本。由此可以推知，元校姓氏中無“王惟儉字損

_____

① 蔣鵬翔先生稱之爲“養素堂初刻本”，甚是。見浙江大學出版社二〇一九年影印清養素堂藏板《文心雕龍》“出版説明”。

仲”，正文中無雙行夾注王惟儉校語者，爲初刻本，此上圖本屬之；元校姓氏中有“王惟儉字損仲”，正文中有雙行夾注王惟儉校語者，爲後出的改刻本，陳鱣藏本屬之。

再由版刻字驗之，陳鱣藏本在此本基礎上所作的剜改、訂補，痕迹也是很明顯的：

第一，此本《隱秀》篇“淺而煒燁”、《時序》篇“暐燁之奇意”之“燁”字，均不缺筆，而陳鱣藏本兩字最後一畫僅缺一半（作“燁”），與他處“燁”字最後一畫全缺（作“燁”）不同（《體性》篇“煒燁枝派”、《夸飾》篇“辭入煒燁”之“燁”字，《物色》篇“情暐暐”之“暐”字可驗），可知此字乃就原版稍加剜改而成。

第二，此本《神思》篇“關鍵”條“無關捷”之“捷”，陳鱣藏本改爲“鍵”；《才略》篇“丁儀邯鄲”條注“潁川邯鄲淳”之“潁”，陳鱣藏本改爲“頖（當即潁之形訛）”；此本《章句》篇“肇禋”條注“乞用”之“乞”，陳鱣藏本改爲“迄”，剜改痕迹均宛然可辨。

第三，陳鱣藏本所增補的校語“王本作忽”、“王作繹”、“王本作同合”，均在本篇正文末句，利用了本行的餘地，校語“張本有章字”，雖在本篇首葉第四行，然五字僅占一字（“章”）位置，顯然都是在原版上所作的剜改。

第四，陳鱣藏本《聲律》篇“由内聽難爲聰”上眉批“‘由’字下，王本有‘外聽易爲□而’六字”，“隨音所遇”上眉批“‘遇’字下，王本空三字”眉批，“長風之過籟”上眉批“‘籟’字下，王本有‘流水之浮花，□□□，鄭人之買櫝’十三字”，字體與他處眉批有明顯的不同，證明此三條眉批當爲改刻時所增補。

楊明照、王利器等先生都未提及此一養素堂初刻本，唯日本鈴木虎雄使用過，他在《黃叔琳本文心雕龍校勘記》提及的“黃氏原本”，實即此本。如《祝盟》篇“祔廟之祝”條鈴木出校語云：“黃氏原本‘祔’作‘附’，非是。”《風骨》篇“論孔融”條云：“黃氏原本‘論’誤作‘詢’。”《通變》篇“乘機無怯”條云：“嘉靖本‘怯’作‘法’，黃氏原本亦作‘法’。”《才略》篇“瑗實”條云：“諸本‘實’作‘寔’，黃氏原本亦同。”《知音》篇“翫澤”下黃校“澤，王作懌”云：“黃氏原本無此校語，疑亦節署本所添。”他指出的這些“黃氏原本”的字正與上圖所藏此本相同。鈴木虎雄指出養素堂本有“原本”與改刻本、覆刻本之別，是符合事實的。

值得注意的是，此本雖爲現存養素堂本的最早刻本，但從某些剜改字跡看，此本當非一次刻成。如《詮賦》篇輯注“鄭莊”條“穎考叔”之“穎”字，其“水”旁有剜改痕迹,可知此字原不作"穎";《銘箴》篇輯注"靈公"條"掘之數仞"之"掘"字,有剜改痕迹。在此版之前,是否尚有一最原始的刻版,是否印行,則不得而知。

（乙）養素堂改刻本

國家圖書館藏有一養素堂刻黃氏輯注本,乃清代乾隆年間陳鱣所藏,雖然行款格式與上述上圖藏養素堂本相同,但兩本差異甚大。所不同者主要有以下幾個方面:

第一,此本"元校姓氏"補"王惟儉字損仲",人數由三十三人增加到三十四人。

第二,此本"例言"經過增補、改寫。

首先,卷首"例言"原有五條,此本增加了一條:"升庵批點,但標辭藻,而略其論文之大旨。今於其論文之大旨處,提要鈎元,用〇〇;于其辭藻纖穠新雋處,或全句,或連字,用ㄟ;於其區別名目處用△△,以志精擇。"

其次,其中的兩條經過改寫:第一條於"已刻在前"之後,增補"細思此書,難於裁節,上篇備列各體,一篇之中,遡發源,釋名目,評論前製,後標作法,俱不可刪薙者;下篇極論文術,一一鏤心鉥骨而出之,真不愧'雕龍'之稱,更未易去取也"數語,刪除了"今"後的"此書"二字,於"可一覽"上增補"讀者"二字。第四條"未備"之後,增補"後得王損仲本,援據更爲詳核"兩句,"故重加"改爲"因重加","來哲"改爲"博雅者"。兩本的例言參見本書附錄六中的黃叔琳《輯註》凡例。

另外,第二條有三個字前後寫刻不同:"或元作"之"或",初刻本刻作"戓",此本刻作"或";"或元脱"之"或",此本刻作"或",改刻本刻作"戓";"於卷首"之"於",初刻本刻作"扵",此本刻作"於"。

第三,此本對初刻本《雕龍》正文的文字訛誤進行了訂正。兩本相較,正文文字有二十五處不同（含避諱字）:

※初刻本《原道》篇"光采玄聖",陳鱣藏本"玄"作"元"。

初刻本《正緯》篇"圖録頻見",陳鱣藏本"録"作"籙"。

※初刻本《誄碑》篇"追褒玄鳥",陳鱣藏本"玄"作"元"。

※初刻本《論説》篇"始盛玄論"、"太初之本玄",陳鱣藏本兩"玄"字並作"元"。

※初刻本《封禪》篇"炳玄符",陳鱣藏本"玄"作"元"。

※初刻本《神思》篇"玄解之宰",陳鱣藏本"玄"作"元"。

※初刻本《體性》篇"經理玄宗",陳鱣藏本"玄"作"元"。

初刻本《風骨》篇"故其詢孔融"，陳鱣藏本"詢"作"論"。

初刻本《通變》篇"確而論之"，陳鱣藏本"確"作"推"。

初刻本《通變》篇"迺脱穎之文矣"，陳鱣藏本"脱穎"作"穎脱"。

初刻本《通變》篇"乘機無法"，陳鱣藏本"法"作"怯"。

初刻本《定勢》篇"鬻矛譽盾"，陳鱣藏本"盾"作"楯"。

初刻本《定勢》篇"分毫析氂"，陳鱣藏本"氂"作"釐"。

初刻本《比興》篇"聲似竽籟"，陳鱣藏本"竽"作"竿"。

初刻本《比興》篇"如川之换"，陳鱣藏本"换"作"涣"。

※初刻本《夸飾》篇"困玄冥"，陳鱣藏本"玄"作"元"。

初刻本《事類》篇"捃事以類義"，陳鱣藏本"捃"作"据"。

初刻本《練字》篇"《周禮》保章氏"，陳鱣藏本作"《周禮》保氏"。

※初刻本《養氣》篇"玄神宜寶"，陳鱣藏本"玄"作"元"。

※初刻本《附會》篇"品藻玄黄"，陳鱣藏本"玄"作"元"。

初刻本《時序》篇"孫于之輩"，陳鱣藏本"于"作"干"。

初刻本《物色》篇"山杳水匝"，陳鱣藏本"杳"作"沓"。

初刻本《才略》篇"龍世厥風"，陳鱣藏本"龍"作"能"。

初刻本《才略》篇"孟陽景福"，陳鱣藏本次"福"字作"陽"。

除避諱字(標※者)之外，初刻本的這些文字大都爲錯字，在此本中都得到了訂正。

第四，此本行間校語有增補，有訂正。

一是，黄氏根據"王本"(王惟儉訓故本)，於行間增補校語四條：《聲律》篇"其可忘哉"之"忘"下，增"王本作忽"；《章句》篇"離合同異"之"同"下，增"王本作同合"；《練字》篇"《周禮》保氏"之"保"下，增"張本有章字"；《知音》篇"翫澤方美"之"澤"下，增"王作繹"。

二是，據王本修改原校語一條：《指瑕》篇"若排人美辭"之"排"下校語，初刻本作"疑作採"，此本修改爲"王本作掠"。

第五，對輯注中的某些不當條目進行了重注。

如：初刻本《通變》篇"斷竹"條注"斷竹之歌即竹彈之謡"，此本改爲"所歌者本黄帝時竹彈歌"；"齟齬"條注"急也促貌"，此本改爲"局促也"。

初刻本《事類》篇"狐腋"條注"《商君傳》：千羊之皮，不如一狐之腋"，此本改爲《慎子》:千金之裘,非一狐之腋"。

　　初刻本《練字》篇"輶軒"條注"歲八月輶軒使",此本改爲"歲八月遣輶軒之使"(兩"歲"字字體有異)。

　　初刻本《隱秀》篇"樂府長城"條注"言征之客至長城",此本改爲"言征客之至長城";"彭澤"條注"或云元亮",此本改爲"或云字元亮"。

　　初刻本《養氣》篇"用思困神"條注"亦不事",此本改爲"亦不事復及"。

　　初刻本《時序》篇"袁"條注"府勛當行篡逆",此本改爲"元凶將爲弑逆"。

　　初刻本《才略》篇"剛中"條"《易·乾卦》:大哉乾乎,剛健中正,純粹精也",此本改爲"《易·蒙》卦象:以剛中也。《師》卦象:剛中而應"。

　　第六,此本對眉端黄評進行了訂補。

　　如:此本《誄碑》篇評"碑非文名,誤始陸平原,孫何糾之,拔俗之識也",初刻本脱"之識也"三字。

　　此本《封禪》篇"號之秘祝"上,有眉批"確甚"二字,初刻本無。

　　此本《聲律》篇"由内聽難爲聰"上,有眉批"'由'字下,王本有'外聽易爲□而'六字",初刻本無;"隨音所遇"上,有"'遇'字下,王本空三字"眉批,初刻本無;"長風之過籟"上,有眉批"'籟'字下,王本有'流水之浮花,□□□,鄭人之買櫝'十三字",初刻本無。

　　第七,此本對輯注中的誤刻字做了剜改。

　　如:初刻本《諧讔》篇"羊裘"條"挍諸台"之"挍",此本改作"投"。

　　初刻本《史傳》篇"詮評"條"謝丞曰詮"之"丞",此本改爲"承"。

　　初刻本《檄移》篇"鍾會"條"受首"之"受",此本改爲"授"。

　　初刻本《議對》篇"仲瑗"條注"勛字仲達"之"達",此本改爲"遠";"貴媵賤女"條"令秦爲之飾"之"秦",此本改爲"晉";"衣服之媵"之"服",此本改爲"文"。

　　初刻本《神思》篇"關鍵"條注"無關揵"之"揵",此本改爲"鍵"。

　　初刻本《物色》篇"元駒"條注"白馬,謂蚊蚋也"之"馬",此本改爲"鳥"。

　　初刻本《章句》篇"肇禋"條注"乞用"之"乞",此本改爲"迄"。

　　初刻本《比興》篇"安仁螢賦"條注"頹頹",此本改爲"頽頽"(即"穎"字之變形)。

　　初刻本《夸飾》篇"戈漂"條目,此本改爲"漂杵";"奔星宛虹"條注"杝於榴軒"之"杝",此本改爲"拖";"宓妃"條注"於彭胥"之"於",此本改爲"與"。

　　初刻本《事類》篇"鼓缶"條注"奉盆瓵"、"擊瓵"之"瓵",此本並改爲"缶"。

初刻本《練字》篇"三寫"條注"虚成虎"之"虚"，此本改爲"帝"。

初刻本《指瑕》篇"中黄育獲"條注"太行之獲"之"獲"，此本改爲"獿"。

初刻本《附會》篇"歟奇"條注"莫之所爲"之"之"，此本改爲"知"。

初刻本《總術》篇"窕枢"條注"周靈王"之"靈"，此本改爲"景"。

初刻本《時序》篇"袁殷孫于"條目以及注中"于寶"之"于"，此本並改爲"干"；"王"條注"南平王樂"之"樂"，此本改爲"鑠"；"謝"條注"芳軌"，此本改爲"方軌"。

初刻本《才略》篇"猗頓"條注"孔叢"之"叢"，此本改爲"鮒"；"丁儀邯鄲"條注"自潁川邯鄲淳"之"潁"，此本改爲"頬(當即潁之形訛)"。

初刻本《知音》篇"恠石"條注"得王徑尺"之"王"，此本改爲"玉"。

第八，此本對初刻本的個別字體進行了修正。

如：《隱秀》篇"淺而煒燁"、《時序》篇"故知暐燁之奇意"之"燁"，初刻本均不缺筆，而此本則經剷改，作"燁"。又如初刻本《時序》篇輯注"何范張沈"條注"景胤"之"胤"，此本缺末筆；初刻本《程器》篇"屈賈之忠貞"之"貞"，此本改爲正規字體"貞"。

當然，黄氏對初刻本的校改，並不徹底，主要表現在三個方面：

第一，初刻本正文與輯注所出條目不統一之處，陳鱣藏本有的地方作了校改(如初刻本《通變》篇"脱穎"，正文及輯注條目統一改作"穎脱"；初刻本《定勢》篇"譬盾"，正文及輯注中統一改作"譬楯")，但多數情況則未及校改，如：

初刻本《原道》篇正文作"患憂"，而輯注中作"憂患"。

初刻本《徵聖》篇正文作"機神"，而輯注中作"幾神"。

初刻本《宗經》篇正文作"太山"，而輯注中作"大山"。

初刻本《辨騷》篇正文作"拓宇"，而輯注中作"括宇"。

初刻本《祝盟》篇正文作"大祝"，而輯注中作"太祝"。

初刻本《誄碑》篇正文作"改眄"，而輯注中作"改盼"。

初刻本《諸子》篇正文作"羿斃"，而輯注中作"羿弊"。

初刻本《書記》篇正文作"關刺解諜"，而輯注中"諜"作"牒"。

等等，陳鱣藏本均一仍其舊。又，初刻本《通變》篇正文及輯注中均作"隱括"，陳鱣藏本正文已改作"櫽括"，而輯注中仍作"隱括"

第二，輯注中的誤刻字也有不少未及校改者。如：

初刻本《辨騷》篇"譏桀紂"條引《離騷》作"昌柀"，"柀"應作"披"。

初刻本《明詩》篇"嵇"條"傷淵雅之志"，據《詩品》各本，"志"應作"致"。

初刻本《樂府》篇"庭萬"條《詩·邶風》之"邶"，應作"邠"。

初刻本《詮賦》篇"召公"條"瞽獻典"，據《國語》，"典"應作"曲"。

初刻本《頌讚》篇"原田"條"輿人之頌"、"裘鞸"條"魯人譏頌"，據《左傳》《孔叢子》，兩"頌"字並當作"誦"；"樊渠"條"基趺"，據《蔡中郎集》，"趺"應作"跂"。

初刻本《銘箴》篇"潘勗"條"潘勗與凱"，據《晉書》，"凱"應作"覬"。

初刻本《誄碑》篇"孫綽"條注"庾道恒"，據《世說新語》，"恒"應作"恩"。

初刻本《論說》篇"敬通"條"聊成"，據《文選注》，"成"應作"城"。

初刻本《詔策》篇"中書"條"王言彌嫩"，據《通典》，"嫩"應作"徽"。

初刻本《奏啓》篇"楊秉"條注"梁胤"，依避諱例，"胤"字應缺筆。

初刻本《書記》篇"進弔書"條注作"子服敬叔"，據《檀弓》，"服"應作"叔"。

初刻本《神思》篇"王充"條注"造性書"，據《後漢書》，"性"上當補"養"字。

初刻本《通變》篇"脫穎"條注"脫穎而出"，據《史記》，"脫穎"當作"穎脫"。

初刻本《時序》篇"曠焉如面"黃校"注作曖"，"注"當作"汪"，輯注"靈帝"條"自造《羲皇》之書"，據《後漢書》，"羲皇"當作"皇羲"。

初刻本《才略》篇"丁儀邯鄲"條注"比七人"，"比"當作"此"。

初刻本《知音》篇"論才"條"皆五霸"，"皆"當作"皆"；"春臺"條注引《老子》"如登春臺"，據河上公、王弼注本，當作"如春登臺"。

第三，初刻本所遺漏的梅慶生校語，此改刻本仍未改補。

如：《神思》篇"阮瑀據案而制書"之"案"字下，梅慶生校云："疑作'鞍'。"所校甚是，當從之，然黃氏初刻本、改刻本皆闕而不錄。

《才略》篇"嵇康師心以遣論"之"論"字下，梅慶生校云："疑作'造'。"黃氏初刻本、改刻本也都不錄。

以上失誤，黃氏校改時均未加處理，可謂美中不足。

（丙）覆刻養素堂改刻本（第一類）

楊明照先生藏本。卷首依次有黃氏序、《南史》本傳、例言六條、元校姓氏、姚培謙跋、目錄，次序與上述陳鱣藏本及侯長松藏本不同。黃氏眉批行款及文字、輯注文字校改情況，均與陳鱣藏本相同。正文文字與陳鱣藏本同，唯陳鱣藏本《明詩》"柏梁列韻"之"柏"，此本作"栢"。另外，審其字體刀法，精緻程度稍遜於陳鱣藏本和侯長松藏本。楊明照先生於黃氏序、例言、元校姓氏有六處批校，一律作“原刻作某”，可見楊先生即認定此本爲覆刻本。在衆多覆刻本中，此本刊刻質量最佳。

（丁）覆刻養素堂改刻本（第二類）

日本慶應大學圖書館藏有一養素堂本，除序跋、例言等六則上板位置與陳鱣藏本不同之外，文字方面與陳鱣藏本也略有差異：

《原道》篇黄評“解《易》者未發此義”，陳鱣藏本每行五字，而此本每行四字，且“解”刻作“觧”。

《明詩》篇“柏梁列韻”之“柏”作“相”。

《諧讔》篇“則髡袒而入室”之“袒”，此本作“祖”。

《隱秀》篇“淺而煒燁”、《時序》篇“故知暐燁之奇意”之“燁”，陳鱣藏本均作“爗”，而此本僅《隱秀》篇“燁”作“爗”，《時序》篇“燁”字不缺筆。

《知音》篇輯注“恠石”條“得玉徑尺”，此本“玉”仍作“王”。

至於陳鱣藏本中未加校改的訛誤，此本基本一仍其舊，唯《頌讚》篇“樊渠”條“基趺”之“趺”，此本作“跌”，當爲寫刻之誤。再審其字體刀法，明顯遜於陳鱣藏本和侯長松藏本，可以斷定此本當是以改刻本爲原本的覆刻本之一種。

（戊）覆刻養素堂改刻本（第三類）

首都圖書館藏有一養素堂本，例言有六條，姚氏識語置於卷首，均與陳鱣藏本同。區別主要在於：陳鱣藏本黄氏眉批每行五字，且與初刻本格式同，而此本每行三字，且置於框内。更重要的是，此本文字與陳鱣藏本有不少差異，如：

《原道》篇眉端黄評“解《易》者未發此義”，此本作“〇九者未發此義”。

《宗經》篇“根柢槃深”之“柢”，此本作“祇”。

《明詩》篇“柏梁列韻”之“柏”作“相”。

《詮賦》篇輯注“鄭莊”條注“穎考叔”之“穎”，此本作“頪”。

《諧讔》篇“髡袒之入室”之“袒”，此本作“祖”。

《檄移》篇“其在金革”之“革”，此本作“章”。

《夸飾》篇“騰擲而羞跼步”之“跼”，此本作“碉”。

《時序》篇“誠哉斯談”之“哉”，此本作“裁”。

初刻本《比興》篇“聲似竽籟”之“竽”，陳鱣藏本改爲“竽”，而此本仍作“竿”。

《隱秀》篇“淺而煒燁”、《時序》篇“故知暐燁之奇意”之“燁”，陳鱣藏本兩字均缺筆，作"燁"，而此本僅《隱秀》篇"燁"字作"燁"，《時序》篇"燁"字則不缺。

至於陳鱣藏本中未加校改的訛誤，此本則全部一仍其舊。另外，此本的字體、刀法要遠遜於陳鱣藏本。

綜上所述，例言有五條，元校姓氏有三十三人者，爲初刻本；例言有六條，元校姓氏有三十四人者，爲改刻本；《明詩》篇"柏梁列韻"之"柏"作"栢"者，字體刀法與陳鱣藏本最近似者，爲第一類覆刻本；《原道》篇眉端黃評"鮮《易》者未發此義"每行四字（其餘皆爲行五字），僅《隱秀》篇"燁"缺筆作"燁"者，爲第二類覆刻本；眉端黃評全爲每行三字，且置於框内，正文有明顯的誤刻字（"祇"、"章"、"碉"、"裁"）者，則爲第三類覆刻本。除此之外，尚有其他類型的覆刻本，都由改刻本出，而各有各的不同，兹不列舉（見下文"第四類覆刻養素堂改刻本"）。就總體質量而言，以陳鱣所藏本爲代表的黃氏養素堂改刻本，不僅優於初刻本，而且勝過後出的以此爲本的各類覆刻本，堪稱善之善者。

（三）民國以來幾種《文心雕龍》通行本與養素堂本的差異

民國以來影響較大的幾種《雕龍》校注本所用的養素堂本，不僅與黃氏初刻本不同，而且與最接近初刻本的陳鱣藏本也頗有差異。

（甲）楊明照先生所使用的底本

楊先生作《文心雕龍校注》，自言所用的養素堂本卷首"例言"有六條，姚培謙跋在卷末。①考楊氏此本《指瑕》篇"若排人美辭"之"排"下校語，作"王本作'掠'"，與初刻本校語"一作'採'"不同，可知楊氏此本顯然並非初刻本。更爲重要的是，《校注》本的文字與初刻本及陳鱣藏本多有不同。例如（標※者，爲差異較明顯者）：

※初刻本及陳鱣藏本《原道》篇"振其徽烈"，"振"下黃校"元作褥"，《校注》本"褥"作"縟"。

初刻本及陳鱣藏本《原道》篇"民胥以傚"，《校注》本"傚"作"傚"。

※初刻本及陳鱣藏本《宗經》篇"歲歷綿曖"，《校注》本"綿"作"緜"。

※初刻本及陳鱣藏本《宗經》篇"萬鈞之洪鍾"，《校注》本"鍾"作"鐘"。

初刻本及陳鱣藏本《宗經》篇"賦頌謌讚"，《校注》本"謌"作"歌"。

---

① 見《增訂文心雕龍校注》附録"版本"部分"清黃叔琳輯註本"條下，標明此本爲"余藏"，可推知此本即爲楊先生校勘所據的底本。

　初刻本及陳鱣藏本《正緯》篇"東序秘寶"，《校注》本"秘"作"祕"。

※初刻本及陳鱣藏本《辨騷》篇"稱湯武之祇敬"，《校注》本"祇"作"祗"。

※初刻本及陳鱣藏本《辨騷》篇"每一顧而淹涕"，《校注》本"淹"作"掩"。

　初刻本及陳鱣藏本《辨騷》篇"《遠遊》《天問》"，《校注》本"遊"作"游"。

※初刻本及陳鱣藏本《頌讚》篇"年積逾遠"，《校注》本"逾"作"愈"。

※初刻本及陳鱣藏本《祝盟》篇"昆蟲無作"，《校注》本"無"作"毋"。

※初刻本及陳鱣藏本《祝盟》篇"所以寅虔於神祇"，《校注》本"祇"作"祗"。

※初刻本及陳鱣藏本《誄碑》篇"樹碑述己者"，《校注》本"己"作"已"。

　初刻本及陳鱣藏本《哀弔》篇"國灾民亡"，《校注》本"灾"作"災"。

　初刻本及陳鱣藏本《雜文》篇"崔寔《客譏》"，《校注》本"寔"作"實"。

※初刻本及陳鱣藏本《諧讔》篇"自魏代已來"，《校注》本"已"作"以"。

　初刻本及陳鱣藏本《諧讔》篇"豈爲童稚之戲謔"，《校注》本"稚"作"穉"。

※初刻本及陳鱣藏本《史傳》篇"歲紀綿邈"，《校注》本"綿"作"緜"。

※初刻本及陳鱣藏本《史傳》篇"吹霜煦露"，《校注》本"煦"作"昫"。

※初刻本及陳鱣藏本《諸子》篇"孟軻膺儒以磬折"，《校注》本"磬"作"罄。

※初刻本及陳鱣藏本《諸子》篇"《鶡冠》綿綿"，《校注》本"綿綿"作"緜緜"。

　初刻本及陳鱣藏本《諸子》篇"崔寔《政論》"，《校注》本"寔"作"實"。

※初刻本及陳鱣藏本《論説》篇"婁護脣舌"，《校注》本"婁"作"樓"。

※初刻本及陳鱣藏本《論説》篇"弸張相隨"，《校注》本"弸"作"弛"。

　初刻本及陳鱣藏本《檄移》篇"暴彼昏亂"，《校注》本"昏"作"昬"。

　初刻本及陳鱣藏本《檄移》篇"摽蓍龜于前驗"，《校注》本"摽"作"標"。

　初刻本及陳鱣藏本《書記》篇"崔寔奏記於公府"，《校注》本"寔"作"實"。

※初刻本及陳鱣藏本《書記》篇"關刺解諜"，《校注》本"諜"作"牒"。

※初刻本及陳鱣藏本《鎔裁》篇"弸於負擔"，《校注》本"弸"作"弛"。

　初刻本及陳鱣藏本《章句》篇"庶保无咎"，《校注》本"无"作"無"。

　初刻本及陳鱣藏本《事類》篇"据事以類義"，《校注》本"据"作"據"。

※初刻本及陳鱣藏本《隱秀》篇"凉飇奪炎熱"，《校注》本"飇"作"飆"。

　初刻本及陳鱣藏本《隱秀》篇"若遠山之浮烟靄"，《校注》本"烟"作"煙"。

※初刻本及陳鱣藏本《養氣》篇"湊理無滯"，《校注》本"湊"作"腠"。

※初刻本及陳鱣藏本《附會》篇"夫能懸識湊理"，《校注》本"湊"作"腠"。

※初刻本及陳鱣藏本《總術》篇"不必盡窕榻栝之中"，《校注》本"榻"作"抓"。

※初刻本及陳鱣藏本《總術》篇"若夫善奕之文"，《校注》本"奕"作"弈"。

初刻本及陳鱣藏本《才略》篇"瑗寔踵武"，《校注》本"寔"作"實"。

※初刻本及陳鱣藏本《程器》篇"而近代詞人"，《校注》本"詞"作"辭"。

※初刻本及陳鱣藏本《程器》篇"孔璋愡恫以麤疎"，《校注》本"愡"作"慁"。

※初刻本及陳鱣藏本《序志》篇"夫宇宙綿邈"，《校注》本"綿"作"緜"。

※初刻本及陳鱣藏本《序志》篇"倘塵彼觀"，《校注》本"倘"作"儻"。

通觀這些異文，可知初刻本和陳鱣藏本這兩個版本的文字與黃氏所據的底本梅本大都相同（僅"煦"、"愡"、"倘"三字與梅本異），而《校注》本則與梅本差異較大。總之，楊氏所用的本子既非養素堂初刻本，①而與陳鱣藏本也不相同，當爲養素堂覆刻本之一。

值得注意的是，楊氏所用的底本與芸香堂本有部分文字重合，如《原道》篇"民胥以俲"之"俲"兩本均作"傚"，《辨騷》篇"每一顧而淹涕"之"淹"兩本均作"掩"，《論説》篇"婁護脣舌"之"婁"兩本均作"樓"，《檄移》篇"暴彼昏亂"之"昏"兩本均作"昬"，《鎔裁》篇"弛於負擔"之"弛"兩本均作"弛"，《事類》篇"据事以類義"之"据"兩本均作"據"，《序志》篇"而近代詞人"之"詞"兩本均作"辭"，"崔寔"兩本一律作"崔實"，等等。又，楊氏《校注》於《隱秀》篇下"黃氏輯注"之後載有"紀云：癸巳三月，以《永樂大典》所收舊本校勘，凡阮本所補悉無之，然後知其真出僞撰"一條，顯然是根據後出的芸香堂本迻錄。據此，可推知楊氏迻錄《雕龍》本文時可能參考過紀評本，其文字已非純粹出於養素堂本。

（乙）詹鍈先生所使用的底本

詹先生作《文心雕龍義證》所用的本子，與養素堂初刻本及陳鱣藏本也有較大差異。例如（標※者，爲差異較明顯者）：

※初刻本及陳鱣藏本《原道》篇"振其徽烈"，"振"下黃校"元作褥"，《校注》本"褥"作"縟"。

初刻本及陳鱣藏本《原道》篇"民胥以俲"，《義證》本"俲"作"傚"。

※初刻本及陳鱣藏本《宗經》篇"歲歷綿曖"，《義證》本"綿"作"緜"。

---

① 初刻本《才略》篇"孫盛于寶"，陳鱣藏本改"于"爲"干"，而楊氏《校注》本仍作"于"，也不足以證明《校注》本出自初刻本。

初刻本及陳鱣藏本《宗經》篇"賦頌謌讚"，《義證》本"謌"作"歌"。

初刻本及陳鱣藏本《正緯》篇"東序秘寶"，《義證》本"秘"作"祕"。

※初刻本及陳鱣藏本《辨騷》篇"每一顧而淹涕"，《義證》本"淹"作"掩"。

※初刻本及陳鱣藏本《頌讚》篇"年積逾遠"，《義證》本"逾"作"愈"。

※初刻本及陳鱣藏本《祝盟》篇"昆蟲無作"，《義證》本"無"作"毋"。

※初刻本及陳鱣藏本《誄碑》篇"樹碑述己者"，《義證》本"己"作"亡"。

初刻本及陳鱣藏本《哀弔》篇"國灾民亡"，《義證》本"灾"作"災"。

※初刻本及陳鱣藏本《諧讔》篇"自魏代已來"，《義證》本"已"作"以"。

※初刻本及陳鱣藏本《史傳》篇"吹霜煦露"，《義證》本"煦"作"昫"。

※初刻本及陳鱣藏本《諸子》篇"孟軻膺儒以磬折"，《義證》本"磬"作"罄"。

※初刻本及陳鱣藏本《諸子》篇"《鶡冠》綿綿"，《義證》本"綿綿"作"緜緜"。

※初刻本及陳鱣藏本《論説》篇"婁護屑舌"，《義證》本"婁"作"樓"。

※初刻本及陳鱣藏本《論説》篇"弛張相隨"，《義證》本"弛"作"弛"。

初刻本及陳鱣藏本《檄移》篇"暴彼昏亂"，《義證》本"昏"作"昬"。

初刻本及陳鱣藏本《檄移》篇"摽蓍龜于前驗"，《義證》本"摽"作"標"。

※初刻本及陳鱣藏本《書記》篇"關刺解諜"，《義證》本"諜"作"牒"。

※初刻本及陳鱣藏本《鎔裁》篇"弛於負擔"，《義證》本"弛"作"弛"。

初刻本及陳鱣藏本《章句》篇"庶保无咎"，《義證》本"无"作"無"。

初刻本及陳鱣藏本《事類》篇"据事以類義"，《義證》本"据"作"據"。

※初刻本及陳鱣藏本《養氣》篇"湊理無滯"，《義證》本"湊"作"腠"。

※初刻本及陳鱣藏本《附會》篇"夫能懸識湊理"，《義證》本"湊"作"腠"。

※初刻本及陳鱣藏本《總術》篇"不必盡窕槬桍之中"，《義證》本無"桍"字。

※初刻本及陳鱣藏本《程器》篇"而近代詞人"，《義證》本"詞"作"辭"。

初刻本及陳鱣藏本《程器》篇"孔璋惚恫以麤疎"，《義證》本"惚"作"憁"。

※初刻本及陳鱣藏本《序志》篇"夫宇宙綿邈"，《義證》本"綿"作"緜"。①

可知詹氏此本與楊氏所用的本子重合之處較多，但也並非完全一致。

（丙）王利器、范文瀾先生所使用的底本

王先生作《文心雕龍校證》，自言所用的底本爲"姚刻黃注養素堂原本"，然

---

①　標※者，爲差異較明顯者。

此本與養素堂初刻本及陳鱣藏本相較，仍有許多文字不同，如上述諸篇中的某些異文，王氏《校證》本分別作"縟"、"掩"、"愈"、"毋"、"以"、"煦"、"弛"、"辭"、"傯"，①可推知王氏所用的養素堂本，也非初刻本，而且與楊氏所用的覆刻本也不相同，當爲另一個養素堂覆刻本。

　　至於范文瀾先生注《文心雕龍》所用的底本，則是掃葉山房本和《四部備要》本，②文字與養素堂本也頗有差異。如上述諸篇中的某些異文，范注本分別作"縟"、"掩"、"愈"、"以"、"磬"、"樓"、"牒"、"弛"、"傯"。③另外，《四部備要》本由翰墨園本出，翰墨園本的誤刻字也爲范注本所沿襲，如《風骨》篇"骨髓峻也"之"峻"作"峋"，《通變》篇"臭味晞陽"之"晞"作"睎"，《練字》篇"及李斯删籀"之"及"作"乃"，《序志》篇"大哉聖人之難見也"之"也"作"哉"，等等，范注本都未加訂正。總之，范氏所用的底本既非養素堂初刻本，也不是養素堂改刻本，而是養素堂改刻本之後經過輾轉覆刻的本子，即由養素堂初刻本，到養素堂改刻本，到芸香堂本，到翰墨園本，到《四部備要》本，最後才是范注本。

　　范氏民國時期作《雕龍》注解時，由於條件的限制，未能選擇佳槧作爲底本，其《雕龍》本文的文字顯然不如陳鱣藏本準確可靠，而一九五八年人民文學出版社重版范《注》時，由於校勘不精，又出現了不少排印差錯。例如：

　　《誄碑》篇"自魯莊戰乘邱"，范注本"邱"作"丘"。

　　《史傳》篇"然後銓評昭整"，范注本"銓"作"詮"。

　　《論說》篇"范雎之言事"，范注本"雎"作"睢"。

　　《章表》篇"敷奏絳闕"，范注本"奏"作"表"，"絳"作"降"。

　　《議對》篇"賈捐之之陳於朱崖"，范注本"於"作"于"；"秦秀定賈充之諡"，范注本"諡"作"謚"。

　　《書記》篇"先賢表諡"，范注本"諡"作"謚"。

　　《神思》篇"疏瀹五藏"，范注本"瀹"作"瀟"。

----

①　古書不見"傯侗"連文，"傯"與"惚"音義俱別，此字當爲誤排。

②　楊明照先生認爲范氏所用的底本爲翰墨園本或《四部備要》本（見《增訂文心雕龍校注》附錄八）。李平先生則進一步考證，認爲范氏最初作《文心雕龍講疏》所用的底本，當爲民國四年刊行的掃葉山房石印本（底本爲翰墨園本），至二十世紀三十年代中期，范氏修訂文化學社本《文心雕龍注》時，曾參考了剛出版不久的《四部備要》本。見《范文瀾〈文心雕龍注〉研究》之《范文瀾〈文心雕龍注〉底本考證》，中華書局，二〇二〇年版。

③　范氏所據之底本掃葉本及《四部備要》本均作"惚"，"傯"與"惚"音義俱別，此字當爲誤排。

《鎔裁》篇"引而伸之",范注本"伸"作"申"。

《時序》篇"雍容衽席之上",范注本"衽"作"袵"。

《才略》篇"范睢上疏密而至",范注本"疏"作"書";"泠然可觀",范注本"泠"作"冷"。

《程器》篇"惚恫以麤疏",范注本"惚"作"怳"。

以上范注本的文字,或爲擅改,或爲誤排,均與范氏所據的底本不同。底本不佳與排印疏繆,這兩個方面導致了流行至今的范注《雕龍》本文的缺陷。

范氏《注》、楊氏《校注》、王氏《校證》、詹氏《義證》這四部"龍學"著作,對近現代"龍學"研究影響巨大,尤其是范注本,更是成爲繼黄叔琳《輯註》之後最通行的本子,代表了現代《雕龍》研究的權威,甚爲學者所依賴。可惜的是,四家所用的底本"出身不正",淆亂了養素堂原刻版傳下來的《雕龍》文本,後學者不察,誤認爲四家的底本即真正的養素堂本,深信《雕龍》本文就是如此,導致長期以訛傳訛,這不能不説是"龍學"史上的一大憾事。今人研讀《雕龍》,倘能轉而使用國圖藏陳鱣藏本(下文所述"養素堂改刻本乙種"與此同刻),則其本正矣。

六、《文心雕龍》的校勘及主要版本叙録

《文心雕龍》一書自問世以後,歷經傳鈔翻刻,產生了很多訛誤。即以現存最早的唐寫本而論,就有許多文字與今本不同,且其中不可從的文字也不在少數。例如:

《宗經》篇"義既極乎性情",唐寫本"極"作"挺"。

《離騷》篇"以爲皆合經術",唐寫本"術"作"傳";"揚雄諷味",唐寫本"味"作"談";"耀豔而深華",唐寫本"深"作"采"。

《樂府》篇"殷整思於西河",唐寫本"整"作"釐";"叔孫定其容與",唐寫本"與"作"典";"《怨志》訣絕",唐寫本"怨"作"宛"。

《頌讚》篇"年積逾遠",唐寫本"積"作"迹"。

《祝盟》篇"宜在殷鑒",唐寫本"在"作"存"。

《銘箴》篇"所以箴銘異用",唐寫本"異"作"寡"。

《誄碑》篇"其詳靡聞",唐寫本"詳"作"詞";"旨言自陳",唐寫本"旨"作"百";"有慕伯喈",唐寫本"慕"作"摹"。

《哀弔》篇"履突鬼門"，唐寫本"履"作"腹"；"或美才而兼累"，唐寫本"美才"作"行美"。

《雜文》篇"揚雄覃思文閣"，唐寫本"覃"作"淡"；"張衡《應間》"，唐寫本"間"作"問"；"甘意搖骨體"，唐寫本"體"作"髓"。

等等，這説明《雕龍》一書到唐代已經異文紛出，出現了不同的本子。

元代以前的《雕龍》校勘情況不可考。至明代，徐燉、曹學佺、朱謀㙔已感到"此書脱誤甚多"，"澷漫不可讀"，"恒苦舊無善本"，[①]不得不加以校讎。萬曆年間曾出現《雕龍》研究的熱潮，出現了一批從事《雕龍》校勘的學人。梅慶生《文心雕龍音註》卷首開列了一份校勘者的名單，包括楊慎、焦竑、朱謀㙔、曹學佺、謝兆申、徐燉、鍾惺等在內，共三十二人，其陣容之大，在詩文評類著作校勘中罕有其匹。徐燉以汪一元私淑軒本爲底本進行批校，於《雕龍》的文字訛誤多所舉正，貢獻尤多。王惟儉作《文心雕龍訓故》，參考衆本，共校九百一字，標疑七十四處，校訂精確，眼光敏鋭。梅慶生的《音註》匯集了朱謀㙔、謝兆申等人的校勘成果，同時加上自己不少獨到的發現，在當時屬於集大成之作。明末馮舒對謝恒鈔本所作的校訂，大都穩妥可從。徐、梅、王、馮四家校注，掃除了很多文字障礙，代表了明代《雕龍》校勘的最高成就。

清人發揮精於小學和校勘學的優勢，繼續對《雕龍》進行校勘，貢獻較爲突出的首推何焯，他以衆本爲依據，對《雕龍》全書進行批校，訂正了很多文字訛誤。其次是黃叔琳，他的《輯註》不僅吸收了梅慶生、王惟儉、馮舒、何焯等人的校勘成果，而且自己也用衆本比對，對《雕龍》本文進行了全面校理，成就是顯著的。再次，沈巖、吳翌鳳、郝懿行、顧廣圻、譚獻、孫詒讓等人，對《雕龍》進行專門校勘，各有創獲，紀昀評《雕龍》時也注意文字校勘，然多爲臆改，命中率不高。[②]另外，黃丕烈利用稀見元本和弘治活字本對《雕龍》進行了精心校勘，於保存古本而言，厥功甚偉。

民國以來，學者們對《雕龍》的校勘越來越全面而深入，其中用力最勤、成就

---

①　分別見徐燉批校《文心雕龍》第三冊卷末附葉、複校音釋梅本卷首曹學佺序、萬曆音註初刻梅本卷末。

②　關於明清兩代的《雕龍》校勘實績，可以參看汪師春泓先生所作的述評。見《文心雕龍研究史》第一章，北京大學出版社二○○一年版。

最大的當推楊明照先生。一是因爲楊先生搜集的《雕龍》版本最全面，①具有集成的性質，這就把《雕龍》的重要異文大都比對出來了；二是因爲楊先生充分利用唐寫本解決了"文體論"中的很多異文問題；三是因爲楊先生發現了不少前人没有注意到的訛誤，並給出了令人信服的解釋。②楊先生治"龍學"，詣力專精，良堪欽仰。其次是王利器先生。王先生用的版本儘管不如楊先生豐富，③但主要的異文也基本掌握了，不少判斷穩妥可靠。再次是張立齋先生。張先生使用的版本也不多，但善於從訓詁方面釐定文字。另外，黄侃、劉永濟、范文瀾、趙萬里、潘重規、李曰剛、徐復、王叔岷、詹鍈等先生，日本的鈴木虎雄、橋川時雄、斯波六郎、户田浩曉等先生，在校勘方面也都發現、解決了不少疑難問題。經過近現代學者的不斷校勘，《雕龍》的可讀性大爲增强。

　　然而時至今日，《文心雕龍》仍有許多版本、文字問題需要加以解決，主要表現在以下幾個方面：

　　一是，通行本黄氏養素堂本有初刻、改刻、覆刻的差别，不同的後出刻本也不盡相同，范文瀾、楊明照、王利器、詹鍈諸先生所用的本子，與黄氏養素堂初刻本也存在不少文字差異，這就需要重新落實養素堂本的本文。至於元刻本、張之象本、王惟儉本、梅慶生本、凌雲本、四庫全書本、馮舒校本、何焯校本，等等，實際上也都有各自不同的形態和種類，各種版本之間的源流關係需要加以仔細的梳理。

　　二是，前賢對一些重要版本未曾目驗，對一些有價值的異文、校語未曾采

---

① 《增訂文心雕龍校注》附録"引用書目"部分共各類《雕龍》版本六十四種（不含《太平御覽》引本），書中實際使用的《雕龍》刻本、寫本共有三十八種：唐寫本、《御覽》引本（共五種）、元至正本、倫明傳校元至正本、弘治本、弘治活字本、汪本、佘本、張甲本、張乙本、兩京本、何本、王批本、胡本、訓故本、萬曆初刻梅本、凌本、胡本、合刻本、梁本、祕書本、梅六次本、重修梅六次本、謝鈔本、彙編本、别解本、清謹軒本、尚古本、岡本、文溯本、文津本、張松孫本、王本、鄭藏鈔本、芸香堂本、翰墨園本、崇文本、思賢講舍本、龍谿本。

② 如《樂府》"繆襲所致"，楊氏校作"繆韋所改"。《論説》"范曄之言事"，楊氏於"事"上補"疑"字。《奏啓》"皁飭司直"，楊氏校"皁飭"作"白簡"。《時序》"公幹狗質於海隅"，楊氏校"狥質"作"狥禄"。均爲精解。

③ 王先生實際使用的《雕龍》版本共有二十八種：唐寫本、《御覽》引本、元至正本、倫傳元本、弘治本、汪本、佘本、張乙本、兩京本、何本、尚古本、訓故本、萬曆初刻梅本、凌本、梅六次本、彙函本、彙編本、合刻本、梁本、清謹軒本、岡本、文津本、文津輯注本、張松孫本、王本、芸香堂本、崇文本、龍谿本。

録、使用。如《史傳》篇"傅玄譏《後漢》之尤煩"之"尤"，四庫全書文瀾本改作"冗"；《練字》篇"字靡異流"之"異"，文瀾本改作"易"，等等，大多具有校勘價值，而前人均未使用此本。

三是，前賢對某些異文所作的是非判定，未必堅確可靠，需要重新加以斟酌、落實。如《徵聖》篇"弗可得已"，楊氏認爲"已"當從唐寫本作"也"，實則二字通，作"已"無誤；《風骨》篇"珪璋乃騁"，楊氏認爲"騁"當從元至正本等作"聘"，實則作"騁"自通，等等。

四是，版本異文具在，而前賢漏校者爲數不少，需要補苴。如《練字》篇"聲畫昭精"，"精"當從訓故本作"情"；《辨騷》篇"皆合經術"，"皆"當從王批本作"旨"，等等，前人均不出校。

五是，某些文字疑有訛誤，然無版本可據改，前賢依理校法做出校勘，但結論又不能令人滿意，需要提供新的解説。如《論説》篇"抵噓公卿之席"之"噓"，黃叔琳疑作"戲"，鈴木氏疑作"噱"，楊氏認爲當作"蠲"，然此字實可校作"吸"；"陰陽莫貳"之"貳"，楊氏、王氏等校作"忒"，實則作"貳"無誤；《情采》篇"吳錦好渝"之"吳"，楊氏疑"美"之誤，然此字實可校作"貝"，等等。

六是，經過歷代校勘的《雕龍》，仍舊存在一些疑滯費解而又可能爲訛誤的文字，前賢一直未加注意，需要加以校訂。如《事類》篇"張子之文爲拙"，"爲"上當補一"未"字；《練字》篇"臧否太半"，"臧否"當乙作"否臧"，等等，明清至現代人均未加校理。

本校箋即是在前賢校勘的基礎上，利用新材料和新方法，重新對《雕龍》的文字進行全面校勘，試圖最大限度地復原其本來面貌，爲讀者提供一個更加可讀的本子。全書校正黃本字句訛誤，共計六百二十二處，其中《原道》篇至《書記》篇，校正四百零七處，《神思》篇至《序志》篇，校正二百十五處。

本次校勘實際使用的《雕龍》版本，計：底本一種，主校本（用以比對所有出校異文的版本）四十六種（十種《御覽》引本算一種），參校本（用以比對部分關鍵異文的版本）十三種，批校本二十一種，選本二十一種，共一百零二種。除此之外，本書寫作過程中還參考了其他一些版本（擇要列四十種），又涉及未經眼的版本四種（見於楊明照、王利器兩先生的校語中）。今將各類版本一併叙録於下。

（甲）底本

清陳鱣藏乾隆六年（一七四一）養素堂刻黃叔琳輯註本（簡稱"黃本"，或稱

"陳鱣藏本",書中校語簡稱"黄校"。本叙録中爲"養素堂改刻本甲種")

國家圖書館藏本。書名葉後鈐有"得此書費辛苦後之人其監我"印及"仲魚圖象"肖像圖,卷首《南史》本傳題下鈐有"簡莊執文"印,卷一題下鈐有"陳仲魚讀書記"印,卷十末鈐有"簡莊審定"印。卷十的第六葉下,首三行有斷板。卷端首葉有陳鱣乾隆四十九年所寫的識語,末鈐"仲魚"印。其後依次爲黄氏乾隆三年序("梅子庚"誤作"梅子庚")、例言六條、元校姓氏、《南史》本傳、姚培謙跋、目録。每卷首葉版心下欄刻有"養素堂"三字。

每半葉九行,行十九字,五篇相接,分卷則另起。注附當篇後,低一格,除標注辭句外,均雙行。《隱秀》篇據何焯校本補有闕文。有陳鱣批校正文三條,批校黄氏注三條。[①]黄叔琳之子黄登賢、黄登轂任全書總校,每卷有參訂者(主要負責參考注之得失)二人,共二十人(其中顧進、金姓二人曾先後任一校、二校,陳祖范曾參與討論定稿),黄氏年家子姚培謙負責刊刻(同時任校勘之責),參與人數之多,可與梅慶生集諸家之力而作音註相匹敵。陳鱣藏本對養素堂初刻本的正文、輯注、校語、眉批進行了全面修訂、剜改(詳見上文所述),質量得到很大提高,堪稱黄氏輯注養素堂刻本的正宗。

清顧鎮《黄崑圃先生年譜》説:"雍正九年辛亥,公六十歳。夏四月,纂《文心雕龍註》。舊本流傳既久,音注多訛,公暇日繙閲,隨手訓釋。適吳趨文學顧尊光進來謁,因與共參訂焉。""乾隆三年戊午,公六十七歳。九月,刻《文心雕龍輯註》。時陳祖范來署,因將校定《雕龍》本復與論訂,而雲間姚平山廷謙適至,請付諸梓。"據此,可知《輯註》纂於雍正九年,乾隆三年始校定付梓。

黄叔琳以梅慶生《音註》爲底本,對《雕龍》本文進行了全面校勘,所作的工作主要表現在以下兩個方面:

一是,於行間增補校語,約計一百八十餘條。

以《原道》篇爲例,黄氏於"實天地之心"下,增"一本'實'上有'人'字,'心'下有'生'字";於"則焕乎始盛"之"始"下,增"馮本作'爲'";於"原道心以敷章"之"以敷"下,增"'以敷',一作'裁文',從《御覽》改";於"旁通而無滯"下,增"一作'涯',從《御覽》改";於"鼓天下之動者"下,增"'者'字從《御覽》增",等等。凡此等校語,都屬於有版本依據者(黄氏所用的校本主要有《御覽》引本、汪一

---

① 正文批校見於《辨騷》《銘箴》《議對》三篇,注文批校見於《頌讚》《銘箴》《論説》三篇。

元本、張之象本、王惟儉本、馮舒校本、何焯校本等）。

又，黃氏於《正緯》篇“僞既倍摘”之“倍”下，增“疑作‘掊’”；於“尹敏戲其深瑕”之“戲”下，增“疑作‘巇’”；於《殷湯》如茲之“湯”下，增“疑作‘易’”；於《樂府》篇“斬伎鼓吹”之“伎”下，增“疑作‘岐’”；於《書記》篇“觀此四條”之“四”下，增“疑作‘數’”；於《鎔裁》篇“獻替節文”之“替”下，增“疑作‘質’”，等等。凡此等處，皆是無所依傍，自出己意而作校正者。

二是，校訂梅本正文文字，包括改字、增字、删字、乙正字，約計二百六十餘字。

有出校記而改者。如梅本《明詩》篇“清曲可味”之“曲”，改作“典”，校云：“一作‘曲’，從《紀聞》改。”《頌讚》篇“動植讚之”之“讚之”，改作“必讚”，校云：“一作‘讚之’，從《御覽》改。”《諧讔》“尤相效之”之“相”，改作“而”，校云：“一作‘相’。”等等。

有未出校記而徑改者。如梅本《正緯》篇“堯造録圖”之“録”，改作“緑”；《銘箴》篇“橋公之銘”之“銘”，改作“鉞”；《誄碑》篇“亦石碑之意也”之“石”，改作“古”；《才略》篇“孟陽景福”之“福”，改作“陽”；“龍世厭風”之“龍”，改作“能”；《程器》篇“蓄素以絪中”之“絪”，改作“弸”；《序志》篇“諒塵彼觀”之“諒”，改作“尙”；等等。

有增補者。如梅本《辨騷》篇“異乎經典者”下，增“也”字；《明詩》篇“雅潤爲本”、“清麗居宗”上分别增“則”字；《銘箴》篇“罕施代”之“施”下，增“於”字；《通變》篇“文於唐時”之“文”上，增“則”字；《時序》篇“詩必柱下之旨”下，增“歸”字；《知音》篇“崇己抑人”下，增“者”字；等等。

有删除者。如梅本《誄碑》篇“張陳思兩文”，删“思”字；《書記》篇“君子小人可見矣”，删“可”字；《事類》篇“《趙都賦》客云”，删“客”字；《才略》篇“跡其爲才也”，删“也”字；等等。

有乙正者。如梅本《論説》篇“秦君延”，改作“秦延君”；《檄移》篇“董之以師武”之“師武”，乙作“武師”；《比興》篇“襄楚信讒”之“襄楚”，乙作“楚襄”；《附會》篇“文節自會”之“文節”，乙作“節文”；等等。

當然，黃氏此校本也並非盡善。主要表現在如下幾個方面：

一是，此本有不少校改失當者。

如梅本《祝盟》篇“體失之漸也”之“體”不誤，而黃氏改作“禮”；《史傳》篇“繫乎著作”之“繫”不誤，而黃氏改作“繁”；《才略》篇“思洽登高”之“登”不誤，而黃氏改作“識”；等等。

二是，此本有不少漏校者。

如《誄碑》篇"《周》《乎》衆碑"之"乎"，當從唐寫本、《御覽》引作"胡"；《檄移》篇"移寶易俗"之"寶"，當從何校本作"實"；《書記》篇"《詩》《書》可引者也"之"可"，當從訓故本作"所"；等等。

三是，此本有明顯的寫刻之誤。

如梅本《辨騷》篇"駟虬乘翳"之"駟"，誤作"駉"；《情采》篇"研味孝老"之"孝"，誤作"李"；《程器》篇"孔璋惚恫以麤疎"之"惚"，誤作"惚"；等等。

凡此等處，皆有待校正。但相較之下，黄氏此本校訂最精，訛誤最少，[1]故歷來學人對它評價甚高。如近人傅增湘云："至國初黄氏叔琳，遂有《輯註》之作，於梅本多所糾正，其訛文奪字，亦綜合諸本之得失，以定其是非。此編一出，則凡明刊各本皆可束置不觀。"[2]民國以來校《龍》者大都以黄本爲工作底本，良有以也。[3]

（乙）主校本

一、唐人草書殘卷本（簡稱"唐寫本"。或稱"唐本"、"敦煌本"、"燉本"）

原藏於甘肅敦煌莫高窟藏經洞，光緒二十六年（一九〇〇）出土，光緒三十三年（一九〇七）被英籍匈牙利裔探險家斯坦因（Marc Aurel Stein）攜走，今藏英國倫敦大英博物館東方圖書室，編號爲 S.5478，爲現存《文心雕龍》最古的本子。字作草體。粘葉裝，[4]十一點八乘以十六點八厘米，四界，烏絲欄。共十二紙，二十二葉，四十四個半葉，每半葉十行或十一行，行二十二、二十三字不等。自《原道》贊語"龍圖獻體"之"體"字起，至"《諧讔》第十五"篇名止，共存四

---

① 黄本最善，已成公論。如范文瀾先生説："《文心雕龍》以黄叔琳校本爲最善。"（《文心雕龍注》例言）楊明照先生説："（黄本）刊誤正訛，徵事數典，皆優於王氏《訓故》、梅氏《音註》遠甚。"（《〈文心雕龍〉版本經眼録》）可爲代表性的評價。自從紀昀於此本上施加批評之後，更推動了它在清中葉以後的廣泛流行。

② 見《明嘉靖本〈文心雕龍〉跋》，《國民雜誌》一九四一年第十期。

③ 陳新先生説："一般而言，刻本比排印本可靠；經過名家校定的本子，比普通刻本可靠。"（《關於注釋》，見《錦衣爲有金針度》，人民文學出版社，二〇二三年版，第六十二頁）黄氏養素堂本之所以勝於元明各本，正在於它是經過萬曆以來衆家校訂的本子。

④ 日本池田温説："《文心雕龍》殘册，就是寫在用兩層上等質地的薄麻紙粘貼在一起製作成的粘葉裝册子上的珍貴寫本。"（見池田温《敦煌文書的世界》第一部《序編》，第三九頁，中華書局，二〇〇七年版）又見方廣錩《現存最早的粘葉裝書籍——敦煌遺書斯 05478 號〈文心雕龍〉裝幀研究》，《文獻》二〇一六年第三期。

百六十二行，九千一百四十餘字，約占全書四分之一强。“明詩第六”前行題
“卷第二”，“銘箴第十一”前行題“卷第三”，表明此本乃五篇合爲一卷，共十卷，
與《隋書·經籍志》著録同。①

　　此本究竟寫於唐代哪一時期，人各有説。林其錟、陳鳳金先生認爲“至遲
不晚於開元天寶之世，有很大可能殆出初唐人手”。②日本池田温先生認爲“這
恐怕是八世紀中葉盛唐時期中原的寫本”。③楊明照《〈文心雕龍〉板本經眼録》
（後簡稱“楊氏《經眼録》”）云：“卷中‘淵’字、‘世’字、‘民’字均闕筆（‘民’字亦
有作‘人’字者）。由《銘箴》篇‘張昶’誤爲‘張旭’推之，蓋出玄宗以後人手
（‘照’字卻不避）。”趙萬里先生認爲“卷中‘淵’字、‘世’字、‘民’字均闕筆，筆勢
遒勁，蓋出中唐學士大夫所書”。④姜亮夫先生認爲當在“唐宣宗大中七年（八
五三）”。⑤鈴木虎雄先生認爲“蓋係唐末鈔本”。⑥

　　二、《太平御覽》引本（共用《御覽》引本十種，凡各本所引《雕龍》文字相同
者，統稱“《御覽》引”。所引《雕龍》文字不同者，則作如下簡稱：《四部叢刊》影
印宋本《御覽》簡稱“宋本《御覽》”，日本宮内廳藏宋慶元五年刻《御覽》簡稱“宮

---

　　①　關於唐寫本《文心雕龍》，除此本之外，學界人士尚提及另外兩種本子：一種爲王利器、楊
明照兩先生提及的“前北京大學西北科學考查團（按，應爲中國西北科學考查團）團員某藏唐寫
本”、“近人黄文弼藏唐寫殘卷本”（見《文心雕龍新書》序録、《文心雕龍校證》序録、《文心雕龍校注
拾遺》附録“寫本”）。實則團員某（黄文弼）所藏者，並非唐寫本《文心雕龍》。王利器《我與〈文心
雕龍〉》説：“趙萬里先生知余之從事於整理是書也，乃告余曰：‘你的北大同學黄某，藏有敦煌卷子
《隱秀》篇。’找到黄某交談，方知他所藏的實乃是唐寫本《文選序》，而非《文心雕龍·隱秀篇》。”
（見王貞瓊、王貞一整理《王利器學述》，浙江人民出版社，一九九九年版。此事另見王世民《所謂
黄文弼先生藏唐寫本〈文心雕龍〉究竟是怎麼一回事》，載朱玉麒、王新春編《黄文弼研究論集》，科
學出版社，二〇一三年版）此本已經證實爲子虛烏有，故楊先生於後出的《增訂文心雕龍校注》附
録中刪掉了有關此本的描述。另一種爲顧廷龍先生提及的用正楷鈔寫的敦煌寫本《文心雕龍》。
顧先生於一九八七至一九九五年之間，曾多次向林其錟先生談到他見過的另一個敦煌寫本《雕
龍》，是黑底白字的複印件，字體不是草書、行書，而是楷書，字體較大。顧先生回憶説，一九四六
年農曆九月二十八日，張元濟先生曾把此本的複印件交給他，讓他用《四部叢刊》本進行校對。並
認爲此本一定在台灣，不知藏於誰人之手（見林其錟、陳鳳金《增訂文心雕龍集校合編》附録三《承
教録》，及林其錟《顧廷龍談〈文心雕龍〉敦煌寫本》，《社會科學報》一九九五年三月二十六日）。究
竟是顧先生記憶有誤，還是確有一楷書敦煌本傳世，疑不能明。
　　②　見《敦煌遺書文心雕龍殘卷集校·前言》，上海書店，一九九一年版。
　　③　見池田温《敦煌文書的世界》第一部《序編》，第三九頁，中華書局，二〇〇七年版。
　　④　見《唐寫本文心雕龍殘卷校記》，載《清華學報》第三卷第一期，一九二六年。
　　⑤　見《莫高窟年表》，上海古籍出版社，一九八五年版，第三九五、三九六頁。
　　⑥　見《黄叔琳本文心雕龍校勘記》之“校勘所用書目”，《支那學研究》一九二九年第一卷。

本《御覽》”，明鈔南宋蜀本《御覽》(國家圖書館藏)簡稱“明鈔本《御覽》”，明萬曆周堂銅活字本《御覽》簡稱“周本《御覽》”，明萬曆倪炳刻本《御覽》簡稱“倪本《御覽》”，清乾隆《四庫全書》本《御覽》簡稱“四庫本《御覽》”，清嘉慶汪昌序活字本簡稱“汪本《御覽》”，清嘉慶張海鵬刻本簡稱“張本《御覽》”，清嘉慶鮑崇城刻本《御覽》簡稱“鮑本《御覽》”，日本喜多邨直寬活字本《御覽》簡稱“喜多邨本《御覽》”)

以宋本《御覽》爲例，其書共引《雕龍》四十三則，引文字數達九千八百餘字，約占全書的百分之二十六。涉及《原道》至《附會》共二十三篇，①其中《明詩》《詮賦》《頌讚》《銘箴》《誄碑》《哀弔》《史傳》《詔策》《檄移》《章表》《奏啓》十一篇，徵引近乎全篇，其餘篇目則多有刪節。各本《御覽》所引《雕龍》，文字頗有不同，其中宋本、明鈔本、周本等宋明引本大致相同，當接近南北朝隋唐以來《雕龍》的原貌，而四庫本、汪本、張本等清代引本則顯然依據《雕龍》本書重新做過校改。

三、元至正十五年(一三五五)嘉興郡學刊本(簡稱“元至正本”)

上海圖書館藏本。此爲今存最早的單刻本。卷首有元錢惟善序。版心下魚尾前後記有刻工姓名“楊青”、“謝茂”。白文，每半葉十行，行二十字，五篇相接，分卷則另起。《隱秀》篇“瀾表方圓”與“風動秋草”之間有脱文，《史傳》《封禪》《奏啓》《定勢》《聲律》《知音》《序志》等篇，皆有漫漶處，卷五闕第九葉。

四、明馮班鈔元本(簡稱“馮鈔元本”)

常熟圖書館藏本。卷一首葉題下“天啓甲子”印記。卷十末葉鈐有“錢孫保印”、“求赤氏”、“孝修”三印，卷末馮班跋後鈐有“班”、“一字虎”兩印。卷首有目錄。每半葉九行，行二十字。卷末鈔録錢允治題識：“按，此書至正乙未刻於嘉禾，弘治甲子刻於吳門，嘉靖庚子刻於新安，辛卯刻於建安，癸卯又刻於新安，萬曆己酉刻於南昌。至《隱秀》一篇，均之闕如也。余從阮華山得宋本鈔補，始爲完書。甲寅七月廿四日，書於南宮坊之新居。錢功甫記。”其後爲馮班

---

① 《原道》見於卷五八一、五八五，《宗經》見於卷六〇八，《明詩》見於卷五八六，《詮賦》見於卷五八七，《頌讚》見於卷五八八，《銘箴》見於卷五八八、五九〇，《誄碑》見於卷五八九、五九六，《哀弔》見於卷五九六，《雜文》見於卷五九〇，《史傳》見於卷六〇三、六〇四，《論説》見於卷五九五，《詔策》見於卷五九三，《檄移》見於卷五九七，《章表》見於卷五九四，《奏啓》見於卷五九四、五九五，《議對》見於卷五九五，《書記》見於卷五九五、五九八、六〇六，《神思》《風骨》《定勢》《事類》《附會》均見於卷五八五，《指瑕》見於卷五九六。

跋:"功父,名允治,厥考穀,①傳世好書,所藏精而富,今則散爲烟雲矣。余從錢牧齋得是書,前有元人一叙,極爲可嗤,因去之,而重加繕寫。其間譌字尚多,不更是正,貴存其舊云。馮彪。"據此可知,此本乃馮班據錢謙益藏錢允治本鈔録。然以字體驗之,與謝恒鈔本十分接近,而《隱秀》篇自"始正而末奇"以下字體卻與他篇明顯不同(與謝鈔本情形同),與卷末馮班跋語接近,個中原因不得而知,或因兩部書均由謝恒鈔録,而僅《隱秀》篇補文由馮氏兄弟鈔録。

　　此本眉端基本無校語,行間有朱筆和黄筆校字,朱筆字主要依據《御覽》過録異文,黄筆字則是據他本所作的校改或臆改。此本不録馮舒本人所作的校勘。可知此本與謝恒鈔馮舒校本是兩個不同的版本,即馮班從錢謙益處所借者與馮舒所借者並非同一本子。元至正本卷首有元人錢惟善的序,馮班所謂"前有元人一叙",當即指此;又此本每卷首葉首行大題"文心雕龍卷第某"下,題署"梁通事舍人劉勰彦和述",也與元至正本相同,可知此本與元至正本當同出一源。

　　以篇中異文驗之,此本與至正本基本相同,而與謝恒鈔本差異較大。如元至正本《詮賦》篇"賈誼《鵩鳥》"之"鳥",此本同,而謝鈔本作"賦";《諧讔》篇"城者發睅目之謳"之"者",此本同,而謝鈔本作"甲";《論説》篇"歷聘而罕過"之"聘",此本同,而謝鈔本作"騁";《檄移》篇"龔行天罰"之"罰",此本同,而謝鈔本作"討";《章表》篇"陳謝可見"之"可",此本同,而謝鈔本作"自";《議對》篇"頗累文骨"之"文",此本同,而謝鈔本作"風";《書記》篇"《太誓》古人有言",此本同,而謝鈔本"太誓"下有"曰"字;《神思》篇"馴致以繹辭"之"繹",此本同,而謝鈔本作"懌";"雖未費",此本同,而謝鈔本"雖"下有"云"字;《體性》篇"輻湊相成"之"湊",此本同,而謝鈔本作"輳";"文體繁詭"之"體",此本同,而謝鈔本作"辭";《風骨》篇"鷹隼之采"之"之",此本同,而謝鈔本作"乏";《通變》篇"蒙汜"之"蒙",此本同,而謝鈔本作"濛";《麗辭》篇"八句相銜"之"八",此本同,而謝鈔本作"句";"宋盡"之"盡",此本同,而謝鈔本作"畫";《夸飾》篇"饟屈原"之"饟",此本同,而謝鈔本作"釀";等等。

　　此本與元至正本也不盡相同。如元至正本《原道》篇"焕乎始盛"之"始",

---

① "穀",馮舒校謝鈔本卷末附葉作"穀"。據《明史・文苑傳》,文徵明門人錢穀,字叔寶,"穀"爲"穀"之俗,則此錢氏此字實當作"穀"。

此本作"爲"；"至夫子繼聖"，此本"至"後有"若"字；《徵聖》篇"多方舉禮"製"方"，此本作"文"；《宗經》篇"後進追取而非曉"之"曉"，此本作"晚"；《辨騷》篇"《小雅》怨誹"之"誹"，此本作"誹"；"絶益稱豪"，此本作"艷溢鎦毫"；《明詩》篇"聖謀所析"之"謀"，此本作"謨"；等等。

五、黄丕烈傳校元本（簡稱"黄傳元本"）

　　浙江大學圖書館藏本。此爲黄丕烈、顧廣圻合校本，底本爲第二類覆刻養素堂改刻本（見下叙録）。黄、顧兩家所據以校者，爲元刊本、明弘治活字本、覆刻汪一元本、①謝恒鈔馮舒校本。朱墨分校，黄氏所校元刊本及謝鈔本用朱筆，所校活字本及覆刻汪本用墨筆，顧氏所校四本，均用墨筆。

　　收藏此傳録本者非止一家，浙江大學圖書館所藏者，乃譚獻所傳，譚氏稱此校本"足爲是書第一善本"（《復堂日記》五）。孫詒讓從譚氏所藏本迻録後，於底本"例言"末題："光緒元年除日，倩友人録同年譚中儀（獻）所弄顧、黄合斠《文心雕龍》戬，記之。詒讓覆勘。"並鈐有"中容校定善本"朱印一方，可見此傳校本之來歷。目録末有顧廣圻題識："甲寅冬孟，檢閲一過，見注尚多疎舛，②偶有舉正，著于上方，其所未盡，俟之暇日。十四日，燈下。顧廣圻記。"卷十篇末有顧廣圻題識："嘉靖庚子歙汪一元本校一過。澗薲記。時戊午九月。"卷五末有黄丕烈題識："元刻《文心雕龍》校，馮鈔校本校。凡馮本及校與元刻合者，加圈識之；活字本校與元刻合者，註一'活'字爲記。汪本覆校。蕘圃。"卷十末有黄丕烈題識："元刻《文心雕龍》校，戊辰三月。馮鈔校本校。復翁。""凡馮校與元刻合者，加圈以别之。""汪本覆校。蕘圃。""案，此云元作某者，與所校元本時有不合，③何也？復翁。""活字本校與元刻合者，加'活'字爲記。"可知其傳校體例。

　　所據元刊本及弘治活字本今已不可復得，幸有此傳校本得以窺見其大概。據目録首葉上方黄丕烈眉批"元本每葉二十行，行二十字"，可知黄氏所傳之元本與嘉興郡學刊本行款相同，然兩本文字頗有差異，當非一刻。如《明詩》篇

---

　　①　《哀弔》篇"而霍子侯暴亡"之"子侯"，汪本作一墨釘，覆刻汪本作"光"，而顧黄校本校亦作"光"，即可爲證。

　　②　指黄叔琳《輯註》。

　　③　楊明照先生説："'此云元作某者'，係指黄叔琳校語，而黄氏校語多沿用梅氏萬曆音註本，並非親覿元刊也。又元刊《文心》不止一種，故黄丕烈與梅慶生所校時有不合。"（《增訂文心雕龍校注》附録七）

"五言騰踊"之"踊"，元至正本作"踴"，黃傳元本作"踊"；《詮賦》篇"遂客主以首引"之"客主"，元至正本作"各至"，黃傳元本作"客主"；等等。

六、近人倫明傳校元本（簡稱"倫傳元本"）

國家圖書館藏本。底本爲清道光十三年芸香堂刻黃叔琳輯注紀昀評本。朱墨套印。所臨校者僅有《原道》至《書記》二十五篇。卷一首葉"文心雕龍卷第一"下題："元至正嘉興郡學刊本，每半葉九行，行十七字，每篇相連。"行款與上述元至正本不同，可知元至正中所刻《雕龍》非止一版。

此本文字與上述元至正本頗有差異。如《宗經》篇"故最附深衷矣"，元至正本作"敢最附深衷矣"，倫傳元本作"敢附深衷矣"；"《禮》以立體"，元至正本作"《禮》季立體"，倫傳元本作"《禮記》立體弘用"；《明詩》篇"或柝文以爲妙"之"柝"，元至正本同，倫傳元本作"析"；《詮賦》篇"結言揔韻"之"揔"，元至正本同，倫傳元本作"擷"；"柝滯必揚"之"柝"，元至正本同，倫傳元本作"析"；《諧讔》"有足觀者"，元至正本同，倫傳元本作"有定稱者"；《詔策》篇"賜太守陳遂"，元至正本作"貴博士陳遂"，倫傳元本作"責太守陳遂"；《書記》篇"故以爲術"之"以"，元至正本爲一墨釘，倫傳元本作"稱"；等等。此本與黃傳元本也間有不同。如《封禪》篇"雖文理順序"之"順"，元至正本、黃傳元本作"煩"，此本作"頗"；等等。

七、明弘治十七年（一五〇四）馮允中本（簡稱"弘治本"。本叙錄中爲"弘治本甲種"）

國家圖書館藏本。目錄首葉鈐有"曾在周叔弢處"印章。此本即錢允治跋謂"弘治甲子刻於吳門者"。卷首有馮允中序，卷末有都穆跋。卷十末葉有"吳人楊鳳繕寫"字樣。白文，每半葉十行，行二十字，五篇相接，分卷則另起。此本爲現存明代最早的刻本。

八、黃丕烈顧廣圻傳校明弘治活字本（簡稱"弘治活字本"）

浙江大學圖書館藏本。底本爲第二類覆刻養素堂改刻本（見下叙錄）。黃氏未言所據之活字本排印於何年，與馮允中弘治本不知孰先孰後。此活字本與弘治本文字頗有不同。如《樂府》篇"《怨志》訣絕"，弘治本同，活字本作"《怨志》訣絕"；《史傳》篇"雖湘川曲學"之"川"，弘治本作"州"，活字本作"川"；《情采》篇"而盼倩生於淑姿"之"盼"，弘治本作"盼"，活字本作"盼"；等等。

九、明嘉靖十九年（一五四〇）汪一元私淑軒本（簡稱"汪本"。本叙錄中

爲"私淑軒甲種")

北京大學圖書館藏本。書名葉題"文心雕龍　徐興公校"。此本即錢允治跋謂"嘉靖庚子刻於新安者",爲汪氏原刻。卷首有加葉一紙,鈔《福州府志》,記徐㶿、徐延壽、徐鍾震祖孫三代履歷。卷首載徐㶿崇禎己卯(一六三九)題記,次爲《梁書》劉勰傳,次爲錢惟善序、佘誨序、葉聯芳序、樂應奎序、朱載璽序、馮允中序、程寬序,再次爲方元禎序、目録。卷末有楊升菴與張禺山公書、徐㶿萬曆二十九年(一六〇一)跋、徐㶿萬曆三十五年(一六〇七)跋、曹學佺戊申(一六〇八)八月書、晁公武《郡齋讀書記》評《文心雕龍》語一條、徐㶿萬曆四十年(一六一二)跋語一條、伍讓《文心雕龍》序、徐㶿萬曆四十七年(一六一九)跋語。

此本由弘治本出。每葉版心上方有"私淑軒"三字,版心下欄記有刻工姓名(序及卷一首葉記有黄璉,卷二首葉記有黄瑄,卷三首葉記有黄璵)。白文,每半葉十行,行二十字,五篇相接,分卷則另起。《隱秀》篇闕文,由徐㶿據朱謀垏舊藏本鈔補四百餘字,《序志》篇所闕三百餘字,由徐㶿據《廣文選》鈔補。

十、明嘉靖二十二年(一五四三)佘誨本(簡稱"佘本"。本叙録中爲"佘本甲種")

國家圖書館藏本。卷一首葉鈐有"彝尊"印章,知曾爲朱彝尊所藏。卷首有佘氏序。此本即錢允治跋謂"癸卯又刻於新安者",實出於汪一元私淑軒原刻,版心下欄記有刻工姓名(《原道》篇及《神思》篇首葉記黄璉,《明詩》篇首葉記黄瑄,《銘箴》篇首葉記黄與,《封禪》篇及《物色》篇首葉記宣,《比興》篇記化),版心上方已無"私淑軒"字樣。白文,每半葉十行,行二十字,五篇相接,分卷則另起。文字與汪本間有不同。

十一、明隆慶三年(一五六九)魯王三畏堂覆刻馮允中本(簡稱"隆慶本")

復旦大學圖書館藏本。卷首有目録,無馮允中序,卷十末葉無"吳人楊鳳繕寫"字樣,卷末也無都穆跋。卷首有朱頤堀序,題"高皇帝八代孫魯王三畏堂讚",首云:"《文心雕龍》……先御史郴陽馮君已序之矣。予讀而愛之,命工翻刻,以廣其傳,因復爲序。"末署"隆慶三年三月三日",鈐有"魯王私寶"、"秉禮奉藩"、"三畏堂"印章。"梁通事舍人劉勰"題署下,多仿元至正本手書"彦和述"三字,乃後人所增,並非原版所有。卷十末葉鈐有"開徑望三益"印章,鈔有明錢允治職語:"按,此書至正乙未刻于嘉禾,……甲寅七月廿四日,書于南宮坊之新居,時年七十四歲。錢功甫記。"其後鈔有清馮班跋:"功父,名允治,厥考縠，傳世好書，所藏精而富，今則散爲煙雲矣。余從錢牧齋得是書，前有元人一叙，極爲可嗤，因之，①而重加繕寫。其間譌字尚多，不更是正，貴存其舊云。馮彪。②康熙辛丑七月廿六日，觀河老人，年七十有七。"

此本雖由弘治本出，但文字方面卻有不少差異。如：弘治本《詮賦》篇"招宇"之"宇"，此本作"字"；"枚乘《兔園》"之"兔"，此本作"菟"；《頌讚》篇"仲冶《流別》"之"冶"，此本作"治"；《祝盟》篇"寅虔於神祇"之"祇"，此本作"祇"；"絢言朱藍"之"絢"，此本作"約"；《誄碑》篇"曖乎若可覿"之"曖"，此本作"曖"；《哀弔》篇"而霍■暴亡"之"■"，③此本補作"光"；《史傳》篇"而嬴是非之尤"之"嬴"，此本作"贏"；《諸子》篇"昔■力牧"之"■"，此本補作"風"；《詔策》篇"責博士陳遂"之"責"，此本作"貴"；"魏文魏下詔"之次"魏"字下，增雙行夾注"疑羨"二字；《議對》篇"劉歆之辨於祖宗"，此本删"之"字；《書記》篇"故■爲術"之"■"，此本補作"以"；"《太誓》"之"太"，此本作"大"；《練字》篇"臧■太半"之"■"，此本補作"否"；《附會》篇"及兒寬更草"之"兒"，此本作"倪"；《時序》篇"太王之化淳"之"太"，此本作"大"；"歎兒寬之凝奏"之"兒"，此本作"倪"；"公幹徇質"之"徇"，此本作"狥"；《序志》篇"則■別區分"之"■"，此本補作"品"；"及其品■成文"之"■"，此本補作"列"；等等。這些異文，除少數寫刻之誤以外，大多數當爲有意校改、增補，故此本已非弘治本之舊。

十二、涵芬樓《四部叢刊》影印明"嘉靖"刊本（簡稱"張甲本"）

校者自藏本。此本實爲張之象初刻或原刻，非嘉靖間刻本。卷首有目錄。白文，每半葉十行，行十九字，五篇相接，分卷則另起。版心下欄之前，記有張梗、陸本、顧本仁、袁宏、何祥、章國華、章扞、張敖、計山、沈倫、章右之、袁宸等刻工姓名，版心下欄之後，記每篇字數。每卷之後記有校者姓名。《論説》篇無"兑爲口舌故"及"故舜驚讒説"十字，《序志》篇"則常夢"與"索源"相接，中間缺三百二十二字。《徵聖》篇"文章昭晰"之"晰"，此本即作"晰"，不作"哲"；《辨騷》篇"故能氣往轢古"之"往"，此本作"性"。

楊氏《經眼錄》説："試先以萬曆五年張氏所刻《史通》證之：第一，《史通》附録有程一枝

---

① 清馮班鈔本卷末有此跋（見下文叙録），據馮班鈔本，"之"上當奪"去"字。
② 馮班鈔本跋之末，也署"馮彪"，但字上鈐有"班"印，字旁鈐"一字虎"印，據此，馮彪當即馮班。
③ 本書中"■"表示墨釘符號，下不一一標明。

致張氏書二葉,此本卷二後即有'太學生程一枝校'七字。第二,《史通》半葉十行,行十九字,每篇相接,分卷則另起,篇名低上欄二格,作者題署下距底欄一格,板心魚尾下爲書名及卷數,下方兩側爲刻工姓名及全篇字數。此本板式、行款,悉與之同。第三,《史通》二十四名刻工中之陸本、張梗、章扞、章國華、袁宸,此本刻工亦有之。第四,《史通》與此本之字體、刀法毫無二致。僅此四端,涵芬樓據以景印者之非嘉靖本已昭然若揭。如再以萬曆七年張氏所刻《文心》原本比對,其板式、行款、字體、刻工姓名及板匡大小寬狹,無一不相吻合。若與嘉靖間汪一元、佘誨所刻者展卷並觀,不但紙墨無相似處,風格亦各異趣。然則此本爲張之象初刻或原刻無疑也。"

十三、明萬曆七年(一五七九)張之象本(簡稱"張乙本"。張甲本與張乙本相同時,統稱"張本")

國家圖書館藏本。卷首有張氏序,目録前有《梁書》本傳及訂正、校閲者名氏,每卷後附刻校者姓名,校閲名氏中錢日省之字爲"誠卿"。白文,每半葉十行,行十九字,五篇相接,分卷則另起。《論説》篇"兑爲口舌故"及"故舜驚讒説"十字、《序志》篇"則嘗夢"至"索源"之間的三百二十二字,均不缺。《徵聖》篇"文章昭晰"之"晰",此本作"哲",與上述張甲本不同;《辨騷》篇"故能氣往轢古"之"往",此本作"性",與上述張甲本同。《序志》篇多據佘本校改,如"則嘗夜夢執丹漆之禮器",佘本及此本均無"則"字,"雖復輕采毛髮"之"復",佘本及此本均作"或"。等等。

十四、明萬曆十年(一五八二)胡維新《兩京遺編》本(簡稱"兩京本")

商務印書館《叢書集成》一九三七年影印本。此爲明代叢書最早收録《雕龍》者。白文,每半葉九行,行十七字,五篇相接,分卷則另起。

十五、明胡震亨本(簡稱"胡本")

楊明照先生藏本。胡震亨本傳世極少,明清公私書目未見著録,楊氏所藏者,乃近人張爾田(字孟劬)臨校。書的首葉有楊氏職語"覆刻黄本,張孟劬校"。卷首有張氏職語,署名"張采田",後接武昌徐恕職語。卷一首葉眉端張氏題"依胡孝轅本校"字樣。底本爲覆刻養素堂本(屬於第二類覆刻養素堂改刻本,見下文)。胡本與黄本相異的字句,張氏皆用墨筆隸書於眉端,有些胡本的字,以硃筆於右側畫圈,或代表張氏之意見。

此本文字多與兩京本同。如《正緯》篇"糅其雕蔚"之"糅",兩本並作"揉";《祝盟》篇"獲佑於筋骨之請"之"佑",兩本並作"祐";《諧讔》篇"有足觀者"之"足觀",兩本並作"定稱";《議對》篇"祖述春秋"之"述",兩本並作"術";《通變》

篇"何以明其然耶"之"明",兩本並作"知";《聲律》篇"志於文也,則申寫鬱滯",兩本"也"下有"舍氣無依"四字;"滯"下有"玄解頓釋之輩"六字;"若長風之過籟";"籟"下,兩本並有"流水之浮花,鄭人之買櫝"十字;《養氣》篇"志於文也","也"下兩本並有"舍氣無依"四字;《時序》篇"其鼎盛乎"之"其",兩本並作"甚",等等,均有別於他本,可見兩本之密切關係。楊氏將此本列於何本之後,訓故本之前,今將其與兩京本並列。

十六、明萬曆二十年(一五九二)何允中《漢魏叢書》本(簡稱"何本"。本叙錄中爲"何本甲種")

日本東京大學東洋文化研究所藏本。卷一"文心雕龍"大題下署"梁東莞劉勰著,張遂辰閲"。白文,每半葉九行,行二十字,五篇相接,分卷則另起。卷首有佘(原誤爲"余")誨序,可知此本當由佘本出。然文字與此前的元至正本、弘治本、汪本、佘本、隆慶本、張本、兩京本、王批本有很大不同,卻與此後的梅本多有重合,可以視爲元至正本之後的第一次較大變異。《時序》篇"傲雅觴豆"之"傲"作"俊";《序志》篇"圖風勢"下,據元至正本、弘治本增"幽遠"二字,是其典型特徵。

十七、明萬曆年間王世貞批,趙雲龍、沈嗣選校本(簡稱"王批本")

日本九州大學圖書館藏本。書前後無序跋。眉端、行間無批校語,僅有《雕龍》白文,字多俗體、異體。每半葉八行,行二十字,五篇相接,分卷則另起。《諸子》《論説》《封禪》《風骨》有闕葉。

楊氏《經眼錄》說:"刊刻年地雖不可知,然審其風格、刀法,諒不出於萬曆之世。"

十八、明萬曆三十七年(一六〇九)成書、萬曆三十九年(一六一一)刊刻王惟儉訓故本(簡稱"訓故本"。本叙錄中爲"九行訓故本甲種")

日本京都大學文學部藏本。據卷首張同德《合刻訓註〈文心雕龍〉〈史通〉序》,①知此本刻於萬曆辛亥(即三十九年),而據王惟儉《文心雕龍訓故序》末署作序時間,則知此書於萬曆三十七年夏即已殺青。②

卷首王序之後,尚有《南史·劉勰傳》、凡例(共七條)、目錄,卷末有楊慎與張含書並王氏識語。每半葉九行,行十八字,篇自爲起止,注附當篇後。《隱

①　《文心雕龍資料叢書》(學苑出版社,二〇〇四年版)所收的《文心雕龍訓故》影印本,卷首無此序,廣陵書社影印《文心雕龍訓故》(行款等均與此本同,見下文叙錄)卷首有之。

②　楊明照先生據王氏自序認爲此本刻於萬曆三十七年。而詹鍈先生據張同德序認爲此本刻於萬曆三十九年,稱之爲"自刻本"。

秀》篇自"瀾表方圓"與"風動秋草"之間有闕文。凡存疑之字，王氏皆加"□"作標識，全書共"校九百一字，標疑七十四處"。對於不同版本的異文，則以"一作某"的形式注於本字下。此本與國家圖書館所藏者相較，行款有九行與十行的不同，且有不少文字差異（見下叙録）。

十九、明天啓七年（一六二七）謝恒鈔本（簡稱"謝鈔本"）

國家圖書館藏本。目録首葉有"稽瑞樓"、"季振宜藏書"、"鐵琴銅劍樓"諸印。卷一首葉鈐有"稽瑞樓"、"上黨馮氏藏書"、"空居閣藏書記"諸印，卷末鈐有"上黨馮舒"、"馮己蒼手校本"諸印。卷末附朱謀埠、錢允治、馮舒跋。尾葉書"壬寅臘月望後重裝"。卷一"文心雕龍卷第一"下，署"梁通事舍人劉勰彦和述"，與元至正本、馮鈔元本同。每半葉九行，行二十字，五篇相接，分卷則另起。馮氏校語置於眉端。《隱秀》篇有馮氏鈔補四百餘字，字體與他篇明顯不同，是馮舒爲了防止此篇外傳而親自鈔寫者。此即馮舒於天啓七年從錢謙益處借得錢允治本而乞謝恒鈔録者，黄叔琳、黄丕烈所稱的"馮本"，《季滄葦藏書目》《稽瑞樓書目》《鐵琴銅劍樓藏書目》所著録的寫本，實即此本。

馮舒用以校勘此本所用的版本有：元至正本、弘治本、佘本、謝兆申本、錢允治本、梅慶生音註萬曆四十年復校本（由《通變》篇"乘機無怯"推知），可知此本與上述六本是各不相的本子，從卷一大題下所署"梁通事舍人劉勰彦和述"與元至正本、馮鈔元本相同來看，此本或與元刻本相去不遠；而此本《原道》篇"則焕乎爲盛"、《附會》篇"石之合玉"等關鍵字句，與《御覽》引合，爲其他諸本所不及，説明此本來源甚古，當早於梅慶生音註本。故姑置於此。

二十、明萬曆三十七年（一六〇九）梅慶生音註本（簡稱"初刻梅本"。諸種梅本相同時，則統稱"梅本"。梅氏校語簡稱"梅校"。本叙録中爲"初刻梅本甲種"）

國家圖書館藏本。[①]卷首有顧起元序，末署"上元許延祖書"，有"顧起元

---

① 關於梅氏萬曆己酉本的刊刻地，明錢允治跋謂"萬曆己酉刻於南昌"，詹鍈、黄霖先生從之（分别見《文心雕龍義證》卷首版本叙録、《文心雕龍彙評》卷首評本提要）。復旦大學圖書館藏有一萬曆初刻梅本，卷首顧起元序首葉版心下，刻有"吉安刘云刊"字樣（"刘云"二字原刻即爲俗體），可證錢説不誤。而徐焴崇禎己卯跋文謂："此本吾辛丑校讎極詳，梅子庚剞於金陵，列吾姓名於前，不忘所自也。後吾得金陵善本，遂舍此少觀。前序八篇……又金陵刻之未收者。"徐氏所説的金陵善本，或指梅慶生天啓二年第六次校訂本而言，梅六次本卷首書名葉左下方，正刻有"金陵聚金堂梓"字樣。楊明照先生從徐氏説，認爲"錢氏寫此序時，已七十四歲，記誤筆誤，勢所難免，故刻於南昌説，不如徐跋之確鑿可憑"，恐非。

印"、"會元及第"、"許延祖印"、"無念"諸印記。作序時間爲"萬曆己酉嘉平月",即萬曆三十七年十二月(卷首梅氏識語末署"己酉孟冬")。序後依次爲《梁書》劉舍人本傳、楊慎與張含書並梅氏識語、音註凡例(共八條)、《文心雕龍》讎校姓氏、《音註》校讎姓氏、目録。卷末有都穆跋、朱謀㙔跋。自顧起元序至目録共十三葉,版心下刻有"乙、二、三……十三"字樣。每半葉九行,行十八字,五篇相接,分卷則另起。音校厠正文當字下,雙行。注附當篇後,低一格。標注辭句外,均雙行。楊慎批點皆仍之,惟以五種符號代其五色。《隱秀》篇"瀾表方圓"與"凉飆動秋草"之間有闕文。《頌讚》篇作"遷史固書",《史傳》篇作"理欲吹霜噴露",《通變》篇"采如宛虹(龍也)",注解之"龍"字不闕,《比興》篇作"且何謂爲此"。戶田浩曉所叙録的"昌平本",①當與此本同刻。黄叔琳輯注《雕龍》,即以此本爲底本。

二十一、明萬曆壬子(四十年,一六一二)梅慶生音注復校本(簡稱"復校梅本")

臺北"中央圖書館"藏本。封面題"複校音釋文心雕龍楊升菴先生五色圈點曹能始先生批評"。卷首有曹學佺序(曹序首見於此),末署"萬曆壬子春仲友人曹學佺撰",並有"吳一沐書"字樣,知此書刻於萬曆四十年。曹序之後,有顧起元序、馮允中序、方元禎序、程寬序、葉聯芳序、樂應奎序、佘誨序,此七篇序皆初刻梅本所無。卷末有都穆跋、朱謀㙔跋,與初刻梅本同。行款格式與初刻梅本全同。所不同者在於,此本於眉端增加了曹學佺的批語。梅七次本也載有曹批,但此本較梅七次本爲全,如此本《徵聖》篇眉批"楊批亦未必然",《宗經》篇眉批"'文用'疑作'運用'",《詮賦》篇"末重風骨爲是",等等,皆爲梅七次本所無。

此本對初刻梅本的校改範圍不大,主要有:初刻梅本《宗經》篇"《禮記》立體據事",此本作"《禮記》立體弘用據事","弘用""據事"品排刻,而梅氏天啓二本增"弘用",但非品排刻;《史傳》篇"史載筆左右",此本剟去"左右"二字,梅六次本有此二字,梅七次本又剟去此二字;"而嬴是非之尤"之"嬴",此本改爲"贏",天啓二本同之;《諸子》篇"大夫處世"之"大",此本改爲"丈",天啓二本同之;《詔策》篇"並稱曰令"之"令",此本改爲"命",天啓二本同之;"敕戒州邦"之

---

①　見《文心雕龍研究》之《〈文心雕龍〉梅慶生音注本的不同板本》,曹旭譯,上海古籍出版社一九九二年版。

"邦"，此本改爲"部"，天啓二本同之；《封禪》篇"祀天之壯觀"，此本"觀"下增
"矣"，"觀矣"二字品排刻；天啓二本同之"文理順（元作煩）序"，此本改爲"文理
頗（曹改）序"，天啓二本同之；《通變》篇"乘機無法"之"法"，此本改爲"怯"，天
啓二本改爲"跲"；《聲律》篇"摘文乖張"之"摘"，此本改爲"摛"，天啓二本同之；
《養氣》篇"夫學業在勤，故有錐股自厲"，"勤"下補"功庸弗怠"，"厲"下補"和熊
以苦之人"，天啓二本同之；《總術》篇"不必盡宛楸枰之中"，此本剗去"枰"字，
天啓二本同之；《知音》篇"魏氏以夜光爲怪石"之"氏"，此本改爲"民"，天啓二
本同之；《程器》篇"雕朽附"之"朽"，此本改爲"墁"，天啓二本同之；《序志》篇
"夫有肖貌天地"之"有"，此本改爲"自"，天啓二本同之；"籠圈"上，此本增
"必"，梅六次本無，梅七次本有；"圖風勢"下，此本有"幽遠"，梅六次本無，梅七
次本有。其餘梅氏天啓二本所校改的，此本大都未作校改，因而此本可視爲萬
曆己酉初刻本與天啓第六次校定本之間的一個過渡性的版本。

二十二、明萬曆凌雲五色套印本（簡稱"凌本"。本叙錄中爲"凌本甲種"）

哈佛大學哈佛燕京圖書館藏本。書名題"劉子文心雕龍"。卷首依次有曹
學佺序、楊慎與張含書、閔繩初引、凌氏凡例（共六條）、《梁書》劉舍人本傳、校
讐姓氏。每半葉九行，行十九字，五篇相接，分卷則另起。五色套印，正文黑
字，眉端有楊慎、曹學佺及各家評注，以四色區别。

凌本刻於萬曆四十年之後（據卷首曹學佺序），底本來源情況較爲複雜。
此本卷首凡例説："元本字句多脱誤，惟梅子庚本考訂甚備，因全依之。"明言此
本據梅本寫刻，實際上並非如此。此本雖然采録了梅慶生的音注和校語，正文
也有不少地方符合初刻梅本的特徵（如《聲律》篇同作"響有□□"），但其正文
文字整體上與萬曆、天啓年間的四種梅本存在較大差異。例如，此本《養氣》篇
"學業在勤，功庸弗怠；故有椎骨自厲，和熊以苦之人"，初刻梅本無"功庸"句、
"和熊"句，等等，可知此本非出初刻梅本；此本《議對》篇"仲瑗"之"瑗"，梅氏
天啓二本均作"遠"，等等，可知此本也非出天啓梅本。

細加對勘，此本正文文字當主要出自何本。如《樂府》篇"聲依永"之"永"，
何本作"詠"；《雜文》篇"義暌"之"暌"，何本作"揆"；《神思》篇"並驅"之"並"，何
本作"共"；《風骨》篇"骨髓峻"之"峻"，何本作"駿"；"力强而致"之"致"，何本作
"至"；《章句》篇"條數"之"條"，何本作"常"；"告勞"之"告"，何本作"言"；《養
氣》篇"調暢"之"調"，何本作"條"；《附會》篇"駟牡"之"駟"，何本作"四"；《知

音》篇“觀千劍”之“劍”，何本作“刉”；《程器》篇“狠愎”之“狠”，何本作“悢”；《序志》篇“搦筆”之“筆”，何本作“管”，等等，這些異文皆爲何本所獨有，與梅本（四種）均不同，卻爲凌本所大量繼承。又，凌本《序志》篇“圖風勢”下有“幽遠”二字，也爲初刻梅本、梅六次本所無，當沿襲何本。值得注意的是，上述異文中的“搆”、“駿”、“至”、“言”、“常”、“刉”、“悢”、“管”，乃明顯的訛誤字，由此可以推斷這些異文乃底本何本原有，並非寫刻者依他本所作的校改。所以凌本與何本存在的不一致之處（如何本《論説》篇“讒勢”之“讒”，此本作“託”），當是寫刻者以何本爲底本而據梅本等所作的校改，而不是相反。

由於凌本是采梅氏音注評校以配何本正文，導致楊明照先生對凌本的底本來源感到疑惑，他先是斷定凌本“非以梅氏萬曆三十七年所刻者爲底本”，又推測凌本可能出於梅本之後的某次重校改刻本，實際上，凌本與四種梅本並非一個文字系統，它不可能是梅本的改刻本。正因凌本正文文字具有雜糅性，故其可取之處不在正文，而在其所采輯的明人批校。

二十三、明萬曆鍾惺《合刻五家言》本（簡稱“合刻本”）

國家圖書館藏本。“五家言”，即道言（《文子》）、德言（劉晝《新論》）、術言（《鬼谷子》）、辨言（《公孫龍子》）、文言（《文心雕龍》）。卷首有目録、《梁書》劉舍人本傳。每半葉九行，行二十字，篇各爲起止。梅注以《文心雕龍註解》爲名附於每卷後，梅氏注音及校改以小字注於本字側旁，楊慎、曹學佺、梅慶生、鍾惺四家評語列於眉端。此本雖然於每卷備録梅慶生的注解，但正文文字卻主要出自何本，[①]情形與凌本同。如上文所列何本的關鍵文字“詠”、“搆”、“共”、“駿”、“四”、“悢”，此本均同；又《諸子》篇“嫦娥”之“嫦”，此本作“姮”；《論説》篇“徘説”之“徘”，此本作“排”；《詔策》篇“渙其”之“渙”，此本作“焕”，等等，均與梅本（四種）異而與何本同，都可爲證。

二十四、明梁杰訂正梅六次本（簡稱“梁本”）

清華大學圖書館藏本。卷首有曹學佺序，行書，每半葉五行，至“與子庾將別書”爲止，删去“萬曆壬子仲春友人”等字。“曹學佺撰”下有“曹學佺印”、“能始氏”二印（其他地方則鈐有“藕華溪畔人家”、“既貧且樂”、“豐華堂書庫寶藏印”、“文王又十三世孫”、“鍾彦之印”、“鍾彦”、“美初”諸印識）。序後爲《梁書》

---

① 楊明照先生《經眼録》認爲此本出於萬曆梅本，恐非。

劉舍人本傳。其款式爲："梁東莞劉勰彦和著,明成都楊慎用脩評點,閩中曹學佺始能參評,武林梁杰廷玉訂正"。每半葉九行,行二十字,篇各爲起止。《總術》篇闕。注解因仍梅氏,附每卷後,間有删節。注音置於當字右側。楊慎、曹學佺評語,梅慶生、謝兆申、許天叙、孫汝澄諸家校語,分列眉端。

二十五、明天啓鍾惺評《秘書十八種》本(簡稱"秘書本")

日本國立公文書館藏本。卷末等處鈐有"昌平坂學問所"印章。卷首有曹學佺序,眉端有鍾氏評語。每半葉九行,行二十五字,五篇相接,分卷則另起。此本的正文文字當主要依據初刻梅本,如初刻梅本《原道》篇"五行之秀人實天地之心生",梅六次本無"人"、"生",而此本仍有;《頌讚》篇"樹義"之"義",梅六次本剗改作"儀",而此本仍作"義";《雜文》篇"珠仲"之"珠",梅六次本改爲"朱",而此本仍作"珠";《隱秀》篇"成化四象"之"成化",梅六次本改作"化成",而此本仍作"成化",等等,均可爲證。同時此本也參考了梅六次本,如初刻梅本《封禪》篇"文理順(元作煩)序",梅六次本剗改作"文理頗(曹改)序",此本同;《指瑕》篇"數筌(一作首)",梅六次本改作"數首(元作筌)",此本同;《序志》篇"夫有(衍)",梅六次本改爲"夫自(曹改)",等等。由此本《隱秀》篇仍有闕文推知,校改者未參考梅七次本,所以《序志》篇"圖風勢"後有"幽遠","籠圈"上有"必",當是據何本增補,而非梅七次本。楊明照先生認爲秘書本的底本"蓋出梅慶生萬曆三十七年後重校改刻者",恐亦未確。

楊氏《經眼錄》説:"審其字體(軟體字)紙墨,比《合刻五家言》本晚,殆刻於天啓、崇禎間。"

二十六、明天啓二年(一六二二)梅慶生音註第六次校定本(簡稱"梅六次本"。本叙錄中爲"梅六次本甲種")

日本京都大學圖書館藏本。書名葉題"楊升菴先生批點文心雕龍",左下方刻有"金陵聚錦堂梓"字樣。卷首有天啓二年宋毅隸書書寫顧起元萬曆己酉序,刻有"顧起元印"、"會元及第"、"宋毅之印"、"宋氏比玉"諸印記。其後依次爲音註凡例、《梁書》劉舍人本傳、都穆跋、朱謀瑋跋、讐校姓氏、楊升菴與張禹山公書並梅慶生識語、目錄。卷一首葉版心下欄前後,刻有"天啓二年梅子庚第六次校定藏板"。行款格式與初刻梅本同。《定勢》篇闕,《隱秀》篇"瀾表方圓"與"涼飆動秋草"之間有闕文。《通變》篇"采如宛虹(龍也)",注解之"龍"字爲一墨釘。

二十七、明天啓二年梅慶生音註第六次校定後重修本（簡稱"梅七次本"。本叙録中爲"梅七次本甲種"）

國家圖書館藏本。此本當重修於天啓二年第六次校定本之後，爲梅氏第七次校定改刻本。①卷首有宋轂隷書書寫顧起元序，末有"顧起元印"、"會元及第"、"宋轂之印"、"宋氏比玉"諸印記，次爲洪寬行書書寫曹學佺序，末署"萬曆壬子（四十年，一六一二）春仲友人曹學佺撰，天啓壬戌（二年，一六二二）孟冬洪寬書"，刻有"曹能始印"、"洪寬之印"、"中韋父"諸印記。其後依次爲：音註凡例、目録、讐校姓氏、楊升菴與張禺山書並梅慶生識語、《梁書》本傳。卷末附有萬曆三十七年謝兆申跋及天啓二年梅氏識語、萬曆癸巳（二十一年，一五九三）朱謀㙦跋。卷一首葉版心下欄前後，仍舊刻有"天啓二年梅子庚第六次校定藏板"字樣。行款格式與初刻梅本同。與此前的諸梅本相較，此本最大的變化是：《隱秀》篇補有四百餘字脱文。《定勢》篇不闕，各篇眉端間有曹學佺評語，都與梅六次本不同。《通變》篇"采如宛虹（龍也）"，注解之"龍"字爲一墨釘。

此本文字與梅六次本多有不同。如《明詩》篇"昔葛天氏樂辭云"，此本剗去"云"字；"繼軌周文"，此本"文"作"人"；"清曲可味"，此本"曲"作"典"；《祝盟》篇"而降神實務"，此本"實務"作"務實"；《史傳》篇"史載筆左右"，此本剗去"左右"二字；"執筆左右（八字元脱）"，此本"八"作"六"；"故節簡而爲名也"，此本"節"作"即"；"人始區詳而易覽"，此本"始"下"區別"二字品排刻（係就原版剗改）；《奏啓》篇"若能闔禮門"，此本"闔"作"闕"；"訐病爲切哉"，此本"切"作"功"；"如云啓聞"，此本"如"作"始"；《定勢》篇"力止襄陵"，此本"襄"作"壽"；《隱秀》篇"非研慮之所求也"，初刻梅本、梅六次本"求"作"果"，此本改作"求"；本篇"英華曜樹"，此本"曜"作"耀"；本篇"秀句所以照文苑"，此本作"隱篇所以照文苑，秀句所以侈翰林"；等等。

二十八、明崇禎七年（一六三四）陳仁錫《奇賞齋古文彙編》本（簡稱"彙編本"）

日本國立公文書館藏本。卷首有佘誨序。共選四十七篇（無《隱秀》《指

---

①　戶田浩曉認爲："聚錦堂本事實上是第六次校定本，天啓本（即此校定後重修本）至少是第七次校定的最後定本。因此，天啓本的刊行，也許當在聚錦堂本之後。""補入《隱秀》篇四百餘字的天啓本恐怕是最後出的。"（《文心雕龍研究》）此説爲楊明照先生所信從。

瑕《總術》），析爲二卷（《封禪》以下爲第二卷）。有"贊"者共十六篇。正文及"贊"多有删節。每半葉十行，行二十字。篇相連接，分卷則另起。行間有雙行夾注。陳仁錫評語分列眉端。此本當由初刻梅本出，如《宗經》篇"《禮》以立體"，此本作"《禮記》立體"；《程器》篇"孫楚狠愎而訟府"之"狠"作"狼"，均與初刻梅本同。文字間有不同，如《史傳》篇"銓評昭整"之"銓"，此本作"詮"；等等。

二十九、明崇禎十一年（一六三八）黄澍、葉紹泰評選《漢魏别解》本（簡稱"别解本"）

哈佛大學哈佛燕京圖書館藏本。《漢魏别解》共十六卷，四十六種，全書前有葉紹泰序。《文心雕龍》居第十二卷，選有《原道》《徵聖》至《知音》《序志》，共三十二篇。每半葉九行，行二十六字，字多俗體。篇自爲起止，篇後附葉紹泰評語。眉端評語多出自陳仁錫，間引楊慎、曹學佺、陶主敬、黄同德諸家。

此本當由何本出。如《徵聖》篇"文章昭晰"，别解本"晰"作"晰"，此本之前，唯何本作"晰"；《正緯》篇"《孝》《論》昭晢"，此本"晢"作"哲"；《辨騷》篇"艶溢錙毫"，此本作"艶益錙毫"；《情采》篇"夫能設謨以位理"，此本"謨"作"模"；《時序》篇"于叔德祖之侣"，此本"于叔"作"于俶"；"傲雅觴豆之前"，此本"傲"作"俊"；《序志》篇"則嘗夜夢執丹漆之禮器"之"嘗"，此本作"常"，"圖風勢"下有"幽遠"二字。等等，均與何本同，足可爲證。

三十、清抱青閣重鐫姜午生本（簡稱"抱青閣本"）

浙江大學圖書館藏本。扉葉上方題"楊升菴先生批點"，右側有"西湖張石宗、洪載之兩先生參注"字樣；左側上方有"康熙三十四年重鐫"字樣，下方有"武林抱青閣梓行"字樣。卷首有葉德輝手書題記、《梁書》劉舍人本傳、校刻楊升菴先生批點文心雕龍音註凡例（末署武林周兆斗識）、目録。列校讎姓氏聞啓祥子將、顧懋樊霖調等二十二人，姜午生鎮惡殿後，與梅慶生所列全然不同。每卷"楊升菴先生批點文心雕龍"大題後，題"梁劉勰撰"，並明代參注者二人姓名。正文、校語與姜午生本基本相同。此本與初刻梅本間有不同，如《史傳》篇"雖令德而常嗤，理欲吹霜煦露"，此本剜去"吹"字，作"雖令德而常嗤，理欲霜噴露"。

楊氏《經眼録》説："抱青閣本乃就姜午生本原書上板，而姜本則又據梅慶生萬曆己酉本覆刻者。又梅氏之八條音注凡例，人所熟知，抱青閣本乃標爲'武林周兆斗識'；全書音注、校正，本梅氏多年力作，亦人所公認，抱青閣乃署爲'張埔、洪吉臣參注'，揭篋探囊，欺世盗名，書估故伎耳。"

三十一、清雍正六年(一七二八)銅活字《古今圖書集成》本(簡稱"集成本")

中華書局影印本。《欽定古今圖書集成》修成於康熙四十五年(一七〇六),雍正四年(一七二六)校勘重編,雍正六年(一七二八)內府始印銅活字本六十五部。此書收錄有除《諸子》篇之外的《雕龍》原文。①

此本當依何本進行繕錄,如《時序》篇"傲雅觴豆"之"傲"作"俊",《序志》篇"圖風勢"下有"幽遠"二字,並可爲證。同時參考了梅六次本等,對文字進行了校改,實爲康熙、雍正年間學人校正《雕龍》的重要成果。如《哀弔》篇"至於蘇慎張升",此本改"慎"爲"順";《史傳》篇"理欲吹霜噴露",此本校作"吹霜煦露";《詔策》篇"兆民尹好",此本改"尹"爲"伊";《議對》篇"斷理必綱",此本改"綱"爲"剛";《通變》篇"揚雄《校獵》",此本改"校"爲"羽";《定勢》篇"力心襄陵",此本改作"力止壽陵";《章句》篇"環情草調",此本改"草"爲"節";等等。

三十二、日本尚古堂木活字本(簡稱"尚古本")

國家圖書館藏本。此爲木活字本,版心下有"尚古堂"三字。版式行款等與何允中萬曆二十年《漢魏叢書》本全同:卷首有佘(誤作余)誨序,卷一首葉"梁東莞劉勰著"下題"張遂辰閱",白文,每半葉九行,行二十字,五篇相接,分卷則另起,《隱秀》篇"瀾表方圓"與"涼颷動秋草"之間有闕文。又《論説》篇"並順風以託勢"之"託",唯此本同何本作"譏",《時序》篇"傲雅觴豆"之"傲"作"俊",《序志》篇"圖風勢"下有"幽遠"二字,並可爲此本出自何本的顯證。

此本與岡白駒校正句讀本有淵源關係。如《原道》篇"調如竽瑟"之"竽",唯此本與岡本誤作"竿";《徵聖》篇"鑒周日月"之"周",唯此本與岡本作"同";《正緯》篇"曹褒撰讖以定禮"之"撰",唯此本與岡本作"制";《明詩》篇"五子咸怨"之"咸",唯此本與岡本作"成",等等,皆可爲證。

然兩本亦多有不同。如《原道》篇"業峻鴻績"之"業峻",此本同何本作"業峻",而岡本作"峻業";《諸子》篇"戰伐所記者也"之"伐",此本同何本作"伐",

---

① 其中《理學彙編·文學典》第二卷《文學總部》,收錄《文心雕龍》的《原道》《徵聖》《宗經》《正緯》《諧讔》以及《神思》以下的二十五篇,《隱秀》篇有缺文。《文學典》第一三七卷收《詔策》篇,第一四六卷收《章表》篇,第一五〇卷收《奏啓》《議對》兩篇,第一五三卷收《頌讚》《封禪》兩篇,第一五六卷收《銘箴》篇,第一五七卷收《檄移》篇,第一六一卷收《書記》篇,第一六五卷收《史傳》篇,第一六七卷收《誄碑》篇,第一七一卷收《論説》篇,第一七四卷收《祝盟》篇,第一七五卷收《哀弔》篇,第一八三卷收《辨騷》《詮賦》兩篇,第一九〇卷收《明詩》篇,第二四〇卷收《樂府》篇,第二六〇卷收《雜文》篇。

而岡本作"代";《書記》篇"體貌本原"之"體",此本同何本作"禮",而岡本作
"體";《比興》篇"楚襄信讒"之"楚襄",此本同何本作"襄楚",而岡本作"楚懷";
《指瑕》篇"撫叩酬即"之"酬即",此本同何本作"酬即",而岡本作"即酬";同篇
"育獲之疇"之"疇",此本同何本作"疇",而岡本作"儔";《養氣》篇"戰代枝詐"
之"枝",此本同何本作"枝",而岡本作"技";《附會》篇"夫能懸識湊理"之"湊",
此本同何本作"湊",而岡本作"腠";《時序》篇"顧盼合章"之"合",此本同何本
作"合",而岡本作"含";等等。可知推知,此本更加接近何本原貌,而岡本與何
本多有不同,當是岡白駒以此本爲底本而進行了校改,楊明照先生《經眼録》認
爲岡本"蓋據尚古堂木活字本開雕",①張師少康先生認爲岡本"實際上就是尚
古堂本的覆刻本",②這種判斷是符合事實的。

三十三、日本岡白駒校正句讀本(簡稱"岡本")

日本慶應大學藏本。序言首葉鈐有"佐佐木氏圖書印"印章。日本大阪心
齋橋筋的文海堂刻於享保辛亥(十六年),當清雍正九年(一七三一)。此本當
據尚古堂本開雕。卷首無佘誨序,有岡白駒《刻文心雕龍序》。白文,每半葉九
行,行二十字,五篇相接,分卷則另起。

此本與何本及尚古本亦間有不同。除上述數條之外,又如《詮賦》篇"原夫
登高之旨"之"旨",何本與尚古本作"皆",此本作"階";《祝盟》篇"黃帝有祝邪
之文"之"祝",何本與尚古本作"祝",此本作"利";《書記》篇"券之楷也"之
"楷",尚古本與何本作"楷",而此本作"諧";《時序》篇"顧盼合章"之"合",尚古
本與何本作"合",而此本作"含";等等。

三十四、清乾隆六年(一七四一)黃叔琳輯注養素堂初刻本(簡稱"養素堂初刻本"。本叙録中爲"養素堂初刻本甲種")

上海圖書館藏本。目録首葉鈐有"蛾術齋主人讀書樂"圖像,黃序首葉鈐
有"籍圃主人"、"麥谿張氏"、"擁書萬卷亦足以豪"諸印,卷一首葉鈐有"蛾術齋
藏"印,卷十末葉鈐有"蛾術齋"印,可知此本曾爲乾隆年間人和邦額所藏。另

---

① 楊氏《增訂文心雕龍校注》附録認爲尚古堂本"蓋據岡本發排,而又參照何允中本",説正
相反,非是。

② 見《文心雕龍資料叢書》之《日本岡白駒校讀本》跋。關於尚古堂本的出版年代,可以確
定的是,它出於萬曆二十年以後。張師少康先生認爲此本出版於日本"享保年間"(一七一六至一
七三五,當清康熙五十五年至雍正十三年),當爲合理的推斷。姑且將其列在集成本之後(集成本
初成於康熙四十五年)。

外,目録首葉鈐有"汲古得修綆"印,卷一首葉大題下鈐有"胥母山民"印,卷末鈐有"耕經芸史"、"我自得我"印,等等。卷首有黃氏乾隆三年序("梅子庚"誤爲"梅子庚")、《南史》本傳。卷一首葉版心下欄前有"養素堂"三字。《隱秀》篇補有闕文。每半葉九行,行十九字,五篇首尾相接,分卷則另起。注附當篇後,低一格,除標注辭句外,均雙行。眉端間有黃氏評語,每行五字。

此本與陳鱣藏本的差別主要在於:卷首"例言"僅有五條,元校姓氏僅有三十三人(無"王惟儉字損仲")。兩本在正文、輯注、校語、眉批等各個方面都存在較多差異,詳見上文所列舉。

三十五、清乾隆四十二年(一七七七)《四庫全書薈要》本(簡稱"薈要本")

臺北世界書局影印本。卷首有目録、提要。五篇相接,分卷則另起。白文,每半葉八行,行二十一字。《薈要》總目五集部四詩文評一《文心雕龍》提要云:"今依内府所藏明汪一元刻本繕録,據元、明槧本及楊慎、朱謀瑋諸家校本及國朝(按,當爲明朝)何允中《漢魏叢書》本、黃叔琳《輯註》本恭校。"知底本爲汪本,但由於經過大面積校改,此本與原本差異很大,實際上形成了新的本子。後來的四庫全書《雕龍》四本,均有此特點,故都具校勘價值。

三十六、清乾隆四十四年(一七七九)文淵閣《四庫全書》黃叔琳輯注本(簡稱"文淵輯注本")

臺北商務印書館影印本。卷首有提要、黃氏序,無例言,無眉端黃氏評語。此本與陳鱣所藏黃氏養素堂改刻本同源。如初刻本《史傳》篇"詮評"條"謝丞曰詮"之"丞",此本改爲"承";《議對》篇"仲瑗"條注"劭字仲達"之"達",此本改爲"遠";《物色》篇"元駒"條注"白馬,謂蚊蚋也"之"馬",此本改爲"鳥";《才略》篇"丁儀邯鄲"條注"自潁川邯鄲淳"之"潁",此本改爲"穎";《知音》篇"恇石"條注"得王徑尺"之"王",此本改爲"玉",等等,均與陳鱣藏本相同。

四庫館臣對陳鱣藏本中的訛誤進行了勘正。如初刻本、陳鱣藏本《辨騷》篇"譏桀紂"條引《離騷》作"昌柀","柀"此本改作"披";《頌讚》篇"樊渠"條"基趺","趺"此本改作"跂";《銘箴》篇"潘勗"條"潘勗與覬","凱"此本改作"覬";《論説》篇"敬通"條"聊成","成"此本改作"城";《奏啓》篇"楊秉"條注"梁胤","胤"字此本缺末筆;《才略》篇"李尤"條注"井車諸銘","井車"此本改作"孟津","丁儀邯鄲"條注"比七人","比"此本改作"此";《知音》篇輯注"論才"條"皆五霸","皆"此本改作"告";等等。相較於文津輯注本、文瀾輯注本(見下叙録），此本對黃氏輯注部分的校改最爲完善。

正文文字也間有訂正。如《祝盟》篇"騂毛白馬"，此本"毛"改作"旄"；《銘箴》篇"温嶠《傅臣》"，此本"傅"改作"侍"；等等。此本彌補了陳鱣藏本的若干缺憾，質量有所提高。

三十七、清乾隆四十四年文淵閣《四庫全書》本（簡稱"文淵本"）

臺北商務印書館影印本。卷首有目録、提要及方元禎序，知此本乃依汪一元本繕録。五篇相接，分卷則另起。白文，每半葉八行，行二十一字。雖以汪本爲底本，然文字多據黄本進行校改，殊非汪本之舊。以《附會》篇爲例，"斯綴思之常數"之"常"，"夫文變無方"之"無"，"文節自會"之"文節"，"兒寬更草"之"兒"，"六轡如琴"後無"並駕齊驅，而一轂統輻"二句，"譬乘舟之振楫"後無"會詞切理，如引轡以揮鞭"二句，均與汪本同。而"張湯之疑奏"之"疑"，則據黄本改爲"擬"；"寄在寫以遠送"，則據黄本改爲"寄深寫遠"；"次雎"，則據黄本改爲"次且"；等等。此本與薈要本、文溯本、文津本、文瀾本不同處甚多，蓋館臣各自繕録並加校訂所致。

三十八、清乾隆四十七年（一七八二）文溯閣《四庫全書》本（簡稱"文溯本"）

甘肅省圖書館藏本。卷首爲提要，次即《雕龍》原書，無目録。五篇相接，分卷則另起。白文，每半葉八行，行二十一字。此本也當據汪一元本繕録，如《時序》篇"公幹質狗於海隅"之"狗"，此本作"徇"；《才略》篇"並楨幹之實才"之"楨"，此本作"杶"；等等，並與汪本同。

然字多校改，與文津本又不同。如文津本《辨騷》篇"體憲於三代"之"憲"此本作"慢"；《樂府》篇"斬伎"，此本作"軒岐"；《頌讚》篇"《廣成》《上林》"，此本作"《廣城》《東巡》"；《諸子》篇"陸賈《典語》"之"典"，此本作"新"；《封禪》篇"夷吾譎陳"之"陳"，此本作"諫"；《議對》篇"從文衣之媵者"，此本殉去"者"字；《章句》篇"兮字承句"之"承"，此本作"成"；《指瑕》篇"排人美辭"之"排"，此本作"掠"；等等。所作校改較文淵本、文津本爲精審，故此本也可視爲一新版本。

三十九、清乾隆四十九年（一七八四）文津閣《四庫全書》本（簡稱"文津本"）

國家圖書館藏本。卷首有提要，次即《雕龍》原書，無目録。白文，每半葉八行，行二十一字，五篇相接，分卷則另起。此本亦當據汪一元本繕録，如《時序》篇"江左稱盛"之"稱",此本作"稱";《才略》篇"並楨幹之實才"之"楨",此本作"杶";《程器》篇"雕杇"之"杇",此本作"朽";等等,皆與汪本同。

然字多校改,已非汪一元本本來面目。如汪本《諸子》"孟軻膺儒以馨折"之"馨",此本作"罄";《論說》"言不持正"之"言",此本作"才";"迹堅求通"之"迹",此本作"鑽";等等,都關乎文本校勘。

四十、清乾隆五十二年(一七八七)文瀾閣《四庫全書》本(簡稱"文瀾本")

國家圖書館藏影印本。卷首有提要,次爲目録、《梁書》本傳。白文,每半葉八行,行二十一字,五篇相接,分卷則另起。此本亦當據汪一元本繕録,如《檄移》篇"堅同符契"之"同",此本作"明";《程器》篇"雕杇"之"杇",此本作"朽";《才略》篇"並楨幹之實才"之"楨",此本作"杶";等等,都與汪本同。

然文字多有校改,已與汪本大不同,可視爲一新校本。如《宗經》篇"故附深衷"四字,"採掇王言"之"王","前修運用"之"運";《樂府》篇"樂胥被律"之"胥",《哀弔》篇"褻而無文"之"文";等等,皆與梅六次本同。此本《才略》篇"辭旨和暢"之"旨",原作"自",館臣據黃氏校語而改;等等。

此本文字多有以己意而校改者。如《原道》篇"傍及萬品",此本改"傍"爲"旁";《史傳》篇"傅玄譏《後漢》之尤煩",此本改"尤"作"冗";《詔策》篇"兆民尹好",此本改"尹"作"允";《奏啓》篇"辭亦通暢",此本改"暢"作"解";"傅咸勁直",此本改"直"作"節";《議對》篇"戎事必練於兵",此本改"必"爲"貴";《練字》篇"而體例不無",此本於"不"下增"可"字;"字靡異流",此本改"異"作"易";等等。在四庫全書五種《雕龍》中(含薈要本),此本文字改動最大。

四十一、清乾隆五十六年(一七九一)張松孫輯註本(簡稱"張松孫本"。本叙録中爲"張松孫本甲種")

哈佛大學哈佛燕京圖書館藏本。序言首葉鈐有"南陵徐乃昌校勘經籍記"、"藝農珍賞"印章,卷一首葉鈐有"積學齋徐乃昌藏書"、"劍匣之中有龍氣"印章。卷首依次有張松孫序、凡例(共八條)、《梁書》劉舍人本傳、楊慎與張含書並梅氏識語、元校姓氏、目録。每半葉九行,行十八字,每篇自爲起止。注釋較梅本多所删削,雙行廁正文當句下。正文文字以梅六次本爲主,兼據黃本進行訂補。間亦有據文瀾本校改者,如《原道》篇"至夫子繼聖",此本"至"改作"至於";"傍及萬品",此本"傍"改作"旁";等等,皆與文瀾本同。

四十二、清乾隆五十六年王謨《漢魏叢書》本（簡稱"王本"。本叙録中爲"王本甲種"）

校者自藏本，上海育文書局石印，題"精校漢魏叢書"。卷首有佘誨序（"佘"誤爲"余"），卷一首葉大題下改署"奉新彭瑞麟校"，而非"張遂辰閲"。卷末有王謨識語。白文，每半葉九行，行二十字，五篇相接，分卷則另起。此本由何允中《漢魏叢書》本出，間有校改。如《辨騷》篇"揚雄諷味"，此本"味"作"咏"；《明詩》篇"理不空綺"，此本"綺"作"絃"；等等。

四十三、清道光十三年冬（一八三三）盧坤兩廣節署刻黄叔琳輯註紀昀評本（簡稱"芸香堂本"。紀昀評語簡稱"紀評"。本叙録中爲"芸香堂本甲種"）

國家圖書館藏本。書名葉後有書牌，題"道光十三年冬栞於兩廣節署"，左下方有"粤東雙門底芸香堂承刊"字樣。卷首有黄氏序（序後有紀昀批語）、《南史》本傳、例言六條、元校姓氏、目録。每卷末有"嘉應廩生吴梅修校"字樣。卷十末有"乾隆辛卯八月六日閲畢曉嵐記"字樣。書後有吴蘭修跋。

朱墨套印，黑字爲黄氏評，朱字爲紀昀評。每半葉十行，行二十一字，篇自爲起訖。注附於當篇後，低一格，除標注詞句外，均爲雙行。序言共兩葉，版心下分别刻有"一、二"字樣。各卷每葉版心下刻有葉數，格式爲"一之一、一之二、一之三"等等，"二之一、二之二、二之三"等等，一直到卷十的"十之二十"。《風骨》篇"骨髓峻"之"峻"字，《通變》篇"臭味晞陽"之"晞"字，此本均不誤（翰墨園本此兩字誤刻），是其典型特徵。

底本爲黄氏《輯註》養素堂改刻本。如初刻本《史傳》篇"詮評"條"謝丞曰詮"之"丞"，此本改爲"承"；《議對》篇"仲瑗"條注"劭字仲達"之"達"，此本改爲"遠"；《物色》篇"元駒"條注"白馬，謂蚊蚋也"之"馬"，此本改爲"鳥"；《才略》篇"丁儀邯鄲"條注"自潁川邯鄲淳"之"潁"，此本改爲"穎"；《知音》篇"恠石"條注"得王徑尺"之"王"，此本改爲"玉"，均與陳鱣藏本相同。

此本對黄氏輯注中的訛誤間有勘正。如初刻本、陳鱣藏本《辨騷》篇"譏桀紂"條引《離騷》作"昌披"，"披"此本改作"披"；《銘箴》篇"潘勗"條"潘勗與凱"，"凱"此本改作"覬"；《奏啓》篇"楊秉"條注"梁胤"，"胤"字此本缺起筆；《知音》篇輯注"論才"條"皆五霸"，"皆"此本改作"皆"；《才略》篇"丁儀邯鄲"條注"比七人"，"比"此本改作"此"。至於其他多處失誤，此本則一仍其舊。

正文文字與養素堂本間有不同。如《頌讚》篇"仲治《流别》"之"治"，此本作"洽"（《序志》篇同）；《銘箴》篇"靈公有蒿里之謚"之"謚"，此本作"謐"；《誄碑》篇"豈以見稱光武而改盼千金哉"之"盼"，此本作"盻"；《論説》篇"婁護脣舌"之"婁"，此本作"樓"；《體性》"故童子雕琢"之"琢"，此本作"瑑"；《練字》篇"及李斯删籀而秦篆興"之"及"，此本作"乃"；"臧否太半"之"太"作"大"；《知音》篇"酖澤"下校語"王作繹"之"繹"，此本作"懌"；《序志》篇"大哉聖人之難見也"之"也"，此本作"哉"。如此等處，非寫刻之誤，即盧氏有意校改。

眉端黄氏評的文字與養素堂本有不少差異。如養素堂本《徵聖》篇黄評"殆未尋其源歟"，此本無"歟"字；《辨騷》篇黄評"的是建安"，此本"的"作"旳"；《樂府》篇黄評"二語透宗"，此本"二"誤作"語"；"無詔伶人也"，此本漏"人"字；《頌讚》篇黄評"陸士龍云"，此本"龍"誤作"衡"；《祝盟》篇黄評"祝又音畫"，此本"畫"誤作"晝"；《雜文》篇黄評"對則退之"，此本"對"下有"問"字；《神思》篇黄評"皆在人口可驗矣"，此本漏"矣"字；《風骨》篇黄評"即後所云'雉竄文囿'也"，此本"囿"誤作"圃"；《定勢》篇黄評"此慷慨任氣之失"，此本漏刻；《比興》篇"擬諸形容而已，無如鶴鳴之陳誨，鴟鴞之諷諭也"，此本漏"而已無"三字，"諭"誤作"論"；《指瑕》篇黄評"昌黎謂樊紹述之文爲文從字順"，此本漏"之文爲"三字；《銘箴》篇黄評"惟時之所紀律"，此本"所"誤作"竹"。另外，《書記》篇黄評"四疑作數"，此本移置於正文"四"字下。

正文行間校語與養素堂本也間有不同。如養素堂本《宗經》篇禮以立體下校語"一本下有'弘用'二字"，此本"弘"改作"宏"；《正緯》篇"尹敏戲"下校語"疑作戯"，此本"戯"誤作"戲"；《史傳》篇"使之記也"下校語"按胡本改"，此本"改"誤作"補"；《奏啓》篇"劾愆"下校語"一作愆"，此本"愆"誤作"譬"；《議對》篇"五人"下校語"一本臣"，此本作"一本作臣"；《練字》篇"《周禮》保"下校語"張本有章字"，此本"章"誤作"童"。

刻者墨守養素堂本（如養素堂本《時序》篇"曠焉如面"之"曠"下校語"注作暖"，"注"字本爲"汪"字之訛，此本不加改正），即便有所校改，也不如文淵輯注本全面，而諸多寫刻疏繆的存在，反使其文字質量比養素堂本有所下降。此本問世之後，覆刻甚多，流傳很廣，幾乎取代了養素堂本，它所帶來的負面影響也是不可低估的。

四十四、清道光十三年之後廣東翰墨園覆刻芸香堂本（簡稱“翰墨園本”。本叙録中爲“翰墨園本甲種”）

南京大學圖書館藏本。卷一首葉鈐有“夏廬所藏金石書畫圖籍”印章，知曾爲胡小石先生所藏。書名葉後有書牌，題“道光十三年冬槧於兩廣節署”，左下方有“粤東省城翰墨園藏板”字樣。朱墨套印，黑字爲黄評，朱字爲紀評。每半葉十行，行二十一字，五篇相接，分卷則另起。

此本對養素堂本訛誤的勘正與芸香堂本同，僅限於“披”、“覼”、“胤”、“呰”、“此”等數字，其他失誤則一仍其舊。校勘不精，間有誤字。如《風骨》篇“骨髓峻”之“峻”誤爲“晙”，《通變》篇“臭味晞陽”之“晞”誤爲“睎”。《四部備要》本即據此本排印，誤字仍舊。

四十五、清光緒三年（一八七七）崇文書局《三十三種叢書》本（簡稱“崇文本”）

國家圖書館藏本。無序跋，白文，每半葉十二行，行二十四字，五篇相接，分卷則另起。楊明照先生説：“未審原據何本開雕，非出黄本。”細加比對，可知此本當出於王本（與何本同源）。如《風骨》篇“骨髓峻”之“峻”，兩本同作“駿”；《比興》篇“畜憤以斥言”之“畜”，兩本同本作“蓄”；《附會》篇“駟牡異力”之“駟”，兩本同作“四”；《時序》篇“于叔德祖”之“于叔”，兩本同作“于儌”；《序志》篇“圖風勢”下，兩本並有“幽遠”二字。等等。然文字間有校改。如《事類》篇“乃相如接人”，此本改“接人”爲“推之”；《才略》篇“故知長於諷論”，此本“諷論”作“諷諭”。等等。

四十六、民國五年（一九一六）鄭國勳《龍谿精舍叢書》本（簡稱“龍谿本”）

四川省圖書館藏本。書名葉後題“用宛平黄氏本校刊”。每半葉九行，行十九字，五篇相接，分卷則另起。有黄氏行間校語、輯注，無例言、《南史》本傳、元校姓氏及眉端評語。卷後附有李詳《文心雕龍補註》。

（丙）參校本

一、覆刻明嘉靖十九年汪一元本（簡稱“覆刻汪本”。本叙録中爲“覆刻汪本甲種”）

南京圖書館藏本。卷首有方元禎序。序之首葉鈐有“江蘇第一圖書館善本書之印記”、“青箱世業”諸印，目録首葉鈐有“讀異齋藏”諸印，卷一首葉鈐有“張紹仁印”、“八千卷樓”、“彊圉柔兆”諸印，卷末錢允治跋後鈐有“錢唐丁氏藏書”諸印。卷終鈔有朱謀㙔跋、錢允治跋，卷末附葉鈔有馮舒職語四則，並署“嘉慶乙亥三月枚庵老人吳翌鳳借校一過”。白文，每半葉十行，行二十字，五篇相接，分卷則另起。版心無“私淑軒”字樣，無刻工姓名。

　　文字與私淑軒原刻間有不同。如《哀弔》篇“而霍子侯暴亡”，汪本“霍”、“暴”之間爲一墨釘，此本二字之間補刻“光”；《才略》篇“二班三劉”之“二”，汪本作“二”，此本誤刻爲“三”；《隱秀》篇自“玄（當作互）體”以下文字爲鈔補，《序志》篇自“嘗夜夢”以下文字爲鈔補。

　　二、明萬曆七年張之象本（簡稱“張丙本”）

　　國家圖書館藏本。卷首有張氏序、《梁書》本傳、目錄，無訂正及校閱者名氏。每卷後附刻校者姓名。白文，每半葉十行，行十九字，五篇相接，分卷則另起。《論説》篇“兑爲口舌故”及“故舜驚讒説”十字、《序志》篇“則嘗夢”至“索源”之間的三百二十二字，均不缺。

　　三種張本文字互有異同。如張甲本《徵聖》篇“文章昭晰”之“晰”，此本與張乙本並作“哲”；張甲本《辨騷》篇“《招魂》《招隱》”，張乙本同，而此本作“《招魂》《大招》”；張甲本《才略》篇“能世厥風者矣”之“能”，張乙本作“龍”，而此本作“能”；等等。此本文字經過校訂，優於張乙本及張甲本。

　　三、明萬曆三十九年王惟儉訓故本（簡稱“十行訓故本”。本叙錄中爲“十行訓故本甲種”）

　　國家圖書館藏本。行款格式與上述京都大學藏本不同，此本每半葉十行，行二十字，而非每半葉九行，行十八字。每卷末附寫刻人姓名（楊國俊、陳世隆等）。卷首王惟儉於萬曆三十七年所作的《文心雕龍訓故序》以行書書寫，署曰“友弟朝硅書”。除此之外，卷首尚有《南史·劉勰傳》、凡例（共七條）、目錄，卷末有楊慎與張含書並王氏識語。《隱秀》篇自“瀾表方圓”與“風動秋草”之間有闕文。

　　此本與京都大學藏本相較，存在不少文字差異。如《原道》篇“民胥以傚”之“傚”，京都本作“傚”，而此本作“傚”；《辨騷》篇“駟虬乘翳”之“翳”，京都本作“鷖”，而此本作“翳”；《誄碑》篇“大夫之材”之“材”，京都本作“才”，而此本作“材”；《書記》篇“黄鐘調起”之“鐘”，京都本作“鍾”，而此本作“鐘”；《養氣》篇“怛惕之盛疾”之“盛”，京都本作“成”，而此本作“盛”；《附會》篇“其行次且”之“且”，京都本作“且”，而此本作“雎”；《時序》篇“曠焉如面”之“曠”，京都本作

“曖”,而此本作“曖”;①等等。可知兩種訓故本並非同版開雕,②當有原刻與覆刻之別。

由此本每卷末標明寫刻人姓名以及王氏序言請“友弟朝硋”(“友弟”爲長者謙辭)以行書鈔寫來看,此本當爲原刻。而京都大學藏本每卷末則無寫刻人姓名,與覆刻汪本版心無原刻“私淑軒”字樣及刻工姓名情形相同,張師少康先生認爲此本“可能是北圖本的覆刻本”,③當爲合理的推斷。

四、清初清謹軒鈔本(簡稱“清謹軒本”)

北京大學圖書館藏本。書前有序目。版心下欄有“清謹軒”三字,楷書,白文,不分卷,篇相銜接。所鈔多有删節,無贊語。缺《通變》《定勢》《鎔裁》《指瑕》《附會》《總術》《知音》《程器》《序志》等九篇。此本蓋由何本出。如《聲律》篇“響有雙疊”之“雙疊”,此本作“高下”,此本之前唯何本作“高下”,等等,可爲證。

楊氏《經眼録》説:“由《事類》篇‘胤征’之‘胤’未闕末筆或改爲‘允’諶之,蓋鈔於雍正之前,而《原道》《辨騷》《祝盟》《史傳》《論説》《神思》《體性》諸篇中之‘玄’字皆闕末筆,則鈔於康熙之世可知矣。”

五、清乾隆四年李安民評點本(簡稱“李本”)

江西省圖書館藏本。卷首有李安民序,知此本刻於乾隆四年。李序之後,有《梁書》劉舍人本傳、總目。白文,每半葉十行,行二十一字。有李安民眉批、旁批。其款式爲:“文心雕龍,臨川李安民書臣評點,南昌孫之峻鳳舉、新建張治紹平同參。”《隱秀》篇所缺四百餘字,乃李氏據他本補,與梅七次本所補者同出一源。

此本文字當主要出自梅本,如此本《情采》篇“花萼振”之“花”,《程器》篇“孫楚狼愎”之“狼”,等等,均屬梅本(四種)的典型特徵。具體而言,則是以初刻梅本爲底本,而又據梅氏天啓二本作校改。如初刻梅本《詔策》篇“敕戒州邦”之“邦”,天啓二本改作“部”,而此本仍作“邦”;《聲律》篇“寄在吟詠吟詠滋味”,天啓二本剗去次“吟詠”,而此本仍有;等等,皆是墨守初刻梅本之證。又

---

① 值得注意的是,“傖”、“翳”、“材”、“鐘”、“盛”,均與萬曆初刻梅本同。又,“曖”字,實爲“曖”之形譌(據《正字通》),《廣韻》“曖”字訓“日不明也”,元至正本、弘治本、兩京本等均作“曖”,京都大學藏本作“曖”字,當爲誤刻。

② 字體方面也多有不同,如京都大學藏本凡“韋”字或“韋”字符,此本一律寫作“帛”。

③ 參見《文心雕龍資料叢書》之《文心雕龍訓故本》跋。

如初刻梅本《詮賦》篇"遂客至"，此本據天啓二本改作"述客主"；《諧讔》篇"君子隱"，此本"隱"上據天啓二本增"嘲"字；《史傳》篇"人始區"，此本"區"下據梅七次本增"別"字；《奏啓》篇"蕩蕩其偏"，此本於"其"上據梅七次本補"矯正"；《書記》篇"五音以正音以正"，後"音以正"三字初刻梅本標疑，此本則徑删；《隱秀》篇"秀句所以照文苑"，此本據梅七次本改作"隱篇所以照文苑，秀句所以侈翰林"；《養氣》篇"夫學業在勤，故有錐股自厲"，此本"在勤"下據梅氏天啓二本增"功庸弗怠"，"自厲"下增"和熊以苦之人"；等等。又，《史傳》篇"存亡幽隱"，此本據梅氏校語删"存亡"，"理欲吹霜噴露"，此本據梅氏校語删"理欲"，等等，均爲據天啓二本而校改初刻梅本之證。

另外，此本間有李氏自出己意而校改者。如《論説》篇"窮有數，追究無形"，此本改爲"窮追有數，究跡無形"；《章句》篇"而體之偏"，此本於"而"下補"衆"字；《才略》篇"辭人最深"，此本改"人"爲"義"；等等，均與他本不同。

六、覆刻清乾隆六年養素堂黃叔琳輯註改刻本（簡稱"覆刻黃本"。本叙録中爲第三類覆刻養素堂改刻本）

首都圖書館藏本。卷首依次有黃氏序、《南史》本傳、例言六條、姚培謙跋、元校姓氏、目録。此本與上述陳鱣藏改刻本基本相同：例言均爲六條，姚氏識語置於卷首，輯注中的誤刻字有所改正。與陳鱣藏本的不同之處主要有：陳鱣藏本姚培謙跋置於《南史》本傳之後，而此本置於"凡例"之後；黃氏眉批，陳鱣藏本每行五字，且與初刻本格式同，而此本每行三字，且置於框内。

文字方面也有不少差異。如：陳鱣藏本《原道》篇眉端黃評"解《易》者未發此義"，此本作"〇九者未發此義"；《宗經》篇"根柢槃深"之"柢"，此本作"祇"；《詮賦》篇輯注"鄭莊"條注"潁考叔"之"潁"，此本作"穎"；《諧讔》篇"髠袒之入室"之"袒"，此本作"袒"；《檄移》篇"其在金革"之"革"，此本作"章"；《夸飾》篇"騰擲而羞躓步"之"躓"，此本作"碍"；《時序》篇"誠哉斯談"之"哉"，此本作"裁"；初刻本《比興》篇"聲似竽籟"之"竽"，陳鱣藏本改爲"竿"，而此本仍作"竽"；《隱秀》篇"淺而煒燁"、《時序》篇"故知暐燁之奇意"之"燁"，陳鱣藏本兩字均缺筆，作"燁"，而此本僅《隱秀》篇"燁"字作"燁"，《時序》篇"燁"字則不缺。另外，從刊刻質量看，此本遠不如初刻本及陳鱣藏本精緻。

七、清乾隆四十七年文溯閣《四庫全書》黃叔琳輯註本（簡稱"文溯輯注本"）

甘肅省圖書館藏本。此本與陳鱣所藏養素堂改刻本同源。卷首爲提要、黄氏序、例言。文字間有校改。如《宗經》篇"申以九邱"之"邱"作"丘",《辨騷》篇"駟虬乘翳"作"駟虬乘鷖"。

八、清乾隆四十九年文津閣《四庫全書》黄叔琳輯注本(簡稱"文津輯注本")

國家圖書館藏本。卷首爲提要,次即《輯註》全書,無黃氏序及例言。每半葉八行,行二十一字,五篇相接,分卷則另起。眉端無黃氏評。注附當篇後,低一格,標題辭句爲大寫,餘則雙行小楷。此本由陳鱣所藏黃氏養素堂改刻本出,對其個別失誤進行了訂正,但數量不及文淵輯注本。如初刻本、陳鱣藏本《奏啓》篇"楊秉"條注"梁胤","胤"字此本缺末筆;《才略》篇"丁儀邯鄲"條注"比七人","比"此本改作"此";《知音》篇輯注"論才"條"皆五霸","皆"此本改作"告"。間也有與陳鱣藏本不同者,如初刻本、陳鱣藏本《才略》篇"李尤"條注"井車諸銘","井車"此本改作"升車"。相較之下,此本不如文淵輯注本校改完善。

與養素堂改刻本相較,正文部分的差異主要在異體字,間有文字不同,蓋由繕録所致。如《原道》篇"以鋪理地之形"之"理地",此本作"地理";《誄碑》篇"改盼千金"之"盼",此本作"盼";《指瑕》篇"有似於胡蝶"之"胡",此本作"蝴";"夫辯言而數筌蹄"之"蹄",此本作"啼",等等。此本與文淵輯注本間有不同,如《祝盟》篇"騂毛白馬",文淵輯注本改"毛"爲"旄",而此本仍從養素堂本作"毛"。

九、清乾隆五十二年文瀾閣《四庫全書》黄叔琳輯註本(簡稱"文瀾輯注本")

國家圖書館藏影印本。卷首依次有提要、黃氏序、《南史》本傳、目録。此本由陳鱣所藏黃氏養素堂改刻本出,但輯注部分的文字與原本有許多不同。如陳鱣藏本《辨騷》篇"譏桀紂"條引《離騷》作"昌柀","柀"此本作"被";《樂府》篇"庭萬"條《詩·邶風》,"邶"此本作"邠";《頌讚》篇"樊渠"條"基趺","趺"此本作"跌";《銘箴》篇"潘勗"條"潘勗與凱","凱"此本作"覬";《奏啓》篇"楊秉"條注"梁胤","胤"字缺末筆;《才略》篇"李尤"條注"井車諸銘",據《蘭臺集》,"井車"此本作"戰車","丁儀邯鄲"條注"自潁川邯鄲淳","潁"陳鱣藏本作"頗(當即潁之形訛)",而此本改爲"穎";《知音》篇輯注"論才"條"皆五霸","皆"此本作"告"。相較之下,此本不如文淵輯注本校改得當。

正文文字也間有校改,如《辨騷》篇"駟虬乘翳"之"翳",此本改作"鷭"。繕録偶有訛誤。如《通變》篇"臭味晞陽"之"晞",此本誤作"睎";《定勢》篇"分毫析釐"之"釐",此本誤作"離";《時序》篇"孫于之輩"之"于",此本誤作"子";等等。

十、清王謨《漢魏叢書》本（本叙錄中爲“王本乙種”）

日本國立國會圖書館藏本。卷首有佘（原誤余）誨序。卷一“文心雕龍”下，題“奉新彭瑞麟校”，而非“張遂辰閲”。卷末有王謨跋。此本與上述王本（甲種）相較，文字也有異同。如《辨騷》篇“揚雄諷味”，上述王本“味”作“咏”，而此本仍作“味”；《明詩》篇“理不空綺”，兩本“綺”皆作“絃”；《諧讔》篇“髡祖之入室”，上述王本作“祖”，而此本作“祖”；等等。

十一、清光緒十八年（一八九二）春上海書局覆刻翰墨園本（簡稱“書局紀評本”）

校者自藏本。底本爲翰墨園本，書名葉後有書牌，題“光緒十八年春上海書局石印”。非朱墨套印，眉端黄評、紀評不加區分。《風骨》篇之“峻”字仍作“晙”，《通變》篇之“睎”字已改爲“晞”，與光緒十九年刊刻的湖南思賢講舍本相同。文字與翰墨園本偶有不同，如《祝盟》“祝幣史辭”，此本“祝”作“視”。

十二、清光緒十九年（一八九三）思賢講舍重刻紀評本（簡稱“思賢講舍本”）

加州大學圖書館藏本，書中鈐有“今關天彭之印”印章，書名葉後有書牌，題“光緒癸巳仲夏思賢講舍開雕”字樣。卷首有《南史》本傳、黄氏序及紀昀題識兩則、例言六條、目録，卷末有元校姓氏、吳蘭修跋。非朱墨套印，黄、紀兩家評語，各冠以“黄云”、“紀云”，以示區別。底本爲翰墨園本，《風骨》篇之“峻”字仍作“晙”，但《通變》篇之“睎”字已改爲“晞”。

十三、民國四年（一九一五）上海掃葉山房覆刻翰墨園本（簡稱“掃葉本”）

校者自藏本。卷首有黄氏序及紀昀識語、《南史》本傳、元校姓氏、例言六條、目録。黄氏、紀氏評語置於眉端。每半葉十二行，行二十八字，五篇相接，分卷則另起。《風骨》篇“晙”字、《通變》篇“睎”字均未改。

（丁）批校本

一、明徐𤊹校本

北京大學圖書館藏本。底本爲汪一元私淑軒原刻。徐氏對《雕龍》文字用力甚勤，多所訂正。手校此本者，尚有朱謀㙔、謝兆申二家。

楊氏《經眼録》説：“各篇所用色筆，又有朱、藍、黑三種，將何區分，殊難遽定。爰取梅慶生萬曆音註本略爲嚴對，凡梅本校語云‘朱改’者，此本率爲藍筆；云‘謝改’者，此本率爲墨筆，然則此本之藍筆多爲朱謀㙔，墨筆多爲謝兆申校乎？其硃筆合爲興公所校，不僅由於類推，校語之末往往有‘徐’字，尤可據也。至墨筆校語末亦間注有‘徐’字者，蓋隨手點勘，原非一時,爲例不純,勢所難免。於藍、黑兩色筆,皆應作如是觀。"

二、明馮舒校本(本叙錄中爲"馮校本甲種")

國家圖書館藏本。底本爲謝恒鈔本。馮氏參考的版本有六種:元至正本、弘治本、佘誨本、錢功甫本、謝兆申校本、復校梅本。凡所批校,皆用硃筆,或於行間,或於眉端。馮氏讎校此本再三,用力甚勤,於舍人書多所舉正。黃叔琳《輯註》徵引、吸納其説多處。如《辨騷》篇"《招魂》《招隱》"句下引"馮云:《招隱》,《楚辭》本作'《大招》'",即爲明引者。

三、明馮班校本

常熟圖書館藏本。底本爲馮鈔元本。行間有朱筆和黃筆校字,朱筆字主要依據《御覽》過錄異文,未必代表馮氏意見,而黃筆字則是據他本所作的校改或臆改,較有針對性。其中有就原文進行校改者,如《原道》篇"至若夫子繼聖",馮氏圈去"若"字;《徵聖》篇"或明禮以立體",馮氏圈去"禮",改作"理";"喪服舉經以包重",馮氏改"經"爲"輕";《正緯》篇"其猶識綜",馮氏改"識"爲"織";《辨騷》篇"顧盼可以驅辭力",馮氏改"盼"爲"眄";等等。於可疑處,馮氏則以"乙"符標疑。如《宗經》篇"紀傳銘檄",馮氏標疑"銘"字;《樂府》篇"殷氂思於西河",馮氏標疑"氂"字;《麗辭》篇"徵人之學",馮氏標疑"之"字;《事類》篇"曹仁之謬高唐",馮氏標疑"仁"字;等等。

四、清朱彝尊校本

國家圖書館藏本。底本爲佘誨本。卷一首行大題下題有"丙午以硃筆讀一過,於京師;戊申以綠筆讀一過,於吳門",並鈐有"彝尊"二字篆文方印。朱氏偶作校改,如《定勢》篇"必顛倒文向"之"向"校爲"句",《事類》篇"靚粉黛於離臆"之"離"校爲"胸"。然發明甚少。

五、清沈巖臨何焯校本(簡稱"沈臨何校本")

日本靜嘉堂文庫藏本。封面葉題"文心雕龍　完"。卷一首葉"文心雕龍卷之一"下題"梁通事舍人劉勰撰,明歙汪一元校",然版心無"私淑軒"字樣,無刻工姓名,私淑軒原刻《哀弔》篇"而霍■暴亡",此本■補刻爲"光",《才略》篇"二班三劉"之"二",此本誤刻爲"三",可知底本爲覆刻汪本。據《書記》篇末題記"五月二十日挍完此,巖",《隱秀》篇末題記"五月廿一日雨夜,並《序志》篇燈下鈔補,巖記",卷一首葉"沈生蔭谷"印章,以及黃丕烈"此本爲沈寶硯所臨"職語(見卷首),可知此本爲沈巖臨何焯校本。沈氏所校補的此一汪本,後由朱文游所藏,朱氏故去後,其甥售於五柳書店,爲黄丕烈購得,再歸陸心源十萬卷樓,最後爲靜嘉堂所收藏。

卷首有黄丕烈己未(嘉慶四年)中秋所寫的職語:"此嘉靖庚子刻於新安本,郡中朱丈文游家藏書也。文翁故後,書籍散亡,此册爲其甥所取售于五柳書店者。先是,五柳主人來,云:'是校宋本,需直白金六兩。'余重之,故允其請。而書來,其實校語無足重,舊刻差可貴爾。攜屬澗薲校録一過,與向收宏治本並儲焉。己未中秋,檢書及此,爰題數語,以著顛末。蕘圃黄丕烈。"次爲手鈔元錢惟善《文心雕龍》序。序後有黄丕烈甲子(嘉慶九年)十一月初六及戊辰(嘉慶十三年)三月所寫的職語:"案《讀書敏求記》,謂此書至正己未刻于嘉禾,而此本録功甫跋亦云然。然刻書緣起未之詳也。頃郡中張青芝家書籍散出,中有青芝臨義門先生校本,首載錢序一篇,亦屬鈔補,爰録諸卷端素帋,行欵用墨筆識之。噫,阮華山之宋槧不可見,即元刊亦無從問津,徒賴此校本流傳。言人人殊,即如此本爲沈寶硯所臨,與青芝本又多異同,同出一師,而傳録各異,何以徵信乎? 聊著於此,以見古刻無傳,臨校有全不足信有如此者。甲子十一月六日,蕘翁記。""戊辰三月,得元刻本校正,並記行欵。復翁。"

次即汪本原有的方元禎序、目録。目録末有沈巖庚寅(康熙四十九年)五月十九日所寫的職語:"義門師云:此書萬曆己卯雲間張之象所刊者,分上下篇,而《序志》別爲一篇,似亦有本,然晁公武《讀書志》亦云五十篇,則此固未爲失也。晁引書有'論道經邦'之語,匡其《論説》篇中所謂'《論語》以前,經無論字'者爲疎畧。則是時《古文尚書》之出未久,多疑其非古籍,恐難以遽議該洽之士爾。《序志》中,張氏刻脱誤尤甚,自'嘗夢執丹漆'至'觀瀾而索源',中間失去數百字,張氏書其後,遂云'嘗夢索源',近代寡學,蓋不足道也。又云:《序志》中固自分上下篇,其中又自析爲四十九篇耳。子止引'論道經邦'駁之,固未爲失。《議對》篇中即引'議事以制',同爲古文,何獨此之遺耶? 庚寅五月十九日巖録。"

卷末鈔有錢功甫甲寅(萬曆四十二年)職語、何焯乙酉(康熙四十四年)除夕職語以及沈巖所寫的職語。黄氏己未中秋職語首葉鈐有"靜嘉堂珍藏"、"歸安陸尌聲藏書之記"印,序言首葉鈐有"平江黄氏圖書"、"博雅堂"印,目録首葉鈐有"海棠船"印,卷一首葉鈐有"素心堂珍"印。卷十末葉鈐有"士禮居藏"印。《隱秀》篇自"互體"以下爲沈巖鈔補,篇末有沈巖鈔録何焯職語兩則,一爲:"《隱秀》篇自'始正而末奇'至'朔風動秋草'朔字,元至正乙未刻于嘉禾者,即闕此一葉,此後諸刻仍之。胡孝轅、朱鬱儀皆不見完書,錢功甫得阮華山宋槧本鈔補,後歸虞山,而傳録于外甚少。康熙庚辰,心友弟從吳興買人得一舊本,適有鈔補《隱秀》篇全文,除夕,坐語古小齋,走筆録之。"一爲:"辛巳正月,過隱湖,訪毛先生斧季,從汲古閣架上見馮己蒼先生所傳功甫本,記其闕字以歸。如'疎'、'放'、'豪'、'逸'四字,顯爲不學者以意增加也。上元夜,焯又識。"末題:"五月廿一日夜並《序志》篇燈下鈔補,嚴記。"《程器》篇自"不曉文也"之"也"字以下、《序志》全篇,也爲沈巖鈔補。

據户田浩曉説,沈巖所用的此一汪本,正文中原本即有朱筆校正,共六十八字(不計《諧讔》篇改"極"爲"柩"),沈巖則據何焯校本於此本的欄眉欄脚傳録文字異同,共出校語六十四條,沈巖校語中注明"校本作某"。①由於何焯、沈巖師徒二人校勘傳録《雕龍》是在康熙四十九年以前,早於黄叔琳《輯註》,故此本所録異文頗值得重視。然沈巖此本所校録的異文,並非全爲何焯所校改,代表何氏的意見,其中有些異文當屬於何氏所藏的某一古本的文字。爲謹慎起見,本校勘采録其校語時祇稱"沈臨何校本"改作某或過録某,而不徑稱"何焯"改作某。

陸心源《皕宋樓藏書志》一一八標此校本爲"何義門校宋本",實不可信。近人葉德輝説:"《文心雕龍》世無宋刻,……固知義門爲明人所欺,今人又爲義門所欺耳。"②楊明照先生説:"陸氏所藏爲沈巖臨其師何焯校本,非焯手校本,而焯跋文中所津津樂道者,爲鈔補《隱秀》篇闕文,實則爲明人所欺。剛夫(按,陸心源字)概以'宋校本'標之,蓋凑'皕宋'之數耳。"③

六、某氏傳録何焯沈巖校本(簡稱"傳録何沈校本")

南京圖書館藏本。底本爲梅七次本。卷首鈔録錢允治跋、何焯識語,目録後鈔録沈巖識語。《隱秀》篇末附有朱謀㙔、何焯識語兩則。眉間行間批語標明"何云"、"何本"、"何增"、"何定"、"何評"、"何鈔"、"沈本作某"、"沈本改某",可知此本乃某氏傳録者,非沈巖親臨其師何焯校本。

正文中,有在本字之上徑改新字者(包括圈去者、點去者),如《原道》篇"旁通而無涯"之"涯"上改"滯";有在本字旁添新字者而本字未改者,如《宗經》篇

---

① 　參見《文心雕龍何義門校宋本考》。收入户田浩曉《文心雕龍研究》,曹旭譯,上海古籍出版社一九九二年版。
② 　見清抱青閣本卷首,又見《郋園讀書志》集部十六。
③ 　見《增訂文心雕龍校注》附録八。

"據事制範"之"制"旁録"剬"。似此等處,很難説全爲何沈二人的校改意見,有些當爲據何本過録異文而已。爲謹慎起見,本書採録此本批校時,袛稱"傳録何沈校本云"或"傳録何沈校本某字旁過録某字"。

此本所傳録者,與上述沈臨何校本並不全同。①如《宗經》篇"温柔在誦",此傳録本眉批云:"'在',元作'莊',何本亦改作'在',云'從弘治本'。"爲上述沈臨何校本所無。又如《哀弔》篇"觀其慭遺之切"之"切",此傳録本云:"'切',一作'戚'。"而上述沈臨何校本云:"'戚',校本作'切'。"《章表》篇"並陳事之美表也"之"表",此傳録本於"表"旁過録"者"字,而上述沈臨何校本云:"'者',校本作'表'。"等等。

此本間有沈巖所校者,顧廣圻曾援引其説(見傳録顧黄合校本)。如《樂府》篇"朱馬以《騷》體製歌"之"朱",顧校云:"沈校'枚'。"《祝盟》篇"蓋引神而作也"之"神",顧校云:"沈校'伸'。"

七、傳録清黄叔琳輯注本

南京師範大學圖書館藏本。底本爲兩京本,卷首目録首葉鈐有"旬清過眼"、"如皋祝壽慈藏書印"、"漢鹿齋金石書畫印"等印章。卷末有徐復先生於一九五六年寫的識語一則:"近以景明本兩京遺編《文心雕龍》核對,板式、字體全同。"書中天地批語及行間校改,有朱墨兩色,可知校録者當非一人,内容都是過録黄叔琳《輯註》的正文異文及部分注解。由《宗經》篇"根柢槃深"之"柢",《檄移》篇"其在金革"之"革",《夸飾》篇"騰擲而羞跼步"之"跼",《時序》篇"誠哉斯談"之"哉",分別未改作"柢"、"章"、"碉"、"裁",可知其所據之底本並非第三類覆刻養素堂改刻本。

校語偶有出於黄氏《輯註》之外者。如《明詩》篇"或析文以爲妙",正文中先校"析"作"枡",葉下又有批注:"枡、析同。"《事類》篇"捃摭經史"葉下批注:"攎、捃同。"此本卷末雖有姚培謙爲黄叔琳《輯註》所作的跋,但也僅爲過録而已(卷首鈔録有黄氏序、元校姓氏、《南史》本傳),可斷定此本所傳録者,並非李仰南所著録的姚培謙《箋注》。②

---

①　楊明照先生云:"蓋義門之校《文心》,原非一次,而沈巖、張位(按,即張青芝)諸人所臨,復有先後。故'同出一師,傳録各異'。"(《增訂文心雕龍校注》附録八)

②　見《文心雕龍研究》(《采社雜誌》一九三一年第六期),其"《文心雕龍》參考書籍"云:"黄氏《輯註》,清黄叔琳撰,原刻本。……姚氏《箋注》,清姚培謙撰,自刻本。"

八、清陳鱣校本

國家圖書館藏本。底本爲黄氏養素堂改刻本。所校僅有六處，皆有見地。如《銘箴》篇"温嶠《傅臣》"之"傅"，陳氏校作"侍"；《議對》篇"魯桓務議"陳氏校作"魯僖預議"，云："'預'與'與'同，轉寫誤爲'務'耳。"均爲正解。陳鱣於卷首題識云："取其便于展讀，常置案頭，間有管窺之見，書諸上方焉。乾隆四十九年夏六月。"可知此六條校語乃陳鱣自作，成於乾隆四十九年，然完成於乾隆四十四年的文淵輯注本對養素堂本的校改，已經包括了陳鱣的全部校改内容，陳氏諸條批校或有所承。

九、清徐渭仁校本

國家圖書館藏本。底本爲張乙本。徐氏大致依梅本勘正誤字，發明少，間有校改，如《頌讚》篇"蓋引神而作也"之"神"校作"伸"。

十、清吴翌鳳、張紹仁合校本

南京圖書館藏本。底本爲覆刻汪一元本。末葉題"嘉慶乙亥三月，枚庵老人吴翌鳳借校一過"。各篇眉批（多係迻録馮舒校語）及正文校改，當出張紹仁之手，書中所夾浮籖二十四枚，當係吴翌鳳所書。

十一、傳録郝懿行校本

吉林大學圖書館藏本。底本爲思賢講舍本。此爲傳録本，非原校本。郝氏所作的校勘、批注共二百二十餘則，大都精審不苟。

十二、傳録黄丕烈顧廣圻合校本（本叙録中爲"黄顧合校甲種"）

浙江大學圖書館藏本。底本爲第二類覆刻養素堂改刻本。黄、顧兩家所據以校録者，爲元刊本、明弘治活字本、覆刻汪一元本、謝恒鈔馮舒校本。朱墨分校，黄所校元刊本及謝鈔本用朱筆，所校活字本及覆刻汪本用墨筆；顧所校四本，均用墨筆。書眉間有顧廣圻的校語（參見上文叙録）。

十三、百瞻樓鄭氏傳録清顧廣圻譚獻合校本

北京大學圖書館藏本。底本爲初刻梅本。[①]顧起元序首葉鈐有"華陽鄭氏百瞻樓珍藏圖籍"印，卷一首葉下有"鄭闓"印。目録後題識："此篇假萬松蘭亭齋鈔本迻顧千里、譚復堂兩先生評定本。顧用硃筆，譚用墨筆。百瞻樓丙寅夏

[①]　楊明照先生云此校本之底本爲明陳長卿覆刻梅慶生天啓二年校定本，恐爲誤記，抑或其所經眼者乃另一校本。詹鍈先生云北大圖書館所藏者乃萬曆初刻梅本，不誤。

季標識。"

十四、清陳澧批校本

中山大學圖書館藏本。書名葉鈐有"番禺陳氏東塾藏書印"印章。卷首依次爲黃氏序、《南史》本傳、例言六條、姚培謙職語、元校姓氏、目錄。黃氏眉批置於方框內，《宗經》篇"根柢槃深"之"柢"，此本作"柢"；《諧讔》篇"髡祖之入室"之"祖"，此本作"袓"；《檄移》篇"其在金革"之"革"，此本作"章"；《時序》篇"誠哉斯談"之"哉"，此本作"裁"，故此本爲第三類覆刻養素堂改刻本。眉端有朱筆批語九條，正文也有少量校改。所作批校，間有可採。如《比興》篇"如川之渙"眉批："'渙'字不合韻，疑誤。"《宗經》篇"根柢槃深"之"柢"，原作"柢"，陳氏改爲"柢"，均有見地。

十五、清趙彥俑批校本

復旦大學圖書館藏本。底本爲梅七次本。趙氏主要依據黃叔琳《輯註》作批校，間下己意，《原道》篇批三條，《徵聖》篇批一條，《隱秀》篇批校多條，其餘篇章無批校。趙氏於《隱秀》篇校訂尤詳，且時有斷語，如："胡本止有'秀句'七字，無'隱篇'句，'侈翰林'又作'照文苑'，黃本同之。案，篇名'隱秀'，束處不宜有'秀'無'隱'，此刻是也。"

十六、近人褚德儀校本

國家圖書館藏本。底本爲覆刻汪本，卷一首葉首行大題下鈐有"謝在杭家藏書"篆文長印，知此本曾爲謝肇淛所藏。褚氏主要依黃叔琳輯注點勘誤字，如汪本《正緯》篇"堯造錄圖"之"錄"，褚氏改爲"綠"。褚氏亦間下己意，如《辨騷》篇"揚雄諷味"之"味"，眉批云："'味'疑'咏'字之譌。"

十七、近人傅增湘臨校唐寫本

國家圖書館藏本。底本爲梅六次本。書皮有傅氏簡短識語。朱謀㙔跋後有傅氏識語："誦芬室主人自英京影印唐人寫本《文心雕龍》一卷，自《徵聖》至《雜文》凡十三篇，取此本校勘增改，殆數百字，均視楊、朱、梅諸人所校爲勝。惜《隱秀》篇不存，無以發前人之覆耳。癸亥(一九二三)立夏後三日，藏園居士傅增湘記。"

十八、近人王文燾校本

底本爲第四類黃叔琳《輯註》本。首葉題："華陽王氏勞敼宧弄藏，並度錄校戡馮己蒼校錄朱謀㙔本及謝耳伯評校，梅子庚校刊楊用脩音註五色評點本，盧敏肅公校刻紀文達公評點本。宣統戊辰歲秋日王文燾度臨各本畢,並署。”知此本完成於一九二八年。

卷首鈔四庫全書《文心雕龍》提要(内府藏本)、《文心雕龍輯註》提要(江蘇巡撫採進本)、劉勰小傳(據嚴可均《全上古三代秦漢三國六朝文》)、顧起元《音註》序、《梁書》劉舍人本傳、楊升菴與張禺山公書及梅氏職語、都穆跋、梅氏音註凡例。卷末鈔朱謀㙔跋、馮舒職語三則、吳蘭修跋。最後爲王文燾跋,署“戊辰秋日,鄉末學王文燾君覆父識於海上賃廡之福迎齋”。書中“儀”字同“弘”字等一樣都標爲避諱字。

此本除臨校馮舒校本、梅本、兩廣節署本的校語之外,間有王文燾本人的批校。如《祝盟》篇黃氏眉批“詛盟義炳千古”後,批云:“粵刻紀評本作‘二盟’。”《議對》篇“復在於兹”葉底,批云:“兹,從艸,從絲,非二玄。”等等。

十九、近人傅增湘臨徐燉校本

國家圖書館藏本。底本爲佘誨本(曾爲朱彝尊所藏者)。徐燉手校本原以朱、藍、黑三色區分,傅氏概以硃筆對臨。卷四之末題有“辛巳(一九四一)五月十八日臨徐興公校本”字樣,卷十之終有“辛巳五月十九日校畢,沅叔記”。

二十、佚名批校張丙本

北京大學圖書館藏本。《徵聖》篇“文章昭晰”之“晰”,此本作“哲”;《辨騷》篇《招魂》《招隱》,此本作《招魂》《大招》;《才略》篇“能世厥風者矣”之“能”,此本作“能”,不作“龍”,等等,可知此本爲張丙本。《隱秀》篇眉端有鈔補文字,並有數處批校。如:“爻象之變玄體”句、“玄體變爻”句,各有旁批:“‘玄’當作‘互’。”“涼風動秋草”句之“涼”旁批:“當作‘朔’。”“非研慮之所果也”句“果”旁批:“當作‘求’。”“或有雕削取巧”句“或有”下補:“晦塞爲深,雖奧非隱。”

二十一、佚名批校兩京本

北京大學圖書館藏本。行間、眉間多據他本進行校改。如《哀弔》篇“霍光暴亡”,“光”字據張本改爲“侯”;《奏啓》篇“辭亦通辭”,次“辭”字據黃本改爲“暢”;《情采》篇“夫能設謨以位理”,“謨”據何本改爲“模”;《聲律》篇“吟詠滋味流於下句”,眉批云:“一本無(吟詠)二字。”《章句》篇“追勝前句之旨”,據黃本改爲“腠”;《隱秀》篇“風動秋草”,“風”字前據張本添“涼”字;《養氣》篇“雖非胎息之邁術”,“邁”據張本改爲“萬”;等等。

（戊）選本

一、《廣文選》

明劉節編，明嘉靖十六年晉江陳氏刊本。卷四十二選有《序志》篇。

二、《梁文紀》

明梅鼎祚編，清文淵閣四庫全書本。卷十四選有《序志》篇。

三、《古詩紀》

明馮惟訥編，清文淵閣四庫全書本。卷一四五選有《明詩》《樂府》《時序》《體性》《通變》《情采》《比興》《物色》等八篇，有刪節。

四、《子苑》

衍聖公孔昭煥家藏本，不著撰人名氏，姑依楊明照先生將其時代定於嘉靖、萬曆間。卷三十二選有《原道》《徵聖》《宗經》《明詩》《詮賦》《頌讚》《銘箴》《誄碑》《哀弔》《雜文》《史傳》《論說》《詔策》《檄移》《章表》《奏啓》《議對》《書記》《神思》《體性》《風骨》《通變》《定勢》《情采》《鎔裁》《章句》《麗辭》《事類》《養氣》《附會》《時序》《物色》《才略》等三十三篇，卷一百選有《諧讔》篇。其中《神思》《時序》《才略》爲全篇，其餘大都爲節選。

五、《廣廣文選》

明周應治編，明彭必鳴校訂，明萬曆二十四年刊本。卷十七選有《辨騷》篇。

六、《廣文選删》

明張溥編，明刊本。卷十一選有《序志》篇。

七、《續文選》

明湯紹祖編，明萬曆三十年海鹽湯氏刊本。卷二十七選有《神思》《夸飾》《時序》《物色》等四篇。

八、《續文選》

明胡震亨編，明萬曆刊本。卷十二選有《史傳》《神思》《夸飾》《物色》等四篇。

九、《文體明辯》

明徐師曾撰，明萬曆十九年刊本。卷四十八選有《徵聖》《辨騷》《明詩》《誄碑》《史傳》《詔策》《情采》《養氣》《總術》《物色》《程器》等十一篇“贊”，卷六徵引《樂府》篇文句。

十、《文儷》

明陳翼飛編,畢懋康參訂,明萬曆三十九年刊本。卷十三選有《原道》《辨騷》《樂府》《神思》《情采》《夸飾》《物色》《知音》等八篇。

十一、《古逸書》

明潘基慶編,明萬曆四十年刊本。卷二十二選有《物色》篇。

十二、《古論大觀》

明陳繼儒編,明吳震元編次,明刊本。卷三十五選有《辨騷》《史傳》二篇,卷三十七選有《諸子》篇,皆有刪節。

十三、《諸子彙函》

舊題明歸有光編,明天啓五年達古堂刊本。卷二十四選有《原道》《徵聖》《辨騷》《情采》《風骨》等五篇。

十四、《四六法海》

明王志堅編,明天啓七年刊本。卷十選有《神思》《風骨》《情采》《夸飾》《物色》等五篇。

十五、《古儷府》

明王志慶編,清文淵閣四庫全書本。卷九選有《原道》《詮賦》《頌讚》《祝盟》《誄碑》《哀弔》《諧讔》《詔策》《檄移》《封禪》《章表》《奏啓》《議對》《書記》《神思》《體性》《風骨》《通變》《定勢》《情采》《鎔裁》《聲律》《章句》《夸飾》《事類》《養氣》《附會》《物色》等二十八篇,除《神思》《風骨》《情采》爲全篇之外,其餘均有刪節。

十六、《文章辨體彙選》

明賀復徵編,清文淵閣四庫全書本。卷四六八選有《徵聖》《辨騷》《明詩》《誄碑》《史傳》《詔策》《情采》《養氣》《總術》《物色》《程器》等十一篇"贊",並徵引《辨騷》(卷四六八)、《頌讚》(卷四五六)、《誄碑》(卷六四二)、《史傳》(卷四八三)、《論說》(卷三九二)、《章表》(卷六六、八七)、《奏啓》(卷一四〇)、《書記》(卷六六)、《情采》(卷四六八)、《序志》(卷二九〇)等文句。

十七、《漢魏六朝正史文選》

明許清胤、顧在觀編,明崇禎八年刊本。卷十九選有《序志》篇。

十八、《讀書引》

清王謨編,乾隆四十八年刊本。卷十選有《諸子》篇,卷十二選有《辨騷》

《明詩》《詮賦》《序志》等四篇,均不録贊語。

十九、《歷代賦話》

清浦銑編,清乾隆五十三年刻本。卷十二選有《詮賦》篇,卷十三選有《通變》《哀弔》《諧讔》《風骨》《情采》《比興》《夸飾》《事類》《練字》《指瑕》《總術》等十一篇,卷十四選有《辨騷》篇。各篇均有删節。

二十、《四六叢話》

清孫梅編,清嘉慶三年刻本。卷三選有《辨騷》篇,卷四選有《詮賦》篇,卷六選有《詔策》篇,卷十選有《章表》篇,卷十四選有《奏啓》篇,卷十六選有《頌讚》篇,卷十七選有《書記》篇,卷二十二選有《論説》篇,卷二十三選有《銘箴》篇。

二十一、《詩法萃編》

清許印芳編,序於光緒十九年。一九一九年《雲南叢書》本。卷二選有《原道》《宗經》《辨騷》《明詩》《樂府》《神思》《體性》等七篇,卷三選有《風骨》《通變》《情采》《鎔裁》《聲律》《章句》《麗辭》《比興》《夸飾》《附會》《物色》《知音》等十二篇。卷二"文心雕龍"題下注:"抄十餘篇,並抄黃崑圃、紀曉嵐兩先生批語,各附於後。"可知許氏當以芸香堂本爲底本進行鈔録(《通變》篇"晞"字不誤,知非翰墨園本),然其中文字多有校改。

(己)其他旁參本

除以上所舉校勘過程中徵引的版本之外,本書寫作還使用了其他數十種版本作爲參考,擇其要者叙録於下。

一、明弘治十七年馮允中刻本(本叙録中爲"弘治本乙種")

網絡流傳本。書名題"元板文心雕龍",實爲明弘治本。卷首有目録,無馮允中序,卷末無都穆跋。卷十末葉題"吴人楊鳳繕寫"。卷首等處鈐有"古柱史海山錢籍家藏書"印,知曾爲明嘉靖間常熟人錢籍所藏。卷首鈐有"耿嘉祚"、"字會侯"印,卷六首葉鈐有"耿會侯鑑定書畫之章"印,知曾爲明末清初耿嘉祚所藏。卷首等處鈐有"謙牧堂藏書記"印,知曾爲清人揆叙所藏。卷首鈐有"五福五代堂寶"、"八徵耄念之寶"、"太上皇帝之寶"、"天禄繼鑑"、"乾隆御覽之寶"諸印,知曾爲清内府藏書。

二、明汪一元私淑軒原刻本(本叙録中爲"私淑軒乙種")

臺灣國家圖書館藏。卷首序言首葉,鈐有"稽瑞樓"、"孫從添印"、"蓴江損持氏圖書記”、“摘葉居藏書”、“小琅嬛清閟張氏收藏”、“天許作閒人”諸印。序之末葉鈐有“臣希銓印”、“羅浮仙史”兩印。目録首葉鈐有“春寒野陰風景莫”“檇李曹氏”、“芍孫”、“古鹽朱景暉觀”諸印。目録末葉鈐有“鏡清閣”、“方氏若蘅”、“畹芳”、“方勤襄公季女”、“藝風審定”、“蓉鏡珍藏”諸印。卷一首葉鈐有“友琴書屋”、“墨琴”、“芙川鑒定”、“張蓉鏡”、“莐圃收藏”、“子晉書印”諸印。卷十末葉鈐有“張蓉鏡印”、“芙川”諸印。

版心上方有“私淑軒”三字，版心下欄記有刻工姓名（黃璉、黃瑄、黃璵等）。行款格式與上述私淑軒本同。《哀弔》篇“而霍子侯暴亡”，“霍”、“暴”之間爲一墨釘，《才略》篇“二班三劉”之“二”，均與覆刻汪本不同。《神思》篇全文、《體性》篇全文、《風骨》篇正文、《知音》篇自“魏文稱”至“輒見其志”、《程器》篇自“仲宣輕脆”以下、《序志》篇全文，有缺版，依他本鈔補。

三、覆刻明嘉靖十九年汪一元本（本叙録中爲“覆刻汪本乙種”）

國家圖書館藏本。卷首有方元禎序。序之首葉鈐有“陽湖陶氏涉園所藏書籍之印”、“完翁所藏善本”諸印，卷一首葉鈐有“伯繩祕笈”、“虛靜齋”諸印，卷末附有孫祖同（字伯繩）識語。行款格式與上述覆刻王本同。《隱秀》篇、《序志》篇均爲完篇。

四、明嘉靖二十二年佘誨本（本叙録中爲“佘本乙種”）

國家圖書館藏本。卷一首葉鈐有“長樂鄭振鐸西諦藏書”印章，知曾爲鄭振鐸所藏。卷首有佘氏序，序末無“甞嘉靖癸卯仲春朔日古歙佘誨序”，此與上述佘本甲種不同。版心下刻有黃璉、黃瑄、黃嶼等刻工姓名。白文，每半葉十行，行二十字，五篇相接，分卷則另起。

五、何允中《廣漢魏叢書》本（本叙録中爲“何本乙種”）

上海圖書館藏本。清嘉慶年間刻。卷首有佘（原誤余）誨序。卷一“文心雕龍”大題下，僅署“梁東莞劉勰著”，無“張遂辰閲”或“奉新彭瑞麟校”字樣。每半葉九行，行二十字。此本文字與上述何本（甲種）相同，而與後出的王謨《漢魏叢書》本有所不同。如《辨騷》篇“揚雄諷味”，兩本“味”皆不作“咏”；《明詩》篇“理不空綺”，兩本“綺”皆不作“絃”。

六、明萬曆三十九年刻王惟儉訓故本（本叙録中爲“十行訓故本乙種”）

國家圖書館藏本。此本行款與上述十行訓故本甲種相同，所不同者，一是此本卷首有萬曆辛亥（三十九年，一六一一）張同德昭甫氏撰《合刻訓註〈文心雕龍〉〈史通〉序》,二是此本卷末除楊慎與張含書及王惟儉識語之外,尚有田毓華跋、張民表跋、勤羙(伯榮)跋。

七、明萬曆三十九年刻王惟儉訓故本(本叙録中爲"九行訓故本乙種")

廣陵書社二〇〇四年影印本。此本行款與京都大學藏本相同,唯卷首有萬曆辛亥張同德昭甫氏撰《合刻訓註〈文心雕龍〉〈史通〉序》,此序之字體、行款與上述國圖藏十行訓故本序均不同。

八、明萬曆己酉梅慶生音註本(本叙録中爲"初刻梅本乙種")

復旦大學圖書館藏本。卷一首葉鈐有"理詠樓藏板"、"王氏二十八宿研齋秘笈之印"兩印。卷首有顧起元序,楷書書寫,末署"萬曆己酉嘉平月江寧顧起元撰,上元許延祖書"。顧序首葉版心下方,刻有"吉安劉云刊"字樣("刘云"二字原即爲俗體),爲其他萬曆梅本所無。其後依次爲《梁書》劉舍人本傳、楊升菴先生與張禺山書、音註凡例、讐校姓氏、目録。卷末附刻都穆跋、朱謀㙔跋。《頌讚》篇作"史班固書",《史傳》篇作"理欲吹霜噴露",《通變》篇"采如宛虹(龍也)",注解之"龍"字此本爲一墨釘,《比興》篇作"且何謂爲比"。户田浩曉所叙録的"劉本"當即此本。

九、明萬曆己酉梅慶生音註本(本叙録中爲"初刻梅本丙種")

北京大學圖書館藏本。書中有傳録顧廣圻、譚獻合校語。卷首有楷書書寫顧起元序,其後依次爲《梁書》劉舍人本傳、楊升菴先生與張禺山公書、校刻凡例、讐校姓氏、目録,卷末有朱謀㙔跋、都穆跋。顧序首葉鈐有"華陽鄭氏百瞻樓珍藏圖籍"、"長沙龍氏"諸印,本傳末葉鈐有"樵風亭長"印,卷一首葉鈐有"鄭闇"印。自顧起元序至目録,共十三葉,版心下刻有"乙、二、三……十三"字樣,與上述國圖藏初刻梅本(甲種)同。《頌讚》篇作"遷史固書",《史傳》篇作"理欲吹霜噴露",《通變》篇"采如宛虹(龍也)",注解之"龍"字不闕,《比興》篇作"且何謂爲此"。

十、明萬曆己酉梅慶生音註本(本叙録中爲"初刻梅本丁種")

上海圖書館藏本。卷首有顧起元楷書書寫的序,其後依次爲《梁書》劉舍人本傳、楊升菴先生與張禺山書、校刻凡例、讐校姓氏、目録、都穆跋、朱謀㙔跋。自顧起元序至目録,共十三葉,版心下刻有"乙、二、三……十三"字樣。《頌讚》篇作"遷史固書",《史傳》篇作"理欲吹霜噴露",《通變》篇"采如宛虹(龍也)",注解之"龍"字不闕,《比興》篇作"且何謂爲此"。此本與上述國圖藏本

（初刻梅本甲種）、北大藏本（初刻梅本丙種）爲同刻。

十一、明萬曆己酉梅慶生音註本（本叙録中爲“初刻梅本戊種”）

上海圖書館藏本。卷首有顧起元楷書書寫的序，首葉版心下爲空白，無葉數。其後依次爲《梁書》劉舍人本傳、校刻凡例、讐校姓氏、楊升菴先生與張禺山公書、目録。卷末有萬曆癸巳朱謀㙔跋。《頌讚》篇作“史班固書”，《史傳》篇作“理欲吹霜噴露”，《通變》篇“采如宛虹（龍也）”，注解之“龍”字此本爲一墨釘，《比興》篇作“且何謂爲比”。

十二、明萬曆凌雲五色套印本（本叙録中爲“凌本乙種”）

京都帝國大學藏本。書名題“劉子文心雕龍”。卷首依次有曹學佺序、楊慎與張含書、閔繩初引、凌氏凡例（共六條）、《梁書》劉舍人本傳、校讐姓氏、目録。行款格式與上述凌本（甲種）同。所不同者在眉批：甲種本《誄碑》篇“贊”上眉批“‘觀風’二句，即‘論其人也曖乎若可觀；道其哀也，悽焉如可傷’意”，《體性》篇“煒燁枝派”上眉批“燁音葉”，《比興》篇“刻鵠類鶩”上眉批“鶩音木”，此本均無。

十三、明天啓二年梅慶生音註第六次校定本（本叙録中爲“梅六次本乙種”）

加州大學圖書館藏本。書名葉題“楊升菴先生批點文心雕龍”，左下方刻有“金陵聚錦堂梓”字樣。卷首有天啓二年宋轂書顧起元萬曆己酉序，末刻“顧起元印”、“會元及第”印記。其後依次爲目録、音註凡例、都穆跋、朱謀㙔跋、讐校姓氏、楊升菴與張禺山公書及梅慶生識語、《梁書》劉舍人本傳，次序與上述京都大學藏聚錦堂本不同。卷一首葉版心下欄前後，刻有“天啓二年梅子庚第六次校定藏板”。每半葉九行，行十八字，五篇相接，分卷則另起。《定勢》篇闕，《隱秀》篇“瀾表方圓”與“涼飆動秋草”之間有闕文。《通變》篇“采如宛虹（龍也）”，注解之“龍”字此本爲一墨釘。

十四、明天啓二年梅慶生音註第六次校定本（本叙録中爲“梅六次本丙種”）

國家圖書館藏本，有藏園居士傅增湘過録唐寫本異文。卷首有天啓二年宋轂隸書書寫顧起元萬曆己酉序，其後依次爲《梁書》劉舍人本傳、音註凡例、讐校姓氏、楊升菴與張禺山公書並梅慶生識語、都穆跋、朱謀㙔跋、目録，上板次序與京都大學藏本不同。卷一首葉版心下欄前後，刻有“天啓二年梅子庚第六次校定藏板”。每半葉九行，行十八字，五篇相接，分卷則另起。《定勢》篇闕，《隱秀》篇“瀾表方圓”與“涼飆動秋草”之間有闕文。《通變》篇“采如宛虹

（龍也）”，注解之“龍”字此本爲一墨釘。

十五、明天啓二年梅慶生音註第六次校定本（本叙録中爲“梅六次本丁種”）

上海圖書館藏本。書名葉題“楊升菴先生批點文心雕龍”，左下方刻有“金陵聚錦堂梓”字樣。卷首有天啓二年宋毅隸書書寫顧起元萬曆己酉序。其後依次爲《梁書》劉舍人本傳、音註凡例、都穆跋、朱謀㙔跋、楊升菴與張禹山公書並梅慶生識語、校讐姓氏、目録，上板次序與上述諸本不同。卷一首葉版心下欄前後，刻有“天啓二年梅子庚第六次校定藏板”。每半葉九行，行十八字，五篇相接，分卷則另起。《定勢》篇闕，《隱秀》篇“瀾表方圓”與“涼飆動秋草”之間有闕文。

十六、明古吴陳長卿覆刻梅六次本

哈佛大學哈佛燕京圖書館藏本。卷端書名葉左下方有“古吴陳長卿梓”字樣。卷一首葉版心下欄前後有“天啓二年梅子庚第六次校定藏板”字樣。《定勢》篇闕，《隱秀》篇“瀾表方圓”與“涼飆動秋草”之間有闕文。《通變》篇“采如宛虹（龍也）”，注解之“龍”字此本爲一墨釘。文字與梅六次本全同，如初刻梅本《奏啓》篇“必斂散入軌”，此本及梅六次本“散”改爲“徹”，等等。

十七、明天啓二年梅慶生音註第六次校定後重修本（本叙録中爲“梅七次本乙種”）

南京圖書館藏本，有過録何焯批校。卷首依次有宋毅隸書書寫顧起元序、洪寬行書曹學佺序、音註凡例、《梁書》劉舍人本傳、謝兆申跋並天啓二年梅氏識語、讐校姓氏、目録，次序及位置與上述國家圖書館藏本不同，且此本無楊升菴與張禹山公書並梅慶生識語、朱謀㙔跋。卷一首葉版心下欄前後，刻有“天啓二年梅子庚第六次校定藏板”字樣。行款與金陵聚錦堂刻本同。《定勢》篇不闕，《隱秀》篇補有四百餘字脫文，各篇眉端間有曹學佺評語。《通變》篇“采如宛虹（龍也）”，注解之“龍”字此本爲一墨釘。

十八、明天啓六年（一六二六）姜午生覆刻萬曆己酉梅慶生音註本

復旦大學圖書館藏本。卷一首葉鈐有“二十八宿研齋”諸印。卷首有傅巖叙、姜午生叙、楊若題辭，以及楊升菴先生與張禹山書、讐校姓氏、目録。各卷“梁劉勰撰”下題“豫章梅慶生音註，長山姜午生訂校”。楊若題辭末書“天啓丙寅”，可知此本覆刻於天啓六年。正文及音註文字與梅六次本偶有不同。如《辨騷》篇“夷羿彈日”注“九嬰者”，“九”此本作“羿”；《頌讚》篇“及遷史固書”，

"遷史"此本作"史班";《祝盟》篇"于是後之譴咒","于"此本作"手";《史傳》篇"理欲吹霜噴露","吹"此本爲一空格;《通變》篇"采如宛虹(龍也)",注解之"龍"字此本爲一墨釘;《比興》篇"且何謂爲此","此"此本作"比"。等等。户田浩曉所叙録的"姜本",當即此本。

在上述各初刻梅本中,户田浩曉推斷復旦大學圖書館藏本(劉本)最古,或是梅慶生音註本的最早版本,而姜午生本因有天啓六年的題辭而趨於明瞭,顯然是天啓二年第六次校定本之後的産物,是最晚出的刻本。

十九、清乾隆六年養素堂黃叔琳輯注初刻本(本叙録中爲"養素堂初刻本乙種")

首都圖書館藏本。卷首黃氏序首葉等處鈐有"歸安錢恂癸丑以後所讀書"方印,知曾爲清末民初錢恂所藏。書中數處地方又鈐有"濮陽模印"、"窗耘弌字碩農"、"窗芸"、"窗耘"方印。此本與上海圖書館藏黃氏養素堂初刻本(上述甲種)爲同刻:卷首例言僅有五條,原校姓氏僅列三十三人(無"王惟儉字損仲"),姚培謙跋置於卷末,眉端黃氏評語每行五字;其正文誤刻字也與上述初刻本甲種全同。

二十、清乾隆六年養素堂黃叔琳輯注改刻本(或可稱"侯長松藏本"。本叙録中爲"養素堂改刻本乙種")

國家圖書館藏本(屬善本館藏)。卷一、卷三、卷五、卷八之首葉,皆鈐有"西園所藏"、"錢世禄印"兩印章,知此書先後曾爲清乾隆年間侯長松、民國錢世禄所藏。①卷二第二葉下鈐有"怡豐俊記"印識。驗之以書中關鍵之處,以及字體刀法,可知此本與上述國家圖書館陳鱣藏本爲同刻,同屬於養素堂初刻本的改刻本,也是後出的各種覆刻本的原刻本。如《詮賦》篇輯注"鄭莊"條注"潁考叔"之"潁",其偏旁"水"兩本剜改痕跡相同;《諧讔》篇"則髡祖而入室"之"祖",兩本的刻印字形均介於"祖"、"袓"之間;《詔策》篇輯注"敕憲"條,"伸"下闕字符號兩本相同;《隱秀》篇"淺而煒燁"及《時序》篇"故知暐燁之奇意"之"燁",兩本缺筆方式相同,都作"燁";《才略》篇輯注"丁儀邯鄲"條"潁川"之"潁",兩本剜改痕跡相同。如此等處,均爲兩本同刻的顯證。

---

①　侯長松,字松年,號嵩邑,藏書數萬卷,撰有《西園藏書志》,始於乾隆二十五年(一七六〇),成於乾隆三十六年(一七七一)。錢世禄(一八八三至一九三五),字茂勛,一九〇九年在日本參加同盟會。後寓居燕京,以書畫自娛,嘗與陳寅恪、吳昌碩、齊白石等人交往。

　　兩本的差異主要在於：此本卷首有黃氏序、例言六條、《南史》本傳、元校姓氏、目錄，次序與陳鱣藏本不同；陳鱣藏本姚培謙跋置於卷首，而此本則置於卷末；《原道》篇黃評"解《易》者未發此義"，陳鱣藏本"解"字漫漶，此本則較爲清晰；《才略》篇卷十的六葉下，陳鱣藏本首三行有斷板，此本則無。此本版刻精良，字跡清晰，要略優於陳鱣藏本，堪稱養素堂版第一善本。①

　　二十一、清乾隆六年養素堂黃叔琳輯注改刻本(本叙錄中爲"改刻本丙種")

　　國家圖書館藏本(屬普通古籍館藏)。驗之以書中關鍵之處，以及字體刀法，可知此本與上述國家圖書館陳鱣藏本爲同刻。兩本的差異主要在於：此本卷首依次有黃氏序、《南史》本傳、例言六條、元校姓氏、姚培謙跋、目錄，次序與上述甲乙兩種改刻本均不同；《才略》篇卷十的六葉下，陳鱣藏本首三行有斷板，此本則無；《程器》篇"發揮事業"，陳鱣藏本"揮"、"事"二字各少一半，而此本完整無缺。

　　二十二、覆刻清乾隆六年養素堂黃叔琳輯註改刻本(本叙錄中爲"第一類覆刻養素堂改刻本")

　　楊明照先生藏本。卷首依次有黃氏序、《南史》本傳、例言六條、元校姓氏、姚培謙跋、目錄，次序與上述陳鱣藏本及侯長松藏本不同。黃氏眉批每行五字，格式與陳鱣藏本同。正文文字與陳鱣藏本相同，唯陳鱣藏本《明詩》"柏梁列韻"之"柏"，此本作"栢"。輯注文字校改情況與陳鱣藏本也相同。如初刻本《史傳》篇"詮評"條"謝丞曰詮"之"丞"，此本改爲"承"；《議對》篇"仲瑗"條注"劦字仲達"之"達"，此本改爲"遠"；《物色》篇"元駒"條注"白馬，謂蚊蚋也"之"馬"，此本改爲"鳥"；《才略》篇"丁儀邯鄲"條注"自潁川邯鄲淳"之"潁"，此本改爲"頰(當即潁之形訛)"；《知音》篇輯注"怔石"條"得王徑尺"，此本改"王"爲"玉"，等等。

　　楊明照先生於黃氏序、例言、元校姓氏有六處批校，一律稱作"原刻作某"，可見楊先生即認定此本爲覆刻本。再審其刀法，要略遜於陳鱣藏本和侯長松藏本，也可證明此本是以養素堂改刻本爲原本的覆刻本。然此本與其他覆刻本相比質量最高，楊明照先生所稱的"佳者幾於亂真"者，當即是此本。

---

　　① 本次校勘未使用此本作底本，而是選擇了陳鱣藏本，一是因爲此本與陳鱣藏本爲同刻(姚培謙跋的位置兩本有別，主體部分則毫無二致)，二是因爲陳鱣藏本更爲習見。

此本當非楊先生作《校注》所使用的底本，因楊先生明言其底本“卷首有黄氏序、《南史》劉勰傳、例言（共六條）、元校姓氏及目録，卷末有姚培謙跋”，而此本的跋則置於卷首。又《明詩》篇“柏梁列韻”之“柏”，此本作“栢”，而楊氏《校注》作“柏”。再驗之以關鍵異文，如此本《辨騷》篇“每一顧而淹涕”之“淹”，《頌讚》篇“年積逾遠”之“逾”，《序志》篇“倘塵彼觀”之“倘”，皆與陳鱣藏本一致，而《校注》分别作“掩”、“愈”、“儻”，與此本不同。

二十三、覆刻清乾隆六年養素堂黄叔琳輯注改刻本（本叙録中爲“第一類覆刻養素堂改刻本之甲種”）

日本慶應大學藏本。序言首葉等處鈐有“故新井由三郎遺書寄贈之章”印記。卷首依次有黄氏序、目録、元校姓氏、《南史》本傳、例言六條，次序與上述陳鱣藏本及養素堂初刻本不同。陳鱣藏本姚培謙跋置於卷首，而此本則置於卷末，與初刻本同。黄氏眉批每行五字，格式與陳鱣藏本相同。

與陳鱣藏本的差别主要在於：《原道》篇黄評“解《易》者未發此義”，陳鱣藏本每行五字，而此本每行四字（其餘黄評也爲每行五字），字體也有差異，且“解”刻作“觧”；陳鱣藏本《詮賦》篇輯注“鄭莊”條注“穎考叔”之“穎”，此本作“頮”；《諧讔》篇“則髡袒而入室”之“袒”，此本明顯作“祖”；《隱秀》篇“淺而煒燁”、《時序》篇“故知暐燁之奇意”之“燁”，陳鱣藏本均作“爗”，而此本僅《隱秀》篇“燁”作“爗”，《時序》篇“燁”字不缺筆；《知音》篇輯注“恠石”條“得玉徑尺”，此本“玉”仍沿襲初刻本作“王”。

輯注文字校改情況與陳鱣藏本同。如初刻本《史傳》篇“詮評”條“謝丞曰詮”之“丞”，此本改爲“承”；《議對》篇“仲瑗”條注“劭字仲達”之“達”，此本改爲“遠”；《物色》篇“元駒”條注“白馬，謂蚊蚋也”之“馬”，此本改爲“鳥”；《才略》篇“丁儀邯鄲”條注“自潁川邯鄲淳”之“潁”，此本改爲“頮（當即穎之形訛）”。

由以上文字異同可知，此本與陳鱣藏本並非同刻，再審其字體、刀法，要略遜於陳鱣藏本，當是以養素堂改刻本爲原本的覆刻本之一種。

二十四、覆刻清乾隆六年養素堂黄叔琳輯注改刻本（本叙録中爲“第二類覆刻養素堂改刻本之乙種”）

日本早稻田大學藏本。序言首葉鈐有“博古知今堂”、“小川房太郎藏書之記”等印記。卷首依次有黄氏序、元校姓氏、目録、《南史》本傳、例言六條，次序與上述慶應大學藏本略有不同，姚培謙跋置於卷末，則與慶應藏本同。與陳鱣藏本相較,文字方面存在的差別與慶應本全同。《章表》《體性》《風骨》《才略》等篇的斷板情況兩本相同。可以斷定此本正文部分與慶應本當同出一刻。

二十五、覆刻清乾隆六年養素堂黃叔琳輯注改刻本(本敘錄中爲"第四類覆刻養素堂改刻本")

上海圖書館藏本。卷首依次有黃氏序、《南史》本傳、元校姓氏、例言六條、目錄,姚培謙跋置於卷末。有民國王文燾校錄的馮舒本、初刻梅本、紀評本的校語。此本也出於改刻本,特徵與上述第二類覆刻養素堂改刻本同,但偶有差異。如《封禪》篇"首胤典謨",陳鱣藏本"胤"字缺筆,而此本不缺;陳鱣藏本《情采》篇"而吟詠情性,以諷其上",此本"吟"作"今"。如此等處,皆當爲誤刻,與上述第三類覆刻本又不同。

又,校者所藏另一養素堂覆刻本,僅《隱秀》篇"煒燁"之"燁"缺筆作"爗",《時序》篇"暐燁"之"燁"不缺筆;《隱秀》篇末附何焯識語之"辛巳"作"卒巳";《知音》篇輯注"怪石"條"得玉徑尺,不知其玉也",兩"玉"字並作"王",如此等處,均與上述各覆刻本不同。

又,楊明照先生自言所藏養素堂本,卷首有黃氏序、《南史》劉勰傳、例言六條、元校姓氏、目錄,姚培謙跋置於卷末,但從《序志》篇"倘塵彼觀"之"倘"作"儻"等多處異文看,此本與初刻本及陳鱣藏本差異較大,可知其所用的版本與上述各覆刻本又不同。足見養素堂本改刻之後,其覆刻之多。

總之,以養素堂初刻本爲原本的覆刻本,迄今未見,而以陳鱣藏本爲代表的養素堂改刻本之後,出現了多種以此爲原本的覆刻本,刊刻質量優劣不均,以眉批每行三字且置於框內、正文有明顯的誤刻字者(第三類覆刻本)爲最次。

二十六、越南同文堂重刻黃叔琳輯註本

越南漢喃研究院藏本。書名葉題"文心雕龍輯註　同文堂藏板",字體黃氏仿養素堂本。卷首有裴秀嶺《重鐫文心雕龍序》,末署"皇朝嗣德萬年之六春月穀日壽河裴秀嶺序",並有"唐豪扶擁同文齋黎氏鐫刻"字樣,知此本刻於大南帝國阮朝嗣德六年(當清咸豐三年,一八五三)。其後依次爲黃叔琳序、南史本傳、元校姓氏、例言六條、目錄。正文及輯注的行款格式與養素堂本全同。由於是重新開雕,故字體與養素堂本不同,且間有俗體字(如"體"作"体")及怪字(如《總術》篇"不截盤根"之"盤根"二字)。養素堂本的避諱缺筆字如玄、燁、弘等,此本均改回規範本字。

此本所據的底本爲第三類覆刻養素堂改刻本：眉間黃評每行三字，且置於方框内，《原道》篇評語作"〇九者未發此義"；《宗經》篇"根柢槃深"之"柢"作"祗"，《明詩》篇"柏梁列韻"之"柏"作"相"，《夸飾》篇"騰擲而羞跼步"之"跼"作"碉"，《時序》篇"誠哉斯談"之"哉"作"裁"，等等。

二十七、清道光十三年冬盧坤兩廣節署刻黃氏輯註紀昀評本（本叙録中爲"芸香堂本乙種"）

國家圖書館藏本。序言首葉等處鈐有"會稽李氏困學樓藏書印"印章，知曾爲李慈銘所藏。書名葉後書牌題"道光十三年冬栞於兩廣節署"，無"粵東雙門底芸香堂承刊"字樣（與上述芸香堂本不同）。卷首有黃氏序，序後有紀昀批語，序共兩葉，版心下方分別刻有"序之一"、"序之二"字樣，與上述芸香堂本僅分別刻"一"、"二"不同。序後依次爲《南史》本傳、例言六條、元校姓氏、目録，次序與上述芸香堂本同。每卷末有"嘉應廩生吳梅修校"字樣。卷十末有"乾隆辛卯八月六日閱畢曉嵐記"字樣，書後有吳蘭修跋。各卷每葉版心下刻有葉數，格式爲"一之一、一之二、一之三"等，"二之一、二之二、二之三"等，一直到卷十的"十之二十"。《風骨》篇"骨髓峻"之"峻"字，《通變》篇"臭味晞陽"之"晞"字，均不誤，與上述芸香堂本同。

二十八、清道光十三年之後覆刻芸香堂本（本叙録中爲"翰墨園本乙種"）

德國巴伐利亞圖書館藏本。卷一首葉鈐有"狄堅之印"印章。書名葉後有書牌，僅題"道光十三年冬栞於兩廣節署"，無"粵東省城翰墨園藏板"字樣。卷首依次有黃氏序、例言六條、《南史》本傳、元校姓氏、目録，次序與上述芸香堂本、翰墨園本均不同。卷末有吳蘭修跋。

朱墨套印，黑字爲黃評，朱字爲紀評。每半葉十行，行二十一字，五篇相接，分卷則另起。《風骨》篇"骨髓峻"之"峻"，誤作"晙"，《通變》篇"臭味晞陽"之"晞"，誤作"晞"，知此本非芸香堂原刻，或爲翰墨園之另一刻本。

二十九、清道光二十二年（一八四二）讀味齋重刻張松孫輯注本（本叙録中爲"張松孫本乙種"）

網絡流傳本。書名葉題"文心雕龍"，右上方有"道光壬寅年重鐫"字樣，左下方有"讀味齋藏板"字樣。卷首依次有張氏序、《梁書》劉舍人本傳、凡例（共八條）、楊慎與張含書並梅氏識語、元校姓氏、目録，次序與上述張松孫本（甲種）有所不同。張序行款格式與上述張松孫本同，序末無"松孫"、"鶴坪"兩印。

三十、清張松孫輯註本（本叙録中爲“張松孫本丙種”）

復旦大學圖書館藏本。書名葉題“文心雕龍”，署“沈登瀛題”。卷首有張松孫序，行款格式與上述兩種張松孫本同，序末無“松孫”、“鶴坪”兩印。次爲《梁書》劉舍人本傳、凡例、楊升菴先生與張禹山公書並梅氏職語，次爲目録。元校姓氏置於卷末，與上述兩本不同。

三十一、清光緒二十二年新化三味堂覆刻翰墨園本

吉林大學圖書館藏本。書名葉後題“光緒二十二年新化三味堂刊”，板心下方有“三味堂”字樣。眉端黃評之後，均補有“原評”二字，以與紀評相區別。《風骨》篇“骨髓峻”之“峻”，誤爲“晙”，《通變》篇“臭味晞陽”之“晞”，誤爲“睎”，知所據之本爲翰墨園本。

三十二、清末成都志古堂重刊《紀評文心雕龍》

網絡流傳本。書中鈐有“林澄波”、“譺尅清濤藏書”等印章。非朱墨套印，眉端每條黃評後補有“原評”二字，與三味堂本同。由《風骨》篇“晙”字、《通變》篇“睎”字驗之，此本所據之本爲翰墨園本。

三十三、民國七年（一九一八）成都勵志勉學講舍刻《紀評文心雕龍》

早稻田大學圖書館藏本，曾爲日本土岐善麿所藏，卷末有楊明照先生一九六零年所作的識語。行款格式與上述志古堂本全同，唯書名字體有異。書牌題“戊午孟春月成都勵志勉學講舍校刊”。

三十四、民國十五年（一九二六）李詳《文心雕龍補註》

校者自藏本。中原書局排印，黃叔琳輯注，李詳補注。《風骨》篇“晙”字仍舊，而《通變》篇“睎”字已改爲“晞”，知此本出於思賢講舍本。

三十五、民國《四部備要》本《文心雕龍輯註》

校者自藏本。中華書局據翰墨園本排印，卷末有吳蘭修跋。《風骨》篇“晙”字、《通變》篇“睎”字均未改。有黃叔琳輯注、紀昀評。眉端黃評每行四字，字體較小，而紀評每行五字，字體較大，以示區別。

楊氏《經眼録》説：“范文瀾《文心雕龍注》（文化學社暨開明書店本）以黃評爲紀評，即因未看清《四部備要》本眉端黃、紀兩家評語差異而致誤。一九五八年人民文學出版社已由他人予以改正。”①

---

① 按，楊氏所云“他人”，當爲編輯王利器先生。見王利器《我與〈文心雕龍〉》，收入王貞瓊、王貞一整理《王利器學述》，浙江人民出版社，一九九九年版。

三十六、明人鈔馮舒校本（本叙録中爲“馮校本乙種”）

上海圖書館藏本。卷首鈐有“馮己蒼手校本”、“複壁藏書”、“湘鄉王氏秘籍孤本”諸印記，知此本所鈔爲馮舒校本。目録首葉又鈐有“季振宜藏書”、“湘潭黄氏聽天齋藏本”、“禮培私印”、“掃塵齋積書記”諸印記，卷一首葉鈐有“黄埴之印”、“空居閣倉書記”諸印記，知此本曾爲清初季振宜所藏。卷十末鈔“崇禎壬申仲冬，覆閲。默庵老人記”。眉端有馮舒校語，卷末鈔朱謀㙔跋、錢功甫職語、馮舒職語五則，皆與上述國圖藏馮校本（甲種）相同。

此本與國圖藏馮校本正文内容以及馮舒校語全同，國圖本多處校語及後附識語有塗改，而此本則書寫工整，顯然是以國圖本爲藍本進行如實鈔録。書中“玄”字、“燁”字皆不缺筆，可知此鈔本當出於明末人之手。

三十七、佚名傳録黄丕烈顧廣圻合校本（本叙録中爲“黄顧合校乙種”）

楊明照先生藏本。底本爲翰墨園本。朱墨分校，黄丕烈所校元刊本及謝鈔本用朱筆，所校活字本及覆刻汪本用墨筆，顧廣圻所校四本，均用墨筆。

目録末有顧廣圻題識：“甲寅冬孟，檢閲一過，見注尚多疎舛，偶有舉正，著于上方，其所未盡，俟之暇日。十四日，燈下。顧廣圻記。”卷五末有黄丕烈題識：“元刻《文心雕龍》校，馮鈔校本校。凡馮本及校與元刻合者，加圈識之；活字本校與元刻合者，註一‘活’字爲記。汪本覆校。蕘圃。”卷十篇末有黄丕烈題識：“元刻《文心雕龍》校，戊辰三月。馮鈔校本校。復翁。”“凡馮校與元刻合者，加圈以別之。”“汪本覆校。蕘圃。”“案，此云元作某者，與所校元本時有不合，何也？復翁。”“復翁，黄丕烈臨。”“活字本校與元刻合者，加‘活’字爲記。”黄氏諸題識中間有顧廣圻題識：“嘉靖庚子歙汪一元本校一過。澗薲記。時戊午九月。”卷末又附朱謀㙔跋一則，錢允治跋一則，馮舒跋四則，與馮舒校本同。

三十八、清莫彝孫校本

上海圖書館藏本。底本爲第二類覆刻養素堂改刻本。《檄移》篇末題：“同治己丑三春廿有四日，獨山莫彝孫録紀文達評點於揚州兩淮都轉署齋。”眉端批校皆爲紀昀評，無莫氏校語。

三十九、清吴石華校本

國家圖書館藏本。底本爲第二類覆刻養素堂改刻本（由《原道》篇黄評“解《易》者未發此義”每行四字、《知音》篇輯注“得玉徑尺”之“玉”作“王”，等等，可推知）。卷首姚培謙跋後，有光緒甲申（一八八四）蔣鳳藻香生氏識語，其中有

"嘉應吳石華硃筆眉批"語。眉端僅過錄紀昀評語,無所發明。

四十、清末孫毓修《文心雕龍校記》

上海圖書館藏本。封面題"庚子隨筆,閏八月一日署。文心雕龍精本,校《湖北叢書》本、北平黃氏本、陽湖孫氏本、文選樓本",鈐有"學修朱記"印。書僅存二十餘葉,前半部分爲與《文心雕龍》無關的讀書札記,後半部分鈔錄《爾雅·釋親》及《說文解字叙》,無《文心雕龍校記》内容。封底題"時務(二字左方爲蝥學、湘學)缺十二、十三至十七二本,五十九本自廿二年丙申至廿三年丁酉十二月二十一日止",可知此書早已散佚。

（庚）本書轉引的版本

一、明毛子晉刻本（簡稱"毛刻本"）

此本王利器先生曾用以校勘《隱秀》篇補文。王氏《校證》之《隱秀》篇校注七說:"案《隱秀》闕葉,明人鈔補者之僞,世人多能言之,今從刊削;仍據黃注本附其僞文於後,而以徐燉手鈔本及錢允治校本、毛子晉刻本、馮舒校本注其異同焉。"

二、清鄭珍藏舊鈔本（簡稱"鄭藏鈔本"）

四川省圖書館藏本。楊氏《經眼錄》說:"此本蓋出於王謨《漢魏叢書》本。然亦間有不同(按,如《附會》篇"克終底績"之"底",此本作"厎")。楷書,白文,每半葉八行,行十六字,五篇相接,分卷則另起。"

三、清吳翌鳳校本

楊氏《經眼錄》說:"北京大學圖書館藏。底本爲《兩京遺編》本。①所校脫誤字句,多本梅慶生、何焯、黃叔琳三家之說,間亦自下己意,如《練字》篇'傅毅制誄,已用淮雨'下欄批云:'當缺王元長《曲水詩序》用別風事。'全書朱、黃、黑三色筆分別施用。卷末下方有'吳翌鳳家藏文苑'長印一枚。"

四、清譚獻校本

王利器《文心雕龍校證·序錄》云:"底本崇文本,童第德先生藏原本。"

七、本次校勘的主要特色

相對於《文心雕龍》舊校本而言,本次整理校勘主要有以下變化和改進。

---

① 王利器《文心雕龍校證·序錄》云吳翌鳳校本的底本爲張之象本。筆者曾目驗北大圖書館所藏《兩京遺編》本三種、張之象本兩種,均未發現有吳翌鳳的批校。

一、以清陳鱣藏養素堂版黄叔琳《輯註》本爲底本。此本爲黄氏校訂改刻本，不僅優於初刻本，且爲後出各種覆刻本的母本，堪稱養素堂本的正宗，較諸范文瀾、楊明照、王利器、詹鍈等先生所用的底本更加可靠。

二、對底本文字進行斷句、標點及分段，主要以范氏《注》、楊氏《校注》爲藍本，參考張立齋、周振甫、王利器、趙仲邑、詹鍈、郭晉稀、王運熙、牟世金、王更生、周勛初等先生的處理辦法，而稍稍有所更定。①

三、對《雕龍》衆版本進行叙録時，側重描述版本之間的文字差異，突出版本的校勘價值。

四、前賢對《雕龍》衆本源流未作系統的梳理，對黄氏養素堂初刻、改刻與覆刻之間的關係未作揭示，對於張之象本、王惟儉本、梅慶生本、四庫全書本等各自不同的版本形態和種類，未作詳盡的考述。版本方面的諸種缺憾，今則一併彌補。

五、除前賢們都使用的《雕龍》版本以外，②補充使用馮鈔元本、黄傳元本、隆慶本、復校梅本、抱青閣本、集成本、養素堂初刻本、文淵輯注本、薈要本、文淵本、文溯本、文津本、文瀾本等十三種作爲主校本，③補充使用覆刻汪本、張丙本、十行訓故本、李安民評點本、覆刻黄本、文溯輯注本、文津輯注本、文瀾輯注本、王本乙種、掃葉本等十種作爲參校本。

六、充分利用十種《太平御覽》所引《雕龍》，盡量發掘新的異文。

---

①　如《原道》篇斷作："文之爲德也，大矣！與天地並生者，何哉?"《諧隱》篇斷作："荀卿《蠶賦》，已兆其體，至魏文陳思，約而密之。高貴鄉公，博舉品物，雖有小巧，用乖遠大。"《書記》篇斷作："魏之元瑜，號稱翩翩。文舉屬章，半簡必録；休璉好事，留意詞翰：抑其次也。""或事本相通，而文意各異：或全任質素，或雜用文綺。隨事立體，貴乎精要。"《練字》篇斷作："《周禮》保氏，掌教六書。"《時序》篇斷作："盡其美者何? 乃心樂而聲泰也。"《時序》篇自"今聖歷方興"以下另立一節，以示"今"字與上"暨皇齊"相區別，當指梁代。如此等等，均爲斟酌再三的結果。

②　綜合楊明照、王利器兩先生所用的版本而觀之，《雕龍》核心版本包括：唐寫本、《御覽》引本、元至正本、倫傳元本、弘治本、弘治活字本、汪本、佘本、張本、兩京本、胡本、何本、王批本、訓故本、萬曆初刻梅本、凌本、祕書本、梅六次本、重修梅六次本、梁本、謝鈔本、岡本、黄本、薈要本、文溯本、文津本、王本、鄭藏鈔本、張松孫本、芸香堂本、翰墨園本、崇文本、思賢講舍本、龍谿本。本次校勘，唯源出於王本的鄭藏鈔本未用作主校本和參校本。

③　對於《古今圖書集成》本，楊明照、詹鍈等先生於校勘時偶爾提及，未能用以比對所有出校異文。如楊氏僅於《詔策》篇云"兆民尹好"集成本"尹"作"伊"，云"焕其大號"集成本"焕"作"涣"。詹氏僅於《比興》篇云"觀夫興之託諭"集成本"諭"作"喻"，云"無從於夷禽"集成本"夷"作"彝"。顧黄傳元本、文淵本亦然。抱青閣本楊氏有叙録但未加使用。至於養素堂初刻本，則諸家皆未提及。

七、充分利用明清各選本(以明嘉靖、萬曆間爲多),挖掘異文。前賢對於《廣文選》等選本,僅於校勘關鍵字時偶一用之,今則用作主校本,比對所有出校異文。

八、更廣泛地搜集使用明代以前引用《雕龍》的文獻,①增補新的徵引材料,如唐末新羅人崔致遠《唐大薦福寺故寺主翻經大德法藏和尚傳》《無染和尚碑銘》,宋《九經疑難》,明《皇霸文紀》《梁文紀》《楚紀》,等等。

九、訓故本中外帶方框的字表示存疑之意,體現了王惟儉的眼光和判斷,楊明照、王利器等先生都不予采錄,實爲憾事,本次校勘則將這些標疑作爲王氏的校勘成果加以利用。胡震亨本中的某些字,張爾田於右旁加圈,當是代表了張氏的意見,本次校勘也作爲張氏的校勘成果加以採用。

十、將黃氏校語與梅氏校語分離,凡黃本校語中本屬於梅氏原校者一律歸爲"梅校"。

十一、補充使用章太炎講授《文心雕龍》筆記、潘重規《讀文心雕龍札記》、徐復《文心雕龍正字》《文心雕龍刊誤》《文心雕龍校記》及楊明照未刊稿《文心雕龍拾遺》中的校勘成果。

十二、在異文讎校和匯集方面更加全面而準確。本次校勘選用四十五種最具校勘價值的版本,重新比對、臚列所校文句存在的異文,全面整理、發掘歷代校勘者提供的校改結果,補舊校之未備,正前賢之訛誤。②

---

①　元明徵引《雕龍》者甚夥,近時前賢用以校《龍》者主要有:《金石例》《文斷》《文章辨體》《荆川稗編》《古今事物考》《古詩紀》《天中記》《翰苑新書序》《山堂肆考》《經濟類編》《古樂苑》《喻林》《賦略》《文通》《茹古略集》《廣博物志》《古儷府》《文章辨體彙選》《經史子集合纂類語》,等等。

②　《雕龍》版本、異文甚爲繁雜,讎校難免出錯。如楊明照《增訂文心雕龍校注》中,《原道》"雕琢情性"條云謝鈔本作"性情",實則作"情性"。《正緯》"榮河温洛"條云張乙本、王本作"熒",實則兩本均作"榮"。《明詩》"清典可味"條云《玉海》作"典",實則作"興";"唯取昭晰之能"條云唐寫本、《御覽》"晰"作"晰",實則唐寫本作"晢",《御覽》引作"晰";"或柈文以爲妙"條云唐寫本、訓故本作"析",實則訓故本作"柈"。《樂府》"志不出於淫蕩"條云《詩紀別集》作"滔",實則作"淫"。《銘箴》"魏顆紀勳於景鐘"條云唐寫本作"鐘",實則作"鍾";"引謂事雜"條云《御覽》作"引多而事寡",實則作"文多事寡"。《誄碑》"而改盼千金哉"條云秘書本作"盼",實則作"眇";"彌取於工矣"條云唐寫本作"切",實則作"功"。《雜文》"張衡《應間》"條云訓故本作"問",實則作"間"。《諧讔》"至魏文因俳説以著笑書"條云"黃校云:'元作大。'此沿梅校",實則梅校無此語。《史傳》"何有於二后哉"條云秘書本作"三后",實則作"二后";"雖湘川曲學"條云元至正本作"州",實則作"川"。《諸子》"子政讎校"條云訓故王批本作"挍",實則作"校"。《論説》"言不持正,論如其已"條云訓故本作"如寧其已",實則作"寧如其已"。《詔策》"賜太守陳遂"條云訓故本作"責太守陳遂",實則作"責博士陳遂";"安和政弛"條云訓故本作"和安",實則作"安和"。《封禪》"録圖"條云汪本(轉下頁)

（接上頁）作“緑”，實則作“録”。《奏啓》“或云謹啓”條云何焯校爲“或云謹啓”，實則何焯所據之底本即作“或云謹啓”。《議對》“秦秀定賈充之謚”條云張乙本作“謚”，實則作“謚”。《書記》篇“體貌本原”條云佘本作“體”，實則作“禮”。《風骨》“紕繆而成經乎”條云張甲本、王本作“輕”，實則張乙本、張甲本皆作“輕”，王本作“經”。《定勢》“類乏醖藉”條云秘書本作“籍”，實則作“藉”。《情采》“夫水性虚而淪漪結”條云張本作“猗”，實則作“漪”；“研味李老”條云秘書本作“孝”，實則作“李”。《聲律》“良由内聽難爲聰也”條云謝鈔本作“良由外聽難爲聰也”，實則作“良由内聽難爲聰也”。《麗辭》“徵人之學”條云汪本作“微”，實則作“徵”；“西狩泣孔邱”條云文津本作“涕”，實則作“泣”。《事類》“華實布濩”條云訓故本作“護”，實則作“濩”。《練字》“妍媸異體”條云王本作“蚩”，實則作“媸”。《附會》“斯綴思之恒數也”條云訓故本作“恒”，實則作“常”；“夫文變多方”條云秘書本作“無”，實則作“多”；“是以駟牡異力”條云秘書本作“四”，實則作“駟”；“並駕齊驅，而一轡統輻”條云元至正本、弘治本“未脱”，實則此兩本無此二句；“會詞切理，如引轡以揮鞭”條云元至正本“未脱”，實則元至正本無此二句；“其行次且”條云訓故本作“鵰”，實則作“且”，十行訓故本作“雎”。《時序》“于叔德祖之侣”條所云亦誤，實則元至正本作“子俶”，王批本、訓故本正文作“子俶”，秘書本作“于叔”，文津本作“于俶”。《程器》“垣堵立而雕杇附”條云張甲本作“杇”，張乙本作“巧”，實則兩本俱作“杇”。《序志》“何能矩纗”條云汪本作“規短”，實則作“矩纗”，等等。

　　又如王利器《文心雕龍校證》中，《宗經》“譬萬鈞之洪鍾”條云王惟儉本作“鍾”，實則作“鐘”；“故最附深衷矣”條云元至正本作“最附深衷矣”，實則作“敢最附深衷矣”。《正緯》“《洪範》燿”條云唐寫本作“曜”，實則作“燿”；《孝》《論》昭晳”條云唐寫本作“晳”，實則作“晢”。《明詩》“婉轉附物”條云唐寫本作“宛”，實則作“婉”；“唯取昭晰之能”條云“徐云：‘當作晰’”，實則徐校作“晰”；“或枿文以爲妙”條云王惟儉本作“析文”，實則作“枿文”。《樂府》“志不出於淫蕩”條云元至正本作“淫”，實則作“滔”。《頌讚》“與情而變”條云《御覽》作“興”，實則宋本《御覽》作“與”。《祝盟》“掌六祝之辭”條云唐寫本作“祀”，實則作“祝”；“蓋引神而作也”條云張松孫本作“伸”，實則作“神”。《銘箴》“觀器必也正名”條云唐寫本作“觀器必名焉”，實則作“親器必名焉”。《哀弔》“履突鬼門”條云《御覽》作“復”，實則《御覽》引作“腹”；“以至到爲言也”條云唐寫本“以”上有“亦”字，實則無“亦”字；《哀弔》“並敏于致語”條云唐寫本、《御覽》“語”誤“誥”，實則兩本皆作“誥”。《雜文》“辭盈乎氣”條云唐寫本作“辨”，實則作“辯”。《諸子》“昔風后力牧伊尹”條云元至正本作“昔者力牧伊尹”，實則作“昔█力牧伊尹”。《論説》“言不持正，論如其已”條云汪本、佘本作“才不持論，寧如其已”，實則兩本均作“才不持論，如其已”。《詔策》“賜太守陳遂”條云元至正本、王惟儉本作“責太守陳遂”，實則元至正本作“貴博士陳遂”，訓故本作“責博士陳遂”。《封禪》“秦皇銘岱”條云訓故本“秦”下有“始”字，實則王惟儉本作“始皇”。《書記》“總爲之《書》”條云《御覽》“之”作“尚”，實則作“之”；“故以爲術”條云元至正本“以”作“稱”，實則元至正本爲一墨釘。《風骨》“紕繆而成經矣”條云佘本作“經”，實則作“輕”。《通變》“乘機無怯”條云梅六次本、張松孫本作“跰”，實則此兩本均作“跆”。《定勢》“力止襄陵”條云王惟儉本作“壽”，實則作“襄”。《鎔裁》“隨分所好”條云王惟儉本作“隨”，實則作“適”。《章句》“追媵前句之旨”條云馮本作“媵”，實則作“勝”；“而體之篇”條云王惟儉本、馮本“而”下空一格，實則馮本“而”下無空格，訓故本“之”下有一空格。《練字》“漢初草律”條云“草”舊本俱作“章”，實則訓故本作“草”。《時序》“自明帝以下”條云王惟儉本有“帝”，實則無“帝”字；“曠焉如面”條云馮本、汪本、兩京本作“曖”，實則三本均作“曖”。《程器》“孫楚狠愎而訟府”條云日本刊本作“恨”，實則作“恨”。《序志》“矩纗”條所云亦有誤，實則馮本、張之象本均作“規短”，汪本作“矩纗”，兩京本作“規矩”，等等。

十三、加强“樞紐論”和“文體論”部分的校勘。

十四、著力解決書中存在的長期懸而未決的老大難問題。

十五、對今本中某些被前賢忽略了的疑滯費解之處（文字破綻）進行校勘。

十六、挖掘内證，廣引外證，加强訓詁材料和訓詁手段的應用，增强校勘的實證性和有效性。①

十七、近時前賢多有脱離《雕龍》，僅憑己意或一般文章學原理來校釋舍人文句者。今則嚴格遵守“以《龍》解《龍》”的原則，循其固有的文脈走向，探其義旨，定其字句。

《文心雕龍》遺留下來的文字問題紛繁複雜，需要我們在透徹把握全書主旨的前提下，動用各種材料和手段加以解決。本校箋一方面充分吸收前賢的校勘成果，另一方面也對諸多疑難問題提出自己的看法，是對前人成説的補充和辨正，這正如劉勰所説：“有同乎舊談者，非雷同也，勢自不可異也；有異乎前論者，非苟異也，理自不可同也。”本書中所作的判斷，未必盡能符合劉勰的本義，不當之處，敬請方家不吝指正。

王衛臻

二〇二一年六月定稿

二〇二三年八月修改完畢

---

① 李善在注《兩都賦序》時曾説：“然文雖出彼，而意微殊，不可以文害意。”本次校勘盡量嚴守古人語法，審慎選擇例句，避免字詞之間貌合神離的現象。黄侃先生曾説：“六朝造語，多未必合本訓，當以意求之。”（見《文選評校》三一）本次校勘特別注意從具體語境中求得某字的義訓，不作機械的套用。

凡　例

一、本次整理校勘，以國家圖書館藏清陳鱣所藏乾隆六年養素堂藏板黄叔琳《文心雕龍輯註》（黄氏改刻本，例言有六條，元校姓氏三十四人，姚培謙跋置於卷首，有陳鱣批校）爲底本。

二、底本原文迻録，盡可能尊重黄本用字習慣，以保存其原貌。如“構/搆”、“總/揔”、“標/摽”、“校/挍”、“褒/襃”、“貌/皃”、“修/脩”、“怪/恠”、“藝/蓻”、“災/灾”、“蓋/盖”、“泛/汎”、“歌/謌”、“兹/兹”，等等，以及“鴈”、“墻”，等等，一律不做統一化或規範化處理；①底本避諱字“邱”、“元”、“歷”，亦均予以保留。

三、底本版刻混用字“已/己”、“剌/刺”，依文義徑改爲本字；避諱缺筆字“玄”、“燁”、“胤”、“弘”，徑改回規範本字。

四、本書祇校不注，凡所箋證，皆爲校正而設。②

五、底本文字有訛誤，則出校語以訂正之，不於原文徑改。

六、凡底本有誤，而他本或舊校舊説可從者，一律出校。

七、底本無誤，而他本顯然爲誤者，一般不出校。

八、底本無誤，而他本或舊校舊説有誤，有必要加以辨正、澄清者，亦出校。

九、底本有疑誤，確需利用理校法進行校訂，然無版本可印證者，亦出校。

十、每條校語，先臚列諸本異文，其次彙集諸家校改（明清爲主），再次擇要列舉諸家之校證過程及結論（民國以後爲主），以示《雕龍》校勘之進展與

---

① 此遵劉躍進《文選舊注輯存》例。

② 本書以“校箋”爲名，源自王利器《文心雕龍校證》扉頁所題“王利器校箋”、章錫琛以宋本《御覽》校《雕龍》時所云“輒爲籤校”，以及周祖謨《爾雅校箋》之名。全書體例實與“校證”無異。

實績。①最後加“按”語，先點明版本源流（源流易見者則省之），然後折中諸説，並下己見。歷代版本及前人之校改、校證，略依時代或成書先後排列（同一家之著作而有不同版次者，以其初版之先後排列）。

十一、著者加“按”語，以校定《雕龍》文字爲旨歸，凡昔賢於某一問題已有共識或定論者，則略言之；凡昔賢校釋存在闕誤，需重加校證者，則詳言之，或補或正，唯求其當。

十二、“按”語中，凡校勘條例云“甲當作乙”者，意爲甲有誤，依某版本，確定當改作乙；凡云“甲疑當作乙”者，意爲甲疑有訛誤，然無版本可據改，依文理當作乙（此格式多用於理校）；凡云“甲作乙義長”者，意爲甲與乙於義兩通，而作乙更爲順暢貼切；凡“甲作乙較長”者，意爲甲與乙兩可（無關語義差別），而作乙較勝。

十三、以他本比對異文，一般衹臚列與底本不同者。

十四、例句之採擇，以隋唐以前文獻（《梁書》以前）爲主，偶及宋元明文獻。

十五、凡未經見之版本、校語，使用時一律注明出處，非敢掠美。

十六、唐宋元明諸本皆作甲而黄本忽作乙，如屬誤刻者，則改回甲；如屬黄氏有意校改者，則視其情形而定：如甲確然有誤，黄校可從，則從黄本；如乙與甲並通，不必定作“乙”，則一般改回甲，以保存舊本承傳之歷史原貌。

十七、版本簡稱，一般依楊明照先生所定，楊先生未提及之版本，則斟酌其顯著特徵而命名，以能辨別爲原則。

十八、書後附録若干歷代序跋等史料，以展示“龍學”之歷史。此類材料均依據原文獻進行重新迻録，迻録時參考了楊明照、王利器兩先生之成果，並訂正其文字、斷句之失。

十九、校語内容以淺近文言寫就，表述力求簡潔，一則符合古書校勘之體例，一則爲節省篇幅計。

二十、校語所云《雕龍》“諸本”，指本次校勘所用之四十六種主校本，依時代先後及版本特徵可分爲六組，列之於下，以備查閱：

（一）唐宋：唐寫本、《御覽》引本；

---

① 此遵楊明照《校注》先列黄叔琳《輯註》、李詳《補註》，後作校注之例。

（二）元代：元至正本、馮鈔元本、黃傳元本、倫傳元本；

（三）明前期：弘治本、弘治活字本、汪本、佘本、隆慶本、張甲本、張乙本、兩京本、胡本；

（四）明中期：何本、王批本、訓故本、謝鈔本；

（五）明後期：初刻梅本、復校梅本、凌本、合刻本、梁本、祕書本、梅六次本、梅七次本、彙編本、別解本；

（六）清代民國：抱青閣本、集成本、尚古本、岡本、養素堂初刻本、薈要本、文淵輯注本、文淵本、文溯本、文津本、文瀾本、張松孫本、王本、芸香堂本、翰墨園本、崇文本、龍谿本。

文心雕龍校箋卷一

原　道　第　一

　　文之爲德也，大矣！與天地並生者，何哉？夫玄黃色雜，方圓體分，日月疊璧，以垂麗天之象；山川煥綺，以鋪理地之形：①此蓋道之文也。仰觀吐曜，俯察含章，高卑定位，故兩儀既生矣，惟人參之，性靈所鍾，是謂三才，爲五行之秀，實天地之心。②心生而言立，言立而文明，自然之道也。傍及萬品，③動植皆文：龍鳳以藻繪呈瑞，虎豹以炳蔚凝姿；雲霞雕色，有踰畫工之妙；草木賁華，無待錦匠之奇。夫豈外飾？蓋自然耳。至於林籟結響，調如竽瑟；④泉石激韻，和若球鍠。故形立則章成矣，聲發則文生矣。⑤夫以無識之物，鬱然有彩，有心之器，其無文歟？

　　人文之元，肇自太極，幽贊神明，⑥《易》象惟先。庖犧畫其始，仲尼翼其終，而《乾》《坤》兩位，獨制《文言》，言之文也，天地之心哉？若迺《河圖》孕乎八卦，《洛書》韞乎九疇，玉版金鏤之實，⑦丹文綠牒之華，誰其尸之？亦神理而已。自鳥迹代繩，文字始炳，炎暭遺事，紀在《三墳》，而年世渺邈，⑧聲采靡追。唐虞文章，則煥乎始盛。⑨元首載歌，既發吟詠之志；益稷陳謨，⑩亦垂敷奏之風。夏后氏興，業峻鴻績，⑪九序惟歌，勳德彌縟。逮及商周，文勝其質，《雅》《頌》所被，英華日新。文王患憂，繇辭炳曜，⑫符采複隱，精義堅深。重以公旦多材，⑬振其徽烈，⑭剬《詩》緝《頌》，⑮斧藻羣言。至夫子繼聖，⑯獨秀前哲，鎔鈞《六經》，必金聲而玉振。雕琢情性，⑰組織辭令，木鐸起而千里應，⑱席珍流而萬世響，寫天地之輝光，曉生民之耳目矣。

　　爰自風姓，暨於孔氏，玄聖創典，⑲素王述訓，莫不原道心以敷章，⑳研神理而設教，取象乎《河》《洛》，問數乎蓍龜，觀天文以極變，察人文以成化，然後能經緯區宇，彌綸彝憲，發輝事業，㉑彪炳辭義。故知道沿聖以垂文，聖因文而明道，㉒旁通而無滯，㉓日用而不匱。《易》曰：“鼓天下之動者存乎辭。”辭之所以能鼓天下者，迺道之文也。

　　贊曰：㉔道心惟微，神理設教。光采元聖，㉕炳燿仁孝。龍圖獻體，龜書呈貌。天文斯觀，民胥以傚。㉖

校箋

　　① **以鋪理地之形。**

　　“理地”，謝鈔本、合刻本、彙編本、文津輯注本、文瀾本、張松孫本作“地理”，《子苑》三二引同。　馮舒校“地理”作“理地”。

　　張立齋《文心雕龍考異》（後簡稱“張氏《考異》”）：“‘理地’與上文‘麗天’對文，‘理地’是。”

　　【按】張説是，作“理地”自通。“理”，訓文理。《廣韻·止韻》：“理，文也。”又用作形容詞。《荀子·法行》：“夫玉者，君子比德焉。……栗而理，知也。”楊倞注：“理，有文理也。”詁此正合。此“理”字承“煥綺”來，形容大地文理之美，正可與上文“麗”字相儷。

　　② **爲五行之秀，實天地之心。**

　　黃校：“一本‘實’上有‘人’字，‘心’下有‘生’字。”　“實”上、“心”下，元至正本、馮鈔元本、黃傳元本、倫傳元本、弘治本、汪本、佘本、隆慶本、張本、兩京本、胡本、何本、王批本、訓故本、謝鈔本、初刻梅本、復校梅本、凌本、合刻本、梁本、秘書本、彙編本、別解本、抱青閣本、尚古本、岡本、薈要本、文淵本、王本、崇文本分別有“人”字、“生”字，《子苑》三二、《文儷》十三、《諸子彙函》二四引同。文津本有“人”字，無“生”字。　沈臨何校本點去“人”字、“生”字。　吳翌鳳圈去“人”字、“生”字。　譚獻云：“邵校作：‘人爲五行之秀，心實天地之心。’”張爾田圈點“人”字、“生”字。

　　趙彥偁云：“黃刻係依此本重加校正，所云一本即此本也，而此本無‘人’、

‘生’二字，卻有空闕，殆其後削之歟？”

徐復《文心雕龍正字》（後簡稱“徐氏《正字》”）：“‘人’字當在上句‘爲’字上，爲二句之主詞，應增。‘生’字則涉下文‘心生而言立’句衍。”

户田浩曉《黄叔琳本文心雕龍校勘記補》（後簡稱“户田《校勘記補》”）：“《禮記·禮運篇》：‘人者，其天地之德，陰陽之交，鬼神之會，五行之秀氣也。’又：‘人者，天地之心也，五行之端也。’‘爲’上疑當有‘人’字，‘心’下‘生’字疑衍。”

楊明照《文心雕龍校注拾遺補正》（後簡稱“楊氏《補正》”）：“《禮記·禮運》：‘故人者，其天地之德，陰陽之交，鬼神之會，五行之秀氣也。……故人者，天地之心也，五行之端也，食味、別聲、被色而生者也。’爲舍人此文所本。疑原作‘爲五行之秀氣，實天地之心生’，‘氣’正作‘气’，‘人’其殘也；‘生’字非羨文。下文‘心生而言立’，即緊承‘天地’句。《徵聖》篇‘秀氣成采’，亦以‘秀氣’連文。《春秋演孔圖》：‘秀氣爲人。’（《後漢書·郎顗傳》章懷注、《太平御覽》三百六十引）《文選·王融〈曲水詩序〉》：‘冠五行之秀氣。’陸德明《經典釋文序》：‘人禀二儀之淳和，含五行之秀氣。’並其旁證。”

李曰剛《文心雕龍斠詮》（後簡稱“李氏《斠詮》”）校作“爲五行之秀氣，實天地之心”，云：“潘重規學長云：‘人者天地之心，本於《禮運》。從無謂人爲天地之心生者，且心生一詞，前無所本，義亦牽强，實不宜輕改。’議甚的當。斠酌至再，用是作如上之訂正。”

【按】梅氏萬曆初刻本及復校本有“人”字、“生”字，梅氏天啓六次本、七次本及何校本删去此二字，黄氏從之，集成本、文淵輯注本、文溯本、文瀾本、張松孫本、芸香堂本、翰墨園本、龍谿本亦並從之。

黄本文義自通，“人”字、“生”字不當有。有“人”字，與上文“惟人參之”字複。“生”字蓋涉下文而誤衍。“爲五行之秀，實天地之心”二句，承上文“惟人參之”而省主詞，“爲”上毋須補“人”字。

《禮記·禮運》：“故人者，其天地之德，陰陽之交，鬼神之會，五行之秀氣也。”“故人者，天地之心也，五行之端也。”孔穎達疏：“故人者，天地之德，陰陽之交，是其氣也；鬼神之會，五行之秀，是其性也。”“天地高遠在上，臨下四方，人居其中央，動靜應天地，天地有人，如人腹内有心，動靜應人也。故云天地之心也。”此爲舍人所本。據此，“五行之秀氣”可簡化爲“五行之秀”，“氣”字不必有。"天地之心",乃"人爲天地之中心"之義,下文"心生而言立",其意當爲:"作爲天地中心之人誕生以後,語言便隨即産生。"如作"天地之心生",則其意變成"人乃天地之心所生者",與孔疏不合。

"五行之秀"亦古之常言。如《孔子家語·禮運》:"故人者,……鬼神之會,五行之秀。"《文選·顏延年〈五君詠〉》:"實禀生民秀。"李善注:"《禮記》曰:'人者,五行之秀。'《廣雅》曰:'秀,美也。'"《三洞奉道科戒》二:"四靈,謂龜、龍、麟、鳳,皆應星辰異氣,合五行之秀。"後周衛元嵩《元包經·運蓍》:"故天地之間,惟人最靈,則知人者,五行之端,五行之秀。"《中説》五"程元仁勝智"宋阮逸注:"五行之秀有偏,故五常之性有勝。"並其證。

③ 傍及萬品。

"傍",文瀾本、張松孫本作"旁"。　楊氏《校注》云:"何焯校作'旁'。"　王利器《文心雕龍校證》(後簡稱"王氏《校證》")云:"何焯校'傍'作'旁'。"《詩法萃編》作"旁"。

楊氏《補正》:"何校'旁'是。《説文·上部》:'旁,溥也。'又《人部》:'傍,近也。''近'義於此不愜,當原是'旁'字。《史記·五帝本紀》:'旁羅日月星辰。'《漢書·郊祀志上》:'旁及四夷。'《文選·張衡〈東京賦〉》:'旁震八鄙。'其詞性並與此同,足爲推證。'旁及萬品'者,猶言溥及萬品耳。"

李氏《斠詮》從楊説,校"傍"作"旁"。

【按】楊説非是,"旁"、"傍"聲同義通,不必定作"旁"也。"傍",《廣韻·唐韻》音步光切(páng),云:"傍,亦作'旁'。"《説文·上部》:"旁,溥也。"王念孫《讀書雜志·墨子·尚同中》"己有善,傍薦之"云:"傍者,溥也,徧也。"二字舍人常通用,如下文云:"旁通而無滯。"《隱秀》篇:"祕響傍通。"《指瑕》篇:"傍采則探囊。"並其證。

"傍通"、"旁通"古通用不别。《管子·兵法》:"一氣專定,則傍通而不疑。"《列仙傳》上:"人禽雖殊,道固相關。祝翁傍通,牧雞寄騶。"《文選·嵇康〈與山巨源絶交書〉》:"足下傍通,多可而少怪。"李善注:"《周易》曰:'六爻發揮,旁通情也。'《法言》曰:'或問行,曰:旁通厥德。'"僧祐《出三藏記集·法苑雜緣原始集目録序》:"神教傍通,慧化冥被。"並可爲"傍"、"旁"義通之證。

④ 調如竽瑟。

汪本《太平御覽》引五八一引同,宋本、宫本《御覽》引作"諷如竽琴",明鈔本《御覽》引作“諷如竹琴”，周本、倪本、張本、鮑本《御覽》引作“調如竹琴”，四庫本、喜多邨本《御覽》引作“調如竽琴”。尚古本、岡本作“調如竽瑟”。

楊氏《補正》：“諸本《御覽》及岡本、尚古本皆誤，當以作‘調如竽瑟’爲是。另一明活字本《御覽》（按，當即汪本《御覽》）與今本同，未誤。古籍中無‘竽琴’連文者。《禮記·樂記》‘然後鍾磬竽瑟以和之’，《管子·霸形篇》‘陳歌舞竽瑟之樂’，《墨子·三辯篇》‘息於竽瑟之樂’，《莊子·胠篋篇》‘鑠絕竽瑟’，《楚辭·招魂》‘竽瑟狂會搷鳴鼓些’，並其證也。‘竹琴’連文非。‘調’與下句之‘和’對舉，宋本《御覽》作‘諷’，乃形近之誤。岡本、尚古本作‘竽’，亦‘竽’之形誤。”

張氏《考異》：“《禮記·樂記》《莊子》《管子》皆‘竽瑟’並稱，從‘竽瑟’是。”

【按】楊、張兩說是，黃本無誤。“竽琴”唐以前罕見，古書恒以“竽瑟”連文。《管子·禁藏》：“遺以竽瑟美人以塞其內。”《呂氏春秋·貴當》：“衰絰陳而民知喪，竽瑟陳而民知樂。”《淮南子·道應訓》：“酒肉以通之，竽瑟以娛之。”例多不徧舉。

⑤ 故形立則章成矣，聲發則文生矣。

章太炎《文心雕龍劄記（甲種本）》（後簡稱“章氏《劄記》甲種”）：“‘文’、‘章’二字，當互調，當云：‘形立則文成，聲發則章生。’樂竟爲一章。”

李氏《斠詮》校作“故形立則文生矣，聲發則章成矣”，與章說略同，云：“‘文生’、‘章成’原互倒，各與句首主語不相應。文由形生，章以聲成，故《情采》篇之論形、聲，有所謂‘五色雜而成黼黻，五音比而成《韶》《夏》’之說也。茲以文義訂正。”

郭晉稀《文心雕龍注譯》（後簡稱“郭氏《注譯》”）：“形體有文彩，聲音有節奏，所以改作‘形立則文生，聲發則章成’。《頌讚》：‘鏤影摛文，聲理有爛。’唐寫本正作‘鏤影摛聲，文理有爛’，是今本亦以‘聲’‘文’兩字互倒之證。”

【按】章氏之說不可從，今本自通，毋須校改。《情采》篇：“故立文之道，其理有三：一曰形文，五色是也；二曰聲文，五音是也……五色雜而成黼黻，五音比而成《韶》《夏》。”則聲亦得謂之文也。“章”亦可訓文。《文選·司馬相如〈封禪文〉》：“白質黑章。”李周翰注：“章，文也。”《詩·小雅·裳裳者華》：“維其有章矣。”朱熹集傳：“章，文章也。”即其義。《周禮·冬官·考工記》：“畫繢之事，……青與赤謂之文，赤與白謂之章。”“章”與“文”相對，互文見義，並指文采、文理。舍人此處“文”、“章”對舉，正與彼同。章氏蓋泥於“章”之本義作解，失之。李氏、郭氏之説無版本依據,亦非。

⑥　幽贊神明。

“贊”,宋本、宮本、明鈔本、鮑本、喜多邨本《御覽》五八五引作“讚”。　元至正本、黃傳元本、倫傳元本、弘治本、弘治活字本、汪本、佘本、隆慶本、張本、兩京本、何本、王批本、訓故本、初刻梅本、復校梅本、凌本、合刻本、梁本、秘書本、梅六次本、梅七次本、別解本、抱青閣本、集成本、尚古本、岡本、文淵本、文津本、文瀾本、張松孫本、王本、崇文本作“讚”。　《諸子彙函》二四、《詩法萃編》作“讚”。　馮舒云:“‘贊’,馮作‘讚’,按《御覽》改。”　沈臨何校本改“讚”爲“贊”。

顧廣圻曰:“舊本作‘讚’,是也。《易•釋文》云:‘幽贊,本或作讚。’《孔龢碑》:‘幽讚神明。’《白石神君碑》:‘幽讚天地。’漢人正用‘讚’字。戊午九月。”

孫詒讓《札迻》十二:“彦和用經語多從別本,如前《原道》篇‘幽讚神明’,本《易•釋文》或本。”

楊氏《補正》從黃本,云:“按《漢書•眭兩夏侯京翼李傳贊》:‘幽贊神明,通合天人之道者,莫著乎《易》《春秋》。’《易•説卦》‘幽贊於神明而生蓍’韓注:‘幽,深也。贊,明也。’”

張氏《考異》:“讚,後起字,《説文》無‘讚’字。兩漢碑刻爲或體、俗體之源,文字之亂,自兩漢始。王校(按,當作顧校)引碑文皆東漢以後之物。作‘贊’是,王校(按,當作顧校)非。”

李氏《斠詮》:“顧、孫説非。《釋文》或本,間存古舊,孫輕別本亦非。《説文》無‘讚’字,自以作‘贊’爲正。”

詹鍈《文心雕龍義證》(後簡稱“詹氏《義證》”):“作‘贊’是。《易•説卦》:‘昔者聖人之作《易》也,幽贊於神明而生蓍。’韓注:‘幽,深也。贊,明也。’正義:‘幽者,隱而難見,故訓爲深也。贊者,佐而助成,……故訓爲明也。’”

王氏《校證》據顧校改作“讚”。

【按】宋元明諸本多作“讚”,黃氏蓋據何校本而改爲“贊”,與馮鈔元本、胡本、謝鈔本合,薈要本、文淵輯注本、文溯本、芸香堂本、翰墨園本、掃葉本、龍谿本並從之。

“幽讚”、“幽贊”古通。《曹子建集•王仲宣誄并序》:“强記洽聞,幽讚微言。”《後漢紀•後漢孝殤皇帝紀》:“又云聖人之情見於辭,然則文章之作,將以幽讚神明,變暢萬物。”《出三藏記集•了本生死經序》:“如來指舉一隅,身子伸敷高旨,引興幽讚,美矣盛矣。"並"幽讚"連文之證。又《漢書·眭兩夏侯京翼李傳贊》:"幽贊神明,通合天人之道者,莫著乎《易》《春秋》。"顏師古注:"幽,深。贊,明也。"又《叙傳下》:"占往知來,幽贊神明。"顏師古注:"《説卦》曰:'昔者聖人之作《易》也,幽贊於神明而生蓍。'言欲深致神明之道,助以成教,故爲蓍卜也。"並"幽贊"連文之證。

除馮鈔元本、謝鈔本之外,此字宋元明諸本皆作"讚",蓋舍人原本即作此,黃氏改"贊",實無必要,此改回舊本"讚"字較長。

⑦ **玉版金鏤之實**。

"實",諸本《御覽》五八五引並作"寶"。　徐𤏰校作"寶"。

楊氏《補正》:"實、寶二字形近,易譌。《諸子》篇'懷寶挺秀',元本、弘治本等誤作'懷實'。此當作'實',始能與'華'字相儷。'實'就質言,'華'就文言。華、實對舉,本書恒見。"

【按】 楊説非是,"實"當從《御覽》引作"寶",二字形近而致誤。《説文·宀部》:"寶,珍也。""寶"訓珍寶,即物之精,與"華"對文,如王勃《滕王閣序》即云"物華天寶"。舍人常以"寶"字指文字、圖籍、經典。如《宗經》篇:"自夫子删述,而大寶啓耀。"《正緯》篇:"東序祕寶。""神寶藏用。"即其義。《山海經·叙録》:"玉石珍瑰之器,金膏燭銀之寶。"劉勰《梁建安王造剡山石城寺石像碑》:"是以四海將寧,先集威鳳之寶;九河方導,已致應龍之書。"云"某某之寶",句式並與此同。

"寶文"説蓋源出於緯書及道教觀念。如《孝經援神契》云:"孔子制作《孝經》,使七十二弟子向北辰星磬折,使曾子抱《河》《洛》,事北向。孔子簪縹筆,絳單衣,向北辰而拜。告備於天曰:'《孝經》四卷,《春秋》《河》《洛》凡八十一卷,謹已備。'天乃虹鬱起,白霧摩地,赤虹自上下,化爲黃玉,長三尺,上有刻文。孔子跪受而讀之曰:寶文出,……"將天授文字視爲"寶文",與道教之文字崇拜觀無異。舍人出身道教世家,用語常受道教影響,亦屬自然,故此稱天書之實體"玉版金鏤"爲"寶文",即舍人承襲道門文字觀之表現。

⑧ **而年世渺邈**。

"渺",諸本《御覽》五八五引並作"眇"。　《經史子集合纂類語》九引作"縣"。

楊氏《補正》:"以《諸子》篇'鬼谷眇眇'、《序志》篇'眇眇來世'例之,'眇'字是。'渺'爲'眇'之後起字。"

【按】楊説非是，今本無誤，毋須改從。“眇”、“渺”聲近義通。《廣雅·釋訓》：“眇眇，遠也。”王念孫疏證：“《管子·內業》篇云：‘渺渺乎如窮無極。’‘渺’與‘眇’同。”字並訓遠、微。《慧琳音義》八六“眇邈”注：“遠也，小也。”《文選·班固〈幽通賦〉》：“咨孤蒙之眇眇兮。”李善注引曹大家：“眇，微也。”《管子·內業》篇：“渺渺乎如窮無極。”尹知章注：“渺渺，微遠貌。”

古“渺邈”、“眇邈”通用。鍾嶸《詩品序》：“古詩眇邈，人世難詳。”陶弘景《真誥·稽神樞》：“何玄標之渺邈，奇洞之淵遠哉！”並可爲證。

⑨ **則焕乎始盛。**

“始”，四庫本、汪本《御覽》五八五引同，其餘各本《御覽》引並作“爲”。黃校：“馮本作‘爲’。” 馮鈔元本、謝鈔本作“爲”。 傳録何沈校本云：“馮本‘爲’。” 張紹仁校作“爲”。

楊氏《補正》：“《徵聖》篇：‘遠稱唐世，則焕乎爲盛。’辭義與此同，可證作‘爲’是也。上文‘鳥迹代繩，文字始炳’，已言文之起原；下言‘元首載歌，……益稷陳謨’云云，正明唐虞文章焕乎爲盛之績。若作‘始盛’，匪特上下文意不屬，且與‘文字始炳’之‘始’字重出矣。”

李氏《斠詮》校“始”作“爲”。

【按】楊説是，“始”與上文“文字始炳”犯重，當從宋本《御覽》引、馮鈔元本、謝鈔本作“爲”。《管子·封禪》：“古之封禪，鄗上之黍，北里之禾，所以爲盛。”《漢書·郊祀志贊》：“孝武之世，文章爲盛。”並“爲盛”連文之證。

⑩ **益稷陳謨。**

“謨”，梅校：“元作‘謀’，楊（慎）改。” 諸本《御覽》五八五引作“謨”，集成本同，《經史子集合纂類語》九引同。 元至正本、馮鈔元本、黃傳元本、倫傳元本、弘治本、弘治活字本、汪本、佘本、隆慶本、張本、兩京本、胡本、王批本、謝鈔本、梁本、文淵本、文津本作“謀”，《文儷》十三引同。 徐焴校作“謨”。

楊氏《補正》：“楊改是也。《麗辭》篇：‘益陳謨云：滿招損，謙受益。’亦以‘陳謨’爲言。《後漢書·崔寔傳》：‘（《政論》）故皋陶陳謨，而唐虞以盛。’是‘陳謨’二字，故有所本也。”

【按】元明諸本多作“謀”，楊慎改爲“謨”，與何本、訓故本合，梅氏、黃氏從之，凌本、合刻本、秘書本、別解本、抱青閣本、集成本、尚古本、岡本等亦並作“謨”。

楊慎改是，作“謨”於義較長。《説文·言部》：“謨，謀議也。”徐鍇繫傳：“慮一事,畫一計爲謀,汎議將定其謀曰謨。《大禹》《皋陶》,皆汎謨也。"可知"謀"、"謨"義别。《爾雅·釋詁》:"謨,謀也。"邢昺疏:"謨者,大謀也。"《尚書》云"大禹謨"、"皋陶謨"、"文王謨",此作"陳謨",與《尚書》之旨合。

⑪ **業峻鴻績**。

岡本作"峻業鴻績"。

黄侃《文心雕龍札記》(後簡稱"黄氏《札記》"):"業、績同訓功,峻、鴻皆訓大。此句位字,殊違常軌。"

顏虚心《文心雕龍集注》(後簡稱顏氏《集注》):"《正緯》篇:'夫神道闡幽,天命微顯。'《徵聖》篇:'抑引隨時,變通會適。'《祝盟》篇:'凡羣言發華,而降神務實。'《銘箴》篇:'銘實表器,箴維德軌。'位字均與此同例,非違常軌也。"

楊氏《補正》:"古人行文,位字確有違常軌者,然亦不能一一以後世語法相繩。如《論語·鄉黨》之'迅雷風烈',《大戴禮記·夏小正》之'剥棗栗零',其比於此正同。岡本'峻業'二字,蓋意乙,非是。"

郭氏《注譯》、李氏《斠詮》並從黄氏《札記》説。

【按】顏、楊兩説是,黄本自通,毋須校改。此文岡本作"峻業",尚古本復加乙正,作"業峻"。"業"訓事功,與"績"義同。《爾雅·釋詁》:"烈、績,業也。"郭璞注:"業,謂功業。"潘重規《讀文心雕龍札記》(後簡稱"潘氏《札記》")云:"(業峻鴻績,)猶言峻業鴻績,以聲調之故,變文曰業峻鴻績。"其説可從。參見《諸子》篇"淮南汎採而文麗"條、《知音》篇"夫唯深識鑒奧"條校。

⑫ **繇辭炳曜**。

"曜",宋本、宫本、明鈔本、周本、倪本、汪本、張本、鮑本《御覽》五八五引作"燿",喜多邨本《御覽》引作"耀"。《經史子集合纂類語》九引作"燿"。

楊氏《補正》:"《説文·火部》:'燿,照也。'無'曜'字。《御覽》作'燿',是也。贊文'炳燿仁孝',《詔策》篇'符命炳燿',並作'燿',尤爲切證。"

李氏《斠詮》據《説文》改"曜"作"燿"。

【按】楊説非是,"耀"、"曜"、"燿"聲義並通,毋須改字。《釋名·釋天》:"曜,燿也,光明照燿也。"《荀子·致士》"夫耀蟬者"王先謙集解引郝懿行曰:"耀,俗'燿'字。"此作"炳曜"自通。徐陵《梁貞陽侯與王太尉僧辯書》:"昔自天狼炳曜,非無戰陣之風。"(《徐孝穆集》四)《魏書·崔光傳》:"伏惟皇太后,月靈炳曜,坤儀挺茂。"並"炳曜"連文之證。

⑬ **重以公旦多材。**

“材”，諸本《御覽》五八五引並作“才”。

【按】“才”、“材”於“才能”義可通。《尚書·金縢》：“乃元孫不若旦多材多藝。”《論衡·死僞篇》“材”作“才”。《史記·魯周公世家》：“旦巧能，多材多藝，能事鬼神。乃王發不如旦多材多藝，不能事鬼神。”此蓋舍人所本。

⑭ **振其徽烈。**

“振”，梅校：“元作‘褥’，朱（謀㙔）改。”（按，秘書本、傳録何沈校本旁批並作“一作‘縟’”。凌本眉批云“‘振’，元作‘縟’”。）　元至正本、馮鈔元本、黄傳元本、倫傳元本、弘治本、弘治活字本、汪本、佘本、隆慶本、張本、兩京本、胡本、王批本、訓故本、謝鈔本作“褥”，《文儷》十三引同。　王惟儉標疑“褥”字。《喻林》八七引作“縟”。　馮舒云：“‘褥’，朱（謀㙔）改作‘振’，按《御覽》改。”沈臨何校本標疑“褥”字，改“褥”爲“縟”，云：“‘縟’，朱改‘振’。”　王氏《校證》云：“何焯云：別本作‘振’。”

紀評：“褥，疑作‘縟’。《說文》：‘縟，繁采色也。’《玉篇》：‘縟，飾也。’”

楊氏《補正》：“‘縟’字，蓋涉上‘勳德彌縟’句而誤。唐逢行珪《進鬻子注表》‘振起徽烈’一語，即襲於此，正作‘振’。是唐宋人所見《文心》均未誤。”（按，楊氏《校注》此校語寫作“元作‘縟’，朱改”，而初刻梅本、梅六次本、文淵輯注本、翰墨園本、掃葉本、龍谿本俱作“元作‘褥’，朱改”，養素堂初刻本同。“縟”字，蓋楊氏據另一養素堂覆刻本迻録，或誤書所致。王氏《校證》、詹氏《義證》亦並云此“原作‘縟’”。）

張氏《考異》：“從‘振’是。《易·蠱》象：‘君子以振民育德。’《曲禮》：‘振書端於君前。’皆有振作之義。‘縟’，六經所無。”

【按】元明諸本多作“褥”，朱謀㙔改爲“振”，與《御覽》五八五引、何本合，梅氏、黄氏從之，凌本、合刻本、梁本、秘書本、彙編本、別解本、抱青閣本、集成本、尚古本、岡本等亦並作“振”。

黄本無誤。“褥”，《玉篇·衣部》：“氊褥。”“縟”，《說文·糸部》：“繁彩色也。”並於義無取。朱謀㙔改作“振”，是。《說文·手部》：“振，舉救也。一曰奮也。”詁此正合。“褥”蓋“振”之形訛，“縟”又由“褥”致訛。

⑮ **剟《詩》緝《頌》。**

“剟”，宋本、宮本、明鈔本、周本、倪本、張本、鮑本、喜多邨本《御覽》五八五引作"制"。　《文儷》十三引作"顝"。　徐燉云："當作'制'。"

尚古堂本眉批云："'劀',古'制'字。"

紀評："'劀'即劓字,《説文》訓爲齊,言切割而使之齊,與《詩》義無涉。古帖'制'字多書爲'劀',此'劀'字疑爲'制'之訛。"

李詳《文心雕龍補註》(後簡稱"李詳《補註》")："張守節《史記正義》論字例云:'制字作劀,緣古字少,通共用之,《史》《漢》本有此古字者乃爲好本。'據此,'劀'即'制'字,既不可依《説文》訓劓爲齊,亦不必辨'劀''制'相似之譌也。"

章氏《劄記》甲種："'劀'爲'制'之誤。"

楊氏《補正》："以《宗經》篇'據事劀范'敦煌唐寫本作'制範'讅之,此必原是'制'字,因形似而誤,非古通用也。……王念孫《讀書雜志》三、錢大昕《三史拾遺》一、梁玉繩《史記志疑》一,並謂《史記・五帝本紀》'依鬼神以劀義'之'劀'爲'制'之譌。"

李氏《斠詮》改"劀"作"制"。

【按】"劀"當從《御覽》引及徐校作"制"。作"顝"者,蓋由"劀"字致訛。《説文・刀部》："劀,斷齊也。"於義無取。《時序》篇："至明帝纂戎,制詩度曲。"即作"制詩"。錢大昕《三史拾遺》一云："《説文》:'制,從刀,未聲。'依字當作制,隸變爲'制',或譌爲'劀',則與崙旁相亂矣。唐人不諳六書,翻以爲古。"亦謂"劀"爲"制"之形訛,而非"制"之古字。故二字實不通用,當據《御覽》引改。

⑯ 至夫子繼聖。

"至",諸本《御覽》五八五引、馮鈔元本、謝鈔本作"至若"。　文瀾本、張松孫本作"至於"。　馮舒、馮班圈去"若"字。

【按】作"至"自通,毋須增字。連詞"至"或"至於",可用以另提一事,表明敘述之時間順序。《明詩》篇："漢初四言,韋孟首唱,……孝武愛文,柏梁列韻,……至成帝品録,三百餘篇。"《樂府》篇："暨武帝崇禮,始立樂府,……至宣帝雅頌,詩效《鹿鳴》。邇(逮)及元成,稍廣淫樂。……暨後郊廟,惟雜雅章,……至於魏之三祖,氣爽才麗。"例多不徧舉。此"至"字照應上文"自鳥迹代繩"之"自"、"逮及商周"之"逮及"。

"至若",常用作他轉連詞(見楊樹達《詞詮》、楊伯峻《古漢語虛詞》)。如《史記・貨殖列傳》："神農以前吾不知已。至若《詩》《書》所述,虞夏以來,耳目欲極聲色之好。"又《游俠列傳》:"然關中、長安樊仲子……雖爲俠,而逡逡有退讓君子之風。至若北道姚氏,……曷足道哉?"均非表時序者。

⑰ **雕琢情性**。

"情性",諸本《御覽》五八五引、元至正本、黄傳元本、倫傳元本、兩京本作"性情"。　龍谿本作"情形"。　楊氏《校注》云:"譚獻校作'性情'。"

楊明照《文心雕龍拾遺》(未刊稿):"'情性'、'性情',異位同義,……固不可是彼非此也。"

楊氏《補正》:"作'性情',與下句之'辭令'聲韻始調。逄行珪《進鬻子注表》有此語,亦作'性情'。當據乙。"

李氏《斠詮》從《御覽》引乙作"性情"。

【按】"性情"、"情性"全書常混用不別。如《徵聖》篇:"陶鑄性情。"《宗經》篇:"義既埏(依《御覽》)乎性情。"《情采》篇:"則知文質附乎性情。"《養氣》篇:"此性情之數也。"《明詩》篇:"持人情性。"《體性》篇:"並情性所鑠。""莫非情性。"《情采》篇:"辯麗本於情性。""吟詠情性。"並其證。然依"陶鑄性情"及"埏乎性情"及《宗經》篇"性靈鎔匠"之用例,此作"雕琢性情"較長。

⑱ **木鐸起而千里應**。

"起",諸本《御覽》五八五引並作"啓"。　元至正本、馮鈔元本、倫傳元本、弘治本、汪本、佘本、隆慶本、張本、兩京本、胡本、何本、王批本、訓故本、謝鈔本、合刻本、梁本、別解本、集成本、尚古本、岡本、文淵本、文溯本、文津本、王本、崇文本作"啓",《文儷》十三、《喻林》八七、《諸子彙函》二四、《經史子集合纂類語》九、《詩法萃編》引同。　張爾田圈點"啓"字。

楊氏《補正》:"'啓'字義長。啓、起音近,易譌。《左傳·僖公二十五年》:'晉於是始啓南陽。'注疏本亦誤'啓'爲'起',與此同。"

李氏《斠詮》從《御覽》引改"起"爲"啓"。

【按】梅本以前諸本皆作"啓",梅氏改爲"起",與黄傳元本同,黄氏從之。後出之凌本、抱青閣本等明本亦並作"起",《古儷府》九引同。

楊說不可從,此作"起"義長。《說文·金部》:"鐸,大鈴也。""啓",訓開,木鐸而言"開啓",恐非。《廣韻·止韻》:"起,興也,作也。""木鐸起",猶言木鐸由默而作,鈴聲響起。《論語·八佾》:"天將以夫子爲木鐸。"孔安國傳:"木鐸,施政教時所振也。"《禮記·明堂位》:"振木鐸於朝。""振"亦訓起、動、搖動。"起"

與"應"對文。如《易·姤》九四："包无魚,起凶。"孔穎達疏："起,動也。無民而動,失應而作,是以凶也。"此云"木鐸起",正指聖人振鐸宣教,與受衆之間彼此呼應。

⑲ **玄聖創典。**

"玄",梅校:"一作'元'。"　集成本、薈要本、文瀾本、張松孫本、王本作"元"。《詩法萃編》作"元"。

曹學佺云:"'玄'作'元'者,宋諱也。"

楊氏《補正》:"曹説是。'玄聖'與'素王'對。《莊子·天道》篇:'以此處下,玄聖素王之道也。'正以玄聖、素王連文。《廣弘明集·釋法琳〈九箴篇〉》:'玄聖創典,以因果爲宗;素王陳訓,以明教爲本。'遣辭似出於此,所異者僅以玄聖爲佛祖耳。"

【按】作"玄"是,清代集成本等作"元",蓋因避諱而改。《文選·孫綽〈遊天台山賦〉》"躡二老之玄蹤"呂延濟注、嵇康《琴賦》"淑穆玄真"呂向注,並云:"玄,大也。"則"玄聖"即大聖。此非指孔子一人,乃泛指伏羲等聖人。

⑳ **莫不原道心以敷章。**

"以敷",黃校:"一作'裁文',從《御覽》改。"　元至正本、黃傅元本、倫傅元本、弘治本、弘治活字本、汪本、佘本、隆慶本、張本、兩京本、胡本、何本、訓故本、初刻梅本、復校梅本、凌本、合刻本、梁本、秘書本、梅六次本、梅七次本、別解本、抱青閣本、集成本、尚古本、岡本、文瀾本、張松孫本、王本、崇文本作"裁文",《文儷》十三、《諸子彙函》二四引同。　文津本"以敷章"作"以敷文"。王惟儉標疑"裁文章"三字。　徐燉云:"《御》作'以敷章',對下句,是。"　馮舒校"以敷"作"裁文",云:"裁文,馮、元俱作'裁文'。謝(兆申)作'以敷',《御覽》'以敷'。"　沈臨何校本改"裁文"爲"以敷",云:"'以敷',從《御覽》。"

户田《校勘記補》:"'以'字對下文'研神理而設教'之'而'字,《御覽》近是。"

楊氏《補正》:"逢行珪《進鬻子注表》有'莫不原道心以裁章'語,亦襲於此。是《文心》原不作'以敷'。《雜文》篇'而裁章置句',《章句》篇'裁章貴於順序',並以'裁章'爲言。則此文當作'莫不原道心以裁章',明矣。"

王氏《校證》從黃本作"以敷",云:"《鎔裁》篇云:'兩句敷爲一章。'則'敷章'亦本書恒語。"

【按】梅本作"裁文",與元至正本、弘治本等合,黃氏改爲"以敷",與諸本《御覽》引、馮鈔元本、王批本、謝鈔本合。

楊説非是,作"以敷"自通,作"裁文章",則與下句"而設教"失對。"敷",訓布。如《漢書·禮樂志》"敷華就實"顔師古注、《後漢書·班固傳》"敷洪藻"李賢注、《文選·潘岳〈射雉賦〉》"敷藻翰之陪鰓"吕向注,並云:"敷,布也。"舍人於展布、鋪陳義恒言"敷"。如《頌讚》篇:"敷寫似賦。"《祝盟》篇:"切至以敷辭。"《論説》篇:"敷述昭情。"《鎔裁》篇:"兩句敷爲一章。"《比興》篇:"以敷其華。"《情采》:"敷寫器象。"並其例。"敷章",猶言開演、舒布文章。如《文鏡秘府論序》:"空中塵中,開本有之字;龜上龍上,演自然之文。"即此義。

依道教之文字起源觀,文字、圖籍、經典乃上天垂示於人,聖人效法之,推演之。如《洞玄靈寶自然九天生神章經序説》云:"三洞自然之氣,結成靈文,非由人所演説。"舍人則云聖人效法天地而敷布神道之文,亦即推演文章。《正緯》篇云:"聖訓宜廣,神教宜約。"聖訓之廣,即由聖人效法天書,敷演文章所致。

㉑ **發輝事業。**

"輝",黃校:"疑作'揮'。"　諸本《御覽》五八五引、馮鈔元本、訓故本、薈要本作"揮",《喻林》八七、《諸子彙函》二四、《文通》二五、《詩法萃編》引同。　沈臨何校本標疑"輝"字,云:"'輝',疑作'揮'。"

范文瀾《文心雕龍注》(後簡稱"范氏《注》")引孫人和(蜀丞)曰:"'輝',當作'揮'。"

鈴木虎雄《黃叔琳本文心雕龍校勘記》(後簡稱"鈴木《黃本校勘記》"):"黃説可從。"

楊氏《補正》:"'揮'字是。舍人《剡山石城寺石像碑》:'發揮勝相。'並其切證。'發揮'連文,出《易·乾·文言》,其作'輝'者,乃音之誤。《事類》篇'表裏發揮',元本、弘治本、活字本、汪本等作'發輝',是'揮'與'輝'易淆之證。"

王氏《校證》校"輝"作"揮",云:"《程器》篇亦云:'君子藏器,待時而動,發揮事業。'"

李氏《斠詮》校"輝"作"揮"。

【按】"輝"當從《御覽》引作"揮"。《易·乾·文言》:"六爻發揮,旁通情也。"孔穎達疏:"發,謂發越也;揮,謂揮散也。言六爻發越揮散,旁通萬物之情也。”《易·説卦》：“發揮於剛柔而生爻。”韓康伯注：“剛柔發散，變動相和。”此蓋舍人用字所本。

㉒ 聖因文而明道。

“而”，諸本《御覽》五八五引、王批本作“以”。

王氏《校證》校“而”作“以”，云：“此文‘道沿聖以垂文’二句，以‘以’字劃句爲偶，下文‘旁通而無滯’二句，以‘而’字劃句爲偶，彌縫文體，至爲明白。”

李氏《斠詮》從《御覽》引校“而”作“以”。

【按】王説是，“而”當從《御覽》引作“以”。《易·繫辭上》：“一陰一陽之謂道。”韓康伯注：“故窮變以盡神，因神以明道。”《三國志·魏書·管輅傳》裴松之注引《管輅別傳》：“僕自欲正身以明道，直己以親義。”句法並與此同，上下句皆以兩“以”字相儷。

㉓ 旁通而無滯。

“滯”，黄校：“一作‘涯’，從《御覽》改。” 四庫本《御覽》五八五引作“滯”，其餘各本《御覽》引並作“涯”；錢謙益所藏趙氏鈔本《御覽》作“滯”（見馮舒校語）。 元至正本、馮鈔元本、黄傳元本、弘治本、弘治活字本、汪本、佘本、隆慶本、張本、兩京本、胡本、何本、王批本、訓故本、謝鈔本、初刻梅本、復校梅本、凌本、合刻本、梁本、秘書本、梅六次本、梅七次本、别解本、抱青閣本、集成本、尚古本、岡本、文淵本、文津本、文瀾本、張松孫本、王本、崇文本作“涯”，《文儷》十三、《諸子彙函》二四、《詩法萃編》引同。 馮舒云：“‘涯’，《御》作‘滯’。” 沈臨何校本改“漼”爲“滯”，云：“‘滯’字，從《御覽》。” 張爾田圈點“涯”字。

范氏《注》引孫人和曰：“‘無涯’與‘不匱’義近，不當改作‘滯’也。”

户田《校勘記補》：“‘無涯’二字，與下文‘不匱’相對成文，‘涯’字似是。”

李氏《斠詮》改從“涯”。

【按】元明諸本皆作“涯”，黄氏據宋本《御覽》引改作“滯”，薈要本、文淵輯注本、文溯本、芸香堂本、翰墨園本、掃葉本、龍谿本並從黄本。

黄本作“滯”是。《説文·水部》：“滯，凝也。”《慧琳音義》七“滯礙”注引賈逵注《國語》：“滯，久也。”其本義當謂水積久而不流通。“無滯”承上文“明”字而言。此句大意當爲：“文章負載聖人所體悟之天地人之道，至精至深，絶無滯礙難通者。”上文既云“通”，則此非指無“涯際”明矣。“通而無滯”，乃古人常言。如《尚書·囧命》：“昔在文武，聰明齊聖。”孔安國傳：“聰明視聽遠，齊通無滯礙。"《人物志·九徵》："變化應節。"劉昞注："致用有宜,通變無滯。"《大智度論·初品中四無畏義》："通達無滯,是名辭無礙智。"《出三藏記集·十二門論序》："門者,開通無滯之稱也。"《華陽陶隱居集·登真隱訣序》："經者,常也,通也,謂常通而無滯。"並其證。

㉔ 贊曰。

唐寫本"贊曰"皆作"讚曰",倫傳元本、兩京本同。

【按】依本書《頌讚》篇名目及"讚者,明也,助也"之定義,字似當作"讚"。然"讚"、"贊"古通。《集韻·換韻》："讚,通作'贊'。"《易·說卦》："幽贊於神明。"陸德明釋文："贊,本或作'讚'。"《楚辭·九嘆序》："所謂讚賢以輔志。"舊校:"讚,一作'贊'。"尤可注意者,《漢書》篇末之總束文字即標作"贊曰",故此作"贊"自通,毋須從唐寫本。

㉕ 光采元聖。

"元",元至正本、馮鈔元本、黄傳元本、倫傳元本、弘治本、弘治活字本、汪本、佘本、隆慶本、張本、兩京本、胡本、何本、王批本、訓故本、謝鈔本、初刻梅本、復校梅本、凌本、合刻本、梁本、秘書本、梅六次本、梅七次本、別解本、尚古本、岡本、文淵本、文溯本、崇文本作"玄",養素堂初刻本同,《文儷》十三、《諸子彙函》二四引同。

楊氏《補正》："'元'字是。諸本作'玄',蓋涉篇中'玄聖創典'句致誤。《書·僞湯誥》:'聿求元聖。'枚傳訓'元'爲大,此亦應爾。《史傳》篇:'法孔題經,則文非元聖。'其稱孔子爲'元聖',正與此同。(《墨子·尚賢篇》:'《湯誓》曰:聿求元聖。')《易林·訟之同人》:'元聖將終,尼父悲心。'是稱孔子爲元聖,始於漢也。《湯誓》之元聖指伊尹。"

【按】楊説非是,"元"當作"玄"。元明諸本俱作"玄",清初抱青閣本、集成本以後諸本始多作"元",作"玄"者亦必缺末筆,可知"元"字乃避清帝諱而改。此作"玄"字始能與正文"玄聖"回應。"炳燿仁孝"者,非孔子一聖,此"玄聖"當包括伏羲、孔子等歷代諸聖。參見上"玄聖創典"條校。

㉖ 民胥以傚。

"傚",唐寫本作"効"。　張本、何本、王批本、訓故本、合刻本、梁本、別解本、集成本、尚古本、岡本、文溯本、王本、芸香堂本、翰墨園本、崇文本作"傲",《諸子彙函》二四引同。

楊氏《補正》校"俲"作"傚"，云："《詩·小雅·角弓》：'爾之教矣，民胥俲矣。''俲'，'傚'之俗體。"

李氏《斠詮》校"俲"作"傚"。

【按】梅本作"俲"，與元至正本、馮抄元本、弘治本、汪本、佘本、隆慶本、兩京本、胡本、謝鈔本合，黃氏從之。

楊校非是，作"俲"無誤，毋須改從。據《龍龕手鑑·人部》，"俲"，乃"傚"之俗字。《戰國策·齊策》："且吾聞，俲小節者不能行大威。"《釋名·釋言語》："教，俲也，下所法俲也。"又《釋衣服》："今中國人俲之耳。"《潛夫論·浮侈》："亦競相做俲。"此漢以前用"俲"之證。古又多作"傚"，義與"效"通。《玉篇·人部》："傚，學俲也。"《左傳·襄公二十一年》："尤而傚之。"陸德明釋文："傚，或作'效'。"

徵　聖　第　二

夫作者曰聖，述者曰明，陶鑄性情，功在上哲。夫子文章，可得而聞，則聖人之情，見乎文辭矣。[①]先王聖化，[②]布在方冊，夫子風采，[③]溢於格言。是以遠稱唐世，則焕乎爲盛；近襃周代，則郁哉可從：此政化貴文之徵也。鄭伯入陳，以文辭爲功；[④]宋置折俎，以多文舉禮：[⑤]此事蹟貴文之徵也。[⑥]襃美子産，則云"言以足志，文以足言"；泛論君子，則云"情欲信，辭欲巧"：此修身貴文之徵也。然則志足而言文，情信而辭巧，迺含章之玉牒，秉文之金科矣。

夫鑒周日月，妙極機神，[⑦]文成規矩，思合符契。或簡言以達旨，或博文以該情，或明理以立體，或隱義以藏用。故《春秋》一字以襃貶，"喪服"舉輕以包重，此簡言以達旨也。《邠詩》聯章以積句，《儒行》縟説以繁辭，此博文以該情也。書契斷決以象《夬》，[⑧]文章昭晰以象《離》，[⑨]此明理以立體也。四象精義以曲隱，五例微辭以婉晦，此隱義以藏用也。故知繁略殊形，[⑩]隱顯異術，抑引隨時，變通會適，[⑪]徵之周孔，則文有師矣。

是以子政論文，必徵於聖；稚圭勸學，必宗於經。[⑫]《易》稱："辨物正言，斷辭則備。"《書》云："辭尚體要，弗惟好異。"[⑬]故知正言所以立辯，⑭體要所以成辭，辭成無好異之尤，辯立有斷辭之義。⑮雖精義曲隱，無傷其正言；微辭婉晦，不害其體要。體要與微辭偕通，正言共精義並用，聖人之文章，亦可見也。顏闔以爲仲尼飾羽而畫，徒事華辭。⑯雖欲訾聖，⑰弗可得已。⑱然則聖文之雅麗，固銜華而佩實者也。天道難聞，猶或鑽仰，文章可見，胡寧勿思？若徵聖立言，則文其庶矣。

　　贊曰：妙極生知，睿哲惟宰。⑲精理爲文，秀氣成采。鑒懸日月，辭富山海。百齡影徂，千載心在。

校箋

① 見乎文辭矣。

“文”，唐寫本無。

趙萬里《唐寫本文心雕龍殘卷校記》（後簡稱“趙氏《校記》”）：“今本有‘文’字，蓋涉上下文而衍，當據刪。”

楊氏《補正》從趙說，云：“無‘文’字與《易·繫辭下》合。《抱朴子外篇·鈞世》：‘情見乎辭，指歸可得。’遣辭亦本《易·繫》而無‘文’字，其確爲誤衍無疑。《論衡·超奇篇》有‘情見於辭’語。”

李氏《斠詮》：“‘文’字，涉上文‘夫子文章’而衍，據唐寫本刪。”

【按】唐寫本無“文”字是，當據刪。《易·繫辭下》：“爻象動乎內，吉凶見乎外，功業見乎變，聖人之情見乎辭。”此舍人所本。《潛夫論·述赦》：“人之情，皆見乎辭。”《文選·杜預〈春秋左氏傳序〉》：“若夫制作之文，所以章往考來，情見乎辭。”可爲旁證。

② 先王聖化。

“聖化”，唐寫本作“聲教”。

楊氏《補正》：“唐寫本是也。《練字》篇：‘先王聲教，書必同文。’是其切證。”

王氏《校證》、李氏《斠詮》並從唐寫本。

【按】“聖化”當從唐寫本作“聲教”，與下句“風采”相對成文。《尚書·禹貢》：“東漸於海，西被於流沙，朔南暨聲教，訖于四海。”孔穎達疏：“皆與聞天子威聲文教。”蔡沈傳：“聲，風聲。教，謂教化。”此蓋舍人用字所本。

③ **夫子風采。**

"風采"，唐寫本作"文章"。

詹氏《義證》："如作'文章'，則與上文'夫子文章'重出，仍以'風采'爲是。《漢書·霍光傳》：'政自己出，天下想聞其風采。'師古注：'采，文采。'《書記》篇云：'所以散鬱陶，託風采。'風采，謂風度文采。"

楊氏《補正》、張氏《考異》、李氏《斠詮》並從今本。

【按】詹説是，今本作"風采"自通。《後漢書·趙壹傳》："陟乃與袁逢共稱薦之，名動京師，士大夫想望其風采。"義與此同。

④ **以文辭爲功。**

"文"，黃校："一作'立'。" 唐寫本、元至正本、馮鈔元本、黃傳元本、倫傳元本、弘治本、弘治活字本、汪本、佘本、隆慶本、張本、兩京本、胡本、何本、王批本、訓故本、謝鈔本、初刻梅本、復校梅本、凌本、合刻本、梁本、秘書本、梅六次本、梅七次本、彙編本、別解本、抱青閣本、集成本、尚古本、岡本、文淵本、文津本、文瀾本、張松孫本、王本、崇文本作"立"，《諸子彙函》二四引同。 馮舒云："'立'當作'文'。" 沈臨何校本改"立"爲"文"，云："'立'當作'文'。" 張爾田圈點"立"字。

楊氏《補正》："'立'字是。黃氏據馮舒、何焯説改'立'爲'文'，雖與《左傳·襄公二十五年》合，而昧其與下'多文'句之詞性不侔且相複也。"

張氏《考異》："《左傳·僖二三年》：'吾不如襄之文也。'杜注：'有文辭也。'又《襄二五年》：'非文辭不爲功。'依傳文從'文'爲是。除黃本皆非，楊校誤。"

李氏《斠詮》校"文"作"立"，云："下'多文'與'立辭'對詞。"

【按】元明諸本皆作"立"，黃氏據馮舒校、何焯校而改作"文"。

楊校非，張説是，此作"文"自通。《左傳·襄公二十五年》："子展相鄭伯如晉，拜陳之功。……仲尼曰：'《志》有之：言以足志，文以足言。不言，誰知其志？言之無文，行而不遠。晉爲伯，鄭人陳，非文辭不爲功，慎辭也。'"孔穎達疏："子產善爲文辭，於鄭有榮也。"此蓋舍人語意所本。"文辭"之"文"，乃承上文"文以足言"、"言之無文"之"文"而言，指文采，非指文字。"以文辭爲功"，猶言憑藉有文采之言辭而取得成功。《祝盟》篇："祝史陳信，資乎文辭。"用法與此同。

通觀上下文，"焕乎"、"郁哉"、"文辭"、"多文"、"文以足言"、"辭欲巧"，連用"文"及文采類字，意在說明聖人"貴文"，强調"文采"之價值。故"文辭"與上下文不嫌重複。如作"立辭"，則此"辭"指一般言辭，非必關乎文采，有違舍人本義。楊説失之。

　　⑤ **以多文舉禮。**

　　"文"，梅校："原作'方'，孫（汝澄）改。"　元至正本、黃傳元本、倫傳元本、弘治本、弘治活字本、汪本、佘本、隆慶本、張本、兩京本、胡本、何本、王批本、別解本、集成本、尚古本、岡本、薈要本、文津本、王本、崇文本作"方"。　沈臨何校本改"方"爲"文"。　張紹仁校"方"作"文"。

　　【按】元明諸本多作"方"，孫汝澄改爲"文"，與唐寫本、馮鈔元本、訓故本、謝鈔本合，黃氏從之。凌本、合刻本、梁本、秘書本、彙編本、抱青閣本等明本亦並作"文"。

　　作"文"自通，"方"蓋"文"之形訛。《左傳·襄公二十七年》："宋人享趙文子，叔向爲介。司馬置折俎，禮也。仲尼使舉是禮也，以爲多文辭。"杜預注："宋向戌自美弭兵之意，敬逆趙武，趙武、叔向因享宴之會，展賓主之辭，故仲尼以爲多文辭。"孔穎達疏："蓋於此享也，賓主多有言辭，時人跡而記之。仲尼見其事，善其言，使弟子舉是宋享趙孟之禮，以爲後人之法。丘明述其意。仲尼所以特舉此禮者，以爲此享多文辭，以文辭爲可法，故特舉而施用之。"此即舍人所本，"多文"即"多文辭"之省。賓主以多文辭而行此禮儀，蓋亦"五禮資之以成"之一端。

　　⑥ **此事蹟貴文之徵也。**

　　"蹟"，唐寫本作"績"。

　　范氏《注》："作'績'是。《爾雅·釋詁》：'績，功也。'"

　　户田《校勘記補》："《爾雅·釋詁》：'績，事也。'又：'績，功也。''績'字是。"

　　張氏《考異》："《書·堯典》：'庶績咸熙。'傳：'績，功也。'又'蹟'同'迹'。《詩·小雅》：'念彼不蹟。'傳：'不蹟，不循道也。'二字義殊，唐本是。"

　　李氏《斠詮》從唐寫本，云："事績，謂政事邦交之功績也。《爾雅·釋詁》：'績，功也。'"

　　【按】黃本作"蹟"無誤，不煩改字。《説文·辵部》："迹，步處也。蹟，或從足責。"《集韻·昔韻》："迹，或作'蹟'、'跡'。"可知"蹟"乃"迹"之或體。"事蹟"與"事迹"同，訓功業、功績。如《文選·陸機〈弔魏武帝文〉》："遠迹頓於促路。"

李善注：“迹，功業也。”任昉《奉答勅示七夕詩啓》：“竊惟帝迹多緒。”李善注：“迹，行迹，謂功績也。”並其證。《封禪》篇：“以勒皇蹟。”“蹟”亦訓功績。

　　⑦ **妙極機神。**

　　“機”，馮舒云：“當作‘幾’。”　沈臨何校本標疑“機”字，云：“‘機’，疑作‘幾’。”　黄叔琳云：“疑作‘幾’。”　黄氏輯注出條目作“幾”。

　　范氏《注》：“‘極’當作‘幾’。《易·上繫辭》：‘唯幾也，故能成天下之務；唯神也，故不疾而速，不行而至。’韓康伯注：‘適動微之會，則曰幾。’”

　　徐氏《正字》：“本書《論説》篇云：‘次及宋岱郭象，鋭思於幾神之區。’字正作‘幾’。”

　　楊氏《補正》：“舍人遣辭多用異字，非特此爾。《論説》篇：‘鋭思於機（此依元本、弘治本等）神之區。’亦然。《南齊書·劉祥傳》：‘（《連珠》）大道常存，機神之智永絶。’《隋書·經籍志一》：‘夫經籍也者，機神之妙旨。’《弘明集·王仲欣〈答釋法雲與王公朝貴書〉》：‘皇帝睿聖自天，機神獨遠。’《廣弘明集·蕭子顯〈御講摩訶般若經序〉》：‘蓄機神於懷抱。’並作‘機神’。逢行珪《進鬻子注表》‘妙極機神’語，即襲於此，作‘機’。《子苑》引亦作‘機’。是‘機’字固未誤也。黄氏過信馮舒、何焯之説，疑不誤爲誤，非是。”

　　王氏《校證》、張氏《考異》、李氏《斠詮》並校“機”作“幾”。

　　【按】楊説是，今本自通，毋須改字，唐寫本即作“機”。“機”、“幾”通。孔安國《尚書序》：“撮其機要。”陸德明釋文：“機，本又作‘幾’。”“機神”亦同“幾神”。《晉書·陶侃傳》：“陶公機神明鑒似魏武。”《藝文類聚》十四引齊謝朓《明皇帝謚策文》曰：“通機神於受命。”四七引晉陸機《吳大司馬陸抗誄》曰：“體合機神。”六六引晉魯褒《錢神論》曰：“吾將以清談爲筐篚，以機神爲幣帛。”《弘明集·蕭琛〈答釋法雲與王公朝貴書〉》：“妙測機神，發揮禮教。”並“機神”連文之證。

　　⑧ **書契斷決以象《夬》。**

　　“斷決”，唐寫本作“決斷”。

　　楊氏《補正》：“唐寫本是也。《七略》‘書以決斷。斷者，義之證也。’（《初學記》二一、《御覽》六百九引）《易·繫辭下》韓注：‘夬，決也。書契所以決斷萬事也。’”

　　户田浩曉《作爲校勘資料的文心雕龍燉煌本》（後簡稱“户田《燉煌本》”）、

李氏《斠詮》並校"斷決"作"決斷"。

【按】楊説非是,"決斷"、"斷決"義同,毋須改從。《易·訟》:"利見大人,不利涉大川。"李鼎祚集解引侯果曰:"大人謂五也。斷決必中,故利見也。"《古微書·樂動聲儀》:"義者斷決,西方亦金。"《後漢書·馮異傳》:"時以私心斷決,未嘗不有悔。"《晉書·苟晞傳》:"文簿盈積,斷決如流。"並"斷決"連文之證。

⑨ 文章昭晰以象《離》。

"晰",唐寫本作"晢"。　元至正本、馮鈔元本、黃傳元本、倫傳元本、弘治本、弘治活字本、汪本、佘本、隆慶本、張乙本、張丙本、兩京本、王批本、訓故本、謝鈔本作"晢",《子苑》三二、《諸子彙函》二四引同。　何本、合刻本、別解本、集成本、尚古本、岡本、王本、崇文本作"晰"。　凌本作"淅"。　文津本作"晢"。　徐燉校"晢"作"晰"。　沈臨何校本"晢"字旁過録"晰"。　張紹仁校"晢"作"晢"。　"象",唐寫本作"劾"。

孫詒讓《札迻》十二從"晰",云:"《説文·日部》云:'(晢,)昭晢,明也。'晢,或作'晰','晰'即'晢'之譌體。此書多作'晢'者,用通借字也。"

户田《校勘記補》:"作'晢',作'晰',並是也。《説文·日部》:'晢,昭晢,明也。'段注:'晢字日在下,或日在旁作晰,同耳。'"

楊氏《補正》:"《玉篇·日部》:'晰,之逝切,明也,晢、喇並同上。''晰'俗字,當以'晢'爲正。《漢書·司馬相如傳下》'闇昧昭晰',《後漢書·張衡傳贊》'孰能昭晰',《文選·何晏〈景福殿賦〉》'猶眩曜而不能昭晰也',《古文苑·班婕妤〈擣素賦〉》'煥若荷華之昭晰',並作'晰'。《總術》篇'辯者昭晰',尚未誤。《正緯》篇'孝論昭晰',《明詩》篇'唯取昭晰之能',亦當準此改作'晰'。"

王氏《校證》校"象"作"劾",云:"上文以'積句'與'繁辭'異文作對,下文以'曲隱'與'婉晦'異文作對,則此亦當以異文作對,不當俱作'象'也。"

李氏《斠詮》分別從"晰"、"劾"。

【按】元明諸本多作"晢"、"晰",梅本作"晰",與張甲本合,黃氏從之。唐寫本可從,此文當作"文章昭晰以劾《離》"。"晰"當作"晰"或"晢",字並從日,折聲。《曹子建集·學官頌》:"玄鏡獨鑒,神明昭晰。"即二字連文之證。依王氏說,"象"作"劾",始可與上文"象"字避重出。《玉篇·刀部》:"劾,俗'效'字。"《楚辭·懷沙》:"撫情効志兮。"《漢書·楚元王傳》:"以德爲劾。"顏師古注:"劾,謂徵驗也。"本書"效"字,唐寫本皆作"劾"。

⑩ **故知繁略殊形。**

“形”，唐寫本作“制”。

楊氏《補正》：“唐寫本是。制，謂體制。”

詹氏《義證》：“‘制’是文章體制。”

李氏《斠詮》校“形”作“制”。

【按】“形”從唐寫本作“制”義長，二字形近致誤。“制”，訓法、度。《玉篇·刀部》：“制，法度也。”引申爲形制、樣式。陶潛《桃花源詩》：“俎豆猶古法，衣裳無新制。”“制”與“法”互文見義，則兼有“法度”、“形制”之義。舍人此“制”字，與下句“術”對文，皆指行文所用之“抑引”手法，“殊制”，猶言異法、異道。

《弘明集·釋慧遠〈答何鎮南難袒服論〉》：“是故先王既順民性，撫其自然，令吉凶殊制，左右異位。”《文選·潘岳〈寡婦賦〉》：“痛存亡之殊制兮，將遷神而安措。”又何晏《景福殿賦》：“脩梁彩制，下褰上奇。”李善注：“衆彩殊制，故曰奇。”並“殊制”連文之證。

⑪ **變通會適。**

“會適”，唐寫本作“適會”。

楊氏《補正》：“唐寫本是。《章句》篇‘隨變適會’，《練字》篇《詩》《騷》適會’，《養氣》篇‘優柔適會’，並其證也。《高僧傳·支遁傳》‘默語適會’，又《唱導論》‘適會無差’，亦以‘適會’爲言。”

王氏《校證》、李氏《斠詮》並從唐寫本。

【按】“會適”當從唐寫本作“適會”，以與上句“隨時”相儷。《易·繫辭下》：“唯變所適。”王弼注：“變動貴於適時，趣舍存乎會也。”蓋舍人語意所本。

⑫ **是以子政論文，必徵於聖；稚圭勸學，必宗於經。**

梅校：“‘子’元脱，楊（慎）補。‘稚圭勸學’四字元脱，楊（慎）補。” 唐寫本作“是以論文必徵於聖，窺聖必宗於經”。 元至正本、黃傳元本、倫傳元本、弘治本、弘治活字本、汪本、佘本、隆慶本、張本、兩京本、胡本、王批本作“是以政論文，必徵於聖，必宗於經”，《子苑》三二引同。 馮鈔元本、謝鈔本作“是以子政論文，必徵於聖，□□□□必宗於經”。 訓故本作“是以□政論文，必徵於聖，必宗於經”。 薈要本作“是以論文者必徵於聖，必宗於經”。

章氏《劄記》甲種：“此四字（“稚圭勸學”）爲後人所補。”

詹氏《義證》引橋川時雄《文心雕龍校讀》（後簡稱“詹氏引橋川《校讀》”）：

“‘子政’二字後人强附，當删，未聞劉向有論文也。”又云：“‘稚圭勸學’，徐校不及此四字。何校惟從楊補，亦無所考，未詳楊據何本所增。唐寫本亦無此四字，而有‘窺聖’二字，句順意通。以各本無‘窺聖’二字，前後意不通，故後人任意改補。”

劉永濟《文心雕龍校字記》（後簡稱“劉氏《校字記》”）：“疑‘文’字乃‘政’字之缺文。《漢書》載子政所上封事，多徵引仲尼，證之經義，舍人但取其徵聖，不限於論文，與下句‘稚圭勸學’，事同一例。但如唐本作‘是以論文必徵於聖，窺聖必宗於經’，亦可通。又，子政上《晏子叙録》，有‘其文章可觀，義理可法，皆合六經’之語；《管子書録》亦有‘《管子》書務富國安民，道約言要，可以曉合經義’之語。豈升庵即據此文增入子政之名邪？”

潘氏《札記》：“彥和《原道》《徵聖》《宗經》，文雖三篇，義實一貫，故《序志》篇曰：‘《文心》之作也，本乎道，師乎聖，體乎經。’是以立道之文曰經，作經之人維聖。辭義彪炳，道之流行也；百家騰躍，聖之徒屬也；文體葳蕤，經之苗裔也。以此三篇，綜括終始。其在《原道》，則曰‘道沿聖以垂文，聖因文而明道。’其在本篇，則曰‘論文必徵於聖，窺聖必宗於經。’在《宗經》篇，則曰‘勵德樹聲，莫不師聖，而建言脩辭，鮮克宗經。是以楚豔漢侈，流弊不還，正末歸本，不其懿歟’，觀其措辭，若合符契，固知臆補難從，舊文可信矣。”

劉永濟《文心雕龍校釋》（後簡稱“劉氏《校釋》”）：“唐寫本當從，升庵所補非也。”

户田《燉煌本》從唐寫本，云：“因汪一元校本等有‘是以政論文’，《樂府》篇又有‘昔子政論文’句，楊慎因此而補‘子’字，但細勘前後文義，插入子政（劉向之字）、稚圭（匡衡之字）等專用名詞實無必要。”

王氏《校證》：“《宗經》篇：‘邁德樹聲，莫不師聖，而建言修辭，鮮克宗經。’《史傳》篇：‘立義選言，宜依經以樹則；勸戒與奪，必附聖以居宗。’又云：‘宗經矩聖之典。’《論説》篇：‘述聖通經，論家之正體也。’皆與此‘徵聖’、‘宗經’意同，並撮略爲言，而不必指實爲何人。《樂府》篇：‘昔子政論文，詩與歌别。’楊氏蓋涉彼妄補，不可從。”

范氏《注》、李氏《斠詮》並從唐寫本。

【按】元明諸本多無“子”、“稚圭勸學”，楊慎補之，與何本合，黃氏從之。

橋川、潘氏、王氏説並是，“子政”與“稚圭勸學”六字，蓋淺學妄增，當删，此文從唐寫本作"是以論文必徵於聖,窺聖必宗於經",始合上下文語意。劉氏《校字記》之説不可從,《校釋》已修正前論,可謂先迷後能從善矣。

⑬ **弗惟好異**。

"弗惟",唐寫本作"不唯"。

楊氏《補正》:"'弗'作'不',與僞《畢命》合。本書今作'弗'者,唐寫本均作'不'。唯、惟古通。《畢命》作'惟'。"

王氏《校證》:"唐寫本作'不',與僞《畢命》合,今據改。"

李氏《斠詮》改"弗惟"作"不惟"。

【按】今本自通,毋須改從。僞《古文尚書·畢命》:"政貴有恒,辭尚體要,不惟好異。"然《風骨》篇引《尚書》亦云"弗惟好異",蓋舍人所見者乃別本,其文即作"弗惟"。《史傳》篇"蓋録而弗叙"之"弗",《御覽》引作"不",蓋否定語用"弗"字亦舍人行文之常例。

⑭ **故知正言所以立辯**。

"辯",唐寫本、張本、王批本、謝鈔本、集成本、文淵輯注本、文溯本作"辨",《子苑》三二、《荊川稗編》七五、《諸子彙函》二四引同。

楊氏《補正》:"此語承上'《易》稱辨物正言'句,當以'辨'爲是。下'辯立'亦然。"

李氏《斠詮》改"辯"作"辨"。

【按】楊説是,"辯"當依唐寫本作"辨",訓辨明。《易·繫辭下》:"開而當名,辨物正言,斷辭則備矣。"王弼注:"開釋爻卦,使各當其名也。理類辨明,故曰斷辭也。"孔穎達疏:"'開而當名'者,謂開釋爻卦之義,使各當所象之名,若乾卦當龍,坤卦當馬也。'辨物正言'者,謂辨天下之物,各以類正定言之,若辨健物,正言其龍,若辨順物,正言其馬,是辨物正言也。'斷辭則備矣'者,言'開而當名'及'辨物正言',凡此二事,決斷於爻卦之辭則備具矣。"此即舍人所本。

⑮ **辭成無好異之尤,辯立有斷辭之義**。

唐寫本"成"下、"立"下並有"則"字,"辯"作"辨","義"作"美"。　"辯",張本、王批本、集成本、文淵輯注本、文溯本作"辨",《諸子彙函》二四引同。

楊氏《補正》:"美、義二字易譌。《劉子·傷讒》篇'譽人不增其美',諸本亦誤'美'爲'義'也。此當作'美',始能與上句之'尤'字對。"

王氏《校證》校"義"作"美"。李氏《斠詮》校作"辭成則無好異之尤,辨立有斷辭之美”。

【按】“辯”當作“辨”,説見上條。今本“義”字,與下文“精義”犯重,此當從唐寫本作“美”,二字形近而誤。《列子·湯問》:“禮義之盛,章服之美。”《荀子·禮論》:“禮者,斷長續短,損有餘,益不足,達愛敬之文,而滋成行義之美者也。”又《大略》:“言語之美,穆穆皇皇。朝廷之美,濟濟鎗鎗。”並“之美”連文之證。

兩“則”字當補。“辭成”、“辨立”,並主謂結構,語意完足,當稍作停頓。用“則”字引起另一義,語勢較順。依語法及語氣,此兩句當讀作:“辭成,則無好異之尤;辨立,則有斷辭之美。”《原道》篇:“形立則章成矣,聲發則文生矣。”《史傳》篇:“歲遠則同異難密,事積則起訖易疏。”句法並與此同,皆用“則”字表示上下文之語法關係。

⑯ **徒事華辭**。

“徒”,梅校:“《莊子》作‘從’。”　《諸子彙函》二四引作“從”。　傳録何沈校本標疑“徒”字。

李氏《斠詮》校“徒”作“從”。

【按】《諸子彙函》引是,“徒”當從《莊子》作“從”,二字形近而誤。李氏《斠詮》改“從”,得之。《定勢》篇:“連珠七辭,則從事於巧豔。”亦云“從事”,句式亦與此同,則此云“從事華辭”,猶言從事於華辭。《莊子·列禦寇》:“魯哀公問於顏闔曰:‘吾以仲尼爲貞幹,國其有瘳乎?’曰:‘殆哉,圾乎!仲尼方且飾羽而畫,從事華辭,以支爲旨。’”成玄英疏:“修飾羽儀,喪其真性也。”王先謙集解引宣穎云:“羽有自然之文,飾而畫之,則務人巧。”此即舍人辭義所本。

⑰ **雖欲訾聖**。

“訾”,黃校:“‘訾’字,一作‘此言’,誤。”　元至正本、馮鈔元本、黃傳元本、倫傳元本、弘治本、弘治活字本、汪本、佘本、隆慶本、張本、兩京本、胡本、何本、王批本、訓故本、謝鈔本、初刻梅本、復校梅本、凌本、合刻本、梁本、秘書本、梅六次本、梅七次本、彙編本、別解本、抱青閣本、集成本、尚古本、岡本、王本作“此言”,《諸子彙函》二四引同。　馮舒云:“‘此言’,當作‘訾’。”　沈臨何校本點去“此言”,旁録“訾”字,云:“‘此言’,乃‘訾’字之訛,原改。”　王本校云:“‘此言’二字,‘訾’字之譌。”　吳翌鳳云:“‘此言’,是‘訾’字之譌。”

趙彦俉云:“‘此言’二字係‘訾’字誤文,今依黃改正。”

户田《燉煌本》從黄校，云：“黄氏斷案不會別有板本可據，而是從文理上推定的，他看破了明代許多校訂者都未能看出的誤字，可謂別具慧眼。”（按，實則馮舒、何焯於黄氏之前已校作“訾”。）

【按】元明諸本皆作“此言”，黄氏據馮舒、何焯校而改爲“訾”。

黄改是，唐寫本此二字正作“訾”字。《禮記·喪服四制》“訾之者”鄭玄注：“口毁曰訾。”陸德明釋文：“訾，毁也。”《論語·子張》：“叔孫武叔毁仲尼，子貢曰：無以爲也，仲尼不可毁也。”皇侃義疏：“叔孫武叔毁仲尼者，猶是前之武叔又訾毁孔子也。”此蓋舍人所本。

⑱ **弗可得已。**

“已”，唐寫本作“也”。

楊氏《補正》：“‘已’，當從唐寫本作‘也’。《議對》篇：‘雖欲求文，弗可得也。’句法與此同，可證。”

【按】楊説非是，“已”、“也”通，不煩改字。《禮記·祭統》：“其德薄者，其志輕，疑於其義，而求祭，使之必敬也，弗可得已。”此舍人句式所本。又《漢書·宣帝紀》“其德弗可及已”、《景十三王傳贊》“不可得已”、《賈誼傳》“然則天下之大計可知已”顏師古注，並云：“已，語終辭。”可知“已”即“也”。《詔策》篇：“符采炳耀，弗可加已。”“已”，《御覽》引、弘治本、訓故本作“也”，可知二字通用。又《時序》篇：“賈誼抑而鄒枚沉，亦可知已。”“已”亦當訓“也”。舍人於句末常用“已”代替“也”，亦其用字習慣使然。

⑲ **睿哲惟宰。**

“睿”，唐寫本作“叡”。

楊氏《補正》：“睿、叡，古今字。以《誄碑》篇‘雖非叡作’、《史傳》篇‘叡（此依《御覽》六百四、《史略》五引）旨幽隱’例之，此必原是‘叡’字，前後一律。唐寫本作‘叡’，是也。”

【按】楊説非是，“睿”、“叡”通，毋須改從。《説文·奴部》：“叡，深明也，通也。睿，古文‘叡’。”《尚書·洪範》：“聽曰睿。”馬融注：“睿，通也。”《文選·張衡〈東京賦〉》：“睿哲玄覽。”李善注：“《尚書·洪範》曰：睿作聖，明作哲。”《南齊書·鬱林王本紀》：“體自文皇，睿哲天秀。”《梁書·武帝本紀上》：“相國梁王，天誕睿哲。”“高祖英武睿哲。”並“睿哲”連文之證。又《時序》篇：“世祖以睿文纂業。”亦用“睿”字。

宗 經 第 三

三極彝訓，其書言經。①經也者，恒久之至道，不刊之鴻教也。故象天地，效鬼神，參物序，制人紀，洞性靈之奧區，極文章之骨髓者也。皇世《三墳》，帝代《五典》，重以《八索》，申以《九邱》，②歲歷綿曖，條流紛糅。自夫子刪述，③而大寶咸耀，④於是《易》張《十翼》，《書》標七觀，《詩》列四始，《禮》正五經，《春秋》五例，義既極乎性情，⑤辭亦匠於文理，故能開學養正，⑥昭明有融。然而道心惟微，聖謨卓絕，⑦墙宇重峻，而吐納自深，⑧譬萬鈞之洪鍾，⑨無錚錚之細響矣。

夫《易》惟談天，⑩入神致用，故《繫》稱旨遠辭文，⑪言中事隱，韋編三絕，固哲人之驪淵也。《書》實記言，⑫而訓詁茫昧，⑬通乎《爾雅》，則文意曉然。故子夏歎《書》，昭昭若日月之明，離離如星辰之行，⑭言昭灼也。⑮《詩》主言志，詁訓同《書》，摛風裁興，藻辭譎喻，溫柔在誦，⑯故最附深衷矣。⑰《禮》以立體，⑱據事剬範，⑲章條纖曲，執而後顯，採掇生言，⑳莫非寶也。《春秋》辨理，一字見義，五石六鶂，㉑以詳略成文；㉒雉門兩觀，以先後顯旨，其婉章志晦，諒以邃矣。㉓《尚書》則覽文如詭，而尋理即暢；《春秋》則觀辭立曉，而訪義方隱。此聖人之殊致，㉔表裏之異體者也。

至根柢槃深，㉕枝葉峻茂，辭約而旨豐，事近而喻遠。是以往者雖舊，餘味日新，㉖後進追取而非晚，前修文用而未先，㉗可謂太山徧雨，河潤千里者也。故論說辭序，則《易》統其首；詔策章奏，則《書》發其源；賦頌謌讚，則《詩》立其本；銘誄箴祝，則《禮》總其端；紀傳銘檄，㉘則《春秋》爲根：並窮高以樹表，極遠以啓疆，所以百家騰躍，終入環內者也。

若稟經以製式，酌《雅》以富言，是仰山而鑄銅，煮海而爲鹽也。㉙故文能宗經，體有六義：一則情深而不詭，二則風清而不雜，三則事信而不誕，四則義直而不回，㉚五則體約而不蕪，六則文麗而不淫。揚子比雕玉以作器，謂《五經》之含文也。夫文以行立，行以文傳，四教所先，符采相濟。勵德樹聲，[31]莫不師聖，而建言脩辭，鮮克宗經。是以楚豔漢侈，流弊不還，正末歸本，不其懿歟？

　　贊曰：三極彝道，訓深稽古。[32]致化歸一，[33]分教斯五。性靈鎔匠，文章奧府。淵哉鑠乎，羣言之祖。

校箋

① **其書言經。**

"言"，唐寫本、諸本《御覽》六〇八引並作"曰"。

楊氏《補正》："'曰'字是。《論說》篇：'聖哲彝訓曰經。'《總術》篇：'常道曰經。'並其證。《博物志》四：'聖人制作曰經。'"

張氏《考異》、李氏《斠詮》並從唐寫本。

【按】楊說是。"言經"不辭，"言"當從唐寫本作"曰"，二字形近致譌。《漢書·陸賈傳》："賈凡著十二篇，……稱其書曰《新語》。""曰"之用法與此同。

② **申以《九邱》。**

楊氏《補正》："此'邱'字，乃黃氏例避孔子諱所改，當依各本作'丘'。後'乘邱'、'邱明'、'介邱'、'發邱'、'孔邱'等'邱'字均仿此，不再出。"

【按】楊說是，"邱"當作"丘"。文溯本、文溯輯注本即改作"丘"。

③ **自夫子刪述。**

"刪"，元至正本、馮鈔元本、黃傳元本、弘治本、弘治活字本、汪本、隆慶本、張本、兩京本、胡本、王批本、訓故本、謝鈔本、文淵本、文津本作"刊"。　徐燉云："'刊'，當作'刪'。"　沈臨何校本改"刊"爲"刪"。　張紹仁校"刊"作"刪"。

【按】元明諸本多作"刊"，梅本作"刪"，與唐寫本、諸本《御覽》六〇八引、何本合，黃氏從之。

"刪"字是，作"刊"者，非形近致譌，即涉上文"刊"字而誤。《說文·刀部》："刪，剟也。"《廣韻·寒韻》："刊，削也。"二字於"削"義可通。然"刪"字含取舍之意，《說文·刀部》徐鍇繫傳："刪，言有取舍也。"又可訓定，《玉篇·刀部》："刪，定也。"指通過取舍而定其事，定其義。"刪述"之"刪"，乃指孔子"刪《詩》"之事。孔安國《尚書序》："(孔子)乃定禮樂，明舊章，刪《詩》爲三百篇。"即舍人所本。此文孔穎達疏：“就而減削曰删。”李周翰注：“删，謂删罝也。”亦以“削定”釋“删”。朱熹《詩序辨説・狡童》：“三則厚誣聖人删述之意。”可爲“删述”連文之證。

④ **而大寶咸耀。**

“咸”，黃校：“一作‘啓’。” 唐寫本、諸本《御覽》六〇八引並作“啓”，《九經疑難》一引同。 沈臨何校本改“咸”爲“啓”，云：“‘啓’字，從《御覽》。”

楊氏《補正》：“‘啓’草書與‘咸’相近，故誤。此當以作‘啓’爲長。”

李氏《斠詮》校“咸”作“啓”。

【按】楊説是，“咸”當從唐寫本、《御覽》引作“啓”，二字形近而誤。《華陽國志・序志》：“井絡啓耀，文昌契符。”《隋書・音樂志上》：“朱光啓耀，兆發穹旻。”《資治通鑑・晉紀十三》：“子遠啓曜。”胡三省注：“啓，開也。”並“啓耀”連文之證。又《尚書・堯典》：“胤子朱啓明。”《文選・陸機〈漢高祖功臣頌〉》：“光啓於東。”可知光、明皆可云“啓”。

⑤ **義既極乎性情。**

“極”，唐寫本作“挻”。 宋本、宮本、張本、鮑本、喜多邨本《御覽》六〇八引作“埏”，明鈔本《御覽》引作“挻”，周本、倪本《御覽》引作“斑”，四庫本《御覽》引作“極”，汪本《御覽》引作“延”。

趙氏《校記》：“以下文‘辭亦匠於文理’句例之，則作‘挻’是也。唐本作‘挻’，即‘埏’字之譌。”

潘氏《札記》：“字當作‘挻’。《説文》：‘挻，長也。’《字林》同。《聲類》云：‘柔也。’（據《釋文》引）《老子》：‘挻埴以爲器。’字或誤作‘埏’。朱駿聲曰：‘柔，今字作‘揉’，猶煣也。凡柔和之物，引之使長，搏之使短，可析可合，可方可圓，謂之挻。陶人爲坯，其一端也。’”

詹氏引橋川《校讀》：“‘極’字不通，挻、極形似之誤。‘埏’字始然反，《老子》：‘埏埴以爲器。’”

斯波六郎《文心雕龍札記》（後簡稱“斯波《札記》”）從趙萬里説，云：“此字（挻）又可作動詞用，如《老子》第十一章‘埏埴以爲器’，《荀子・性惡》篇‘故陶人埏埴而爲器’，《齊策》三‘埏子以爲人’等。”

楊氏《補正》：“作‘挻’始能與下句之‘匠’字相儷。《老子》第十一章：‘埏埴以爲器。’河上公注：‘埏，和也。埴，土也。和土以爲飲食之器。’《荀子・性惡》

篇：‘故陶人埏埴而爲器。’楊注：‘陶人，瓦工也。埏，擊也。埴，黏土也，擊黏土而成器。’《淮南子·精神》篇：‘譬猶陶人之埏埴也，其取之地而已爲盆盎也。’《論衡·物勢篇》：‘今夫陶冶者，初埏埴作器，必模範爲形。’李尤《安哉銘》：‘埏埴之巧，甄陶所成。’（《御覽》七百六十引）釋僧祐《弘明集序》：‘夫覺海無涯，慧鏡圓照，化妙域中，實陶鑄於堯、舜；理擅繫表，乃埏埴周、孔矣。’（今《弘明集》無此序，此據《釋藏》百二、《出三藏記集》十二引）並足爲‘極’當作‘埏’之證。”

李氏《斟詮》校“極”作“挻”，云：“‘挻’有揉和、引治之義，與下句‘匠’字義正相比。”

陸侃如、牟世金《文心雕龍譯注》（後簡稱“牟氏《譯注》”）從“埏”，云：“‘埏’是和泥作瓦。”

【按】“極”當從宋本《御覽》引作“埏”，“極”、“挻”蓋並“埏”（或“挻”）之形訛。

“埏”通“挻”，訓和、和土、揉。《老子》十一章：“埏埴以爲器。”“埏”，《釋文》出“挻”字。馬叙倫曰：“《說文》無‘埏’字，當依王本作‘挻’，而借爲‘搏’。《說文》：‘搏，以手圜之也。’於義較當。”朱謙之校釋曰：“埏、挻義通，不必改字。《說文》：‘挻，長也，從手從延。’《字林》：‘挻，柔也，今字作揉。’朱駿聲曰：‘凡柔和之物，引之使長，搏之使短，可折可合，可方可圓，謂之挻。’”王念孫《讀書雜志餘編下·丸挻彫琢》：“挻，亦和也。《老子》：‘挻埴以爲器。’河上公曰：‘挻，和也。埴，土也，和土以爲飲食之器。’《太玄·玄文》‘與陰陽挻其化’，蕭該《漢書·叙傳音義》引宋忠注曰：‘挻，和也。’《淮南·精神》篇‘譬猶陶人之剠挻埴也’，蕭該引許慎注曰：‘挻，揉也。’《齊策》：‘桃梗謂土偶人曰：子西岸之土也，挻子以爲人。’高誘曰：‘挻，治也。’義與‘和’並相近。”

“埏”訓揉，引申爲治，下文之“匠”亦訓治（《小爾雅·廣詁》：“匠，治也。”《楚辭·天問》：“孰制匠之。”蔣驥注：“匠，營治也。”），二字相儷，義實可通。又此句之“義”字與下文之“辭”字相對，實爲互文。此兩句之大意當謂：聖人之情性、内理，已被陶鑄於經典之中。

楊氏云：“‘埏乎性情’，與《徵聖》篇‘陶鑄性情’辭意全同。曰‘埏’，曰‘陶鑄’，皆喻教育培養之道也。”此是誤讀舍人之意。曰埏、曰匠、曰陶鑄，均指以文辭表現、寄託聖人之内在情性，如同製作器皿者搏和泥土使之完美成型，非指以文辭“教育培養”人也。

⑥ 故能開學養正。

“正”，宋本、宮本、周本、倪本、汪本、喜多邨本《御覽》六〇八引作“政”，《九經疑難》一引同。

【按】今本無誤。“正”與“政”聲同義通。《經義述聞·詩·無俾正敗》：“《小雅·正月》篇：今兹之正。”王引之按：“古政事之‘政’，或通作‘正’。”《周禮·地官·序官》“黨正”鄭玄注：“正之言政也。”《淮南子·主術訓》：“耳能聽而執正進諫。”孫詒讓校曰：“‘正’與‘政’聲同古通，後文‘執正營事’同。”並其證。又，《諸子》篇“崔寔《政論》”，梅本“政”作“正”，《事類》篇“陳政典之訓”，元至正本、弘治本、汪本、佘本、張本、兩京本、胡本、訓故本等“政”作“正”，亦可證二字舍人通用。

此言《六經》之功用，“養正”與“開學”並列（由舍人不云“開學以養正”推知），當爲兩事，“養正”當即“養政”。

“學”，《集韻》音居效切（jiào）。《廣雅·釋詁》：“學，教也。”王念孫疏證：“學，與敎同。”《經義述聞·周禮·政學》：“都司馬：以國濾掌其政學。引之謹案：學，當讀爲教，政學，即政教也。”此云“開學”，當讀爲“開教”。《華陽陶隱居集·許長史舊館壇碑》：“範鑄羣品，導法裁俗，隨緣開教。”（《茅山志·録金石第十一篇》上引作“導法開俗，隨緣啓教”）《六臣注文選·蔡邕〈郭有道碑文〉》：“童蒙賴焉，用祛其蔽。”張銑注：“童蒙，謂暗於義理也。賴，利；祛，去也。言童蒙之人，利其開教以去蔽惑，皆知禮義也。”並“開教”連文之證。此云六經能開啓民衆教化，呼應上文“鴻教”之義。

“養政”一詞見於《諸子》篇：“野老治國於地利，騶子養政於天文。”“養政”與“治國”相儷，互文見義，“養”可訓治（《孟子·盡心下》：“養心莫善於寡欲。”趙岐注：“養，治也。”），又可訓修養、培養，“養政”猶言培養政治。唐于志寧《諫太子承乾左右非其人書》：“據趙魏之地，擁漳滏之兵，脩德行仁，養政施化，何區區周室而敢窺覦者哉？”（《舊唐書》本傳）亦“養政”連文。連同上下文，其意當謂：《六經》之辭義既已鎔鑄聖人之性情、思想，（蘊含巨大力量），故能開啓教化，培養政治，光照人間，恒久不息。而黃氏輯注引《易·蒙》“蒙以養正，聖功也”作解，不確。

⑦ 聖謨卓絶。

“謨”，黃校：“元作‘謀’，改‘謨’。” 元至正本、馮鈔元本、黃傳元本、倫傳元本、弘治本、弘治活字本、汪本、佘本、隆慶本、張本、王批本、兩京本、胡本、何本、訓故本、謝鈔本、合刻本、梁本、別解本、尚古本、岡本、文津本、王本作"謨"。

徐燉校作"謨"。　沈臨何校本云："'謨'改'謨'。"

楊氏《補正》："《明詩》篇'聖謨所析',亦以'聖謨'爲言。改'謨'是也。《書·僞伊訓》：'聖謨洋洋,嘉言孔彰。'"

【按】元明諸本皆作"謀",梅氏改爲"謨",與唐寫本合,黄氏從之。凌本、秘書本、抱青閣本等明本亦並同梅本。

楊説是,此作"謨"義長。"謨"、"謀"義微別。説見《原道》篇"益稷陳謨"條校。

⑧ **而吐納自深。**

"而",唐寫本引無。　鮑本《御覽》六〇八引有"而",其餘各本《御覽》引並無之。

趙氏《校記》："唐本是也,今本即涉上文而衍。"

楊氏《補正》："二句一意貫注,'而'字實不應有,當據删。"

李氏《斠詮》從唐寫本删"而"字。

【按】趙、楊兩説是,"而"字與上文"然而"犯重,當據唐寫本、《御覽》引删。"吐納自深"與"牆宇重峻"實爲並列關係,有"而"字則成轉折關係。

⑨ **譬萬鈞之洪鍾。**

"鍾",馮鈔元本、弘治活字本、何本、訓故本、謝鈔本、凌本、合刻本、梁本、秘書本、別解本、集成本、尚古本、岡本、文瀾本、王本作"鐘",《詩法萃編》同。

張氏《考異》："鍾、鐘古通。酒器、樂器之別,自漢以後始著。"

【按】梅本作"鍾",與唐寫本、元至正本、弘治本、汪本、佘本、隆慶本、張本、兩京本、胡本、王批本合,黄氏從之。

張説是,作"鍾"無誤。《説文·金部》："鐘,樂鐘也。秋分之音,物種成。"此"鐘"之本義。《莊子·駢拇》："金石絲竹黄鐘大吕之聲,非乎?"《吕氏春秋·適音》："黄鐘之宫,音之本也。"《史記·律書》："故曰須女十一月也,律中黄鐘。"並其例。"鍾",《説文·金部》："酒器也。"又假借爲"鐘"（《周禮·考工記·鳧氏》"鳧氏爲鍾"孫詒讓正義："鍾,'鐘'之假字。"）,訓樂器。《集韻·用韻》："鍾,樂器。"《國語·周語下》："細鈞有鍾無鎛。"韋昭注："鍾,大鍾。"《楚辭·大招》："扣鍾調磬。"王逸注："金曰鍾。"皆其義。可證二字於"樂器"義可通。蓋舍人亦常二字混用，不必强求一律。

⑩ "夫《易》惟談天"至"表裏之異體者也"。

范氏《注》引陳漢章云："《宗經》篇'《易》惟談天'至'表裏之異體者也'二百字，並本王仲宣《荆州文學志》文。'"

楊氏《補正》："《類聚》三八引王粲《荆州文學記官志》無此文，《御覽》六百七所引者亦然。其六百八引'自夫子删述'至'表裏之異體者也'一百餘字，明標爲《文心雕龍》，非《荆州文學官志》也。陳氏蓋據嚴輯《全後漢文》爲言。范氏所注出處，亦係逐録嚴書，皆不曾一檢《藝文類聚》及《御覽》，故爲嚴可均所誤。而嚴可均又由明銅活字本《御覽》（或倪刻《御覽》）致誤。銅活字本《御覽》六百七於引《荆州文學官志》一則後，即接'夫《易》惟談天，……表裏之異體者也'一百八十八字，既有錯簡，又脱書名，嚴可均遂誤爲王粲《荆州文學記官志》中文耳。"

【按】陳説非，楊氏辨正是，此文與王粲《荆州文學記官志》無關。

⑪ 故《繫》稱旨遠辭文。

"文"，梅校："元作'高'，孫（汝澄）改。"　唐寫本、元至正本、黃傳元本、弘治本、弘治活字本、汪本、佘本、隆慶本、張本、王批本、文津本作"高"。　沈臨何校本改"高"爲"文"。　張紹仁校"高"爲"文"。

楊氏《補正》："杜預《春秋左傳集解序》：'言高則旨遠。'《抱朴子内篇·極言》：'其言高，其旨遠。'《陳書·周弘正傳》：'（梁武帝詔）設卦觀象，事遠文高。''言高'、'文高'與'辭高'一實，足見'高'字未誤。"

張氏《考異》："'遠'與'高'，'中'與'隱'，辭義相協，從'高'是。"

李氏《斠詮》從黃本，云："'高'之草書與'文'之行書相近，傳鈔致誤。梅改是。"

【按】元明諸本多作"高"，孫汝澄改爲"文"，與諸本《御覽》六〇八引、馮鈔元本、兩京本、胡本、何本、訓故本、謝鈔本合，梅氏、黃氏從之。

楊、張兩説非是，作"文"自通，毋須改從。《易·繫辭下》："其旨遠，其辭文。"此既云《繫》稱，則當依《繫辭》作"文"。"辭文"，乃從"符采"角度評《易》經，下文評《書》之"昭昭若日月之代明，離離如星辰之錯行，言昭灼也"，評《詩》之"藻辭譎喻"，評《春秋》之"以詳略成文"、"以先后顯旨"、"婉章志晦，諒已邃矣"，以及總評五經之"辭約而旨丰，事近而喻遠"，均從"文采"著眼。如作"辭高”，則指發言高遠，未必關乎文采。楊氏引後人“言高”、“文高”之文爲證，不足據。

⑫《書》實記言。

“記”，唐寫本、諸本《御覽》六〇八引、訓故本、王本、龍谿本作“紀”。

楊氏《補正》：“《御覽》作‘紀’，與唐寫本合，當據改。”

張氏《考異》：“記，《釋名》：‘紀也。’紀，《史記》索隱：‘紀者，記也。’記、紀訓同而辭互相假。《書·益稷》：‘撻以記之。’傳：‘使記識其過。’據此，‘記言’之‘記’，宜從‘記’。”

【按】楊説非是，“記”、“紀”於“記録”義可通，不煩改字。《文選·傅亮〈爲宋公求加贈劉前軍表〉》：“不可勝記。”舊校：“五臣作‘紀’。”《釋名·釋典藝》：“記，紀也，紀識之也。”又《釋言語》：“紀，記也，記識之也。”古書恒見“記言”連文。《漢書·藝文志》：“左史記言，右史記事。事爲《春秋》，言爲《尚書》。”《尚書序》孔穎達疏：“且言者意之聲，書者言之記，是故存言以聲意，立書以記言。”並其證。

⑬ 而訓詁茫昧。

“訓詁”，唐寫本、元至正本、黃傳元本、弘治本、弘治活字本、汪本、佘本、隆慶本、張本、兩京本、胡本、王批本、訓故本、文淵本、文溯本、文津本作“詁訓”。

汪本、張本《御覽》六〇八引同，宋本、宮本、明鈔本、周本、倪本、四庫本、鮑本、喜多邨本《御覽》作“詁訓”。　　馮舒、馮班校作“詁訓”。

楊氏《補正》：“以下文‘詁訓同書’及《練字》篇‘《雅》以淵源詁訓’例之，此自以作‘詁訓’爲得。《後漢書·桓譚傳》：‘皆詁訓大義，不爲章句。’徐幹《中論·治學》篇：‘矜於詁訓。’郭璞《爾雅序》：‘夫《爾雅》者，所以通詁訓之指歸。’《文選·左思〈三都賦序〉》：‘歸諸詁訓。’亦並以‘詁訓’爲言。”

李氏《斠詮》從楊説，校“訓詁”作“詁訓”。

【按】唐元明諸本多作“詁訓”，梅本作“訓詁”，與何本、謝鈔本合，黃氏從之。凌本、合刻本、梁本等明本亦並從梅本。

楊説非是，“詁訓”、“訓詁”通，毋須改從。“詁”，謂故言、意義。《爾雅·釋詁》“釋詁第一”陸德明釋文引《説文》：“詁，故言也。”《漢書·揚雄傳上》：“不爲章句，訓詁通而已。”顔師古注：“詁，謂指義也。”“訓”，謂意義。《爾雅·釋訓》陸德明釋文引張揖《雜字》：“訓者，謂字有意義也。”郝懿行《爾雅義疏》：“蓋訓之一字，兼意、義二端，……意、義合而爲訓。”“訓詁”、“詁訓”，即古言古義。《後漢書·崔駰傳》：“盡通古今訓詁百家之言。”《三國志·蜀書·來敏傳》：“尤精於倉雅訓詁，好是正文字。”並“訓詁”連文之證。

⑭ **故子夏歎《書》，昭昭若日月之明，離離如星辰之行。**

唐寫本“明”上有“代”字，“行”上有“錯”字。

楊氏《補正》：“唐寫本是。舍人此語本《尚書大傳·略說》，而《大傳》原有‘代’、‘錯’二字，當據增。”

李氏《斠詮》增“代”字、“錯”字。

【按】唐寫本有“代”字、“錯”字義長。《尚書大傳·略說下》：“子夏讀《書》畢，見於夫子，夫子問焉，‘子何爲於《書》?’子夏對曰：‘《書》之論事也，昭昭如日月之代明，離離若參辰之錯行。’”(《藝文類聚》五五引)《禮記·中庸》：“辟如四時之錯行，日月之代明。”蓋即舍人語意所本。

⑮ **言昭灼也。**

“昭”，唐寫本作“照”。

楊氏《補正》：“‘照’字是。‘昭’蓋涉上‘昭昭’句而誤。《西京雜記》六‘照灼涯涘’，《文選·謝靈運〈擬魏太子鄴中集詩〉》‘照灼爛霄漢’，又鮑照《舞鶴賦》‘對流光之照灼’，《昭明太子集·詠同心蓮》‘照灼本足觀’，並其證。”

李氏《斠詮》從唐寫本，改“昭”爲“照”。

【按】“昭灼”、“照灼”通，然上文已云“昭昭”，此作“照灼”始避重出。《說文·日部》：“昭，日明也。”又《火部》：“照，明也。”《高僧傳·釋慧遠傳》：“安有弟子法遇、曇徽，皆風才照灼，志業清敏。”《釋迦譜·釋迦近世祖始姓釋緣譜》：“照灼人天，聯綿曠劫，其爲源也邃矣乎!”《文選·鮑照〈行藥至城東橋詩〉》：“尊賢永照灼，孤賤長隱淪。”《玉臺新詠·沈約〈詠桃〉》：“紅英已照灼，況復含日光。”並“照灼”連文之證。

⑯ **溫柔在誦。**

“在”，各本並同。　户田《校勘記補》：“汪本‘在’作‘莊’。”　沈臨何校本改“莊”爲“在”，云：“‘在’字，從弘治本。”　顧廣圻云：“‘在’作莊。’”　顧黃合校本校“在”作“莊”，顧譚合校本同。

户田《校勘記補》：“作‘莊’，形似誤也。”

李氏《斠詮》：“‘在’字自通，不必改字。”

【按】今本自通，諸本《御覽》六〇八引亦並作“在”。《正字通·艸部》：“莊，俗作‘庄’。”蓋“在”先訛作“庄”，又訛作“莊”。《夸飾》篇：“夸飾在用。”句法與此同。“在”，當讀作“載”，訓成。《小爾雅·廣詁》：“載，成也。”《羣經平議·爾雅一》：“在，終也。”俞樾按：“載之言成也，成與終義相近。”《尚書·益稷》：“乃賡載歌曰。”孔安國傳：“載，成也。”則“在誦”猶言成誦。

《禮記·經解》：“其爲人也溫柔敦厚，《詩》教也。”孔穎達疏：“溫謂顏色溫潤，柔謂情性和柔，《詩》依違諷諫，不指切事情。”又云：“若以《詩》辭美刺諷喻以教人，是《詩》教也。”孫希旦集解：“溫柔，以辭氣言。”故“溫柔在誦”與《毛詩序》“吟詠情性，以風其上”、“主文而譎諫”義近。連同下句，其意當爲：“顏色溫潤，情性和柔，諷誦《詩》辭（以教人），最能切近、感動人之内心。”

此文與下文“執而後顯”相對，此言“誦”，而彼言“執”。明郝敬《論語詳解》七“子所雅言，《詩》《書》、執禮，皆雅言也”云：“故《詩》《書》在誦說，而《禮》在持循。”《詩》之用在諷誦，而《禮》之用在執持，與舍人説同。

⑰ **故最附深衷矣。**

唐寫本作“最附深衷矣”。　　宋本、宮本《御覽》六〇八引作“最附衷矣”，明鈔本、周本、倪本《御覽》引作“最附衷矣”，四庫本《御覽》引作“最稱衷矣”，汪本《御覽》作“最稱衷矣”，張本《御覽》引作“故最附深衷矣”，鮑本、喜多邨本《御覽》引作“最附深衷矣”。　　元至正本、馮鈔元本、黃傳元本、弘治本、弘治活字本、汪本、佘本、隆慶本、張本、王批本、謝鈔本、初刻梅本、抱青閣本作“敢最附深衷矣”。　　倫傳元本作“故敢附深衷矣”。兩京本、胡本、訓故本作“敢附深衷”。　　梅六次本、梅七次本作“故附深衷”，集成本、文瀾本、張松孫本同。徐燉云：“‘最’，疑作‘勗’，又疑句誤。”　　沈臨何校本改“敢”爲“故”，云：“‘敢’，一刻‘故’，原改。”

趙氏《校記》：“‘敢’即‘最’之譌而衍者。”

詹氏引橋川《校讀》：“作‘最附深衷矣’尤通。‘敢’字當從唐寫、《御覽》删。梅本改‘敢’作‘故’，亦無謂也。”

李氏《斠詮》校作“最附衷矣”，云：“‘故’字、‘深’字皆後人所臆增，審下文論禮之‘莫非寶也’相對句例删正。”“彦和原文當如《御覽》所引，與《文學志》四字句合。‘故’字、‘深’字皆妄加，‘敢’字又爲‘故’字傳寫之訛。”

【按】梅氏萬曆初刻本作“敢最附深衷矣”，復校本改爲“故最附深衷矣”，梅氏天啓二本又改爲"故附深衷",黄氏從復校本。

橋川説是,此文當從唐寫本作"最附深衷矣"。此與上文非因果關係,"故"字不當有(説見上條)。"故"、"敢"蓋並涉"最"字而誤。《御覽》引作"哀"、"衰",蓋並"衷"字之形訛。

此作"深衷"自通,且語勢較順。"衷",訓懷、心、中心。《文選·顏延之〈五君詠〉》:"頌酒雖短章,深衷自此見。"李善注:"衷,謂中心也。《蒼頡篇》曰:别外之辭也。"何遜《哭吳興柳惲》:"遠識内無愧,深衷外有窺。"並"深衷"連文之證。

⑱ 《禮》以立體。

梅校:"'記',一作'貴'。"黄校:"'以',一作'貴'。一本('體')下有'弘用'二字。"   元至正本、黄傳元本、弘治本、弘治活字本、汪本、佘本、隆慶本作"《禮》季立體"。   倫傳元本、兩京本、胡本、何本、訓故本、復校梅本、凌本、合刻本、秘書本、梅六次本、梅七次本、别解本、集成本、尚古本、岡本、文瀾本、張松孫本、王本、崇文本作"《禮記》立體弘用"。   馮鈔元本、張本、謝鈔本、初刻梅本、彙編本、李本作"《禮記》立體"。   王批本作"《禮記》立弘用"("弘用"二字品排刻)。   徐燉云:"'季',一作'記',爲是。"   沈臨何校本改"季"爲"以",云:"'以'字,從《御覽》。"

詹氏引橋川《校讀》:"'弘用'二字,後人妄附,宜删。"

詹氏《義證》:"作'以'爲是。"

【按】梅氏萬曆初刻本作"《禮記》立體",梅氏復校梅本、天啓二本改爲"《禮記》立體弘用",黄氏據《御覽》引及何校本而改爲"《禮》以立體",與唐寫本合。

黄本是,唐寫本、諸本《御覽》六〇八引亦並作"《禮》以立體"。依上文稱《易》、《書》、《詩》之例,此當作"《禮》",作"《禮記》"者非。楊氏《補正》云:"此段分論諸經,發端皆四字句,此不應獨爲六字句也。"此説是。作"季"者,蓋又"記"之聲訛。"以"與上文"《易》惟談天"之"惟"、"《書》實記言"之"實"皆虚字,文例正同,作"貴"則不協矣。

⑲ 據事剬範。

"剬",唐寫本、梅六次本、梅七次本作"制",集成本、文瀾本、張松孫本同。

楊氏《補正》:"'剬',當以唐寫本改作'制'。"

王氏《校證》、李氏《斠詮》並從唐寫本。

【按】"剬"當從唐寫本作"制",二字形近而誤。《宋書·天文志一》:"張衡爲太史令,乃鑄銅制範。"《舊唐書·崔沔傳》:"我國家由禮立訓,因時制範。"並"制範"連文之證。參見《原道》篇"剬《詩》緝《頌》"條校。

⑳ 採掇生言。

"生",黄校:"疑作'片'。"　唐寫本作"片"。　宋本、宫本、明鈔本、周本、張本、鮑本、喜多邨本《御覽》六〇八引作"片",《淵鑒類函》一九三、朱彝尊《經義考》一三〇引同。　梅六次本、梅七次本作"王",集成本、文瀾本、張松孫本、崇文本同。　文溯本作"片"。　沈臨何校本云:"'生',疑作'片'。"　紀昀云:"'生'字,疑'聖'字之訛。"《詩法萃編》作"片"。

楊氏《補正》:"'片'字是,當據改。"

王氏《校證》:"唐寫本、譚校本及宋本《御覽》正作'片',今從之。《史傳》篇:'貶在片言,誅深斧鉞。'此亦本書作'片言'之證。"

鈴木《黄本校勘記》、李氏《斠詮》並從唐寫本。

【按】梅氏萬曆初刻本及復校本作"生",與元明諸本合,梅氏天啓二本改作"王",黄氏仍從初刻本。

"生言"不辭,"生"當從唐寫本、宋本《御覽》引作"片",二字形近而誤。《史傳》篇云"貶在片言",可爲旁證。又《抱朴子内篇·塞難》:"一事不知,則所爲不通;片言不正,則褒貶不分。"《文選·陸機〈文賦〉》:"立片言而居要。"《陸士衡文集·謝平原内史表》:"片言隻字,不關其間。"並"片言"連文之證。文溯本改作"片",可謂有見地。

㉑ 五石六鷁。

"鷁",唐寫本作"鶂",宋本、宫本、明鈔本、周本、倪本、張本、鮑本、喜多邨本《御覽》六〇八引同。

【按】"鷁"、"鶂"通,毋須改字。《説文·鳥部》:"鶂,鳥也,從鳥兒聲。"《説文》無"鷁"字。《左傳·僖公十六年》:"六鶂退飛過宋都。"陸德明釋文:"(鶂)本或作'鷁',音同。"孔穎達疏:"鶂,字或作'鷁'。"

㉒ 以詳略成文。

"略",四庫本《御覽》六〇八引同,其餘各本《御覽》引並作"備"。

范氏《注》引陳漢章曰::"'五石六鷁,以詳略成文',《文學志》(即《御覽》引)'略'字作'備',與《穀梁傳》所云'盡其辭'合,不當作'略'字。"

李氏《斠詮》從宋本《御覽》引，校"略"作"備"。

【按】今本"略"字無誤，宋本《御覽》引作"備"，蓋"略"之形訛，陳說非是。《春秋·僖公十六年》："十有六年春，王正月戊申，朔，隕石于宋五。""是月，六鶂退飛過宋都。"范甯集解："石無知而隕，必天使之然，故詳而日之；鶂或時自欲退飛耳，是以略而月之。"詹氏《義證》云："此處'詳略成文'，蓋本范甯之說，以月日並記者爲'詳'，僅記月者爲'略'。"此"詳略"即指《春秋》之義例。《春秋左傳正義序》："史有文質，辭有詳略。"孔穎達疏："辭有詳略，謂書策之文，史文則辭華，史質則辭直，華則多詳，直則多略。故《春秋》之文，詳略不等也。螟螽蜚蜮，皆害物之蟲，蜚蜮言有，螟螽不言有。諸侯反國，或言自某歸，或言歸自某……"足資參證。

㉓ **諒以邃矣。**

"以"，唐寫本引作"已"。　張本《御覽》六〇八引作"以"，其餘各本《御覽》引並作"已"。

楊氏《補正》："'已'字較勝。《正緯》篇'亦已甚矣'，句法與此同，可證。"

李氏《斠詮》、詹氏《義證》並校"以"作"已"。

【按】楊說非是，"以"、"已"通，毋須改字。《公羊傳·莊公元年》："羣公子之舍，則以卑矣。"《新序·節士》："己之不欲國以安君，亦以明矣。"句法並與此同，"以"亦同"已"。

㉔ **此聖人之殊致。**

"人"，唐寫本作"文"。　明鈔本《御覽》六〇八引作"人"，其餘各本《御覽》引並作"文"。　徐爌校作"文"。

楊氏《補正》："'文'字是。《漢書·叙傳下·儒林傳述》：'獷獷亡秦，滅我聖文。'即'聖文'二字之所自出。《後漢書·張純曹襃鄭玄傳論》：'自秦焚六經，聖文埃滅。'《弘明集·顏延之〈重釋何衡陽〉》：'藉意探理，不若析之聖文。'《徵聖》篇'聖文之雅麗'，《史傳》篇'實聖文之羽翮'，亦並以'聖文'爲言，皆謂儒家經典也。"

王氏《校證》："唐寫本、《御覽》俱作'聖文'，今據改。《徵聖》篇云：'聖文之雅麗。'《史傳》篇云：'實聖文之羽翮。'此本書作'聖文'之證。"

鈴木《黄本校勘記》、李氏《斠詮》並校"人"作"文"。

【按】楊說、王說非是，此作"人"自通，明鈔本《御覽》引及元明諸本不誤。

“文”與上文“覽文”、“觀辭”字義重出，蓋“人”之形訛。《麗辭》篇：“《易》之《文》《繫》，聖人之妙思也。序《乾》四德，則句句相銜；龍虎類感，則字字相儷；《乾》《坤》易簡，則宛轉相承；日月往來，則隔行懸合：雖句字或殊，而偶意一也。”彼云“聖人之妙思”，此云“聖人之殊致”，句式、語意可互參，並謂聖人善於馭文也。《徵聖》篇：“故知繁略殊制，隱顯異術，抑引隨時，變通適會，徵之周孔，則文有師矣。”可爲聖人行文不拘常法之注脚，亦可與此互相發明。明顧璘《顧璘詩文全集・息園存稿文・贈別王道思序》：“至於文，則明道達意止矣，淺深大小，唯其所造，六經異體，非羣聖人之殊致邪？”語意與舍人所云大同，或可視爲顧氏對舍人此文之解讀。舍人此一節論五經之體，認爲其體各異，蓋因聖人爲文不拘一格，“淺深大小，唯其所造”，此之謂“殊致”也。“殊致”指聖人而言，“表裏”指經體而言，先有聖人之殊致，後乃有五經之異體，其間語意關係甚明。

　㉕ **至根柢槃深**。

　唐寫本作“至於根柢盤固”。

　詹氏引橋川《校讀》：“有‘於’是。”

　楊氏《補正》：“以《總術》篇‘夫不截盤根’例之，作‘盤’前後一律。”

　王氏《校證》、李氏《斠詮》並於“至”下增“於”字。

　【按】今本作“至”自通，毋須增字作解。“至”，相當於“夫”、“故”，僅用以發端，非指時間先後。如《墨子・非攻上》：“至攘人犬豕雞豚者，其不義又甚入人園圃竊桃李。”《樂府》篇：“至宣帝雅詩，頗效《鹿鳴》。……至於魏之三祖，氣爽才麗。”《論説》篇：“至石渠論藝，白虎講聚……”《諧讔》篇：“至魏人因俳説以著笑書……”“至東方曼倩，尤巧辭述。但謬辭詆戲，無益規補。”用法並與此同，例多不徧舉。

　“槃”、“盤”通，毋須改從，楊説未確。《説文・木部》：“槃，承槃也。盤，籀文从皿。”

　今本“深”字自通，毋須改“固”。上文云：“吐納自深。”《總術》篇云：“六經以典奧爲不刊。”“奧”亦深。

　㉖ **是以往者雖舊，餘味日新**。

　“餘”上，唐寫本有“而”字。

　趙氏《校記》：“‘而’字今本脱，當據補。”

　詹氏引橋川《校讀》：“有‘而’字是。”

李氏《斠詮》從唐寫本，"餘"上補"而"字。

【按】諸校是，"餘"上從唐寫本補"而"字義長。舍人常"雖"與"而"搭配使用。如《明詩》篇："袁孫已下，雖各有雕采，而辭趣一揆，莫與爭雄。"《樂府》篇："於是《武德》興乎高祖，《四時》廣於孝文，雖摹《韶》《夏》，而頗襲秦舊。""暨後漢郊廟，惟雜雅章，辭雖典文，而律非夔曠。"並其例。

㉗ **前修文用而未先。**

"文"，黃校："一作'運'。"　唐寫本作"久"。　梅六次本、梅七次本作"運"，集成本、文溯本、文瀾本、張松孫本同。　曹學佺云："'文用'，疑作'運用'。"　沈臨何校本改"文"爲"運"。　《詩法萃編》作"運"。

潘氏《札記》："'久用'是。班固《典引》：'久而愈新，用而不竭。''久用未先'，正本班語。"

楊氏《補正》："唐寫本作'久'，是也。'文'其形誤。'久用'與上句'追取'相對爲文。梅六次本據曹學佺說改作'運'，非是。《後漢書·班固傳》：'(《典引》)扇遺風，播芳烈，久而愈新，用而不竭。'《文選·王儉〈褚淵碑文〉》：'久而彌新，用而不竭。'"

趙氏《校記》、鈴木《黃本校勘記》、范氏《注》、潘氏《札記》、户田《燉煌本》、李氏《斠詮》並從唐寫本。

【按】梅氏萬曆初刻本及復校本作"文"，與元明諸本合，梅氏天啓二本改作"運"，黃氏仍從初刻本。

諸說是，"文用"不辭，"文"當從唐寫本作"久"，二字形近致訛。《中論》上："孔子曰：欲人之信己也，則微言而篤行之，篤行之則用日久，用日久則事著明。"《太平經·去邪文飛明古訣》："其說妄語無後，不可久用。"並可爲"久""用"連文之證。

㉘ **紀傳銘檄。**

"銘"，梅校："朱(謀瑋)云：當作'移'。"　唐寫本作"盟"。　梅六次本、梅七次本作"移"，薈要本、文瀾本、張松孫本同。　清謹軒本作"符"。　徐燗校作"移"。　馮舒云："'銘檄'之'銘'，本當作'移'。"

范文瀾《文心雕龍講疏》從"移"："本書有《檄移》篇，朱說是也。紀傳乃記事之文，檄移明義理之辨，《春秋》蓋其根柢也。"(按，范氏《注》改從"盟"。)

户田《校勘記補》從范氏說，云："《文選》編次，亦'檄移'相接。"

潘氏《札記》：“‘銘’字不當重。《祝盟》篇叙盟與檄之體皆源於《春秋》，作‘盟檄’是也。今本以音同而誤。嚴輯李充《翰林論》云：‘盟檄發於師旅。’亦‘盟檄’連文之證。”

王氏《校證》：“上文云：‘銘誄箴祝，則《禮》總其端。’已出‘銘’字，此不當復及之。《定勢》篇云：‘符檄書移，則楷式於明斷；箴銘碑誄，則體制於弘深。’分別部居，與此正復相同。《御覽》五九七引李充《翰林論》云：‘盟檄發於師旅。’此‘盟檄’連文之證。朱校‘銘’作‘移’，其義近是，但非彥和之舊耳。”

劉氏《校釋》、楊氏《補正》、李氏《斠詮》並從唐寫本。

【按】梅氏萬曆初刻本及復校本作“銘”，與元明諸本合，梅氏天啓二本據朱謀㙔校而改作“移”，黃氏仍從初刻本。

潘氏、王氏説是，“銘”當從唐寫本作“盟”。劉氏《校釋》云：“‘銘’乃‘盟’字音近之譌。”此説是。《明詩》篇：“則明於圖讖。”唐寫本“明”作“萌”，亦由聲近而誤。“盟”又與“明”聲近。《札樸》一：“偃師武億曰：《楚辭·天問》：‘會鼉争盟。’盟、明通用。”《釋名·釋言語》：“盟，明也，告其事於神明也。”可與此互參。

㉙　是仰山而鑄銅，煮海而爲鹽也。

唐寫本“仰”作“即”，“也”上有“者”字。

楊氏《補正》：“唐寫本並是。《史記·吳王濞傳》：‘乃益驕溢，即山鑄錢，煮海水爲鹽。’索隱：‘即者，就也。’《漢書·晁錯傳》：‘上曰：吳王即山鑄錢，煮海爲鹽。’顏注：‘即，就也。’此舍人遣辭所本。則作‘仰’者，乃形近之誤也。”

范氏《注》、户田《校勘記補》、王氏《校證》、張氏《考異》並校“仰”作“即”。

李氏《斠詮》從唐寫本。

【按】此文當從唐寫本作“是即山而鑄銅，煮海而爲鹽者也”，“仰”當作“即”，形近而誤，“者”字亦當增。《定勢》篇云：“此循體而成勢，隨變而立功者也。”句式與此同。

㉚　四則義直而不回。

“直”，唐寫本作“貞”。

王氏《校證》校“直”作“貞”，云：“《明詩》篇‘辭譎義貞’，《論説》篇‘必使時利而義貞’，此本書以‘義貞’連文之證。”

張氏《考異》：“《論説》篇‘時利而義貞’，分用《易·乾卦》語。貞，固也。從‘貞’是。”

楊氏《補正》、李氏《斟詮》、牟氏《譯注》並從唐寫本。

【按】諸說是，“直”從唐寫本作“貞”義長，與“回”對文。《廣雅·釋詁》：“貞，正也。”《尚書·泰誓下》“崇心姦回”孔安國傳、《漢書·賈捐之傳》“執義不回”顏師古注，並云：“回，邪也。”“貞”、“回”義正相反。《北史·文苑傳序》：“河朔詞義貞剛，重乎氣質。”亦云“義貞”，可爲旁證。

㉛ **勵德樹聲**。

“勵”，唐寫本作“邁”。

楊氏《補正》從唐寫本，云：“《左傳·莊公八年》：‘《夏書》曰：皋陶邁種德。’杜注：‘邁，勉也。’又《僖公二十八年》：‘距躍三百，曲踊三百。’杜注：‘百，猶勱也。’《釋文》：‘勱，音邁。’疏本誤‘勱’爲‘勵’，與此同。蓋初由‘邁’作‘勱’，後遂譌爲‘勵’耳。”

李氏《斟詮》校作“勱”，云：“‘勱’原作‘勵’，形誤，唐寫本作‘邁’，亦‘勱’之同音假借字。《說文》：‘勱，勉力也。《周書》曰：用勱相我家邦。’段注：‘勉者，強力也。《左傳》引《夏書》曰皋陶邁種德。’《左傳·莊公八年》杜注：‘稱皋陶勉種功德。邁，勉也。’勱、邁同聲，故得通假。”

鈴木《黃本校勘記》從唐寫本，校“勵”作“邁”。

【按】楊說未確，作“勵”自通，毋須改字。《慧琳音義》六〇“策勵”注：“勵，《說文》作‘勱’，勉力也。”《說文·力部》：“勱，勉力也。”朱駿聲通訓定聲：“勱，字亦作‘勵’。”段玉裁注：“勱，亦作‘邁’。”可知“邁”、“勱”、“勵”於“勉力”義可通。《說文·辵部》朱駿聲通訓定聲：“(邁)假借爲‘勱’。”則“勱”從“力”爲正字，《尚書》“邁種德”之“邁”實爲“勱”之假借字。故此作“邁德”、“勵德”並通。《後漢書·劉虞公孫瓚陶謙傳贊》曰：“襄賁勵德，維城燕北。”李賢注：“勵，勉也。”可爲佐證。

㉜ **三極彝道，訓深稽古**。

鈴木《黃本校勘記》：“三極彝訓’，已見正文，此‘道’、‘訓’二字疑錯置。”

王氏《校證》、張氏《考異》、李氏《斟詮》並從鈴木說。

【按】鈴木說是。《論說》篇：“聖哲彝訓曰經。”《尚書·酒誥》：“聰聽祖考之彝訓。”此“彝訓”連文之證。《易乾元序制記》：“言道深微幽虛恢。”《晉書·樂志下》：“言宣帝聖道深遠。”《晉書·戴邈傳》：“夫儒道深奧，不可倉卒而成。”《南齊書·高帝本紀上》：“朕聞至道深微，惟人是弘。”此“道深”連文之證。

“稽古”，謂恒久。“道深稽古”，照應正文“恒久之至道”之意。《南齊書·武帝本紀》：“宣尼誕敷文德，峻極自天，發輝七代，陶鈞萬品，英風獨舉，素王誰匹，功隱於當年，道深於日月。”即“聖道弘深，稽求往古”之義。

㉝ 致化歸一。

“歸”，唐寫本作“惟”。

楊氏《補正》：“‘惟一’與‘斯五’對，唐寫本是也。‘歸’字蓋涉正文末‘正末歸本’句誤。《書·僞大禹謨》有‘惟精惟一’語。”

【按】“歸”當從唐寫本作“惟”，訓有。《經詞衍釋》三：“惟，有也。《孟子》：‘有罪無罪，惟我在。’《書》：‘乃惟成湯。’”則“惟一”猶言有一。楊氏舉《尚書》“惟精惟一”爲例，於義恐未確。

正　緯　第　四

夫神道闡幽，天命微顯，馬龍出而大《易》興，神龜見而《洪範》燿。故《繫辭》稱：“河出《圖》，洛出《書》，聖人則之。”斯之謂也。但世夐文隱，好生矯誕，① 真雖存矣，僞亦憑焉。

夫《六經》彪炳，而緯候稠疊；《孝》《論》昭晰，② 而鈎讖葳蕤。按經驗緯，③ 其僞有四：蓋緯之成經，④ 其猶織綜，絲麻不雜，布帛乃成，今經正緯奇，倍擿千里，⑤ 其僞一矣。經顯，聖訓也；緯隱，神教也。聖訓宜廣，⑥ 神教宜約，而今緯多於經，神理更繁，其僞二矣。有命自天，迺稱符讖，而八十一篇皆託於孔子，則是堯造《綠圖》，昌制《丹書》，其僞三矣。商周以前，圖籙頻見，春秋之末，羣經方備，先緯後經，體乖織綜，其僞四矣。僞既倍擿，⑦ 則義異自明，經足訓矣，緯何豫焉？⑧

原夫圖籙之見，迺昊天休命，事以瑞聖，義非配經。故河不出《圖》，夫子有歎，如或可造，無勞嘆然。昔康王《河圖》，陳於東序，故知前世符命，⑨ 歷代寶傳，仲尼所撰，序録而已。於是伎數之士，附以詭術，或説陰陽，或序灾異，若鳥鳴似語，蟲葉成字，篇條滋蔓，必假孔氏，⑩ 通儒討覈，謂起哀平，⑪ 東序秘寶，⑫ 朱紫亂矣。至於光武之世，⑬篤信斯術，風化所靡，學者比肩，沛獻集緯以通經，曹褒撰讖以定禮，⑭乖道謬典，亦已甚矣。是以桓譚疾其虛僞，尹敏戲其深瑕，⑮張衡發其僻謬，荀悦明其詭誕，⑯四賢博練，論之精矣。

若乃羲農軒皡之源，山瀆鍾律之要，白魚赤烏之符，⑰黃金紫玉之瑞，⑱事豐奇偉，辭富膏腴，無益經典，而有助文章。是以後來辭人，⑲採摭英華，⑳平子恐其迷學，奏令禁絕；仲豫惜其雜真，未許煨燔。前代配經，故詳論焉。

贊曰：榮河温洛，㉑是孕圖緯。神寶藏用，理隱文貴。世歷二漢，朱紫騰沸。芟夷譎詭，糅其雕蔚。㉒

校箋

① **好生矯誕。**

“誕”，唐寫本作“託”。

詹氏引橋川《校讀》：“‘託’、‘誕’兩通。然下有‘皆託于孔子’句，作‘託’似妥。”

【按】橋川説是，“誕”當從唐寫本作“託”。“誕”，又作“訑”。《洪武正韻·諫韻》：“訑，與‘誕’同。”《史記·龜策傳》：“人或忠信而不入誕謾。”裴駰集解引徐廣曰：“誕，一作‘訑’。”疑此原作“託”，先訛作“訑”，又訛作“誕”。

“誕”，訓虛、詐，然大《易》、《洪範》、圖、書乃天命顯現之真文，“世夐文隱”祇可導致後人假託真文而生偽書，不可云真文自身演化而成“虛誕”。實則“矯託”與“虛誕”爲兩事，此僅言後世緯書之起源而已，不涉及義理之邪正。“矯託”與下文“憑”字照應，“憑”即憑託、依託（聖人）。本篇屢申此意，如“皆託於孔子”、“必假孔氏”，皆可與此互證。又舍人《滅惑論》亦云：“僞託遂滋。”“矯託”與“僞託”義同。

《後漢書·隗囂傳》：“（王莽）鴆殺孝平皇帝，篡奪其位，矯託天命，僞作符書。”《梁書·文帝本紀》：“坐召憲司，卧制朝宰，矯託天命，僞作符書。”並“矯託”連文之證。

② **《孝》《論》昭晢。**

“晢”，梅校：“元作‘哲’，許（天叙）改。” 唐寫本作“晢”，何本、別解本、抱青閣本、尚古本、岡本、文溯本、文津本、文瀾本、張松孫本、崇文本同。　元至正本、黃傳元本、倫傳元本、弘治本、弘治活字本、汪本、佘本、隆慶本、張本、兩京本、胡本、王批本、訓故本、謝鈔本作“晢”。　沈臨何校本改“晢”爲“晢”，云：“許改‘晢’。”　張紹仁校“晢”作“晢”。

戶田《校勘記補》、楊氏《補正》、李氏《斠詮》並從唐寫本作“晢”。

【按】唐元明諸本多作“晢”、“晢”，許天叙改爲“晢”，梅氏、黃氏從之。

“晢”當從唐寫本等作“晢”。《説文·日部》：“晢，昭晰，明也。《禮》曰：‘晰明行事。’”“晢”又作“晰”，並從日，折聲。參見《徵聖》篇“文章昭晰”條校。

③ **按經驗緯。**

“按”，唐寫本作“酌”。

詹氏引橋川《校讀》：“‘酌’字妥。”

斯波《札記》：“‘酌’者，引經據典斟酌之意也。”

【按】橋川、斯波兩家之説非是，今本作“按”自通，毋須改字。“按”訓依、憑、據。《潛夫論·讚學》：“及使從師就學，按經而行。”（汪繼培箋：“按，依也。”）亦云“按經”。《文選·皇甫謐〈三都賦序〉》：“可得按記而驗。”（張銑注：“按，憑也。”）亦云按某而驗某。並可與此互參。

④ **蓋緯之成經。**

顏氏《集注》：“‘成’字乃‘於’字之誤。”

王氏《校證》：“‘成’疑作‘於’，蓋涉下文‘布帛乃成’而誤。”

李氏《斠詮》校“成”爲“於”。

【按】顏、王兩家之説近是，“成”疑當爲“於”之形訛。“於”，訓與，“之於”即“之與”。《戰國策·齊策》：“今趙之與秦也，猶齊之於魯也。”《漢書·杜欽傳》：“況將軍之於主上，主上之與將軍哉？”“之於”與“之與”，互文見義。《史記·張儀傳》：“今秦之與齊也，猶齊之與魯也。”亦云“之與”。

⑤ **倍摘千里。**

“摘”，唐寫本作“摘”。　傳録何沈校本標疑“倍”字。

紀評：“‘摘’，疑作‘適’。倍適，猶曰背馳。”

孫詒讓《札迻》十二：“‘倍摘’，即‘倍摘’，字並與‘適’通。《方言》云：‘適，牾也。’郭注云：‘相觸牾也。’‘倍適’，猶言背牾也。紀以‘倍’爲‘背’，得之。”

黃氏《札記》：“孫云：此與下文‘倍摘’字並與‘適’通。《方言》云：‘適，牾也。’‘倍適’，猶背迕矣。”

斯波《札記》：“原文當是作‘適’或‘摘’，後人因其意難解，故妄改爲‘倍摛’。”

楊氏《補正》：“摛、摘二字本通。猶‘指摘’之爲‘指摛’，‘發摘’之爲‘發摛’也。然以下文‘僞既倍摘’例之，此當以唐寫本作‘摘’，上下始能一律。”

李氏《斠詮》從唐寫本，改“摛”爲“摘”。

牟氏《譯注》：“‘摛’，當作‘適’，抵牾。”

【按】“倍摛”、“倍摘”，均不見於古書。依紀氏説，“倍”即“背”；依孫氏説，“倍摘”當讀作“背迕”，二氏以“背”釋“倍”，頗能得其要。“倍”，訓反，與“背”通。《説文·人部》：“倍，反也。”段玉裁注：“此倍之本義。”《左傳·昭公二十六年》：“倍奸齊盟。”孔穎達疏：“倍，即背也。”《禮記·大學》：“上恤孤而民不倍。”鄭玄注：“民不倍，不相背棄也。”《漢書·賈誼傳》：“下無倍之心。”顏師古注：“倍，讀曰背。”

“摘”，《廣韻·麥韻》音陟革切(zhāi)。“摛”，《廣韻·炙韻》音直炙切(zhì)，訓搔、擲；《麥韻》音陟革切(zhāi)，訓摘取；《錫韻》音他歷切(tī)，訓挑出。二字均不讀“適”施隻切(shì，《廣韻·昔韻》)，古書亦未見二字訓背之例。疑此“摛”字，當如紀評、斯波所言，本即“適”字之形訛。“適”字讀施隻切(shì)，有背迕、抵觸之義。《方言》十三：“適，牾也。”郭璞注：“相觸迕也。”戴震疏證：“《説文》：牾，逆也。”又，《廣雅·釋言》：“適，悟也。”王念孫疏證：“‘牾’與‘悟’通。適之言枝也，適、枝，語之轉。”故此義可與“背”相連。此孫氏以“背迕”釋“倍摛”之依據。黄侃氏於此鸒括孫氏之説以作解，當亦信從之。

紀氏謂“倍適，猶曰背馳”，是以“往”釋“適”，於義亦可通。《爾雅·釋詁上》：“適，往也。”《説文·辵部》：“適，之也。”此紀氏之所據。《漢書·揚雄傳》：“雄見諸子各以其知舛馳。”顏師古注：“舛，相背。”此云“倍適”，義與“舛馳”近。孫氏、紀氏於舍人此文，皆立足“背”義作釋，一解作經緯背反千里，一解作經緯差距千里，所指無乎不同，可謂百慮而一致。

孫氏、楊氏認爲此“倍摛”與下文之“倍摘”實乃一詞，非是。見下“僞既倍摘”條校。

⑥ 經顯，聖訓也；緯隱，神教也。　聖訓宜廣。

兩“聖”字，唐寫本並作“世”。

楊氏《補正》：“唐寫本是。《夸飾》篇：‘雖《詩》《書》雅言，風俗訓世，事必宜廣。’此云‘世訓’（因與下句‘神教’對，故作‘世訓’），彼云‘訓世’，其義一也。”

【按】楊説是，兩"聖"字當從唐寫本作兩"世"字。"世訓"與"神教"相對成文。《出三藏記集・訶梨跋摩傳序》："至若世典《圍陀》，並是陰陽奇術，⋯⋯直以世訓承習，弗爲心要也。遇見梵志，導以真軌。"《弘明集・謝鎮之〈與顧道士書折夷夏論〉》："爰引世訓，以符玄教。"並"世訓"連文之證。

"世訓"，又作"世教"。劉勰《滅惑論》云："禮典世教，周孔所制，論其變通，不由一軌。況佛道之尊，標出三界，神教妙本，羣致玄宗。"亦以"世教"與"神教"相對而言。又云："五經世典，學不因譯，而馬鄭注説，音字互改。"亦以"世"字稱儒家經典之性質。《古微書・禮含文嘉》："英炳巍巍，功平世教。"《漢書・叙傳上》："既縈攣於世教矣，何用大道爲自眩曜。"《三國志・蜀書・龐統傳》："可以崇邁世教，使有志者自勵。"《晉書・劉頌傳》："凡舉過彈違，將以肅風論而整世教。"亦並稱"世"教。

⑦ **僞既倍摘。**

"倍"，黃校："疑作'掊'。" "摘"，何本、合刻本、梁本、別解本、集成本、尚古本、岡本、文津本、文溯本、王本、崇文本作"擿"。 沈臨何校本標疑"倍"字，云："'倍'，疑作'掊'。" 紀昀云："此'倍摘'疑作'備摘'。"

孫詒讓《札迻》十二："'僞既倍摘，則義異自明'，黃注云：'倍疑作掊。'紀云：'疑作備摘。'上文云：'今經正緯奇，倍擿千里'，'倍擿'即'倍摘'，字並與'適'通。⋯⋯黃、紀説並失之。"

斯波《札記》："孫氏説於上文可通，於此則不可通。⋯⋯如黃注所言，'倍'當是'掊'之誤。'掊摘'與'發摘'、'抉摘'結構相同，乃暴露、揭露之意。此言緯書之僞已被充分暴露。"

徐氏《正字》："'倍擿'、'倍摘'，皆疑'倍譎'之訛。本篇贊曰：'芟夷譎詭。'亦用'譎'字。'倍譎'者，爲乖違不合於正也。《莊子・天下篇》云：'而倍譎不同。'云云，正是彥和所本。"

戶田《校勘記補》："掊，普歐切，音剖，擊也。《莊子・逍遥遊》：'吾爲其無用而掊之。''掊摘'，猶言攻擊指摘，《辨騷》篇'摘此四事，異乎經典者也。'燉本'摘'作'指'，可以爲證。"

饒宗頤等《文心雕龍集釋稿》（後簡稱"饒氏《集釋稿》"）："黃注'倍'疑作'掊'，抉摘之意。"

李氏《斠詮》從黃本，云："'倍'與'背'通，非'掊克'之'掊'。"

【按】何本作"擿"，何本以前諸本皆作"摘"，梅氏、黃氏從之。

斯波氏、饒氏並從黃校爲説，甚是。"倍"疑當作"掊"，"摘"字不誤。此"倍摘"與上文之"倍擿"實非一詞，孫氏將二者混同，非是。"倍"、"掊"形聲俱近。《詩·大雅·蕩》："曾是掊克。"孔穎達疏："定本'倍'作'掊'，掊即倍也。"是二字聲近本通。據舍人上下文意，此字如讀作"背反"或"兼倍"義，均不愜，當由形聲並近之"掊"字而致訛，"掊摘"，猶言指摘、抉摘。

"掊"，《廣韻·尤韻》音薄侯切（póu），訓引聚。《説文·手部》："掊，把也。"段玉裁注："掊者，五指杷之，如杷之杷物也。"王筠句讀："把，讀如杷。"《集韻·爻韻》："掊，引取也。"

"摘"，訓摘取。此義舍人常用。如《辨騷》篇："摘此四事，異乎經典者也。"《才略》篇："仲宣溢才，捷而能密，文多兼善，辭少瑕累，摘其詩賦，則七子之冠冕乎？""摘"字用法並與"掊摘"同。又《史傳》篇："故張衡摘史班之舛濫。"《奏啓》篇："張衡指摘於史職。""摘"、"指摘"、"掊摘"，義並可通。"僞既掊摘"，猶言緯書之虛僞性既已抉摘（如上）。斯波氏解作"緯書之僞已被充分暴露"，甚是。

宋戴栩《浣川集》二《題吳明輔文集後》："掊摘世故窮高深，鈎揣物情懸得失。"明王世貞《弇州四部稿·贈兵備副使廣平蔡公遷督山西學政序》："邇者縷析，遠者綱攝，即有所掊摘，惴惴以爲神，而公大指未嘗不在尊禮讓，厚風化也。"並可爲"掊摘"連文之佐證。

紀氏解"摘"爲抉摘，與孫氏不同，甚是，然讀"倍"作"備"則非，因上文已言"羣經方備"，語義不應重出。斯波氏、饒氏解"掊摘"爲"發摘"、"抉摘"，與紀氏同，均爲正解。徐氏認爲"倍摘"與上文"倍擿"疑皆"倍譎"之訛，然云"僞既倍譎"，於義仍不可通。

⑧ 緯何豫焉。

"豫"，唐寫本作"預"。

楊氏《補正》："以《祝盟》篇'祝何預焉'及《指瑕》篇'何預情理'例之，作'預'前後一律。"

【按】楊説非是，"豫"、"預"於"參預"義可通。《玉篇·象部》："豫，逆備也。或作'預'。"《集韻·御韻》："預，通作'豫'。"《文選·謝惠連〈秋懷詩〉》："夷險難預謀。"舊校："善作'豫'字。"故此作"豫"自通，不煩改字。《三國志·

魏書·曹洪傳》裴松之注引《魏略》曰："文帝收洪,時曹真在左右,請之曰:'今誅洪,洪必以真爲譖也。'帝曰:'我自治之,卿何豫也?'"《晉書·謝玄傳》:"子弟亦何豫人事,而正欲使其佳?"《南史·顏協傳》:"我自應天從人,何豫天下士大夫事?"並"何豫"連文之證。

⑨ **故知前世符命。**

"世",唐寫本作"聖"。

斯波《札記》:"唐寫本'世'作'聖',一是與前文'事以瑞聖'呼應,二是避下句'歷代'之'代'的同義語,自此兩點觀之,作'聖'字是。"

楊氏《補正》:"上文明言'圖籙之見,迺昊天休命,事以瑞聖',則此當以作'聖'爲是。"

【按】兩家説是,"世"當從唐寫本作"聖"。"前聖符命",謂預兆前聖之各種符命也。《白虎通德論·五經》:"伏羲始王天下,未有前聖法度,故仰則觀象於天,俯則察法於地。"《漢書·禮樂志》:"今幸有前聖遺制威儀。"並古人用"前聖"之證。

⑩ **必假孔氏。**

"假",唐寫本作"徵"。

楊氏《補正》:"緯書多稱引孔子爲説,唐寫本作'徵'較勝。"

【按】楊説非是,今本作"假"自通,"徵"蓋"假"之形訛。"假",即矯託,照應上文"好生矯託"(依唐寫本)、"八十一篇皆託於孔子"。桓譚《新論》:"讖出《河圖》《洛書》,但有兆朕,而不可知;後人妄復加增依託,稱是孔丘。"(《意林》引)《後漢書·桓譚傳》:"以欺惑貪邪詿誤人主,焉可不抑遠之哉!"李賢注:"《東觀記》載譚書云:'矯稱孔丘,爲讖記,以誤人主也。'"舍人之意蓋本於此。

⑪ **謂起哀平。**

"謂"下,唐寫本有"僞"字,《玉海》三七引同(此據光緒九年刊本,至元六年刊本此文作"謂□起哀平")。

范氏《注》:"《尚書序》正義曰:'緯文鄙近,不出聖人,前賢共疑,有所不取,通人考正,僞起哀平。'《正義》之文,蓋本彥和。唐寫本作'謂僞起哀平',語意最明。又《洪範》正義:'緯候之書,不知誰作,通人討覈,謂僞起哀平。'正與唐寫本合。"

楊氏《補正》：“唐寫本是也。（《書・洪範》）孔疏即襲用舍人語，正有‘僞’字。此文蓋傳寫者求其句整而删耳。《玉海》‘僞’作‘爲’，或由寫刻致誤。”

李氏《斠詮》從唐寫本，“謂”下增“僞”字。

【按】唐寫本是，“謂”下增“僞”字語意方足。宋雷思齊《易圖通變》五、宋魏了翁《尚書要義》十一、宋章如愚《山堂考索》前集一六、明胡渭《易圖明辨》一，並作：“緯候之書，不知誰作，通人討覈，謂僞起哀平。”驪括舍人之文，正有“僞”字，足資旁證。

⑫ **東序秘寶。**

“秘”，唐寫本作“祕”，元至正本、弘治本、汪本、佘本、隆慶本、張本、何本、王批本、訓故本、别解本、集成本、尚古本、岡本、文淵本、文溯本、文津本、王本、崇文本同。

楊氏《補正》：“秘，俗體，作‘祕’是也。……《後漢書・班固傳》：‘（《典引》）御東序之祕寶。’章懷注：‘祕寶，謂《河圖》之屬。’”

【按】元明諸本多作“祕”，與唐寫本合，梅本作“秘”，與兩京本、胡本、謝鈔本合，黃氏從之。

楊説非是，“秘”、“祕”通，毋須改從。《廣韻・至韻》：“祕，密也，神也。俗作‘秘’。”《集韻・至韻》：“秘，密也。”古常用“秘”字。如《楚辭・九章・惜往日》：“秘密事之載心兮。”《論衡・實知篇》：“用思深秘。”《文選・王延壽〈魯靈光殿賦〉》：“乃立靈光之秘殿。”李善注引毛萇《詩傳》：“秘，神也。”

⑬ **至於光武之世。**

唐寫本、《玉海》六三引無“於”字。

楊氏《補正》：“此爲承上叙述之辭，‘於’字不必有，當據删。”

李氏《斠詮》從唐寫本删“於”字。

【按】楊説非是，今本有“於”字自通，不必删。“至於”，與其現代所用之義有别，實則置於句首，用以發端，表示另起一事，相當於“夫”、“故”（與“至”同，參見《宗經》篇“至根柢槃深”條校）。如《樂府》篇：“至於塗山歌於‘候人’，始爲南音。”“至宣帝雅詩，頗效《鹿鳴》。……至於魏之三祖，氣爽才麗。”《頌讚》篇：“至於秦政刻文，爰頌其德。”《祝盟》篇：“至於商履，聖敬日躋，玄牡告天，以萬方罪己，即郊禋之詞也。”《史傳》篇：“至於後漢紀傳，發源東觀。……至於晉代之書，繁乎著作。”並以“至於”發端，引起下文，例多不徧舉。

⑭ **曹褒撰讖以定禮。**

“撰”，唐寫本作“選”。　　尚古本、岡本作“制”。

詹氏引橋川《校讀》：“‘撰’、‘選’兩是。”

楊氏《補正》：“唐寫本是。選讖，即《後漢書》本傳所謂‘雜以五經讖記之文’之意。若作‘撰’，則非其指矣。”

王氏《校證》：“（撰、選）古通。《史記·司馬相如傳》：‘歷撰列辟。’集解引徐廣曰：‘撰，一作選。’是其證。”

李氏《斠詮》從唐寫本，校“撰”作“選”。

【按】楊説非是，今本無誤。此“撰”字不訓撰寫，當訓撰集。《一切經音義》六：“撰，《三蒼》作‘纂’。”《集韻·潸韻》：“撰，或作‘纂’。”“纂”，訓集，“撰”亦集也。《慧琳音義》四九“撰焉”注引《字鏡》：“撰，集也。”《文選·謝莊〈宋孝武宣貴妃誄〉》：“敢撰德於旂旒。”吕向注：“撰，集也。”又魏文帝《與吳質書》：“頃撰其遺文。”李善曰：“《廣雅》曰：撰，定也。”並其證。此言“撰讖”，即雜採、彙集讖記，正可與上句“集緯”相儷。尚古本、岡本臆改作“制”，其義與“撰寫”近，非是。

《後漢書·曹褒傳》：“（章帝）敕褒曰：‘此制散略，多不合經，今宜依禮條正，使可施行。於南宮、東觀盡心集作。’褒既受命，及次序禮事，依準舊典，雜以《五經》讖記之文，撰次天子至於庶人冠婚吉凶終始制度，以爲百五十篇。”所謂“雜以《五經》讖記之文”之“雜”字，即含雜採、撰集之義，可與此“撰”字互證。

⑮ **尹敏戲其深瑕。**

“戲”，黃校：“疑作‘巇’。”　　沈臨何校本云：“‘戲’，疑‘巇’。”　　“深瑕”，唐寫本作“浮假”。

黃氏《札記》：“‘戲’字不誤。《後漢書·儒林傳》曰：‘帝以敏博通經記，令校圖讖，使蠲去崔發所爲王莽箸録次比。敏對曰：讖書非聖人所作，其中多近鄙別字，頗類世俗之辭，恐疑誤後生。帝不納。敏因其闕文增之曰：君無口，爲漢輔。帝見而怪之，召敏問其故。敏對曰：臣見前人增損圖書，敢不自量，竊幸萬一。帝深非之。’此文所謂戲，即增闕事也。”

王氏《校證》：“《鬼谷子》有《抵巇》篇。巇，釁也。此黃改字所本。尋《後漢書·儒林傳》：‘敏因其闕文增之曰：君無口，爲漢輔。’此所謂戲也。《諧讔》篇‘嗤戲形貌’、‘謬辭詆戲’、‘空戲滑稽’，《時序》篇‘戲儒簡學’，用法正與此同，無事獻疑也。"

趙氏《校記》從"浮假",云:"此文與上句'桓譚疾其虛僞'相對成文。"

鈴木《黃本校勘記》:"'浮假'似是,《麗辭》篇:'浮假者無功。'"

范氏《注》:"深瑕,應作'浮假',字形相近而誤。"

劉氏《校釋》從"浮假",云:"蓋敏欲開悟光武,使知圖讖本前人浮僞之所,不可信,故戲增闕文也。"

斯波《札記》:"'浮假'者,無根據之意也。"

楊氏《補正》:"(浮假)謂其虛而不實也。《麗辭》篇'浮假者無功',亦以'浮假'連文,可證。"

李氏《斠詮》從唐寫本,校"深瑕"作"浮假"。

【按】諸家校"深瑕"是,校"戲"則非,疑此文當作"尹敏詆其浮假"。

"深瑕",義不可通,當從唐寫本作"浮假",四字形近致訛。《麗辭》篇:"然契機者入巧,浮假者無功。"亦"浮假"連語。"浮假"謂虛浮不實。《真誥·稽神樞》:"有一女人來洞口住,勤於灑掃,自稱洞吏,頗作巫師占卜,多雜浮假。""浮假"之義與此正同。《申鑒·俗嫌》:"世稱緯書仲尼之作,臣悅叔父爽辨之,蓋發其僞也。""浮假"即"僞"義。

"戲"字,何校、黃注均疑有誤,然作"巇"愈不可解。"戲"疑當爲"詆"之形訛。《四庫全書總目提要·子部·雜家類存目三》"《戲瑕》三卷"條:"其名《戲瑕》者,取劉勰所云'尹敏戲其深瑕'義也。然此語出《文心雕龍·正緯》篇,'戲'字頗無義理,故朱謀㙔等校本皆以爲'詆'字之誤,其說不爲無見。"云朱謀㙔等校本皆以爲"詆"字之誤,不知何據,然此作"詆"字於義實長。

《說文·言部》:"詆,苛也。一曰訶也。"《集韻·齊韻》:"詆,詆訶也。"舍人常用"詆"字,如《奏啓》篇:"近世爲文,競於詆訶。"《知音》篇:"季緒好詆訶,方之於田巴。"《程器》篇:"韋誕所評,又歷詆羣才。"並其例。此作"詆",與上句"疾其虛僞"之"疾"對文,"詆其浮假(依唐寫本)",猶言指斥其爲浮假,尹敏評讖書曰"非聖人所作,其中多近鄙別字,頗類世俗之辭,恐疑誤後生",正含詆訶之意。

⑯ **荀悅明其詭誕。**

"誕",唐寫本作"託"。

楊氏《補正》校"誕"作"託",云:"《申鑒·俗嫌》篇:'世稱緯書仲尼之作也。……終、張之徒之作乎?'詭託，即'終張之徒之作'之意。《晉書·藝術傳序》:'然而詭託，近於妖妄。'亦以'詭託'爲言。"

李氏《斠詮》從唐寫本，校"誕"作"託"。

【按】楊説是，"誕"當從唐寫本作"託"，二字形近致訛。此照應上文"矯託"(依唐寫本)、"託於孔子"、"假"等語意。《晉書·藝術傳》:"所謂神道設教，率由於此。然而詭託近於妖妄，迂誕難可根源，法術紛以多端，變態諒非一緒，真雖存矣，僞亦憑焉。"《宋書·鄭鮮之傳》:"詭託之事誠或有之，豈可虧天下之大教，以末傷本者乎?"《廣弘明集·釋道安〈二教論〉》:"詭託老言，捃採譎詞，以相扶助，復引實談，證其虛説。"並"詭託"連文之證。參見上"好生矯誕"條校。

⑰ **白魚赤烏之符。**

"烏"，唐寫本作"雀"。

楊氏《補正》:"《史記·周本紀》:'武王渡河中流，白魚躍入王舟中，武王俯取以祭。既渡，有火自上復於下，至於王屋，流爲烏，其色赤，其聲魄云。'《尚書中候·雒師謀》:'有火自天，出於王屋，流爲赤烏。'鄭玄注云:'文王得赤雀《丹書》，今武王致赤烏。'(《御覽》八四引)《論衡·初稟篇》:'文王得赤雀，武王得白魚、赤烏。'是赤雀爲文王事，赤烏爲武王事矣。然古亦混言不別，《吕氏春秋·應同》篇:'及文王之時，天先見火，赤烏銜《丹書》集于周社。'是以赤烏屬之文王也。舍人此文，殆原作'赤雀'，傳寫者求其與'白魚'同爲武王事而改之耳。"

張氏《考異》:"如以'赤雀'爲文王事，則應作赤雀、白魚矣。舍人原文當作'烏'，不作'雀'。此或傳寫之誤。"

【按】楊説非是，此作"烏"自通，毋須改字。"白魚"、"赤烏"古常對舉，以指祥瑞。如《漢書·蓋寬饒傳》:"昔武王、周公承順天地，以饗魚、烏之瑞。"顏師古注:"謂伐紂時，有白魚、赤烏之瑞也。"《論衡·語增篇》:"武王之符瑞不過高祖，武王有白魚、赤烏之祐。"並其證。

⑱ **黄金紫玉之瑞。**

"金"，唐寫本作"銀"。

范氏《注》:"作'銀'是。《禮斗威儀》:'君乘金而王，其政象平，黄銀見，紫玉見于深山。'"

斯波《札記》:"黄銀、紫玉見於深山，恐較近於原文。"

饒氏《集釋稿》："唐寫本作'黃銀'。唐本是也，今據改。《禮斗威儀》：……其他《禮》緯殘文有及此者。……又'君乘金而王，則黃銀見。'（《御覽》卷八一二）'君乘金而王，其政平，則黃銀見於深山。'（《藝文類聚》卷八三）"

王氏《校證》、張氏《考異》、李氏《斠詮》並從唐寫本。

【按】諸説是，"金"從唐寫本作"銀"義長。作"金"者，蓋欲求與"玉"字對文，非是。古常"黃銀"、"紫玉"連用。如《宋書·符瑞志下》："王者不藏金玉，則黃銀紫玉光見深山。"任昉《齊明帝謚議》："若乃青丘丹陵之國，黃銀紫玉之瑞，幽符遠萃，詢德報功。"（《藝文類聚》十四引）並其證。

《緯略》五《黃銀》："按《禮斗威儀》曰：'君乘金而王，則黃銀見。'當是瑞物。《北史》：'辛公義爲牟州刺史時，山東霖雨，自陳汝至於滄海，皆苦水災，境內大麥獨無所損，山產黃銀，獲之以獻。'益知其爲異物。又虞世南書夫子廟堂碑，太宗賜之王羲之黃銀印一枚，有表以謝，若以黃銀爲鍮，是恐不然。按《唐書》高宗上元元年詔，九品服淺碧，並鍮石帶八胯，唐固自有鍮帶也。又按唐慎微《證本草》載霞子曰：'丹砂伏火，化爲黃銀，能重能輕，能神能靈。'唐日華《子論》曰：'銀凡十七品，水銀銀、白錫銀、曾青銀、土碌銀、生鐵銀、生銅銀、硫黃銀、砒霜銀、雄黃銀、雌黃銀、鍮石銀，惟有至藥銀、山澤銀、草砂銀、丹砂銀、黑鉛銀五者爲真，餘則假也。'《本草》曰：'丹砂、雄黃、雌黃，皆殺精魅。'所謂黃銀者，非丹砂銀，即雌黃、雄黃銀也。太宗賜帶之時，如晦已死，故帝曰'黃銀，鬼神畏之也'。顯慶中，監門衛長史蘇恭撰《唐本草》，其中稱'黃銀作器辟惡'，益知黃銀爲瑞物也。方勺《泊宅編》曰：'黃銀出蜀中，南人罕識，朝散郎顏京監在京抵當庫，有以十釵質錢者，其色黃，與上金無異，上石則正白。'此説尤分明。"可知黃銀自古即被視爲祥瑞。

⑲ 是以後來辭人。

"後"，唐寫本作"古"。

楊氏《補正》："舍人就其身世以前言，故云'古來辭人'。後《頌讚》《事類》《指瑕》《物色》《知音》《序志》六篇，亦均有類似辭句。唐寫本作'古'，是也。"

【按】楊説是，"後"當從唐寫本作"古"。蓋"後"可假"后"爲之（如《禮記·大學》："知止而后有定。"），"古"、"后"形近而致訛。"古來"，謂自古以來。《潛夫論·明忠》："人君之稱，莫大於明；人臣之譽，莫美於忠。此二德者，古來君臣所共願也。"《抱朴子內篇·金丹》："然則此二事蓋仙道之極也，服此而不仙，則古來無仙矣。"並"古來"連文之證。

⑳ 採摭英華。

"採",唐寫本作"捃"。　　張甲本作"援"。　　文溯本作"撫"。

楊氏《補正》:"以《事類》篇'捃摭經史'又'捃摭須覈'例之,唐寫本作'捃',是也。《史記·十二諸侯年表》:'及如荀卿、孟子、公孫固、韓非之徒,各往往捃摭《春秋》之文以著書。'《漢書·刑法志》:'於是相國蕭何攈摭秦法。'顏注:'攈摭,謂收拾也。'又《藝文志》:'武帝時,軍政楊僕捃摭遺逸,記奏兵法。'顏注:'捃摭,謂拾取之。'並以'捃摭'二字連文。"

王氏《校證》、張氏《考異》、李氏《斠詮》並從唐寫本。

【按】楊氏從唐寫本,非是,今本作"採摭"自通,毋須改字。《春秋繁露·盟會要》:"采摭託意,以矯失禮。"《漢書·司馬遷傳贊》:"至於采經摭傳,分散數家之事,甚多疏略。"《漢紀·孝武皇帝紀》"采經摭傳"作"採摭經傳"。《文選·孔安國〈尚書序〉》:"博考經籍,採摭羣言。"《晉書·禮志上》:"承秦滅學之後,採摭殘缺,以備郊祀。"並"採(采、採通)摭"連文之證。

㉑ 榮河溫洛。

"榮",唐寫本作"采"。　　元至正本、馮鈔元本、倫傳元本、弘治本、弘治活字本、隆慶本、兩京本、何本、謝鈔本、初刻梅本、復校梅本、凌本、合刻本、梁本、秘書本、梅六次本、梅七次本、彙編本、別解本、集成本、尚古本、岡本、文瀾本、張松孫本、崇文本作"榮"。　　沈臨何校本云:"'榮',謂榮光也。一作'榮',非。"

詹氏引橋川《校讀》:"從原典作'榮'是,'榮'或'熒'之誤。"

斯波《札記》:"'榮河',指河水煥發榮光。前文'堯造綠圖'處引《尚書中候》'榮光起河,休氣四塞',鄭注云:'榮光者,五色之光也。'"

楊氏《補正》:"'采'、'榮'二字並誤。《抱朴子》佚文:'翫榮河者,若浮南濱而涉天漢。'(《書鈔》一百五十引)《文選·江淹〈詣建平王上書〉》:'榮光塞河。'李注:'《尚書中候》曰:成王觀於洛河,沈璧,禮畢,王退。俟至於日昧,榮光並出幕河。'《初學記》九帝王部事對:'溫洛榮河。'《事類賦》七地部水:'溫洛榮河之瑞。'並引《易乾鑿度》及《尚書中候》以注,尤爲切證。"

詹氏《義證》:"《訓故》:'《尚書中候》:帝堯即政,榮光出河,休氣四塞。'此見《握河紀》。又:'《易乾鑿度》:帝盛德之應,洛水先溫,九日乃寒。'《集釋稿》引,下有一句'五日變爲五色'(《初學記》卷九引)。"

【按】梅本作"滎",與元至正本、弘治本、隆慶本、兩京本、胡本、何本、謝鈔本合,黃氏改作"滎",與汪本、張本、王批本、訓故本合。

何焯説是,黃本無誤,"滎"、"采"蓋並"滎"之形訛。《説文・水部》:"滎,絶小水也。"於義無取。"滎",訓光明。《釋名・釋言語》:"滎,猶熒也,熒熒照明貌也。"與《尚書中候》"滎光出河"之義正合。

㉒ **糅其雕蔚。**

"糅",唐寫本作"採"。　兩京本、胡本作"揉"。

詹氏引橋川《校讀》:"如作'糅',意不通暢,作'採'甚是。"

楊氏《補正》:"'糅'、'揉'並誤。唐寫本作'採',是也。'採其雕蔚',即篇末'捃摭英華'之意。"

王氏《校證》:"'採'承'芟夷'而爲言也。"

李氏《斠詮》從唐寫本,校"糅"作"採"。

【按】諸家之説非是,作"糅"自通,毋須改字。蓋"糅"一作"揉",傳寫者訛作"採"。"糅",訓雜。《國語・楚語下》:"民神雜糅。"《楚辭・九章・懷沙》:"同糅玉石兮。"《文選・曹植〈七啓〉》:"糅以芳酸。"又左思《蜀都賦》:"糅以蘋蘩。"並其證。"糅其雕蔚",即雜採融匯其雕蔚之辭義,亦可照應正文"採摭英華"之意。正文云"仲豫惜其雜真","雜"即雜糅之意。

舍人主張文家雜採緯書祥瑞之辭,亦不過欲偉其事而已。《時序》篇:"今聖歷方興,文思光被,海岳降神,才英秀發,馭飛龍於天衢,駕騏驥於萬里。"所謂"海岳降神",即祥瑞應運而生,舍人以此渲染新登祚帝王之神聖,可爲文章中"糅其雕蔚"之實例。又《正緯》篇:"夫神道闡幽,天命微顯,馬龍出而大《易》興,神龜見而《洪範》燿。故《繫辭》稱:'河出《圖》,洛出《書》,聖人則之。'斯之謂也。"舍人推原文字之肇始而引馬龍、神龜之瑞爲説,以渲染其誕生之莊嚴,增益其神性光芒,亦屬文學中雜糅緯學者也。蓋舍人出身道教世家,故其興趣所至,既服膺稷下騶子之學,亦不廢緯書也。

辨　騷　第　五①

自《風》《雅》寢聲,莫或抽緒,奇文鬱起,其《離騷》哉!固已軒翥詩人之後,奮飛辭家之前,豈去聖之未遠,而楚人之多才乎?昔漢武愛《騷》，而淮南作《傳》，以爲《國風》好色而不淫，《小雅》怨誹而不亂，若《離騷》者，可謂兼之，蟬蛻穢濁之中，浮游塵埃之外，皭然涅而不緇，雖與日月爭光可也。班固以爲露才揚己，忿懟沉江，羿澆二姚，與《左氏》不合，崑崙懸圃，非經義所載，然其文辭麗雅，[②]爲詞賦之宗，雖非明哲，可謂妙才。王逸以爲詩人提耳，屈原婉順，《離騷》之文，依經立義，駟虬乘翳，[③]則時乘六龍；崑崙流沙，則《禹貢》敷土。名儒辭賦，莫不擬其儀表，所謂金相玉質，百世無匹者也。及漢宣嗟歎，以爲皆合經術；[④]揚雄諷味，[⑤]亦言體同《詩·雅》。四家舉以方經，而孟堅謂不合傳，褒貶任聲，抑揚過實，可謂鑒而弗精，翫而未覈者也。

　　將覈其論，必徵言焉。故其陳堯舜之耿介，稱湯武之祗敬，[⑥]典誥之體也。譏桀紂之猖披，傷羿澆之顛隕，規諷之旨也。虬龍以喻君子，雲蜺以譬讒邪，比興之義也。每一顧而淹涕，[⑦]歎君門之九重，忠怨之辭也。觀茲四事，同於《風》《雅》者也。至於託雲龍，說迂怪，[⑧]豐隆求宓妃，鳩鳥媒娀女，[⑨]詭異之辭也。康回傾地，夷羿彈日，[⑩]木夫九首，土伯三目，譎怪之談也。依彭咸之遺則，從子胥以自適，狷狹之志也。士女雜坐，亂而不分，指以爲樂，娛酒不廢，沉湎日夜，舉以爲懽，荒淫之意也。摘此四事，異乎經典者也。故論其典誥則如彼，語其夸誕則如此。固知《楚辭》者，體慢於三代，[⑪]而風雅於戰國，[⑫]乃《雅》《頌》之博徒，而詞賦之英傑也。觀其骨鯁所樹，[⑬]肌膚所附，雖取鎔經意，[⑭]亦自鑄偉辭。故《騷經》《九章》，朗麗以哀志；《九歌》《九辯》，綺靡以傷情；《遠遊》《天問》，瓌詭而惠巧；《招魂》《招隱》，[⑮]耀豔而深華；[⑯]《卜居》摽放言之致，[⑰]《漁父》寄獨往之才。[⑱]故能氣往轢古，辭來切今，驚采絕艷，難與並能矣。

　　自《九懷》以下，遽躡其跡，而屈宋逸步，莫之能追。故其敘情怨，則鬱伊而易感；述離居，則愴怏而難懷；論山水，則循聲而得貌；言節候，則披文而見時。是以枚賈追風以入麗，馬揚沿波而得奇，其衣被詞人，非一代也。故才高者菀其鴻裁，[⑲]中巧者獵其艷辭，吟諷者銜其山川，童蒙者拾其香草。若能憑軾以倚《雅》《頌》，懸轡以馭楚篇，酌奇而不失其真，[20]翫華而不墜其實，則顧盼可以驅辭力，[21]欬唾可以窮文致，亦不復乞靈於長卿，假寵於子淵矣。

　　贊曰：不有屈原，[22]豈見《離騷》？驚才風逸，壯志煙高。[23]山川無極，情理實勞。金相玉式，艷溢鎔毫。[24]

校箋

　　① **辨騷第五。**

　　"辨"，元至正本、弘治本、汪本、佘本、隆慶本、張本、兩京本、何本、王批本、訓故本、合刻本、秘書本、別解本、尚古本、岡本、文淵本、文溯本、文津本、王本、崇文本作"辯"，《古論大觀》三五、《文儷》十三、《諸子彙函》二四引同。　傳録何沈校本云："沈本作'辯'。"

　　詹氏引橋川《校讀》："《說文·辡部》：'辯，治也。'段注云：'俗多與辨不別。'辯、辨二字同音義近，非關假借，通用已久。"

　　【按】元明諸本多作"辯"，梅本作"辨"，與唐寫本、謝鈔本合，黃氏從之。《楚辭》王逸注及洪興祖補注、《郡齋讀書記》十七、《野客叢書》十、《困學紀聞》六及十七、《玉海》五四引亦並作"辨"。

　　黃本無誤，"辨"、"辯"古通。《說文·辡部》："辨，判也。"又云："辯，治也。"段玉裁注："俗多與辨不別。"二字並可訓正、辨正、糾正。《玉篇·辛部》："辯，正也。"《儀禮·士相見禮》："凡燕見於君，必辯君之南面。"鄭玄注："辯，猶正也。"《禮記·曾子問》："康子拜稽顙於位，有司弗辯也。"孔穎達疏："（有司）畏季子之威，不敢辯正。"《禮記·玉藻》："辨色始入。"鄭玄注："辨，猶正也，別也。"《禮記·樂記》："樂師辨乎聲詩。"鄭玄注："辨，猶別也，正也。"《周禮·考工記·矢人》："水之以辨陰陽。"鄭玄注："辨，猶正也。"

　　二字又通"變"，訓變化、改變。《廣雅·釋言》："辯，變也。"《莊子·逍遙遊》："而御六氣之辯。"成玄英疏："辯者，變也。"《荀子·臣道》："故因其懼也而改其過，因其憂也而辨其故。"王念孫《讀書雜志》："辨，讀爲變，'變其故'，謂去故而就新也。變亦改也。"

　　"辨《騷》"，即辨正《離騷》之體制。《序志》篇又云："變乎《騷》。"意爲須改變、矯正《楚辭》之"艷"，轉而趨向"雅麗"。故此"辨"字實與"正緯"之"正"字義近。

② **然其文辭麗雅。**

唐寫本無"辭"字。

詹氏引橋川《校讀》："'其文辭麗雅',本班固《序》,無'辭'字,似是。"

張氏《考異》："'文辭'與次句辭賦之'辭'犯重,從唐寫本是。"

【按】張説是,"辭"字當從唐寫本刪。班固《離騷序》："然其文弘博麗雅,爲辭賦宗。"(王逸《楚辭章句》注引)可爲旁證。

③ **駉虬乘鷖。**

"駉",唐寫本、元至正本、馮鈔元本、黃傳元本、倫傳元本、弘治本、弘治活字本、汪本、佘本、隆慶本、張本、兩京本、何本、訓故本、謝鈔本、初刻梅本、復校梅本、凌本、合刻本、梁本、秘書本、梅六次本、梅七次本、彙編本、別解本、抱青閣本、集成本、尚古本、岡本、文淵本、文溯本、文津本、文瀾本、張松孫本、王本、崇文本作"駉",文淵輯注本、文溯輯注本、文瀾輯注本同,《廣廣文選》十七、胡氏《續文選》十二、《古論大觀》三五、《文儷》十三、《諸子彙函》二四、《讀書引》十二、《詩法萃編》引同。　翰墨園本、掃葉本作"駧"。　沈臨何校本改"駉"爲"駉"。　陳鱣校作"駉",云:"(駉)按《楚詞》作'駉'。"　"鷖",訓故本作"鷺"。文溯本、文溯輯注本作"鷺",《諸子彙函》二四引同。　郝懿行改作"鷺"。

鈴木虎雄《燉煌本文心雕龍校勘記》(後簡稱"鈴木《燉煌本校勘記》")："洪興祖本'駉'作'駉','鷖'作'鷺',可從。"

鈴木《黃本校勘記》："洪本'鷖'作'鷺',可從,諸本皆誤。"

楊氏《補正》："駧、駉(駉之僞體)並誤,當據各本改作'駉'。""《離騷》:'駉玉虬以乘鷺兮。'舊校云:'鷺,一作鷖。'是鷺、鷖二字古本相通,不能謂爲'諸本皆誤'。"

王氏《校證》、李氏《斟詮》並作"駉"、"鷺"。

【按】唐元明諸本皆作"駉",黃氏所據之底本梅本亦作"駉",不誤,黃氏不應不顧《離騷》本文而遽改爲"駉",又,黃氏輯注出條目作"駉虬",可知此字當爲誤刻。

"駧"當據《離騷》及諸本改作"駉","駧"、"駉"蓋並"駉"之形訛。《附會》篇:"是以駉牡異力。""駉"字不誤。

"鷖"、"鷺"同,毋須改字。《山海經·海內經》:"名曰鷺鳥。"郝懿行箋疏:"《史記·司馬相如傳》張揖注及《文選·思玄賦》注、《後漢書·張衡傳》注引此經並作'鷰鳥',《上林賦》注仍引作'鷖鳥'。"《廣雅·釋鳥》:"鷖鳥,鳳皇屬也。"
王念孫疏證:"《海内經》:'蜮山有五采之鳥,飛蔽一鄉,名曰鷖鳥。'郭璞注云:
'鳳屬也。'引《離騷》云:'駟玉虬以乘鷖。'今《離騷》'鷖'作'鷰'。"

④ 以爲皆合經術。

"皆",王批本作"旨"。　　"術",唐寫本作"傳"。

【按】此文諸家皆不校,然"皆"字實誤,當從王批本作"旨",二字形近而致
訛。《詮賦》篇"原夫登高之旨"之"旨",何本、尚古本並作"皆",是二字易訛之
證。"旨",訓意、志,與下句"體同《詩》《雅》"之"體"相儷,如作"皆",則詞性失
對矣。上文"依經立義"之"義",下文"取鎔經旨(依唐寫本)"之"旨",皆指《離
騷》之意義而言。《漢書·王褒傳》:"(宣帝)徵能爲《楚辭》九江被公,……(上
曰)辭賦大者與古詩同義,……辭賦比之,尚有仁義風諭。"可知宣帝乃強調《楚
辭》等内涵上符合詩教之旨,並無涉及《楚辭》篇目之範圍。《漢書·藝文志》亦
云:"大儒孫卿及楚臣屈原離讒憂國,皆作賦以風,咸有惻隱古詩之義。其後宋
玉、唐勒……没其風諭之義。"亦云《楚辭》符合《詩》義。

"術",唐寫本作"傳",非是。范氏《注》云:"後有'而孟堅謂不合傳'句,不
應重。"此說甚是。《白虎通德論·辟雍》:"故十五成童志明,入太學,學經術。"
《漢書·律曆志上》:"是時御史大夫兒寬明經術。"並"經術"連文之證。

⑤ 揚雄諷味。

"諷",唐寫本作"談"。　　"味",秘書本作"詠",《雅倫》三引同。　　王本作
"咏",《荆川稗編》七三、《古論大觀》三五引同。　　褚德儀云:"'味',疑'咏'字之譌。"

楊氏《補正》:"'談'、'詠'二字並誤。《晉書·袁宏傳》'(王)珣諷味遺典',
《世說新語·鑒賞》篇'諷味遺言',《弘明集》十二釋慧遠《與桓太尉論料簡沙門
書》'二者諷味遺典',《廣弘明集》三阮孝緒《七録序》'講說諷味,方軌孔籍',
《顏氏家訓·文章》篇'孝元諷味,以爲不可復得',並'諷味'連文之證。"

【按】楊說非是,此作"詠"義長。唐寫本作"談",明此字或本從言,不從
口,"談"字於此既無義,則當爲"詠"字之訛,而非"味"字之訛。蓋此本作"詠",
因"詠"又作"咏",後遂訛作"味"。"諷詠",猶諷誦詠歎也。《漢書·藝文志》:
"誦其言謂之詩,詠其聲謂之歌。"又:"《書》曰:詩言志,歌詠言。"顏師古注:"詠
者,永也。永,長也,歌所以長言之。"上文云"嗟歎",此以"諷詠"對之,兩詞均
爲並列結構,四字皆屬吟詠唱歎之義。"味"訓美。《文選·潘岳〈楊仲武誄〉》:

"味道研機。"呂向諸:"味,美也。"若作"味",則無關詠聲之道,與"嗟"、"歎"、"諷"不協矣。

"諷詠"乃古之常言。如《論衡·氣壽篇》:"後《鴟鴞》作,而《黍離》興,諷詠之者,乃悲傷之。"又《程材篇》:"被服聖教,日夜諷詠,得聖人之操矣。"《晉書·袁宏傳》:"會宏在舫中諷詠,聲既清會,辭又藻拔。"《世說新語·輕詆》:"及劉真長死,孫流涕,因諷詠曰:人之云亡,邦國殄瘁。"《宋書·王華傳》:"華每閑居諷詠,常誦王粲《登樓賦》曰。"並其證。

⑥ 稱湯武之祇敬。

"湯武",唐寫本作"禹湯",《楚辭補注》、《楚紀》二一、《廣廣文選》十七、《詩源辯體》二、《繹史》一三二引同。　元至正本、兩京本作"湯禹"。　"祇",元至正本、馮鈔元本、弘治本、汪本、佘本、隆慶本、張本、兩京本、何本、王批本、訓故本、謝鈔本、初刻梅本、復校梅本、凌本、合刻本、梁本、秘書本、梅六次本、梅七次本、彙編本、別解本、抱青閣本、集成本、尚古本、岡本、文淵本、文溯本、文津本、文瀾本、張松孫本、王本、芸香堂本、翰墨園本、崇文本、龍谿本作"祇",《文儷》十三、《諸子彙函》二四、《讀書引》十二引同。

楊氏《補正》:"《離騷》'湯禹儼而祇敬兮',又'湯禹嚴而求合兮',並作'湯禹'。《九章·懷沙》'湯禹久遠兮',亦作'湯禹'。疑舍人此文,原從《離騷》作'湯禹',傳寫者以爲失叙,乃改爲'湯武'耳。若本作'禹湯',恐不致誤也。《漢書·宣元六王傳》:'湯禹所以成大功也。'《論衡·知實篇》:'雖湯禹之察,不能過也。'其叙'湯'、'禹'次第,與《離騷》同,亦可作爲旁證。"

范氏《注》、王氏《校證》、李氏《斠詮》並校"湯武"作"禹湯"。

【按】楊說是。"湯禹"、"禹湯"並古之常語,然此從元至正本、兩京本作"湯禹",始與《楚辭》合。"武"字蓋後人臆改。《楚辭·九章·懷沙賦》:"湯禹久遠兮,邈不可慕也。"《呂氏春秋·審分覽》:"堯舜之臣不獨義,湯禹之臣不獨忠。"《漢書·食貨志》:"今海内爲一,土地人民之衆,不避湯禹。"並"湯禹"連文之證。

"祇"字元明諸本皆作"祇",與《離騷》合,黃本忽作"祇",或爲臆改,或爲誤刻,然實與唐寫本合。唐寫本此字寫作"𥘅",趙萬里先生讀作"祇",潘重規先生讀作"祇"。驗之以今本《祝盟》篇"所以寅虔於神祇"之"祇"字,唐寫本寫作"𥙊"(祇),《雜文》篇"於焉祇攬"之"祇"字,唐寫本寫作"𥘅"(祇),字體皆與

"衹"有別,可證此字唐寫本當作"祇"。

舊本作"祇"無誤。《爾雅·釋詁》:"祇,敬也。"《離騷》:"湯禹儼而祇敬兮。"洪興祖補注:"祇,敬也。""衹"、"祇"通。《正字通·示部》:"祇,與'衹'通。"如《尚書·冏命》:"下民祇苦。"孔安國傳:"下民敬順其命。"《管子·牧民》:"不祇山川,則威令不聞。"並其義。此仍從元明諸本作"祇"較長,不必從唐寫本改爲"衹"。

⑦ **每一顧而淹涕。**

"淹",唐寫本、訓故本作"掩",文淵輯注本、文溯本、芸香堂本、翰墨園本、掃葉本同,《廣廣文選》十七引同。   龍谿本作"流"。

【按】元明諸本皆作"淹",唯訓故本作"掩",與唐寫本合,黃氏仍從梅本。

"淹"與"掩"聲近,故可通假。《禮記·祭義》:"夫人繅,三盆手。"鄭玄注:"三盆手者,三淹也。"陸德明釋文本作"掩",云:"掩,本亦作'淹'。"江淹《娼婦自悲賦》:"去柏梁以淹袂兮。"字當讀作"掩"。

此字元至正本以迄明別解本皆作"淹",相沿已久。然《離騷》云:"長太息以掩涕兮。"洪興祖補注:"掩涕,猶拭淚也。"蓋舍人所本,則此作"掩"字是,黃氏於輯注中所出條目即作"掩涕",可爲明證,而正文仍作"淹"者,蓋沿梅本之舊而未遑改也。《封禪》篇正文作"玉牒金鏤",而輯注所出條目作"金縷",誤與此同(參見《封禪》篇此條校)。唐寫本、訓故本作"掩",不誤,當據改。龍谿本作"流",蓋刻者臆改。

⑧ **說迂怪。**

【按】"怪"與"怪"同。《正字通·心部》:"怪,俗'怪'字。"《國語·魯語下》:"水之怪,曰龍罔象;土之怪,曰羵羊。"

全書作"怪"者,尚有本篇"譎怪之談也",《銘箴》篇"吁可怪矣",《哀弔》篇"怪而不辭",《諸子》篇"大明迂怪",《封禪》篇"距以怪物","故兼包神怪",《定勢》篇"苟異者以失體成怪",《練字》篇"字體瓌怪者也",《知音》篇"魏氏以夜光爲怪石",不一一出校。

⑨ **豐隆求宓妃,鴆鳥媒娀女。**

唐寫本"豐"上有"駕"字,"鴆"上有"憑"字。

楊氏《補正》:"'駕'、'憑'二字當據增,始能與上'託雲龍說迂怪'句一例,否則辭意不明矣。"

趙氏《校記》、劉氏《校釋》、李氏《斠詮》並從唐寫本。

【按】楊説是，此文當據唐寫本補"駕"字、"憑"字，作"駕豐隆，求宓妃；憑鴆鳥，媒娀女"。《離騷》："吾令豐隆乘雲兮，求宓妃之所在。""吾令鴆爲媒兮，鴆告余以不好。"即含"駕"、"憑"之義。

⑩ **夷羿彈日。**

"彈"，梅校："元作'蔽'，孫（汝澄）改。" 唐寫本作"獘"。 元至正本、馮鈔元本、黃傳元本、倫傳元本、弘治本、弘治活字本、汪本、佘本、隆慶本、張本、兩京本、胡本、王批本、謝鈔本、文津本作"蔽"，《古論大觀》三五、《文儷》十三引同。 楊氏《校注》云胡本作"蔽"。 《廣廣文選》十七引作"弊"。 徐燉校作"彈"。 沈臨何校本改"蔽"爲"畢"，云："'蔽'孫改'畢'。"

鈴木《黃本校勘記》："'蔽'、'弊'，並'獘'之訛。"

潘氏《札記》："'蔽'疑當作'獘'。《諸子》篇云：'羿獘十日。'唐人殘寫本作'獘'。'獘'、'獘'皆正字。'弊'則'獘'之隸變。《歸藏》云：'昔者羿善射，彈十日果獘之。'（全文十五）彥和蓋用《歸藏》之文。"

徐氏《正字》："'蔽'疑'弊'字之訛。《諸子》篇云：'羿弊十日。'字正作'弊'。《説文》：'獘，頓仆也。或作獘。'孫本改'彈'，非彥和元文。"

楊氏《補正》："唐寫本是也。《楚辭·天問》'羿焉彈日'舊校云：'彈，一作獘。'舍人用傳記文，多從別本，此必原是'獘'字。《諸子》篇'羿弊十日'，《玉海》三五引作'獘'，尤爲切證。"

王氏《校證》校"彈"作"獘"，云："是彥和據一本作'獘'也。（明）翻宋本《楚辭》載此文作'蔽'。《諸子》篇：'羿弊十日。'一本'弊'作'獘'。'弊'即'獘'之隸變，'蔽'又'獘'之形誤。獘、獘音義俱同。"

李氏《斠詮》："'彈'爲正字。作'獘'者乃音假，仍宜從許慎所見漢本《楚辭》作'彈'爲是。不必從唐本改作'獘'。"

【按】元明諸本多作"蔽"，孫汝澄改爲"彈"，與何本、訓故本合，梅氏、黃氏從之。凌本、合刻本、梁本、秘書本、彙編本、別解本、抱青閣本等明本亦並從梅本。

此作"彈"是，毋須改從。《楚辭·天問》："羿焉彈日。"舊校："彈，一作'彈'，一作'獘'。"知《楚辭》本有異文。然以本義觀之，此當作"彈"。《説文·弓部》："彈，射也，從弓，畢聲。《楚詞》曰：'羿焉彈日。'"則"彈日"猶言射日。

《説文·犬部》：“獘，頓仆也。斃，獘或从死。”“獘”、“弊”、“斃”實爲一字。《廣韻·祭韻》：“斃，死也。”李氏云“斃”乃“彈”之假字，“斃日”，當讀作“彈日”，甚是，蓋以其僅有“死”義而無“射”義也。《諸子》篇：“羿弊十日。”然按《淮南子·本經訓》，羿“上射十日”，“十日中其九日”，則羿所射斃者乃九日，非十日，則此“弊（斃）”字不當訓死，應爲“彈”之假借（《説文·犬部》朱駿聲通訓定聲：“獘，假借爲斁。”則“斃”亦可假借爲“彈”），“羿弊（斃）十日”，猶言羿射十日。可證此“斃日”之“斃”亦當讀作“彈”。

舍人此文或確從《楚辭》別本作“斃”，然梅氏、黄氏既從孫校、徐校而改作“彈”，字非有誤，於義又長，故不煩改回別本之“斃”字。舍人用字前後不一律者甚多，此亦不必執泥於《諸子》篇“羿弊（斃）十日”之文而改從，彼作“斃”，此可作“彈”，心知其意可也。

⑪ **體慢於三代。**

“慢”，梅校：“元作‘憲’，朱（謀㙔）云：宋本《楚辭》作‘體慢’。” 唐寫本、元至正本、馮鈔元本、黄傳元本、倫傳元本、弘治本、弘治活字本、汪本、佘本、隆慶本、張本、兩京本、胡本、王批本、訓故本、謝鈔本、文津本作“憲”，《古論大觀》三五、《文儷》十三引同。 徐炌校“憲”作“慢”。 馮舒云：“本（按，此校上文“夸誕”），元板作‘夸’。憲，朱（謀㙔）云：‘宋板作慢。’洪注《楚辭》本附載此篇同作‘夸’、‘慢’。” 沈臨何校本改“憲”爲“慢”，云：“朱據宋本《楚辭》作‘體慢’。”張爾田圈點“憲”字。

章氏《劄記》甲種：“‘慢’，當從元本作‘憲’，發也。”（按，“憲”訓發，不見於字書及各種訓詁書，“發”疑爲誤寫，或本當作“法”。）

鈴木《黄本校勘記》：“燉本、嘉靖本作‘憲’，誤。”

范氏《注》：“體慢，應據唐寫本作‘體憲’。憲，法也。體法於三代，謂同乎《風》《雅》之四事。”

徐氏《正字》：“《諸子》篇云：‘兩漢以後，體勢漫弱。’此‘慢’與‘漫’同，亦謂漫弱矣。”

楊氏《補正》：“‘憲’字不誤，朱改非也。《詔策》篇‘體憲風流矣’，亦以‘體憲’爲言。‘體憲三代’，即篇中‘依經立義’、‘皆合經術’、‘同於風雅’、‘取鎔經意’之意。”

張氏《考異》：“從‘慢’是。《詔策》之‘體憲’一詞，義有別也。”

劉氏《校釋》、李氏《斠詮》、王氏《校證》並校"慢"作"憲"。

【按】唐元明諸本多作"憲",梅氏據朱謀㙔說而改爲"慢",與何本合,黄氏從之。凌本、合刻本、梁本、秘書本、彙編本、別解本等明本皆從梅本。又,宋施元之《施注蘇詩》十七《林子中以詩寄文與可及余與可既没追和其韻》注引劉勰《辨騷》作"慢"。宋李綱《梁溪集》二《擬騷》又一三二《文鄉記》引並作"慢"。《詩源辯體》二、《歷代賦彙》外集五、《雅倫》三、《繹史》一三二、《讀書引》十二、《歷代賦話》十四引亦作"慢"。

作"慢"自通。宋施元之《施注蘇詩》十七《林子中以詩寄文與可及余與可既没追和其韻》注引劉勰《辨騷》、宋李綱《梁溪集》二《擬騷》又一三二《文鄉記》引並作"慢",《詩源辯體》二、《歷代賦彙》外集五、《雅倫》三、《繹史》一三二、《讀書引》十二、《歷代賦話》十四引亦並作"慢"。

《説文・心部》:"慢,惰也。""惰,不敬也。""慢"有輕慢、超忽之義,指《離騷》辭采華艷,傲視三代之文,此與《詩品序》"躓漢魏而不顧"("躓"即傲視)義同。上文云"軒翥詩人之後","軒翥",訓超越、凌駕,指《楚辭》有奇峰突起、蓋過三代文采之勢;下云《楚辭》乃《雅》《頌》之博徒,謂之"博徒",即含傲慢不敬之義;下文"能氣往轢古","轢",訓碾壓、凌轢。此等表述,均與"慢三代"同義。《離騷》以文采傲視三代,此意《時序》篇亦有表述:"屈平聯藻於日月,宋玉交彩於風雲。觀其豔説,則籠罩雅頌。""籠罩",猶言超越、蓋過。又《事類》篇:"屈宋屬篇,號依詩人,雖引古事,而莫取舊辭。""莫取舊辭",即越過三代而自鑄偉辭。上文云"豈去聖之未遠",非屈原效法三代聖人之意,而是屈原能自創一體之意,如《諸子》篇即云:"夫自六國以前,去聖未遠,故能越世高談,自開户牖。"

龔師鵬程《文心雕龍講記》云:"博徒,是好博戲的浪蕩子,以此來形容《楚辭》乃《雅》《頌》之不肖子孫是無疑問的,可是又怎能説它'體憲於三代'?'憲'是效法的意思,古人説儒家要憲章文武,即用這個意義。《楚辭》若'體憲於三代',焉能説它不肖?故'憲'字,洪興祖注《楚辭》時附載《辨騷》就已經改爲'慢'了。蘇東坡詩《林子中以詩寄文與可及余與可既殁追和其韻》中施注、朱興宗本也都作'慢',"作"憲"(效法)既前後矛盾,則作"慢"是。

如作"憲",亦當訓輕忽、慢易,不當訓"效法"。《説文・心部》:"憲,敏也。"段玉裁注:"敏者,疾也。"故又訓輕易。《集韻・願韻》:"憲,傷也。"《説文・人部》：“傷，輕也。”《廣韻·眞韻》：“傷，相輕慢也。”

徐氏謂“慢”當讀作“漫”，然《諸子》篇“體勢漫弱”之“漫”實爲“浸”字之訛（見《諸子》本條校），其説非是。

⑫ **而風雅於戰國。**

“雅”，唐寫本作“雜”。

范氏《注》：“‘風雜於戰國’，謂異於經典之四事。”

楊氏《補正》：“唐寫本是。《時序》篇：‘屈平聯藻於日月，宋玉交彩於風雲，觀其艷説，則籠罩《雅》《頌》，故知暐燁之奇意，出乎縱橫之詭俗也。’正可作爲‘風雜於戰國’一語注脚。”

王氏《校證》：“作‘雅’，涉下文‘雅頌’而誤。此言屈子之文，雖風雜於戰國，然亦自鑄偉辭也。”

李氏《斠詮》：“曰‘風雜於戰國’者，則指‘異乎經典’之‘夸誕’而言。‘憲’與‘典誥’，‘雜’與‘夸誕’，兩相針對，若作‘風雅於戰國’，非惟理脉不貫，亦且命義兩岐。”

劉氏《校釋》校“雅”作“雜”。

【按】“雅”與下文“《雅》《頌》”字複，此當從唐寫本作“雜”，二字形近而誤。“雜”，訓參錯，引申爲共、同。《玉篇·佳部》：“雜，同也。”《大戴禮記·哀公問五義》：“雜於雲霓。”王聘珍解詁：“雜，共也。”舍人句法與此略同。此承上文“夸誕”之意，言《楚辭》參雜有戰國縱橫之風。

⑬ **觀其骨鯁所樹。**

徐復《文心雕龍刊誤》（後簡稱“徐氏《刊誤》”）：“‘骨鯁’之‘鯁’，當從骨旁作。《廣韻》三十八‘梗’：‘骾，骨骾。’不與魚旁之‘鯁’同字。知兩字有别。‘骾’從骨旁，爲‘梗’之後起字，梗爲枝柯，以言人體，則骨骾猶言骨幹矣。《抱朴子·辭義篇》云：‘屬筆之家，亦各有病，其淺者則患乎妍而無據，證援不給，皮膚鮮澤，而骨骾迥弱矣。’此‘骨骾’字正爲彦和所本。又《抱朴子·疾謬篇》云：‘然落拓之子，無骨骾而好隨俗。’又《備闕篇》云：‘周勃，社稷之骾也。’其字義均同。凡本書《誄碑》《檄移》《風骨》等篇，‘骨骾’字皆當以‘骾’爲正。又《附會》篇云：‘事義爲骨髓。’宋本《御覽》文部一引作‘骨骾’，字正從骨，其形不誤。”

【按】徐説不確。“骨鯁”、“骨骾”通。《説文·魚部》：“鯁，魚骨也。”朱駿聲通訓定聲："假借爲骾。"《史記・吳太伯世家》："方今吳外困於楚,而内空無骨骾之臣。"《漢書・鮑宣傳》："朝臣亡有大儒骨骾,白首耆艾,魁壘之士。"《後漢書・來歙傳》："骨骾可任。"義並與"骨骾"同。

⑭ **雖取鎔經意。**

"意",唐寫本作"旨",《玉海》二○四引同。　龍谿本作"義"。

王氏《校證》、李氏《斠詮》並從唐寫本。

【按】今本作"意"自通,毋須改字。《論説》篇:"倫理無爽,則聖意不墜。"亦用"聖意"。"意"承"骨骾"言,"辭"承"肌膚"言。"意"指聖人作文之"遺意"(所列"典誥"、"規諷"、"比興"、"忠怨"諸端),非指經學義理。上文云"去聖之未遠",當解作繼承聖人作文之遺意,非指作文步趨聖人,模擬其體。《文史通義・書教下》云:"經不可學而能,而意可師而仿也。"舍人此處正有師其"意"而不師其"辭"之意。

⑮ **《招魂》《招隱》。**

"招隱",唐寫本、訓故本、張丙本作"大招",《廣廣文選》十七引同。　徐燉校作"大招"。　馮舒云:"'招隱',《楚辭》本作'大招',下云'屈宋莫追',疑'大招'爲是。"　馮班旁録"大招"二字。　沈臨何校本標疑《招隱》,云:"馮云:'招隱',《楚辭》本作'大招',下'屈宋莫追',疑'大招'爲是。"　楊氏《補正》云:"譚獻亦校作'大招'。"

黃氏《札記》:"《招隱》,宜從《楚辭補注》本作《大招》。"

鈴木《黃本校勘記》、楊氏《補正》、王氏《校證》、張氏《考異》、李氏《斠詮》並從黃氏《札記》説。

【按】黃侃氏之説是,"招隱"當從唐寫本等作"大招"。黃叔琳輯注所出條目,《招魂》之後即列《大招》,不出《招隱》,可知黃氏主張此文當從馮舒校改。户田《燉煌本》云:"在這兩句之前,還列舉了《騷經》《九章》《九歌》《九辯》《遠遊》《天問》等篇名,其後又列舉了《卜居》《漁夫》。在上述《楚辭》諸篇中,據王逸注,除《九辯》爲宋玉所作之外,均爲屈原所作,而《招魂》爲宋玉所作,《大招》爲屈原或景差所作。且原文在這以後還有九懷以下云云等句,所列舉枚乘、賈誼、司馬相如、揚雄等,均爲漢代人。根據王逸的説法,《招隱[士]》爲漢代人淮南小山所作。因爲彦和寫作《文心雕龍》時看到的《楚辭》應是王逸的注本,因此,他不可能把淮南小山的作品越過賈誼的《惜誓》而與宋玉的《招魂》並列，而應該把王逸稱或爲景差的《大招》與《招魂》並列。作《招隱》，恐因《招魂》字面竄改致誤。"此説可參。

　　王逸《楚辭章句》："屈原放流九年，憂思煩亂，精神越散，與形離別，恐命將終，所行不遂，故憤然大招其魂，盛稱楚國之樂，崇懷襄之德，以比三王，能任用賢，公卿明察，能薦舉人，宜輔佐之，以興至治。因以風諫，達己之志也。"此"大招"二字之意。

　　⑯**耀豔而深華。**

　　"深"，唐寫本作"采"。

　　楊氏《補正》："唐寫本是。深，正作'采'，蓋'采'初誤爲'采'，後遂變爲'深'也。"

　　張氏《考異》："耀豔、文采，外發也；深華、文采，内藴也。外發故曰耀，内藴故曰深。深者，藏也。《考工記》：'梓人必深其爪。'即藏其爪也。采、採、彩互通，與'耀'字不協，從'深'是。"

　　李氏《斠詮》從唐寫本，校"深"爲"采"。

　　【按】楊説不可從，今本作"深"自通，毋須校改。"采"與下文"驚采絶豔"犯重，非是。"采"蓋"深"字之殘，或"采"字之形訛。"耀"、"豔"、"深"、"華"，四字平列，與上文"瓌詭惠巧"結構同。深者，謂文理深邃，與《隱秀》篇之"隱"義同。梅慶生注云："楊用脩批：'耀豔深華'四字，尤盡二篇妙處，故重圈之。"可知楊、梅等人均認爲"深"字無誤。

　　⑰《卜居》**摽放言之致。**

　　【按】"摽"與"標"同。《説文·手部》："摽，擊也。從手，票聲。"《説文·木部》："標，木杪末也。從木，票聲。"二字於"標榜"、"標記"義可通。《後漢書·皇甫嵩傳》："皆著黄巾爲摽識。"又《黨錮傳》："海内希風之流，遂共相摽搒，指天下名士，爲之稱號。"李賢注："摽搒，猶相稱揚也。"《三國志·吳書·魯肅傳》："大散財貨，摽賣田地。"

　　於"標舉"、"標立"義，字當作"標"。《玉篇·木部》："標，標舉也。"《廣韻·宵韻》："標，舉也。"《世説新語·文學》："支(遁)卓然標新理於二家之表，立異義於眾賢之外。"《文選·任昉〈王文憲集序〉》："黄琬之早標聰察。"

　　全書作"摽"者，尚有《明詩》篇"故能摽焉"，《頌讚》篇"以《皇子》爲摽"，《史傳》篇"徵存亡以摽勸戒"，《檄移》篇"摽著龜于前驗"，《鎔裁》篇"先摽三準"，

《聲律》篇“摽情務遠”，《指瑕》篇“凡巧言易摽”，《時序》篇“機雲摽二俊之采”，《物色》篇“且《詩》《騷》所摽”，《才略》篇“則《百壹》摽其志”，不一一出校。

⑱《漁父》寄獨往之才。

馮舒云：“‘往’，《楚辭》本作‘任’。”　《楚辭補注》作“任”，附校語云：“一云‘獨任’當作‘獨往’。”　《楚紀》二一、《廣廣文選》十七引作“任”。　徐燉校“往”作“任”。　沈臨何校本標疑“往”字，云：“往’，《楚辭》作‘任’。”

詹氏引橋川《校讀》：“‘任’、‘往’並通。今從《楚辭》作‘任’，與下句‘氣往’之‘往’不重。”

楊氏《補正》：“‘任’字非是。‘獨往’連文，始見於淮南王《莊子略要》，六朝人多用之。《南齊書·高逸傳序》‘次則揭獨往之高節’，《梁書·沈約傳》‘（《郊居賦》）實有心於獨往’，又‘處士諸葛璩傳’‘將幽貞獨往’，《抱朴子外篇·刺驕》‘高蹈獨往’，《文選·謝靈運〈入華子崗是麻源第三谷詩〉》‘申獨往意’，江淹《雜體詩》許徵君首‘資神任獨往’，並其證。若作‘獨任’，則與漁父所言不合矣。”

【按】楊説非，橋川説是，“往”與下文“氣往”犯重，此文當作“獨任”，與上句“放言”對文，謂屈原能言能作之天分。上文之“放言”，非放棄不言，乃暢言也。李詳《補註》引陳壽祺云：“《論語·微子》篇：‘隱居放言。’集解引包咸云：‘放，置也，不復言世務。’《卜居》云：‘吁嗟默默兮，誰知吾之貞廉。’故彦和以‘放言’美之。”此是誤解舍人“放言”本義。《漢書·賈誼傳》：“吁嗟默默。”顏師古注引應劭曰：“默默，不得意也。”《文選·賈誼〈弔屈原文〉》：“吁嗟默默。”呂延濟注：“默默，失意貌。”可知“默默”乃不得志之義，不可以“默而不言”解舍人之“放言”。《後漢書·孔融傳》：“又前與白衣禰衡跌蕩放言。”李賢注：“跌蕩，無儀檢也。放，縱也。”又《荀韓鍾陳傳論》：“漢自中世以下，閹豎擅恣，故俗遂以遁身矯絜放言爲高。”李賢注：“放肆其言，不拘節制也。曰隱居放言。”此方爲舍人“放言”之正解。黄氏《札記》云：“《卜居》命龜之辭，繁多不絢，故曰放言。放言，猶云縱言。”所言至確。

“任”，訓放、縱。如《世説新語·任誕》：“張季鷹縱任不拘。”即其義。此“獨任”與“放言”相對，謂屈原放縱、施展其能言之特殊才華。如作“獨往”，須解作高蹈，則無關乎屈原之文才矣。贊語“驚才風逸”之“逸”，亦訓奔放、放縱，正回應“放言”、“獨任”之意。

⑲ **故才高者菀其鴻裁。**

“菀”，唐寫本作“苑”，《楚辭補注》、《楚紀》二一、《廣廣文選》十七、《繹史》一三二引同。

潘氏《札記》：“先師黄君云：‘苑、獵、衒、拾四字，詞性相同。苑獵連語，苑猶囿也。蓋才高者則盡得其體製，衷巧者僅獵取其豔詞而已。’重規案，《銓賦》篇云：‘京殿苑獵。’即‘苑獵’連語。《銓賦》篇又云：‘故知殷人輯《頌》，楚人理賦，斯並鴻裁之寰域，雅文之樞轄也。’即‘菀其鴻裁’之意。又案，《漢書·谷永傳》師古注云：‘菀，古苑字。’大抵此書多存舊字，如‘制’作‘剬’，‘析’作‘枅’之類，是也。或讀‘菀’爲‘菀彼柳斯’之‘菀’，大誤。”

楊氏《補正》：“‘苑’字是。‘菀’與‘苑’古雖相通，但本書則全用‘苑’字。此固不應單作‘菀’也。《總術》篇‘制勝文苑哉’，元本、活字本、王批本‘苑’作‘菀’，是苑、菀二字易淆之證。”

王氏《校證》：“《漢書·谷永傳》注云：‘菀，古苑字。’又《百官公卿表上》‘太僕屬官之牧師菀令’，即苑令也。《管子·水地》篇：‘地者，諸生之根菀也。’舊注：‘菀囿，城也。’（按，當斷作菀，囿城也）皆苑、菀古通之證。”

李氏《斠詮》從唐寫本，校“菀”爲“苑”。

【按】楊説非是，“菀”、“苑”於園囿義可通，毋須改字。《説文·乾部》朱駿聲通訓定聲：“菀，叚借爲‘苑’。”錢大昕《廿二史考異·續漢書二·郡國志》“宛陵”按：“苑、菀、宛，古皆通用。”如《管子·水地》：“地者，萬物之本原，諸生之根菀也。”尹知章注：“菀，囿城也。”《漢書·王嘉傳》：“詔書罷菀。”顔師古注：“菀，古‘苑’字。”皆其義。則此“菀”字當讀於阮切（yuàn）。《詩經異文釋》十一：“‘我心苑結’，《羣經音辨》引作‘菀結’。”可證“苑”、“菀”字異而音同，並讀於阮切。

舍人常“苑囿”連文，用如動詞。如《雜文》篇：“苑囿文情，故日新殊致。”《體性》篇：“文辭根葉，苑囿其中矣。”《練字》篇：“《雅》以淵源詁訓，《頡》以苑囿奇文。”“苑囿”並當訓包括、包有。此“菀”字與“獵”、“衒”、“拾”並列，詞性相同，亦爲動詞，則“菀其鴻裁”，猶言苑囿其鴻裁，“菀”字亦當解作包括、包有、佔有，謂才高者規摹其鴻大體制而爲文。而周振甫《文心雕龍今譯》（後簡稱“周氏《今譯》”）、周勛初《文心雕龍解析》均認爲“菀”通“挽”，訓取，此説既無版本依據，亦不見古書二字通用之證，不可從。

⑳ **酌奇而不失其真。**

“真”，唐寫本、訓故本作“貞”，《楚辭補注》、《廣廣文選》十七、《繹史》一三二引同。

劉氏《校釋》：“對‘奇’而言‘貞’，與‘實’對‘華’而言同。”

楊氏《補正》：“‘貞’字是。貞，正也（《廣雅·釋詁一》）、‘誠也。’（《文選·思玄賦》舊注）《銘箴》篇‘秉茲貞厲’、《論說》篇‘必使時利而義貞’，活字本並誤‘貞’爲‘真’。《事類》篇‘則改事失真’，活字本又誤‘真’爲‘貞’。是‘貞’、‘真’二字固易淆誤也。”

李氏《斠詮》從唐寫本，校“真”爲“貞”。

【按】楊說是，“真”當從唐寫本、訓故本作“貞”，形近致訛。“貞”訓正。《易·繫辭下》：“其柔危，其剛勝邪？”王弼注：“所貴柔者，含弘居中，順而不失其貞者也。”此蓋舍人所本。又《易·夬》九二：“眇能視，利幽人之貞。”孔穎達疏：“居內處中，能守其常，施之於人，是處幽而不失其貞正也。”“貞”、“正”義同。

㉑ **則顧眄可以驅辭力。**

“眄”，唐寫本作“盻”，《楚辭補注》、《廣廣文選》十七引同。　馮鈔元本、謝鈔本、初刻梅本、復校梅本、凌本、梅六次本、梅七次本、抱青閣本、集成本、文津輯注本、文瀾本、張松孫本、王本、芸香堂本、翰墨園本、崇文本、龍谿本作“盼”。

馮舒、馮班校“盼”作“盻”。

楊氏《補正》：“盻、盻、盼三字，形音義俱別。《說文·目部》：‘盻，目徧合視（此依段注）也。’又：‘盻，恨視也。’《玉篇·目部》：‘盼，黑白分也。’三字形近，每致淆誤。此當以作‘盻’爲是。《漢書·敘傳上》：‘（《答賓戲》）虞卿以顧盻而捐相印也。’《晉書·文苑·趙至傳》：‘（《與嵇蕃書》）從容顧盻，綽有餘裕。’”

張氏《考異》、李氏《斠詮》並從唐寫本。

【按】梅本作“盼”，與馮鈔元本、謝鈔本合，黃氏改爲“盻”，與元至正本、弘治本、汪本、佘本、隆慶本、張本、兩京本、何本、王批本、訓故本合。

楊說是，“盼”從唐寫本作“盻”義長。《列子·力命》：“窮年不相顧盻。”《莊子·天地》：“手撓顧指。”郭象注：“言其指麾顧盻。”《漢書·敘傳上》：“是故魯連飛一矢而蹶千金，虞卿以顧盻而捐相印也。”《嵇中散集·兄秀才公穆入軍贈詩十九首》：“邕邕和鳴，顧盻儔侶。俛仰慷慨，優游容與。”並“顧盻”連文之證。《說文·目部》：“盻，目徧合也。一曰袤視也。”《廣韻·銑韻》：“盻，斜視也。”

《玄應音義》一“顧眄”注引《蒼頡篇》：“眄，旁視也。”

㉒ **不有屈原。**

“屈原”，唐寫本作“屈平”。

楊氏《補正》：“《時序》篇‘屈平聯藻於日月’，《物色》篇‘然屈平所以能洞監風騷之情者’，《知音》篇‘昔屈平有言’，並稱屈子之名。則此當從唐寫本作‘平’，前後始能一律。”

【按】今本無誤，毋須改字。本篇正文云“屈原婉順”，《夸飾》篇云：“鞭宓妃以饟屈原。”並舍人稱“屈原”之證。

舍人稱人，常名、字雜用，殊無定規。如本篇既云“班固以爲露才揚己”，又云“孟堅謂不合傳”。《詮賦》篇：“賈誼《鵩鳥》，致辨於情理；子淵《洞簫》，窮變於聲兒；孟堅《兩都》，明絢以雅贍；張衡《二京》，迅發以宏富；子雲《甘泉》，構深瑋之風；延壽《靈光》，含飛動之勢。”則爲二人稱名，四人稱字。又《知音》篇先稱“君卿（樓護字）脣舌”，後稱“樓護是也”。可證此作“屈原”、“屈平”均可，不必定從唐寫本也。

㉓ **壯志煙高。**

“志”，唐寫本作“采”。　　“煙”，《楚辭補注》舊校：“一作‘雲’。”

楊氏《補正》從“采”，云：“‘驚才’就作者言，‘壯采’則就作品言，當從唐寫本作‘采’爲是。《詮賦》篇‘時逢壯采’，亦以‘壯采’連文。舍人品評歷代作家作品，多用‘壯’字衡量。”

楊氏《補正》從“雲”，云：“《後漢書·逸民傳贊》：‘遠性風疎，逸情雲上。’沈約《梁武帝集序》：‘牋記風動，表議雲飛。’（《藝文類聚》十四引）並以‘風’與‘雲’相對。疑此文亦然。”

趙仲邑《文心雕龍譯注》（後簡稱“趙氏《譯注》”）從“雲”。

范氏《注》、張氏《考異》、李氏《斠詮》並從唐寫本，校“志”作“采”。

【按】楊說非是，今本作“志”自通，毋須改字，唐寫本作“采”，蓋“志”之形訛。“壯志”，猶言壯氣、豪氣。《體性》篇云：“氣以實志。”志者，氣之帥，志亦氣也。《史記·屈原傳》：“推此志也，雖與日月爭光可也。”極言屈原氣志之高潔，此舍人“志”字所本。細繹文義，贊語首二句當回應正文“風雅寢聲”，言屈原於《詩》之後獨創奇文，以此統領下文；三四句承“屈原”，言屈原之才氣，回應正文“楚人之多才”，是爲論其人；後四句承《離騷》，言《離騷》之情采與成就，回應正文“氣往轢古”、“自鑄偉辭”、“詞賦之英傑”等語意，是爲論其文。故“壯志”二字，當與上“驚才”對文，指屈原造文心志之高、氣魄之大。如作“壯采”，乃成評屈原之文，如此則與下文專言壯采之“金相玉式，絶豔稱豪（依謝校）”二句義複，行文理路亂矣。

“煙”作“雲”義長，楊説可從。“煙高”連文，不見於中古以前書。作“雲”，可與“壯志”搭配。志高而凌雲，乃古人常言。如《史記·司馬相如傳》：“飄飄有凌雲之氣。”《後漢書·馮衍傳下》：“不求苟得，常有凌雲之志。”並其例。又《宋書·謝靈運傳論》：“屈平、宋玉導清源於前，……英辭潤金石，高義薄雲天。”可與舍人“壯志雲高”之文相參。此句趙仲邑先生譯作“他的壯志凌雲”，甚是。

㉔ **艷溢錙毫**。

梅校：“元作‘絶益稱豪’，朱（謀㙔）考宋本《楚辭》改。”　唐寫本作“艷逸錙毫”。　元至正本、黃傳元本、倫傳元本、弘治本、弘治活字本、汪本、佘本、隆慶本、張本、兩京本、胡本作“絶益稱豪”，《文體明辯》四八、《文章辨體彙選》四六八引同。　何本、王批本、別解本、尚古本、岡本作“艷益錙毫”。　訓故本作“艷溢錙豪”。　秘書本作“艷溢緇毫”。　文津本作“艷溢緇豪”。　《文儷》十三引作“絶艷稱豪”。　謝兆申云：“一作‘絶艷稱豪’。”　徐爌校作“艷溢緇豪”。沈臨何校本改“絶益稱豪”爲“豔溢錙毫”，云：“朱據宋本《楚辭》改。”　張紹仁校“絶益稱豪”作“艷溢錙毫”。

【按】元明諸本多作“絶益稱豪”，朱謀㙔改爲“艷溢錙毫”，與謝鈔本合，梅氏、黃氏從之。

此文當從謝兆申所云之一本作“絶艷稱豪”。元至正本等作“絶益稱豪”，當最接近原貌，朱改非是。作“艷溢錙毫”者，蓋“錙”與“稱”形近致訛，“毫”與“豪”形近並聲近而致訛。作“溢”、作“益”者，蓋並“豔”字之殘。《後漢書·鄭孔荀傳贊》：“公業稱豪，駿聲升騰。”即“稱豪”連文之證。

全書篇末之“贊”，乃是總括或複述正文語意，二者彼此照應，相互印證，此爲舍人論文之重要體例。《辨騷》正文云：“所謂金相玉質，百世無匹。”“驚采絶豔，難與並能矣。”“屈宋逸步，莫之能追。……其衣被詞人，非一代也。”正爲“絶艷稱豪”之義。如作“艷溢錙毫”，則仍是著眼於文章本體（體制、文采），未能總括正文關於《離騷》歷史影響與地位之評價。

文心雕龍校箋卷二

明 詩 第 六

　　大舜云："詩言志，歌永言。"聖謨所析，義已明矣。是以在心爲志，發言爲詩，舒文載實，其在兹乎？詩者，持也，①持人情性。三百之蔽，義歸無邪，持之爲訓，有符焉爾。②

　　人禀七情，應物斯感，感物吟志，莫非自然。昔葛天氏樂辭云，③《玄鳥》在曲；黃帝《雲門》，理不空綺。④至堯有《大唐》之歌，⑤舜造《南風》之詩，觀其二文，辭達而已。及大禹成功，九序惟歌；太康敗德，五子咸怨，⑥順美匡惡，其來久矣。自商暨周，《雅》《頌》圓備，⑦四始彪炳，六義環深。子夏監絢素之章，子貢悟琢磨之句，故商賜二子，可與言《詩》。⑧自王澤殄竭，風人輟采，春秋觀志，諷誦舊章，酬酢以爲賓榮，吐納而成身文。逮楚國諷怨，則《離騷》爲刺。⑨秦皇滅典，亦造仙詩。

　　漢初四言，韋孟首唱，匡諫之義，繼軌周人。孝武愛文，柏梁列韻，嚴馬之徒，屬辭無方。至成帝品録，三百餘篇，朝章國采，亦云周備，而辭人遺翰，莫見五言，所以李陵、班婕好見疑於後代也。⑩按《召南·行露》，始肇半章；孺子《滄浪》，亦有全曲；《暇豫》優歌，遠見春秋；《邪徑》童謠，近在成世，閱時取證，⑪則五言久矣。又《古詩》佳麗，或稱枚叔，其《孤竹》一篇，則傅毅之詞，比采而推，⑫兩漢之作乎？⑬觀其結體散文，直而不野，婉轉附物，⑭怊悵切情，實五言之冠冕也。至於張衡《怨篇》，清典可味；⑮《仙詩》《緩歌》，雅有新聲。

暨建安之初，五言騰踊。[16] 文帝陳思，縱轡以騁節；王徐應劉，望路而爭驅。並憐風月，狎池苑，述恩榮，叙酣宴，慷慨以任氣，磊落以使才。造懷指事，不求纖密之巧；驅辭逐貌，唯取昭晰之能：[17] 此其所同也。乃正始明道，[18] 詩雜仙心，何晏之徒，率多浮淺。唯嵇志清峻，[19] 阮旨遥深，故能標焉。若乃應璩《百一》，[20] 獨立不懼，辭譎義貞，亦魏之遺直也。

晉世羣才，稍入輕綺。張潘左陸，[21] 比肩詩衢，采縟於正始，力柔於建安，或析文以爲妙，[22] 或流靡以自妍，此其大略也。江左篇製，溺乎玄風，嗤笑徇務之志，崇盛亡機之談。[23] 袁孫已下，雖各有雕采，而辭趣一揆，莫與爭雄，所以景純《仙篇》，挺拔而爲俊矣。宋初文詠，體有因革，莊老告退，而山水方滋。儷采百字之偶，爭價一句之奇，情必極貌以寫物，辭必窮力而追新，此近世之所競也。

故鋪觀列代，而情變之數可監；撮舉同異，而綱領之要可明矣。若夫四言正體，則雅潤爲本；五言流調，則清麗居宗：華實異用，唯才所安。故平子得其雅，叔夜含其潤，茂先凝其清，景陽振其麗，兼善則子建仲宣，偏美則太沖公幹。然詩有恒裁，思無定位，隨性適分，鮮能通圓，[24] 若妙識所難，其易也將至；忽之爲易，[25] 其難也方來。至於三六雜言，則出自篇什；離合之發，則明於圖讖；[26] 回文所興，則道原爲始；聯句共韻，則《柏梁》餘製：巨細或殊，情理同致，總歸詩囿，故不繁云。

贊曰：民生而志，詠歌所含。興發皇世，風流《二南》。神理共契，政序相參。英華彌縟，萬代永耽。

校箋

① 詩者，持也。

"詩"上，唐寫本有"故"字。

楊氏《補正》："'故'字於此爲承上領下之詞，實不可少，應據增。《漢書·翼奉傳》：'奉對曰：故詩之爲學，情性而已。'"

【按】楊説是，"詩"上當從唐寫本補"故"字。"故"，相當於"夫"，用以發端。《銘箴》篇："故銘者，名也。"《書記》篇："故謂譜者，普也。"並有"故"字。此舍人行文常例。

② **有符焉爾。**

"有"上，唐寫本有"信"字。

李氏《斠詮》："彦和用四字句作斷結語以'有'字領頭者，不乏他例。如《諧讔》篇：'有足觀者。'《詔策》篇：'有訓典焉。'《情采》篇：'有實存焉。'《附會》篇：'有似於此。'《才略》篇：'有偏美焉。''有足算焉。''有條理焉。'可證，無增'信'字必要。"

【按】李説非是，"有"上從唐寫本補"信"字義長。《史傳》篇："儒雅彬彬，信有遺味。"《議對》篇："信有徵矣。"並"信有"連文。"信"，訓確實。《助字辨略》四"《史記·田齊世家》'信未有如夫子者也'"，劉淇按："信，誠也，實也，允也，果也。"《後漢書·光武帝紀》："道士西門君惠、李守等亦云：'劉秀當爲天子。'其王者受命，信有符乎？"舍人云"信有符焉爾"，句式與此"信有符乎"略同，俱以"信"字領起，唯語氣有別耳。"符"，訓合、驗。連同上句，其意當謂：以"持"訓"詩"，的確爲恰切可靠之解釋。

全書常有以"信"字發端者。如《詮賦》篇："討其源流，信興楚而盛漢矣。"《雜文》篇："觀枚氏首唱，信獨拔而偉麗矣。"《夸飾》篇："信可以發蘊而飛滯，披瞽而駭聾矣。"亦可證此作"信有符焉爾"，甚合舍人行文習慣。

③ **昔葛天氏樂辭云。**

唐寫本作"昔葛樂辭"。《玉海》一〇六引作"昔葛天樂辭"。　郝懿行云："'云'字疑衍。"

趙氏《校記》："此文疑當作'昔葛天樂辭，玄鳥在曲'，方與下文'黄帝雲門，理不空綺'相對成文。今本衍'氏'字、'云'字，唐本奪'天'字，均有誤。然終以唐本近是。"

鈴木《黄本校勘記》："'云'字疑衍。"

户田《校勘記補》："'辭云'二字疑衍。"

楊氏《補正》："唐寫本脱'天'字。'氏'、'云'二字則當據删。《樂府》篇'葛天八闋'，《事類》篇'按葛天之歌'，並止作'葛天'，無'氏'字。"

范氏《注》、李氏《斠詮》並從趙氏説。

【按】趙、楊兩說是，“氏”、“云”二字誤衍，當從《玉海》引作“昔葛天樂辭”。“葛天樂辭”與“黃帝《雲門》”相儷，俱爲四音節句，語勢較順。《呂氏春秋·古樂》：“昔葛天氏之樂，三人摻牛尾，投足以歌八闋：一曰《載民》，二曰《玄鳥》……”此即舍人所本。

④ **理不空綺。**

“綺”，梅校：“朱（謀㙔）云：當作‘絃’。” 唐寫本、王本、王本乙種作“絃”，《玉海》一〇六引同。 王惟儉標疑“理不空綺”四字。 徐燉校作“絃”。 梁本夾注：“綺，當作‘絃’。” 馮班標疑“綺”字。 《詩法萃編》作“絃”。

范氏《注》：“作‘理不空絃’，是。《詩譜序》正義：‘大庭有鼓籥之器，黃帝有《雲門》之樂，至周尚有《雲門》，明其音聲和集。既能和集，必不空絃，絃之所歌，即是詩也。’《正義》‘必不空絃’之語即本彦和，是作‘綺’者誤也。”

王氏《校證》：“‘理不空絃’者，謂必有其辭也。《風俗通義·正失》篇：‘絃詩想蓬萊’，‘絃’字義與此同。”

楊氏《補正》、張氏《考異》、李氏《斠詮》並從唐寫本。

【按】諸說是。“空綺”義難通，“綺”當從唐寫本作“絃”，二字形近致誤。清陳熙晉《箋注駱臨海集·和道士閨情詩啓》引此文亦作“空絃”。孔穎達疏《詩譜序》云“不空絃”，意爲必有歌詞（詩）以配樂，此正合舍人之語意。又《太平御覽》五七七《樂部十五》引《晉書》：“敬伯撫琴而歌曰：‘低露下深幕，垂月照孤琴。空絃益霄淚，誰憐此夜心。’”亦云“空絃”，其意當爲僅彈琴而不唱詩也。“不空絃”，猶言有詩也。

⑤ **至堯有《大唐》之歌。**

“唐”，梅校：“一作‘章’。” 唐寫本作“章”。 沈臨何校本標疑“唐”字，云：“‘唐’一作‘章’。”

黃氏《札記》：“《尚書大傳》云：‘報事還歸，二年讖然乃作《大唐》之歌。’鄭注曰：‘《大唐》之歌，美堯之禪也。’據此文，是《大唐》乃舜作以美堯，則作‘大章’者爲是。《樂記》曰：‘大章，章之也。’鄭注曰：‘堯樂名。’”

范氏《注》：“《禮記·樂記》：‘《大章》，章之也。’鄭注：‘堯樂名也。言堯德章明也。《周禮》闕之，或作《大卷》。’《尚書大傳》：‘讖然乃作《大唐》之歌。樂曰：舟張辟雍，鶬鶬相從，八風回回，鳳皇喈喈。’鄭注：‘讖，猶灼也。《大唐》之歌，美堯之禪也。’《大唐》乃舜美堯禪之歌，不得云‘堯有’，似當作《大章》爲是。”范氏《注》又云：“然鄭注《樂記》‘大章’，已云‘《周禮》闕之’，彥和所見，當即《尚書大傳》‘大唐之歌’，行文偶誤耳。”

張立齋《文心雕龍注訂》（後簡稱“張氏《注訂》”）：“鄭言‘美堯之禪’，可證歌乃堯時之作，當可稱‘堯有’。范注稱宜作‘大章’，指彥和偶誤，非是。”

【按】今本無誤，毋須改字，諸本《御覽》五八六引、《玉海》一〇六引亦作“唐”。“唐”、“章”形聲並近而誤。上文“黃帝《雲門》，理不空絃”，既云“理”，則《雲門》《大章》等古樂之有歌辭，乃舍人推測而已，實則《大章》之辭《周禮》即已闕載，舍人未及見之。而下文云“觀其二文，辭達而已”，則舍人所見者當爲《尚書大傳》所載之《大唐》歌辭。蓋舍人認爲《大唐》之歌乃堯所作者。此可以謂舍人偶誤，亦可以謂此乃舍人變通之辭，本不拘泥於鄭注舜美堯之説。

⑥ 五子咸怨。

“子”，明鈔本《御覽》五八六引作“字”，其餘諸本《御覽》引並作“子”。“咸”，尚古本、岡本作“成”。　“怨”，唐寫本、諸本《御覽》五八六引作“諷”。“子咸怨”，徐燉校作“字感諷”。

楊氏《補正》：“‘諷’字是。上云‘歌’，此云‘諷’，文本相對爲義。故下言‘順美匡惡’也。‘順美’指大禹二句，‘匡惡’指‘太康’二句。傳寫者蓋泥於僞《五子之歌》文而改耳。徐校非。”

趙氏《校記》、李氏《斠詮》並從唐寫本，校“怨”作“諷”。

【按】楊説是，“怨”當從唐寫本作“諷”。“怨”與下文“逮楚國諷怨”字複。《説文·言部》：“諷，誦也。”此云“諷誦”、“詠讀”，謂五子託音以感，與上文之“歌”字相儷。《尚書·夏書·五子之歌》：“太康失邦，昆弟五人，須于洛汭，作五子之歌。”孔安國傳：“太康五弟與其母待太康於洛水之北，怨其不反，故作歌。”“作歌”即含“諷誦”之意。

“咸”與上文“惟”相儷，不誤，徐燉校作實詞“感”，失之；尚古本、岡本作“成”，非刻者臆改，即因二字形近而致誤。又，“五子”二字出自《尚書》，徐氏校“子”作“字”，則成“五言”之義，殊乖舍人本旨。

⑦ 《雅》《頌》圓備。

鈴木《黃本校勘記》：“‘圓’字可疑，下文云亦云‘周備’，‘圓’疑‘周’字訛。”

潘氏《札記》：“彥和喜用‘圓’字。本篇云：‘隨性適分，鮮能圓通（據唐寫本）。’《論説》篇云：‘義貴圓通。’《封禪》篇云：‘辭貫圓通。’《體性》篇云：‘沿根討葉,思轉自圓。'《比興》篇云:'詩人比興,觸物圓覽。'《總術》篇云:'圓鑒區域,大判條例。'《知音》篇云:'知多偏好,人莫圓該。'又云:'故圓照之象,務先博觀。'或單舉,或連詞,皆有周意,則'圓備'非誤字也。"

斯波六郎《文心雕龍范注補正》(後簡稱"斯波《補正》"):"范氏(按,當作鈴木)謂'圓備'爲'周備'之譌,但與下文之'亦云周備'重複。'圓通'(《論說》《封禪》)、'圓合'(《鎔裁》)、'圓覽'(《總術》)、'圓照'(《知音》)、'圓該'(《知音》)等'圓'字,不僅爲彦和所好用,又'圓備'亦見於《文鏡秘府論》(南):'理貴於圓備,言資於順序。'"

楊氏《補正》:"'圓'字未誤。本書亦屢用'圓'字。鄭玄《詩·商頌·長發》箋:'圓,謂周也。'是'圓備'即'周備',無煩改字。其未如下文作'周備'者,蓋與上句'自商暨周'之'周'字相避耳。"

【按】鈴木説非是,今本作"圓備"自通。《南齊書·東南夷傳》:"(天竺道人釋那伽仙)上書曰:萬善智圓備,惠日照塵俗。"《梁皇懺法·發願》:"常知體極一照,萬德圓備。"《尚書·堯典》孔穎達疏:"胤子矯飾容貌,但以惑人,放齊内少鑒明,未能圓備。"並"圓備"連文之證。

⑧ 可與言《詩》。

"詩"下,唐寫本有"矣"字。

【按】唐寫本蓋泥於《論語·學而》"賜也始可與言《詩》已矣"及《八佾》"始可與言《詩》已矣"而增"矣"字,實則"已矣"乃孔子之感歎辭氣,此無"矣"字語勢較長,況上文已言"其來久矣",此句無"矣"字始可避重出。

⑨ 則《離騷》爲刺。

【按】"刺",原作"剌",當爲版刻誤字,據唐寫本、佘本、何本、王批本、訓故本、初刻梅本、復校梅本、凌本、梅六次本、梅七次本改。《説文·刀部》:"刺,君殺大夫曰刺,刺,直傷也。從刀,從朿。朿亦聲。""剌,戾也,從束,從刀。刀者,剌之也。"二字音義俱別,不通用。全書"刺"誤作"剌"者皆同此,不一一出校。

⑩ 所以李陵、班婕妤見疑於後代也。

唐寫本無"妤"字。　　"班婕妤見疑於後代",宋本、宮本、明鈔本、周本、倪本、鮑本、喜多邨本《御覽》五八五引作"班婕見擬於前代",汪本《御覽》引作"班婕妤見疑於前代",張本《御覽》引作"班婕妤見擬於前代"。　　馮舒云:"'疑'、'後',《御覽》作'儗'、'前'。"　　顧廣圻校"疑"作"儗",校"後"作"前"。

劉永濟《文心雕龍明詩篇釋義》：“今本‘見疑於後代’，應從宋本《御覽》改‘見擬於前代’。‘見擬於前代’者，謂李陵、班婕妤之作，乃前代之人擬作者，非本人自作也。‘前代’者，齊梁以前，西漢以後也。”

徐復《文心雕龍校記》（後簡稱“徐氏《校記》”）從劉氏説，云：“觀鍾嶸《詩品》云：‘逮漢李陵，始著五言之目矣。古詩眇邈，人世難評，推其文體，固是炎漢之制，非衰周之倡也。自王楊枚馬之徒，詞賦竟爽，而吟咏靡聞。從李都尉迄班婕妤，將百年間，有婦人焉，一人而已，詩人之風，斬已缺喪。’云云，與彦和此文可以比觀，是齊梁人初未嘗疑其僞作也。後之讀《文心》者，以宋人之説竄改劉氏，遂со致異説耳。此云‘見擬於前代’者，蓋如《文選》所載江淹擬作詩：李都尉《從軍》、班婕妤《咏扇》二首即是，在此之前，有無擬作之詩，惜不可考見矣。由此知‘見擬’者，爲李陵、班婕妤之作，爲後人所取則也。劉永濟氏謂前代之人擬作者，非本人自作也，亦失之未考矣。”

楊氏《補正》：“曹植《班婕妤畫贊》：‘有德有言，實惟班婕。’（《初學記》十引）陸厥《中山王孺子妾歌》：‘班婕坐同車。’（《文選》）並止稱‘班婕’。則此當據唐寫本及《御覽》删‘好’字。”

【按】此文從唐寫本較長，無“好”字語勢較順。張氏《考異》云：“婕妤，官名，古於官號多單稱，如右丞曰‘丞’，丞相曰‘相’，太宰曰‘宰’，婕妤稱‘婕’。”

《御覽》引作“見擬於前代”，非是。《抱朴子·逸民》：“桀紂，帝王也；仲尼，陪臣也。今見比於桀紂，則莫不怒焉；見擬於仲尼則莫不悦焉爾。”“見擬”與“見比”對文，猶言被比作，可知云“見擬於前代”，於義難通。

“見疑”，猶言被疑，紀昀評云：“觀此，則以蘇李詩爲僞，不始於宋之東坡矣。”即作如此解。《後漢書·班超傳》：“身非曾參而有三至之讒，恐見疑於當時矣。”《南齊書·劉善明傳》：“上在兵中久，見疑於時。”句法並與此同。顏延之《庭誥》云：“逮李陵衆作，總雜不類，元是僞託，非盡陵制。”即“見疑”之意。

此句用“所以”二字，即是解釋“辭人遺翰，莫見五言”之原因，語意至明。劉説、徐説非是。

⑪ 閲時取證。

“證”，黃校：“一作‘徵’。” 唐寫本、諸本《御覽》五八六引並作“徵”。 沈臨何校本改“證”爲“徵”。 吳翌鳳校作“徵”。

楊氏《補正》：“釋僧祐《弘明集後序》：‘故復撮舉世典，指事取徵。’則作

'徵'是也。"

李氏《斠詮》從唐寫本,校"證"作"徵"。

【按】楊説非是,"證"、"徵"通,毋須改字。《廣韻·蒸韻》:"徵,證。"《説文·壬部》段玉裁注:"徵者,證也。"《禮記·中庸》:"雖善無徵。"鄭玄注:"徵,或爲'證'。"《管子·權修》:"見其可也喜之有徵。"《韓非子·難三》引"徵"作"證"。

此作"取證"自通。《魏書·張淵傳》:"或取證於逢公,或推變於衝午。"又《禮志四》:"今之取證,唯有《王制》一簡,《公羊》一册,考此二書以求厥旨。"《北史·長孫紹遠傳》:"然則還相爲宫,雖有其義,引禮取證。"《陳書·劉師知傳》:"博士、左丞乃各盡事衷,既未取證,須更詢詳。"並"取證"連文之證。

⑫ **比采而推。**

"采",黄校:"一作'類'。" 唐寫本作"彩"。 沈臨何校本改"采"爲"類",云:"校本作'采'。"("類"爲沈氏藏汪本原有朱筆校字。) 《詩法萃編》作"類"。

紀評:"'類'字是。"

户田浩曉《文心雕龍何義門校宋本考》(後簡稱"户田《宋本考》"):"'比類'的字面,《頌讚》篇'比類寓意'有其用例,似應以'類'字爲勝。"

楊氏《補正》:"《御覽》引作'采',與今本同。何校、紀評未可從也。"

【按】諸本皆作"采",黄校云"一作類",蓋據何校本而言。

紀評、户田説可從,此作"類"於義較長,"采(彩)"與下文"散文"義複,蓋此原作"采",字又作"彩",後遂訛作"類"。《頌讚》篇:"比類寓意。"《漢書·高帝紀下》顏師古注:"比類相儗,無尊卑之差別也。"並"比類"連文之證。《諸子》篇:"類聚而求。"《體性》篇:"觸類以推。"《聲律》篇:"概舉而推,可以類見。"又《祝盟》篇:"舉彙而求,昭然可鑒矣。"皆"類推"之義。又鍾嶸《詩品序》:"至若詩之爲技,較爾可知,以類推之,殆均博奕。"亦言類推。

⑬ **兩漢之作乎。**

"兩"上,唐寫本有"故"字。 諸本《御覽》五八六引並有"固"字。(按,王氏《校證》云"唐寫本、《御覽》'兩'上有'固'字",誤。)

趙氏《校記》:"固、故,音近而訛。疑此文當作'固兩漢之作也'。"

范氏《注》、李氏《斠詮》並從《御覽》引,"兩"上補"固"字。

【按】"兩"上,當從《御覽》引補"固"字。"固"、"故"於"本然"義可通用,趙説未確。《荀子·性惡篇》:"凡禮義者,是生於聖人之僞,非故生於人之性也。"

楊倞注：“故，猶本也。”《晏子春秋内篇·雜下》：“乃此則老且惡，嬰與之居故矣，故及其少且姣也。”並其證。然以《樂府》篇“固表裏而相資矣”、《頌讚》篇“固末代之訛體也”、《誄碑》篇“辭靡律調，固誄之才也”例之，此作“固”較長。

⑭ **婉轉附物。**

“婉”，諸本《御覽》五八六引並作“宛”。

楊氏《補正》：“以《章句》篇贊‘宛轉相騰’，《麗辭》篇‘則宛轉相承’，《物色》篇‘既隨物以宛轉’例之，作‘宛’是。當據改。”

【按】楊説非是，今本無誤，毋須改從，唐寫本亦作“婉”。“婉轉”、“宛轉”通。《後漢書·馬援傳》：“曉夕號泣，婉轉塵中。”鍾嶸《詩品》：“婉轉清便，如流風回雪。”並“婉轉”連文之證。

⑮ **清典可味。**

“典”，黄校：“一作‘曲’，從《紀聞》改。”《玉海》五九引作“興”。　元至正本、馮鈔元本、黄傳元本、倫傳元本、弘治本、弘治活字本、汪本、佘本、隆慶本、張本、兩京本、胡本、何本、王批本、訓故本、謝鈔本、初刻梅本、復校梅本、凌本、合刻本、梁本、秘書本、梅六次本、彙編本、別解本、抱青閣本、集成本、尚古本、岡本、薈要本、文津本、文瀾本、張松孫本、王本、崇文本作“曲”，《讀書引》十二引同。　徐燉云：“‘曲’，當作‘典’。”　沈臨何校本改“曲”爲“典”，云：“‘典’字，從《紀聞》。”《詩法萃編》作“曲”。

范氏《注》：“作‘典’字是。《怨詩》四言，義極典雅。”

楊氏《補正》從黄本作“典”，云：“《陸士衡集·遂志賦》：‘《思玄》精煉而和惠，欲麗前人，而優游清典，漏《幽通》矣。’亦以‘清典’二字品評。”

【按】梅氏萬曆初刻本、復校本、天啓六次本皆作“曲”，與元明諸本合，天啓七次本改爲“典”，與唐寫本、諸本《御覽》五八六引合，黄氏從之。文淵本、文溯本並從黄本。

“典”字是，“曲”蓋“典”字之殘，“興”蓋“典”之形訛。《南史·蕭允傳》：“爲詩以叙意，辭理清典。”又《王勱傳》：“又從登北顧樓，賦詩，辭義清典。”《北史·李先傳》：“牋書表疏，文不加點，清典贍速。”又《文苑傳序》：“劉延明之銘酒泉，可謂清典。”並“清典”連文之證。又，《頌讚》篇：“原夫頌惟典雅（懿），辭必清鑠。”亦以“清”、“典”要求頌體。

“典”訓經、常，引申爲古樸、不俗、典正、典重。如《論衡·自紀》：“深覆典雅,指意難覩,唯賦頌耳。"王通《中説‧事君》:"沈休文小人哉,其文冶,君子則典。"即其義。舍人常"典"、"雅"連文,如《詔策》篇:"潘勖《九錫》,典雅逸羣。"《體性》篇:"典雅者,鎔式經誥,方軌儒門者也。"《定勢》篇:"是以模經爲式者,自入典雅之懿。""章表奏議,則準的乎典雅。"並其例。

⑯ **五言騰踊。**

"踊",唐寫本作"躍"。　諸本《御覽》五八六引、《玉海》五九引並作"踴",元至正本、馮鈔元本、弘治本、汪本、佘本、隆慶本、張本、兩京本、何本、王批本、訓故本、謝鈔本、初刻梅本、復校梅本、凌本、合刻本、梁本、秘書本、梅六次本、梅七次本、彙編本、別解本、抱青閣本、集成本、尚古本、岡本、文淵本、文津本、文瀾本、張松孫本、王本、崇文本同,《讀書引》十二引同。　沈臨何校本改"踴"爲"踊"。　《詩法萃編》作"踴"。

徐氏《正字》:"'踊'本當作'湧'。《程器》篇有'江河所以騰湧'句,是正字。此以聲同假用。"

楊氏《補正》:"躍、踴通用。以《宗經》篇'百家騰躍',《總術》篇'義味騰躍而生'例之,此當以作'躍'爲是,今本作'踊'者,殆'踴'之殘誤。"

張氏《考異》:"踴,經傳皆作'踊',《詩‧邶風》:'踊躍用兵。'《禮‧檀弓》:'辟踊,哀之至也。'從'踊'是。"

李氏《斠詮》從楊説,校"踊"作"躍"。

【按】宋元明諸本皆作"踴",黃本忽作"踊",或據何校本而改,或爲誤刻。

楊説非是,此作"踊"或"踴"自通。《説文‧足部》:"踊,跳也。""踊"通"踴"。《韓非子‧難二》:"踴貴而屨賤。"王先慎集解:"踴,即'踊'之俗字。"《文選‧應璩〈與滿公琰書〉》:"歡欣踴躍。"舊校:"五臣本'踴'作'踊'。"《慧琳音義》五"騰踊"注引《説文》云:"踊,跳也。"故"騰踊"又作"騰踴"。《淮南子‧原道訓》:"萬物之至,騰踴肴亂,而不失其數。"《漢書‧魏相丙吉傳》:"今歲不登,穀暴騰踴。"並其證。此仍從明以前諸本作"踴"較長。

⑰ **唯取昭晰之能。**

"晰",唐寫本作"晢",文淵本同。　宋本、宮本、明鈔本、周本、倪本《御覽》五八六引作"晰",尚古本、岡本同,《讀書引》十二引同。　元至正本、馮鈔元本、黃傳元本、弘治本、弘治活字本、汪本、佘本、隆慶本、張本、兩京本、胡本、王批本、訓故本、謝鈔本作"哲"。　尚古本、岡本作"晰"。　文津本作"晢"。

徐爌云:"'晢',當作'晰'。"　沈臨何校本改"晢"爲"晢"。

　　李氏《斠詮》校"晰"作"晢",云:"'晢'一作'晰','明也',从日,折聲,《禮》曰:晢明行事。'見《說文》。段玉裁云:'昭晰皆從日,本謂日之光,引申之爲人之明晢。''昭晰'聯詞,見司馬相如《封禪文》:'首惡鬱没,晻昧昭晰。'"

　　户田《校勘記補》從"晢"。

　　【按】元明諸本多作"晢",梅本作"晰",與何本合,黃氏從之。

　　"晰"當作"晰"或"晢",字當從日,折聲。《說文·日部》:"晢,昭晢,明也。"段玉裁注:"'晢'字日在下,或日在旁作'晰',同耳。"參見《徵聖》篇"文章昭晰以象《離》"條校。

　　⑱ **乃正始明道。**

　　"乃",唐寫本、諸本《御覽》五八六引並作"及"。

　　楊氏《補正》:"'及'字是。"

　　王氏《校證》:"作'乃',與下文'若乃'複矣。"

　　【按】"乃"當從唐寫本作"及",二字形近而誤。"乃"雖可解作"及"(《經詞衍釋》六:"乃,猶及也。"),然下文有"若乃",前後不當犯重,且舍人恒用"及"、"逮及"表時間先後或引起下文,如《明詩》篇:"及大禹成功。"《樂府》篇:"逮及元成。"例多不徧舉。故當以唐寫本、《御覽》引爲是。

　　⑲ **唯嵇志清峻。**

　　"志",元至正本、馮鈔元本、弘治本、弘治活字本、汪本、佘本、隆慶本、張本、兩京本、胡本、何本、王批本、訓故本、謝鈔本、初刻梅本、復校梅本、凌本、合刻本、梁本、秘書本、梅六次本、梅七次本、彙編本、別解本、抱青閣本、集成本、尚古本、岡本、文瀾本、張松孫本、崇文本作"旨",《讀書引》十二引同。　馮舒、馮班校"旨"爲"志",沈臨何校本、張紹仁校同。

　　【按】元明諸本皆作"旨",黃氏據馮校而改作"志",與唐寫本、諸本《御覽》五八六引合。

　　"旨"與下文"阮旨遥深"犯重,作"志"是,二字聲近致訛。《文選·向秀〈思舊賦序〉》云:"余與嵇康、吕安居止接近,其人並有不羈之才,然嵇志遠而疏。"可爲佐證。

　　⑳ **若乃應璩《百一》。**

　　"一",唐寫本作"壹"。

楊氏《補正》：“《才略》篇：‘休璉風情，則《百壹》標其志。’此當從唐寫本作‘壹’，前後始能一律。”

李氏《斠詮》從唐寫本，校“一”作“壹”。

【按】楊説非是，今本無誤，毋須改字。《文選・應璩〈百一詩〉》李善注：“據《百一詩序》云：‘時謂曹爽曰：公今聞周公巍巍之稱，安知百慮有一失乎？’‘百一’之名，蓋興於此也。”可爲旁證。

㉑ 張潘左陸。

“潘左”，唐寫本作“左潘”。　　汪本《御覽》五八六引作“潘左”，其餘各本《御覽》引並作“左潘”。

楊氏《補正》：“《詮賦》《時序》《才略》三篇所叙西晉作者，皆‘左’先於‘潘’，此亦應爾。《宋書・謝靈運傳論》：‘潘陸特秀。’《南齊書・文學傳論》：‘潘陸齊名，機岳之文永異。’《梁書・文學上・庾肩吾傳》：‘太子《與湘東王書》：……近則潘陸顏謝。’《詩品》上：‘景陽潘陸，自可坐於廊廡之間矣。’亦並以‘潘陸’連稱。”

李氏《斠詮》從唐寫本，校“潘左”作“左潘”。

【按】楊説是，此從唐寫本作“左潘”較長。《十六國春秋・後秦錄五・姚興傳中》：“(宗)敞在西方，時論甚美，方敞魏之陳徐，晉之潘陸。”《世説新語・文學》注引《續晉陽秋》：“逮乎西朝之末，潘陸之徒，雖時有質文，而宗歸不異也。”《宋書・謝靈運傳論》：“張蔡曹王，曾無先覺；潘陸謝顏，去之彌遠。”並“潘陸”合稱之例。

㉒ 或枌文以爲妙。

“枌”，唐寫本作“析”。　　宋本、宮本、明鈔本、倪本、周本、鮑本、喜多邨本《御覽》五八六引作“折”，四庫本、張本、汪本《御覽》引作“析”。　　倫傳元本、兩京本、龍谿本作“析”。

范氏《注》、楊氏《補正》、王氏《校證》、張氏《考異》、李氏《斠詮》並校“枌”作“析”。

【按】“枌”作“析”較長。“枌”爲“析”之俗。《廣韻・錫韻》：“析，分也。字從木斤，破木也。枌，俗。”傳録黃氏《輯註》本批注云：“枌、析同。”是。

㉓ 崇盛亡機之談。

“亡”，唐寫本、諸本《御覽》五八六引、秘書本、梅六次本、梅七次本、薈要本、文瀾本、張松孫本作“忘”。　　徐燉、郝懿行云：“當作‘忘’。”　　傳録何沈校本改"忘"爲"亡"。　　楊氏《補正》:"譚獻校作'忘'。"

　　楊氏《補正》、王氏《校證》、李氏《斠詮》、詹氏《義證》並從唐寫本。

　　【按】作"亡"自通,毋須改字。"亡"同"無","亡機"當讀爲"無機"。《文選・王巾〈頭陀寺碑文〉》:"導亡機之權而功濟塵劫。"李周翰注:"亡,無也。若聖人以有機之權,人人以機應,則多惑矣,引以無機,故不亂焉。"李善注:"機,謂機心也。夫以機心導物,物斯以機心應之,物有機心,則結累斯起。故誘以無機之智,何止功濟塵劫乎?《僧肇論》曰:'至人灰心滅智,内無機照之勤。'"可爲佐證。

　　"亡"又通"忘","亡機"亦可讀爲"忘機"。《詩・邶風・緑衣》:"曷維其亡。"鄭玄注:"亡之言忘也。"孫詒讓《札迻》八"《新序》卷九《善謀》君曰:代位不亡社稷,君之道也"條:"《商子・更法》篇作'代立不忘社稷'。'忘'、'亡'古字通。"《論衡・語增篇》:"爲長夜之飲,亡其甲子。"《文選・諸葛亮〈出師表〉》:"忠志之士亡身於外者。"舊校:"(亡)五臣作'忘'。"並其證。"忘機"與"無機"義通,乃玄學論題。

　　㉔ 鮮能通圓。

　　"通圓",唐寫本、諸本《御覽》五八六引並作"圓通"。

　　楊氏《補正》:"作'圓通'是。《論説》篇'義貴圓通',《封禪》篇'辭貴圓通',並其證。庾亮《釋奠祭孔子文》:'應感圓通。'(《藝文類聚》卷三八引)釋僧祐《出三藏記集・胡漢譯經音義同異記序》:'終隔圓通。'舍人《滅惑論》:'觸感圓通。'《高僧傳・釋僧遠傳》:'業行圓通。'《楞嚴經》六:'十三者,六根圓通,明照無二。'亦並以'圓通'爲言。"

　　趙氏《校記》、王氏《校證》、李氏《斠詮》並從唐寫本。

　　【按】"圓通"、"通圓"義固無異。《後漢書・獨行傳序》:"雖事非通圓,良其風軌有足懷者。"亦云"通圓"。此從唐寫本、《御覽》引作"圓通"較長,符合舍人用語常例。

　　㉕ 忽之爲易。

　　"之",唐寫本作"以"。　　汪本《御覽》五八六引作"之",其餘各本《御覽》引並作"以"。

　　楊氏《補正》:"作'以'是也。《國語・晉語四》:'君以爲易,其難將至矣;君以爲難,其易將至焉。'即此文之所自出,正作'以'字。當據正。"

王氏《校證》、張氏《考異》、李氏《斠詮》並從唐寫本。

【按】"之"當從唐寫本作"以"，楊氏引《國語》爲證，甚爲確當。《尚書·咸有一德》："其難其慎，惟和惟一。"孔安國注："其難，無以爲易，其慎，無以輕之。"孔穎達疏："其事甚難，無得以爲易，其事須慎，無得輕忽，爲臣之難如此。"足資旁證。《十六國春秋·南涼録二·禿髮傉檀傳》："蓋爲國家重門之防，不圖陛下忽以爲嫌。""以爲"用法與舍人同。

㉖ 則明於圖讖。

"明"，唐寫本、梅六次本、梅七次本作"萌"，文瀾本、張松孫本同。　汪本《御覽》五八六引作"明"，其餘各本《御覽》引並作"萌"。　徐燉、馮舒、馮班校作"萌"。　傳録何沈校本云："沈本作'明'。"

鈴木《黄本校勘記》、范氏《注》、楊氏《補正》、王氏《校證》、李氏《斠詮》並從唐寫本。

【按】"明"、"萌"聲近，古通。如《國語·晉語》："君之明兆於衰矣。"《御覽·樂部七》引作"君之萌兆衰矣"。此從唐寫本作"萌"較長。《漢書·霍光傳》："霍氏之禍，萌於驂乘。"顏師古注："萌，謂始生也。"於"始生"義舍人屢用"萌"字。如《神思》篇："萬塗競萌。""庸事或萌於新意。"《章句》篇："逆萌中篇之意。"

樂　府　第　七

樂府者，聲依永，律和聲也。鈞天九奏，既其上帝；[①]葛天八闋，爰乃皇時。自《咸》《英》以降，亦無得而論矣。至於塗山歌於"候人"，始爲南音；有娀謠乎"飛燕"，[②]始爲北聲；夏甲歎於東陽，東音以發；殷整思於西河，[③]西音以興：音聲推移，[④]亦不一槩矣。匹夫庶婦，[⑤]謳吟土風，詩官採言，樂盲被律，[⑥]志感絲篁，[⑦]氣變金石。[⑧]是以師曠覘風於盛衰，季札鑒微於興廢，精之至也。

夫樂本心術，故響浹肌髓，先王慎焉，務塞淫濫。敷訓胄子，必歌九德，故能情感七始，化動八風。自雅聲浸微，溺音騰沸，秦燔《樂經》，漢初紹復，制氏紀其鏗鏘，叔孫定其容與。[⑨]於是《武德》興乎高祖,《四時》廣於孝文,雖摹《韶》《夏》,而頗襲秦舊,中和之響,闃其不還。暨武帝崇禮,[10]始立樂府,總趙代之音,撮齊楚之氣,延年以曼聲協律,朱馬以《騷》體製歌。[11]《桂華》雜曲,麗而不經;《赤鴈》羣篇,靡而非典。河間薦雅而罕御,故汲黯致譏於《天馬》也。至宣帝雅頌,詩效《鹿鳴》,[12]遍及元成,[13]稍廣淫樂。正音乖俗,其難也如此。暨後郊廟,惟雜雅章,[14]辭雖典文,而律非夔曠。至於魏之三祖,氣爽才麗,宰割辭調,音靡節平。觀其“北上”衆引,“秋風”列篇,或述酣宴,或傷羈戍,志不出於淫蕩,[15]辭不離於哀思,雖三調之正聲,實《韶》《夏》之鄭曲也。逮於晉世,則傅玄曉音,創定雅歌,以詠祖宗;張華新篇,亦充庭《萬》。然杜夔調律,音奏舒雅,荀勖改懸,聲節哀急,故阮咸譏其離聲,[16]後人驗其銅尺,和樂精妙,[17]固表裏而相資矣。故知詩爲樂心,聲爲樂體。樂體在聲,瞽師務調其器;樂心在詩,君子宜正其文。“好樂無荒”,晉風所以稱遠;[18]“伊其相謔”,鄭國所以云亡。[19]故知季札觀辭,[20]不直聽聲而已。

　　若夫《豔歌》婉孌,《怨志》詇絶,[21]淫辭在曲,正響焉生?然俗聽飛馳,職競新異,雅詠温恭,必欠伸魚睨;奇辭切至,則拊髀雀躍:詩聲俱鄭,自此階矣。凡樂辭曰詩,詩聲曰歌,[22]聲來被辭,辭繁難節。故陳思稱“李延年閑於增損古辭,[23]多者則宜減之”,明貴約也。觀高祖之詠“大風”,孝武之歎“來遲”,歌童被聲,莫敢不協。子建士衡,咸有佳篇,[24]並無詔伶人,故事謝絲管,俗稱乖調,蓋未思也。至於斬伐鼓吹,[25]漢世鐃挽,雖戎喪殊事,而並總入樂府,[26]繆襲所致,[27]亦有可算焉。昔子政品文,詩與歌別,故略具樂篇,[28]以標區界。

　　贊曰:八音摛文,樹辭爲體。謳吟坰野,金石雲陛。《韶》響難追,鄭聲易啓。豈惟觀樂,於焉識禮。

校箋

① **既其上帝。**

“既”,唐寫本作“暨”。　　“其”,《玉海》一〇六引作“具”。

郝懿行云："'其'字疑錯,然《章表》篇有'既其身文'句,與此正同,又疑非誤。"

楊氏《補正》："'暨'、'具'二字並誤。《章表》篇'既其身文',《奏啓》篇'既其如兹',《程器》篇'既其然矣',句法並與此同。舍人《剡山石城寺石像碑》'金剛既其比堅',亦可證。《子苑》六五引作'既其',益足證唐寫本及《玉海》之誤。"

【按】今本作"既其"自通。"具"蓋"其"之形訛。"既其"又作"暨其"。《宋書·謝靈運傳》:"暨其窈窕幽深,寂漠虛遠。"《文選·左思〈吳都賦〉》:"暨其幽邃獨邃,寥廓閑奥。"又繁欽《與魏文帝牋》:"暨其清激悲吟,雜以怨慕。"李善注:"暨,及也。"並可證此文當作"其"。

② 有娀謠乎"飛燕"。

"乎",《玉海》一〇六引、秘書本作"于"。　《頖宫禮樂疏》一、《讀書紀數略》四〇、《詩疑辨證》一引作"於"。

王氏《校證》:"以上下文例之,作'于'爲是,今改爲'於'。"

張氏《考異》、李氏《斠詮》並校"乎"作"於"。

【按】王說是,"乎"作"於"較長,"謠於"與下文"歎於"、"思於"平列,句法一律。蓋"於"又作"于",後遂誤作"乎"。

③ 殷整思於西河。

"整",梅校:"元作'釐'。朱(謀㙔)云:《吕覽》所謂殷整甲也。"　黄校:"元作'氂'。"　唐寫本作'釐'。　元至正本、馮鈔元本、黄傳元本、倫傳元本、弘治本、汪本、佘本、隆慶本、張本、兩京本、胡本、王批本、謝鈔本作"氂",《文儷》十三引同。　徐燉校"氂"作"整"。　馮舒云:"'氂',謝本作'整'。"　馮班標疑"氂"字。　沈臨何校本標疑"氂"字,云:"'釐',朱作'整',《吕覽》所謂殷整甲也。"

趙氏《校記》:"《吕氏春秋·音初》篇云:'殷整甲徙宅西河,猶思故處,實始作爲西音。'此文當本《吕覽》,自以作'整'爲是,'氂'、'釐'均形近致訛。"

張氏《考異》:"《吕氏春秋》元作'殷整甲',河亶甲之名也。從'整'是。"

【按】元明諸本多作"氂",梅本作"整",與《玉海》一〇六引、何本、訓故本合,黄氏從之。凌本、合刻本、梁本亦並同梅本。

趙說是,"釐"、"氂",蓋並"整"之形訛。黄氏輯注"殷整"條引《吕氏春秋》,即作"殷整甲"。

④ 音聲推移。

“音”，唐寫本作“心”。

楊氏《補正》：“唐寫本是。‘心聲’二字出《法言·問神》篇，此指歌辭。《書記》《夸飾》《附會》三篇並有‘心聲’之文。”

劉氏《校釋》、李氏《斠詮》並從唐寫本。

【按】楊説是，“音”當從唐寫本作“心”。作“音”，與上文“西音”犯重。《法言·問神》：“故言，心聲也；書，心畫也。”李軌注：“聲發成言，畫紙成書。書有文質，言有史野，二者之來，皆由於心。”此舍人所本。又，《子夏易傳·謙》六二爻辭：“陽者，衆陰之所求也，二承而親之，既得於心聲以發外，謙而鳴之辭也。”此“心聲”連文之證。

⑤ 匹夫庶婦。

梅校：“‘匹’元作‘及’，許改。” 唐寫本作“及疋夫庶婦”。 元至正本、黃傳元本、弘治本、汪本、佘本、隆慶本、張本、兩京本、胡本、王批本、訓故本作“及夫庶婦”，《文儷》十三引同。 徐爌校“及”作“匹”。 沈臨何校本改“及”爲“匹”，張紹仁校同。

楊氏《補正》：“唐寫本是。許改以前各本均作‘及夫庶婦’，乃‘及’下脱一‘匹’字。許改於文意雖合，於語勢則失矣。”

李氏《斠詮》句首補“及”字，云：“上文叙塗山、有娀、夏甲、殷整之作始四方音，皆爲貴族之歌謠，此處用一‘及’字以承上起下，再説明平民之歌謠所自起。”

趙氏《校記》、張氏《考異》並從唐寫本。

【按】元明諸本多作“及夫庶婦”，梅本作“匹夫庶婦”，與何本、謝鈔本合，黃氏從之。

諸説是，此文當從唐寫本作“及匹（疋即匹之俗）夫庶婦”。元至正本、弘治本等“及”下俱缺“匹”字，黃本及馮鈔元本、何本、謝鈔本等“匹”上俱缺“及”字。“及”訓“若”，與上文“至於”照應。《經傳釋詞》：“及，猶若也。《禮·樂記》：‘樂極則憂，禮粗則偏矣。及夫敦樂而無憂，禮備而無偏者，其唯大聖乎？’及夫，猶若夫也。”則此“及”字亦當解作及夫、若夫。《辨騷》篇：“名儒辭賦，莫不擬其儀表，所謂金相玉質，百世無匹者也。及漢宣嗟歎，以爲皆合經術；揚雄諷味，亦言體同《詩·雅》。”《詮賦》篇：“……凡此十家，並辭賦之英傑也。及仲宣靡密，發端必遒；偉長博通，時逢壯采；……亦魏晉之賦首也。”“及”之用法並與此同。

⑥ **樂盲被律**。

“盲”，梅校：“元作‘育’，許改。”　梅六次本改“盲”爲“胥”，校云：“元作‘育’，許改。”　唐寫本作“胥”。　《玉海》一〇六引、梅六次本、梅七次本作“胥”，集成本、文瀾本、張松孫本同。　元至正本、黄傳元本、倫傳元本、弘治本、汪本、佘本、隆慶本、張本、兩京本、王批本作“育”，《文儷》十三引同。　別解本、清謹軒本作“音”。　徐燉云：“樂胥、大胥，見《禮記》。”　沈臨何校本改“育”爲“盲”，傳録何沈校本云：“‘胥’，宋本‘盲’。”　張紹仁校“育”作“盲”。

潘氏《札記》：“樂胥，猶言樂吏。作‘胥’是。”

楊氏《補正》：“此作‘樂胥’，與上句‘詩官’相對。”

王氏《校證》、張氏《考異》、李氏《斠詮》並校“盲”作“胥”。

【按】元明諸本多作“育”，梅本作“盲”，與何本、謝鈔本合，黄氏從之。

諸説是，“盲”當作“胥”。唐寫本作“胥”，即古文“胥”（見《正字通》）。“育”、“盲”、“胥”、“音”，蓋並“胥”之形訛。户田《燉煌本》云：“諸本作‘盲’字，不僅因爲‘胥’、‘盲’二字形似，且因有瞽史、瞽師等語，瞽即樂師，據此意而改爲‘盲’。另作‘育’諸本，或恐因‘胥’、‘盲’二字形近而誤。”此説甚是。梅六次本已改作“胥”，惜黄氏未能擇善而從。

“胥”，《廣韻》音私吕切（xǔ）。《集韻·語韻》：“胥，有才知者。”《漢書·司馬相如傳》：“樂樂胥。”顏師古注：“胥，有材知之人也。”又特指樂官。《禮記·喪服大記》：“大胥是斂，衆胥佐之。”鄭玄注：“胥，樂官也。”《周禮·春官·大司樂》：“大胥中士四人，小胥下士八人。”《禮記·王制》：“將出學，小胥、大胥、小樂正簡不帥教者，以告于大樂正。”鄭玄注：“小胥、大胥，皆樂官屬也。”此舍人用字所本。潘氏釋“樂胥”爲“樂吏”，恐未爲達詁。

⑦ **志感絲簧**。

“簧”，唐寫本作“簧”。

楊氏《補正》：“《總術》篇：‘聽之則絲簧。’亦以‘絲簧’連文，則此當從唐寫本作‘簧’，前後一律。《文選·馬融〈長笛賦〉》：‘漂凌絲簧。’吕向注：‘絲，琴瑟也。簧，笙也。’”

李氏《斠詮》從今本，云：“‘絲簧’猶言絲竹，與下句‘金石’對，不須改字。‘簧’《説文》訓竹田，又用爲竹之通稱，此處包括‘笙、簫、管、笛’等一切竹製樂器而言。而‘簧’但爲樂器中之薄葉，以竹箬或銅片爲之，吹之以發聲者，但指以簧片發音之樂器，如笙、風琴、口琴等是。揆諸《禮・樂記》'金石絲竹樂之器也'之言，此處自以作'絲簧'爲正。"

劉氏《校釋》從唐寫本，校"篁"作"簧"。

【按】楊説是，此從唐寫本作"簧"較長，《總術》篇作"絲簧"，足資旁證。"篁"，訓竹園、竹林。《説文・竹部》："篁，竹田也。"又，《玉篇・竹部》："篁，竹名。"元李衎《竹譜詳録・竹品譜・全德品》："篁竹，又名麻竹，出兩廣兩江。"又云："簧竹出江淮間，叢生，與慈竹大同，……可作笙簧，故名。"可知"篁"作爲竹名，又稱"篁竹"，與"簧竹"不同，"篁"字並非竹之通稱。

"簧"之本義爲樂器内用以震動發聲之竹片或金片。《説文・竹部》："簧，笙中簧也。"《釋名・釋樂器》："簧，横也，於管頭横施於中也，以竹、鐵作。"引申爲樂器名。《正字通・竹部》："笙、竽，皆謂之簧。""絲簧"，謂絲竹類樂器。《文選》李善注引《風俗通》曰："簧，笙中簧也。大笙謂之簧。"吕向曰："絲，琴瑟也。簧，笙也。"

於樂器義，朱駿聲認爲"簧"可假借爲"篁"（《説文・竹部》通訓定聲），然李富孫《詩經異文釋》七則云："'吹笙鼓簧'，白帖引作'鼓篁'。按，'簧'作'篁'，字之譌。"則終當以"簧"爲正字。《南齊書・樂志三》："環紘像綴，緬密絲簧。"王勃《益州夫子廟碑》："使絲簧金石長懸闕里之堂。"可爲"絲簧"連文之證。

⑧ 氣變金石。

"石"，唐寫本作"竹"。

楊氏《補正》："《詩品序》：'古曰詩頌，皆被之金竹。'疑此原亦作'金竹'。傳寫者蓋狃于'金竹'連文不習見而改耳。"

王氏《校證》："作'竹'不可從。上已言'篁'，此不復言'竹'。《書記》篇雖有'金竹'之文，但彼謂銅虎符及竹使符，與八音之'金竹'又有別也。"

【按】楊説非是，"石"字無誤，毋須改從。此與上文"絲簧"對文，"絲簧"即絲竹（見上條校），此不應復作"金竹"。《荀子・樂論》："故樂者，所以道樂也，金石絲竹，所以道德也。"《莊子・駢拇》："金石絲竹，黄鐘大吕之聲，非乎？"《漢書・徐樂傳》："金石絲竹之聲不絶於耳。"並"金石"與"絲竹"對舉之證。

⑨ 叔孫定其容與。

"與"，唐寫本作"典"。

潘氏《札記》："《漢書・禮樂志・郊祀歌》：'澹容與，獻嘉觴。'《後漢書・馮衍傳》：'俟回風而容與。'章懷注：'容與，猶從容也。'《楚辭·懷沙》：'孰知余之容與。'王逸注：'從容，舉動也。'蓋鏗鏘言其音，容與言其儀也。'鏗鏘'、'容與'，駢字相儷，作'容與'爲長。"

楊氏《補正》："唐寫本是。《後漢書·曹襃傳論》：'漢初，天下創定，朝制無文，叔孫通頗採經禮，參酌秦法，雖適物觀時，有救崩敝，然先王之容典，蓋多闕矣。'章懷注：'容，禮容也。典，法則也。謂行禮威儀俯仰之容貌也。'舍人所謂'定容典'者，蓋指其制宗廟樂之禮容法則也。《新唐書·歸崇敬傳》：'治禮家學，多識容典。'亦可爲此當作'容典'之證。"

張氏《考異》："'容與'，出《離騷》，與'鏗鏘'爲對文也。此從'與'爲是。"

劉氏《校釋》、王氏《校證》、李氏《斟詮》並校"與"作"典"。

【按】楊說非是，此作"與"自通，毋須改字。作"典"，與下文"靡而非典"犯重，蓋即"與"之形訛。"容與"，乃聯綿詞，形容習禮時應節回翔之狀，與上句之"鏗鏘"對文，如作"容典"，則詞性不類矣。張說得之。

"容與"乃古人常語，形容行進節奏之貌。《楚辭·離騷》："遵赤水而容與。"蔣驥注："回翔貌。"又《九章·哀郢》："楫齊揚以容與兮。"朱熹集注："容與，徘徊也。"《史記·司馬相如傳》："弭節容與兮。"司馬貞索隱："容與，游戲貌。"《文選·司馬相如〈子虛賦〉》："於是楚王乃弭節徘徊，翱翔容與。"郭璞注："翱翔，徘徊，言自得也。"並其證。又形容樂舞之容。如《楚辭·九歌·禮魂》："姱女倡兮容與。"朱熹集注："容與，有態度也。"蔣驥注："容與，舞有態度也。"

此云"定其容與"，指規定樂舞動作。《禮記·樂記》："故聽其雅頌之聲，志意得廣焉；執其干戚，習其俯仰詘伸，容貌得莊焉；行其綴兆，要其節奏，行列得正焉，進退得齊焉。"《史記·樂書》裴駰集解引王肅注："終始周旋，皆樂之節奏容儀發動也。"並樂舞動作容與之證。

"容典"，乃指一套行禮威儀規法，無關音樂、樂舞。《史記·叔孫通傳》："徙爲太常，定宗廟儀法。及稍定漢諸儀法，皆叔孫生爲太常所論著也。"《後漢書·曹襃傳》："叔孫通頗採經禮，參酌秦法，……然先王之容典，蓋多闕矣。"李賢注："容，禮容也；典，法則也。謂行禮威儀俯仰之容貌也。"即其證。

⑩ **暨武帝崇禮。**

"禮"，唐寫本作"祀"。

趙氏《校記》："《漢書·禮樂志》云：'武帝定郊祀之禮，乃立樂府。'則當以作‘祀’,於義爲長。”

范氏《注》:“作‘祀’,義亦通。《宋書·樂志一》:‘漢武帝雖頗造新哥,然不以光揚祖考,崇述正德爲先,但多詠祭祀見事及其祥瑞而已,商周雅頌之體闕焉。’是可爲崇祀之證。”

王氏《校證》:“《兩都賦序》:‘至於武宣之世,乃崇禮官,考文章,内設金馬石渠之署,外興樂府協律之事。’此蓋彦和所本。唐寫本作‘祀’,未可從。”

【按】趙、范兩説非是,今本作“禮”自通,毋須改從。《集韻·薺韻》:“禮,古作‘礼’。”唐寫本作“祀”,蓋“礼”之形訛。祭祀亦屬禮儀,崇禮必崇祀。據《兩都賦序》“崇禮官”云云,可知樂府之興,不惟武帝因崇祀而起。

《漢書·匡衡傳》:“臣聞教化之流,非家至而人説之也。賢者在位,能者在職,朝廷崇禮,百僚敬讓。”《鹽鐵論·崇禮》:“王者崇禮施德,上仁義而賤怪力。”並“崇禮”連文之證。

⑪ 朱馬以《騷》體製歌。

“朱”,沈臨何校本改“朱”爲“枚”,傳録何沈校本云:“一作‘枚’。” 吳翌鳳校作“枚”。 譚獻云:“‘朱’,沈校本改‘枚’。”《文體明辯》六、《詩法萃編》引作“司”。

范氏《注》:“陳先生曰:‘朱馬,或疑爲‘司馬’之誤,非是。朱或是朱買臣。《漢書》本傳言買臣疾歌謳道中,後召見,言《楚辭》,帝甚説之。又《藝文志》有買臣賦三篇,蓋亦有歌詩,志不詳耳。’師説極精。買臣善言《楚辭》,彦和謂以騷體製歌,必有所見而云然。”

劉氏《校釋》:“‘朱’疑‘枚’誤。《漢書·佞幸傳》《李延年傳》,皆言司馬相如等作詩頌。《枚乘傳》言:‘乘子皋,從行至甘泉、雍、河東。東巡狩封泰山,塞決河宣房,游觀三輔離宮館,臨山澤弋獵,射馭狗馬,蹵鞠刻鏤。上有所感,輒使賦之。’又與司馬相如比論。或疑買臣善《楚辭》,朱乃買臣也,恐非。”

楊氏《補正》:“‘朱’字不誤。朱爲朱買臣,王惟儉、梅慶生所注是也。沈、吳校爲‘枚’(《文選》李善注曾四引枚乘樂府詩句‘美人在雲端,天路隔無期’,蓋沈、吳所據),徐、許改作‘司’,並非。”

張氏《考異》:“范注引朱改作‘枚’非。《漢書·朱買臣傳》言楚詞,帝甚悦之。‘朱’字不誤。”

【按】劉説非是。唐寫本亦作“朱馬”,可證今本無誤。《漢書·朱買臣傳》："(朱買臣)常艾薪樵，賣以給食，擔束薪，行且誦書，其妻亦負戴相隨，數止買臣毋歌嘔道中(師古曰：嘔讀曰謳)，買臣愈益疾歌。"又："會邑子嚴助貴幸，薦買臣，召見，説《春秋》，言《楚詞》，帝甚説之。拜買臣爲中大夫，與嚴助俱侍中。"知朱買臣喜謳歌，擅《楚辭》，此蓋舍人所本。

⑫ 至宣帝雅頌，詩效《鹿鳴》。

唐寫本作"至宣帝雅詩，頗劾《鹿鳴》"。

楊氏《補正》："今本'頌'字，即'頗'字之倒誤。'頗效《鹿鳴》'者，即《漢書·王襃傳》'選好事者，令依《鹿鳴》之聲，習而歌之'之意。"

王氏《校證》："蓋'頗'初誤作'頌'，繼又誤乙在'詩'前也。'頗效'與'稍廣'對文。"

李氏《斠詮》從唐寫本。

【按】楊、王兩説是，今本於義難通，當依唐寫本改"頌"爲"頗"，且移於"詩"後，作"至宣帝雅詩，頗效《鹿鳴》"。"劾"乃"效"之俗，舍人混用不別，如《定勢》篇云"劾《騷》命篇者"，《比興》篇云"資此劾績"，而《宗經》篇云"效鬼神"，《誄碑》篇云"景而效者"，等等。此從今本作"效"較長。

《隋書·經籍志》："後魏文帝頗效屬辭，未能變俗，例皆淳古。"《五百家注昌黎文集·別知賦送楊儀之》："雲浩浩其常浮。"補注："江淹《別賦》云：'風蕭蕭而異響，雲漫漫兮奇色。'公此頗效其體。"並可爲"頗效"連文之佐證。

⑬ 邇及元成。

"邇"，唐寫本作"逮"。

李氏《斠詮》："邇，近也。見《説文》。元帝爲宣帝子，成帝爲宣帝孫，元成緊接宣帝而嗣位，故云'邇及'，不須改字。"

楊氏《補正》、張氏《考異》並從唐寫本。

【按】李説非是，"邇"當從唐寫本作"逮"，二字形近而誤。《原道》篇："逮及商周，文勝其質。"《諸子》篇："逮及七國力政，俊乂蠭起。"並"逮及"連文之證。

⑭ 暨後郊廟，惟雜雅章。

唐寫本"後"下有"漢"字，"雜"作"新"。　訓故本標疑"惟"字。

范氏《注》："有'漢'字是。'雜'作'新'，亦是。'惟新雅章'，指東平王蒼所制也。"

徐氏《正字》："'後'字下疑脱'漢'字。"

李氏《斠詮》從唐寫本。

【按】此文當從唐寫本作"暨後漢郊廟,惟新雅章"。"漢"字當補,上言"元成"爲前漢事,此當叙後漢事。"後漢"乃舍人常用語,如《誄碑》篇:"自後漢以來。"《哀弔》篇:"降及後漢(依唐寫本)。"並其證。

"雜"字費解,王氏標疑"惟"字,蓋於此句亦有疑。唐寫本作"新",用作動詞,是。如《尚書·商書》:"今嗣王新服厥命,惟新厥德。"孔安國傳:"新其德,戒勿怠。"《奏啓》篇:"後之彈事,迭相斟酌,惟新日用。"用法與此同。"惟新雅章",謂制作新雅樂。下文"律非夔曠",明所制新雅樂與古雅樂音律不合。《後漢書·東平憲王蒼傳》:"是時中興三十餘年,四方無虞,蒼以天下化平,宜修禮樂,乃與公卿共議定南北郊冠冕車服制度,及光武廟登歌八佾舞數。語在《禮樂》《輿服志》。"《東觀漢記·樂志》:"孝章皇帝親著歌詩四章,列在《食舉》。又制《雲臺十二門》詩,各以其月祀而奏之。熹平四年正月中,出《雲臺十二門》新詩,下大予樂官習誦,被聲,與舊詩並行者,皆當撰録。"此蓋舍人所本。

⑮ **志不出於淫蕩。**

"淫",唐寫本作"慆"。　元至正本、馮鈔元本、黃傳元本、弘治本、汪本、隆慶本、張本、兩京本、胡本、何本、訓故本、謝鈔本、初刻梅本、復校梅本、凌本、合刻本、梁本、秘書本、梅六次本、梅七次本、梁本、彙編本、別解本、抱青閣本、集成本、尚古本、岡本、文淵本、文津本、文瀾本、張松孫本、崇文本作"滔",《文儷》十三、《古樂苑》衍録一、《古儷府》九引同。　楊氏《校注》云胡本作"滔"。　沈臨何校本改"滔"爲"淫"。　張爾田圈點"滔"字。

劉氏《校釋》:"'滔'乃'慆'誤。"

楊氏《補正》:"'慆'字是。'滔'蓋'慆'之形誤,'淫'非由字誤,即寫者妄改。《左傳·昭公元年》:'先王之樂,所以節百事也。……於是乎有煩手淫聲,慆堙心耳。……君子之近琴瑟,以儀節也,非以慆心也。'杜注:'爲心之節儀,使動不過度。'《尚書大傳》:'師乃慆,前歌後舞。'鄭玄注曰:'慆,喜也。衆大喜,前歌後舞也。'(《御覽》四六七引)《說文·心部》:'慆,說(悅)也。'《玉篇·心部》:'慆,喜也,慢也。'《廣韻·六豪》:'慆,悅樂。''志不出於慆蕩',承上'或述酣宴'句,'悅'、'喜'、'慢'、'悅樂'四訓,皆與文意吻合。"

王叔岷《文心雕龍綴補》(後簡稱"王氏《綴補》"):"明嘉靖本(按,實爲萬曆張之象本)'淫'作'滔',《古詩紀別集》一引同。'滔蕩'複語,'滔'亦'蕩'也。

（《淮南子·本經》篇：‘共工振滔洪水。’高誘注：‘滔，蕩也。’）滔、慆正、假字。黃本作‘淫’，蓋妄改。《淮南子·精神》篇：‘五藏搖動而不停，則血氣滔蕩而不休矣；血氣滔蕩而不休，則精神馳騁於外而不守矣。’《劉子·防欲》篇（按，當爲《清神》篇）：‘志氣縻於趣捨，則五藏滔蕩而不安。’並以‘滔蕩’連文，與此取義亦同。”

王氏《校證》校作“滔”。李氏《斠詮》從唐寫本，校作“慆”。

【按】元明諸本多作“滔”，梅本作“淫”，與王批本合，黃氏從之。

楊説非是，“淫”當從元至正本等作“滔”。“淫”、“慆”蓋並“滔”之形訛。《楚辭·九嘆·怨思》：“鴻溶溢而滔蕩。”《呂氏春秋·音初》：“流辟誂越慆濫之音出，則滔蕩之氣，邪慢之心感矣。”《淮南子·精神訓》：“使神滔蕩而不失其充。”《文選·曹植〈贈丁翼〉》：“滔蕩固大節。”並“滔蕩”連文之證。

上文云“氣爽”，則此“志”字當訓“氣”，“志不出於滔蕩”，猶言惟求志氣滔蕩，亦即《淮南子》所云“血氣滔蕩”。既是“述酣宴”、“傷羇戍”，則其聲氣必滔蕩不安，有違中和之道。楊氏以喜樂釋“慆蕩”，認爲“志不出於慆蕩”僅承上“或述酣宴”句而言，非是，“志不出於滔蕩，辭不離於哀思”，乃統言“北上衆引，秋風列篇”之特點，“滔蕩”亦當涵蓋“傷羇戍”者。

古之“淫蕩”，乃一貶義詞，可訓放濫。如《尚書·微子之命》：“撫民以寬，除其邪虐。”孔安國注：“撫民以寬政，放桀邪淫蕩之德。”即其義。“淫”、“淫蕩”，又可訓男女越禮、淫亂。《小爾雅·廣義》：“男女不以禮交，謂之淫。”《易·繫辭上》：“冶容誨淫。”《管子·小匡》：“男女不淫。”晉佛陀跋陀羅共法顯譯《摩訶僧祇律·明四波羅夷法之一婬戒之一》：“初夜坐禪時，有婬蕩年少來，欲侵逼諸比丘尼，比丘尼各以神足得脱。”《魏書·鄭羲傳》：“幼儒亡，後妻淫蕩兇悖，肆行無禮。”並其義。然則稱曹氏“述酣宴”、“傷羇戍”之歌詩爲無德，爲越禮，無乃太過乎？《時序》篇云：“建安之末，區宇方輯。魏武以相王之尊，雅愛詩章；文帝以副君之重，妙善辭賦；陳思以公子之豪，下筆琳瑯。”《才略》篇云：“然而魏時話言，必以元封爲稱首；宋來美談，亦以建安爲口實。何也？豈非崇文之盛世，招才之嘉會哉？”可知舍人乃極推建安及三曹文學者，故其述曹氏之樂府，不應反厚誣之如此。

⑯ 故阮咸譏其離聲。

“聲”，唐寫本作“磬”。

楊氏《補正》從唐寫本，云：“《禮記·明堂位》：‘垂之和鍾，叔之離磬。’鄭注：‘和、離，謂次序其聲縣也。’孔疏：‘叔之離磬者，叔之所作編離之磬。和、離謂次序其聲縣也者，聲解和也，縣解離也，言縣磬之時，其磬稀疏相離。’據此，咸譏荀勖之離磬者，蓋以其改懸依杜夔所造鍾磬有所參池而言。若作‘聲’，則非其指矣。”

張氏《考異》、李氏《斠詮》並從唐寫本。

【按】楊說是，“聲”當從唐寫本作“磬”，形近而誤。作“聲”與上文“聲節”字複。“離磬”與“銅尺”對文。《說文·石部》：“磬，樂石也。從石，殸。象縣虡之形。殳，擊之也。”磬須懸掛奏擊，正可照應上文“改懸”之義。

據《禮記·明堂位》，可知“和鍾”、“離磬”乃專名，指標準樂器，泛指金石樂律。《晉書·律歷志上》：“荀勖造新鍾律，與古器諧韻，時人稱其精密，惟散騎侍郎陳留阮咸譏其聲高，聲高則悲。”又《樂志上》：“荀勖又作新律，……自謂宮商克諧。……咸常心譏勖新律聲高，以爲高近哀思，不合中和。”“泰始九年，光祿大夫荀勖以杜夔所制律呂，校太樂、總章、鼓吹八音，與律呂乖錯，乃制古尺，作新律呂，以調聲韻。”《世說新語·術解》注引《晉後略》曰：“鍾律之器，自周之末廢。……魏氏使協律知音者杜夔造之，不能考之典禮，……於是世祖命中書監荀勖依典制定鍾律。”可知，此“離磬”當指荀勖所造之新鍾律。

⑰ **和樂精妙。**

“樂”下，唐寫本有“之”字。

趙氏《校記》、范氏《注》、王氏《校證》、李氏《斠詮》並從唐寫本。

【按】唐寫本有“之”字語勢較長。《尚書·盤庚上》：“邦之臧，惟汝衆。”“之”字用法與此同。“和樂之精妙，固表裏而相資矣”，乃承上文“杜夔調律，音奏舒雅；荀勖改懸，聲節哀急，故阮咸譏其離磬，後人驗其銅尺”，言和樂之所以精妙，本爲樂器律呂與心聲相互配合之結果。

⑱ **晉風所以稱遠。**

“遠”，唐寫本作“美”。

李氏《斠詮》：“依《左傳》季札觀樂之記事，字宜作‘遠’。”

【按】今本自通，唐寫本作“美”非是。《左傳·襄公二十九年》：“爲之歌唐。曰：‘思深哉！其有陶唐氏之遺民乎？不然，何憂之遠也？’”唐在晉地，故稱晉風，此蓋舍人所本。“遠”謂憂深思遠。

⑲ 鄭國所以云亡。

“云”，顏氏《集注》：“‘先’之誤字。”

詹氏《義證》：“‘云亡’與‘稱遠’對文，‘云’字不誤。”

【按】顏說不可從，今本自通。詹說是，此“云”字亦當訓稱。《楚辭·天問》：“伏匿穴處爰何云。”蔣驥注：“云，稱也。”

⑳ 故知季札觀辭。

楊氏《補正》：“‘辭’字，蓋涉下文而誤。事見《左傳·襄公二十九年》。贊中亦有‘豈惟觀樂’語。《禮記·樂記》：‘君子之聽聲，非聽其鏗鏘而已。’”

王氏《校證》：“‘觀樂’與下文‘聽聲’相屬，且本贊亦作‘觀樂’。”

張氏《考異》從王氏說。

【按】楊、王兩說是，“辭”疑當作“樂”。《左傳·襄二十九年》：“吳公子札來聘，……請觀於周樂。”此舍人所本。《漢書·地理志》：“吳札觀樂，爲之歌《秦》。”《易林·大畜之離》：“延陵適魯，觀樂太史。”並“觀樂”連語。

㉑ 《怨志》訣絶。

唐寫本作“《宛詩》訣絶”。元至正本、黃傳元本、弘治活字本、兩京本、胡本作“《怨志》訣絶”。 龍谿本作“《怨志》佚絶”。 譚獻校“詇”作“訣”。 張爾田圈點“訣”字。

趙氏《校記》：“疑此文當作‘《怨詩》訣絶’，與上句相對成文。”

范氏《注》：“唐本近是，‘宛’疑是‘怨’之誤。”

戶田《校勘記補》：“‘豔歌’與‘怨詩’，相對而成文，‘詩’字似是。”

李氏《斠詮》校作“《怨詩》訣絶”。

【按】諸說是，合唐寫本、元至正本等而觀之，此文疑當作“《怨詩》訣絶”。“詇”蓋“訣”之形訛，“佚”又由“訣”致誤。唐寫本作“宛”，當視爲“怨”之通假字。王引之《經義述聞·名字解詁·楚卻宛字子惡》：“宛，當讀爲怨，宛、怨古同聲，故借宛爲怨。”

《明詩》篇云：“至於張衡《怨篇》。”《御覽》九八三引有張衡《怨詩》。《文選·王粲〈贈士孫文始〉》：“同心離事，乃有逝止。”李善注：“張衡《怨詩》曰：同心離居，絶我中腸。”又，《文選·謝朓〈和王主簿怨情〉》：“相逢詠蘼蕪，辭寵悲班扇。”李善注：“班婕妤《怨詩》曰：新裂齊紈素，鮮潔如霜雪。”《陶淵明集》二有“怨詩楚調示龐主簿鄧治中”詩，《宋書·樂志三》有“楚調怨詩”。《晉書·桓宣傳附桓傳》：“奴既吹笛，伊便撫箏而歌《怨詩》曰：‘爲君既不易，爲臣良獨難。忠信事不顯，乃有見疑患。周旦佐文武，《金縢》功不刊。推心輔王政，二叔反流言。’”《世説新語·任誕》注引《續晉陽秋》亦云桓伊“歌《怨詩》”。並“怨詩”連文之證。

李氏《斠詮》云：“《怨詩》，本《相和曲》中之《楚調曲》，如《白頭吟》……語意幽怨淒涼，殆彦和所謂‘決絶’者耶？”王先謙《漢鐃歌釋文箋正·略例》：“豓者，辭中哀急婉變之音。”則“豓”、“怨”當並指音樂特徵而言。

㉒ 詩聲曰歌。

“詩”，唐寫本作“咏”。

楊氏《補正》：“唐寫本是。咏同詠。《漢書·藝文志·六藝略》：‘誦其言謂之詩，詠其聲謂之歌。’舍人語本此。《禮記·樂記》：‘歌，詠其聲也。’《國語·魯語下》：‘歌，所以詠詩也。’《説苑·修文》篇：‘歌，詠其聲。’並其證。今本蓋涉上‘詩’字而誤。”

王氏《校證》、李氏《斠詮》並校“詩”作“詠”。

【按】楊説是，“詩”當從唐寫本作“詠”，蓋涉上文或形近而誤。《毛詩序》：“嗟歎之不足，故永歌之。”孔穎達疏：“《藝文志》云：‘誦其言謂之詩，詠其聲謂之歌。’然則在心爲志，出口爲言，誦言爲詩，咏聲爲歌，播于八音謂之爲樂。”蓋舍人所本。

㉓ 故陳思稱李延年閑於增損古辭。

“李”，唐寫本作“左”。

黃氏《札記》：“‘李延年’當作‘左延年’。左延年，魏時之擅鄭聲者，見《魏志·杜夔傳》。《晉書·樂志》，增損古辭者，取古辭以入樂，增損以就句度也。”

楊氏《補正》：“今本蓋寫者不甚了了左延年其人其事，而又囿於上文‘延年以曼聲涉律’句妄改耳。《晉書·樂志上》：‘杜夔傳舊雅樂四曲：一曰《鹿鳴》，二曰《騶虞》，三曰《伐檀》，四曰《文王》，皆古聲辭。及太和(魏明帝年號)中，左延年改變《騶虞》《伐檀》《文王》三曲，更自作聲節，其名雖存，而聲實異。’此左延年‘增損古辭’之可考者。”

范氏《注》、王氏《校證》、李氏《斠詮》並從唐寫本。

【按】黃、楊兩説是，“李”當從唐寫本作“左”。《三國志·魏書·杜夔傳》：“弟子河南邵登、張泰、桑馥，各至太樂丞。……自左延年等雖妙於音，咸善鄭聲，其好古存正，莫及夔。”《宋書·樂志一》：“晉泰始十年，中書監荀勗、中書令張華，出御府銅竹律二十五具，部太樂郎劉秀等校試，其三具與杜夔及左延年律法同。"並云左延年乃魏人。《宋書·樂志九》："魏氏及晉荀勖、傅玄並爲哥辭，魏時以《遠期》《承元氣》《海淡淡》三曲多不通利，省之。魏雅樂四曲：一曰《鹿鳴》，後改曰《於赫》，詠武帝，二曰《騶虞》，後改曰《巍巍》，詠文帝，三曰《伐檀》，後省除，四曰《文王》，後改曰《洋洋》，詠明帝。《騶虞》《伐檀》《文王》，並左延年改其聲。"《魏書·樂志五》："及黃巾、董卓以後，天下喪亂，諸樂亡缺，魏武既獲杜夔，令其考會古樂，而柴玉、左延終以新聲寵愛。"亦並謂左延年改樂之事。

㉔ **咸有佳篇。**

"咸"，唐寫本作"亟"。

楊氏《補正》："作'亟'是。亟，屢也。《諸子》篇'《鶡冠》綿綿，亟發深言'，《時序》篇'微言精理，亟滿玄席'，其用'亟'字義與此同。"

李氏《斠詮》："亟，頻數也，'亟有'猶言屢有，亦通。"

【按】楊説是，"咸"當從唐寫本作"亟"，形近而誤。作"咸"與下文"並"義複。《詩·周頌·桓》："綏萬邦，婁豐年。"鄭玄箋："婁，亟也。誅無道安天下，則亟有豐熟之年，陰陽和也。"《宋書·州郡志》："或一郡一縣，割成四五，四五之中，亟有離合，千回百改。"並古書"亟有"連文之證。"亟"，《廣韻》去吏切（qì），《玉篇·二部》："亟，數也。"此謂曹植、陸機佳篇頻見。

㉕ **至於斬伎鼓吹。**

"斬"，梅校："俞羨長云：疑作'軒'。" 唐寫本、馮鈔元本、訓故本、謝鈔本、梅六次本、梅七次本、集成本、薈要本、文溯本、文瀾本、張松孫本、崇文本作"軒"。 《古詩記》一四五引作"斬"，注云："疑作'軒'。" 徐燉云："'斬'，一作'軒'。" 沈臨何校本改"斬"爲"軒"。 張紹仁校作"軒"。 "伎"，黃校："疑作'岐'。" 唐寫本作"歧"。 訓故本、薈要本、文溯本作"岐"。 梅六次本、梅七次本、集成本、文溯本、文瀾本、張松孫本、崇文本作"代"。 傳錄何沈校本云："（代）沈本作'伎'。"《詩法萃編》改"斬伎"作"軒岐"。

楊氏《補正》："作'軒岐'是。《東觀漢記·樂志》：'黃門鼓吹，……其短簫鐃歌，軍樂也。其傳曰：黃帝、岐伯所作，以建威揚德，風敵（此字原脱，今補）勸士也。'"

張氏《考異》："斬伎'爲'軒歧'，形近致誤，軒轅、歧伯也。見崔豹《古今注》

及《宋書‧樂志》。"

鈴木《黃本校勘記》、王氏《校證》、李氏《斠詮》並校"斬伎"作"軒岐"。

【按】訓故本以前諸本皆作"斬伎",梅氏初刻本、復校本同,梅氏天啓二本改爲"軒代",黃氏仍從初刻本。

"斬伎"當作"軒岐",黃氏輯注所出條目,即改作"軒岐",引崔豹《古今注》解作黃帝、岐伯。《漢書‧藝文志》神僊十家列有"《黃帝岐伯按摩》十卷"。《文選‧謝玄暉〈鼓吹曲〉》李善注:"蔡邕曰:《鼓吹歌》,軍樂也,謂之《短簫鐃歌》,黃帝、岐伯所作也。"可爲古常"軒"、"岐"連文之證。

㉖ **而並總入樂府。**

唐寫本無"並"字。

范氏《注》:"無'並'字是。"

徐氏《正字》:"'入'字疑衍,'並總樂府',詞義自周。"

李氏《斠詮》從唐寫本刪"並"字。

【按】今本文義自通,毋須校改。"並",訓皆,"並總",猶言一並,今口語云"一總"、"一起"。《雜文》篇:"並歸雜文之域。""並總入",謂一並歸入,與"並歸"義同。

㉗ **繆襲所致。**

唐寫本作"繆朱所改"。　紀昀云:"'致',當作'制'。"《詩法萃編》作"制"。

鈴木《黃本校勘記》:"《宋書‧樂志》曰:'相和,漢舊歌也。本一部,魏明帝分爲二,本十七曲,朱生、宋識、列和等復合之,爲十三曲。'《樂府詩集》繆襲所造《挽歌》,入相和曲。《雕龍》所謂'繆朱',豈指繆襲、朱生而言乎?"

徐氏《正字》:"俗人不知'繆襲'是人名,遂改'制'爲'致'矣。《誄碑》篇云:'此碑之制也。'宋本《御覽》引作'制',則二字亦互混。"

楊氏《補正》:"唐寫本'致'作'改'是,'朱'則非也。以其字形推之,'朱'當作'韋'。蓋草書'韋'、'朱'形近,故'韋'誤爲'朱'。'繆'是繆襲,'韋'是韋昭。'所改',謂繆襲所改魏《鼓吹曲》十二篇,韋昭所改吳《鼓吹曲》十二篇也。歌辭並見《宋書‧樂志》及《樂府詩集》十六。"

李氏《斠詮》從唐寫本,云:"繆襲所改者鼓吹之鐃歌十二曲,朱生所改者相和之挽歌等十三曲,分承上文'漢世鐃挽'而言耳。"

【按】楊校可從,疑此文當作"繆韋所改"。《宋書‧樂志四》:"吳鼓吹曲十二篇,韋昭造。”《晉書·樂志下》:“漢時有《短簫鐃歌》之樂,其曲有《朱鷺》《思悲翁》《艾如張》《上之回》《雍離》《戰城南》《巫山高》《上陵》《將進酒》《君馬黃》《芳樹》《有所思》《雉子班》《聖人出》《上邪》《臨高臺》《遠如期》《石留》《務成》《玄雲》《黃爵行》《釣竿》等曲,列於《鼓吹》,多序戰陣之事。”又云:“及魏受命,改其十二曲,使繆襲爲詞,述以功德代漢。改《朱鷺》爲《楚之平》,言魏也。改《思悲翁》爲《戰滎陽》,言曹公也。改《艾如張》爲《獲呂布》,言曹公束圍臨淮,擒呂布也。改《上之回》爲《克官渡》,言曹公與袁紹戰,破之於官渡也。改《雍離》爲《舊邦》,言曹公勝袁紹於官渡,還譙,收藏死亡士卒也。改《戰城南》爲《定武功》,言曹公初破鄴,武功之定,始乎此也。改《上邪》爲《太和》,言明帝繼體承統,太和改元,德澤流布也。其餘並同舊名。”又云:“是時吳亦使韋昭制十二曲名,以述功德受命。改《朱鷺》爲《炎精缺》,言漢室衰,孫堅奮迅猛志,念在匡救,王迹始乎此也。改《思悲翁》爲《漢之季》,言堅悼漢之微,痛董卓之亂,興兵奮擊,功蓋海內也。改《艾如張》爲《攄武師》,言權卒父之業而征伐也。改《上之回》爲《烏林》,言魏武既破荆州,順流東下,欲來爭鋒,權命將周瑜逆擊之於烏林而破走也。改《雍離》爲《秋風》,言權悅以使人,人忘其死也。改《戰城南》爲《克皖城》,言魏武志圖并兼,而權親征,破之於皖也。改《巫山高》爲《關背德》,言蜀將關羽背棄吳德,權引師浄江而擒之也。改《上陵曲》爲《通荆州》言權與蜀交好齊盟,中有關羽自失之愆,終復初好也。改《將進酒》爲《章洪德》,言權章其大德而遠方來附也。改《有所思》爲《順曆數》,言權順籙圖之符而建大號也。改《芳樹》爲《承天命》,言其時主聖德踐位,道化至盛也。改《上邪曲》爲《玄化》,言其時主修文武,則天而行,仁澤流洽天下,喜樂也。其餘亦用舊名,不改。”可知魏之繆襲與吳之韋昭,均改漢《鼓吹曲》中之十二曲爲新名,可爲佐證。

　　蕭滌非《漢魏六朝樂府文學史》第三編第六章云:“竊意《魏鼓吹》十二曲,蓋嘗流於吳,迨韋昭作《吳鼓吹曲》時,因得從而模仿之。……此從韋作本身,可得而取證者有二焉。第一,韋昭所改《漢鐃歌》十二曲之名,與繆襲所改之十二曲,全然相同。”是繆韋改曲之史實,蕭氏於三十年代已先言之矣,則楊氏改唐寫本之“繆朱”爲“繆韋”,或受其啓發乎?

　　徐氏舉《誄碑》篇“此碑之制也”爲佐證,然此“制”字當解作“形制、體制”,非制作之意。徐説失之。

㉘ **故略具樂篇。**

“具”，唐寫本作“序”。　凌本作“叙”。　文津本無。

李氏《斟詮》從唐寫本，改“具”作“序”。

【按】作“具”自通，毋須改從。《説文・廾部》：“具，共置也。”又訓備陳。《説文・竹部》：“算，數也。從竹，從具。”朱駿聲通訓定聲：“具者，備數也。”引申爲陳述、列舉。如沈括《夢溪筆談・雜誌二》：“悉召鄉里富人大姓，令具其家所有財粟。”《宋史・梁克家傳》：“因命條具風俗之弊，克家列四條。”並其義。則“略具”猶言略述。此“略”字當讀作《才略》篇“其辭令華采，可略而詳也”之“略”，“篇”乃指歷代樂府篇章，非指寫作本篇以備數。“略具樂篇”，意謂論列歷代樂府篇章。

《論衡・程材篇》：“義理略具，同超學史書，讀律諷令。”《後漢書・天文志》注：“臣昭以張衡天文之妙，冠絶一代，所著《靈憲》《渾儀》，略具辰燿之本，今寫載以備其理焉。”並“略具”連文之證。

詮 賦 第 八①

《詩》有六義，其二曰賦。賦者，鋪也，鋪采摛文，體物寫志也。昔邵公稱：“公卿獻詩，師箴賦。”②《傳》云：“登高能賦，可爲大夫。”《詩序》則同義，《傳》説則異體，總其歸塗，實相枝幹，劉向云明“不歌而頌”，③班固稱“古詩之流”也。

至如鄭莊之賦“大隧”，士蔿之賦“狐裘”，結言揖韻，④詞自己作，雖合賦體，明而未融，及靈均唱《騷》，始廣聲兒。⑤然賦也者，⑥受命於詩人，拓宇於《楚辭》也。⑦於是荀況《禮》《智》，宋玉《風》《釣》，爰錫名號，與詩畫境，六義附庸，蔚成大國。遂客主以首引，⑧極聲貌以窮文，斯蓋別詩之原始，命賦之厥初也。

秦世不文，頗有雜賦。漢初詞人，順流而作，⑨陸賈扣其端，賈誼振其緒，枚馬同其風，⑩王揚騁其勢，皐朔已下，品物畢圖。繁積於宣時，校閱於成世，進御之賦，千有餘首，討其源流，信興楚而盛漢矣。夫京殿苑獵，⑪述行序志，並體國經野，義尚光大，既履端於倡序，⑫亦歸餘於總亂。序以建言，首引情本；亂以理篇，迭致文契。⑬按《那》之卒章，閔馬稱“亂”。故知殷人輯《頌》，⑭楚人理賦，斯並鴻裁之寰域，雅文之樞轄也。至於草區禽族，庶品雜類，則觸興致情，⑮因變取會，擬諸形容，則言務纖密；象其物宜，則理貴側附：斯又小制之區畛，奇巧之機要也。

觀夫荀結隱語，事數自環；⑯宋發巧談，⑰實始淫麗；枚乘《兔園》，⑱舉要以會新；相如《上林》，繁類以成豔；賈誼《鵩鳥》，致辨於情理；子淵《洞簫》，窮變於聲兒；孟堅《兩都》，明絢以雅贍；張衡《二京》，迅發以宏富；⑲子雲《甘泉》，構深瑋之風；⑳延壽《靈光》，含飛動之勢：㉑凡此十家，並辭賦之英傑也。及仲宣靡密，發端必遒；㉒偉長博通，時逢壯采；太沖安仁，策勳於鴻規；士衡子安，底績於流制；㉓景純綺巧，縟理有餘；彥伯梗槩，情韻不匱，亦魏晉之賦首也。

原夫登高之旨，蓋覩物興情。情以物興，故義必明雅；物以情觀，㉔故詞必巧麗。麗詞雅義，符采相勝，如組織之品朱紫，畫繪之著玄黃，㉕文雖新而有質，㉖色雖糅而有本，㉗此立賦之大體也。然逐末之儔，蔑棄其本，雖讀千賦，愈惑體要，㉘遂使繁華損枝，膏腴害骨，無貴風軌，㉙莫益勸戒，此揚子所以追悔於雕蟲，貽誚於霧縠者也。

贊曰：賦自《詩》出，分歧異派。㉚寫物圖兒，蔚似雕畫。枓滯必揚，言庸無隘。㉛風歸麗則，辭翦美稗。㉜

校箋

① 詮賦第八。

“詮”，唐寫本、弘治本、汪本、佘本、隆慶本、張本、王批本、訓故本、文淵本、文溯本、文津本、王本作“銓”。

詹氏《義證》：“作‘銓’，具有銓衡評論的意思。以‘詮’字爲長。”

【按】梅本作“詮”，與元至正本、兩京本、胡本、何本、謝鈔本合，黃氏從之。

詹說是，作“詮”義長。《廣雅·釋詁》：“詮，具也。”王念孫疏證：“詮者，論之具也。”即詮解、具說事理。引申爲陳述、闡明。《慧琳音義》二“所詮”注引

《考聲》云："詮，明也。"又："叙也。"《晉書·武陔傳》："文帝甚親重之，數與詮論時人。"何超音義："詮，具也，謂具說事限也。"本書有"明詩"篇，則"詮賦"亦即明賦、叙賦之義。

《説文·金部》："銓，衡也。"《廣韻·仙韻》："銓，次也。""銓次"、"銓衡"、"銓評"，謂於衆物之中列其等級，定其高下，此義於全篇内容不合。清李執中《劉彦和文心雕龍賦》云："賦詮其所自出。"亦不以"銓衡"、"詮評"解"詮"字。參見《論説》篇"銓文，則與叙引共紀"條校。

② **師箴賦**。

"賦"上，唐寫本有"瞽"字。　諸本《御覽》五八七引並有"瞽"字。　訓故本、梅六次本、梅七次本有"瞍"字，集成本、文溯本、文瀾本、張松孫本同。　謝兆申校作"師箴瞍賦"，沈巖、紀昀校同。　徐燉校作"師箴瞽賦"。　沈臨何校本"箴"下標增字符。　郝懿行云："《國語》作'師箴瞍賦'，疑遺一字。"　顧廣圻"賦"上補"瞍"字。譚獻云："沈校：'賦'字上，當脱'瞍'字。"

趙氏《校記》："《周語》云：'天子聽政，使公卿至於列士獻詩，瞽獻曲，史獻書，師箴，瞍賦，矇誦，百工諫。'據此，則'瞽'字當從唐寫本及《御覽》訂。"

鈴木《黄本校勘記》："'箴'下有'瞽'字，可從。"

范氏《注》："'瞽'字，應據《國語》改爲'瞍'字。"

楊氏《補正》："舍人此文本《國語·周語下》，應以作'師箴瞍賦'爲是。《史記·周本紀》《潛夫論·潛嘆》篇亦並作'師箴瞍賦'。"

張氏《考異》、李氏《斟詮》並"賦"上補"瞍"字。

【按】訓故本以前諸本皆作"師箴賦"，梅氏初刻本、復校本同，梅氏天啓二本作"師箴瞍賦"，黄氏仍從初刻本。

"賦"上，當據訓故本等補"瞍"字，以與《國語》合。《廣韻·蕭韻》："目無眸子曰瞍。"《説文·目部》："瞍，無目也。從目，叟聲。"段玉裁注："瞽者，才有朕（瞳仁）而中有珠子；瞍者，才有朕而中無珠子。凡若此等，皆對文則别，散文則通。"又《周禮·春官·瞽矇》"瞽矇"鄭玄注引鄭司農："無目朕謂之瞽，有目朕而無見謂之矇，有目無眸子謂之瞍。"

③ **劉向云明"不歌而頌"**。

唐寫本、諸本《御覽》五八七引並作"故劉向明不歌而頌"。　《類要》三一引無"明"字。　郝懿行云："'明'字疑衍。"

范氏《注》:"有'故'字是。'云'字衍,應删。"

户田《校勘記補》:"有'故'字是也。下文'班固稱','云'、'稱'相對,宜有'云'字。《漢書·藝文志》:'不歌而頌謂之賦。''明'字疑衍。"

楊氏《補正》、王氏《校證》、李氏《斠詮》並從范氏説。

【按】唐寫本、《御覽》引是。有"故"字始能體現上下文之因果關係,當據增。"云"、"明"義複,當據唐寫本删"云"字。"明"通"名",訓稱説、命名,與下句"稱"對文。《太平經·四吉四凶説》:"舉士得其人,善如斯矣,天上明此續命之符。""明"亦訓名。此句意謂:劉向將"賦"命名(定義)爲"不歌而頌"。

④ **結言拉韻**。

"拉",唐寫本作"短"。　四庫本、鮑本《御覽》五八七引作"拉",其餘各本《御覽》引並作"短"。　倫傳元本、兩京本作"擷"。　楊氏《校注》云胡本作"擷"。　徐𤊹校作"短"。

郝懿行云:"按《集韻》:拉與短同。"

黄氏《札記》:"拉即'短'之譌别字。"

楊氏《補正》:"作'短'是。'拉'爲'短'之俗體。'擷'又由'拉'致誤。《文賦》'或託言於短韻。'李注:'短韻,小文也。'又:'故踸踔於短韻。'吕延濟注:'短韻,小篇也。'《宋書·索虜傳》:'(宋文帝詔)吾少覽篇籍,頗愛文義,……感慨之來,遂成短韻。'《梁書·文學上·庾肩吾傳》:'(太子《與湘東王書》)性既好文,時復短韻。'並以'短韻'爲言,皆謂篇體不廣也。《才略》篇:'季鷹辨切於短韻。'可證此處之'拉',原必作'短'也。"

張氏《考異》:"拉即'短'字之别體,《集韻》'拉'與'短'同。"

户田《校勘記補》、李氏《斠詮》並從唐寫本作"短"。

【按】梅慶生注引楊慎云:"'拉',音義與'飽'同。"則"拉"、"短"義有别。此作"短"較長,符合舍人用字習慣。《頌讚》篇稱原田之誦、裘韠之謗爲"短辭",《時序》篇稱"短筆敢陳",《才略》篇稱"張華短章",稱陸士龍"敏於短篇",字並作"短"。

⑤ **始廣聲皃**。

沈臨何校本改"貌"爲"皃"。

楊氏《補正》:"'皃'字,當依各本及《御覽》引作'貌',始與全書一律。贊中

‘皃’字同。‘皃’爲‘貌’之籀文。”

【按】楊説不可從，作“皃”無誤，毋須改字。《説文・白部》：“皃，頌儀也。從儿，白象人面形。貌，籀文皃，從豹省。”據此，“貌”爲“皃”之籀文，楊氏云“‘皃’爲‘貌’之籀文”，誤。又，《廣雅・釋詁》：“皃，容也。”王念孫疏證：“皃，與‘貌’同。”《漢書・王莽傳下》：“皃很自臧。”顔師古注：“皃，古‘貌’字也。”

⑥ **然賦也者。**

“然”下，唐寫本、諸本《御覽》五八七引並有“則”字，《類要》三一、《賦話》七、《淵鑒類函》一九八引同。　楊氏《校注》云：“《賦略》緒言引亦有‘則’字。”

楊氏《補正》：“‘則’字實不可少，當據增。”

王氏《校證》、李氏《斟詮》並從唐寫本，“然”下補“則”字。

【按】楊説是，“然”下從唐寫本補“則”字義長。《祝盟》篇：“然則策本書贈，因哀而爲文也。”《章表》篇：“然則敷奏以言，即章表之義也。”“然則”之用法並與此同。

⑦ **拓字於《楚辭》也。**

“拓”上，唐寫本、諸本《御覽》五八七引、《玉海》五九引有“而”字。　“辭”下，諸本《御覽》五八七引有“者”字。　黃校：“(拓)疑作‘括’。”　“拓宇”，梅校：“孫(汝澄)云：疑是‘體憲’。”　宋本、宮本、明鈔本《御覽》引作“柘宇”，周本、喜多邨本《御覽》引作“柘字”。　元至正本、馮鈔元本、倫傳元本、弘治本、弘治活字本、佘本、兩京本、胡本、王批本、訓故本、謝鈔本、薈要本作“招宇”，《類要》三一引同。　汪本、隆慶本、張本、何本、初刻梅本、復校梅本、凌本、合刻本、梁本、秘書本、梅六次本、梅七次本、彙編本、別解本、抱青閣本、集成本、尚古本、岡本、文瀾本、張松孫本、崇文本作“招字”，《讀書引》十二引同。　文淵本作“括宇”。　王本作“括字”。　王惟儉標疑“招宇”二字。　徐爎云：“‘招’，當作‘拓’。”　馮舒云：“‘招宇’，謝本作‘拓字’。”　馮班標疑“招”字。

沈臨何校本改“招”爲“拓”，云：“‘拓宇’，《御覽》作‘拓字’。”

譚獻云：“‘招字’二字，乃‘拓宇’訛，可見明刻本多錯。”

姚範《援鶉堂筆記》：“‘拓’字爲是，言恢拓疆宇耳。作‘括’非，注(指黃注)尤謬。”

紀評：“‘拓’字不誤，開拓之義也。顔延年《宋郊祀歌》：‘奄受敷錫，宅中拓宇。’李善注引《漢書》虞詡曰：‘先帝開拓土宇。’”

郝懿行云："'拓'字於義自通，不必改作'括'。"

章氏《劄記》甲種："'拓'字不誤。"

楊氏《補正》："'而'字當據增。《後漢書·竇憲傳》：'班固作銘（《封燕山銘》）曰：恢拓境宇，振大漢之天聲。'李注：'拓，開也。'《宋書·王景文傳》：'拓宇開邑。'《古文苑·揚雄〈益州牧箴〉》：'拓開疆宇。'並足爲此當作'拓宇'之證。"

趙氏《校記》、王氏《校證》並"拓"上補"而"字。李氏《斠詮》"拓"上補"而"字，"辭"下補"者"字。

【按】梅本作"招字"，與汪本、隆慶本、張本、何本合，黃氏據徐燉校、何焯校而改作"拓宇"。

此文當作"而拓宇於《楚辭》也"。"拓"上，當依《御覽》引補"而"字。《練字》篇："夫《爾雅》者，孔徒之所纂，而《詩》《書》之襟帶也；《倉頡》者，李斯之所輯，而鳥籀之遺體也。"語勢與"然賦也者，受命於詩人，而拓宇於《楚辭》也"近似。又，《諸子》篇："標心於萬古之上，而送懷於千載之下。"《通變》篇："斯斟酌乎質文之間，而櫽括乎雅俗之際，可與言通變矣。"《附會》篇："……虞松草表而屢譴，並理事之不明，而詞旨之失調也。""而"之用法並與"受命於詩人，而拓宇於《楚辭》"同。

"拓"字是，《玉海》引亦作"拓"，"括"、"招"、"柘"蓋並"拓"之形訛。"字"蓋"宇"之形訛。《御覽》引"辭"下之"者"字，與上文"賦也者"字犯重，不當有。

⑧ **遂客主以首引。**

梅校："許（天叙）云：（遂）當作'述'。""'至'當作'主'。""遂客主"，元至正本、馮鈔元本、倫傳元本、弘治本、汪本、佘本、隆慶本、張本、兩京本、胡本、何本、訓故本、謝鈔本、初刻梅本、復校梅本、凌本、合刻本、秘書本、梅六次本、梅七次本、凌本、彙編本、別解本、集成本、文瀾本作"遂客至"。　尚古本、岡本作"遂各至"。　文淵本、崇文本作"述客主"，《讀書引》十二引同。

徐燉校"遂客至"作"述客主"，李本校同。　馮舒云："'遂客至'，應作'述客主'。"　馮班校"遂"作"述"。　沈臨何校本改"至"爲"主"。　張紹仁校"客"作"主"。

詹氏《義證》："作'述'義長。"

李氏《斠詮》校"遂"作"述"。

【按】梅本作"遂客至"，與元至正本、弘治本等合，黃氏改爲"遂客主"，與王批本合。

此文當作"述客主"。唐寫本"客至"亦作"客主"，不誤。"各"蓋"客"之形殘，"至"蓋"主"之形訛。"遂"當從許天叙說改作"述"，與下句"極"對文，蓋形近致訛。范氏《注》："荀子賦皆用兩人問對之體，《客主賦》當取法於此。"此云"述客主以首引"，即指作賦者叙述主客問答之辭以開端。

⑨ 順流而作。

"順"，唐寫本作"循"。　四庫本《御覽》五八七引作"順"，其餘各本《御覽》引並作"循"。　徐燉云："一作'循'。"

張氏《考異》："從唐寫本改'循'爲是。"

李氏《斠詮》："(順、循)字通義同。《詩·大雅江漢》：'武夫滔滔。'鄭箋：'使循流而下。'釋文：'循，本作順。'《爾雅·釋水》：'順流而下，曰泝游。'陸賈《新語·道基》：'百川順流，各歸其所。'《史記·蕭相國世家》：'奉法順流，與之更始。'"

趙氏《校記》、王氏《校證》並從唐寫本。

【按】"順"、"循"義通，毋須改字。《淮南子·時則》："順彼四方。"高誘注："順，循也。"《莊子·天道》："循道而趨。"成玄英疏："循，順也。"即其證。《莊子·秋水》："順流而東行。"舍人句法與此略同。《誄碑》篇："承流而作。""承流"亦順流。

《梁書·武帝紀上》："高祖武皇帝諱衍，字叔達。……副子生南臺治書道賜，道賜生皇考諱順之，齊高帝族弟也。"《南史·蕭琛傳》："嘗犯武帝偏諱，帝斂容。琛從容曰：'二名不偏諱，陛下不應諱順。'上曰：'各有家風。'琛曰：'其如禮何？'"可證梁武帝本人不顧《禮記》"二名不偏諱"之古訓，要求人避諱其父名"順"字。則舍人此字，或原本作"循"，爲避梁武帝之父"蕭順之"之偏諱也，後人改爲"順"，唐寫本、《御覽》引猶能墨守不改。《誄碑》篇"孝山崔瑗"，稱"孝山"而不稱"蘇順"，《哀弔》篇"至於蘇慎張升"，稱"蘇慎"而不稱"蘇順"，《檄移》篇"訂信慎之心"，用"慎"而不用"順"，均當視同此例。參見周紹恒《〈文心雕龍〉成書於梁代新證》一文。然今本《雕龍》中尚有多處用"順"字者，如《辨騷》篇"屈原婉順"，《明詩》篇"順美匡惡"，《論說》篇"並順風以託勢"，等等。梁蕭子顯修《南齊書》，爲避"蕭順之"偏諱，多易"順"爲"從"(如《武帝紀》"從帝立"

本應作"順帝立"），然其書亦多有用"順"字者，情形與《雕龍》同。個中原因，有待詳考。

⑩ **枚馬同其風**。

"同"，唐寫本作"播"。　四庫本《御覽》五八七引作"同"，其餘各本《御覽》引並作"洞"。　徐燉校作"洞"。

楊氏《補正》："漢賦至枚、馬發揚光大，唐寫本作'播'，是。播，揚也（《左傳·昭公四年》杜注）。同、洞二字均誤。"

張氏《考異》："同、播、洞皆通，'播'字爲長。"

李氏《斠詮》從唐寫本，校"同"作"播"。

【按】唐寫本不可從，此從宋本《御覽》引作"洞"義長，今本"同"，蓋"洞"字之殘。作"播"，蓋亦"洞"之形訛（"氵"誤"扌"，"同"誤"番"）。

"洞"，訓通、貫通、洞徹。《文選·陸倕〈新刻漏銘〉》："通幽洞靈。"張銑注："洞，通也。"柳宗元《南嶽般舟和尚第二碑》："洞開真源。"（蔣之翹注："真源碑本作'廓開貞源'。"）亦其義。"洞其風"，猶言開廓其風氣，此云因枚、馬之出現而使漢賦創作形成風勢。

"播"，訓傳布。《說文·手部》："播，布也。"又訓分散，《禮記·禮運》："播五行於四時。"陸德明釋文："播，舒也。"孔穎達疏："播謂播散五行金木水火土之氣於春夏秋冬之四時也。"云"傳布"作賦之風氣，實爲不辭。楊說失之。

⑪ **夫京殿苑獵**。

"夫"上，唐寫本、諸本《御覽》五八七引、王批本有"若"字。

王氏《校證》、張氏《考異》並從唐寫本。

【按】唐寫本是，"夫"上有"若"字義長。《奏啓》篇："若夫賈誼之務農。""若夫傅咸勁直。"《書記》篇："若夫尊貴差序。"《神思》篇："若夫駿發之士。"並以"若夫"發端之證。

⑫ **既履端於倡序**。

"倡"，唐寫本、諸本《御覽》五八七引並作"唱"，元至正本、馮鈔元本、黃傳元本、弘治本、弘治活字本、汪本、佘本、隆慶本、張本、兩京本、胡本、何本、王批本、訓故本、謝鈔本、初刻梅本、復校梅本、凌本、合刻本、梁本、梅六次本、梅七次本、秘書本、彙編本、別解本、抱青閣本、集成本、尚古本、岡本、文瀾本、張松孫本、王本、崇文本同，《讀書引》十二引同。　沈臨何校本改"唱"爲"倡"。

張爾田圈點"唱"字。

楊氏《補正》："《説文·口部》：'唱，導也。'又《人部》：'倡，樂也。'此當以'唱'爲是。"

王氏《校證》："作'唱'是，今據改。上文'靈均唱騷'，《明詩》篇'韋孟首唱'，《頌讚》篇'唱發之辭'、《雜文》篇'觀枚氏首唱'、《封禪》篇'蔚爲首唱'、《章句》篇'發端之首唱'、《附會》篇'首唱榮華'，俱本書作'唱'之證。"

李氏《斠詮》從唐寫本，校"倡"作"唱"。

【按】唐宋元明諸本皆作"唱"，黄氏據何校本而改爲"倡"。

楊、王説是。"唱"訓導。《逸周書·官人》："前總唱功。"朱右曾集訓校釋："唱，導也。"《大戴禮記·曾子立事》："君子不唱流言。"王聘珍解詁："唱，導也。"並其例。"唱"又通"倡"。《廣雅·釋詁三》"唱，導也"王念孫疏證："唱與倡通。"《詩·鄭風·蘀兮序》："不倡而和也。"陸德明釋文："倡，本又作'唱'。"《楚辭·九章·抽思》"倡曰"洪興祖補注："'倡'與'唱'同。"《禮記·樂記》："壹倡而三嘆。"鄭玄注："倡，發歌句也。"《楚辭·大招》："趙簫倡只。"王逸注："先歌爲倡。"《史記·樂書》："一倡而三嘆。"張守節正義："倡，音唱，謂一人始唱歌。"諸本作"唱"於義自通，且舍人慣用"唱"字，故此仍作"唱"較長。

⑬ 迭致文契。

唐寫本作"寫送文勢"。　喜多邨本《御覽》五八七引作"寫送於勢"，其餘各本《御覽》引作"寫送文勢"。　王批本作"寫送文契"。

范氏《注》從唐寫本，云："'寫送'是六朝人常語，意謂充足也。《附會》篇'克終底績，寄深寫送。'亦謂一篇之終，當文勢充足也。"

斯波《補正》："'寫送'，大概是收束之意。《文鏡秘府論（南）》云：'細而推之，開發端緒，寫送文勢，則六言七言之功也。'如則，開發與收束，適用於六言七言句者，《晉陽秋》曰：'温令滔讀其賦，至致傷於天下，於此改韻，云此韻所詠，慨深千載，今於天下之後，便移韻，於寫送之致，如爲未盡。'（《世説新語·文學篇》注引）當是批評於用其部之韻抒述，缺少收束之意。又《高僧傳》十三曰：'釋曇智，既有亮量之聲，雅好轉讀，……高調清澈，寫送有餘。'有引轉讀之段落，或餘韻終了之意味。又《附會第四三》云：'克終底績，寄深（深應作在）寫送。'有篇末了，宣揚成績，如何收束云云之意味。"

户田《燉煌本》："斯波博士所引《高僧傳》卷十三中，在釋曇調條下有'寫送清雅，恨功夫未足’的評語，與前引釋曇智語並見於經師項下，仍可解釋爲經文轉讀之際音聲的收束方式很是清雅。因此，我主張……將‘寫送’釋爲‘收束’。”

楊氏《補正》：“作‘寫送文勢’是也。《高僧傳·釋曇智傳》：‘雅好轉讀，雖依擬前宗，而獨拔新異，高調清澈，寫送有餘。’又附釋曇調：‘寫送清雅，恨功夫未足。’亦並以‘寫送’爲言。《文鏡祕府論·論文意》篇：‘開發端緒，寫送文勢。’正以‘寫送文勢’成句。今本‘迭’、‘契’二字，乃‘送’、‘勢’之形誤，致文不成義。”

王氏《校證》從《御覽》引改，云：“《世說新語·文學》篇桓宣武命袁彥伯作《北征賦》條注引《晉陽秋》云：‘於寫送之致，如爲未盡。’此彥和所本。《附會》篇亦有‘寄在寫以遠送’之語。意俱謂收筆有不盡之勢也。《文鏡祕府論》南册《定位》篇有‘寫送文勢’之語，即本《文心》。”

牟世金《〈文心雕龍〉的“范注補正”》：“寫，盡也；送，畢也。……《古今樂錄》：‘《歡聞歌》者，晉穆帝升平初，歌畢輒呼“歡聞不？”以爲送聲，後因此爲曲名。’又曰：‘《子夜變歌》前作“持子”送，後作“歡娛我”送。《子夜警歌》無送聲，仍作變。’’《楊叛兒》送聲云：“叛兒教儂不復相思。”’‘凡歌曲終，皆有送聲，《子夜》以“持子”送曲，《鳳將雛》以“澤雉”送曲。’此外，《舊唐·樂志》也有關於‘送聲’的記載。送聲爲樂曲之終了，此可爲斯波‘收束’說明證。”

户田《燉煌本》、李氏《斠詮》、牟氏《譯注》並從唐寫本。

【按】諸說是，此文當從唐寫本作“寫送文勢”。王批本“勢”字誤作“契”，餘與唐寫本同。

“寫送”乃古之常語。《廣弘明集·統歸篇序》：“東夏王臣，斯途不惑，擬倫帝德國美，無不稱焉，所以寫送性情，統歸總亂，在于斯矣。”《續高僧傳·義解》論曰：“故今當坐講客，寫送文義，其隙復廣，何以明耶？”又《釋慧乘傳》：“而詞辯無滯，文義俱揚，寫送若流，有逾宿誦。”又《釋慧重傳》：“辯章言令，寫送有法。”並其證。

“寫送”，訓傾吐、傾述、傾盡、抒發。《說文·宀部》段玉裁注：“寫，凡傾吐曰寫。”《詩·小雅·蓼蕭》：“我心寫兮。”朱熹注：“寫，輸寫也。”又，《說文·辵部》：“送，遣也。”“遣，縱也。”則“送”有“放縱”義。字又訓抒發。陸機《文賦》：“夫放言遣辭。”呂延濟注：“遣，發也。”實則“遣”與“放”義近，總謂抒發、釋放文辭。此義舍人亦常用，如《頌讚》篇：“約舉以盡情，昭灼以送文。”“送文”與“盡情”相對,猶言抒寫文辭;《諸子》篇:“標心於萬古之上,而送懷於千載之下。”
“送懷”猶言抒寫懷抱。“寫送”連文,亦當作如是解。“寫送文勢”,猶言傾盡文
勢,亦即使文之體勢完足。

　　驗諸以上例句,可知此解不繆。如《文鏡祕府論》“開發端緒,寫送文勢”,
言先有開端,然後展開,故此“寫送”當謂放手抒寫之意。又如他書“於寫送之
致,如爲未盡”,“高調清澈,寫送有餘”,“寫送清雅”,“寫送性情”,“寫送文義”,
“而詞辯無滯,文義俱揚,寫送若流”,“辯章言令,寫送有法”,以及《附會》篇“克
終底績,寄深(在)寫送”,均可訓以“傾吐”、“抒發”。

　　而斯波氏解作“收束”,一放一收,義正相反。“寫”字訓“盡”,乃由“除去”
引申,而“除去”義仍根於“寫”之“傾吐”義,傾吐無餘,故曰除、曰盡。斯波氏不
察,誤認爲《廣雅》以“盡”釋“寫”,即完結、收束之義,驗之於上述六朝人所云之
“寫送”,多不能以“收束”訓之,可證此説之非。范氏解作“充足”,不如訓“完
足”,然已較斯波氏爲勝。李氏《斠詮》云:“此處‘寫送’聯詞,有‘盡情送足’之
意。”又較范氏爲優。

　　⑭ **故知殷人輯《頌》。**

　　“輯”,唐寫本作“緝”。

　　王氏《校證》據唐寫本改作“緝”,云:“《原道》篇亦云‘制詩緝頌’。”

　　張氏《考異》:“輯,《説文》:‘車和輯也。’《詩·大雅》:‘授几有緝御。’輯、緝
二字不相通。唐寫本誤,從‘輯’是。”

　　李氏《斠詮》從唐寫本,校“輯”作“緝”。

　　【按】王説非,張説是,此作“輯”自通,毋須改字。“輯”,訓合、成。《國
語·魯語下》:“其輯之亂。”韋昭注:“輯,成也。”“輯頌”與“理賦”,並承上文“理
篇”言,謂殷人善於以“亂”合成頌篇,楚人善於以“亂”整理賦篇。下文之“樞
轄”,亦統管、總束之義。

　　⑮ **則觸興致情。**

　　“致”,唐寫本作“置”。

　　【按】今本作“致”自通。“置”蓋“致”之聲訛。“致”,訓召致、引起。下文
云“原夫登高之旨,蓋覩物興情,情以物興”,則“致情”即興情、動情。《諸葛武
侯文集·誡子書》:“夫酒之設,合禮致情,適體歸性。”《六臣注文選·陸機〈弔
魏武帝文〉》:“傷心百年之際,興哀無情之地。”張銑曰:“以爲世異時遠,不可致

情,今之傷心,是興哀於無情之地矣。"並"致情"連文之證。

⑯ 事數自環。

四庫本《御覽》五八七引同,其餘各本《御覽》引並作"事義自懷"。

鈴木《黄本校勘記》:"'懷'字非是。"

王氏《校證》:"'環',《御覽》誤作'懷'。《韓子‧五蠹》篇:'自環謂之私。'《説文》引作'自營',謂自相周旋也。"

張氏《考異》:"'懷'爲'環'之誤。'自環'者,迴環反覆,自設問答也。如荀子五賦皆此體,《御覽》非。"

【按】今本文義自通,《類要》三一引亦同今本,《御覽》引非是。《宋書‧律志序》:"朱贛博采風謡,尤爲詳洽,固並因仍,以爲三志,而禮樂疏簡,所漏者多,典章事數,百不記一。"又《列傳自序》:"而兵車亟動,國道屢屯,垂文簡牘,事數繁廣。"《弘明集‧王謐〈答桓太尉難王中令〉》:"以爲佛道弘曠,事數彌繁,可以練神成道,非唯一事也。"並"事數"連文之證。

⑰ 宋發巧談。

"巧",唐寫本作"夸"。　　四庫本《御覽》五八七引同,其餘各本《御覽》引作"誇"。　　別解本作"頂"。　　"巧談",《類要》三一引作"誇誕"。

劉氏《校釋》:"宋玉各篇,辭多夸飾,……故曰'夸談'。"

楊氏《補正》:"'夸'字是。《夸飾》篇:'自宋玉、景差,夸飾始盛。'即其證。"

趙氏《校記》、范氏《注》、張氏《考異》、李説《斠詮》並從唐寫本。

【按】"巧"與上文"奇巧"字複,非是。既云"實始淫麗",則此當從唐寫本作"夸"("夸"通"誇")。"巧"蓋"誇"之形訛,"頂"蓋又由"巧"字致誤。"夸談"與上文"隱語"對文,《類要》"談"作"誕",蓋聲近而訛。

隋釋智顗《摩訶止觀》五下:"道士復邀名利,誇談莊老。"《莊子‧德充符》:"天選子之形,子以堅白鳴。"成玄英疏:"而子稟性聰明,辨析名理,執持己德,炫燿衆人,……能伏衆人之口,不能伏衆人之心。今子分外誇談,即是斯之類也。"並可爲"誇談"連文之證。

⑱ 枚乘《兔園》。

"兔",元至正本、馮鈔元本、倫傳元本、汪本、佘本、隆慶本、張本、兩京本、何本、王批本、訓故本、謝鈔本、合刻本、梁本、別解本、尚古本、岡本、文淵本、文溯本、文津本、王本、崇文本作"菟",《玉海》五九、《古儷府》九、《四六叢話》四引同。　徐燉校"菟"作"兔"。

李氏《斠詮》改"兔"作"菟"。

【按】弘治本作"兔"，覆刻本隆慶本改爲"菟"。梅本作"兔"，與唐寫本、弘治本合，黄氏從之。《類要》三一引亦作"兔"。

黄本正文作"兔"，黄氏輯注出條目又作"菟"。《文選》李善注引枚乘此賦皆作"兔園"，如於班固《兩都賦》"集禁林而屯聚"下注："枚乘《兔園賦》曰。"《江文通集》二有《學梁王兔園賦并序》，並可證作"兔園"不誤。"菟園"、"兔園"古通用。《南齊書·謝朓傳》："朓實庸流，……捨未場圃，奉筆菟園。"《比興》篇亦作"枚乘《菟園》云"。

⑲ **迅發以宏富**。

"發"，黄校："一作'拔'。"　唐寫本、諸本《御覽》五八七引並作"拔"，元至正本、黄傳元本、倫傳元本、弘治本、弘治活字本、汪本、佘本、隆慶本、張本、兩京本、胡本、王批本、訓故本、文淵本、文津本同，《類要》三一、《經史子集合纂類語》九引同。　楊氏《校注》云胡本作"拔"。　傳録何沈校本云："'發'，沈本作'拔'。"　王氏《校證》："譚（獻）校本'發'作'拔'。"　張爾田圈點"拔"字。

楊氏《補正》："作'拔'是，'發'蓋涉上下文而誤。六朝慣用'拔'字，如《晉書·文苑·袁宏傳》'辭又藻拔'，《梁書·文學上·庾肩吾傳》'謝客吐言天拔'，又《吴均傳》'均文體清拔'，《世説新語·文學》篇'（支道林）出藻奇拔'，《詩品》中'氣調勁拔'，蕭統《陶淵明集序》'辭彩精拔'，是也。本書《明詩》篇'景純仙篇，挺拔而爲俊矣'，《雜文》篇'觀枚氏首唱，信獨拔而偉麗矣'，《隱秀》篇'篇中之獨拔者也'，其用'拔'字義與此同。猶今言突出。"

李氏《斠詮》、牟氏《譯注》並從唐寫本，校"發"作"拔"。

【按】唐宋元明諸本多作"拔"，梅本作"發"，與何本、謝鈔本合，黄氏從之。

楊説是，"發"當從唐寫本等作"拔"，蓋"拔"先訛作"撥"，又訛作"發"。《後漢書·耿純傳》："大王以龍虎之姿，遭風雲之時，奮迅拔起。"元稹《元氏長慶集·答姨兄胡靈之見寄五十韻并序》："迅拔看鵬舉，高音侍鶴鳴。"知二字可連文。"迅拔以宏富"與"明絢以雅贍"對文，皆爲兩形容詞相連成句，如作"迅發"，則詞性不協矣。

⑳ **構深瑋之風**。

"瑋"，唐寫本、諸本《御覽》五八七引並作"偉"，《類要》三一引同。　徐燉校作“偉”。

王氏《校證》、張氏《考異》、李氏《斠詮》並校“瑋”作“偉”。

【按】今本作“瑋”自通，不煩改字，《古儷府》九、《雅倫》四、《歷代賦話》十三引亦並作“瑋”。“偉”、“瑋”通。《玉篇·玉部》：“瑋，或作‘偉’。”《玄應音義》一“偉壯”注引《埤蒼》：“偉，作‘瑋’。”“偉”、“瑋”，皆訓奇、美。《文選·左思〈吳都賦〉》：“瑋其區域，美其林藪。”劉逵注：“瑋，美也。”“偉”又訓大、盛。《漢書·武帝紀》：“猗歟偉歟。”顏師古注：“偉，大也。”“深瑋”，猶言深美、深盛。

㉑ 含飛動之勢。

“含”，《類要》三一引同。　　元至正本、馮鈔元本、倫傳元本、弘治本、汪本、佘本、隆慶本、張本、兩京本、胡本、何本、王批本、謝鈔本、初刻梅本、復校梅本、凌本、合刻本、梁本、秘書本、梅六次本、梅七次本、彙編本、別解本、抱青閣本、集成本、尚古本、岡本、文津本、文瀾本、張松孫本、崇文本作“合”。徐燉校“合”作“含”。　　傳錄何沈校本云：“‘合’，疑作‘含’。”

楊氏《補正》：“‘合’爲‘含’之形誤。宋劉沇《謝啓》：‘對靈光之殿，難含飛動之詞。’（見《能改齋漫録》十四《記文》）遣辭即出於此，可證。《白帖》十一《宮殿》：‘壯麗之規，飛動之勢。’蓋亦本舍人語。”

【按】元明諸本多作“合”，黃氏改梅本“合”爲“含”，與唐寫本、訓故本合。

作“含”固是，然此作“合”亦通。“合”，亦訓含。《説文·人部》朱駿聲通訓定聲：“合，假借爲‘含’。”《周禮·春官·龜人》：“凡山川四方用蜃。”鄭玄注：“蜃曰合漿。”陸德明釋文：“合，本亦作‘含’。”《山海經·大荒東經》：“大荒之中有山，名曰合虛。”郝懿行箋疏：“《北堂書鈔》一百四十九卷引此經‘合’作‘含’。”《文選·嵇康〈琴賦〉》：“合天地之醇和兮，吸日月之休光。”劉良注：“吸、合，含也。”並“合”、“含”義通之證。楊氏認爲“‘合’爲‘含’之形誤”，未諦。此從唐寫本作“含”較長。

㉒ 發端必遒。

“端”，唐寫本作“篇”。　　四庫本《御覽》五八七引作“端”，其餘各本《御覽》引並作“篇”。

范氏《注》：“唐寫本作‘發篇’，是。嚴可均《全後漢文》輯粲賦有《大暑》《游海》《浮淮》《閑邪》《出婦》《思友》《寡婦》《初征》《登樓》《羽獵》《酒》《神女》《槐樹》等賦，雖頗殘闕，然篇率遒短，故彥和云然。”

王氏《校證》、李氏《斠詮》並從唐寫本作"篇"。

【按】范說是，"端"當從唐寫本、宋本《御覽》引作"篇"，二字形近致誤。《文選‧張華〈答何劭二首五言〉》："是用感嘉貺，寫心出中誠。發篇雖溫麗，無乃違其情。"此"發篇"連文之證。"發篇"者，生成篇體也。此承上文作者心思"靡密"之意，言篇體渾成緊健，非指文章開端，故作"端"者非是。《頌讚》篇："揄揚以發藻。""發"，亦生出、產生之義。"遒"，范氏解作"遒短"，不確。

㉓ **底績於流制。**

"底"，王批本作"厎"。　尚古本作"庭"。

楊氏《補正》："當作'厎'，各本皆誤。《書‧舜典》：'乃言厎可績。'孔傳：'厎，致。'《釋文》：'厎，之履反。'又《禹貢》：'覃懷厎績。'《釋文》：'厎，之履反。'是'厎績'字當作'厎'，而讀爲'之履反'。與從广之'底'音義俱別。"

【按】楊校不可從，作"底績"自通，毋須改字。"厎"、"底"通。《說文‧厂部》朱駿聲通訓定聲："厎，假借爲'底'。"《詩‧小雅‧小旻》："伊于胡底。"陳奐傳疏："底，當從唐石經作'厎'。"《墨子‧兼愛中》："洒爲底柱。"孫詒讓閒詁："底，當作'厎'。""厎"、"底"，皆訓致。如《左傳‧昭公元年》"底祿以德"杜預注、《文選‧陸機〈演連珠〉》"貞臣底力而辭豐"張銑注，並云："底，致也。"

"底績"訓致功，乃古之常言。《漢書‧地理志》："覃懷底績，至于衡章。"顏師古注："底，致也。績，功也。"《後漢書‧章帝紀》："底績遠圖，復禹弘業。"李賢注："《尚書》曰：'覃懷底績。'孔安國傳云：'底，置。績，功也。'"《宋書‧武帝紀中》："昔火德既微，魏祖底績。"又《江夏文獻王義恭》："弘啓熙載，底績忠果。"並其證。

尚古本作"庭"，蓋"底"之形訛，後出之岡本作"底"，不誤。

㉔ **物以情觀。**

"觀"，唐寫本、諸本《御覽》五八七引並作"覩"。

楊氏《補正》："'覩'字是。上云'覩物興情'，故承之曰'情以物興'，此當作'物以情覩'，始將上句文意完足。《照明太子集‧答晉安王書》：'炎涼始貿，觸興自高，覩物興情，更何篇什？'亦可資旁證。"

趙氏《校記》、劉氏《校釋》、李氏《斠詮》並從唐寫本。

【按】楊說非是，此作"觀"自通，《玉海》五九引亦作"觀"。"覩"蓋涉上文而誤。"觀"，訓視、觀察。《說文‧見部》："觀，諦視也。"《易‧賁》："觀乎人文。”即其義。“覩”，訓看見（《説文·見部》），與“觀”義有别，於視物之意，可云“覩物而觀之”。

“觀”又訓觀賞、欣賞。《神思》篇：“觀海，則意溢於海。”《尚書·無逸》：“繼自今嗣王，則其無淫于觀，于逸，于遊，于田。”《左傳·襄公二十九年》：“觀於周樂。”《文選·謝靈運〈述祖德詩〉》：“貞觀丘壑美。”即其義。則“觀物”即賞物。《文選·謝靈運〈從斤竹澗越嶺溪行〉》：“情用賞爲美。”李善注：“言事無高瓵，而情之所賞，即以爲美。”所謂“情之所賞，即以爲美”，亦可移以解舍人此文。云“物以情觀”，猶言“物以情賞”，其意當爲：“外物因人之情感作用而被觀照，被欣賞。”如此作解，方可與下文“辭必巧麗”銜接，正因賦家以心照物，理無不察，故其摹寫形象，能以“巧麗”之辭出之。實則此“情以物興，故義必明雅；物以情觀，故詞必巧麗”四句，乃指賦家寫作之事，而上文“登高之旨，蓋覩物興情”二句，乃指作賦之由，故前云“覩物”，而此云“觀物”，二者本不相同，楊氏誤以爲此句乃緊承上文“覩物”而言，則非其旨矣。

㉕ **畫繪之著玄黃。**

“著”，唐寫本、諸本《御覽》五八七引並作“差”。

王氏《綴補》從唐寫本，云：“差，猶别也。”

李氏《斠詮》校“著”作“差”，解作：“又似畫史之繪圖景象，或陰或陽，必差别玄黃，不可濃淡失調。”

【按】今本無誤，毋須改從。此字元明清各本皆作“著”，唐寫本作“差”，蓋形近致訛。“著”，訓附著。《一切經音義》十二引《桂苑珠叢》：“著，附也。”《字彙·艸部》：“著，麗也，黏也。”宋玉《登徒子好色賦》：“著粉則太白，施朱則太赤。”即其義。“著玄黃”，謂於質地之上施加各色，即著色。此與上文“品”字相儷。《慧琳音義》二七：“品者，彙聚也。”《西京雜記》二：“相如曰：‘合綦組以成文，列錦繡而爲質，一經一緯，一宮一商，此賦之迹也。’”舍人云“品朱紫”，即相如所謂“合綦組以成文”之義，謂品排、調配衆綵。

“差”讀楚宜切（cī），可訓分辨、區别。《荀子·非相》：“差長短，辯美惡。”即其義。“朱紫”、“玄黃”乃承上文“麗詞”而言，泛指一切色彩，故“品”、“著”均應指加工、運用，無辨别邪正、區分高下之意。

㉖ **文雖新而有質。**

“新”，唐寫本作“雜”。　　宋本、宮本、明鈔本、周本、倪本、四庫本、汪本、喜多邨本《御覽》五八七引作“雜”。　徐燉云：“當作‘雜’。”

　　户田《校勘記補》：“下文‘色雖糅而有本’，‘雜’、‘糅’對用，‘雜’字是也。”

　　楊氏《補正》：“作‘雜’是。《淮南子·本經》篇高注：‘雜，糅也。’《廣雅·釋詁一》：‘糅，雜也。’此云‘雜’，下云‘糅’，文本相對爲義，若作‘新’，則不倫矣。”

　　王氏《校證》從唐寫本作“雜”。

　　【按】户田、楊氏説是，文采不當以新舊論，“新”當從唐寫本作“雜”，二字形近致譌。《説文·衣部》：“雜，五彩相會。”詁此正合。《情采》篇：“物色雜而成黼黻，五音比而成《韶》《夏》。”“比”、“雜”相儷，可與此互參。

　　㉗ **色雖糅而有本。**

　　“本”，黄校：“一作‘儀’。”　唐寫本作“義”。　諸本《御覽》五八七引作“儀”。　元至正本、馮鈔元本、弘治本、佘本、隆慶本、兩京本、胡本、王批本、訓故本、謝鈔本作“儀”，《玉海》五九、《子苑》三二、《喻林》八八引同。　沈臨何校本改“本”爲“儀”。　張紹仁校作“儀”。

　　楊氏《補正》：“唐寫本作‘義’，蓋偶脱亻旁。此句就色采言，當以作‘儀’爲是。”

　　李氏《斠詮》校“本”作“儀”。

　　【按】元明諸本多作“儀”，梅本作“本”，與張本、何本合，黄氏從之。

　　楊説是，“本”當從《御覽》引及元明諸本作“儀”。作“義”，與上文“雅義”、“義必明雅”字複。作“本”，與下文“蔑棄其本”字複。《爾雅·釋詁》：“儀，善也。”邢昺疏：“儀，形象之善也。”《詩·小雅·斯干》：“無非無儀。”毛亨傳“婦人質，無威儀”鄭玄箋：“儀，善也。”此云“有儀”，猶言有威儀，有雅正之風範。贊語云：“風歸麗則。”亦即色彩須有儀則。

　　舍人此意蓋本於《法言·吾子》：“或問：‘景差、唐勒、宋玉、枚乘之賦也益乎？’曰：‘必也淫。（李軌注：言無益於正也。）’‘淫則奈何？’曰：‘詩人之賦麗以則，（注：陳威儀，布法則。）辭人之賦麗以淫。（注：奢侈相勝，靡麗相越，不歸於正也。）’”

　　㉘ **愈惑體要。**

　　“愈”，《類要》三一引同。　諸本《御覽》五八七引作“逾”。

　　楊氏《補正》：“以《頌讚》篇‘年積逾遠’，《時序》篇‘庾以筆才逾親’例之，作‘逾’前後一律。”

【按】楊説非是，"愈"、"逾"通，毋須改字。《楚辭‧九諫‧沈江》："叔齊久而逾明。"舊注："逾，一作'愈'。"《文選‧陸機〈豪士賦序〉》："身愈逸而名愈劭。"舊校："善本'愈'作'逾'字。"又班固《典引》："久而愈新。"舊校："五臣本'愈'作'逾'。"並其證。

㉙ **無貴風軌**。

"貴"，唐寫本作"實"。　宋本、宮本、周本、倪本、鮑本、喜多邨本《御覽》引並作"貫"，明鈔本、四庫本《御覽》五八七引作"貴"，汪本《御覽》引作"貴"，張本《御覽》引作"責"。　《類要》三一引作"觀"。

潘氏《札記》："《晉語》：'貴貨而賤士。'注：'重也。''無貴'、'莫益'，文意相同，言於風軌不足重，於勸戒無所益也。"

楊氏《補正》："'實'字是。'貫'乃'實'脱其宀頭，而'貴'又之'貫'誤。"

王氏《校證》從黃本，云："唐寫本'貴'作'實'，《御覽》作'貫'，即'實'之壞文。"

張氏《考異》："'實'、'貫'皆形近而譌，從'貴'是。此言損枝害骨，既風軌之不重，而勸戒之旨亦失也。"

李氏《斠詮》從唐寫本，云："無實，猶言無當。"

【按】諸説非是，"貴"當依宋本《御覽》引作"貫"，"實"、"貴"蓋並"貫"之形訛，《類要》引作"觀"，蓋即"貫"之音訛。"貫"，訓融貫、貫徹。"貫風軌"，猶言融貫風軌。《奏啓》篇："必使理有典刑，辭有風軌。"語意可與此互參。《漢書‧藝文志》："大儒孫卿及楚臣屈原離讒憂國，皆作賦以風，咸有惻隱古詩之義。其後宋玉、唐勒，漢興枚乘、司馬相如，下及揚子雲，競爲侈麗閎衍之詞，没其風諭之義。"云"没"，意即詩人之風軌不能貫徹。

㉚ **分歧異派**。

唐寫本作"異流分派"。　"歧"，元至正本、弘治本、汪本、佘本、隆慶本、張本、兩京本、何本、王批本、初刻梅本、復校梅本、凌本、合刻本、梁本、秘書本、梅六次本、梅七次本、別解本、抱青閣本、集成本、尚古本、岡本、文淵本、文溯本、文津本、文瀾本、張松孫本、王本、崇文本作"岐"。　訓故本作"枝"。　沈臨何校本改"岐"爲"歧"。

李氏《斠詮》從唐寫本，云："所謂'異流'，指屈、宋，'分派'指荀、陸。""言賦爲六義之附庸，其體裁導源於詩，而屈偏寫志，宋宗鋪采，同源而異流，荀則兼綜詠物說理，陸賈則主博辨騁辭，一致而分派；後之詞人，順流而作，或爲京殿苑獵之長篇鉅製，或爲草區禽族之小型短品，采姿翻新，未可一概論也。”

劉氏《校釋》從唐寫本。

【按】元明諸本多作“分岐異派”，唯訓故本作“分枝異派”，黄氏據何校本而改爲“分歧異派”，與謝鈔本合。

李說是，今本於義難通，當從唐寫本作“異流分派”，言賦之生成與發展。正文“古詩之流”、“順流而作”、“與詩畫境”、“別詩之原始”，並云賦與詩“異流”；叙周楚漢魏晉賦之分衍拓展，乃“分派”。《古文孝經·廣要道》：“禮者，敬而已矣。”孔安國注：“異流而同歸也。”《諸葛武侯文集·與杜微書》：“清濁異流，無緣咨覯。”《水經注·清水》：“水出山陽縣故脩武城西南，同源分派，裂爲二水。”此“異流”、“分派”連文之證。

“歧”、“岐”通，訓物有分支或事有分歧。《玉篇·止部》：“歧，歧路也。”引申爲分開、分叉。《後漢書·張堪傳》：“桑無附枝，麥穗兩歧。”即其義。《釋名·釋道》：“二達曰岐旁。物兩爲岐，在邊曰旁。”《玄應音義》五“方岐”注：“岐，謂道有支分也。”此文如作“分歧”，則與“異派”義同，顯爲複贅，而“異流”一詞，緊承上文“自”、“出”之意，既能與下文“派”字保持連貫，又能體現“賦”與“詩”畫境之後各自獨立發展之事實，回應正文“古詩之流”、“與詩畫境”等語意。

㉛ 枂滯必揚，言庸無隘。

唐寫本“枂”作“抑”，“庸”作“曠”。　“枂”，倫傳元本、兩京本、龍谿本作“析”。　郝懿行云：“‘枂’字，疑‘片’字之譌。”

范氏《注》：“孫君蜀丞曰：‘陸士衡《文賦》云：言曠者無隘。’”

楊氏《補正》：“唐寫本是，郝說非。賦主於鋪張揚厲，故曰‘抑滯必揚，言曠無隘’。《文賦》‘言窮者無隘，論達者爲曠’二語，與此本不甚愜，孫人和乃謂‘《文賦》云言曠者無隘，此彦和所本’，其說及引文固誤，范文瀾不檢原著，因仍其誤，豈非一誤再誤？”

王氏《校證》、李氏《斠詮》並從唐寫本。

【按】唐寫本“抑”、“曠”並是。“枂”蓋“抑”之形譌，“庸”蓋“曠”之形譌。“抑”，訓按、塞，與“揚”對文。《重廣補註黄帝内經素問·生氣通天論》篇：“心氣抑。”王冰注：“令心氣抑滯而不行。”“曠”，訓空、廣、大，與“隘”對文。此二句乃回應正文"鋪采摛文,體物寫志"、"極聲貌以窮文"之語意。

㉜ **辭窮美稗**。

"美",唐寫本作"稊"。

黃氏《札記》:"'美',當作'莫'。《孟子·告子上》:'不如莫稗。''莫'與'蒛'通。"

楊氏《補正》:"《孟子·告子上》'不如莫稗',《長短經·善亡》篇引作'稊稗'。是'稊'與'莫'通。'美'乃'莫'之形誤。"

劉氏《校釋》、范氏《注》、王氏《校證》、李氏《斠詮》並從黃氏《札記》説。

【按】今本"美稗"於義難通,黃侃氏謂"美"當作"莫",是,唐寫本正作"稊"。"稊"與"莫"通。《玄應音義》二三"稊稗"注:"稊,似稗,布地穢草也。"又一四"莫草"注:"莫草,穢草。"《玉篇·艸部》:"莫,蒫莫也。"《文選·謝靈運〈從遊京口北固應詔〉》:"原隰莫綠柳。"李善注:"莫與稊音義同。"舍人此文蓋原作"莫",後訛作"美"。《孟子·告子上》:"五穀者,種之美者也。苟爲不熟,不如莫稗。"孫奭疏:"莫稗者,即禾中之蒫草也。"此蓋舍人用字所本。

頌　讚　第九①

四始之至,頌居其極。頌者,容也,所以美盛德而述形容也。昔帝嚳之世,咸墨爲頌,②以歌《九韶》。③自商已下,④文理允備。夫化偃一國謂之風,風正四方謂之雅,容告神明謂之頌。⑤風雅序人,事兼變正;頌主告神,義必純美。⑥魯國以公旦次編,商人以前王追録,⑦斯乃宗廟之正歌,非醮饗之常詠也。⑧《時邁》一篇,周公所製,哲人之頌,規式存焉。夫民各有心,勿壅惟口。晉興之稱原田,魯民之刺裘鞸,⑨直言不詠,短辭以諷,邱明子高,並謀爲誦,斯則野誦之變體,⑩浸被乎人事矣。及三閭《橘頌》,情采芬芳,⑪比類寓意,⑫又覃及細物矣。

至於秦政刻文,爰頌其德,漢之惠景,亦有述容,沿世並作,相繼於時矣。若夫子雲之表充國,孟堅之序戴侯,武仲之美顯宗,史岑之述熹后,或擬《清廟》,或範《駉》《那》,雖淺深不同,⑬詳略各異,其襃德顯容,典章一也。至於班傅之《北征》《西巡》,⑭變爲序引,豈不褒過而謬體哉? 馬融之《廣成》《上林》,⑮雅而似賦,何弄文而失質乎?⑯又崔瑗《文學》,蔡邕《樊渠》,並致美於序而簡約乎篇。摯虞品藻,頗爲精覈,至云雜以風雅而不變旨趣,⑰徒張虛論,有似黃白之僞説矣。及魏晉辨頌,⑱鮮有出轍。陳思所綴,以《皇子》爲摽;陸機積篇,惟《功臣》最顯,其褒貶雜居,固末代之訛體也。

原夫頌惟典雅,⑲辭必清鑠。敷寫似賦,而不入華侈之區;敬慎如銘,而異乎規戒之域。揄揚以發藻,汪洋以樹義。⑳唯纖曲巧致,㉑與情而變,㉒其大體所底,㉓如斯而已。

讚者,明也,助也。㉔昔虞舜之祀,樂正重讚,蓋唱發之辭也。及益讚於禹,伊陟讚於巫咸,並颺言以明事,嗟歎以助辭也。㉕故漢置鴻臚,以唱拜爲讚,㉖即古之遺語也。至相如屬筆,㉗始讚荆軻。及遷《史》固《書》,託讚褒貶,㉘約文以總録,頌體以論辭。㉙又紀傳後評,亦同其名,而仲治《流別》,㉚謬稱爲"述",失之遠矣。及景純注《雅》,動植必讚,㉛義兼美惡,亦猶頌之變耳。㉜然本其爲義,事生獎歎,所以古來篇體,促而不廣,㉝必結言於四字之句,盤桓乎數韻之辭,約舉以盡情,昭灼以送文,㉞此其體也。發源雖遠,而致用蓋寡,大抵所歸,其頌家之細條乎?

贊曰:容體底頌,㉟勳業垂讚。鏤彩摛文,聲理有爛。㊱年積逾遠,㊲音徽如旦。降及品物,炫辭作玩。

校箋

① **頌讚第九。**

"讚",崇文本作"贊"。

范氏《注》:"讚,應作'贊'。"

【按】范説非是,作"讚"無誤,毋須改字。《小爾雅·廣詁》:"讚,明也。"《釋名·釋典藝》:"稱人之美曰讚。讚,纂也,纂集其美而叙之也。"《廣韻·翰韻》:"讚,稱人之美。""讚"、"贊"字通。《集韻·換韻》:"讚,通作'贊'。"

《易・説卦》：“幽贊於神明。”陸德明釋文：“贊，本或作‘讚’。”《楚辭・九嘆序》：“所謂讚賢以輔志。”舊校：“讚，一作‘贊’。”又，《白石神君碑》云：“幽讚天地。”是漢人已慣作“讚”字。蕭統《文選序》：“美終則誄發，圖像則讚興。”文體名亦作“讚”。

②　咸墨爲頌。

“咸墨”，唐寫本作“咸黑”，《路史》十八、《通鑑紀事本末前編》一、《事物考》二、《文通》八引同。　四庫本、鮑本、喜多邨本《御覽》五八八作“咸墨”，其餘各本《御覽》引並作“咸累”。　《廣博物志》三三、《古史紀年》一引作“成累”。

范氏《注》校“墨”作“黑”，云：“《吕氏春秋・仲夏紀・古樂》篇：‘帝嚳命咸黑作爲聲歌，九招、六列、六英。’畢沅校云：‘招、列、英至此始見，上（指帝嚳句所云）乃衍文明矣。’《困學紀聞》四：‘帝嚳命咸黑作爲聲歌，……然則九招作於帝嚳之時，舜修而用之。’”

楊氏《補正》：“作‘咸黑’是。《古樂志》亦云：‘古之善歌者有咸黑。’（《御覽》五七三引）‘咸墨’、‘咸累’、‘成累’均誤。”

【按】“咸墨”當從唐寫本作“咸黑”。“墨”、“累”蓋並“黑”之形訛。《藝文類聚》四三引《吕氏春秋》曰：“帝嚳氏命咸黑作爲《唐歌》，堯命質效山谷之音以作歌，湯命伊尹作爲《大濩》，歌《晨露》。”可爲證。

③　以歌《九韶》。

“歌”，王本作“詠”。　“韶”，唐寫本、諸本《御覽》五八八引並作“招”，《事物紀原》集類四、《玉海》六〇、《路史》十八、《事物考》二、《古詩紀》十、《山堂肆考》一三一引同。　楊氏《校注》云：“《風雅逸篇》十、《唐類函》一百五引亦並作‘招’。”

楊氏《補正》：“作‘招’與《吕氏春秋・古樂》篇合。”

范氏《注》、李氏《斠詮》並校“韶”作“招”。

【按】“韶”從唐寫本、《御覽》引作“招”較長。《吕氏春秋・古樂》：“帝嚳命咸黑作爲聲歌：《九招》《六列》《六英》。”可爲證。“招”，《集韻》音時饒切（sháo）。《類篇・手部》：“招，虞舜樂也。”《吕氏春秋・古樂》：“帝舜乃令質修《九招》《六列》《六英》，以明帝德。”高誘注：“招、列、英，皆樂名也。”《史記・五帝本紀》：“於是禹乃興《九招》之樂。”司馬貞索隱：“招，音韶，即舜樂《簫韶》。九成，故曰九招。”

“歌”字不誤，王本作“詠”，蓋誤刻，或由“謌”字而致誤。

④ **自商已下。**

“商”下，唐寫本、諸本《御覽》五八八引並有“頌”字，《淵鑒類函》一九九引同。

楊氏《補正》：“有‘頌’字，語意始明。”

張氏《考異》：“‘頌’字非，此言自商以下之文理允備，非專指頌而言，故下文列舉風、雅、頌各體也。唐寫本‘頌’字衍。”

詹氏《義證》從黃本，云：“其實《商頌》亦宋人歌其先祖之詩，非殷商時之作。”

趙氏《校記》、劉氏《校釋》、李氏《斠詮》並從唐寫本。

【按】楊説非，張説是，今本語意完足，“頌”字蓋後人妄增，《玉海》六〇引即無之。上文“帝嚳之世”乃言時代，此亦應言“商代”，不應言文體。《祝盟》篇：“自春秋已下（依唐寫本），黷祀諂祭。”亦云某時代以下，句法與此同。

⑤ **容告神明謂之頌。**

“容告神明”，唐寫本作“雅容告神”。　宋本、宮本、周本、喜多邨本《御覽》五八八作“雅容告神”，明鈔本《御覽》引作“雅容告之謂神”，倪本、汪本《御覽》引作“雅容告之神”，四庫本、張本、鮑本《御覽》引作“容告神明”。　《淵鑒類函》一九九引作“雍容告神”。

劉氏《校釋》、王氏《校證》、李氏《斠詮》並從唐寫本。

【按】今本文義自通，毋須改字，《文章辨體彙選》四五六、《藝藪談宗》三、《文通》八引並同今本。“雅容告神”與下文“風雅”、“告神”字複，非是。作“雅告”者，蓋因上文“雅”而衍。上文“化偓一國謂之風，風正四方謂之雅，容告神謂之頌”，改寫者鑒於兩“風”字相銜，又欲使兩“雅”字相銜，實則非是。“風”與“化”，“雅”與“正”，“頌”與“容”，二字互訓，“化偓”、“風正”、“容告”，句法一律，若改爲“雅容”，則句法不協矣。

《毛詩序》：“頌者，美盛德之形容，以其成功告於神明者也。”孔穎達疏：“作頌者美盛德之形容，則天子政教有形容也。可美之形容，正謂道教周備也。”“容告”，謂稱述政教之形狀以告神，非謂頌者以雅正之容貌告神。

⑥ **風雅序人，事兼變正；頌主告神，義必純美。**

“事”上、“義”上，唐寫本、諸本《御覽》五八八引、王批本並有“故”字，《淵鑒類函》一九九引同。

趙氏《校記》、范氏《注》、楊氏《補正》、王氏《校證》、李氏《斠詮》並從唐寫本。

【按】唐寫本是，"事"上、"義"上分別增"故"字義長。《詮賦》篇："情以物興，故義必明雅；物以情覩，故詞必巧麗。"句法與此同。

⑦ 魯國以公旦次編，商人以前王追録。

梅校："'國'，元脱，曹（學佺）補。"　唐寫本、諸本《御覽》五八八引無"國"字、"人"字。　元至正本、馮鈔元本、黄傳元本、倫傳元本、弘治本、弘治活字本、汪本、佘本、隆慶本、兩京本、胡本、謝鈔本無"國"字，《玉海》六〇引同。張本、王批本、訓故本"國"作"人"。　徐燉云："一本俱無'人'字。"　沈臨何校本云："'魯'下，曹補'國'字。"

户田《燉煌本》從唐寫本，云："這二句的意思是：魯以周公旦［子、伯禽受封之國］之故，魯頌在《詩經》的編次上便得到特殊的禮遇，竟超越作爲王者之頌的商頌而列於周頌之後，商頌因爲是讚頌前王功德的詩而未被捨棄，爲周代的詩集《詩經》所採録，可見與'國'、'人'毫無關係。"

楊氏《補正》："'國'、'人'二字均不必有。《玉海》、元至正本等有'人'字，乃涉上下文誤衍者，曹學佺因配補'國'字，非是。"

張氏《考異》："曹補者，因下有'商人'句，補'國'字以爲偶也。"

趙氏《校記》、王氏《校證》、李氏《斠詮》並從唐寫本。

【按】梅本有"國"字、"人"字，與何本合，黄氏從之。

諸説是，此文當從唐寫本删"國"字、"人"字，作"魯以公旦次編，商以前王追録"。"人"與上文"序人"及下文"哲人"犯重，先成衍文，曹氏不察，於"魯"下補"國"字，以與"商人"相儷。張本等作"魯人"，亦欲與"商人"相儷，亦非。户田氏釋"魯"爲魯頌，"商"爲商頌，甚是，下文《時邁》一篇，周公所製，哲人之頌"云云，即承此而舉例，加以申説。

⑧ 非讌饗之常詠也。

"讌饗"，唐寫本、元至正本、黄傳元本、倫傳元本、弘治本、弘治活字本、汪本、佘本、隆慶本、張本、兩京本、王批本、訓故本、文淵本、文津本作"饗讌"，《玉海》六〇引同。　宋本、宮本、周本、四庫本、張本、鮑本、喜多邨本《御覽》五八八引作"饗燕"，明鈔本《御覽》引作"響燕"，倪本、汪本《御覽》引作"嚮燕"。馮鈔元本、何本、謝鈔本、初刻梅本、復校梅本、凌本、合校本、梁本、秘書本、梅六次本、梅七次本、彙編本、別解本、抱青閣本、集成本、尚古本、岡本、文瀾本、張松孫本、王本、崇文本作"燕饗"。　馮舒校作"饗燕"。　沈臨何校本"饗讌"乙作"讌饗"。

張氏《考異》："《左傳・成十二年》：'享以訓恭儉，宴以示慈惠。'注：'享同饗，宴同燕。'從'饗燕'是。"

【按】唐寫本、元至正本等作"饗讌"，梅本作"燕饗"，與何本、謝鈔本等合，黃氏據何校本改爲"讌饗"，與唐宋元明諸本不同。

張說是，此從宋本《御覽》引作"饗燕"較長。"燕"、"讌"通。《慧琳音義》十五"遊讌"注引《韻英》云："讌，飲酒會言也。"《文選・曹植〈與吳季重書〉》："雖讌飲彌日。"舊校："善本'讌'作'燕'。"

作"讌饗"、"饗讌"並通，然古以"饗燕"爲常用。《周禮・大宗伯》："以饗燕之禮，親四方之賓客。"《詩・大雅・既醉》："昭明有融，高朗令終。"毛亨傳："始於饗燕，終於享祀。"又《周南・卷耳》："我姑酌彼金罍，維以不永懷。"鄭玄箋："君且當設饗燕之禮，與之飲酒以勞之。"又《豳風・伐柯》："籩豆有踐。"鄭玄箋："王欲迎周公，當以饗燕之饌行至。"《禮記・郊特牲》："三獻之介。"鄭玄注："主君饗燕之，以介爲賓。"《晉書・樂志》《宋書・樂志》並有"饗燕樂"。並古用"饗燕"之證。

⑨ **魯民之刺裘鞾。**

"鞾"，唐寫本作"鞸"。

李氏《斠詮》改"鞾"爲"鞸"。

【按】今本作"鞾"無誤，毋須改字。《說文・韋部》："鞸，韍也，所以蔽前，以韋，下廣二尺，上廣一尺，其頸五寸。"《廣韻・質韻》："鞸，俗作'鞾'。"可知此字從"韋"爲正，"鞾"乃"鞸"之俗。然二字古通用。《詩・小雅・瞻彼洛矣》："君子至止，鞸琫有珌。"《大戴禮記・公符》："公玄端以皮弁，皆鞸，朝服素鞸。"並其證。《呂氏春秋・樂成》："孔子始用於魯，魯人鷖誦之曰：'麛裘而鞾（按，當作鞸），投之無戾。鞾而麛裘，投之無郵。'"此舍人所本。

⑩ **邱明子高，並諜爲誦，斯則野誦之變體。**

兩"誦"字，唐寫本並作"頌"。黃氏輯注引《左傳》《孔叢子》並作"頌"。岡本眉批："'諜'與'牒'同。"　劉永濟云："'諜'疑'謂'誤。"

王惟儉《訓故》："此子順述孔子之事，非子高也。子高，孔穿之字。"

劉氏《校釋》：“‘誦’應從唐寫本作‘頌’。”又云：“舍人此篇，辨章頌之源流，乃舉‘原田’、‘裘鞸’，皆謂之頌。考‘原田’、‘裘鞸’，本屬誦體，故美刺可用。若果是頌，則斯體之訛，不自後代矣。惟今本此文‘爲頌’、‘野頌’皆作‘誦’字，與唐寫本異。疑後人據《左傳》《呂覽》改舍人之文。細繹此段文章，舍人原本固是‘頌’字。”

王氏《校證》校兩“誦”作兩“頌”，並云：“改‘諜’爲‘謂’，文意始合。”

李氏《斠詮》據《孔叢子》校“子高”爲“子順”。

【按】今本有誤，此文當作“丘明子順，並謂爲頌，斯則野頌之變體”。

王惟儉説是，“子高”當作“子順”。《孔叢子·陳士義》：“子順曰：‘先君初相魯，魯人謗誦曰：麛裘而芾，投之無戾；芾而麛裘，投之無郵。及三年政成，化行，民又作誦曰：袞衣章甫，實獲我所；章甫袞衣，惠我無私。’”明“魯人謗誦”、“民又作誦”之語乃子順所言者。

“諜”疑當作“謂”，形近而誤，劉氏、王氏所校甚是。《玉篇·言部》：“諜，伺也。”《廣雅·釋詁》：“諜，騭也。”字又通“牒”，訓譜系、製成譜録，如《後漢書·張衡傳》：“子長諜之，爛然有第。”詁此均不合。《左傳·僖公二十八年》：“晉侯患之，聽輿人之誦（杜預注：恐衆畏險，故聽其歌誦）曰：‘原田每每，舍其舊而新是謀。’”此舍人所本。“謂”，訓稱。此處意爲：“左丘明、子順並將輿人、魯人所言者稱爲誦（頌）。”《議對》篇：“周爰諮謀，是謂爲議。”《比興》篇：“且何謂爲比？”《孟子·公孫丑上》：“夫聖，孔子不居，是何言也？”趙岐注：“孔子尚不敢安居於聖，我何敢自謂爲聖？”並“謂爲”連文之證。

兩“誦”字，當從唐寫本作“頌”。“誦”、“頌”通。《慧琳音義》十二“諷誦”注引《聲類》：“歌盛德之詩，讚美形容，曰誦。”《大戴禮記·保傅》：“宴樂雅誦逸樂序。”孔廣森補注：“古以‘誦’爲‘頌’字。”《詩·周頌》“周頌”陸德明釋文：“頌者，誦也。”《周禮·春官·大宗師》注云：“頌之言誦也。”並其證。然本篇論“頌”體，其字不應忽作“誦”，字從唐寫本始合“頌”體之名目。此稱“輿人”、“魯民”之頌爲“野頌”，與上文“哲人之頌”正可相對成文。

依劉氏《校釋》所云，蓋舍人所見《左傳》《孔叢子》，“誦”字皆作“頌”（《孔叢子》“謗誦”二字，《御覽》六二四引即作“頌”），後人據他本改爲“誦”。此一推斷，甚爲合理。舍人徵引典籍，多據他本，此楊明照氏所反復申明者，諒此亦應爾。梅慶生音注引《左傳》《呂氏春秋》，作“輿人之誦”、“魯人鷺誦之”，而黃氏輯注引《左傳》《孔叢子》，作“輿人之頌”、“魯人謗頌”，字雖有異於今本，然其合舍人文義，蓋亦有意爲之。

“邱”字，乃黄氏例避孔子諱所改，當依各本作“丘”。

⑪ **情采芬芳。**

“情采”，唐寫本作“辭彩”。

斯波《補正》：“作‘辭采’者是。此句專謂形式。”

【按】斯波説是，“情”從唐寫本作“辭”義長。范曄《獄中與諸甥姪書》：“常謂情志所託，故當以意爲主，以文傳意。以意爲主，則其旨必見；以文傳意，則其詞不流。然後抽其芬芳，振其金石耳。”(《宋書》本傳)“金石”指聲律，“芬芳”指色彩，並與“情志”相對成文。《文選·揚雄〈甘泉賦〉》：“懿懿芬芳。”李善注：“芬芳，盛美也。”此亦應指《橘頌》文采盛美。

古常以“辭采”指文體而言。《東觀漢記·陳忠傳》：“數進忠言，辭采鴻麗。”《後漢書·禰衡傳》：“文無加點，辭采甚麗。”《宋書·謝瞻傳》：“辭采之美，與族叔混、族弟靈運相抗。”又《袁淑傳》：“好屬文，辭采遒豔。”並其例。此亦當指文體而言，斯波謂“此句專謂形式”，甚是。

⑫ **比類寓意。**

“寓意”，諸本《御覽》五八八引、王批本作“屬興”。

【按】此文諸家不校，然《御覽》引作“屬興”於義較長。“屬”，訓聯、連及，“屬興”，猶言感物起興。“屬”，又訓付、託，“屬興”猶言“託興”。《詮賦》篇：“草區禽族，庶品雜類，則觸興致情。”《物色》篇：“四序紛迴，而入興貴閑。”“屬興”與“觸興”、“入興”義同。上文云頌由告神延及人事，此云頌又由人事延及植物，則“比類”一句，當指頌之“手法”而言(此句當與“又覃及細物矣”連讀)，言頌須通過“比類”、“屬興”實現對神明或外物之形容、稱美，非指《橘頌》所具備之特徵。明陳第《屈宋古音義·題離騷》：“但見其汪洋浩瀚，而不能究其託興寓言之指歸。”又《題九辯》：“愚讀《九辯》，其志悲，其託興遠。”指出屈賦具有觸興起情之特點，可與此互證。

鍾嶸《詩品》：“興屬閑長。”《續高僧傳·釋智矩傳》：“偏愛文章，每值名賓，輒屬興綴采，鋪詞橫錦。”《唐詩紀事·姚倫》：“姚子詩雖未洪深，去凡已遠，屬興比事，不失文流。”又七〇引鄭谷詩：“屬興同吟詠，功成更琢磨。”《澗泉集·九日次前韻答賦德久》：“古今曠達人，把此顏爲怡。謂可制頹齡，屬興深于兹。"《唐才子傳·無可》:"律調謹嚴,屬興清越。"並可爲"屬興"連語之佐證。

⑬ 雖淺深不同。

"淺深",唐寫本、諸本《御覽》五八八引並作"深淺"。　元至正本、弘治本、汪本、佘本、隆慶本、張本、兩京本、何本、王批本、訓故本、合刻本、梁本、別解本、尚古本、岡本、文淵本、文溯本、文津本、王本、崇文本作"深淺"。張紹仁校"深淺"作"淺深"。

楊氏《補正》:"'深淺不同',與下句'詳略各異'本相對成文。若作'淺深',則聲調不諧矣。"

李氏《斠詮》從楊氏說,改"淺深"爲"深淺"。

【按】元明諸本多作"深淺",梅本作"淺深",與謝鈔本合,黃氏從之。

楊說非是,此作"淺深"自通。《體性》篇:"學有淺深。""事義淺深。"《時序》篇:"雖才或淺深。"並舍人用"淺深"之證。"淺深"與"詳略",平仄相對,恰合聲律。參見《原道》篇"雕琢情性"條校。

⑭ 至於班傅之《北征》《西巡》。

"巡",梅校:"'逝',疑作'巡'。"　黃校:"元作'逝'。"　唐寫本作"征"。元至正本、馮鈔元本、黃傅元本、倫傅元本、弘治本、弘治活字本、汪本、佘本、隆慶本、張本、兩京本、胡本、何本、王批本、訓故本、謝鈔本、初刻梅本、復校梅本、凌本、合刻本、梁本、秘書本、梅六次本、梅七次本、彙編本、別解本、抱青閣本、集成本、尚古本、岡本、文瀾本、張松孫本、崇文本作"逝"。　王惟儉標疑"西逝"二字。　馮舒云:"'逝',疑作'巡'。"　沈臨何校本改"逝"爲"巡",云:"'巡'字,梅注改。"

黃氏《札記》:"班有《竇將軍北征頌》《東巡頌》《南巡頌》。傅有《竇將軍北征頌》《西征頌》。"

戶田《校勘記補》:"傅毅有《西征頌》,《御覽》三百五十一載其佚文,燉本是也。"

楊氏《補正》從唐寫本,云:"'逝'字固誤,黃氏以梅校徑改爲'巡',亦非。傅毅所撰《西征頌》,《御覽》三五一尚引其殘文。"

趙氏《校記》、劉氏《校釋》、王氏《校證》、李氏《斠詮》並校"巡"作"征"。

【按】元明諸本皆作"逝",黃氏據梅校、馮校、何校而改爲"巡"。

諸說是,"巡"當依唐寫本作"征"。今本蓋欲與上文《北征》避復而改作

"逝"，王惟儉已疑其非。梅慶生、馮舒或據班固《東巡頌》《南巡頌》而校爲"《西巡》"，亦非是。《御覽》三五一引有傅毅《西征頌》佚文："慍昆夷之匪恊，咸矯口于戎事，干戈動而復戢，天將祚而隆化。"

⑮ 馬融之《廣成》《上林》。

"廣成"，元至正本、馮鈔元本、倫傳元本、弘治本、汪本、隆慶本、兩京本、王批本、謝鈔本、文溯本、文津本作"廣城"。　徐焴校"城"作"成"。　"上林"，梅校："疑作'東巡'。"　文溯本作"東巡"。　馮舒云："'上林'，疑作'東巡'。"沈臨何校本先改"城"爲"成"，又添"土"旁作"城"，傳録何沈校本"成"字不改，云："何云：《北征》《廣城》，雖摽頌名，其實賦。"　沈臨何校本標疑"上林"二字，云："'上林'，梅注疑作'東巡'。"

浦銑《復小齋賦話》上云："案本傳，安帝東巡岱宗，融上《東巡頌》。《上林》疑《東巡》之誤也。"

郝懿行云："黃注'《上林》疑作《東巡》'，從《馬融傳》也。然摯虞《文章流別》作'《廣成》《上林》'，是必舊有其篇，不見於本傳而後世亡之耳。"

范氏《注》："然摯虞《文章流別》作《廣成》《上林》，是必舊有其篇，不見於本傳而後亡之耳。《藝文類聚》引《典論》逸文，亦稱融撰《上林頌》，是融確有此文矣。"

戶田《校勘記補》："摯虞《文章流別論》：'若馬融《廣成》《上林》之屬，純爲今賦之體，而謂之頌。'意正相同，乃知馬融有《上林頌》，而彥和之意，蓋本於此。'上林'二字不誤。"

潘氏《札記》："《藝文類聚》五十六引摯虞《文章流別論》云：'馬融《廣成》《上林》之屬，純爲今賦之體，而謂之頌，失之遠矣。'是馬融自有《上林頌》，當已佚去，不容疑爲'東巡'之誤。"

劉氏《校釋》："然摯虞《文章流別》亦謂：'《廣成》《上林》，純爲今賦之體，而謂之頌。'則似果有《上林頌》者。《藝文類聚》一百引《典論》曰：'議郎馬融，以永興中，帝獵廣成，融從，是時北州遭水潦蝗蟲，撰《上林頌》以諷。'"

楊氏《補正》："舍人此評，本《文章流別論》，既沿用仲治之語，想必得見季長之文。《玉燭寶典》三引馬融《上林頌》曰：'鶉鷃如煙。'是季長此頌，隋世尚存，故杜氏得徵引之也。何能因其頌文久佚，而遽疑作《東巡》耶？"

【按】梅本作"廣成"，與佘本、張本、何本、訓故本合，黃氏從之。

苑名"廣城"、"廣成"通用,毋須改字。《後漢書·孝安帝紀》:"二月丙午,以廣成游獵地及被灾郡國公田,假與貧民。"李賢注:"廣城,苑名,在汝州西。""己巳,詔上林、廣成苑可墾闢者,賦與貧民。"又《陳蕃傳》:"延熹六年,車駕幸廣城校獵。"李賢注:"廣城(成),苑名,在今汝州梁縣西也。"《後漢紀》"廣成"並作"廣城"。

"上林"無誤,毋須改字,《玉海》六〇、《文通》八引並作"上林"。《典論》與《文章流別論》並云馬融有《上林頌》。

⑯ 何弄文而失質乎。

劉永濟云:"'弄文',疑'美文'之譌。"

楊氏《補正》:"本書屢用'弄'字:《雜文》篇贊'負文餘力,飛靡弄巧',《諧隱》篇'纖巧以弄思',《養氣篇》'當弄閑於才鋒',其用'弄'字字義與此同。《議對》篇'若不達政體,而舞筆弄文',正以'弄文'爲言。劉説誤。"

【按】劉説非是,今本文義自通。"弄",《説文·玉部》:"玩也。"引申爲修飾、修整。如《文選·趙志〈與嵇茂齊書〉》:"弄姿帷房之裏。"即其義。《三略》上:"世世作姦,侵盜縣官,進退求便,委曲弄文,以危其君。"《太平經·鈔辛部》:"自古到今,多有是佞臣猾子,弄文辭,共欺其上。"《文選·李陵〈答蘇武書〉》:"使刀筆之吏弄其文墨耶?"並"弄文"連語之證。

⑰ 至云雜以風雅而不變旨趣。

"變",唐寫本作"辨"。

鈴木《燉煌本校勘記》:"'辨'字是也。"

楊氏《校注》:"'辨'字義長。蓋謂摯虞'雜以風雅'之評語過於籠統也。"

李氏《斠詮》:"其所謂'不辨'云者,自指摯虞之評語但言其然而未申述其所以然而言。若作'變',則係轉爲揚、傅二家之頌有所辨護,無論於語氣辭意,俱嫌脱節,故以改從唐寫本爲勝。"

【按】作"變"自通,毋須改字。"襃德顯容,典章一",乃能辨體者;"襃過而謬體"、"弄文而失質",乃破體者,破體,即變更頌體之旨趣。摯虞《文章流別論》云:"昔班固爲《安豐戴侯頌》,史岑爲《出師頌》,《和熹鄧后頌》,與《魯頌》體意相類,而文辭之異,古今之變也。揚雄《趙充國頌》,頌而似雅;傅毅《顯宗頌》,文與《周頌》相似,而雜以《風》《雅》之意。若馬融《廣成》《上林》之屬,純爲今賦之體,而謂之頌,失之遠矣。"(《御覽》五八八引)此舍人所本。摯虞認爲班固、史岑所作，與《魯頌》體意大同而僅有文辭之異，揚雄、傅毅之作雖雜以風雅之意，而體制仍與《周頌》相似，此皆尚未改變頌之大體者，頌之旨趣仍在。舍人即針對此一觀點，譏其爲虛論僞説。

⑱　及魏晉辨頌。

“辨”，唐寫本作“雜”。　胡本作“辦”。　訓故本標疑“辨”字。　張爾田云：“(辦)訛。”

楊氏《補正》：“‘辨’字，蓋涉上文‘不辨(此依唐寫本)旨趣’而誤。”

林其錟、陳鳳金《增訂文心雕龍集校合編》(後簡稱“林氏《集校》”)：“‘辦’又因‘辨’而形誤。”

范氏《注》、王氏《校證》、張氏《考異》、李氏《斠詮》、牟氏《譯注》並從唐寫本。

【按】“辨頌”，義不可通，“辨”當從唐寫本作“雜”，形近致誤。《希麟音義》七“雜插”注引《字林》：“雜，衆也。”此義爲舍人所常用。如《樂府》篇：“《桂華》雜曲。”《詮賦》篇：“秦世不文，頗有雜賦。”《銘箴》篇：“至如敬通雜器，準戒戒銘。”“至於王朗《雜箴》。”並其例。

⑲　原夫頌惟典雅。

“雅”，唐寫本、諸本《御覽》五八八引並作“懿”。　徐烱校作“懿”。

楊氏《補正》、王氏《校證》、李氏《斠詮》並從唐寫本。

【按】“雅”從唐寫本作“懿”義長。《説文·心部》：“懿，專久而美也。”此與上文“義必純美”照應。宋杜大珪《名臣碑傳琬琰集·富弼〈王文正公曾行狀〉》：“公雅善屬文，深茂典懿。”《新唐書·韋嗣立傳》：“著先德詩四章，世服其典懿。”可爲“典懿”連語之佐證。

⑳　汪洋以樹義。

“義”，黃校：“一作‘儀’。”　唐寫本、諸本《御覽》五八八引、梅六次本、梅七次本作“儀”，集成本、文瀾本、張松孫本同。　徐烱校作“儀”。　傳録何沈校本改“儀”爲“義”。

【按】黃本自通，毋須校改。“義”與上文“揄揚以發藻”之“藻”對文。全書常“辭”、“義”對舉。《明詩》篇：“辭譎義貞。”《詮賦》篇：“麗詞雅義。”《銘箴》篇：“義儉辭碎。”並其例。

㉑　唯纖曲巧致。

唐寫本作“雖纖巧曲致”。　宋本、宮本、明鈔本、張本、鮑本、喜多邨本《御

覽》引作“雖纖巧曲致”，周本《御覽》引作“雖纖巧典致”，倪本、四庫本、汪本《御
覽》引作“雖纖巧委曲”。　訓故本作“雖纖曲巧致”。　凌本、文淵本作“惟纖
曲巧致”，《子苑》三二引同。

　　楊氏《補正》：“作‘雖纖巧曲致’是。‘唯’係‘雖’之殘誤，訓故本‘雖’字未
誤。‘曲巧’二字誤倒。《諧讔》篇‘纖巧以弄思’，正以‘纖巧’連文。《神思》篇
‘文外曲致’，亦以‘曲致’爲言。《文章緣起注》引作‘唯纖巧曲致’，僅‘唯’字
有誤。”

　　鈴木《燉煌本校勘記》、趙氏《校記》、劉氏《校釋》、張氏《考異》並從唐寫本。
王氏《校證》從訓故本。

　　【按】此文當從唐寫本作“雖纖巧曲致”。“唯”與上文“惟”字複，作“雖”
是。作“纖巧”、“曲致”，亦並是。《諧讔》篇：“纖巧以弄思。”《新書・瑰瑋》：“民
棄完堅，而務雕鏤纖巧。”《三國志・魏書・夏侯尚傳》：“無兼采之服，纖巧之
物。”並“纖巧”連文之證。“曲致”，猶言曲意、妙思。又《神思》篇：“思表纖旨，
文外曲致，言所不追。”《聲律》篇：“纖意曲變，非可縷言。”《序志》篇：“曲意密
源，似近而遠，辭所不載。”“曲致”、“曲意”、“纖意”，並謂言外之妙思微意，實難
以辭達。

　　此云“雖纖巧曲致，與情而變，其大體所底，如斯而已”，句法、語意與《聲
律》篇“雖纖毫曲變，非可縷言，然振其大綱，不出兹論”可以互參。“與情而
變”，猶言隨情而生。連同下文，其意當爲：“雖説具體行文表達過程微妙難測，
然頌之總體風格可以界定清楚。”

　　㉒ 與情而變。

　　“與”，唐寫本作“興”。　王氏《校證》：“《御覽》‘與’作‘興’。”（按，各本《御
覽》引並作“與”，不作“興”，王校有誤。）

　　王氏《校證》：“作‘興’不可從。《明詩》篇‘情變之數可監’，《神思》篇‘情變
所孕’，《風骨》篇‘洞曉情變’，《隱秀》篇‘文情之變深矣’，《指瑕》篇‘斯實情訛
之所變’，《總術》篇‘備總情變’，是‘情變’一詞，本書習見，此文亦以‘情變’爲
言，非以‘興情’連文也。《宋書・謝靈運傳論》：‘若夫平子豔發，文以情變。’亦
作‘情變’。”

　　張氏《考異》：“從‘與’爲長。”

　　【按】今本文義自通，毋須校改。上文“纖巧曲致”爲“變”之主語，“與情而

變”,猶言共情相生。《風骨》篇:“情與氣偕,辭共體並。”《麗辭》篇:“麗句與深采並流,偶意共逸韻俱發。”用法並與此同。

㉓ **其大體所底。**

唐寫本“底”作“弘”。　“所底”,宋本、宮本、明鈔本、周本、張本、喜多邨本《御覽》五八八引作“所弘”,倪本《御覽》引作“含弘”,四庫本《御覽》引作“含宏”,汪本《御覽》引作“舍弘”,鮑本《御覽》引作“所宏”。　謝鈔本“底”作“厎”。

楊氏《補正》:“‘弘’字是。‘弘’與‘宏’通,‘底’蓋‘宏’之形誤。《通變》篇‘宜宏大體’,語意與此同,可證。”

王氏《校證》:“‘弘’讀如《序志》篇‘弘之已精’之‘弘’,亦通。”

劉氏《校釋》、李氏《斠詮》並從唐寫本。

【按】楊說非是,作“底”自通,毋須改字。蓋“底”先誤作“宏”,“宏”又誤作“弘”。“底”,訓致。《左傳·昭公二年》“底祿以德”杜預注、《文選·楊惲〈報孫會宗書〉》“文質無所底”李善注,並云:“底,致也。”“大體所底”,猶言大體所取,大體所備。《議對》篇:“故其大體所資,必樞紐經典,採故實於前代,觀通變於當今,理不謬搖其枝,字不妄舒其藻。”“資”,亦訓取、用。“大體所底”與“大體所資”句法、語意同,而《通變》篇所言“宜宏大體”,乃“人弘大體”之義,非“大體所備”之義,其句法、語意與“大體所底”均有差別。楊氏失之。

謝鈔本作“厎”,亦通。《左傳·昭公十三年》:“盟厎以信。”杜預注:“厎,致也。”

㉔ **讚者,明也,助也。**

“助也”下,黃校:“二字從《御覽》增。”　諸本《御覽》五八八引並並有“助也”二字。　馮舒云:“‘明也’下,《御覽》有‘助也’二字。”　沈臨何校本補“助也”,云:“‘助也’,從《御覽》增。”　譚獻云:“《御覽》‘明也’下有‘助也’二字,黃本從之,似不必有。”

范氏《注》:“譚說非。下文‘並屬言以明事,嗟嘆以助辭’,即承此言爲說,正當補‘助也’二字。”

王氏《校證》、張氏《考異》、李氏《斠詮》並從唐寫本補“助也”。

【按】范說是,“助也”二字當從《御覽》增,唐寫本即有此二字。“讚(贊)”正有助、佐之義。《廣韻·翰韻》:“贊,助也。”《左傳·閔公二年》:“以此贊國。”杜預注:“贊,助也。”《周禮·地官·州長》:“以贊鄉大夫廢興。”鄭玄注引鄭衆:

“贊，助也。”《尚書·大禹謨》：“益贊於禹曰。”孔安國注：“贊，佐也。”《文選·潘尼〈贈侍御史王元貺〉》：“畢力讚康哉。”呂延濟注：“讚，佐也。”並其義。又，孔安國《尚書序》篇題孔穎達疏：“贊者，明也，佐也。”蓋亦源出於舍人“讚者，明也，助也”之文。

㉕ **嗟歎以助辭也。**

“也”上，諸本《御覽》五八八引並有“者”字。

【按】“也”上當從《御覽》引補“者”字。《章表》篇：“劉琨《勸進》，張駿《自序》，文致耿介，並陳事之美者（‘者’字依何校）也。”《書記》篇：“並上古遺諺，《詩》《書》可（所）引者也。”“至於陳琳諫辭，稱掩目捕雀，潘岳哀辭，稱掌珠伉儷：並引俗說而爲文辭者也。”並“者也”連語，此亦應爾。

㉖ **以唱拜爲讚。**

顧廣圻校“拜”爲“言”。

王氏《校證》：“‘言’，原作‘拜’，今從顧校作‘言’。”

張氏《考異》：“漢置鴻臚，以唱名引拜於殿上，以謁君爲職，故云唱拜。王校從‘言’非。”

李氏《斠詮》：“‘唱拜’猶言‘贊拜’，古者臣下朝拜天子，相者從旁習禮也。《後漢書·何熙傳》：‘贊拜殿中，音動左右。’”

詹氏《義證》：“‘拜’亦通，無煩改字。”

【按】今本文義自通，顧校、王校非是，《事物紀原》四、諸本《御覽》五八八引、《玉海》六二引並同今本。依張氏、李氏說，“唱拜”即唱名引拜之義。《漢書·百官公卿表上》：“武帝太初元年，更名大鴻臚。”顏師古注引應劭曰：“郊廟行禮，讚九賓。鴻，聲；臚，傳之也。”（《通典》二十六《職官八》引作：“郊廟行禮，贊導九賓。鴻，聲也；臚，傳也。所以傳聲贊導，故曰鴻臚。”）此蓋舍人所指。《宋書·百官志下》：“後漢《百官志》，謁者僕射掌奉引。和帝世，陳郡向熙爲謁者僕射，贊拜殿中，音動左右。然則又掌唱贊。”可證“唱”、“拜”皆讚之事。又，《三國志·魏書·武帝紀》：“十七年春，正月，公還鄴，天子命公贊拜不名，入朝不趨，劍履上殿，如蕭何故事。”所謂“贊拜不名”，可反證引拜時須唱名。

㉗ **至相如屬筆。**

“筆”，《漢藝文志考證》七引作“詞”。　　四庫本《御覽》五八八引作“筆”，其餘各本《御覽》引並作“詞”。　　譚獻云：“《御覽》作‘相如屬辭’，是也。”

楊氏《補正》：“《聲律》篇有‘屬筆易巧’語，可證‘筆’字不誤。《抱朴子外篇·鈞世》：‘使屬筆者得採伐漁獵其中。’又《辭義》：‘屬筆之家，亦各有病。’是遠在舍人之前，葛洪已一再驅遣‘屬筆’二字矣。”

【按】楊説是，今本作“筆”自通。除楊氏所舉古書“屬筆”用例之外，《抱朴子外篇·正郭》：“出不能安上治民，移風易俗；入不能彈毫屬筆，祖述六藝。”亦可爲證。“屬”訓連、綴、續。《説文·尾部》：“屬，連也。”《漢書·兒寬傳》：“善屬文。”顔師古注：“屬，綴也。”《文選·劉琨〈答盧諶詩並書〉》：“不復屬意於文。”李善注引鄭玄《儀禮注》：“屬，綴也。”則“屬筆”猶言連續運筆，即從事寫作之意。

㉘ 及遷《史》固《書》，託讚褒貶。

唐寫本作“及史斑曰書，託讚褒貶”。　宋本、宮本、鮑本、喜多邨本《御覽》五八八引作“及史班《書》《記》，以讚褒貶”，明鈔本、倪本《御覽》引作“及史《書》《記》，以讚班褒貶”，周本、汪本《御覽》引作“及史班《書》《記》，以褒讚貶”，四庫本《御覽》引作“及遷《史》固《書》，託讚褒貶”，張本《御覽》引作“及遷《史》班《書》，記讚褒貶”。　《玉海》六二引作“及史班《書》《記》，託讚褒貶”。　元至正本、倫傳元本、弘治本、弘治活字本、汪本、佘本、隆慶本、張本、兩京本、胡本、王批本作“及史班固《書》，託贊褒貶”。　訓故本作“及班固史書，託贊褒貶”。

合刻本、梁本、別解本、集成本、岡本、文淵本、文溯本、崇文本作“及遷《史》固《書》，託贊褒貶”。　抱青閣本作“及史班固《書》，託讚褒貶”。　文津本作“及遷《史》班固《書》，託贊褒貶”。　《事物紀原》四、《事物考》二引作“班固之褒貶以贊”。　沈臨何校本改“史班”爲“遷史”，校作“及遷《史》固《書》，託贊褒貶”，云：“《御覽》作‘史班《書》《記》，以贊褒貶’。”

鈴木《燉煌本校勘記》：“作‘史斑曰書’，非是。”

楊氏《補正》：“唐寫本是也。本書‘班’字，唐寫本均作‘斑’。‘曰’乃‘因’之或體。《史傳》篇‘史班立紀（此依訓故本）’及‘故張衡摘史班之舛濫’，可證。”

李氏《斠詮》從唐寫本作“史班因書”。

【按】梅本作“及遷《史》固《書》，託讚褒貶”，與何本、謝鈔本合，黃氏從之。

楊説未確，此文當從《玉海》引作“及史班《書》《記》，託讚褒貶”。唐寫本作“因書”，非是，“因”當爲“固”之形訛。“史班書記”，即史遷、班固作《漢書》《史記》，與上文"相如屬筆"文例正同。鈴木不從唐寫本，可謂有見地。

作"以讚"，與下文"以"字複，"以"蓋"託"之形訛，唐寫本即作"託"。此"託"字當訓附。《戰國策・齊策》"託於東海之上"高誘注、《文選・馬融〈長笛賦〉》"託九成之孤岑兮"張銑注、又曹丕《與梁朝哥令吳質書》"文學託乘於後車"劉良注，並云："託，附也。""託讚褒貶"，猶言附讚於篇末以褒貶也。

㉙ **頌體以論辭**。

"以"，唐寫本、諸本《御覽》五八八引、王批本作"而"。　沈臨何校本改"以"爲"而"。

詹氏《義證》從唐寫本，校"以"作"而"。

【按】"以"蓋涉上文"約文以總録"而誤，當據唐寫本改作"而"。《祝盟》篇："頌體而祝儀。"句式正與此同。

㉚ **而仲治《流別》**。

"治"，唐寫本、元至正本、黃傳元本、倫傳元本、弘治本、弘治活字本、汪本、佘本、薈要本作"冶"。　文淵本、文溯本、文津本、芸香堂本、翰墨園本、掃葉本作"洽"。　沈臨何校本改"冶"爲"治"。

鈴木《黃本校勘記》："摯虞，字仲治，作'洽'、作'冶'皆誤。"

楊氏《補正》："唐寫本蓋緣避高宗諱，省去一點，致成'冶'字，元本等因之。四庫本作'洽'，乃館臣據武英殿本《晉書》妄改（百衲本《晉書》雖已作'洽'，館臣未必得見），未可從也。以《序志》篇'仲治（此依《梁書》《玉海》等，芸香堂本、翰墨園本、思賢講舍本亦誤爲洽）《流別》'驗之，此必原是'治'字，前後一律。《世說新語・文學》篇'左太沖作《三都賦》初成'條劉注：'摯仲治宿儒知名。'又'太叔廣辯給，而摯仲治長於翰墨'條劉注引王隱《晉書》曰：'摯虞，字仲治。'《南齊書・文學傳論》：'仲治又區別文體。'《金樓子・終制》篇：'高平劉道真、京兆摯仲治，並遺令薄葬。'又《立言》篇下：'摯虞論（蔡）邕《玄表賦》曰：《（幽）通》精以整，《思玄》博而贍，《玄表》擬之而不及。余以爲仲治此說爲然也。'並'洽'爲'治'之誤確證。《水經》洛水、穀水注中所引摯說，亦均作'仲治'。"

【按】梅本作"治"，與隆慶本、張本、兩京本、胡本、何本、王批本、訓故本、謝鈔本合，黃氏從之。

鈴木、楊氏說是，摯虞字當作"治"，"洽"、"冶"蓋並"治"之形訛。《梁書》作"治"（中華書局點校本《校勘記》云："'洽'，各本譌'治'，今改正。"所改非是），

《藝文類聚》三十贈答類收有張華、杜育《贈摯仲治詩》，亦作“治”。

姚振宗《隋書經籍志考證》十八史部八儀注類“《決疑要注》一卷”條下云：“《晉書》本傳‘虞字仲洽’，當作‘仲治’。”王佩諍《兩晉南北朝群書校釋録要》三《世說新語校釋掇鎖》云：“‘唐虞之治’，‘殷周之隆’，見《漢書·藝文志》。仲治，名虞，其名與字之解詁極確。訛本《晉書》作‘仲洽’，謬甚。”《史記·汲黯傳》：“黯對曰：陛下内多欲而外施仁義，奈何欲效唐虞之治乎?”《漢書·汲黯傳》同。《十六國春秋·後趙録·石勒傳下》：“廷尉續咸上書切諫曰：臣聞唐虞之治，采椽茅茨，土階三尺。”可證“唐虞之治”乃古之常言，摯虞之名字當取於此。

㉛ **動植必讚**。

“必讚”，黃校：“一作‘讚之’，從《御覽》改。” 唐寫本作“贊之”。 諸本《御覽》五八八引並作“必讚”。 元至正本、馮鈔元本、黃傳元本、倫傳元本、弘治本、弘治活字本、汪本、佘本、隆慶本、張本、兩京本、胡本、何本、王批本、訓故本、謝鈔本、初刻梅本、復校梅本、合刻本、梁本、秘書本、梅六次本、梅七次本、彙編本、別解本、抱青閣本、集成本、岡本、文瀾本、張松孫本、王本、崇文本作“讚之”。 徐炌校“讚之”作“必讚”。 沈臨何校本改“讚之”爲“必讚”，云：“‘必讚’，從《御覽》。” 張爾田圈點“讚之”二字。

楊氏《補正》：“‘贊之’於此自通，不必依《御覽》改。”

李氏《斠詮》從唐寫本，校“必讚”爲“贊之”。

【按】元明諸本皆作“讚之”，黃氏據《御覽》改爲“必讚”，與《玉海》引及徐校、何校合。薈要本、文淵本、文溯本、文津本並從黃本。

楊說不確，《御覽》引作“必讚”無誤。“之”與上文“失之”及下文“頌之（有）變”字複。蓋“必讚”先訛作“之讚”，又訛作“讚之”。

“必”，當訓畢，“必讚”，猶言畢讚。“必”、“畢”通。《墨子·大取》：“三物必具。”孫詒讓閒詁：“必，與‘畢’通。”《春秋繁露·陽尊陰卑》：“至其功必成。”凌曙注引盧注：“必，與‘畢’通。”《吕氏春秋·仲春》：“寢廟必備。”畢沅校正：“必，《月令》作‘畢’，古通用。”唐陸柬之書及《文鏡秘府論》引陸機《文賦》“懷響者畢彈”，“畢”作“必”。是二字本通之證。

舍人謂郭璞所作動植之贊，包羅衆多，非一物一事，故曰“畢”。《詮賦》篇：“品物畢圖。”“畢圖”與“必讚”句法同，或此“必”字即爲“畢”之音訛。《廣韻》

"必"、"畢"同屬幫母、質韻、入聲,音同,故易致誤。

㉜ 義兼美惡,亦猶頌之變耳。

"義",唐寫本作"事"。　張本《御覽》五八八引作"義",其餘各本《御覽》引並作"讚"。　"之"下,諸本《御覽》五八八引並有"有"字。　"變",唐寫本作"詖"。

鈴木《燉煌本校勘記》:"作'讚'非是。"又:"《集韻》:'詖,甫遠切,音反,權言合道也。'此疑'變'字音近之訛。"

劉氏《校釋》認爲"有"字當補。

【按】此文當作"讚兼美惡,亦猶頌之有變耳"。"義"與下文"本其爲義"字複,當從宋本《御覽》引作"讚"。此兩句乃總結上文,領起下文,比較讚、頌兩體,故當作"讚",與"頌"對文。

"之"下"有"字,亦當據《御覽》引補。"有變",猶言有變體。《韓非子・十過》:"二君貌將有變。"《莊子・天運》:"止可以一宿而不可久處,覯而多責。"郭象注:"夫仁義者,人之性也,人性有變,古今不同也。"並"有變"連文之證。

唐寫本"變"作"詖",鈴木疑當爲"變"字音訛,而"詖"乃僻字,不習用,不如視爲"變"之形訛,二字草書形近。

㉝ 促而不廣。

"廣",黃校:"一作'曠',從《御覽》改。"　汪本《御覽》五八八引作"潢",其餘各本《御覽》引並作"廣"。　唐寫本、元至正本、馮鈔元本、黃傳元本、倫傳元本、弘治本、弘治活字本、汪本、佘本、隆慶本、張本、兩京本、胡本、何本、訓故本、謝鈔本、初刻梅本、復校梅本、凌本、合刻本、梁本、秘書本、梅六次本、梅七次本、彙編本、別解本、抱青閣本、集成本、岡本、文瀾本、張松孫本、王本、崇文本作"曠"。　沈臨何校本改"曠"爲"廣"。　張爾田圈點"曠"字。

楊氏《補正》:"'曠'亦'廣'也。《漢書・鄒陽傳》顏注:'曠,廣也。'"

李氏《斠詮》校"廣"作"曠"。

【按】唐寫本及元明諸本皆作"曠",黃氏據《御覽》改爲"廣",與何校本合。文淵本、文溯本、文津本亦並從黃本。

"促"訓小、狹窄。《世說新語・言語》:"江左地促,不如中國。""廣"訓大。《呂氏春秋・長利》:"是故地日廣。"高誘注:"廣,大也。"上文云"古來篇體",則此當謂篇幅之大小,"不廣"猶言不大。

"曠"亦可訓大、寬。《楚辭・招魂》:"其外曠宇些。"王逸注:"曠,大也。"

《史記・鄭世家》：“居曠林。”裴駰集解引賈逵曰：“曠，大也。”《文選・盧諶〈時興詩〉》：“曠野增遼索。”吕向注：“曠，寬也。”故“不曠”亦可形容篇體之狹小。“廣”、“曠”於義皆可通，此仍從唐寫本及元明諸本作“曠”較長。

㉞ **昭灼以送文。**

“昭”，唐寫本作“照”。　宋本、宫本、明鈔本、周本、汪本、喜多邨本《御覽》五八八引並作“照”。　“送文”，何本、秘書本、别解本、清謹軒本、岡本、王本乙種、崇文本作“述文”。　梅六次本、梅七次本改作“述義”，集成本、文溯本、張松孫本同。　王本作“迷文”。　徐燉校“送文”作“述義”。　傳録何沈校本“述”旁過録“送”字，改“義”爲“文”。

楊氏《補正》：“‘照’字是。”

李氏《斠詮》：“審上下文義，以作‘送文’爲是。上句既言‘約舉以盡情’，情可包義，指贊之内容言，文則就贊之外形言，‘送文’謂寫送文華也。《詮賦》篇云：‘亂以理篇，寫送文勢。’賦之亂詞，與贊文類似，彼以‘送文’屬辭，可爲的證。”

【按】梅氏萬曆初刻本及復校本作“昭灼以送文”，與元至正本、弘治本等合，梅氏天啓二本改作“昭灼以述義”，黄氏仍從初刻本。

此文當作“昭灼以述文”。作“昭灼”自通，毋須改字，楊説非是。《文選・王融〈三月三日曲水詩序〉》：“昭灼甄部，駉駿函列。”劉良注：“昭灼，光明也。”又鮑照《行藥至城東橋詩》：“尊賢永昭灼。”《魏書・禮志四》：“雖王侯用禮，文節不同，三隅反之，自然昭灼。”並“昭灼”連文之證。參見《宗經》篇“言昭灼也”條校。

“送”當從何本等作“述”，二字形近而誤。作“義”與上文“本其爲義”字複。《玉篇・辵部》：“述，作也。”“述文”，猶言述寫文辭。《哀弔》篇：“至於蘇順、張升，並述哀文。”亦言“述”文。《諧讔》篇：“至東方曼倩，尤巧辭述。”“辭述”亦即述寫文辭。《銘箴》篇：“其摛文也必簡而深。”“摛文”亦即“述文”。既云“昭灼”，則此“文”字當指文辭、文采，與“情”對文。贊語“鏤影摛聲，文理有爛”，即指此。此“述文”非“寫送文勢”之義，李説未達其義。

㉟ **容體底頌。**

“體”，唐寫本作“德”。　“底”，謝鈔本作“厎”。

楊氏《補正》：“唐寫本是。‘容德’與‘勳業’對。”又：“底，亦疑‘厎’之誤。

《左傳·昭公十三年》：'盟厎以信。'杜注：'厎，致也。'《釋文》：'厎，音旨。'"

劉氏《校釋》、詹氏《義證》、李氏《斠詮》並校"體"作"德"。

【按】"體"當從唐寫本作"德"，二字蓋形近致訛。上文云"所以美盛德而述形容也"、"至於秦政刻文，爰頌其德；漢之惠景，亦有述容"，乃"德"、"容"相對成文。

楊氏謂"厎"當作"底"，非是。"厎"，訓取、用，"厎頌"，猶言藉助頌體。正文云"所以美盛德而述形容也"，"所以"即憑藉之義。參見上"大體所厎"條校。

㊱ **鏤彩摛文，聲理有爛。**

唐寫本作"鏤影摛聲，文理有爛"。　"彩"，元至正本、馮鈔元本、黃傳元本、倫傳元本、弘治本、弘治活字本、汪本、佘本、隆慶本、張本、兩京本、胡本、何本、王批本、謝鈔本、初刻梅本、復校梅本、凌本、合刻本、梁本、梅六次本、梅七次本、秘書本、彙編本、抱青閣本、岡本、文津本、文瀾本、張松孫本、王本、崇文本作"影"。　張爾田圈點"影"字。

鈴木《黃本校勘記》："當作'鏤影摛聲，文理有爛'，文勢爲順。"

楊氏《補正》："唐寫本是也。'影'、'聲'相對成義，'文理'連文亦本書所恒見。舍人《剡山石城寺石像碑》有'朱桂鏤影'語。"

趙氏《校記》、劉氏《校釋》、王氏《校證》、李氏《斠詮》、詹氏《義證》、牟氏《譯注》並從唐寫本。

【按】梅本作"影"，與元明諸本合，黃氏改爲"彩"，與訓故本合。薈要本、文淵本、文溯本、龍谿本並從黃本。

此文當從唐寫本作"鏤影摛聲，文理有爛"。"彩"蓋"影"之形訛。王融《謝武陵王賜弓啓》："文韜鏤景，逸幹稍（一作梢）雲。"（《藝文類聚》六〇引）《駱賓王文集·秋蟬》："分形粧薄鬢，鏤影飾危冠。"可爲"鏤影"連文之證。梁簡文帝《鏡銘》："金精玉英，冰輝沼清。高堂懸影，仁壽摛聲。"（《藝文類聚》七〇引）亦"聲"、"影"對文。

"聲"、"文"二字誤倒，當乙正。本篇："文理允備。"《封禪》篇："文理順序。"《附會》篇："總文理。"並"文理"連語之證。"摛聲"，蓋回應正文"蓋唱發之辭也"、"嗟歎以助辭也"、"以唱拜爲讚"、"事生獎歎"等語意。

㊲ **年積逾遠。**

"積"，唐寫本作"迹"。

楊氏《補正》："唐寫本是。'年迹'與下句'音徽'對。"

詹氏《義證》："'積'字亦可通。本文'陸機積篇,惟《功臣》最顯'。"

李氏《斠詮》從唐寫本,校"積"作"迹"。

【按】楊說非是,作"積"自通,毋須改字。"積"蓋先訛作"蹟",又訛作"迹"。《史傳》篇:"漢滅嬴項,武功積年。"亦云"積年"。"積",訓多、久。《漢書·嚴助傳》:"非一日之積也。"顏師古注:"積,久也。""年積逾遠",猶言年歲久遠。"徽",訓美。"音徽"與"年積"對文,皆主謂結構,若作"年迹",則詞性不協矣。

祝　盟　第　十

天地定位,祀徧羣神。① 六宗既禋,三望咸秩,甘雨和風,是生黍稷,② 兆民所仰,美報興焉。犧盛惟馨,本於明德,祝史陳信,資乎文辭。昔伊耆始蜡,以祭八神,其辭云:"土反其宅,水歸其壑,昆蟲無作,草木歸其澤。"則上皇祝文,爰在茲矣。舜之祠田云:"荷此長耜,耕彼南畝,四海俱有。"③ 利民之志,頗形於言矣。至於商履,聖敬日躋,玄牡告天,以萬方罪己,即郊禋之詞也;素車禱旱,以六事責躬,則雩禜之文也。④ 及周之大祝,⑤ 掌六祝之辭。是以庶物咸生,陳於天地之郊;旁作穆穆,唱於迎日之拜;夙興夜處,言於祔廟之祝;⑥ 多福無疆,布於少牢之饋;宜社類禡,⑦ 莫不有文,所以寅虔於神祇,⑧ 嚴恭於宗廟也。春秋已下,⑨ 黷祀諂祭,祝幣史辭,⑩ 靡神不至。至於張老成室,致善於歌哭之禱;⑪ 蒯瞶臨戰,獲佑於筋骨之請,⑫ 雖造次顛沛,必於祝矣。若夫《楚辭·招魂》,可謂祝辭之組纚也。⑬ 漢之羣祀,⑭ 肅其旨禮,⑮ 既總碩儒之儀,⑯ 亦參方士之術。所以祕祝移過,異於成湯之心;侲子敺疫,同乎越巫之祝:⑰ 禮失之漸也。⑱ 至如黃帝有祝邪之文,東方朔有罵鬼之書,於是後之譴呪,務於善罵。唯陳思《誥咎》,⑲ 裁以正義矣。若乃禮之祭祀,⑳ 事止告饗,而中代祭文,兼讚言行,祭而兼讚,蓋引神而作也。㉑ 又漢代山陵,哀策流文,周喪盛姬,內史執策。然則策本書贈,㉒ 因哀而爲文也,是以義同於誄,而文實告神,誄首而哀末，頌體而祝儀，㉓太史所作之讚，因周之祝文也。㉔凡羣言發華，而降神務實，㉕脩辭立誠，在於無愧。祈禱之式，必誠以敬；祭奠之楷，宜恭且哀：此其大較也。班固之祀濛山，㉖祈禱之誠敬也；潘岳之祭庾婦，奠祭之恭哀也：㉗舉彙而求，昭然可鑒矣。

　　盟者，明也。馽毛白馬，㉘珠盤玉敦，陳辭乎方明之下，祝告於神明者也。在昔三王，詛盟不及，時有要誓，結言而退。周衰屢盟，以及要契，㉙始之以曹沫，終之以毛遂。及秦昭盟夷，設黃龍之詛；漢祖建侯，定山河之誓。然義存則克終，道廢則渝始，崇替在人，呪何預焉？㉚若夫臧洪歃辭，氣截雲蜺；㉛劉琨鐵誓，精貫霏霜，而無補於晉漢，㉜反爲仇讎。故知信不由衷，盟無益也。夫盟之大體，必序危機，獎忠孝，共存亡，戮心力，祈幽靈以取鑒，指九天以爲正，感激以立誠，切至以敷辭，此其所同也。然非辭之難，處辭爲難。後之君子，宜在殷鑒，㉝忠信可矣，無恃神焉。

　　贊曰：毖祀欽明，㉞祝史惟談。立誠在肅，脩辭必甘。季代彌飾，絢言朱藍。㉟神之來格，所貴無慚。

校箋

① 祀徧羣神。

“神”，梅校：“元作‘臣’，朱（謀㙔）改。”　元至正本、黃傳元本、倫傳元本、弘治本、弘治活字本、汪本、隆慶本、張本、兩京本、胡本、王批本作“臣”。　徐燉校“臣”作“神”，張紹仁校同。　沈臨何校本改“臣”作“神”。　張爾田圈點“臣”字。

楊氏《補正》：“‘臣’改‘神’是。《書·舜典》：‘徧於羣神。’孔傳：‘羣神，謂丘、陵、墳、衍，古之聖賢皆祭之。’《國語·楚語下》：‘天子徧祀羣神品物。’”

【按】元至正本等作“臣”，梅本作“神”，與唐寫本、何本、訓故本、謝鈔本合，黃氏從之。

作“神”自通。《書·舜典》：“望于山川，徧于羣神。”孔穎達正義：“言徧于羣神，則神無不遍，故羣神謂丘、陵、墳、衍，古之聖賢皆祭之。”此蓋舍人所本。張氏《考異》云：“古人口授，‘神’、‘臣’易混，循音而筆誤。”此說近是。《潛夫論·夢列》：“是故太姒有吉夢，文王不敢康吉，祀於羣神。”可爲旁證。

② **是生黍稷。**

“黍稷”，唐寫本作“稷黍”。

戶田《燉煌本》：“彦和此句當出《詩·小雅·甫田》'琴瑟擊鼓，以御田祖，以祈甘雨，以介我稷黍，以穀我士女'，故以燉煌本爲是。諸本作'黍稷'，是根據比較流行的字面涵意無意中把它倒置了。”

斯波《補正》、戶田《燉煌本》、楊氏《補正》、張氏《考異》、李氏《斠詮》並從唐寫本。

【按】今本作“黍稷”無誤，毋須調整。《詩·小雅·甫田》：“黍稷薿薿。”《墨子·兼愛》：“不爲暴勢奪穡人黍稷狗彘。”《荀子·禮論》：“先黍稷而飯稻粱。”《國語·晉語四》：“黍稷無成，不能爲榮。”並用“黍稷”之證。

③ **四海俱有。**

“四”上，唐寫本有“與”字，《天中記》十一、《喻林》三九、《廣博物志》十引同。　《御覽》八一、《困學紀聞》十引《尸子》“四”上並有“與”字。

趙氏《校記》：“'與'字當據補。《御覽》八十一引《尸子》云：'舜兼愛百姓，務利天下。其田歷山也，荷彼耒耜，耕彼南畝，與四海俱有其利。'即彦和此文所本，是其證。”

楊氏《補正》、李氏《斠詮》、詹氏《義證》並從《御覽》引。

【按】趙說是，“四”上當從唐寫本補“與”字。“與四海”與下文“以萬方”相對。此字唐寫本寫作“与”，“与”、“與”通。《說文·勺部》：“与，賜予也，此与'與'同。”《玉篇·勺部》：“与，賜也，許也，予也。亦作'與'。”

④ **則雩禜之文也。**

“則”，唐寫本作“即”。

【按】今本作“則”自通。“則”，訓即。《廣雅·釋言》：“則，即也。”《漢書·王莽傳》：“應聲滌地，則時成創。”顏師古注：“則時，即時也。”上文云“即郊禋之詞也”，此作“則雩禜之文也”，正可相儷。《大戴禮記·曾子立事》：“三十、四十之間而無藝，即無藝矣；五十而不以善聞，則無聞矣。”“即”與“則”互文，舍人句法與此同。參見《章表》篇“則章表之義也”條校。

⑤ **及周之大祝。**

“大”，唐寫本、元至正本、弘治本、隆慶本、張本、兩京本、胡本、王批本、訓故本、文津本作“太”。　黄氏輯注出條目作“太”。

【按】梅本作“大”，與汪本、佘本、何本、謝鈔本合，黄氏從之。

作“大祝”無誤。“大祝”與“小祝”相對而言。《周禮·春官·大祝》：“大祝，掌六祝之辭，以事鬼神示，祈福祥，求永貞。一曰順祝，二曰年祝，三曰吉祝，四曰化祝，五曰瑞祝，六曰筴祝。”《周禮·春官·小祝》：“小祝，掌小祭祀，將事侯禳禱祠之祝號，以祈福祥，順豐年，逆時雨，寧風旱，彌烖兵，遠辠疾。”可爲證。

此“大”字，古當讀他蓋切（tài），與“太”通。《禮記·曾子問》：“大祝裨冕，執束帛，升自西階盡等，不升堂，命毋哭。”陸德明音義：“大祝，音泰，下文注大祝、大宰、大宗、大廟、大史，皆同此音。”江沅《説文釋例》：“古只作‘大’，不作‘太’。《易》之‘大極’，《春秋》之‘大子’、‘大上’，《尚書》之‘大誓’、‘大王王季’，《史》《漢》之‘大上皇’、‘大后’，後人皆讀爲太。或徑改本書，作‘太’及‘泰’。”

⑥ 言於袝廟之祝。

“袝”，元至正本、馮鈔元本、黄傳元本、倫傳元本、弘治本、弘治活字本、汪本、佘本、隆慶本、張本、兩京本、何本、王批本、謝鈔本、初刻梅本、復校梅本、凌本、合刻本、梁本、梅六次本、梅七次本、別解本、抱青閣本、集成本、尚古本、岡本、文溯本、文津本、文瀾本、張松孫本、王本、崇文本作“附”，養素堂初刻本同。

徐燉校“附”作“袝”。　沈臨何校本改“附”爲“袝”。　“祝”，唐寫本作“祀”。

鈴木《黄本校勘記》：“黄氏原本‘袝’作‘附’，非是。”

張氏《考異》：“從‘袝’是。附、袝古文均作‘坿’，附、袝皆後起字。見羅雪堂先生説。”

李氏《斠詮》：“‘祀’原作‘祝’，形近而誤。”

【按】梅本作“附”，與元明諸本合，黄氏養素堂初刻本從之，而此改刻本則據徐校、何校而改作“袝”，與唐寫本、《玉海》一〇二引、訓故本合。薈要本、文淵本亦並從黄本。

“袝”，訓合葬。《説文·示部》：“袝，後死者合食於先祖。”然作爲祭名，“袝”又可作“附”。《禮記·雜記下》：“王父死，未練、祥而孫又死，猶是附於王父也。”鄭玄注：“附，皆當作‘袝’。”陸德明釋文：“附，義作‘袝’。”又：“上大夫之虞也，少牢。卒哭成事，附，皆大牢。下大夫之虞也，犆牲。卒哭成事，附，皆少牢。”孔穎達疏：“附，附廟也。”則此作“附”亦通，鈴木説未諦。養素堂初刻本正文沿襲梅本作"附廟",然輯注所出條目卻寫作"祔廟",並引《儀禮·士虞禮》"以其班祔"爲證,蓋黃氏原本即認爲此字當作"祔"。唐寫本及《玉海》引皆作"祔",且此字見於《説文》,從之較長,毋須改回"附"字。

"祝"當從唐寫本作"祀",二字形近致訛。作"祝"與上文"六祝"字複。郊、拜、祀、饋,皆承上"六祝"而言。《釋名·釋喪制》:"祭曰祔,祭於祖廟,以後死孫祔於祖也。"可知"祔"即祭祀活動。《儀禮·士虞禮》:"明日,以其班祔。……用嗣尸。曰:孝子某孝,顯相,夙興夜處,小心畏忌,不惰其身,不寧,用尹祭、嘉薦、普淖、普薦、溲酒,適爾皇祖某甫,以隮祔爾孫某甫。尚饗。"此即祔廟之祀。

⑦ 宜社類禡。

李氏《斠詮》校"社"作"造",云:"'造',原作'社',涉《禮記·王制》'宜於社'一語,爲傳鈔者所臆改,殊不知'宜、造、類、禡'四者,皆天子巡守出征之祭名。'宜'所以祭社,'類'所以祭天,'禡'所以祭所征之地。下文所謂'寅虔於神祇',正承三者而言。至所謂'嚴恭於宗廟',即指袏於祖禰之造祭而言。若字作'社',則上無所承,寧非費辭?況宜社與類、禡又不相對文乎?"

李蓁非《文心雕龍釋譯》(後簡稱"李氏《釋譯》")附錄:"'宜社類禡',疑應作'宜造類禡'。《禮記·王制》:'天子將出,類乎上帝,宜乎社,造乎禰。'類、宜、造、禡,皆是祭祀的名稱。祭於上帝的叫類,祭於社的叫宜,祭於父祖的叫造,祭於所征之地的叫禡。'社',不是祭名,而是土地之神或土地神廟。應刪除'社'字。《王制》所言四祭中,獨遺'造',應予補上。"

陳拱《文心雕龍本義》(後簡稱"陳氏《本義》"):"依此(《禮記·王制》)原文,'社'字應作'造'。"

【按】三家之説可從,"社"疑當作"造"。"社"蓋"造"之形訛,又或因古"造"通"竈","竈"之俗體"灶",故又訛作"社"。《廣雅·釋言》:"竈,造也。"王念孫疏證:"造,即'竈'之借字。"《古書疑義舉例·以大名代小名》:"造、竈古字通。"《五音集韻》:"灶,爲'竈'之俗。"

此既云"莫不",則"宜"、"造"、"類"、"禡"當平列爲四種祭祀,與上文"天地之郊"、"迎日之拜"、"祔廟之祀"、"少牢之饋"同類。《禮記·王制》:"天子將出,類乎上帝,宜乎社,造乎禰。"鄭玄注:"類、宜、造,皆祭名,其禮亡。"孔穎達疏:"宜乎社者,此巡行方事誅殺封割,應載社主也。云宜者,令誅伐得宜,亦隨其宜而告也。社主於地，又爲陰，而誅殺亦陰，故於社也。故《書》云'弗用命，戮于社'是也。造乎禰者，造，至也，謂至父祖之廟也。""案《大祝》六祈：'一曰類，二曰造。'是造爲祭名也。"據此，"造"確爲祭名，而"社"乃"宜"祭之對象，即社主，不當與"宜"、"類"、"禡"平列。《周禮·春官·宗伯》："造於廟。"孔穎達疏："云'造'者，以其非時而祭，造次之意。"此釋"造"義。

⑧ **所以寅虔於神祇。**

"祇"，弘治本、汪本、佘本、初刻梅本、復校梅本、梅六次本、梅七次本、抱青閣本、集成本、薈要本、芸香堂本、翰墨園本、龍谿本作"祇"。　沈臨何校本改"祇"爲"祗"。

楊氏《補正》："當依唐寫本、弘治本、汪本、梅本改作'祇'。"（按，唐寫本作"祇"，不作"祇"，楊校有誤。）

【按】梅本作"祇"，黃氏改爲"祇"，與唐寫本、元至正本、張本、兩京本、胡本、何本、王批本、訓故本、謝鈔本合。

楊説非是，"祇"字無誤。《正字通·示部》："祇，與'祇'通。"《墨子·天志中》："棄厥先神祇不祀。"《史記·周本紀》："殄廢先王明德，侮蔑神祇不祀。"（殿本）《漢書·郊祀志下》："營泰畤于甘泉，定后土于汾陰，而神祇安之。"《論衡·感虛篇》："禱爾于上下神祇。"並用"神祇"之證。梅本作"神祇"，本無誤，黃氏改爲"神祇"，亦通，且與唐元明諸本合，此從黃本可也。

⑨ **春秋已下。**

"春"上，唐寫本有"自"字。

王氏《校證》、李氏《斠詮》並從唐寫本。

【按】唐寫本是，"春"上有"自"字義長。《辨騷》篇："自《九懷》以下。"《樂府》篇："自《咸》《英》以降。"《頌讚》篇："自商已下。"《時序》篇："自明帝以下。""自和安已下。"句法並與此同。

⑩ **祝幣史辭。**

"祝"，元至正本、馮鈔元本、弘治本、汪本、佘本、隆慶本、張本、兩京本、胡本、何本、王批本、謝鈔本、初刻梅本、復校梅本、凌本、合刻本、梁本、秘書本、梅六次本、梅七次本、彙編本、別解本、抱青閣本、尚古本、岡本、文瀾本、張松孫本作"祀"。　謝兆申云："'祀'，當作'祝'。"　沈臨何校本改"祀"爲"祝"，云："'六祝'、'祝幣'，校本並作'祀'"（兩"祝"字爲沈氏藏汪本原有朱筆校字。）

章太炎《文心雕龍劄記（乙種本）》（後簡稱"章氏《劄記》乙種"）："當作'視幣更辭'。"

【按】梅本作"祀"，黄氏改作"祝"，與唐寫本、訓故本合。薈要本、文淵本、文溯本、文津本亦並同黄本。

作"祝"無誤，元至正本等作"祀"，與上文"祀"字複，蓋形近而誤，或涉上文"祭"字而誤。《左傳·成公五年》："梁山崩，……故山崩川竭，君爲之不舉。……祝幣，史辭，以禮焉。"杜預注："祝幣，陳玉帛；史辭，自罪責。"又《昭公十七年》："祝用幣，史用辭。"杜預注："用幣於社，用辭以自責。"此即舍人所本。

"祝"、"史"並爲事神之官。《左傳·襄公二十五年》："史皆曰吉。"孔穎達疏："史者，筮人也。"《儀禮·少牢饋食禮》："史朝服。"鄭玄注："史，家臣主筮事者。"又，《後漢書·隗囂傳》"史奉璧而告"李賢注、《臧洪傳》"但坐列巫史"李賢注並云："史，祝史也。"《易·巽》："紛若用史巫。"孔穎達疏："史，謂祝史。"《禮記·王制》："祝史射御醫卜及百工。"宋翔鳳訓纂引方性夫曰："祝、史，皆事神之官。"上文言"祝史陳信，資乎文辭"，贊云"祝史惟談"，並即其義。

此"祝幣史辭"，乃一並列結構，與"黷祀諂祭"對文，謂祝、史使用幣帛、文辭以事神（其義當以互文視之）。如作"更辭"，則詞性不協矣。作"視"於義亦難通。按太炎先生所校，此義當作"視幣帛之多寡而設計不同文辭"，於上下文語意不合。章氏於此蓋未加深考。

⑪ **至於張老成室，致善於歌哭之禱。**

唐寫本"成"作"賀"，"善"作"美"。

楊氏《補正》："《禮記·檀弓下》：'晉獻文子成室，晉大夫發焉。張老曰："美哉輪焉！美哉奐焉！歌於斯，哭於斯，聚國族於斯。"君子謂之善頌善禱。'鄭注：'善頌，謂張老之言；善禱，謂文子之言。'則此'禱'字當作'頌'。舍人蓋誤記。"

李氏《斠詮》校作"至如張老賀室，致美於歌哭之頌"，云："'致美'之美，指頌詞中之'美輪美奐'而言。又'頌'原作'禱'，徵《禮記·檀弓》下鄭注訂正。"

趙氏《校記》、户田《校勘記補》、王氏《校證》並從唐寫本。

【按】唐寫本"賀"、"美"並是，此文當作"至於張老賀室，致美於歌哭之禱"。"至於"自通，不煩改字。"成"室者乃獻文子，非張老，故當作"賀"。《檀弓》有"美輪"、"美奐"語，故作"美"是。

楊氏、李氏疑"禱"當作"頌"，不可從。張氏《考異》云："《左傳》'善頌善禱’，頌、禱皆可從，無所謂誤記。”此説甚是。《説文·示部》：“禱，告事求神也。”“禱”，訓求福、請求，與下句“獲祐於筋骨之請”之“請”對文。

⑫ 獲佑於筋骨之請。

“佑”，唐寫本、兩京本、胡本作“祐”。　張爾田圈點“祐”字。

楊氏《補正》：“‘祐’字是。《説文·示部》：‘祐，助也。’作‘祐’，始與劙牘之禱辭合。”

王氏《校證》、李氏《斠詮》並從唐寫本。

【按】楊説非是，作“佑”自通，毋須改字。《容齋三筆·六經用字》：“佑、祐、右三字，一也，而在《書》爲‘佑’，在《易》爲‘祐’，在《詩》爲‘右’。”《易·無妄》：“天命不佑。”陸德明釋文：“佑，本作‘祐’。”《詩·大雅·大明》：“保右命爾。”陸德明釋文：“右，音祐，字亦作‘佑’。”並“佑”、“祐”字通之證。《尚書·泰誓上》：“天佑下民。”蔡沈集傳：“佑，助也。”

⑬ 可謂祝辭之組纚也。

“纚”，唐寫本、馮鈔元本作“麗”。　“也”上，唐寫本有“者”字。　沈臨何校本改“纚”爲“麗”。

范氏《注》：“作‘麗也’，是。《揚子法言·吾子》篇：‘霧縠組麗。’李軌注：‘霧縠雖麗，蠹害女工。’此彥和所本。”

楊氏《補正》：“唐寫本是。《法言·吾子》篇：‘或曰：霧縠之組麗。’李注：‘言可好也。’此‘組麗’二字所本。‘纚’字係涉‘組’之偏旁而誤者。王念孫《廣雅疏證》一下《釋詁》：‘組麗，猶純麗也。’”

王氏《校證》：“今作‘纚’者，涉上文偏旁而誤也。”

李氏《斠詮》從唐寫本。

【按】此文當從唐寫本作“可謂祝辭之組麗者也”。“纚”當爲“麗”之形訛。“纚”，《廣韻》音所綺切（xǐ），《説文·系部》：“冠織也。”《集韻·蟹韻》：“韜髮也。”指用以束髮之布帛。又，《集韻》音鄰知切（lí），訓繩索。《集韻·支韻》：“纚，緓也，通作縭。”引申爲訓系住。《後漢書·張衡傳》：“纚朱鳥以承旗。”李賢注：“纚，繫也。”又，《集韻》音輦爾切（lǐ），《集韻·紙韻》：“連也。”《文選·何晏〈景福殿賦〉》：“輦道纚連也。”李善注：“纚，相連之貌。”“組纚”連文，六朝以前罕見，而“組麗”本於《法言》，乃一形容詞，訓華麗（《荀子·樂論》：“其服組。”王先謙集解：“《書·禹貢》馬注：‘組，文也。’”），詁此正合。

“者”字亦當補，構成“……之……者也”句式。《雜文》篇：“……景純《客傲》，……然屬篇之高者也。”《檄移》篇：“陸機之移百官，……武移之要者也。”《書記》篇：“陸機自理，情周而巧，牋之（爲）善者也。”“先賢表諡，並有行狀，狀之大者也。”並其例。又，全書常用“可謂……者也”句法。如《宗經》篇：“可謂泰山徧雨，河潤千里者也。”《辨騷》篇：“可謂鑒而弗精，翫而未覈者也。”即其例。此文“組纚”既當作“組麗”，則有“者”字方合句法。

⑭ **漢之羣祀。**

唐寫本“漢”上有“逮”字，“之”作“氏”。

楊氏《補正》：“《詔策》篇‘晉氏中興’，《奏啓》篇‘晉氏多難’，句法並與此同，則唐寫本作‘氏’是也。”

趙氏《校記》校作“逮漢之羣祀”。李氏《斠詮》從唐寫本，校作“逮漢氏羣祀”。

【按】唐寫本是，此文當作“逮漢氏羣祀”。“逮”字表時序，當補，此全書用語常例。“之”字與上下文複，蓋“氏”之形訛，“漢氏”爲下文“肅其百禮，既總碩儒之議，亦參方士之術”之主語。舍人常以“氏”稱朝代，如楊氏所舉“晉氏中興”、“晉氏多難”，即其例。又，《晉書·孫盛傳》云孫盛“著《魏氏春秋》《晉陽秋》”，其中“魏氏”即朝代之稱，此稱“漢氏”亦然。

⑮ **肅其旨禮。**

“旨”，黃校：“一作‘百’。” 唐寫本作“百”。 沈臨何校本改“旨”爲“百”，云：“‘百’，校本作‘旨’。”（“百”爲沈氏藏汪本原有朱筆校字。） 傳録何沈校本“旨”旁過録“百”字。

楊氏《補正》：“‘百’字是。‘百禮’蓋概括之辭，言其禮多耳。《詩·小雅·賓之初筵》《周頌·豐年》及《戴芟》並有‘以洽百禮’之文，皆謂合聚衆禮以祭也。《誄碑》篇‘百（此依唐寫本及《御覽》）言自陳’，今本‘百’作‘旨’，其誤與此同。”

張氏《考異》、李氏《斠詮》並從唐寫本。

【按】“旨禮”，義不可通，“旨”當從唐寫本作“百”，二字形近致訛。《漢書·食貨志下》：“百禮之會，非酒不行。”《春秋繁露·觀德》：“百禮之貴，皆編於月。”《後漢書·班固傳》：“萬樂備，百禮暨。”並“百禮”連文之證。

⑯ **既總碩儒之儀。**

“儀”，唐寫本作“義”。

范氏《注》：“當作‘議’爲是。‘既總碩儒之議，亦參方士之術’，謂如武帝命諸儒及方士議封禪，公玉帶上黃帝時《明堂圖》之類。”

楊氏《補正》：“范說是。《史記·司馬相如傳》：‘《封禪文》乃遷思回慮，總公卿之議，詢封禪之事。’可證。”

劉氏《校釋》、李氏《斠詮》並從唐寫本。

【按】范、楊兩說是，“儀”疑當作“議”。“儀”、“義”蓋並“議”之形訛。“議”與上文“禮”搭配，指碩儒議禮，又與下文“術”相對。《管子·桓公問》：“黃帝立明臺之議者，上觀於賢也。”《韓非子·人主》：“故君人者，非能退大臣之議，而背左右之訟，獨合乎道言也。”《漢書·郊祀志》：“宜如異時公卿之議，復還長安南北郊。”並爲“之議”連文之證。

⑰ **同乎越巫之祝。**

“祝”，唐寫本作“說”。

李氏《斠詮》從唐寫本，云：“所謂越巫之說者，蓋指越人勇之所言也。”

詹氏《義證》：“作‘說’，意謂和越巫騙人的說法相同。”

【按】李氏、詹氏說是，“祝”當從唐寫本作“說”，形近而誤。“祝”與上文“秘祝”字複，“說”與上文“心”相儷。《史記·封禪書》：“越人勇之乃言：‘越人俗鬼，而其祠皆見鬼，數有效。昔東甌王敬鬼，壽百六十歲，後世怠慢，故衰耗。’乃令越巫立越祝祠，安臺無壇，亦祠天神上帝百鬼，而以雞卜。上信之，越祠雞卜始用。”此舍人所本。

⑱ **禮失之漸也。**

“禮”，唐寫本、元至正本、馮鈔元本、黃傳元本、倫傳元本、弘治本、弘治活字本、汪本、佘本、隆慶本、張本、兩京本、胡本、何本、王批本、訓故本、謝鈔本、初刻梅本、復校梅本、凌本、合刻本、梁本、秘書本、梅六次本、梅七次本、彙編本、別解本、抱青閣本、集成本、尚古本、岡本、文淵本、文瀾本、張松孫本、崇文本作“體”，《文通》十四引同。　沈臨何校本改“體”爲“禮”，云：“‘禮’，校本作‘體’。”（“禮”爲沈氏藏汪本原有朱筆校字。）　傳錄何沈校本“體”旁過錄“禮”字。　張爾田圈點“體”字。

戶田《宋本考》：“案‘漢之羣祀’以下文意，應如朱筆校改作‘禮’字是。”

楊氏《補正》：“體，謂事體，即上所云‘漢氏羣祀’。其字未誤，黃叔琳不應從何焯校本改爲‘禮’也。《文選·皇甫謐〈三都賦序〉》：‘誇競之興，體失之漸。’即舍人‘體失之漸也’所本也。”（按，傳錄何沈校本僅於“體”旁過錄“禮”

字,非何氏校"體"爲"禮"。)

李氏《斠詮》:"體,謂體統,指祭祀之規制儀式而言。所謂'體失之漸',謂祭祀之規制儀式漸流於荒誕淫濫,而非祭祀之禮典本身有何廢弛也。"

【按】唐寫本及元明諸本俱作"體",黃氏蓋據何校本而改作"禮"。

作"體"無誤,黃改非。牟氏《譯注》云:"指祝祀的大體。"甚是。"體"與"禮"通。《詩·邶風·谷風》:"無以下體。"李富孫異文釋:"《韓詩外傳》'體'作'禮'。"《文選·任昉〈齊竟陵文宣王行狀〉》:"公實體之。"舊校:"五臣本'體'作'禮'字。""體",亦訓禮。《大戴禮記·衛將軍文子》:"說之以義而觀諸體。"孔廣森補注:"體,禮也。"

《晏子春秋·景公問莒魯孰先亡晏子對以魯後莒先》:"是以上不能養其下,下不能事其上,上下不能相收,則政之大體失矣。"《中論》上:"夫聞過而不改,謂之喪心。思過而不改,謂之失體。"此"失"與"體"搭配之證。

⑲ 唯陳思《詰咎》。

"詰",唐寫本作"詰"。 "咎",梅校:"元脱,曹(學佺)補。" 元至正本、黃傳元本、倫傳元本、弘治本、弘治活字本、汪本、佘本、隆慶本、張本、兩京本、胡本無。 徐燉"詰"下補"咎"字。 沈臨何校本"詰"下補"咎"字,張紹仁校同。

李詳《補註》:"《困學紀聞》(卷十七)引作'詰咎',謂假天帝之命以詰風伯、雨師,'詰'字較'詰'字爲長。"

王氏《校證》校"詰"作"詰",云:"子建《詰咎文》,見《藝文類聚》一百('詰'誤'詰')。《困學紀聞》十七云:'曹子建《詰咎文》,假天帝之命,以詰風伯雨師。'是也。"

李氏《斠詮》從唐寫本,校"詰"作"詰"。

【按】"詰"當從唐寫本作"詰",形近致誤。《玉篇·言部》:"詰,問罪也。"《左傳·昭公十四年》:"詰奸慝。"杜預注:"詰,責問也。"《説文·口部》:"咎,災也。"《廣韻·有韻》:"咎,愆也。"則"詰咎"猶言問罪也。諸葛亮《出師表》:"以彰其咎。"句法與"詰咎"略同。

曹植《告咎文》序:"天地之氣,自有變動,未必政治之所興致也。于時大風發屋拔木,意有感焉。聊假天帝之命,以詰咎祈福。"(《藝文類聚》一百引)既云天災"未必政治之所興致",則可"假天帝之命",問罪於風伯雨師。其正文云:"於是五靈振竦,皇祇赫怒。招搖驚怵,攙搶奮斧。河伯典澤,屏翳司風。右呵飛厲，顧叱風隆。"即"詰咎"之義。

⑳ 若乃禮之祭祀。

"祀"，唐寫本作"祝"。

范氏《注》、王氏《校證》並從唐寫本。

【按】"祀"當從唐寫本作"祝"，形近而誤。《儀禮·少牢饋食禮》："主人西面，祝在左，主人再拜稽首。祝祝曰：孝孫某，敢用柔毛、剛鬣、嘉薦、普淖，用薦歲事于皇祖伯某，以某妃配某氏。尚饗。"此舍人所本。

㉑ 蓋引神而作也。

"神"，初刻梅本、復校梅本、凌本、秘書本、梅七次本作"伸"，《文通》十四引同。　徐𤞤校"神"作"伸"。　沈臨何校本改"神"爲"伸"。　顧廣圻云："黃本作'引神'。"　徐渭仁校作"伸"。　"而"，唐寫本作"之"。

鈴木《燉煌本校勘記》："'神'當作'伸'，字若'申'字也。"

楊氏《補正》："此言祝文體制之蕃衍，'伸'字是。《易·繫辭上》：'引而伸之'。"

李氏《斠詮》校"神"作"伸"。

【按】唐寫本及元明諸本皆作"神"，初刻梅本、復校梅本作"伸"，梅六次本作"神"，梅七次本又作"伸"，黃氏改從元至正本等。

疑此文當作"蓋引伸之作也"。初刻梅本等作"伸"是，"神"蓋"伸"之形訛。《玉篇·人部》："伸，舒也。"《廣雅·釋詁》："伸，展也。"詁此正合，楊氏釋爲"祝文體制之蕃衍"，甚是。

"而"與上文兩"而"字複，唐寫本作"之"，於義較長。《哀弔》篇："辭清而理哀，蓋首出之作也。"《詔策》篇："東方朔之戒子，亦顧命之作也。"《封禪》篇："絕筆茲文，固維新之作也。"句法並與此同。

㉒ 然則策本書贈。

"贈"，唐寫本作"賵"。

楊氏《補正》："《儀禮·既夕禮》：'書賵於方。'鄭注：'方，板也。書賵奠賻贈之人名與其物於板。'則唐寫本作'賵'是也。'賵''贈'二字形近，每易淆誤。《左傳·襄公二十九年》：'楚人使公親禭。'杜注：'諸侯有遣使賵禭之禮。'《釋文》：'賵，一本作'贈'。'是其例。"

劉氏《校釋》、張氏《考異》、李氏《斠詮》、牟氏《譯注》並從唐寫本。

【按】"贈"當從唐寫本作"賵",形近致訛。《説文·貝部》新附:"賵,贈死者,從貝,從冒。"《白氏六帖事類集》十九:"書賵於方(注:方,版也),書遣於策(注:策,簡也)。"《禮記·曲禮》陸德明釋文"書賵":"車馬曰賵。"

㉓ 頌體而祝儀。

"祝",元至正本、馮鈔元本、黃傳元本、倫傳元本、弘治本、弘治活字本、佘本、隆慶本、張本、兩京本、胡本、王批本、謝鈔本作"呪"。　汪本作"况"。　徐燉校"况"作"呪",云:"'况',一作'祝'。"沈臨何校本改"况"爲"祝"。

【按】元明諸本多作"呪",梅本作"祝",與唐寫本、何本、訓故本合,黃氏從之。

黃本無誤。"祝"、"呪"同。黃叔琳云:"'祝',又音畫,《詩·大雅》'侯詛侯祝'是也,俗作'呪',非,故詛、罵亦祝之一體。"(見本篇"黃帝有祝邪之文"眉批)《王力古漢語字典》"祝"字條:"《説文》有'祝'無'呪','呪'是'祝'的分化字。二字均有禱告、詛咒義,實同一詞。《禮記·郊特牲》:"詔祝於室。"孔穎達疏:"祝,呪也。"《後漢書·諒解輔傳》:"時夏大旱,太守自出祈禱山川,連日而無所降,輔乃自暴庭中,慷慨呪曰……"是"呪"亦即祝禱之義。然於祝告義此篇通作"祝",故此作"祝"始能前後一律。

"儀",劉氏《校釋》、王氏《校證》均疑當作"義",恐非。上文已言"義同於誄",此處不應重複。詹氏《義證》云:"仍應作'儀'。哀策文開頭像誄,結尾是哀詞,體裁像頌,而進行儀式像祝。"李氏《斠詮》亦解"儀"作"儀式",皆未確。上文云"文實告神",下文云"固祝之文(依下條校)",則此是論策之"文體",無關乎禮儀實踐。"首"、"末"、"體"、"儀"皆著眼於文體而言。張氏《考異》云:"體,質,而儀,式也。從'儀'是。"如訓"儀"爲"式",則與上文"體"複。如《章表》:"章式炳賁,……表體多包。"可知"式"亦"體"也。

此"儀"字,當訓儀表。王逸《楚辭章句叙》:"名儒博達之士,著造辭賦,莫不擬則其儀表,祖式其模範。""儀"或"儀表",指文體風格。《頌讚》篇:"原夫頌惟典雅,辭必清鑠。""頌"辭以清鑠爲主,此亦言哀策之文體風格與祝無異,皆"修辭必甘"。《頌讚》篇:"頌體而論辭。"《誄碑》篇:"詳夫誄之爲制,蓋選言録行,傳體而頌文。"(王禮卿《文心雕龍通解》云:"體如史傳,而文仿頌辭。")《誄碑》篇:"夫屬碑之體,資乎史才,其序則傳,其文則銘。"並"體"、"文"相對,故此亦可解作"頌體而祝文"。

㉔ **太史所作之讚，因周之祝文也。**

唐寫本作“太祝所讀，固祝之文者也”。

章氏《劄記》乙種評“然則策本書贈”至“因周之祝文也”八句：“失當。”

范氏《注》：“（唐寫本）語意似不甚明。”

劉氏《校釋》：“此二句應作‘太史所讀，固周之祝文也’，言漢之哀策，與祝文實同一物也。”

斯波《補正》：“此二句，疑當作‘太史所讀，固周之祝文也’十字。”

楊氏《補正》：“唐寫本語意甚明。《續漢百官志二》：‘太祝令一人，六百石。’本注曰：‘凡國祭祀，掌讀祝及迎送神。’《宋書·百官志上》：‘太祝令一人，丞一人，掌祭祀，讀祝及迎送神。’今本實不可解，當據唐寫本改正。”

李氏《斠詮》校作“太史所讀之讚，固周之祝文也”。

戶田《校勘記補》從唐寫本。

【按】唐寫本近是，唯“者”字不當有，疑此文當作“太史所讀，固祝之文也”，其意爲：“漢太史所讀之策文，本爲祝之文體。”

“讀周之祝文”，義不可通。如依唐寫本作“固祝之文者也”，則須解作“祝文之有文采者”，於義亦不合。此“文”字當作“文體”解。上文云“上皇祝文，爰在茲矣”，“祝文”即“祝之文”。此用法又見於《誄碑》篇：“周世盛德，有銘誄之文。”“銘誄之文”，句法與“祝之文”同。又《三國志·魏書·高柔傳》裴松之注引孫盛：“五帝無誥誓之文，三王無盟祝之事，然則盟誓之文，始於三季。”兩“文”字亦皆指文體。《三國志·魏書·王粲傳》注引《文章叙錄》：“（應璩）善爲書記文。”“書記文”亦可云“書記之文”。

㉕ **凡羣言發華，而降神務實。**

“發”，唐寫本作“務”。　　“務實”，元至正本、馮鈔元本、黃傳元本、倫傳元本、弘治本、弘治活字本、汪本、佘本、隆慶本、張本、兩京本、胡本、何本、王批本、謝鈔本、初刻梅本、復校梅本、凌本、梁本、秘書本、梅六次本、別解本、抱青閣本、尚古本、岡本、文津本、文瀾本、張松孫本、崇文本作“實務”。　　訓故本標疑“發”字。　　馮舒云：“‘實務’，當作‘務實’。”　沈臨何校本“實務”乙作“務實”。

張氏《考異》：“從‘發’是。‘務’與下句‘務實’犯重。”

王氏《校證》、李氏《斠詮》並從唐寫本，校“發”作“務”。

【按】黃本無誤。張說是，作“發”自通。“發華”，猶言開花、開出文采，此謂開發使用語言精華，與下文"修辭"二字呼應，"修"，亦指整飾言辭，使有光華。《哀弔》篇："雖發其情華，而未極心實。"可作"發"與"華"搭配之證。又《頌讚》篇："揄揚以發藻。"《才略》篇："屈宋以《楚辭》發采。""漢室陸賈，首發奇采。"《諸子》篇："呕發深言。""發"字用法並與此同。《嵇中散集·兄秀才公穆入軍贈詩》："雖有姝顏，誰與發華。"《江文通集·蕭上銅鐘芝草衆瑞表》："精昭景緯，則川岳發華。"《弘明集·宗炳〈答何衡陽書〉》："貝錦以繁采發華。"並"發華"連文之證。

"務實"與"發華"對文，元至正本、弘治本等二字誤倒，唐寫本、訓故本不誤，梅七次本改作"務實"，黃氏承之，文溯本亦改爲"務實"。

㉖ 班固之祀濛山。

"濛"，唐寫本作"涿"。　黃丕烈云："'濛'，活字本描改模糊。"

趙氏《校記》："唐本是也。《文選·顏延之〈曲水詩序〉》注、王儉《褚淵碑文》注、虞羲《詠霍將軍北伐詩》注、《宣德皇后令》注、丘遲《與陳伯之書》注，均引班固《涿邪山祝文》，今本譌'涿'爲'濛'，遂使後人無從考索矣。"

范氏《注》："班固《祀濛山文》不可考。嚴可均《全後漢文》二十六輯得《涿邪山祝文》四句。"

劉氏《校釋》、王氏《校證》、張氏《考異》、李氏《斠詮》並從唐寫本。

【按】趙說是，"濛"當據唐寫本改作"涿"，二字形近而誤。黃丕烈云活字本此字描改模糊，蓋亦未必作"濛"。《漢書·匈奴傳》："漢又使因杅將軍出西河，與强弩都尉會涿邪山，亡所得。"《六臣注文選·虞羲〈詠霍將軍北伐詩〉》呂向注："霍去病爲漢驃將軍，以破匈奴，羲慕之，是以詠矣。""擁旄爲漢將，汗馬出長城"李善注："班固《涿邪山祝文》曰：仗節擁旄，鉦人伐鼓。"是"涿山"即涿邪山之省稱。

㉗ 奠祭之恭哀也。

"奠祭"，唐寫本作"祭奠"。　岡本作"尊祭"。

楊氏《補正》從唐寫本，云："上文'祈禱之式，必誠以敬'，故承之曰'祈禱之誠敬也'。此當作'祭奠之恭哀也'，始能與上'祭奠之楷，宜恭且哀'二句相應。"

王氏《校證》、李氏《斠詮》並從唐寫本。

【按】楊說是，從唐寫本作"祭奠"較長。《儀禮·士虞禮》："佐食取黍稷肺祭，授尸，尸祭之。祭奠，祝祝。"《華陽國志·蜀志》："祭奠而芊豕夕牲。"《抱朴子·省煩》:“祭奠殯葬之變。”《三國志·吳書·孫綝傳》:“促皆改葬,各爲祭奠。”並用“祭奠”之證。岡本“奠”作“尊”,形近而訛。

㉘ 騂毛白馬。

“毛”,唐寫本作“旄”,文淵輯注本同。

范氏《注》:“《左傳·襄公十年》:‘瑕禽曰:昔平王東遷,吾七姓從王,牲用備具,王賴之而賜之騂旄之盟。’杜注:‘騂旄,赤牛也。舉騂旄者,言得重盟,不以犬雞。’‘騂毛’,當依《左傳》作‘騂旄’。”

趙氏《校記》、李氏《斠詮》並從唐寫本。

【按】范說非是,今本作“毛”自通,毋須改字。《尚書·禹貢》:“齒、革、羽、毛惟木。”孔安國傳:“毛,旄牛尾。”《國語·楚語下》:“龜、珠、角、齒、皮、革、羽、毛,所以備賦,以戒不虞者也。”韋昭注:“毛,氂牛尾,所以注竿首。”《史記·夏本紀》:“齒、革、羽、毛。”張守節正義:“西南夷常貢旄牛尾,爲旌旗之飾,《書》《詩》通謂之旄。”可知“毛”即旄牛尾。《文選·張協〈雜詩〉》:“商羊儛野庭。”李善注引《淮南子》曰:“犧牛騂毛,宜於廟牲。”《庾子山集·商調曲》:“世不失職,受騂毛之盟。”此“騂毛”連文之證。

㉙ 以及要契。

唐寫本作“弊及要劫”。　別解本“及”作“後”。

范氏《注》從唐寫本,云:“要,謂如《左傳·襄公九年》‘晉士莊子爲載書曰,自今日既盟之後,鄭國而不唯晉命是聽,而或有異志者,有如此盟。公子騑趨進曰,天禍鄭國,使介居二大國之間,大國不加德音而亂以要之。子展曰,要盟無質,神弗臨也’之類。劫,謂如曹沫、毛遂之類。”

楊氏《補正》:“《公羊傳·莊公十三年》:‘莊公升壇,曹子手劍而從之。……已盟,曹子摽劍而去之。要盟可犯,而桓公不欺;曹子可讎,而桓公不怨。’《解詁》:‘臣約束君曰要,彊見要脅而盟爾,故云可犯。以臣劫君,罪可讎。’是‘要劫’不能如范氏截然分爲兩事作注,明矣。且舍人於此語下,即緊接‘始之以曹沫,終之以毛遂’二句,‘要劫’史實已爲指明,何勞他求耶?”

張氏《考異》:“下文‘道廢則渝始’,與‘弊’字應;舉曹、毛之事,與‘劫’字應。”

王氏《校證》、李氏《斠詮》並從唐寫本。

【按】諸說是,今本義不可通,此文當從唐寫本作“弊及要劫”。“以”與“弊”聲不近,蓋涉下文“始之以曹沫,終之以毛遂”而誤,“劫”、“契”蓋由形近而致訛。

《左傳・昭公二十五年》："展與夜姑將要余。"杜預注："要劫我以非禮。"
《漢書・張耳陳餘傳》："燕囚之，欲與分地。"顏師古注："要劫之，令割趙地輸燕
以和解也。"並"要劫"連文之證。《白氏長慶集・策林二》："然則一縱一放，而
弊及於人者，又何哉？"《樊川集・上鹽鐵裴侍郎書》："衆皆以爲除煩去冗，不知
其弊及於疲羸，即是所利者至微，所害者至大。"並可爲"弊及"連文之佐證。

㉚ **呪何預焉。**

"呪"，唐寫本作"祝"。　合刻本、梁本、別解本作"咒"。　"預"，唐寫本作"豫"。
李氏《斠詮》從唐寫本，校作"祝何豫焉"。

【按】"呪"、"祝"實爲一詞（參見上條"頌體而祝儀"條校），此從唐寫本作
"祝"字，始能與本篇"祝儀"、"祝告"等一律。"預"、"豫"於"參預"義可通，不煩
改字。參見《正緯》篇"緯何豫焉"條校。

㉛ **若夫臧洪歃辭，氣截雲蜺。**

唐寫本"歃辭"作"啑血"（依潘重規、李曰剛所定），"氣"作"辭"。　"截"，
何本、合刻本、梁本、別解本、清謹軒本、尚古本、岡本、王本、崇文本作"絕"。

劉氏《校釋》："此文當作'臧洪歃血，辭絕雲蜺'。"

楊氏《補正》："《後漢書・臧洪傳》：'洪乃攝衣升壇，歃血而盟。'《三國志・
魏書・臧洪傳》：'（洪）親登壇，歃血而盟。'則此當作'歃血'。《穀梁傳・桓公
三年》范注：'不歃血而誓盟。'《釋文》：'歃，本又作啑。'元明以來各本因脫去
'血'字，故移'辭'字屬上，而增一'氣'字以彌縫其闕，於文殊不辭矣。"

潘重規《唐寫文心雕龍殘本合校》（後簡稱"潘氏《合校》"）："唐寫本實作
'若夫臧洪啑血，辭截雲蜺'。歃，通作啑。《後漢書・馮衍傳》：'啑血昆
陽。'……知此篇乃'啑'字，非'唾'字也。"

張氏《考異》："《史記・平原君傳》：'王當歃血而定從。'通作'啑'。古人無
作'唾血'者，唐寫本誤。"

李氏《斠詮》校作"若夫臧洪歃血，辭截雲蜺"，云："唐寫本'歃'作'啑'，
字通。"

【按】此文當從唐寫本作"若夫臧洪啑血，辭截雲蜺"。詹氏《義證》云：
"'氣截雲蜺'之'氣'指辭氣而言。"甚是。《後漢書・臧洪傳》："洪辭氣慷慨，聞
其言者，無不激揚。"《三國志・魏書・臧洪傳》："洪辭氣慷慨，涕泣橫下。""辭"
即出言而成辭氣，下文"精"字訓精氣、銳氣，二字爲對文。下文"切至以敷辭"、

“非辭之難,處辭爲難”、“立誠在肅,脩辭必甘”,“辭”亦均指辭氣。

“截”、“絕”義通,皆訓斷,毋須改字。

㉜ **而無補於晉漢。**

唐寫本作“而無補漢晉”。

楊氏《補正》:“‘無補晉漢’與‘反爲仇讎’文正相對。”

張氏《考異》:“古人於時序倒置,始例有二,皆見於《離騷》。一曰:‘湯禹之祇敬’,一曰:‘湯禹儼而求同’,所以然者,先舉近以及遠,亦行文之便而已。稱‘晉漢’,本《離騷》,兩從可也。”

劉氏《校釋》、王氏《校證》並從唐寫本。李氏《斠詮》校作“而無補於漢晉”。

【按】唐寫本無“於”較長,此文當作“而無補晉漢”。“無補晉漢”與“反爲仇讎”俱四音節,語勢較順。“無補”猶言“無補於”。《晏子春秋外篇·不合經術者》:“知其無補死者,而深害生者。”《抱朴子外篇·博喻》:“桑林鬱藹,無補柏木之凄冽。”《文選·陸倕〈石闕銘〉》:“有欺耳目,無補憲章。”句法並與此同。

“晉漢”連文亦通,張氏揭明古人“先舉近以及遠”之行文條例,可從。《漢書·藝文志》:“左史記言,右史記事。事爲《春秋》,言爲《尚書》。”即其證。舍人行文,常用此例。如《聲律》篇:“宮商大和,譬諸吹籥;翻回取均,頗似調瑟。瑟資移柱,故有時而乖貳;籥含定管,故無往而不壹。”例多不徧舉,參見《史傳》篇“左史記事者,右史記言者”條校。上文先述漢臧洪事,次述晉劉琨事,此則先言晉人,後言漢人,文例略同。

㉝ **宜在殷鑒。**

“在”,唐寫本、合刻本作“存”。

徐氏《正字》:“‘在’字疑當作‘存’。”

楊氏《補正》:“‘在’、‘存’二字形近,此當以作‘存’爲長。”

王氏《校證》、張氏《考異》、李氏《斠詮》並從唐寫本。

【按】諸本非是,今本作“在”自通,毋須改字,唐寫本作“存”,蓋形近而誤。“在”、“存”通。《說文·土部》:“在,存也。”“在”,訓省察。《尚書·酒誥》“在昔殷先哲王”孫星衍今古文注疏引《釋詁》、《大戴禮記·曾子立事》“存亡者,在來者”王聘珍解詁、《文選·謝靈運〈九日從宋公戲馬臺集送孔令詩〉》“在宥天下理”李善注引司馬彪,並云:“在,察也。”“在殷鑒”,猶言省察殷鑒也。

㉞ **毖祀欽明。**

唐寫本作"秘祀唖血"（"唖"字依潘重規所定）。

范氏《注》："《尚書·洛誥》：'予沖子夙夜毖祀。'孔傳：'言我童子徒早起夜寐，慎其祭祀而已。'唐寫本'欽明'作'唖血'，非是。"

楊氏《補正》："《書·召誥》：'毖祀于上下。'孔傳：'爲治當慎祀于天地。'此'毖祀'二字所本。'欽明'，疑爲'方明'之誤。篇中有'方明'之文。此句本統言祝與盟二者，'毖祀方明'，即慎祀上下四方神明之意，於祝、於盟，均能關合。若作'欽明'，既不愜洽，若據唐寫本之'唖血'改爲'唖血'，則又不能施之於祝矣。"

張氏《考異》："唐寫本誤。"

李氏《斠詮》校作"毖祀唖血"。

【按】楊説不可從，今本文義自通，毋須改字。《尚書·堯典》："欽明文思安安。"《爾雅·釋詁》："欽，敬也。""明"，謂神、神靈。"毖祀"，猶言慎其祭祀，"欽明"，猶言敬告神明。此句回應正文"陳辭乎方明之下，祝告於神明"。

㉟ **絢言朱藍。**

"絢"，隆慶本作"約"。　"言"，合刻本作"焉"。　傳録何沈校本標疑"言"字，云："疑作'焉'。"

【按】黃本無誤。"言"字自通，改"焉"則非。"絢言"二字，承上文"修辭"、"彌飾"而言，且回應正文"犛言發華"之義。《龍龕手鑑·糸部》："絢，文綵貌也。"《才略》篇："而絢采無力。"《儀禮·聘禮記》："繫長尺絢組。"江淹《始安王拜征虜將軍南兗州刺史章》："絢服騰炤。"《玄應音義》二二出"絢藻"條，《慧琳音義》九三出"絢彩"條，並其義。此云"絢言"，詞法與"絢組"、"絢服"同，可證"言"非誤字。

"絢"字隆慶本作"約"，當爲誤刻，其底本馮本作"絢"，不誤。

漢籍合璧 總編纂 鄭傑文

漢籍合璧精華編 主編 王承略 聶濟冬

國家出版基金項目
NATIONAL PUBLICATION FOUNDATION

文心雕龍校箋

［梁］劉　勰　撰

王術臻　校箋

中

文心雕龍校箋卷三

銘箴第十一

　　昔帝軒刻輿几以弼違，大禹勒筍簴而招諫。①成湯盤盂，著日新之規；武王戶席，題必戒之訓。②周公慎言於金人，仲尼革容於欹器。則先聖鑒戒，③其來久矣。故銘者，名也，觀器必也正名審用，貴乎盛德。④蓋臧武仲之論銘也，曰："天子令德，諸侯計功，大夫稱伐。"夏鑄九牧之金鼎，周勒肅慎之楛矢，令德之事也。呂望銘功於昆吾，仲山鏤績於庸器，計功之義也。魏顆紀勳於景鐘，⑤孔悝表勤於衞鼎，稱伐之類也。若乃飛廉有石椁之錫，靈公有蒿里之謚，⑥銘發幽石，吁可怪矣！⑦趙靈勒跡於番吾，⑧秦昭刻博於華山，夸誕示後，吁可笑也！詳觀衆例，銘義見矣。至於始皇勒岳，政暴而文澤，亦有疎通之美焉。若班固燕然之勒，⑨張昶華陰之碣，序亦盛矣。蔡邕銘思，獨冠古今。⑩橋公之鉞，吐納典謨；朱穆之鼎，全成碑文：溺所長也。至如敬通雜器，準矱戒銘，⑪而事非其物，繁略違中。崔駰品物，讚多戒少；李尤積篇，義儉辭碎。蓍龜神物，而居博弈之中；⑫衡斛嘉量，而在臼杵之末，曾名品之未暇，何事理之能閑哉？魏文《九寶》，器利辭鈍，唯張載《劍閣》，其才清采，⑬迅足駸駸，後發前至，勒銘岷漢，⑭得其宜矣。

　　箴者，⑮所以攻疾防患，喻鍼石也。斯文之興，盛於三代，夏商二箴，餘句頗存。及周之辛甲，百官箴一篇，⑯體義備焉。迄至春秋，微而未絕。故魏絳諷君於后羿，楚子訓民於在勤。戰代已來，棄德務功,銘辭代興,箴文委絶。⑰至揚雄稽古,始範《虞箴》,作《卿尹》《州牧》二十五篇,及崔胡補綴,總稱《百官》,指事配位,鞶鑑可徵,信所謂追清風於前古,⑱攀辛甲於後代者也。至於潘勗《符節》,要而失淺;溫嶠《傅臣》,⑲博而患繁;王濟《國子》,引廣事雜;⑳潘尼《乘輿》,義正體蕪:㉑凡斯繼作,鮮有克衷。至於王朗《雜箴》,乃實巾履,得其戒慎而失其所施。觀其約文舉要,憲章戒銘,㉒而水火井竈,繁辭不已,志有偏也。

夫箴誦於官,銘題於器,名目雖異,㉓而警戒實同。箴全禦過,故文資确切;銘兼褒讚,故體貴弘潤。其取事也必覈以辨,其摛文也必簡而深,此其大要也。然矢言之道蓋闕,庸器之制久淪,所以箴銘異用,罕施於代。㉔惟秉文君子,宜酌其遠大焉。

贊曰:銘實表器,㉕箴惟德軌。有佩於言,無鑒於水。秉兹貞厲,敬言乎履。㉖義典則弘,文約爲美。

校箋

① **大禹勒筍簨而招諫。**

"筍",唐寫本作"簨"。

楊氏《校注》:"筍、簨,音同義通。《周禮·春官·典庸器》:'帥其屬而設筍虡。'鄭注:'設筍虡,視瞭當以縣樂器焉。'又《考工記·梓人》:'梓人爲筍簨。'鄭注:'樂器所縣,横曰筍,植曰簨。'《禮記·明堂位》:'夏后氏之龍簨虡。'鄭注:'簨虡,所以縣鐘磬也。''筍簨'、'筍虡'、'簨虡',字異音同,其爲懸鍾磬之具一也。"

【按】楊説是,今本"筍"字無誤。《釋名·釋樂器》:"筍,所以懸鐘鼓者,横曰筍。筍,峻也,在上高峻也。"

② **題必戒之訓。**

"戒",唐寫本、諸本《御覽》五九〇引並作"誡"。

張氏《考異》:"戒、誡通。"

李氏《斠詮》從唐寫本,校"戒"作"誡"。

【按】今本作"戒"自通。《説文·廾部》:"戒,警也。"又《言部》:"誡,敕也。"《大戴禮記·武王踐阼》:"王聞《書》之言,惕若恐懼,退而爲戒書。"盧辯注:"戒書者,託於物以自警戒也。"此"戒"字亦當訓警戒。

③ 則先聖鑒戒。

"則先聖",唐寫本、諸本《御覽》五九〇引並作"列聖"二字。　　徐燉云:"'先',一作'列'。"

楊氏《補正》:"唐寫本、《御覽》是也。今本'則'字乃'列'之形誤。'則聖鑒戒',於文不辭,故又增'先'字以足之耳。《封禪》篇:'騰休明於列聖之上。'正以'列聖'連文。《宋書·孝武帝紀》'(大明七年詔)列聖遺式',又《謝莊傳》'(奏改定刑獄)示列聖之恒訓',《南齊書·海陵王紀》'(皇太后令)列聖繼軌',《文選·左思〈魏都賦〉》'列聖之遺塵',又顏延之《應詔讌曲水作詩》'業光列聖',並其證。"

李氏《斠詮》從唐寫本。

【按】楊説是,此文當從唐寫本作"列聖鑒戒"。《封禪》篇:"騰休明於列聖之上。"《宋書·禮志五》:"是以重代列聖,咸由厥道。""列聖垂制。"又《謝莊傳》:"亦列聖之恒訓。"《南齊書·劉善明傳》:"並列聖之明規。"並"列聖"連文之證。"列"當訓衆、各。《左傳·莊公十一年》:"列國有凶,稱孤,禮也。"即其義。

④ 故銘者,名也,觀器必也正名審用,貴乎盛德。

唐寫本作"銘者,名也,親器必名焉,正名審用,貴乎慎德。"　"名也",元至正本、馮鈔元本、弘治本、弘治活字本、汪本、佘本、隆慶本、兩京本、何本、王批本、謝鈔本、初刻梅本、復校梅本、凌本、合刻本、梁本、秘書本、梅六次本、梅七次本、別解本、抱青閣本、尚古本、岡本、文瀾本、王本作"銘也"。　徐燉校"銘也"作"名也"。　馮舒云:"'銘也',當作'名也'。"　傳録何沈校本改"銘也"爲"名也"。　"盛",諸本《御覽》五九〇引、《玉海》六〇引作"慎"。　徐燉校作"慎"。　《子苑》三二引此文作"故銘者,名也,觀器必也,正名審用,貴乎慎德。"

楊氏《補正》:"唐寫本僅'親'字有誤,餘並是也。今本作'觀器必也正名',蓋寫者涉《論語·子路》'必也正名乎'之文而誤,後遂於'名'字下加豆。《法言·修身》篇:'或問銘。曰:銘哉!銘哉!有意於慎也。'是銘之用,固在慎德矣。《頌讚》篇:'敬慎如銘。'亦可證。"

户田《校勘記補》從唐寫本。

【按】元明諸本多作"銘也",梅本同。黃氏據馮校而改爲"名也",與張本、訓故本合。彙編本、集成本、文淵本、文溯本、文津本亦並同黃本。

楊説是,唐寫本較勝,唯"親"字當爲"觀"之形訛,疑此文當作"故銘者,名也,觀器必名焉。正名審用,貴乎慎德"。今本有"故"字義長,其作用與發語詞"夫"相同。參見《明詩》篇"詩者,持也"條校。

"盛"當從唐寫本作"慎",訓戒慎,"盛"蓋"慎"之音訛。《法言·修身》:"銘哉!銘哉!有意於慎也。"李軌注:"嘆美戒慎之至。"汪榮寶義疏:"《中庸》云:'是故君子戒慎乎其所不睹,恐懼乎其所不聞。'是戒、慎同義。《詩·定之方中》毛傳云:'作器能銘。'孔疏云:'所以因其器名而書以爲戒也。'《文心雕龍·銘箴》云云,皆戒慎之義。"

⑤ **魏顆紀勳於景鐘。**

"鐘",梅校:"元作'銘',曹(學佺)改。" 唐寫本作"鍾"。 宋本、宮本、明鈔本、周本、汪本、鮑本、喜多邨本《御覽》五九〇引作"鍾"。 《玉海》六〇引、王批本作"鍾"。 元至正本、馮鈔元本、黃傳元本、倫傳元本、弘治本、弘治活字本、汪本、佘本、隆慶本、張本、兩京本、胡本、謝鈔本作"銘"。 徐燉校"銘"作"鐘"。 沈臨何校本改"鐘"爲"鍾"。 張紹仁校"銘"作"鐘"。

范氏《注》:"《國語·晉語七》:'昔克潞之役,秦來圖敗晉功,魏顆以其身卻退秦師於輔氏,親止杜回。其勳銘於景鍾。'事在魯宣公十五年,韋昭注:'景鍾,景公之鍾。'"

【按】元明諸本多作"銘",梅本作"鐘",與何本、王批本、訓故本合,黃氏從之。

黃本作"鐘"無誤。《説文·金部》:"鐘,樂鐘也。秋分之音,物種成。"此"鐘"之本義。於樂器義"鐘"又通"鍾"。參見《宗經》篇"譬萬鈞之鴻鍾"條。據《國語》,"景鍾"乃鍾名,作"銘"蓋形近而訛。

⑥ **靈公有蒿里之諡。**

"蒿",唐寫本作"舊"。 宋本、宮本、明鈔本、周本、汪本《御覽》五九〇引作"奪"。

劉氏《校釋》:"'舊'乃'奪'之誤字。'奪里'即《莊子·則陽篇》所記石槨銘'靈公奪而里'也。"

楊氏《補正》:"'奪'字是。'舊'乃'奪'之形誤,'蒿'則寫者臆改。"

　　王氏《校證》："作'奪里',是。《莊子·則陽》篇:'狶韋曰:夫靈公也死,卜葬於故墓,不吉;卜葬於沙丘而吉。掘之數仞,得石槨焉。洗而視之,有銘焉。曰:不馮其子,靈公奪而里。'事又見張華《博物志·異聞》篇,彼文銘作'不逢箕子,靈公奪我里'。此即彦和所本,今據改。唐寫本'舊'字即'奪'字形近之誤。"

　　張氏《考異》、李氏《斠詮》並從《御覽》引。

　　【按】諸説是,據《莊子》及《博物志》,此"蒿"字當從宋本《御覽》引作"奪",草書形近而致訛。唐寫本作"舊",蓋亦由"奪"字而致誤。

　　《莊子·則陽》:"掘之數仞,得石槨焉,洗而視之,有銘焉,曰'不馮其子,靈公奪而里之'。夫靈公之爲靈也久矣,之二人何足以識之!"郭象注:"子,謂蒯聵也。言不馮其子,靈公將奪女處也。"則是以"汝"釋"而",以"居處"釋"里"。《博物志》七:"衞靈公葬,得石椁,銘曰'不逢箕子,靈公奪我里'。"亦云"奪里"。

　　⑦ **吁可恠矣**。

　　唐寫本、諸本《御覽》五九〇引並作"噫可怪也"。

　　李氏《斠詮》校作"噫可怪矣",云:"'吁',涉下文'吁可笑也'而誤,據唐寫本改。"

　　【按】唐寫本、《御覽》引作"噫可怪也"較長,與下文"吁可笑也"相對,"吁"字不重出。"噫",訓嘆詞。如《易·繫辭下》:"噫,亦要存亡吉凶。"李鼎祚集解引崔憬曰:"噫,嘆聲也。"《文選·傅毅〈舞賦〉》:"噫可以進乎。"李善注引孔安國曰:"噫,恨辭也。"並其義。

　　此作"矣",作"也",均可通,不如逕從唐寫本作"也"而不改。宋李覯《直講李先生文集·上蔡學士書》:"萬目蚩蚩,無敢明辨,噫可怪也!"《宋文選·曾鞏〈代人上石中允書〉》:"噫可怪也,可懼也!"明陳繼儒《陳眉公集·耦耕草序》:"而乃私命其文曰耦耕,噫可怪也!"並可爲旁證。

　　⑧ **趙靈勒跡於番吾**。

　　黃校:"'吾'元作'禺',楊(慎)改。"　"番吾",唐寫本作"潘吾"。　宋本、宮本、明鈔本、周本、汪本《御覽》五九〇引作"潘吾"。　元至正本、黃傳元本、倫傳元本、弘治本、弘治活字本、汪本、佘本、隆慶本、張本、兩京本、胡本、王批本作"番禺",《玉海》六〇引同。　徐燉校"番禺"作"番吾"。　沈臨何校本改"禺"爲"吾",張紹仁校同。

　　梅慶生注:"楊用脩云:'趙靈事見《韓非子》。番吾,山名,何物白丁,改作番禺。番禺在南海古嶺,趙武靈何由至其地耶?'愚按《韓子》:'趙主父令工施鈎梯而緣潘吾,刻疎人跡其上,廣三尺,長五尺,而勒之曰:主父嘗遊於此。'"

趙氏《校記》:"張榜本《韓非子·外儲説左上》正作'潘吾'。"

【按】元明諸本多作"番禺",梅本作"番吾",與何本、訓故本、謝鈔本合,黄氏從之。

作"番吾"無誤,《皇霸文紀》十、《文通》十二引亦並作"番吾"。"番",《廣韻·桓韻》音普官切(pān)。《戰國策·齊策一》:"(秦、趙)戰於番吾之下。"《史記·趙世家》:"番吾君自代來。"裴駰集解引徐廣曰:"番,音盤,常山有番吾縣。"並其證。唐寫本、《御覽》引作"潘吾",與"番吾"音同。

⑨ **若班固燕然之勒。**

"若",唐寫本無。　諸本《御覽》五九〇引並作"若乃"。

【按】今本"若"字自通。上文已有"若乃飛廉有石槨之錫,……"此單作"若"字始避重出。"若"與"若乃"同爲發語詞。《史傳》篇:"若司馬彪之詳實,華嶠之準當,則其冠也。"句法與此同。

⑩ **蔡邕銘思,獨冠古今。**

宋本、宮本、明鈔本、周本《御覽》五九〇引作"蔡邕之銘,思燭古全",四庫本《御覽》引作"蔡邕銘思,獨冠古今",汪本、張本、鮑本、喜多邨本《御覽》引作"蔡邕之銘,思燭古今"。　《淵鑒類函》二百引作"蔡邕之銘,思燭古今"。

【按】今本文義自通。此二句爲總評,下五句爲選文定篇。《御覽》引作"蔡邕之銘",句式與下文"橋公之鉞"、"朱穆之鼎"同,則將此三者變成並列關係,非是。上文云"若班固燕然之勒,張昶華陰之碣",《御覽》引又或涉上而誤。《玉海》六〇引同黄本,不誤。《章表》篇:"獨冠羣才。"孔穎達《周易正義序》:"唯魏世王輔嗣之注,獨冠古今。"並"獨冠"連文。《御覽》引作"燭",蓋"獨"之形誤。《雜文》篇:"唯士衡運思,理新文敏。"句式與此略同。

"思",訓才思。《文選·曹植〈王仲宣誄〉》:"思若涌泉。"劉良注:"思,才思也。"《時序》篇:"德璉綜其斐然之思。"即其義。《陸士龍文集·與兄平原書》:"蔡氏所長,唯銘頌耳。"《全後漢文》輯其碑文四十餘篇。可知舍人之意,乃指蔡邕作銘之才思,古今無雙,非指蔡邕以銘文照燭、闡明古今之理。

⑪ **準矱戒銘。**

"戒",唐寫本、王批本作"武"。　宋本、宮本、明鈔本、周本、汪本、張本《御覽》五九〇引作“武”。

鈴木《黄本校勘記》：“‘戒’作‘武’是也。此指武王銘。”

范氏《注》：“作‘武銘’是。馮衍，字敬通。《全後漢文》二十輯衍銘文有《刀陽》《刀陰》《杖》《車》《席前右》《席後右》《杯》《爵》等，蓋擬《武王踐阼》諸銘爲之。”

楊氏《補正》：“‘武’字是。‘武銘’者，武王所題席、機等十七銘（見《大戴禮記·武王踐阼》篇）也。馮衍所作多則效之，故云。”

趙氏《校記》、張氏《考異》、李氏《斠詮》並從唐寫本。

【按】諸説是，“戒”與下文“讚多戒少”犯重，當從唐寫本作“武”，二字形近而誤。

⑫ **而居博弈之中。**

“中”，唐寫本作“下”。　明鈔本《御覽》五九〇引無“中”字，其餘各本《御覽》引作“下”。

户田《校勘記補》：“下文‘在臼杵之末’，‘下’、‘末’二字對用，燉本是也。”

楊氏《補正》：“‘中’字與上‘繁略違中’複，作‘下’是。”

詹氏《義證》：“‘下’與‘末’相對成文。”

李氏《斠詮》從唐寫本，校“中”作“下”。

【按】諸説是，“中”當從唐寫本、《御覽》引作“下”，《淵鑒類函》二百引亦作“下”。“居博弈之下”，猶言神物蓍龜反居博弈器具之後。舍人之意當謂：馮衍、崔駰、李尤等人，既分不清名物之作用及貴賤，故其所作銘文，常“事”與“物”違，“理”與“事”乖，有失銘體。

⑬ **其才清采。**

唐寫本作“清采其才”。　明鈔本、四庫本《御覽》五九〇引作“其才清采”，其餘各本《御覽》引作“其才清彩”。

【按】今本文字有倒錯，當從唐寫本。“清采”乃一形容詞，用法如同《程器》篇“庾元規才華清英”之“清英”。“清采”後跟“其才”，爲使動用法。《雜文》篇：“淵岳其心，麟鳳其采。”《定勢》篇：“深沉其旨。”《封禪》篇：“日新其采。”《麗辭》篇：“聯璧其章。”句法並與此同。

“才”通“材”，訓質、材質（《廣韻·哈韻》：“才，質也。”），“其才”非指作者之才華，乃謂作品之材質、文理，引申爲美質、文采。《時序》篇：“而《集靈》諸賦，偏淺無才。”亦言文章本身無才（無文采）。《書記》篇：“清美以惠其才，彪蔚以文其響，蓋牋記之分也。”“惠”，訓美（《山海經·中山經》：“五采惠之。”郭璞注：“惠，飾也。”），“惠其才”，謂美化牋記之體質。又，《風骨》篇：“文章才力，有似於此。”“才鋒峻立。”兩“才”字並指文章本體之美，非指作者之才華。

此處之“《劍閣》”，實爲“清采其才，迅足駸駸，後發前至”三分句之共同主詞，如作“其才清采”，則出現“劍閣”、“其才”兩主語，導致語法混亂。連同上句，此文當解作：“唯有張載《劍閣銘》，具有清越而有文采之本體，無‘辭碎’、‘辭鈍’之弊。”

⑭ 勒銘岷漢。

“勒銘”，唐寫本作“詔勒”。　張本《御覽》五九〇引作“勒銘”，其餘各本《御覽》引並作“銘勒”。

楊氏《補正》：“唐寫本是也。‘詔勒’，即《晉書》載本傳所謂‘武帝遣使鐫之於劍閣山’之意。今本蓋寫者據銘末‘勒銘山阿’句改也。”

李氏《斠詮》、牟氏《譯注》並從唐寫本。

【按】楊説是，“勒銘”當從唐寫本作“詔勒”。蓋“詔”字先訛作“銘”，後又顛倒爲“勒銘”。《御覽》所引字序不誤，唯“銘”字非是。此句之陳述對象仍爲《劍閣銘》，不應復言“銘”。其意當爲：“下詔書勒此銘於岷漢，得其所矣。”

⑮ 箴者。

“箴者”下，唐寫本有“針也”二字。

范氏《注》：“‘箴者’下，應從唐寫本補‘鍼也’二字。韋昭注《周語》曰：‘箴，箴刺王闕以正得失也。’”

户田《燉煌本》：“《明詩》篇有‘詩者持也’，《詮賦》篇有‘賦者鋪也’，《頌讚》篇有‘頌者容也，讚者明也助也’，《祝盟》篇有‘盟者明也’，《銘箴》篇有‘銘者名也’諸例，因爲這是彥和撰文時的體例，故宜從燉煌本補‘針也’二字。”

楊氏《補正》：“此應從唐寫本增‘針也’二字。《漢書·藝文志·方技略》：‘而用度箴石湯火所施。’顏注：‘箴所以刺病也。石謂砭石，即石箴也。’”

王氏《校證》：“據本書文例，如‘賦者，鋪也’，‘銘者，名也’，‘哀者，依也’，‘弔者，至也’，皆以雙聲疊韻字爲訓，此正其比。”

張氏《考異》、李氏《斠詮》並從唐寫本。

【按】“箴者”下當從唐寫本補“針也”二字。“箴”、“鍼”通。“鍼”，俗作

“針”。《説文·竹部》：“箴，綴衣箴也。”又《金部》：“鍼，所以縫也。”

⑯ 及周之辛甲，百官箴一篇。

唐寫本作“周之辛甲，百官箴闕，唯《虞箴》一篇”。　諸本《御覽》五八八引並作“及周之辛甲，百官箴闕，唯《虞箴》一篇”。

趙氏《校記》：“唐本是也。《左·襄四年傳》曰：‘昔周辛甲之爲大史也，命百官官箴王闕，于虞人之箴曰：芒芒禹跡，畫爲九州，經啓九道，民有寢廟。……獸臣同寮，敢告僕夫。’即此文所出。”

楊氏《補正》：“今本文意不明，當據唐寫本及《御覽》訂補。《事物考》二引作‘及周辛甲，百官箴闕，《虞人》之箴，體義備焉’，《文章緣起注》引作：‘及周之辛甲，百官箴闕，惟《虞人箴》一篇，體義備焉。’詞句雖小異，要足以證今本之非。”

范氏《注》、户田《燉煌本》、李氏《斠詮》、牟氏《譯注》並從唐寫本。王氏《校證》依《御覽》引。

【按】此文當依《御覽》引作“及周之辛甲，百官箴闕，唯《虞箴》一篇”。“及”字表時序，當有。《夸飾》篇：“及揚雄《甘泉》，酌其餘波。”《練字》篇：“及宣平二帝，徵集小學。”用法並與此同。

⑰ 箴文委絶。

“委”，唐寫本、王批本作“萎”。　宋本、宮本、明鈔本、汪本、張本、鮑本、喜多邨本《御覽》五八八引作“萎”。

楊氏《補正》：“‘萎’字是。《楚辭·離騷》：‘雖萎絶其何傷兮。’王注：‘萎，病也。’又《九章·思美人》：‘遂萎絶而離異。’並作‘萎’。《夸飾》篇：‘言在萎絶。’尤爲切證。今本此文作‘委’，蓋寫者偶脱艸頭耳。”

王氏《校證》、張氏《考異》、李氏《斠詮》並從唐寫本。

【按】楊説非是，作“委”無誤，毋須改字。“委”、“萎”通。《釋名·釋言語》：“委，萎也。”《文選·顏延年〈赭白馬賦〉》：“竟先朝露長委離兮。”李善注：“《楚辭》曰：‘遂萎絶而離異。’《禮記》曰：‘哲人其萎乎。’《家語》爲‘委’，‘萎’與‘委’古字通。”又曹植《贈丁儀》：“黍稷委疇隴。”又謝朓《暫使下都贈西府同僚》：“時菊委嚴霜。”並二字通之證。《周書·劉璠傳》：“遡河陰而散漫，望衡陽而委絶。”《梁書·昭明太子傳》：“菁華委絶。”並“委絶”連文之證。

⑱ 肇鑑可徵，信所謂追清風於前古。

唐寫本作“肇鑑有徵，可謂追清風於前古”。　明鈔本《御覽》五八八引作

“肇鑑有事徵，可未追清風於前古”，其餘各本《御覽》引作“肇鑑有徵，可謂追清風於前古”。　《玉海》五九引作“肇鑑可徵，所謂追清風於前古”。

范氏《注》：“‘肇鑑有徵’，猶言明而有徵。”

楊氏《補正》：“作‘有徵’是。‘可’字蓋涉下句‘可謂’而誤。‘有徵’二字出《左傳·昭公八年》，《議對》《總術》兩篇並用之。”

趙氏《校記》、李氏《斠詮》並從唐寫本。

【按】此文當從唐寫本作“肇鑑有徵，可謂追清風於前古”。“可”蓋“有”之形訛，“所”蓋“可”之形訛（《書記》篇“《詩》《書》可引者也”之“可”，訓故本作“所”，誤與此同），“信”或由“徵”字而誤衍。《議對》篇：“觀量氏之對，證驗古今，辭裁以辨，事通而贍，超升高第，信有徵矣。”《總術》篇：“伶人告和，不必盡窕槬桍之中；動用揮扇，何必窮初終之韻：魏文比篇章於音樂，蓋有徵矣。”《左傳·昭公八年》：“叔向曰：君子之言，信而有徵，故怨遠於其身。小人之言，僭而無徵，故怨咎及之。”並“有徵”連文之證。

舍人常用“可謂……者也”句式。如《宗經》篇：“可謂太山徧雨，河潤千里者也。”《辨騷》篇：“可謂鑒而弗精，翫而未覈者也。”《祝盟》篇：“可謂祝辭之組麗者也（從唐寫本）。”此云“可謂追清風於前古，攀辛甲於後代者也”，亦此類也。

⑲ 溫嶠《傅臣》。

“傅”，唐寫本、諸本《御覽》五八八引、《玉海》五九引、王批本、訓故本作“侍”，文淵輯注本、文淵本同。　陳鱣校作“侍”，云：“按《晉書》作‘侍臣’。”

范氏《注》：“《晉書·溫嶠傳》：‘遷太子中庶子及在東宮，深見寵遇，太子與爲布衣之交，數陳規諷，又獻《侍臣箴》，甚有弘益。’今本誤‘侍’爲‘傅’，唐寫本不誤。”

楊氏《補正》：“作‘侍’，與《晉中興書》（《類聚》四九、《初學記》十引）及《晉書》嶠本傳合。”

趙氏《校記》、户田《校勘記補》、王氏《校證》、李氏《斠詮》並從唐寫本。

【按】諸説是，“傅”當從唐寫本等作“侍”，形近致誤。黄氏輯注引《晉書》作《侍臣》，蓋亦認爲本文“傅”字當據改。《通典》三〇《職官》十二引《晉書》曰：“又溫嶠爲中庶子，獻《侍臣箴》。”《藝文類聚》十六《儲宮部》曰：“晉溫嶠《侍臣箴》曰。”四九《職官部》引《晉中興書》曰：“溫嶠拜中庶子，在東宮，甚見嘉寵，僚屬莫與爲比，數規諫諷議，又獻《侍臣箴》，甚有補益。”足可爲證。又，《十六國春秋·北涼録四·宗欽傳》：“欽少而好學，有儒者之風，博綜羣言，聲著河右。仕蒙遜，爲中書郎、世子洗馬，上《東宮侍臣箴》，甚見親重。”亦題作“侍臣”，亦可爲旁證。

⑳ 引廣事雜。

黃校：“‘廣’一作‘多’，‘雜’一作‘寡’。”　唐寫本作“引多而事寡”。　諸本《御覽》五八八引並作“引多事寡”。　《玉海》五九引作“文多事寡”。　元至正本、馮鈔元本、黃傳元本、倫傳元本、弘治本、弘治活字本、汪本、佘本、隆慶本、兩京本、胡本、王批本、謝鈔本作“引廣事”。　徐燉校本眉批作“雜”，云：“‘雜’，一作‘寡’，是。”　馮舒、沈臨何校本改“廣”作“多”，“事”下補“寡”字。張紹仁校作“引多事寡”。

劉氏《校釋》：“唐寫本作‘引多而事寡’，下句‘正’下亦有‘而’字，是也。”

户田《校勘記補》：“上文‘要而失淺’乃至‘博而患繁’，此亦宜有二‘而’字，燉本是也。”

楊氏《補正》、王氏《校證》、李氏《斠詮》、牟氏《譯注》並從唐寫本。

【按】元明諸本多作“引事廣”，梅本作“引廣事雜”，與張本、何本、訓故本合，黃氏從之。

户田説是，此文當從唐寫本作“引多而事寡”。下文云作箴當“取事也必覈以辨”，即要求指切事情，確實而明白，故此文當謂王濟之《國子箴》，援引往古雖多而指切時事不夠。“事”上有“而”字，始能與上文“要而失淺”、“博而患繁”句法一律。此文之“多”與“寡”，下文之“正”與“蕪”，並一得一失，“而”字於句中表語意轉折，實不可少。《宗經》篇：“辭約而旨豐，事近而喻遠。”《哀弔》篇：“義直而文婉，體舊而趣新。”《雜文》篇：“至於陳思《客問》，辭高而理疎；庾敳《客咨》，意榮而文悴。”“或文麗而義暌，或理粹而辭駮。”句法並與此同。

㉑ 義正體蕪。

“正”下，唐寫本有“而”字。

王氏《校證》“正”下補“而”字。

【按】“正”下當從唐寫本補“而”字，此句與上文“引多而事寡”（依唐寫本）相儷。參見上條校。

㉒ 憲章戒銘。

“戒”，唐寫本作“武”。　四庫本《御覽》五八八引作“戒”，其餘各本《御覽》

引並作"武"。

鈴木《黃本校勘記》："'戒'作'武'是也。"

楊氏《補正》："'武'字是。'武銘'者，武王所題席、機等十七銘也。景興《雜箴》，多所則效之，故云。"

張氏《考異》："作'武'是，憲章於武王之諸銘也。"

趙氏《校記》、李氏《斠詮》並從唐寫本。

【按】諸說是，"戒"當從唐寫本作"武"。參見上"準襪戒銘"條校。

㉓ 名目雖異。

"目"，唐寫本、王批本作"用"。　宋本、宮本、明鈔本、周本、汪本、張本《御覽》五八八引作"用"，四庫本、鮑本、喜多邨本《御覽》引作"目"。

楊氏《補正》："此承上'箴誦於官，銘題於器'之詞，'用'字是也。"

李氏《斠詮》從唐寫本，校"目"作"用"。

【按】楊說非是，作"目"自通，《子苑》三二引亦作"目"。"用"蓋"目"之形訛。舍人屢用"目"、"名目"。如《詔策》篇："並本經典以立名目。"《諸子》篇："録爲《鬻子》，子目肇始，莫先於茲。"《論說》篇："抑其經目，稱爲《論語》。"《章表》篇："章表之目，蓋取諸此也。"此處之"名目"指"箴"、"銘"之名稱，"警戒"方指銘箴之用途。此兩句意爲："銘、箴雖然異名，而警戒之作用實無不同。"若作"名用雖異"，下文不當復云警戒實"同"，導致前後矛盾。

㉔ 所以箴銘異用，罕施於代。

唐寫本作"所以箴銘寡用，罕施後代"。　宋本、宮本、明鈔本、周本、四庫本、汪本、喜多邨本《御覽》五八八引作"所以箴銘實用，罕施後代"，張本、鮑本《御覽》引作"所以箴銘異用，罕施後代"。　元至正本、馮鈔元本、黃傳元本、弘治本、弘治活字本、汪本、佘本、隆慶本、張本、兩京本、胡本、謝鈔本、抱青閣本作"所以箴銘異用，罕施代"。　王批本作"所以箴銘實用，罕施後代"。　何本、尚古本、岡本作"所以箴銘異用，罕施於伐"。　訓故本作"所以箴銘異用，罕施□代"。　徐燉校作"所以箴銘異用，罕施後代"。　馮班、沈臨何校本"施"下補"於"字，校作"罕施於代"，張紹仁校同。

鈴木《黃本校勘記》："'實'疑'寡'字之訛。"

楊氏《補正》："上文明言'矢言之道蓋闕，庸器之制久淪'，則'寡'字是，'實'蓋由'寡'致誤。"

王氏《校證》:"作'寡',與上下文意合。"

張氏《考異》:"作'寡'是,承上文'蓋闕'、'久淪'之意也。"

李氏《斠詮》校"實"作"寡",云:"'實'即'寡'之形誤。"

趙氏《校記》:"'於'字,即'後'字之譌。"

王氏《校證》、李氏《斠詮》並校"於"作"後"。

【按】元至正本、弘治本等作"所以箴銘異用,罕施代",梅氏於"施"、"代"之間補"于"字,與馮校、何校合,黃氏從之。

諸家之説皆非,疑此文當作"所以箴銘實用,罕施於代"。"異"與上文"名目雖異"犯重,當從宋本《御覽》引作"實",蓋形近致訛。作"寡"則與下文"罕"義複。"實",訓實際,指實際將銘辭刻於器物之上。"箴銘實用,罕施於代",乃一連貫語氣,"用"與"施"搭配,構成"實施其用"。《禮記·學記》:"大道不器。"孔穎達疏:"夫器各施其用,而聖人之道宏大,無所不施。"《春秋繁露·正貫》:"故可施其用於人,而不悖其倫矣。"《法言·吾子》:"童子彫蟲篆刻。"汪榮寶義疏:"言文章之有賦,猶書體之有蟲書、刻符,爲之者勞力甚多,施於實用者甚寡。"並"施"、"用"搭配之證。又《詔策》篇:"文教麗而罕施。""施"亦指實際施用。《頌讚》篇:"發源雖遠,而致用蓋寡。""致用"與"實用"義同。

"罕施於代"文義自通。"於"字不可少,梅本於字旁補"于"字,是。"代",與"世"通。《字彙·人部》:"代,世也。"《史記·伯夷傳》司馬貞索隱:"太史公言己亦是操行廉直而不用於代。"《後漢書·朱暉傳》李賢注引《東觀記》曰:"以德行稱於代也。"《文選·謝莊〈月賦〉》李善注:"所著文章四百餘首,行於代。"王僧虔《論書》:"草體傷瘦而筆跡精佚,亦行於代。"並其義。

㉕ **銘實表器**。

"表器",唐寫本作"器表"。

趙氏《校記》:"唐本是也。'器表'與下句'德軌'相儷見義。"

王氏《校證》:"'器表'原作'表器',據唐寫本改。'器表'與'德軌'對文。"

張氏《考異》:"唐寫本是。王校云'與德軌對文',是也。"

詹氏《義證》從唐寫本,云:"'器表',器物的表記。"

【按】諸家之説非是,今本文義自通,毋須改從。"實"當解作"實際"或"實際用途",與《檄移》篇"移實(從黃云一本及何校)易俗"之"實"義同。此句回應正文"刻輿几"、"勒筍簴"、"武王户席,題必戒之訓"、"觀器必名焉"、"周勒肅慎之楛矢”、“吕望銘功於昆吾，仲山鏤績於庸器”、“魏顆紀勳於景鐘，孔悝表勤於衛鼎”、“趙靈勒跡於番吾，秦昭刻博於華山”、“銘題於器”之義。

“表”，訓標明、表現。《文選・王儉〈褚淵碑文〉》：“刊玄石以表德。”李周翰注：“表，見也。”“表器”，猶言表於器，謂題刻行事準則於器物。

㉖ **敬言乎履。**

唐寫本作“警乎立履”。　沈臨何校本標疑“言乎”二字。　傳録何沈校本“言乎”乙作“乎言”。

鈴木《燉煌本校勘記》：“‘敬言’二字訛也，一句當作‘警乎言履’也。‘言’、‘乎’二字易地亦通。”

鈴木《黃本校勘記》：“‘立’，‘言’字之訛。文當作‘警乎言履’。”

王氏《校證》據唐寫本改正，云：“‘警’之作‘敬言’，此一字誤爲兩字也。”

趙氏《校記》、張氏《考異》並從唐寫本。

【按】此文當從唐寫本作“警乎立履”。《徵聖》篇：“雖欲訾聖。”黃校云：“‘訾’字，一作‘此言’，誤。”誤與此同。《宋書・顏延之傳》：“若立履之方，規鑒之明，已列通人之規。”《南史・謝弘微傳論》：“弘微立履所蹈，人倫播美。”《華陽陶隱居內傳・蕭綸〈解真碑銘〉》：“立履清約，博涉文史。”並“立履”連文之證。楊明照先生於此無校，蓋認爲其文義自通而毋須校訂，失之。

誄 碑 第 十 二

周世盛德，有銘誄之文。大夫之材，[①]臨喪能誄。誄者，累也，累其德行，旌之不朽也。夏商已前，其詳靡聞。[②]周雖有誄，未被于士，又賤不誄貴，幼不誄長，在萬乘，[③]則稱天以誄之，讀誄定諡，其節文大矣。自魯莊戰乘邱，[④]始及于士。逮尼父卒，[⑤]哀公作誄，觀其慭遺之切，[⑥]嗚呼之歎，雖非叡作，古式存焉。至柳妻之誄惠子，則辭哀而韻長矣。暨乎漢世，承流而作。揚雄之誄元后，文實煩穢，沙麓撮其要，[⑦]而摯疑成篇，安有累德述尊，而闕略四句乎？杜篤之誄，有譽前代，《吳誄》雖工，而他篇頗疏，[⑧]豈以見稱光武而改盼千金哉？[⑨]傅毅所制，文體倫序，孝山崔瑗，[⑩]辨絜相參，[⑪]觀其序事如傳，辭靡律調，固誄之才也。潘岳構意,專師孝山,巧於序悲,易入新切,⑫所以隔代相望,能徵厥聲者也。⑬至如崔駰誄趙,劉陶誄黃,並得憲章,工在簡要。⑭陳思叨名,而體實繁緩,《文皇誄》末,旨言自陳,⑮其乖甚矣。若夫殷臣誄湯,追褒元鳥之祚;⑯周史歌文,上闡后稷之烈:誄述祖宗,蓋詩人之則也。至於序述哀情,則觸類而長。傅毅之誄北海,云"白日幽光,霧霧杳冥",始序致感,遂爲後式,景而效者,彌取於工矣。⑰詳夫誄之爲制,蓋選言録行,⑱傳體而頌文,榮始而哀終。論其人也,曖乎若可覿;⑲道其哀也,⑳悽焉如可傷:此其旨也。

碑者,埤也。上古帝皇,㉑紀號封禪,樹石埤岳,故曰碑也。周穆紀跡于弇山之石,亦古碑之意也。㉒又宗廟有碑,樹之兩楹,事止麗牲,未勒勳績,而庸器漸缺,故後代用碑,以石代金,同乎不朽,自廟徂墳,猶封墓也。自後漢以來,碑碣雲起,才鋒所斷,莫高蔡邕。觀《楊賜》之碑,骨鯁訓典,《陳》《郭》二文,詞無擇言;㉓《周》《乎》眾碑,㉔莫非清允。㉕其叙事也該而要,其綴采也雅而澤,清詞轉而不窮,巧義出而卓立,察其爲才,自然而至。㉖孔融所創,有慕伯喈,㉗《張》《陳》兩文,辨給足采,亦其亞也。及孫綽爲文,志在碑誄,㉘《溫》《王》《郤》《庾》,㉙辭多枝雜,㉚《桓彝》一篇,最爲辨裁。㉛夫屬碑之體,資乎史才,其序則傳,其文則銘。標序盛德,必見清風之華;昭紀鴻懿,必見峻偉之烈:此碑之制也。㉜夫碑實銘器,銘實碑文,因器立名,事光於誄。㉝是以勒石讚勳者,入銘之域;樹碑述己者,㉞同誄之區焉。

贊曰:寫實追虛,㉟碑誄以立。銘德慕行,㊱文采允集。㊲觀風似面,聽辭如泣。石墨鐫華,頹影豈忒。㊳

校箋

① **大夫之材。**

"材",唐寫本、諸本《御覽》五九六引、張本、訓故本作"才"。　馮舒、張紹仁校作"才"。

楊氏《補正》:"馮校是也。"

【按】楊説非是，作“材”無誤，毋須改字。“材”，訓材用、材能。《玄應音義》二三“大材”：“材，材用也。”《左傳・僖公二十八年》：“公欲殺之而愛其材。”杜預注：“材，才力。”《逸周書・大武》“取材”朱右曾集訓校釋：“材，材能。”《文選・張衡〈西京賦〉》：“侲僮程材。”薛綜注：“材，伎能也。”“大夫之材”，謂大夫之材質、材用。《鎔裁》篇：“美材既斲。”《程器》篇：“《周書》論士，方之梓材，蓋貴器用而兼文采也。”“應梓材之士矣。”義並與此同。

② **其詳靡聞。**

“詳”，唐寫本作“詞”。

范氏《注》：“作‘詞’，是。”

楊氏《補正》：“唐寫本是也。‘詞’通‘辭’，本書‘辭’字，唐寫本多作‘詞’。而‘辭’俗又作‘辞’，與‘詳’形近，故誤。《文章流別論》：‘詩、頌、箴、銘之篇，皆有往古成文，可放依而作；惟誄無定制，故作者多異焉。’（《御覽》五九六引）舍人謂‘其詞靡聞’者，即仲治無‘往古成文’之意。”

張氏《考異》校“詳”作“詞”。李氏《斠詮》校“詳”作“辭”。

【按】諸家之説皆非，今本“詳”字無誤，唐寫本作“詞”，蓋“詳”之形訛。“聞其詳”乃古人常語。《孟子・萬章下》：“其詳不可得聞也，諸侯惡其害己也，而皆去其籍，然而軻也嘗聞其略也。”《史記・外戚世家》：“秦以前尚略矣，其詳靡得而記焉。”又《司馬相如傳》：“然斯事體大，固非觀者之所覯也，余之行急，其詳不可得聞已，請爲大夫粗陳其略。”又：“軒轅之前，遐哉邈乎，其詳不可得聞也。”又《封禪書》：“厥曠遠者千有餘載，近者數百載，故其儀闕然堙滅，其詳不可得而記聞云。”並其證。

《文選・司馬相如〈封禪書〉》：“軒轅之前，遐哉邈乎，其詳不可得聞已。”張銑注：“詳，求也。”此“聞”字當訓知（《吕氏春秋・異寶》：“名不得而聞。”高誘注：“聞，知也。”）。連同上句，其意當謂：夏商以前是否有誄，則不得而知。

③ **在萬乘。**

唐寫本“在”上有“其”字。　宋本、宮本、周本《御覽》五九六引作“其萬乘”，明鈔本《御覽》指引作“其方乘”，倪本、四庫本、張本引作“其在萬乘”。

楊氏《補正》：“‘其’字當有。於‘乘’下加豆，文勢較暢。《詔策》篇：‘其在三代，事兼誥誓。’《檄移》篇：‘其在金革，則逆黨用檄。’《章表》篇：‘其在文物，赤白曰章。’句法並與此同，可證。”

王氏《校證》、李氏《斠詮》並從唐寫本。

【按】楊説是，"在"上當從唐寫本、《御覽》引補"其"字，構成四音節，語勢較順。《管子·輕重》："其在涂者，籍之於衢塞，其在穀者，守之春秋，其在萬物者，立貨而行。"舍人句法與此同。

④ **自魯莊戰乘邱。**

【按】此"邱"字，乃黃氏例避孔子諱所改，當依各本作"丘"。

⑤ **逮尼父卒。**

"父"下，唐寫本、諸本《御覽》五九六引並有"之"字。

楊氏《補正》："有'之'字語勢較勝。"

王氏《校證》、李氏《斠詮》並"父"下補"之"字。

【按】"父"下當依唐寫本、《御覽》引補"之"字。《時序》篇："逮姬文之德盛，《周南》勤而不怨。"句法與此同。

⑥ **觀其憖遺之切。**

"切"，唐寫本作"辭"。　汪本《御覽》五九六引作"切"，其餘各本《御覽》引並作"辭"。　王批本作"哀"。　沈臨何校本改"戚"爲"切"，云："'戚'，校本作'切'。"（"戚"爲沈氏藏汪本原有朱筆校字。）　傳録何沈校本云："'切'，一作'戚'。"

斯波《補正》："作'辭'者是，'辭'下句對'歎'。"

户田《宋本考》："我也認爲作'辭'是。但若與下句'歎'字相對，則汪本朱筆作'戚'，似更爲貼切。然未見作'戚'之刻本。根據案語，'憖遺之辭'四字，乃是用《左傳·哀公十六年》哀公誄辭'旻天不弔，不憖遺一老，俾屏余一人以在位'字面，因此，與其説從與'歎'字對比考慮，不如從其依照典據考慮，作'辭'爲是。"

林氏《集校》："'辭'指魯哀公誄孔丘之辭，作'辭'是。"

劉氏《校釋》、王氏《校證》、李氏《斠詮》並從唐寫本。

【按】"切"當依唐寫本、《御覽》引作"辭"。蓋"辭"一作"詞"，後遂訛作"切"。作"哀"者，蓋涉上文"哀公"而誤。林氏謂"辭"指魯哀公誄孔丘之辭，非是，當解作辭氣、語氣，與下句"嗚呼之歎"之"歎"對文，"歎"即感嘆之語氣。《左傳·哀公十六年》："夏四月己丑，孔丘卒。公誄之曰：'旻天不弔，不憖遺一老，俾屏余一人以在位，煢煢余在疚！嗚呼哀哉，尼父，無自律！'"杜預注："憖，且也。"又《詩‧小雅‧十月之交》:"不憖遺一老,俾守我王。"鄭玄箋:"憖者,心不欲而自强之辭。"《漢書‧五行志》:"不憖遺一老。"顏師古注引應劭曰:"憖,且辭也。"可知此"憖"字乃一語氣詞,即舍人所指。户田氏以"誄辭"解"辭",非是。

⑦ **沙麓撮其要**。

"麓",唐寫本作"鹿",宋本、宮本、明鈔本、周本《御覽》五九六引同。　譚獻云:"'沙麓'似脱誤。"

楊氏《補正》:"《春秋經‧僖公十四年》:'秋八月辛卯,沙鹿崩'作'鹿',舍人必原用'鹿'字。今本蓋寫者據《漢書‧元后傳》改也。"

詹氏《義證》:"沙麓,山名,在河北省大名縣東。《漢書‧元后傳》:'昔《春秋》沙麓崩。'《春秋‧僖十四年》:'沙麓崩。'《公羊傳》:'沙鹿者何? 河上之邑也。'《穀梁傳》:'沙,山名也,林屬於山爲鹿。'"

【按】今本"麓"字無誤。《漢書‧元后傳》:"昔春秋沙麓崩,晉史卜之,曰:'陰爲陽雄,土火相乘,故有沙麓崩。'……元城郭東有五鹿之虛,即沙鹿地也。"又:"三月乙酉,合葬渭陵。莽詔大夫楊雄作誄曰:'太陰之精,沙麓之靈,作合於漢,配元生成。'著其協於元城沙麓。"揚雄《元后誄》見於《藝文類聚》十五、《古文苑》二〇,其文云:"沙麓之靈,……"舍人蓋據揚雄本文作"沙麓"。

⑧ **而他篇頗疎**。

"他",諸本《御覽》五九六引、王批本作"結"。　顧廣圻校作"佗"。

劉氏《校釋》:"詳審文氣,蓋指吳誄結尾未工。'他'字非。"

李氏《斠詮》校"他"作"結"。

【按】劉説非是,今本作"他"自通,《御覽》引作"結",蓋"他"之形訛。《對策》篇:"無他怪也,選失之異耳。"《定勢》篇:"似難而實無他術也,反正而已。"《指瑕》篇:"又製同他文,理宜删革。""他"字用法並與此同。

既云吳誄爲"工",則其文必結構嚴密,體統不疏,此不應復云其結尾頗"疏",致使前後語意矛盾。上文云"杜篤之誄,有譽前代",指杜篤作誄備受稱譽,下文云"以見稱光武而改盻千金",指出其誄獲譽乃由於帝王之稱賞,即隱含其誄之總體水平實際並不高之意,故云僅有《吳漢誄》一篇可稱工穩耳。

⑨ **豈以見稱光武而改盻千金哉**。

"改盻",唐寫本作"改眒"。　宋本、宮本、周本、鮑本、喜多邨本《御覽》五九六引作"顧眄",明鈔本、倪本、四庫本、汪本《御覽》引作"顧(一作顧)眄",張本《御覽》引作"顧盼"。　初刻梅本、復校梅本、凌本、梅六次本、梅七次本、抱青閣本、集成本、薈要本、文津輯注本、文津本、文瀾本、張松孫本、王本、芸香堂本、翰墨園本、掃葉本、龍谿本作"改盼"。　黃氏輯注出條目作"改盼"。　馮舒校"眄"作"盼"。　沈臨何校本改"眄"爲"盼"。　顧廣圻校"盼"作"盼"。

楊氏《補正》校"改盼"作"改眄",云:"'眄'字是,餘並非也。"

詹氏《義證》:"應作'顧盼',眷顧也。劉峻《廣絶交論》:'至於顧盼增其倍價,剪拂使其長鳴。'"

李氏《斠詮》校"改盼"作"改眄"。

【按】梅本作"改盼",黃氏改爲"改盼",與元至正本、弘治本、汪本、佘本、隆慶本、張本、兩京本、胡本、何本、王批本、訓故本、謝鈔本合。

楊、詹兩説非是,此文當從宋本《御覽》引作"顧眄"。《玉篇·頁部》:"顧,同'顧',俗。""改"字蓋由"顧"之俗體"顧"而致訛。"顧眄"謂獲賞識、得寵幸。《漢書·叙傳上》:"虞卿以顧眄而捐相印也。"《晉書·劉隗》:"頃承聖上顧眄足下。"又《王敦傳》:"陛下未能少垂顧眄,暢臣微懷。"《南齊書·王儉傳》:"市朝亟革,寵貴方來,陵闕雖殊,顧眄如一,中行智伯,未有異遇。"又《張敬兒傳》:"逮文帝之世,初被聖明鑒賞,及孝武之朝,復蒙英主顧眄。"《魏書·徐遵明傳》:"臣託跡諸生,親承顧眄。"並其證。參見《辨騷》篇"則顧盼可以驅辭力"條校。

⑩　**孝山崔瑗。**

"孝山",唐寫本作"蘇順"。

趙氏《校記》:"孝山乃蘇順字,此處不當稱字,當從唐本訂改。"

范氏《注》:"《後漢書·文苑·蘇順傳》:'順字孝山,所著賦,論,誄,哀辭,雜文凡十六篇。'彥和於傅毅、崔瑗皆稱名,不容獨字蘇順,當據唐寫本改正。"

户田《校勘記補》:"蘇順,字孝山。上文傅毅,下文崔瑗,並標姓名,孝山亦似當標姓名作蘇順。"

李氏《斠詮》從唐寫本,校"孝山"作"蘇順"。

【按】今本無誤,毋須改字。舍人稱"孝山"而不稱"蘇順",蓋避梁武帝之父"蕭順之"之偏諱,唐寫本作"蘇慎",或爲後人所改。參見《詮賦》篇"順流而作"條校。

⑪ 辨絜相參。

"絜",唐寫本作"潔"。　宋本、宮本、明鈔本、周本、倪本、四庫本《御覽》五九六引作"潔",汪本、張本、喜多邨本《御覽》引作"潔",鮑本《御覽》引作"絜"。馮舒、張紹仁校作"潔"。

楊氏《補正》:"以《議對》篇'文以辨潔爲能'例之,'潔'字是。"

【按】楊說非是,作"絜"自通,毋須改從。"絜"、"潔"字通。"絜",訓清、明、簡。《荀子·不苟篇》:"君子絜其辯而同焉者合矣。"楊倞注:"絜,修整也,謂不煩雜。"范氏《注》云:"辨絜,猶言明約。"是也。

⑫ 易入新切。

"切",諸本《御覽》五九六引、王批本、梅六次本、梅七次本作"麗",集成本、文瀾本、張松孫本同。　徐燉校作"麗"。　馮舒云:"《御覽》'麗'。"　沈臨何校本改"切"爲"麗",云:"'麗'字,從《御覽》。"

詹氏《義證》:"新切,新穎而親切。"

【按】詹說不可從,"切"當從《御覽》引等作"麗"。作"切"與上文"巧"義複。《總術》篇:"凡精慮造文,各競新麗。"《文選·張季鷹〈雜詩〉》李善注:"文藻新麗。"此"新麗"連之之證。《辨騷》篇:"枚賈追風以入麗。"此"入"與"麗"搭配之證。上文"文體倫序"、"辨潔相參"、"辭靡律調",皆指文采,此"新麗"亦然。"巧於序悲",指善於抒發悲情,而"易入新麗",則指容易施展文采。《哀弔》篇:"奢體爲辭,則雖麗不哀。"亦"哀"、"麗"對文。

⑬ 能徵厥聲者也。

"徵",唐寫本作"徽"。　謝兆申云:"疑作'徽'。"

范氏《注》:"本書《才略》篇云:'潘岳敏給,辭旨和暢;鍾美於《西征》,賈餘於哀誄。'與此同意。唐寫本'徵'作'徽',是。徽,美也。"

王氏《校證》、張氏《考異》、李氏《斠詮》並從唐寫本。

【按】范說非是,今本此作"徵"自通,毋須改從,諸本《御覽》五九六引亦同今本。唐寫本作"徽",蓋"徵"之形訛。"徵",訓應。《淮南子·修務》"夫歌者,樂之徵也"高誘注、《文選·張協〈七命〉》"金華啓徵"劉良注,並云:"徵,應也。"此承上文"師"字,言前有孝山之"聲",後有潘岳之"響",故云能回應其聲也。

⑭ 工在簡要。

"工",諸本《御覽》五九六引並作"貴"。

楊氏《補正》：“以《徵聖》篇‘功在上哲’，《體性》篇‘功在初化’，《定勢》篇‘功在銓別’，《物色》篇‘功在密附’例之，疑作‘功’爲是。”

詹氏《義證》：“作‘貴’較勝。”

【按】楊、詹兩説非是，作“工”自通，毋須改字。《周禮·春官·肆師》：“凡師不功。”鄭玄注：“古者‘工’與‘功’同字。”知“工”、“功”通。《周禮·春官·肆師》：“凡師不功。”鄭玄注：“古者‘工’與‘功’同字。”《雜文》篇：“會清要之工。”《隱秀》篇：“隱以複意爲工。”《韓非子·五蠹》：“鄙諺曰：‘長袖善舞，多錢善賈。’此言多資之易爲工也。”“工”皆當訓“功”。《爾雅·釋詁》：“功，成也。”郭璞注：“功績皆有成。”此云“工（功）在簡要”，謂在追求簡要方面有成效。

⑮ 旨言自陳。

“旨”，唐寫本作“百”。　宋本、宮本、明鈔本、周本、張本、鮑本、喜多邨本《御覽》五九六引作“百”，倪本、四庫本、汪本《御覽》引作“旨”。　訓故本標疑“旨”字。　徐燉校作“百”。　沈臨何校本標疑“旨”字。

鈴木《黄本校勘記》：“‘百’字是也。”

范氏《注》校“旨”作“百”，云：“陳思王所作《文帝誄》，全文凡千餘言。誄末自‘咨遠臣之渺渺兮，感凶諱以悒驚’以下百餘言，均自陳之辭。”

王氏《校證》校“旨”作“百”，云：“百言，謂《文帝誄》末百餘言，均自陳之辭。”

李氏《斠詮》從唐寫本，校“旨”作“百”。

【按】范説非是，今本作“旨”自通，唐寫本作“百”，蓋“旨”之形訛。《説文·旨部》：“旨，美也。”《尚書·説命中》：“王曰：旨哉，説乃言惟服。”孔安國傳：“旨，美也。美其所言，皆可服行。”“旨言”，猶言美言、甘言。

《戰國策·韓策一》：“諸侯不料兵之弱，食之寡，而聽從人之甘言好辭，比周以相飾也。”《三國志·蜀書·楊戲傳》：“未嘗以甘言加人，過情接物。”《晉書·姚萇傳》：“甘言美説以成姦謀。”可作“旨言”連文之旁證。

劉師培《左庵文論》云：“惟碑銘以表揚死者之功德爲主，若涉及作者自身，未免乖體耳。”亦謂作“誄”而雜以“旨言”，有違哀義，終屬破體。《書記》篇：“喪言亦不及文。”《情采》篇：“《孝經》垂典，喪言不文。”文飾之言尚不可用於哀喪之禮，況甘言乎？故舍人譏之。

⑯ 若夫殷臣誄湯，追褒元鳥之祚。

“誄”，唐寫本作“詠”。　“祚”，兩京本作“祥”。　徐燉校“祚”作“祥”。

楊氏《補正》校"誄"作"詠",云:"《玄鳥》篇首以'天命玄鳥,降而生商'發端,即'追裦玄鳥之祚'也。篇中曰武湯、曰后,曰先后、曰武王,皆謂'湯'(陳奐《詩毛氏傳疏·玄鳥》篇中語),即'詠湯'也。"又:"祚,兩京本作'祥',是。"

劉氏《校釋》、王氏《校證》、李氏《斠詮》、牟氏《譯注》並從唐寫本。

【按】"誄"當從唐寫本作"詠"。"誄"與上文"誄末"、下文"誄述"字複。"詠湯"與下文"歌文"相儷。

"祚"字自通,毋須改從。《説文·示部》新附:"祚,福也。"《後漢書·襄楷傳》:"以廣麤斯之祚。"《文選·班彪〈王命論〉》:"是故劉氏承堯之祚。"句法並與此同。"天命玄鳥,降而生商",即裦揚玄鳥降福於王。楊氏謂"祚"當作"祥",失之。

"元",當依元明各本作"玄",此黃氏因避康熙帝諱而改。

⑰ **彌取於工矣。**

"工",梅校:"元作'功',謝(兆申)改。"　唐寫本、元至正本、黃傳元本、倫傳元本、弘治本、弘治活字本、汪本、佘本、隆慶本、張本、兩京本、胡本、王批本、訓故本作"功"。　宋本、宮本、明鈔本、周本《御覽》五九六引作"切",倪本、四庫本、汪本、張本《御覽》引作"巧",鮑本、喜多邨本《御覽》引作"工"。　王惟儉標疑"功"字。　徐烱云:"'功',當作'切',承上'新切'語意。"　馮舒校"工"云:"'巧',《御》。"　沈臨何校本改"功"爲"工",云:"'工'字,謝改。"　張紹仁校作"巧"。　王氏《校證》:"譚(獻)校本作'巧'。"

楊氏《校注》校"工"作"切",云:"以《辨騷》篇'辭來切今',《祝盟》篇'切至以敷辭',《比興》篇'以切至爲貴',《奏啓》篇'何必躁言醜句,詬病爲切哉',《物色》篇'故巧言切狀'例之,疑以'切'爲是。唐寫本正作'切',當據改。"(按,唐寫本實作"功",不作"切",楊校有誤。)

張氏《考異》:"作'工'爲長。"

李氏《斠詮》從黃本,云:"功、工古通。'切'與'巧'皆'功'之形誤。"

【按】元明諸本多作"功",與唐寫本合,謝兆申改"功"爲"工",與何本、謝鈔本合,梅氏、黃氏從之。

楊説非是,此從唐寫本、元至正本等作"功"較長,李説得之。雖古"工"、"功"通用,此作"工"(訓功效)義可通,然以宋本、倪本《御覽》作"切"、作"巧"觀之,此文原本當作"功",後遂訛作"切"、"巧"。謝兆申改"功"爲"工",非是。徐燗謂當作“切”，承上“新切”語意，然上文“新切”實當作“新麗”（參見上“易入新切”條校），故其說亦非。

“功”，訓成效、功效（《爾雅·釋詁下》：“功，成也。”），“取於功”，猶言取得成效。此承上文“序述哀情，則觸類而長”及“始序致感”句，言後人效法傅毅《北海誄》，採用“始序致感”之手法以序述哀情，效果更爲顯著。此非指效法者觸類寫景更加工巧或新切。“功”之此義，亦爲舍人所常用，如《麗辭》篇：“然契機者入巧，浮假者無功。”《事類》篇：“才學褊狹，雖美少功。”《總術》篇：“斷章之功，於斯盛矣。”並可爲證。

《奏啓》篇“詬病爲切哉”，梅七次本及《古儷府》九引“切”作“功”，是，猶言以詬病他人取得效力。其義可與此互參。見《奏啓》篇此條校。

⑱ **蓋選言録行。**

“言”下，諸本《御覽》五九六引、梅六次本、梅七次本有“以”字，文瀾本同。徐燗、馮舒、張紹仁補“以”字。

【按】“言”下有“以”字義長。“選”，訓纂集、撰述（參見《正緯》篇“曹褒撰讖以定禮”條校）。“選言”乃舍人常語。如《史傳》篇：“是以立義選言，宜依經以樹則。”《詔策》篇：“武帝崇儒，選言弘奧。”《封禪》篇：“選言於宏富之路。”此並當解作“纂言”、“撰言”。

上文云“誄者，累也，累其德行”，贊云“銘德纂行”，明“誄”之爲用，在於記録死者之“德”、“行”，而未提及死者之“言”，故此“選言”，當指作誄者撰述文辭，與贊文“寫實”之“寫”字呼應。此處有“以”字方能體現“選言”與“録行”之語法關係。《徵聖》篇：“簡言以達旨。”《頌讚》篇：“颺言以明事。”《比興》篇：“颺言以切事。”句法並與此同。

李氏《斠詮》認爲此是指選録“死者”之言、死者之行，乃將“選言”與“録行”解作平列關係，未確。

⑲ **曖乎若可覿。**

“曖”，宋本、宮本、明鈔本、周本《御覽》五九六引作“瞬”。隆慶本作“暧”。

楊氏《補正》：“‘曖’本無其字，當作‘僾’。《說文·人部》：‘僾，仿佛也。’《禮記·祭義》：‘祭之日，入室，僾然必有見乎其位。’《釋文》：‘僾，音愛，微見貌。’孔疏：‘僾，髣髴見也。’《說苑·修文》篇：‘祭之日，將入戶，僾然若有見乎其容。’釋僧祐《齊太宰竟陵文宣王法集録序》：‘靜尋遺篇，僾乎如在。’”

王氏《校證》:"《時序》篇贊:'曖焉如面。'辭意與此同。'曖'借'僾'字,《説文》:'僾,仿佛也。《詩》曰:僾而不見。'"

李氏《斟詮》從楊説,校"曖"作"僾"。

【按】楊説非是,今本"曖"字自通,毋須改從。《正字通・目部》:"曖,'曖'字之譌。"蓋"曖"字先訛作"曖"字,又訛作"瞬"字。隆慶本作"曖"字,當爲誤刻,其底本馮本作"曖"字,不誤。《廣韻・代韻》:"曖,日不明也。"《文選・謝莊〈宋孝武宣貴妃誄〉》:"金釭曖兮玉座寒。"李善注:"曖,不明也。"《出三藏記集・齊太宰竟陵文宣王法集録序》:"哲人徂謝,而道心不亡,靜尋遺篇,曖乎如在。"此"曖乎"連文之證。又《弘明集・宗炳〈明佛論〉》:"驟與余言於崖樹澗壑之間,曖然乎有自言表而肅人者。"沈約《與陶弘景書》:"而至理深微,曖焉難睹。"(《藝文類聚》七八引)用法並與"曖乎"同。

⑳ **道其哀也。**

"道",唐寫本作"述"。　宋本、宮本、明鈔本、周本、喜多邨本《御覽》引作"送"。

張氏《考異》:"從'道'爲長。"

【按】"道"當從唐寫本作"述","道"、"送"蓋並"述"之形訛。此與抒寫、述寫有關,上文"巧於序悲"、"序述哀情",並用"序"、"述"。《文選・江淹〈雜體詩三十首〉》載有擬潘岳"述哀"詩,劉良注:"謂《悼婦詩》。"《毛詩大序》孔穎達疏:"國將滅亡,民遭困厄,哀傷己身,思慕明世,述其哀思之心而作歌。"並"述哀"搭配之證。

㉑ **上古帝皇。**

"皇",唐寫本、秘書本作"王"。　《子苑》三二、《文章辨體彙選》六四二引作"王"。

范氏《注》:"作'王',是。王,謂禹、湯、周成王之屬。"

楊氏《補正》:"《禮記》:'三王禪云云,五帝禪亭亭。'(《文選・王融〈曲水詩序〉》李注引)《漢書・兒寬傳》:'封泰山,禪梁父,昭姓考功,此帝王之盛節。'《東觀漢紀》趙熹上言曰:'自古帝王,每世之隆,未嘗不封禪。'並'皇'當作'王'之證。"

【按】范、楊説是,"皇"當從唐寫本作"王",聲近而訛。《讀書雜志・史記第五・酈生陸賈列傳》"繼五帝三皇之業"王念孫按:"'三皇',當從《漢書》《漢紀》《説苑·奉使篇》作‘三王’。”可與此互參。《史記·封禪書》：“自古受命帝王，曷嘗不封禪。……孔子論述六蓺，傳略言易姓而王，封泰山禪乎梁父者七十餘王矣。”此蓋舍人所本。

㉒ **亦古碑之意也。**

“古”，唐寫本、《玉海》六〇引無。　元至正本、馮鈔元本、黃傳元本、弘治本、弘治活字本、汪本、佘本、隆慶本、張本、兩京本、胡本、何本、王批本、訓故本、謝鈔本、初刻梅本、復校梅本、凌本、合刻本、梁本、秘書本、梅六次本、梅七次本、彙編本、別解本、抱青閣本、集成本、尚古本、岡本、文瀾本、張松孫本、王本作“石”。　馮舒校“石”作“古”，張紹仁校同。　沈臨何校本改“石”爲“古”。

楊氏《補正》：“‘石’字誤，校‘古’亦非。《玉海》六〇引無‘古’字，與唐寫本正合。當據刪。”

户田《校勘記補》、張氏《考異》、李氏《斠詮》並從唐寫本。

【按】元明諸本皆作“石”，黃氏蓋據馮校本而改爲“古”。薈要本、文淵本、文溯本、文津本並從黃本。

楊説非是，此“古”字不可刪。“古”字承上文“上古”而言。“石”蓋“古”之形訛，或涉上文“石”字而誤。《詮賦》篇：“班固稱古詩之流也。”摯虞《文章流別志論》：“其細已甚，非古頌之意。”（《御覽》五八八引）“今所口哀策者，古誄之義。”（《御覽》五九六引）“古碑”與“古詩”、“古頌”、“古誄”詞例同。又，《誄碑》篇：“雖非叡作，古式存焉。”《史傳》篇：“雖殊古式，而得事序焉。”《章表》篇：“降及七國，未變古式。”言“古”式，明文體有今古之別。

㉓ **詞無擇言。**

“詞”，黃校：“一作‘句’，從《御覽》改。”　唐寫本作“句”。　四庫本、汪本《御覽》五八九引作“句”，其餘各本《御覽》並作“詞”。　元至正本、馮鈔元本、黃傳元本、倫傳元本、弘治本、弘治活字本、汪本、佘本、隆慶本、張本、兩京本、胡本、何本、王批本、訓故本、謝鈔本、初刻梅本、復校梅本、凌本、合刻本、梁本、秘書本、梅六次本、梅七次本、彙編本、別解本、抱青閣本、集成本、尚古本、岡本、文瀾本、張松孫本、崇文本作“句”，《文通》十七引同。　沈臨何校本改“句”作“詞”，云：“‘詞’字，從《御覽》。”　張爾田圈點“句”字。

楊氏《補正》：“‘句’並未誤。‘言’作‘字’解，‘句無擇言’者，謂句中無可挑剔之字也。”

李氏《斠詮》從唐寫本，校“詞”作“句”。

【按】元明諸本皆作“句”，與唐寫本合，黃氏據《御覽》改作“詞”。

唐寫本、元至正本等作“句”，謂句中無不當之字，於義自通，黃氏改爲“詞”，非是。宋本《御覽》引作“詞”，與下文“清詞”犯重，“詞”蓋“句”之形訛。

“擇”，假借爲“殬”。《説文·手部》朱駿聲通訓定聲：“擇，假借爲‘殬’”《書·呂刑上》：“罔有擇言在躬。”孫星衍今古文注疏：“‘擇’爲‘殬’假借字。”《經義述聞·書·擇言》：“蔡邕《司空楊公碑》曰：用罔有擇言失行在於其躬。‘擇言’與‘失行’並言，蓋訓擇爲敗也。”“殬”，訓敗。《説文·歹》：“殬，胎敗也。”《論語·先進》：“論篤是與。”何晏集解：“謂口無擇言。”劉寶楠正義：“擇，與‘殬’同，敗也。”“殬言”猶言敗言，當謂蔡邕碑文造句精確，無不當之言。下文“莫不精允”，與此照應。

“擇”又通“斁”。《書·洪範》：“彝倫攸斁。”孔安國傳：“斁，敗也。”《經義述聞·書·擇言》“敬忌，罔有擇言在身”王引之按：“擇，讀爲斁。”又云：“《書·洪範》：‘彝倫攸斁。’鄭注訓‘斁’爲敗。《説文》：‘殬，敗也。’殬、斁、擇古音並同。”此句楊氏釋爲“句中無可挑剔之字”，是訓“擇”爲揀選，大謬。

㉔《周》《乎》衆碑。

“乎”，唐寫本作“胡”。　四庫本、汪本《御覽》五八九引作“乎”，其餘各本《御覽》引並作“胡”。　徐燉云：“‘乎’，《御覽》作‘胡’。”

趙氏《校記》校“乎”作“胡”，云：“《蔡中郎文集》有《汝南周勰碑》《陳留太守胡碩碑》《太傅胡廣碑》，今本‘胡’譌作‘乎’，則文義殊乖矣。”

鈴木《燉煌本校勘記》：“‘胡’字是也。”

王氏《校證》校“乎”作“胡”，云：“周謂周勰，胡謂胡廣、胡碩。”

劉氏《校釋》、張氏《考異》、李氏《斠詮》並從唐寫本。

【按】“乎”當從唐寫本，《御覽》引作“胡”，二字聲近致訛。《日知錄·作文潤筆》：“蔡伯喈集中爲時貴碑誄之作甚多，如胡廣、陳實各三碑，橋玄、楊賜、胡碩各二碑，至於袁滿來年十五，胡根年七歲，皆爲之作碑。”則“胡”當指胡謂胡廣、胡碩、胡根。

㉕ 莫非清允。

宋本、宮本、喜多邨本《御覽》五八九引作“莫不精允”，明鈔本、周本、倪本、四庫本、汪本、張本、鮑本《御覽》引作“莫非精允”。　徐燉云：“‘清’，一作‘精’。”

李氏《斠詮》：“‘清允’與下文‘清詞’義重，揆諸下文，‘叙事也該而要’及‘巧義出而卓立’之申述語，自以作‘精’爲勝。”

【按】李説是，此文當從《御覽》作“莫不精允”，方可與下文“清”避重。“精允”，猶言精粹允當，與上文“骨鯁”、“句無擇言”照應，謂用辭精約、文體精嚴。《體性》篇：“精約者，覈字省句，剖析毫釐者也。”《風骨》篇：“練於骨者，析辭必精。”《諸子》篇：“辭約而精。”《書記》篇：“隨事立體，貴乎精要，意少一字則義闕，句長一言則辭妨。”皆以“精”字形容文辭。《出三藏記集·竺叔蘭傳》：“既學兼胡漢，故譯義精允。”可爲“精允”連文之證。

“莫非”作“莫不”於義較長，指蔡邕碑文無一例外，皆是如此。“莫非”，訓莫不是。如《明詩》篇：“感物吟志，莫非自然。”《體性》篇：“吐納英華，莫非情性。”詁此不合。

㉖ **自然而至。**

唐寫本作“自然而至矣”。諸本《御覽》五八九引並作“自然至矣”。

趙氏《校記》：“唐本是也，與《御覽》五八九引合。”

王氏《校證》：“‘矣’字原無，據唐寫本、《御覽》補。”

林氏《集校》：“有‘矣’字文勢順。”

【按】諸家之説非是，今本無“矣”字是。上文云“察其爲才”，“才”，訓材質，指作品之材質、文理，引申爲美質、文采（見《銘箴》篇“其才清采”條校），句意猶言察其文理，“自然而至”句即承此而言，説明造成蔡邕碑文“其叙事也該而要，其綴采也雅而澤，清詞轉而不窮，巧義出而卓立”之原因，意爲：“蔡邕碑文美質之構成，乃出於蔡氏之才性稟賦也。”如必欲於句末增一語氣詞，則當增“也”字方可，不當增“矣”字。

㉗ **有慕伯喈。**

“慕”，唐寫本作“摹”。

楊氏《補正》：“‘摹’字是。《樂府》篇‘雖摹《韶》《夏》’，《哀悼》篇‘結言摹《詩》’，《體性》篇‘故宜摹體以定習’，皆謂其摹仿也。”

張氏《考異》：“慕、摹皆通，‘摹’字爲長。”

王氏《校證》、李氏《斠詮》並從唐寫本，校“慕”作“摹”。

【按】楊、張之説非是，今本作“慕”自通，毋須改字。“摹”蓋“慕”之形訛。《説文·心部》：“慕，習也。”徐鍇繫傳通論：“慕，猶模也，習也，愛而習玩模範之也。"《定勢》篇:"文家各有所慕。"《文選·曹植〈七啓八首並序〉》:"昔枚乘作《七發》,傅毅作《七激》,……辭各美麗,余有慕之焉,遂作《七啓》。"即其義。挹彼注兹,正合文意,"有慕伯喈",猶言模習蔡邕也。

　　"有慕"乃古之常語。《漢書·禮樂志》:"天地並況,惟予有慕。"《宋書·樂志二》:"恭事既夙,虔心有慕。"《文選·謝靈運〈永初三年七月十六日之郡初發都〉》:"曰余亦支離,依方早有慕。"《隋書·魏澹傳》:"今所撰史,竊有慕焉,可爲勸戒者,論其得失。"並其例,可證今本確然無誤。

　　㉘ 志在碑誄。

　　唐寫本引作"志在於碑",《淵鑒類函》二百引同。　汪本《御覽》五八九引作"志在碑誄",其餘各本《御覽》引並作"志在於碑"。

　　楊氏《補正》:"《晉書》綽本傳止稱其善爲碑文,本段亦單論碑,'誄'字實不應有,當據訂。《南齊書·文學傳論》:'孫綽之碑,嗣伯喈之後。'亦足以證'誄'字誤衍。"

　　王氏《校證》據唐寫本改,云:"此段説碑,無緣及誄,下'温王郗庾',正是碑耳。"

　　張氏《考異》:"此節專論碑。唐寫本是。"

　　李氏《斠詮》從唐寫本。

　　【按】諸説是,此文當從唐寫本、《御覽》引作"志在於碑"。《晉書·孫綽傳》:"温、王、郗、庾諸公之薨,必須綽爲碑文,然後刊石焉。"可爲旁證。

　　《易·屯》六二:"女子貞不字,十年乃字。"王弼注:"志在於五,不從於初,故曰女子貞不字也。"《後漢書·尹敏傳》注引《説苑》:"伯牙子鼓琴,其友鍾子期聽之,志在於山水,子期皆知之。"舍人句法與此同。

　　㉙《温》《王》《郗》《庾》。

　　"郗",唐寫本、諸本《御覽》五八九引並作"郗"。　弘治活字本作"卻"。徐燉校作"郗"。

　　林氏《集校》:"所謂'温王郗庾'者,即温嶠、王導、郗鑒、庾亮也。"

　　鈴木《燉煌本校勘記》:"'郗'字是也。"

　　王氏《校證》從唐寫本。

　　【按】"郗"當從唐寫本、《御覽》引作"郗"。《正字通·邑部》:"郗,姓。'郗'與'郤'別。黃長睿曰:郗姓爲江左名族,讀如絺繡之絺,俗謁爲'郤',非也。郤詵,晉大夫郤縠之後。郗鑒,漢御史大夫郗慮之後。姓源既異,音讀各殊。後世因俗書相亂，不復分郗、郄爲二姓。”六朝前以作“郗鑒”爲常。如《世說新語·品藻》：“明帝問周伯仁：‘卿自謂何如郗鑒？’”《宋書·天文志二》：“八月，太尉郗鑒薨。”《真誥·闡幽微》：“南門亭長，今用周撫代郗鑒。”並其證。間亦有作“郄鑒”者，如《世說新語·規箴》：“陸玩拜司空。”劉孝標注引《陸玩別傳》曰：“是時王導、郄鑒、庾亮相繼薨殂。”即其例，而作“郤鑒”者則罕見。

㉚ 辭多枝雜。

“枝雜”，宋本、宫本、明鈔本、周本、汪本、鮑本、喜多邨本《御覽》五八九引作“枝離”，倪本、四庫本、張本《御覽》引作“支離”。　徐燉云：“‘雜’，一作‘離’。”

楊氏《補正》：“‘離’字是。‘枝離’，疊韻連語。《議對》篇‘支離構辭’，《聲律》篇‘割棄支離’，正以‘支離’連文。‘支’與‘枝’通。”

李氏《斠詮》：“‘枝雜’與下文‘辨裁’相反，‘枝雜’謂枝離蕪雜，‘辨裁’謂辨析翦裁，兩兩對映，義頗顯明，不必改字。”

【按】楊說是，“雜”當從《御覽》引作“離”，二字形近而誤。作“雜”似與本句之“多”義複。《莊子·人間世》：“夫支離其形者，猶足以養其身，終其天年，又況支離其德者乎！”司馬彪注：“支離，形體不全貌。”“支離”與“枝離”通。此舍人所本。

“支離”常用於形容言說浮泛，不得要領。如《孔叢子·敘書》：“辭氣支離，取喻多端，弗較以類，理不應實。”《出三藏記集·訶梨跋摩傳序》：“唯見浮繁妨情，支離害志。”舍人亦常用“支離”。如《議對》篇：“若不達政體，而舞筆弄文，支離構辭，穿鑿會巧，空騁其華。”《聲律》篇：“割棄支離，宮商難隱。”可爲此亦當作“離”之旁證。“枝離”與下句“辨裁”相對，指遣辭浮泛，不得體要。

㉛ 最爲辨裁。

“裁”下，唐寫本有“矣”字。　汪本、張本《御覽》五八九引同黃本，其餘各本《御覽》引“裁”下有“矣”字。　“裁”，倪本、四庫本《御覽》五八九引作“才”。

楊氏《補正》：“有‘矣’字語氣較勝，當據增。”又：“范甯《穀梁傳集解序》：‘《公羊》辯而裁。’楊疏：‘辯，謂說事分明；裁，謂善能裁斷。’則作‘才’非是。《議對》篇：‘辭裁以辨。’亦可證。”

王氏《校證》、李氏《斠詮》並從唐寫本。

【按】楊、王兩說非是，“裁”下無“矣”字義長。據文意，“桓彝”前當省一“唯”字，而“唯”字領起者，正不必以“矣”字作收束。《時序》篇：“唯齊楚兩國，頗有文學。""唯高貴英雅,顧眄含章,動言成論。"《史傳》篇:"唯陳壽《三志》,文質辨洽。"並其證。

"裁"字自通,毋須改從。《議對》篇:"觀晁氏之對,證驗古今,辭裁以辨,事通而贍。""裁"之用法與此同,皆用作形容詞。"最爲辨裁"與上文"辭多枝離(依《御覽》)"相對,謂孫綽之《桓彝》一篇,措辭直截,表意堅確,無枝離浮泛之病。李氏《斠詮》以"辨析翦裁"解"辨裁",視"裁"字爲動詞,未確。

"辨"字當訓明。《誄碑》篇:"辨潔相參。"《奏啓》篇:"辭亦通辨(依《御覽》)。"《通變》篇:"虞夏質而辨。"《定勢》篇:"斷辭辨約。"義並與"辨裁"同。

㉜ **此碑之制也。**

"制",唐寫本引作"致"。　明鈔本《御覽》五八九引作"志",宋本、宮本、周本、鮑本、喜多邨本《御覽》引作"致",倪本、四庫本《御覽》引作"所致",汪本、張本《御覽》引作"制"。

鈴木《黄本校勘記》:"'致'字爲是。"

楊氏《補正》:"'致'字是。致,極也(《國語·吳語》韋注)。《神思》篇'其思理之致乎',其'致'字義與此同,亦可證。"

李氏《斠詮》從唐寫本,校"制"作"致"。

【按】鈴木、楊説非是,今本作"制"自通,毋須改字。"致"蓋"制"之聲訛。"制",訓法、形制,此指文章之體義、體制,亦即文體之規範,上文云"誄之爲制",亦此義。於"文體規範"義,舍人常用"體"或"體義"。如《頌讚》篇:"所以古來篇體,促而不廣,必結言於四字之句,盤桓乎數韻之辭,約舉以盡情,昭灼以送文,此其體也。"《檄移》篇:"觀隗囂之檄亡新,布其三逆,文不雕飾,而辭切事明,隴右文士,得檄之體矣。"又,《檄移》篇:"故檄移爲用,……所以洗濯民心,堅同符契,意用小異,而體義大同。"《銘箴》篇:"及周之辛甲,百官箴一篇,體義備焉。"則"碑之制",猶言碑之體也。

㉝ **事光於誄。**

"光",梅校:"當作'先'。"　唐寫本作"先"。　徐燉云:"'光',當作'先'。"

范氏《注》校"光"作"先",云:"'因器立名,事先於誄,'謂刻石紀功,可用於生人,而誄則必用於死亡之後也。"

楊氏《補正》、王氏《校證》、張氏《考異》、李氏《斠詮》、牟氏《譯注》並從唐寫本。

【按】梅校是，“光”當從唐寫本作“先”，二字形近而誤。此謂碑、銘之出現較誄爲早也。舍人常“先於”連文。《諸子》篇：“子自肇始，莫先於茲。”《風骨》篇：“沉吟鋪辭，莫先於骨。”並其證。

㉞ 是以勒石讚勳者，入銘之域；樹碑述己者。

“石”，唐寫本、諸本《御覽》五八九引、王批本作“器”。　徐燉校“石”作“器”。　“己”，唐寫本、王批本作“亡”。　宋本、宮本、明鈔本、倪本、張本、喜多邨本《御覽》五八九引作“亡”，周本《御覽》引作“文亡”，四庫本、汪本《御覽》引作“已”，鮑本《御覽》引作“逆己”。　《荆川稗編》七五引作“亡”。　徐燉校“己”作“亡”。

楊氏《補正》：“‘器’字是。《銘箴》篇：‘銘題於器。’即其義也。”又：“‘亡’字是，‘已’其形誤也。”

潘氏《札記》、王氏《校證》、李氏《斠詮》、牟氏《譯注》並校“己”作“亡”。

【按】今本作“石”自通，蓋碑文唯刻於石上，上文已云“樹石”、“以石代金”。此謂刻石爲生者紀功，其作用等同於“銘”。楊校從“器”，失之。

“己”當從唐寫本等作“亡”，形近而誤。“亡”指死者。《一切經音義》八五《辯正論序》“碑誄”注引《考聲》：“誄，壘也，述亡者而叙哀情也。”可爲旁證。

㉟ 寫實追虛。

“實”，唐寫本作“遠”。

楊氏《補正》：“唐寫本是。‘寫遠’，謂寫成文字以傳之久遠也。今本蓋寫者緣‘虛’字而妄改。”

劉氏《校釋》、李氏《斠詮》並從唐寫本。

【按】楊說非是，“寫遠”不辭，楊氏解說殊爲穿鑿。今本作“實”自通，非傳寫者妄改。“寫實”，非指記録其德行業績之意，因下文方云“銘德纂行”，此“實”字當訓誠心。《楚辭·九嘆·逢紛》：“后聽虛而黜實兮。”王逸注：“實，誠也。”此義舍人常用。如《哀弔》篇：“雖發其情華，而未極心實。”《明詩》篇：“是以在心爲志，發言爲詩，舒文載實，其在茲乎？”並其證。

“寫”，訓傳達、抒發。《詩·小雅·蓼蕭》：“我心寫兮。”朱熹集傳：“寫，輸寫也。”《戰國策·趙策二》：“忠可以寫意。”鮑彪注：“寫，宣也。”故此“寫實”，當謂抒寫内心哀情，回應正文“序述哀情”、“哀終”、“道其哀也，悽焉如可傷”等語意。曹操《讓九錫表》：“九錫大禮，臣所不稱，惶悸征營，心如炎灼，歸情寫實，冀蒙聽省。"(《藝文類聚》五三引)"寫實"與"歸情"並列,亦爲抒寫真心之意,可爲旁證。

　　㊱ **銘德慕行。**

　　"慕",唐寫本作"纂"。

　　楊氏《補正》:"唐寫本是。'纂'謂纂集。《練字》篇'《爾雅》者,孔徒之所纂',諸本多誤'纂'爲'慕',是二字形近易混之例。"

　　王氏《校證》校"慕"作"纂",云:"《練字》篇'揚雄以奇字纂訓。'《時序》篇:'明帝纂戎。'用字義同。"

　　李氏《斠詮》從唐寫本,校"慕"作"纂"。

　　【按】楊、王説是,"慕"當從唐寫本作"纂",二字形近致訛。《禮記‧表記》:"《小雅》曰:高山仰止,景行行止。"孔穎達疏:"引之者,證古昔賢聖能行仁道,則後世之人,瞻仰慕行也。"可知"慕行"即追懷、追思之義,此作"慕行"則與上文"追虛"義複。"纂行"與"銘德"對文,回應正文"累其德行"、"録行"等語意。下文"允集"即承"銘"、"纂"而言。

　　㊲ **文采允集。**

　　"文采",唐寫本作"光彩"。

　　楊氏《補正》:"唐寫本是。'光彩'承上'銘德纂行'句,則指其人之'德'、'行',非謂碑誄之文彩也。"

　　劉氏《校釋》、李氏《斠詮》並從唐寫本。

　　【按】楊説非是,今本作"文"自通,毋須改字。"光"蓋"文"之形訛。作"光"與下文"華"義複("華"亦訓光)。此"文采"非謂文章之辭采,乃指人之美質、美德,即"身文"。如《國語‧周語下》:"文之恭也。"韋昭注:"文者,德之總名也。"《淮南子‧詮言》:"止成文。"高誘注:"文,謂威儀文采。"《楚辭‧九章‧懷沙》:"文質疏内兮,衆不知余之異采。"王逸注:"采,文采也。"司馬遷《報任安書》:"鄙没世而文采不表於後也。"皆其義。

　　此義舍人亦常用。如《徵聖》篇:"夫子文章,可得而聞,則聖人之情見乎辭矣。""聖人之文章,亦可見也。""文章可見,胡寧勿思?"《程器》篇:"采動梁北。"此"文章"、"采",亦並指人内在之文德,而非文辭。

　　㊳ **頽影豈戜。**

　　"戜",唐寫本作"戢"。

范氏《注》：“唐寫本作‘戢’是，本贊純用緝韻，若作‘忒’，則失韻。《禮記·緇衣》：‘其儀不忒，’釋文：‘忒，一作貳。’而‘貳’俗文又作‘貮’，與‘戢’形近，故‘戢’初誤爲‘貳’，繼又誤爲‘忒’也。”

楊氏《補正》：“本贊純用緝韻（立、集、泣、戢，《廣韻》悉入緝韻），且系獨用。此當以作‘戢’爲是。若作‘忒’，則失其韻矣（忒在德韻）。……《文選·夏侯湛〈東方朔畫贊〉》：‘墟墓徒存，精靈永戢。’劉良注：‘戢，藏也。’又陸機《歎逝賦》：‘惜此景之屢戢。’李注引賈逵《國語注》曰：‘戢，藏也。’傅咸《螢火賦》：‘當朝陽而戢影。’（《類聚》九七引）孫綽《庾公誄》：‘永戢話言，口誦心悲。’（《世說新語·方正》篇劉注引）”

劉氏《校釋》、王氏《校證》、詹氏《義證》、李氏《斠詮》、牟氏《譯注》並從唐寫本。

【按】范、楊兩説是，“忒”當從唐寫本作“戢”，二字形近而誤。李氏《斠詮》云：“頽影，謂死者頽墜之遺影。戢，《説文》訓藏兵，又斂息之義。……‘戢影’有伏藏、斂息其影之義。此處所謂‘頽影豈戢’者，極言誄碑之用，能增光泉壤，流譽後世，俾死者遺影不致淹滅無聞也。”此説甚是。

哀弔第十三

賦憲之諡，[1]短折曰哀。哀者，依也，悲實依心，故曰哀也。以辭遣哀，蓋不淚之悼，[2]故不在黃髮，必施夭昏。昔三良殉秦，百夫莫贖，事均夭橫，[3]《黃鳥》賦哀，抑亦詩人之哀辭乎？暨漢武封禪，而霍子侯暴亡，[4]帝傷而作詩，亦哀辭之類矣。及後漢，[5]汝陽王亡，[6]崔瑗哀辭，始變前式。然“履突鬼門”，[7]怪而不辭，[8]“駕龍乘雲”，仙而不哀，又卒章五言，頗似歌謠，亦彷彿乎漢武也。[9]至於蘇慎張升，[10]並述哀文，雖發其情華，而未極心實。[11]建安哀辭，惟偉長差善，《行女》一篇，時有惻怛。及潘岳繼作，實踵其美。[12]觀其慮善辭變，[13]情洞悲苦，[14]敘事如傳，結言摹《詩》，促節四言，鮮有緩句，故能義直而文婉，體舊而趣新，《金鹿》《澤蘭》，莫之或繼也。原夫哀辭大體，情主於痛傷，而辭窮乎愛惜。幼未成德，故譽止於察惠；弱不勝務，故悼加乎膚色。⑮隱心而結文則事愜，觀文而屬心則體奢。奢體爲辭，則雖麗不哀，必使情往會悲，文來引泣，乃其貴耳。

弔者，至也。《詩》云："神之弔矣。"言神至也。⑯君子令終定諡，事極理哀，⑰故賓之慰主，以至到爲言也。⑱壓溺乖道，所以不弔矣。⑲又宋水鄭火，行人奉辭，國災民亡，故同弔也。及晉築虒臺，齊襲燕城，史趙蘇秦，翻賀爲弔，虐民搆敵，⑳亦亡之道。凡斯之例，弔之所設也。或驕貴而殞身，㉑或狷忿以乖道，㉒或有志而無時，或美才而兼累，㉓追而慰之，並名爲弔。

自賈誼浮湘，發憤弔屈，體同而事覈，㉔辭清而理哀，蓋首出之作也。及相如之弔二世，全爲賦體，桓譚以爲其言惻愴，讀者歎息，及平章要切，㉕斷而能悲也。揚雄弔屈，思積功寡，㉖意深文略，㉗故辭韻沉膇。班彪蔡邕，並敏于致語，㉘然影附賈氏，難爲並驅耳。胡阮之弔夷齊，褒而無聞，㉙仲宣所制，譏呵實工。然則胡阮嘉其清，王子傷其隘，各志也。㉚禰衡之弔平子，縟麗而輕清；陸機之弔魏武，序巧而文繁。降斯以下，未有可稱者矣。夫弔雖古義，而華辭未造，㉛華過韻緩，則化而爲賦。固宜正義以繩理，昭德而塞違，割析褒貶，㉜哀而有正，則無奪倫矣。

贊曰：辭定所表，㉝在彼弱弄。苗而不秀，自古斯慟。雖有通才，迷方告控。㉞千載可傷，寓言以送。

校箋

① **賦憲之諡。**

"賦憲"，黃校："孫云：當作'議德'。" 沈臨何校本標疑"賦憲"二字，云："'賦憲'，孫云：當作'議德'。"

紀評："'賦憲'二字出《汲冢周書》，王伯厚《困學紀聞》已有考證，不得妄改爲'議德'。"

李詳《補註》："《困學紀聞》卷二《周書·諡法》：'惟三月既生魄，周公旦、太師望相嗣王發，既賦憲，受臚於牧之野。'原注：'今本缺誤。《文心雕龍》云賦憲之謚,出於此。'伯厚所采《周書》,出宋范鎮編定《六家謚法》中。孫云作'議德'者,孫無撓也,見明吳興凌雲本。"

范氏《注》:"《困學紀聞》二引《周書·謚法》:'……既賦憲,受臚於牧之野,將葬,乃製作謚。'今所傳《周書》云:'維周公旦、太公望開嗣王業,建功於牧之野,終將葬,乃制謚。遂叙謚法。'……朱亮甫《周書集訓》云:'賦,布。憲,法。臚,旅也。布法於天下,受諸侯旅見之禮。'"

王氏《校證》:"紀說是,唐寫本、《困學紀聞》二俱作'賦憲'。"

詹氏《義證》:"盧文弨《文心雕龍輯註書後》曰:此出《周書·謚法解》'既賦憲,受臚於牧之野,乃製作謚'。今傳《周書》文多脫誤,惟《困學紀聞》所引尚有此語。"

【按】諸家說是,今本無誤,孫說非。《困學紀聞》二:"《周書·謚法》:'惟三月,既生魄,周公旦、太師望相嗣王發,既賦憲,受臚于牧之野,乃制作謚。'……《文心雕龍》云'賦憲之謚',出於此。"《玉海》六七引《周書·謚法》、《文通》十八引亦並作"賦憲"。依朱亮甫《周書集訓》說,"賦憲"猶言布法。

② 蓋不淚之悼。

"不淚",唐寫本作"下流"。　宋本、宮本、明鈔本、周本、喜多邨本《御覽》五九六引作"下流",四庫本《御覽》引作"下淚",汪本、張本、鮑本《御覽》引作"不淚"。　元至正本、馮鈔元本、黃傳元本、倫傳元本、弘治本、弘治活字本、汪本、佘本、隆慶本、張本、兩京本、胡本、王批本、訓故本、謝鈔本、初刻梅本、復校梅本、凌本、合刻本、梁本、秘書本、梅六次本、梅七次本、彙編本、別解本、抱青閣本、尚古本、岡本、薈要本、文淵本、崇文本作"下淚",《子苑》三二引同。沈臨何校本云:"'不'字,校本作'下'。"("不"爲沈氏藏汪本原有朱筆校字。)張爾田圈點"下"字。

鈴木《黃本校勘記》:"'下流',指卑者而言。《指瑕》篇曰:'禮文在尊極,而施之下流。'《雕龍》'下流'之義可知。"

劉氏《校釋》:"'下流'者,幼小之流輩也,與'尊極'對文。"

楊氏《補正》:"'下流'是。《三國志·魏書·閻溫傳》:'(張)就終不回,私與(父)恭疏曰:……願不以下流之愛,使就有恨於黃泉也。'又《樂陵王茂傳》:'太和元年,徙封聊城公,其年爲王。詔曰:……今封茂爲聊城王,以慰太皇太后下流之念。'王沈《魏書》:'(建安)二十二年九月,(太祖東征)大軍還,武宣皇后左右侍御見(甄)后顏色豐盈,怪問之曰:后與二子別久,下流之情,不可爲念。'(《三國志·魏書·后妃·甄皇后傳》裴注引)是'下流'一詞爲當時常語,子之於父,孫之於祖,均得通用。"

范氏《注》、王氏《校證》、李氏《斠詮》、牟氏《譯注》並從唐寫本。

【按】梅本作"下淚",與元明諸本同,黃氏蓋據何校本或汪本《御覽》引而改爲"不淚"。

諸家説是,此文當從唐寫本、宋本《御覽》引作"下流",四字形近而致訛。《指瑕》篇云"施之下流",足資旁證。《資治通鑑·魏紀一》:"願不以下流之愛。"胡三省注:"流,輩也。""下流",指地位卑者,與"尊極"相對而言。戶田《校勘記補》云:"下文'故不在黃髮,必施夭昏',又'及後漢,汝陽王亡,崔瑗哀辭,始變前式','夭昏'即彥和所謂'下流',汝陽王即所謂尊極。"此説甚是。

③ **事均夭橫**。

"橫",唐寫本作"枉"。 宋本、宮本、明鈔本、周本、鮑本、喜多邨本《御覽》五九六引並作"枉"。

楊氏《補正》:"'枉'字是。《書·洪範》:'一曰凶、短、折。'孔疏:'鄭玄以爲凶、短、折皆是夭亡之名。'《帝王世紀》:'(伏羲氏)乃嘗味百藥而製九針,以拯夭枉焉。'(《御覽》七二一引)《華陽國志·巴志》:'是以清儉,夭枉不聞。'《文選·謝靈運〈廬陵王墓下作〉》:'脆促良可哀,夭枉特兼常。'陶弘景《肘後百一方序》:'其間夭枉,焉可勝言。'(《類聚》七五引)並以'夭枉'爲言。"

王氏《校證》、李氏《斠詮》並從唐寫本。

【按】楊説是,"橫"當從唐寫本、《御覽》引作"枉"。《庾子山集·哀江南賦》:"功業夭枉,身名埋没。"《晉書》五一傳論:"王接才調秀出,見賞知音,惜其夭枉,未申驥足。"並"夭枉"連文之證。

④ **而霍子侯暴亡**。

梅校:"'子侯',元作'光病',曹(學佺)改。" "霍子侯",黃校:"又一本作'霍嬗'。" 唐寫本、訓故本作"霍嬗"。 鮑本《御覽》五九六引作"霍子",其餘各本《御覽》引並作"霍嬗"。 元至正本、黃傳元本、弘治本、弘治活字本作"霍□"。 倫傳元本、覆刻汪本、隆慶本、兩京本、胡本、文津本作"霍光"。 弘治本、汪本"霍"、"暴"之間爲一墨釘。 余本作"霍去病"。 張本作"霍侯"。王批本作"霍氏"。 謝兆申校作"霍侯"。 徐燉校"霍■"作"霍光"。 沈臨何校本改"光"爲"□"，旁錄"嬗"字。　　顧黃校本作"霍光"。

楊氏《補正》校"霍子侯"作"霍嬗"，云："《史記·封禪書》：'天子既已封太山，無風雨災。而方士更言蓬萊諸神，若將可得。於是上欣然，庶幾遇之。乃復東至海上，望冀遇蓬萊焉。奉車子侯暴病，一日死。'《漢書·郊祀志上》同。"

王氏《校證》、李氏《斠詮》並校"霍子侯"爲"霍嬗"。

【按】曹學佺改"光病"爲"子侯"，與何本、謝鈔本合，梅氏、黃氏從之。

唐寫本、訓故本作"霍嬗"，較長，"霍嬗暴亡"與"漢武封禪"俱四音節句，語勢較順。《漢書·霍去病傳》："去病子嬗。嬗字子侯，上愛之，爲奉車都尉，從封泰山而薨。"此舍人所本。

⑤ **及後漢。**

"及"上，唐寫本、諸本《御覽》五九六引並有"降"字。

楊明照《文心雕龍校注》（後簡稱"楊氏《校注》初版"）："'降'字當有，於'漢'字下加豆，本書多有此句法。"

張氏《考異》："唐寫本可從。惟'及'字單用，篇中此例亦夥，不盡如楊校所云，及王校所改，如《詮賦》篇：'及靈均唱騷。'《頌讚》篇：'及三閭《橘頌》。'又'及晉魏辨頌'，'及遷史固書'，'及景純注雅'，蓋不一而足也。"

劉氏《校釋》、王氏《校證》、李氏《斠詮》並從唐寫本。

【按】"及"上當從唐寫本、《御覽》引補"降"字，構成四字音節，語勢較順。《頌讚》篇："降及品物。"《詔策》篇："降及七國。"《時序》篇："降及靈帝。""降及懷湣。"句法並與此同。

⑥ **汝陽王亡。**

"王"，宋本、宮本、明鈔本《御覽》五九六引並作"主"。

范氏《注》："汝陽王，不知何帝子。崔瑗仕當安順諸帝朝，皆未有子封王，哀辭本文又亡，無可考矣。"

章錫琛據涵芬樓影印日本帝室圖書寮京都東福寺東京岩崎氏靜嘉堂文庫藏宋本《太平御覽》所作校記（附范氏《注》書末，後簡稱"章錫琛《御覽校記》"）："今此本'王'作'主'，則是崔瑗作哀辭者，乃公主，非帝子。"

周振甫《文心雕龍注釋》（後簡稱"周氏《注釋》"）："《後漢書·后紀》：汝陽長公主，和帝女，名劉廣。崔瑗，字子玉，善文辭，所作《汝陽主哀辭》，已散失。"

李氏《斠詮》校"王"作"主"。

【按】"王"當從宋本《御覽》引作"主",形近而誤。崔瑗實爲公主作哀辭,非爲帝子。《後漢書·皇后紀下》:"和帝四女。……皇女廣,永和六年封汝陽長公主。"又:"漢制,皇女皆封縣公主,儀服同列侯。其尊崇者,加號長公主,儀服同蕃王。諸王女皆封鄉、亭公主,儀服同鄉、亭侯。肅宗唯特封東平憲王蒼、琅邪孝王京女爲縣公主。其後安帝、桓帝妹亦封長公主,同之皇女。"舍人所云"汝陽主",當即汝陽長公主劉廣。

⑦ 然"履突鬼門"。

"履",唐寫本、王批本作"腹"(鈴木《燉煌本校勘記》讀唐寫本此字爲"復")。　宋本、宮本、明鈔本、周本《御覽》五九六引並作"腹"。　"突",宋本、宮本《御覽》作"突",其餘各本《御覽》引並作"突"。

徐氏《刊誤》:"'履突'二字,各書無考。宋本《御覽》文部十二引作'腹突',語亦難通。細覈上下文義,疑《御覽》'突'字不誤,'腹'則'複'字形近之訛。宋玉《招魂》云:'冬有突夏,夏室寒些。'王逸注云:'突,複室也。夏,大屋也。突,鳥弔切。言隆冬凍寒,則有大屋複突温室。'此與文義事旨均極符合。自'突'訛爲'突','複'一訛爲'腹',再訛爲'履',而其語絶不可通矣。"

李氏《斠詮》:"履突,猶穿越也。"

楊氏《補正》:"《論衡·訂鬼篇》:'《山海經》又曰:滄海之中,有度朔之山,上有大桃木,其曲蟠三千里,其枝間東北曰鬼門,萬鬼所出入也。'"

周氏《今譯》解作:"公主的脚步沖入鬼門。"

王更生《文心雕龍讀本》(後簡稱"王氏《讀本》"):"履,踐履。突,超越。履突,超越之意。鬼門,本廣西省北流縣以南的地名,此地多瘴癘,入者鮮能生還,今人用來比喻死者所住的鬼門關。全句是說,脚步已邁入鬼門關。"

【按】今本無誤,毋須校改。作"履"自通,"腹"蓋"履"之形訛。諸家解"履"之義皆非。"履突鬼門"四字,當出自《莊子·達生》篇:"桓公曰:'然則有鬼乎?'曰:'有。沈有履,竈有髻。户内之煩壤,雷霆處之。'"成玄英疏:"沈者,水下污泥之中,有鬼曰履。竈神,其狀如美女,著赤衣。""門户内糞壤之中,其間有鬼,名曰雷霆。"據此,"履"乃鬼名,"突"乃竈突("突"亦竈也。如《淮南子·人間》:"突隙之煙焚。"高誘注:"突,竈突也。"),"鬼"即指雷霆鬼,"門"即門户。此當解作:"有'履神'駐守之竈突,有'雷霆鬼'駐守之門户。""履突"與"鬼門"乃平列結構,與下文"駕龍乘雲"相儷。

此與古人之萬物有靈論有關。《禮記・曲禮下》："大夫祭五祀。"鄭玄注："五祀，户、竈、中霤、門、行也。此蓋殷時制也。"《論衡・祭意篇》："五祀，報門、户、井、竈、室中霤之功。門、户，人所出入，井、竈，人所飲食，中霤，人所託處，五者功鈞，故俱祀之。"此古人祭祀"竈突"、"門户"之證。

"突"蓋"突"之誤寫，不足爲據，徐氏乃斤斤於"突"字作解，可謂穿鑿之甚。

⑧ **惟而不辭。**

"辭"，唐寫本無，"不"下空一格。　梅六次本、梅七次本改"辭"作"式"，集成本、薈要本、文瀾本、張松孫本同。　傳録何沈校本改"式"爲"辭"。

范校引孫人和云："唐寫本'辭'作'式'，《御覽》亦作'式'。"（按，唐寫本"不"下爲一空格，不作"式"；諸本《御覽》五九六引均作"辭"，不作"式"。孫校誤。）

范氏《注》："唐寫本'辭'作'式'，似非是。瑗哀辭卒章五言，蓋仿武帝傷霍嬗詩也。"

張氏《考異》："作'式'是。"

【按】張説非是，作"辭"自通，毋須改字。作"式"與上文"始變前式"犯重。《公羊傳・襄公五年》："吴何以稱人？'吴、鄫人'云，則不辭。"陳立義疏："方欲抑鄫在吴下，若吴仍常例稱國，則必書'吴、鄫人'，是辭不順也。"即"不辭"二字所出。"不辭"猶言語法不順。

⑨ **亦彷彿乎漢武也。**

"彷彿"，唐寫本、諸本《御覽》五九六引並作"髣髴"。

楊氏《補正》："'彷彿'，'仿佛'之俗（見《廣韻》三十六養及八物）。《説文・人部》：'仿，相似也。'又：'佛，見不審也。'《玉篇・人部》：'仿，仿佛，相似也。'又：'佛，仿佛也。'《切韻》殘卷三十五養：'髣，髣髴。古作仿佛。'《一切經音義》二：'仿佛，《聲類》作髣髴，同。'是'髣髴'爲'仿佛'之後起字，其義一也。"

【按】"彷彿"、"仿佛"、"髣髴"字並可通，毋須改從。《文選・揚雄〈長楊賦〉》："從者彷彿。"李善注："彷彿，或作'髣髴'。"又傅毅《舞賦》："彷彿神動。"李善注引《説文》曰："彷彿，見不審也。"又揚雄《甘泉賦》："猶彷彿其若夢。"李善注引《説文》曰："彷彿，相似，視不諟也。"並其證。

⑩ **至於蘇慎張升。**

"慎"，梅校："疑'順'。"　唐寫本、諸本《御覽》五九六引作"順"，集成本同。

沈臨何校本標疑“慎”字，云：“‘慎’，梅疑作‘順’。”　顧廣圻云：“‘慎’即‘順’。”

　　林氏《集校》：“《劉子·思順》篇，‘順’亦有作‘慎’者，而敦煌本《劉子》則亦作‘慎’。《梁書·武帝本紀》：‘皇考諱順之，齊高帝族弟也。’《梁書》稱順陽郡爲‘南鄉’，《南齊書》‘順’字多易爲‘從’（陳垣《史諱舉例》）。《文心》《劉子》易‘順’爲‘慎’，疑原作‘慎’，避梁武帝父順之諱，後之版本，有未及改者。”

　　趙氏《校記》、范氏《注》、楊氏《補正》、王氏《校證》、李氏《斠詮》並從唐寫本。

　　【按】“慎”當從唐寫本、《御覽》引作“順”。《後漢書·蘇順傳》：“所著賦、論、誄、哀辭、雜文凡十六篇。”摯虞《文章流別傳》：“哀辭者，誄之流也。崔瑗、蘇順、馬融等爲之，率以施於童殤夭折，不以壽終者。”（《御覽》五九六引）並可爲證。林氏疑作“慎”者乃避梁武帝父“蕭順之”之偏諱，近是。參見《詮賦》篇“順流而作”條校。

　　⑪ **雖發其情華，而未極心實。**

　　唐寫本作“雖發其華，而未極其心實”。　宋本、宮本、周本、喜多邨本《御覽》五九六引作“雖發其華，而未極心實”，明鈔本《御覽》引作“發其華，而未極心實”，四庫本、汪本《御覽》引作“雖發其情華，而未極心實”，張本《御覽》引作“雖發其華，而未極其實”，鮑本《御覽》引作“雖發其情，而未極其實”。　集成本“情華”作“精華”。

　　趙氏《校記》：“疑此文當作‘雖發其華，而未極其實’。”

　　潘氏《合校》：“唐本蓋脱‘情’字。”

　　王氏《校證》作“雖發其精華，而未極其心實”。

　　張氏《考異》：“情華、精華，皆可通，下與‘心實’爲對。唐本字脱。”

　　李氏《斠詮》校作“雖發其情華，而未極其心實”。

　　【按】此文當從宋本《御覽》引作“雖發其華，而未極心實”。“華”與“實”對文，下文既云“心實”，則此不當云“情華”，“情”字蓋涉下文“情洞悲苦”而誤。“心實”承上文“悲實依心”而言，指悲哀之情。“其”指代上文之“哀文”，此言發“哀文”之華，指蘇、張之哀辭富有文采。《祝盟》篇：“羣言發華。”即“發”字與文辭之“華”搭配之證。《封禪》篇：“計武功，述文德，事覈理舉，華不足而實有餘矣。”《議對》篇：“空騁其華，固爲事實所擯。”論“華”、“實”關係，可與此互相發明。

《楚辭·招魂》:"芙蓉始發,雜芰荷些。"王逸注:"言池水之中有芙蓉,始發其華。"《陸士衡文集·幽人賦》:"勁秋不能雕其葉,芳春不能發其華。"此"發其華"連文之證。

⑫ **實踵其美。**

"踵",唐寫本作"鍾"。　宋本、宮本、周本、喜多邨本《御覽》五九六引作"鍾",明鈔本《御覽》引作"終",四庫本、汪本、張本、鮑本《御覽》引作"踵"。

楊氏《補正》:"'鍾'字是。《才略》篇:'潘岳敏給,辭自和暢,鍾美於《西征》,賈餘於哀誄。'是其證。《左傳·昭二十八年》:'天鍾美於是。'當是'鍾美'二字所自出。《隸釋·張納碑》:'鍾美積德。'亦以'鍾美'爲言。"

王氏《校證》校"踵"作"鍾",云:"《左·昭二十八年傳》:'天鍾美於是。'杜預注云:'鍾,聚也。'此彥和所本。"

李氏《斠詮》從唐寫本,云:"《左·昭二十八年》:'子貉早死無後,而天鍾美於是。'"

【按】"踵"當從唐寫本、宋本《御覽》引作"鍾",二字形近而誤。作"踵"與上文"繼"義複(《楚辭·離騷》:"及前王之踵武。"王逸注:"踵,繼也。")。且偉長之哀辭僅"差"善而已(《助字辨略》四:"差,僅也,略也。"),實不足稱美,焉能爲人所繼承效法?"鍾",訓聚。《國語·周語下》:"陂唐污庳,以鍾其美。"舍人句法與此同。此處之"其"字,指"哀辭"言。連同上句,其意當爲:"潘岳繼作哀辭,始臻完美成熟。"

⑬ **觀其慮善辭變。**

"善",唐寫本作"贍"。　宋本、宮本、喜多邨本《御覽》五九六引作"瞻",明鈔本、周本《御覽》引作"贍"。

楊氏《補正》:"'贍'字是,'瞻'乃'贍'之誤。《章表》篇'觀其體贍而律調',《才略》篇'理贍而辭堅',句法並與此同,可證。"

張氏《考異》:"作'贍'爲長。贍,《玉篇》:'周也。'"

詹氏《義證》:"'贍',周密。《雜文》篇:'夫文小易周,思閑可贍。'"

鈴木《黃本校勘記》、王氏《校證》、李氏《斠詮》並從唐寫本。

【按】諸說是,"善"當從唐寫本、明鈔本《御覽》引作"贍",二字聲近而誤。"瞻"則"贍"之形誤。"贍",訓足、周贍。《鎔裁》篇:"思贍者善敷。""思贍"、"慮贍"義同。下文云:"思積功寡。"《風骨》篇:"思不環周。"並謂思慮不周贍。

⑭ **情洞悲苦。**

"悲"，唐寫本作"哀"。

【按】今本文義自通。《春秋繁露·郊祭》："父母之喪，至哀痛悲苦也。"《易林·豐之第五十五》："慈母望子，遥思不已。久客外野，我心悲苦。"並"悲苦"連文之證。

⑮ **故譽止於察惠；弱不勝務，故悼加乎膚色。**

四庫本《御覽》五九六引同黄本，其餘各本《御覽》引並作"故興言止於察惠；弱不勝務，故悼惜加乎容色"。　崇文本"譽"作"舉"。　沈臨何校本改"譽"爲"興言"，"悼"下補"惜"，改"膚"爲"容"，云："三字從《御覽》。"　劉永濟云："'興言'，當作'譽言'。"

張氏《考異》："譽止、悼加，相對成辭，《御覽》'惜'字衍。"

詹氏《義證》："應以《御覽》爲是。"

【按】今本僅"膚"字有誤，餘並是，《御覽》引則"興言"二字有誤，餘並是。"譽"字自通，《御覽》引作"興言"非是。"興言"，蓋"譽"字之分體，與《銘箴》篇"敬言乎履"之"敬言"當作"警"同。劉氏《校釋》疑"譽"當作"譽言"，亦非。"譽"，訓稱美，承上文"愛惜"言；"悼"，承上文"痛傷"言。《御覽》引有"惜"字，蓋涉上文"愛惜"而衍，或欲求與上文"興言"相儷而誤增。上文"愛惜"之"惜"，訓"愛"（《廣雅·釋詁》："惜，愛也。"），而"悼惜"之"惜"訓"哀傷"（《說文·心部》："惜，痛也。"），不容前後頓反。

"膚色"，何焯據《御覽》引校作"容色"，是，指死者生前之音容笑貌。"膚"，訓皮膚（《玉篇·肉部》："膚，皮也。"），云悼惜其膚色，有乖常理。《論語·鄉黨》："享禮，有容色。"《史記·淮陰侯傳》："貴賤在於骨法，憂喜在於容色。"《文選·顏延年〈五君詠〉》李善注引《嵇康別傳》："康美音氣，好容色。"並"容色"連文之證。

⑯ **言神至也。**

"神"下，唐寫本有"之"字。

楊氏《補正》："有'之'字語氣較勝。"

李氏《斠詮》"神"下補"之"字，云："此句以'至'字釋上句中'弔'字，循其句法，應有'之'字。"

【按】楊說、李說非是，"之"字不當有。此以"神至"釋《詩》"神之弔"，不當重複引文之語法。"之"蓋涉上文"之"字而誤衍。《祝盟》篇："靡神不至。"句法與此略同。

⑰ 事極理哀。

徐氏《正字》：“‘極’字疑當作‘愜’。上文云：‘隱心而結文則事愜。’正中此義。”

【按】今本自通，徐説非是。“極”與上文“終”相儷，訓終、止、已。《廣韻・職韻》：“極，終也。”《爾雅・釋詁上》：“極，至也。”郝懿行義疏：“極，又竟也，窮也，終也。”此“事”字當訓人事。《國語・越語下》：“事將有閒。”韋昭注：“事，人事。”“事極”，猶言一生活動終結。“理”之本義爲治玉，引申爲從事。《玉篇・玉部》：“理，事也。”“理哀”，猶言致哀，表達哀情。“事極”與“令終”相儷，互文見義。“理哀”與“定諡”相儷，故“理”當訓動詞，近時諸家有訓“理”爲“情理”者，非是。

此句之“極”字與上文“終”字，均指君子生命終止（到達盡頭），故此禮儀之名，即源於“至到”之義，命曰弔，弔亦訓至。

⑱ 以至到爲言也。

“以”上，諸本《御覽》五九六引並有“亦”字。

詹氏《義證》：“有‘亦’字是。上云‘言神至也’，此處應云‘亦以至到爲言也’。”

李氏《斠詮》“以”上補“亦”字。

【按】詹説是，“以”上從《御覽》引增“亦”字，語勢較長。前言“神”至，而此言“君子”之神至，語意轉換，當用“亦”字。《才略》篇：“魏時話言，必以元封爲稱首；宋來美談，亦以建安爲口實。”句法與此同。

⑲ 所以不弔矣。

“矣”，唐寫本、元至正本、馮鈔元本、倫傳元本、弘治本、弘治活字本、汪本、佘本、隆慶本、張本、兩京本、胡本、何本、王批本、訓故本、謝鈔本、初刻梅本、復校梅本、凌本、合刻本、梁本、秘書本、梅六次本、梅七次本、彙編本、別解本、抱青閣本、集成本、尚古本、岡本、文淵本、文津本、文瀾本、張松孫本、王本、崇文本無。　《子苑》三二引無“矣”字。　馮舒“弔”下添“矣”字，張紹仁校同。沈臨何校本“弔”下補“矣”。　張爾田圈點“矣”字。

楊氏《補正》：“尋繹語氣，‘矣’字不必有。”

李氏《斠詮》從唐寫本刪“矣”字。

【按】唐寫本及元明諸本均無“矣”字，黄氏蓋據馮校本而增。

"矣"字當從唐寫本等刪。"所以"領起下文,多不用"也"字作收束。如《樂府》篇:"好樂無荒,晉風所以稱遠;伊其相謔,鄭國所以云亡。"《頌讚》篇:"所以古來篇體,促而不曠。"《銘箴》篇:"所以箴銘實用,罕施於代。"《論説》篇:"所以通人惡煩,羞學章句。"句式並與此同。

⑳ **虐民搆敵。**

【按】"搆"與"構"同。清雷浚《説文外編》二:"《説文》有'構'字,無'搆'字。或曰'搆'爲南宋人避諱字,故賈昌朝《羣經音辨·手部》尚無'搆'字。"户田《校勘記補》云:"'搆'字蓋避宋高宗諱。"(《雜文》篇"云搆"校)

《國語·晉語三》:"公子縶曰:殺之利,逐之,恐搆諸侯。"《韓非子·五蠹》:"搆木爲巢。"《漢書·平帝紀》:"搆怨傷化。"顔師古注:"搆,結也。"是其用例。全書作"搆"者,尚有《雜文》篇"腴辭雲搆",《封禪》篇"搆位之始",《神思》篇"仲宣舉筆似宿搆",《時序》篇"英采雲搆",不一一出校。

㉑ **或驕貴而殞身。**

"而",唐寫本、諸本《御覽》五九六引並作"以"。

王氏《校證》、李氏《斠詮》並從唐寫本。

【按】"而"當從唐寫本、《御覽》引作"以"。下文"或有志而無時,或美行而兼累",乃兩"而"字相儷,則此兩"以"字相儷,方合文例。《諧讔》篇:"纖巧以弄思,淺察以衒辭,義欲婉而正,辭欲隱而顯。"文例正與此同。

㉒ **或狷忿以乖道。**

"忿",黃校:"《御覽》作'介'。" 四庫本《御覽》五九六引作"忿",其餘各本《御覽》引並作"介"。 黃丕烈云:"馮本'或'校'忿',云:《御》'介'。"(按,黃校有誤,馮舒所校者乃'忿'字。) "以",唐寫本作"而"。

户田《校勘記補》:"前後四句,六字成句,並有'而'字,此'以'字宜作'而'。燉本是也。"

楊氏《補正》:"《説文·心部》:'忿,悁也。'又'悁,忿也。'《戰國策·趙策二》:'秦忿悁含怒之日久矣。'《鶡冠子·世兵》篇:'故曹子去忿悁之心,立終身之功。'《韓非子·亡徵》篇:'心悁忿而不知前後者,可亡也。'《史記·魯仲連傳》:'棄忿悁之節。'《文選·潘岳〈西征賦〉》:'方鄙吝之忿悁。'並作'忿悁'或'悁忿'。疑此文'狷'字亦當作'悁',始合。"

【按】楊説非是,"狷"字無誤。"忿"當從宋本《御覽》引作"介",二字形近而誤。《三國志·魏書·田疇傳》:"有司劾疇狷介違道,苟立小節。"《晉書·向秀傳》:"以爲巢許狷介之士,未達堯心。"並"狷介"連文之證。《論語·子路》:"子曰:不得中行而與之,必也狂狷乎?"此舍人所本。"乖道"由"狂"、"狷"之處世態度導致,無關乎"悁忿"之情。

今本"以"字自通,與上文"或驕貴以殞身"(依唐寫本)之"以"相儷。林氏《集校》云:"改'以'爲'而',始能一律。"此説不確。四句雖平列,然語法關係不同,兩"以"字表語意順承,兩"而"字表語意轉折。

㉓ **或美才而兼累。**

"美才",唐寫本作"行美"。　宋本、宮本、明鈔本、周本、汪本、張本、喜多邨本《御覽》五九六引作"行美",四庫本、鮑本《御覽》引作"美才"。

楊氏《補正》:"作'行美'較勝。"

王氏《校證》校"美才"作"行美",云:"'行美'與'有志'對文。"

張氏《考異》:"'行美'對'有志',王校從'行美'是。"

李氏《斠詮》:"'美才'與上句'有志'對,王利器改從唐寫本,蓋誤認'行'爲動詞,'美'爲名詞,失審。"

【按】今本文義自通,改作"行美"則非是。此云"美才",即"有美才"之義,與上文"有志"相儷。此爲舍人常用文法。如《指瑕》篇云"或逸才以爽迅","逸才"者,言有逸才也,《才略》篇"多俊才而不課學","俊才"即有俊才;"左思奇才",謂左思有奇才,並其證。《三國志·魏書·國淵傳》裴松之注引《鄭玄別傳》:"玄稱之曰:國子尼,美才也,吾觀其人,必爲國器。"《南史·袁彖傳》:"覬好學美才,早有清譽。"又《顏延之傳》:"穆之聞其美才。"用法並與此同。又,《南史·范曄傳》:"(帝)謂尚之曰:'孔熙先有美才,地冑猶可論,而黳跡仕流,豈非時匠失乎?'尚之曰:'……若熙先必蘊文采,自棄於汙泥,終無論矣。'上曰:'昔有良才而不遇知己者,何嘗不遺恨於後哉!'"句法、語意可與舍人此文相參。

㉔ **體同而事覈。**

"同",唐寫本、諸本《御覽》五九六引並作"周"。　徐爌校作"周"。

鈴木《黃本校勘記》:"《諸子》篇曰:'呂氏鑒遠而體周。'此'周'字是也。"

王氏《校證》校"同"作"周",云:"賈文名弔,不得云'體同'也。"

李氏《斠詮》、牟氏《譯注》並從唐寫本。

【按】“體同”義不可通，“同”當從唐寫本、《御覽》引作“周”，二字形近而誤。“體周”、“事覈”、“辭清”、“理哀”，皆評價賈誼《弔屈原文》。“周”，訓密、密致。《附會》篇：“首尾周密，表裏一體。”《雜文》篇：“張衡《應間》，密而兼雅。”《體性》篇：“孟堅雅懿，故裁密而思靡。”並其義。不周則疏，故舍人又用“疏”字論文體。如《誄碑》篇：“他篇頗疏。”《附會》篇：“銳精細巧，必疏體統。”

　　㉕ **及平章要切。**

　　“平”，黃校：“一作‘卒’。”　唐寫本、梅六次本、梅七次本作“卒”，集成本、張松孫本同。　宋本、宮本、周本、四庫本、汪本、鮑本、喜多邨本《御覽》五九六引作“卒”，明鈔本《御覽》引作“率”，張本《御覽》作“平”。　徐燉校作“卒”。

　　范氏《注》從唐寫本，云：“卒章，謂‘持身不謹兮，亡國失勢’以下也。”

　　戶田《校勘記補》：“上文‘卒章五言’，《詮賦》篇‘《那》之卒章’，《雕龍》‘卒章’之意可知。燉本是也。”

　　楊氏《補正》：“‘平’字亦當改爲‘卒’。”又：“‘及’字與上‘及相如之弔二世’句複，語意亦不合，疑爲‘乃’之誤。本書‘乃’、‘及’字多互誤。”

　　張氏《考異》：“下言‘斷而能悲’，‘斷’字即從‘卒章’句而來，作‘卒’是。”

　　王氏《校證》、李氏《斠詮》、牟氏《譯注》並從唐寫本。

　　【按】疑此文當作“乃卒章要切”。“平”當從唐寫本、宋本《御覽》引等作“卒”，二字形近而誤。上文云“全爲賦體”，而賦體講究曲終奏雅，故相如之弔文亦曰“卒章”。司馬相如《弔二世賦》卒章云：“持身不謹兮，亡國失勢；信讒不寤兮，宗廟滅絶。嗚呼哀哉，操行之不得兮；墳墓蕪穢而不修兮，魂無歸而不食。”

　　楊氏校“及”爲“乃”，可從。《明詩》篇“乃正始明道”，唐寫本、御覽五八六引“乃”作“及”；《練字》篇“及李斯删籀而秦篆興”，芸香堂本“及”作“乃”，並可爲二字互譌之證。“乃”，可用以引起下文，意爲“是因爲”。“乃平章要切，斷而能悲也”二句當與上兩句連讀，構成因果關係。《時序》篇：“盡其美者何？乃心樂而聲泰也。”《莊子·知北遊》：“聖人之愛人也終無已者，亦乃取於是者也。”“乃”之用法並與此同。

　　王惟儉於“斷而能悲也”下校云：“此句疑有誤字。”蓋將此與“及平章要切”五字連讀，故而致疑也。

　　㉖ **思積功寡。**

　　“功”，元至正本、倫傳元本、弘治本、汪本、佘本、隆慶本、張本、兩京本、胡本、王批本作“切”。　徐燉校“切”作“功”。　沈臨何校本改“切”爲“功”。

李氏《斠詮》從黄本,云:“‘切’涉上文‘要切’而形誤。”

【按】元明諸本多作“切”,梅本作“功”,與何本、訓故本、謝鈔本合,黄氏從之。

“功”字不誤,“切”蓋“功”之形訛。“功”,訓功力、工夫。《韓非子·孤憤》:“人主之左右,行非伯夷也,求索不得,貨賂不至,則精辯之功息,而毁誣之言起矣。”即其義。此句猶言“思積之功蓋寡”。

㉗ 意深文略。

“文略”,唐寫本作“反《騷》”。　章錫琛《御覽校記》:“‘文略’作‘文累’。”(按,諸本《御覽》引均作“文畧(或作略)”,不作“文累”,章校有誤。)

范氏《注》從唐寫本,云:“‘意深反《騷》’,猶言立意反《騷》。《左傳·成公六年》:‘於是乎有沈溺重腿之疾。’杜注:‘沈溺,濕疾;重腿,足腫。’子雲此文,意在反《騷》,了無新義,故辭韻沈腿,洩洩不鮮也。”

戶田《校勘記補》、王氏《校證》、張氏《考異》、李氏《斠詮》、牟氏《譯注》並從唐寫本。

【按】“文略”當從唐寫本作“反《騷》”,四字蓋形近致訛。“文”與下文“辭”義複,“略”與“寡”義複。“意深”,非謂文意深奧,乃“意深於”、“專意於”之意。如《夸飾》篇:“並意深褒讚,故義成矯飾。”《弘明集·桓玄〈難王中令〉》:“沙門雖意深於敬,而不以形屈爲體。”用法並與此同。上文云“思積功寡”,指出揚雄此文之作並非出於沉思,亦即蕭統所謂“不以能文爲本”,下文指出揚雄作此文之目的乃“以立意爲宗”,專爲同《離騷》唱反調。《漢書·揚雄傳上》:“以爲君子得時則大行,不得時則龍蛇,遇不遇命也,何必湛身哉!迺作書,往往摭《離騷》文而反之,自岷山投諸江流,以吊屈原,名曰《反離騷》。”此舍人所本。任昉《文章緣起》列有“反騷”一體,亦來於此。

揚雄寫作此文,欠缺沉思工夫,徒有艱深之哲思而文義(或言文學性)不足,故下文云“辭韻沉腿”,了無文味。《時序》篇:“深懷圖讖,頗略文華。”可與此意互相發明。

㉘ 並敏于致語。

“語”,唐寫本作“詰”。　宋本、宮本、明鈔本、周本《御覽》五九六引作“詰”,四庫本、汪本、張本、鮑本、喜多邨本《御覽》引作“語”。

范氏《注》："疑'詰'是'結'之誤。結，謂一篇之卒章也。"

楊氏《補正》："'詰'字是。下句云'影附賈氏，難爲並驅'，今誦長沙《弔屈原文》，自'訊曰'以下有'致詰'意。叔皮、伯喈所作，雖無全璧，然據《類聚》所引者（卷四十引蔡邕《弔屈原文》，卷五六引班彪《弔離騷文》），亦皆有'致詰'之詞。《老子》第十四章：'此三者，不可致詰。'是'致詰'二字固有所本也。《易·恒》九三王注：'德行無恒，自相違錯，不可致詰。'又《明夷》'箕子之明夷'《釋文》：'蠻衍無經，不可致詰。'《後漢書·袁安傳論》：'雖有不類，未可致詰。'《抱朴子內篇·微旨》：'淵乎妙矣難致詰。'亦並以'致詰'爲言。"

李氏《斠詮》："'致詰'一詞見於《老子》十四章：'此三者不可致詰。''致詰'，傳問究竟之意，致詰之語，即作者寫送心聲之謂。此爲一篇結穴之所在。"

【按】范、楊、李三家之說非是，今本"致語"於義自通，不煩改字，汪本等《御覽》引亦作"語"。"詰"蓋"語"之形訛。"致"，訓傳達。《史記·刺客傳》："言田光已死，致光之言。"《宋書·禮志三》："祝史致辭，以昭誠信。"《資治通鑑·唐紀·懿宗昭聖恭惠孝皇帝中》："優人致辭。"胡三省注："致辭者，今諸藩府有大宴，則樂部頭當筵致辭，稱頌賓主之美，所謂致語者是也。"並其義。"敏于致語"，猶言"善於致辭"、"長於表達"，此指班、蔡文思迅捷，善述哀情，與上文"辭韻沉膇"相對。

《詩·鄘風·定之方中》毛亨傳："故建邦能命龜，田能施命，作器能銘，使能造命，升高能賦，師旅能誓，山川能說，喪紀能誄，祭祀能語。"孔穎達疏："喪紀能誄者，謂於喪紀之事，能累列其行，爲文辭以作諡。……祭祀能語者，謂於祭祀能祝告鬼神而爲言語。"此云"敏于致語"，亦即"能語"之義。王氏《校證》從今本作"語"而不改，得之。

㉙ 褒而無聞。

"聞"，唐寫本作"間"。　諸本《御覽》五九六引、梅六次本、梅七次本作"文"，集成本、薈要本、文瀾本、張松孫本同。　徐燉校"聞"作"文"。　傳錄何沈校本云："沈本'文'作'聞'。"

范氏《注》校"聞"作"閒"，云："孔安國傳《論語·泰伯》篇曰：'孔子推禹功德之盛美，言己不能復見厠其閒。'"

潘氏《札記》："胡廣、阮瑀、王粲均有《弔夷齊文》。胡、阮則襃嘉無閒然之辭，仲宣則譏訶有傷之之意。宜從唐寫本作'無閒'，文義方貫。"

戶田《燉煌本》："原文應爲'間(閒)'，但因形似譌爲'聞'，更因音近由'聞'誤爲'文'。""'無間'，即'無間然'之意，語本《論語·泰伯篇》：'禹吾無間然矣。'其意謂：胡廣、阮瑀弔伯夷、叔齊之文，對夷、齊的人格行爲間然處之，即不責備求全。"

楊氏《補正》從"唐寫本"，云："《左傳·莊公十五年》'鄭人間之'《釋文》：'(閒)一本作聞。'是'閒'與'聞'易淆之證。《御覽》引作'文'，則又由'聞'致誤。"又："《漢書·叙傳上》：'(谷)永指以駁譏趙、李，亦無間云。'顏注：'間，非也。'《蔡中郎集·朱公叔議》：'是後覽之者亦無閒焉。'傅玄《七謨序》：'僉曰妙焉，吾無閒矣。'(《類聚》五七引)《弘明集·柳憕〈答梁武帝敕〉》：'聖情玄覽，理證無閒。'其用'無閒'義與此並同。'襃而無閒'，蓋謂伯始、元瑜所作，止有襃揚而無非難也。"

李氏《斠詮》從唐寫本，校"聞"作"間"。

【按】"聞"當從唐寫本作"間"。蓋"間"先由形近而訛作"聞"，"聞"又由聲近而訛作"文"。"間"，訓非、非議、非毀。《廣雅·釋言》："間，非也。"《文選·曹植〈贈白馬王彪〉》："蒼蠅間白黑。"李善注："間，毀也。"

㉚ 各志也。

黃校："一本(各)下有'其'字。""各"下，唐寫本、諸本《御覽》五九六引、梅六次本、梅七次本、王批本有"其"字，集成本、文瀾本、張松孫本同。　徐燉添"其"字。

楊氏《補正》："有'其'字，文意乃足。《奏啓》篇'若夫傅咸勁直，而按辭堅深；劉隗切正，而劾文闊略：各其志也。'句法與此相同，可證。《才略》篇有'各其善也'語。《漢書·張陳王周傳贊》：'(陳)平自免，以智終。王陵庭爭，杜門自絕，亦各其志也。'語式不殊，僅多一'亦'字耳。"

范氏《注》、王氏《校證》、李氏《斠詮》並從唐寫本。

【按】梅氏萬曆初刻本及復校本作"各志也"，梅氏天啓二本於"各"下補"其"字，黃氏仍從初刻本。

楊說是，"各志也"，義不可通，語勢亦不順，"各"下當補"其"字。《漢紀·前漢高祖皇帝紀》："以副本書，以爲要紀。未克厥中，亦各其志。"《華陽國志·先賢士女摠讚》："汝父在梁，吾自在蜀，亦各其志。"《弘明集·牟子〈理惑論〉》："許由不貪四海，伯夷不甘其國，虞卿捐萬戶之封，救窮人之急，各其志也。"並

“各其志”連文之證。

㉛　夫弔雖古義，而華辭未造。

郝懿行云：“‘未造’，疑‘末造’之譌。”

鈴木《黃本校勘記》：“未，‘末’字之訛。”

李氏《斠詮》校“末”，云：“《雜文》篇：‘文章之枝派，暇豫之末造。’詞例相同，茲據改。”“末造，謂及衰亡之季世也。《儀禮・士冠禮》：‘公侯之冠禮也，夏之末造也。’此爲彥和借喻爲後代之意。”

范氏《注》、張氏《考異》並從鈴木説，校“未”作“末”。

【按】諸説不可從，今本“未”字於義自通，毋須改字，唐寫本、諸本《御覽》五九六引、《文通》十八引亦並作“未”。“末”，可訓衰、衰敗。《廣雅・釋言》：“末，衰也。”《儀禮・士冠禮》：“公侯之有冠禮也，夏之末造也。”鄭玄注：“造，作也。”《後漢書・班固傳》載班固《東都賦》：“吾子曾不是睹，顧燿後嗣之末造，不亦闇乎？”李賢注：“言吾子曾不睹度勢權宜之由，而反眩燿後嗣子孫末代之所造，非其盛稱武帝成帝神仙昭陽之事也。”《中説・天地篇》：“文中子之教興，其當隋之季世，皇家之末造乎？”並其義。李氏《斠詮》認爲此當作“末造”，義爲“及衰亡之季世”。然舍人上文明言：“自賈誼浮湘，發憤弔屈，體同而事覈，辭清而理哀，蓋首出之作也。及相如之弔二世，全爲賦體。”弔文以賈誼爲首出，至相如作弔，已使用華辭，全類賦體，然則漢世豈可遽謂之“衰亡之季世”（末代）耶？可證臆改“末造”之非。

《淮南子・詮言訓》：“洞同天地，渾沌爲樸，未造而成物，謂之太一。”此蓋舍人“未造”一詞所本。“未”，當訓没有、尚未、不曾。《字彙・木部》：“未，已之對也。”“造”，訓開始。《廣雅・釋詁》：“造，始也。”如《吕氏春秋・大樂》：“造於太一。”曹操《爲張范下令》：“吾恐造之者富，隨之者貧也。”並其義。又訓成。如《詩・周頌・閔予小子》：“遭家不造。”鄭玄箋：“造，猶成也。”即其義。則“未造”猶言未始、未成。

此“古”字表文體之起源，亦舍人常言。《誄碑》篇：“哀公作誄，……雖非叡作，古式存焉。”“周穆紀跡于弇山之石，亦古碑之意也。”《諧讔》篇：“夫觀古之爲隱，理周要務。”《史傳》篇：“故本紀以述皇王，……雖殊古式，而得事序焉。”《章表》篇：“降及七國，未變古式。”並其義。又，摯虞《文章流別志論》：“其細已甚，非古頌之意。”（《御覽》五八八引）“今所□哀策者，古誄之義。”（《御覽》五九六引)既云“古碑”、“古頌”、“古誄”,則亦可云“古弔”。此“義”字,依語境當解作意義、意圖、本意,如《頌讚》篇:“然本其爲義,事生獎歎。”《祝盟》篇:“策本書贈,因哀而爲文也,是以義同於誄。”義並與此同。此云“弔雖古義”,與“古碑之意”、“古頌之意”、“古誄之義”等語意相近。

依句法,“雖”後可跟名詞,使句子含有“爲”、“有”等含義。如《樂府》篇:“雖三調之正聲,實《韶》《夏》之鄭曲也。”《史傳》篇:“雖定哀微辭,而世情利害。”《書記》篇:“雖藝文之末品,而政事之先務也。”並其例。此云“雖古義”,亦當作如是解。

據此,則此兩句當解作:“弔雖有古老之意義(弔之所用,雖由來已久),然(起初其文乃以理哀爲本,)不曾使用華辭。”下文“華過韻緩,則化而爲賦”緊承此意,則爲反説。

《頌讚》篇:“原夫頌惟典懿,辭必清鑠。敷寫似賦,而不入華侈之區。”《章表》篇:“魏初章表,指事造實,求其靡麗,則未足矣。”《麗辭》篇:“唐虞之世,辭未極文。”此云“華辭未造”,可與“不入華侈之區”、“靡麗未足”、“辭未極文”等語意互相發明。參見《雜文》“瑕豫之末造也”條校。

㉜　**割析褒貶**。

“割析”,唐寫本作“剖枻”。　宋本、宮本、周本、張本《御覽》五九六引作“析割”,明鈔本、汪本《御覽》引作“折割”,四庫本、鮑本《御覽》引作“割析”,喜多邨本《御覽》引作“枻割”。　元至正本、黄傳元本、弘治本、汪本、佘本、隆慶本、張本、王批本、訓故本、文津本作“割枻”。

楊氏《補正》:“‘剖’字是。‘剖’、‘割’形近,古籍中每易淆誤。《體性》篇‘剖析毫釐’,《麗辭》篇‘剖毫析釐’,並以‘剖析’爲言。《文選·張衡〈西京賦〉》:‘剖析毫釐,擘肌分理。’即‘剖析’二字所自出。”

李氏《斠詮》校“割析”作“剖析”。

【按】楊説是,“割”當從唐寫本作“剖”,二字形近而誤。“析”字不誤,馮鈔元本、兩京本、胡本、何本、謝鈔本、梅本等元明本即作“析”,薈要本、文淵本、文溯本、文瀾本亦並同。《孔叢子·叙世》:“人皆欲剖析分理,揆度真僞。”《世説新語·賞譽》“王汝南既除所生服”條注引鄧粲《晉紀》:“因共談《易》,剖析入微,妙言奇趣。”《高僧傳·竺道生傳》:“生剖析經理,洞入幽微。”並“剖析”連文之證,例多不徧舉。

㉝ **辭定所表。**

唐寫本作"辭之所哀"。

劉氏《校釋》、范氏《注》、王氏《校證》、李氏《斠詮》並從唐寫本。

【按】唐寫本是。"定"、"表"蓋"之"、"哀"之形訛。此兩句回應正文"以辭遣哀"。楊氏於此處無校，蓋認爲今本自通而毋須校者，失之。《新序·善謀下》："今匈奴縱意日久矣，侵盜無已，係虜人民，戍卒死傷，中國道路，槥車相望，此仁人之所哀也。"舍人句法與此同。

㉞ **迷方告控。**

"告"，黃校："一作'失'。" 唐寫本作"失"。 沈臨何校本改"告"爲"失"，云："'失'，校本作'告'。"（"失"爲沈氏藏汪本原有朱筆校字。） 傳錄何沈校本標疑"告"字。

范氏《注》校"告"作"失"，云："迷方失控，謂如華過韻緩，化而爲賦之類。"

楊氏《補正》："'失控'，謂失其控制。"

王氏《校證》校"告"作"失"，云："'迷'、'失'對文。"

【按】"告控"，雖可訓控告，然於上下文語意不合，"告"當從唐寫本作"失"，二字草書形近致訛。《章句》篇："辭忌失朋。""失"，元至正本、弘治本等作"告"，誤與此同。

《文選·鮑照〈擬古〉》："南國有儒生，迷方獨淪誤。"李善注："儒生，自謂也。《莊子》曰：'小惑易方。'郭象曰：'東西易方，於禮未虧。'"劉良注："儒生謂有道術士，迷方謂惑於所向而自沈淪爲誤也。"此"迷方"之義。李氏《斠詮》釋"迷方"云："殆謂遭時不遇，迷惘行方。"大致不誤。

"控"可訓走告、控訴。《廣韻·送韻》："控，告也。"《文選·袁宏〈三國名臣序贊〉》："宗子思寧，薄言解控。"李善注："解控，謂彼有急而控告於己，己能解之也。"則"失控"猶言失告，謂屈原等不遇可傾訴、可求助之人也。"控"又可訓用。《文選·袁宏〈三國名臣序贊〉》："則當年控三傑。"張銑注："控，猶用也。"則"失控"猶言失用，謂屈原等終不爲朝廷所用。如此作解，於義亦通。楊氏於此僅解作"失其控制"，似未達其恉。

據上文"通才"及下文"可傷"，知此句乃回應正文"或驕貴而殞身，或狷忿以乖道，或有志而無時，或美才而兼累"之意。范氏校"告"作"失"，是，然謂此文指作弔文者求麗過甚，不知節制，破壞文體規範，則大謬。斯波《補正》云：

"此非謂弔作者,謂弔人也。"所見甚是。

雜 文 第 十 四

　　智術之子,博雅之人,藻溢於辭,辭盈乎氣,①苑囿文情,故日新殊致。②宋玉含才,頗亦負俗,始造《對問》,以申其志,放懷寥廓,氣實使之。③及枚乘摛豔,首製《七發》,腴辭雲搆,夸麗風駭。蓋七竅所發,發乎嗜欲,始邪末正,所以戒膏粱之子也。揚雄覃思文閣,④業深綜述,碎文璅語,肇爲《連珠》,其辭雖小而明潤矣。⑤凡此三者,文章之枝派,暇豫之末造也。⑥

　　自《對問》以後,東方朔效而廣之,名爲《客難》,託古慰志,疎而有辨。揚雄《解嘲》,雜以諧讔,⑦迴環自釋,頗亦爲工。班固《賓戲》,含懿采之華;崔駰《達旨》,吐典言之裁;張衡《應間》,⑧密而兼雅;崔寔《客譏》,⑨整而微質;蔡邕《釋誨》,體奧而文炳;景純《客傲》,情見而采蔚:雖迭相祖述,然屬篇之高者也。至於陳思《客問》,辭高而理疎;庾敳《客咨》,意榮而文悴。斯類甚衆,無所取裁矣。⑩原兹文之設,⑪迺發憤以表志。身挫憑乎道勝,時屯寄於情泰,莫不淵岳其心,麟鳳其采,此立本之大要也。⑫

　　自《七發》以下,作者繼踵。觀枚氏首唱,信獨拔而偉麗矣。及傅毅《七激》,會清要之工;崔駰《七依》,入博雅之巧;張衡《七辨》,結采綿靡;崔瑗《七厲》,⑬植義純正;⑭陳思《七啓》,取美於宏壯;仲宣《七釋》,致辨於事理。自桓麟《七說》以下,左思《七諷》以上,枝附影從,十有餘家,或文麗而義暌,⑮或理粹而辭駁。觀其大抵所歸,莫不高談宮館,壯語畋獵,窮瓌奇之服饌,極蠱媚之聲色,甘意搖骨體,⑯豔詞動魂識,⑰雖始之以淫侈,而終之以居正,⑱然諷一勸百,勢不自反,子雲所謂"先騁鄭衛之聲,⑲曲終而奏雅"者也。唯《七厲》叙賢,⑳歸以儒道,雖文非拔羣,而意實卓爾矣。

　　自《連珠》以下,擬者間出。杜篤賈逵之曹,劉珍潘勖之輩,欲穿明珠,多貫魚目,可謂壽陵匍匐,非復邯鄲之步;里醜捧心,不關西施之嚬矣。唯士衡運思,㉑理新文敏,而裁章置句,廣於舊篇,豈慕朱仲四寸之璣乎?㉒夫文小易周,思閑可瞻,足使義明而詞淨,事圓而音澤,磊磊自轉,㉓可稱珠耳。

　　詳夫漢來雜文,名號多品,或典誥誓問,或覽略篇章,或曲操弄引,或吟諷謠詠。總括其名,並歸雜文之區;甄別其義,各入討論之域。類聚有貫,故不曲述。㉔

　　贊曰:偉矣前修,學堅多飽。㉕負文餘力,飛靡弄巧。枝辭攢映,嘒若參昴。慕嚬之心,於焉祇攪。㉖

校箋

① **辭盈乎氣。**

"辭",唐寫本作"辯"。

斯波《補正》:"從上句之關係推之,疑當從唐寫本。"

楊氏《補正》:"'辯盈乎氣'與上'藻溢於辭'相對成文。'辭'字乃涉上句而誤。《漢書‧東方朔傳》:'辯知閎達,溢於文辭。'顏注:'溢者,言其有餘也。'"

李氏《斠詮》從唐寫本,校"辭"作"辯"。

【按】兩家說是,"辭"當從唐寫本作"辯",二字形近致誤。《文選‧潘岳〈夏侯常侍誄〉》:"飛辯摛藻。"呂向注:"辯,美辭也。""辯",又訓慧、明。《明詩》篇:"文采所以飾言,而辯麗本於情性。"《才略》篇:"《王命》清辯。"並其義。

上文"藻溢於辭"之"辭"字,當訓辭氣。《論語‧泰伯》:"出辭氣,斯遠鄙倍矣。"《史記‧魯仲連傳》:"顏色不變,辭氣不悖。"《三國志‧魏書‧臧洪傳》:"洪辭氣慷慨。"可為旁證。

② **故日新殊致。**

"新"下,唐寫本有"而"字。

李氏《斠詮》、詹氏《義證》並從唐寫本。

【按】"新"下從唐寫本補"而"字義長,"日新"與"殊致"乃兩事。《原道》篇:"英華日新。"《宗經》篇:"餘味日新。"《論說》篇:"雖有日新,而多抽前緒矣。"《養氣》篇:"辭務日新,爭光鬻采。"並"日新"獨用之證。《宗經》篇:"此聖人之殊致。"《論衡・謝時篇》:"動靜殊致。"《春秋穀梁傳序》:"臧否不同,褒貶殊致。"僧肇《肇論》:"雖衆經殊致,勝趣非一。"《出三藏記集・十二門論序》:"則衆塗扶疏,有殊致之迹。"並"殊致"獨用之證。

③ **氣實使之。**

"之",唐寫本作"文"。

楊氏《校注》校"之"作"文",云:"《金樓子序》:'蓋以金樓子爲文也,氣不遂文,文常使氣。'足爲旁證。"

范氏《注》、户田《校勘記補》、張氏《考異》、李氏《斠詮》、詹氏《義證》、牟氏《譯注》並從唐寫本。

【按】"之"當從唐寫本作"文",二字形近致訛。"氣實",謂文氣充實也。《廣韻・止韻》:"使,役也。""使文",猶言驅遣文辭,此文當解作:"氣實以使文。"

④ **揚雄覃思文閣。**

"覃",唐寫本作"淡"。　"閣",鮑本、喜多邨本《御覽》引作"閣",《玉海》五四、《文通》十一、《廣博物志》二九引同。　訓故本作"閣"。　沈臨何校本改"閣"爲"囿",云:"'囿',校本作'閣'。"("囿"爲沈氏藏汪本原有朱筆校字。)傳錄何沈校本"閣"旁過錄"囿"字。　吳翌鳳校"閣"作"囿"。　譚獻云:"'文閣',《玉海》。"

紀評:"當作'閣'。"

李詳《補註》:"作'閣'是也。《漢書・(揚)雄傳》:'校書天禄閣上。'彦和語指此,猶謝靈運詩'又哂子雲閣',以'閣'爲揚氏故事也。"

范氏《注》:"'文閣',當作'文閣'。《漢書・揚雄傳贊》:'雄校書天禄閣。'"

鈴木《燉煌本校勘記》:"《玉海》作'覃思文閣',可從。"

户田《宋本考》:"若從朱筆改'閣'爲'囿',則意義更爲廣闊。'文囿'一語,在《風骨》《時序》二篇中都能見到。"

楊氏《補正》:"'淡'、'談'並誤。'閣'字是,訓故本正作'閣'。"

王氏《校證》、李氏《斠詮》並從"覃"、"閣"。

【按】此文當作"揚雄覃思文閣"。"覃"字自通,訓深。孔安國《尚書序》:"於是遂研精覃思。"陸德明釋文:"覃,深也。""淡"蓋"覃"之音訛。楊氏《補正》云:"此文'覃思',即《漢書・揚雄傳》'默而好深湛之思也'。又《叙傳述》:'輟而覃思，草《法》篹《玄》。'《文選·答賓戲》：'揚雄覃思，《法言》《太玄》。'《晉書·夏侯湛傳》：'揚雄覃思於《太玄》。'蓋舍人謂雄'覃思'之所自出。《神思》篇'覃思之人'，《才略》篇'業深覃思'，尤爲本書一再以'覃思'連文内證。"此説甚是。

"閣"當從《玉海》引、訓故本作"閣"，指天禄閣，二字形近而誤。《漢書·揚雄傳》："莽既以符命自立，即位之後，欲絶其原以神前事，而豐子尋、歆子棻復獻之。莽誅豐父子，投棻四裔，辭所連及，便收不請。時雄校書天禄閣上，治獄使者來，欲收雄，雄恐不能自免，乃從閣上自投下，幾死。"此蓋"文閣"二字所出。

⑤ 其辭雖小而明潤矣。

"其"上，唐寫本有"珠連"二字。

楊氏《補正》："'珠連'二字當有，於'辭'下加豆。'珠連其辭'，所以'釋名章義'也。"

【按】楊説是，"其"上當從唐寫本補"珠連"二字。"辭"不當以大小論，此"小"字乃指連珠之"體制"。"珠連其辭"者，即"連珠"之義。《十六國春·張淵傳》："將相論次以衛守，九卿珠連而内侍。"成公綏《天地賦》："垣屏絡繹而珠連，三台差池而鴈行。"（《藝文類聚》一引）並"珠連"連文之證。此用作動詞。

⑥ 暇豫之末造也。

"豫"，唐寫本作"預"。　四庫本、張本《御覽》五九〇引作"豫"，其餘各本《御覽》引並作"預"。　"末"，別解本、文瀾本作"未"。

楊氏《補正》："'暇豫'二字出《國語·晉語二》。'豫'、'預'雖通，但當以作'豫'爲是。《明詩》篇'暇豫優歌'，《時序》篇'暇豫文會'，都用'豫'字，與此同。《子苑》三二引亦作'豫'。"

張氏《考異》："預、豫同，經典通作'豫'。"

【按】今本無誤。作"暇豫"自通。《文選·何晏〈景福殿賦〉》："輯農功之暇豫。"李善注："《晉語》：'優施曰：我教兹暇豫事君。'韋昭注：'暇，閑也。豫，樂也。'"又馬融《長笛賦》："於是游閑公子，暇豫王孫。"《陸士衡文集·思歸賦》："冀王事之暇豫。"庾肩吾《侍宴詩》："副君時暇豫。"（《藝文類聚》三九引）並"暇豫"連文之證。

"末"字不誤，"未"蓋"末"之形訛。"末"，可訓衰、衰敗。《廣雅·釋言》：

“末,衰也。”“末造”,猶言衰世、末代。《儀禮·士冠禮》:“公侯之有冠禮也,夏之末造也。”鄭玄注:“造,作也。”《後漢書·班固傳》載班固《東都賦》:“吾子曾不是睹,顧燿後嗣之末造,不亦闇乎?”李賢注:“言吾子曾不睹度勢權宜之由,而反眩燿後嗣子孫末代之所造,非其盛稱武帝成帝神仙昭陽之事也。”《中説·天地篇》:“文中子之教興,其當隋之季世,皇家之末造乎?”並其義。又訓終末、盡。《小爾雅·廣言》:“末,終也。”《玉篇·木部》:“末,盡也。”又訓後。《大戴禮記·千乘》:“民咸知孤寡之必不末也。”孔廣森補注:“末,後也。”此處“末造”,與“枝派”對文,不當逕訓末代、季世,應訓餘、後,“暇豫之末造”,猶言暇豫之後所作,亦即閒樂之餘事也。參見《哀弔》篇“弔雖古義,而華辭未造”條校。

　　⑦ 雜以諧謔。

　　“謔”,唐寫本作“調”。

　　楊氏《補正》:“研閲其文,實未至於謔。作‘調’是也。”

　　詹氏《義證》:“《漢書·揚雄傳》:‘或嘲雄以玄尚白。’而《解嘲》云:‘客徒欲朱丹吾轂,不知一跌將赤吾之族也。’又云:‘今子乃以鴟梟而笑鳳皇,執蝘蜓而嘲龜龍,不亦病乎!’此所謂‘雜以諧謔’。”

　　【按】楊説非是,今本作“謔”自通,毋須改字。“謔”,訓戲謔。《説文·言部》:“謔,戲也。”《詩·衛風·淇奥》:“善戲謔兮,不爲虐兮。”鄭玄箋:“君子之德,有張有弛,鼓不常矜莊而時戲謔。”

　　《晉書·顧愷之傳》:“愷之好諧謔。”《宋書·劉懷慎傳》:“志滑稽,善爲諧謔。”並“諧謔”連文之證。

　　⑧ 張衡《應間》。

　　“間”,唐寫本、元至正本、馮鈔元本、倫傳元本、弘治本、弘治活字本、汪本、佘本、隆慶本、張本、兩京本、胡本、何本、王批本、謝鈔本、初刻梅本、復校梅本、凌本、梁本、秘書本、梅六次本、梅七次本、別解本、抱青閣本、集成本、尚古本、岡本、文溆本、文瀾本、張松孫本、王本、崇文本作“問”。　馮舒云:“‘問’,當作‘間’。”　沈臨何校本改“問”爲“間”。　傳録何沈校本“問”旁過録“間”字。

　　鈴木《黃本校勘記》:“‘間’當作‘問’。”

　　楊氏《補正》:“《隸釋·張平子碑》:‘再爲史官,而發《應間》之論。’是當作‘間’之切證。《後漢書》衡傳及章懷注引《衡集》亦並作‘間’。(章懷注:‘間,非也。’)黃氏從馮舒説改‘問’爲‘間’,是也。”

【按】元明諸本多作"間"，與唐寫本合，梅本同，黄氏據馮校本而改爲"間"，與訓故本合。

訓故本作"間"是，"問"蓋"間"之形訛。《後漢書・張衡傳》："（張衡）自去史職，五載復還，乃設客問，作《應間》以見其志。"李賢注："間，非也。《衡集》云：'觀者，觀余去史官五載而復還，非進取之勢也。唯衡内識利鈍，操心不改。或不我知者，以爲失志矣，用爲間余。余應之以時有遇否，性命難求，因兹以露余誠焉，名之《應間》云。'"可資旁證。

⑨ 崔寔《客譏》。

黄叔琳注："'客'，疑作'答'。《崔實傳》：'實因窮困，以酤釀販鬻爲業，時人多以此譏之，建寧中病卒。所著碑、論、箴、銘、答、七言、祠文、表、記、書凡十五篇。'"

范氏《注》："客譏，應作'答譏'。《崔實傳》：……答，即此《答譏》也。《藝文類聚》二十五載《答譏文》。"

斯波《補正》："《答客譏》，如《答客難》《答賓戲》之類。或《類聚》作《答譏》，彦和稱爲'《客譏》'。"

王更生《文心雕龍范注駁正》（後簡稱"王氏《駁正》"）："'客譏'不應遽改爲'答譏'，蓋稱《答客譏》是也。"

李氏《斠詮》從范氏説，校"客"作"答"。

【按】黄氏、范氏説非是，今本自通，毋須改字。"客譏"，即"答客譏"之省稱。此與上下文之《客難》《客傲》《客問》《客咨》文例正同，皆省"答"字而用"客"字。

⑩ 無所取裁矣。

"裁"，唐寫本作"才"。

鈴木《黄本校勘記》："此本《論語・公冶長》篇文，'才'當作'材'。"

楊氏《補正》："唐寫本是也。《論語・公冶長》：'無所取材。'（'材'與'才'通）蓋舍人所本。《檄移》篇'無所取才矣'，尤爲切證。"

王氏《校證》、李氏《斠詮》並從唐寫本。

【按】鈴木、楊説非是，作"裁"自通，毋須改字。"才"、"裁"通。《戰國・策趙策一》："唯王裁之。"鮑彪注："才、財、裁同。"《説文・才部》段玉裁注："才、材、財、裁，以同音通用。"《論語・公冶長》："子在陳，曰：'吾黨之小子狂簡，斐然成章,不知所以裁之。'"《北史·文苑傳序》:"狂簡之徒,斐然成俗,流宕忘反,無所取裁。"可爲旁證。

⑪ **原兹文之設。**

"原"下,唐寫本有"夫"字。

王氏《校證》增"夫"字,云:"《正緯》篇'原夫圖籙之見',《詮賦》篇'原夫登高之旨',《頌讚》篇'原夫頌惟典雅',《哀弔》篇'原夫哀辭大體',《史傳》篇'原夫載籍之作',《論説》篇'原夫論之爲體',《章表》篇'原夫章表之爲用也',《指瑕》篇'原夫古之正名',諸篇俱有此類句法,可證。"

楊氏《補正》從唐寫本,"原"下補"夫"。

【按】王説是,"原"下當從唐寫本補"夫"字,此舍人用語常例。又,《後漢書·朱景王杜馬劉傅堅馬列傳》:"原夫深圖遠算,固將有以焉爾。"《水經注·河水》:"原夫致謬之由,俱以氾鄭爲名故也。"亦並"原夫"連文,用以發端。

⑫ **此立本之大要也。**

"本",唐寫作"體"。

楊氏《補正》校"本"作"體",云:"體,俗簡寫作'体',後又誤爲'本'耳。《銘箴》篇'體義備焉',即有誤'體'爲'本',其比正同。《徵聖》篇'或明理以立體',《宗經》篇'禮以立體',《書記》篇'隨事立體',《定勢》篇'莫不因情立體',並足爲此當作'立體'之證。"

王氏《校證》、張氏《考異》、李氏《斠詮》、牟氏《譯注》並從唐寫本。

【按】"本"當從唐寫本作"體",二字形近致訛。然楊氏所舉《宗經》篇"禮以立體"之"體"字,不訓文體,而訓體統。《正字通·骨部》:"體,政體。"張衡《西京賦》:"高祖創業,繼體承基。"《後漢書·梁統傳》:"謹表其尤害於體者,傅奏於左。"即其義。此義與"立體之大要"及"明理以立體"、"隨事立體"、"因情立體"有別,不應混同。

⑬ **崔瑗《七厲》。**

黃叔琳注:"《崔瑗傳》有《七蘇》,無《七厲》。"

張雲璈《選學膠言》十五"《七發》雜文之祖"條:"崔瑗《七厲》,《後漢書》子玉本傳但有《七蘇》,無《七厲》。傅休奕《七謨序》云:昔枚乘作《七發》,馬季長、張平子亦引其源而廣之,馬作《七厲》,張造《七辨》(見《類聚》卷五十七引),據此則《七厲》乃融作耳。彦和誤也。"

范氏《注》:"據本傳應作《七蘇》。李賢注曰:'瑗集載其文,即枚乘《七發》之流。'《全後漢文》自《北堂書鈔》一百三十五輯得'加以脂粉,潤以滋澤'兩句。"

楊氏《補正》:"傅玄《七謨序》:'昔枚乘作《七發》,……通儒大才馬季長、張平子亦引其源而廣之,馬作《七厲》,張造《七辯》。或以恢大道而導幽滯,或以黜瑰奓而託諷詠。'(《類聚》五七、《御覽》五百九十引)是作《七厲》者,乃馬融而非崔瑗。以下文'唯《七厲》叙賢,歸以儒道,雖文非拔羣,而意實卓爾矣'推之,則'崔瑗'合作'馬融'。《容齋隨筆》七《七發》條'馬融《七廣》','廣'即'厲'之誤,《七厲》非崔瑗所作,此亦有力旁證。"

李氏《斠詮》校作"崔瑗《七蘇》"。

【按】張、楊兩説是,疑此文當作"馬融《七厲》"。《後漢書·崔瑗傳》:"瑗高於文辭,尤善爲書、記、箴、銘,所著賦、碑、銘、箴、頌、七蘇……凡五十七篇。"王先謙集解引侯康曰:"《文心雕龍》云:'崔瑗《七厲》,……'又云:'《七厲》叙賢,……'又傅玄《七謨序》稱:'馬季長作《七厲》。'劉勰恐誤以'季長'爲'瑗'。"范氏疑當作"崔瑗《七蘇》",非是,此云"《七厲》植義純正",下云"唯《七厲》叙賢,歸以儒道,雖文非拔羣,而意實卓爾矣",正相呼應。

⑭ 植義純正。

"植",唐寫本作"指"。

楊氏《補正》:"此當以'植'字爲是。唐寫本作'指',殆'植'之形誤。"

王氏《校證》:"《檄移》篇'植義颺辭',字亦作'植',唐寫本不可從。《奏啓》篇'標義路以植矩',用法亦同。"

【按】楊、王兩説是。《廣韻·眞韻》:"植,置也。"此作"植"自通,宋本《御覽》五九〇、《荊川稗編》七五、《文通》十一引亦並作"植","指"蓋"植"之形訛。《頌讚》篇:"汪洋以樹義。""樹義"與"植義"義同。《知音》篇:"觀置辭。""置辭"與"植義"語法同。

⑮ 或文麗而義暌。

"暌",唐寫本、元至正本、弘治本、汪本、佘本、隆慶本、張本、兩京本、王批本、訓故本、文淵本作"睽"。　何本、凌本、合刻本、梁本、別解本、尚古本、岡本、王本、崇文本作"揆"。　張紹仁校"暌"作"睽"。

鈴木《黃本校勘記》:"'睽'字是。"

戶田《校勘記補》：“睽，乖也，離也。《夸飾》篇‘是以睽剌也’，汪本、嘉靖本、京本正作‘睽’。”

【按】元明諸本多作“睽”，與唐寫本合，梅本作“睽”，與馮鈔元本、謝鈔本合，黃氏從之。

“睽”，訓乖違。《說文·目部》：“睽，目不相聽也。”《易·睽》：“睽，小事吉。”鄭玄注：“睽，乖也。”“睽”字不見於《說文》，《古今韻會舉要·齊韻》：“《玉篇》：‘睽，違也。’日月相違。”知“睽”、“睽”於“乖違”義可通。“睽”與下文“駁”相對，而“揆”訓度、商度，詁此不合，蓋“睽”之形訛。

此字唐寫本、元至正本等作“睽”，本無誤，梅氏作“睽”，或爲臆改，或爲誤刻，黃氏不辨，仍從梅本。此從唐寫本作“睽”較長。

⑯ 甘意搖骨體。

“體”，梅校：“楊（慎）云：當作‘髓’。” 唐寫本、諸本《御覽》五九○引、訓故本作“髓”。 徐𤊹云：“‘體’，當作‘髓’。” 曹學佺曰：“‘骨體’亦佳。”

楊氏《補正》：“‘髓’字是。《宗經》《體性》《風骨》《附會》《序志》五篇，並有‘骨髓’之文。”

戶田《校勘記補》、王氏《校證》、張氏《考異》、李氏《斠詮》並從唐寫本。

【按】楊說非是，作“體”自通，毋須改字，《荊川稗編》七五、《文通》十一引亦並作“體”。《詩·小雅·楚茨》：“或肆或將。”鄭玄箋：“……有肆其骨體於俎者。”《荀子·性惡篇》：“心好利，骨體膚理好愉佚。”《史記·司馬相如傳》：“柔橈嬛嬛。”司馬貞索隱：“柔橈、嬛嬛，皆骨體奐弱長艷貌也。”《漢書·司馬相如傳上》：“嫵媚孅弱。”顏師古注：“細弱總謂骨體也。”《易林·睽之第三十八》：“旅，響像無形，骨體不成。”《論衡·骨相篇》：“命甚易知，知之何用？用之骨體。”並“骨體”連文之證。

“骨體”，謂人之身體，與下文“魂識”相對，一指肉體，一指神明。如作“骨髓”，則與“魂識”義複（皆指人之靈魂）。“搖”，訓動、作、搖動。《禮記·檀弓下》：“咏斯猶。”鄭玄注：“猶，當爲‘搖’，謂身動搖也。”孔穎達疏：“搖，動身也。”云“搖骨體”，意謂使人身體不安。

⑰ 豔詞動魂識。

“動”，四庫本、張本《御覽》五九○引作“動”，其餘各本《御覽》引並作“洞”。唐寫本、元至正本、黃傳元本、弘治本、弘治活字本、汪本、佘本、隆慶本、張本、兩京本、胡本、王批本、訓故本、文溯本、文津本作"洞",《荆川稗編》七五引同。

別解本作"勒"。　沈臨何校本改"洞"爲"動"。　張爾田圈點"洞"字。

楊氏《補正》:"上句云'搖骨髓',此文云'動魂識',嫌複。當以作'洞'爲是。《宗經》篇'洞性靈之奧區',《哀弔》篇'情洞悲苦',《議對》篇'又郊祀必洞於禮',《風骨》篇'洞曉情變',《聲律》篇'練才洞鑒',《練字》篇'莫不洞曉',《才略》篇'洞入夸豔',本書屢用'洞'字,皆指其深度言也。'洞魂識',猶司馬相如《上林賦》'洞心駭耳'之'洞心'然也。(《漢書·司馬相如傳上》顏注:'洞,徹也。')別解本作'勒',又'動'之形誤。"

張氏《考異》:"動、洞皆通。作'洞'爲長。"

【按】元明諸本多作"洞",梅本作"動",與馮鈔元本、何本、謝鈔本合,黄氏從之。

楊、張兩説非是,此作"動"自通,毋須改字。別解本作"勒",蓋"動"之形訛,"洞"蓋"動"之音訛。"動"與上句"搖"對文,指觸動其心魄,使不安寧。"洞",訓通、貫通、洞徹。《文選·陸倕〈新刻漏銘〉》:"通幽洞靈。"張銑注:"洞,通也。"《説文·水部》段玉裁注:"引申爲洞達。"詁此不合。

⑱ **而終之以居正。**

"而",唐寫本、諸本《御覽》五九○引無。

林氏《集校》:"上句有'雖'字,下句有'然'字,此'而'字實不必有。"

【按】林説是,無"而"字義長。"雖"與下文"然"字搭配,故"雖"字引起者"始之以淫侈"與"終之以居正",當爲並列關係。下文"雖文非拔羣,而意實卓爾矣","雖"與"而"搭配,方爲轉折關係。

⑲ **先聘鄭衛之聲。**

唐寫本作"騁鄭聲"。　宋本、宮本、周本《御覽》五九○引作"聘鄭聲",倪本、汪本、鮑本、喜多邨本《御覽》引作"騁鄭聲",四庫本《御覽》引作"先騁鄭衛",張本《御覽》引作"騁鄭衛之聲"。

王氏《校證》:"《漢書·司馬相如傳贊》:'揚雄以爲靡麗之賦,勸百而風一,猶騁鄭衛之聲,曲終而奏雅。'疑此文'先'爲'猶'俗文'犹'形近之誤。"

張氏《考異》:"此節《漢書·司馬相如傳贊》之語爲句,'猶騁鄭衛之聲,曲終而奏雅'。王校是。"

李氏《斠詮》:"作'先'涉俗文'犹'字形近而誤。"

林氏《集校》：“本文既直稱子雲，當從《漢書》爲是。”

【按】諸説是，“先”疑當作“猶”（俗作犹），與《漢書》合。《類要》三一引《漢書》此文即作“犹”。《助字辨略》二：“猶，似也，如也。《孟子》：‘猶緣木而求魚也。’”

⑳ 唯《七厲》叙賢。

“厲”，唐寫本作“例”。

范氏《注》：“《七厲》，當作《七蘇》，即上所謂‘植義純正’也。”

王氏《校證》：“‘厲’唐寫本作‘例’，音近之誤。”

張氏《考異》：“‘厲’字本《論語》：‘聽其言也厲。’‘例’字非。”

李氏《斠詮》校“厲”爲“蘇”，云：“依前‘崔瑗《七蘇》’校記訂正。”

詹氏《義證》：“前引傅玄《七謨序》：‘馬（融）作《七厲》，張（衡）造《七辨》，或以恢大道而導幽滯，或以黜瑰奓而託諷詠……’此處則説《七厲》叙賢，歸以儒道’，而馬融又是大儒，似此當指馬融之《七厲》。唐寫本作‘《七例》’，非。”

【按】今本無誤，唐寫本作“例”，蓋“厲”之音訛，可證原本當作“厲”，不作“蘇”。范氏云《七厲》當作《七蘇》，不可從。見上“崔瑗《七厲》”條校。

㉑ 唯士衡運思，理新文敏。

唐寫本“唯士衡思新文敏”。　《玉海》五四引作“唯士衡理新文敏”。

范氏《注》：“唐寫本無‘運’‘理’二字，似非。”

【按】今本文義自通。《抱朴子内篇・塞難》：“仰馳神於垂象，俯運思於風雲。”《抱朴子外篇・任命》：“或運思於立言，或銘勳乎國器，殊塗同歸，其致一焉。”《文選・孫綽〈游天台山賦序〉》：“馳神運思，晝詠宵興。”並“運思”連文之證。

㉒ 豈慕朱仲四寸之璏乎。

“朱仲”，唐寫本作“珠中”。　元至正本、馮鈔元本、倫傳元本、弘治本、弘治活字本、汪本、佘本、隆慶本、張本、兩京本、何本、王批本、謝鈔本、初刻梅本、復校梅本、凌本、合刻本、梁本、秘書本、別解本、抱青閣本、尚古本、岡本、王本作“珠仲”。　徐爌校“珠”作“朱”。　馮舒云：“‘珠’，當作‘朱’。”　沈臨何校本改“珠”爲“朱”。　“璏”，四庫本《御覽》五九〇引同，其餘各本《御覽》引並作“璠”。

張氏《考異》：“璏，耳珠也。見《廣韻》。璠，美玉也。見《逸論語》及《左傳・定五年》注。此言四寸，則非珠屬，當從《御覽》引作‘璠’是。”

【按】元明諸本多作“珠仲”，梅氏萬曆初刻本及復校本同，梅氏天啓二本剜改作“朱仲”，與訓故合，黃氏從之。

作“朱仲”無誤。《列仙傳》上：“朱仲者，會稽人也，常於會稽市上販珠。……魯元公主復私以七百金從仲求珠，仲獻四寸珠，送置於闕即去。”蓋舍人所本。

“璫”字亦是，“璠”蓋“璫”之形訛，張說非。《釋名·釋首飾》：“穿耳施珠曰璫。”黃叔琳注引《風俗通》：“耳珠曰璫。”“璵璠”，乃玉名。《說文·玉部》：“璠，璵璠，魯之寶玉。孔子曰：美哉璵璠。”《集韻·元韻》：“璵璠，玉名。”《列仙傳》明言朱仲“獻四寸珠”，下文云“可稱珠耳”。

㉓ **磊磊自轉。**

“磊磊”，唐寫本作“落落”。

徐氏《正字》：“《聲律》篇云：‘辭靡於耳，纍纍如貫珠矣。’作‘纍’是本字。此‘磊磊’是聲假字。又字亦作‘磊落’、‘落落’，皆同。《才略》篇有‘磊落如琅玕之圃’之句，《總術》篇有‘落落之玉，或亂乎石’句，皆是。”

楊氏《補正》：“《練字》篇：‘參伍單復，磊落如珠矣。’疑此當作‘磊落’。”

王氏《校證》：“《練字》篇有‘磊落如珠矣’句，《才略》篇有‘磊落如琅玕之圃’句，‘磊’、‘落’聲近通用。”

【按】今本文義自通，毋須改字。“磊磊”，訓不絕貌。《說文·石部》段玉裁注：“磊之言累也。”“磊磊”與“纍纍”通。《聲律》篇：“辭靡於耳，纍纍如貫珠矣。”《禮記·樂記》：“故歌者上如抗，下如隊，……纍纍乎端如貫珠。”並其證。

㉔ **故不曲述。**

“述”下，唐寫本有“也”字。

王氏《校證》、李氏《斠詮》並從唐寫本。

【按】唐寫本有“也”字義長。《檄移》篇：“故檄移爲用，……意用小異，而體義大同，與檄參伍，故不重論也。”句法與此同。

㉕ **學堅多飽。**

“多”，唐寫本作“才”。　　沈臨何校本標疑“堅多飽”三字。

楊氏《補正》：“‘學’、‘才’相對爲文，若作‘多’，則不倫矣。”

王氏《校證》從唐寫本，云：“《體性》篇：‘才有天資，學慎始習。’《事類》篇：‘才自內發，學以外成，有學飽而才餒，有才富而學貧。’又云：‘才爲盟主，學爲輔佐。’《才略》篇：‘然自卿、淵以前，多役才而不課學。’皆以‘才’、‘學’對文。”

范氏《注》、張氏《考異》、李氏《斠詮》、牟氏《譯注》並從唐寫本。

【按】楊、王說是。《廣雅·釋詁》：“飽，滿也。”《孟子·告子下》：“既飽以德。"朱熹集注:"飽,充足也。""多飽"不辭,"多"當從唐寫本作"才"。《事類》篇既云"學飽而才餒",則亦可云"才飽",此回應正文"博雅"及"含才"之意。

㉖ 慕嚬之心,於焉祗攪。

唐寫本作"慕嚬之徒,心焉祗攪"。　"祗",元至正本、馮鈔元本、弘治本、佘本、隆慶本、張本、兩京本、何本、王批本、訓故本、謝鈔本、初刻梅本、復校梅本、凌本、合刻本、梁本、秘書本、梅六次本、梅七次本、彙編本、別解本、抱青閣本、集成本、尚古本、岡本、薈要本、文淵本、文瀾本、張松孫本、王本、崇文本、龍谿本作"祇"。　汪本無"祇"字,徐燉於"攪"上補"祇"字。　沈臨何校本"焉"下補"祇"字,張紹仁校同。

楊氏《校注》:"唐寫本是也。今本蓋先誤'徒'爲'於',因乙'心'字屬上句耳。《詩·陳風·防有鵲巢》:'心焉忉忉。'又'心焉惕惕',《小雅·節南山之什·巧言》'心焉數之',《嵇中散集·幽憤詩》'心焉內疚',《陸士龍集·贈鄭曼柔詩》'心焉忼慨',並以'心焉'連文,可證。'祗'與'祇',字異義別,此當以作'祗'爲是。《詩·小雅·何人斯》:'祗攪我心。'"

李氏《斠詮》從唐寫本,云:"祇,音祈,地之神也。《說文》:'祇,地祇,提出萬物者也。從示,氏聲。'祗,音脂,敬也。《說文》:'祗,敬也。從示,氐聲。'用作動詞。《廣雅·釋言》:'祗,適也。'徐灝《說文注箋》:'語辭之適,皆借祗敬字爲之,傳寫者或省去一點。唐人作'祇'從衣,或作'秖'從禾,皆不可爲典要。'"

【按】元明諸本均作"祇",黃本忽作"祗",或據何校本而改,或爲誤刻。

今本於義難通,當據唐寫本校改。《國語·晉語》:"祗以解志。"韋昭注:"祗,適也。"《文選·嵇康〈幽憤詩〉》:"祗攪予情。"呂延濟注:"祗,語助也。"即"祗攪"連文之證。然此作"祇"亦通。《廣雅·釋言》:"祇,適也。"《詩·小雅·何人斯》:"胡逝我梁,祇攪我心。"鄭玄箋:"祇,適也。……何近之我梁,適亂我之心,使我疑女?"(阮刻《十三經注疏》本)此"祇攪"二字之所出。此文唐寫本及元明諸本均作"祇",於義自通,從之可也,毋須改"祗"。

諧　隱　第　十　五①

芮良夫之詩云:"自有肺腸,俾民卒狂。"夫心險如山,口壅若川,怨怒之情不一,歡謔之言無方。昔華元棄甲,城者發"睅目"之謳;臧紂喪師,國人造"侏儒"之歌:並嗤戲形貌,内怨爲俳也。又"蠶蠏"鄙諺,"貍首"淫哇,苟可箴戒,載于禮典。故知諧辭讔言,亦無棄矣。

諧之言皆也,辭淺會俗,皆悦笑也。昔齊威酣樂,而淳于説甘酒;楚襄讌集,而宋玉賦《好色》:意在微諷,有足觀者。②及優旃之諷漆城,優孟之諫葬馬,並譎辭飾説,抑止昏暴。是以子長編史,列傳《滑稽》,以其辭雖傾回,意歸義正也。但本體不雅,③其流易弊。於是東方枚皋,餔糟啜醨,無所匡正,而詆嫚媒弄,④故其自稱爲賦,迺亦俳也,見視如倡,亦有悔矣。至魏文因俳説以著《笑書》,⑤薛綜憑宴會而發嘲調,雖抃推席,⑥而無益時用矣。然而懿文之士,未免枉轡。潘岳《醜婦》之屬,束晳《賣餅》之類,尤而效之,⑦蓋以百數。魏晉滑稽,盛相驅扇,遂乃應瑒之鼻,方於盜削卵;張華之形,比乎握春杵。曾是莠言,有虧德音,豈非溺者之妄笑,胥靡之狂歌歟?

讔者,隱也,遯辭以隱意,譎譬以指事也。昔還社求拯于楚師,喻智井而稱麥麴;叔儀乞糧于魯人,歌佩玉而呼庚癸;伍舉刺荆王以大鳥,齊客譏薛公以海魚,莊姬託辭于龍尾,臧文謬書于羊裘:隱語之用,被于紀傳,大者興治濟身,其次弼違曉惑。蓋意生于權譎,而事出于機急,與夫諧辭,可相表裏者也。漢世《隱書》,十有八篇,歆固編文,録之歌末。⑧昔楚莊齊威,性好隱語。至東方曼倩,尤巧辭述,但謬辭詆戲,無益規補。自魏代已來,頗非俳優,而君子嘲隱,⑨化爲謎語。謎也者,迴互其辭,使昏迷也。或體目文字,或圖象品物,纖巧以弄思,淺察以衒辭,義欲婉而正,辭欲隱而顯。荀卿《蠶賦》,已兆其體,至魏文陳思,約而密之。高貴鄉公,博舉品物,雖有小巧,用乖遠大。夫觀古之爲隱,⑩理周要務,豈爲童稚之戲謔,搏髀而抃笑哉?然文辭之有諧讔,譬九流之有小説,蓋稗官所采,以廣視聽,若效而不已,則髡祖而入室,⑪旃孟之石交乎?

贊曰:古之嘲隱,振危釋憊。雖有絲麻,無棄菅蒯。會義適時,頗益諷誡。空戲滑稽,德音大壞。

校箋

① 諧隱第十五。

"隱",唐寫本、元至正本、馮鈔元本、倫傳元本、弘治本、汪本、佘本、隆慶本、張本、兩京本、胡本、何本、王批本、訓故本、謝鈔本、合刻本、梁本、集成本、尚古本、岡本、薈要本、文淵本、文溯本、文津本、文瀾本、張松孫本、王本、崇文本作"讔"。　張爾田圈點"讔"字。

户田《校勘記補》:"下文'諧詞讔言',又'讔者,隱也','讔'字是也。"

楊氏《校注》:"'諧隱'字本止作'隱'。然以篇中'讔者,隱也'諗之,則篇題原是'讔'字甚明。王應麟《漢藝文志考證》八引作'讔',是所見本篇題原爲'讔'字也。"

【按】元明諸本皆作"讔",梅本作"隱",當爲誤刻。梅本目録作"讔",而正文篇題作"隱",凌本、秘書本、梅氏天啓二本從之,黃氏亦沿襲此誤而不改。

户田、楊氏説是,此當作"諧讔",篇中除"讔者,隱也"之外,尚有"然文辭之有諧讔"之説,並可爲證。《集韻·隱韻》:"讔,廋語。"《吕氏春秋·重言》:"荆莊王立三年,不聽而好讔。"畢沅注:"讔,廋辭也。"

② 有足觀者。

"足觀",倫傳元本、兩京本、胡本作"定稱"。

楊氏《補正》:"《議對》《指瑕》《總術》三篇,並有'足觀'之文,《子苑》引亦作'足觀'。是作'定稱'之本,未可從也。《詔策》篇有'足稱母師'語,'定'或爲'足'字之誤。"

【按】楊説是,黃本自通。"定稱"當爲"足觀"之形訛,《尚書大傳》一上:"漢時有伏生、董仲舒、京房、劉向之倫,能言災異六經,有足觀者。"《晉書·樂志上》:"召桓榮於太學,袒而割牲,濟濟焉,皇皇焉,有足觀者。"並"足觀"連文之證。

③ 但本體不雅。

"雅",黃校:"一作'雜'。"　元至正本、馮鈔元本、黃傳元本、倫傳元本、弘治本、弘治活字本、汪本、佘本、隆慶本、張本、兩京本、胡本、訓故本、謝鈔本、初刻梅本、彙編本作"雜",《子苑》一百、《文通》十四引同。　傳録何沈校本"雅"旁過録"雜"字。

紀評:"文家有必不可作之題,自有必不可作之體格,雖高手無所施其巧,抑或愈工而入惡趣,皆所謂'本體不雅'者也。"

楊氏《補正》從黄本作“雅”，云：“《顏氏家訓·文章》篇：‘東方曼倩，滑稽不雅。’注此正合。”

張氏《考異》：“不雜則純，不得謂其流易弊矣，作‘雅’是。”

【按】元明諸本多作“雜”，梅氏萬曆初刻本同，梅氏復校本、天啓二本改作“雅”，與何本合，黄氏從之。

作“雅”是，“雜”蓋“雅”之形訛。張氏《注訂》云：“本體不雅，指下文東方、枚皋諸氏之作，丑婦、賣餅之類是也。”此説甚是。《太玄經》二：“不宴不雅。”范望注：“先憂後戲，知不雅也。”《曹子建集·酒賦并序》：“余覽楊雄《酒賦》，辭甚瑰瑋，頗戲而不雅。”詞義可與此互參。

④ **而詆嫚媟弄。**

“媟”，黄校：“元作‘媒’，謝（兆申）改。”　元至正本、馮鈔元本、黄傳元本、倫傳元本、弘治本、弘治活字本、汪本、佘本、隆慶本、張本、兩京本、胡本、謝鈔本作“媒”，《子苑》一百引同。　訓故本作“娸”。　馮舒云：“‘媒’，謝（兆申）作‘媟’。”　沈臨何校本標疑“媒”字，云：“‘媒’，謝作‘媟’。”

楊氏《補正》校“媒”作“娸”，云：“《漢書·枚皋傳》：‘故其賦有詆娸東方朔。’顏注：‘詆，毀也。娸，醜也。’”

張氏《考異》：“從‘媟’是，《漢書·枚乘傳》：‘其子皋爲賦頌好嫚戲，以故得媟黷貴幸。’”

【按】元明諸本多作“媒”，謝兆申改爲“媟”，與何本、王批本合，梅氏、黄氏從之。

楊説非是，此作“媟”自通，“媒”、“娸”蓋並“媟”之形訛。“詆嫚”爲一義，“媟弄”爲一義。《説文·女部》：“嫚，侮易也。”《漢書·枚乘傳》：“好嫚戲。”顏師古注：“嫚，褻污也。”“詆”，訓毀、誣、欺。“詆嫚”，猶言詆欺侮易。

《説文·女部》：“媟，嬻也。”《漢書·枚乘傳》：“以故得媟黷貴幸。”顏師古注：“媟，狎也。”《説文·廾部》：“弄，玩也。”《左傳·僖公九年》：“夷吾弱不好弄。”杜預注：“弄，戲也。”“媟弄”，猶言戲弄玩笑。

⑤ **至魏文因俳説以著《笑書》。**

“文”，黄校：“元作‘大’。”　元至正本、馮鈔元本、黄傳元本、倫傳元本、弘治本、弘治活字本、汪本、佘本、隆慶本、張本、兩京本、何本、王批本、訓故本、謝鈔本、初刻梅本、復校梅本、凌本、合刻本、梁本、秘書本、梅六次本、梅七次本、彙編本、抱青閣本、集成本、尚古本、岡本作“大”，《子苑》一百引同。　王惟儉標疑“大”字。　馮舒云：“‘大’，當作‘文’。”　沈臨何校本改“大”爲“文”，云：“‘文’字，以意改。”　張紹仁校“大”作“文”。

姚振宗《隋書經籍志考證》子部九，小說家《笑林》三卷（後漢給事中邯鄲淳撰）：“《文心·諧隱》篇曰：‘至魏文因俳說以著《笑書》。’或即是書。淳奉詔所撰者，或即因《笑書》別爲《笑林》，亦未可知。”

范氏《注》：“魏文同時有邯鄲淳，撰《笑林》三卷，馬國翰輯得一卷（《玉函山房輯佚書》卷七十六）。‘魏文笑書’，當亦此類也。”

楊氏《補正》：“‘大’，疑原是‘人’字。‘魏人因俳說以著笑書’，蓋指魏邯鄲淳之《笑林》也。雖抃笑帷席，卻無益諷誡，故舍人不稱道名姓，而祇以‘魏人’目之，雖含有貶意，但未涉及他人；後乃節外生枝，滋蔓糾紛矣。”

王氏《校證》：“疑‘大’爲‘人’字之誤，指魏人邯鄲淳之《笑林》也。”

張氏《考異》：“據下文‘魏文、陳思約而密’之語，知‘大’宜從‘文’。”

李氏《斠詮》校“文”作“人”。

【按】元明諸本皆作“大”，黃氏據馮校本而改爲“文”。

黃氏改“文”是，“大”蓋“文”之形訛。《銘箴》篇：“魏文九寶，器利辭鈍。”《風骨》篇：“故魏文稱文以氣爲主。”《總術》篇：“魏文比篇章於音樂。”《才略》篇：“魏文之才，洋洋清綺。”此舍人以“魏文”稱魏文帝之證。“魏文”與下文“薛綜”乃人名相對，若作“魏人”，則下文“薛綜”亦當作“吳人”。楊、王兩說非是。如謂“魏文”當作“魏人”，指“邯鄲淳”，則此當云“邯鄲因俳說以著笑書”，以與下文“薛綜”相對。《封禪》篇：“至於邯鄲受命。”《才略》篇：“丁儀、邯鄲，亦含論述之美。”此舍人以“邯鄲”稱邯鄲淳之證。

下文云：“魏文、陳思約而密。”由魏文善作“讔”語，可推知其搜集俳說以作笑書之可能。

⑥ **雖抃推席**。

“推”下，梅校：“疑誤。”　楊氏《校注》云：“何焯校作‘怵懼几席’。”　沈臨何校本“抃”下標增字符。　傳録何沈校本標疑“雖”字。　王氏《校證》：“譚（獻）云：有脫誤。”

劉師培《中古文學史》第三課：“‘推’疑‘雅’字。”

范氏《注》：“‘推’，當是‘帷’字之誤，抃帷席，即所謂衆坐喜笑也。”

潘氏《札記》：“‘推’，疑當作‘帷’。”

戶田《校勘記補》：“‘席’上疑有脱字。”

徐氏《正字》：“‘推’疑‘袵’字之訛。《時序》篇云：‘傲岸觴豆之前，雍容袵席之上。’義與此近，亦作‘袵席’矣。”

劉氏《校釋》從范氏説，云：“上文‘憑宴會而發嘲調’，故曰‘帷席’。”

楊氏《補正》：“‘抃’下，疑脱‘笑’字，篇末‘搏髀而抃笑哉’句可證。《文選·曹丕〈與鍾大理書〉》：‘笑與抃會。’亦以‘笑’、‘抃’對舉。‘推’，范氏《注》謂爲‘帷’之誤，是也。何校非。”

王氏《校證》作“雖抃笑袵席”，云：“下文有‘抃笑’語，《時序》篇有‘雍容袵席之上’語，此文蓋‘抃’下脱‘笑’字，‘推’爲‘袵’形近之誤。”

張氏《考異》：“抃，猶今之鼓掌也。‘抃’下疑脱‘笑’字，下文有‘抃笑’一詞，可證。如云：雖抃笑推席，只供謔浪，本無益於時用也。推席者，推席而起歡喜之態。”

李氏《斠詮》從王氏説，校作“雖抃笑袵席”。

【按】此文確有脱誤，以文義推之，疑當作“雖忭懽袵席”。“抃推席”句，與下句“無益時用”對文，依句法當補一字。何焯校作“忭懽几席”，近是，唯補“几”字則未確。如補“笑”字作“抃笑”，則與上文“笑書”、下文“抃笑”字複，且下文“抃笑”與“搏髀”相對，後無賓語，而此句有一“席”字，尚須顧及動賓搭配關係。

何氏校“抃推”作“忭懽”，可從。《字彙·心部》：“忭，喜樂貌。”“忭懽”與“懽忭”同。《陸士龍文集·車茂安又答書》：“雖爾，猶足息號泣，懽忭笑也。”謝莊《謝賜貂裘表》：“臣歡忭自歌。”(《初學記》二六引)《徐孝穆集·武皇帝作相時與嶺南酋豪書》：“今王道平夷，理增懽忭。”並可爲“忭”、“懽”連文之證。

范氏校“推席”作“帷席”，徐氏、王氏校作“袵席”，當置於“忭懽”之下。相較之下，作“袵(袵、衽同)席”義長，此乃固定用語，指室内。如《時序》篇：“傲岸觴豆之前，雍容袵席之上。”《戰國策·齊策五》：“千丈之城，拔之尊俎之間；百尺之衝，折之袵席之上。”《大戴禮記·主言》：“是故明主之守也，必折衝於千里之外；其征也，袵席之上還師。”《韓詩外傳》四：“隩要之間，袵席之上，簡然聖王之文具。”《史記·十二諸侯年表》：“詩人本之袵席，《關雎》作。”並“袵席”連文之證。

“怃懽袵席”，乃總括上文“因俳説”與“宴會嘲調”之意，其意當爲：“戲笑與嘲調，僅能使室内充滿歡笑而已。”《慧琳音義》十一“俳説”注：“樂人戲笑也。”此言“因俳説”，即指室内聚會有倡優之樂。

　　⑦ **尤而效之。**

　　“而”，黄校：“一作‘相’。”元至正本、馮鈔元本、黄傳元本、倫傳元本、弘治本、弘治活字本、汪本、隆慶本、張本、兩京本、胡本、何本、王批本、謝鈔本、初刻梅本、復校梅本、凌本、合刻本、梁本、秘書本、梅六次本、梅七次本、彙編本、抱青閣本、集成本、尚古本、岡本、薈要本、文瀾本、張松孫本、王本、崇文本作“相”，《子苑》一百引同。馮舒云：“‘相’，當作‘而’。”沈臨何校本改“相”爲“而”，云：“‘而’字，以意改。”

　　楊氏《補正》：“‘相’字蓋涉下‘盛相驅扇’而誤。黄氏從馮説何校改爲‘而’，是也。《左傳·僖公二十四年》：‘尤而效之，罪又甚焉。’又《襄公二十一年》：‘尤而效之，其又甚焉。’當爲舍人所本。”

　　張氏《考異》：“‘相’字非。”

　　【按】元明諸本多作“相”，梅本同，黄氏據馮校本而改作“而”，與訓故本合。

　　作“相”與下文“盛相驅扇”犯重，黄氏改“而”是。“而”字可連接副詞與其所修飾之動詞。如《尚書·皋陶謨》：“啓呱呱而泣。”《論語·先進》：“子路率爾而對曰。”《孟子·告子上》：“嘑爾而與之。”《慎子·逸文》：“行海者坐而至越。”《史記·汲黯列傳》：“令天下重足而立，側目而視矣。”並其例。

　　⑧ **録之歌末。**

　　李詳《補註》：“‘歌末’，當作‘賦末’。《漢書·藝文志》雜賦十二家，《隱書》居其末。孟堅云：‘右雜賦十二家，二百二十三篇。’核其都數，有《隱書》十八篇在内，則作‘賦末’宜矣。”

　　范氏《注》、王氏《校證》、張氏《考異》、李氏《斠詮》並從李詳説。

　　【按】李説可從，“歌”疑當作“賦”。《漢書·藝文志》：“《客主賦》十八篇，《雜行出及頌德賦》二十四篇，……《大雜賦》三十四篇，《成相雜辭》十一篇，《隱書》十八篇（師古曰：劉向《別録》云：隱書者，疑其言以相問，對者以慮思之，可以無不諭）。右雜賦十二家，二百三十三篇。《高祖歌詩》二篇，《泰一雜甘泉壽宮歌詩》十四篇，……《送迎靈頌歌詩》三篇，《周歌詩》二篇，《南郡歌詩》五篇。

右歌詩二十八家,三百一十四篇。"據此,《隱書》居"雜賦"之末甚明,今本作"歌末",然"歌"、"賦"形聲俱不近,無由致譌,此蓋舍人涉《藝文志》下文"歌詩"類名目而誤記。

　　⑨ **而君子嘲隱。**

　　黃校:"一本無'嘲'字。""嘲",元至正本、馮鈔元本、倫傳元本、弘治本、汪本、佘本、隆慶本、張本、兩京本、胡本、何本、王批本、謝鈔本、初刻梅本、復校梅本、凌本、合刻本、梁本、祕書本、彙編本、抱青閣本、尚古本、岡本、王本、崇文本無,《子苑》一百引同。　訓故本無"嘲"字,"隱"下空一格。　徐燉"隱"上補"嘲"字,楊氏《補正》云:"譚獻校同。"　沈臨何校本標疑"君"字,"子"下標增字符。　李本"子""隱"之間補"嘲"字。　張爾田圈點"嘲"字。

　　楊氏《補正》:"無'嘲'字,是也。此處'隱'字作顯隱之隱解,非'嘲隱'意也。上云'自魏代已來,頗非俳優',此言其變爲謎語之故耳。"

　　張氏《考異》:"宜作'君子嘲隱,化爲謎語',語意始全。"

　　李氏《斠詮》從楊氏説,校作"而君子隱",云:"惟此'隱'字作顯隱之意解,未盡然。'君子隱'云者,謂君子之隱語也,'隱'即隱語之單稱,讀如《史記·滑稽傳》'齊威王喜隱'及《呂氏春秋·重言篇》'荊莊王好隱'之隱。梅六次本蓋依贊詞'古之嘲隱'一語而肊增'嘲'字,審上文'謬辭詆戲,無益規補'之但書,未免蛇足矣。故不取。"

　　【按】梅氏萬曆初刻本及復校本作"而君子隱",與元明諸本合,梅氏天啓二本"隱"上補"嘲"字,黃氏從之。集成本、薈要本、文淵本、文溯本、文津本亦並從天啓二本。

　　楊説、李説不可從,"嘲"字不當刪。上文云"憑宴會而發嘲調",贊云"古之嘲隱",明此"隱"字仍與"嘲"對文,不訓"隱顯"義。《説文·口部》新附:"嘲,謔也。"《慧琳音義》九三"嘲謔"注引《蒼頡》篇云:"嘲,戲也。"

　　⑩ **夫觀古之爲隱。**

　　楊氏《補正》:"'夫觀'二字當乙。《詮賦》篇'觀夫苟結隱語',《史傳》篇'觀夫左氏綴事',《比興》篇'觀夫興之託諭',《事類》篇'觀夫屈宋屬篇',《才略》篇'觀夫後漢才林',並作'觀夫',可證。"

　　【按】楊説是,作"觀夫"合乎舍人用語常例。"觀夫"用於句首以發語。《論衡·別通》:"觀夫蜘蛛之經絲以罔飛蟲也,人之用作,安能過之?"《後漢書·延篤傳》：“觀夫仁孝之辯，紛然異端，互引典文，代取事據，可謂篤論矣。”用法並與此同。

　　⑪ 則髡祖而入室。

　　“祖”，兩京本、胡本、文津輯注本、文瀾輯注本作“祖”。　何本、凌本、尚古本、覆刻黃本、王本乙種作“祖”。　張紹仁校“祖”作“祖”。

　　紀評：“‘祖而’，疑作‘朔之’。”

　　范氏《注》：“紀説是。淳于髡、東方朔，滑稽之雄，故云然。”

　　張氏《考異》：“‘髡祖’，本《史記·滑稽列傳》中有‘羅襦盡解’而言也。”

　　詹氏《義證》：“自上文觀之，朔與枚皋‘無所匡正’，惟旃、孟能‘抑止昏暴’。是朔、皋同類，而朔不可與髡、旃、孟並列。”

　　李氏《斠詮》從紀評。

　　【按】紀説是，“祖而”疑當作“朔之”。“祖”、“祖”、“祖”蓋並“朔”之形訛。“而”與上文“效而不已”重出。“髡、朔之入室”與“旃、孟之石交”恰好相對成文。

　　《史記·滑稽列傳》：“髡曰：‘日暮酒闌，合尊促坐，男女同席，履舄交錯，杯盤狼藉，堂上燭滅，主人留髡而送客。羅襦襟解，微聞薌澤。當此之時，髡心最歡，能飲一石。故曰酒極則亂，樂極則悲，萬事盡然。’言不可極，極之而衰，以諷諫焉。”則“羅襦襟解”者，當謂同席之女子，非謂淳于髡。張説非是。

　　《漢書·東方朔贊》：“劉向言少時數問長老賢人通於事及朔時者，皆曰朔口諧倡辯，不能持論，喜爲庸人誦説，故令後世多傳聞者。而揚雄亦以爲朔言不純師，行不純德，其流風遺書蔑如也。然朔名過實者，以其詼達多端，不名一行，應諧似優，不窮似智，正諫似直，穢德似隱。非夷、齊而是柳下惠，……其滑稽之雄乎！”擅長以滑稽從事勸諫，漢之東方朔正可與戰國之淳于髡相匹。

　　《説文·衣部》：“祖，衣縫解也。”“祖，事好也。”兩字音義俱别。王文燾“髡祖”批校云：“祖，從旦，不從且。”認爲此字當作“祖”。實則此作“祖”固非，作“祖”亦不可從。養素堂初刻本、陳鱣藏改刻本此字之形體介於“祖”、“祖”之間，但梅本作“祖”，黃氏不應遽改爲無意義之“祖”字，故今仍依梅本定爲“祖”。而日本慶應大學藏本（第一類覆刻養素堂改刻本）此字作“祖”，則當由“祖”字而致誤。

文心雕龍校箋卷四

史 傳 第 十 六

開闢草昧,歲紀綿邈,居今識古,其載籍乎? 軒轅之世,史有倉頡,①主文之職,其來久矣。《曲禮》曰:"史載筆左右。"②史者,使也,執筆左右,使之記也。③古者左史記事者,右史記言者。④言經則《尚書》,事經則《春秋》。唐虞流于典謨,商夏被于誥誓。⑤自周命維新,⑥姬公定法,紬三正以班歷,⑦貫四時以聯事,諸侯建邦,各有國史,彰善癉惡,樹之風聲。自平王微弱,政不及雅,憲章散紊,彝倫攸斁。昔者夫子閔王道之缺,⑧傷斯文之墜,靜居以歎鳳,臨衢而泣麟,於是就太師以正《雅》《頌》,⑨因魯史以修《春秋》,舉得失以表黜陟,徵存亡以摽勸戒,褒見一字,貴踰軒冕;貶在片言,誅深斧鉞。然睿旨存亡幽隱,⑩經文婉約,邱明同時,⑪實得微言,乃原始要終,創爲傳體。傳者,轉也,轉受經旨,⑫以授於後,實聖文之羽翮,記籍之冠冕也。

及至從橫之世,史職猶存。秦并七王,而戰國有《策》,蓋録而弗叙,故即簡而爲名也。漢滅嬴項,武功積年,陸賈稽古,作《楚漢春秋》。爰及太史談,⑬世惟執簡,子長繼志,甄序帝勣。⑭比堯稱典,則位雜中賢;法孔題經,則文非元聖。⑮故取式《吕覽》,通號曰紀,紀綱之號,亦宏稱也。故本紀以述皇王,列傳以總侯伯,⑯八書以鋪政體,十表以譜年爵,雖殊古式,而得事序焉。爾其實録無隱之旨,博雅宏辯之才,愛奇反經之尤,條例踳落之失,叔皮論之詳矣。及班固述漢,因循前業,觀司馬遷之辭,⑰思實過半。其十志該富,讚序弘麗,儒雅彬彬，信有遺味。至於宗經矩聖之典，端緒豐贍之功，遺親攘美之罪，徵賄鬻筆之愆，公理辨之究矣。觀夫左氏綴事，附經間出，于文爲約，而氏族難明。及史遷各傳，人始區詳而易覽，[18]述者宗焉。及孝惠委機，[19]呂后攝政，班史立紀，[20]違經失實。何則？庖犧以來，未聞女帝者也。漢運所值，難爲後法。牝雞無晨，武王首誓；婦無與國，齊桓著盟；宣后亂秦，呂氏危漢：豈唯政事難假，亦名號宜慎矣。張衡司史，而惑同遷固，元帝王后，欲爲立紀，謬亦甚矣。尋子弘雖僞，要當孝惠之嗣；孺子誠微，實繼平帝之體：二子可紀，何有於二后哉？[21]

至於後漢紀傳，發源東觀。袁張所製，偏駁不倫；薛謝之作，疎謬少信。若司馬彪之詳實，華嶠之準當，則其冠也。及魏代三雄，記傳互出。《陽秋》《魏略》之屬，《江表》《吳録》之類，或激抗難徵，或疎闊寡要，唯陳壽《三志》，文質辨洽，荀張比之於遷固，非妄譽也。

至於晉代之書，繁乎著作。[22]陸機肇始而未備，王韶續末而不終，干寶述紀，以審正得序；孫盛《陽秋》，以約舉爲能。按《春秋》經傳，舉例發凡，自《史》《漢》以下，莫有準的。至鄧璨《晉紀》，[23]始立條例，又擺落漢魏，[24]憲章殷周，雖湘川曲學，[25]亦有心典謨。[26]及安國立例，乃鄧氏之規焉。

原夫載籍之作也，必貫乎百氏，[27]被之千載，表徵盛衰，殷鑒興廢，使一代之制，共日月而長存，王霸之跡，並天地而久大。是以在漢之初，史職爲盛，郡國文計，先集太史之府，欲其詳悉於體國；必閱石室，[28]啓金匱，抽裂帛，[29]檢殘竹，欲其博練於稽古也。是立義選言，[30]宜依經以樹則；勸戒與奪，必附聖以居宗，然後銓評昭整，[31]苟濫不作矣。然紀傳爲式，編年綴事，文非泛論，按實而書，歲遠則同異難密，[32]事積則起訖易疎，斯固總會之爲難也。或有同歸一事，而數人分功，兩記則失於複重，偏舉則病於不周，此又銓配之未易也。故張衡摘史班之舛濫，傅玄譏《後漢》之尤煩，[33]皆此類也。

若夫追述遠代，代遠多僞。公羊高云“傳聞異辭”，荀況稱“録遠略近”，[34]蓋文疑則闕，貴信史也。然俗皆愛奇，莫顧實理，[35]傳聞而欲偉其事,録遠而欲詳其跡,於是棄同即異,穿鑿傍説,舊史所無,我書則傳,㊱此訛濫之本源,而述遠之巨蠹也。㊲至於記編同時,時同多詭,雖定哀微辭,而世情利害。勳榮之家,㊳雖庸夫而盡飾;迍敗之士,㊴雖令德而常嗤:理欲吹霜煦露,㊵寒暑筆端。此又同時之枉,㊶可爲歎息者也。㊷故述遠則誣矯如彼,記近則回邪如此,析理居正,唯素臣乎?㊸

若乃尊賢隱諱,固尼父之聖旨,蓋纖瑕不能玷瑾瑜也;奸慝懲戒,實良史之直筆,農夫見莠其必鋤也:若斯之科,亦萬代一準焉。至於尋繁領雜之術,務信棄奇之要,明白頭訖之序,品酌事例之條,曉其大綱,則衆理可貫。然史之爲任,乃彌綸一代,負海内之責,而嬴是非之尤,㊹秉筆荷擔,莫此之勞。遷固通矣,而歷誣後世,若任情失正,文其殆哉!

贊曰:史肇軒黄,體備周孔。世歷斯編,善惡偕摠。㊺騰褒裁貶,萬古魂動。辭宗邱明,㊻直歸南董。

校箋

① 史有倉頡。

"倉",元至正本、馮鈔元本、弘治本、汪本、佘本、隆慶本、張本、兩京本、胡本、何本、王批本、合刻本、梁本、尚古本、岡本、薈要本、文淵本、文溯本、文津本、文瀾本、王本、崇文本作"蒼",胡氏《續文選》十二引同。　張爾田圈點"蒼"字。

楊氏《校注》:"《説文解字叙》:'黄帝之史倉頡。'《廣韻》十二唐倉下云:'又姓,黄帝史官倉頡之後。'是'倉頡'字本應作'倉'。《韓非子·五蠹》篇、《吕氏春秋·君守》篇又作'蒼'。'倉'、'蒼'互作,蓋以其音同得通也。"

【按】元明諸本多作"蒼",梅本作"倉",與訓故本、謝鈔本合,黄氏從之。

作"倉"無誤。《荀子·解蔽篇》:"好書者衆矣,然而倉頡獨傳者,壹也。"《論衡·感虛篇》:"倉頡作書,天雨粟,鬼夜哭。"《漢書·武五子傳贊》:"倉頡作書。"晉成公綏《棄故筆賦》:"有倉頡之奇生。"(《藝文類聚》五八引)《晉書·索靖傳》:"倉頡既生,書契是爲。"此古書作"倉頡"例。舍人於"倉頡"、"蒼頡"二名常通用不别。如《練字》篇:"《倉頡》者,李斯之所輯。""蒼頡造之。""《蒼》《雅》品訓。"

② **史載筆左右**。

何本、王批本、凌本、合刻本、梁本、秘書本、尚古本、岡本、王本、崇文本無"左右"二字。　復校梅本、梅七次本刓去"左右"二字。　傳録何沈校本於空格處補"左右"二字。　郝懿行云:"'左右'二字疑衍。"

鈴木《黄本校勘記》:"《曲禮》:'史載筆,士載言。'左右史事見《玉藻》。此'左右'二字疑衍。"

范氏《注》:"《禮記·曲禮上》:'史載筆,士載言。'無'左右'二字,此衍文當删。"

王氏《校證》:"'左右'二字,此涉下文'執筆左右'而誤衍。"

楊氏《補正》、張氏《考異》、李氏《斠詮》並從郝氏説。

【按】梅氏萬曆初刻本、天啓六次本作"史載筆左右",復校本、天啓七次本作"史載筆",黄氏仍從初刻本。

諸説是,此"左右"二字與下文複,當删。《曲禮》"史載筆"與"士載言"對文,謂二者皆從於會同,各持其職以待事,一掌筆具,一掌會同盟要之辭。下文"執筆左右"即具體解釋"史載筆"之意。

③ **使之記也**。

梅校:"'也',元作'已',按胡本改。"　宋本、宫本、明鈔本、周本、倪本、汪本《御覽》六〇三引作"使之謂也",四庫本、張本、鮑本、喜多邨本《御覽》引作"使之記也"。　元至正本、黄傳元本、倫傳元本、弘治本、弘治活字本、汪本、佘本、隆慶本、張本、兩京本、胡本、訓故本、薈要本作"使之記已"。　王批本作"使之謂也",胡氏《續文選》十二引同。　文津本作"史之記"。　文瀾本作"使之記"。　沈臨何校本改"已"爲"也"。　黄丕烈於"使"旁標"乙",示有脱誤。

【按】元至正本等作"使之記已",梅本改"已"作"也",與何本、王批本、謝鈔本合,黄氏從之。

黄本自通,唐末新羅崔致遠《唐大薦福寺故寺主翻經大德法藏和尚傳》(後簡稱"崔致遠《法藏和尚傳》")亦作"使之記也"。"記"字既承上文"載筆"言,又啓下文"記事"、"記言"兩語,於義自通。草書"謂"與"記"形近,因而致訛。作"使之記已者"者,蓋"使之記也。古者"之誤,"已"蓋涉"記"之偏旁而訛,"者"

上當有"古"字,屬下讀。

《白虎通疏證·諫諍》:"王法立史記事者,以爲臣下之儀樣,人之所取法則也。動則當應禮,是以必有記過之史。……《禮·玉藻》曰:'動則左史書之,言則右史書之。'……《禮·保傅》曰:'王失度,則史書之。……是以天子不得爲非。'故史之義不書過則死。所以謂之史何?明王者使爲之也。"清陳立疏證:"《漢書·杜延年傳》注:'史、使,一也。或作使字。'是'史'、'使'或通用,言爲王者所使,故謂之史。亦諧聲爲義者也。《說文·又部》:'史,記事者也,從又持中,中,正也。'"此蓋舍人所本。

④ 古者左史記事者,右史記言者。

梅校:"'古',元脫,孫補。" "古",明鈔本《御覽》六〇三引作"古者左使記言,古史書事",其餘各本《御覽》引作"古者左史記言,右史書事"。 元至正本、倫傳元本、弘治本、汪本、隆慶本、張本、兩京本、胡本、訓故本、薈要本、文津本無。 彙編本無"事"下、"言"下兩"者"字,胡氏《續文選》十二引同。 沈臨何校本"者"上補"古"字。 黃丕烈於"古者"之"者"旁標"乙",示有脫誤。

鈴木《黃本校勘記》:"'事者'、'言者'之兩'者'字,疑衍。《御覽》作'左史記言,右史書事',《玉藻》曰:'動則左史書之,言則右史書之。'《御覽》'左右'二字宜易地。"

范氏《注》:"二'者'字疑衍。"

楊氏《補正》:"《漢書·藝文志·六藝略》:'左史記言,右史記事。事爲《春秋》,言爲《尚書》。'《禮記·玉藻》:'動則左史書之,言則右史書之。'左右所記,與班相反。《申鑒·時事》篇:'左史記言,右史記動。動爲《春秋》,言爲《尚書》。'鄭玄《六藝論》:'右史紀事,左史紀言。'言動之分,則與班同。《中論·虛道》篇:'左史記事,右史記言。'言事之別,又與班異。孰是孰非,難定於一。然以《御覽》所引驗之,舍人殆原宗《漢志》説,今本或寫者據《玉藻》改也。"

王氏《校證》作"左史記言,右史書事",云:"淺人習見《玉藻》'動則左史書之,言則右史書之'之文,逕改此書。而不知《玉藻》'左''右'字,今亦互譌,黃以周《禮書通故》三四、官四,辨之究矣。"

【按】孫氏補"古"字,與馮鈔元本、何本、王批本、謝鈔本合,梅氏、黃氏從之。

楊、王兩説不可從,此"古"字當有,"事"下、"言"下兩"者"字當從《御覽》

删。此文當從彙編本及《續文選》引作"古者左史記事，右史記言"。

上引《曲禮》，此引《玉藻》，並從《禮記》來，較爲自然。下文"言經則《尚書》，事經則《春秋》"，先云"言經"，正近承上文"記言"而言，此古人行文"先舉近以及遠"之修辭格（參見《祝盟》篇"無補晉漢"條校）。《漢書·藝文志》："左史記言，右史記事。事爲《春秋》，言爲《尚書》。"兩"事"字相銜。《申鑒·時事》："左史記言，右史記動。動爲《春秋》，言爲《尚書》。"兩"動"字相銜。並其證。

此亦舍人行文常例。如《聲律》篇："宮商大和，譬諸吹籥；翻回取均，頗似調瑟。瑟資移柱，故有時而乖貳；籥含定管，故無往而不壹。"兩"瑟"字相接。《比興》篇："附理者切類以指事，起情者依微以擬議。起情故興體以立，附理故比例以生。比則蓄憤以斥言，興則環譬以託諷。"後"起情"緊承前"起情"，次"比"字緊承上"比例"。《指瑕》篇："《武帝誄》云：'尊靈永蟄。'《明帝頌》云：'聖體浮輕。'浮輕有似於蝴蝶，永蟄頗疑於昆蟲。"後"浮輕"緊承上"浮輕"。例多不徧舉。

⑤ **商夏被于誥誓。**

"商夏"，謝鈔本、文溯本作"夏商"。

楊氏《補正》："作'夏商'是。《銘箴》篇'夏商二箴'，《誄碑》篇'夏商已前'，並未倒其時序，此亦應爾。"

王氏《校證》、李氏《斠詮》並作"夏商"。

【按】楊説是，此從謝鈔本作"夏商"較長。《尚書·周官》："夏商官倍。"《史記·太史公自序》："至於夏商。"漢張超《靈帝河間舊廬碑》："中結軌乎夏商。"（《藝文類聚》六四引）並"夏商"連文之證。

⑥ **自周命維新。**

"自"，黃校："汪本作'洎'。"　元至正本、黃傳元本、倫傳元本、弘治本、弘治活字本、隆慶本、張本、兩京本、胡本、王批本、訓故本、謝鈔本、薈要本、文淵本、文溯本、文津本、文瀾本作"洎"，胡氏《續文選》十二引同。　王氏《校證》："譚（獻）校本作'洎'。"

楊氏《補正》："此文緊承上'唐虞流于典謨，夏商被于誥誓'二句，作'洎'是'洎'，及也（《文選·張衡〈東京賦〉》薛綜注）。"

王氏《校證》校"自"作"洎"，云："'自'與下文'自平王微弱'字複。"

【按】元明諸本多作"洎"，梅本作"自"，與汪本、佘本、何本合，黃氏從之。

楊、王説是。此作"自"雖通，然與後文"自平王微弱"犯重，當從元至正本等作"洎"。"自"蓋"洎"之形殘。"洎"，訓動詞"至"、"及"。《集韻·至韻》："洎，及也。"楊氏所舉《文選·張衡〈東京賦〉》"澤洎幽荒"薛綜注，即其義。字又可用作連詞，如《後漢紀·後漢光武皇帝紀》："鄧生杖策，深陳天人之會，舉才任使，開拓帝王之畧，當此之時，臣主歡然，以千載俄頃也。洎關中一敗，終身不得列於三公，俛首頓足，與夫列侯齊伍。"是其證。此處之"洎"字，亦當釋爲連詞"至"，與下文"及班固述漢，因循前業"、"及史遷各傳，人始區別"、"及孝惠委機，呂后攝政"句法正同。楊氏未區分"洎"之詞性，舉例不當，其訓釋未能盡善。

⑦ 紬三正以班歷。

"歷"，元至正本、馮鈔元本、弘治本、弘治活字本、汪本、佘本、隆慶本、張本、兩京本、何本、王批本、訓故本、謝鈔本、初刻梅本、復校梅本、合刻本、梁本、秘書本、梅六次本、梅七次本、彙編本、抱青閣本、集成本、尚古本、岡本作"曆"，胡氏《續文選》十二引同。

户田《校勘記補》："'曆'字是也，黃本蓋避清高宗諱。"

楊氏《補正》："'曆'字《説文》所無，新附有，當以作'歷'爲是。"

【按】元明諸本皆作"曆"，黃氏所用之底本梅本亦作"曆"。

"歷"，乃曆法、曆象之本字。《易·革》象辭："君子以治歷明時。"王弼注："歷數時會存乎變也。"《尚書·堯典》："歷象日月星辰，敬授人時。"《漢書·律歷志上》："歷數之起上矣。"並其義。而"曆"乃"歷（厤）"之後起字。《玉篇·日部》："曆，象星辰分節序四時之逆從也。"《説文新附·日部》："曆，厤象也。"《文選·江淹〈詣建平王上書〉》："方今聖曆欽明。"劉良注："曆，曆數也。"即其義。元明諸本作"曆"，本無誤，黃氏改作"歷"，蓋爲避乾隆帝諱，此改回"曆"字較長。梅本《書記》篇："醫曆星筮。"黃氏改"曆"爲"歷"，例與此同。

⑧ 昔者夫子閔王道之缺。

"昔者"，黃校："'昔者'二字從《御覽》增。" 元至正本、馮鈔元本、黃傳元本、倫傳元本、弘治本、弘治活字本、汪本、隆慶本、張本、兩京本、胡本、何本、王批本、訓故本、謝鈔本、初刻梅本、復校梅本、凌本、合刻本、梁本、秘書本、梅六次本、梅七次本、彙編本、集成本、尚古本、岡本、薈要本、文津本、文瀾本、張松孫本、王本、崇文本無，胡氏《續文選》十二引無。　沈臨何校本云："'夫子'上，《御覽》有'昔者'二字。"　"閔"，宋本、宮本、明鈔本、周本、倪本、汪本、鮑本、喜多邨本《御覽》六〇四引作"慜"，四庫本《御覽》引作"閔"，張本《御覽》引作"憫"。　王批本作"閩"。

紀評："'昔者'二字不必增。"

金毓黻《文心雕龍史傳篇疏證》（後簡稱"金氏《疏證》"）："本文'昔者'二字，潮陽鄭氏據《御覽》增入，今通行本無之。愚意應從通行本，文義乃順。"

李氏《斠詮》："審上下文語氣，增此二字徒嫌累贅，茲從紀評説删。"

【按】元明諸本皆無"昔者"，諸本《御覽》並有此二字，黃氏據增，非是。此緊承上文"憲章散紊，彝倫攸斁"，言孔子興絶學，續道統，如增"昔者"二字，則文脉隔斷矣。

"閔"、"憫"、"慜"通。《説文・門部》："閔，弔者在門也。"段玉裁注："引申爲凡痛惜之辭。"《玉篇・門部》："傷痛爲閔。"

⑨ 於是就太師以正《雅》《頌》。

"太"，宋本、宮本、明鈔本、周本、倪本、鮑本、喜多邨本《御覽》六〇四引作"大"，四庫本、汪本、張本《御覽》引作"太"。　元至正本、弘治本、弘治活字本、汪本、隆慶本、張本、兩京本、王批本、訓故本、文淵本、文津本作"大"，《史略》五、胡氏《續文選》十二引同。　徐燉校"大"作"太"。

楊氏《補正》："'大'字是（讀若泰）。《論語・八佾》本作'大'。"

【按】元明諸本多作"大"，梅本作"太"，與馮鈔元本、何本、謝鈔本合，黃氏從之。

作"太"自通，毋須改字，"太"、"大"通。《廣雅・釋詁》："太，大也。"段玉裁《説文・水部》泰字注："凡言大而以爲形容未盡，則作'太'。如'大宰'俗作'太宰'，'大子'俗作'太子'，周'大王'俗作'太王'是也。"《三國志・魏書・文帝紀》："修素王之事，因魯史而制《春秋》，就太師而正《雅》《頌》。"可爲證。

⑩ 然睿旨存亡幽隱。

梅校："'存亡'二字衍。"　黃校："'隱'，胡本作'祕'。"　諸本《御覽》六〇四引、《史略》五引作"然叡旨幽祕（《御覽》引或作秘）"。　王惟儉標疑"存亡"二字。　凌本、合刻本"存亡"二字置於白匡內。　集成本、李本、文溯本無"存亡"二字，胡氏《續文選》十二引同。　徐燉云："無'存亡'二字爲是。"　梁本校：“梅子庾曰：‘存亡’二字衍。”　馮舒圈去“存亡”，云：“各本衍此二字，功甫本無。”　馮班圈去“存亡”。　沈臨何校本點去“存亡”，並云：“‘隱’，《御覽》作‘秘’。”　黃丕烈云：“此亦誤衍，《御覽》亦無。”　張紹仁圈去“存亡”。

楊氏《補正》：“作‘然叡旨幽祕’，是也。‘存亡’二字，蓋涉上文誤衍。”

范氏《注》、王氏《校證》、李氏《斠詮》並從《御覽》删“存亡”二字。

【按】“存亡”二字不當有，此文當作“然睿旨幽隱”。“睿”、“叡”字通。《説文·示部》：“祕，神也。”徐鍇繫傳：“祕，祕不可宣也。祕之言閉也。”則作“祕”於義無取。楊校從“幽祕”，非是。《徵聖》篇：“五例微辭以婉晦：此隱義以藏用也。”《宗經》篇：“《春秋》則觀辭立曉，而訪義方隱。”即經旨“幽隱”之義。

⑪ 邱明同時。

“時”，諸本《御覽》六〇四、《史略》五、胡氏《續文選》十二引作“恥”。　徐𤊱云：“‘時’，當作‘恥’。”

楊氏《補正》：“《漢書·藝文志·六藝略》：‘仲尼思存前聖之業，……以魯周公之國，禮文備物，史官有法，故與左丘明觀其史記，……丘明恐弟子各安其意，以失其真，故論本事而作傳，明夫子不以空言説經也。’杜預《春秋左氏傳集解序》：‘左丘明受經於仲尼。’據此，當作‘時’無疑，故繼云‘實得微言’也。作‘恥’者，蓋涉《論語·公冶長》‘左丘明恥之，丘亦恥之’之文而致誤耳。”

李氏《斠詮》依楊説從今本。

【按】楊説是，今本作“時”自通，謂丘明有機緣受經於仲尼。《漢書·藝文志》：“（仲尼）有所褒諱貶損，不可書見，口授弟子，弟子退而異言。丘明恐弟子各安其意，以失其真，故論本事而作傳，明夫子不以空言説經也。”杜預《春秋左氏傳序》：“左丘明受經於仲尼，以爲經者不刊之書也。”此舍人“邱明同時，實得微言”之所本。作“丘明同恥”，於上下文意不合，“恥”蓋“時”之形訛。

此“邱”字，乃黃氏例避孔子諱所改，當依各本作“丘”。

⑫ 轉受經旨。

“受”，崔致遠《法藏和尚傳》、《史略》五引作“授”。　宋本、宮本、喜多邨本《御覽》六〇四引作“授”，其餘各本《御覽》引並作“受”。

【按】今本作“受”自通，訓接受、繼承。《玉篇·受部》：“受，承也。”《廣雅·釋詁》：“受，繼也。”而“授”則訓付與。《説文·手部》：“授，予也。”《廣雅·釋詁》：“授，與也。”“授”雖可假借爲“受”，然“受”、“授”義本有別，且作“授”與下文犯重，故此作“受”義長。

“轉”，訓回還。小徐本《説文·車部》：“轉，還也。”段玉裁注：“轉，還也，……還者復也，復者往來也。”《玉篇·車部》：“轉，迴也。”趙氏《譯注》此句譯作：“轉過來接納經書中的用意。”頗能得其義。梁元帝《金樓子·立言》：“夫子門徒，轉相師受，通聖人之經者，謂之儒。”“師受”即師承。浦起龍《史通通釋》：“孔子既著《春秋》，而丘明受（舊校作‘授’，非）經作傳。蓋傳者，轉也，轉受（舊亦作‘授’）經旨，以授後人。”並可證此作“受”字不誤。

⑬ **爰及太史談**。

“太史談”，汪本《御覽》六〇四引作“太史談”，其餘各本《御覽》引作“史談”。　《史略》五、胡氏《續文選》十二引作“史談”。　徐炌云：“《御覽》無‘太’字。”

楊氏《補正》：“無‘太’字是。稱司馬談爲史談，與稱司馬遷爲史遷同。”

【按】《御覽》引等無“太”字，於義較長，“爰及史談”與下三句俱四音節句，語勢較順。稱“史談”，與下文“史遷”同例（參見下“觀司馬遷之辭”條校）。《宋書·謝靈運傳》：“庶免史談之憤。”《魏書·李彪傳》：“昔史談誡其子遷曰。”“史談之志賢亮遠矣。”並史家稱“史談”之證。

⑭ **甄序帝勣**。

“勣”，宋本、宮本、明鈔本、周本、倪本《御覽》六〇四引作“績”，四庫本、張本、鮑本、喜多邨本《御覽》作“績”，汪本《御覽》引作“勣”。　《史略》六引、秘書本作“績”。

楊氏《校注》初版：“勣、績古今字。然以《封禪》篇贊‘封勒帝勣’例之，則此亦當作‘勣’，前後始能一律。”

【按】今本作“勣”自通。《玉篇·力部》：“勣，功也。”《集韻·錫韻》：“勣，通作‘績’。”古多用“帝績”。《御覽》引作“績”者，蓋“績”之形誤。

⑮ **則文非元聖**。

金氏《疏證》：“《後漢書·班彪傳》附子固《典引》篇，有曰：‘故先命玄聖，使綴學立制。’注：‘玄聖，謂孔丘也。《春秋演孔圖》曰：孔子母徵在夢感黑帝而生，故曰玄聖。’……《春秋》爲孔子所作，故可題以經號。《史記》之文，由遷所作，不敢比擬孔子，故曰：‘文非玄聖。’明刊本及今本皆作‘元聖’者，蓋由清人諱‘玄’而改。”

楊氏《補正》：“‘元聖’謂孔子也。或改‘元’爲‘玄’，非是。”

王氏《校證》、李氏《斠詮》並改“元”爲“玄”。

【按】金氏之說非是，此作“元聖”自通，改“玄聖”則非是。《墨子·尚賢中》：“傳曰：‘求聖君哲人，以裨輔而身。’《湯誓》曰：‘聿求元聖，與之戮力同心，以治天下。’”《尚書·湯誥》：“聿求元聖，與之戮力，以與爾有衆請命。”孔安國傳：“大聖陳力，謂伊尹放桀，除民之穢，是請命。”孔穎達疏：“湯臣大賢，惟有伊尹，故知大聖陳力，謂伊尹也。伊尹賢人而謂之聖者，相對則聖極而賢次，散文則賢、聖相通。舜謂禹曰：‘惟汝賢。’是聖得謂之賢，則賢亦可言聖。”此舍人所本。“元聖”猶言大聖，與上文“中賢”相對，泛指聖哲之人。楊氏認爲“元聖”指孔子，失之。

⑯ **故本紀以述皇王，列傳以總侯伯。**

范氏《注》：“《史記》本紀十二，世家三十，列傳七十，書八，表十，共一百三十篇。本篇不言世家，恐有脫誤。疑當據班彪《史記論》作‘本紀以述帝王，世家以總公侯，列傳以録卿士’，文始完具。”

金氏《疏證》：“班彪《略論》云：‘司馬遷序帝王則曰本紀，公侯傳國則曰世家，卿士特起則曰列傳。’彪以本紀、世家、列傳三者並舉，當爲劉勰所本。……蓋本書文有脫誤使然，否則‘列傳以總伯侯’，語不可通。又遺世家而不舉，果何說耶？”

張氏《考異》從范氏說。李氏《斠詮》本范氏說，校作“故本紀以述皇王，世家以總侯伯，列傳以録卿士”。

【按】范說無據，不可從。此爲舍人欒括《史記》體例，舉其大要而已，不必拘泥於班彪《論略》所言而求其羅列之全。況且舍人以駢體行文，“本紀以述皇王，列傳以總侯伯，八書以鋪政體，十表以譜年爵”，兩兩相儷，句式整飭，果如范氏所言，增入“世家”云云，則破壞其行文節奏矣。

⑰ **觀司馬遷之辭。**

“司馬遷”，諸本《御覽》六〇四、《史略》五、胡氏《續文選》十二引作“史遷”。

楊氏《補正》：“作‘史遷’是。下文即作‘史遷’。《封禪》篇‘是史遷《八書》’，《書記》篇‘觀史遷之報任安’，《時序》篇‘於是史遷壽王之徒’，《知音》篇‘乃稱史遷著書’，並作‘史遷’，可證。”

劉氏《校釋》、張氏《考異》、李氏《斠詮》並從《御覽》引。

【按】此從《御覽》引作“史遷”較長。《漢書·叙傳》：“嗚呼，史遷薰胥以刑。”《華陽國志·後賢志》：“是以史遷之《記》，詳於秦漢；班生之《書》，備乎哀平。”《三國志·魏書·王肅傳》：“後遭李陵事，遂下遷蠶室，此爲隱切在孝武而不在於史遷也。”並古稱“史遷”之證。參見上“爰及太史談”條校。

⑱　**人始區詳而易覽。**

梅七次本“始”下“區別”二字品排刻（係就原版剜改）。　李本“區”下補“別”字。　王本“而”作“□”。　沈臨何校本“區”下標增字符。

徐氏《正字》：“‘區’下疑脱‘分’字。《論説》篇有‘八名區分’句，是用‘區分’之證。又《史通·列傳篇》云：‘尋兹例草創，始自子長，而朴略猶存，區分未盡。’云云，語即本此而稍變，亦作區分矣。”

劉氏《校釋》：“‘別’字，疑當是‘分’字。”

楊氏《補正》：“今本語意欠明，確有脱文。以《論説》篇‘八名區分’、《序志》篇‘則囿別區分’例之，‘區’下當補一‘分’字，並於‘分’下加豆。”

李氏《斠詮》從劉氏“區”下增“分”字。

【按】此文確有脱誤，當依梅七次本作“人始區別，詳而易覽”。“別”者，分也。《書記》篇：“草木區別，文書類聚。”可爲旁證。劉氏、楊氏主張“區”下當補“分”字，“分”與“別”義同，不如徑從梅本。

⑲　**及孝惠委機。**

楊氏《校注》：“‘及’，疑‘乃’之誤。”（按，楊氏《補正》無此條。）

【按】楊説不可從，作“及”自通，毋須改字。“及”表時序，乃舍人行文常例。《夸飾》篇：“及揚雄《甘泉》，酌其餘波。”《練字》篇：“及宣平二帝，徵集小學。”並可爲證。楊氏《補正》刊削此條校語，蓋糾其前繆也。

⑳　**班史立紀。**

“班史”，訓故本作“史班”。

楊氏《補正》：“‘班史’二字當乙。‘史’謂史遷，‘班’謂班固。下文‘故張衡摘史班之舛濫’，正作‘史班’可證。”

李氏《斠詮》：“‘史班’者，指司馬遷、班固也。《史記》於高祖本紀後，孝文本紀前，止作《吕后本紀》，以惠帝事附入，殊非體制，故爲吕后立紀，始於《史記》，班固《漢書》繼之，非起之班氏也。下文有‘張衡司史，而惑同遷固’，正承‘史班立紀’爲説。”

王氏《校證》從訓故本作"史班"。

【按】李說是。"班史"、"史班"義固無異,此從訓故本作"史班"始合時序。《頌讚》篇"及遷《史》固《書》",《御覽》及《玉海》引並作"及史班《書》《記》",亦"史班"連文。

㉑ **何有於二后哉。**

"二",元至正本、馮鈔元本、黃傳元本、倫傳元本、弘治本、弘治活字本、汪本、隆慶本、張本、兩京本、胡本、何本、謝鈔本、合刻本、梁本、尚古本、岡本作"三"。

徐燉校"三"爲"二"。　馮舒云:"'三后',當作'二后'。"

鈴木《黃本校勘記》:"上文'元帝王后'若正,此'二后'之'二'字宜作'王';此'二'字若正,上文'帝王'宜作'平二'。元平二后,謂元帝、平帝二皇后也。"

户田《校勘記補》:"'二后'謂元帝、平帝。"

楊氏《補正》:"作'二后'是。鈴木說甚辨,其實非也。此乃總駁司馬遷、班固、張衡之辭,'二后'即《史》《漢》所立《呂后本紀》之'呂后'及張衡欲爲元后本紀之'元后'。且張衡上疏止言'宜爲元后本紀',並未涉及平帝皇后。本段上文'尋子弘雖僞,要當孝惠之嗣;孺子誠微,實繼平帝之體',故以'二子可紀,何有於二后哉'作結語。既非專指王后一人,亦未包有平帝皇后在内也。"

張氏《考異》:"如'三'字是,似指呂后及元、平二后;如'二'字是,似指元、平二后;如'三'或作'王'字,則指元帝王后爲是,若折衷而言,應從上文作'二后'爲長也。"

【按】元明諸本多作"三",梅本作"二",與佘本、王批本、訓故本合,黃氏從之。

作"二后"是,當指呂后、元后。李氏《斠詮》云:"此所謂'二后',蓋指上文遷固所立紀之高祖呂后及張衡欲爲立紀之元帝王后也。觀於上文'子弘雖僞'及'孺子誠微'二句,豈不明對呂王二后而言乎?而鈴木不察,完全臆說。上文'元帝王后'與此處'二后'純然兩事,此'二后'包上文'呂后王后'二人而言,安可混爲一談乎?"

㉒ **繁乎著作。**

"繁",汪本《御覽》六〇四引作"繫",其餘各本《御覽》引並作"繁"。　元至正本、馮鈔元本、黃傳元本、弘治本、弘治活字本、汪本、佘本、隆慶本、張本、兩京本、何本、王批本、訓故本、訓故本、初刻梅本、復校梅本、凌本、合刻本、梁本、秘書本、梅六次本、梅七次本、彙編本、抱青閣本、集成本、尚古本、岡本、薈要本、文淵本、文津本、文瀾本、張松孫本、王本作“繫”，胡氏《續文選》十二、《廣博物志》二七、《淵鑒類函》一九五引同。　　沈臨何校本改“繫”爲“繁”，云：“‘繁’，校本作‘繫’。”（“繁”爲沈氏藏汪本原有朱筆校字。）　　傳録何沈校本“繫”旁過録“繁”字。　　黄丕烈“繁”字校云：“元刻上半模滅。”　　徐渭仁校“繁”作“繫”。

鈴木《黄本校勘記》：“‘繁’當作‘繫’，字誤也。”

户田《宋本考》：“彦和之意，是‘至於晉代的史書，均成於著作郎之手’，故以‘繫’爲是。”

金氏《疏證》：“校勘諸家多以‘繁’爲誤字。愚謂此文有兩釋義；一謂晉代之書繫乎著作者，晉代以著作郎、著作佐郎任修史之責。……一曰諸家所修之晉史甚繁。如唐修《晉書》以前晉史有十八家之多，……然所舉晉代作者，僅陸、王、干、孫四家，一如所舉撰後漢史諸家之例，然不害其爲作者之繁。由是言之，則今本‘繁’字，亦未見其必爲誤也。”

牟氏《譯注》從《御覽》引作“繫”，云：“繫，統屬，這裏指隸屬。”

【按】鈴木、户田説是，元明諸本皆作“繫”，黄氏據《御覽》引改作“繁”，非是。“繁”當爲“繫”之形誤。《晉書·職官志》：“元康二年詔曰：著作舊屬中書，而祕書既典文籍，今改中書著作爲祕書著作，於是改隸祕書省。著作郎一人，謂之大著作郎，專掌史任。又置佐著作郎八人，著作郎始到職，必撰名臣傳一人。”可知“著作”乃官職名，而非指史書。“繫”，訓屬。此謂晉代史書掌於著作郎、著作佐郎，表明晉代史書撰述由著作負責，與三國不同。上文已言“晉代之書”，此不容復云晉代作者及史書繁多，故字當作“繫”無疑。金説失之。《詔策》篇云：“自魏晉詔策，職在中書。”則“繫乎著作”猶言“職在著作”。黄氏輯注引《晉書·職官志》作解，甚是。

《春秋公羊經傳解詁·隱公十一年》：“《春秋》君弒賊不討，不書葬，以爲不繫乎臣子也。”《後漢紀·後漢孝桓皇帝紀上》：“是以大道之行，上下順序，君唱臣和，其至德風教，繫乎一人。”《陸士衡文集·五等諸侯論》：“夫盛衰隆敝，理所固有教之，廢興繫乎其人。”並“繫乎”連文之證。

㉓至鄧璨《晉紀》。

“璨”，梅校：“元作‘瑔’，朱（謀㙔）改。”　　諸本《御覽》六〇四引、訓故本、文淵本、張松孫本作“粲”，《玉海》四六、《史略》五、《續文選》十二引同。　　元至正本、黃傳元本、倫傳元本、弘治本、弘治活字本、汪本、佘本、隆慶本、張本、兩京本、胡本、王批本作“璨”。　沈臨何校本改“璨”爲“琬”，字旁補“璨”字，云：“‘琬’，校本作‘璨’。”（“琬”爲沈氏藏汪本原有朱筆校字。）　徐燉校“璨”作“粲”。

楊氏《補正》：“作‘粲’，始與《晉書》本傳合。”

范氏《注》、張氏《考異》、李氏《斠詮》並校“璨”作“粲”。

【按】元明諸本多作“璨”，梅本作“璨”，與何本、謝鈔本合，黃氏從之。

“璨”字固誤，作“璨”亦非是，此當從《御覽》引作“粲”，蓋“粲”、“璨”聲近而誤，“璨”又由“璨”致誤。黃氏輯注所出條目即作“鄧粲”，而正文仍作“鄧璨”，蓋沿梅本之舊而未及改者也。《晉書·鄧粲傳》：“鄧粲，長沙人。……以父騫有忠信言而世無知者，著《元明紀》十篇，注《老子》，並行於世。”又《桓沖傳》：“辟處士長沙鄧粲爲別駕，備禮盡恭。”《隋書·經籍志二》：“《晉紀》十一卷，訖明帝，晉荆州別駕鄧粲撰。”

㉔ 又擺落漢魏。

“擺落”，黃校：“一作‘撮略’，從《御覽》改。”　宋本、宮本、倪本、周本、四庫本、汪本、張本、喜多邨本《御覽》六○三引作“擺落”，鮑本《御覽》引作“撮畧”。

元至正本、馮鈔元本、黃傳元本、倫傳元本、弘治本、弘治活字本、汪本、佘本、隆慶本、張本、兩京本、胡本、何本、王批本、訓故本、謝鈔本、初刻梅本、復校梅本、凌本、秘書本、合刻本、梅六次本、梅七次本、彙編本、抱青閣本、集成本、尚古本、岡本、文津本、文瀾本、王本、崇文本作“撮略”，胡氏《續文選》十二引同。

馮舒校云：“‘撮略’，《御》作‘擺落’。”　沈臨何校本改“撮略”爲“擺落”，云：“‘擺落’，從《御覽》，此二字惟馮校有之。”

劉氏《校釋》：“‘粗略’不誤。《史記·孔子世家》索隱曰：‘蓋太史撮略《論語》爲文，而失事實。’撮略者，略取也。此言鄧粲《晉紀》略取漢魏，非擯棄義。”

楊氏《補正》：“《史略》亦作‘擺落’。尋繹上下文意，作‘擺落’是。《陶淵明集·飲酒詩》之十二：‘擺落悠悠談，請從余所之。’《梁書·謝朏傳》：‘簪紱未褫，而風塵擺落。’並以‘擺落’爲言。”

王氏《校證》：“《史略》亦作‘擺落’。作‘擺落’是。”

張氏《考異》：“撮略舉其要，擺落刪其繁，其《紀》體條例，兩存其善，作‘撮略’爲長，略亦含‘擺落’義也。”

【按】元明諸本皆作“撮略”，黃氏據《御覽》引改作“擺落”，是。“撮畧”當爲“擺落”之形訛，《史略》六引亦作“擺落”，文淵本、文淵輯注本、龍谿本並同黄本。“撮略”，訓删繁就簡，總括要點(《慧琳音義》八一“撮集”注引《韻詮》：“撮，略要也。”又八四“撮其”注：“鈔略要文，去繁就略。”)，《誄碑》篇：“揚雄之誄元后，文實煩穢，沙麓撮其要。”即其義。又，孔安國《尚書序》：“芟夷煩亂，翦截浮辭，舉其宏綱，撮其樞要。”《史記・孔子世家》：“魯哀公問政，對曰：‘政在選臣。’季康子問政，曰：‘舉直錯諸枉，則枉者直。’”司馬貞索隱：“蓋太史撮略《論語》爲文，而失事實。”僧祐《出三藏記集・新集安公古異經録》：“或無別名題，取經語以爲目，或撮略《四含》，摘一事而立卷。”又《新集續撰失譯雜經録》：“觀其所抄，多出《四含》《六度》……及《譬喻》《生經》，並割品截揭，撮略取義。”鄧氏所作者乃“晉”紀，不可言其撮舉“漢魏”之事而成書。劉説、張説失之。

“擺落”，猶言擺脱。《白氏長慶集・效陶潛體詩十六首》：“人間榮與利，擺落如泥塵。”《廣弘明集・僧行篇》：“擺落塵羈。”並其例。金氏《疏證》云：“《史》《漢》《三國》諸史皆無例，鄧氏不此之從，故曰‘擺落漢魏’。上法仲尼、丘明，重立條例，故曰‘憲章殷周’。”李氏《斠詮》解此云：“至等粲撰《晉紀》，始創立條例，且擺脱漢魏史書之體裁，取法《尚書》《春秋》之成規。”《後漢書・班彪傳》謂《史記》“細意委曲，條例不經”，范曄《獄中與諸甥侄書》謂《漢書》“任情無例，不可甲乙辨”。鄧氏遠追殷周之典籍以立例，故曰擺落漢魏。

㉕ **雖湘川曲學。**

“川”，四庫本《御覽》六〇四引作“州”，其餘各本《御覽》引並作“川”。　馮鈔元本、弘治本、汪本、佘本、隆慶本、張本、何本、謝鈔本、初刻梅本、復校梅本、凌本、合刻本、梁本、秘書本、梅六次本、梅七次本、彙編本、抱青閣本、集成本、尚古本、岡本、薈要本、文淵本、文瀾本、王本、崇文本作“州”。　馮舒云：“‘州’《御》作‘川’。”　沈臨何校本改“州”爲“川”。

斯波《補正》：“‘川’疑‘州’之誤。鄧粲，長沙人，故云湘州。”

楊氏《補正》：“《十三州記》：‘(長沙)有萬里沙祠，而西自湘州至東萊萬里，故曰長沙也。’(《史記・貨殖傳》正義引)《水經・湘水注》：‘湘水又北逕昭山西，山下有旋泉，深不可測，故言昭潭無底也。亦謂之湘州潭……晉懷帝以永嘉元年，分荆州湘中諸郡，立湘州，治此城之内。’《隋書・地理志下》：‘長沙郡本注：舊置湘州。’則‘州’字是。”

李氏《斠詮》從斯波説，云：“古荆廣二州地，東晉永嘉初分置湘州，治臨湘，即今長沙縣。”

　　【按】梅本作“州”，黃本據馮舒校而改爲“川”，與宋本《御覽》引、元至正本、兩京本、王批本、訓故本合。

　　諸説非是。作“川”無誤，“州”蓋“川”之形訛，《史略》五、胡氏《續文選》十二引亦作“川”，文淵輯注本、文溯本、文津本、張松孫本、龍谿本並同黃本。

　　此句趙氏《譯注》譯作：“湘水流域窮鄉僻壤裏面的學術。”甚是。《宋書·州郡志三》：“湘川十郡爲湘州。”又《符瑞志上》：“前廢帝永光初，又訛言湘州出天子，幼主欲南幸湘川以厭之。”又《謝晦傳》：“湘州刺史張邵提湘川之衆。”《南齊書·州郡志下》：“湘州，鎮長沙郡。湘川之奧，民豐土閑。”可知“湘川”乃自然地理概念，“湘州”乃行政區劃名。《南齊書》言“湘川之奧”，“奧”即地理曲折幽隱，可與“曲學”之“曲”互證。《戰國策·趙策二》：“窮鄉多異，曲學多辨。”《説苑·談叢》：“窮鄉多曲學。”“曲學”即鄉曲之學，指偏狹之論或鄙陋之人。此云鄧粲身處偏遠之地，遠離中原，實乃一鄉曲之士耳。

　　㉖ **亦有心典謨。**

　　宋本、宮本、周本、倪本、四庫本、喜多邨本《御覽》六〇四引作“亦有心放典謨”，汪本、張本《御覽》引作“亦有心典謨”，鮑本《御覽》引作“亦有心於典謨”。《史略》六引作“亦有心放典謨”。

　　鈴木《黃本校勘記》從《御覽》引，云：“放，倣也。”

　　楊氏《補正》：“‘放’字似不可少（作“於”，即“放”之誤。作“於”，又“於”之俗），讀爲仿。‘心放典謨’，即上文所謂‘憲章殷周’也。”

　　【按】楊説不可從，鮑本《御覽》引“心”下有“於”字，較長，作“放”者，蓋“於”之形訛。《才略》篇：“孫盛準的所擬，志乎典訓。”句法與此同，“有心於典謨”即“志乎典訓”。

　　《列子·仲尼》：“南郭子俄而指子列子之弟子末行者與言。”張湛注：“遇感而應，非有心於物也。”《莊子·列御寇》：“賊莫大乎德有心。”郭象注：“有心於爲德，非真德也。”《肇論·位體》：“動若行雲，止猶谷神，豈有心於彼此，情係於動靜者乎？”《宋書·隱逸傳》：“顒隨兄得閑，非有心於默語。”《梁書·沈約傳》：“（《郊居賦》）實有心於獨往。”並“有心於”連語之證。

　　㉗ **必貫乎百氏。**

　　“氏”，梅校：“元作‘姓’。” 元至正本、黃傳元本、倫傳元本、弘治本、弘治活字本、汪本、佘本、隆慶本、張本、兩京本、胡本、王批本、訓故本、文淵本、文瀾本作“姓”，《子苑》三二、《荆川稗編》七二、胡氏《續文選》十二引同。　沈臨何校本校“姓”爲“氏”，張紹仁校同。

　　徐氏《正字》：“作‘姓’疑不誤。《諸子》篇云：‘百姓之群居，苦紛雜而莫顯。’云云，亦作‘百姓’可證。”

　　李氏《斠詮》：“‘百氏’謂諸子百家也。《漢書·叙傳》：‘緯六經，綴道綱；總百氏，贊篇章。……’彦和以‘百氏’作‘百家’用者，於此處外，尚有二處見於《諸子》篇，曰：‘及伯陽識禮，而仲尼訪問，爰序《道德》，以冠百氏。’曰：‘斯則得百氏之華彩，而辭氣之大略也。’”

　　楊氏《補正》從梅校作“氏”。張氏《考異》從“姓”。

　　【按】元明諸本多作“姓”，何本、梅本、謝鈔本作“氏”，黄氏從之。

　　此從元至正本等作“姓”較長。上文已云“鄧氏”，此作“百姓”，始可避複。古人所謂“百姓”，可指百官或百官氏族。如《詩·小雅·天保》：“群黎百姓，遍爲爾德。”毛亨傳：“百姓，百官族姓也。”《尚書·堯典》：“九族既睦，平章百姓。”孔傳：“百姓，百官。”清陳鱣《對策》卷一云：“古所謂百姓即百官，故《堯典》或與黎民對言，或與四海對言，非若今之以民爲百姓也。”細繹文義，舍人此處所謂“百姓”，當用《詩》《書》之本義。

　　舍人屢用“百氏”一語，而其義則指諸子百家。如《諸子》篇：“及伯陽識禮，而仲尼訪問，爰序道德，以冠百氏。”又：“研夫孟荀所述，理懿而辭雅，……《慎到》析密理之巧，《韓非》著博喻之富，《吕氏》鑒遠而體周，《淮南》汎採而文麗：斯則得百氏之華采，而辭氣文之大略也。”即其例。以“百氏”指稱諸子百家之學術或書籍，古亦常見。如《藝文類聚》二六引魏文帝《與吴質書》：“既妙思六經，逍遥百氏。”二一引梁簡文帝《應令詩》：“百氏既洽，六義乃摛。”三七引梁昭明太子《與何胤書》：“每鑽閲六經，汎濫百氏。”四〇引齊虞羲《與蕭令王仆射書爲袁象求諡》曰：“懷抱七經，該綜百氏。”並其證。

　　舍人云載籍之作意在“表徵盛衰，殷鑒興廢，使一代之制，共日月而長存，王霸之跡，並天地而久大”，云典制，云王霸之業，則史家所綜貫者（即史官所記載之對象），當爲王者百官及其事跡，贊語“世歷斯編，善惡偕摠”，亦以史書總括時政善惡之意，與此正可照應。如云凡修史者皆須博明諸子百家之言，則周孔修史，豈是綜貫諸子之書而後成者耶？文淵本、文瀾本從底本汪本作“姓”而不改,亦頗有見地。王氏《讀本》解此句作"貫穿百王",雖不中,亦不遠。

㉘ 欲其詳悉於體國;必閱石室。

王批本"必"作"也",胡氏《續文選》十二引同。　《玉海》四六引"必"上有"也"字。

劉氏《校釋》:"'必'乃上句末'也'字之譌。'欲其詳悉於體國也'與下'欲其博練於稽古也',句法相同,言郡國文計體國之事,太史所當詳悉者也。"

楊氏《補正》於"體國"下補"也"字,云:"有'也'字始與下'欲其博練於稽古也'句儷。"

王氏《校證》改"必"爲"也",云:"各本'國'下有'必'字,屬下句讀。'必'即'也'形近之誤。"

李氏《斠詮》校"必"作"也"。

【按】劉氏、王氏説是,此文當依王批本、《續文選》引作"欲其詳悉於體國也;閱石室"。《玉海》引"也"下有"必"字,楊氏從之,非是,"必"與上文"必貫乎百氏"字複,蓋因上文"也"字而誤衍。

㉙ 抽裂帛。

楊氏《補正》:"《史記·自序》:'遷爲太史令,紬史記石室金匱之書。'作'紬'字,《漢書·遷傳》亦作'紬'。顏注:'紬,謂綴集之。'則此'抽'字當作'紬'。上文'紬三正以班歷',尤爲切證。"

【按】楊説非是,作"抽"自通,毋須改字。上文云"閱石室",下文云"檢殘竹"("檢"訓檢視),則此"抽"字當訓抽讀。《方言》十三:"抽,讀也。""抽"爲"籀"之假借,《説文·竹部》:"籀,讀書也。"段玉裁注:"毛傳曰:'讀,抽也。'《方言》曰:'抽,讀也。'"

㉚ 是立義選言。

"是"下,胡氏《續文選》十二引有"故"字。　沈臨何校本"是"下標增字符。

范文瀾云:"'是'下,當有'以'字。"　楊明照云:"'是'字,疑涉上句誤衍。"

【按】今本無誤,毋須增字作解。《續文選》"是"下有"故"字,蓋臆增,不足據。范説亦不可從,如增"以"字,則與上文"是以"複。

楊説亦非,"是"字非衍文,此"是"字乃發語詞,相當於"是以"、"夫"。《禮記·三年問》:"今是大鳥獸。"《荀子·論禮》篇"是"作"夫"(見《經傳釋詞》)。《國語·晉語四》:"是楚一言而有三施,子一言而有三怨,怨已多矣,難以擊人。”《淮南子·主術訓》：“是繩正於上，木直於下，非有事焉，所緣以修者然也。”“是”字並當解作“是以”。舍人亦常用“是”字發語。如《封禪》篇：“是史遷《八書》，明述封禪者，固禋祀之殊禮，銘號之祕祝，天下之壯觀矣。”即其證。

㉛ **然後銓評昭整。**

“銓”，王批本、秘書本、彙編本作“詮”。

【按】“銓”當從王批本等作“詮”。黃氏輯注出條目作“詮評”，云：“謝承曰詮，陳壽曰評。”則黃氏認爲此字當從“詮”。《廣雅·釋詁》：“詮，具也。”王念孫疏證：“詮者，論之具也。”即詮解、具說事理。引申爲陳述、闡明。《慧琳音義》二“所詮”注引《考聲》云：“詮，明也。”又：“叙也。”既云“昭整”（清晰明白，有條不紊），則此作“詮”義長，“詮評”，猶言叙述、評論。細繹上下文意，舍人此處當謂歷史著作之撰寫，勢必有詮叙，有評論，故“詮”、“評”實爲兩事。《漢書·司馬遷傳》：“然自劉向雄，博極羣書，皆稱遷有良史之材，服其善序事理，辨而不華，質而不俚。”既云太史公作史書“善序事理”，則必含叙“事”、評“理”兩端，舍人所云作史者能夠“銓評昭整”，與之意同。而黃氏輯注似將“詮”字解作史家之評論，與“評”同體，恐非。

㉜ **歲遠則同異難密。**

“同異”，宋本、宮本、周本、倪本、喜多邨本《御覽》六〇四引作“周曲”，四庫本、汪本、張本、鮑本《御覽》引作“同異”。　張松孫本作“異同”。

鈴木《黃本校勘記》：“作‘周曲’恐非是。”

楊氏《補正》：“作‘周曲’較勝。”

【按】楊說非是，既是“周曲”，則必嚴密而無遺漏，不容復云“難”。此作“同異”自通。“同異”與下文“起訖”正可相對。下文“公羊高云‘傳聞異辭’，荀況稱‘録遠略近’，……傳聞而欲偉其事，録遠而欲詳其跡，於是棄同即異”，即論“同異”難密。

㉝ **傅玄譏《後漢》之尤煩。**

“尤”，文瀾本作“冗”。

楊氏《補正》：“休奕語不可考。‘尤’疑當作‘冗’。《晉書·司馬彪傳》：‘（《續漢書叙》）漢氏中興，訖於建安，忠臣義士，亦以昭著；而時無良史，記述煩雜，譙周雖已删除，然猶未盡。’袁宏《後漢紀序》：‘予嘗讀《後漢書》，煩穢雜亂，睡而不能竟也。’並足爲‘《後漢》宂煩’之證。”

李氏《斠詮》從楊氏說,改“尤”作“宂”。

【按】楊説是,“尤”當作“宂”,文瀾本已改作“宂”。“宂”爲“宂”之俗。“宂煩”與上文“舛濫”相對。《集韻・用韻》:“宂,餘也。”《字彙・宀部》:“宂,剩也。”“宂煩”,猶言宂雜、煩雜,與上文“舛濫”相對成文。顏師古《漢書注例》:“汎説非當,蕪辭競逐,苟出異端,徒爲煩宂,秖穢篇籍,蓋無取焉。”(《史略》二引)“宂煩”即顏氏所云之“煩宂”。

㉞ 荀況稱“録遠略近”。

“録遠略近”,章氏《劄記》乙種:“當作‘録近略遠’。”

徐氏《正字》:“《荀子・非相》篇云:‘傳者久則論略,近則論詳;略則舉大,詳則舉小。愚者聞其略而不知其詳,聞其詳而不知其大也。’據此則當作‘遠略近詳’,方合。今本‘遠’字蓋涉下文‘録遠而欲詳其跡’句增,因又於‘近’字下删‘詳’字矣。又《史通・煩省》篇云‘録遠略近’云云,疑唐時傳本已訛。”

劉氏《校釋》:“當作‘詳近略遠’。《荀子・非相篇》云:‘傳者久則論略,近則論詳;略則舉大,詳則舉小。’據此,則此文‘遠’、‘近’二字當互易,蓋涉下‘録’、‘遠’二字而誤也。”

金氏《疏證》:“細審本文,所謂‘録遠略近’,似爲録遠宜略之義。下文又云:‘録遠而欲詳其跡。’正爲録遠宜略之反義。否則,前後之語意不合。”

斯波《補正》:“‘録遠略近’,據上下文義,非是。恐爲‘遠略近詳’之誤。”

楊氏《補正》:“《荀子・非相》篇:‘傳者久則論略,近則論詳;略則舉大,詳則舉小。’舍人所稱,當即此文。然遣辭適與之反,且與本段亦相舛馳。豈傳寫有誤耶?《韓詩外傳》三:‘夫傳者久則愈略,近則愈詳,略則舉大,詳則舉細。’即出自《荀子》。益見此文‘録遠略近’之誤昭然若揭。當乙作‘録近略遠’或‘略遠録近’,始合。”

李氏《斠詮》校“録遠略近”作“遠略近詳”。

【按】今本無誤,諸家之説皆非。《史通・煩省》篇及《御覽》各本所引亦皆作“録遠略近”,可證今本未誤。録者,記録,記録則有詳略之分。王氏《校證》云:“《荀子・非相》篇作‘傳者久則論略,近則論詳,略則舉大,詳則舉小。’⋯⋯疑此爲彥和撮舉荀文,而用‘略’字爲比較之詞耳。”此説甚是。“略”字後實省略介詞“於”,此句當解作:“録遠,略於録近。”

㉟ 莫顧實理。

“實理”，宋本、宫本、周本、倪本、四庫本、鮑本、喜多邨本《御覽》六〇四引作“理實”，《史略》五、《文通》七引同。

楊氏《補正》：“作‘理實’是。《書記》篇：‘翰林之士，思理實焉。’正作‘理實’。《書·僞畢命》：‘辭尚體要。’枚傳：‘辭以理實爲要。’《後漢書·朱浮傳》：‘(上疏)小違理實，輒見斥罷。’又《王充傳》：‘充好論説，始若詭異，終有理實。’《論衡·亂龍篇》：‘不得道理實也。’亦並以‘理實’爲言。”

【按】楊説是，“實理”當據《御覽》引乙作“理實”。“理實”，猶言事理之真實。“實”與上文“愛奇”之“奇”相儷，一實一虛，彼此呼應。《周髀算經》下：“雖有成規，亦未臻理實。”《宋書·謝莊傳》：“詳察其理實，並無辜。”《三國志·魏書·王基傳》：“凡處事者多曲相從順，鮮能確然共盡理實。”並“理實”連文之證。

㊱ 我書則傳。

“傳”，崔致遠《法藏和尚傳》、《玉海》四六引作“博”。　宋本、宫本、明鈔本、周本、倪本、張本、鮑本、喜多邨本《御覽》六〇四引作“博”。　馮舒、張紹仁校作“博”。

楊氏《補正》：“‘博’字義長。”

李氏《斠詮》校“傳”作“博”。

【按】楊説是，“傳”與上文“傳聞”字複，當從唐宋諸本作“博”，二字形近而致譌。此回應上文“傳聞而欲偉其事，録遠而欲詳其跡”之“偉”、“詳”二字。《銘箴》篇：“博而患繁。”《議對》篇：“公孫之對，簡而未博。”《附會》篇：“博則辭叛。”“博”之意義、用法與此同。

崔致遠《法藏和尚傳》引《文心》此文結束後，復云：“子無近之乎？雖多奚爲？以少爲貴。”言“多”正與“博”字之義照應。“博”，訓衆。《荀子·議兵》：“和傳而一。”楊倞注：“一云‘傳’或爲‘博’。博，衆也。”又引申爲文辭之多。《鬼谷子·權篇》：“繁稱文辭者，博也。”此“書”字當作“書寫、記述”解。句意當爲：“我則詳細記述，繁辭不已。”方立天《華嚴金師子章校釋》(中華書局，一九八三年版)録崔致遠《法藏和尚傳》一文，據今本改“博”作“傳”，非是。

㊲ 此訛濫之本源，而述遠之巨蠹也。

謝鈔本無“濫”字。　崔致遠《法藏和尚傳》引“述”上無“而”字，文瀾本同。

彙編本"述"作"迷"。　元至正本、馮鈔元本、黃傳元本、弘治本、弘治活字本、汪本、隆慶本、兩京本、謝鈔本、文津本無下"之"字。　徐燉、馮舒於"遠"下補"之"字。　沈臨何校本"遠"下增"之"字，張紹仁校同。

【按】黃本無誤。"述"上有"而"字義長。"而"，訓與。如《論語·雍也篇》："不有祝鮀之佞，而有宋朝之美。"《國語·晉語》："二三子計乎？有禦楚之術，而有守國之備，則可也。"此義舍人亦常用。如《事類》篇："夫經典沈深，載籍浩瀚，實羣言之奧區，而才思之神皋也。"《練字》篇："斯乃言語之體貌，而文章之宅宇也。"句法並與此同。

梅本有下"之"字，張本、何本、王批本、訓故本合，黃氏從之。諸本《御覽》六〇四、《玉海》四六、《史略》五引均有"之"字。有"之"字，始能與上文句法一律。

㊳ 勳榮之家。

"榮"，明鈔本《御覽》六〇四引作"庸"，其餘各本《御覽》引並作"榮"。　元至正本、馮鈔元本、倫傳元本、弘治本、弘治活字本、汪本、佘本、隆慶本、張本、兩京本、胡本、王批本、訓故本、謝鈔本、文淵本、文溯本、文津本、文瀾本作"勞"，《子苑》三二、《田亭草》十、《荊川稗編》七二、《古論大觀》三五引同。　傳錄何沈校本"榮"旁過錄"勞"字。

【按】元明諸本多作"勞"，梅本作"榮"，與《史略》五引、何本合，黃氏從之。凌本、合刻本等並同梅本。

作"榮"義長。"勳榮"謂高門士族之勳業、榮光。連同下句，其意當爲："高門大族奕世重輝，即門內之庸夫亦並受其華籍之蔭蔽。"唐李昊《創築羊馬城記》："襲門胄，則重侯累將；保勳榮，則帶河礪山。"（《成都文類》二四）唐穆員《嗣曹王故太妃鄭氏墓誌銘》："享其孝敬勳榮祿位三者日躋之報焉。"（《文苑英華》九六六）可爲"勳榮"連文之證。

"勞"，訓事功。《詩·大雅·民勞》："無棄爾勞。"鄭玄箋："勞，猶功也。"《禮記·明堂位》："成王以周公爲有勳勞於天下。"鄭玄注："事功曰勞。"然南朝高門士族登仕乃"平流進取"，鄙視勤恪事功。故言"勳勞"與高門之義不合。

㊴ 迍敗之士。

"迍敗"，宋本、宮本、明鈔本、周本、倪本《御覽》六〇四引作"屯貶"，四庫本、汪本、張本、鮑本、喜多邨本《御覽》引作"屯敗"。　《史略》六引作"屯貶"。

秘書本作“鈍敗”。

楊氏《補正》：“‘貶’字較勝。”

【按】“迍敗”、“屯敗”連文，古書罕見，“敗”當從宋本《御覽》引作“貶”，二字形近致訛。“迍”字可單用。《廣韻·諄韻》：“迍，本亦作屯。”《説文·中部》：“屯，難也。”劉勰《滅惑論》：“運迍則蠹國，世平則蠹民。”《北史·薛世雄傳論》：“時迍遭躓，良有命乎！”宋梅堯臣《送崔秀才》：“今子振衣去，焉能久迍羈？”並其義。又，《玉篇》：“迍，迍邅也。”《集韻·諄韻》：“迍，邅也。”“迍邅”連文，可訓困頓。左思《詠史八首》之七：“英雄有迍邅，由來自古昔。”

“貶”，訓貶退、卑微。《文選·潘岳〈楊荆州誄〉》：“位貶道行。”李善注引《毛詩傳》曰：“貶，墜也。”《詩·大雅·召旻》：“我位孔貶。”毛亨傳：“貶，隊也。”鄭玄箋：“我王之位又甚隊矣。”孔穎達疏：“民既不安，其我王之位又甚貶退，言其卑微與諸侯無異也。”可知“位貶”謂地位卑微。此“迍貶”與“勳勞”對文，指士人處境困頓、名位不顯。秘書本作“鈍”字，於義無取，蓋與“迍”字形聲相近而致訛。

⑩ 雖令德而常嚏： 理欲吹霜煦露。

梅校：“‘理欲’二字衍。” 黃校：“‘煦’，一作‘噴’，從《御覽》改。” 宋本、宮本、明鈔本、周本、倪本、鮑本、喜多邨本《御覽》六〇四引作“雖令德而蚩埋，吹霜煦露”（周本、倪本“令”誤作“命”，喜多本“蚩”作“嚏”），四庫本《御覽》引作“雖令德而常蚩，理欲吹霜煦露”，汪本《御覽》引作“雖命德而常蚩埋，吹霜煦露”，張本《御覽》引作“雖令德而常埋，吹霜煦露”。 《史略》五引作“雖令德而蚩埋，吹霜照露”。 元至正本、黃傳元本、倫傳元本、弘治本、弘治活字本、汪本、佘本、隆慶本、張本、兩京本、胡本、何本、王批本、訓故本、謝鈔本、初刻梅本、復校梅本、凌本、合刻本、梁本、秘書本、尚古本、岡本、薈要本、文津本、文瀾本、崇文本作“雖令德而常嚏，理欲吹霜噴露”，《子苑》三二、《荆川稗編》七二、《古論大觀》三五、《文通》七引同。 馮鈔元本、彙編本、李本作“雖令德而常嚏，吹霜噴露”。 凌本、合刻本“理欲”二字置於白匡內。 抱青閣本作“雖令德而常嚏，理欲霜噴露”。 集成本、文溯本作“雖令德而常嚏，吹霜煦露”。王本作“雖令德而常嚏，理欲吹情噴露”。 胡氏《續文選》十二引無“理欲”二字。 王惟儉標疑“理欲”二字。 馮舒圈去“理欲”二字，云：“‘理欲’錢本無，誤衍。” 沈臨何校本點去“理欲”二字，改“噴”爲“煦”，云：“‘煦’字，從《御覽》。" 張紹仁圈去"理欲"。

劉氏《校釋》："'蚩'乃'嗤'省,'理'爲'埋'誤,'欲'則'吹'之衍而誤者。"

楊氏《補正》："上句之'常嗤',當改作'嗤埋'。'理'即'埋'之誤。上句之'常'字與此句之'欲'字,皆係妄增。"又:"噴,改'煦'是。《記纂淵海》七五、《續文選》亦並作'煦'。《莊子·刻意》篇:'吹呴呼吸。'釋文:'呴,亦作煦。'"

張氏《考異》："'理欲'二字似衍。"

王氏《校證》、李氏《斠詮》並校"常嗤"作"嗤埋"。

【按】梅氏萬曆初刻本及復校梅本作"雖令德而常嗤,理欲吹霜噴露",天啓二本改"噴"爲"煦",黃氏從之。黃氏校云"煦"原作"噴",從《御覽》改,實則宋本《御覽》此字作"煦",不作"噴"。

黃本"理欲"二字不當有,餘並是,此文當從集成本作"雖令德而常嗤,吹霜煦露"。蓋"理"、"埋"由"嗤"字誤衍,"欲"由"吹"字而誤衍。"常嗤"與上文"盡飾"相對,若作"嗤埋",則詞性不協,且此詞古書罕見。"嗤"通"蚩"。《玉篇·虫部》:"蚩,笑也。"《廣雅·釋詁》:"蚩,輕也。"《玄應音義》二一"蚩責"注引《廣雅》:"蚩,輕侮也。"此句當解作:"即使令德之人亦常遭鄙視、輕侮。"

"煦"字無誤。《集韻·虞韻》:"欨,吹也。或作'煦',亦省作'呴'。"《莊子·刻意》:"吹呴呼吸。"陸德明釋文:"字亦作'煦'。"《漢書·中山靖王傳》:"夫衆煦漂山。"顏師古注引應劭:"煦,吹煦也。""煦"同"呴",訓吹(《玉篇·口部》:"呴,亦噓,吹之也。"),正與上文"吹"字相儷。《說文·火部》:"煦,烝也。一曰赤貌。一曰温潤也。"《玉篇·火部》:"煦,熱也。"詁此不合。

④ 此又同時之枉。

"枉"下,《史略》五引有"論"字。 明鈔本、四庫本《御覽》六〇四引同黃本,其餘各本《御覽》"枉"下並有"論"字。 "又",汪本作"人"。 徐燉校"又"作"實"。

楊氏《補正》："有'論'字,語意始明。《說文·木部》:'枉,袤曲也。'《廣雅·釋詁一》:'枉,曲也。'枉論,謂持論偏頗也。"

李氏《斠詮》"枉"下補"論"字。

【按】楊說是,今本於義難通,"枉"下當據《御覽》引補"論"字。《三國志·魏書·司馬芝傳》:"乃肆其私忿,枉論無辜。"亦"枉論"連文,唯詞性有異耳,可資旁證。

"又"字自通。《詮賦》篇："斯又小制之區畛，奇巧之機要也。"《史傳》篇："兩記則失於複重，偏舉則病於不周，此又銓配之未易也。"《書記》篇："禰衡代書，親疎得宜：斯又尺牘之偏才也。"《事類》篇："若謂庇勝衛，則改事失真：斯又不精之患。"並"此(斯)又"連文之證。

"入"蓋"又"之形訛。"又"、"實"形聲俱不近，恐難致誤，徐𤑔校作"實"，蓋臆改耳。

㊷ 可爲歎息者也。

"爲"，汪本《御覽》六〇四引無，其餘各本《御覽》引並有。　元至正本、馮鈔元本、黄傳元本、倫傳元本、弘治本、弘治活字本、汪本、佘本、隆慶本、張本、兩京本、何本、王批本、訓故本、謝鈔本、初刻梅本、復校梅本、凌本、合刻本、梁本、秘書本、彙編本、抱青閣本、尚古本、岡本、薈要本、文津本、文瀾本、王本、崇文本無，《子苑》三二、胡氏《續文選》十二、《古論大觀》三五引同。　馮舒"可"下補"爲"字，作"可爲歎息者也"，張紹仁校同。　沈臨何校本"可"下增"爲"字，文同黄本，云："'爲'字，從《御覽》。"

【按】元明諸本皆無"爲"字，唯梅氏天啓二本補"爲"字，馮舒、黄氏從之。

有"爲"字語勢較順。《時序》篇："誠哉斯談，可爲歎息。"《抱朴子内篇·道意》："皆由官不糾治，以臻斯患，原其所由，可爲歎息。"《弘明集·蕭昚素〈答釋法雲〉》："是使兩諦八解獨闕皇言，九部三藏偏蕪國學，嗚呼，可爲歎息者也！"並其證。

㊸ 唯素臣乎。

宋本、宫本、周本、倪本、汪本《御覽》六〇四引作"唯懿上心乎"，鮑本、喜多邨本《御覽》引作"唯懿士心乎"。　《史略》五引作"唯懿士心乎"。　"臣"，梅校："元作'心'，今改。謂左丘明也。"　元至正本、黄傳元本、倫傳元本、弘治本、弘治活字本、汪本、佘本、隆慶本、張本、兩京本、胡本、王批本、訓故本、文津本、文瀾本作"心"，《子苑》三二、胡氏《續文選》十二、《古論大觀》三五引同。　徐𤑔校"心"作"臣"。　沈臨何校本改"心"爲"臣"，張紹仁校同。　張爾田圈點"心"字。

黄叔琳注："《春秋序》：説者以仲尼自衛反魯，修《春秋》，立素王，邱明爲素臣。"

紀評："陶詩有'聞多素心人'句，所謂有心人也。似不必定改'素臣'。"

　　劉氏《校字記》：“宋本《御覽》作‘唯懿上心乎’，疑本作‘懿才素心乎’，《御覽》‘上’乃‘才’誤，又脱‘素’字，今本則脱‘懿才’二字耳。”

　　劉氏《校釋》：“梅子庚以杜預《春秋序》有‘丘明爲素臣’之説，改作‘素臣’，以配孔子‘素王’，亦通。”

　　范氏《注》：“紀説是也。素心，猶言公心耳。本書《養氣》篇‘聖賢之素心。’是彥和用‘素心’之證。”

　　金氏《疏證》：“如作‘素臣’，則上下文義甚順。否則費解。”

　　楊氏《補正》：“《文選·顔延之〈陶徵士誄〉》：‘長實素心。’李注：‘《禮記·（檀弓下）》曰：有哀素之心。鄭玄曰：凡物無飾曰素。’《南齊書·崔慧景傳》：‘平生素心，士大夫皆知之。’《江文通文集·陶徵君田居詩》：‘素心正如此。’並以‘素心’連文。《養氣》篇：‘聖賢之素心。’尤爲切證。不必泥於本篇專論史傳而改‘心’爲‘臣’也。”

　　張氏《考異》：“從‘素心’者非是，蓋素心自有出處，然檢下文固尼父之句，則作‘素臣’爲是，此梅本注云所以稱左丘明也。”

　　李氏《斠詮》校“臣”作“心”。

　　【按】梅氏改“心”爲“臣”，與何本合，黃氏從之，非是，元至正本等作“心”，無誤。“臣”蓋“心”之形誤，《御覽》《史略》引並有“心”字，明此文原本當作“心”。本篇贊云：“辭宗丘明，直歸南董。”論文章，當宗左丘明；論秉筆直書，則當宗南史、董狐，可知能“析理居正”者非左丘明。故舍人此處非表彰左氏，乃強調史家公心之重要。

　　㊹ 而贏是非之尤。

　　“贏”，元至正本、黃傳元本、倫傳元本、弘治本、弘治活字本、汪本、佘本、張本、兩京本、何本、王批本、訓故本、復校梅本、凌本、合刻本、梁本、秘書本、梅六次本、梅七次本、集成本、尚古本、岡本、薈要本、文溯本、文津本、文瀾本、張松孫本、王本、崇文本作“贏”，《子苑》三二、《荆川稗編》七二、胡氏《續文選》十二、《文章辨體彙選》四八三、《文通》七、《古論大觀》三五引同。馮舒、馮班校作“贏”。

　　鈴木《黃本校勘記》：“諸本作‘贏’是也。”

　　范氏《注》：“‘贏’，當作‘贏’。贏，賈有餘利也。”

　　潘氏《札記》：“《莊子·胠篋篇》：‘贏糧而趣之。’釋文引《廣雅》云：‘負也。’《漢書·刑法志》云：‘贏三日之糧。’師古注曰：‘贏，謂擔負也。’《陳勝項籍傳》：

‘贏糧而景從。’師古注：‘贏，擔也。’《方言》云：‘攍（《後漢書·鄧禹傳》注引作贏）、脀、賀、儋、儋也。齊楚陳宋之間曰攍。’郭璞注引《莊子》：‘攍糧而赴之。’又《廣雅·釋詁》：‘攍、旅、何、揹、擔也。’是‘攍’、‘贏’、‘贏’三字義通。‘贏是非之尤’與‘負海内之責’對文，‘贏’、‘負’皆荷擔之義也。”

戶田《校勘記補》：“‘贏’字是，負擔也。”

楊氏《校注》：“‘贏’字是。贏，受也（《左傳·襄公三十一年》杜注），擔負也（《漢書·刑法志》顏注）。《淮南子·脩務》篇：‘又況贏天下之憂，而任海内之事者乎！’”

王氏《校證》：“梅本、黃本作‘贏’不可從。”

張氏《考異》、李氏《斠詮》並校“贏”作“贏”。

【按】梅氏萬曆初刻本作“贏”，復校梅本、天啓二梅本改作“贏”，與元明諸本同，黃氏仍從初刻本。

“贏”訓負、負擔，與上文“負海内之責”之“負”字相對，是。然此字作“贏”亦通，隆慶本、謝鈔本等即作“贏”。《羣經平議·春秋外傳國語一》：“故謂之贏亂。”俞樾按：“贏之言贏也。贏、贏古通用。”《文選·賈誼〈過秦論〉》：“贏糧而景從。”李善注引《方言》：“贏，擔也。”《篇海類編·人物類·女部》：“贏，擔也。”潘氏云“贏”、“贏”義通，是，王氏云“作‘贏’，不可從”，則非是。

此字元至正本、弘治本、汪本、佘本、張本、兩京本、何本、王批本、訓故本等皆作“贏”，本無誤，梅氏初刻本作“贏”，或爲誤刻，故復校本、天啓二本乃改回“贏”。此從元至正本等作“贏”較長。

㊺ 善惡偕摠。

【按】“摠”與“總”同。《説文·糸部》：“總，聚束也。從糸，悤聲。”徐鉉云：“今俗作‘摠’，非是。”《集韻·董韻》：“總，《説文》：‘聚束也。’或從手。古作‘總’、‘摠’。”

全書作“摠”者，尚有《諸子》篇“而本體易摠”，《書記》篇“並書記所摠”，《風骨》篇“《詩》摠六義”，《定勢》篇“並摠羣勢”，“摠一之勢離”，《情采》篇“摠稱文章”，《章句》篇“明情者摠義以包體”，《練字》篇“摠異音”，“摠閲音義”，《附會》篇“務摠綱領”，《總術》篇“備摠情變”，“乘一摠萬”，不一一出校。

㊻ 辭宗邱明。

【按】此“邱”字，乃黃氏例避孔子諱所改，當依各本作“丘”。

諸 子 第 十 七

諸子者,入道見志之書。^①太上立德,其次立言。百姓之羣居,苦紛雜而莫顯;君子之處世,疾名德之不章。唯英才特達,則炳曜垂文,騰其姓氏,懸諸日月焉。昔風后力牧伊尹,^②咸其流也。篇述者,蓋上古遺語而戰伐所記者也。^③至鬻熊知道,而文王諮詢,餘文遺事,録爲《鬻子》,子自肇始,^④莫先於兹。及伯陽識禮,而仲尼訪問,爰序道德,以冠百氏。然則鬻惟文友,李實孔師,聖賢並世,而經子異流矣。

逮及七國力政,俊乂蠭起。孟軻膺儒以磬折,^⑤莊周述道以翱翔,墨翟執儉确之教,尹文課名實之符,野老治國於地利,騶子養政於天文,^⑥申商刀鋸以制理,鬼谷脣吻以策勳,尸佼兼總於雜術,青史曲綴以街談,^⑦承流而枝附者,不可勝算,並飛辯以馳術,饜禄而餘榮矣。

暨於暴秦烈火,勢炎崐岡,而煙燎之毒,不及諸子。逮漢成留思,子政讎挍,^⑧於是《七略》芬菲,九流鱗萃,殺青所編,百有八十餘家矣。迄至魏晉,作者間出,讕言兼存,璅語必録,類聚而求,亦充箱照軫矣。然繁辭雖積,而本體易摠,述道言治,枝條《五經》,其純粹者入矩,踳駁者出規。^⑨《禮記·月令》,取乎吕氏之《紀》;《三年問》喪,寫乎荀子之書,此純粹之類也。若乃湯之問棘,云蚊睫有雷霆之聲;惠施對梁王,云蝸角有伏尸之戰;《列子》有移山跨海之談,《淮南》有傾天折地之説,此踳駁之類也。是以世疾諸混同虛誕。^⑩按《歸藏》之經,大明迂怪,乃稱羿弊十日,^⑪嫦娥奔月。^⑫《殷湯》如兹,^⑬況諸子乎?至如商韓,"六蝨""五蠹",棄孝廢仁,轘藥之禍,非虛至也。公孫之"白馬""孤犢",辭巧理拙,魏牟比之鴞鳥,^⑭非妄貶也。昔東平求諸子《史記》,而漢朝不與,蓋以《史記》多兵謀而諸子雜詭術也。然洽聞之士,宜撮綱要,覽華而食實,棄邪而採正,極睇參差,亦學家之壯觀也。

研夫孟荀所述，理懿而辭雅；管晏屬篇，事覈而言練；列御寇之書，氣偉而采奇；鄒子之説，心奢而辭壯；《墨翟》《隨巢》，意顯而語質；《尸佼》《尉繚》，術通而文鈍；《鶡冠》綿綿，亟發深言；《鬼谷》眇眇，每環奧義；情辨以澤，《文子》擅其能；辭約而精，《尹文》得其要；《慎到》析密理之巧，《韓非》著博喻之富，《吕氏》鑒遠而體周，《淮南》汜採而文麗：⑮斯則得百氏之華采，而辭氣文之大略也。⑯

若夫陸賈《典語》，⑰賈誼《新書》，揚雄《法言》，劉向《説苑》，王符《潛夫》，崔寔《政論》，仲長《昌言》，杜夷《幽求》，咸敘經典，⑱或明政術，雖標論名，歸乎諸子。何者？博明萬事爲子，適辨一理爲論，彼皆蔓延雜説，故入諸子之流。夫自六國以前，去聖未遠，故能越世高談，自開户牖。兩漢以後，體勢漫弱，⑲雖明乎坦途，而類多依採，此遠近之漸變也。嗟夫！身與時舛，志共道申，標心於萬古之上，而送懷於千載之下，金石靡矣，聲其銷乎？

贊曰：大夫處世，⑳懷寶挺秀。㉑辨雕萬物，㉒智周宇宙。立德何隱，含道必授。條流殊述，㉓若有區囿。

校箋

① 入道見志之書。

"入"，《玉海》五三引作"述"。

楊氏《補正》："'入'字不誤。《玉海》所引蓋涉下文'莊周述道以翱翔'及'述道言治'之'述道'而誤。未可從也。"

【按】楊説是，作"入"自通。"入道"，猶言合道、體道。本篇贊云："立德何隱，含道必授。""含道"即回應"入道"。《老子指歸・天下有始篇》："故人能入道，道亦入人，我道相入，淪而爲一。"《論衡・問孔篇》："子路入道雖淺，猶知事之實。"《後漢書・郭太傳》："二子英才有餘，而並不入道，惜乎！"此"入道"連文之證。

② 昔風后力牧伊尹。

梅校："'后'，元脱，曹(學佺)補。" 元至正本、黄傳元本、弘治本、弘治活字本作"昔■力牧伊尹"。 倫傳元本、兩京本、胡本、訓故本作"昔者力牧伊尹"，《子苑》引同。　楊氏《校注》云胡本作"昔者力牧伊尹"。　汪本、佘本、隆慶本作"昔風力牧伊尹"。　王批本作"昔稽常（二字品刻）力牧伊尹"。　徐燉、張紹仁"風"下補"后"字。

楊氏《補正》："是此文原止作'昔者力牧伊尹'，'風'字係誤衍，'后'字乃臆補。"

【按】曹學佺"風"下補"后"字，與何本、張本、謝鈔本合，梅氏、黃氏從之。

楊説是，此文依倫傳元本、兩京本等作"昔者力牧伊尹"，語勢較順。元至正本、弘治本等"昔"下有墨釘，王批本"昔"下"稽常"二字品刻，明"昔"下當補一字，而汪本、佘本等"昔"下之"風"字，當爲"者"字之誤，而非"風后"之缺。《詔策》篇："昔軒轅唐虞，同稱爲命。"《鎔裁》篇："昔謝艾王濟，西河文士。"句法並與此同，唯此用"昔者"而彼皆單用"昔"字耳。《公羊傳序》："昔者孔子有云。"徐彥疏："昔者，古也，前也。"《孝經·孝治章》："昔者明皇之以孝治天下也。"邢昺疏："昔者，非當時代之名。"此"昔者"二字所本。

③ 蓋上古遺語而戰伐所記者也。

"伐"，元至正本、馮鈔元本、黃傳元本、弘治本、弘治活字本、汪本、佘本、隆慶本、張本、兩京本、胡本、王批本、訓故本、梅六次本、梅七次本、岡本、薈要本、張松孫本作"代"，《子苑》引同。　謝鈔本無"伐"，馮舒補"代"。　紀昀云："'戰伐'，當作'戰國'。"　郝懿行云："'伐'疑'代'字之譌。蓋《風后》《力牧》諸篇，皆六國人依託也。"

孫詒讓《札迻》十二："'戰伐'元至正本作'戰代'，馮本、活字本並同。元至正本是也。《銘箴》《養氣》《才略》三篇，並有'戰代'之文。紀校非。"

徐氏《正字》："'伐'當爲'代'字之訛。《養氣》篇云：'戰代枝詐。'《才略》篇云：'戰代任武。'皆作'代'字。"

鈴木《黃本校勘記》、楊氏《補正》、王氏《校證》、張氏《考異》、李氏《斠詮》、牟氏《譯注》並校"伐"作"代"。

【按】梅氏萬曆初刻本及復校本作"伐"，與何本、謝鈔本合，梅氏天啓二本改爲"代"，與元至正本、弘治本等合，黃氏仍從初刻本。

"伐"當作"代"，形近而誤。《銘箴》篇："戰代以來。"可爲二字連文之證。"代"，訓世。《字彙·人部》："代，世也。"《後漢書·朱暉傳》李賢注引《東觀記》曰："以德行稱於代也。"《北史·高熲傳》："所有奇策良謀及損益時政，熲皆削稿，代無知者。"並其義。參見《銘箴》篇"所以箴銘異用，罕施於代"條校。尚古本作"伐"，而岡本改作"代"，可謂能擇善而從也。

④ 子自肇始。

"子自"，《玉海》五三引作"諸子"，《漢藝文志考證》六引同。　沈臨何校本改"自"爲"氏"，云："校本作'自'。"（"氏"爲原某氏朱筆校字）　傳録何沈校本"自"旁過録"氏"字。　紀昀云："'子自'，當作'子之'。"　范文瀾云："'子自'當作'子目'，謂子之名目也。"

徐氏《正字》："'自'當爲'目'字之誤。'子目'，謂子之標目也。改'之'字，於形體不近。"

户田《宋本考》："但從諸本皆作'自'看，也許解釋成'目'訛爲'自'，更穩當。"

楊氏《校注》："王氏所引，未必是《文心》之舊，然今本'自'字實誤。"

【按】范説可從，"自"疑當作"目"，形近致訛。《物色》篇"目既往還"之"目"，黃傳元本、弘治活字本作"自"，可爲二字易訛之證。此"目"字當訓名。《篇海類編·身體類·目部》："目，名號也，名目也。"舍人常用此義，如《論説》篇："故抑其經目，稱爲《論語》。"《詔策》篇："並本經典以立名目。"《章表》篇："章表之目，蓋取諸此也。"即其例。下文云"經子異流"，即言"經"與"子"名目之分立。

⑤ 孟軻膺儒以磬折。

"磬"，張本、訓故本、岡本、文津本作"罄"。

【按】黃本無誤。"磬"、"罄"通。《左傳·僖公二十六年》："室如懸罄。"陸德明釋文："罄，亦作'磬'。"《大戴禮記·禮三本》："懸一磬而尚拊搏。"王聘珍解詁："磬，讀曰罄。"

《春秋繁露·五行相生》："般伏拜謁，折旋中矩，立而磬折，拱則抱鼓。"《後漢紀·後漢光武皇帝紀》："述備威儀，會百官，爲援立舊交之位。述磬折而入。"《宋書·符瑞志》："孔子作《春秋》，制《孝經》，既成，使七十二弟子向北辰星，磬折而立。"並"磬折"連文之證。

⑥ 騶子養政於天文。

楊氏《補正》："下文'鄒子之説，心奢而辭壯'，字又作'鄒'，前後不同，當改其一。"

【按】"騶奭"、"鄒奭"古通用，毋須改字。《時序》篇："騶奭以雕龍馳響。"

《史記·孟子荀卿傳》："騶奭者,齊諸騶子。……故齊人頌曰:談天衍,雕龍
奭。"裴駰集解引劉向《別録》曰:"騶奭修衍之文,飾若雕鏤龍文,故曰'雕龍'。"
又,《漢書·藝文志》:"《鄒奭子》十二篇。"原注:"齊人,號曰雕龍奭。"《後漢
書·崔駰傳贊》:"崔爲文宗,世禪雕龍。"李賢注引劉向《別録》曰:"言鄒奭脩飾
之文若雕龍文也。"並其證。

⑦ **青史曲綴以街談。**

"以",《玉海》三七引作"於",《通雅》三引同。

詹氏《義證》:"作'於'是。"

【按】"以"當從《玉海》引作"於"。上文云"野老治國於地利,騶子養政於
天文。申商刀鋸以制理,鬼谷脣吻以策動",兩"於"字、兩"以"字分別成對文,
則此亦當作"於街談",始能與上句"於雜術"相儷。

⑧ **子政讎挍。**

【按】"挍"與"校"同。《廣雅·釋詁》:"挍,度也。"《玉篇·手部》:"挍,報
也。"宋郭忠恕《佩觿》上:"五經字書,不分'校'、'挍'。"《正字通·手部》:"明避
御諱(熹宗朱由檢),'校'省作'挍'。"

⑨ **蹖駁者出規。**

"駁",馮鈔元本、弘治本、汪本、佘本、隆慶本、張本、兩京本、何本、王批本、
訓故本、謝鈔本、初刻梅本、復校梅本、凌本、合刻本、梁本、秘書本、梅六次本、
梅七次本、彙編本、抱青閣本、尚古本、岡本、薈要本、文淵本、文溯本、文津本、
文瀾本、張松孫本、王本、崇文本作"駁",《古論大觀》三七、《喻林》八九、《讀書
引》十引同。

楊氏《補正》:"諸本是也。《説文·馬部》:'駁,馬色不純。'又:'駁,獸,如
馬,倨牙,食虎豹。'是二字義別。'蹖駁'字當作'駁'明矣。《莊子·天下》篇:
'其道舛駁',《文選·魏都賦》李注引司馬(彪)云:'蹖,讀曰舛,乖也;駁,色雜
不同也。'是司馬彪本'舛'作'蹖'。《説文》舛爲部首,重文作'蹖'。"

張氏《考異》:"'駁'字是,下文'蹖駁之類也'正同。"

【按】明諸本皆作"駁",唯元至正本作"駁",黃氏從之。

"駁"、"駁"通。"駁",訓雜。《詩·周頌·有客》:"亦白其馬。"鄭玄箋:"故
言亦駁而美之。"陸德明釋文:"駁,雜也。"古常"蹖駁"連文。如《文選·左思
〈魏都賦〉》:"謀蹖駁於王義。"李善注:"駁,色雜不同也。"張銑注:"駁,亂也。"

唐玄宗《孝經序》：“蹖駮尤甚。”邢昺疏：“駮，錯也。”《資治通鑑補·隋紀二》：“帝以天下用律者多蹖駮。”嚴衍注：“蹖，乖也。駮，錯也。”並其證。然明諸本皆作“駮”，於義自通，從之可也，毋須改“駁”。

⑩　**是以世疾諸混同虛誕。**

“諸”下，訓故本有“□”。　李本有“子”，《讀書引》十同。　沈臨何校本“諸”下標增字符，云：“‘諸’下，疑脱‘子’字。”　“同”，黃校：“一作‘洞’。”　元至正本、馮鈔元本、黃傳元本、倫傳元本、弘治本、弘治活字本、汪本、佘本、隆慶本、張本、兩京本、胡本、何本、王批本、訓故本、謝鈔本、初刻梅本、復校梅本、凌本、合刻本、梁本、秘書本、梅六次本、梅七次本、別解本、抱青閣本、尚古本、岡本、薈要本、文淵本、文津本、文瀾本、張松孫本、王本、崇文本作“洞”，《子苑》、《荊川稗編》四三、《古論大觀》三七引同。　徐燉標疑“洞”字。　沈臨何校本改“洞”爲“同”，云：“‘同’，校本‘洞’。”（“同”爲沈氏藏汪本原有朱筆校字。）傳録何沈校本“洞”旁過録“同”字。　紀昀云：“‘是以’句有訛脱。”　張爾田圈點“洞”字。

范氏《注》：“‘諸’下脱一‘子’字。‘混同’，疑當作‘鴻洞’。鴻洞，相連貌，謂繁辭也。”

徐氏《正字》：“‘諸’下疑脱‘子’字。下文云：‘按《歸藏》之經，大明迂怪，乃稱羿弊十日，嫦娥奔月。《殷湯》如兹，況諸子乎。’云云，上下文正相迴應。”

楊氏《補正》：“‘混洞虛誕’四字平列，而各明一義。‘混’謂其雜，‘洞’謂其空，‘虛’謂其不實，‘誕’謂其不經，皆就蹖駮方面言。若作‘鴻洞’，則爲聯綿詞，與‘虛誕’二字不類矣。”

王氏《校證》補“子”字，云：“下文云：‘按《歸藏》之經，大明迂怪，乃稱羿斃十日，嫦娥奔月。《殷易》如兹，況諸子乎？’上下文正相照應。”

李氏《斠詮》“諸”下補“子”，從范説校“混”作“鴻”，云：“鴻洞，相連無涯際貌。《淮南子·原道》：‘靡濫振蕩與天地鴻洞。’注：‘弘，大也；洞，通也。’《文選·王襃〈洞簫賦〉》：‘風鴻洞而不絶兮。’注：‘鴻洞，相連貌。’《淮南子》注訓‘大通’與《文選》注訓‘相連’同，皆廣漠無涯際之貌。此以喻諸子文辭之放逸誕漫，亦即《史記·莊周傳》所謂‘其言洸洋自恣以適己’之義也。”

【按】元明諸本皆作“洞”，黃氏蓋據何校本而改作“同”，四庫五本唯文溯本從之。

　　此文當作"是以世疾諸子,混洞虛誕"。"諸"下訓故本有"□",明示缺一字,當從何校本及李本等補"子"字。元明諸本作"洞"自通,黃氏不應擅改。

　　依范氏所解,"混同"乃一聯綿詞,甚是。然范氏解作諸子之文繁辭相連,恐未確。楊氏以"空"解"洞",又與"虛"義複,況"洞"字訓通、徹、深,不訓空。"混洞"爲聯綿詞,不宜離析作解。"洞"當讀徒紅切(tóng)。《淮南子·原道》:"與天地鴻洞。"高誘注:"洞,讀爲'同異'之'同'。"此詞常見於道教經典。如劉宋《度人上品妙經·大赤靈文品》:"太清隱韻,離合自然,混洞玉文。"又《九宮仙籍品》:"晶燿綿綿,混洞浩劫,眇莽升遷。"又《五行備足生靈壽域品》:"溟滓鴻濛,赤光啓明,混洞沖融,泰清遼邈,杳杳無窮。"並其證。

　　"混洞"可形容言辭、言論。如《度人上品妙經·玉宸大道品》云:"此玉宸洞章,……非世之常辭,其言混洞,其文天成,故於祕妙不可思詳。"細繹舍人文意,此"混同"當與莊子所云"荒唐"義近,指諸子之言論往往宏大迂闊,不著實際。《莊子·天下》:"莊周聞其風而悦之,以謬悠之説,荒唐之言,無端崖之辭,時恣縱而不儻。"陸德明釋文:"謬悠,謂若忘於情實者也。荒唐,謂廣大無域畔者也。"成玄英疏:"謬,虛也。悠,遠也。荒唐,廣大也。"《史記·孟子荀卿傳》:"(騶衍)乃深觀陰陽消息,而作怪迂之變,《終始》《大聖》之篇十餘萬言,其語閎大不經。""混同"即"荒唐"、"閎大"之義,"虛誕"即"謬悠"、"不經"之義。

　　⑪ 乃稱羿弊十日。

　　"弊",《玉海》三五引作"斃"。　　元至正本、馮鈔元本、黃傅元本、倫傅元本、弘治本、弘治活字本、汪本、佘本、隆慶本、張本、兩京本、胡本、何本、謝鈔本、初刻梅本、復校梅本、凌本、合刻本、梁本、秘書本、梅六次本、梅七次本、彙編本、別解本、抱青閣本、尚古本、岡本、薈要本、文淵輯注本、文淵本、文溯本、文津本、文瀾本、張松孫本、王本、崇文本作"斃",《讀書引》十引同。　　黃氏輯注出條目作"斃"。　　訓故本作"彈"。　　《子苑》引作"斃"。　　楊氏《補正》:"《經義考》卷一引作'斃'。"　　郝懿行改"弊"爲"斃"。　　張爾田圈點"斃"字。

　　王氏《校證》校"弊"作"斃",云:"《辨騷》篇:'夷羿彈日',唐寫本'彈'作'斃',是彥和引用此事,前後正復作'斃',不必妄意改作。"

　　鈴木《黃本校勘記》、楊氏《補正》、李氏《斠詮》並校"弊"作"斃"。

　　【按】元明諸本皆作"斃",無作"弊"者,黃本此字蓋誤刻,文淵輯注本及四庫五本即皆改“弊”作“斃”。然此從訓故本作“彈”義長。《説文·弓部》：“彈，射也。《楚詞》曰：‘羿焉彈日。’”依《淮南子·本經訓》，羿上射十日，而中其九日，非射死十日。故“弊（斃）”當視爲“彈”之假字，“弊（斃）日”即“彈日”。參見《辨騷》篇“夷羿彈日”條校。

⑫ 嫦娥奔月。

“嫦娥”，元至正本、馮鈔元本、黃傳元本、倫傳元本、弘治本、弘治活字本、汪本、佘本、隆慶本、張本、兩京本、胡本、何本、訓故本、謝鈔本、合刻本、梁本、別解本、尚古本、岡本、薈要本、文溯本、文瀾本、王本、崇文本作“姮娥”，《古論大觀》三七引同。　《玉海》三五引作“常娥”。

楊氏《補正》校“嫦”作“常”，云：“‘常娥’字本作‘常’。《淮南子·覽冥》篇：‘譬若羿請不死之藥於西王母，恒娥竊以奔月。’（此高誘注本，許慎注本則作‘常’）後人以其爲羿妻，乃加女旁爲‘嫦’與‘姮’耳。”

張氏《考異》：“‘嫦娥’之作‘恒娥’，見《淮南子·覽冥訓》，……後以避漢文諱，易‘恒’爲‘常’，見《漢書·地理志》張晏注，則‘恒娥’爲‘嫦娥’矣，‘姮’、‘娥’《説文》皆無其字，蓋俗體也。姮音恒，見《廣韻》。”

【按】元明諸本多作“姮娥”，梅本作“嫦娥”，黃本從之。凌本、秘書本、彙編本亦並同梅本。

“恒娥”、“姮娥”、“常娥”、“嫦娥”古通用。《淮南子·覽冥訓》：“譬若羿請不死之藥於西王母，恒娥竊以奔月。”高誘注：“恒娥，羿妻。羿請藥於西王母，未及服，恒娥盜食之，得仙，奔入月中。”此古人用“恒娥”例。

張衡《張河間集·靈憲》：“請無死之藥於西王母，姮娥竊之以奔月。”《文選·郭璞〈遊仙詩〉》：“姮娥揚妙音。”李善注：“《淮南子》曰：‘請不死之藥于西王母，常娥竊而奔月。’羿，許慎曰：‘常娥，羿妻也，逃月中，蓋虛上夫人是也。’”胡克家考異：“陳云：‘姮當作恒。’今案，善注引《淮南子》‘常娥’爲注，其下不云‘常娥’之即‘恒娥’，似善自爲‘常’字。袁本、茶陵本所載五臣良注云‘姮娥’，是五臣乃爲‘姮’字，而各本亂之也。陳改‘恒’，未是。”此用“姮娥”例。

許慎《淮南鴻烈閒詁》上：“羿請不死之藥于西王母，常娥竊而奔月。”許慎注：“常娥，羿妻也，逃月中，蓋上虛夫人是也。”《文選·謝莊〈月賦〉》：“引玄兔于帝台，集素娥于後庭。”李善注：“《淮南子》曰：‘羿請不死之藥於西王母，常娥竊而奔月。'注曰：'常娥，羿妻也。'《歸藏》曰：'昔常娥以不死之藥奔月。'"又謝莊《宋孝武宣貴妃誄》："望月方娥，瞻星比婺。"李善注："《易歸藏》曰：昔常娥以不死之藥奔月。"《文選·王僧達〈祭顏光禄文〉》："涼陰掩軒，娥月寢耀。"李善注："姮娥奔月，故曰娥月。《周易》《歸藏》曰：'昔常娥以西王母不死之藥服之，遂奔月，爲月精。'"此用"常娥"例。

《曹子建集·辯道論》："素女嫦娥，不若椒房之麗也。"《搜神記》十四："羿請無死之藥於西王母，嫦娥竊之以奔月。……嫦娥遂託身於月。"江淹《江醴陵集·遂古篇》："羿廼斃日，事豈然兮，嫦娥奔月，誰所傳兮。"此用"嫦娥"例。

《吕氏春秋·審分覽》"尚儀作占月"畢沅校："尚儀，即常儀，古讀'儀'爲'何'，後世遂有'嫦娥'之鄙言。"《世本》一"常儀作占月"張澍按："常儀，氏也，一作尚儀，'儀'古音與'我'同，後世遂有'嫦娥'之說，因音近而訛，春秋時有常儀靡，即常儀氏後。"據此可知，"常儀"乃古氏名，後因音近而訛作"嫦娥"或"常娥"，則"常"字未必即爲避漢文帝之諱而改，故終當以作"常"或"嫦"爲是。舍人上文既云"按《歸藏》之經，大明迂怪，乃稱……"，則此從《歸藏》作"常娥"較長，《玉海》引亦同《歸藏》。

⑬《殷湯》如兹。

"湯"，黃校："疑作'易'。"

范氏《注》："《周禮（春官）》太卜掌三《易》之法。一曰《連山》，二曰《歸藏》，三曰《周易》。鄭注：'夏曰《連山》，殷曰《歸藏》。'《歸藏》爲殷代之《易》，'殷湯'當作'《殷易》'。"

張氏《考異》："斃日奔月之説，皆據《歸藏》，則'湯'爲'易'之誤，作'易'是。"

鈴木《黃本校勘記》、王氏《校證》、李氏《斠詮》並校"湯"作"易"。

【按】"湯"當從黃叔琳校作"易"，訓"三《易》"之"易"，二字形近而致訛。《周易鄭注》："《夏殷易》以七八不變爲占，《周易》以九六變者爲占。"《左傳·襄公九年》："始往而筮之遇艮之八。"孔穎達疏："世有《歸藏易》者，僞妄之書，非《殷易》也。"並古稱"《殷易》"之證。

⑭魏牟比之鶡鳥。

"鶡"，倫傳元本作"鷳"。　謝鈔本作"梟"。　馮班過録"梟"字。　黃叔琳云："'鶡鳥'當作'井鼃'。"　張紹仁校"鶡"作"梟"。

黄叔琳注：“《列子》所述，魏公子牟正深悦公孫龍之辨，所謂承其餘竅者也。《莊子·秋水》篇則異是。龍問牟：‘吾自以爲至達已，今聞莊子之言，無所開吾喙，何也？’公子牟有埳井之鼃謂東海之鱉之喻。是‘鴞鳥’當作‘井鼃’矣。”

楊氏《補正》：“‘井鼃’與‘鴞鳥’之形、音不近，恐難致誤。以其字推之，疑‘鳥’當作‘鳴’，寫者偶脱其口旁耳。”

王氏《校證》：“《史記·魯仲連傳》正義引《魯連子》：‘魯仲連往請田巴曰：先生之言，有似梟鳴。’彦和蓋涉彼而誤。”

張氏《考異》：“黄注以《莊子·秋水》篇爲據是也，‘鴞鳥’或爲舍人之誤引，以《史記》魯仲連語歸之魏牟耳。”

李氏《斠詮》校“鴞鳥”作“井鼃”。

【按】黄叔琳説可從，“鴞鳥”疑當作“井鼃”。《史記·魯仲連傳》正義引《魯連子》：“齊辯士田巴，辯於狙丘，議於稷下，……離堅白，合同異，一日服千人。……（魯仲連）往請田巴曰：‘……國亡在旦夕，先生奈之何？若不能者，先生之言，有似梟鳴，出聲而人惡之。願先生勿復言！’”此魯仲連與鴞鳥事。《莊子·秋水》：“公孫龍問於魏牟曰：‘……合同異，離堅白；然不然，可不可；困百家之知，窮衆口之辯：吾自以爲至達已。今吾聞莊子之言，汒然異之，不知論之不及與？知之弗若與？……’公子牟隱机太息，仰天而笑曰：‘子獨不聞夫埳井之鼃乎？謂東海之鱉曰：“吾樂與！……且夫擅一壑之水，而跨跱埳井之樂，此亦至矣，夫子奚不時來入觀乎？”（東海之鱉）告之海曰：“夫千里之遠，不足以舉其大；千仞之高，不足以極其深。……夫不爲頃久推移，不以多少進退者，此亦東海之大樂也。”……子乃規規然而求之以察，索之以辯，是直用管窺天，用錐指地也，不亦小乎？’”此魏牟與井鼃事。

可知兩典所言之側重點不同：田巴之言雖辯而無實用價值，故魯仲連比之以梟鳴而令人厭惡；公孫龍之同異堅白之論與莊子之言相比，屬於小智，故公子牟比之以埳井之鼃。舍人上文既云“理拙”，則此當指公孫龍識見不足、不明事理，故以“井鼃”喻之。

⑮《淮南》汎採而文麗。

楊氏《補正》：“‘汎採’二字當乙，始能與上句之‘鑒遠’相儷。汎採，謂淮南王書採摭廣泛也。”

【按】楊説非是，今本文義自通，毋須改動。《原道》篇之"業峻鴻績"，《知音》篇之"深識鑒奧"，《論語·鄉黨》之"迅雷風烈"，《大戴禮記·夏小正》之"剥棗栗零"，句法與此相似，均不宜以現代語法相繩。《定勢》篇："世之作者，或好煩文博採，深沉其旨者。"《事類》篇："劉歆《遂初賦》，歷叙於紀傳：漸漸綜採矣。""博採"、"綜採"與"汎採"詞法同。參見《原道》篇"業峻鴻績"條校。

⑯ 而辭氣文之大略也。

"氣"下，梅校："疑脱。" 梅六次本、梅七次本剷去"文"字。 徐爌圈去"文"字，云："三字查。" 《古論大觀》三七引無"文"字。 王惟儉標疑"辭氣文"三字。

范氏《注》："'文'疑是衍字。《論語·泰伯》篇'曾子曰：出辭氣，斯遠鄙倍矣。'鄭玄注曰：'出辭氣能順而説之，則無惡戾之言入於耳。'彥和謂循此則得諸子之順説，不至爲鄙倍之言所誤也。"

潘氏《札記》："'文'字似涉下'之'字而衍。本書中'文'、'之'二字往往以形近互誤。如《章表》篇：'原夫章表之爲用也。'黄校云：'之，元作文，謝改。'此二句若作'斯則得百氏之華采，而辭氣之大略也'，似甚安諦。《體性》篇：'豈非自然之恒資，才氣之大略哉'，句法與此一律。"

徐氏《正字》："'辭氣'下疑脱'入'字，爲此句之動詞。"

劉氏《校釋》："此句疑有誤，或當作'總辭氣文之大略也'。"

王氏《校證》從范説，云："'文'蓋'之'之誤衍，《章表》篇'原夫章表之爲用也'，'之'原作'文'，是其證。《明詩》篇'此其大略也'、《雜文》篇'此立體之大要也'、《詔策》篇'此詔策之大略也'、《奏啓》篇'亦啓之大略也'、《議對》篇'此綱領之大要也'、《體性》篇'才氣之大略'，與此句法正相同。"

楊氏《校注》、張氏《考異》、牟氏《譯注》並從范氏説。

【按】元明諸本皆有"文"字，唯梅氏天啓二本剷去之，黄氏仍從梅氏萬曆初刻本。

"辭氣文"，義不可通，"文"字蓋涉上文"文麗"而衍，當據梅氏天啓二年本删。徐氏於"氣"下妄增"入"字，讀作"辭氣入文"，愈不可解。劉氏增字作解，亦非。舍人常"辭氣"連文。如《封禪》篇："法家辭氣，體乏弘潤，然疎而能壯。"《議對》篇："及後漢魯丕，辭氣質素。"《章句》篇："若乃改韻從調，所以節文辭氣。"《總術》篇："則義味騰躍而生，辭氣叢雜而至。"並其證。

⑰ **若夫陸賈《典語》。**

“典”,訓故本作“新”,文溯本同。

孫詒讓《札迻》十二:“‘典’,當作‘新’。《新語》十二篇,今書具存。《史記》賈本傳及正義引《七録》並同,皆不云‘典語’。《隋書·經籍志·儒家》云:‘梁有《典語》十卷,吳中夏督陸景撰。’(亦見馬總《意林》)與陸賈書別。彦和蓋偶誤記也。”

楊氏《校注》、王氏《校證》、李氏《斠詮》並從孫氏説。

【按】孫説是,“典”當從訓故本作“新”。陸賈所著者乃《新語》。《史記·陸賈傳》:“陸生迺粗述存亡之徵,凡著十二篇。每奏一篇,高帝未嘗不稱善,左右呼萬歲,號其書曰《新語》。”張守節正義:“《七録》云‘《新語》二卷,陸賈撰’也。”而《典語》乃陸景所撰。如《文選·顏延年〈應詔觀北湖田收詩〉》及王僧達《答顏延年》李善注並云:“陸景《典語》曰。”《隋書·經籍志三》兩書分別記載:“《新語》二卷,陸賈撰。”“《典語》十卷、《典語別》二卷,並吳中夏督陸景撰。”二書著者各別,不容混淆。

⑱ **咸叙經典。**

“咸”,黃校:“一作‘或’。” 訓故本、梅六次本作“或”,張松孫本同。

楊氏《補正》:“當從一本作‘或’,始與下句一例。”

范氏《注》、張氏《考異》、李氏《斠詮》、牟氏《譯注》並校“咸”作或”。

【按】梅氏萬曆初刻本、復校本、七次本作“咸”,六次本改“或”,黃氏仍從初刻本。

楊説是,“咸”當從訓故本等作“或”,二字形近致訛。“叙經典”與“明政術”平列,概括上述八書之論述範圍,並當以“或”字領起。《檄移》篇:“凡檄之大體,或述此休明,或叙彼苛虐。”句法與此同。

⑲ **體勢漫弱。**

“漫”,元至正本、黃傳元本、弘治本、弘治活字本、汪本、佘本、隆慶本、張本、兩京本、訓故本、薈要本、文淵輯注本、文淵本、文溯本、文津本、文瀾本作“浸”,《子苑》、《天中記》三七、《喻林》八七引同。 楊氏《補正》:“《茹古略集》十五引作‘浸’。” 譚獻校“漫”作浸”。 張紹仁校“浸”作漫”。

楊氏《補正》校“漫”作“浸”,云:“《文選·陸倕〈石闕銘〉》:‘晉氏浸弱。’是‘浸弱’連文之證。《樂府》篇有‘自雅聲浸微’語。”

范氏《注》、張氏《考異》、李氏《斠詮》並校"漫"作"浸"。

【按】元明諸本多作"浸",梅本作"漫",與何本、謝鈔本合,黃氏從之。

此當從元至正本、弘治本等作"浸",二字形近致訛。四庫五本均改作"浸",亦可證"漫"字之非。《文選·陸倕〈石闕銘〉》:"晉氏浸弱。"呂向注:"浸,漸也。"李善注:"浸弱,微滅也。"又,《北齊書·幼主本紀》:"始見浸弱之萌,俄觀土崩之勢。"亦"浸溺"連文。

⑳ **大夫處世**。

"大",何本、訓故本、復校梅本、凌本、合刻本、梁本、秘書本、梅六次本、梅七次本、別解本、尚古本、岡本、薈要本、文瀾本、張松孫本、王本、崇文本作"丈"。　沈臨何校本改"大"爲"丈",云:"'丈',校本作'大'。"("丈"爲沈氏藏汪本原有朱筆校字。)　張紹仁校作"丈"。

鈴木《黃本校勘記》:"'大',當作'丈'。"

楊氏《補正》:"'丈'字是。《程器》篇亦有'安有丈夫學文'語。《後漢書·張奐傳》:'(奐)嘗與士友言曰:大丈夫處世,當爲國家立功邊境。'又《陳蕃傳》:'蕃曰:大丈夫處世,當埽除天下,安事一室乎!'《南齊書·王秀之傳》:'(荀)丕乃遺書曰:……丈夫處世,豈可寂漠恩榮!'《世說新語·言語》篇:'(龐)士元從車中謂曰:吾聞丈夫處世,當帶金佩紫。'並足資旁證。"

張氏《考異》:"丈夫,成人之稱,大夫,仕者之稱,此言'處世',是泛舉,作'丈夫'是。"

王氏《校證》、李氏《斠詮》並校"大"作"丈"。

【按】梅氏萬曆初刻本作"大",與元至正本等合,梅氏復校本、天啓二本改爲"丈",與何本等合,黃氏仍從初刻本。

"大"當作"丈",二字形近致訛,此與正文"君子之處世"照應。

㉑ **懷寶挺秀**。

"寶",元至正本、黃傳元本、倫傳元本、弘治本、弘治活字本、汪本、佘本、隆慶本、張本、兩京本、胡本、訓故本、抱青閣本、薈要本、文淵本、文津本、文瀾本作"實"。　沈臨何校本云:"'實',一作'寶'。"

楊氏《補正》:"'懷寶'出《論語·陽貨》,其義亦長。《後漢書·郎顗傳》:'(黃瓊)被褐懷寶,含味經籍。'又《郭符許傳贊》:'林宗懷寶。'《抱朴子外篇·行品》:'含英懷寶。'《文選·王褒〈四子講德論〉》:'幸遭聖主平世而久懷寶。'

並以‘懷寶’爲言。”

張氏《考異》：“作‘實’是，《禮·月令》：‘季春爲民社麥實。’注謂：‘於食秀成。’蓋‘實’、‘秀’相承爲辭，舍人本此，未可拘於《論語》之‘懷寶’也。楊校作‘寶’非。”

【按】元明諸本多作“實”，梅本作“寶”，與何本、謝鈔本合，黃氏從之。

楊説是，作“寶”是。“寶”，訓身。《老子》：“輕敵幾喪吾寶。”河上公注：“寶，身也。”《論語·陽貨》：“懷其寶而迷其邦。”劉寶楠正義引胡紹勳拾義：“或謂身爲寶。”此“寶”字當訓美質、才華，實即舍人常言之“身文”，回應正文“英才特達”。《風骨》篇“珪璋乃騁”，《比興》篇“珪璋以譬秀民”，《時序》篇“雖才或淺深，珪璋足用”，《物色》篇“若夫珪璋挺其惠心”，並以“珪璋”喻材質之美或本身才華，可與此互證。

㉒ 辨雕萬物。

“辨”，凌本作“辯”。

楊氏《補正》：“‘辯’字是。《莊子·天道》篇：‘辯雖彫（與雕通）萬物，不自説也。’作‘辯’。《情采》篇：‘莊周云：辯雕萬物。’亦作‘辯’。則此不應作‘辨’矣。”

李氏《斠詮》校“辨”作“辯”。

【按】楊説是。“辨”、“辯”古常通用不別，然依《莊子·天道》篇及舍人《情采》篇，此作“辯”字較長。

㉓ 條流殊述。

楊氏《補正》：“以《定勢》篇‘夫情致異區，文變殊術’例之，‘述’當作‘術’。此蓋涉篇中諸‘述’字而誤者。《雜文》篇‘智術之子’，倫明所校元本‘術’誤爲‘述’。《議對》篇‘祖述春秋’，兩京本、胡本‘述’又誤爲‘術’。是‘述’、‘術’二字易互誤之證。”

【按】楊説非是，“述”、“術”通，不煩改字。《詩·邶風·日月》：“報我不述。”陸德明釋文：“述，本亦作‘術’。”《逸周書·命訓》：“六方三述。”孔晁注：“述，通作‘術’。”《莊子·人間世》：“而彊以仁義繩墨之言術暴人之前者。”孫詒讓按：“‘術’與‘述’古通。《禮記·祭義》：‘結諸心，形諸色，而術省之。’鄭注云：‘術當作述，聲之誤也。’”“殊述”，猶言殊途。此回應正文“經子異流”及“明乎坦途”之意。

論　說　第　十　八

　　聖哲彝訓曰經，述經敘理曰論。論者，倫也，倫理無爽，則聖意不墜。昔仲尼微言，門人追記，故仰其經目，①稱爲《論語》，蓋羣論立名，始於茲矣。自《論語》已前，經無"論"字，《六韜》二論，後人追題乎？詳觀論體，條流多品。陳政，則與議說合契；釋經，則與傳注參體；辨史，則與贊評齊行；銓文，則與敘引共紀。②故議者宜言，說者說語，傳者轉師，注者主解，贊者明意，評者平理，序者次事，引者胤辭：八名區分，一揆宗論。論也者，彌綸羣言而研精一理者也。

　　是以莊周《齊物》，以論爲名；不韋《春秋》，六論昭列。至石渠論藝，白虎通講聚，述聖言通經，③論家之正體也。及班彪《王命》，嚴尤《三將》，敷述昭情，善入史體。魏之初霸，術兼名法，傅嘏王粲，校練名理。迄至正始，務欲守文，④何晏之徒，始盛元論。⑤於是聃周當路，與尼父爭塗矣。詳觀蘭石之《才性》，仲宣之《去代》，⑥叔夜之辨聲，太初之《本元》，⑦輔嗣之兩《例》，平叔之二《論》，並師心獨見，鋒穎精密，蓋人倫之英也。⑧至如李康《運命》，同《論衡》而過之；陸機《辨亡》，效《過秦》而不及，然亦其美矣。次及宋岱郭象，銳思於幾神之區；⑨夷甫裴頠，交辨於有無之域：並獨步當時，流聲後代。然滯有者全繫於形用，貴無者專守於寂寥，徒銳偏解，莫詣正理；動極神源，其般若之絶境乎？⑩逮江左羣談，惟玄是務，雖有日新，而多抽前緒矣。至如張衡《譏世》，韻似俳說；⑪孔融《孝廉》，但談嘲戲；曹植《辨道》，體同書抄：言不持正，論如其已。⑫

　　原夫論之爲體，所以辨正然否，窮于有數，追于無形，⑬迹堅求通，⑭鈎深取極，乃百慮之筌蹄，萬事之權衡也。故其義貴圓通，辭忌枝碎，必使心與理合，彌縫莫見其隙；辭共心密，敵人不知所乘：斯其要也。是以論如析薪，貴能破理。斤利者越理而橫斷，辭辨者反義而取通，覽文雖巧，而檢迹如妄，⑮唯君子能通天下之志，安可以曲論哉？

若夫注釋爲詞，解散論體，雜文雖異，⑯總會是同。若秦延君之注《堯典》，十餘萬字；朱普之解《尚書》，三十萬言，所以通人惡煩，羞學章句。若毛公之訓《詩》，安國之傳《書》，鄭君之釋《禮》，王弼之解《易》，要約明暢，可爲式矣。⑰

說者，悦也。兌爲口舌，故言咨悦懌，⑱過悅必僞，故舜驚讒說。說之善者，伊尹以論味隆殷，太公以辨釣興周，及燭武行而紓鄭，端木出而存魯，亦其美也。暨戰國爭雄，辨士雲踊，⑲從橫參謀，長短角勢。轉丸騁其巧辭，飛鉗伏其精術。一人之辨，重於九鼎之寶；三寸之舌，强於百萬之師。六印磊落以佩，五都隱賑而封。至漢定秦楚，辨士弭節，酈君既斃於齊鑊，蒯子幾入乎漢鼎，雖復陸賈籍甚，張釋傅會，杜欽文辨，婁護脣舌，⑳頡頏萬乘之階，抵噓公卿之席，㉑並順風以託勢，㉒莫能逆波而泝洄矣。

夫說貴撫會，弛張相隨，不專緩煩，亦在刀筆。范雎之言事，㉓李斯之止逐客，並煩情入機，㉔動言中務，雖批逆鱗，而功成計合，此上書之善說也。至於鄒陽之說吳梁，喻巧而理至，故雖危而無咎矣。敬通之說鮑鄧，事緩而文繁，所以歷騁而罕遇也。凡說之樞要，必使時利而義貞，進有契於成務，退無阻於榮身。自非譎敵，則唯忠與信，披肝膽以獻主，飛文敏以濟辭，㉕此說之本也。而陸氏直稱“說煒曄以譎誑”，何哉？

贊曰：理形於言，叙理成論。詞深人天，致遠方寸。陰陽莫貳，㉖鬼神靡遁。說爾飛鉗，呼吸沮勸。

校箋

① 故仰其經目。

“仰”，宋本、宮本《御覽》五九五引作“抑”，明鈔本《御覽》引作“押”，周本《御覽》引作“即”。　徐燉校作“押”。

范氏《注》：“‘仰其經目’，疑當作‘抑其經目’，謂謙不敢稱經也。”

王氏《校證》校“仰”作“抑”，云：“《（儀禮）聘禮》疏引鄭玄《論語序》：‘《易》

《詩》《書》《禮》《樂》《春秋》，皆二尺四寸（原作"一尺二寸"，據《左傳序》疏引鄭氏《論語序》改）。《孝經》謙，半之；《論語》八寸策者，三分居一，又謙焉。'鄭氏此文，正可説明《論語》謙，不敢稱經之故。"

張氏《考異》："抑者，不逕言經而名《論語》，故從'抑'是。"

楊氏《補正》、李氏《斠詮》並校"仰"作"抑"。

【按】"仰"當從宋本《御覽》引作"抑"，形近致訛。"抑"，訓按、止，又訓卻。《文選·范曄〈後漢書皇后紀論〉》："抑明賢以專其威。"劉良注："抑，卻也。"引申爲卻而不用、回避，詁此正合。"押"，《廣韻》音古狎切（jiǎ），訓輔、檢束；音烏甲切（yā），訓押署、壓，於義無取。徐校非是。

② **銓文，則與叙引共紀。**

"銓"、"叙"，《明文衡》五六、《七修類稿》二九、《沈氏學弢》十四、《荆川稗編》十五引分別作"詮"、"序"。　"銓"，清謹軒本作"詮"，《子苑》、《文章辨體總論》引同。

范氏《注》："'銓'當作'詮'。《淮南》書有《詮言訓》，高注曰：'詮，就也。'詮言者，謂譬類人事，相解喻也。史傳多以'譔'爲之。"

徐氏《正字》："下文云：'序者次事，引者胤辭。'則此'叙'字疑當作'序'，以歸一律。"

楊氏《補正》從范説，云："下文'序者次事'，即承此而言，'叙'、'序'上下不同，應改其一。《定勢》篇：'史論序注，則師範於覈要。'則此處之'叙'當作'序'，始合。"

張氏《注訂》："銓文者，權衡文章也。有所權衡，則論議興而叙引爲要，故言'銓文則序引共紀'也。'銓'字不誤，范氏《注》從'詮'，非。"

李氏《斠詮》："'銓'，《説文》訓衡，此處'銓文'，有稱量文章價值，品評文章等級之義，而'詮'《説文》訓具，桂注：'謂具説事理。''詮文'則謂解釋文章事義，説明文章內容，指意與所謂'叙引'不盡投合，毋煩改字，仍以舊貫爲勝。""本書《序志》'夫銓序一文爲易，彌綸羣言爲難'，用與此處同。"

【按】范説是，此從清謹軒本作"詮"較長。《廣韻·仙韻》："詮，次也。""銓次"、"銓評"，謂於衆物之中排列其等級，評定其高下，實則與上文"辨史則與贊評齊行"（評者，平理）義複。"詮"，訓詮解、詮論，又引申爲叙述、闡明（參見《詮賦》篇"詮賦第八"條校），"詮文"，猶言論述文章。《序志》篇云："論文叙筆。"亦用“論”、“叙”字。

又，《序志》篇“夫銓序一文爲易”，“銓序”亦當解作“詮序”，訓詮論、論述。《歷代三寶紀》十二：“釋智鉉筆受文辭，詮序義理。”即其義。如訓銓評，則與下文“品評成文”義複。

“叙”、“序”通。《爾雅·釋詁》：“舒，叙也。”郝懿行義疏：“經典‘叙’皆通作‘序’也。”《論語序》“叙曰”邢昺疏：“‘叙’與‘序’音義同。”《尚書·皋陶謨上》：“惇叙九族。”孫星衍今古文注疏：“‘叙’與‘序’通。”並其證。此當從楊説，依《定勢》篇“史論序注”，文體名統一作“序”字。

③ **白虎通講聚，述聖言通經。**

宋本、宮本、明鈔本、周本、倪本、張本《御覽》五九五引作“白虎講聚，述聖通經”，鮑本《御覽》引作“白虎通講，述聖通經”，喜多邨本《御覽》引作“白虎通講聚，述聖通經”。　《玉海》六二引作“白虎講聚，述聖通經”，集成本同。　馮鈔元本作“白虎通講，述聖言通經”。　訓故本作“白虎通講聚，述聖言□□通經”。　梅六次本、梅七次本刊去上“通”字、“言”字，作“白虎講聚，述聖通經”，李本、集成本同。　秘書本作“白虎通講序，述聖言通經”。　張松孫本作“白虎□講聚，述聖□通經”。　徐爌删上“通”字、“言”字。　謝兆申云：“疑作‘白虎通講述聖言，旁通經典’。”　傳録何沈校本補“通”、“言”，作“白虎通講聚，述聖言通經”。

孫詒讓《籀膏述林》四《白虎通義考》下：“今本《文心雕龍》‘述’上衍‘聚’字，‘聖’下衍‘言’字，應依《御覽》引删。”

鈴木《黄本校勘記》：“‘通講’之‘通’字及‘言’字並衍，諸本皆誤。”

范氏《注》：“本書《時序》篇‘歷政講聚。’即指此事，亦作‘講聚’，明鈔本《御覽》引作‘講聚’，是。”

徐氏《校記》：“《御覽》文部十一引此文作‘白虎講聚，述聖通經’，其本大勝。本書《時序》篇云：‘歷政講聚。’亦以‘講聚’連文可證。‘通’字、‘言’字皆衍文。自抄者誤於《白虎通》之名，妄增一‘通’字，因又於‘聖’字下沾一‘言’字以足句，其文遂繳繞不可讀矣。”

楊氏《補正》：“删去‘通’、‘言’二字，是也。‘論藝’與‘講聚’相對爲文。《時序》篇：‘然中興之後，羣才稍改前轍，華實所附，斟酌經辭。蓋歷政講聚，故漸靡儒風者也。’正指章帝會諸儒白虎觀而言，其文亦作‘講聚’。今本‘通’字，非緣《白虎通德論》之名衍，即涉下‘通’字而誤。‘言’字亦涉上文而衍者。”

王氏《校證》、李氏《斠詮》並從宋本《御覽》引。

【按】梅氏初刻本及復校本作“白虎通講聚，述聖言通經”，與元至正本、弘治本、汪本、佘本、張本、兩京本、胡本合，梅氏天啓二本改作“白虎講聚，述聖通經”，黄氏仍從初刻本。

徐説、楊説是，宋本《御覽》、《玉海》引作“白虎講聚，述聖通經”，梅氏天啓二本據改，是。“白虎講聚”與“石渠論藝”對文，“言”字蓋涉上文“彌綸羣言”而衍。

“石渠”，即石渠閣。《漢書·宣帝紀》：“（甘露三年）詔諸儒講《五經》同異，太子太傅蕭望之等平奏其議，上親稱制臨決焉。”李賢注：“宣帝甘露三年，詔諸儒講《五經》於殿中，兼平《公羊》《穀梁》同異，上親臨決焉。石渠，閣名。”“白虎”，則爲白虎觀之省稱。《東觀漢記·顯宗孝明皇帝紀》：“永平元年，帝即阼，長思遠慕，至踰年正月，乃率諸王侯、公主、外戚、郡國計吏上陵，如會殿前禮。長水校尉樊儵奏言，先帝大業，當以時施行。欲使諸儒共正經義，頗令學者得以自助。于是下太常、將軍、大夫、博士、議郎、郎官及諸王、諸儒，會白虎觀，講議《五經》同異。”《後漢書·肅宗孝章帝紀》：“（建初四年）十一月壬戌詔曰：‘……中元元年詔書，《五經》章句煩多，議欲減省。至永平元年，長水校尉儵奏言，先帝大業，當以時施行。欲使諸儒共正經義，頗令學者得以自助。……’於是下太常，將、大夫、博士、議郎、郎官下及諸生諸儒，會白虎觀，講議《五經》同異，使五官中郎將魏應承制問，侍中淳于恭奏，帝親稱制臨決，如孝宣甘露石渠故事，作《白虎議奏》。”此即舍人所本。

④ **務欲守文。**

楊氏《補正》：“‘務欲’二字，疑有脱誤。當作‘無務’（《神思》篇‘無務苦慮’，《風骨》篇‘無務繁采’），或‘不欲’，文意始順。下文‘師心獨見’，正所謂不守文也。”

李氏《斠詮》本楊氏説，校“務欲”作“勿欲”。

【按】楊説、李説均不可從，“務欲”於義自通，今本非有訛脱。《漢書·賈捐之》：“貪外虛内，務欲廣地。”《後漢書·班彪傳》：“至於採經摭傳，分散百家之事，甚多疎略，不如其本，務欲以多聞廣載爲功。”《三國志·魏書·鮮卑傳》：“明帝即位，務欲綏和戎狄，以息征伐。”《南齊書·劉悛傳》：“惜銅愛工者，謂錢無用之器,以通交易,務欲令輕而數多。”並“務欲”連文之證。《助字辨略》四:“務者,專力而必爲之。”《戰國策‧秦策一》:“務廣其地。”吳師道注:“務,專力也。”則此云“務欲”,猶言專心、一意。

楊氏蓋誤讀“守文”之義。范氏《注》:“魏氏三祖,皆有文采。正始中,玄風始盛(正始,齊王芳年號),高貴鄉公才慧夙成,好問尚辭,有文帝之風。蓋皆守文之主。”范氏以文學解“文”,大謬。楊氏矯正范氏云:“范說未諦。何休《公羊解詁序》:‘斯豈非守文徐疏:守文者,守公羊之文。持論,敗績失據之過哉。’《後漢書‧張純曹褒鄭玄傳論》:‘漢興,諸儒頗修藝文;及東宮學者,亦各名家。而守文之徒,滯固所稟;……遂令經有數家,家有數說,章句多者,或乃百餘萬言。’又《王充傳》:‘以爲俗儒守文,多失其眞。’又《黨錮傳序》:‘自武帝以後,充尚儒學,懷經協術,所在霧會,至有石渠分爭之論,黨同伐異之說。守文之徒,盛於時矣。’又《儒林下‧何休傳》:‘不與守文同說。’是‘守文’乃指今古學者之‘滯固所稟’,拘牽文意而言,非謂守文之主也。”楊氏以經學章句解“文”,亦未達其恉。

此“文”字乃指法度條文,“守文”,謂君主繼體守文。《史記‧外戚世家》:“自古受命帝王及繼體守文之君,非獨内德茂也,蓋亦有外戚之助焉。”司馬貞索隱:“繼體,謂非創業之主,而是嫡子繼先帝之正體而立者也。守文,猶守法也,謂非受命創制之君,但守先帝法度爲之主耳。”《漢書‧外戚傳》同《史記》,王先謙補注引顏師古注:“繼體,謂嗣位也。守文,言遵成法,不用武功也。”此即“守文”二字之正解。

⑤ **始盛元論**。

【按】“元”,當依宋本《御覽》五九五引、元至正本、弘治本、汪本等改作“玄”。張氏《考異》云:“凡清刊本‘玄’皆作‘元’,避清聖祖諱也。”户田《校勘記補》說同。

⑥ **仲宣之《去代》**。

“代”,宋本、宮本、明鈔本、周本《御覽》五九五引作“伐”,《玉海》六二引同。訓故本作“伐”。

孫詒讓《札迻》十二:“‘代’,當作‘伐’,形近而誤。《隋書‧經籍志‧儒家》:‘梁有《去伐論集》三卷,王粲撰。’即此。‘去伐’,言去矜伐。《藝文類聚》二十三引袁宏《去伐論》,仲宣論意,當與彼同。”

楊氏《校注》、王氏《校證》、李氏《斠詮》並校"代"作"伐"。

【按】孫説是，"代"當從《御覽》引、訓故本等作"伐"，二字形近致訛。《玉篇·人部》："自矜曰伐。"《左傳·襄公十三年》："小人伐其技以馮君子。"杜預注："自稱其能曰伐。"

⑦ 太初之《本元》。

"元"，宋本、宮本、明鈔本、周本、倪本、四庫本、汪本、喜多邨本《御覽》五九五引作"玄"，張本、鮑本《御覽》引作"元"。　元至正本、馮鈔元本、黃傳元本、倫傳元本、弘治本、弘治活字本、汪本、佘本、隆慶本、張本、兩京本、胡本、何本、王批本、訓故本、謝鈔本、初刻梅本、復校梅本、凌本、合刻本、梁本、秘書本、梅六次本、梅七次本、彙編本、抱青閣本、尚古本、岡本、薈要本、文溯本、文津本、文瀾本、崇文本作"玄"。　養素堂初刻本作"玄"。　張爾田圈點"玄"字。

黃叔琳注："本元、本無，未知孰是。"

孫詒讓《札迻》十二："《本玄論》，張溥輯《太初集》已佚。考《列子·仲尼》篇張注引夏侯玄曰：'天地以自然運，聖人以自然用。自然者道也。道本無名，故老氏曰彊爲之名，仲尼稱堯蕩蕩無能名焉。'云云，與'本無'之義正合，疑即《本無論》之文。'無'、'无'、'玄'、'元'，傳寫貿亂，遂成歧互爾。"

楊氏《校注》："'元'當依《御覽》《文通》及各本作'玄'。"

王氏《校證》："'玄'黃本作'元'，避清諱。"

張氏《注訂》從孫氏説，云："太初之作，應爲《本無》，'元'字筆誤。"

李氏《斠詮》校作"無"，云："作'元'，涉'無'之古字'无'與'元'字形近而誤。《御覽》引作'玄'亦傳寫貿亂，據孫詒讓《札迻》引《列子·仲尼》篇注並徵《三國·魏志·夏侯玄傳》注引《魏氏春秋》稱'玄嘗著《本無論》'之語訂正。"

郭氏《注譯》校"元"作"無"。

【按】宋元明諸本皆作"玄"，黃氏養素堂初刻本從梅本作"玄"（缺筆），此改刻本始改爲"元"。

作"玄"、作"元"，於義均不愜，孫、張兩説近是，此字疑當作"无（無）"。《三國志·魏書·夏侯玄傳》注引《魏氏春秋》曰："玄嘗著《樂毅》《張良》及《本無》《肉刑論》，辭旨通遠，咸傳于世。"明夏侯玄有《本無論》。《列子》張注引夏侯玄之言有"道本無名"，當即"本無"之義。元釋文才《肇論新疏》上："本無者，情尚於無多，觸言以賓無。……東晉竺法汰作《本無論》。"可知"本無"乃魏晉玄學論題。夏侯玄名玄,其論似不應復以"玄"字爲題。

"无"乃"無"之重文。小徐本《説文・火部》:"無,亡也。无,奇字'无',通於'元'者,虚无道也。"《玉篇・亡部》:"无,虚无也。"疑此文原作"本无",作"玄"者,蓋"无"之形訛,或涉上文"玄論"而誤。又或寫刻者因作者"夏侯玄"之名而致誤歟?

⑧ 蓋人倫之英也。

"人倫"二字,宋本、宮本、明鈔本、倪本、四庫本、鮑本、喜多邨本《御覽》引作"論",周本《御覽》五九五引作"論事"。　《玉海》六二引作"論"。

楊氏《補正》:"作'論'字是。《章表》篇,'並表之英也',與此句法相同,可證。彼篇爲章表,故云'表之英'。此篇爲論説,故云'論之英'。若作'人倫',則非其指矣。"

張氏《考異》校"人倫"作"論",云:"人倫之英,是論人,論之英,是論文,本皆可通,緣下文言,'原夫論之爲體',及'是以論爲析薪',皆指論言而不及於人也。"

王氏《校證》、李氏《斟詮》並校"人倫"作"論"。

【按】楊説是,"人倫"二字當從宋本《御覽》引作"論",指文體,"論"蓋"倫"之形訛,"人"字衍,此文當作"蓋論之英也"。《論説》篇:"説之善者,伊尹以論味隆殷,太公以辨釣興周。"《詔策》篇:"若諸葛孔明之詳約,庾稚恭之明斷,並理得而辭中,教之善也。"《書記》篇:"牋之善者也(依《御覽》)。"句法並與此同。

⑨ 鋭思於幾神之區

"幾",元至正本、馮鈔元本、倫傳元本、弘治本、弘治活字本、汪本、佘本、隆慶本、張本、兩京本、何本、王批本、訓故本、謝鈔本、初刻梅本、復校梅本、凌本、合刻本、梁本、秘書本、梅六次本、梅七次本、彙編本、抱青閣本、集成本、岡本、文淵本、文津本、文瀾本、張松孫本、王本、崇文本作"機"。　尚古本作"極"。

沈臨何校本改"機"爲"幾"。

楊氏《補正》:"'機'字是。"

張氏《考異》:"《徵聖》篇'妙極機神',嘉靖本亦作'機',梅本注云:'機,疑作幾。'《易・繫上》:'唯幾也,故能成天下之務。''幾神'二字本此。又《易・繫下》傳云:'幾者,動之微,吉之先見者也。'《易・屯卦》:'君子幾。'疏曰:'凡幾微者,乃從無向有,其有未見,乃爲幾也。'《文言》傳疏曰:'幾者,去無入有,有理而未形之時。'據此義，'機神'應作'幾神'也。"

【按】元明諸本皆作"機"，黃氏蓋據何校本而改作"幾"。

"機神"、"幾神"通（參見《徵聖》篇"妙極機神"條校）。《抱朴子内外篇·任命》："味虚淡者，含天和而趨生；識機神者，瞻無兆而弗惑。"《陸士龍文集·吳故丞相陸公誄》："窮化機神，探頤衆妙。"《弘明集·梁蕭琛答釋法雲》："妙測機神，發揮禮教。"《南齊書·劉祥傳》："故班匠日往，繩墨之伎不衰；大道常存，機神之智永絶。"並"機神"連文之證。齊王儉《侍皇太子九日玄圃宴詩》："微言外融，幾神内王。"（《藝文類聚》四引）《梁書·蕭偉傳》："尤精玄學，……又製《性情》《幾神》等論。"並"幾神"連文之證。

於微妙義"幾"、"機"可通。《説文·絲部》："幾，微也。"《文選·潘岳〈楊仲武誄〉》："味道研機。"吕向注："機，微也。"元明諸本皆作"機"，本無誤，黃氏改"幾"，實無必要，此當從舊本作"機"。

⑩ **然滯有者全繫於形用，貴無者專守於寂寥，徒鋭偏解，莫詣正理；動極神源，其般若之絶境乎。**

【按】諸家於此無校。然此六句三十六字頗爲可疑，以文義、文例推之，或當爲衍文。試釋之如下。

第一，舍人雖精於佛理，然其《文心》之作，力求"不雜内典一字"（清史念祖《俞俞齋文稿初集·文心雕龍書後》語），此不應忽用"般若"一詞，自壞體例。明人王惟儉早已注意舍人此書用語之體例，云："乃篇什所及，僅'般若'之一語；援引雖博，罔祇陀之雜言。"（《文心雕龍訓故》序）即指出此書乃純粹儒者之言而已，與佛學無涉。

第二，此"徒鋭偏解，莫詣正理"之負面評價，與上文"獨步當時，流聲後代"之贊譽，顯然矛盾。實則劉勰爲玄學預流者，對魏晉玄學未嘗貶低，如上文云："詳觀……輔嗣之《兩例》，平叔之二論，並師心獨見，鋒穎精密，蓋論之英也。"對王弼、何晏之玄學理論成就即持肯定態度。故此節文字實爲反駁舍人者。

第三，此六句文雖相連，然前後語意實難貫通，似是將兩條評注合併者。王衍、裴頠討論"有無之辨"，宋岱、郭象討論"入神合道"，雖皆玄學命題，然範疇各別。此處之"滯有"四句，當針對王、裴而發，而"動極神源"兩句，則當針對宋、郭而發，彼此本不相干，今將前四句與後兩句連爲一體，中間又無關聯詞句作彌縫，致使文字判爲兩截，拼湊之跡顯然。

第四，今本《雕龍》中誤衍文句並不鮮見。如《徵聖》篇"是以子政論文，必徵於聖，稚圭勸學，必宗於經"，其中"子政"、"稚圭勸學"實爲衍文。《養氣》篇"夫學業在勤，功庸弗怠，故有錐股自厲，和熊以苦之人"，其中"功庸弗怠、和熊以苦之人"二句，當係後人妄增。《附會》篇"會辭切理，如引轡以揮鞭"，當爲衍文。《聲律》篇"若長風之過籟"，"籟"字下，王本有"流水之浮花□□□鄭人之買櫝"十三字，兩京本、胡本有"流水之浮花，鄭人之買櫝"十字，當爲衍文。《隱秀》篇"晦塞爲深，雖奧非隱"，弘治本、汪本等無此二句八字，當爲後人誤增。故此六句亦不排除後人之評注闌入正文之可能。

第五，視其行文脈絡，如摘去此六句，則前後銜接，貫通一氣，可反證此六句之多餘。下文用"逮"字承上啓下，敘述兩代論說文之繼承關係，十分緊湊自然，而中間插入此節文字，反而顯得枝節橫生，拖沓冗贅，致使文脈隔斷。《樂府》篇有類似行文："至宣帝雅詩，頗效《鹿鳴》。逮及元成，稍廣淫樂，正音乖俗，其難也如此。暨後漢郊廟，惟雜雅章。"連用"至"、"逮"、"暨"三虛詞，敘述三代文學狀況，簡捷而連貫，此處之行文亦當如是。

唐末新羅人崔致遠（八五七—？）《孤雲先生文集》二《無染和尚碑銘》載咸通（唐懿宗年號）十二年（八七一）秋，景文王（金膺廉）曰："弟子不佞，少好屬文，嘗覽劉勰《文心》，有語云：'滯有守無，徒銳偏解。欲詣真源，其般若之絕境。'"所引者乃櫽括今本語意，可知彼時所傳之《雕龍》已有此六句，然則此文之衍，其時當在唐懿宗咸通以前。

⑪ 韻似俳說。

"俳"，元至正本、馮鈔元本、弘治活字本、汪本、佘本、隆慶本、張本、兩京本、何本、王批本、謝鈔本、合刻本、秘書本、尚古本、岡本、文淵本、文溯本、文津本、崇文本作"排"。　初刻梅本、復校梅本、凌本、梅六次本、梅七次本、彙編本、李本作"徘"。　王本作"非"。　馮舒云："'排'，謝（兆申）作'俳'。"　沈臨何校本改"排"爲"俳"。

楊氏《補正》："'韻'字於義不屬，且與下'但談嘲戲'句不倫，疑爲'頗'之形誤。《哀弔》篇'卒章五言，頗似歌謠'，《聲律》篇'翻迴取韻，頗似調瑟'，句法並與此相類，可證。《漢書·揚雄傳下》：'雄以爲賦者，……又頗似俳優淳于髡、優孟之徒，非法度所存，賢人君子詩賦之正也，於是輟不復爲。''頗似俳優'之'頗'，尤爲'韻'當作'頗'切證。"

張氏《考異》：“‘韻’爲‘頗’之形誤。《哀弔》篇‘卒章五言，頗似歌謠’，句相似，上言‘頗似’，下言‘但談’。”

李氏《斠詮》從楊氏説，校“韻”作“頗”，云：“作‘韻’與下句‘但談嘲戲’不倫。”

【按】諸説是，“韻”疑當作“頗”，形近而誤。《漢書・地理志下》：“而武都近天水，俗頗似焉。”鍾嶸《詩品》：“晉中散嵇康頗似魏文，過爲峻切。”並“頗似”連文之證。

元明諸本多作“排”，梅氏各本皆作“徘”，黃氏改爲“俳”，與訓故本合。作“俳”是，“排”、“徘”、“非”蓋並因形聲相近而致訛。《説文・人部》：“俳，戲也。”《慧琳音義》十一“俳説”注：“俳，樂人戲笑也。”

⑫ 言不持正，論如其已。

黃校：“汪本作‘才不持論，寧如其已’。”（按，汪氏原刻本、覆刻本實並作“才不持論，如其已”七字，黃校有誤。顧廣圻已作校正。）　元至正本、馮鈔元本、倫傳元本、弘治本、弘治活字本、佘本、汪本、隆慶本、兩京本、胡本、謝鈔本作“才不持論，如其已”。　張本、王批本、訓故本作“才不持論，寧如其已”。文津本作“才不持正，論如其已”。　徐燉於“如其已”之“如”上補“寧”字。馮舒云：“謝（兆申）作‘言不持正，論如其已’。”　沈臨何校本“如”上補“寧”字，校作“才不持論，寧如其已”。　張爾田圈點“才不持論，寧如其已”八字。

潘氏《札記》從黃本，云：“如，不如也。言論不持正，不如其已也。”

徐氏《正字》：“此宜正讀爲‘不持正論，寧如其已’。今本下句脱一‘寧’字，因於上句臆加‘言’字，遂失其讀矣。”

楊氏《補正》從張本等，云：“《漢書・嚴助傳》‘朔、臯不根持論’，又《東方朔傳贊》‘不能持論’，又《儒林傳》‘（董）仲舒通五經，能持論’，《風俗通義・十反》篇‘范滂辯於持論’，《文選・〈典論・論文〉》‘然不能持論’，並以‘持論’爲言。此爲評張衡《譏世》、孔融《孝廉》、曹植《辨道》之辭，謂所作不能持論，寧可擱筆也。”

李氏《斠詮》從張本等作“才不持論，寧如其已”。

【按】何本、梅本等作“言不持正，論如其已”，舛訛不可通，黃氏從之，非是。此文當從張本、王批本、訓故本作“才不持論，寧如其已”。《人物志・材理》：“守能待攻，謂之持論之材。攻能奪守，謂之推徹之材。”此蓋舍人語意所本。《孔叢子·叙世》：“然而世俗之人聰達者寡，隨聲者衆，持論無主，俯仰爲資，因貴勢而附從，託浮説以爲定，不求之於本，不考之於理。”《漢書·儒林傳》：“（趙）賓持論巧慧，《易》家不能難，皆曰非古法也。”並“持論”連文之證，例多不徧舉。

《嵇中散集·卜疑集》：“將苦身竭力，剪除荆棘，山居谷飲，倚巖而息乎？寧如伯奮仲堪，二八爲偶，排擯共鯀，令失所乎？”《論語·子罕》：“且予與其死於臣之手也，無寧死於二三子之手乎？”邢昺疏：“且我等其死於臣之手，寧如死於其弟子之手乎？”並“寧如”連文之證。“寧如”，當解作寧可、不如。

⑬ **窮于有數，追于無形。**

黄校：“兩‘于’字從汪本改。”　宋本、宮本、明鈔本、張本、喜多邨本《御覽》五九五引作“窮於有數，追於無形”，倪本、汪本《御覽》五九五引作“窮有數，追及無形”，四庫本《御覽》引作“窮有數，追究無形”，鮑本《御覽》引作“窮於有數，追及無形”。　元至正本、馮鈔元本、倫傳元本、弘治本、汪本、佘本、隆慶本、張本、兩京本、胡本、王批本、訓故本、謝鈔本、薈要本、文淵本、文津本、文瀾本作“窮有數，追無形”，《子苑》三二引同。　何本、初刻梅本、復校梅本、凌本、合刻本、梁本、秘書本、彙編本、抱青閣本、尚古本、岡本、崇文本作“窮有數，追究無形”。　李本作“窮追有數，究迹無形”。　徐焌校作“窮于有數，迫于無形”。

傳録何沈校本云：“何本無二‘于’字。”

王氏《校證》：“‘窮于有數，究于無形’，二句八字，舊作‘窮有數，追究無形’，二句七字，謝、徐校‘窮’下添‘于’字，‘追’作‘迫’，‘迫’下加‘于’字。梅六次本改如今本，黄本、張松孫本，皆從之。《御覽》正作‘窮于有數，追于無形’，黄本注云：‘兩于字從汪本改。’非是。”

張氏《考異》：“《御覽》元有兩‘於’字也，黄本改是。”

詹氏《義證》：“《文心雕龍新書》本依黄本作‘窮於有數，追於無形’，《校證》‘追’改‘究’，似不必。”

【按】梅氏萬曆初刻本及復校本作“窮有數，追究無形”，梅氏天啓二本改作“窮于有數，追于無形”，與《御覽》引合，黄氏從之。黄氏校云：“兩‘于’字從汪本改。”然今本汪氏私淑軒原刻及覆刻汪本均無兩“于”字，黄氏所據改者，實爲徐焌之校語（徐氏所用之底本爲汪氏原刻本）。

黄本是。有兩“于”字，與上下文俱成四字句，語勢較順。王氏改“追”爲

“迫”，非是，“迫”與“窮”對文。《説文‧辵部》：“迫，逐也。”《玉篇‧辵部》：“迫，及也。”引申爲追究。《論衡‧問孔》：“苟有不曉之問，追難孔子，何傷於義？”即其義。

⑭ 迹堅求通。

“迹”，黃校：“一作‘鑽’。” 諸本《御覽》五九五引、梅六次本、梅七次本作“鑽”，集成本、薈要本、張松孫本同，《文章辨體彙選》三九二、《四六叢話》二二引同。 謝兆申、馮舒校作“鑽”。 沈臨何校本改“迹”爲“鑽”。

楊氏《補正》：“‘鑽’字義長。《論語‧子罕》：‘鑽之彌堅。’當爲‘鑽堅’二字所本。”

張氏《考異》：“‘鑽堅’與下文‘鈎深’爲對。”

李氏《斠詮》校“迹”作“鑽”。

【按】梅氏萬曆初刻本作“迹”，與元明諸本同，梅氏天啓二本改作“鑽”，與《御覽》引合，黃氏仍從初刻本。

作“鑽”於義較長。《吕氏春秋‧論人》：“苦之以驗其志。”高誘注：“鑽堅攻難，不成不止。”《晉書‧虞喜傳》：“博聞强識，鑽堅研微，有弗及之勤。”並“鑽堅”連文之證。

⑮ 而檢跡如妄。

“如”，宋本、宮本、明鈔本、周本、張本、鮑本、喜多邨本《御覽》五九五引作“知”。 梅六次本、梅七次本作“知”，集成本、張松孫本、崇文本同，《四六叢話》二二、《淵鑒類函》二百引同。 徐𤅬校作“知”。 黃丕烈於“如”字旁標“乙”，示有脱誤。 顧廣圻云：“當作‘知’。”

紀評：“‘如’當作‘知’。”（按，芸香堂本作此，翰墨園本、掃葉本誤作“‘如’當作‘卻’”。）

鈴木《黃本校勘記》、楊氏《補正》、張氏《考異》、李氏《斠詮》並校“如”作“知”。

【按】梅氏萬曆初刻本及復校本作“如”，與元明諸本合，梅氏天啓二本改作“知”，與《御覽》引合，黃氏仍從初刻本。

“如妄”不辭，“如”當從宋本《御覽》引作“知”，二字形近致訛。《論衡‧程材篇》：“謂文吏深長，儒生淺短，知妄矣。”可爲“知妄”連語之證。

⑯ 雜文雖異。

楊氏《補正》：“‘雜’，當作‘離’，字之誤也。《禮記‧學記》：‘一年，視離經辨志。'鄭注：'離經，斷句絕也。'孔疏：'離經，謂離析經理，使章句斷絕也。'此'離'字義當與彼同。'離文'，謂離析原書章句，分別作注。即下文所舉'毛公之訓《詩》，安國之傳《書》，鄭君之釋《禮》，王弼之解《易》'之類是。《後漢書‧桓譚傳》章懷注：'章句，謂離章辨句，委曲枝派也。'應劭《風俗通義序》：'漢興，儒者競復比誼會意，爲之章句，家有五六，皆析文便辭。'離文'，即'析文'也。"

郭氏《注譯》校作"離"，云："離文，謂注釋斷續出現正文之下。離、雜形近致訛。《聲律》：'疊韻雜句而必睽。'《文鏡秘府》引《聲律》作'離句'，是'離'、'雜'相近易誤之證。"

李氏《斠詮》校"雜"作"離"，云："彥和於'雜文'設有專篇，所以檢討對問、七發、連珠、雜曲等體制，於此處文義不相倫。"

【按】諸説是，"雜"疑當作"離"，形近而誤。"離文"承上文"解散"言，與下文"總會"相對。《禮記‧文王世子》："凡始立學者，必釋奠于先聖先師。及行事，必以幣。"孔穎達正義："皇氏云：'行事必用幣，謂禮樂器成及出軍之事，其告用幣而已。'案，釁器用幣，下別具其文，此行事必用幣，繫於釋奠之下，皇氏乃離文析句，其義非也。"《三國志‧吳書‧是儀傳》裴松之注："故曰胙之以土而命之氏，此先王之典也，所以明本重始，彰示功德，子孫不忘也。今離文析字，橫生忌諱，使儀易姓，忘本誣祖，不亦謬哉？"云"離文析句"、"離文析字"，其義可與此相參。

⑰ 可爲式矣。

"爲"，黃校："元作'謂'。" 元至正本、馮鈔元本、黃傳元本、倫傳元本、弘治本、弘治活字本、佘本、隆慶本、張本、兩京本、胡本、何本、王批本、謝鈔本、初刻梅本、復校梅本、凌本、合刻本、梁本、秘書本、抱青閣本、尚古本、岡本、薈要本、文淵本、文瀾本、王本、崇文本作"謂"。 徐烱校"謂"作"爲"。 沈臨何校本改"謂"爲"爲"，云："'爲'，校本作'謂'。"（"爲"爲沈氏藏汪本原有朱筆校字。）

紀評："'謂'字不訛，不必改'爲'字。"

【按】梅氏萬曆初刻本及復校本作"謂"，與元明諸本同，梅氏天啓二本改作"爲"，與《玉海》四二引合，集成本、黃本皆從之。

黃本是。"爲式"，猶言可作爲體式。《誄碑》篇："始序致感，遂爲後式，景而效者，彌取於工矣。"《史傳》篇："然紀傳爲式，編年綴事，文非泛論，按實而書。”《章表》篇：“左雄奏議，臺閣爲式。”並云“爲式”，可爲此作“爲”字不誤之證。

⑱ **故言咨悦懌。**

“咨”，沈臨何校本改爲“資”，云：“‘資’，校本作‘咨’。”（“資”爲沈氏藏汪本原有朱筆校字。）　傳錄何沈校本標疑“咨”字。

范氏《注》：“疑當作‘資’。”

鈴木《黄本校勘記》：“‘咨’疑作‘資’。”

徐氏《正字》：“‘咨’當作‘資’，《書記》篇云：‘符者，孚也。徵召防僞，事資中孚。’句法與此一律，字亦作‘資’。”

王氏《校證》：“作‘資’是，《銘箴》篇：‘箴全禦過，故文資確切。’《書記》篇：‘故謂譜者，普也。注序世統，事資周普。’又：‘……事資中孚。’語法與此俱同。”

劉氏《校釋》、户田《宋本考》、楊氏《補正》、李氏《斠詮》、牟氏《譯注》並從何校。

【按】諸説是，“咨”當從何校本改作“資”，二字形近而致誤。“資”，訓取用。《祝盟》篇：“祝史陳信，資乎文辭。”《誄碑》篇：“夫屬碑之體，資乎史才。”《檄移》篇：“逆黨用檄，順衆資移。”《情采》篇：“色資丹漆。”用法並與此同。

⑲ **辨士雲踊。**

紀昀云：“‘踊’，當作‘涌’。”

徐氏《正字》：“本書‘踊’、‘涌’多通用。《明詩》篇云：‘五言騰踊。’字亦作‘踊’。”

楊氏《補正》：“《文選·趙景真〈與嵇茂齊書〉》：‘憤氣雲踊。’是‘踊’字自通，無煩改作。”

王氏《校證》作“湧”，云：“《史通·言語》篇即襲此文，正作‘湧’。”

張氏《考異》：“紀評作‘涌’，是。湧、涌互通，洶湧澎湃，見司馬相如《上林賦》。《説文》：‘湧，騰也。’踊，《詩·邶風》：‘踊躍用兵。’《説文》：‘跳也。’此言‘雲’，當從紀評作‘涌’是。”

李氏《斠詮》校“踊”作“湧”，云：“‘涌’爲‘湧’之正字。《説文》：‘涌，滕也。’‘滕，水超涌也。’《爾雅·釋水》：‘濫泉正出。正出，涌出也。’”

【按】楊説是，“踊”字無誤。《説文》有“踊”字，“踴”即“踊”之俗。《文選·趙至〈與嵇茂齊書〉》：“顧影中原，憤氣雲踊。”《續高僧傳·釋慧浄傳》：“緇素雲踊，慶所洽聞。”《宋書·沈慶之傳》：“鞠旅伐罪，義氣雲踴。”並“雲踊（踴）”連文之證。

⑳ 婁護屑舌。

“婁”，張甲本、芸香堂本、翰墨園本、掃葉本作“樓”。　　楊氏《校注》本作“樓”，蓋據另一養素堂覆刻本。

【按】黃本初刻本及改刻本並作“婁”，“婁護”、“樓護”古通用，毋須改字。《漢書·游俠傳》：“樓護，字君卿。……爲人短小精辯，論議常依名節，聽之者皆竦。與谷永俱爲五侯上客，長安號曰：‘谷子雲筆札，樓君卿屑舌。’言其見信用也。”然古亦有作“婁護”者，如《漢紀·前漢孝哀皇帝紀上》：“唯王氏五侯，賓客爲盛，而婁護爲師。”《西京雜記》二：“婁護豐辯，傳食五侯間。”並其證。又《知音》篇：“而信僞迷真者，樓護是也。”則舍人亦混用不别。

㉑ 抵噓公卿之席。

黃叔琳注：“‘抵噓’，疑作‘抵戲’。《杜周傳贊》：‘業因勢而抵陒。’注：‘陒，音詭，一說陒讀與戲同，音許宜反，險也。言擊其危險之處。’《鬼谷》有《抵戲》篇也。”

鈴木《黃本校勘記》：“‘噓’疑作‘噱’。”

范氏《注》：“《諧隱》篇‘謬辭詆戲’，謂嘲戲取說也，此‘抵噓’即‘詆戲’之字誤。黃注似迂。”

潘氏《札記》：“‘抵’當爲‘抵’之誤。《戰國策·秦策》：‘（蘇秦）說趙王於華屋之下，抵（俗本抵誤作抵）掌而談。’《說文》：‘抵，側擊也。’又‘噓，吹也。’吹噓、抵掌，蓋談士發言作勢之狀。”

楊氏《補正》：“‘噓’，當作‘巇’，《鬼谷子》有《抵巇》篇，陶宏景注云：‘抵，擊實也。巇，釁隙也。’今本作‘噓’者，蓋誤山爲口，而又脫其戈旁耳。”

張氏《注訂》：“黃注未安。噓者，出也；抵者，拒也。此指音聲相抗而有出入，與上文‘頡頏’對文。”

張氏《考異》：“上言‘頡頏’者，行止上下萬乘之階也，下言‘抵噓’者，言論吐納於公卿之席也。贊云‘呼吸沮勸’者，即爲‘抵噓’注脚。”

李氏《斠詮》從范氏說，校“抵噓”作“詆戲”。

【按】“抵噓”費解。細繹文義，“抵”疑爲“扱（吸）”之形訛，“噓”字不誤。

“扱”（《集韻》音迄及切，xī），同“吸”。《說文·手部》：“扱，收也。”《禮記·

曲禮上》："以箕自鄉而扱之。"鄭玄注："扱，讀曰吸。"陸德明釋文："扱，依注音
'吸'，斂也。"朱駿聲《説文通訓定聲》"吸"下注："又假借爲'扱'。"可知"扱"、
"吸"音義並同，故可通用。贊中既以"呼吸"概括正文語意，則此處當先由"吸"
誤作"扱"（或有意寫作"扱"），後遂訛作"抵"。

"吸噓"古又作"噓吸"。如《莊子·天運》："孰噓吸是?"《莊子·齊物論》：
"吸者叫者。"司馬彪注："若噓吸聲。"《抱朴子内篇·釋滯》："胎息者不以鼻口
噓吸。"《孝經緯》："氣惟噓吸。"（《緯攟》九引）並其證。"吸"爲斂氣，"噓"爲吹
氣，二者平列，與上文之"頡頏"相儷。此"吸噓公卿之席"，當指辯士面對公卿，
動用口舌進行談論、辨析。《後漢書·鄭太傳》："清談高論，噓枯吹生。"李賢
注："枯者噓之使生，生者吹之使枯，言談論有所抑揚也。""吹噓"之義可與此
互參。

張氏《考異》謂"'呼吸沮勸'者，即爲'抵噓'注脚"，甚是，此亦全書贊與正
文互證之例。唯張氏於"抵"字未加深考耳。

㉒ 並順風以託勢。

"託"，岡本作"説"。　何本、尚古本作"讒"。

楊氏《校注》："尋繹文意，'並'上似脱一'然'字。"（按，楊氏《補正》無
此條。）

【按】楊説不可從。"並"字領起者與上文乃分總關係，增"然"字則成轉折
關係，非是。《補正》刊削此條，以修正前繆。

作"託"是，蓋"託"訛作"説"，"説"又訛作"讒"。《淮南子·主術訓》："怯服
勇而愚制智，其所託勢者勝也。"《水經注·澶水》："山其山平地介立，不連岡以
成高，峻石孤峙，不託勢以自遠。"此"託勢"連文之證。

㉓ 范雎之言事。

"事"上，徐燉云："似脱一字。"

楊氏《補正》："'事'上合有一字，始能與下'李斯之止逐客'句相儷。《戰國
策·秦策三》：'范子因王稽入秦，獻書昭王曰：……今臣之胸不足以當椹質，要
不足以待斧鉞，豈敢以疑事嘗試於王乎？……利則行之，害則舍之，疑則少嘗
之，雖堯、舜、禹、湯復生，弗能改已。語之至者，臣不敢載之於書，其淺者，又不
足聽也。……願少賜游觀之閒，望見足下而入之。'據此，'事'上疑脱'疑'字。
後《才略》篇'范雎上書密而至'，蓋指此書也。"

郭氏《注譯》補"疑"字，云："《史記·范雎傳》有《上秦昭王書》，書云：'豈敢以疑事嘗試於王乎？'爾後說昭王廢太后逐穰侯，則所謂'疑事'也。本文'疑事'即用彼文。'言疑事'與'止逐客'相對成文。"

李氏《斠詮》"事"上補"疑"字。

【按】楊、郭兩說可從，"事"上疑當補"疑"字。《史記·李斯傳》："如此則大臣不敢奏疑事。"《後漢書·劉淑傳》："每有疑事，常密諮問之。"《三國志·魏書·文帝紀》："因奏疑事，聽斷大政，論辨得失。"又《劉曄傳》裴松之注："每有疑事，輒以函問曄。"《宋書·百官志下》："天下讞疑事，則以法律當其是非。"並"疑事"連文之證。

又，"范雎"之"雎"，底本及養素堂初刻本字形近"睢"，然黃氏輯注引《史記·范雎傳》之文作"雎"，《才略》篇："范雎上疏密而至。"字並從"且"，故此亦實即"雎"字。偏旁"且"、"目"全書常寫刻不別，如《明詩》篇輯注"嚴"條引《嚴助傳》之"助"字，"且"旁近似"目"。可證此字非黃氏有意校改。王伯祥《史記選·范雎蔡澤列傳》校釋："雎，音雖，從目。此本（張文虎校本）和黃善夫本、清武英殿本都作'睢'。蜀本作'雎'，從且；但後半也多有作'睢'的。百衲宋本大都作'睢'，偶或也有作'雎'的。汲古閣本與蜀本差不多，也是'雎''睢'雜作。會注本卻通體作'雎'。據錢大昕考證：'戰國、秦、漢人多以且爲名，讀子余切。如穰苴、豫且、夏無且、龍且皆是。且旁或加隹，如范雎、唐雎，文殊而音不殊也。'（《武梁祠堂畫象跋尾》）那麼作'雎'也是有它的理由的。"辨析甚詳，足資參考。

㉔ **並煩情入機。**

鈴木《黃本校勘記》："'煩'字可疑。'煩'當作'順'，《檄移》篇'順'誤作'煩'，可以互證。又《封禪》篇'文理順序'，'順'元誤作'煩'，是亦一證矣。"

李氏《斠詮》、牟氏《譯注》並從鈴木說。

【按】鈴木說可從，"煩情"，義不可通，"煩"疑當作"順"，二字形近致訛。"順情"，猶言循情。《淮南子·本經訓》："其言略而循理，其行侻而順情。""順"與"循"對，互文見義。又，《後漢書·荀爽傳》："順情廢禮者，則禍歸之。"《晉書·禮志中》："禮疑從重，喪易寧戚，順情通物，固有成言矣。"並"順情"連文之證。

㉕ **飛文敏以濟辭。**

徐氏《正字》："'敏'字疑當作'教'。《詔策》云：'教者，效也，言出而民效也。’又贊曰：‘騰義飛辭。’義皆相近。”

【按】徐説不可從。《雜文》篇：“唯士衡運思，理新文敏。”《時序》篇：“景純文敏而優擢。”並舍人用“文敏”之證。

㉖ 陰陽莫貳。

楊氏《補正》：“‘貳’，疑爲‘貣’之形誤。‘貣’即‘忒’也。《書·洪範》‘衍忒’，《史記·宋微子世家》作‘衍貣’。《易·豫》彖辭：‘天地以順動，故日月不過，而四時不忒。’又《觀》彖辭：‘觀天之神道，而四時不忒。’《詩·大雅·抑》：‘昊天不忒。’《漢書·禮樂志》：‘（《郊祀歌》）寒暑不忒況皇章。’（臣瓚曰：‘忒，差也。寒暑不差，言陰陽和也。’）揚雄《連珠》：‘陰陽和調，四時不忒。’（《御覽》四六八又四六九引）‘陰陽莫貣’，即‘陰陽莫忒’，喻論説之精微。《管子·勢》篇：‘動作不貳。’王念孫《讀書雜志·管子第八》謂‘貳’當作‘貣’，其誤與此同。此文之誤，蓋皆先由‘忒’作‘貣’，後遂譌爲‘貳’耳。”

王氏《校證》：“‘貳’，當作‘忒’。《禮記·緇衣》：‘其儀不忒。’《釋文》：‘忒，本或作貳。’是其證。”

李氏《斠詮》校“貳”作“貣”，云：“‘忒’與‘貣’通。貣、貳形近致誤。《荀子·天論》：‘循道而不貣。’‘貣’亦誤作‘貳’，王念孫《讀書雜志》有説可證。”

【按】諸説均不可從，今本“貳”字自通，如臆改作“忒（貣）”，則非其旨矣。

“貳”，訓離異。《玉篇·貝部》：“貳，離也。”《左傳·襄公二十四年》：“夫諸侯之賄聚於公室，則諸侯貳。”杜預注：“貳，離也。”《後漢書·光武帝紀》：“自是始貳於更始。”李賢注：“貳，離異也。”又引申爲違背、背叛。《玉篇·貝部》：“貳，畔也。”《左傳·昭公二十四年》：“阿下執事，臣不敢貳。”杜預注：“貳，違命也。”《荀子·天論》：“脩道而不貳。”楊倞注：“貳，即倍也。”此義舍人亦常用。如《聲律》篇：“故有時而乖貳。”《總術》篇：“一物攜貳，莫不解體。”並其義。

“陰陽莫貳”，猶言陰陽（之理）莫能叛去，意即“天地、陰陽、鬼神之理，皆爲善説者所掌控”。此云“貳”（背離、叛去），下云“遯”（逃去、回避），義正相對。如解作“忒”（訓差、過），其意當爲：“陰、陽二氣和諧，不會出現差忒。”則是論陰陽原理，而無關乎論説者之高超本領矣。諸家校“貳”作“忒”者，蓋未能辨別“陰陽之理不差忒”與“論説陰陽之理無違差”之不同。

校理《雕龍》文字，當始終依循舍人之行文脈絡，使前後文義貫通，最忌岔開主旨，忽作他論，此之謂“以《龍》解《龍》”。《風骨》篇云：“珪璋乃騁。”“騁”訓突出，言美質凸顯，而校"騁"作"聘"，援引《禮記·聘義》"以圭璋聘，重禮也。……主璋特達，德也"以爲説，解此作"行聘之時，唯執圭璋特得通達"，即爲不顧主旨、斷開文脈，有違"以《龍》解《龍》"之道。參見《風骨》篇此條校。

詔　策　第　十　九

皇帝御寓，^①其言也神。淵嘿黼扆，^②而響盈四表，唯詔策乎？^③昔軒轅唐虞，同稱爲命。命之爲義，制性之本也。^④其在三代，事兼誥誓。誓以訓戎，誥以敷政，命喻自天，故授官錫胤。《易》之《姤》象："后以施命誥四方。"誥命動民，若天下之有風矣。^⑤降及七國，並稱曰令。令者，使也。^⑥秦并天下，改命曰制。漢初定儀則，則命有四品：^⑦一曰策書，二曰制書，三曰詔書，四曰戒敕。敕戒州部，^⑧詔誥百官，^⑨制施赦命，^⑩策封王侯。策者，簡也。制者，裁也。詔者，告也。敕者，正也。《詩》云"畏此簡書"，《易》稱"君子以制度數"，^⑪《禮》稱"明君之詔"，^⑫《書》稱"敕天之命"，並本經典以立名目。遠詔近命，習秦制也。《記》稱絲綸，所以應接羣后。虞重納言，周貴喉舌。故兩漢詔誥，職在尚書。王言之大，動入史策，其出如綍，不反若汗。是以淮南有英才，武帝使相如視草；隴右多文士，光武加意於書辭：豈直取美當時，亦敬慎來葉矣。^⑬

　　觀文景以前，詔體浮新，^⑭武帝崇儒，選言弘奧。策封三王，文同訓典，勸戒淵雅，垂範後代。及制誥嚴助，^⑮即云厭承明廬，蓋寵才之恩也。孝宣璽書，賜太守陳遂，^⑯亦故舊之厚也。逮光武撥亂，留意斯文，而造次喜怒，時或偏濫。詔賜鄧禹，稱司徒爲堯；敕責侯霸，稱"黃鉞一下"：若斯之類，實乖憲章。暨明帝崇學，^⑰雅詔間出。安和政弛，^⑱禮閣鮮才，每爲詔敕，假手外請。建安之末，文理代興，潘勗《九錫》，典雅逸羣；衛覬《禪誥》，符命炳燿：^⑲弗可加已。^⑳自魏晉誥策，^㉑職在中書，劉放張華，互管斯任，施命發號，^㉒洋洋盈耳。魏文帝下詔，^㉓辭義多偉，至於"作威作福"，其萬慮之一弊乎？^㉔晉氏中興，唯

明帝崇才,以溫嶠文清,故引入中書。自斯以後,體憲風流矣。㉕

夫王言崇祕,㉖大觀在上,所以百辟其刑,萬邦作孚。故授官選賢,則義炳重離之輝;㉗優文封策,則氣含風雨之潤;㉘敕戒恒誥,則筆吐星漢之華;治戎燮伐,則聲有洊雷之威;眚災肆赦,則文有春露之滋;明罰敕法,則辭有秋霜之烈:此詔策之大略也。

戒敕為文,實詔之切者,周穆命郊父受敕憲,此其事也。魏武稱"作敕戒當指事而語,勿得依違",曉治要矣。及晉武敕戒,備告百官:敕都督以兵要,戒州牧以董司,警郡守以恤隱,勒牙門以禦衛,有訓典焉。

戒者,慎也,禹稱"戒之用休"。君父至尊,在三罔極,㉙漢高祖之敕太子,東方朔之戒子,亦顧命之作也。及馬援已下,各貽家戒。班姬《女戒》,足稱母師也。教者,效也,言出而民效也。契敷五教,故王侯稱教。昔鄭弘之守南陽,條教為後所述,乃事緒明也。孔融之守北海,文教麗而罕於理,㉚乃治體乖也。若諸葛孔明之詳約,㉛庾稚恭之明斷,並理得而辭中,教之善也。自教以下,則又有命。《詩》云"有命在天",明為重也;《周禮》曰"師氏詔王",為輕命。㉜今詔重而命輕者,古今之變也。

贊曰:皇王施令,寅嚴宗誥。我有絲言,兆民尹好。㉝輝音峻舉,鴻風遠蹈。騰義飛辭,渙其大號。㉞

校箋

① **皇帝御寓。**

"寓",宋本、宮本、明鈔本、周本、喜多邨本《御覽》五九三引作"寓",倪本、四庫本、汪本、張本、鮑本《御覽》引作"寓"。　元至正本、黃傳元本、弘治活字本、張乙本、張丙本、兩京本、胡本、王本作"寓"。

張氏《考異》:"'寓'同'宇',《荀子·賦》篇:'大盈乎大寓。'注云:'寓與宇同。'籀文'宇'作'寓'。作'寓'非。"

【按】梅本作"寓",與汪本、佘本、隆慶本、張甲本、何本、王批本、訓故本、謝鈔本合,黄氏從之。

“寓”字無誤。《説文・宀部》:“宇,屋邊也。寓,籀文寓,从禹。”《宋書・樂志一》:“今帝德再昌,大孝御寓。”又《始安王休仁傳》:“既聖明御寓,躬覽萬機。”《南齊書・禮志下》:“方今聖曆御宇,垂訓無窮。”又《樂志》:“帝出自震,重光御寓。”並“御寓”連文之證。

② 淵嘿黼扆。

“嘿”,王批本作“黑”。　馮鈔元本、凌本、秘書本、薈要本作“默”,《淵鑒類函》一九七引同。　“黼”,汪本《御覽》五九三引作“黼”,其餘各本《御覽》引並作“負”。

劉氏《校釋》:“審文義,當從《御覽》引作‘負’。‘負’屬動詞也。”

楊氏《補正》從劉氏説,云:“《儀禮・覲禮》:‘天子衮冕負斧依。’(依與扆通)鄭注:‘負,謂背之南面也。’《禮記・明堂位》‘天子負斧依(《釋文》:依,本又作扆)南鄉而立。’鄭注:‘負之言背也。’《淮南子・氾論》篇:‘負扆而朝諸侯。’高注:‘負,背也。扆,户牖之間,言南面也。’《宋書・順帝紀》:‘(昇明元年詔)負扆巡政。’又《臧質傳》:‘(上表)遂令負扆席圖。’《南齊書・高帝紀上》:‘(宋帝禪位下詔)負扆握樞。’並其證。”

張氏《考異》校“黼”作“負”。

【按】“嘿”字無誤,《御覽》諸本引亦並同今本。“嘿”,《集韻》音莫北切(mò)。《玉篇・口部》:“嘿,與‘默’同。”《墨子・貴義》:“嘿則思。”孫詒讓閒詁引畢沅云:“嘿,‘默’字俗寫,從口。”《荀子・不苟》:“君子至德,嘿然而喻。”古常以“淵嘿”連文。如《漢書・成帝紀》:“臨朝淵嘿,尊嚴若神。”《六臣注文選・陸士衡〈漢高祖功臣頌〉》:“爰淵爰嘿,有此武功。”吕延濟注:“淵,沈;嘿,靜也。言於事好沈靜而爲理也。”

“黼”當從宋本《御覽》引作“負”。《荀子・儒效》:“周公屏成王而及武王,履天下之籍,負扆而坐,諸侯趨走堂下。”可爲旁證。

③ 唯詔策乎。

汪本《御覽》五九三引同黄本,其餘各本《御覽》引並作“其唯詔策乎”。《焦氏澹園集》二三、《國史經籍志》五、《文通》四引作“其唯制詔乎”。

楊氏《補正》:“有‘其’字較勝。《易・乾・文言》:‘知進退存亡而不失其正者,其唯聖人乎!’《詩・豳風・東山》序:‘説以使民,民忘其死,其唯《東山》乎!’《禮記・射義》:‘發而不失正鵠者,其唯賢人乎!’語式並與此同,可證。”

李氏《斠詮》"唯"上補"其"字。

【按】楊説是，"唯"上從宋本《御覽》引補"其"字義長。《易·困》象辭："困而不失其所，亨，其唯君子乎？"《禮記·樂記》："禮備而不偏者，其唯大聖乎？"《左傳·襄公二十三年》："欒氏所得，其唯魏氏乎？"並"其唯"連文之證。

④ **制性之本也。**

范氏《注》："'性'，疑當作'姓'。《説文》：'姓，人所生也。從女從生，生亦聲。古之神聖母感天而生子，故稱天子。'古人最重得姓，故黃帝二十五子，其得姓者十四人。契爲司徒，賜姓子氏；柏翳爲舜主畜，賜姓嬴，蓋必立功有德，始得賜姓也。《國語·周語下》：'皇天嘉之，祚以天下，賜姓曰姒，氏曰有夏。祚四嶽國，命爲侯伯，賜姓曰姜，氏曰有吕。……唯有嘉功，以命姓受祀，迄於天下。命姓受氏而附之以令名。'制姓，猶言賜姓命姓矣。凡命姓者，亦必授之以官，故百姓即爲百官也。禪讓之際，尤必稱天而命之，《論語·堯曰篇》：'堯曰："咨爾舜！天之歷數在爾躬，允執其中，四海困窮，天禄永終。"舜亦以命禹。'彥和之意，以爲命之本義，由於制姓，至三代始事兼誥誓耳。"

斯波《補正》："'性'不必改。《禮記·中庸》：'天命之謂性。'《論衡·命義》：'命則性也。'可能本於以上諸説。"

張氏《注訂》："性即性命之性。'制性之本'，猶制命之本也。天子至尊，百姓性命之所依託。"

李氏《斠詮》校"性"作"姓"，云："審下文'命喻自天，故授官錫胤'之承述語，范説可從。"

【按】范説不可從，今本作"性"自通。"性"、"命"實爲一體。《禮記·檀弓下》："骨肉歸復于土，命也。"鄭玄注："命，猶性也。"《大戴禮記·本命》："命者，性之終也。""性"自"命"出，故曰"制性之本"。

⑤ **若天下之有風矣。**

徐氏《正字》："上文云'命喻自天'云云，則今本'若天下之有風'句，疑衍'下'字。又蔡邕《陳政要七事疏》云：'風者，天之號令，所以教人也。'意與此近。亦但稱'天'矣。"

楊氏《補正》："'下'字誤衍，當刪。《後漢書·蔡邕傳》：'邕上封事曰：風者，天之號令，所以教人也。'章懷注引《翼氏風角》曰：'風者，天之號令，所以譴告人君者。'《論衡·感虛篇》：'夫風者，氣也，論者以爲天[地]之號令也。'《風俗通義》佚文：‘風者，天之號令，譴告人君風而靡者也。’（《書鈔》一五一引）”

【按】徐氏、楊氏説非是，“下”字非衍文，不當删。此承上文“《易》之《姤》象”而言，《姤》卦上《乾》下《巽》，《乾》爲天，《巽》爲風，正爲“天”下有“風”之象。連同上句，其意當爲：“誥命動民，若《姤》象之天下有風。”

⑥ 並稱曰令。 令者，使也。

兩“令”字，宋本、宮本、周本、喜多邨本《御覽》五九三引並作“命”，明鈔本《御覽》上“令”字作“命”而無下“令”字，倪本、四庫本、汪本、張本、鮑本《御覽》引並作“令”。　何本、復校梅本、凌本、合刻本、梁本、秘書本、梅六次本、梅七次本、別解本、集成本、尚古本、岡本、薈要本、張松孫本、崇文本並作“命”。下“令”字，元至正本、馮鈔元本、黃傅元本、倫傳元本、弘治本、弘治活字本、汪本、隆慶本、張本、兩京本、胡本、王批本、謝鈔本、梅本、彙編本、抱青閣本作“命”，《文通》四引同。　徐燉校上“令”字作“命”。　馮舒云：“‘命’，予疑是‘令’字。”　沈臨何校本改“命者”爲“令者”。

鈴木《黃本校勘記》：“‘令’字是也。”

劉氏《校釋》：“二‘令’字宋本《御覽》皆作‘命’，嘉靖本下‘令’字不誤。此言七國誥誓，並稱爲命也。”

戶田《校勘記補》：“《說文》：‘命，使也。’下文‘秦并天下，改命曰制’，兩‘令’字當作‘命’。”

楊氏《補正》：“作‘命’，與下句‘改命曰制’句符。”

張氏《考異》：“據下文‘改命曰制’，及‘命有四品’，皆言‘命’，從《御覽》是。”

王氏《校證》、李氏《斠詮》並校兩“令”字作“命”。

【按】梅氏萬曆初刻本作“並稱曰令，命者”，梅氏復校本、天啓二本改作“並稱曰命，命者”，黃本改作“並稱曰令，令者”，與訓故本合。文淵本、文溯本、文津本、文瀾本並從黃本。

兩“令”字，當從宋本《御覽》引作“命”。《說文·口部》：“命，使也。從口，從令。”此即舍人訓詁之所本。上文云“同稱爲命，命之爲義”，下文云“改命曰制”、“命有四品”、“自教以下，則又有命。……今詔重而命輕”，可知作爲公文文體，當稱作“命”。《尚書·顧命》：“成王將崩，命召公畢公率諸侯相康王，作《顧命》。”孔安國傳：“臨終之命，曰顧命。”即以“命”字命名王之言。

⑦ **漢初定儀則，則命有四品。**

黃校：“疑衍一‘則’字，以‘定儀’爲讀。”　諸本《御覽》五九三引作“漢初定儀，則有四品”。　元至正本、馮鈔元本、黃傳元本、弘治本、弘治活字本、隆慶本、謝鈔本作“漢初定儀則，則曰有四品”。　訓故本作“漢初定儀，則命有四品”，文溯本同。　龍谿本作“漢初定儀，則則命爲四品”。　《文通》四引“則”字不重。　徐燉云：“‘命’，一作‘目’。”　沈臨何校本云：“疑衍一‘則’字，以‘定儀’爲讀。”　張紹仁校“命”作“曰”。

范氏《注》：“上‘則’字疑當作‘法’。《史記・叔孫通列傳》：‘定宗廟儀法，及稍定漢諸儀法，皆叔孫生爲太常所論著也。’本書《章表》篇：‘漢定禮儀，則有四品。’本篇則五字爲句。‘則’字有寫作‘劓’者，傳書者誤分爲二‘則’字，因綴於上句而奪去‘法’字。蔡邕《獨斷》：‘漢天子正號曰皇帝，其言曰制詔，其命令，一曰策書，二曰制書，三曰詔書，四曰戒書。’”

劉氏《校釋》：“《御覽》無上‘則’及‘命’字，是也。紀説非。”

户田《校勘記補》：“正文不必誤。”

楊氏《補正》從《御覽》引，云：“《章表》篇：‘漢定禮儀，則有四品。’與此可相互發明。”

張氏《考異》：“無‘則’、‘命’二字，句義賅備，可從。”

李氏《斠詮》從《御覽》引改。

【按】梅本與汪本、佘本、張本、兩京本、胡本、何本、王批本一脈相承，黃氏從之。

范氏改上“則”字爲“法”，不可從，“則”即法也。張説是，“則命”二字不當有，此文當從《御覽》引作“漢初定儀，則有四品”。云“則有四品”，實承上文“並稱曰命，命者，使也”、“秦并天下，改命曰制”而省略“命”字，即含“命有四品”之意。《章表》篇：“秦初定制，改書曰奏。漢定禮儀，則有四品。”“則”下實亦省略“上奏”字，文例與此正同。

⑧ **敕戒州部。**

“部”，宋本、宮本、周本、汪本、鮑本、喜多邨本《御覽》五九三引作“郡”，明鈔本、張本《御覽》引作“縣”，倪本、四庫本《御覽》引作“邦”。　元至正本、馮鈔元本、黃傳元本、倫傳元本、弘治本、弘治活字本、汪本、佘本、隆慶本、張本、兩京本、胡本、訓故本、謝鈔本、梅本、彙編本、抱青閣本、文津本、文瀾本作“邦”，

《子苑》三二引同。　王批本作"郡"。　沈臨何校本改"邦"爲"部"。

楊氏《補正》："'郡'字是。'部'、'邦'皆非也。秦立郡縣後,通稱地方爲州郡,見於《史記》《漢書》《後漢書》及《隸釋》中者,多至不可勝舉。本書《檄移》篇亦有'州郡徵吏'語,是此文'部'字當從《御覽》改作'郡'切證。'州部',乃周代稱呼(《戰國策・楚策四》、《莊子・達生》篇、《韓非子・顯學》篇並有'州部'之文),非舍人所宜用。'邦',蓋'郡'之誤。"

李氏《斠詮》校"部"作"郡"。

【按】梅氏萬曆初刻本作"邦",梅氏復校本、天啓二本改爲"部",與何本合,黃本從之。

楊説是。此文當從宋本《御覽》引作"郡","部"、"邦"蓋並"郡"之形訛。"州郡"連文,漢代典籍中數見不鮮,如《漢書・武帝紀》:"其令州郡察吏民有茂材異等,可爲將相及使絶國者。"又《陳萬年傳》:"元帝擢咸爲御史中丞,總領州郡奏事。"又《辛慶忌傳》:"於是司直陳崇舉奏其宗親隴西辛興等,侵陵百姓,威行州郡。"並其例。

⑨ 詔誥百官。

"誥",諸本《御覽》五九三引並作"告",《子苑》三二引同。

楊氏《補正》:"以下文'詔者,告也'證之,'告'字是。胡廣《漢制度》:'詔書者,詔,告也。'(《後漢書・光武帝紀上》章懷注引)"

【按】楊説是,"誥"當從《御覽》引作"告"。《説文・言部》:"詔,告也。"《後漢書・隗囂傳》:"詔告囂曰。"又《鄭均傳》:"詔告盧江太守東平相曰。"又《楊厚傳》:"詔告郡縣督促發遣。"此僅是追溯名目之源,毋須用上告下之"誥"。"詔誥"連文,多用指文體,下文有"兩漢詔誥"。

⑩ 制施赦命。

"命",宋本、宮本、明鈔本、周本、鮑本、喜多邨本《御覽》五九三引作"令",倪本、四庫本、汪本、張本《御覽》引作"命"。

楊氏《補正》:"《獨斷》上:'制書,帝者制度之命也。……三公赦令、贖令之屬是也。'則此當以作'令'爲是。"

張氏《考異》、李氏《斠詮》並校"命"作"令"。

【按】楊説是,"命"當從宋本《御覽》引作"令",二字形近致訛。蔡邕《獨斷》上:"凡制書有印使符下,遠近皆璽封。尚書令印重封。惟赦令、贖令,召三公詣朝堂受制書。司徒印封，露布下州郡。"可爲佐證。

⑪《易》稱"君子以制度數"。

"度數"，元至正本、黃傳元本、弘治本、汪本、佘本、隆慶本、張本、兩京本、胡本、王批本、訓故本、文淵本、文溯本、文津本、文瀾本作"數度"。 抱青閣本作"數"。 馮舒云："按《易》，宜作'度數'。" 黃丕烈校作"數度"。 張爾田圈點"數度"二字。

楊氏《補正》："作'數度'與《易·節》象辭合，當據乙。"

王氏《校證》、張氏《考異》、李氏《斠詮》並校"度數"作"數度"。

【按】元明諸本多作"數度"，何本、謝鈔本、梅本作"度數"，黃氏從之。

此從元至正本等作"數度"較長。《易·節》象曰："澤上有水，節，君子以制數度，議德行。"即舍人所本。

⑫《禮》稱"明君之詔"。

范氏《注》引陳漢章曰："明君之詔，'明君'當是'明神'之誤。《周禮》司盟'北面詔明神'是也。"

李氏《斠詮》從陳氏説，校"君"作"神"，云："君，涉上句'《易》稱君子'而誤。"

王氏《校證》、詹氏《義證》並從陳氏説。

【按】陳説是，"君"疑當作"神"。"君"與上文"君子"重出，"神"與下文"敕天"之"天"相對。《周禮·秋官·司寇》："凡邦國有疑，會同，則掌其盟約之載及其禮義，北面詔明神。"鄭玄注："明神，神之明察者，謂日月山川也。詔之者，讀其載書以告之也。"孔穎達疏："謂盟時以其載辭告焉。"此蓋舍人所本。

⑬亦敬慎來葉矣。

"亦"，謝兆申云："疑作'亦以'。" 徐熥於"亦"下補"以"字。

楊氏《補正》："以《練字》篇'豈直才懸，抑亦字隱'例之，'亦'上當脱'抑'字。《哀弔》篇'抑亦詩人之哀辭乎'，《物色》篇'抑亦江山之助乎'，並以'抑亦'連文。《三國志·蜀書·諸葛亮傳》：'臣壽等言：……亮之器能政理，抑亦管、蕭之亞匹也。'亦以'抑亦'爲言。均足證此文'亦'上所脱者，定是一'抑'字。謝説、徐校未可從也。"

李氏《斠詮》"亦"下補"以"字，云："'亦以'與上句'豈敢'對文。"

【按】謝、徐校固不可從，楊校亦非是，今本作"亦"自通，毋須增字作解。

如作“亦以”，則與上文“是以”字複。“抑亦”連文，固然常見，然亦可單用“亦”或“抑”。如《魏書・島夷蕭道成傳》：“豈直罪止一身，亦當盡室及禍。”《弘明集・蕭昺〈答釋法雲與王公朝貴書〉》：“豈直羣生靡惑，實亦闡提即曉。”《宋書・索虜傳論》：“豈直天時，抑由人事。”用法並與此同，可證今本無誤。

⑭ **詔體浮新**。

“新”，諸本《御覽》五九三引並作“雜”。 徐𤊹校作“雜”。 沈臨何校本標疑“浮新”二字。

鈴木《黄本校勘記》：“‘雜’字是也。”

户田《校勘記補》：“《詮賦》篇‘文雖新而有質’，燉本‘新’作‘雜’，此‘浮新’亦似當作‘浮雜’。”

楊氏《補正》：“‘雜’字是。‘浮雜’，蓋謂文景以前詔書直言事狀，不似武帝以後之以經典緣飾也。”

王氏《校證》、張氏《考異》、李氏《斠詮》並從《御覽》引。

【按】“浮新”義難通，“新”當從《御覽》引作“雜”，二字形近而誤。《附會》篇：“意見浮雜。”《續高僧傳・釋法泰傳》：“言無浮雜，義得明暢。”並“浮雜”連文之證。此“浮雜”與下文“弘奥”、“訓典”、“淵雅”相對，指文景時詔書寫作不遵經典，致使造語浮淺、不精。《宗經》篇：“體約而不蕪。”《風骨》篇：“繁雜失統。”《體性》篇：“文潔而體清。”並可與此互參。

⑮ **及制誥嚴助**。

“誥”，訓故本作“詔”。 馮舒云：“‘誥’，當作‘詔’。” 沈臨何校本標疑“誥”字，云：“校本作‘詔’。”（“誥”爲沈氏藏汪本原有朱筆校字。） 傳録何沈校本於“誥”旁過録“詔”字。 郝懿行校作“詔”。

楊氏《補正》：“‘詔’字是。《漢制度》：‘制書者，帝者制度之命，其文曰制詔三公。’（《後漢書・光武帝紀上》章懷注、《御覽》五九三引）《獨斷》：‘制詔者，王者之言必爲法制也。’（今本無，此據《文選・潘勗〈册魏公九錫文〉》李注及《御覽》五九三引）《漢書・嚴助傳》本作‘制詔會稽太守’云云。”

李氏《斠詮》校“誥”作“詔”。

【按】楊説是，“誥”當從訓故本作“詔”，二字形近而致訛。《史記・孝文本紀》：“孝景皇帝元年十月，制詔御史。”《漢書・郊祀志下》：“改元爲神爵，制詔太常。”並“制詔”連文之證。

⑯ **賜太守陳遂。**

梅校："'賜太守',元作'責博士',攷《漢書》改。" 黄校："汪本作'責博進陳遂'。"(按,汪氏私淑軒原刻及覆刻實作"責博士陳遂",黄氏蓋誤馮舒校語爲汪本之文。) 元至正本、黄傳元本、弘治活字本、隆慶本作"貴博士陳遂"。倫傳元本作"責太守陳遂"。 弘治本、汪本、佘本、張本、兩京本、胡本、王批本、訓故本、文津本作"責博士陳遂"。 徐燉校作"賜太守陳遂"。 馮舒云："'賜太守',元版作'責博士',梅鼎祚(按,當爲梅慶生)所改也。當作'責博進'。" 沈臨何校本改"士"爲"進"。 張紹仁校作"賜太守"。

紀評："'責博進',當作'償博進','償'、'責'並從貝脚,以形似誤耳。改爲'賜太守',非。"

盧文弨《抱經堂文集·文心雕龍輯註書後》："至《詔策》篇:'賜太守陳遂。'汪本作'責博進陳遂',正與下'故舊之厚'句相應。然'責'字亦疑'償'字之誤。"

孫詒讓《札迻》十二："疑當作'責博于陳遂'。此陳遂負博進,璽書責其償,《漢書》所載甚明。元本惟'于'字譌作'士','責博'二字則不誤。梅、黄固妄改,紀校亦誤讀《漢書》,皆不足馮也。"

范氏《注》："孫說亦非也。宣帝微時,依許廣漢兄弟及祖母家史氏,其貧可知。陳遂杜陵豪右,何至博負而不償耶? 宣帝謂:我賜汝之尊官厚禄,可以抵償負汝之賣矣。(錢大昕云,'進'本作'賣'。)'妻君寧'云云者,猶言君寧知我所負之數,明足以相抵也。參以《漢紀》,語意更顯。宣帝與遂親厚,賜璽書以爲戲;遂恃有故恩,因曰事在赦令前,亦戲辭也。故《漢書》曰'其見厚如此'。彦和本文當作'償博與陳遂'。"

劉氏《校釋》："孫說是。陳遂昔負帝博進,帝詔戲責其償,故曰'妻君寧在旁知狀'。遂亦知帝戲己,仍不欲償,故謝曰'事在元平元年赦命前'。"

徐氏《刊誤》："'博進',見《漢書》。'進',即'賮'之假字,謂財貨也。'責'字不當改爲'賜',疑爲'賚'字形近之誤。《說文·貝部》:'賚,賜也。'與文義正協。如云'責博於陳遂',則下不當云'故舊之厚矣'。故知黄、紀固非,孫說亦未得實也。"

王氏《校證》從孫說,云："此陳遂昔負帝博畫,帝詔戲責其償,故曰'妻君寧在旁知狀',遂亦知帝戲己,意圖逃債,故謝曰'事在元平元年赦命前'也。"

李氏《斠詮》以范説爲基礎，校作"償博于陳遂"，云："范説近是。惟'償博與'，應訂正爲'償博于'。蓋元版'責博士'即此三字之形誤耳。"

楊氏《補正》、張氏《考異》並從孫氏説。

【按】黄本與馮鈔元本、何本、謝鈔本、梅本一脈相承。

梅氏改"責博士"爲"賜太守"，亦不愜，孫氏以弘治本等爲基礎，校作"責博于陳遂"，於義較長。元至正本等作"貴博士陳遂"，弘治本等作"責博士陳遂"，當無大誤，"責"作"貴"，"于"作"士"，並形近而致訛。《説文・貝部》："責，求也。"王筠句讀："責，謂索求負家償物也。"詁此正合。此"博"字，即"博進（賣）"之省，謂賭博所負之財貨。《左傳・桓公十三年》："宋多責賂於鄭。"句式與此同。馮舒改"士"爲"進"，校作"責博進陳遂"，語意不謬於史實，句法亦可通（"博進"下省"於"），然"于"、"進"形不相近，無由致誤，且改"于"爲"進"，語勢亦不及"責博于陳遂"順暢。

荀悦《漢紀・前漢孝宣皇帝紀》："杜陵陳遂，字長子，上微時，與上遊戲博奕，數負遂。上即位，稍見進用，至太原太守，乃賜遂璽書曰：'制詔太原太守，官尊禄重，可以償遂博負矣，妻君寧時在旁知狀。'遂乃上書謝恩曰：'事在元平元年赦前。'其見厚如此。"《漢書・游俠傳》："（陳遵）祖父遂，字長子。宣帝微時，與有故，相隨博奕，數負進。（師古曰：進者，會禮之財也，謂博所賭也。一説進，勝也，帝博而勝，故遂有所負。）及宣帝即位，用遂，稍遷至太原太守，廼賜遂璽書曰：'制詔太原太守，官尊禄厚，可以償博進矣。妻君寧時在旁知狀。'（師古曰：君寧，遂妻名也。云妻知負博之狀者，著舊恩之深也。）遂於是辭謝，因曰：'事在元平元年赦令前。'其見厚如此。"此舍人所本。

顏師古云"帝博而勝，故遂有所負"，認爲《漢書》所言乃謂陳遂欠宣帝賭債，甚是。細繹"妻君寧時在旁知狀"一句，實隱含"有人可作見證，不可抵賴"之意，故兩史所言"可以償遂博負"、"可以償博進"，須解作"陳遂可以償還昔日所負之賭債"。宣帝璽書之意當謂："陳遂昔日負我博賣，迄未償還，今官至太守，俸禄優厚，當償其所負，爾妻君寧當時在場，可作見證，不可抵賴。"此皆戲言，故陳遂亦以戲言作答，言己亦有理由不必償還。舍人此文當謂："宣帝下璽書，向陳遂索取賭債，身爲帝王，能夠向臣子出此戲言，足見二人毫無隔閡，亦其待陳遂之厚所致也。"范氏認爲璽書所言"妻君寧在旁知狀"，謂"君寧知我所負之數"，則是宣帝自尋證人，坐實己之負人賭債。如此作解，殊違常情。

⑰ **暨明帝崇學。**

"帝"，宋本、宮本、明鈔本、周本、喜多邨本《御覽》五九三引作"章"。

范氏《注》校"帝"作"章"，云："明帝，如永平二年《詔驃騎將三公》及《幸辟雍行養老禮詔》；章帝，如建初四年《使諸儒共正經義詔》、《令選高材生受古學詔》，皆所謂雅詔間出者。"

劉氏《校釋》："作'明章'是也。此統兩朝而言之也。"

楊氏《補正》："'章'字是。《時序》篇'及明帝疊耀'，誤與此同。《隋書·經籍志一》：'光武中興，篤好文雅；明、章繼軌，尤重經術。'可資旁證。"

王氏《校證》："此統明、章兩朝言之。"

鈴木《黃本校勘記》、張氏《考異》、李氏《斠詮》並校"帝"作"章"。

【按】諸說是，"帝"當依宋本《御覽》引作"章"，二字形近致訛。《華陽國志·南中志》："明、章之世，母歛人尹珍，字道真，以生退裔。"《後漢紀·後漢孝順皇帝紀》："及明、章二帝，祖述此意，故後世爭爲圖緯之學，以矯世取資。"《十六國春秋·前燕錄三》："是以明、章之世，號次昇平。"《後漢書·鮮卑列傳》："明、章二世，保塞無事。"並"明章"合稱之例，舍人兩用"和章"，蓋亦淵源有自。

⑱ **安和政弛。**

"安和"，宋本、宮本、明鈔本、周本、倪本、四庫本、喜多邨本《御覽》五九三引作"和安"。

劉氏《校釋》從《御覽》引，云："和帝先於安帝也。《時序》篇'自安和已下'，亦應乙轉。"

范氏《注》、楊氏《補正》、王氏《校證》、李氏《斠詮》並從《御覽》引。

【按】劉說是，"安和"從《御覽》引乙作"和安"義長。漢和帝，章帝子，在位十七年（八九至一〇五）。漢安帝，章帝孫，在位十九年（一〇七至一二五）。作"和安"方合時序。《後漢書·獻帝紀》："（初平元年）有司奏，和、安、順、桓四帝無功德。"又《王符傳》："自和、安之後，世務游宦。"

⑲ **符命炳燿。**

"命"，諸本《御覽》五九三引並作"采"。　徐爌云："《御覽》作'符采'。前《詮賦》篇有'符采相勝'之句，《原道》篇有'符采複隱'之句。"

戶田《校勘記補》："《原道》篇'符采複隱'，《宗經》篇'符采相濟'，《詮賦》篇'符采相勝'，《風骨》篇'符采克炳'，《雕龍》'符采'之義可知，《御覽》是也。"

楊氏《補正》:"'采'字是,'符采炳耀',與上'典雅逸羣'相對爲文。且'符采'專就覬之辭翰言,若作'符命',則非其指矣。傳寫者非泥於符命之説妄改,即涉下文而誤。《原道》《宗經》《詮賦》《風骨》諸篇,並有'符采'之文。"

劉氏《校釋》、王氏《校證》、李氏《斠詮》、詹氏《義證》並從《御覽》引。

【按】户田、楊氏説是,"命"當從《御覽》引作"采","命"字蓋涉下文"施命發號"而誤。上文云潘勖《册魏公九錫文》"典雅",此言衛覬《册詔魏王文》"符采炳耀",均指文體而言,無關乎天示符瑞之事。《文選·左思〈蜀都賦〉》:"符采彪炳。"劉良注:"符采,玉之横文也。"

⑳ **弗可加已。**

諸本《御覽》五九三引並作"不可加也"。　"已",元至正本、弘治本、弘治活字本、汪本、佘本、隆慶本、張本、兩京本、胡本、王批本、訓故本、文淵本、文溯本、文津本、文瀾本作"也"。　沈臨何校本改"也"爲"已"。

【按】宋元明諸本多作"也",梅本作"已",與馮鈔元本、何本、謝鈔本合,黄氏從之。

《御覽》引及元至正本等作"也",於義自通。《管子·輕重》:"管子對曰:帝王之道備矣,不可加也。"《管子·小匡》:"力死之功,猶尚可加也,顯生之功,將何如?"房玄齡注:"假令管仲力死成功,但一時之事耳,猶尚可加,况不恥垢辱,忍而生全,齊將得之而霸,以顯其本謀之功,何善如之乎? 言不可加也。"《國語·周語》:"是則聖人知民之不可加也。"韋昭注:"加,猶上也。"《抱朴子内篇·雜應》:"各撰集《暴卒備急方》,或一百十,或九十四,或八十五,或四十六,世人皆爲精悉不可加也。"並爲古書云"不可加也"之例。

此作"已"亦通,用同"矣"字。《時序》篇:"亦可知已。"《墨子·尚賢中》:"既可得而知已。"《漢書·宣帝紀》:"其德弗可及已。"又《淮南厲王劉長傳》:"禍如發矢,不可追已。"又《賈誼傳》:"然則天下之大計可知已。"並其義。然《御覽》引及元至正本等作"也"本無誤,梅氏改"已",實無必要,此改回"也"字較長。

㉑ **自魏晉誥策。**

"誥策",宋本、宫本、周本、鮑本、喜多邨本《御覽》五九三引作"策誥",明鈔本《御覽》引作"誥"。(范校:"孫云:《御覽》作'詔策'。"孫氏所校有誤。)

【按】"誥策"無誤,倪本、汪本、張本、四庫本《御覽》引及《玉海》六四引亦同黄本。《時序》篇："練情於誥策。"可爲旁證。《三國志·蜀書·劉巴傳》裴松之注："先主稱尊號,昭告于皇天上帝后土神祇,凡諸文誥策命,皆巴所作也。"又《吳書·胡綜傳》:"凡自權統事,諸文誥策命,鄰國書符,略皆綜之所造也。""誥策"即所謂"文誥策命"。

㉒ 施命發號。

"命",宋本、宮本、明鈔本、周本、鮑本、喜多邨本《御覽》五九三引作"令"。

楊氏《補正》:"'令'字是。《書·僞冏命》:'發號施令,罔有不臧。'《文子·下德》篇:'發號施令,天下從風。'《淮南子·本經》篇:'發號施令,天下莫不從風。'又《要略》篇:'發號施令,以時教期。'贊中'皇王施令',亦可證。"

王氏《校證》、張氏《考異》、李氏《斠詮》並校"命"作"令"。

【按】楊説非是,今本作"命"自通,不煩改字。"命"、"令"古通用,"命"亦令也。《易·姤》象辭:"后以施命誥四方。"孔穎達疏:"以施命誥四方者,風行草偃,天之威令,故人君法此,以施教命誥於四方也。"《詩·鄘風·定之方中》鄭玄注:"田能施命。"孔穎達疏:"田能施命者,謂於田獵而能施教命以設誓。"《春秋繁露·深察名號》:"古之聖人,謞而效天地,謂之號,鳴而命施,謂之名。"並"施命"連文之證。

㉓ 魏文帝下詔。

諸本《御覽》五九三引並作"魏文以下"。　元至正本、馮鈔元本、弘治本、謝鈔本作"魏文魏下詔"。　隆慶本作"魏文魏(字下雙行夾注:疑羨)下詔"。

王批本作"魏文帝以下"。　訓故本作"魏文下詔"。　馮舒云:"嘉靖癸卯本下'魏'字作'帝',謝本同之。"

【按】黄本與佘本、張本、兩京本、胡本、何本、梅本一脈相承。

此文從訓故本較長,"魏文下詔"與"辭義多偉"俱爲四音節句,語勢較順。元至正本等作"魏文魏",下"魏"字蓋涉上而誤衍,後人又臆改爲"帝",遂成"魏文帝"。舍人常以"魏文"稱魏文帝。《銘箴》篇:"魏文《九寶》。"《風骨》篇:"故魏文稱文以氣爲主。"《總術》篇:"魏文比篇章於音樂。"並其證。

㉔ 其萬慮之一弊乎。

范文瀾云:"'弊',當作'蔽'。"

李氏《斠詮》:"'弊'與'蔽'通。《戰國策·秦策》:'南陽之弊幽。'高注:'弊,隱也。'"

林氏《集校》：“作‘蔽’較勝。”

【按】范説、林説不可從，李説是，作“弊”自通，不煩改字。“弊”通“蔽”，訓遮蔽。朱駿聲《説文通訓定聲·履部》：“獘（弊），假借爲蔽。”如《韓非子·有度》：“能者不可弊。”王先慎集解：“張榜本作‘蔽’，《管子》亦作‘蔽’。”《太玄·劇》：“弊於天杭。”司馬光集注：“范本‘弊’作‘蔽’。”是二字本通之證。《韓非子·定法》：“君無術則弊於上。”《吕氏春秋·勿躬》：“豈必勞形愁弊耳目哉？”《淮南子·俶真》：“弊其玄光而求知之于耳目，是釋其炤炤而道其冥冥也。”字並當讀作“蔽”。

㉕ **體憲風流矣**。

“憲”，梅校：“元作‘慮’，朱（謀㙔）改。” 元至正本、黄傳元本、倫傳元本、弘治本、弘治活字本、汪本、佘本、隆慶本、張本、兩京本、胡本、王批本、訓故本作“慮”。 徐炌云：“‘慮’，當作‘憲’，後‘敕憲’本此。” 沈臨何校本改“慮”爲“憲”，張紹仁校同。

楊氏《補正》從黄本，云：“《辨騷》篇‘體憲於三代。’亦以‘體憲’爲言，尤切證也。”

【按】黄本與馮鈔元本、何本、謝鈔本、梅本一脈相承。

此作“憲”是。元至正本等作“慮”，與上文“其萬慮之一弊乎”犯重，蓋“憲”之形訛。《時序》篇云：“逮明帝秉哲，雅好文會，升儲御極，孳孳講藝，練情於誥策，振采於辭賦，庾以筆才逾親，温以文思益厚，揄揚風流，亦彼時之漢武也。”此云：“晉氏中興，唯明帝崇才，以温嶠文清，故引入中書，自斯以後，體憲風流矣。”所謂“體憲風流”，當與“揄揚風流”義同，指温嶠以文采輔贊國家大體，渲染朝廷禮樂文明。

“體”，非指文體，乃指國體、政體。《後漢書·孔融傳》：“至於國體。”李賢注：“體，謂國家之大體也。”《文選·揚雄〈長楊賦〉》：“大哉體乎。”吕向注：“體者，爲國之體也。”又，《後漢書·梁統傳》：“謹表其尤害於體者，傅奏於左。”李賢注：“體，政體也。”《正字通·骨部》：“體，政體。”

“憲”不訓法，當訓顯。《群經平議·春秋外傳國語二》：“龜足以憲臧否則寶之。”俞樾按：“憲，當讀爲顯。”馮登府《三家詩異文疏證》二：“魯詩《假樂》：‘憲憲令德。’（憲）毛詩作‘顯’。”《禮記·中庸》引作“憲憲令德”。是“憲”與“顯”聲近義通。《詩·大雅·崧高》“文武是憲”、《周禮·秋官·序官》“布憲”

鄭玄注,並云:"表也。"《周禮·地官·司市》:"小刑憲罰。"賈公彥疏:"憲,是表顯之名。"即其義。故"體憲風流",猶言國體彰顯文明之風。

徐燉謂此"憲"字與下文"敕憲"義同,是以"法"釋"憲",不確。楊氏引《辨騷》篇"體憲於三代"爲證,謬與徐氏同。又《辨騷》篇"體憲"之"憲"當作"慢",楊氏失校。參見《辨騷》篇"體憲於三代"條校。

㉖ **夫王言崇秘。**

"秘",宋本、宮本、明鈔本、鮑本、喜多邨本《御覽》五九三引作"祕",元至正本、弘治本、汪本、佘本、隆慶本、張本、兩京本、胡本、王批本、訓故本、集成本、尚古本、岡本、文淵本、文溯本、文津本、文瀾本、王本、崇文本同。

楊氏《校注》:"'秘'字《説文》所無,當以作'祕'爲正。《説文》:'祕,神也。'"

【按】黃本與馮鈔元本、何本、謝鈔本、梅本一脈相承。"秘"、"祕"字通,毋須改從,楊説非是。《廣韻·至韻》:"祕,俗作'秘'。"《集韻·至韻》:"秘,密也。"參見《正緯》篇"東序秘寶"條校。

㉗ **則義炳重離之輝。**

"輝",宋本、宮本、周本、喜多邨本《御覽》五九三引作"暉",明鈔本《御覽》引作"揮"。

【按】"輝"、"暉"字通,毋須改從。《易經異文釋》二:"篤實輝光。案,輝、暉、暉,三字同音義並通。"《易·未濟》:"君子之光,其暉吉也。"陸德明釋文:"暉,字又作'輝'。"《廣韻·微韻》:"輝,同'煇'。"《説文·日部》:"暉,光也。"又《火部》:"煇,光也。"

㉘ **則氣含風雨之潤。**

"風",諸本《御覽》五九三引、《玉海》六四引並作"雲",《淵鑒類函》一九七引同。

斯波《補正》:"疑作'雲'是。《詩·召南·殷其雷》毛傳:'山出雲雨,以潤天下。'"

楊氏《補正》:"《易·繫辭上》:'潤之以風雨。'蓋此文所本。'雲'字非。"

王氏《校證》:"《御覽》誤。"

【按】斯波説不可從,今本無誤。既云"氣含",則作"風"義長。上文"重離之輝",出自《易·離》之"重明以離乎正"、"明兩作離",此處作"風雨",則亦出自《易》之"潤之以風雨",正可相儷。

㉙ 在三罔極。

“罔”，梅校：“元作‘同’，許改。” 宋本、宮本、明鈔本、喜多邨本《御覽》五九三引作“同”，元至正本、黃傳元本、倫傳元本、弘治本、弘治活字本、汪本、佘本、隆慶本、張本、兩京本、胡本、王批本、訓故本同。 馮舒云：“‘罔’，元版作‘同’。” 張紹仁校“同”作“罔”。 張爾田圈點“同”字。

楊氏《補正》：“許改非是。‘在三同極’者，即《國語·晉語一》欒共子謂‘民生於三，事之如一’之意。若改作‘罔’，則非其指矣。《宋書·徐羨之傳》：‘（元嘉三年詔）民生於三，事之如一，愛敬同極。’《南齊書·文惠太子傳》：‘（王）儉曰：資敬奉君，必同至極。’亦可證。《後漢書·王充王符仲長統傳論》：‘若夫玄聖御世，在天同極。’章懷注：‘極猶致也，言法天之道同其致也。’《南齊書·柳世隆傳》：‘立人之本，二理同極。’其用‘同極’二字與此文同，可資旁證。”

李氏《斠詮》：“‘在三同極’者，謂君、親、師三者之恩，同爲至極也。”

【按】黃本與馮鈔元本、何本、謝鈔本、梅本一脈相承，梅本以後諸本俱作“罔”。

此字當從宋本《御覽》引作“同”，二者形近致訛。《國語·晉語一》：“成聞之：‘民生於三，事之如一。’父生之，師教之，君食之。非父不生，非食不長，非教不知生之族也，故壹事之。”韋昭注：“壹事之，事之如一也。”此舍人所本。《後漢書·仲長統傳》：“若夫玄聖御世，則天同極，施舍之道，宜無殊典。”《南齊書·柳世隆傳》：“事陛下在危盡忠，喪親居憂，杖而後起，立人之本，二理同極。”並“同極”連文之證。

㉚ 文教麗而罕於理。

“於理”二字，宋本、宮本、明鈔本、周本《御覽》五九三引作“施”。 徐燉云：“‘於理’，《御覽》作‘罕施’。”

楊氏《校注》初版：“有‘施’字，文意乃足。舍人所謂‘罕施於理’，即司馬彪《九州春秋》‘難可悉行’之意。《困學紀聞》：‘孔北海《答王休教》曰：“掾清身潔己，歷試諸難，謀而鮮過，惠訓不倦。余嘉乃勳，應乃懿德，用升爾於王庭，其可辭乎？”文辭溫雅，有典誥之風，漢郡國之條教如此。自注云：“然應試諸難，恐不可用。”’實足爲此文注腳。‘理’當作‘治’解，（與下‘治’字避，故作‘理’），非謂文理也。”

楊氏《補正》：“作‘文教麗而罕施’，是也。《困學紀聞》：……實足爲此文注腳。司馬彪《九州春秋》：‘孔融守北海，教令辭氣溫雅，論事考實，難可悉行。’

（《三國志·魏書·崔琰傳》裴注引）。《抱朴子外篇·清鑒》：'孔融、邊讓，文學邁俗，而並不達治務，所在敗績。'亦可證。"

　　王氏《校證》從《御覽》引，云："此乃'施'誤爲'於'，辭不可通，乃加'理'以足之也。"

　　李氏《斠詮》從楊氏《校注》初版作"文教麗而罕施於理"。

　　【按】楊氏《校注》初版非，《補正》是，此文當從宋本《御覽》引作"文教麗而罕施"，蓋今本"施"誤作"於"，下又衍"理"字。如依楊氏初版所言，訓"理"爲治，則與下文"治體"之"治"義複。此句與上文"條教爲後所述"相對，"施"，訓行、用。《大戴禮記·文王官人》："觀其禮施也。"王聘珍解詁："施，行也。"《諸子平議·荀子二》："爪牙之士施。"俞樾引《莊子》陸德明釋文："施，用也。"

　　㉛ 若諸葛孔明之詳約。

　　"約"，宋本、宮本、明鈔本、周本、喜多邨本《御覽》五九三引作"酌"。

　　徐氏《校記》："宋本《御覽》引作'詳酌'，是也。"

　　楊氏《補正》："'酌'字是。'詳酌'與下句'明斷'對文。《三國志·蜀書·諸葛亮傳》陳壽《上諸葛氏集表》：'論者或怪亮文彩不豔，而過於丁寧周至。''丁寧周至'，即'詳酌'也。《晉書·孝友·李密傳》：'（張華）次問："孔明言教何碎？"密曰："昔舜、禹、皋陶相與語，故得簡雅；《大誥》與凡人言，宜碎。孔明與言者無己敵，言教是以碎耳。"華善之。'令伯所答，足與此文之'詳酌'相發。"

　　【按】楊說是，"約"當從宋本《御覽》引作"酌"，形聲並近而致訛。"約"與"詳"義相背迕。"酌"，訓擇善而取。《玉篇·酉部》："酌，取也。"引申爲考慮、度量。宋陳亮《三國紀年·魏武帝》："法令不必盡酌之古，要以必行。"即其義。此謂諸葛亮爲文善於詳細斟酌禮義事體。寇謙之《老君音誦誡經》："此乃違失事多，宜如詳酌。"《資治通鑑·唐紀·昭宗聖穆景文孝皇帝中之上》："臣詳酌事體，不應與諸王相見。"並"詳酌"連文之證。

　　徐氏《校記》云："《三國志·蜀志·董和傳》云：'諸葛武侯與群下教云：夫考署者，集衆思，廣衆益也。若遠小嫌，難相違覆，曠闕損矣。違覆而得中，猶棄敝蹻，而獲珠玉。然人心苦不能盡，惟徐元直處兹不惑。又董幼宰參署七年，事有不至，至於十反，來相啓告。苟能慕元直之十一，幼宰之殷勤，有忠於國，則亮可少過矣。'又諸葛亮《出師表》云：'至於斟酌損益，進盡忠言，則攸之、禕、允之任也。'此皆詳酌之證，作'詳約'非其義恉。"疏證甚是。

㉜《詩》云"有命在天"，明爲重也；《周禮》曰"師氏詔王"，爲輕命。

　　梅六次本、梅七次本作"《詩》云有命自天，明命爲重；《周禮》曰師氏詔王，明詔爲輕"，張松孫本同。　集成本作"《詩》云有命自天，明命爲重也；《周禮》曰師氏詔王，明詔爲輕"。　薈要本作"《詩》云有命自天，明爲重也；《周禮》曰師氏詔王，明詔爲輕"。　龍谿本作"《詩》云有命在天，明爲重也；《周禮》曰師氏詔王，明詔爲輕"。　徐燉校"明爲重也"作"明命爲重"，校"爲輕命"作"明詔爲輕"。　馮舒云："'在'，當作'自'。"鈴木校同。　沈臨何校本改"在"爲"自"，改"爲重"爲"其重"，"輕"下標增字符，云："'其'，校本作'爲'。"（"其"爲沈氏藏汪本原有朱筆校字。）　傳録何沈校本云："'明命爲重'，一本作'明其重也'。"

　　盧文弨《抱經堂文集·文心雕龍輯註書後》云："當作'《詩》云有命自天，明爲重也；《周禮》曰師氏詔王。明爲輕也。'下衍一'命'字。"

　　鈴木《黄本校勘記》："'在'當作'自'。《詩·大明》：'有命自天。'"詩'云'以下，文當作'《詩》云有命自天，命爲重也；《周禮》曰師氏詔王，詔爲輕'。"

　　劉氏《校釋》："此引《詩·大雅·大明》之什文，《詩》作'有命自天'，'在'乃'自'譌。'有命在天'，乃《書》記紂辛語。""（明爲重也）當作'明命爲重也'。""（師氏詔王爲輕命）當作'明詔爲輕也'，言臣可詔君，故詔輕於命也。"

　　户田《宋本考》："如仍作'明'字，則朱筆校改的'其'字，較汪本的'爲'字爲勝。"

　　李氏《斠詮》校作"《詩》云有命自天，明命爲重也；《周禮》曰師氏詔王，明詔爲輕也"。

　　【按】梅氏天啓二本所改與徐燉校同，黄本仍從梅氏萬曆初刻本及復校本。

　　此文當從梅氏天啓二本，作"《詩》云有命自天，明命爲重；《周禮》曰師氏詔王，明詔爲輕"。"也"字不必有，上下文皆有"也"字，嫌複。"在"，當依《詩·大雅·大明》作"自"。"命"、"明詔"當補。下文既承上云"今詔重而命輕"，則此當云"命重"、"詔輕"。

㉝兆民尹好。

　　"尹"，集成本作"伊"。　文瀾本作"允"。　沈臨何校本改"尹"爲"式"，云："'式'，校本闕疑。"（"式"爲沈氏藏汪本原有朱筆校字。）　傳録何沈校本標疑"尹"字，字旁過録"式"字。　吴翌鳳校作"式"。

　　范氏《注》："'尹好'，疑當作'式好'。式，語辭也。"

劉氏《校釋》：“‘尹好’當作‘允好’。”

戶田《宋本考》：“范注云……正與朱筆校改的‘式’字暗合。”

楊氏《補正》：“‘尹’字於此，實不可解。然與‘式’之形音俱不近，似難致誤。疑係‘伊’之殘字。《文選·顏延之〈陶徵士誄〉》：‘伊好之洽。’（呂延濟注：伊，惟；洽，合也。）‘伊好’連文，即出於此。”

王氏《校證》、張氏《考異》、李氏《斠詮》、牟氏《譯注》並校“尹”作“伊”。

【按】楊校是，“尹”當從集成本作“伊”。“尹”蓋“伊”之殘。“伊”可用於句中。《儀禮·士冠禮》：“嘉薦伊脯。”鄭玄注：“伊，惟也。”賈公彥疏：“助句辭，非爲義也。”《楚辭·天問》：“其罪伊何？”王逸注：“其罪惟何乎？”並其證。

㉞ 渙其大號。

“渙”，元至正本、弘治本、汪本、佘本、隆慶本、張本、兩京本、何本、王批本、合刻本、梁本、別解本、集成本、尚古本、岡本、薈要本、文淵本、文津本、文瀾本、王本、崇文本作“煥”。　徐燉校“煥”作“渙”。　沈臨何校本改“煥”爲“渙”。

楊氏《補正》：“諸本作‘煥’誤。徐校作‘渙’是也。《易·渙》：‘九五，渙汗其大號。’王注：‘散汗大號，以盪險阨者也。’孔疏：‘人遇險阨，驚怖而勞，則汗從體出，以散險阨者也。’李鼎祚集解：‘《九家易》曰：……故宣布號令，百姓被澤，若汗之出身而不還反也。’《漢書·劉向傳》：‘乃上封事諫曰：……《易》曰：“渙汗其大號。”言號令如汗，汗出而不反者也。’顏注：‘言王者渙然大發號令，如汗之出也。’”

【按】黃本與馮鈔元本、訓故本、謝鈔本、梅本一脈相承。

楊說是，此作“渙”自通，“煥”蓋“渙”之形訛。《說文·水部》：“渙，流散也。”《易·序卦》：“渙者，離也。”韓康伯注：“渙，發暢而無所壅滯。”“渙其大號”，當即《易·渙》“渙汗其大號”之省。《文選·劉峻〈辯命論〉》：“渙汗於後葉。”張銑注：“渙汗，流布貌。”

檄 移 第 二 十

震雷始於曜電，出師先乎威聲。故觀電而懼雷壯，聽聲而懼兵威。兵先乎聲，其來已久。昔有虞始戒於國，夏后初誓於軍，殷誓軍門之外，周將交刃而誓之。故知帝世戒兵，三王誓師，宣訓我衆，未及敵人也。至周穆西征，祭公謀父稱"古有威讓之令，令有文告之辭"，①即檄之本源也。及春秋征伐，自諸侯出，懼敵弗服，故兵出須名，振此威風，暴彼昏亂，劉獻公之所謂"告之以文辭，②董之以武師"者也。齊桓征楚，詰苞茅之闕；③晉厲伐秦，責箕郜之焚。管仲呂相，奉辭先路，詳其意義，即今之檄文。暨乎戰國，始稱爲檄。檄者，皦也，宣露於外，④皦然明白也。張儀檄楚，書以尺二，明白之文，或稱露布，播諸視聽也。⑤夫兵以定亂，莫敢自專，天子親戎，則稱恭行天罰；⑥諸侯御師，則云肅將王誅。故分閫推轂，奉辭伐罪，非唯致果爲毅，亦且厲辭爲武，使聲如衝風所擊，⑦氣似欃槍所掃，奮其武怒，總其罪人，懲其惡稔之時，⑧顯其貫盈之數，搖奸宄之膽，訂信慎之心，⑨使百尺之衝，摧折於咫書；萬雉之城，顛墜於一檄者也。觀隗囂之檄亡新，布其三逆，文不雕飾，而辭切事明，⑩隴右文士，得檄之體矣。陳琳之檄豫州，壯有骨鯁，雖奸閹攜養，章密太甚，⑪發邱摸金，⑫誣過其虐，然抗辭書釁，皦然露骨矣，敢指曹公之鋒；幸哉，免袁黨之戮也。⑬鍾會檄蜀，徵驗甚明；桓公檄胡，⑭觀釁尤切：並壯筆也。

　　凡檄之大體，或述此休明，或叙彼苛虐，⑮指天時，審人事，算彊弱，角權勢，摽蓍龜于前驗，懸鞶鑑于已然，雖本國信，實參兵詐，譎詭以馳旨，煒曄以騰説，凡此衆條，莫或違之者也。⑯故其植義颺辭，務在剛健。插羽以示迅，不可使辭緩；露板以宣衆，不可使義隱，必事昭而理辨，氣盛而辭斷，此其要也。若曲趣密巧，無所取才矣。又州郡徵吏，亦稱爲檄，固明舉之義也。

　　移者，易也，移風易俗，令往而民隨者也。相如之難蜀老，文曉而喻博，有移檄之骨焉。⑰及劉歆之移太常，辭剛而義辨，文移之首也；⑱陸機之移百官，言約而事顯，武移之要者也。故檄移爲用，事兼文武，其在金革，⑲則逆黨用檄，順命資移，⑳所以洗濯民心，堅同符契，㉑意用小異，而體義大同，㉒與檄參伍，故不重論也。

　　贊曰：三驅弛剛，㉓九伐先話。㉔鞶鑑吉凶，蓍龜成敗。惟壓鯨鯢，㉕抵落蜂蠆。㉖移寶易俗，㉗草偃風邁。

校箋

① 古有威讓之令，令有文告之辭。

諸本《御覽》五九七引、訓故本無下"令"字。　馮舒、馮班圈去下"令"字。沈臨何校本點去下"令"字，張紹仁校同。　郝懿行云："下'令'字疑衍，應據《國語》删。"

范氏《注》："《國語·周語上》：'穆王將征犬戎。祭公謀父諫曰……於是乎有刑罰之辟，有攻伐之兵，有征討之備，有威讓之令，有文告之辭。'據此'令有文告之辭'句'令'字衍，當删。"

楊氏《補正》、王氏《校證》、張氏《考異》、李氏《斠詮》並從《御覽》引。

【按】范説是，下"令"字涉上文而衍，當依《御覽》引等删。"有文告之辭"與"有威讓之令"並列，乃由"古"字領起之兩事。"令"，訓律、法，如作"令有文告之辭"，則於義難通。

② 劉獻公之所謂"告之以文辭"。

諸本《御覽》五九七引無上"之"字。

楊氏《補正》："'公'下'之'字，亦當據《御覽》删。"

【按】上"之"字不當有，此蓋涉下文兩"之"字而誤衍。《雜文》篇："子雲所謂先騁鄭衞之聲，曲終而奏雅者也。"《附會》篇："此《周易》所謂臀無膚，其行次且也。"句法與此同。

③ 詰苞茅之闕。

黄校："'詰'元作'告'，'苞'汪本作'菁'。"　宋本、宮本、四庫本、張本、鮑本、喜多邨本《御覽》五九七引作"詰菁茅之闕"，明鈔本《御覽》引作"詰菁茅之闕"，周本《御覽》引作"詰青茅之闕"，倪本、汪本《御覽》引作"詰菁矛之闕"。元至正本、黄傳元本、倫傳元本、弘治本、弘治活字本、汪本、隆慶本、張本、兩京本、胡本、訓故本、文津本作"告菁茅之闕"。　馮鈔元本、佘本、何本、謝鈔本、初刻梅本、復校梅本、凌本、合刻本、梁本、秘書本、彙編本、別解本、抱青閣本、尚古本、岡本、薈要本、文瀾本作"告苞茅之闕"。　王批本作"告青茅之闕"。集成本、文溯本作"詰包茅之闕"。　文淵本作"詰菁茅之闕"。　徐燉校"告"作"詰"，校"菁"作"苞"。　馮舒校"苞"作"菁"。　傳録何沈校本"苞"旁過録"菁"字。　張爾田圈點"菁"字。

楊氏《補正》："舍人此文，蓋本《穀梁·僖公四年》作'菁茅'（《管子·輕重》丁

篇,《韓非子·外儲説左上》《史記·夏本紀》《新序·雜事四》並有"菁茅"之文),
下云:'箕部'(二地名),此云'菁、茅'(《禹貢》孔傳以爲二物),文本相對。若作
'苞茅'(《左傳》作"包",他書多引作"苞"),與《左傳》雖合,於詞性則失矣。(《禹
貢》孔傳:'其所包裹而致者。'《左傳》杜注:'包,裹束也。'是'包'爲動詞。)"

李氏《斠詮》從宋本《御覽》引。

【按】梅氏萬曆初刻本及復校本作"告苞茅之闕",與馮鈔元本、佘本、何
本、謝鈔本同,梅氏天啓二本改爲"詰苞茅之闕",黃氏從之。

此文當從宋本《御覽》引作"詰菁茅之闕"。"詰"字是,"告"蓋"詰"之形訛,
或涉上文"告之以文辭"而誤。"苞"當作"菁"。《穀梁傳·僖公四年》:"桓公
曰:'昭王南征不反。菁茅之貢不至,故周室不祭。'屈完曰:'菁茅之貢不至,則
諾。昭王南征不反,我將問諸江!'"《史記·夏本紀》:"包匭菁茅。"裴駰集解引
鄭玄曰:"菁茅,茅有毛刺者,給宗廟縮酒。"晉張載《平吳頌》:"菁茅闕而不貢。"
(《藝文類聚》五九引)《宋書·樂志四》:"菁茅久不貢,王師赫南征。"並"菁茅"
連文之證。

④ 宣露於外。

"露",諸本《御覽》五九七引、《玉海》二〇三引並作"布"。

楊氏《補正》:"'布'字是,'露'蓋涉下而誤。"

李氏《斠詮》校"露"作"布"。

【按】楊説是,"露"當從《御覽》引作"布"。"宣布",猶言公布。《周禮·秋
官·司寇》:"執旌節,以宣布于四方,而憲邦之刑禁,以詰四方邦國及其都鄙,
達于四海。"《漢書·景帝紀》:"請宣布天下。"又《循吏傳》:"潁川太守霸宣布詔
令,百姓鄉化。"並"宣布"連文之證。

⑤ 播諸視聽也。

《御覽》五九七引作"露布者,蓋露板不封,布諸視聽也",《通鑑綱目》二四、
《事文類聚》別集七引同。　《容齋四筆》九、《金石例》九引作"露布者,蓋露板
不封,布諸觀聽也"。　《玉海》二〇三引作"露布者,蓋露板不封,布者厥聽
也"。　元至正本、馮鈔元本、黃傳元本、倫傳元本、弘治本、弘治活字本、汪本、
佘本、隆慶本、兩京本、胡本、謝鈔本作"諸視聽也"。　文溯本作"播視聽也"。

徐燉"諸"上補"播"字,沈臨何校本同。

楊氏《補正》:"今本文意不足,當以《御覽》等所引爲是。'播'字,當依《御

覽》諸書作‘布’。”

王氏《校證》、李氏《斠詮》並從《御覽》引。

【按】黄本與張本、何本、王批本、訓故本、梅本一脈相承，梅本以後諸本多承梅本。

楊説是，此文當從《御覽》改補，作“露布者，蓋露板不封，布諸視聽也”。“露板不封”釋“露布”之“露”字，“布諸觀聽”釋“布”字，故作“布”是，“播”蓋“布”之聲訛。《大戴禮記·王言》：“七者布諸天下而不窕，内諸尋常之室而不塞。”《孔子家語·王言解》作“布諸天下四方而不怨”，此“布諸”連文之證。

“視”字亦是，《容齋四筆》引作“觀”，蓋“視”之形訛。《諧讔》篇：“蓋稗官所采，以廣視聽。”《物色》篇：“沈吟視聽之區。”《莊子·應帝王》：“人皆有七竅，以視聽食息。”《新書·春秋》：“故天之視聽，不可謂不察。”並“視聽”連文之證。

⑥ **則稱恭行天罰。**

“恭”，元至正本、馮鈔元本、黄傳元本、倫傳元本、弘治本、弘治活字本、汪本、佘本、隆慶本、張本、兩京本、訓故本、文淵本、文溯本、文津本作“龔”。　謝鈔本無。　徐燉校“龔”作“恭”。　顧廣圻云：“‘龔’即‘恭’，或不知而缺疑。”

楊氏《補正》：“‘恭’、‘龔’同音通假。《書·甘誓》：‘今予惟恭行天之罰。’孔傳：‘恭，奉也。’《吕氏春秋·先己》篇高注引作‘龔’。僞《泰誓下》：‘予一人恭行天罰。’《文選·東都賦》李注引作‘龔’。並其證。不必校‘龔’爲‘恭’也。”

【按】黄本“恭”字承何本、王批本、梅本而來，於義自通，不煩改字。《尚書·甘誓》作“恭行天之罰”，《白虎通德論·三軍》引《尚書》亦作“恭行”。《漢紀·前漢孝平皇帝紀》：“今天子已立，恭行天罸。”《三國志·吳書·胡綜傳》：“臣質不勝昊天至願，謹遣所親同郡黄定恭行奉表。”《晉書·苻堅傳下》：“陛下應天順時，恭行天罰。”並“恭行”連文之證。

⑦ **使聲如衝風所擊。**

“衝”，梅校：“元作‘衡’。”　“擊”，梅校：“元作‘繫’。”　“衝風所擊”，宋本、喜多邨本《御覽》引作“衝風所擊”，明鈔本《御覽》引作“衝所擊”，周本、倪本、四庫本、張本《御覽》引作“衡風所擊”，鮑本《御覽》引作“晨風所擊”。　元至正本、馮鈔元本、黄傳元本、倫傳元本、弘治本、弘治活字本、佘本、隆慶本、張本、汪本、兩京本、胡本、王批本、訓故本、謝鈔本作“衡風所繫”。　文淵本作“衡風所擊”。　王惟儉標疑“衡”字、“繫”字。　徐燉校作“衝風所擊”。　馮班校

"衡"作"衝"。　　沈臨何校本改"繫"爲"擊"。

楊氏《補正》："徐校梅改是也。《史記·韓長孺傳》：'安國曰：衝風之末，力不能漂鴻毛。'《漢書·韓安國傳》顏師古注：'衝風，疾風之衝突者也。'《鹽鐵論·輕重篇》：'衝風飄鹵。'"

王氏《校證》："'衝'元作'衡'，梅、徐校改。《御覽》正作'衝'。"又："'擊'元作'繫'，梅、徐校作'擊'，馮校云：'繫謝本作擊。'《御覽》正作'擊'。"

張氏《考異》："'衝風'與'檻檣'對，'擊'與'掃'對，作'擊'、'衝'是。"

【按】梅本以前諸本唯何本作"衝風所擊"，與宋本《御覽》引合，梅本據改，黃氏從之。

黃本是。"衡"蓋"衝"之形誤，"繫"蓋"擊"之形誤，《古儷府》九、《文通》五引亦並同宋本《御覽》引。《楚辭·九歌·河伯》："衝風起兮橫波。"王逸注："衝，隧也。"洪興祖補注："五臣注：衝風，暴風也。"

⑧ 懲其惡稔之時。

"懲"，宋本、宮本、明鈔本、周本、喜多邨本《御覽》五九七引作"徵"，倪本、四庫本、汪本、張本、鮑本《御覽》引作"乘"。　　訓故本作"徵"。

劉氏《校釋》："徵者，驗也。'懲'乃'徵'誤。"

楊氏《補正》："'徵'字較勝。"

王氏《校證》、李氏《斠詮》並從宋本《御覽》引。

【按】"懲"當從《御覽》引及訓故本作"徵"，與下文"顯"字相對。《廣雅·釋詁》："徵，明也。"《左傳·襄公二十八年》："以徵過也。"杜預注："徵，審也。"孔穎達疏："徵之訓亦爲明。"又引申爲追究、責問。如《左傳·僖公四年》："爾貢苞茅不入，王祭不共，無以縮酒，寡人是徵。"即其義。舍人此處指揭露、彰顯其罪惡。

⑨ 訂信慎之心。

"慎"，宋本、宮本、明鈔本、周本、鮑本、喜多邨本《御覽》五九七引作"順"，梅六次本、梅七次本、薈要本、張松孫本同。　　馮鈔元本作"任"。　　徐𤋮校作"順"。　　沈臨何校本改"慎"爲"順"，云："'順'，校本作'慎'。"（"順"爲沈氏藏汪本原有朱筆校字。）

楊氏《補正》："'順'字是。前《哀弔》篇'至於蘇慎、張升'，亦誤'順'爲'慎'，是'慎'、'順'易誤之證。"

李氏《斠詮》校"慎"作"順"。

【按】梅氏萬曆初刻本及復校本作"慎",與元明諸本同,梅氏天啓二本改作"順",與宋本《御覽》引合,黃氏仍從初刻本。

此當從宋本《御覽》引作"順"。作"慎"者,蓋舍人避梁武帝之父"蕭順之"之偏諱所致。參見《詮賦》篇"順流而作"條校。《易‧繫辭上》:"天之所助者,順也,人之所助者,信也。履信思乎順,又以尚賢也,是以自天祐之,吉无不利也。"此舍人所本。《漢書‧王莽傳》:"自此之後,不作信順,弗蒙厥佑。"《後漢書‧袁術傳論》:"然大致受大福者,歸於信順乎?"《三國志‧魏書‧何夔傳》:"術無信順之實,而望天人之助。"《宋書‧武帝本紀上》:"仰契信順之符,俯屬人臣之憤。"並"信順"連文之證。

⑩ **而辭切事明。**

"辭",宋本、宮本、喜多邨本《御覽》五九七引作"意",明鈔本、周本《御覽》引作"河",倪本、四庫本、汪本、張本、鮑本《御覽》引作"詞"。

劉氏《校釋》、李氏《斠詮》並校"辭"作"意"。

【按】"辭"當從宋本《御覽》引作"意"。上文已云"文不雕飾","文"謂文辭,此不應復云"辭"。"意"與下文"馳旨"之"旨"呼應。《廣雅‧釋詁》:"切,近也。""意切",謂表意切直、明確,照應下文"不可使義隱"。《才略》篇:"劉向之奏議,旨切而調緩。"《定勢》篇:"綜意淺切。"《後漢紀‧後漢孝和皇帝紀上》:"敞辭旨切直。"並"切"與"意"、"旨"搭配之證。

⑪ **章密太甚。**

"密",宋本、宮本、明鈔本、周本、張本、喜多邨本《御覽》五九七引作"實"。王批本、梅六次本、梅七次本作"實",集成本、張松孫本同。　徐燉校作"實"。

楊氏《補正》:"'實'字是。《左傳‧桓公二年》:'郜鼎在廟,章孰甚焉。'語意與此同,可證。"

鈴木《黃本校勘記》、劉氏《校釋》、王氏《校證》、李氏《斠詮》並校"密"作"實"。

【按】梅氏萬曆初刻本及復校本作"密",與元明諸本同,梅氏天啓二本改作"實",與宋本《御覽》引、王批本合,黃氏仍從初刻本。

"密"當從宋本《御覽》引作"實",二字形近致訛。《管子‧幼官》:"明名章實,則士死節。"房玄齡注:"章功勞之實。"即"章實"連文之證。此所謂"章實",猶言揭露其事實。

⑫ 發邱摸金。

【按】此"邱"字，乃黃氏例避孔子諱所改，當依各本作"丘"。

⑬ 皦然露骨矣，敢指曹公之鋒；幸哉，免袁黨之戮也。

梅校："'骨'元作'固'，孫（汝澄）改。"　黃校："又一本作'暴露'。"　"露骨"，四庫本、張本《御覽》五九七引作"暴露"，其餘各本《御覽》引並作"曝露"。　元至正本、黃傳元本、倫傳元本、弘治本、弘治活字本、汪本、佘本、隆慶本、張本、兩京本、胡本作"露固"。　王批本作"暴露"。　訓故本作"露□固"。

梅六次本、梅七次本作"露布"，集成本、薈要本、張松孫本、崇文本同。　徐燉校"固"作"布"。　謝兆申云當作"疑作'固矣，敢指曹公之鋒；幸哉，獲免袁黨之戮也'"。　沈臨何校本改"露固"爲"暴露"。　紀昀云："'指'當作'攖'。"

鈴木《黃本校勘記》："'矣敢'當作'敢矣'，與下句'幸哉'相對。"

徐氏《正字》："此二句辭殊不類，疑元明人所沾。宋本《御覽》引亦無此二句。"

劉氏《校釋》："'露骨'，舊校一作'暴露'，《御覽》正作'暴露'。""紀校'指'當作'攖'，是也。'哉'字亦疑是衍文。"

楊氏《補正》："《左傳·襄公三十一年》：'亦不敢暴露。'是'暴露'二字連文之證。元本、弘治本等因'露'上脱'暴'字，而又誤'固'爲'骨'，遂作'皦然露骨矣'，其實非也。'固矣'當屬下讀，與《孟子·告子下》'固哉高叟之爲《詩》也'之'固哉'同。謝校近是。'指'字不誤。《詩·鄘風·蝃蝀》有'莫之敢指'語。紀氏蓋泥於《孟子·盡心下》'莫之敢攖'之文而爲説耳。"

李氏《斠詮》校作"皦然暴露。敢矣指曹公之鋒，幸哉免袁黨之戮也"。

【按】梅氏萬曆初刻本及復校本作"露骨"，與馮鈔元本、何本、謝鈔本合，梅氏天啓二本始改作"露布"，黃氏仍從初刻本。

謝校、楊説均不可從，鈴木説近是，此文當依李氏校作"皦然暴露。敢矣，指曹公之鋒；幸哉，免袁黨之戮也"。"露骨"之"骨"與上文"骨鯁"重出，此當作"暴露"（"曝"爲"暴"之俗）。"固"蓋"骨"之音訛。"矣"與下文"哉"相儷，當置"敢"下，"皦然暴露"與上文"抗辭書釁"相儷，句末不必有"矣"。

"敢"，訓勇敢。《廣雅·釋詁》："敢，勇也。"《荀子·非十二子》："剛毅勇敢，不以傷人。"《新書·官人》："敢於退不肖。"《漢書·禮樂志》："是敢於殺人，不敢於養人也。"並其義。陳琳敢於與曹操爭鋒，故舍人稱頌之。

⑭ **桓公檄胡。**

"公"，諸本《御覽》五九七引、王批本作"溫"。　徐燉校作"溫"。

楊氏《補正》從"溫"，云："上云'鍾會'，此忽云'桓公'，似不倫類。且全書論述作者，除曹操、羊祜、庾亮外，它無稱公者。"

李氏《斠詮》校"公"作"溫"。

【按】楊說是，《御覽》引及王批本作"溫"較長。"桓溫檄胡"與上文"鍾會檄蜀"相儷，文例正同。《章表》篇："及羊公之辭開府，有譽於前談；庾公之讓中書，信美於往載。"乃以"庾公"對"羊公"，文例又別。《世說新語·識鑒》："朝廷慮其不從命，未知所遣，乃共議用桓溫。"又《賞譽》："庾穉恭與桓溫書，稱'劉道生日夕在事，大小殊快'。"《宋書·武帝本紀下》："主威久謝，桓溫雄才蓋世，勳高一時，移鼎之業已成，天人之望將改。"又《符瑞志下》："晉穆帝永和元年二月春，縠民得金勝一枚。……明年，桓溫平蜀。"並宋齊人稱"桓溫"之證，例多不徧舉。

⑮ **或述此休明，或叙彼苛虐。**

宋本、宮本、周本《御覽》五九七引作"或述休明，或叙否剝"，明鈔本《御覽》引作"或述明白，或叙否剝"，喜多邨本《御覽》引作"或述此休明，或叙彼否剝"。　彙編本"述"作"迷"。

【按】宋本《御覽》引非是，"彼"、"此"二字當有，《金石例》九、《文斷》引即有此二字。檄移之體，須議論"敵我"之事，上文云"振此威風，暴彼昏亂"，亦用"彼此"。

《晉書·苟晞傳》："刑政苛虐。"《宋書·戴法興傳》："苛虐無道。"並"苛虐"連文之證。云"叙彼苛虐"，乃回應上文"暴彼昏亂"之意。"否剝"蓋"苛虐"之形訛，其義乃泛指世運艱難。如《晉書·庾冰》："而陛下歷數屬當其運，否剝之難嬰之聖躬。"又《沮渠蒙遜載記》："孤庶憑宗廟之靈，乾坤之祐，濟否剝之運會。"《南齊書·海陵王本紀》："而天步多阻，運鍾否剝，嗣君昏忍暴戾。"用以詁此，於義不合。

⑯ **莫或違之者也。**

汪本《御覽》五九七引同黃本，其餘各本《御覽》引並作"莫之或違者也"。徐燉云："《御》作'莫之或違'。"

楊氏《補正》從《御覽》引，云："《哀弔》篇'莫之或繼也'，句法與此相同，可證。"

王氏《校證》從《御覽》引，云："《指瑕》篇'未之或改'，句法正同。"

李氏《斠詮》從《御覽》引。

【按】宋本《御覽》引作"莫之或違者也"，符合古人常用句法，當據改。《冲虛至德真經解・仲尼》:"物自違道,道不違物。"宋江遹解曰:"故譬道之在天下,若日月之照臨,光于四方,莫之或違。"可資旁證。

⑰ 有移檄之骨焉。

"移檄",宋本、宮本、明鈔本、周本、鮑本、喜多邨本《御覽》五九七引作"檄移",倪本、汪本《御覽》引作"移易"。

【按】宋本《御覽》引作"檄移"較長。舍人視"檄移"爲一大類文體,下文"故檄移爲用",亦稱"檄移",可證。參見《章表》篇"所以魏初表章"條校。

⑱ 文移之首也。

楊氏《補正》:"以下'武移之要者也'句相例,'首'下合有'者'字。"

【按】楊説近是,疑"首"下當補"者"字。《易・比》初六王弼注:"處比之始,爲比之首者也。"《易・否》初六王弼注:"居否之初,處順之始,爲類之首者也。"《宋書・五行志》:"天戒若曰:宜除其貴要之首者。"句法並與此同。

⑲ 其在金革。

"革",覆刻黃本作"章",於義無取,當據《御覽》引及元明各本改作"革"。養素堂初刻本作"革",不誤。"金革"連文,古書恒見,如《漢書・終軍傳》:"鷙下不習金革之事。"《説苑・貴德》:"方今海内賴陛下厚恩,無金革之危,飢寒之患。"例多不徧舉。

⑳ 順命資移。

"順",梅校:"元作'煩',曹(學佺)改。"　元至正本、黃傳元本、倫傳元本、弘治本、弘治活字本、汪本、佘本、隆慶本、張本、兩京本、王批本、胡本、訓故本作"煩"。　徐炌云:"'煩命',《御》作'順衆'。"　沈臨何校本改"煩"作"順",張紹仁校同。　"命",四庫本、張本《御覽》五九七引作"命",其餘各本《御覽》引並作"衆"。

詹氏《義證》:"'逆黨'與'順衆'對文,作'衆'爲是。"

鈴木《黃本校勘記》、楊氏《補正》、李氏《斠詮》並校"命"作"衆"。

【按】元明諸本多作"煩",馮鈔元本、何本、謝鈔本並作"順",曹學佺據改,梅氏、黃氏從之。

"煩命"不辭,字當作"順",二者形近致訛。上文云"令往而民隨","隨"即順從。"命"字自通,毋須改字,此謂欲使民衆服從命令,則需藉助"移"。詹説非是。

㉑ 堅同符契。

"同",梅校:"元作'用',曹(學佺)改。"　四庫本《御覽》五九七引作"同",

其餘各本《御覽》引並作“明”。　元至正本、黃傳元本、倫傳元本、弘治本、弘治活字本、佘本、汪本、隆慶本、張本、兩京本、胡本、訓故本、文津本、文瀾本作“用”，《子苑》三二引同。　梅六次本作“固”。　王批本作“明”。　徐燉校“用”作“同”，張紹仁校同。　沈臨何校本改“用”爲“同”，云：“校本作‘用’。”（“同”爲沈氏藏汪本原有朱筆校字。）

楊氏《校注》校“同”作“明”，云：“《弘明集·何承天〈答宗居士書〉》：‘證譬堅明。’《高僧傳·釋僧祐傳》：‘執操堅明。’《金樓子·立言篇下》：‘曹子建、陸士衡皆文士也，觀其辭致側密，事語堅明，意匠有序，遺言無失。’並以‘堅明’爲言。”

李氏《斠詮》校“同”作“明”。

【按】馮鈔元本、何本、謝鈔本作“同”，曹學佺改“用”爲“同”，梅氏萬曆初刻本、復校本從之，梅六次本改作“固”，梅七次本又改作“同”，黃氏仍從初刻本。

此字當從宋本《御覽》引作“明”。“用”與下文“意用”字複，非是。蓋“明”先訛作“用”，又訛作“同”。《史記·藺相如傳》：“秦自繆公以來二十餘君，未嘗有堅明約束者也。”句法、語意可與此互參。

㉒ 意用小異，而體義大同。

宋本、周本《御覽》五九七引作“意用小異，而體大同也”，明鈔本《御覽》引作“意用小異，而體大用矣”，倪本、汪本《御覽》引作“意則小異，而體義大用”，張本、喜多邨本《御覽》引作“意用小異，而體義大同也”，鮑本《御覽》引作“意則小異，而體義大同也”。

張氏《考異》：“應作‘意則小異，而體乃大同’。”

詹氏《義證》：“《銘箴》篇：‘及周之辛甲，百官箴闕，唯《虞箴》一篇，體義備焉。’‘體義’，體制、本義。”

【按】張說非是，今本文義自通。“用”字承上文“檄移爲用”言。《銘箴》篇：“所以箴銘異用，罕施於代。”《封禪》篇：“茲文爲用，蓋一代之典章也。”《章表》篇：“原夫章表之爲用也。”皆言文體之用。《銘箴》篇：“百官箴一篇，體義備焉。”即“體義”連文。

㉓ 三驅弛剛。

“剛”，訓故本作“綱”。　沈臨何校本改“剛”爲“綱”，云：“校本作‘剛’。”（“綱”爲沈氏藏汪本原有朱筆校字。）　傳錄何沈校本於“剛”字旁過錄“綱”字。　紀昀云：“‘剛’，疑作‘綱’。”　吳翌鳳校作“綱”。　郝懿行云：“‘剛’

字，疑‘網’字之譌。”

孫詒讓《札迻》十二：“當作‘弛網’。‘網’譌‘綱’，三寫成‘剛’，遂不可通。《呂氏春秋·異用》篇說‘湯解網，令去三面，舍一面’，與《易·比》九五‘三驅失前禽’之文偶合，故彥和兼用之。”

楊氏《補正》校“剛”作“網”，云：“《抱朴子外篇·君道》：‘識弛網而悅遠。’即用湯網去三面事，正作‘弛網’，其切證也。”

戶田《宋本考》、李氏《斠詮》並校“剛”作“網”。

【按】諸說是，此文當從訓故本作“網”。蓋“網”先訛作“綱”，又訛作“剛”，形聲並近而致訛。《易·比》九五：“顯比，王用三驅，失前禽，邑人不誡，吉。”孔穎達疏：“夫三驅之禮者，先儒皆云‘三度驅禽而射之也’，三度則已。褚氏諸儒皆以爲‘三面著人驅禽’，必知三面者，禽唯有背己、向己、趣己，故左右及於後皆有驅之。”《呂氏春秋·異用》：“湯見祝網者，置四面。其祝曰：‘從天墜者，從地出者，從四方來者，皆離吾網。’湯曰：‘嘻！盡之矣，非桀，其孰爲此也？’湯收其三面，置其一面。”此舍人所本。

㉔ 九伐先話。

劉氏《校釋》：“‘話’乃‘誥’誤。《書·大禹謨》：‘三旬苗民逆命。’傳曰：‘則舜不先有文誥之命，威讓之辭，而便憚之以威，脅之以兵，所以生辭。’‘文誥’即‘誥’也。篇首所謂‘始戒’、‘戒兵’，‘戒’即‘誡’也。”

【按】劉說不可從。“話”，可訓告喻。《尚書·盤庚中》：“盤庚作，惟涉河，以民遷，乃話民之弗率。”陸德明釋文引馬融：“（話），告也，言也。”詁此正合。

㉕ 惟壓鯨鯢。

“惟”，元至正本、黃傳元本、倫傳元本、弘治本、弘治活字本、隆慶本、張乙本、張丙本、兩京本、胡本、王批本、訓故本作“摧”，《喻林》八七引同。　馮鈔元本、汪本、佘本、張甲本、何本、謝鈔本、初刻梅本、復校梅本、凌本、合刻本、梁本、秘書本、梅六次本、梅七次本、彙編本、別解本、抱青閣本、集成本、尚古本、岡本、文淵輯注本、文淵本、文溯本、文津本、文瀾本、張松孫本、王本、崇文本、龍谿本作“推”。　傳錄何沈校本標疑“推”字，云：“‘推’，元板作‘摧’。”　譚獻校作“摧”。　張爾田圈點“摧”字。

孫詒讓《札迻》十二：“‘惟壓’，義不可通。‘惟’作‘摧’是也。當據正。”

楊氏《補正》：“‘摧’字是。‘推’、‘惟’並‘摧’之殘誤。”

王氏《校證》、李氏《斠詮》、牟氏《譯注》並校"惟"作"摧"。

【按】明以前諸本無作"惟"者，梅氏四本均作"推"，黃本此字當爲誤刻，芸香堂本、翰墨園本踵其謬，龍谿本已改"惟"作"推"。

此與下文"抵落"相儷，"惟"當從元至正本等作"摧"，"推"蓋"摧"之形訛。《廣韻·灰韻》："摧，折也。""摧"字回應正文"使百尺之衝，摧折於咫書"之語意。《高僧傳·竺僧敷傳》："時異學之徒，咸謂心神有形，但妙於萬物，隨其能言，互相摧壓。"此"摧壓"連文之證。

㉖ 抵落蜂蠆。

楊氏《補正》："各本皆作'抵'，與文意不合，疑當作'抵'。《說文·手部》：'抵，側擊也。'抵音紙，與'抵'之音義俱別。"

【按】楊說非是，作"抵"自通，毋須改字。"抵"，《集韻·紙韻》音掌氏切（zhǐ）。《漢書·朱博傳》："博奮髯抵几。"顏師古注："抵，擊也。"《後漢書·方術傳》："莫不負策抵掌。"李賢注："抵，側擊也。"《文選·左思〈蜀都賦〉》："扼腕抵掌。"李周翰注："抵，擊也。"

㉗ 移寶易俗。

黃校："'寶'，一作'實'。" 訓故本標疑"寶"字。 徐爌云："'寶'，當是'風'字，本文有'移風'之語。'移寶'於義不通。" 沈臨何校本改"寶"爲"實"，云："校本作'寶'。"（"實"爲沈氏藏汪本原有朱筆校字。） 傳錄何沈校本"寶"旁過錄"實"字。

范氏《注》："移寶，應作'移實'。"

戶田《宋本考》："從上文'移者，易也，移風易俗，令往而民隨者也'，下句'草偃風邁'考察，'寶'應改爲'風'。"

楊氏《補正》："寶，喻帝位。《時序》篇有'暨皇齊馭寶'語。移寶，謂改朝換代。"

張氏《考異》："若是'移風易俗'，與下'草偃風邁'嫌重，似非。而'寶'、'實'二字又欠解，存疑爲是。"

王氏《校證》、李氏《斠詮》並校"寶"作"風"。牟氏《譯注》從"實"。

【按】范說是，"寶"當從一本作"實"，二字形近而誤。此"實"字當解作"實際上"或"於實際用途上"。《銘箴》篇："銘實表器，箴惟德軌。"《祝盟》篇："義同於誄，而文實告神。""實"之用法並與此同。此"移"字爲文體名，非"轉移"之意。此句意爲："移之實際用處在於變化風俗。"

文心雕龍校箋卷五

封禪第二十一

夫正位北辰，嚮明南面，所以運天樞，毓黎獻者，何嘗不經道緯德，以勒皇蹟者哉！①《錄圖》曰：②"潬潬嚛嚛，③芬芬雉雉，萬物盡化。"言至德所被也。《丹書》曰："義勝欲則從，欲勝義則凶。"戒慎之至也。則戒慎以崇其德，④至德以凝其化，七十有二君所以封禪矣。

昔黃帝神靈，克膺鴻瑞，勒功喬岳，鑄鼎荆山。大舜巡岳，顯乎《虞典》；成康封禪，聞之《樂緯》。及齊桓之霸，爰窺王跡，夷吾譎陳，⑤距以怪物。⑥固知玉牒金鏤，⑦專在帝皇也。然則西鶼東鰈，南茅北黍，空談非徵，勳德而已。是史遷《八書》，⑧明述封禪者，固裡祀之殊禮，名號之祕祝，祀天之壯觀矣。⑨

秦皇銘岱，⑩文自李斯，法家辭氣，體乏弘潤，然疏而能壯，亦彼時之絕采也。鋪觀兩漢隆盛，⑪孝武禪號於肅然，光武巡封於梁父，誦德銘勳，乃鴻筆耳。觀相如《封禪》，蔚為唱首。⑫爾其表權輿，序皇王，炳元符，⑬鏡鴻業，驅前古於當今之下，騰休明於列聖之上，歌之以禎瑞，讚之以介邱，⑭絕筆茲文，固維新之作也。及光武勒碑，則文自張純，首胤典謨，末同祝辭，引《鈎讖》，敘離亂，⑮計武功，述文德，事覈理舉，華不足而實有餘矣。凡此二家，並岱宗實跡也。及揚雄《劇秦》，班固《典引》，事非鐫石，而體因紀禪。觀《劇秦》為文，影寫長卿，詭言遯辭，故兼包神怪。然骨掣靡密，⑯辭貫圓通，自稱極思，無遺力矣。《典引》所叙，雅有懿乎，⑰歷鑒前作，能執厥中，其致義會

文，斐然餘巧，故稱“《封禪》麗而不典，⑱《劇秦》典而不實”。豈非追觀易爲明，循勢易爲力歟？至於邯鄲《受命》，攀響前聲，風末力寡，⑲輯韻成頌，雖文理順序，⑳而不能奮飛。陳思《魏德》，假論客主，問答迂緩，且已千言，勞深勣寡，颷쀻缺焉。

　　茲文爲用，㉑蓋一代之典章也。搆位之始，宜明大體，樹骨於訓典之區，選言於宏富之路，使意古而不晦於深，文今而不墜於淺，義吐光芒，辭成廉鍔，則爲偉矣。雖復道極數殫，終然相襲，而日新其采者，㉒必超前轍焉。

　　贊曰：封勒帝勣，對越天休。逖聽高岳，聲英克彪。㉓樹石九旻，泥金八幽。鴻律蟠采，㉔如龍如虹。

校箋

①　以勒皇蹟者哉。

楊氏《補正》：“‘蹟’，當作‘績’。贊中‘封勒帝勣’（‘勣’與‘績’古今字）句可證。”

【按】楊說非是，作“蹟”自通，毋須改從。“蹟”、“迹”字通。《集韻·昔韻》：“迹，或作‘蹟’。”《玄應音義》二〇“馬蹟”注：“蹟，又作‘跡’、‘迹’二形。”《尚書·武成》：“至于大王肇基王迹。”《文選·顏延之〈應詔宴曲水作詩〉》：“帝迹懸衡。”“王迹”、“帝迹”與“皇蹟”義同。“迹”，訓功業。《荀子·正名篇》：“如是則其迹長矣。”楊倞注：“迹，王者所立之迹也。”《文選·任昉〈奉答勅示七夕詩啓〉》：“竊惟帝迹多緒。”李善注：“迹，行迹，謂功績也。”下文云“爰窺王跡”，亦可證此作“皇蹟”不誤。

②　《錄圖》曰。

“錄”，張本、訓故本作“緑”，《繹史》五《黃帝紀》引同。　傅錄何沈校本改“錄”爲“緑”。　紀昀云：“‘錄’，當作‘緑’。嘉靖本作‘緑’，是。”

范氏《注》校“錄”作“緑”，云：“本書《正緯》篇：‘堯造《緑圖》，昌制《丹書》。’‘緑圖’與‘丹書’對文。”

楊氏《補正》：“《淮南子·俶真》篇：‘洛出《丹書》，河出《緑圖》。’其字作‘緑’。《正緯》篇：‘則是堯造《緑圖》，昌制《丹書》。’亦以‘緑圖’與‘丹書’對。

何校紀説是也。”

張氏《考異》：“《綠圖》，見《河圖挺左輔》。《丹書》，見《大戴記》。”

李氏《斠詮》：“録、綠古通，詳《正緯》篇，各循其舊，不必改字。”

【按】“録”當從張本、訓故本作“綠”，二字形近而誤，黃氏輯注出條目即作“綠圖”。《正緯》篇“《綠圖》”與“《丹書》”並舉，可爲有力旁證。“綠”與下文之“丹”對文，並指天書或本文之質地而言。《尚書中候》：“舜沉璧，黃龍負卷舒圖，出水壇畔，赤文綠字也。”即以“綠”、“赤”描述祥瑞之文。

《吕氏春秋·恃君》：“綠圖幡薄從此生矣。”畢沅校：“語未詳，當出緯書。”《淮南·俶真訓》：“古者至德之世，賈便其肆，農樂其業，……當此之時，風雨不毀折，草木不夭，九鼎重味，珠玉潤澤，洛出《丹書》，河出《綠圖》。故許由、方回、善卷、披衣得達其道。”並“綠圖”二字所出。《淮南子·人間訓》：“秦皇挾録圖。”高誘注：“秦博士盧生使入海，還奏録圖書於始皇帝。”可知“録圖”乃指圖録書籍，與緯書之“綠圖”義別。

③ 潬潬嚞嚞。

劉氏《校釋》：“‘潬潬’，當作‘嘽嘽’，音樂盛也。《詩》：‘徒御嘽嘽。’‘潬’，‘嘽’之假字也。”

郭氏《注譯》從劉氏説。

【按】《古微書·河圖挺佐輔》及《玉海》一九六、《皇霸文紀》一、《文通》五引亦並作“潬潬嚞嚞”，可證今本無誤。

《爾雅·釋水》：“潬，沙出。”《集韻·寒韻》：“潬，通作‘灘’。”劉氏云“潬”當假借爲“嘽”，是。“潬潬”、“嘽嘽”聲同可通，毋須改字。《廣雅·釋訓》：“嘽嘽，衆也。”《詩·小雅·采芑》：“戎車嘽嘽，嘽嘽焞焞，如霆如雷。”鄭玄箋：“言戎車既衆盛，其威又如雷霆。”《漢書·韋玄成傳》：“嘽嘽推推。”顏師古注：“嘽嘽，衆也。”句法並與此同。據文義，此當訓繁盛貌，謂至德所被，萬物繁榮生長。

“嚞嚞”，或解作象聲詞。《通雅》四：“《文心雕龍》所引‘嚞嚞雜雜’，亦聲也。雜雜，葢哈哆之轉。”《通雅》十：“劉勰引《録圖》曰：‘嘽嘽嚞嚞，紛紛雜雜。’猶齒齒也。古讀‘雜’上聲。而‘嚞’字，……此疑爲‘碼’字，‘碼’古‘毀’字也。又按《揚子》：‘孔子雜噫。’注：‘雜噫，猶歌歎之聲。’‘雜’與‘嚞’，皆形容其聲。”録以備參。

④ **則戒慎以崇其德。**

楊氏《校注》：“‘則’字似不應有，蓋涉上文誤衍者。”

楊氏《補正》：“‘則’上疑脫‘然’字。本書屢以‘然則’二字緊承上文，凡十見。”

【按】楊氏《校注》是，《補正》非。此“則”字不當有。“戒慎”承上文“戒慎之至也”而言，下文“至德”承上文“言至德所被也”而言，亦符合“先舉近以及遠”之行文條例。參見《史傳》篇“左史記事者，右史記言者”條校。

⑤ **夷吾譎陳。**

“陳”，黃校：“當作‘諫’。” 文溯本作“諫”。 馮舒校作“諫”。 沈臨何校本標疑“陳”字，云：“‘陳’，當作‘諫’。”

紀評：“‘陳’，訓敷陳，不必改‘諫’。”

楊氏《補正》：“‘諫’字是。《奏啓》篇‘谷永之諫仙’，《御覽》五九四引作‘陳仙’。是‘諫’、‘陳’易誤之例。《詩大序》：‘主文而譎諫。’即‘譎諫’二字所出。《家語·辯政》篇：‘孔子曰：忠臣之諫君有五義焉，一曰譎諫。’《史記·齊太公世家》：‘桓公稱曰：“吾欲封泰山，禪梁父。”管仲固諫不聽。乃說桓公以遠方珍怪物至，乃得封。桓公乃止。’足爲夷吾譎諫之證。”

王氏《校證》、李氏《斠詮》並校“陳”作“諫”。

【按】楊說是，“陳”當從馮校作“諫”，二字形近致訛，文溯本據改，可謂有見地。《詩·關雎序》：“主文而譎諫。”鄭玄箋：“譎諫，詠歌依違，不直諫。”孔穎達疏：“譎者，權詐之名，託之樂歌，依違而諫，亦權詐之義，故謂之譎諫。”《史記·封禪書》：“齊桓公既霸，會諸侯於葵丘，而欲封禪。……於是管仲睹桓公不可窮以辭，因設之以事，曰：‘古之封禪，鄗上之黍，北里之禾，所以爲盛；江淮之間，一茅三脊，東海致比目之魚，西海致比翼之鳥，然後物有不召而自至者十有五焉。今鳳皇麒麟不來，嘉穀不生，而蓬蒿藜莠茂，鴟梟數至，而欲封禪，毋乃不可乎？’於是桓公乃止。”所謂“不可窮以辭，因設之以事”，即“譎諫”之意。

⑥ **距以怵物。**

“距”，何本、凌本、合刻本、梁本、別解本、尚古本、岡本、王本、崇文本作“拒”。 秘書本作“矩”。

楊氏《補正》：“‘距’與‘拒’通。”

張氏《考異》：“距、拒古通。《荀子·法行》篇：‘欲來者不距。’注云：‘與拒同。’”

【按】梅氏萬曆初刻本以前，唯何本作“拒”，元至正本等均作“距”，黃本從梅本作“距”。

作“距”於義自通，毋須校改。此“距”字當訓“止”。《廣雅·釋言》“礙，距也”王念孫疏證：“《說文》：‘礙，止也。’‘距，止也。’距與距通。”《說文·足部》朱駿聲通訓定聲：“距，假借爲拒。”王筠句讀：“距，經典作拒及距。”可知“距”與“距”通，本有“止”義。《大戴禮記·子張問入官》“距諫者”王聘珍解詁、《文選·王褒〈四子講德論〉》“今夫子閉門距躍”劉良注，並云：“距，止也。”即其用例。“距以怪物”，猶言以怪物止之，此言管仲以祥瑞之事阻止桓公封禪之議。

如此作解，方可與《漢書·郊祀志》所述合：“齊桓公既霸，會諸侯於葵丘，而欲封禪。管仲曰：‘古者封泰山、禪梁父者七十二家，而夷吾所記者十有二焉，……皆受命然後得封禪。’桓公曰：‘寡人北伐山戎，……九合諸侯，一匡天下，諸侯莫違我，昔三代受命，亦何以異乎？’於是管仲睹桓公不可窮以辭，因設之以事，曰：‘古之封禪，鄗上黍，北里禾，所以爲盛。江淮間，一茅三脊，所以爲藉也。東海致比目之魚，西海致比翼之鳥，然後物有不召而自至者十有五焉，今鳳凰、麒麟不至，嘉禾不生，而蓬蒿藜莠茂，鴟梟羣翔，而欲封禪，無乃不可乎？’於是桓公乃止。”明桓公欲封禪，而管仲設法勸止之。如以違抗、拒絕解此“距”字，則成桓公指使管仲封禪而管仲不從，殊乖史實。

⑦ 固知玉牒金鏤。

李氏《斠詮》：“金鏤，或作‘金縷’。《後漢書·祭祀志》：‘封禪用玉牒書，藏方石，牒厚五寸，有玉檢。檢用金縷五周，以水銀和金以爲泥。’金縷，金色之絲也。《後漢書·禮儀志》：‘金縷玉柙。’”

詹氏《義證》：“《後漢書·祭祀志》上：‘議封禪所施用。有司奏當用方石再累置壇中，皆方五尺，厚一尺，用玉牒書藏方石。牒厚五寸，長尺三寸，廣五寸，有玉檢。……檢用金縷五周，以水銀和金以爲泥。’‘鏤’，黃本改‘縷’（按，當作：‘縷’，黃本等改‘鏤’），據《後漢書》，似應作‘縷’。”

【按】“鏤”字，清以前諸家未出校，李氏、詹氏所疑，實爲有理，當從之。此與《原道》篇所云“玉版金鏤”當爲兩事，“鏤”、“縷”古亦不通用，故改作“金縷”，方與《後漢書》合。黃本正文作“金鏤”，而黃氏輯注所出條目則作“金縷”，其引《後漢·祭祀志》云：“封禪用玉牒書，藏方石。有玉檢，檢用金縷五周，以水銀和金以爲泥。”亦作“金縷”（王氏《訓故》即引《後漢書·祭祀志》之文作解）。可知黄氏認爲此物即《後漢·祭祀志》所載之"金縷",而正文仍作"金鏤"者,蓋沿梅本之舊而未遑改也。

《説文·系部》:"縷,綫也。"《慧琳音義》六四"乞縷雇織"引《文字集略》:"縷,合綫也。"《白虎通德論·封禪》:"或曰:封者,金泥銀繩。或曰:石泥金繩,封以印璽。"應劭《漢官儀》:"建武三十二年,封泰山,玉牒石檢,金繩石泥。"《通鑑綱目》二上:"凡封禪,當用玉牒書藏方石,有玉檢。又用石檢十枚,列於石傍。檢用金繩纏以五周,以水銀和金爲泥。""繩"、"縷"義同,可證纏檢所用者當爲"金縷",作"金鏤"則失其義。《通典》五四、《太平御覽》五三六、《册府元龜》三五、《玉海》九八引《後漢書·祭祀志》,亦並作"檢用金縷五周"。

⑧ **是史遷《八書》。**

"是"下,訓故本有"以"字。   沈臨何校本"是"下標增字符。

范氏《注》:"'是史遷八書'句不辭,'是'字下疑脱一'以'字。"

楊氏《補正》:"范説是,'以'字當據增。"

户田《校勘記補》從范氏説。

【按】范説非是,黄本作"是"自通,毋須增字作解。"是"爲發語詞,用法同"是以"、"夫"。參見《史傳》篇"是立義選言"條校。

⑨ **名號之秘祝,祀天之壯觀矣。**

梅校:"'名',元作'銘',朱(謀㙔)改。'祝',元脱,朱(謀㙔)補。"   元至正本、倫傳元本、弘治本、汪本、佘本、隆慶本、張本、兩京本、胡本作"銘號之祕,祀天之壯觀"。   訓故本作"銘號之祕,祀□天之壯觀矣"。   馮鈔元本、謝鈔本、梅本、彙編本、抱青閣本、薈要本作"名號之秘祝,祀天之壯觀"。   文津本作"銘號之祕祝,祀天之壯觀矣"。   徐燉於"秘"下添"祝"字、"天"下添"下"字。   馮班"觀"下補"矣"。   沈臨何校本"祕"下補"祝","觀"下補"矣"。   張爾田圈點"銘"字。

紀評:"'銘'字不誤,確甚。"

范氏《注》從紀評,云:"銘號,猶言刻石紀績。"

斯波《補正》:"此句嫌文詞不順,且上文云'固禋祀之殊禮',此又'祀天',文不雅順。疑'祀'乃'祝'字之誤,本屬上句(原朱氏補'祝'字之位置者)。'天'之下似脱'下'字,此句作'天下之壯觀矣',承上'固禋祀之殊禮,銘號之秘祝'二句。司馬相如《封禪文》:'皇皇哉斯事,天下之壯觀,王者之丕業。'此句蓋爲彦和之所本。”

楊氏《補正》：“‘銘’字不誤，紀昀已評之矣。‘天’上‘祀’字與上‘禋祀’複，疑爲‘祝’字之形誤。‘天’下應從徐説補‘下’字。《史記·司馬相如傳》：‘（《封禪文》）皇皇哉！斯事天下之壯觀。’當爲舍人此語所本。‘禋祀之殊禮’與‘銘號之秘祝’爲平列句，‘天下之壯觀矣’則總攝之辭，非同上二句平列也。《周禮·春官·大宗伯》：‘以禋祀祀昊天上帝。’《國語·周語上》：‘精意以享，禋也。’”又：“‘秘’，當從各本作‘祕’。”

張氏《考異》：“銘，《説文》：‘記誦也。’故言‘銘號’。紀云‘銘字不誤’，本此，朱改非。‘祕祀’從‘祕祝’是，古有祕祝之官，見《史記·孝文紀》。《周禮·春官》有大祝掌六祝之辭。‘祀’爲形誤。”

李氏《斠詮》校作“銘號之祕祝，天下之壯觀矣”。

【按】梅氏萬曆初刻本作“名號之祕祝，祀天之壯觀”，梅氏復校本、天啓二本於句末增“矣”字，與何本合，黃氏從之。

斯波、楊氏説近是，疑此文當作“銘號之祕祝，天下之壯觀矣”。“名”當從元至正本等作“銘”，“祀”字不當有，“天”下當補“下”字。《説文新附·金部》：“銘，記也。”《釋名·釋言語》：“銘，名，記名其功也。”則此云“銘號”，猶言紀號，回應上文“勒皇蹟”、“勒功”之意。舍人此義，蓋本於《白虎通德論·封禪》：“王者易姓而起，必升封泰山何？教告之義也。始受命之時，改制應天，天下太平，功成封禪，以告太平也。……故升封者，增高也，下禪梁甫之山，基廣厚也。刻石紀號者，著己之功跡也，以自效放也。……故孔子曰：升泰山，觀易姓之王，可得而數者七十有餘。……刻石紀號，知自紀于百王也。”趙氏《譯注》譯“銘號”作“紀號”，甚是。

《史記·封禪書》：“祝官有祕祝，即有菑祥，輒祝祠移過於下。”又：“（孝文帝）下詔曰：‘今祕祝移過於下，朕甚不取。’”此“祕祝”二字所出。《史記·司馬相如傳》：“勒功中岳，以彰至尊，舒盛德，發號榮，受厚福，以浸黎民也。皇皇哉斯事！天下之壯觀，王者之丕業。”此舍人所本。又，《文選·張衡〈東京賦〉》：“信天下之壯觀也。”薛綜注：“壯觀，言天下之人壯大觀覽也。”亦可證“下”字當補。

“秘”、“祕”字通，毋須校改，楊説非是。《廣韻·至韻》：“祕，密也，神也。俗作‘秘’。”《集韻·至韻》：“秘，密也。”參見《正緯》篇“東序秘寶”條校。

⑩ 秦皇銘岱。

“秦皇”，元至正本、馮鈔元本、黃傳元本、弘治本、弘治活字本、汪本、佘本、隆慶本、張本、兩京本、何本、謝鈔本、初刻梅本、復校梅本、凌本、合刻本、梁本、秘書本、梅六次本、梅七次本、別解本、集成本、尚古本、岡本、文津本、文瀾本、張松孫本、王本、崇文本作“秦始皇”。　訓故本作“始皇”。　沈臨何校本點去“始”字。

戶田《校勘記補》：“《明詩》篇‘秦皇滅典’，《知音》篇‘秦皇漢武’，是《雕龍》‘秦皇’之例；《銘箴》篇‘始皇勒岳’，是《雕龍》‘始皇’之例。黃本正文，四字一句，而刪去‘始’字。”

楊氏《補正》：“‘始’字不必有。《明詩》篇‘秦皇滅典，亦造仙詩。’《知音》篇：‘秦皇、漢武，恨不同時。’皆祇稱‘秦皇’，可證。”

張氏《考異》：“‘始’字衍。”

【按】元明諸本多作“秦始皇”，梅本同，黃氏據何校本而改作“秦皇”，與王批本合。

戶田、楊氏說是，無“始”字較長。“秦皇銘岱”與下四句皆四音節句，語勢較順。《淮南子・人間訓》：“秦皇挾録圖。”晉王彪之《登會稽刻石山》詩：“秦皇遐巡。”（《藝文類聚》八引）《文選・沈約〈遊沈道士館〉》：“秦皇御宇宙。”並稱“秦皇”之證。

⑪ 鋪觀兩漢隆盛。

范文瀾云：“‘隆盛’上，似當有‘之’字。”

【按】范說非是。如增“之”字，則與上文“亦彼時之絶采也”字複。《漢書・文三王傳論》：“然會漢家隆盛，百姓殷富，故能殖其貨財。”又《翼奉傳》：“竊聞漢德隆盛，在於孝文皇帝躬行節儉。”句式並與此同。

⑫ 蔚爲唱首。

楊氏《補正》：“《明詩》篇‘漢初四言，韋孟首唱’，《雜文》篇‘觀枚氏之首唱’，《章句》篇‘發端之首唱’，《附會》篇‘若首唱榮華’，並作‘首唱’。則此‘唱首’二字當乙。”

詹氏《義證》：“‘唱首’，即首唱。”

【按】楊說非是，此作“唱首”自通。《漢書・宣帝紀》：“斬其首惡。”顏師古注：“蓋首惡者唱首爲惡也。”《晉書・刑法志》：“唱首先言謂之造意。”《宋書・

蔡興宗傳》:"若一人唱首,則俯仰可定。"並"唱首"連文之證。"唱"訓唱導、發始,與"倡"同。《説文·口部》:"唱,導也。"《國語·吳語》:"越大夫種乃唱謀。"韋昭注:"發始爲唱。"

⑬ 炳元符。

"元",元至正本、馮鈔元本、黄傳元本、倫傳元本、弘治本、汪本、佘本、隆慶本、張本、兩京本、胡本、何本、謝鈔本、初刻梅本、復校梅本、凌本、合刻本、梁本、秘書本、梅六次本、梅七次本、彙編本、別解本、抱青閣本、尚古本、岡本、薈要本、文淵本、文溯本、文瀾本、崇文本作"玄"。　張爾田圈點"玄"字。

【按】明以前諸本均作"玄",作"元"者,乃因避康熙帝諱而改,此當校作"玄"。《文選·揚雄〈劇秦美新〉》:"玄符靈契。"李善注:"玄符,天符也。"

⑭ 讚之以介邱。

【按】此"邱"字,乃黄氏例避孔子諱所改,當依各本作"丘"。

⑮ 叙離亂。

"亂",梅校:"元脱,許(延祖)補。"　黄校:"一本作'合'。"　元至正本、黄傳元本、倫傳元本、弘治本、弘治活字本、汪本、佘本、隆慶本、兩京本、胡本無。

張本、王批本、訓故本作"分"。　梅六次本、梅七次本剜改作"合",集成本、薈要本、張松孫本同。　徐燉"離"下補"亂"字,又眉批作"分"。　沈臨何校本"離"下補"亂"字。　傳錄何沈校本"合"字旁過錄"分"字。

徐氏《正字》:"作'合'字是。《明詩》篇:'離合之發,則萌(元作明,此依宋本《御覽》改)於圖讖。'離合鈎讖,語正相類。"

王氏《校證》校"亂"作"合",云:"《明詩》篇有'離合之發,萌於圖讖'語,今從之。"

張氏《考異》:"'分'爲'合'之形近致譌,作'合'是。'亂'亦可通,蓋下言武功,上言離亂,有亂必勘,自相偶屬也。"

詹氏《義證》:"《明詩》篇'離合'與此無關。梅注:'光武東封泰山碑有云:宗廟隳壞,社稷喪亡,不得血食。十有八年,揚徐青三州首亂,兵革横行,延及荆州,豪傑併兼,百里屯聚,往往僭號。北夷作寇,千里無煙,無雞鳴犬吠之聲。'據此當仍以補'亂'字爲是。"

【按】元明諸本多作"叙離分",梅氏萬曆初刻本及復校本作"叙離亂",與馮鈔元本、何本、謝鈔本合,梅氏天啓二本又改作"叙離合",黄氏仍從初刻本。

此作"叙離亂"是。"引《鈎讖》,叙離亂,計武功,述文德",乃張純《光武東封泰山碑》(《泰山刻石文》)主要内容之一,"離亂"即光武所面臨之兵革横行及北夷作寇之戰亂形勢,與上文"引《鈎讖》"語意實不相關。詹説得之。此不當脱離張純本文,而據《明詩》篇"離合之發"語以作解,因《明詩》篇所謂"離合",乃隱語之一種,逐字相拆合以成文者也。如《古文苑》載有孔融《離合作郡姓名字詩》,隱含"魯國孔文舉"六字,其一云:"漁夫屈節,水潛匿方。與峕進止,出行施張。"上聯離"漁"字,下聯離"日"字,合爲"魯"字。

⑯ **然骨掣靡密。**

"掣",王批本作"徹"。　王惟儉標疑"掣"字。　郝懿行云:"'掣',疑本作'制',下篇'應物掣巧',一作'制',是也。"

潘氏《札記》:"'掣'當作'制'。《章表》篇:'應物掣巧。''掣'一作'制'。"

劉氏《校釋》:"'掣',疑當作'制'。骨制,即體製。"

范氏《注》:"《章表》篇'應物掣巧',《御覽》引作'制',是也。此'骨掣'之'掣',亦當作'制'。"

楊氏《補正》:"'骨掣'二字不辭,疑當作'體製'。《定勢》《附會》兩篇並有'體制'之文。"

王氏《校證》:"'製',原作'掣',義不可通,今改。且疑'骨'亦'體'之壞文。"

張氏《考異》:"'掣',牽取也,靡密猶緻密,骨取其靡密,而辭貫其圓通,骨與辭,亦具表裏内外之意。"

李氏《斠詮》校"骨掣"爲"體製"。

【按】 諸家之説非是,"掣"當從王批本作"徹"。《説文·彳部》:"徹,通也。"詁此正合。"徹"字與下文"辭貫圓通"之"貫"相儷,如作"制(製)",則詞性不協矣。"骨徹靡密",猶言文章通體靡密而無支離之病。

作"掣"者,或爲"徹"之形訛。《説文·力部》段玉裁注:"徹,乃'劈'之俗也。"《詩·小雅·楚茨》:"廢徹不遲。"馬瑞辰通釋:"徹者,'劈'之假借。"《論語·八佾》:"三家者以雍徹。"劉寶楠正義:"今經典皆假'徹'爲'劈'。""掣"蓋由"劈"致訛。

"掣"又或爲"徹"之音訛。"掣",《廣韻》屬昌母,薛部,開三,入聲,擬音 tɕʻiɛt;"徹",《廣韻》屬徹母,薛部,開三,入聲,擬音 tʻiɛt,二字聲近,故可致訛。

⑰ **雅有懿乎。**

沈臨何校本標疑"乎"字。　紀昀云："'乎',當作'采'。"

鈴木《黃本校勘記》："'乎'字不誤。"

范氏《注》："紀説是。本書《雜文》篇:'班固《賓戲》,含懿采之華。'亦以'懿采'評班文。《時序》篇亦有'鴻風懿采'之文。"

徐氏《正字》："《雜文》篇云:'……含懿采之華。'亦評班文,作'采'字是。"

劉氏《校釋》、楊氏《校注》、王氏《校證》、張氏《考異》、李氏《斠詮》並從紀評。

【按】紀説是,"有懿"不辭,"乎"疑當作"采",舍人屢用"懿采"一詞,可證,二字蓋形近致訛。《古詩紀》一四五引亦作"采"。劉歆《甘泉宮賦》:"懿采色而發越。"(《藝文類聚》六二引)亦可爲二字連文之證。

⑱ **故稱"《封禪》麗而不典"。**

"麗",楊氏《補正》："當作'靡',始與《典引》合。張瞻《劇秦美新注》:'相如《封禪》,靡而不典。'(《書鈔》一百引)蓋沿用孟堅文,亦作'靡'。《明詩》篇有'靡而非典'語。可證。"

王氏《校證》、張氏《考異》、李氏《斠詮》並校"麗"作"靡"。

【按】"靡"、"麗"義通,然既云"故稱",則當依《典引》所云作"靡"。《後漢書·班固傳》:"固又作《典引》篇,述叙漢德,以爲相如《封禪》靡而不典,楊雄《美新》典而不實,蓋自謂得其致焉。"李賢注:"文雖靡麗,而體無古典。"此舍人所本。

⑲ **風末力寡。**

范文瀾云："'風末',當作'風昧'。"

斯波《補正》："'風末','風衰'之意,不應妄改。《通變》篇亦作'風末'者。"

王氏《校證》："范説不可從。《史記·韓長孺傳》:'衝風之末,力不能漂鴻毛,非初不勁,末力衰也。'此即彥和所本。"

張氏《考異》："范氏《注》改'昧'字,甚誤。"

李氏《斠詮》校"寡"作"衰",云："作'寡',涉下文'勞深勳寡'而形誤。據《史記·韓長孺傳》'衝風……末力衰也'並徵《通變》篇'風末(從梅六次本)氣衰'句用字改。"

【按】"風末"於義自通,毋須改字,范説非是。李氏認爲"寡"乃"衰"之形訛,可從。下文云"勞深勳寡","寡"字與《哀弔》篇"思積功寡"用法同,知其確然無誤。此作"寡"字於義雖通,然與下文犯重,作"衰"始能與《史記・韓長孺傳》"力衰"語合,此正舍人所本。"風末力衰",即"衝風之末,力不能漂鴻毛,非初不勁,末力衰也"數語之縮略,"末"字與"初"相對,當訓末了、盡頭(《玉篇・木部》:"末,盡也。"),不訓衰、弱。《漢書・韓安國傳》:"衝風之衰,不能起毛羽;彊弩之末,力不能入魯縞。"顏師古注:"衝風,疾風之衝突者也。""末"字與此同義。故此句當解作"勁風至末,勢頭衰減"(始盛終衰)。

此句緊承上文"攀響前聲",言邯鄲淳作《魏受命述》,試圖追摩前人之風,與之同調,卻因才力所限,成效甚小,去古愈遠,如同衝風之始勁而後衰也(前人之作可比發端之"衝風",後代追摩之作可云"末")。此言封禪文體制衰敝,愈趨愈下,非指《魏受命述》無風力也,下文"不能奮飛"方言其文氣微力弱,風骨不飛也。《諸子》篇:"體勢浸弱。"與"風末力衰"語義大同。

舍人慣用"氣衰"語。除《通變》篇言"風末氣衰"之外,尚有《養氣》篇:"神疲而氣衰。""長艾識堅而氣衰。""氣衰者慮密以傷神。""氣衰"與"力衰"義近。古亦常言"力衰"。如《論衡・論死篇》:"飲食損減,則氣力衰。"《十六國春秋・前涼錄六・張肅傳》:"但叔父春秋已高,氣力衰竭。"《後漢書・王充傳》:"年漸七十,志力衰耗。"曇無讖譯《金光明經》三:"氣力衰微。"並其證。

⑳ **雖文理順序**。

"順",梅校:"元作'煩'。" 黃校:"一作'頗'。" 元至正本、黃傳元本、弘治本、弘治活字本、汪本、佘本、隆慶本、張本、王批本、薈要本、文津本作"煩"。

楊氏《校注》云胡本作"煩"。 倫傳元本、兩京本、胡本、何本、訓故本、復校梅本、凌本、合刻本、梁本、秘書本、梅六次本、梅七次本、別解本、集成本、尚古本、岡本、崇文本、張松孫本、崇文本作"頗"。 訓故本標疑"順"字。 曹學佺校作"頗"。 徐熥校"煩"作"順",張紹仁校同。 沈臨何校本改"煩"爲"頗"。

楊氏《補正》:"尋繹語意,曹學佺校作'頗'極是。"

張氏《考異》:"夫順者,序當以順爲歸,《爾雅・釋詁》云:'舒、業、順,敘也。'疏:'順本不逆而有敘也。'敘通序,宜從'順序'爲是。"

【按】元明諸本多作"煩",梅氏萬曆初刻本改爲"順",與馮鈔元本、謝鈔本合,梅氏天啓二本又改作"頗",黃氏仍從初刻本。

"順"字是,"煩"、"頗"蓋並"順"之形訛。此"順序"乃一形容詞,猶言"和順而無乖違"。《章句》篇:"裁章貴於順序。"《後漢書・郎顗傳》:"陛下宜審詳明堂布政之務，然後妖異可消，五緯順序矣。"（李賢注：五緯，五星也。）又《爰延傳》："動靜以理，則星辰順序；意有邪僻，則晷度錯違。"《魏書・高宗紀》："風雨順序，邊方無事。"義並與此同。又，《誄碑》篇："傅毅所制，文體倫序。"《才略》篇："孫綽規旋以矩步，故倫序而寡狀。""倫序"與"順序"詞性同，詞義亦略近。

㉑ **兹文爲用。**

按，"兹"，黃氏所據之底本梅本作"兹"，二字通用。《説文・玄部》："兹，黑也。從二玄。"此義《廣韻》讀胡涓切（xuán）。吳玉縉《引經考》："今經典茲黑、兹生字皆用'兹'，'兹'、'兹'混用莫辨。"吳大澂《説文古籀補》："今經典二字多通用。"字通"兹"時，依《廣韻》當讀子之切（zī）。《議對》篇："復在於兹矣。"字亦當讀作"兹"。

㉒ **而日新其采者。**

"采"，黃校："元作'來'。"　元至正本、馮鈔元本、倫傳元本、弘治本、弘治活字本、汪本、佘本、隆慶本、張本、兩京本、胡本、何本、王批本、訓故本、謝鈔本、初刻梅本、復校梅本、凌本、合刻本、梁本、秘書本、彙編本、別解本、抱青閣本、尚古本、岡本、文津本、崇文本作"來"。　徐燉校"來"作"采"。　傳録何焯校本"采"旁過録"來"。

楊氏《補正》："改'來'爲'采'，是也。《雜文》篇有'麟鳳其采'語。"

張氏《考異》："作'采'是。"

【按】梅氏萬曆初刻本及復校本作"來"，與元明諸本合，梅氏天啓二本改爲"采"，黃氏從之。

作"采"是，"來"蓋"采"之形訛。"采"字與贊語"鴻律蟠采"照應。此與《原道》篇"英華日新"義同。《通變》篇："日新其業。"句法與此同。

㉓ **聲英克彪。**

楊氏《補正》："'聲英'二字當乙，始能與上句之'逖聽'相儷。《史記・司馬相如傳》：'（《封禪文》）蜚英聲。'索隱引胡廣曰：'飛揚英華之聲。'《文選・封禪文》李注：'蜚，古"飛"字也。'"

李氏《斠詮》從楊氏説，校"聲英"作"英聲"。

【按】楊校可從，"聲英"連文，古書罕見，此作"英聲"義長。《後漢書・朱穆傳》："故能振英聲於百世。"《三國志・魏書・陳思王植傳》裴松之注引楊脩《答曹植書》："流千載之英聲。"《文選・嵇康〈琴賦〉》："英聲發越。"《宋書・樂志二》：“邁德音，流英聲。”並“英聲”連文之證。

　　㉔ **鴻律蟠采。**

　　楊氏《補正》：“‘鴻律’於此費解，‘律’疑‘筆’之誤。《書記》《鎔裁》《練字》三篇及本篇上文並有‘鴻筆’之文。‘鴻筆’，謂撰封禪文字之大手筆也。”

　　【按】楊説可從，“律”疑當作“筆”，形近致訛。贊語前六句既已言封禪之事，則後二句必言及封禪所用之文方可，故此“律”字當訓爲筆或文筆，不當訓法（封禪旨在紀功報天，無關乎爲天下立法之事）。依楊氏所言，解“鴻律”爲“鴻筆”，恰可回應正文“鋪觀兩漢隆盛，孝武禪號於肅然，光武巡封於梁父，誦德銘勳，乃鴻筆耳”及“絕筆兹文”之意，於上下文義正合。舍人於正文用“鴻筆”，此不應忽作“鴻律”。《書記》篇亦云：“然才冠鴻筆，多疎尺牘。”（《鎔裁》篇“草創鴻筆”、《練字》篇“鴻筆之徒”之“鴻”，實爲“鳴”之訛誤，楊氏將三例混同不別，不確。）可證舍人慣用“鴻筆”。《論衡·須頌》篇：“古之帝王建鴻德者，須鴻筆之臣襃頌紀載，鴻德乃彰，萬世乃聞。”語意與舍人所述略同，可證舍人此文亦當作“鴻筆”。

　　“蟠”訓盤曲、環繞。《玉篇·虫部》：“蟠，紆迴而轉曲也。”《淮南子·兵略》：“龍蛇蟠。”左思《蜀都賦》：“潛龍蟠於沮澤。”即其義。引申爲盤結、會聚。李賀《昌谷詩》：“厚葉皆蟠膩。”王琦注：“蟠，盤結也。”則“蟠采”猶言結采。

章表第二十二

　　夫設官分職，高卑聯事。天子垂珠以聽，諸侯鳴玉以朝。敷奏以言，明試以功。故堯咨四岳，舜命八元，固辭再讓之請，俞往欽哉之授，並陳辭帝庭，匪假書翰。然則敷奏以言，則章表之義也；①明試以功，即授爵之典也。至太甲既立，伊尹書誡，思庸歸亳，又作書以讚，文翰獻替，事斯見矣。周監二代，文理彌盛，再拜稽首，對揚休命，承文受册，敢當丕顯，雖言筆未分，而陳謝可見。降及七國，未變古式，言事於主，②皆稱上書。秦初定制，改書曰奏。漢定禮儀，則有四品：一曰章，二曰奏，三曰表，四曰議。③章以謝恩，奏以按劾，表以陳請，④議以執異。章者，明也。《詩》云：“爲章于天。”謂文明也。其在文物，赤白曰章。⑤表者，標也。《禮》有《表記》，謂德見于儀。其在器式，揆景曰表。章表之目，蓋取諸此也。按《七略》《蓺文》，謠詠必録，章表奏議，經國之樞機，⑥然闕而不纂者，乃各有故事，而在職司也。⑦

前漢表謝，遺篇寡存。及後漢察舉，必試章奏。左雄奏議，⑧臺閣爲式；胡廣章奏，⑨天下第一：並當時之傑筆也。觀伯始謁陵之章，足見其典文之美焉。昔晉文受册，⑩三辭從命，是以漢末讓表，以三爲斷。曹公稱“爲表不必三讓，⑪又勿得浮華”，所以魏初表章，⑫指事造實，求其靡麗，則未足美矣。⑬至於文舉之薦禰衡，氣揚采飛；孔明之辭後主，志盡文暢：⑭雖華實異旨，並表之英也。琳瑀章表，有譽當時；孔璋稱健，則其標也。陳思之表，獨冠羣才。觀其體贍而律調，辭清而志顯，應物制巧，⑮隨變生趣，執轡有餘，故能緩急應節矣。⑯逮晉初筆札，則張華爲儁，其三讓公封，理周辭要，引義比事，必得其偶，世珍《鷦鷯》，莫顧章表。及羊公之辭開府，有譽於前談；庾公之讓中書，信美於往載：序志顯類，⑰有文雅焉。劉琨《勸進》，張駿《自序》，文致耿介，並陳事之美表也。⑱

原夫章表之爲用也，⑲所以對揚王庭，昭明心曲，既其身文，且亦國華。⑳章以造闕，風矩應明；表以致禁，骨采宜耀：循名課實，以章爲本者也。㉑是以章式炳賁，志在典謨，使要而非畧，明而不淺。表體多包，㉒情僞屢遷，㉓必雅義以扇其風，清文以馳其麗。然懇惻者辭爲心使，浮侈者情爲文使，㉔繁約得正，華實相勝，唇吻不滯，㉕則中律矣。子貢云：“心以制之，言以結之。”蓋一辭意也。荀卿以爲“觀人美辭，㉖麗於黼黻文章”，亦可以喻於斯乎？

贊曰：敷奏絳闕，獻替黼扆。言必貞明，義則弘偉。肅恭節文，條理首尾。君子秉文，㉗辭令有斐。

校箋

① **則章表之義也。**

“則”，黄校：“一作‘即’。”　諸本《御覽》五九四引並作“即”，何本、王批本、復校梅本、凌本、合刻本、梁本、秘書本、梅六次本、梅七次本、集成本、尚古本、岡本、張松孫本、崇文本同，《芝園集》外集二四引同。　沈臨何校本改"則"爲"即"。

【按】梅氏萬曆初刻本作"則"，梅氏復校本、天啓二本改作"即"，與《御覽》引、何本等合，黃氏仍從初刻本。

"則"、"即"義通（參見《祝盟》篇"則雩禜之文也"條校），然"則"字與上文"然則"重出，此作"即"義長。兩"即"對文不嫌複，如《辨騷》篇："駉虯乘翳，則時乘六龍；崑崙流沙，則《禹貢》敷土。"亦兩"則"字對文。

② 言事於主。

"主"，元至正本、馮鈔元本、倫傳元本、弘治本、弘治活字本、汪本、佘本、隆慶本、張本、兩京本、胡本、何本、王批本、訓故本、謝鈔本、初刻梅本、復校梅本、凌本、合刻本、梁本、秘書本、梅六次本、梅七次本、彙編本、抱青閣本、集成本、尚古本、岡本、薈要本、文淵本、文溯本、文津本、文瀾本、張松孫本、王本、崇文本作"王"。　《玉海》六一引作"王"，《漢書藝文志考證》三、《天中記》三七、《文章辨體彙選》六六引同。　徐燉校"王"作"主"。　沈臨何校本改"王"爲"主"。

范氏《注》："《漢書·藝文志》春秋家有《奏事》二十篇，自注：'秦時大臣奏事及刻石名山文也。'王應麟《攷證》曰：'七國未變古式，言事於王，皆稱上書。秦初，改書曰奏。'王氏説本《文心》此篇。'主'字，疑今本誤，當依改作'王'。"

楊氏《補正》："蘇秦《上書説秦王》及《爲齊上書説趙王》，黃歇《上書説秦昭王》，趙括母《上書趙王》，並足爲'言事於王，皆稱上書'之證。"

張氏《考異》："據'降及七國'句，則'王'字是。《左傳·昭廿八年》：'成鱄對魏紓曰：主之舉也，近文德也矣。'大夫之臣稱其大夫亦可曰主也，主是泛稱，則此作'王'是。"

王氏《校證》、李氏《斠詮》並校"主"作"王"。

【按】元明諸本皆作"王"，黃氏蓋據徐校、何校而改作"主"，非是。此字當從《玉海》引、元至正本等作"王"，二字形近致訛。《六書故·疑》："王，有天下曰王。帝與王一也。周衰，列國皆僭號自王。"舍人此"王"字即指列國之王。

③ 四曰議。

"議"上，宋本、宮本、明鈔本、周本、張本、喜多邨本《御覽》五九四引有"駁"字。

楊氏《補正》："《漢雜事》（《後漢書·胡廣傳》章懷注、《事始》、《御覽》五九四引），又《獨斷》上，並作‘四曰駁議’。今本蓋寫者求其與上三句相儷，而删去‘駁’字耳。”

王氏《校證》：“《議對》篇亦作‘駁議’，似以作‘駁議’爲是也。然下文‘議以執異’，即承此言，亦止作‘議’。蓋此文雖本《獨斷》或《漢雜事》，而彦和自有所筆削，故未可以一概論也。”

【按】依《御覽》引補“駁（通駮）”字義長。《漢雜事》：“凡羣臣之書通於天子者四品：一曰章，二曰奏，三曰表，四曰駁議。”（《後漢書・胡廣傳》注引）蔡邕《獨斷》上：“凡羣臣上書於天子者有四名：一曰章，二曰奏，三曰表，四曰駁議。……其有疑事，公卿百官會議，若臺閣有所正處，而獨執異意者曰駁議。”足資旁證。《議對》篇：“迄至有漢，始立駁議。駁者，雜也，雜議不純，故曰駁也。”“夫駁議偏辨，各執異見。”亦稱“駁議”。蓋“駁議”乃正式稱謂，下文單言“議”，省稱耳。

④ 表以陳請。

“請”，倪本、四庫本、汪本、張本、鮑本《御覽》五九四作“情”，《天中記》三七、《廣博物志》二九、《文章辨體彙選》八七引同。　沈臨何校本云：“‘請’，《御覽》作‘情’。”

劉氏《校釋》：“‘陳請’，作‘陳情’是。”

李氏《斠詮》：“‘請’與‘情’通。《荀子・成相篇》：‘聽之經，明其請。’楊注：‘請當作情。’王先謙集解：‘盧文弨曰：請古與情通。’又《史記・禮書》：‘故至備情文俱盡。’裴駰集解：‘徐廣曰：古情字或假借爲請。’作‘請’即可，不煩改字。”

【按】劉校非是，作“請”自通，不當改字，宋本、明鈔本、周本《御覽》引亦並作“請”。《後漢書・竇融傳》：“融不敢重陳請。”《三國志・吳書・呂蒙傳》：“甘寧麤暴好殺，……權怒之，蒙輒陳請。”《宋書・武帝本紀上》：“高祖惶懼，詣闕陳請。”又《王弘傳》：“弘本有退志，挾綵言，由是固自陳請。”並“陳請”連文之證。

⑤ 赤白曰章。

“赤白”，宋本、宮本、周本、鮑本、喜多邨本《御覽》五九四引作“青赤”，明鈔本《御覽》引作“青白”。

楊氏《補正》：“‘赤白曰章’，見《考工記》。作‘青赤’非是。”

【按】作“赤白”自通。《周禮・冬官・考工記》：“畫繢之事，……青與赤謂之文,赤與白謂之章。"可爲證。

⑥ **經國之樞機。**

宋本、宮本、明鈔本、張本、鮑本、喜多邨本《御覽》五九四引作"經國樞要",周本《御覽》引作"經圖樞要",倪本、四庫本《御覽》引作"經國樞機"。　王批本"樞機"作"樞要"。

【按】黃本文義自通。《漢書・石顯傳》:"建白以爲尚書百官之本,國家樞機。"又《匡衡傳》:"此教化之原本,風俗之樞機。"用法並與此同。

⑦ **乃各有故事,而在職司也。**

"而",宋本、宮本、明鈔本、周本、張本、鮑本、喜多邨本《御覽》五九四引作"布"。　王批本作"布"。　徐燉校"而"作"布"。

王氏《校證》校作"乃各有故事而布在職司也",云:"'布'字原脱,謝、徐校'而'下補'布'字,今據改正。"(按,徐燉實校"而"爲"布",王校有誤。)

劉氏《校釋》校"而"作"布"。李氏《斠詮》從王氏校。

【按】"而"與上文"然闕而不纂者"字複,非是,當從《御覽》引及王批本作"布",二字形近而誤,此文當作"乃各有故事,布在職司也"。《徵聖》篇:"先王聲教,布在方册。"《後漢書・樊準傳》:"其餘以經術見優者,布在廊廟。"並"布在"連文之證。又,《出三藏記集・法句經序》:"是佛見事而作,非一時言,各有本末,布在衆經。"句法與此同,可證"而"字不必有。楊氏《補正》云:"此文之意,蓋謂書奏送尚書者,則藏於尚書;送御史者,則藏於御史;送謁者者,則藏於謁者也。"此説近是。

⑧ **左雄奏議。**

"奏",宋本、宮本、明鈔本、周本、張本、喜多邨本《御覽》五九四引作"表"。王批本作"表"。

林氏《集校》:"作'表'較勝,'表議'與下'章奏'相對成文。"

【按】林説非是,作"奏"自通,"表"蓋"奏"之形訛。此承上"必試章奏"言。《後漢書・左雄傳》:"自雄掌納言,多所匡肅,每有章表奏議,臺閣以爲故事。"即"奏議"連文。此蓋舍人所本。

⑨ **胡廣章奏。**

"奏",黃校:"一作'表'。"　明鈔本、周本、倪本、四庫本、汪本、張本、鮑本《御覽》五九四引作"表"。　王批本作"表"。　沈臨何校本改"奏"爲"表"。

【按】作"奏"自通，宋本、宮本、喜多邨本《御覽》引亦並作"奏"，"表"蓋"奏"之形訛。此亦承上"必試章奏"言。《後漢書·胡廣傳》："（胡廣）既至京師，試以章奏，安帝以廣爲天下第一。"此蓋舍人所本。

⑩ **昔晉文受册。**

"册"，諸本《御覽》五九四引並作"策"。

【按】今本作"册"自通。《左傳·僖公二十八年》："王命尹氏及王子虎、内史叔興父策命晉侯爲侯伯。……晉侯三辭，從命，……受策以出。"此舍人所本。然"册"、"策"實通。《説文·冂部》："册，符命也，諸侯進受於王也。"段玉裁注："册者，正字也，策者，假借字也。"《釋名·釋書契》："漢制約敕封侯曰册。"畢沅疏證："古字'策'與'册'通也。"

⑪ **曹公稱"爲表不必三讓"。**

"必"，宋本、宮本、明鈔本、周本、倪本、喜多邨本《御覽》五九四引作"止"。元至正本、馮鈔元本、弘治本、弘治活字本、汪本、佘本、隆慶本、張本、兩京本、胡本、王批本、訓故本、謝鈔本、梅本、抱青閣本、薈要本、文津本、文瀾本作"止"。　徐爌云："'三'字下，疑有脱文。"　沈臨何校本改"止"爲"必"。

楊氏《補正》："曹上書有'臣雖不敏，猶知讓不過三'（《類聚》五一引）之語。疑原是'過'字。過，俗作'过'，草書遂誤爲'止'耳。"

張氏《注訂》："'不必'云者，是爲不辭。曹操語見《藝文類聚》五十一載操建安元年上書讓增封，曰：'臣雖不敏，猶知讓不過三。所以仍布腹心至於四五，上欲陛下爵不失實，下爲臣身免於苟取。'所謂'至於四五'，即'不止三讓'。"

劉氏《校釋》從"過"。李氏《斠詮》從"止"。

【按】梅氏萬曆初刻本作"止"，與宋本《御覽》引合，梅氏復校本、天啓二本改作"必"，與何本合，黄氏從之。

作"必"、作"止"均不愜，楊説近是，疑此字當作"過"，形近致訛。舍人云曹公"稱"爲表云云，則非指曹操實際上書至於四五。范氏《注》："《北堂書鈔》'設官'部引應劭《漢官儀》：'凡拜，天子臨軒，六百石以上悉會，直事卿贊，御史授印綬。公三讓然後乃受之。'據此可知讓表亦以三爲止。"所謂"以三爲止"，即"不過"之義。

⑫ **所以魏初表章。**

"表章"，諸本《御覽》五九四引並作"章表"。

　　林氏《集校》從《御覽》引，云："本篇'章表之義'、'章表之目'、'章表奏議'、'琳瑀章表'、'莫顧章表'、'原夫章表之爲用'皆以'章表'連文，此亦當作'章表'。"

　　李氏《斠詮》校"表章"作"章表"。

　　【按】"章表"、"表章"，義固無異，然"章表"乃文體之一大類，故《御覽》引較長。參見《檄移》篇"有移檄之骨焉"條校。

　　⑬ 則未足美矣。

　　宋本、宮本、明鈔本、周本《御覽》五九四引無"美"字。　徐燉圈去"美"字，云："《御覽》無'美'字。"

　　楊氏《校注》："上句已云'靡麗'，'美'字似不應有。"

　　【按】楊説是，"美"字不當有。"足"，訓周備、充足。"求其靡麗，則未足矣"，即《麗辭》篇所云"辭未極文"之義。《道德經》十九章："絕仁棄義，民復孝慈，絕巧棄利，盜賊無有。此三者，以爲文不足，故令有所屬，見素抱樸，少私寡欲。"王弼注："聖智，才之善也，仁義，人之善也，巧利，用之善也，而直云絕，文甚不足，不令之有所屬，無以見其指，故曰此三者以爲文而未足，故令人有所屬，屬之於素樸寡欲。"此蓋舍人用語所本。又《易・益》卦辭："凡益之道，與時偕行。"王弼注："益之爲用，施未足也，滿而益之，害之道也，故凡益之道，與時偕行也。"《管子・中匡》："公曰：'民辦軍事矣，則可乎？'對曰：'不可，甲兵未足也。'"《荀子・禮論》："兩至者俱積焉，以三年事之，猶未足也。"亦並"未足"連文之證。

　　⑭ 志盡文暢。

　　"暢"，宋本、宮本、周本、張本、鮑本、喜多邨本《御覽》五九四引作"壯"，明鈔本《御覽》引作"莊"。

　　劉氏《校釋》："《御覽》'文暢'作'文壯'，是。"

　　李氏《斠詮》校"暢"作"壯"。

　　【按】劉説非是，今本作"暢"自通，毋須改從。倪本、四庫本、汪本《御覽》引亦並作"暢"。作"壯"者，蓋"暢"之聲訛。"暢"，訓通、達、舒，此謂孔明之表行文通暢、表達明快。《三國志・蜀書・諸葛亮傳》載陳壽《上諸葛氏集表》："論者或怪亮文彩不豔，而過於丁寧周至。"可知孔明之《出師表》不以文采見長，而"丁寧周至"正指書寫詳明之義。下文言"華實異用"，"華"指孔融《薦禰衡表》

而言，"實"指孔明《出師表》而言。

⑮ 應物掣巧。

"掣"，黃校："一作'制'。"　宋本、宮本、明鈔本、周本、喜多邨本《御覽》五九四引作"製"，倪本、四庫本、汪本、張本、鮑本《御覽》引作"制"。　王惟儉標疑"掣"字。　徐燉校作"製"。　沈臨何校本改"掣"作"制"。　譚獻云："黃本'一作制'。"

紀評："'制'字是。"

劉氏《校釋》："作'制'是也。'應物制巧'與下'隨變生趣'句例同。"

楊氏《補正》："'掣'字誤，作'製'，作'制'，均可。"

李氏《斠詮》校"掣"作"製"。

【按】諸說是。"掣巧"不辭，"掣"蓋由"製"致訛，當從倪本等《御覽》引作"制"。下文云"心以制之"，《通變》篇："望今制奇。"《定勢》篇："勢者，乘利而爲制也。"《總術》篇："何妍蚩之能制乎？"《才略》篇："故思能入巧而不制繁。""制"之用法並與此同。

⑯ 故能緩急應節矣。

"矣"，元至正本、馮鈔元本、倫傳元本、弘治本、弘治活字本、汪本、佘本、隆慶本、張本、兩京本、胡本、何本、王批本、訓故本、謝鈔本、初刻梅本、復校梅本、凌本、合刻本、梁本、秘書本、梅六次本、梅七次本、抱青閣本、集成本、尚古本、岡本、薈要本、文津本、文瀾本、張松孫本、王本、崇文本無。　馮舒、張紹仁"節"下添"矣"。　沈臨何校本"節"下補"矣"。　傳錄何沈校本"節"下過錄"矣"。

【按】元明諸本皆無"矣"字，黃氏蓋據馮校、何校而增，文淵本、文溯本、龍谿本亦並從黃本。

有"矣"字語勢較順，《才略》篇："觀其涯度幽遠，搜選詭麗，而竭才以鑽思，故能理贍而辭堅矣。"亦云"觀其……""故能……"，句式與此同。通觀全書，舍人以"故能"引起之句群，語意終了，固然常常不以語氣詞作收束，然亦有於末尾綴以語氣詞者，如《辨騷》篇："故能氣往轢古，辭來切今，驚采絕艷，難與並能矣。"《物色》篇："故能瞻言而見貌，印字而知時也。"並其例，可證此文有"矣"字並不違舍人行文習慣。

⑰ 序志顯類。

"顯"，宋本、宮本、明鈔本、周本、鮑本、喜多邨本《御覽》五九四引作"聯"。

劉氏《校釋》從《御覽》引,云:"羊表歷稱李憙、魯芝、李胤,未蒙選拔,自陳不敢苟進之志。庾表歷數西京七族,東京六姓,皆以姻黨榮顯致敗,自陳止足之志,畏禍之情。故曰:'序志聯類。''聯'字義長。"

楊氏《補正》:"'聯'字是。叔子、元規所上表可按也。《物色》篇:'是以詩人感物,聯類不窮。'正以'聯類'爲言。《韓非子·難言》篇:'多言繁稱,連類比物。'《史記·魯仲連鄒陽傳贊》:'鄒陽辭雖不遜,然其比物連類,有足悲者。'連類,即聯類也。《一切經音義》三:'連,古文聯,同。'"

王氏《校證》、李氏《斠詮》並校"顯"作"聯"。

【按】楊、劉兩說是,"顯"當從宋本《御覽》引作"聯",二字形聲並近而致誤。《晉書·羊祜傳》:"臣忝竊雖久,未若今日兼文武之極寵,等宰輔之高位也。且臣雖所見者狹,據今光祿大夫李憙,執節高亮,在公正色;光祿大夫魯芝,絜身寡欲,和而不同;光祿大夫李胤,清亮簡素,立身在朝,皆服事華髮,以禮終始,雖歷位外內之寵,不異寒賤之家,而猶未蒙此選。"《晉書·庾亮傳》:"臣歷觀庶姓在世,無黨於朝,無援於時,植根之本輕也,苟無大瑕,猶或見容。至於外戚,憑託天地,連勢四時,根援扶疏,重矣大矣,而或居權寵,四海側目,事有不允,罪不容誅,身既招殃,國爲之弊,其故何邪?"可知兩表皆用類聯手法以說理,且富有文采。如作"顯類"(顯揚朋類),則僅適應於羊祜所上表,庾亮所陳則無此義。

⑱ 並陳事之美表也。

"表",沈臨何校本改"表"作"者",云:"'者',校本作'表'。"("者"爲沈氏藏汪本原有朱筆校字。) 傳録何沈校本於"表"旁過録"者"字。 吳翌鳳校"表"作"者"。

户田《宋本考》:"同樣的用例,《議對》篇有'王庭之美對也',改爲'者'不當。"

楊氏《補正》從傳録何沈校本,改"表"作"者"。

【按】"表"當從何校本作"者",形近又涉下文"章表之爲用"而誤。《雜文》篇:"雖迭相祖述,然屬篇之高者也。"《檄移》篇:"言約而事顯,武移之要者也。"《書記》篇:"先賢表諡,並有行狀,狀之大者也。"句法並與此同。

⑲ 原夫章表之爲用也。

"也",汪本《御覽》五九四引有,其餘各本《御覽》引並無之。

【按】有“也”字，與上文“並陳事之美者也”字複，當從宋本《御覽》引删。“原夫章表之爲用，所以對揚王庭，昭明心曲，既其身文，且亦國華”，與《論說》篇“原夫論之爲體，所以辨正然否，窮于有數，追于無形”行文句法同。

通觀全書“原夫”用例，句末多不用“也”字作結。如《正緯》篇：“原夫圖籙之見，迺昊天休命。”《詮賦》篇：“原夫登高之旨，蓋覩物興情。”《頌讚》篇：“原夫頌惟典雅，辭必清鑠。”《哀弔》篇：“原夫哀辭大體，情主於痛傷。”《指瑕》篇：“原夫古之正名，車兩而馬疋。”然亦有用“也”字作結者，如《史傳》篇：“原夫載籍之作也，必貫乎百氏。”僅此一例而已。

⑳ 且亦國華。

“且亦”，何本、凌本、合刻本、梁本、清謹軒本、尚古本、岡本、王本、崇文本作“亦且”。

【按】黄氏從元至正本及梅本等作“且亦”，於義自通，毋須依何本校改。“亦”，訓“也是”，後可跟名詞。《明詩》篇：“辭譎義貞，亦魏之遺直也。”《詮賦》篇：“情韻不匱，亦魏晉之賦首也。”《誄碑》篇：“周穆紀跡于弇山之石，亦古碑之意也。”“辨給足采，亦其亞也。”《哀弔》篇：“《黄鳥》賦哀，抑亦詩人之哀辭乎？”“帝傷而作詩，亦哀辭之類矣。”“虐民搆敵，亦亡之道。”《諧讔》篇：“故其自稱爲賦，迺亦俳也。”《封禪》篇：“然疎而能壯，亦彼時之絶采也。”並其證。“且亦”連文，其義當與“亦”同。《宋書·袁淑傳》：“闕閱訓之禮，簡參屬之飾，且亦薦採之法，庸未蒽歟？”《出三藏記集·漸備經十住胡名并書叙第三》：“《爲人興顯經》且亦是大經，說事廣大，義理幽深。”“且亦”用法並與此同。

㉑ 以章爲本者也。

“章”，梅校：“元脱。” 黄校：“一作‘文’。” 諸本《御覽》五九四引並作“文”。 元至正本、馮鈔元本、黄傳元本、倫傳元本、弘治本、弘治活字本、汪本、佘本、隆慶本、張本、兩京本、胡本、訓故本、謝鈔本、文淵本無，《子苑》三二引亦無。 王批本、梅六次本、梅七次本作“文”，集成本、文津本、張松孫本同。

徐燉校作“以文爲本者也”，馮舒、張紹仁校同。 沈臨何校本“以”下補“文”字。 譚獻云：“黄本‘章，一作文’。”

楊氏《補正》：“增‘文’字是也。此句爲總束章、表之辭，故云‘以文爲本’；亦即贊末‘辭令有斐’之意也。”

張氏《考異》：“循名課實，當以文爲本，故下有雅義、清文之言，從‘文’是。”

李氏《斠詮》校"章"作"文"。

【按】梅氏萬曆初刻本及復校本作"章",與何本合,梅氏天啓二本改作"文",與王批本合,黃氏仍從初刻本。

作"章"是,"文"蓋涉上文"身文"而誤。"章",訓明,上文"昭明心曲"、"應明"、"宜耀",下文"炳賁"、"明而不淺"、"言必貞明",皆"章明"之義。"章表"應以"顯明"爲本,而非以文采爲本。

㉒ 表體多包。

"包",宋本、宮本、明鈔本、周本、鮑本、喜多邨本《御覽》五九四引作"苞"。徐燉校作"苞"。

【按】作"苞"較長。《廣韻・肴韻》:"苞,豐也,茂也。""苞"又借爲彪。《説文・艸部》朱駿聲通訓定聲:"苞,又假借爲'彪'。"《易・蒙》:"苞蒙吉。"陸德明釋文引鄭云:"苞,當作'彪'。彪,文也。""多苞"與上"炳賁"對文,猶言焕發光彩。《程器》篇:"散采以彪外。""彪"字亦與此同義。

㉓ 情僞屢遷。

"僞",宋本、宮本、明鈔本、周本、張本《御覽》五九四引作"位"。

張氏《考異》:"從《御覽》是。"

李氏《斠詮》從《御覽》引,云:"'情位屢遷',謂設情位理,變化多端也。"

詹氏《義證》:"'情位',即《鎔裁》篇所謂'情理設位'。又作'情僞'亦可通。《左傳・僖公一十八年》:'晉侯在外十九年矣,……民之情僞,盡知之矣。'《易・繫辭上》:'聖人立象以盡意,設卦以盡情僞。'《繫辭下》:'情僞相感而利害生。'正義:'情謂情實,僞謂虛僞。'此處'情'指下文'懇惻者','僞'指下文'浮侈者'。"

【按】今本文義自通,毋須改從,"位"蓋"僞"之音訛。《書記》篇:"張湯李廣,爲吏所簿,別情僞也。""明白約束,以備情僞。"即舍人用"情僞"之例。此處之"情僞",乃與上文"志盡"、"序志"、"志在典謨"之"志",以及"心曲"相對而言,又與下文"懇惻"照應,泛指志意、情感,"屢遷"承上文"多包"言。合而言之,其意當爲:情感真摯深厚。詹氏解"情僞"爲真實與虛僞兩端,未免執泥。

㉔ 情爲文使。

"情爲文使",梅校:"'文',元作'出'。" 黃校:"一作'情爲文屈'。" 宋本、宮本、明鈔本、周本、喜多邨本《御覽》五九四引作"情爲文出,必使",倪本、四庫本、汪本、張本、鮑本《御覽》引作"情爲文屈，必使"。　元至正本、馮鈔元本、黃傳元本、倫傳元本、弘治本、汪本、佘本、隆慶本、張本、兩京本、胡本、謝鈔本作"情爲出使"。　王批本作"情爲文出，必使"。　訓故本作"情爲言使"。

梅六次本、梅七次本改作"情爲文屈使"，集成本、張松孫本同。　朱謀㙔校作"情爲事出"。　徐燉校作"情爲辭使"，云："《御覽》'情爲文出'，鬱儀'情爲事屈'。'出'，一作'文'。一作'浮侈者情爲文出'。"　馮舒校作"情爲文出使"，張紹仁校同。　沈臨何校本改"出"爲"文出"。　張爾田圈點"出"字。

鈴木《黃本校勘記》："'出'即'屈'省文。"

潘氏《札記》："'情爲文使'，當從一本作'情爲文屈'，次'使'字宜下屬'繁約得正'爲句。蓋'屈'訛作'出'，上又脱一'文'字耳。"

楊氏《補正》："作'情爲出使'者，乃其上脱'文'、'必'二字，'出'又'屈'之譌。此當作'情爲文屈'，與上'辭爲心使'對。'必使'二字屬下句讀。"

王氏《校證》作"浮侈者情爲文屈，必使"，云："據《御覽》，蓋舊本'出'爲'屈'誤，'屈'上脱'文'字。'使'字不誤，屬下'繁約得正'爲句，而'使'上又脱'必'字耳。"

張氏《考異》："應從《御覽》增'必使'二字爲是。"

李氏《斠詮》校作"浮侈者情爲文屈，必使"。

【按】元明諸本多作"情爲出使"，梅氏萬曆初刻本及復校本作"情爲文使"，與何本合，梅氏天啓二本改作"情爲文屈使"，黃氏仍從初刻本。

倪本等《御覽》引作"浮侈者情爲文屈，必使"，語意完足，當從之，今本"使"上脱一"屈"字，"出"爲"屈"之殘。"屈"，訓短、曲。《玉篇·出部》："屈，曲也。"如《易·繫辭下》："尺蠖之屈，以求信也。"即其義。又訓屈從，如《左傳·襄公二十九年》："曲而不屈。"杜預注："屈，橈。"此云"情爲文屈"，猶言情理爲浮辭所蔽，不得伸展，亦即爲文造情、以文滅質之意。《才略》篇："相如好書，師範屈宋，洞入夸艷，致名辭宗，然覆取精意，理不勝辭，故揚子以爲'文麗用寡者長卿'，誠哉是言也！"所謂"覆取精意，理不勝辭"，正"情爲文屈"之意。《宋書·范曄傳》："常恥作文士文，患其事盡於形，情急於藻，義牽其旨，韻移其意。雖時有能者，大較多不免此累，政可類工巧圖績，竟無得也。常謂情志所託，故當以意爲主，以文傳意。以意爲主，則其旨必見；以文傳意，則其詞不流。然後抽其芬芳，振其金石耳。"所謂"義牽其旨，韻移其意"，正可移以釋舍人"情爲文屈”之文。

㉕ **脣吻不滯。**

“脣”，宋本、宮本、明鈔本、周本、張本《御覽》五九四引作“屑”，《四六叢話》十引同。　芸香堂本、翰墨園本、掃葉本作“屑”。

楊氏《補正》：“作‘屑’是。《說文‧肉部》：‘屑，口齝也。’又口部：‘脣，驚也。’是二字意義各別。此當以作‘屑’爲是。《聲律》篇‘律吕脣吻’，《知音》篇‘君卿脣舌’，並不誤。《文章緣起》注引作‘屑’，未誤。《章句》篇‘脣吻告勞’，誤與此同，亦當校正。”

【按】楊說非是，“脣”、“屑”於“脣齒”義可通用，毋須改字。“脣”，《廣韻‧真韻》音職鄰切（zhēn），“驚也。”脣齒字俗作“脣”，《集韻‧諄韻》音船倫切（chún）。《六書故》：“脣，口端也。別作‘屑’。”《論衡‧率性篇》：“揚脣吻之音。”左思《嬌女詩》：“濃朱衍丹脣。”（《玉臺新詠》二引）並“脣齒”字作“脣”之證。

㉖ **觀人美辭。**

劉氏《校釋》云：“《荀子‧非相篇》曰：‘觀人以言，美於黼黻文章。’王念孫曰：‘觀，本作勸，《藝文類聚》人部十五引作勸。’此論陳謝之辭，在動人聽聞，以‘勸’爲長。”

趙氏《譯注》、郭氏《注譯》並從王念孫說，改“觀”爲“勸”。

【按】今本自通，毋須改從，《荆川稗編》七五、《文通》八引亦並作“觀”。此“觀”字當訓顯示、示人。《爾雅‧釋言上》：“觀，指示也。”《漢書‧宣帝紀》：“觀以珍寶。”顏師古注：“觀，示也。”又《嚴安傳》：“調五聲使有節族，雜五色使有文章，重五味方丈於前，以觀欲天下。”顏師古注：“孟康曰：‘觀，猶顯也。’師古曰：顯示之，使其慕欲也。”此正合荀子本義。舍人變雖通其文，其義亦當解作“示人以美辭”。

王念孫改“觀”爲“勸”，本不可從，如據以改《雕龍》，則又踵其謬矣。《荀子》此句楊倞注云：“觀人以言，謂使人觀其言。”則其所見本即作“觀”。又，《金樓子》四、《皇王大紀》七八、《太平御覽》三九○引亦並作“觀”。均可證“觀”字不誤。鍾泰《荀注訂補》駁王氏云：“觀，讀去聲，示也。下言‘聽人以言，樂於鐘鼓琴瑟’，‘觀’與‘聽’正一類，不得改字。《藝文類聚》引作‘勸’，此誤也，不可從。且言‘觀’可以曰‘美於黼黻文章’，言‘勸’則與黼黻文章何涉乎？王氏蓋未之思耳。”

㉗ **君子秉文。**

楊氏《校注》："八句贊語中,五、七兩句皆以'文'字落腳,恐非舍人之舊。'秉文'疑當作'秉心',始避重出。《神思》篇有'秉心養術'語。《詩‧邶風‧定之方中》:'秉心塞淵。'毛傳:'秉,操也。'又《小雅‧小弁》:'君子秉心。'鄭箋:'秉,執也。'"

楊氏《補正》："'秉文'與上'恭肅節文'句重一'文'字,全書贊語中無是例也。疑當作'秉筆'。《史傳》篇有'秉筆荷擔'語,此亦應爾。"

【按】"文",楊氏《校注》作"心",可從,《補正》校作"筆"則非。"文"蓋涉上文"節文"而訛。"心"字回應正文"辭爲心使"、"心以制之"、"昭明心曲"。此言君子秉持、運用文心。

古常"秉心"連文。《孟子‧告子上》:"出入無時,莫知其鄉,惟心之謂與?"趙岐注:"章指言秉心持正,使邪不干。"《漢書‧劉向傳》:"秉心有常,發憤悃愊。"《潛夫論‧卜列》:"此謂賢人君子秉心方直,精神堅固者也。"並其證。

奏啓第二十三

昔唐虞之臣,敷奏以言;秦漢之輔,上書稱奏。陳政事,獻典儀,上急變,劾愆謬,總謂之奏。奏者,進也,言敷于下,情進于上也。①

秦始立奏,而法家少文。觀王綰之奏勳德,辭質而義近;李斯之奏驪山,事略而意逕:②政無膏潤,形於篇章矣。自漢以來,奏事或稱上疏,儒雅繼踵,殊采可觀。若夫賈誼之《務農》,鼂錯之《兵事》,③匡衡之《定郊》,王吉之《觀禮》,④溫舒之《緩獄》,谷永之《諫仙》,理既切至,辭亦通暢,⑤可謂識大體矣。後漢羣賢,嘉言罔伏。楊秉耿介於災異,陳蕃憤懣於尺一,骨鯁得焉;張衡指摘於史職,⑥蔡邕銓列於朝儀,博雅明焉。魏代名臣,文理迭興。若高堂《天文》,王觀《教學》,⑦王朗《節省》,甄毅《考課》,亦盡節而知治矣。晉氏多難,⑧災屯流移。⑨劉頌殷勤於時務,溫嶠懇惻於費役,⑩並體國之忠規矣。

夫奏之爲筆,固以明允篤誠爲本,辨析疏通爲首。強志足以成務,博見足以窮理,酌古御今,治繁總要,此其體也。若乃按劾之奏,所以明憲清國。昔周之太僕,繩愆糾繆;秦之御史,[11]職主文法;漢置中丞,總司按劾。故位在鷙擊,[12]砥礪其氣,必使筆端振風,簡上凝霜者也。觀孔光之奏董賢,則實其奸回;路粹之奏孔融,則誣其釁惡:名儒之與險士,[13]固殊心焉。若夫傅咸勁直,[14]而按辭堅深;劉隗切正,而劾文闊略:各其志也。後之彈事,迭相斟酌,惟新日用,而舊準弗差。然函人欲全,矢人欲傷,術在糾惡,勢必深峭。[15]《詩》刺讒人,投畀豺虎;《禮》疾無禮,[16]方之鸚猩。墨翟非儒,目以豕彘;[17]孟軻譏墨,比諸禽獸。《詩》《禮》儒墨,既其如兹,奏劾嚴文,孰云能免?是以世人爲文,[18]競於詆訶,吹毛取瑕,次骨爲戾,[19]復似善罵,多失折衷。若能闢禮門以懸規,標義路以植矩,然後踰垣者折肱,捷徑者滅趾,何必躁言醜句,詬病爲切哉![20]是以立範運衡,宜明體要,必使理有典刑,辭有風軌,總法家之式,[21]秉儒家之文,不畏彊禦,氣流墨中,無縱詭隨,聲動簡外,乃稱絕席之雄,[22]直方之舉耳。[23]

　　啓者,開也。高宗云:“啓乃心,沃朕心。”取其義也。[24]孝景諱啓,故兩漢無稱。至魏國箋記,始云“啓聞”,奏事之末,或云“謹啓”。[25]自晉來盛啓,用兼表奏。陳政言事,既奏之異條;讓爵謝恩,亦表之別幹。必斂飭入規,[26]促其音節,辨要輕清,文而不侈,亦啓之大略也。

　　又表奏确切,號爲讜言。讜者,偏也。[27]王道有偏,乖乎蕩蕩,其偏,故曰讜言也。[28]孝成稱班伯之讜言,貴直也。[29]自漢置八儀,密奏陰陽,皁囊封板,故曰封事。鼂錯受《書》,還上便宜。後代便宜,多附封事,慎機密也。夫王臣匪躬,必吐謇諤,事舉人存,故無待泛説也。

　　贊曰:皁飭司直,[30]肅清風禁。筆銳干將,墨含淳酖。雖有次骨,無或膚浸。獻政陳宜,事必勝任。

校箋

① 言敷于下,情進于上也。

“言”,梅校:“元脱,謝(兆申)補。” 宋本、宮本、周本《御覽》五九四引作“敷于下,情進乎上也”,明鈔本《御覽》引作“敷于下,情進之上也”,倪本、四庫本、汪本、張本《御覽》引作“文敷于下,情進于上也”,鮑本《御覽》引同黃本,喜多邨本《御覽》引作“言敷于下,情進乎上也”。　《玉海》六〇引作“敷下情,進于上也。”　元至正本、黃傳元本、倫傳元本、弘治本、弘治活字本、汪本、佘本、隆慶本、張本、兩京本、胡本、王批本、訓故本作“敷于下,情進於上也”,《子苑》三二引同。　徐𤊸“敷”上補“言”字,云:“‘敷’字上,疑衍‘言’字。”　沈臨何校本“敷”上補“言”。

徐氏《刊誤》:“宋本《御覽》文部十引亦無‘言’字,不當妄爲沾補,此疑‘敷于上’之‘于’本作‘於’,爲‘施’字之譌。《詔策》篇:‘文教麗而罕於理。’‘於’亦‘施’字之譌,與此正同。此宜正讀爲‘敷施下情’,句絶,‘進于上也’四字作句,文義自順矣。劉熙《釋名》曰:‘下言于上曰表。思之于內,表之於外也。’敷施、表施,其義亦近。又任昉《文章緣起》說:‘薦,舉也,進也,舉其功能,而進乎上也。’句法亦同矣。”

張氏《考異》:“《御覽》作‘言敷於下情,進乎上也’。‘言敷’,本《虞書》:‘敷奏以言爲辭。’從《御覽》是。”(按,張氏引《御覽》有誤,《御覽》引無“言”字。)

詹氏《義證》:“《玉海》引文爲勝,見卷六十一《藝文》奏疏類。”

林氏《集校》:“‘言’字當有。”

【按】元明諸本多作“敷于下”,謝兆申、徐𤊸“敷”上補“言”字,與馮鈔元本、何本、謝鈔本合,黃氏從之。

黃本是,徐說、張說、詹說均非。“言”字承上文“敷奏以言”而言,有此字方可與“情進于上”構成對文。“言敷于下”句,趙氏《譯注》解作:“從殿下用說話陳告。”甚是。

② 事略而意迕。

“迕”,宋本、宮本、明鈔本、周本、張本、鮑本、喜多邨本《御覽》五九四引作“誣”。

劉氏《校釋》:“斯治驪山陵上書曰:‘臣將隸徒七十二萬人,治驪山者,已深已極,鑿之不入,燒之不爇,叩之空空,如下天狀。’辭意近於虛飾,故舍人曰:‘事略而意誣。’似宜從《御覽》作‘誣’。”

王氏《校證》校“迕”作“誣”,云:“斯治驪山上書曰……辭意近於誣誕,故舍人稱其‘事略而意誣’,‘誣’之作‘迕’,此《顏氏家訓·書證》篇所謂‘巫混經旁’之類也。”

張氏《考異》、李氏《斠詮》並從宋本《御覽》引。

【按】諸家之説不可從，今本作“逕”自通，不煩改字。《廣韻·徑韻》：“逕，近也。”字又作“徑”。《莊子·徐無鬼》：“鼪鼬之逕。”陸德明釋文：“逕，本亦作‘徑’。”《荀子·性惡》：“少言則徑而省。”王先謙集解引郝懿行曰：“徑，直也。”“意逕”，謂表達直捷而少委婉。“略”、“逕”與上文“質”、“近”相對，以啓下文“無膏潤”之義。此論文體，不涉内容，作“誣”非是。《封禪》篇：“秦皇銘岱，文自李斯，法家辭氣，體乏弘潤，然疏而能壯。”亦是論法家文體，可與此互相發明。

③ **鼂錯之《兵事》。**

“事”，梅校：“元作‘卒’，孫（汝澄）改。”　四庫本《御覽》五九四引作“事”，其餘各本《御覽》引並作“術”。　元至正本、馮鈔元本、黄傳元本、倫傳元本、弘治本、弘治活字本、汪本、佘本、隆慶本、張本、兩京本、胡本、王批本、謝鈔本作“卒”。　徐𤊹校“卒”作“術”。　沈臨何校本改“卒”爲“事”，云：“‘事’，校本作‘卒’。”（“事”爲沈氏藏汪本原有朱筆校字。）　張紹仁校“卒”作“事”。

楊氏《補正》校“事”作“術”，云：“《漢書·鼂錯傳》：‘錯上言兵事，曰：……匈奴之長技三，中國之長技五，陛下又興數十萬之衆，以誅數萬之匈奴，衆寡之計，以十擊一之術也。……今降胡義渠蠻夷之屬來歸誼者，其衆數千，飲食長技與匈奴同，可賜之堅甲絮衣，勁弓利矢，益以邊郡之良騎，令明將能知其習俗，和輯其心者，以陛下之明約將之。即有險阻，以此當之；平地通道，則以輕車材官制之。兩軍相爲表裏，各用其長技，衡加之以衆，此萬全之術也。’據此，則合作‘術’字。不必僅以‘錯上言兵事’一語，遽改爲‘事’字也。”

李氏《斠詮》校“兵事”作“述兵”，云：“惟審此節所列各事例若‘務農’、‘勸禮’、‘緩獄’、‘定郊’、‘諫仙’等，皆爲動賓短語，而‘兵術’獨爲主從詞組，與上下文不相儷對，其爲‘術兵’之被淺人妄乙無疑。蓋‘術’通‘述’，《漢書·賈山傳》：‘術追厥功。’注：‘術亦作述。’補注：‘古術述通用。’‘術兵’之聯詞與‘術蟻’同。兹衡文義及麗辭通則並參酌《御覽》暨《書記》篇‘申憲述兵’一語之用詞訂正。”

【按】元明諸本多作“卒”，孫汝澄改爲“事”，與何本、訓故本合，梅氏、黄氏從之。

“事”當從《御覽》引及徐𤊹校作“術”，“卒”、“事”蓋並“術”之形訛。《漢書·鼂錯傳》明言“以十擊一之術”、“萬全之術”，可證。此“兵術”，即“言兵術”

之意,李氏所校不可從,下文"高堂《天文》,王觀《教學》,王朗《節省》,甄毅《考課》",其中"天文"爲名詞,與後三者詞性亦異。

④ 王吉之《觀禮》。

"觀",宋本、宮本、周本、喜多邨本《御覽》五九四引並作"勸"。

鈴木《黃本校勘記》:"'觀'作'勸',是也。諸本皆誤。"

楊氏《補正》:"'勸'字是,《漢書》本傳上疏可證。今本'觀'字非緣'勸'之形近致誤,即涉上文而譌。"

王氏《校證》、張氏《考異》、李氏《斠詮》並從宋本《御覽》引。

【按】"觀"當從宋本《御覽》引作"勸",二字形近而誤。《漢書·禮樂志》:"是時上(武帝)……不暇留意禮文之事。至宣帝時,琅邪王吉爲諫大夫,又上疏言:……孔子曰:'安上治民,莫善於禮。'非空言也,願與大臣延及儒生,述舊禮,明王制,驅一世之民,濟之仁壽之域;則俗何以不若成康,壽何以不若高宗?"此舍人所本,疏中"願"字即含勸意。

⑤ 辭亦通暢。

"暢",黃校:"一作'達',又作'辨'。" 宋本、宮本、周本《御覽》五九四引作"辨",其餘各本《御覽》引並作"辨"。 元至正本、馮鈔元本、黃傅元本、倫傅元本、弘治本、弘治活字本、汪本、隆慶本、兩京本、胡本、王批本、謝鈔本作"辭"。

張本、訓故本作"明"。 薈要本作"辯"。 文津本、文瀾本作"解"。 徐燉校本"通辭"之"辭"眉批"明",且加圈,云:"一作'達',當作'辨'。" 馮舒云:"下'辭'字,謝(兆申)作'辨',依《御覽》。" 沈臨何校本改"辭"爲"達",云:"'達',校本作'辨'。"("達"爲沈氏藏汪本原有朱筆校字。) 傳錄何沈校本"暢"旁過錄"達"字。

户田《宋本考》:"上文云'理既切至','至'、'達'二字相對而成文,'達'字似是。"

楊氏《補正》、李氏《斠詮》並校"暢"作"辨"。

【按】元明諸本多作"通辭",梅本作"通暢",與佘本、何本合,黃氏從之。"暢"當從倪本等《御覽》引作"辨"。作"辨"、作"辭",蓋並由"辨"致訛。"辨",訓明,下文"夫奏之爲筆,固以明允篤誠爲本,辨析疏通爲首",即"通辨"之意。張本、訓故本作"明",於義亦通。《議對》篇:"辭裁以辨。"《誄碑》篇:"最爲辨裁。""辨潔相參。"《通變》篇:"虞夏質而辨。"《定勢》篇:"斷辭辨約。"義並與此同。

　　⑥ 張衡指摘於史職。

　　"職",宋本、宮本、明鈔本、張本、鮑本、喜多邨本《御覽》五九四引作"識",周本《御覽》引作"識"。

　　楊氏《補正》:"'識'字是。'史',指條上司馬遷、班固所叙與典籍不合者;'識',指上疏論圖緯虛妄,並見《後漢書》本傳。若作'職',則非其指矣。"

　　張氏《考異》:"職、識並通,史職指論元后立傳事;識指論圖緯事,俱見《後漢書》。"

　　詹氏《義證》:"'史職'與'朝儀'對文。且衡表有'仰幹史職'語,以'職'字爲是。"

　　李氏《斠詮》從楊氏説,校"職"爲"識"。

　　【按】楊説非是,作"職"自通,倪本、四庫本、汪本《御覽》引亦並作"職"。此但言張衡爲糾正史實而上表,無關識緯事,下文云"博雅",正指張、蔡歷史知識豐富。《後漢書•張衡傳》:"及爲侍中,上疏請得專事東觀,收撿遺文,畢力補綴。又條上司馬遷、班固所叙與典籍不合者十餘事。"李賢注:"衡表曰:臣仰干史職,敢徵官守,竊貪成訓,自忘頑愚。願得專於東觀,畢力於紀記,竭思於補闕。"可爲證。

　　⑦ 王觀《教學》。

　　"王",梅校:"《魏志》作王觀,字偉臺。" 黃校:"元作'黃',從《魏志》改。"宋本、宮本、明鈔本、周本、倪本、張本、鮑本、喜多邨本《御覽》五九四引作"黃"。 元至正本、馮鈔元本、黃傳元本、倫傳元本、弘治本、弘治活字本、汪本、隆慶本、佘本、張本、兩京本、胡本、何本、王批本、訓故本、謝鈔本、初刻梅本、復校梅本、凌本、合刻本、梁本、秘書本、梅六次本、梅七次本、別解本、抱青閣本、集成本、尚古本、岡本、文瀾本、張松孫本、王本、張松孫本作"黃",《玉海》六一、《文通》八引同。 馮舒云:"'黃',當作'王'。" 沈臨何校本改"黃"爲"王"。 張爾田圈點"黃"字。

　　李詳《補註》:"《太平御覽》(九百六)引《魏名臣奏》有郎中黃觀,'黃'字不當輕改。"

　　楊氏《補正》:"《藝文類聚》八五曾引魏黃觀奏,足以證梅、馮、何、黃四家之非。"

　　張氏《考異》、李氏《斠詮》並校"王"作"黃"。

【按】宋元明諸本均作“黃”，黃氏沿襲梅校，據《魏志》改作“王”。

《御覽》引等作“黃”，本無誤，黃氏改作“王”，非是。《春秋繁露·深察名號》：“王者，黃也。王者，往也。”是“王”、“黃”聲近之證。《魏名臣奏》：“時殺禁地鹿者死。郎中黃觀上疏曰：臣深思陛下所以不早取此鹿，誠欲使孳蕃息，然後大取以爲軍國之用也，然臣竊以爲今鹿但有日耗，終無得多也。”（《御覽》九〇六引）《藝文類聚》八五引：“奏，魏黃觀曰：今年麥苗雖好，臨熟多雨，而悉復偃壞，小麥畧盡，惟穬麥、大麥頗得半收耳。”並魏人黃觀上奏之證。

《三國志·魏書》有王觀傳，而不載其在郡上疏之事。傳云：“明帝即位，下詔書使郡縣條爲劇、中、平者。主者欲言郡爲中平，觀教曰：‘此郡濱近外虜，數有寇害，云何不爲劇邪？’主者曰：‘若郡爲外劇，恐於明府有任子。’”此爲王觀曉諭僚屬，非上奏朝廷者。梅氏等蓋祇顧及《魏志》“王觀”之名，而未細察其人之事跡耳。

⑧ 晉氏多難。

郭氏《注譯》：“‘世’原作‘氏’，聲誤，今校改。”

【按】郭校非是，作“氏”自通。稱某一代爲“氏”，乃舍人行文常例。如《詔策》篇：“晉氏中興。”《祝盟》篇：“漢氏羣祀。”《晉書·禮志下》：“晉氏受命。”《宋書·禮志四》：“晉氏遷郊。”《南齊書·芮芮虜河南氐羌傳論》：“晉氏衰故（敗）。”並稱“晉氏”之證。

⑨ 災屯流移。

宋本、宮本、張本、鮑本、喜多邨本《御覽》五九四引作“世交屯夷”，明鈔本《御覽》引作“交屯夷”，周本《御覽》引作“世教屯夷”。　倫傳元本、兩京本作“災屯疏移”。　梅六次本、梅七次本作“世交屯夷”，張松孫本同。　徐燉校作“世交屯移”。　傳録何沈校本改“世交屯夷”爲“災屯流移”。

斯波《補正》：“下文言‘劉頌’晉初人，此有‘流移’之語，不適切。此句恐應從《御覽》。”

楊氏《補正》：“作‘世交屯夷’是。《宋書·文帝紀》：‘（文帝）答曰：皇運艱弊，數鍾屯夷。’又：‘（元嘉十九年詔）而頻遘屯夷。’《南齊書·高帝紀下》：‘（建元元年詔）末路屯夷。’《文選·傅亮〈爲宋公求加贈劉前軍表〉》：‘臣契闊屯夷。’並其證。”

【按】梅氏萬曆初刻本及復校本作“災屯流移”，梅氏天啓二本改作“世交屯夷”,黄氏仍從初刻本。

　　此文當從《御覽》引及梅氏天啓二本作“世交屯夷”。“災”蓋“交”之形訛,二字草書形近。“移”蓋“夷”之音訛。《易·屯》彖辭:“屯,剛柔始交而難生。”《明夷》彖辭:“明入地中,明夷,内文明而外柔順,以蒙大難,文王以之。”此“屯夷”之義所出。《晉書·謝尚傳》:“如運有屯夷,要當斷之以大義。”《周書·晉蕩公護傳》:“自數屬屯夷,時鍾圮隔。”並“屯夷”連文之證。

　　“世交”,猶言世鍾、世遭。“世交屯夷”,謂世運艱難。“交屯夷”之義,古又作“鍾否剥”。如《南齊書·海陵王本紀》:“而天步多阻,運鍾否剥。”《陳書·沈不害傳》:“梁太清季年,數鍾否剥。”其“否”、“剥”之義亦皆源出於《易》卦。

　　⑩ **温嶠懇惻於費役。**

　　“惻”,黄校:“一作‘切’。”　宋本、宫本、周本、汪本、張本、鮑本、喜多邨本《御覽》五九四引作“惻”,明鈔本《御覽》引作“側”,四庫本《御覽》引作“切”。元至正本、馮鈔元本、黄傳元本、倫傳元本、弘治本、弘治活字本、汪本、佘本、隆慶本、張本、兩京本、胡本、何本、訓故本、謝鈔本、初刻梅本、復校梅本、凌本、秘書本、梁本、合刻本、梅六次本、梅七次本、別解本、抱青閣本、集成本、尚古本、岡本、薈要本、文淵本、文溯本、文津本、文瀾本、張松孫本、王本、崇文本作“切”。　沈臨何校本改“切”作“惻”,云:“‘惻’字,從《御覽》。”

　　詹氏《義證》:“懇惻,謂誠懇痛切。《後漢書·黄瓊傳》:‘瓊辭疾讓封六七上,言旨懇惻,乃許之。’”

　　【按】明以前諸本唯王批本及《御覽》引作“惻”,黄氏從之,於義較長,“懇惻”與“殷勤”對文。《後漢書·蔡邕傳》:“前後制書,推心懇惻。”又《史弼傳》:“旨意懇惻。”《三國志·魏書·杜畿傳》:“亦不敢以處重爲恭,意至懇惻。”《隋書·劉昶女傳》:“每垂泣誨之,殷勤懇惻。”並“懇惻”連文之證。

　　⑪ **秦之御史。**

　　“之”,汪本《御覽》五九四引同,其餘各本《御覽》引並作“有”。

　　楊氏《補正》:“‘有’字是,‘之’蓋涉上而誤。”

　　李氏《斠詮》從宋本《御覽》引。

　　【按】楊説是,作“有”較長,與下文“漢置中丞”之“置”字相儷。

　　⑫ **故位在鷟擊。**

　　“鷟”,黄校:“一作‘摯’。”　元至正本、馮鈔元本、黄傳元本、倫傳元本、弘治本、汪本、佘本、隆慶本、張本、兩京本、胡本、何本、王批本、謝鈔本、初刻梅本、復校梅本、凌本、合刻本、梁本、秘書本、梅六次本、梅七次本、彙編本、別解本、抱青閣本、集成本、尚古本、岡本、文淵本、文津本、張松孫本、王本、崇文本作“摯”，《子苑》三二引同。　馮舒校“摯”作“鷙”，張紹仁校同。　沈臨何校本改“摯”爲“鷙”。

楊氏《補正》從黃本作“鷙”，云：“《史記‧酷吏‧義縱傳》：‘而縱以鷹擊毛摯爲治。’集解引徐廣曰：‘鷙鳥將擊，必張羽毛也。’《漢書‧酷吏‧義縱傳》顏注：‘言如鷹隼之擊，奮毛羽執取飛鳥也。’《漢書‧五行志上》：‘金，西方，萬物既成，殺氣之始也。故立秋而鷹隼擊。’又《孫寶傳》：‘今日鷹隼始擊，當順天氣，以成肅霜之誅。’《春秋緯感精符》：‘霜者，刑罰之表也。季秋霜始降，鷹隼擊，王者順天行誅，成肅殺之威。’（《白帖》一引）‘鷙擊’，即‘鷹擊’或‘鷹隼擊’也。作‘摯擊’非。”

王氏《校證》：“《史記‧酷吏傳》：‘而縱以鷹擊毛摯爲治。’集解：‘徐廣曰：鷙鳥將擊，必張羽毛也。’此彥和所本，黃改非是。”

張氏《注訂》：“《說文》：‘鷙，擊殺鳥也。’《禮記‧儒行》：‘鷙蟲攫搏。’古字多假‘摯’爲‘鷙’。《一切經音義》八：‘鷙，猛鳥也。’《廣雅》：‘鷙，執也。’謂能執服衆鳥也。御史中丞主按劾，能使衆官懍服，故曰‘位在鷙擊也’。”

張氏《考異》：“摯與鷙通。《曲禮》：‘前有摯獸，則載貔貅。’疏：‘摯獸，虎狼之屬。’又《儒行》：‘鷙蟲攫搏。’疏：‘蟲是鳥獸之名。’但獸摯從手，鳥鷙從鳥，不煩改從。”

【按】梅本作“摯”，與元明諸本合，黃氏蓋據馮校、何校而改作“鷙”，與訓故本合。

此作“摯”義長，毋須改字，楊説非是。《淮南子‧時則訓》：“鷹隼蚤摯。”高誘注：“鷹隼蚤摯擊。”《文選‧張衡〈西京賦〉》：“百卉具零，剛蟲搏摯。”薛綜注：“草木零落，陰氣盛殺，鷹犬之屬，可摯擊也。”並“摯擊”連文之證。

“摯”，訓擊。《詩‧大雅‧常武》：“如飛如翰。”鄭玄箋：“疾如飛，摯如翰。”孔穎達疏：“摯，擊也。……若鷹鸇之類，摯擊衆鳥者也，故傳以爲‘摯如翰’，謂其擊戰之時也。”《大戴禮記‧夏小正》：“鷹始摯。”王聘珍解詁：“摯，擊也。”《禮記‧曲禮上》：“前有摯獸，則載貔貅。”孔穎達疏：“摯獸猛而能擊，謂虎狼之屬也。”亦以“擊”解“摯”。《文選‧張衡〈西京賦〉》：“青骹摯于蘙下。”薛綜注：

"摯,擊也。"

⑬　名儒之與險士。

"險",宋本、宮本、明鈔本、周本、喜多邨本《御覽》五九四引並作"憸"。

郭氏《注譯》:"'險',應作'憸'。"

【按】郭校可從。"險士"古書罕見,"險"疑當作"憸",今本作"險",《御覽》引作"憸",蓋並形近致訛。《說文·心部》:"憸,憸詖也。憸利於上,佞人也。"義爲奸邪、奸佞。古常作"憸人"。如《尚書·立政》:"國則罔有立政用憸人。"又《冏命》:"爾無昵于憸人。"《諸葛武侯文集·兵軍要誡》:"各結朋黨,競進憸人,有此不去,是謂敗徵。"此云"憸士",即奸佞之士,義同"憸人"。"名儒"指孔光,"憸士"指路粹,路粹甘心替曹操"枉狀奏融"(《後漢書·孔融傳》),導致孔融被殺,正與《說文》"憸利於上"之意合,此爲該文當作"憸"之關鍵所在,如作"險",則浮泛矣。

宋代以後常見"憸士"連文。如胡寅《致堂讀史管見·高祖漢紀》:"使後世憸士傾夫推戴跋扈之臣引以爲例。"劉克莊《後村集》一九四附洪天錫《後村墓誌銘》:"以言論風節聞天下,憸士畏其鋩鍔。"可知"憸"非僻字,"憸人"、"憸士"乃古之常言,亦可資旁證。

⑭　若夫傅咸勁直。

"勁直",宋本、宮本、明鈔本、周本、鮑本、喜多邨本《御覽》五九四引作"果勁",四庫本、汪本、張本《御覽》引作"勁直"。　文瀾本作"勁節"。　徐熥校作"果勁"。

楊氏《補正》:"作'果勁'是。'果'謂果敢,'勁'謂'勁直'。孫盛《晉陽秋》:'司隸校尉傅咸,勁直正屬,果於從政。先後彈奏百寮,王戎多不見從。'(《文選·干寶〈晉紀總論〉》李注引)正以'果'與'勁'二者並言。《山公啓事》:'孔顗有才能,果勁不撓,宜爲御史中丞。'(《書鈔》三三又六二引)則直以'果勁'連文矣。"

李氏《斠詮》校"勁直"作"果勁",云:"蓋凝鍊《晉書》傅咸本傳史文'勁直忠果'四字而來。"

【按】楊、李兩說不可從,此作"勁直"自通,不煩改字。文瀾本臆改作"勁節",非是。"勁直"與下文"切正"相儷。《晉書·傅咸傳》:"(咸)剛簡有大節。……吳郡顧榮嘗與親故書曰:傅長虞爲司隸,勁直忠果,劾按驚人。"此舍人所本。

"勁直"乃古之常言,多用於形容司法公正。如《韓非子·孤憤》:"能法之士,必强毅而勁直。"《梁書·到洽傳》:"彈糾無所顧望,號爲勁直,當時肅清。"又《張緬傳》:"緬居憲司,推繩無所顧望,號爲勁直。"並其證。

"果勁"則多用於形容軍士之勇猛。如《三國志·魏書·袁紹傳》:"北兵數衆,而果勁不及南。"《宋書·黃回傳》:"回拳捷果勁,勇力兼人。"《晉書·楊佺期傳》:"佺期沈勇果勁。"並其證。

⑮ **勢必深峭。**

"必深",宋本、宮本、明鈔本、周本、鮑本、喜多邨本《御覽》五九四引作"入剛"。　徐燉云:"'深峭',《御覽》作'剛峭'。"

詹氏《義證》:"'勢必深峭'義亦可通,不必改從《御覽》。此處'深'字即上文'按辭堅深'之深。"

劉氏《校釋》、李氏《斠詮》並從《御覽》引。

【按】詹說是,此作"必深"自通,毋須改字。"勢必"者,必須如此方可之意。上文"堅深",下文"次骨爲戾",贊語"雖有次骨,無或膚浸",皆與"深峭"之意照應。《韓非子·孤憤》:"能法之士,必强毅而勁直,不勁直,不能矯奸。"語意及"必"之用法可與此互參。

⑯ **《禮》疾無禮。**

"疾",元至正本、黃傳元本、弘治本、弘治活字本、汪本、佘本、隆慶本、張本、兩京本、王批本、訓故本、薈要本、文淵本、文溯本、文津本、文瀾本作"嫉"。

林氏《集校》:"作'嫉'不辭,作'疾'是。"

【按】馮鈔元本、何本、謝鈔本、梅本俱作"疾",黃氏從之,是。此"疾"字當訓憎惡。《字彙·疒部》:"疾,惡也。"徐灝《説文·疒部》注箋:"疾,又爲疾惡之義。"《詩·檜風·隰有萇楚》序:"國人疾其君之淫恣。"即其義。

⑰ **目以豕彘。**

"豕",宋本、宮本、明鈔本、周本、張本、鮑本、喜多邨本《御覽》五九四引並作"羊"。

鈴木《黃本校勘記》:"'豕'作'羊'是也。《墨子·非儒》篇:'是若人氣(孫詒讓曰疑當作乞人)鼸鼠藏,而羝羊視,賁彘起。'"

王氏《校證》:"《墨子·非儒下》:'貪於飲食,惰於作務,陷於饑寒,危於凍餒,無以違之。是若乞人,鼸鼠藏而羝羊視,賁彘起。'正以'羊'、'彘'爲言。今據改。"

楊氏《補正》、李氏《斠詮》並校"豕"作"羊"。

【按】鈴木、王說是，"豕"當從宋本《御覽》引作"羊"。《商子·兵守》："老弱之軍，使牧牛馬羊彘草木。"《史記·封禪書》："常以四時春以羊彘祠之。"並"羊彘"連文之證。

⑱ 是以世人爲文。

"世人"，諸本《御覽》五九四引並作"近世"。

楊氏《補正》："'世人'二字嫌泛，《御覽》所引是也。《宋書·荀伯子傳》：'(伯子)爲御史中丞，凡所奏劾，莫不深相謗毀，或延及祖禰，示其切直；又頗雜嘲戲，世人以此非之。'可資旁證。"

李氏《斠詮》從《御覽》引，云："'近世'與上文'後之彈事'相蒙，較用'世人'二字爲勝。"

【按】楊說、李說是，作"近世"義長。此言近世爲奏，承前人之風而變本加厲。舍人屢用"近世"一詞。如《明詩》篇："此近世之所競也。"《練字》篇："而近世忌同。"《才略》篇："宋代逸才，辭翰鱗萃，世近易明。"並其證。

⑲ 次骨爲戾。

"次"，諸本《御覽》五九四引並作"刺"。　沈臨何校本云："'次'，《御覽》作'刺'。"

王氏《校證》："《史記·酷吏傳》：'外寬，內深次骨。'索隱：'次，至也。李奇曰：其用法刻至骨。'此彥和所本。贊文亦作'次骨'。作'刺'者，淺人妄改。"

張氏《考異》："次骨者，入於骨也，《周禮·宮伯》：'八次八舍。'注：'在內爲次。'《史記·酷吏傳》：'外寬，內深次骨。'《御覽》非。"

【按】作"次"自通，"刺"蓋"次"之音訛。"次"，訓近、至。《廣雅·釋詁》："次，近也。"《漢書·杜周傳》："周少言重遲，而內深次骨。"李奇注："其用法深刻至骨。"即以"至"訓"次"。王僧孺《與何遜書》："雖事異鑽皮，文非次骨。"（《藝文類聚》二六引）可爲古常用"次骨"之證。

⑳ 詆病爲切哉。

"切"，宋本、宮本、明鈔本、周本、張本、鮑本、喜多邨本《御覽》五九五引作"巧"。　梅七次本作"功"，《古儷府》九引同。

【按】梅氏萬曆初刻本、復校本、六次本皆作"切"，至七次本始改作"功"。

"爲切"、"爲巧"，均嫌不辭，此文當從梅七次本作"爲功"，"巧"、"切"蓋並

“功”之形訛。《徵聖》篇：“鄭伯入陳，以文辭爲功。”《物色》篇：“因革以爲功。”並舍人“爲功”連文之例。《誄碑》篇“彌取於工矣”，唐寫本、元至正本、訓故本等“工”作“功”，是，“取於功”，猶言取得效果（參見《誄碑》篇此條校）。此云“訏病爲功”，亦當解作：以訏病他人取得功效、效力。

“爲功”乃古之常言。《子夏易傳·睽》象傳：“夫濟天下之務者，豈止於一材乎？非聖人不能合睽而爲功也。”又《革》九五傳：“知變之道，勇於變革，易而爲功也。”又《離》象傳：“水在火上，相得而爲功也。”《漢書·異姓諸侯年表》：“鐫金石者難爲功，摧枯朽者易爲力。”並其證。

㉑ **總法家之式。**

“式”，各本同。宋本、宮本、明鈔本、周本、鮑本、喜多邨本《御覽》五九四引作“裁”。

劉氏《校釋》：“作‘裁’，義較長。”

楊氏《補正》：“《史記·自序》：‘（司馬談《論六家要指》）法家不別親疏，不殊貴賤，一斷於法。’據此，則作‘裁’是。范甯《穀梁傳集解序》：‘《公羊》辯而裁。’楊疏：‘裁，謂善能裁斷。’詁此正合。”

【按】今本作“式”於義自通，“裁”蓋“式”之形訛。《玉海》六一、《子苑》三二、《文章辨體彙選》一四〇、《古儷府》九、《文通》八引亦並作“式”。

“式”，訓法式、範式。《説文·工部》：“式，法也。”《禮記·緇衣》“下土之式”鄭玄箋、《文選·沈約〈宋書謝靈運傳論〉》“取高前式”李周翰注、王儉《褚淵碑文》“魯侯垂式”劉良注，並云：“式，法也。”又，《後漢書·鄧彪傳》：“彪在位清白，爲百僚式。”《十六國春秋·前燕録五·慕容儁傳下》：“惟祖父不殞葬者，獨不聽官身清朝，斯誠王教之首，不刊之式。”皆其義。司馬談云法家“不別親疏，不殊貴賤，一斷於法”，此適可爲後世奏事者之範式，舍人所謂“總法家之式”，亦不過云作奏者須具備法家之法式（以法家爲榜樣）而已。

此“式”字與下“秉儒家之文”之“文”相儷。“文”非文辭、文采之謂，乃指禮法、文法、法令條文。如《荀子·非相》：“文久而息。”楊倞注：“文，禮文。”《國語·周語上》：“以文修之。”韋昭注：“文，禮法也。”舍人下文云“職主文法”，亦此義。楊氏據范甯“《公羊》辯而裁”作解，然其“辯”字、“裁”字均爲形容詞（《誄碑》篇“《桓彝》一篇，最爲辨裁”，《議對》篇“辭裁以辨”，即其義），舍人此文如作“法家之裁”，如何與下文之“文”字相儷？楊氏之説未諦。

㉒ **乃稱絶席之雄。**

范氏《注》:"'絶席',疑當作'奪席'。《後漢書·儒林·戴憑傳》:'帝令羣臣能説經者,更相難詰,義有不通,輒奪其席,以益通者。憑遂重坐五十餘席。'"

楊氏《補正》:"《後漢書·宣秉傳》:'建武元年,拜御史中丞。光武特詔御史中丞與司隸校尉、尚書令會同,並專席而坐。故京師號曰三獨坐。'《漢舊儀》:'御史中丞朝會獨坐,出討姦猾;内與尚書令、司隸校尉同,皆專席。京師號之曰三獨坐者也。'(《書鈔》六二引)則'絶席'當作'專席',始與本段所論吻合。若作'奪席',似仍嫌泛也。"

【按】范、楊兩説非是,此作"絶席"自通,毋須改字。黄叔琳注云:"《(後漢書)王常傳》:'常爲横野大將軍,位次與諸將絶席。'注:'絶席,謂尊顯之也。'"張氏《注訂》云:"絶席者,殊座也,故稱雄。""絶",訓獨絶離衆,"絶席",猶言設專席,備專座。《後漢書·來歙傳》:"賜歙班坐絶席。"又《張禹傳》:"每朝見特贊,與三公絶席,在諸公之右。"《晉書·傅玄傳》:"舊制,司隸於端門外坐,在諸卿上,絶席。其(傅玄)入殿,按本品秩在諸卿下,以次坐,不絶席。"並"絶席"連文之證。

㉓ **直方之舉耳。**

"耳",黄校:"一作'也'。"　宋本、宮本、明鈔本、周本、鮑本、喜多邨本《御覽》五九四引作"也",《玉海》六一引同。　沈臨何校本改"耳"爲"也"。

楊氏《補正》校"耳"作"也"。

【按】"耳"作"也"義長。"乃稱絶席之雄、直方之舉也",應作一氣讀,白話猶言"纔可以稱爲絶席之雄,直方之舉了"。《辨騷》篇:"可謂鑒而弗精,翫而未覈者也。""也"字與"可謂"搭配,句式與此略同。

㉔ **取其義也。**

"取",諸本《御覽》五九五引並作"蓋"。

王氏《校證》:"'取'疑當作'蓋取'。"

劉氏《校釋》、李氏《斠詮》並從《御覽》引。

【按】王説不可從,"取"當從《御覽》引作"蓋"。"蓋",訓乃、大概是,後可跟名詞。《誄碑》篇:"誄述祖宗,蓋詩人之則也。"《哀弔》篇:"辭清而理哀,蓋首出之作也。"《論説》篇:"鋒穎精密,蓋論之英也。"並其證。舍人追溯文體名目之來源，常用"蓋"字。如《章表》篇："表者，標也。禮有《表記》，謂德見于儀，其在器式，揆景曰表。章表之目，蓋取諸此也。"《書記》篇："譜者，普也。注序世統，事資周普。鄭氏譜《詩》，蓋取乎此。""關者，閉也。……韓非云：'孫宣回，聖相也，而關於州部。'蓋謂此也。"並其證。

㉕ 或云"謹啓"。

元至正本、馮鈔元本、黃傳元本、弘治本、弘治活字本、汪本、佘本、隆慶本、張本、兩京本、胡本、何本、訓故本、謝鈔本、初刻梅本、復校梅本、凌本、合刻本、梁本、秘書本、梅六次本、彙編本、別解本、抱青閣本、集成本、尚古本、岡本、張松孫本、崇文本作"或謹密啓"。　訓故本標疑"謹"字。　文瀾本作"或云密啓"。　徐烱、馮舒、馮班校作"或云謹啓"，張紹仁校同。　沈臨何校本"或"下補"云"字，點去"密"字。

楊氏《補正》："《事始》：'沈約書云：景帝名啓，兩帝（按，當作漢）俱諱；魏國牋記，末方曰謹啓。'《事物紀原·集類二》：'魏國牋記，始云啓，末云謹啓。'並其證。"

張氏《考異》："密啓，見《晉書·山濤傳》：'凡用人行政，皆先密啓，然後公奏。'舍人本此。"

【按】梅氏萬曆初刻本、復校本、天啓六次本均作"或謹密啓"，至天啓七次本始剜改作"或云謹啓"，明以前諸本唯王批本及《御覽》五九五引與之合，黃氏從之。

黃本是。此與上句"始云'啓聞'"文例同。《鮑明遠集·代白紵舞歌詞四首奉始興王神作并啓》："侍郎臣鮑照啓：……謹遣簡餘，憇隨悚盈。謹啓。"《弘明集·曹思文〈難神滅論并啓詔〉》："思文啓：……仰黷天照，伏追震悸。謹啓。"此南朝人用"謹啓"之例，蓋即承魏晉之楷式。

㉖ 必斂飭入規。

"飭"，黃校："元作'散'。"　元至正本、馮鈔元本、黃傳元本、倫傳元本、弘治本、弘治活字本、汪本、佘本、隆慶本、張本、兩京本、胡本、謝鈔本、梅六次本、集成本、張松孫本作"徹"。　訓故本、梅七次本作"轍"。　何本、初刻梅本、復校梅本、凌本、合刻本、梁本、秘書本、彙編本、別解本、抱青閣本、尚古本、岡本、王本、崇文本作"散"。　徐烱云："'徹'，當作'散'。"　沈臨何校本改"徹"爲"飭"，云："校本作'徹'。"（"飭"爲沈氏藏汪本原有朱筆校字。）　傳錄何沈校本

"轍"旁過録"飭"字。　張爾田圈點"徹"字。

徐氏《正字》："'散'疑'敕'字之訛。《廣雅・釋詁》：'敕，謹也。'與'斂'義亦近。作'飭'形體不類。"

李氏《斠詮》校"飭"作"徹"。

詹氏《義證》："'轍'、'徹'義通，均指軌轍。"

【按】梅氏萬曆初刻本及復校本作"散"，天啓六次本改作"徹"，天啓七次本又改作"轍"，與訓故本合，黄氏不從梅本，而據何校本改作"飭"。

此字當作"轍"，"散"、"徹"蓋並"轍"之形訛。舍人屢用"轍"字。如《頌讚》篇："鮮有出轍。"《封禪》篇："必超前轍焉。"《通變》篇："雖軒翥出轍，而終入籠內。"《時序》篇："羣才稍改前轍。"並其證。徐氏臆改"敕"，不可從。

㉗ 讜者，偏也。

范氏《注》："此云'讜者偏也'，疑有脱字，似當云'讜者，正偏也。'"

鈴木《黄本校勘記》："'偏'上疑有脱字。"

劉氏《校釋》："下文'其偏'上闕字，當作'讜正其偏'。"

徐氏《校記》："范文瀾、潘重規、劉永濟均有説，語仍難通。余疑上句'讜者，偏也'，'偏'上脱一'無'字，必有'無'字而後與'讜'義相合。"

楊氏《補正》："范氏謂有脱字甚是，惟謂作'正偏'，似與下'王道有偏，乖乎蕩蕩'不相應。疑當作'無偏'。《書・洪範》：'無偏無黨，王道蕩蕩。'《隸釋・石門頌》：'無偏蕩蕩，真雅以方。'並足與此文相發。"

張氏《考異》從楊氏校，云："疑脱'無'字，下言'有偏'者，爲言以申其義也，故應作'無偏'爲是。《書・洪範》：'無黨無偏，王道蕩蕩。'下言'有偏'，正以'無'對，此舍人所本。范氏《注》作'正偏'，則不典。"

李氏《斠詮》從楊説"偏"上補"無"字。

【按】徐、楊、張之説近是，"偏"上補"無"字語意始明。《廣韻・蕩韻》："讜，直言也。"《慧琳音義》八〇"有讜"注引顧野王："讜，直言當理也。"九五"讜言"注引《古今正字》："讜，直也。"《文選・潘岳〈夏侯常侍誄〉》："讜言忠謀。"吕向注："讜，正也。""直"、"正"、"當理"，即是"無偏"之義。

㉘ 乖乎蕩蕩，其偏，故曰讜言也。

"其偏"上，黄校："有脱字。"　訓故本有二白匡。　梅七次本有"矯正"二字，李本同。　徐燉補"矯正"二字。　沈臨何校本"其偏"上標增字符，云：

“‘其偏’上,當有闕文。”

潘氏《札記》:“‘其偏’二字,涉上‘有偏’而衍。”

徐氏《正字》:“此疑作‘若其無偏’,今本脱‘若’、‘無’二字。《書·洪範》曰:‘無偏無黨,王道蕩蕩。’此反言以明義。”

徐氏《校記》:“疑‘其偏’當作‘無偏’,與上句‘有偏’,正反相明。《書·洪範》曰:……此文闡發其義,亦正承上‘讜者,無偏也’一句申説之。”

楊氏《補正》:“‘其’下,疑脱‘言無’二字,觀上下文意可見。”

張氏《考異》:“謝(兆申)補是。”

李氏《斠詮》從楊説,校“其偏”爲“其言無偏”。

【按】潘、徐、楊之説不可從,“其偏”上,當從謝兆申、徐燉校,補“矯正”二字。《史記·魯仲連傳》:“矯國更俗。”司馬貞索隱:“矯正國事,改更弊俗也。”《漢書·李尋傳》:“先帝大聖,深見天意昭然,使陛下奉承天統,欲矯正之也。”杜預《春秋釋例》十:“故仲尼、丘明每于朔閏發文,蓋矯正得失,因以宣明歷數也。”“矯正”之用法並與此同。方苞《周官集注》十一:“其四方四角有不圜處,亦可因矩以驗之,而矯正其偏挺處也。”亦可爲旁證。

㉙ 貴直也。

王氏《校證》:“‘貴’上‘言’字今補,蓋原作小二,誤奪之。《樂府》篇:‘故陳思稱李延年閑於增損古辭,多者則宜減之。明貴約也。’《封禪》篇:‘《録圖》曰:渾渾噩噩,芬芬雉雉,萬物盡化,言至德所被也。’句法與此同。”

張氏《考異》:“‘讜言’爲一讀,‘貴直也’爲一讀,文本不誤,增一‘言’爲贅,王校非。”

李氏《斠詮》:“《樂府》《封禪》兩篇所引,皆實録陳思、《録圖》之言,故於斷語加‘明’、‘言’二字以申明之,今此處所述孝成之稱出於間接叙筆,非直接辭語,句法並非一致。故斷語‘貴直也’三字自通,無加‘言’字必要。”

【按】王説非是,今本文義自通,毋須增字作解。“言”,可作訓詁用語,實爲解釋引文、詞語或某種現象之發端詞,意爲“就是説”、“意思是”。《釋名·釋言語》:“信,申也,言以相申束使不相違也。”《孟子·告子上》:“《詩》云:‘既醉以酒,既飽以德。’言飽乎仁義也。”並其義。舍人亦有此用法。如《宗經》篇:“故子夏歎《書》,‘昭昭若日月之代明,離離如星辰之錯行’,言照灼也。”《哀弔》篇:“弔者,至也。《詩》云:‘神之弔矣。’言神至也。”《定勢》篇:“桓譚稱:……陳思亦云：‘……所習不同，所務各異。’言勢殊也。”三“言”字皆爲訓詁用語。此僅云“貴直也”而無“言”字，則爲一般判斷、評論。《封禪》篇：“《丹書》曰：‘義勝欲則從，欲勝義則凶。’戒慎之至也。”亦同此例。

　　㉚ 皁飾司直。

“飾”，弘治活字本作“飾”。　沈臨何校本改“飾”爲“□”，並標疑。

　　孫詒讓《札迻》十二：“‘飾’，疑當作‘祄’。《續漢書·輿服志》云宗廟‘皆服祄玄’，劉注云：‘《獨斷》云：祄，紺繒也。《吳都賦》（注）曰：祄，皁服。’皁祄，即祄玄也。”

　　潘氏《札記》：“《南史》卷五，齊明帝性儉約，‘嘗用皁莢，訖，授餘瀝與左右曰：此猶堪明日用。’又卷四十七，王儉‘方盥，投皁莢於地’。疑皁即皁莢之皁。飾者，飾之通借。古書飾飾互用者郅夥。《（周禮·）地官·封人》：‘飾其牛牲。’注云：‘飾謂刷治潔清之也。’然則皁飾猶言肅清矣。”

　　劉氏《校釋》：“孫詒讓疑‘飾’當作‘祄’，以‘祄’爲皁服也。然‘祄’無緣譌爲‘飾’，‘飾’疑‘飾’之誤。皁乃司直服色。”

　　楊氏《補正》：“‘皁飾’二字不可解。《札迻》十二謂當作‘皁祄’，亦未可從。疑爲‘白簡’之舛誤。《晉書·傅玄傳》：‘玄天性峻急，不能有所容；每有奏劾，或值日暮，捧白簡，整簪帶，竦踊不寐，坐而待旦。於是貴游懾伏，台閣生風。’《南齊書·謝超宗傳》：‘上（世祖）積懷超宗輕慢，使兼中丞袁彖奏曰：超宗品第，未入簡奏，臣輒奉白簡以聞。’《梁書·王亮傳》：‘御史中丞任昉因奏曰：……（范）縝位應黃紙，臣輒奉白簡。’《隋書·儒林·劉炫傳》：‘乃自爲贊曰：……名不掛於白簡，事不染於丹筆。’何尚之《與顏延之書》：‘絳騶清路，白簡深劾。’（《初學記》十二、《通典》二四引）《文選·任昉〈奏彈曹景宗〉》：‘臣謹奉白簡以聞。’又沈約《奏彈王源》：‘臣輒奉白簡以聞。’《集注》：‘《鈔》曰：謂其有罪不得復用本官之紙，故我輒即奉白簡以聞天子也。’（據景印唐寫《集注》本迻錄）”

　　王氏《校證》校“飾”作“飾”，云：“皁飾，乃司直之服飾。”

　　張氏《注訂》：“‘飾’，疑爲‘飾’之筆誤，彥和於古之成語，多用變文，如上八儀之類，則皁飾猶皁服也。”

　　李氏《斠詮》從劉氏説，校“飾”作“飾”。

　　【按】楊校是，“皁飾”疑當作“白簡”。“皁飾”、“皁飾”蓋並“白簡”之形訛。

“皁”蓋涉上文“皁囊”而誤。“白簡”回應上文“簡上凝霜”、“聲動簡外”。此句意爲：“奉白簡以司直。”（《詩·鄭風·羔裘》：“邦之司直。”毛亨傳：“司，主也。”）

古以奉“白簡”象徵奏啓行爲。如《南齊書·謝超宗傳》：“其晚兼御史中丞臣袁彖改奏白簡，始粗詳備。”《陳書·陳方泰傳》：“謹以白簡奏聞。上可其奏。”又《蔡景歷傳》：“謹奉白簡以聞。”並其證。

議對第二十四

周爰諮謀，①是謂爲議。議之言宜，審事宜也。《易》之《節》卦：“君子以制度數，②議德行。”《周書》曰：“議事以制，政乃弗迷。”議貴節制，經典之體也。昔管仲稱軒轅有明臺之議，則其來遠矣。洪水之難，堯咨四岳，宅揆之舉，舜疇五人。③三代所興，詢及芻蕘。《春秋》釋宋，魯桓務議。④及趙靈胡服，而季父爭論；商鞅變法，而甘龍交辨：雖憲章無算，而同異足觀。迄至有漢，始立駁議。⑤駁者，雜也，雜議不純，故曰駁也。自兩漢文明，楷式昭備，⑥藹藹多士，發言盈庭，若賈誼之遍代諸生，可謂捷於議也。至如主父之駁挾弓，⑦安國之辨匈奴，賈捐之之陳於朱崖，劉歆之辨於祖宗，⑧雖質文不同，得事要矣。若乃張敏之斷輕侮，郭躬之議擅誅，程曉之駁校事，司馬芝之議貨錢，何曾蠲出女之科，秦秀定賈充之謚，⑨事實允當，可謂達議體矣。漢世善駁，則應劭爲首；晉代能議，則傅咸爲宗。然仲瑗博古，⑩而銓貫有叙；長虞識治，而屬辭枝繁。及陸機斷議，亦有鋒穎，而諛辭弗剪，⑪頗累文骨，亦各有美，風格存焉。

夫動先擬議，明用稽疑，所以敬慎羣務，弭張治術。⑫故其大體所資，必樞紐經典，採故實於前代，觀通變於當今，理不謬搖其枝，字不妄舒其藻。又郊祀必洞於禮，戎事必練於兵，⑬田穀先曉於農，斷訟務精於律，然後標以顯義，約以正辭。文以辨潔爲能，不以繁縟爲巧；事以明覈爲美，不以深隱爲奇：⑭此綱領之大要也。若不達政體，而舞筆弄文，支離構辭，穿鑿會巧，空騁其華，固爲事實所擯，設得其理，亦爲遊辭所埋矣。昔秦女嫁晉，從文衣之媵，[15]晉人貴媵而賤女；楚珠鬻鄭，爲薰桂之櫝，鄭人買櫝而還珠。若文浮於理，末勝其本，則秦女楚珠，復在於茲矣。[16]

又對策者，應詔而陳政也；射策者，探事而獻説也。言中理準，譬射侯中的，二名雖殊，即議之別體也。古之造士，選事考言。漢文中年，始舉賢良，鼂錯對策，蔚爲舉首。及孝武益明，旁求俊乂，對策者以第一登庸，射策者以甲科入仕，斯固選賢要術也。觀鼂氏之對，證驗古今，[17]辭裁以辨，事通而贍，超升高第，信有徵矣。仲舒之對，祖述《春秋》，本陰陽之化，究列代之變，煩而不恩者，事理明也。公孫之對，簡而未博，然總要以約文，事切而情舉，所以太常居下，而天子擢上也。杜欽之對，略而指事，辭以治宣，不爲文作。及後漢魯丕，辭氣質素，以儒雅中策，獨入高第。凡此五家，並前代之明範也。魏晉已來，稍務文麗，以文紀實，所失已多，及其來選，又稱疾不會，雖欲求文，弗可得也。是以漢飲博士，而雉集乎堂；晉策秀才，而麏興於前：無他怪也，選失之異耳。

夫駁議偏辨，各執異見；對策揄揚，大明治道。使事深於政術，理密於時務，酌三五以鎔世，而非迂緩之高談；馭權變以拯俗，而非刻薄之偽論；風恢恢而能遠，流洋洋而不溢：[18]王庭之美對也。難矣哉，士之爲才也！或練治而寡文，或工文而疎治，對策所選，實屬通才，志足文遠，不其鮮歟？

贊曰：議惟疇政，名實相課。斷理必綱，[19]擿辭無懦。對策王庭，同時酌和。治體高秉，雅謨遠播。

校箋

① 周爰諮謀。

"諮"，諸本《御覽》五九五引作"咨"，秘書本同。

楊氏《補正》："《詩·小雅·皇皇者華》：'載馳載驅，周爰咨謀。'毛傳：'忠信爲周,訪問於善爲咨。咨事之難易爲謀。'鄭箋:'爰,於也。'此舍人所本。'諮',俗字。'咨'已從口,無庸再加言旁。當依《御覽》引作'咨',始與《詩》合。以《論說》篇'故言咨悦懌',《章表》篇'故堯咨四岳',本篇下文'堯咨四岳',《書記》篇'短牒咨謀'譣之,此必原作'咨'也。"

張氏《考異》:"諮與咨通。《詩‧小雅》:'周爰咨謀。'《釋文》:'咨,本亦作'諮'。'楊校云'咨已從口,無庸再加言旁',及王校改'諮'爲'咨',均非。"

王氏《校證》、李氏《斟詮》並校"諮"作"咨"。

【按】楊說非是,作"諮"自通,毋須改從。"諮"、"咨"字通。《易‧蒙》象辭"匪我求童蒙"王弼注"明者不諮於闇"陸德明釋文:"諮,本亦作'咨'。""諮",訓謀。《廣韻‧脂韻》:"諮,諮謀。"《國語‧晉語四》:"詢于八虞,而諮于二虢。"韋昭注:"諮,謀也。"《文選‧左思〈魏都賦〉》:"諮其考室。"李善注引《爾雅》曰:"諮,謀也。"

古常以"諮謀"連文。如《楚辭‧遠遊》王逸注:"將候祝融,與諮謀也。"《列女傳》:"太王有事,必諮謀焉。"(《後漢書‧崔琦傳》引)《三國志‧魏書‧袁紹傳》裴松之注:"故卓與之諮謀。"《南齊書‧禮志上》:"天子於以諮謀焉。"並其證。

② **君子以制度數**。

"度數",周本、張本《御覽》五九五引作"數度"。　馮舒校作"數度"。

楊氏《補正》:"作'數度'始與《易》合。前《詔策》篇'《易》稱君子以制度數','數度'二字亦誤倒。"

李氏《斟詮》校"度數"作"數度"。

【按】諸本俱作"度數",然此從《御覽》引及馮校作"數度"較長。《易‧節》象辭:"澤上有水,節,君子以制數度,議德行。"孔穎達疏:"數度,謂尊卑禮命之多少。"《莊子‧天道》:"禮法數度。"《漢書‧郊祀志贊》:"服色數度。"並"數度"連文之證。

③ **宅揆之舉,舜疇五人**。

黃校:"'人',一本作'臣'。"　宋本、宮本、周本、張本、鮑本、喜多邨本《御覽》五九五引作"百揆之舉,舜疇五臣",倪本、四庫本、汪本《御覽》引作"宅揆之舉,舜疇五臣"。　梅六次本、梅七次本作"宅揆之舉,舜疇五臣",張松孫本同。　徐燦校"宅"作"百",校"人"作"臣"。　沈臨何校本改"人"爲"臣"。

譚獻云："'五人',一作'五臣'。"

劉氏《校釋》："《舜典》:舜新命六人,禹、垂、益、伯夷、夔、龍也。此作'五人',疑誤。又《舜典》雖有'惠疇'、'疇若'之文,皆訓誰。此言'舜疇五人',亦文不成義。'疇'乃'訓'之借字,亦作'籌',《魏元丕碑》:'咨籌群寮。'是也。"

楊氏《補正》："'百'、'臣'二字並是。'百揆'與上'洪水'對。《論語・泰伯》:'舜有臣五人,而天下治。'集解引孔安國曰:'禹、稷、契、皋陶、伯益也。'(《聖賢羣輔録》:'禹、稷、契、皋陶、益,右舜五臣。見《論語》。')閻若璩《尚書古文疏證》四:'舜之佐二十有二人,其最焉者九官,又其最焉者五臣。'劉寶楠《論語正義》:'《舜典》言舜命禹百揆,棄爲稷,契爲司徒,皋陶爲士,益爲虞。此五人才最盛也。'是'五'字未誤。《周生烈子》:'舜嘗駕五龍以騰唐衢。'(《御覽》八一引)《抱朴子》佚文:'舜駕五龍。'(《書鈔》十一引)五龍,亦即五臣也。"

李氏《斠詮》校"宅"作"百"。

【按】梅氏萬曆初刻本及復校本作"宅揆之舉,舜疇五人",梅氏天啓二本改"人"爲"臣",黃氏仍從初刻本。

此文當從宋本《御覽》引作"百揆之舉,舜疇五臣"。"宅揆"不辭,"宅"當作"百",二字形近而誤。梅氏天啓二本改"人"爲"臣",是。《尚書・舜典》:"納于百揆,百揆時叙。"孔安國傳:"揆,度也。度百事,惣百官。"蓋舍人所本。

"疇"字不誤,劉説非是。《荀子・正論》:"至賢疇四海。"楊倞注:"疇,與'籌'同,謂計度也。"《文選・陸機〈辨亡論〉》:"疇咨俊茂。"呂延濟注:"疇,咨,謀議也。"並"疇"、"籌"通之證。

④ **魯桓務議**。

"桓",黃叔琳云:"'桓'當作'僖'。" 文溯本作"僖"。 "務",宋本、宮本、周本、張本、喜多邨本《御覽》五九五引作"預"。 梅六次本、梅七次本作"預",集成本同。 徐燉校"務"作"預"。 陳鱣校作"魯僖預議",云:"'預'與'與'同,轉寫誤爲'務'耳。"

錢大昕《十駕齋養新録》十四:"《文心雕龍・議對》篇:'《春秋》釋宋,魯桓務議'二句,注家皆未詳。惠學士士奇云:'文當云魯僖預議。《公羊經・僖二十一年》:釋宋公。傳云:執未有言釋之者,此其言釋之何? 公與爲爾也。公與爲爾奈何? 公與議爾也。''預'與'與'同,轉寫譌爲'務'耳。"(按,惠棟《九曜齋筆記・魯僖與議》:"家君曰:文當作'魯僖與議'。")

徐氏《刊誤》：“宋本《御覽》文部十一引作‘魯桓預議’，‘預’字與惠説正合。惟‘桓’字則宋時本亦訛，疑彦和誤記也。”

劉氏《校釋》：“宋本《御覽》正作‘預議’。‘僖’之誤‘桓’，恐舍人誤記，非字訛也。”

鈴木《黃本校勘記》、楊氏《校注》、王氏《校證》、張氏《考異》、李氏《斠詮》並從“魯僖預議”。

【按】惠説是，此文當作“魯僖預議”，“桓”蓋“僖”之形訛，文溯本所改是，“務”蓋“預”之形訛，梅氏天啓二本所改是。黃氏輯注“釋宋”條云：“《春秋》：‘僖公二十二年，公會諸侯盟于薄，釋宋公。’《公羊傳》：‘執未有言釋之者，此其言釋之何？公與爲爾也。公與爲爾奈何？公與議爾也。’按，魯桓公無議釋宋事，‘桓’當作‘僖’。”“公與議爾也”，何休解詁：“善僖公能與楚議，釋賢者之厄，不言公釋之者，諸侯亦有力也。”

⑤ **始立駁議**。

“駁”，宋本、宮本、倪本、四庫本、汪本、張本、鮑本、喜多邨本《御覽》五九五引作“駮”，元至正本、黃傳元本、弘治活字本、兩京本、集成本同。

范氏《注》：“《説文》：‘駁，馬色不純，從馬，爻聲。’又：‘駮，獸如馬，倨牙，食虎豹，從馬，交聲。’駁、駮二字，義絶異。駁議之‘駁’，不應混作‘駮’。《通俗文》：‘黃白雜，謂之駁犖。’”

【按】於駁雜義“駁”、“駮”可通（參見《章表》篇“四曰議”條校），范説不確。然依下文“駁者，雜也，雜議不純，故曰駁也”，此作“駁”字較長。

⑥ **楷式昭備**。

“昭”，元至正本、馮鈔元本、黃傳元本、弘治本、弘治活字本、汪本、佘本、隆慶本、張本、兩京本、謝鈔本、文津本作“照”。　徐燉校“照”作“昭”，張紹仁校同。　沈臨何校本改“照”爲“昭”。

楊氏《補正》：“以前《宗經》《頌讚》二篇之‘照灼’證之，‘照’字是。”

【按】元明諸本多作“照”，梅本作“昭”，與何本、訓故本合，黃氏從之。作“昭”自通，不煩改字，楊説非是。《後漢書·龐參傳》：“竊見前護羌校尉龐參，文武昭備。”曹植《武帝誄》：“九錫昭備。”（《藝文類聚》十三引）《宋書·王弘傳》：“驃騎彭城王道德昭備。”《南齊書·武帝本紀》：“規摹昭備。”並“昭備”連文之證。

⑦　**至如主父之駁挾弓。**

“主父”，黃校：“當作‘吾邱’。”　沈臨何校本云：“‘主父’，當作‘吾丘’。”范校：“顧（廣圻）校作‘吾丘’。”（按，此校不見於兩種顧校本，范氏蓋誤認黃校爲顧校。）　譚獻云：“黃本‘主父’作‘吾邱’。”

張氏《考異》：“此因吾丘壽王與主父偃同傳，載《漢書》六十四卷中，因而致誤，作‘吾丘’是。”

王氏《校證》、李氏《斠詮》並校“主父”作“吾丘”。

【按】黃、顧校是，“主父”當從何校作“吾丘”。《漢書·吾丘壽王傳》：“丞相公孫弘奏言：‘民不得挾弓弩……’上下其議。壽王對曰：‘……臣恐邪人挾之而吏不能止，良民以自備而抵法禁，是擅賊威而奪民救也。……’上以難弘，弘詘服焉。”此舍人所本。

黃校云“當作‘吾邱’”，“邱”字乃避清諱，當作“丘”。

⑧　**賈捐之之陳於朱崖，劉歆之辨於祖宗。**

宋本、宮本、周本、鮑本、喜多邨本《御覽》五九五引作“賈捐陳於朱崖，劉歆辯於祖宗”，倪本、汪本、張本《御覽》引作“賈捐之陳於朱崖，劉歆辯（一作辨）於祖宗”，四庫本《御覽》引作“賈捐之陳於朱崖，劉歆之辨於祖宗”。　元至正本、弘治活字本作“賈捐之陳於朱崖，劉歆辨於祖宗”。　馮鈔元本、黃傳元本、弘治本、汪本、隆慶本、張本、兩京本、何本、王批本、謝鈔本、初刻梅本、復校梅本、凌本、合刻本、梁本、秘書本、梅六次本、梅七次本、彙編本、別解本、抱青閣本、集成本、尚古本、岡本、文溯本、文津本、張松孫本、王本、崇文本作“賈捐之陳於朱崖，劉歆之辨於祖宗”。　佘本作“賈捐之陳於朱崖，劉歆之辨於祖約”。文溯本作“賈捐之陳於珠厓，劉歆之辨於祖宗”。　文瀾本作“賈捐之陳於朱崖，劉歆之辯於祖宗”。　沈臨何校本“賈捐之”下補“之”字。　黃叔琳注：“‘朱崖’，當作‘珠厓’。”　顧廣圻校“朱”作“珠”。

楊氏《補正》：“《法言·孝至》篇：‘朱崖之絶，捐之之力也。’李注：‘朱崖，南海水中郡。元帝時，背叛不臣，議者欲往征之。賈捐之以爲無異禽獸也，棄之不足惜，不擊不損威。元帝聽之。事在《漢書》（《賈捐之傳》）。’作‘朱崖’。《後漢書·東夷傳》《水經·溫水注》亦並作‘朱崖’。此固不必依《漢書》本傳作‘珠厓’也。”

張氏《考異》：“《御覽》非，賈捐之爲名，下‘之’字與上下句法同，黃本是。

'朱'當作'珠'。"

林氏《集校》："有兩'之'字較勝。上有'吾丘之駁挾弓,安國之辨匈奴'下有'張敏之斷輕侮,郭躬之議擅誅……'有'之'字句法一律。"

李氏《斠詮》校作"賈捐之之陳于珠崖,劉歆之辯於祖宗"。

王氏《校證》校"朱崖"作"珠崖"。

【按】梅本作"賈捐之陳於朱崖",黃氏據何校本於"之"下補"之"字,與訓故本合。後出之薈要本、文淵輯注本、文淵本、芸香堂本、翰墨園本、掃葉本、龍谿本亦並承黃本。

此文當從訓故本、黃本。上文由"若"字引起"賈誼之遍代諸生"一句,下文由"至如"引起四句,其句式並當與上句一律,故此兩句亦並當有"之"字。"主父之駁挾弓,安國之辨匈奴,賈捐之之陳於朱崖,劉歆之辯於祖宗",四句語氣一貫,與下文"張敏之斷輕侮,郭躬之議擅誅,程曉之駁校事,司馬芝之議貨錢"文例正同。

"賈捐"後兩"之"字當有,其句式與"司馬芝之議貨錢"同。作"賈捐之陳於朱崖"者,蓋欲使四句字數一致或因兩"之"相連嫌複而刪其一,實則非是。兩"之"字連文,古書恒見,如上文楊氏引《法言》云"捐之之力也",《漢書・賈鄒枚路傳》:"是以聖王覺寤,捐子之之心,而不說田常之賢。"並其例。又,《漢書・張馮汲鄭傳》贊曰:"張釋之之守法,馮唐之論將,汲黯之正直,鄭當時之推士,不如是,亦何以成名哉?"以"張釋之"、"馮唐"、"汲黯"、"鄭當時"四者並列,殊無乖違之嫌,舍人句法與此相類。實則舍人此書,本駢散兼行,"主父、安國、賈捐之、劉歆"四句,"張敏、郭躬、程曉、司馬芝、何曾、秦秀"六句,於整飭之中求變化,亦其一貫行文風範之體現而已。

"朱崖"二字無誤,毋須改從。

⑨ 秦秀定賈充之謚。

"謚",梅校:"元作'謐'。" 宋本、宮本、周本、倪本、四庫本、張本、鮑本《御覽》引作"謚"。 元至正本、馮鈔元本、兩京本、胡本、王批本、訓故本、謝鈔本、初刻梅本、復校梅本、秘書本、梅六次本、梅七次本、彙編本、別解本、抱青閣本、張松孫本作"謐",《文通》九引同。 弘治本、汪本、佘本、隆慶本、張本作"謚"。沈臨何校本改"謐"爲"謚"。 張紹仁校作"謚"。 張爾田圈點"謚"字。

張氏《考異》:"謐、謚並非,應作'謚'。謚音示,《說文》:'行之跡也。'謚音蜜，《説文》：‘靜語也。’謚音益，《説文》：‘笑貌也。’”

【按】弘治本等作“謚”，梅本改作“謚”，與元至正本等合，黄氏則改爲“謚”，與何本合。

此字當從宋本《御覽》引作“謚”，張説非是。《説文》：“謚，行之迹也。從言，益聲。”段玉裁注：“《周書·謚法解》《檀弓》《樂記》《表記》注皆云：‘謚者，行之迹也。’謚、迹疊韻。按，各本作‘從言兮皿，闕’，此後人妄改也。考《玄應書》引《説文》：‘謚，行之迹也。從言，益聲。’《五經文字》曰：‘謚，《説文》也；謚，《字林》也。《字林》以謚爲笑聲，音呼益反。’《廣韻》曰：‘謚，《説文》作謚。’《六書故》曰：‘唐本《説文》無謚，但有謚，行之迹也。’據此四者，《説文》從‘言益’無疑矣。”《王力古漢語字典》“謚”字：“大徐本《説文》分別謚、謚，以‘謚’爲‘行之迹也’，‘謚’爲‘笑兒’。姚文田、嚴可均《説文校議》、段玉裁《説文解字注》都認爲‘謚’字原無‘笑兒’之訓，後人妄改‘謚’爲‘謚’，又依《字林》以‘謚’爲笑聲竄入，且改‘笑聲’爲‘笑兒’。傳世典籍中‘謚’‘謚’混用，都是‘行之迹也’一義。‘謚’的笑貌、笑聲義無書證，據韻書讀音也應不同。”

《晉書·賈充傳》：“下禮官議充謚，博士秦秀議謚曰荒。”又《秦秀傳》：“賈充薨，秀議曰：……《謚法》：‘昏亂紀度曰荒’，請謚荒公。”此舍人所本。

⑩ 然仲瑗博古。

“瑗”，宋本、宮本、周本《御覽》五九五引作“援”。　梅六次本、梅七次本作“遠”，張松孫本同。　傳録何沈校本“遠”字旁過録“瑗”字。

《後漢書·應劭傳》：“劭字仲遠。”李賢注：“謝承《（後漢）書》（曰）、《應氏譜》並云字‘仲遠’。《續漢書·文士傳》作‘仲援’。《漢官儀》又作‘仲瑗’，未知孰是。”

梅慶生云：“應劭，字仲遠，亦字仲瑗。”（“則應劭爲首”下注）

楊氏《補正》：“惠棟《後漢書補注》卷五十二云：‘《劉寬碑陰》（《隸釋》卷十二）有故吏南頓應劭仲瑗，洪适云：“《漢官儀》作瑗。”《官儀》既劭所著，又此碑可據，則知遠、援皆非也。’是舍人此文之作‘仲瑗’，信而有徵矣。《水經·河水注》東阿縣下引應仲瑗曰：‘有西故稱東。’亦作仲瑗。可資旁證。不必僅據范書遽改爲‘遠’也。”

王氏《校證》：“竊疑應氏本名劭，字仲遠，‘劭’、‘邵’古通，‘邵’、‘遠’義正相應。‘瑗’則其別字，‘援’即‘瑗’之譌誤耳。”

張氏《考異》：“從《劉寬碑》文作‘瑗’是。”

【按】作“仲遠”較長。古人立字，展名取同義。其名“劭”字從力，如訓勉，則其表字作“仲援”是；如訓高，則其表字作“仲遠”是。《資治通鑑・晉紀十》：“懷帝天資清劭。”胡三省注：“劭，高也。”“劭”通“卲”（《說文通訓定聲》小部：“劭，假借爲‘卲’。”），《說文・卩部》：“卲，高也。”袁宏友李氏《弔嵇中散文》：“觀其德行奇偉，風韻劭邈。”（《太平御覽》五九六引）“劭邈”，猶言高遠。

《三國志・魏書・應瑒傳》裴松之注：“（應瑒）子劭，字仲遠，……諸所撰述《風俗通》等。”又《魏書・邴原傳》裴松之注引《邴原別傳》曰：“往者應仲遠爲泰山太守。”《晉書・祖納傳》：“應仲遠作《風俗通》。”其字皆作“仲遠”。又《宋書・二凶傳》：“元凶劭，字休遠。”亦“劭”與“遠”相連。劉劭作爲宋文帝長子，其名字書寫不應有誤，此亦可作應劭字“仲遠”之旁證。

⑪ 而諛辭弗剪。

諸本《御覽》五九五引“諛”作“腴”。　　元至正本、弘治本、汪本、佘本、隆慶本、張本、何本、王批本、訓故本、凌本、合刻本、梁本、別解本、集成本、尚古本、岡本、薈要本、文溯本、文津本、王本、崇文本作“而腴辭弗翦”。　　馮鈔元本、兩京本、胡本、謝鈔本、初刻梅本、復校梅本、梅六次本、梅七次本、秘書本、彙編本、抱青閣本、文淵本、張松孫本作“而腴辭弗剪”。　　黃傳元本、文瀾本、龍谿本作“而諛辭弗翦”。　　張爾田圈點“腴”字。

紀昀云：“‘諛’，當作‘腴’。”　譚獻云：“‘腴’，黃本作‘諛’。”

范氏《注》：“士衡撰文，每失繁富，下云‘頗累文骨’，其作‘腴’者是也。”

劉氏《校釋》：“史稱‘陸機服膺儒術，非禮弗動’，觀今存議《晉書》限斷，不可謂諛，蓋陸文繁富，故病其腴。《詮賦》篇曰‘膏腴害骨’，與此文同意，故曰‘頗累文骨’也。淺人不知，妄改爲‘諛’耳。”

楊氏《補正》：“紀說是也。《雜文》篇‘腴辭雲構’，正以‘腴辭’二字組合，尤爲切證。《正緯》篇：‘辭富膏腴’，《詮賦》篇‘膏腴害骨’，《事類》篇‘必列膏腴’，《總術》篇‘味之則甘腴’，是本書屢用‘腴’字也。黃本作‘諛’，非臆改，即誤刻。”

鈴木《黃本校勘記》、王氏《校證》、張氏《考異》、李氏《斠詮》並從《御覽》引。

【按】諸說是，“諛”當從《御覽》引作“腴”，二字形聲並近而誤。《風骨》篇：“若瘠義肥辭，繁雜失統。”“腴辭”，猶言肥辭。

元至正本等作"翦"，梅本等作"剪"，黃氏從之。"剪"字無誤，毋須改從。"剪"、"翦"字通。《玉篇·刀部》："剪，俗'翦'字。"《說文·刀部》桂馥義證："剪，通作'翦'。"《說文·刀部》："翦，齊斷也。"蕭統《文選序》："加之剪截。"即其義。

⑫ 弛張治術。

"弛"，宋本、宮本、周本、喜多邨本《御覽》五九五引作"施"，倪本、四庫本、汪本、張本《御覽》引作"弛"。　何本、凌本、合刻本、梁本、秘書本、別解本、集成本、尚古本、岡本、文津輯注本、文津本、文瀾本、王本、崇文本作"弛"，《子苑》三二引同。

楊氏《補正》："施、弛古通（'弛'爲'弛'之或體），臧琳《經義雜記》七言之甚詳。'弛張'二字原出《禮記·雜記下》，然古籍中亦有作'施張'者，《古文苑·孔融〈離合作郡姓名字詩〉》'出行施張'，郭元祖《列仙傳讚》'蓋萬物施張，渾爾而就'是也。《御覽》引作'施'，或《文心》古本如此。"

【按】元至正本、梅本等作"弛"，何本等作"弛"，黃氏從梅本。

"弛"字無誤，毋須改從。《慧琳音義》九七"張弛"注引《說文》："弛，弓解也。"'弛"與"弛"通。《廣雅·釋詁》："弛，緩也。"王念孫疏證："弛，本作'弛'。"

《韓非子·解老》："故萬物必有盛衰，萬事必有弛張。"《論衡·儒增篇》："一弛一張，文王以爲常。聖人材優，尚有弛張之時。"《後漢書·孝和帝紀論》："雖頗有弛張，而俱存不擾。"並"弛張"連文之證。

⑬ 戎事必練於兵。

"必"，梅校："一作'要'。"　黃校："又作'宜'。"　諸本《御覽》五九五引並作"宜"。　元至正本、馮鈔元本、黃傳元本、弘治本、汪本、佘本、隆慶本、王批本、謝鈔本無。　訓故本作"□"。　文瀾本作"貴"。　徐燉"事"下補"必"字，云："'戎事'句疑有脫。""一作'要'。"　馮舒於"事"下添"宜"字。　沈臨何校本"事"下補"宜"。

楊氏《補正》："下文之'先'字、'務'字，皆異辭相對。上'郊祀必洞於禮'句，已著'必'字，此不應重出。當以作'宜'爲是。"

林氏《集校》："作'宜'是，與上句'必'對。"

李氏《斠詮》校"必"作"宜"。

【按】梅本作"必"，與張本、兩京本、胡本、何本合，黃氏從之。

諸家説是,此字當從《御覽》引作“宜”。“必”蓋涉上文而誤,或爲“宜”之形訛。文瀾本作“貴”,蓋臆改。《玉篇・宀部》:“宜,當也。”詁此正合。

⑭ **不以深隱爲奇。**

“深”,宋本、宫本、明鈔本、周本、喜多邨本《御覽》五九五引作“環”,張本《御覽》引作“瓌”。　王批本作“環”。

劉氏《校釋》:“作‘環隱’是。”

王氏《校證》:“‘環’原作‘深’,今據《御覽》改。‘環’爲彦和習用字。”

李氏《斠詮》從宋本《御覽》校“深”作“環”。

詹氏《義證》:“各本俱作‘深’,且‘深隱’亦習用語,無煩改字。”

【按】今本文義自通,毋須改從,劉説、王説非是。倪本、四庫本、汪本、鮑本《御覽》引亦並作“深”。“環隱”中古以前罕見,“環”蓋“深”之形訛。“深”、“隱”二字與上文“明”字相對成文。《體性》篇:“故志隱而味深。”《隱秀》篇:“深文隱蔚。”並“深”、“隱”對舉。《出三藏記集・支謙傳》:“後吴主孫權聞其博學有才慧,即召見之,因問經中深隱之義。”義與此同。

⑮ **從文衣之媵。**

“媵”下,黄校:“一本下有‘者’字。”　元至正本、馮鈔元本、黄傳元本、弘治本、弘治活字本、汪本、佘本、隆慶本、張本、王批本、訓故本、謝鈔本、薈要本、文津本、文瀾本有“者”字。　徐燉云:“當無‘者’字。”

林氏《集校》:“《韓非子・外儲説左上》:‘昔秦伯嫁其女於晉公子,令秦爲之飾裝,從文衣之媵七十人。’‘者’字不必有。”

【按】梅本無“者”字,與兩京本、胡本、何本合,黄氏從之。

無“者”是,宋本《御覽》五九五引、《子苑》三二引亦並無之。《文選・沈約〈奏彈王源〉》:“且妾納媵。”劉良注:“媵,從婦者也。”

⑯ **復在於兹矣。**

“在”,宋本、宫本、明鈔本、周本、喜多邨本《御覽》五九五引作“存”。

楊氏《補正》:“‘在’、‘存’二字形近,每易淆混。此當以作‘存’爲是。《文選・曹植〈求通親親表〉》:‘則古人之所嘆,《風》《雅》之所詠,復存於聖世矣。’又王儉〈褚淵碑文〉:‘裴楷清通,王戎簡要,復存於兹。’句法並與此同,可證。”

李氏《斠詮》校“在”作“存”。

【按】楊説是,“在”當從宋本《御覽》引作“存”,二字形近而誤。《文選・陸機〈謝平原內史表〉》:"豈臣蒙垢含吝,所宜忝竊。"李善注引范曄《後漢書》:"陳蕃曰:鄙吝之萌,復存于心。"《晉書‧華譚傳》:"汲黯之言,復存於今。"並"復存於"連文之證。

⑰ **證驗古今。**

《玉海》六〇引作"驗古明今"。　元至正本、馮鈔元本、黃傳元本、倫傳元本、弘治本、弘治活字本、汪本、佘本、隆慶本、張本、兩京本、胡本、王批本、謝鈔本作"驗古今"。　訓故本作"考驗古今"。　謝兆申云:"'今'上當脫一字。"馮舒云:"'對'下,謝有'證'字。"　沈臨何校本云:"'驗'上,謝有'證'字。"

楊氏《補正》從《玉海》引,云:"《滅惑論》亦有'驗古準今'語。"

王氏《校證》從《玉海》引,云:"《奏啓》篇云:'酌古御今。'《事類》篇云:'援古證今。'句法正同,今據補正。《體性》篇'擯古競今',《通變》篇'競今疎古',句法亦同。"

李氏《斠詮》從《玉海》引。

【按】元明諸本多作"驗古今",梅本於"驗"上補"證"字,與何本合,黃氏從之。

"證"字與下文"有徵"義複。謝兆申云"'今'上當脫一字",則此從《玉海》引補一"明"字,作"驗古明今"義長。舍人《滅惑論》云"驗古準今",《事類》篇云"援古證今",句式、語意並與此同,可資旁證。

⑱ **流洋洋而不溢。**

"溢",兩京本、王批本作"竭"。

【按】黃本自通,作"竭"者,蓋"溢"之形訛。"溢"字回應上文"誄辭弗剪"、"妄舒其藻"、"舞筆弄文,支離構辭,穿鑿會巧,空騁其華"等語意。此句與"麗而不淫"義同,如作"洋洋而不竭",則語義頓反,殊失舍人之旨。

⑲ **斷理必綱。**

"綱",訓故本作"剛",集成本同。

黃氏《札記》:"此句與下句一意相足,云'摛辭無懦',則此'綱'字爲'剛'字之訛。《檄移》篇贊'三驅馳剛',彼文本作'綱',訛爲'綱',又訛爲'剛'。此則'剛'反訛'綱'矣。"

鈴木《黃本校勘記》:"'綱'疑當作'剛'。"

徐氏《正字》:"'綱'當作'剛',與下句'懦'字對文。"

張氏《考異》："上言'必剛'，下言'無懦'，相對爲文也。"

楊氏《補正》、王氏《校證》並校"綱"作"剛"。

【按】"綱"當從訓故本作"剛"，二字形聲並近而致訛。《説文・刀部》："剛，彊，斷也。"《逸周書・謚法》："彊毅果敢曰剛。"

書記第二十五

大舜云："書用識哉！"所以記時事也。蓋聖賢言辭，總爲之《書》。書之爲體，①主言者也。揚雄曰："言，心聲也；書，心畫也。聲畫形，君子小人見矣。"②故書者，舒也。舒布其言，陳之簡牘，③取象於《夬》，④貴在明決而已。

三代政暇，文翰頗疏。春秋聘繁，書介彌盛：繞朝贈士會以策，子家與趙宣以書，巫臣之遺子反，⑤子產之諫范宣，詳觀四書，辭若對面。又子服敬叔進弔書于滕君，⑥固知行人挈辭，多被翰墨矣。及七國獻書，詭麗輻輳；⑦漢來筆札，辭氣紛紜。⑧觀史遷之報任安，東方朔之難公孫，⑨楊惲之酬會宗，子雲之答劉歆，志氣槃桓，⑩各含殊采，並杼軸乎尺素，抑揚乎寸心。逮後漢書記，則崔瑗尤善。魏之元瑜，號稱翩翩。文舉屬章，半簡必録；休璉好事，留意詞翰：抑其次也。嵇康《絶交》，實志高而文偉矣。趙至叙離，⑪迺少年之激切也。⑫至如陳遵占辭，百封各意；禰衡代書，親疏得宜：⑬斯又尺牘之偏才也。

詳總書體，⑭本在盡言，言以散鬱陶，⑮託風采，故宜條暢以任氣，⑯優柔以懌懷，⑰文明從容，亦心聲之獻酬也。若夫尊貴差序，則肅以節文。戰國以前，⑱君臣同書，秦漢立儀，始有表奏，王公國内，亦稱奏書，張敞奏書於膠后，其義美矣。⑲迄至後漢，稍有名品，公府奏記，而郡將奏牋。⑳記之言志，進己志也。牋者，表也，表識其情也。崔寔奏記於公府，則崇讓之德音矣；黃香奏牋於江夏，㉑亦肅恭之遺式矣。公幹牋記，麗而規益，㉒子桓弗論，故世所共遺，若略名取實，則有美於爲詩矣。劉廙謝恩，喻切以至；陸機自理，情周而巧：牋之爲善者也。㉓原牋記之爲式，既上窺乎表，亦下睨乎書，使敬而不懾，簡而無傲，清美以惠其才，彪蔚以文其響，蓋牋記之分也。

　　夫書記廣大，衣被事體，筆劄雜名，古今多品。是以總領黎庶，則有譜籍簿錄；醫歷星筮，㉔則有方術占試；㉕申憲述兵，則有律令法制；朝市徵信，則有符契券疏；百官詢事，則有關刺解諜；㉖萬民達志，則有狀列辭諺：並述理於心，著言於翰，雖藝文之末品，而政事之先務也。

　　故謂譜者，㉗普也。注序世統，事資周普，鄭氏譜《詩》，蓋取乎此。

　　籍者，借也。歲借民力，條之於版，《春秋》司籍，即其事也。

　　簿者，圃也。草木區別，文書類聚，張湯李廣，爲吏所簿，別情僞也。

　　錄者，領也。古史《世本》，編以簡策，領其名數，故曰錄也。

　　方者，隅也。醫藥攻病，各有所主，專精一隅，故藥術稱方。

　　術者，路也。算歷極數，見路乃明，《九章》積微，故以爲術，㉘淮南《萬畢》，皆其類也。

　　占者，覘也。星辰飛伏，伺候乃見，精觀書雲，㉙故曰占也。

　　式者，則也。陰陽盈虛，五行消息，變雖不常，而稽之有則也。

　　律者，中也。黃鐘調起，㉚五音以正，法律馭民，八刑克平，以律爲名，取中正也。

　　令者，命也。出命申禁，有若自天，管仲下命如流水，㉛使民從也。

　　法者，象也。兵謀無方，而奇正有象，故曰法也。

　　制者，裁也。上行於下，如匠之制器也。

　　符者，孚也。徵召防僞，事資中孚。三代玉瑞，漢世金竹，末代從省，易以書翰矣。

　　契者，結也。上古純質，結繩執契，今羌胡徵數，負販記緒，㉜其遺風歟？

券者，束也。明白約束，以備情僞，字形半分，故周稱判書。古有鐵券，以堅信誓。王褒《僮奴》，則券之楷也。㉝

疏者，布也。布置物類，撮題近意，故小券短書，號爲疏也。

關者，閉也。出入由門，關閉當審，庶務在政，通塞應詳。《韓非》云：“孫亶回，聖相也，而關於州部。”蓋謂此也。

刺者，達也。詩人諷刺，《周禮》三刺，事叙相達，若針之通結矣。

解者，釋也。解釋結滯，徵事以對也。

牒者，葉也。短簡編牒，如葉在枝，温舒截蒲，即其事也。議政未定，故短牒咨謀。㉞牒之尤密，謂之爲籤。籤者，纖密者也。

狀者，貌也。體貌本原，㉟取其事實，先賢表諡，㊱並有行狀，狀之大者也。

列者，陳也。陳列事情，昭然可見也。

辭者，舌端之文，通己於人。子産有辭，諸侯所賴，不可已也。

諺者，直語也。喪言亦不及文，故弔亦稱諺。廛路淺言，有實無華。鄒穆公云：“囊滿儲中。”㊲皆其類也。《太誓》曰：㊳“古人有言：牝雞無晨。”《大雅》云：“人亦有言：惟憂用老。”並上古遺諺，《詩》《書》可引者也。㊴至於陳琳諫辭，稱“掩目捕雀”；潘岳哀辭，稱“掌珠伉儷”：並引俗説而爲文辭者也。夫文辭鄙俚，莫過於諺，而聖賢《詩》《書》，採以爲談，況踰於此，豈可忽哉？

觀此四條，㊵並書記所摠。或事本相通，而文意各異：或全任質素，或雜用文綺。隨事立體，貴乎精要，意少一字則義闕，句長一言則辭妨，並有司之實務，而浮藻之所忽也。然才冠鴻筆，多疎尺牘，譬九方堙之識駿足，而不知毛色牝牡也。言既身文，信亦邦瑞，翰林之士，思理實焉。

贊曰：文藻條流，託在筆札。既馳金相，亦運木訥。萬古聲薦，千里應拔。庶務紛綸，因書乃察。

校箋

① **總爲之《書》。　書之爲體。**

黃校："'之',一作'尚'。"　汪本《御覽》五九五引作"總爲之《書》,《尚書》爲體",其餘各本《御覽》引並同黃本。　黃傳元本、倫傳元本作"總爲《尚書》,書之爲體"。　馮鈔元本、弘治本、弘治活字本、汪本、佘本、隆慶本、張本、兩京本、胡本、何本、訓故本、初刻梅本、復校梅本、凌本、合刻本、秘書本、梅六次本、梅七次本、集成本、薈要本、文淵本、文溯本、文津本、尚古本、岡本、文瀾本、張松孫本、王本、崇文本作"總爲《尚書》,《尚書》之爲體"。　王批本作"總爲之書,《尚書》之爲體"。　沈臨何校本改上"尚"字爲"之",點去下"尚"字。

楊氏《補正》:"何校黃改是也。"

詹氏《義證》:"明代各本俱作'蓋聖賢言辭,總爲《尚書》,《尚書》之爲體,主言者也',……義本可通,無煩改字。"又云:"此句如照《御覽》刪去'尚'字,亦可通。但在此句中,'書'仍指《尚書》而言。"

【按】梅本作"總爲《尚書》,《尚書》之爲體",黃氏據何校本及宋本《御覽》引而改。

楊氏從黃本,詹氏從弘治本,均非是,疑此文當作"總爲《尚書》。書之爲體"。"總爲之書"於義難通,且"之"與下"之"字複,當從明清各本作"尚",此句意爲:"(聖賢言辭)彙總爲《尚書》。"梅本兩"尚書"相連,黃氏刪下"尚"字,與《御覽》引同,甚是,此"書"字乃承上文"書用識哉"而言。

詹氏認爲"書之爲體"之"書"仍指《尚書》,不確。此"書"字當爲文體名。《論說》篇:"原夫論之爲體,所以辨正然否。"《總術》篇:"筆之爲體,言之文也。"用法並與此同。《尚書序題》孔穎達疏:"聖賢闡教,事顯於言,言愜羣心,書而示法。既書有法,因號曰'書'。……且言者,意之聲;書者,言之記。是故存言以聲意,立書以記言。"此即"書之爲體,主言者也"之義。

② **君子小人見矣。**

"見"上,馮鈔元本、倫傳元本、弘治本、汪本、佘本、隆慶本、張本、兩京本、胡本、王批本、訓故本、何本、謝鈔本、初刻梅本、復校梅本、凌本、合刻本、梁本、秘書本、梅六次本、梅七次本、抱青閣本、集成本、尚古本、岡本、薈要本、文淵本、文溯本、文津本、文瀾本、張松孫本、王本、崇文、龍谿本有"可"字,《文章辨體彙選》六六引同。　沈臨何校本點去"可"字。

楊氏《補正》：“《法言·問神》篇原無‘可’字，諸本非。黃氏從何焯説删去‘可’字，甚是。”

【按】元明諸本均有“可”字，黃氏蓋據何校本而删。

楊説是，“可”字不必有，諸本《御覽》五九五引亦無“可”字。《徵聖》篇：“則聖人之情，見乎文辭矣。”“見”之用法可以互參。揚雄《法言·問神》：“故言，心聲也；書，心畫也。聲畫形，君子小人見矣。”此舍人所本。

③ **陳之簡牘。**

“陳”，宋本、宮本、明鈔本、周本、喜多邨本《御覽》五九五引作“染”。

楊氏《補正》：“‘染’字是。《文選·潘岳〈秋興賦序〉》：‘於是染翰操紙，慷慨而賦。’又謝惠連《秋懷詩》‘朋來當染翰。’《陶淵明集·感士不遇賦》：‘此古人所以染翰慷慨。’又《閑情賦序》：‘復染翰爲之。’沈約《梁武帝集序》：‘時或染翰。’（《類聚》十四引）蕭統《文選序》：‘飛文染翰。’可證‘染’字爲當時文士所習用。”

張氏《考異》：“從‘染’爲長。”

【按】楊説非是，作“陳”自通，毋須改字。“染”蓋“陳”之形訛。《徵聖》篇：“先王聲教，布在方册。”《禮記·中庸》：“布在方策。”所謂“陳之簡牘”，猶言陳其言於簡牘，與“布在方册”義同。“翰”，訓筆毫，“染”，訓浸染、濡，“染翰”，猶言濡毫，指代寫作。此“之”字指代“其言”，如作“染之簡牘”，其意則成“濡染其言”，殊爲不辭。

④ **取象於《夬》。**

宋本、宮本、明鈔本、周本、張本、鮑本、喜多邨本《御覽》五九五引作“取象乎《夬》”，倪本、四庫本《御覽》引作“取象乎史”，汪本《御覽》引作“取象乎決”。馮鈔元本、倫傳元本、何本、訓故本、謝鈔本、初刻梅本、復校梅本、凌本、合刻本、梁本、彙編本、抱青閣本、集成本、尚古本、岡本、薈要本、文淵本、文溯本、張松孫本、王本、崇文本、龍谿本作“取象乎《夬》”，《文通》十引同。　黃傳元本、弘治本、弘治活字本、汪本、佘本、隆慶本、張本、兩京本、胡本、王批本作“取象乎史”。　秘書本作“取象乎央”。　沈臨何校本改“史”爲“夬”。

楊氏《校注》：“‘於’字爲黃氏誤刻。”（按，楊氏《補正》無此條。）

【按】《御覽》引及元明諸本皆作“乎”，黃本忽作“於”。清諸本中唯文津本、文瀾本同黃本。

楊氏云此"於"字蓋黃氏誤刻,近是。"於"、"乎"義通。《史記·司馬相如傳》:"德隆乎三皇,功羨於五帝。""於"、"乎"即爲互文。然此從《御覽》引及元明各本作"乎"義長。《原道》篇:"取象乎《河》《洛》。"句法與此同。

"史"、"央"並當爲"夬"之形訛,下文云"貴在明決",是以決釋夬,故此指《周易》指《夬》卦無疑。許慎《説文解字序》:"初造書契,百工以乂,萬品以察,蓋取諸《夬》。"《易·夬》象曰:"夬,決也。剛決柔也。"

⑤ 巫臣之遺子反。

"遺",宋本、宮本、周本、張本、喜多邨本《御覽》五九五引作"責",明鈔本《御覽》引作"賁"。

斯波《補正》:"'責'與下句'諫'相對爲文。"

楊氏《補正》:"書中有'爾以讒慝貪惏事君,而多殺不辜'之語,作'責'較勝。"

【按】兩家之説是,"遺"當從宋本《御覽》引作"責"。"遺"蓋後人據《左傳》改,或即"責"之形訛。《左傳·成公七年》:"巫臣自晉遺二子書曰:'爾以讒慝貪惏事君,而多殺不辜,余必使爾罷於奔命以死。'"即含"責難"之義。此舍人所本。

⑥ 又子服敬叔進弔書于滕君。

范氏《注》:"《禮記·檀弓下》:'滕成公之喪,(魯)使子叔敬叔弔,進書,子服惠伯爲介。'鄭注:'進書,奉君弔書。'此文'子服敬叔',應改爲'子叔敬叔',子爲男子通稱,叔是其氏,敬叔其謚也。子服惠伯是副使,非奉君弔書者。"

王氏《校證》、張氏《考異》、李氏《斠詮》並從范氏説。

【按】范説是,"服"疑當作"叔"。"服"蓋涉《檀弓》下文"子服"而誤,或即"叔"之形訛。《禮記·檀弓下》:"滕成公之喪,使子叔敬叔弔,進書,子服惠伯爲介。"鄭玄注:"子叔敬叔,魯宣公弟叔肸之曾孫叔弓也。進書,奉君弔書。""(子服,)惠伯慶父玄孫之子,名椒。介,副也。"孔穎達疏:"案《世本》,叔肸生聲伯嬰齊,齊生叔老,老生叔弓,是叔弓爲叔肸曾孫也。叔是其氏,此記云子叔者,子是男子通稱,故以子冠叔也。"

⑦ 詭麗輻輳。

"輳",張本《御覽》五九五引作"輳",其餘各本《御覽》引並作"湊"。　元至正本、黃傳元本、弘治本、弘治活字本、汪本、隆慶本、王批本作"奏"。　張本、

訓故本、文溯本、文津本作“湊”。　沈臨何校本改“奏”爲“輳”。　顧廣圻校
“輳”作“湊”。

　　楊氏《補正》：“‘湊’字是。《説文·水部》：‘湊，水上人所會也。’又車部：
‘轂，輻所湊也。’‘輳’乃俗體，當作‘湊’爲正。”

　　張氏《考異》：“湊通輳，《史記·張儀傳》：‘四通輻湊。’《前漢書·叔孫通
傳》：‘四方輻輳。’又按《説文》車部無‘輳’字。《淮南·主術訓》‘羣臣輻輳’，凡
四見。高注：‘若輻之湊轂，故曰輻輳。’‘輳’爲後起字，因輻之連用，易水爲車
也，非俗體。楊説誤。”

　　王氏《校證》校“輳”作“湊”。

　　【按】梅本作“輳”，與馮鈔元本、佘本、兩京本、胡本、何本、謝鈔本合，黃氏
從之。

　　“輻湊”、“輻輳”通，毋須改字，楊説不確。《慧琳音義》十二“所湊”注：“湊，
亦作‘輳’。”《體性》篇：“得其環中，則輻輳相成。”《事類》篇：“衆美輻輳。”《春秋
繁露·觀德》：“豪英高明之人輻輳歸之。”《漢書·原涉傳》：“衣冠慕之輻輳。”
《顏氏家訓·風操篇》：“朝夕輻輳。”並“輻輳”連文之證。

　　⑧ 辭氣紛紜。

　　“氣”，宋本、宮本、明鈔本、周本、喜多邨本《御覽》五九五引作“音”，四庫
本、鮑本《御覽》引作“旨”。

　　楊氏《補正》：“漢來筆札，原非一家，内容自爲複雜，當以作‘旨’爲是。
‘音’乃‘旨’之形誤。”

　　【按】“氣”與下文有“志氣”字複，當從四庫本、鮑本《御覽》引作“旨”，
“氣”、“音”蓋並“旨”之形訛。《附會》篇：“虞松草表而屢譴，並事理之不明，而
辭旨之失調也。”《才略》篇：“潘岳敏給，辭旨和暢。”《三國志·魏書·曹爽傳》：
“著書三篇，……辭旨甚切。”又《夏侯玄傳》裴松之注引《魏氏春秋》：“玄嘗著
《樂毅》《張良》及《本無》《肉刑論》，辭旨通遠。”又《吳書·孫賁傳》裴松之注引
《孫惠別傳》：“每造書檄，……應命立成，皆有辭旨。”並“辭旨”連文之證。

　　⑨ 東方朔之難公孫。

　　宋本、宮本、明鈔本、周本、喜多邨本《御覽》五九五引作“東方之謁公孫”，
倪本、四庫本、汪本、張本、鮑本《御覽》引作“東方之難公孫”。　沈臨何校本點
去“朔”字。　徐燉校“難”作“謁”。

楊氏《補正》：“《御覽》所引是也。此云‘東方’，與上句之‘史遷’相儷。《諧隱》篇‘於是東方、枚皋。’亦止稱‘東方’與‘枚皋’對。《梁書·文學下·伏挺傳》：‘時仆射徐勉以疾假還宅，挺致書以觀其意，曰：……近以蒲騎勿用，箋素多闕，聊效東方，獻書丞相。’所隸蓋爲一事。則此文之‘難’字，當從《御覽》所引作‘謁’始合。”

【按】楊説是，無“朔”字是，此文當從宋本《御覽》引作“東方之謁公孫”。“謁”，訓白、告請。《儀禮·覲禮》：“擯者謁諸天子。”鄭玄注：“謁，告也。”“謁”與“報”、“酬”、“答”同類，關乎雙方對話。《梁書·伏挺傳》所言“致書以觀其意”，“效東方獻書丞相”，並無“責難”之義。

⑩ 志氣槃桓。

“槃”，諸本《御覽》五九五引作“盤”，秘書本、集成本同。

楊氏《補正》：“以《頌讚》篇‘盤桓乎數韻之辭’例之，作‘盤’前後一律。”

詹氏《義證》校“槃”作“盤”。

【按】楊説非是，作“槃”無誤，毋須改從。“盤”、“槃”字通。《説文·木部》：“槃，承槃也。鎜，古文，從金。盤，籀文，從皿。”《玉篇·木部》：“槃，或作‘盤’、‘鎜’。”

《詩·衛風·考槃》：“考槃在澗。”朱熹集傳：“槃，槃桓之意。”《後漢書·種岱傳》：“若不槃桓難進。”《宋書·樂志四》：“槃桓北闕下。”並“槃桓”連文之證。“槃桓”又作“盤桓”。《史記·屈原賈生傳》載賈誼《弔屈原賦》：“般紛紛其離此尤兮。”裴駰集解：“蘇林曰：‘般音盤。’……或曰盤桓不去，紛紛構讒意也。”司馬貞索隱：“般，又音盤，槃桓也。”即其證。

⑪ 趙至叙離。

“叙”，梅校：“元作‘贈’，王性凝改。” 宋本、宮本、明鈔本、周本、倪本、汪本、張本、鮑本、喜多邨本《御覽》五九五引作“贈”。 元至正本、黃傳元本、倫傳元本、弘治本、弘治活字本、汪本、佘本、隆慶本、張本、兩京本、胡本、王批本、訓故本、文津本作“贈”。 張爾田圈點“贈”字。

楊氏《補正》：“‘贈’字自通，不必依唐修《晉書》至傳改爲‘叙’也。”

王氏《校證》：“《晉書·文苑·趙至傳》：‘至與(嵆)康兄子蕃友善，及將遠適，乃與蕃書叙離，並陳其志。’此王改所本。”

張氏《考異》：“趙書非贈別之言，乃叙離之作。王校據本傳改，是。”

【按】宋本《御覽》引及元至正本等作"贈"，王性凝改爲"叙"，與馮鈔元本、何本、謝鈔本合，黄氏從之。

作"叙"是。"叙離"與上文"絶交"相儷，並指作書之宗旨。《封禪》篇："叙離亂，計武功。"《抱朴子外篇·疾謬》："不復叙離闊，問安否。""叙"字用法並與此同。

⑫ 廼少年之激切也。

"切"，宋本、宫本、明鈔本、周本、鮑本、喜多邨本《御覽》五九五引作"昂"。

楊氏《補正》："'昂'字是。'昂'，古作'卬'，'切'乃'卬'之誤。"

詹氏《義證》："《與嵇茂齊書》云：'若乃顧影中原，憤氣雲踊，哀物悼世，激情風烈。龍睇大野，虎嘯六合，猛氣紛紜，雄心四據。思躡雲梯，横奮八極，披艱掃穢，蕩海夷岳。蹴崑崙使西倒，蹋太山令東覆。平滌九區，恢維宇宙，斯亦吾之鄙願也。'可見其激昂之情。"

【按】楊説是，此作"昂"義長，"激昂"指意氣慷慨。《漢書·王章傳》："今疾病困厄，不自激卬。"注引如淳曰："激厲抗揚之意也。"《漢書·揚雄傳下》："激卬萬乘之主。"《文選·傅毅〈舞賦〉》："噴息激昂。"並"激昂"連文之證。《通志》一七五《文苑傳》："（趙至）與蕃書叙離，并陳其志，辭義慷慨，爲世所傳。"語意可與此互證。

⑬ 親疎得宜。

"親疎"，訓故本作"疎密"。

【按】作"疎密"較長。《後漢書·禰衡傳》："衡爲（黄祖）作書記，輕重疎密，各得體宜。祖持其手曰：'處士此正得祖意，如祖腹中之所欲言也。'"即舍人所本。"疎密"，謂人際關係遠近，可包含"親疎"之義。《三國志·蜀書·先主傳》裴松之注引《典略》曰："（趙戩）言稱《詩》《書》，愛恤於人，不論疎密。"其義與《禰衡傳》同。

⑭ 詳總書體。

"總"，宋本、宫本、明鈔本、周本、鮑本、喜多邨本《御覽》五九五引作"諸"。

劉氏《校釋》："作'諸'是。"

【按】劉説非是，作"總"自通，不煩改字。"諸"蓋"總"之形誤，二字草書形近。"總"，訓統、統合、總括。《諸子》篇："然繁辭雖積，而本體易總。"此"總"與"體"搭配之證。

⑮ **言以散鬱陶。**

“言”，宋本、宫本、明鈔本、周本、倪本、四庫本、張本、鮑本、喜多邨本《御覽》五九五引作“所”。

楊氏《補正》：“‘所’字是，‘言’乃涉上句而誤。”

劉氏《校釋》、李氏《斠詮》並從《御覽》引。

【按】楊説是。今本於義難通，“言”當從宋本《御覽》引作“所”。“所以”，表示方法、途徑。《頌讚》篇：“頌者，容也，所以美盛德而述形容也。”《祝盟》篇：“宜社類禡，莫不有文，所以寅虔於神祇，嚴恭於宗廟也。”即其義，例多不徧舉。

⑯ **故宜條暢以任氣。**

“條暢”，宋本、宫本、明鈔本、周本、張本、鮑本、喜多邨本《御覽》五九五引作“滌蕩”。　沈臨何校本云：“‘條暢’，《御覽》作‘滌蕩’。”

楊氏《補正》：“‘滌蕩’與‘條暢’同，《淮南子·泰族》篇：‘榯循其所有而滌蕩之。’《文子·道原》篇作‘條暢’，是其證。”

【按】作“條暢”自通。此與下文“優柔”相儷，並指心氣和順。《養氣》篇：“清和其心，條暢其氣。”用法與此同。“條暢”、“滌蕩”於“平和”義可通。《禮記·樂記》：“感條暢之氣。”朱彬《禮記訓纂》引王氏念孫曰：“條暢，讀爲滌蕩。”《史記·樂書》：“感滌蕩之氣，而滅平和之德。”張守節正義：“言此惡樂能動善人滌蕩之善氣，使失其所，而滅善人平和之德也。”《文選·成公綏〈嘯賦〉》：“心滌蕩而無累，志離俗而飄然。”“滌蕩”並訓和平、和順，非感蕩激烈之義。楊氏舉例似未當。

⑰ **優柔以懌懷。**

“柔”，諸本《御覽》五九五引並作“游”。

楊氏《補正》：“‘優柔’與‘優游’於此均通。《養氣》篇有‘優柔適會’語，作‘柔’前後一律。《大戴禮記·子張問入官》篇：‘優而柔之，使自求之。’”

李氏《斠詮》：“‘優游’與‘優柔’兩詞，義本相近，皆可用。……《左傳序》：‘優而柔之，使自求之。’孔疏：‘優、柔俱訓爲安，寬舒之意也。’舍人於《養氣》篇云：‘志於文也，則申寫鬱滯，故宜從容率情，優柔適會。’與此處用義同。以不改字，仍舊貫爲是。”

【按】楊、李兩説是，“優柔”、“優遊”通。《文子》下：“優柔委順，以養羣類。”《後漢書·朱馮虞鄭周列傳》：“唐堯大聖，兆人獲所，尚優遊四凶之獄，厭服海内之心。”李賢注:“優遊,謂優柔也。”

⑱ 戰國以前。

“戰國”上,諸本《御覽》五九五引並有“自”字。

【按】今本自通,毋須增“自”字。《正緯》篇:“商周以前,圖籙頻見,春秋之末,羣經方備。”《誄碑》篇:“夏商已前,其詳靡聞。”句式與此同。

⑲ 其義美矣。

“義”上,宋本、宮本、明鈔本、周本、鮑本、喜多邨本《御覽》五九五引有“辭”字。

楊氏《補正》:“《原道》篇‘彪炳辭義’,《詔策》篇‘辭義多偉’,《才略》篇‘辭義溫雅’,並以‘辭義’爲言。則此當據《御覽》補‘辭’字,文意始完備。”

劉氏《校釋》從《御覽》引。

【按】楊説非是,黃本文義自通,毋須增字。《頌讚》篇:“頌主告神,故義必純美。”語意、句法與此同,“義”皆指文章之體義。《銘箴》篇:“百官箴一篇,體義備焉。”《檄移》篇:“故檄移爲用,事兼文武,其在金革,則逆黨用檄,順命資移,所以洗濯民心,堅同符契,意用小異,而體義大同,與檄參伍,故不重論也。”並“體義”連文之例。“義”字亦可單用。如《詔策》篇:“故授官選賢,則義炳重離之暉。”《雜文》篇:“馬融《七厲》,植義純正。”

⑳ 而郡將奏牋。

“奏”,宋本、宮本、喜多邨本《御覽》五九五引並作“奉”。

楊氏《補正》:“公府曰‘奏記’,郡將曰‘奉牋’,正示其名品之異。《御覽》所引是也。……《三國志・魏書・崔林傳》:‘文帝踐阼,拜尚書,出爲幽州刺史。北中郎將吳質統河北軍事。涿郡太守王雄謂林別駕曰:吳中郎將上所親重,國之貴臣也,杖節統事州郡,莫不奉牋致敬。’《宋書・孔覬傳》,‘轉署(衡陽王義季)記室,奉牋固辭。’並‘郡將奉牋’之證。”

【按】楊説是,“奏”,當從宋本《御覽》引作“奉”。“奏”與“奉”形近,又涉上文“奏記”而誤。《華陽國志・劉後主志》:“(後主)遣侍中張紹、駙馬都尉鄧良,賫璽綬奉牋,詣艾降。”《宋書・羊希傳》:“會瑀出爲益州,奪士人妻爲妾,宏使羊希彈之,瑀坐免官,……希曰:‘此奏非我意。’瑀即日到宏門奉牋陳謝。”又《蕭思話傳》:“思話即率部曲還彭城,起義以應世祖,遣使奉牋曰。”並“奉牋”連文之證。

㉑ 黃香奏牋於江夏。

“奏”,宋本、宮本、周本、倪本、喜多邨本《御覽》五九五引作“奉”,明鈔本

《御覽》引作“秦”。

　　楊氏《補正》：“‘奉’字是。”

　　【按】“奏”當從宋本《御覽》引作“奉”，二字形近致訛。《十六國春秋·後趙録二》：“遣張慮奉牋於劉琨，自陳罪過深重。”句法與舍人同。參見上條校。

　　㉒ 麗而規益。

　　“麗”上，諸本《御覽》五九五引、王批本有“文”字。

　　楊氏《補正》：“有‘文’字辭氣較勝。”

　　李氏《斠詮》“麗”上補“文”字。

　　【按】“文”字當從《御覽》引補，有“文”始能與“規益”相儷。《宗經》篇：“文麗而不淫。”《雜文》篇：“文麗而義睽。”《諸子》篇：“淮南泛採而文麗。”《才略》篇：“故揚子以爲文麗用寡者長卿。”並“文麗”連文之證。

　　㉓ 牋之爲善者也。

　　“爲”，汪本《御覽》五九五引有，其餘各本《御覽》引並無之。

　　楊氏《補正》：“‘爲’字於此實不應有，蓋涉下句而衍，當據删。”

　　張氏《考異》：“‘牋之善者也’，與‘文之美也’，‘表之英也’，見《章表》篇。‘辭之善也’，見《詔策》篇等，句法同。從《御覽》是。”

　　李氏《斠詮》删“爲”字。

　　【按】諸説是，“爲”字當據宋本《御覽》引删。“爲”與上文“則有美於爲詩矣”、下文“原牋記之爲式”犯重。且依句法，“爲”字亦不當有。《漢書·宣帝紀》：“其令太官損膳省宰。”顏師古注：“膳，具食也，食之善者也。”又《晁錯傳》：“材官騶發，矢道同的。”顏師古注：“騶，謂矢之善者也。”舍人句法與此同。蓋此“之”字，乃用於中心語與後置定語之間，構成“……之……者也”句式。全書常用此種句法。如《祝盟》篇：“可謂祝辭之組麗者也（從唐寫本）。”《雜文》篇：“……景純《客傲》，……然屬篇之高者也。”《檄移》篇：“陸機之移百官，……武移之要者也。”《書記》篇：“先賢表諡，並有行狀，狀之大者也。”並其例。參見《祝盟》篇“可謂祝辭之組纚也”條校。

　　㉔ 醫歷星筮。

　　“歷”，梅本作“曆”，與馮抄元本、弘治本、汪本、佘本、隆慶本、張本、何本、王批本、訓故本、謝鈔本合，黃氏改爲“歷”，與元至正本、兩京本、胡本合。

　　【按】“歷”，乃曆法、曆象之本字，“曆”乃“歷（厤）”之後起字。梅本作

“曆”，本無誤，黃氏改作“歷”，蓋爲避乾隆帝諱，此改回“曆”字較長。梅本《史傳》篇：“紬三正以班曆。”黃氏改“曆”爲“歷”，例與此同。參見《史傳》篇此條校。

㉕ 則有方術占試。

“試”，張本、王批本、訓故本作“式”。　馮舒云：“‘試’，當作‘式’。”　沈臨何校本改“試”爲“式”，云：“‘試’，一作‘式’。”　顧黃合校本標疑“試”字，字旁過錄“式”字。　顧廣圻云：“作‘式’爲是。”

楊氏《補正》：“作‘式’始與下文合。”

鈴木《黃本校勘記》、王氏《校證》、張氏《考異》、李氏《斠詮》、牟氏《譯注》並校“試”作“式”。

【按】梅本作“試”，與元至正本等合，黃氏從之。

此文當從張本、王批本、訓故本作“式”。下文云：“式者，則也。”故此作“式”字，始能前後一律，二字形聲並近而致訛。黃氏輯注出條目作“式”，不誤。《周禮·春官·簭人》：“三曰巫式。”鄭玄注：“式，謂筮制作法式也。”《周禮·春官·大史》：“大師，抱天時與大師同車。”鄭玄注：“鄭司農云：大出師，則大史主抱式以知天時。”孫詒讓正義：“式，即占天時之圖籍，若《漢書·藝文志》兵、陰陽家言是也。”《類篇·工部》：“式，占文也。”

㉖ 則有關刺解諜。

“諜”，元至正本、黃傳元本、弘治本、弘治活字本、汪本、佘本、隆慶本、張本、兩京本、王批本、訓故本、薈要本、文淵本、文溯本、文津本、文瀾本作“牒”，《子苑》三二引同。　郝懿行校作“牒”。　張紹仁校“牒”作“諜”。

徐氏《正字》：“下文云：‘牒者，葉也。’則此‘諜’字疑當作‘牒’，以歸一律。”

楊氏《補正》：“諜，亦當改‘牒’，始能與下文‘牒者，葉也。短簡編牒，……故短牒咨謀。牒之尤密’諸‘牒’字一律。”

戶田《校勘記補》、王氏《校證》、張氏《考異》、李氏《斠詮》並校“諜”作“牒”。

【按】元明諸本多作“牒”，梅本作“諜”，與馮鈔元本、何本、謝鈔本合，黃氏從之。

“諜”、“牒”通。《廣韻·帖韻》：“諜，諜諜也。”然下文作“牒”，故此從元至正本等作“牒”較長。黃氏輯注所出條目中，“關刺”後即出“牒”字，云：“《左傳（昭公十五年）》：‘右師不敢對，受牒而退。’正義：‘簡，牒也。牒，札也。’”可知黃氏謂此當作"牒"，而正文仍作"諜"者，殆沿襲梅本而未及改也。

㉗ **故謂譜者。**

梅六次本、梅七次本剟去"故謂"。　徐燉删"故謂"二字。

楊氏《補正》："此下分述二十四種雜文，即由'故謂'二字領起，實不可删。梅六次本從徐説剟去'故謂'二字，非是。"

李氏《斠詮》："'故謂'二字，疑係'所謂'傳寫而誤，審辭氣無此必要。"

【按】梅氏萬曆初刻本及復校本有"故謂"二字，梅氏天啓二本删之，黃氏仍從初刻本。

"故謂"當有，元明諸本並有此二字，《子苑》三二引同。"故謂"爲發端詞，用以彌縫上下文，相當於"故"、"故曰"、"故夫"，非確指前後因果者。"謂"，訓曰、惟。《助字辨略》四："《小雅》'謂天蓋高，不敢不跼'，此'謂'字，語辭，猶言'曰'也。""謂"、"惟"古同聲。如《韓非子・解老》篇"夫謂嗇"，《老子》作"夫惟嗇"。故"故謂"即"故惟"。

舍人又常用"故"字發端。如《明詩》篇："故詩者，持也，持人情性。"《銘箴》篇："故銘者，明也。"《麗辭》篇："故麗辭之體，凡有四對。""故"字用法並與"夫"同。

王氏雖云"徐校删'故謂'二字，梅六次本剟去'故謂'二字，似可從"，然於正文中又保留"故謂"二字，可知王氏亦頗感梅氏删除二字未必符合舍人本義。

㉘ **故以爲術。**

"以"，元至正本、黃傳元本、弘治本爲一墨釘。　倫傳元本、兩京本、王批本、訓故本作"稱"。　徐燉云："'以'，一作'名'。"

王氏《校證》、李氏《斠詮》、詹氏《義證》並校"以"作"稱"。

【按】梅本作"以"，黃氏從之。然此字作"名"義長。"以"蓋"名"之形訛。作"稱"與上文有"藥術稱方"字複。下文"號爲疏也"，《哀弔》篇："並名爲弔。"句法並與此同。

㉙ **精觀書雲。**

"精"，黃校："疑作'登'。"　沈臨何校本標疑"精"字，云："'精'，疑作'登'。"

范氏《注》："《左傳・僖公五年》：'春王正月辛亥朔，日南至。公既視朔，遂登觀臺以望而書，禮也。凡分至啓閉，必書雲物，爲備故也。'杜注：'雲物，氣色災變也。''精觀'，當作'登觀'。"

楊氏《補正》：“作‘登’與《左傳·僖公五年》合。《後漢書·明帝紀》：‘（永平二年）升靈台，望元氣。’又贊：‘登臺觀雲。’《説苑·辨物》篇：‘登靈台以望氣氛。’《中論·歷數》篇：‘人君親登觀臺，以望氣而書雲物爲備者也。’亦可證‘精’字之誤。”

王氏《校證》、張氏《考異》、李氏《斠詮》並校“精”作“登”。

【按】范、楊兩説是，“精觀”義難通，“精”當從何校作“登”。此乃凝練《左傳·僖公五年》“登觀臺”、“書雲物”之文而成。

㉚ **黄鐘調起。**

“鐘”，元至正本、馮鈔元本、弘治本、汪本、佘本、隆慶本、張本、兩京本、何本、王批本、訓故本、合刻本、梁本、集成本、尚古本、岡本、薈要本、文津輯注本、文淵本、文瀾本、王本、崇文本作“鍾”。

楊氏《補正》：“‘鐘’、‘鍾’古本相通，然以《聲律》篇‘失黄鍾之正響’例之，此應據改爲‘鍾’，前後始能一律。”

【按】元明諸本多作“鍾”，梅本作“鐘”，與謝鈔本合，黄氏從之。

“鐘”，《説文·金部》：“樂鐘也。秋分之音，物穜成。”此“鐘”之本義。“鍾”，《説文·金部》：“酒器也。”又假借爲“鐘”，訓樂器。《集韻·用韻》：“鍾，樂器。”於樂器義二字可通。參見《宗經》篇“譬萬鈞之洪鍾”條。此字元至正本等作“鍾”，本無誤，梅氏改爲“鐘”，實無必要。此改回“鍾”字較長。

㉛ **管仲下命如流水。**

“命”，黄校：“一作‘令’。” 馮鈔元本、訓故本、梅六次本、梅七次本、文溯本、文瀾本、張松孫本、崇文本作“令”。 馮舒云：“‘下命’，當作‘下令’。” 沈臨何校本改“命”爲“令”。

楊氏《補正》：“作‘令’，始與《管子·牧民》篇及本段合。《史記·管仲傳》：‘故其稱曰：……下令如流水之原，令順民心。’劉向《管子書録》：‘故其書稱曰：……下令猶流水之原，令順民心。’並‘命’當改‘令’切證。《文子·精微》篇有‘出令如流水之原’語。”

李氏《斠詮》校“命”作“令”。

【按】梅氏萬曆初刻本及復校本作“命”，與元至正本、弘治本等同，梅氏天啓二本改爲“令”，黄氏從之。

楊説是，此作“令”較長。《廣韻·勁韻》：“令，律也，法也。”

㉜ **負販記緝。**

"販",明鈔本五九八《御覽》引作"貶",張本、鮑本《御覽》引作"版",其餘各本《御覽》引並作"販"。

范校:"孫云:《御覽》作'版'。" 張氏《考異》:"'販',《御覽》作'版'。"(按,"販"《御覽》不作"版",孫校、張說有誤。) 集成本作"版"。

張氏《考異》:"《曲禮》:'雖負販者,必有尊也。'從'販'是,王失校。"

趙氏《譯注》:"原文'販',據孫蜀丞校作'版'來譯。"

【按】作"販"自通。《說苑·復恩》:"(管仲曰)吾嘗與鮑子負販於南陽。"《鹽鐵論·頌賢》:"太公之窮困,負販於朝歌也。"並"負販"連文之證。

㉝ **則券之楷也。**

"楷",宋本、宮本、明鈔本、周本、喜多邨本《御覽》五九八引作"諧"。 岡本作"諧"。

黃氏《札記》:"王褒《髯奴》,即《僮約》,……文爲俳諧之作。"

鈴木《黃本校勘記》:"'楷'當作'諧'。"

楊氏《補正》:"'諧'字是。《諧隱》篇:'諧之言皆也,辭淺會俗,皆悅笑也。'釋此正合。謂王褒《僮約》爲俳諧之券文也。《南齊書·文學傳論》:'王褒《僮約》,束皙《發蒙》,滑稽之流。'亦可作爲旁證。"

王氏《校證》校"楷"作"諧",云:"謂王褒《髯奴》,爲券之諧辭也。"

李氏《斠詮》校"楷"作"諧"。

【按】諸家之說皆非,今本自通,《子苑》三二引亦作"楷",《御覽》引作"諧",蓋"楷"之形訛。"楷",訓式、法、法式,與上文"原牋之爲式"、"亦恭肅之遺式"義同。"則",訓即(《廣雅·釋言》:"則,即也。"),"則券之楷",猶言"即作券應遵守之格式"。《祝盟》篇:"祈禱之式,必誠以敬;祭奠之楷,宜恭且哀。"《議對》篇:"駁者,雜也,雜議不純,故曰駁也。自兩漢文明,楷式照備。"可證"楷"、"式"同義。

如欲表達"此乃俳諧之券"之義,則"也"上當補"者"字,作"則券之諧者也"方合語法(上文"牋之善者也",下文"狀之大者也",皆"者也"連文)。然此爲"選文以定篇",舉例說明"券"之體式,不應復牽扯風格。"諧"爲"楷"字之誤無疑。岡本臆改作"諧",可謂無見。

㉞ **牒者,葉也。 短簡編牒,如葉在枝,溫舒截蒲,即其事也。 議政未**

定，故短牒咨謀。

《御覽》六〇六引作"牒者，葉也，如葉在枝也，短簡爲牒，議事未定，故短牒諮謀"。　《說文繫傳》"牒"字下引《文心雕龍》云："議政未定，短牒諮謀，曰牒簡也，葉在枝也。"

詹氏《義證》："（《御覽》引）上下文……義較順。"

【按】詹說不可從，今本文義自通。《御覽》引"如葉在枝（也）"與"短簡爲（編）牒"誤倒。"溫舒截蒲，即其事也"兩句當有。

㉟ 體貌本原。

"體"，黃校："一作'禮'。"　元至正本、馮鈔元本、黃傳元本、倫傳元本、弘治本、弘治活字本、汪本、佘本、隆慶本、張本、兩京本、胡本、王批本、佘本、何本、謝鈔本、凌本、合刻本、梁本、秘書本、抱青閣本、集成本、尚古本、薈要本、文溯本、文津本、文瀾本、王本、崇文本作"禮"，《子苑》三二引同。　徐㷸、馮舒云："'禮'，當作'體'。"

楊氏《補正》："'體'字是。佘本作'体'，體之俗（按，佘本作禮，不作体）。《詩‧大雅‧卷阿》鄭箋：'體貌則顒顒然敬順。'孔疏：'顒顒是覩其形狀，故以爲體貌敬順；敬順，即溫和也。'《文選‧宋玉〈登徒子好色賦〉》：'玉爲人體貌閑麗。'李注：'閑，靜也。麗，美也。'呂周翰注：'言玉容貌美麗。'又班彪《王命論》：'二曰體貌多奇異。'李注：《漢書（高帝紀上）》曰：'高祖爲人，隆準而龍顏，美鬚髯，左股有七十二黑子。'"

張氏《考異》："'禮'字非，行狀屬體也，從'體'是。"

【按】梅氏萬曆初刻本及復校本作"禮"，梅氏天啓二本剜改作"體"，與訓故本合，黃氏從之。岡本、文淵本、張松孫本、翰墨園本、掃葉本亦並從梅氏天啓二本。

"體"字是。任昉《文章緣起》："狀者，貌也。體貌本原，取其事實也。"可爲旁證。

㊱ 先賢表諡。

"諡"，元至正本、馮鈔元本、弘治本、汪本、佘本、隆慶本、張本、兩京本、何本、王批本、訓故本、謝鈔本、初刻梅本、復校梅本、合刻本、梁本、秘書本、梅六次本、梅七次本、抱青閣本、尚古本、岡本、文瀾本、張松孫本、王本、崇文本作"諡"，《文章辨體彙選》五五一、《文通》十七引同。

楊氏《補正》："'謚'字是。《誄碑》篇'讀誄定謚'作'謚'，未誤。《議對》篇'秦秀定賈充之謚'，黄本亦誤爲'諡'，與此同。"

【按】元明諸本多作"謚"，梅本同，"諡"字蓋黄氏據他本（如凌本）而改，或即黄氏誤刻。

此當從元至正本等作"謚"。《説文・言部》："謚，行之迹也。"段玉裁注："各本作'從言、兮、皿，闕'，此後人妄改也。……《説文》從'言益'無疑矣。"參見《議對》篇"秦秀定賈充之謚"條校。

㊲ 囊滿儲中。

"滿"，黄校："汪本作'漏'。"　元至正本、馮鈔元本、黄傳元本、倫傳元本、弘治本、弘治活字本、佘本、隆慶本、張本、兩京本、胡本、王批本、訓故本、謝鈔本、文淵本、文溯本、文瀾本作"漏"，《古樂苑》四一、《廣博物志》二九引同。張爾田圈點"漏"字。

黄氏《札記》："'滿'，當依汪本作'漏'。"

楊氏《補正》："作'漏'與《賈子新書・春秋》篇合。《新序・刺奢》篇：'周諺曰：囊漏貯（儲之借字）中。'《宋書・范泰傳》：'泰又諫曰：故囊漏貯中，識者不吝。'《南齊書・顧憲之傳》：'乃囊漏不出貯中。'並作'漏'。"

鈴木《黄本校勘記》、張氏《考異》、李氏《斠詮》並校"滿"作"漏"。

【按】元明諸本多作"漏"，梅本作"滿"，與何本合，黄氏從之。

此當從元至正本等作"漏"，二字形近致訛。黄氏輯注出條目即作"囊漏儲中"。《新書・春秋》："汝知小計而不知大會。周諺曰'囊漏貯中'，而獨弗聞與？"《晉書・段灼傳》："譬猶囊漏貯中。"此舍人所本。

㊳《太誓》曰。

"太"，隆慶本作"大"。　周振甫曰："當作'牧'。《書・牧誓》：'（武）王曰：古人有言曰：牝雞無晨。牝雞之晨，惟家之索。'"　"曰"，元至正本、馮鈔元本、黄傳元本、弘治本、弘治活字本、汪本、佘本、隆慶本、張本、王批本、訓故本、文淵本無。　兩京本作"云"。　徐𤊹"誓"下補"曰"字，張紹仁校同。　沈臨何校本"誓"下補"曰"。

林氏《集校》："周説是。'曰'字亦當有。"

王氏《校證》："上下文俱作'云'，作'云'字是。"

李氏《斠詮》校"曰"作"云"。

【按】元明諸本多無"曰"字，梅本有"曰"字，與何本、謝鈔本合，黃氏從之。

王說是，"曰"從兩京本作"云"較長。"太"字，周氏據《尚書·牧誓》校作"牧"，可從，作"太（泰）誓"，蓋舍人誤記。

㊴《詩》《書》可引者也。

"可"，訓故本作"所"，楊慎《古今諺》引同。　沈臨何校本改"所"爲"可"，云："'可'，疑作'所'，原改。"

李氏《斠詮》、林氏《集校》並從訓故本。

【按】"可"當從訓故本作"所"，二字形近致訛。《銘箴》篇："信所謂追清風於前古。""所"，唐寫本、《御覽》引作"可"，是二字形近易訛之證。下文"夫文辭鄙俚，莫過於諺，而聖賢詩書，採以爲談"，即是古諺被《詩》《書》所引。如作"可"，則語意相反矣。

㊵　觀此四條。

"四"，黃校："疑作'數'。"　顧廣圻云："'四'，疑作'數'。"　范文瀾云："'四條'，疑當作'六條'。"

徐氏《正字》："上文云：'書記廣大，衣被事體，筆劄雜名，古今多品。'云云，則'四'疑當作'六'。"

楊氏《補正》："'四'字固誤，然'數'、'六'二字之形與'四'均不近，恐難致誤。疑原作'衆'，非舊本殘其下段，即寫者偶脫，故誤爲'四'耳。"

王氏《校證》："'四'乃'衆'之壞文。《檄移》篇'凡此衆條'，《銘箴》篇'詳觀衆例'，《樂府》篇'觀其北上衆引'，《誄碑》篇'周胡衆碑'，句法與此相同，俱用'衆'字，今據改。又《諸子》篇'衆理可貫'、《事類》篇'衆美輻輳'，《附會》篇'衆理雖繁'，'衆'字用法亦同。"

李氏《斠詮》從楊氏，校"四"作"衆"。

【按】楊、王兩說疑是，"四"作"衆"義長。《宋書·律曆志下》："凡此衆條，或援謬目譏，或空加抑絶。"可資旁證。《廣韻·送韻》："衆，多也。"又訓許多。《莊子·齊物論》："衆狙皆怒。"《史記·孝武本紀》："鼎大異於衆鼎。"則"衆條"猶言多條。

文心雕龍校箋卷六

神思第二十六

　　古人云："形在江海之上，心存魏闕之下。"神思之謂也。文之思也，其神遠矣。故寂然凝慮，思接千載；悄焉動容，視通萬里；吟詠之間，吐納珠玉之聲；眉睫之前，卷舒風雲之色：其思理之致乎？故思理爲妙，神與物遊。神居胸臆，而志氣統其關鍵；物沿耳目，而辭令管其樞機。樞機方通，則物無隱貌；關鍵將塞，則神有遯心。是以陶鈞文思，貴在虛靜，疏瀹五藏，澡雪精神。積學以儲寶，酌理以富才，研閱以窮照，馴致以懌辭，①然後使元解之宰，②尋聲律而定墨；獨照之匠，闚意象而運斤：此蓋馭文之首術，謀篇之大端。

　　夫神思方運，萬塗競萌，規矩虛位，刻鏤無形。登山則情滿於山，觀海則意溢於海，我才之多少，將與風雲而並驅矣。方其搦翰，氣倍辭前，暨乎篇成，③半折心始。何則？意翻空而易奇，言徵實而難巧也。是以意授於思，言授於意，密則無際，疏則千里。或理在方寸，而求之域表；或義在咫尺，而思隔山河。是以秉心養術，④無務苦慮，含章司契，不必勞情也。

　　人之稟才，遲速異分，文之制體，大小殊功。相如含筆而腐毫，⑤揚雄輟翰而驚夢，桓譚疾感於苦思，王充氣竭於思慮，⑥張衡研《京》以十年，左思練《都》以一紀，雖有巨文，亦思之緩也。淮南崇朝而賦《騷》，枚皋應詔而成賦，子建援牘如口誦，仲宣舉筆似宿構，阮瑀據案而制書，⑦禰衡當食而草奏，雖有短篇，亦思之速也。若夫駿發之士，

心總要術，敏在慮前，應機立斷；覃思之人，情饒歧路，⑧鑒在疑後，研
慮方定。機敏，故造次而成功；慮疑，故愈久而致績。難易雖殊，並資
博練。若學淺而空遲，才疏而徒速，以斯成器，未之前聞。是以臨篇
綴慮，必有二患：理鬱者苦貧，辭溺者傷亂。然則博見爲饋貧之糧，⑨
貫一爲拯亂之藥，博而能一，亦有助乎心力矣。

若情數詭雜，體變遷貿，拙辭或孕於巧義，庸事或萌於新意，視布
於麻，雖云未費，⑩杼軸獻功，焕然乃珍。⑪至於思表纖旨，文外曲致，
言所不追，筆固知止。至精而後闡其妙，至變而後通其數，伊摯不能
言鼎，輪扁不能語斤，其微矣乎！

贊曰：神用象通，情變所孕。物以貌求，⑫心以理應。⑬刻鏤聲律，
萌芽比興。結慮司契，垂帷制勝。

校箋

① 馴致以懌辭。

“懌”，黃校：“一作‘繹’。”　元至正本、馮鈔元本、黃傳元本、弘治本、弘治
活字本、汪本、佘本、隆慶本、張本、兩京本、胡本、王批本、訓故本、梅六次本、梅
七次本、薈要本、文淵本、文溯本、文津本、文瀾本、張松孫本作“繹”，《子苑》三
二、《荊川稗編》七五、《喻林》八八、湯氏《續文選》二七、胡氏《續文選》十二、《文
儷》十三引同。　張紹仁校“繹”作“懌”。　張爾田圈點“繹”字。

楊氏《補正》：“‘繹’字是。‘繹’，理也（《方言》六），尋繹也（《文選·王襃
〈四子講德論〉》李注引馬融《論語》注）。‘懌’，説也（《説文》新附）。此當作
‘繹’，始能與上句‘研閲以窮照’句相承。”

王氏《校證》、張氏《考異》、李氏《斠詮》、詹氏《義證》並校“懌”作“繹”。

【按】梅氏萬曆初刻本及復校本作“懌”，與何本、謝鈔本合，梅氏天啓二本
改作“繹”，黃氏仍從初刻本。

“懌辭”，猶言悦怡於文辭，於義可通，然相較之下，此從元至正本等作“繹”
較長。《説文·糸部》：“繹，抽絲也。”《方言》六：“繹，理也。”郭璞注：“繹，言解
繹也。”引申爲連續不絕。《説文·糸部》段玉裁注：“繹，引申爲凡駱驛、温尋之
稱。”《論語·八佾》：“繹如也。”朱熹注：“相續不絕也。”《慧琳音義》“尋繹”注引

《方言》："繹,卷舒也。"

　　舍人此意本於陸機《文賦》："其始也,皆收視反聽,……其致也,情曈曨而彌鮮,物昭晰而互進,……於是沈辭怫悦,若游魚銜鈎而出重淵之深;浮藻聯翩,若翰鳥纓繳而墜曾雲之峻。……然後選義按部,考辭就班。"舍人之"研閲以窮照",即陸機之"收視反聽";"馴致以繹辭",即陸機"其致也"以下述心中辭藻浮現之狀;"然後使玄解之宰,尋聲律而定墨"云云,即陸機"然後"以下所述具體行文之狀。

　　② **然後使元解之宰。**

　　"元",元至正本、馮鈔元本、黄傳元本、弘治本、弘治活字本、汪本、佘本、隆慶本、張本、兩京本、胡本、何本、王批本、訓故本、謝鈔本、初刻梅本、復校梅本、凌本、合刻本、梁本、秘書本、梅六次本、梅七次本、彙編本、別解本、抱青閣本、尚古本、岡本、薈要本、文淵輯注本、文淵本、文溯本、文津本、文瀾本、崇文本作"玄",《子苑》三二、湯氏《續文選》二七、胡氏《續文選》十二、《文儷》十三、《詩法萃編》引同。　張爾田圈點"玄"字。

　　【按】元明諸本均作"玄","元"字乃黄氏因避康熙帝諱而改,當改回"玄"。《莊子·養生主》："古者謂是帝之縣解。"陸德明釋文："縣,音玄。"

　　③ **暨乎篇成。**

　　楊氏《補正》："'篇成'二字當乙,始能與上句之'搦翰'相對。《宋書·范曄傳》:'(《獄中與諸甥姪書》)文章轉進,但才少思難。所以每於操筆,其所成篇,殆無全稱者。'足與此説印證。《知音》篇有'豈成篇之足深'語。"

　　李氏《斠詮》從楊氏説,校"篇成"爲"成篇"。

　　【按】楊説非是,今本文義自通,毋須改動。"篇成",謂整篇完成,寫作過程結束。"成篇",猶言整篇、全篇。作"篇成"始能與"暨"字照應。

　　④ **是以秉心養術。**

　　李氏《斠詮》依文義校作"養心秉術",云："作'秉心養術',蓋傳寫之誤倒。上文云'陶鈞文思,貴在虛靜,疏瀹五藏,澡雪精神',即是'養心'。上文謂'馭文之首術,謀篇之大端',即是'秉術'。本書之論創作方法,於斯篇開端而後,更有《養氣》與《總術》兩篇,以重申此'養心'與'秉術'之要義。心氣體用一貫,'秉'、'總'字義相通。又《養氣》篇曰:'清和其心。'《鎔裁》篇曰:'博不溺心。'心之尚養可知。《總術》篇曰:'執術馭篇。'《定勢》篇曰:'秉兹情術。'術之宜秉益顯。今顛倒其詞而曰‘秉心養術’，則不當其命意矣。”

【按】李説不可從，今本無誤。《詩·邶風·定之方中》：“秉心塞淵。”毛亨傳：“秉，操也。”又《小雅·小弁》：“君子秉心。”鄭玄箋：“秉，執也。”古常“秉心”連文。《孟子·告子上》：“出入無時，莫知其鄉，惟心之謂與？”趙岐注：“章指言秉心持正，使邪不干。”《漢書·劉向傳》：“秉心有常，發憤悃愊。”《潛夫論·卜列》：“此謂賢人君子秉心方直，精神堅固者也。”並其證。

“養”，訓保持、奉持。《玉篇零卷·食部》：“《孟子》：‘君子之所養可知已矣。’劉熙曰：‘養，守也。’”“養術”猶言擁有文術。

⑤ 相如含筆而腐毫。

“含”，《事文類聚》五、《羣書通要》己集二、《山堂肆考》一二六、《留青日札》五、《不下帶編》三引作“濡”。

楊氏《補正》：“‘含’、‘濡’二字，義並得通。”

【按】作“含”義長。“含筆”又作“含毫”，乃六朝常言。《文選·陸機〈文賦〉》：“或操觚以率爾，或含毫而邈然。”《宋書·律志序》：“每含毫握簡，杼軸忘飡。”《南齊書·文學傳論》：“蘊思含毫，遊心内運。”《魏書·李謇傳》：“含毫有思，斐然成賦。”並可作旁證。

⑥ 王充氣竭於思慮。

“思”，《事文類聚》五、《羣書通要》己集二、《山堂肆考》一二六、《留青日札》五、《不下帶編》三引作“沉”。

楊氏《補正》：“‘沉’字較勝。上云‘苦思’，此云‘沉慮’，文始相對，且複字亦避。”

王氏《校證》、張氏《考異》、李氏《斠詮》並校“思”作“沉”。

【按】楊説是，“思”當從《事文類聚》等引作“沉”。《後漢書·王充傳》：“乃閉門潛思，……著《論衡》八十五篇。”“潛思”即沉慮。

⑦ 阮瑀據案而制書。

“案”，梅校：“疑作‘鞍’。”　訓故本作“鞌”。　沈臨何校本改“案”爲“鞍”。顧廣圻云：“當作‘鞌’。”　吳翌鳳校作“鞍”。

范氏《注》：“‘案’，當依顧校作‘鞌’。”

楊氏《補正》：“‘鞌’字是。《典略》：‘太祖嘗使瑀作書與韓遂。時太祖適近出，瑀隨從，因於馬上具草。書成，呈之，太祖擥筆欲有所定，而竟不能增損。’

（《三國志·魏書·王粲傳》裴注、《書鈔》六九又一百三、《類聚》五八、《御覽》五九五引）《金樓子》：'劉備叛走，曹操使阮瑀爲書與備，馬上立成。'（《御覽》六百引）'馬上具草'、'馬上立成'，即'據窐制書'之謂。訓故本作'窐'，未誤，當據改。"

王氏《校證》、張氏《考異》、李氏《斠詮》並從訓故本。

【按】"案"當從訓故本作"鞍"，二字形聲並近而致訛。黃氏輯注出條目即作"鞍"。《玉篇·革部》："窐，亦作'鞍'。"《後漢書·馬援傳》："援據鞍顧眄，以示可用。"《三國志·魏書·滿寵傳》："昔廉頗强食，馬援據鞍。"並"據窐（鞍）"連文之證。

⑧ **情饒歧路。**

"歧"，弘治本、汪本、佘本、隆慶本、張本、兩京本、何本、王批本、初刻梅本、復校梅本、凌本、合刻本、梁本、秘書本、梅六次本、梅七次本、彙編本、別解本、抱青閣本、集成本、尚古本、岡本、文津輯注本、文淵本、文溯本、文津本、文瀾本、張松孫本、王本作"岐"，《子苑》三二、《荆川稗編》、湯氏《續文選》二七、胡氏《續文選》十二、《文儷》十三、《文通》二一、《四六法海》十引同。　傳録何沈校本改"岐"爲"歧"。

徐氏《正字》："'饒'疑當作'繞'，謂環迴也。"

楊氏《補正》："《爾雅·釋宮》：'二達謂之岐旁。'郭注：'岐道旁出也。'《釋名·釋道》：'二達曰岐旁。物兩爲岐，在邊曰旁。'《列子·說符》篇：'楊子之鄰人亡羊，既率其黨，又請楊子之豎追之。楊子曰：嘻！亡一羊，何追者之衆？鄰人曰：多岐路。''岐路'連文，即出於此。《子苑》引作'岐路'，是所見本亦作'岐'也，當據改。"

【按】梅本作"岐"，黃氏改作"歧"，與元至正本、馮鈔元本、謝鈔本合。

"歧"字可通，毋須改從，楊說非是。"歧路"、"岐路"通。《玉篇·止部》："歧，歧路也。"《列子·說符》："鄰人曰：多歧路。"（四部叢刊影北宋本）《文選·陸機〈長安有狹邪行〉》："伊洛有歧路。"李善注引《爾雅》曰："二達謂之歧旁。"又，《集韻·支韻》："歧，分也。"《文選·鮑照〈舞鶴賦〉》："臨歧矩步。"李善注："歧，歧路也。"

徐氏疑"饒"當作"繞"，非是。《玉篇·食部》："饒，豐也。"《廣雅·釋詁三》："饒，多也。"此與上文"要"字對舉，謂感情豐富。

⑨ **然則博見爲饋貧之糧。**

"見"，黄校："一作‘聞’。"　元至正本、馮鈔元本、黄傳元本、弘治本、弘治活字本、汪本、佘本、隆慶本、張本、兩京本、胡本、何本、訓故本、謝鈔本、初刻梅本、復校梅本、凌本、合刻本、梁本、秘書本、梅六次本、梅七次本、彙編本、别解本、抱青閣本、集成本、尚古本、岡本、薈要本、文淵本、文溯本、文津本、文瀾本、張松孫本、王本、崇文本作"聞"，《子苑》三二、湯氏《續文選》二七、胡氏《續文選》十二、《文儷》十三、《詩法萃編》引同。　王批本作"文"。　沈臨何校本改"聞"爲"見"。　譚獻云："黄本作‘見’。"

楊氏《補正》："元明各本皆作‘聞’，其義自通。"

詹氏《義證》："《事類》篇：‘然學問膚淺，所見不博。……斯則寡聞之病也。……夫經典沈深，載籍浩瀚，實羣言之奥區，而才思之神皋也。……是以將贍才力，務在博見。’可見‘博見’是見聞廣博。《奏啓》篇：‘博見足以窮理。’"

【按】元明諸本皆作"聞"，與上文"未之前聞"字複，黄氏據何校本改作"見"，於義較長，諸本《御覽》五八五引亦作"見"。王批本作"文"，蓋"見"先訛作"聞"，後以聲近訛作"文"。

《奏啓》篇："博見足以窮理。"《漢書·劉歆傳》："父子俱好古，博見强志。"《論衡·别通篇》："使人通明博見。"《抱朴子内篇·微旨》："欲令多聞而體要，博見而善擇。"《高僧傳·釋慧觀傳》："十歲便以博見馳名。"並"博見"連文之證。又《事類》篇："然學問膚淺，所見不博。"亦可爲"博"、"見"搭配之證。

⑩ **雖云未費。**

《類要》三二引作"雖宋弗見"。　元至正本、馮鈔元本、黄傳元本、弘治本、弘治活字本、汪本、佘本、隆慶本、兩京本作"雖未費"，《荆川稗編》七五引同。梅六次本、梅七次本作"雖云未貴"，集成本、張松孫本同。　《喻林》八八引作"雖未足貴"。　徐𤊽校作"雖云未貴"。　沈臨何校本"雖"下補"云"字。　傳録何沈校本"貴"旁過録"費"字。　張紹仁校作"雖云未費"。

鈴木《黄本校勘記》："‘費’疑作‘貴’。"

楊氏《補正》："織麻爲布，其質仍是麻，故云‘未費’。《類要》所引雖有脱誤（‘雖’下脱‘云’字，‘宋’爲‘未’之譌），然‘弗見’二字由‘費’致誤之跡則甚明顯。"

張氏《考異》："從‘費’是。"

【按】梅氏萬曆初刻本及復校本作"費",與張本、何本、王批本、訓故本、謝鈔本合,梅氏天啓二本改作"貴",黃氏仍從初刻本。

此作"費"自通,毋須改字,《子苑》三二引亦作"費"。作"貴"與下文"珍"義複。《莊子·天下》:"徐而不費。"成玄英疏:"費,損也。"《慧琳音義》五一"無費"注引《埤蒼》:"費,損也。"則舍人云"未費",猶言未損耗。如改作"貴",則與下文"焕"義複,鈴木説不可從。

⑪ **焕然乃珍。**

《類要》三二引作"燥然而殊"。

【按】《類要》引非是,"燥"、"殊"蓋並"焕"、"珍"之形訛。"珍"字承"焕"字而來。《文選·班固〈東都賦〉》:"賤奇麗而不珍。"吕延濟注:"珍,貴也。"又訓美。王延壽《魯靈光殿賦》:"苟可貴其若斯,孰亦有云而不珍。"詁此正合。

⑫ **物以貌求。**

【按】諸家於此無校。然"求"字於義難通,疑當爲"來"字之誤。"求"、"來"草書形近易訛。如《逸周書》:"王若欲求天下民。"王念孫《讀書雜志》云:"求,當爲'來'。"《尚書·吕刑》:"惟貨惟來。"陸德明釋文"來"作"求";《吕氏春秋·驕恣》:"而鸞繳來之。""來"《説苑》作"求"。並其證。

"求",訓索、覓、請、取、責,詁此均不合。"求"又訓應。如《易·繫辭下》:"定其交而後求。"《文言》:"同聲相應,同氣相求。"《雜卦》:"或與或求。"焦循章句:"求,應也。"用以詁此,則與下文"應"義複。

劉勰此一句式當本於嵇康《難張遼叔自然好學論》:"情變鬱陶,而發其蒙,事以末來,情以本應。"可爲原本當作"來"之有力旁證。古人恒以"來/應"論心物關係。如《史記·樂書》:"應感起物而動。"張守節正義:"心觸感來,起動應之。"蕭子顯《自序》:"……風動春朝,月明秋夜,早雁初鶯,開花落葉,有來斯應,每不能已。"(《梁書·蕭子顯傳》)《文選·王巾〈頭陁寺碑文〉》:"夫幽谷無私,有至斯響;洪鐘虚受,無來不應。"謝朓《明皇帝謚策文》:"咸以爲無名以化,則言繫莫宣其道,有來斯應,則影響庶圖其功。"(《藝文類聚》十四引)《莊子·天地》:"萬物孰能定之。"成玄英疏:"喻彼明鏡,方兹虚谷,物來斯應,應而無心,物既脩短無窮,應亦方圓無定。"又《天運》:"世疑之,稽於聖人。"成玄英疏:"夫聖人者,譬幽谷之響,明鏡之象,對之不知其所以來,絶之不知其所以往,物來斯應,應而忘懷,豈預前作法而留心應世?"又《田子方》:"效物而動。"成玄英疏："夫至聖虛凝，感來斯應，物動而動，自無心者也。"並"來"、"應"對舉，謂物象來現，心以應之。"來"，訓至，《詩·小雅·采薇》："我行不來。"毛亨傳："來，至也。""物以貌來"，謂"意象"呈現於心。正文云"神思方運，萬塗競萌"，即萬象並生於心。

又，《禮記·樂記》："應感起物而動，然後心術形焉。"《南齊書·文學傳論》："事出神思，感召無象。"舍人論内心感物而動，形成"意象"，可與此互參。

⑬ 心以理應。

"應"，黄校："汪作'勝'。"　元至正本、黄傳元本、弘治本、弘治活字本、汪本、佘本、隆慶本、兩京本、胡本、王批本、訓故本、文淵本、文瀾本作"勝"，《文儷》十三引同。　文溯本、文津本作"媵"。　徐燉云："用韻重一'勝'字。"　傳録何沈校本"應"旁過録"媵"字。　張紹仁校"勝"作"應"。

楊氏《補正》："作'勝'，與下'垂帷制勝'句複，非是。……'媵'是也。《爾雅·釋言》：'媵，送也。''心以理媵'，與上句'物以貌求'，文正相應。'媵'與'勝'形近易誤。《章句》篇'追媵前句之旨。'元本等亦誤'媵'爲'勝'，與此同。《附會》篇：'若首唱榮華，而媵句憔悴。'是舍人屢用'媵'字也。"

王氏《校證》："'勝'疑'媵'誤。"

張氏《考異》："'勝'字重韻，從'應'是。"

詹氏《義證》從黄本作"應"，云："《校注》《校證》均謂'應'字當作'媵'，解説迂曲，今所不取。"

【按】元明諸本多作"勝"，梅本作"應"，與馮鈔元本、張本、何本、謝鈔本合，黄氏從之。

作"應"自通，楊、王兩説非是。"應"，訓接應、回應，與上句"求（來）"對文。參見上條校。

體性第二十七

夫情動而言形，理發而文見，蓋沿隱以至顯，因内而符外者也。然才有庸儁，氣有剛柔，學有淺深，習有雅鄭，並情性所鑠，①陶染所凝，是以筆區雲譎，文苑波詭者矣。故辭理庸儁，莫能翻其才；風趣剛柔，寧或改其氣；事義淺深，未聞乖其學；體式雅鄭，鮮有反其習：各師成心，其異如面。

若總其歸塗，則數窮八體：一曰典雅，二曰遠奧，三曰精約，四曰顯附，五曰繁縟，六曰壯麗，七曰新奇，八曰輕靡。典雅者，鎔式經誥，②方軌儒門者也。遠奧者，馥采典文，③經理元宗者也。④精約者，覈字省句，剖析毫釐者也。⑤顯附者，辭直義暢，切理厭心者也。繁縟者，博喻釀采，⑥煒燁枝派者也。壯麗者，高論宏裁，卓爍異采者也。⑦新奇者，擯古競今，危側趣詭者也。輕靡者，浮文弱植，縹緲附俗者也。故雅與奇反，奧與顯殊，繁與約舛，壯與輕乖，文辭根葉，苑囿其中矣。

若夫八體屢遷，功以學成，才力居中，肇自血氣。氣以實志，志以定言，吐納英華，莫非情性。是以賈生俊發，⑧故文潔而體清；長卿傲誕，故理侈而辭溢；子雲沈寂，故志隱而味深；子政簡易，故趣昭而事博；⑨孟堅雅懿，故裁密而思靡；平子淹通，故慮周而藻密；仲宣躁銳，⑩故穎出而才果；公幹氣褊，⑪故言壯而情駭；嗣宗俶儻，故響逸而調遠；叔夜儁俠，故興高而采烈；安仁輕敏，故鋒發而韻流；士衡矜重，故情繁而辭隱：觸類以推，表裏必符，豈非自然之恒資，才氣之大略哉？

夫才有天資，⑫學慎始習，斲梓染絲，功在初化，器成綵定，難可翻移。故童子雕琢，⑬必先雅製，沿根討葉，思轉自圓，八體雖殊，會通合數，得其環中，則輻輳相成。⑭故宜摹體以定習，因性以練才，文之司南，用此道也。

贊曰：才性異區，文辭繁詭。⑮辭爲膚根，⑯志實骨髓。雅麗黼黻，淫巧朱紫。⑰習亦凝真，⑱功沿漸靡。

校箋

① 並情性所鑠。

"鑠"，元至正本、馮鈔元本、黃傳元本、弘治本、弘治活字本、汪本、佘本、隆慶本、張本、兩京本、胡本、王批本、訓故本、薈要本、文淵本、文溯本、文津本、文瀾本作"爍"。　　顧廣圻校"鑠"作"爍"。

楊氏《補正》:"《孟子·告子上》:'仁義禮智,非由外鑠我也,我固有之也。'趙注:'仁義禮智,人皆有其端,懷之於內,非從外消鑠我也。'此'鑠'字義當與之同。作'爍'非。"

張氏《考異》:"爍與鑠通,《周禮·冬官·考工記》:'爍金以爲刃。'釋文:'義當作鑠。'《史記·張儀傳》:'衆口鑠金。'《説文》:'銷也。'"

【按】元明諸本多作"爍",梅本作"鑠",與何本、謝鈔本合,黃氏從之。

"爍"、"鑠"於"銷"義可通,毋須改字,楊説未確。《説文·金部》:"鑠,銷金也。"《國語·周語下》:"衆口鑠金。"韋昭注:"鑠,銷也。"《説文·金部》朱駿聲通訓定聲:"鑠,字亦作'爍'。"《莊子·胠篋》:"下爍山川之精。"成玄英疏:"爍,銷也。"

② **鎔式經誥。**

李氏《斠詮》校作"鎔經式誥",云:"審下文'複采曲文'相對句乙正。本節詮釋八體之特質皆兩兩麗辭對仗,此處不應例外。所謂'鎔經',即《變騷》篇'取鎔經旨'、《風骨》篇'鎔鑄經典之範'之義。'式者,則也。'見《書記》篇。誥,與典謨訓誓命同爲《尚書》之六體。所謂式誥,即《章表》篇'章式炳賁,志在典謨'之類也。前後所用詞彙一致。"

【按】李説不可從,今本無誤。"鎔式經誥"與下文"方軌儒門"對文,如李氏所言,則句法既不能相儷,語勢亦不順。"經誥"連文,如《通變》篇:"矯訛翻淺,還宗經誥。"又作"典誥",如《辨騷》篇:"稱湯武之祗敬,典誥之體也。"

③ **馥采典文。**

王惟儉標疑"馥"字。

范氏《注》:"'馥',當作'複'。《總術》篇云:'奧者複隱。'"

劉氏《校釋》:"疑'馥'當作'複','典'當作'曲',皆字形之誤。複者,隱複也;曲者,深曲也。談玄之文,必隱複而深曲,《徵聖》篇論《易經》有'四象精義以曲隱'可證。舍人每以複、隱、曲、奧等詞連用,如《原道》篇'鬯辭炳曜'、'符采複隱',《練字》篇'複文隱訓',《徵聖》篇'精義曲隱',《總術》篇'奧者複隱',《隱秀》篇'隱以複意爲工',又'深文隱蔚,餘味曲包',《序志》篇'或有曲意密源,似近而遠',皆可證此篇所謂'遠奧'之義。"

楊氏《補正》:"'馥'當作'複'。《文心》全書中僅此處用一'馥'字,殊爲可疑。與文意亦不合。”

王氏《校證》：“‘馥采典文’疑作‘複采曲文’，‘馥’‘複’、‘典’‘曲’，皆形近之譌。《練字》篇‘複文隱訓’，句法同。又《原道》篇‘符采複隱’，‘複曲’與‘複隱’義近。”

李氏《斠詮》校作“複采曲文”。

【按】諸說是，疑此文當作“複采曲文”。“複”與“馥”、“典”與“曲”並形近致訛。《總術》篇：“詭者亦典。”何焯校：“‘典’字有訛。”楊氏《校注》、劉氏《校釋》皆疑爲“曲”之誤。“曲”，訓隱蔽、隱曲。《廣韻·燭韻》：“曲，委曲也。”《詩·秦風·小戎》：“亂我心曲。”朱熹注：“心曲，心中委曲之處也。”舍人屢用此義。如《奏啓》篇：“昭明心曲。”《隱秀》篇：“餘味曲包。”此處之“繁複”、“深曲”、“玄遠”皆照應“遠奧”二字。

④ **經理元宗者也。**

“元”，元至正本、馮鈔元本、黃傳元本、弘治本、弘治活字本、汪本、佘本、隆慶本、張本、兩京本、何本、王批本、謝鈔本、初刻梅本、復校梅本、凌本、合刻本、梁本、秘書本、梅六次本、梅七次本、別解本、抱青閣本、尚古本、岡本、薈要本、文淵輯注本、文淵本、文溯本、文津本、文瀾本、崇文本作“玄”，《子苑》三二引同。

【按】元明諸本皆作“玄”，作“元”者，乃黃氏因避康熙帝諱而改，當改回“玄”字。《文選·王儉〈褚淵碑文〉》：“眇眇玄宗。”鍾嶸《詩品》：“（郭璞詩）但遊仙之作，辭多慷慨，乖遠玄宗。”《江文通文集·張令爲太常領國子祭酒詔》：“必能闡揚玄宗。”《顏氏家訓·勉學》：“何晏王弼，祖述玄宗。”並“玄宗”連文之證。

⑤ **剖析毫釐者也。**

李氏《斠詮》校作“剖毫析釐者也”，云：“審下文‘切理厭心’相對句乙正。《麗辭》篇：‘聯字合趣，剖毫析釐。’其句法可證。《抱朴子》有‘剖毫析芒’之句，爲彥和所本。”

【按】李說不可從，今本無誤，《子苑》三二引亦同。此句與“方軌儒門者也”、“經理元宗者也”、“煒燁枝派者也”、“卓爍異采者也”句法一律。

⑥ **博喻釀采。**

“釀”，兩京本、胡本作“讓”，《子苑》三二引同。

劉氏《校釋》：“‘釀’疑‘醲’誤。醲，酒厚也，與博義相應。”

楊氏《補正》：“《説文・酉部》：‘醲，厚酒也。’《廣雅・釋詁三》：‘醲，厚也。’《玉篇・酉部》：‘醲，厚酒。’《廣韻・三鍾》：‘醲，厚酒。’是‘釀’當作‘醲’。始合文意。”

王氏《校證》校“釀”作“醲”，云：“‘醲’與‘博’義相應。《時序》篇有‘濃采’語，一本作‘醲采’。”

【按】諸説是，“釀”疑當作“醲”，形近而誤。作“讓”者，蓋由“釀”字致訛。“醲采”與“博喻”平列，句法與上文“複采曲文”同。《説文・酉部》：“釀，醖也。作酒曰釀。”如作“釀采”，則成動賓結構，與上文句法不協。

《時序》篇：“澹思濃采。”“濃”與“醲”聲義可通。《廣韻・鍾韻》：“濃，厚也。”《廣雅・釋詁三》：“醲，厚也。”故“醲采”即“濃采”。又，《鎔裁》篇：“斟酌濃淡。”“濃”字亦形容文采之多少，可證此“醲采”連文爲不誤。

⑦ 卓爍異采者也。

“爍”，謝鈔本作“鑠”。　顧廣圻校“爍”作“鑠”，張紹仁校同。

楊氏《補正》：“‘卓’，疑‘焯’之誤。《文選・揚雄〈羽獵賦〉》：‘隋珠和氏，焯爍其陂。’李注：‘焯，古灼字。’左思《蜀都賦》：‘符采彪炳，暉麗灼爍。’劉注：‘灼爍，豔色也。’嵇康《琴賦》：‘華容灼爍，發采揚明。’《古文苑・宋玉〈舞賦〉》：‘珠翠灼爍而照曜兮。’章注：‘灼爍，鮮明貌。’張衡《觀舞賦》：‘光灼爍以發揚。’並其證。”

【按】楊校不可從，作“卓”自通，不煩改字，《子苑》三二、《文通》二一、《雅倫》二〇引亦並作“卓”。“卓”、“焯”於“明”義可通。《廣雅・釋詁》：“卓，明也。”王念孫疏證：“卓之言灼灼也。”《説文・匕部》朱駿聲通訓定聲：“卓，假借又爲‘焯’。”

“爍”字無誤。《説文新附・火部》：“爍，灼爍，光也。从火，樂聲。”“卓爍”即“灼爍”，訓光明，此當解作閃爍、閃耀。“爍”通“鑠”。《方言》二：“䁮瞳之子，宋衛韓鄭之間曰鑠。”郭璞注：“鑠，言光明也。”《玄應音義》七“鑠如”注：“鑠，閃鑠也。”故謝鈔本作“鑠”亦通。

⑧ 是以賈生俊發。

范氏《注》：“《神思》篇‘駿發之士’，此‘俊’字疑當作‘駿’。”

楊氏《補正》：“《宋書・謝靈運傳論》（按，當作《南史・謝靈運傳》）：‘縱橫俊發，過於延之。’《高僧傳・唱導論》：‘辭吐俊發。’是作‘俊’亦可。”

【按】范説非，楊説是，作"俊"自通，毋須改字。"駿"、"俊"通。《尚書·皋陶謨》："俊乂在官。"孫星衍今古文注疏："'俊'與'駿'同，《釋詁》云：大也。"《爾雅·釋詁》："駿，大也。"邵晉涵正義："駿，又通作'俊'。"《高僧傳·釋法度傳》："（法開）亦清爽俊發，善爲談論。"又《竺道生傳》："神色開朗，德音俊發。"《南史·江祿傳》："神明俊發。"《北齊書·盧潛傳》："（盧思道）神情俊發。"並"俊發"連文之證。

⑨ **故趣昭而事博。**

王氏《綴補》："博與'簡易'相反，義頗難通。'博'，疑本作'傅'，'傅'與'附'同，謂切附也。'事傅'猶言'事切'耳。"

【按】王説不可從，今本作"博"自通，訓通、明。《玉篇·十部》："博，通也。"《文選·孔稚圭〈北山移文〉》："既文既博。"張銑注："博，大通也。"《諸子》篇："博明萬事爲子。""博明"，猶言通明。"事博"，即事理通明。

⑩ **仲宣躁鋭。**

范氏《注》："《程器》篇：'仲宣輕脆以躁競。'此'鋭'疑是'競'字之誤。《魏志·杜襲傳》：'（王）粲性躁競。'此彦和所本。"

楊氏《補正》："以《程器》篇'仲宣輕脆以躁競'譣之，'鋭'疑'競'之誤。《三國志·魏志·杜襲傳》：'粲彊識博聞，故太祖游觀出入，多得驂乘；至其見敬，不及洽、襲。襲嘗獨見，至於夜半。粲性躁競，起坐曰：不知公對杜襲道何等也？'據此，應作'競'必矣。《嵇中散集·養生論》：'今以躁競之心，涉希靜之塗。'《抱朴子外篇·嘉遯》篇：'標退靜以抑躁競之俗。'《隋書·儒林·劉炫傳》：'炫性躁競。'《顏氏家訓·省事》篇：'世見躁競得官者，便謂弗索何獲？'亦並以'躁競'爲言。"

王氏《校證》、李氏《斠詮》並校"鋭"作"競"。

【按】范、楊兩説是，"躁"疑當作"競"。《文選·嵇康〈琴賦〉》："懲躁雪煩。"李善注："窈窕之聲，足以懲止躁競，雪蕩煩懣也。"《南史·王弘傳論》："僧達猖狂成性，元長躁競不止。"並"躁競"連文之證。

⑪ **公幹氣褊。**

徐爌云："'氣褊'二字恐誤。"

楊氏《補正》："《文選·謝靈運〈擬鄴中集詩序〉》：'（劉）楨卓犖偏人，而文最有氣，所得頗經奇。'李注引潘勗《玄達賦》曰：'匪偏人之自讚，訴諸衷於來哲。'李周翰注：'偏人，謂文才偏美於人。'《文士傳》：'劉楨辭氣鋒烈，莫有折者。'(《御覽》三八五引)《詩品》上：'劉楨詩，其源出古詩，仗氣愛奇，動多振絕。'上所引者，均足證'褊'字有誤，當以作'偏'爲是。《詩·魏風·葛屨序》'其君儉嗇褊急'孔疏：'褊急，言性躁。'釋此與文意不符。"

【按】楊說非是，作"褊"自通，訓"褊急"，改"偏"則非。此言"氣"褊，而"偏人"乃指偏美之人，與"氣"無關。如《明詩》篇："兼善則子建、仲宣，偏美則太沖、公幹。"《文選·謝靈運〈擬鄴中集詩序〉》："楨卓犖偏人。"李周翰注："謂文才偏美於人。"足證"偏才"之"偏"乃不兼備之意。此論人之氣質，當據"卓犖"意而作"褊"。"褊"，訓急、狹急。《廣韻·獮韻》："褊，衣急也。"《爾雅·釋言》："褊，急也。""褊"又作"偏"。《說文·衣部》朱駿聲通訓定聲："褊，字亦作'偏'。""偏"亦訓急，如《莊子·山木》："雖有偏心之人不怒。"陸德明釋文引《爾雅》曰："偏，急也。"可知"氣褊"即氣質褊急、性情急躁之義。楊氏所舉《詩》"其君儉嗇褊急"一例，孔疏即以"性躁"釋"褊急"。

⑫ **夫才有天資**。

范文瀾云："'有'當作'由'。"

王氏《綴補》："'有'猶'由'也。班彪《王命論》：'是故窮達有命，吉凶由人。'有、由互文，'有'與'由'同義。鍾嶸《詩品序》：'觀古今勝語，多非補假，皆有直尋。'陳學士《吟窗雜錄》本'有'作'由'，正'有'、'由'同義之證。"

【按】范校不可從，王說是，作"有"自通，毋須改字。"有"，訓因、由。《白虎通德論·封公侯》："天雖至神，必因日月之光；地雖至靈，必有山川之化。""有"與"因"爲互文，義同。"有"古讀若"以"(說見《唐韻正》)，故"有"可訓"以"。"以"，可訓由、因。《儀禮·士相見禮》："某無以見。"胡培翬正義引盛氏："以，因也。"《助字辨略》三《漢書·高帝紀》'鄉者夫人兒子皆以君'劉淇按：此'以'字，猶因也。"《戰國策·燕策二》："以女自信可也。"鮑彪注："以，猶由。"《漢書·劉向傳》："條其所以。"顏師古注："以，由也。"並其證。"有"訓"因"，猶"以"訓"因"也。

⑬ **故童子雕瑑**。

"瑑"，元至正本、馮鈔元本、黃傳元本、弘治本、汪本、佘本、隆慶本、張本、兩京本、何本、謝鈔本、初刻梅本、復校梅本、凌本、合刻本、梁本、秘書本、梅六次本、梅七次本、彙編本、別解本、抱青閣本、集成本、尚古本、岡本、文淵本、文溯本、文津本、文瀾本、張松孫本、王本、芸香堂本、翰墨園本、崇文本、掃葉本、龍谿本作"琢"，《子苑》三二引同。　沈臨何校本改"琢"爲"瑑"。　傳録何沈校本云："沈本'琢'改'瑑'。"

　　鈴木《黃本校勘記》："黃氏原本'琢'誤作'瑑'。"

　　楊氏《補正》："'瑑''琢'二字本通，然以《原道》篇'雕琢情性'及《情采》篇'雕琢其章'例之，當以作'琢'爲是。《漢書·司馬遷傳》：'(《報任安書》)今雖欲彫瑑曼辭以自解。'顏注：'瑑，刻也。音篆。'《文選》作'彫琢'。"

　　張氏《考異》："琢、瑑互通，《前漢書·董仲舒傳》：'良玉不瑑。'王校失檢，不可從。"

　　王氏《校證》、李氏《斠詮》並校"瑑"作"琢"。

　　【按】元明諸本皆作"琢"，黃本忽作"瑑"，清代諸本中唯薈要本、文淵輯注本從黃本。

　　此作"瑑"義長。沈臨何校本即作"瑑"，明其有來源，非誤刻者。"雕瑑"、"雕琢"義通。《説文·玉部》："瑑，圭璧上起兆瑑也。从玉，篆省聲。《周禮》曰：'瑑圭璧。'"字又訓文飾、雕刻。《周禮·考工記·玉人》："瑑圭璧八寸。"鄭玄注："瑑，文飾也。"《漢書·司馬遷傳》："今雖欲自彫瑑。"顏師古注："瑑，刻也。"又《董仲舒傳》："然則常玉不瑑，不成文章。""臣聞良玉不瑑，資質潤美，不待刻瑑。"顏師古注："瑑，謂彫刻爲文也。"又《揚雄傳下》："除彫瑑之巧。"顏師古注："瑑，刻鏤也。"又《王吉傳》："古者工不造琱瑑。"顏師古注："瑑者，刻鏤爲文。"又《東方朔傳》："陰奉琱瑑刻鏤之好，以納其心。"顏師古注："瑑，謂刻爲文也。"並其證。

　　此作"童子雕瑑"，亦有所本。《時序》篇云："集雕篆之軼材，發綺縠之高喻。""雕篆"，即由揚雄《法言·吾子》"童子雕蟲篆刻"之語凝練而成，指從事寫作。此文舍人云"童子雕瑑"("雕瑑"實與《時序》所云"雕篆"無異)，亦當本於揚雄之語意，黃氏、沈氏據改，可謂能知溯源者。

　　⑭則輻輳相成。

　　"輳"，元至正本、馮鈔元本、黃傳元本、弘治本、汪本、隆慶本、兩京本、王批本、訓故本、文溯本、文津本作"湊"，《子苑》三二引同。　張紹仁校"湊"作"輳"。

　　【按】梅本作"輳"，與佘本、張本、何本、謝鈔本合，黃氏從之。

"輻輳"同"輻湊"。《漢書・叔孫通傳》:"四方輻輳。"顏師古注:"輳,聚也,言如車輻之聚於轂也。字或作'湊'。"參見《書記》篇"詭麗輻輳"條校。

⑮ **文辭繁詭**。

"辭",元至正本、馮鈔元本、弘治本、汪本、佘本、隆慶本、張本、兩京本、胡本、何本、訓故本、合刻本、梁本、別解本、尚古本、岡本、薈要本、文淵本、文溯本、文津本、文瀾本、王本、崇文本作"體",《喻林》八八、《詩法萃編》同。　馮舒校作"體"。

范氏《注》:"'文辭',當作'文體',與上句'才性'相對成文。"

楊氏《補正》:"作'體'是。'辭'字蓋涉下句而誤。'體'、'性'本對言,作'辭'則非其旨矣。"

王氏《校證》校"辭"作"體",云:"'體'、'性'對言,所以敍篇題之旨,作'辭'者誤。"

李氏《斠詮》校"辭"作"體"。

【按】元明諸本多作"體",梅本作"辭",與謝鈔本合,黃氏從之。

作"辭"與下文"辭"字犯重,此當從元至正本等作"體"。正文云"體式雅鄭"、"數窮八體"、"八體屢遷"、"八體雖殊"、"故宜摹體以定習",均言"體",此作"文體",即回應之。

⑯ **辭爲膚根**。

王惟儉標疑"根"字。　范文瀾云:"'根'當作'葉'。"

楊氏《補正》:"'膚根'於此,義不可通。改'根'作'葉',恐亦非舍人之舊。《文子・道德》篇:'以耳聽者,學在皮膚;以心聽者,學在肌肉;以神聽者,學在骨髓。'《淮南子・原道》篇:'不浸於肌膚,不淪於骨髓。'《漢書・禮樂志》:'夫樂本性情,淪肌膚而臧骨髓。'又《董仲舒傳》:'仲舒對曰:故聲發於和而本於情,接於肌膚,臧於骨髓。'《抱朴子外篇・辭義》:'屬筆之家,亦各有病:……其淺者,則患乎妍而無據,證援不給;皮膚鮮澤,而骨骾迥弱也。'皆用人體爲喻,以'肌膚'、'皮膚'與'骨髓'或'骨骾'對舉,示其淺深之異。則此《贊》亦當如是。《辨騷》篇:'觀其骨骾所樹,肌膚所附。'《附會》篇'事義爲骨髓,辭采爲肌膚。'正以'肌膚'與'骨髓'或'骨骾'對。則此處之'膚根',當作'肌膚',始合文意。'根'字,蓋涉篇中兩'根'字而誤。"

户田《校勘記補》、王氏《校證》、李氏《斠詮》並校"膚根"作"肌膚"。

【按】楊説可從。"膚根",古書罕見,此文疑當作"肌膚"。篇章之成,當爲一渾然整體,如人之大體然,故舍人以"骨髓"、"肌膚"喻之。

⑰ 淫巧朱紫。

范文瀾云:"'朱紫',當作'青紫'。"

楊氏《補正》:"此與《詮賦》篇'組織之品朱紫',《定勢》篇'宮商朱紫,隨聲各配'之'朱紫',皆僅就其不同之色言(《文選·西京賦》'土被朱紫'李注:'朱紫,二色也。'),非關正色與間色也。若謂'朱'字不倫類,而改爲'青',則'青'又何嘗不是正色耶? 范説誤。"

王氏《校證》:"'朱紫'不誤,《正緯》篇'朱紫亂矣',《正緯》贊'世歷二漢,朱紫騰沸',《詮賦》篇'如組織之品朱紫',《定勢》篇'宮商朱紫,隨聲各配',用法與此同。"

【按】范説非是,"朱紫",乃偏義複詞,義在"紫",不在"朱"。此句既云"淫巧",則當指間色,而非正色,故楊氏解説亦未確。《論語·陽貨》:"惡紫之奪朱也。"孔安國注:"朱,正色;紫,間色。"

"朱紫"連文,常用作貶義。《後漢書·陳元傳》:"夫明者獨見,不惑於朱紫。"《宋書·謝朓傳》:"遂復矯構風塵,妄惑朱紫,祗貶朝政。"不爲"朱紫"所惑,即不爲"紫色"所惑。《正緯》篇:"世歷二漢,朱紫騰沸。"此"朱紫"亦當視爲偏義複詞,指不經之作。

⑱ 習亦凝真。

"凝",黃校:"一作疑。"(按,各本俱作"凝",無作"疑"者,黃氏所云,不知所據。) 沈臨何校本改"凝"爲"疑",云:"'疑',校本作'凝'。"("疑"爲沈氏藏汪本原有朱筆校字。) 傳録何沈校本"凝"旁過録"疑"字。

紀評:"'疑'字是。《莊子》:'乃疑於神。'正作'疑'字,後人或作'凝',或作'擬',皆不知妄改。"

潘氏《札記》:"當作'疑'。疑者,擬也,如也,讀如'陰疑於陽'之'疑'。"

户田《宋本考》從紀昀説。

【按】作"凝"無誤。元明清各本俱作"凝",無作"疑"者,而黃氏云"凝一作疑",蓋因"凝"字又作"疑",黃氏遂將此訓詁置於本字下,非謂元明版本有作"疑"者。抑或"凝"字左邊冫旁往往偏促於字之左上角,與"疑"字形體極近,故黃誤認爲"疑"字。

“亦”，諸家無校，然此字訓也、又，於上下文意不屬，疑原本當作“宜”，二字形近而致訛（“亦”，《廣韻》屬疑母，支部，擬音 jiɛk；“宜”，《廣韻》屬余母，昔部，擬音 ŋǐe。二字主要元音近似，或亦可致聲誤）。

“宜”，訓應當。《詩·邶風·谷風》：“不宜有怒。”《史記·酈生列傳》：“不宜倨長者。”即其義。此亦爲舍人所常用。如《章表》篇：“風矩應明，……骨采宜耀。”《奏啓》篇：“立範運衡，宜明體要。”《通變》篇：“規略文統，宜宏大體。”《指瑕》篇：“製同他文，理宜删革。”《養氣》篇：“元神宜寶。”並其例。此作“宜”，方可回應正文“故宜摹體以定習”之語意（“功沿漸靡”回應“因性以練才”句）。

“凝”，訓定。《詩·大雅·桑柔》：“靡所止疑。”毛亨傳：“疑，定也。”《廣雅·釋詁》：“凝，定也。”“真”，訓正。《字彙·目部》：“真，正也。”則“凝真”，猶言確定正向、固定正體，此句當解作：“童子作文之前，應當首先端正學習方向，確定適合自己個性之文體。”《附會》篇云：“才童學文，宜正體製。”其意與此處之“童子雕琢，必先雅製，……故宜摹體以定習”相同，適可爲此“亦”字當作“宜”之有力旁證。

而范氏《注》釋此云：“上文云‘陶染所凝’，此云‘習亦凝真’，真者，才氣之謂，言陶染學習之功，亦可凝積而補成才氣也。”是不明舍人正文之本義，直以“也”解“亦”，於理殊難通達。

風骨第二十八

《詩》摠六義，風冠其首，斯乃化感之本源，志氣之符契也。是以怊悵述情，必始乎風；沉吟鋪辭，莫先於骨。故辭之待骨，[①]如體之樹骸；情之含風，猶形之包氣。結言端直，則文骨成焉；意氣駿爽，則文風清焉。[②]若豐藻克贍，風骨不飛，則振采失鮮，負聲無力。是以綴慮裁篇，務盈守氣，剛健既實，輝光乃新，其爲文用，譬征鳥之使翼也。故練於骨者，析辭必精；深乎風者，述情必顯。捶字堅而難移，結響凝而不滯，此風骨之力也。若瘠義肥辭，繁雜失統，則無骨之徵也。思不環周，索莫乏氣，[③]則無風之驗也。昔潘勗錫魏，思摹經典，羣才韜筆，乃其骨髓峻也；[④]相如賦仙，氣號凌雲，蔚爲辭宗，迺其風力遒也。

能鑒斯要，可以定文，玆術或違，無務繁采。

　　故魏文稱：“文以氣爲主，氣之清濁有體，不可力强而致。”故其論孔融，則云“體氣高妙”；論徐幹，則云“時有齊氣”；論劉楨，則云“有逸氣”。⑤公幹亦云：“孔氏卓卓，信含異氣，筆墨之性，殆不可勝。”並重氣之旨也。夫翬翟備色，而翾翥百步，肌豐而力沉也；鷹隼乏采，⑥而翰飛戾天，骨勁而氣猛也。文章才力，有似于此。若風骨乏采，則鷙集翰林；采乏風骨，則雉竄文囿。唯藻耀而高翔，⑦固文筆之鳴鳳也。⑧

　　若夫鎔鑄經典之範，⑨翔集子史之術，洞曉情變，曲昭文體，然後能孚甲新意，⑩雕畫奇辭。昭體，故意新而不亂；曉變，故辭奇而不黷。若骨采未圓，風辭未練，而跨略舊規，馳騖新作，雖獲巧意，危敗亦多，豈空結奇字，紕繆而成經矣。⑪《周書》云：“辭尚體要，弗惟好異。”蓋防文濫也。然文術多門，各適所好，明者弗授，學者弗師，於是習華隨侈，流遁忘反。若能確乎正式，使文明以健，則風清骨峻，篇體光華。能研諸慮，何遠之有哉？

　　贊曰：情與氣偕，辭共體並。文明以健，珪璋乃騁。⑫蔚彼風力，嚴此骨鯁。才鋒峻立，符采克炳。

校箋

① 故辭之待骨。

“待”，《經史子集合纂類語》九引作“得”。

【按】“待”疑當作“得”，形近致訛。“得”，訓有（《玉篇·彳部》：“得，獲也。”）。如《聲律》篇：“聲得鹽梅。”《黃帝内經素問·至真要大論篇》：“佐以所利，資以所生，是謂得氣。”“得骨”，猶言有氣骨。《奏啓》篇：“楊秉耿介於災異，陳蕃憤懣於尺一，骨鯁得焉。”亦云“得骨”。

舍人常以“有”、“無”論文骨。如《檄移》篇：“陳琳之檄豫州，壯有骨鯁。”“相如之難蜀老，文曉而喻博，有檄移之骨焉。”《風骨》篇：“若瘠義肥辭，繁雜失統，則無骨之徵也。”皆可爲“待骨”當作“得骨”之佐證。

“辭之得骨”之義，蓋源自魏晉玄學“言意之辨”理論。王弼《周易略例·明象》云：“故言者所以明象，得象而忘言，……猶蹄者所以在兔，得兔而忘蹄；筌者所以在魚,得魚而忘筌也。……是故存言者,非得象者也;存象者,非得意者也。……然則,忘象者,乃得意者也;忘言者,乃得象者也。得意在忘象,得象在忘言。"就"言意"關係而言,舍人所謂"骨",其實即爲"意",故"辭之得骨"亦即王弼所謂"言以得象"、"言以得意"。

② **則文風清焉**。

"清",梅校:"一作'生'。"　徐燉云:"'清',一作'生'。"

斯波《補正》:"作'生'是。'生'與上句'成'爲對。"

王氏《綴補》:"作'生'義長。《莊子・人間世》篇:'天下有道,聖人成焉;天下無道,聖人生焉。'亦以'成'、'生'對言,與此同例。"

李氏《斟詮》校"清"作"生"。

【按】二家説是,"清"當從一本作"生",訓産生、生成。二字蓋聲近致訛。《易・繫辭下》:"日月相推而明生焉。""文不當,故吉凶生焉。"《管子・形勢解》:"地不易其則,故萬物生焉。"《荀子・樂論》:"凡姦聲感人,而逆氣應之,逆氣成象而亂生焉;正聲感人,而順氣應之,順氣成象而治生焉。"並"生焉"連文之證。

③ **索莫乏氣**。

"莫",梅校:"元作'課',楊(慎)改。"　元至正本、黄傳元本、弘治本、弘治活字本、汪本、佘本、隆慶本、張本、兩京本、胡本、何本、訓故本作"課",《子苑》三二引同。　王惟儉標疑"課"字。　徐燉云:"'課',一作'莫'。"　沈臨何校本標疑"索"字,云:"'索課',楊改'索莫',疑是'牽課'之誤。"　吳翌鳳云:"'索課',疑是'牽課'之誤。"

楊氏《補正》:"作'牽課'是。《養氣》篇有'非牽課才外也',正以'牽課'連文。'索'即'牽'之形誤。《宋書・孝武帝紀》:'(大明二年詔)勿使牽課虛懸。'又《謝莊傳》:'(《與江夏王義恭牋》)牽課廬癠。'《梁書・徐勉傳》:'(《誡子崧書》)牽課奉公,略不克舉。'《出三藏記集序》:'於是牽課贏恙,沿波討源。'《徐孝穆集・答族人梁東海太守長孺書》:'牽課疲朽,不無辭製。'《廣弘明集・蕭繹〈内典碑銘集林序〉》:'或首尾倫貼,事似牽課。'是'牽課'二字爲南朝常語。"

王氏《校證》校"索莫"作"牽課"。

【按】元明諸本多作"索課",楊慎改爲"索莫",與馮鈔元本、何本、謝鈔本合,梅氏、黄氏從之。

此當據何校本作"牽課","牽"、"索"、"課"、"莫",蓋因形近而致誤,楊氏《補正》所言甚是。考楊校所舉南朝用"牽課"例,此詞當訓衰疲不振。唐權德輿《權載之文集·唐故劍南東州節度副大使盧公神道碑銘并序》:"公之記室大理評事羅立言,狀公之行,將諸無容之請,牽課鄙儜,詞達而不文。"唐元稹《元氏長慶集·酬東川李相公十六韻次用本韻并啓》:"稹獨何人,享是嘉惠,輒復牽課拙劣,酬獻所賜。"可知唐人猶用"牽課"一詞。

④ 乃其骨髓峻也。

"峻",何本、凌本、合刻本、梁本、別解本、集成本、尚古本、岡本、王本、崇文本作"駿"。　翰墨園本、思賢講舍本、掃葉本作"畯"。　《詩法萃編》作"駿"。

徐氏《正字》:"'畯'當作'峻'。下文云:'則風清骨峻。'字正作'峻',當依改正。又'骨髓'髓字,亦疑當作'鯁',骨鯁謂骨幹也。骨髓言'峻',似不切合。本篇贊曰:'蔚彼風力,嚴此骨鯁。'亦以'風力'、'骨鯁'並言。又《附會》篇云:'事義爲骨髓。'宋本《御覽》引作'骨鯁',則二字固有想混者矣。"

楊氏《補正》:"'峻'固可訓爲大(《禮記·大學》鄭注),但骨可言大,而髓則不能言大;雖亦可訓爲美(《淮南子·覽冥》篇高注),然止言骨髓之美,則又未盡'結言端直'之義。其應作'鯁',必矣。贊中有'嚴此骨鯁(與鯁通)'語,尤爲切證。《附會》篇'事義爲骨髓',《御覽》五八五引作'骨鯁',是'鯁'、'髓'二字易淆之例。"

【按】徐說、楊說可從,作"鯁"始能與"峻立"搭配。《辨騷》篇:"觀其骨鯁所樹。"亦云樹立骨鯁。

梅本承元至正本等作"峻",黃氏從之,是。"峻"訓高,詁此正合。《説文·田部》:"畯,農夫也。"字可通"俊",不通"峻",故於義無取,蓋誤刻者。"駿"通"峻"。《詩·小雅·雨無正》:"不駿其德。"陳奐傳疏:"駿,同'峻'。"翰墨園本之底本芸香堂本作"峻",不誤。

⑤ 則云"有逸氣"。

"云"下,黃校:"一本有'時'字。"　元至正本、馮鈔元本、黃傳元本、弘治本、弘治活字本、汪本、佘本、隆慶本、張本、兩京本、何本、王批本、訓故本、謝鈔本、初刻梅本、復校梅本、凌本、合刻本、梁本、秘書本、梅六次本、梅七次本、彙編本、別解本、抱青閣本、集成本、尚古本、岡本、薈要本、文淵本、文溯本、文津本、文瀾本、張松孫本、王本、崇文本有"時"字,《諸子彙函》二四、《四六法海》

十、《古儷府》九、《文通》二一、《詩法萃編》引同。　馮舒云：“劉楨下‘時’
字衍。”

　　戶田《校勘記補》：“《文選·魏文帝〈與吳質書〉》云：‘公幹有逸氣。’無‘時’
字，黃氏蓋據《文選》删‘時’字。”

　　楊氏《補正》：“以魏文帝《與吳質書》諗之，當以無‘時’字爲是。諸本蓋涉
上‘時有齊氣’而衍。”

　　張氏《考異》：“‘時’字當有，沿上文句法。”

　　【按】元明諸本均有“時”字，黃氏蓋據馮校而删。然依句法，“有”上當補
一字。《三國志·魏書·王衛二劉傅傳》裴松之注引《典論·論文》作“幹時有
逸氣”。作“時”與上文重出，非是，“時”疑爲“詩”之形訛。《文選箋證》三一引
《典論·論文》即作“幹詩有逸氣”。“詩”、“時”形近，且《切韻》俱屬之部，音亦
近，故可致訛。《文選·魏文帝〈與吳質書〉》：“公幹有逸氣，但未遒耳。其五言
詩之善者，妙絕時人。”李善注：“言其詩之善者，時人不能逮也。”劉楨之詩既絕
倫，則理當有逸氣，“詩有逸氣”，蓋舍人隱括曹丕上四句之意。

　　⑥ **鷹隼乏采。**

　　“乏”，元至正本、馮鈔元本、黃傳元本、弘治本、弘治活字本、汪本、佘本、隆
慶本、王批本作“之”。　汪本、鮑本、喜多邨本《御覽》五八五引作“乏”，其餘各
本《御覽》引作“無”。　《記纂淵海》五九、《天中記》三七、《淵鑒類函》一九六引
作“無”。

　　楊氏《補正》：“‘無’字是。‘乏’乃涉下‘乏采’而誤。”

　　李氏《斠詮》校“乏”作“無”。

　　【按】梅本作“乏”，與張本、兩京本、胡本、何本、訓故本、謝鈔本合，黃氏
從之。

　　此從宋本《御覽》引作“無”義長。“無”與上文“備”字相對，“乏”蓋“无”
（“無”之或體）之形訛。“之”又“乏”之形訛。《文子》上：“行出無容，言而不文，
其衣煖而無采，其兵鈍而無刃。”可爲“無采”連文之證。

　　⑦ **唯藻耀而高翔。**

　　“唯”，諸本《御覽》五八五引並作“若”，《玉海》二〇一、《金石例》九引同。
《天中記》三七引作“者”。

　　楊氏《補正》：“‘若’與上重出，語勢亦不順，非是。”

【按】作“唯”自通，“若”字蓋涉上下文而誤。

⑧ **固文筆之鳴鳳也。**

“筆”，四庫本《御覽》五八五引作“筆”，其餘各本《御覽》引並作“章”。《記纂淵海》七五、《金石例》九、《文斷》、《文通》二一引作“章”。

楊氏《補正》：“《章句》篇‘文筆之同致也’，亦以‘文筆’爲言，則此‘筆’字不誤。”

王氏《校證》：“‘文章’承上‘文章才力’而言，作‘文章’是。”

劉氏《校釋》、李氏《斠詮》並校“筆”作章。

【按】楊説非是，“筆”與文采之“鳳”不搭配，當從宋本《御覽》引作“章”，照應上文“文章才力”。“筆”蓋“章”之形訛。

⑨ **若夫鎔鑄經典之範。**

“鑄”，黃校：“一作‘冶’。” 元至正本、馮鈔元本、黃傳元本、弘治本、弘治活字本、汪本、佘本、張本、兩京本、胡本、王批本、訓故本、謝鈔本、薈要本、文淵本、文溯本、文津本、文瀾本作“冶”，《玉海》二〇一、《金石例》九、《文斷》、《喻林》八八引同。 傳錄何沈校本“鑄”旁過錄“冶”字。

楊氏《校注》：“鑄、冶於此均通。”

楊氏《補正》從何校作“冶”。

【按】元明諸本多作“冶”，梅本作“鑄”，與何本合，黃氏從之。

此從元至正本等作“冶”義長。“冶”，訓銷。此句意爲鎔化、提煉經典之規範而爲吾所用，即秉承、依傍經典之範式而爲文，與《宗經》篇“稟經以製式”意同。此與下文“翔集子史之術，洞曉情變，曲昭文體”，並爲作文之前提條件：作文須掌握經典之文體規範，並精熟爲文之術。“洞曉情變”承“翔集子史之術”言，“曲昭文體”承“鎔冶經典之範”言。

⑩ **然後能孚甲新意。**

“孚”，黃校：“汪作‘莩’。” 元至正本、馮鈔元本、黃傳元本、弘治本、弘治活字本、汪本、佘本、隆慶本、張本、兩京本、胡本、何本、王批本、訓故本、謝鈔本、合刻本、梁本、別解本、集成本、尚古本、岡本、薈要本、文淵本、文溯本、文津本、文瀾本、王本、崇文本作“莩”，《玉海》二〇一、《金石例》九、《文斷》、《喻林》八八、《詩法萃編》引同。 凌本作“子”。 沈臨何校本改“莩”爲“孚”，云：“校本作‘莩’。”（“孚”爲沈氏藏汪本原有朱筆校字。） 傳錄何沈校本“孚”旁過錄

"莩"字。　張爾田圈點"莩"字。

楊氏《補正》："《釋名·釋天》：'甲，孚甲也，萬物解孚甲而生也。'《易·解》彖辭：'而百果草木皆甲坼。'孔疏：'百果草木皆莩甲開坼。'是'孚'、'莩'相通之證。'孚'之通'莩'，猶'包'之通'苞'也。"

【按】梅本以前諸本均作"莩"，梅氏改作"孚"，黃氏從之。

此作"孚"自通，毋須改字。《詩·小雅·大田》鄭玄箋："孚甲始生。"《禮記·月令》："其日甲乙。"鄭玄注："萬物皆解孚甲，自抽軋而出。"《白虎通德論·五行》："律中姑洗，其日甲乙者，萬物孚甲也。"並"孚甲"連文之證。

⑪豈空結奇字，紕繆而成經矣。

訓故本標疑"豈"字。　"經"，元至正本、馮鈔元本、黃傳元本、弘治本、弘治活字本、汪本、隆慶本、張甲本、張乙本、兩京本、胡本、何本、王批本、訓故本、謝鈔本、初刻梅本、復校梅本、凌本、合刻本、梁本、秘書本、梅六次本、梅七次本、彙編本、別解本、抱青閣本、集成本、尚古本、岡本作"輕"，《諸子彙函》二四、《四六法海》十、《古儷府》九、《文通》二一引同。　沈臨何校本改"輕"爲"經"。

張爾田圈點"輕"字。

范氏《注》："'紕繆成經'，'經'字不誤。經，常也，言不可爲常道。'矣'字疑當作'乎'。"

楊氏《補正》："'輕'字是，'經'則非也。'空結奇字，紕繆成輕'，殆即《體性》篇所斥'輕靡'之'輕'。"

張氏《考異》："據下文'蓋防文濫'，'輕'字是。此言空結奇字，紕繆而不爲人所重也。"

【按】元明諸本多作"輕"，黃氏從何校本而改作"經"，與佘本、張丙本合，清代諸本多從之。

訓故本於"豈"字標疑，明王氏於此句之語義已感費解，其文字當有訛誤。實則"豈"字無誤，而此文作"成經"，作"成輕"，於義均不可通，疑當作"成怪"。蓋"經"俗作"経"（《物色》篇"思經千載"之"經"，元至正本即刻作"経"），字形與"怪"形近，故原本之"怪"字遂訛作"経"，後又訛作"輕"。

第一，"成經"與"紕繆"語義矛盾。"經"，訓常，然既是"紕繆"，則不能成爲經典或恒常明矣。

第二，"成輕"連文，古書罕見，而"成怪"一詞，乃古人常言。如《定勢》篇即云:"苟異者以失體成怪。"又,《論衡·狀留篇》:"災變之氣,一朝成怪。"隋釋智顗《摩訶止觀》八上:"濫明上位,所以成怪。"宋釋贊寧《宋高僧傳》二二:"仙則修煉成怪。"明黃宗炎《周易象辭》九"初六浚恒貞凶无攸利"注:"于庸常之事理,必欲刻核而求之,乃浚其恒,而常者反成怪矣。"並其證。"怪",訓怪異、反常。《說文·心部》:"怪,異也。"《論語·述而》:"子不語怪,力,亂,神。"王肅注:"怪,怪異也。"《慧琳音義》二七"怪之":"凡奇異非常皆曰怪。""怪"字適可形容行文時"空結奇字"之不良後果。

第三,此節語意實即舍人《定勢》篇所言:"正文明白,而常務反言者,適俗故也。然密會者以意新得巧,苟異者以失體成怪。"兩段文字邏輯關係如出一轍,如改本篇之"經"爲"怪",則"空結奇字→紕繆→成怪"與《定勢》篇之"苟異→失體→成怪",恰可形成一一對應。梁庾元威《論書》:"晚途別法,貪省愛異。……無妨日有訛謬。……而今點畫失體,深成怪也。"愛異→訛謬失體→成怪,其行文理路可證此作"紕繆而成怪"之合理。又,明朱珪《名蹟錄》六:"蔡中郎石經,深可師法,後世宗尚不一,務奇成怪。"亦言尚奇異而成怪。《練字》篇:"詭異者,字體瓌怪者也。""三人弗識,則將成字妖矣。"字體詭異難識,喪失意義,則成怪成妖,與寫作上逐奇而成怪,同爲劉勰所深惡痛絕者。

第四,此處之"豈"字,楊明照先生認爲"實非疑問語氣",是也。然楊先生依《經傳釋詞》訓"其",則非是,王引之所引《國語》"大王豈辱裁之"之"豈",表期望語氣,詁此不合。仔細揣摩上下文,此"豈"字當表示進一層之意,相當於"況且"、"更何況"。如曹操《上書讓費亭侯》:"臣自三省:先臣雖有扶輦微勞,不應受爵,豈逮臣三業;若錄臣關東微功,皆祖宗之靈祐,陛下之盛德,豈臣愚陋,何能可堪?"(《藝文類聚》五一)兩"豈"字當訓"何況"。以此詁本篇之"豈",甚爲恰切。此處先言"跨略舊規,馳騖新作"者雖可"獲巧意",然其負面作用實可導致表達上"危敗亦多",進而指出更爲嚴重之弊病,即因"空結奇字"而導致"紕繆而成怪",其言外之意爲:如此行徑,更無足論矣。

⑫ **珪璋乃騁。**

"騁",元至正本、馮鈔元本、黃傳元本、弘治本、弘治活字本、汪本、佘本、隆慶本、張本、兩京本、胡本、王批本、訓故本、謝鈔本、文淵本、文津本、文瀾本作"聘"。　傳錄何沈校本"騁"旁過錄"聘"字。　張爾田圈點"聘"字。

斯波《補正》：“‘珪璋’，謂珪璋特達之才。‘騁’謂騁才，改爲‘聘’非必要。”

楊氏《補正》：“《禮記·聘義》：‘以圭璋聘，重禮也。……圭璋特達，德也。’鄭注：‘特達，謂以朝聘也。’孔疏：‘行聘之時，唯執圭璋特得通達。’又《儒行》：‘儒有席上之珍以待聘。’均足證‘騁’乃‘聘’之形誤。又按本贊上四句用勁韻，下四句用梗韻；若作‘騁’，其韻雖與梗韻通用（騁在靜韻），然‘並’字則罹旅無友矣。（‘聘’、‘騁’形近易誤，《論説》篇‘歷騁罕遇’，元本等又誤‘騁’爲‘聘’。）何焯校‘騁’爲‘聘’，是也。”

李氏《斠詮》從斯波説，云：“此‘騁’，乃孔融《薦禰衡表》所謂‘飛辯騁辭，溢氣坌涌’及《吳志·華覈傳》所謂‘飛翰騁藻，光贊時事’之‘騁’，有展露使才、馳譽文壇之義，非席珍待聘、接淅歷聘而已也。且本贊全用上聲廿三梗韻，非上四句用去聲二十四敬（勁）韻，下四句用上聲廿三梗韻。‘騁’、‘鯁’、‘炳’三字固在梗韻，‘並’之本字爲‘竝’，雖在上聲二十四迥韻，而梗、迥緊相毗鄰，古本相通。若改‘騁’爲‘聘’，即屬去聲廿四敬韻。如此，則起聯用上聲迥韻，頷聯用去聲敬韻，腰尾兩聯復轉用上聲梗韻，支離破碎，大非彦和他贊用韻一貫之成例矣。故無論就文義及韻律言，仍以舊貫不改爲勝。”

范氏《注》、王氏《校證》、張氏《考異》並校“騁”作“聘”。

【按】元明諸本多作“聘”，梅本作“騁”，與何本合，黃氏從之。

此作“聘”自通，楊説非是。“聘”蓋“騁”之形訛。“珪璋”，指内心之美質。《後漢書·劉儒傳》：“郭林宗常謂儒口訥心辯，有珪璋之質。”《世説新語·言語》：“此子珪璋特達，機警有鋒。”《三國志·蜀書·郤正傳》：“以高朗之才，珪璋之質。”舍人亦用此義。如《物色》篇云：“珪璋挺其惠心，英華秀其清氣。”此以“珪璋”、“英華”喻心、氣。

古人常言“挺珪璋”。《文選·王儉〈褚淵碑文〉》：“含珪璋而挺曜。”《晉書·陸機傳論》：“挺珪璋於秀實，馳英華於早年。”《陳書·鄱陽王伯山》：“夙挺珪璋。”“挺”，訓出（《廣雅·釋詁》：“挺，出也。”），“騁”，訓直馳、施展，亦可引申爲突出、挺出。

此句回應上文“志氣”、“情”、“氣”以及贊語“情”、“氣”，指内在之情志、氣質飛動而出。“文明以健”承上“辭共體並”而言，“珪璋乃騁”承上“情與氣偕”而言。如作“聘”，則指以珪璋聘問諸侯，忽牽扯文章之功用，與上文語意既不銜接，又不能回應正文，非是。參見《論説》篇“陰陽莫貳”條校。

通變第二十九

夫設文之體有常，變文之數無方，何以明其然耶？①凡詩賦書記，名理相因，此有常之體也；文辭氣力，通變則久，此無方之數也。名理有常，體必資於故實；通變無方，數必酌於新聲。故能騁無窮之路，飲不竭之源。然綆短者銜渴，足疲者輟塗，非文理之數盡，乃通變之術疏耳。故論文之方，譬諸草木，根幹麗土而同性，臭味晞陽而異品矣。②

是以九代詠歌，志合文則。③黃歌《斷竹》，質之至也；唐歌《在昔》，④則廣於黃世；虞歌《卿雲》，則文於唐時；⑤夏歌《雕墻》，縟於虞代；商周篇什，麗於夏年。至於序志述時，其揆一也。暨楚之《騷》文，矩式周人；漢之賦頌，影寫楚世；魏之策制，⑥顧慕漢風；晉之辭章，瞻望魏采。推而論之，⑦則黃唐淳而質，虞夏質而辨，商周麗而雅，楚漢侈而豔，魏晉淺而綺，宋初訛而新。從質及訛，彌近彌澹。何則？競今疏古，風味氣衰也。⑧今才穎之士，刻意學文，多略漢篇，師範宋集，雖古今備閱，然近附而遠疏矣。夫青生於藍，絳生於蒨，雖踰本色，不能復化。桓君山云：“予見新進麗文，美而無採；及見劉揚言辭，常輒有得。”此其驗也。故練青濯絳，必歸藍蒨，矯訛翻淺，還宗經誥。斯斟酌乎質文之間，而櫽括乎雅俗之際，⑨可與言通變矣。

夫誇張聲貌，則漢初已極，自茲厥後，循環相因，雖軒翥出轍，而終入籠內。枚乘《七發》云：“通望兮東海，虹洞兮蒼天。”相如《上林》云：“視之無端，察之無涯，日出東沼，月生西陂。”⑩馬融《廣成》云：⑪“天地虹洞，固無端涯，大明出東，月生西陂。”⑫揚雄《校獵》云：⑬“出入日月，天與地沓。”⑭張衡《西京》云：“日月於是乎出入，象扶桑於濛汜。”⑮此並廣寓極狀，而五家如一，諸如此類，莫不相循，參伍因革，通變之數也。

是以規略文統，宜宏大體，先博覽以精閱，總綱紀而攝契，然後拓衢路，置關鍵，長轡遠馭，從容按節，憑情以會通，負氣以適變，采如宛虹之奮鬐，光若長離之振翼，迺穎脱之文矣。⑯若乃齟齬於偏解，矜激乎一致，此庭間之迴驟，豈萬里之逸步哉！

贊曰：文律運周，日新其業。變則其久，⑰通則不乏。趨時必果，乘機無怯。⑱望今制奇，參古定法。

校箋

① **何以明其然耶。**

“明”，兩京本、胡本作“知”。

楊氏《補正》：“《墨子·尚同中》：‘何以知其然也？’《莊子·胠篋》篇：‘何以知其然邪？’《淮南子·人間》篇：‘何以知其然也。’並作‘知’。此處‘明’字蓋寫者據後《情采》篇改也。《子苑》三二引作‘知’，是所見本原作‘知’之切證。”

【按】楊説非是，作“明”自通，不煩改字。“何以明其然”乃古之常言。《情采》篇：“昔詩人篇什，爲情而造文，辭人賦頌，爲文而造情。何以明其然？”《漢書·梅福傳》：“天下以言爲諱，朝廷尤甚，羣臣皆承順上指，莫有執正。何以明其然也？”《後漢書·崔寔傳》：“嚴之則理，寬之則亂。何以明其然也？”《潛夫論·卜列》：“今不順精誠所向，而彊之以其所畏，直亦增病爾。何以明其然也？”並其證。

② **臭味晞陽而異品矣。**

“晞”，文瀾輯注本、翰墨園本、掃葉本作“睎”。

鈴木《黄本校勘記》：“‘睎’，當作‘晞’，黄氏原本不誤，兩廣本誤。”

徐氏《正字》：“‘睎’當作‘晞’。晞，謂曝也。《詩·湛露》曰：‘匪陽不晞。’此正用《詩》義。”

户田《校勘記補》、張氏《考異》、李氏《斠詮》並從鈴木説。

【按】此字芸香堂本作“晞”，不誤，書局紀評本、思賢講舍本均由“睎”改回“晞”，足見翰墨園本“睎”字實爲誤刻。

《方言》二：“睎，眄也。”《文選·古詩一十九首》：“引領遥相睎。”吕延濟注：“睎，望也。”詁此不合。作“晞”爲是。《説文·日部》：“晞，乾也。”《詩·小雅·湛露》：“湛湛露斯，匪陽不晞。”毛亨傳：“晞，乾也。露雖湛湛然，見陽則乾。”

又,《文選‧盧諶〈贈劉琨並書〉》:"晞陽豐條。"《南齊書‧謝朓傳》:"沐髮晞陽。"嵇康《贈秀才詩》:"抗首嗽朝露,晞陽振羽儀。"(《藝文類聚》九〇)並"晞陽"連文之證。

③ **志合文則。**

"則",梅校:"元作'財',許無念改。" 元至正本、黃傳元本、弘治本、弘治活字本、汪本、佘本、隆慶本、張本、兩京本、胡本、王批本、訓故本作"財"。 王惟儉標疑"財"字。 徐燉云:"'財',一作'則'。" 沈臨何校本改"財"爲則"。

劉永濟云:"'則'當作'別',所謂變也。"

郭氏《注譯》:"'志合',指通,即下文所謂'序志述時,其揆一也'。'文別',指變,即九代咏歌,各有不同也。"

李氏《斠詮》從劉氏說,校"則"作"別"。

【按】元明諸本多作"財",許無念改爲"則",與馮鈔元本、何本、謝鈔本合,梅氏、黃氏從之。

"則"字與下文"則廣於"、"則文於"複,依劉、郭兩說,此作"別"字於義方通,"財"、"則"蓋並"別"之形訛。

"合",訓同。《廣雅‧釋詁》:"合,同也。"《孟子‧滕文公下》:"未同而言。"趙岐注:"未同,志未合也。"焦循正義引《淮南子》高誘注:"合,同也。"此蓋舍人"志合"二字所本。"別",訓異。《廣韻‧薛韻》:"別,異也。"《禮記‧樂記》:"序,故羣物皆別。"鄭玄注:"別,謂形體異也。"此"合"、"別"之義,乃承上文"有常"、"無方"及"同"、"異"而來,又統領下文。

《淮南子‧說林》:"異形者不可合於一體。"《古文孝經‧廣要道》:"禮者,敬而已矣。"孔安國注:"是故禮經三百,威儀三千,皆殊事而合敬,異流而同歸也。""異"與"合"、"殊"與"合"對舉,可與此"別"、"合"對舉互參。

④ **唐歌《在昔》。**

黃氏《札記》:"上文'黃歌《斷竹》',下文'虞歌《卿雲》'、'夏歌《雕墻》',斷竹、卿雲、雕墻,皆歌中字,此云'在昔',獨無所徵,倘'昔'爲'蜡'之譌與?《禮記》載伊耆氏蜡辭,伊耆氏,或云堯也。"

范氏《注》:"蜡辭非歌,'在蜡'亦非句中語,或彥和時有此歌爾。"

郭氏《注譯》:"'在昔'爲'載蜡'之訛。'載蜡',即始爲蜡也。載,始也。《禮記‧郊特牲》:'伊耆氏始爲蜡。……祝曰:土反其宅,水歸其壑,昆蟲毋作,草木歸其澤。'注：'伊耆氏'，或云即帝堯也。'"

李氏《斠詮》從郭氏説作"載蜡"，云："'載蜡'即'始爲蜡祭'之意。"

【按】黃氏、郭氏之説均不可從，范説是，伊耆氏之蜡辭乃可誦讀之祝辭，與唱歎之歌不同。舍人於《祝盟》篇早云："祝史陳信，資乎文辭。昔伊耆始蜡，以祭八神，其辭云：'土反其宅，水歸其壑，昆蟲無作，草木歸其澤。'則上皇祝文，爰在兹矣。"明言此乃"祝文"，非"歌"。

⑤ **則文於唐時。**

"則"，元至正本、馮鈔元本、黃傳元本、弘治本、弘治活字本、汪本、佘本、隆慶本、兩京本、胡本、王批本、訓故本、彙編本無，《玉海》二九又一〇六、《古詩紀》別集一、《天中記》四三引同。　徐燉、張紹仁校補"則"。　馮舒圈去"則"字。

林氏《集校》："'則'字當有，與上一律。"

【按】梅氏四本之正文無"則"字，而於"雲"、"文"之間右側添有此字，與張本、何本合，黃氏從之。

有"則"字方能與上"則文於唐時"文例一致，林説是。無"則"者，蓋涉下文"夏歌《雕墻》，縟於虞代；商周篇什，麗於夏年"而誤删。

⑥ **魏之策制。**

"策"，梅校："元作'薦'，許無念改。"　黃校："一本作'篇'。"　元至正本、黃傳元本、弘治本、弘治活字本、汪本、佘本、隆慶本、張本、兩京本、胡本、王批本、薈要本、文津本作"薦"。　訓故本、梅六次本、梅七次本、張松孫本作"篇"。

徐燉校"薦"作"策"，張紹仁校同。　沈臨何校本改"薦"爲"策"。

范氏《注》："策制，應作'篇制'。"

徐氏《正字》："作'篇'字是。'薦'亦'篇'字之訛。《明詩》篇云：'江左篇製，溺乎玄風。'是其證。'制'與'製'同。"

楊氏《補正》："此當以作'篇'爲是。《明詩》篇：'江左篇製，溺乎玄風。'語式與此同，可證。其作'薦'者，乃'篇'之形誤。《樂府》篇'河間薦雅而罕御'，唐寫本又誤'薦'爲'篇'。"

張氏《考異》："從'篇'爲長，《明詩》篇：'江左篇制。'"

鈴木《黃本校勘記》、王氏《校證》、李氏《斠詮》並校"策"作"篇"。

【按】元明諸本多作"薦"，梅氏萬曆初刻本及復校本作"策"，與馮鈔元本、何本、謝鈔本合，梅氏天啓二本改作"篇"，與訓故本合，黃氏仍從初刻本。

依各家解説,此文當從訓故本、梅氏天啓二本作"篇"。"薦"、"策"蓋並"篇"之形訛。《頌讚》篇:"所以古來篇體,促而不廣。"《風骨》篇:"使文明以健,則風清骨峻,篇體光華。"《時序》篇:"於時正始餘風,篇體輕澹。"此"篇製"與"篇體"略同。

⑦ **推而論之。**

"推",元至正本、馮鈔元本、黃傳元本、弘治本、弘治活字本、汪本、佘本、隆慶本、張本、兩京本、胡本、何本、王批本、謝鈔本、初刻梅本、復校梅本、凌本、合刻本、梁本、秘書本、梅六次本、梅七次本、彙編本、別解本、抱青閣本、集成本、尚古本、岡本、文淵本、文溯本、文津本、文瀾本、張松孫本、王本作"確",《詩法萃編》同。

鈴木《黃本校勘記》:"'推'字是,揚推之意。"

楊氏《補正》:"推,揚推也。《文選·蜀都賦》:'請爲左右揚推而陳之。'劉注:'韓非有《揚推》。班固(《漢書·叙傳》下《食貨志》述)曰:揚推古今。其義一也。'李注:'許慎《淮南子(俶真)》注曰:揚推,粗略也。'《廣雅·釋訓》:'揚推,都凡也。'《廣韻·四覺》:'推,揚推,大舉。'"

張氏《注訂》:"作'確'誤,《莊子·徐無鬼》:'可不謂有大揚推乎?'注:'發揮商量也。'"

【**按**】元明諸本多作"確",黃氏養素堂初刻本從梅本作"確",此改刻本改作"推",與訓故本合,薈要本、文淵輯注本、芸香堂本、翰墨園本、崇文本、掃葉本、龍谿本並從之。

"確而論之"古書罕見,此作"推"於義較長。《魏書·崔光韶傳》:"至於人倫名教,得失之間,推而論之。"《史通·申左》:"故使今古疑滯,莫得而申者焉,必揚推而論之。"《説文解字繫傳》二一"河"字下通釋:"推而論之,其出崑崙詳矣。"宋陳揆《文則》下:"《考工記》之文,推而論之,蓋有三美。"並可爲證。

"推",訓揚推,意爲大舉、粗略。《莊子·徐無鬼》:"頡滑有實,古今不代,而不可以虧,則可不謂有大揚推乎?"陸德明釋文:"王云:推略而揚顯之。"《漢書·叙傳下》:"揚推古今,監世盈虛。"王念孫雜志:"揚推古今,猶言約略古今,非舉而引之之謂也。"

⑧ **風味氣衰也。**

"味",黃校:"一作'末'。" 梅六次本、梅七次本作"末",集成本、薈要本、張松孫本、崇文本同,《詩法萃編》同。　　徐𤊹云:"'味'字疑誤。"　　沈臨何校本標疑"味"字。

紀評:"'末'字是。"

范氏《注》引孫人和:"作'末'是也。《封禪》篇云'風末力寡',與此意同。"

潘氏《札記》:"《封禪》篇云:'攀響前聲,風末力寡。'作'風末'是。"

徐氏《正字》:"作'末'字是。《封禪》篇云:'風末力寡。'義與此近。"

劉氏《校釋》:"作'末',是也。韓安國《匈奴和親議》:'衝風之末,力不能漂鴻毛,非初不勁,末力衰也。'舍人蓋用此語。《封禪》篇有'風末力寡',語同此。"

戶田《校勘記補》、楊氏《補正》、王氏《校證》、張氏《考異》、李氏《斠詮》、牟氏《譯注》並校"味"作"末"。

【按】梅氏萬曆初刻本及復校本作"味",梅氏天啟二本改作"末",黃氏仍從初刻本。

諸家説是,此當從天啟本作"末",蓋"末"先由形近而訛作"未",又因聲同而訛作"味"。《廣雅·釋言》:"末,衰也。""風末",猶言風力不振,與"氣衰"並列。劉氏云此出於《史記·韓長孺傳》,甚是。《封禪》篇"風末力寡"之"末"亦當據《史記》解作"末端"、"末了","寡"亦當爲"衰"之形訛,句意當謂文章始盛終衰、文體愈趨愈下(參見《封禪》篇此條)。此"風末氣衰"當與彼義同。

⑨ 而櫽括乎雅俗之際。

"櫽",元至正本、馮鈔元本、黃傳元本、弘治本、弘治活字本、汪本、佘本、隆慶本、張本、何本、王批本、謝鈔本、初刻梅本、復校梅本、凌本、合刻本、梁本、秘書本、梅六次本、梅七次本、彙編本、別解本、抱青閣本、集成本、尚古本、岡本、張松孫本、崇文本作"隱",《古儷府》九引同。　　《詩法萃編》"櫽括"作"櫽栝"。

楊氏《補正》:"'櫽括'、'櫽栝'、'隱括'、'隱栝',古籍多互作(依《説文》當作'櫽栝')。然以《鎔裁》篇:'櫽括情理',《指瑕》篇'若能櫽括於一朝'證之,則此亦當作'櫽括',前後始能一律。《荀子·性惡》篇:'枸木必將待櫽栝烝矯然後直。'楊注:'櫽栝,正曲木之木也。'"

詹氏《義證》:"(櫽、隱)古籍中可通用。"

【按】梅本作"隱",黃氏養素堂初刻本從之,此改刻本改作"櫽",與兩京本、訓故本合,而黃氏輯注出條目仍作"隱"。

依楊氏説,此作"櫽"較長。《説文·木部》:"櫽,栝也。"徐鍇繫傳:"櫽,即正邪曲之器也。”《荀子・大略》：“示諸檃栝。”楊倞注：“檃栝，矯揉木之器也。”
《孔叢子・儒服》：“夫木之性，以檃括自直。”《淮南子・脩務訓》：“木直中繩，揉
以爲輪，其曲中規，檃括之力。”《抱朴子外篇・酒誡》：“是以智者嚴檃括於性
理，不肆神以逐物。”並“檃括”連文之證。古亦作“隱括”。《韓非子・難勢》：
“夫弃隱括之法，去度量之數。”《淮南子・脩務訓》：“其曲中規，隱栝之力。”《文
選・蔡邕〈郭有道碑文〉》：“隱括足以矯時。”並其證。

⑩ **月生西陂。**

孫志祖《文選考異》一“《上林賦》入乎西陂”：“《文心雕龍・通變》篇引《上
林賦》，作‘月生西陂’，然張揖注云：‘日朝出苑之東池，暮入於苑西陂中。’則不
當作‘月生’也。與馬融《廣成頌》‘大明出東，月生西陂’，辭旨自別。”

梁章鉅《文選旁證》十一“《上林賦》入乎西陂”條：“張揖注……則不當作
‘月生’也。”

范氏《注》：“據《上林賦》，‘月生西陂’，當作‘入乎西陂’。”

楊氏《補正》：“當依《上林賦》作‘入乎西陂’。此蓋寫者涉下《廣成頌》‘月
生西陂’而誤。”

李氏《斠詮》校作“入乎西陂”。

【按】范、楊兩說是，“月生”當據《上林賦》作“入乎”。

⑪ **馬融《廣成》云。**

“廣成”，元至正本、弘治本、弘治活字本、汪本、佘本、隆慶本、兩京本、何
本、合刻本、梁本、別解本、尚古本、岡本、文溯本、文瀾本、王本作“廣城”。　沈
臨何校本改“城”爲“成”，張紹仁校同。

【按】梅本作“廣成”，與馮鈔元本、張本、王批本、訓故本、謝鈔本合，黃氏
從之。

“廣城”、“廣成”同，毋須改字。參見《頌讚》篇“馬融之《廣成》《上林》”條校。

⑫ **大明出東，月生西陂。**

楊氏《補正》：“《後漢書・馬融傳》作‘大明生東，月朔西陂’，章懷注：‘朔，生
也。’此引‘生’爲‘出’、‘朔’爲‘生’，非緣舍人誤記，即由寫者涉上下文而誤。”

【按】楊說是，此文當作“大明生東，月朔西陂”。《後漢書・馬融傳》：“元
初二年，上《廣成頌》以諷諫。其辭曰：……天地虹洞，固無端涯，大明生東，月
朔西陂。”李賢注：“朔，生也。《禮記》曰：‘大明生於東，月生於西。’鄭注曰：‘大

明,日也,言池水廣大,日月出於其中也。'"此即舍人所本。《廣雅·釋詁》:"朔,始也。"又引申爲生。《釋名·釋天》:"朔,蘇也,月死復蘇生也。"《論語·八佾》:"子貢欲去告朔之餼羊。"皇侃疏:"朔者,蘇也,言前月已死,此月復生也。"李賢以"生"釋"朔",當本於此。

⑬ 揚雄《校獵》云。

"校",梅校:"當作'羽'。" 集成本作"羽"。 《文通》二一引作"羽"。

張氏《考異》、李氏《斠詮》並校"校"作"羽"。

【按】"校"當從梅校作"羽",下引文即出自揚雄《羽獵賦》。

⑭ 天與地沓。

楊氏《補正》:"'沓',當依《漢書·揚雄傳上》作'杳'。顏注:'謂苑囿之大,遙望日月皆從中出入,而天地之際杳然縣遠也。説者反以杳爲沓,解云重沓,非惟乖理,蓋已失韻。'(《文選旁證》十二、朱亦棟《羣書札記》二、胡紹煐《文選箋證》十一並有説。)今此作'沓',蓋寫者依《文選》改也。"

【按】楊説是,"沓"疑當作"杳",二字形近而訛。《楚辭·天問》:"天何所沓?"王逸注:"沓,合也。言天與地會合何所?"天高而地卑,不知是否有相合之可能,故屈原有此一問。揚雄此處所云與《楚辭》全然不同,顏師古解作"杳然縣遠",李善解作:"出入日月,言其廣大,日月似在其中出入也。"得之。《玉篇·木部》:"杳,深廣寬皃。"《廣韻·篠韻》:"杳,冥也,深也。"如作"沓",則當指天地重合,不得復云日月出入其中。

⑮ 象扶桑於濛汜。

"於",岡本作"與"。

楊氏《補正》:"'於'字不可解,蓋涉上句而誤者。當依《西京賦》作'與'。《續歷代賦話》十四引作'與',當是據賦文改。"

張氏《考異》:"'於'應作'與',見《西京賦》。"

【按】"於"字與上文犯重,岡本改作"與",是。《文選·張衡〈西京賦〉》:"日月於是乎出入,象扶桑與濛汜。"李善注:"言池廣大,日月出入其中也。《淮南子》曰:'日出暘谷,拂於扶桑。'《楚辭》曰:'出自陽谷,入於濛汜。'"可爲確證。

⑯ 迺穎脱之文矣。

"穎脱",何本、王批本、凌本、合刻本、梁本、別解本、集成本、尚古本、岡本、王本作"脱穎"。 弘治活字本作"穎脱"。 沈臨何校本改"穎脱"爲"脱穎"。

《詩法萃編》作"脱穎"。

【按】何本以前諸本多作"穎脱"，黄氏養素堂初刻本作"脱穎"，與何本、王批本合，此改刻本改作"穎脱"，與元至正本等合。

黄氏從梅本作"穎脱"，於義自通，《子苑》三二引同梅本。《史記・平原君虞卿列傳》："毛遂曰：臣乃今日請處囊中耳，使遂蚤得處囊中，乃穎脱而出（索隱引鄭玄曰：穎，環也），非特其末見而已。"《南齊書・王融謝朓傳贊》："元長穎脱，玐翼將飛。"蕭統《陶淵明傳》："淵明少有高趣，博學，善屬文，穎脱不羣，任真自得。"《弘明集・釋道高〈重答李交州書〉》："居大寶之地，運穎脱之思。"並"穎脱"連文之證。

⑰ 變則其久。

"其"，梅校："疑作'可'。" 沈臨何校本改"其"爲"堪"，並標疑"其"字，云："'其'，梅云：疑作'可'。" 傳録何沈校本"其"旁過録"堪"字。 吳翌鳳校作"堪"。 《詩法萃編》作"可"。

徐氏《正字》："'其'字不誤。'其久'正謂其可久也。又《哀弔》《麗辭》兩篇，均有'乃其貴耳'句，亦謂其可貴也。彦和自有此等句法，不當致疑。"

楊氏《補正》："'其'字與上句重出，固非，然與'可'之形不近，恐難致誤。改'堪'，亦未必是。疑原作'甚'，非舊本闕其末筆，即寫者偶脱。《時序》篇'其鼎盛乎'，元本、兩京本、胡本'其'並作'甚'，是二字易誤之證。"

潘氏《札記》："黄校是。'其'字蓋涉上句而誤，楊明照君以爲'甚'字形近之誤，詳味《文心》辭義，楊説似非。"

王氏《校證》、李氏《斠詮》並校"其"作"堪"。

【按】此從梅校作"可"義長。《易・繫辭上》韓康伯注："通變則無窮，故可久也。"《易・恒》子夏傳："巽而動，往無不從也。剛柔皆應，外内達也。此可久之道也。能久則通矣。"並"可久"連文之證。徐説固非，楊氏校作"甚"，於義難通，亦非。

⑱ 乘機無怯。

"怯"，黄校："一作'跲'。" 元至正本、馮鈔元本、黄傳元本、弘治本、弘治活字本、汪本、佘本、隆慶本、張本、兩京本、胡本、王批本、謝鈔本、初刻梅本作"法"。 梅六次本、梅七次本作"跲"，張松孫本同。

徐氏《正字》："作'跲'字是。《説文》：'跲，躓也。'此言'無跲'，正謂無躓而不前也。”

楊氏《補正》：“‘法’字蓋涉末句‘參古定法’而誤。以其形推之，‘怯’與‘法’較近，當以作‘怯’爲是。”

張氏《考異》：“‘法’字誤。跲，躓也；怯，多畏也，義皆可通也。從‘怯’爲長。”

【按】梅氏萬曆初刻本作“法”，與元至正本等合，復校本改爲“怯”，與何本、訓故本合，梅氏天啓二本又改爲“跲”。黃氏養素堂初刻本從初刻梅本作“法”，此改刻本又改從梅氏復校本作“怯”。

張氏認爲“跲”、“怯”並通，是，而云“從‘怯’爲長”則非。徐氏校作“跲”，甚是。“怯”、“法”蓋並由“跲”字致訛。

“跲”，《廣韻》分屬兩部，《洽部》：“跲，躓礙。”音古洽切（jiá）。《業部》：“跲，躓也。”音居怯切，又居業切（jié）。“怯”亦屬業部，“法”屬乏部。《廣韻》業、乏同用，故“業、怯、跲”與“乏、法”南北朝時當同屬業部（據王力《漢語語音史》“魏晉南北朝韻部字表”，林燾、耿振生《音韻學概要》之“南北朝詩文用韻的韻部系統”）。可知此處作“跲”亦不失韻。“無跲”一詞，亦有出處。《禮記·中庸》：“言前定，則不跲。”孔穎達疏：“《字林》云：‘跲，躓也。’躓，謂行倒蹶也。將欲發言，能豫前思定，然後出口，不有躓蹶也。”又，明顧璘《顧璘詩文全集·山中集·達齋説》：“不丘子曰：言而無跲，行而無躓，從心所欲，從容中禮。”“跲”訓躓，“躓”訓顛僕、窒礙、礙不進、礙不通，此云“無跲”，意即行而不滯，仍歸結到爲文須變通開拓、日新其業之意。

依全書贊語與正文呼應之例，此意當照應正文：“故能騁無窮之路，飲不竭之源。然緆短者銜渴，足疲者輟塗。”“然後拓衢路，置關鍵，長轡遠馭，從容按節，憑情以會通，負氣以適變。……若乃齷齪於偏解，矜激乎一致，此庭間之迴驟，豈萬里之逸步哉。”其中“無窮之路”、“拓衢路”、“遠馭”、“萬里之逸步”，均爲前行而不跲之意。至於作者當“勇於”適時之意，則上句“必果”已言之矣。《時序》篇：“樞中所動，環流無倦。”文學按自身規律運轉不停，與此處所言寫作者當“乘機無跲”，可形成對照。

作“怯”者，蓋欲使其與上句“必果”形成對文，實則非是。《議對》篇：“斷理必剛，摛辭無懦。”乃強調議政之膽識（據正文“爭論”、“交辯”、“發言盈庭”、“捷於議”、“駁挾弓”、“駁校事”等可知），而本篇之“趨時必果，乘機無跲”，乃是強調創作必須變通趨時，二者句式雖同，然語意重點迥異，不可混爲一談。

定　勢　第　三　十

　　夫情致異區，文變殊術，莫不因情立體，即體成勢也。勢者，①乘
利而爲制也。如機發矢直，澗曲湍回，自然之趣也。圓者規體，其勢
也自轉；方者矩形，其勢也自安：文章體勢，如斯而已。是以模經爲式
者，自入典雅之懿；効《騷》命篇者，必歸豔逸之華；綜意淺切者，類乏醞
藉；②斷辭辨約者，③率乖繁縟。譬激水不漪，槁木無陰，自然之勢也。

　　是以繪事圖色，文辭盡情，色糅而犬馬殊形，情交而雅俗異勢。④
鎔範所擬，各有司匠，雖無嚴郛，難得踰越。然淵乎文者，並摠羣勢，
奇正雖反，必兼解以俱通；剛柔雖殊，必隨時而適用。若愛典而惡華，
則兼通之理偏，似夏人爭弓矢，執一不可以獨射也。若雅鄭而共篇，
則摠一之勢離，是楚人鬻矛譽楯，兩難得而俱售也。⑤是以括囊雜體，
功在銓別，宮商朱紫，隨勢各配。章表奏議，則準的乎典雅；賦頌歌
詩，則羽儀乎清麗；符檄書移，則楷式於明斷；史論序注，則師範於覈
要；⑥箴銘碑誄，則體制於弘深；連珠七辭，則從事於巧豔：此循體而
成勢，⑦隨變而立功者也。雖復契會相參，節文互雜，⑧譬五色之錦，
各以本采爲地矣。

　　桓譚稱：“文家各有所慕，或好浮華而不知實覈，或美衆多而不見
要約。”陳思亦云：“世之作者，或好煩文博採，深沉其旨者；或好離言
辨白，⑨分毫析釐者，所習不同，所務各異。”言勢殊也。劉楨云：“文
之體指實强弱，⑩使其辭已盡而勢有餘，天下一人耳，不可得也。”公
幹所談，頗亦兼氣。然文之任勢，勢有剛柔，不必壯言慷慨乃稱勢也。
又陸雲自稱：“往日論文，先辭而後情，尚勢而不取悦澤，及張公論文，
則欲宗其言。”夫情固先辭，勢實須澤，可謂先迷後能從善矣。⑪

　　自近代辭人，率好詭巧，原其爲體，訛勢所變，厭黷舊式，故穿鑿
取新，察其訛意，似難而實無他術也，⑫反正而已。故文反正爲乏，辭
反正爲奇。効奇之法，必顛倒文句，上字而抑下，中辭而出外，回互不

常,則新色耳。⑬夫通衢夷坦,而多行捷徑者,趨近故也;正文明白,而常務反言者,適俗故也。然密會者以意新得巧,⑭苟異者以失體成怪。舊練之才,則執正以馭奇;新學之鋭,則逐奇而失正:勢流不反,則文體遂弊。秉兹情術,可無思耶?

贊曰:形生勢成,始末相承。湍迴似規,矢激如繩。因利騁節,情采自凝。枉轡學步,⑮力止襄陵。⑯

校箋

① **勢者。**

徐氏《正字》:"'勢'上疑脱'定'字。下句六字,正釋'定勢'之義,今脱'定'字,則'制'字無根。"

【按】今本自通,徐説不可從。《孫子兵法·計》:"勢者,因利而制權也。"王晳注:"勢者,乘其變者也。"此舍人所本。

② **類乏醞藉。**

"醞藉",兩京本、何本、初刻梅本、復校梅本、凌本、合刻本、梁本、梅七次本、彙編本、別解本、抱青閣本、尚古本、岡本、文津本、王本、崇文本作"醞籍"。

楊氏《補正》:"醞藉,又作'温藉'、'蕴藉'或'緼藉',其'藉'字無作'籍'者。兩京本等作'籍',誤。《漢書·薛廣德傳》:'廣德爲人,温雅有醞藉。'顔注引服虔曰:'寬博有餘也。'"

【按】梅本作"醞籍",與兩京本、胡本、何本等合,黄氏改爲"醞藉",與元至正本、弘治本、汪本等合。

"醞藉"乃聯綿詞,字又作"蕴籍",於此並通,楊説未確。《漢書·酷吏傳》:"(義縱然)少温籍。"顔師古注:"少温籍,言無所含容也。温,音於問反,籍,音才夜反。"《後漢書·桓榮傳》:"榮被服儒衣,温恭有蕴籍。"李賢注:"蕴籍,猶言寬博有餘也。"任昉《答陸倕感知己賦》曰:"既蕴籍其有餘,又淡然而無味。"(《藝文類聚》三一引)並"蕴籍"連文之證。黄氏認爲底本"籍"字有誤,故改爲"藉",實則不改亦可。

③ **斷辭辨約者。**

"斷",黄校:"一作'斲'。" 集成本作"斲"。 《喻林》八八、《文通》二一引作"斷"。　徐燉云："當作斲。"

楊氏《補正》："'斷'字不誤。'斷辭'出《易‧繫辭下》。《徵聖》《比興》兩篇亦並用之。《子苑》引作'斷'。"

張氏《考異》："'斲'字非，'斷辭則備'，見《徵聖》篇。"

李氏《斠詮》："審上下文義，此處以作'斲辭'爲勝，'斲辭'猶修辭。"

詹氏《義證》："《徵聖》篇：'《易》稱辨物正言，斷辭則備。'《比興》篇：'斷辭必敢。'"

【按】諸本皆作"斷"，唯集成本作"斲"，黃氏蓋據徐校或集成本而云"一作斲"。

"斷"字無誤，"斲"蓋"斷"之形訛。《易‧繫辭下》："開而當名，辨物正言，斷辭則備矣。"韓康伯注："開釋爻卦，使各當其名也。理類辨明，故曰'斷辭'也。"孔穎達疏："'斷辭則備矣'者，言開而當名及辨物正言，凡此二事，決斷於爻卦之辭，則備矣。"此舍人用語所本。《徵聖》篇："辯立有斷辭之義。"《比興》篇："斷辭必敢。"並"斷辭"連文之證。《玉篇‧斤部》："斷，決也。"又訓決斷、裁制，"斷辭"，猶言措辭。

④ **情交而雅俗異勢。**

劉永濟云："'情交'，各本皆如此，以文義求之，'交'乃'駁'之殘字。'情駁'與上句'色糅'爲類，作'交'無義。"

王氏《綴補》："'情交'與'色糅'自爲類，無煩改字。'交'與'殽'聲義並近，《說文》：'殽，相錯雜也。'交亦雜也，《莊子‧刻意》篇：'不與物交，淡之至也。'《淮南子‧原道》篇'交'作'殽'（今本"殽"誤"散"，王念孫《雜志》有説），《文子‧道原》篇、《自然》篇並作'雜'。明'交'、'殽'並有雜義。糅亦雜也，《儀禮‧鄉射禮》：'無物，則以白羽與朱羽糅。'鄭玄注：'糅，雜也。'《淮南子‧精神》篇：'審乎無瑕，而不與物糅。'高誘注：'能審順之，故不與物相雜糅也。'並其證。"

【按】劉、王兩説不可從，然劉氏已指出"交"字可疑，實有眼光。"情交"不辭，"交"疑當爲"變"之形訛，"交"、"變"草書或俗書形近。作"情交"者，蓋受上句"色糅"之"糅"字影響而致誤。上文明言："情致異區，文變殊術，莫不因情立體，即體成勢也。"下文又言："原其爲體，訛勢所變。"皆用"變"字論內在情志之表達。

全書屢言情"變"，而不云情"交"。如《明詩》篇："故鋪觀列代，而情變之數可監。"《神思》篇："神用象通，情變所孕。"《風骨》篇："若夫鎔冶經典之範，翔集子史之術，洞曉情變。"《總術》篇："況文體多術，共相彌綸，一物攜貳，莫不解體，所以列在一篇，備總情變。"又，《隱秀》篇："夫心術之動遠矣，文情之變深矣。"《神思》篇："雖纖巧曲致，與情而變。"並其證。

"情變"，含義較爲固定，謂作者將內在情志轉化成外在文辭，《情采》篇"五情（性）發而爲辭章"，即其義。此句意爲："作者內在情志一旦表達出來，變成文辭體統，便自然會形成或雅或俗之勢。"

⑤ **是楚人鬻矛譽楯，兩難得而俱售也。**

"楯"，元至正本、馮鈔元本、弘治本、汪本、佘本、隆慶本、張本、兩京本、何本、王批本、訓故本、謝鈔本、初刻梅本、復校梅本、凌本、合刻本、梁本、秘書本、梅六次本、梅七次本、抱青閣本、集成本、尚古本、岡本、薈要本、文淵本、文溯本、文津本、文瀾本、王本、崇文本作"盾"，《子苑》三二引同。　養素堂初刻本作"盾"。

楊氏《補正》："此文失倫次，當作'是楚人鬻矛楯，譽兩，難得而俱售也'，始能與上文'似夏人爭弓矢，執一，不可以獨射也'相儷。舍人是語，本《韓非子·難一》篇，若作'鬻矛譽楯'，既與《韓子》'兩譽矛楯'之説舛馳，復與本篇上文'雅鄭共篇，總一勢離'之意不侔，當校正。"

李氏《斠詮》從楊氏説，"譽楯"乙作"楯譽"。

【按】元明諸本皆作"盾"，黃氏養素堂初刻本從之，此改刻本忽改爲"楯"，後出之文淵輯注本、芸香堂本、翰墨園本、張松孫本、掃葉本、龍谿本皆沿襲之。

"盾"、"楯"同。《説文·盾部》："盾，瞂也，所以扞身蔽目。"如《墨子·公孟》："金劍木盾。"又，《玉篇·木部》："楯，本亦作'盾'。"《説文·木部》段玉裁注："楯，古亦用爲'盾'字。"如《左傳·成公二年》："狄卒皆抽戈楯冒之，以入於衛師。"黃氏改"楯"，蓋據《韓非子·難勢》："人有鬻矛與楯者，譽其楯之堅：'物莫能陷也。'俄而又譽其矛曰：'吾矛之利，物無不陷也。'人應之曰：'以子之矛，陷子之楯，何如？'其人弗能應也。以爲不可陷之楯，與無不陷之矛，爲名不可兩立也。"然元明諸本無作"楯"者，或舍人此文原本即爲"盾"字，且此字見於《説文》，亦爲正字，故黃氏改"楯"，實無必要，仍從諸本作"盾"較長。

楊氏據《韓非子》之文義，疑今本"譽"、"楯"二字倒錯，甚是，當據以乙正。此文當作"是楚人鬻矛盾，譽兩，難得而俱售也"。

⑥ **則師範於覈要。**

"師"，諸本《御覽》五八五、《記纂淵海》七五、《廣博物志》引作"軌"。　吳翌鳳校作"軌"。

楊氏《補正》:"《通變》篇'師範宋集',《才略》篇'師範屈宋',並以'師範'連文,此以作'師'爲是。"

張氏《考異》:"軌,《左傳·隱五年》:'講事以度軌量謂之軌。'《通變》及《才略》二篇,用師範皆指師前賢而言,此從'軌'爲長。"

【按】《御覽》引作"軌"義長。《文選·孔安國〈尚書序〉》:"所以恢弘至道,示人主以軌範也。"《高僧傳·釋道安傳》:"所制僧尼軌範,佛法憲章,條爲三例。"《庾子山集·周上柱國齊王憲神道碑》:"雍容舉止,抑揚談論,當世以爲楷模,搢紳以爲軌範。"並"軌範"連文之證。

"軌",訓法、法度、依循。《資治通鑑·魏紀四》:"撫百姓示儀軌。"胡三省注:"軌,法也。"《後漢書·襄楷傳》:"不軌常道。"李賢注:"軌,依也。""軌範"與上文"準的"、"羽儀"、"楷式"義近。

⑦ **此循體而成勢**。

"循",四庫本《御覽》五八五引作"循",其餘各本《御覽》引作"脩"。 《記纂淵海》七五引作"脩"。

王氏《校證》:"'脩'、'循'隸書形近之誤。"

張氏《考異》:"凡言勢者,皆自體而來,故言'循'、言'成'。又本贊云:'形生勢成。'按形在體也,今言'循'與上'隨'字協,從'循'是。"

王氏《綴補》:"循、隨互文,循亦隨也。《淮南子·原道》篇:'循天者,與道遊者也(高誘注:循,隨也)。隨人者,與俗交者也。'循、隨互文,與此同例。"

【按】作"循"自通,黃傳元本、弘治活字本即並作"循"。"脩"蓋"循"之形訛。上文云"即體成勢","即體"猶言"循體"。

⑧ **節文互雜**。

郭晉稀《文心雕龍譯注十八篇》:"雖然《書記》篇又'肅以節文',《鎔裁》篇有'獻替節文',《附會》篇有'節文自會',各篇'節文'皆指'聲音彩色',這裡如作'聲音色彩',義不可通。疑本作'質文',由於各節皆用'節文'相連,以此致誤。'質文互雜',就是質樸與華麗不同的彩色相雜糅。"

李氏《斠詮》從郭氏說,云:"下文'五色之錦'即承'文'言,'本采爲地'則承'質'言,堪爲佐證。"

【按】此文無誤,郭說不可從。《荀子·宥坐篇》:"官致良工,因麗節文。"

楊倞注："工則因隨其木之美麗節文而裁制之。"王念孫曰："言因良材而施之以節文也。"此"節文"二字所本。"節文"猶言文理。此句與《附會》篇"節文自會"義正相同。郭氏《注譯》又改從"節文"，解作"節奏文采"，可謂先迷後能從善。

⑨ **或好離言辨白。**

葉長青《文心雕龍雜記》："'白'字疑當作'句'，形近而誤。"

潘氏《札記》："'白'疑當作'句'，形近之訛。《練字》篇亦引陳思言：'揚馬之作，趣幽旨深，讀者非師傳不能析其辭，非博學不能綜其理。'又《麗辭》篇云：'至魏晉羣才，析句彌密，聯字合趣，剖毫析釐。'皆與'離言辨句'之旨合。"

王氏《校證》校作"句"，云："《聲律》篇云：'雙聲隔字而每舛，疊韻離句而必睽。'《章句》篇云：'離章合句。'《麗辭》篇云：'魏晉羣才，析句彌密，聯字合趣，剖毫析釐。'皆與此'離言辨句'意相近。'句'、'白'形近致誤耳。"

李氏《斠詮》從潘氏說，校"白"爲"句"。

【按】諸說是，"白"疑當作"句"，二字形近而誤。《後漢書·桓譚傳》："皆詁訓大義，不爲章句。"李賢注："章句，謂離章辨句，委曲枝派也。"亦云"辨句"，可資旁證。此"離"字當訓分析。《韓非子·揚權》："彼既離之，吾因以知之。"王先慎集解引舊注："離，謂分析其所言。"陳奇猷集釋："離，訓分析。"此謂斟酌精析字句。

⑩ **文之體指實强弱。**

徐燉云："'文之'以下，疑脱一字。在杭（謝肇淛）云：當作'文之體指，虛實强弱'。"

黃氏《札記》："'文之體指實强弱'句有誤。細審彥和語，疑此句當作'文之體指貴强'，下衍'弱'字。"

徐氏《正字》："此當以'文之體指'爲句，'實'下疑脱'分'字。《總術》篇云：'經傳之體，出言入筆，筆爲言使，可强可弱。'云云，彥和語即本此。"

范氏《注》："《抱朴子·尚博》篇云：'清濁參差，所稟有主，朗昧不同科，强弱各殊氣。'疑公幹語當作'文之體指，實殊强弱'，《抱朴》語或即本之公幹也。"

劉氏《校釋》："陸厥《與沈約書》有'劉楨奏書，大明體勢之致'語。'體'下疑脱一'勢'字，此句當作'文之體勢貴强'。'指'、'弱'二字衍，'實'又'貴'之誤。"

楊氏《補正》："指，誠爲'勢'之誤。《南齊書·文學·陸厥傳》：'劉楨奏書，大明體勢之致。'即此引文當作'體勢'之切證。本篇以'定勢'標目，篇中言文勢者不一而足，上文且有'即體成勢'及'循體成勢'之語，亦足以證當作'體勢'也。'實'下似脱一'有'字。原文作'文之體勢，實有强弱'。"

李氏《斠詮》校作"文之體指貴强"，云："下文'勢有剛柔，不必壯言慷慨乃稱勢也'，正針對公幹之'體指貴强'而言，若從范注改作'實殊强弱'，或從謝校改作'虛實强弱'，則不相應和矣。"

王氏《校證》、張氏《考異》並從謝校，作"文之體指，虛實强弱"。

【按】楊氏校作"文之體勢，實有强弱"，於義較長。"體指"不辭，草書"勢"、"指"形近，"指"蓋"勢"之形訛。范氏於"實"下增"殊"字作解，然上文已有"勢殊"語，字犯重。劉氏删掉"指"、"弱"二字，臆改一字，則過於武斷。王氏、張氏從謝校於"實"上增"虛"字作解，亦非，由下文推崇"有餘"之勢（勢强）可知，此處乃論勢之"强弱"，而不論其"虛實"（體實而勢虛），且"虛實强弱"四字與上文亦不銜接。

⑪ 可謂先迷後能從善矣。

徐氏《正字》："'後'下疑脱'悟'字。上六字句，下四字句，自順。《史通·因習篇》云：'迷而不誤，奚其甚乎？'此反言以明義。"

【按】今本自通，增"悟"字反不可解。《原道》篇："然後能經緯區宇。"《風骨》篇："然後能孚甲新意。"《知音》篇："然後能平理若衡。"亦並"後能"連文。

⑫ 察其訛意，似難而實無他術也。

徐氏《正字》："'訛'字疑本作'譌'，爲'爲'字之誤。上句當在'難'字處句絶，義自通貫。"

【按】徐説非是，"訛"字不誤。"訛"，訓僞、謬。《詩·小雅·正月》："民之訛言。"鄭玄箋："訛，僞也。"《慧琳音義》八"訛舛"注引《考聲》："訛，謬也。"

舍人屢用"訛"字。如《頌讚》篇："固末代之訛體也。"《聲律》篇："《楚辭》辭楚，故訛韻實繁。""凡切韻之動，勢若轉圜，訛音之作，甚於枘方。"彼云"訛體"、"訛韻"、"訛音"，此言"訛意"，用法及字義正同。又，《通變》篇："宋初訛而新。""矯訛翻淺。"《指瑕》篇："斯實情訛之所變，文澆之致弊。"《序志》篇："離本彌甚，將遂訛濫。"亦此義。

"察"字領起"其訛意"三字，四字一句，作語氣停頓，"似難"當屬下讀。《章句》篇："據事似閑。"《物色》篇："情往似贈。"《序志》篇："似近而遠。""似"字用法與此同。

⑬ **則新色耳。**

謝鈔本作"則色新耳"。　謝兆申云："疑作'色新耳目'。"　徐𤊹云："(此句)恐誤。"　馮舒校"色新"作"新色"。

楊氏《補正》："謝說近是。《麗辭》篇'碌碌麗辭,則昏睡耳目。'句法與此同,可證。"

【按】楊說非是,今本文義自通,不煩改字。謝校作"色新耳目",然"色"與"耳"不搭配。此"耳"字當訓句末助詞。"則",訓"惟"。《經詞衍釋》八:"則,猶惟也。《左傳·昭二十年》:'進退無辭,則虛以求媚。'此類'則'字,並如'惟'義。"此"新"字當訓動詞。如《通變》篇:"日新其業。"傅咸《答潘尼詩》:"匪榮斯尚,乃新其聲。"(《藝文類聚》三一引)用法與此同。

"惟新色",當解作"惟新其色",即一味講究新異、奇特。舍人論文用"新"字,時含貶義。如《聲律》篇:"生於好詭,逐新趣異。"《練字》篇:"淫列義當而不奇,淮別理乖而新異。"《樂府》篇:"職競新異。"此"新"字亦應爾,唯詞性有別。

⑭ **然密會者以意新得巧。**

楊氏《補正》:"'意新'、'失體',詞性參差,以《神思》篇'庸事或萌於新意',《風骨》篇'然後能孚甲新意'例之,當乙作'新意',始能與'失體'相對。"

李氏《斠詮》從楊氏說。

【按】楊說不可從,"失體"乃動賓結構,"新意"乃偏正結構,二者實不相對。今本於義自通,"意新",謂造語新穎。《風骨》篇亦云:"昭體故意新而不亂。"可爲旁證。《明詩》篇:"辭必窮力而追新。"《樂府》篇:"職競新異。"《詮賦》篇:"舉要以會新。"《哀弔》篇:"體舊而趣新。"《定勢》篇:"穿鑿取新。""新"之義並與此同。

⑮ **枉轡學步。**

"枉",元至正本、馮鈔元本、弘治本、弘治活字本、汪本、佘本、隆慶本、張本、兩京本、胡本、王批本、訓故本、謝鈔本作"狂",《喻林》八八引同。　何本、初刻梅本、復校梅本、凌本、合刻本、梁本、秘書本、別解本、抱青閣本、尚古本、岡本、王本、崇文本作"征"。　王惟儉標疑"狂轡學步"四字。　徐𤊹校"狂"作"枉"。　馮舒云:"'狂',疑作'枉'。"　沈臨何校本改"狂"爲"枉"。　張紹仁校"狂"作"征"。

楊氏《補正》:"以《諧隱》篇'未免枉轡'例之,'枉'字是。'狂'、'征'皆非。《晉書·藝術傳論》:'然而碩學通人,未宜枉轡。'亦以'枉轡'爲言。"

【按】梅氏萬曆初刻本及復校本作"征"，與何本合，梅七次本改爲"枉"（梅六次本闕葉），黃氏從之。

"枉"字是，"狂"、"征"蓋並"枉"之形訛。"枉轡"與上句"騁節"對文。"枉"，訓邪曲。李氏《斠詮》云："枉轡，謂駕御偏差，喻邪曲傾向。"解說甚是。《諧讔》篇："雖抃推席而無益時用矣，然而懿文之士，未免枉轡。"用法與此同。

⑯ **力止襄陵。**

"止"，元至正本、馮鈔元本、黃傳元本、弘治本、弘治活字本、汪本、佘本、隆慶本、張本、兩京本、胡本、何本、王批本、訓故本、謝鈔本、初刻梅本、復校梅本、凌本、合刻本、秘書本、別解本、尚古本、岡本、薈要本作"心"。　王惟儉標疑"力心襄陵"四字。　徐𤊻校"心"作"止"。　沈臨何校本標疑"必"字。"襄"，梅七次本作"壽"，集成本、文淵本、文瀾本同。　謝兆申、徐𤊻云："當作'壽'。"　沈臨何校本標疑"襄"字，云："'襄陵'，謝云：當作'壽陵'。"　范校："顧（廣圻）校作'壽'。"（按，此校不見於兩種顧校本，蓋范氏誤認謝校爲顧校。）

鈴木《黃本校勘記》："嘉靖本、閔本、岡本'止'誤作'心'。'襄'字不誤。"

范氏《注》："作'壽陵'是。本書《雜文》篇：'可謂壽陵匍匐，非復邯鄲之步。'正作'壽陵'，不誤。《莊子·秋水》篇：'子獨不聞夫壽陵餘子之學行於邯鄲與？未得國能，又失其故行矣，直匍匐而歸耳。'"

楊氏《補正》、王氏《校證》、張氏《考異》、李氏《斠詮》並校"襄"作"壽"。

【按】梅氏萬曆初刻本及復校本作"心"，與元至正本等合，梅七次本改爲"止"，黃氏從之。梅氏萬曆初刻本及復校本作"襄"，梅七次本改作"壽"，集成本、文淵本、文瀾本從之，黃氏仍從初刻本。

此文當作"力止壽陵"。作"止"是，"心"蓋"止"之形訛，"襄"當作"壽"，形近致訛。"止"字，當訓休止、限止。《廣韻·止韻》："止，息也。"《吕氏春秋·下賢》："亦可以止矣。"高誘注："止，休也。"《後漢紀·後漢光武皇帝紀》："及其不得已，必量力而後處。力止於一戰，則事易而功全；勞足於一邑，則慮少而身安。"《十六國春秋·前燕録五》："然公至城下，經月未嘗交鋒，賊謂國家力止於此，遂相固結，冀幸萬一。"並其義。周氏《注釋》釋舍人此句曰："能力象壽陵人的被限止，即變得不會寫作。"則是解作"能力限止於壽陵人之力"（與壽陵人之力等），甚是。此謂厭黷舊式、穿鑿取新者必破壞文之體勢，導致寫作失敗，正如壽陵人學步邯鄲，新舊步法皆失，最終白費氣力，不能行走。

國家出版基金項目
NATIONAL PUBLICATION FOUNDATION

漢籍合璧 總編纂 鄭傑文
漢籍合璧精華編 主編 王承略 聶濟冬

文心雕龍校箋

［梁］劉 勰 撰
王術臻 校箋

下

文心雕龍校箋卷七

情采第三十一

　　聖賢書辭，摠稱文章，非采而何？夫水性虛而淪漪結，①木體實而花萼振，②文附質也。虎豹無文，則鞟同犬羊；犀兕有皮，而色資丹漆，質待文也。若乃綜述性靈，敷寫器象，鏤心鳥跡之中，織辭魚網之上，其爲彪炳縟采名矣。③故立文之道，其理有三：一曰形文，五色是也；二曰聲文，五音是也；三曰情文，五性是也。五色雜而成黼黻，五音比而成《韶》《夏》，五情發而爲辭章，④神理之數也。《孝經》垂典，喪言不文，故知君子常言未嘗質也。老子疾僞，故稱“美言不信”，而五千精妙，則非棄美矣。莊周云“辯雕萬物”，謂藻飾也；韓非云“豔采辯説”，⑤謂綺麗也。綺麗以豔説，藻飾以辯雕，文辭之變，於斯極矣。研味《李》《老》，⑥則知文質附乎性情；詳覽《莊》《韓》，則見華實過乎淫侈。若擇源於涇渭之流，按轡於邪正之路，亦可以馭文采矣。夫鉛黛所以飾容，而盼倩生於淑姿；⑦文采所以飾言，而辯麗本於情性。故情者文之經，辭者理之緯，經正而後緯成，理定而後辭暢，⑧此立文之本源也。

　　昔詩人什篇，⑨爲情而造文；辭人賦頌，爲文而造情。何以明其然？蓋《風》《雅》之興，志思蓄憤，而吟詠情性，以諷其上，此爲情而造文也；諸子之徒，心非鬱陶，苟馳夸飾，鬻聲釣世，此爲文而造情也。故爲情者要約而寫真，爲文者淫麗而煩濫。而後之作者，採濫忽真，遠棄《風》《雅》，近師辭賦，故體情之製日疎，⑩逐文之篇愈盛。故有志深軒冕，而汎詠皋壤；心纏幾務，⑪而虛述人外：真宰弗存，翩其反矣。夫桃李不言而成蹊，有實存也；男子樹蘭而不芳，無其情也。夫以草木之微，依情待實，況乎文章，述志爲本，言與志反，文豈足徵？

是以聯辭結采，將欲明經，⑫采濫辭詭，則心理愈翳。固知翠綸桂餌，反所以失魚，"言隱榮華"，殆謂此也。是以衣錦褧衣，惡文太章；《賁》象窮白，貴乎反本。夫能設謨以位理，⑬擬地以置心，心定而後結音，理正而後摛藻，使文不滅質，博不溺心，正采耀乎朱藍，間色屏於紅紫，⑭乃可謂雕琢其章，彬彬君子矣。

贊曰：言以文遠，誠哉斯驗。心術既形，英華乃贍。吳錦好渝，⑮舜英徒艷。⑯繁采寡情，味之必厭。

校箋

① **夫水性虛而淪漪結。**

"漪"，元至正本、弘治本、汪本、隆慶本、兩京本、王批本、文淵本、文瀾本作"猗"，《文儷》十三引同。　馮舒校"漪"作"猗"。

楊氏《補正》："《詩·魏風·伐檀》：'河水清且淪猗。'毛傳：'小風水成文，轉如輪也。'《釋文》：'淪，音倫。《韓詩》云：順流而風曰淪。淪，文貌。'《爾雅·釋水》：'小波爲淪。'《釋名·釋水》：'水小波曰淪。淪，倫也，水文相次有倫理也。'又按《伐檀》首章'河水清且漣猗'《釋文》：'猗，……本亦作漪，同。'《文選·吳都賦》：'刷盪漪瀾。'劉注：'漪瀾，水波也。'是'淪猗'字可作'漪'矣。《定勢》篇'譬激水不漪。'則此或作'漪'字，不必校改爲'猗'也。"

【按】梅本作"漪"，與馮鈔元本、佘本、張本、何本、訓故本、謝鈔本合，黃氏從之。

作"漪"無誤。郭氏《注譯》："《詩·伐檀》：'河水清且淪猗。''猗'本語已詞，故石經殘碑作'兮'也。《釋文》：'猗，本作漪。'故後世以'漪'爲實詞，與'淪'同訓'水波'。"此說是。《文選·左思〈吳都賦〉》："濯明月於漣漪。"呂向注："漣漪，細波紋。"此"淪漪"即漣漪，與下文"花萼"相對。

② **木體實而花萼振。**

"花"，元至正本、馮鈔元本、黃傳元本、弘治本、弘治活字本、汪本、佘本、隆慶本、張本、兩京本、何本、王批本、訓故本、合刻本、梁本、集成本、尚古本、岡本、薈要本、文淵輯注本、文溯本、文津本、王本、崇文本作“華”，《喻林》八八、《文儷》十三、《詩法萃編》引同。　　楊氏《校注》云胡本作“華”。

楊氏《補正》：“‘華’字是。孫志祖《讀書脞錄》卷七謂古書‘花’皆作‘華’，魏晉間始有之。《才略》篇：‘非羣華之轙萼也。’是此亦當作‘華’。”

【按】元明諸本多作“華”，梅本作“花”，與謝鈔本合，黃氏從之。凌本、秘書本、彙編本、抱青閣本、文淵輯注本、張松孫本、芸香堂本、翰墨園本、龍谿本亦並從梅本。

“花”乃“華”之俗。《說文》“華”字下段玉裁注：“俗作‘花’，其字起於北朝。”《廣雅·釋草》：“花，華也。”王念孫疏證：“《廣雅》釋‘花’爲‘華’，《字詁》又云：‘蘤，古花字。’則魏時已行此字，不始於後魏矣。”《魏書·李諧傳》載《述身賦》：“草迎歲而發花。”

此作“花”、“華”並通，毋須改從。全書於“花朵”義多用“華”，如《原道》篇：“草木賁華。”《隱秀》篇：“譬卉木之耀英華。”《才略》篇：“非羣華之轙萼也。”“花”字僅兩見，《物色》篇亦云：“故‘灼灼’狀桃花之鮮。”

古常“華萼”連文。《文選·謝瞻〈於安城答靈運〉》：“華萼相光飾。”顏延之《家傳銘》：“華萼之茂。”（《藝文類聚》五五引）即其證。

③ **其爲彪炳縟采名矣。**

“名”，《喻林》八八引作“明”。

徐氏《正字》：“‘名’字與句義不協，疑爲‘多’字之誤。‘彪炳縟采’義亦相因，八字作一句讀。”

楊氏《校注》：“《釋名·釋言語》：‘名，明也，實使分明也。’徐氏引作‘明’，蓋以意改。”

王氏《綴補》：“名，猶明也。”

【按】徐校不可從，作“名”自通，無煩改字。“名”，訓明、明盛。《說文·口部》朱駿聲通訓定聲：“名，假借爲‘明’。”《詩·齊風·猗嗟》：“猗嗟名兮。”馬瑞辰傳箋通釋：“名、明古通用，明亦昌盛之義。”徐氏云此八字當作一句讀，視“彪炳縟采”爲一事，甚是，王氏《綴補》即讀作“其爲彪炳、縟彩名矣”。范氏《注》、楊氏《校注》並作兩句讀，失之。

④ **五情發而爲辭章。**

“情”，黃校：“疑作‘性’。”　訓故本作“性”。　馮舒云：“‘情’，疑作‘性’。”

沈臨何校本云："'情'，疑作'性'。"

楊氏《補正》："此句爲承上文'三曰情文，五性是也'之辭，實應作'性'。《大戴禮記・文王官人》篇'民有五性'，《白虎通德論・情性》篇：'人稟陰陽氣而生，故内懷五性六情。'《漢書・翼奉傳》：'五性不相害，六情更興廢。'並以'五性'爲言。"

張氏《考異》："形文承以五色，聲文承以五音，情文承以五性，故知'五情'應作'五性'，當改'情'爲'性'爲是。"

户田《校勘記補》、李氏《斠詮》校"情"作"性"。

【按】楊、張兩説是，"情"當從訓故本作"性"。

⑤ **豔采辯説。**

范氏《注》："《韓非子・外儲説左上》：'范且、虞慶之言，皆文辯辭勝而反事之情。……夫不謀治强之功，而艷乎辯説文麗之聲，是卻有術之士，而任壞屋折弓也。'此云'艷采'，'采'豈'乎'字之誤與？"

劉氏《校釋》："此文乃舍人引《韓非》之語，'采'字當是'乎'字，因篇中多'采'字而誤也。"

王氏《校證》、李氏《斠詮》並從范氏説，校"采"作"乎"。

【按】范説是，"采"當據《韓非子》改作"乎"，二字形近致訛。依《韓非子》文義，此"豔"字當訓羨（《增韻・豔韻》："豔，歆羨也。"），不訓豔麗，然下文云"綺麗以豔説"，則舍人乃以"美"、"麗"解之。

⑥ **研味《李》《老》。**

"李"，元至正本、馮鈔元本、黄傳元本、弘治本、弘治活字本、汪本、佘本、隆慶本、張本、兩京本、王批本、訓故本、謝鈔本、初刻梅本、復校梅本、凌本、梅六次本、梅七次本、抱青閣本、張松孫本作"孝"，《文儷》十三、《四六法海》十、《古儷府》九、《文通》二一引同。　《諸子彙函》二四、《詩法萃編》引作"孔"。

紀評："'李'，當作'孝'，'《孝》《老》'猶云'《老》《易》'，六朝人多此生捏字法。"

孫詒讓云："'《孝》《老》'不誤，當據改。"

李詳《補註》："此段首引《孝經》《老子》，次引《莊周》《韓非》，其下總詞則云'研味《李》《老》，詳覽《莊》《韓》'。紀以'李'當爲'孝'，是也。'李'字易譌爲'孝'。《列女傳・班倢好傳》'寡孝之行'譌爲'寡李'，可以取證。"

劉氏《校釋》、張氏《考異》、李氏《斠詮》、詹氏《義證》並校“李”作“孝”。

【按】梅本作“孝”，與元至正本等合，黄氏改作“李”，與何本合。

諸家解説是，此當作“孝”，指《孝經》，李詳氏所解尤爲確鑿。黄氏所據之底本梅本作“孝”，黄氏不應無視上文“《孝經》垂典”云云，而遽改爲老子之姓氏“李”字，故此字當爲寫刻之誤。《諸子彙函》等作“孔”，蓋臆改，非是，因“《孝》《老》《莊》《韓》”，乃指上文所述之四書，改“孝”作“孔”，則非其類矣。

⑦ 而盼倩生於淑姿。

“盼”，元至正本、馮鈔元本、弘治本、汪本、佘本、隆慶本、張本、兩京本、何本、王批本、訓故本、謝鈔本、初刻梅本、復校梅本、凌本、合刻本、梁本、秘書本、梅六次本、梅七次本、彙編本、別解本、抱青閣本、尚古本、岡本、文淵本、文津本、張松孫本、崇文本作“盼”，《子苑》三二、《文儷》十三、《諸子彙函》二四引同。沈臨何校本改“盼”爲“盻”。

【按】元明諸本皆作“盼”，黄氏據何校本改爲“盻”，集成本、薈要本、文溯本、文瀾本、王本、龍谿本並從之。

黄本是。《玉篇·目部》：“盼，黑白分也。”《説文·目部》：“盻，恨視也。”參見《辨騷》篇“則顧盼可以驅辭力”條校。“盼倩”，出《詩·衛風·碩人》：“巧笑倩兮，美目盼兮。”毛亨傳：“盼，白黑分。”

⑧ 理定而後辭暢。

劉氏《校釋》：“上文曰‘故情者文之經，辭者理之緯，經正而後緯成，理定而後辭暢’，是以經配緯，則‘理定’句應以情配緯，作‘情定而後辭暢’，方合文次。”

【按】劉説不可從，黄本文義自通。“理”即内在之情理。下文云“是以聯辭結采，將欲明理，采濫辭詭，則心理愈翳”，“心定而後結音，理正而後摛藻”，“理”亦即心理、情理。此與“理正而後摛藻”義同。

⑨ 昔詩人什篇。

“什篇”，《藝苑卮言》一、《古逸書》引作“篇什”。

楊氏《補正》：“《明詩》篇：‘至於三六雜言，則出自篇什。’《通變》篇：‘商周篇什，麗於夏年。’並以‘篇什’爲言。則此當據乙爲‘篇什’，始能一律。它書中言‘篇什’者甚多，此不具列。”

【按】楊説是，作“篇什”較長。“什篇”古書罕見。《玉篇·人部》：“什，篇什也。"《詩·小雅·鹿鳴》:"鹿鳴之什。"陸德明釋文:"王者施教,統有四海,歌詩之作,非止一人。篇數既多,故以十篇編爲一卷,名之爲什。"

⑩ **故體情之製日疎。**

楊氏《補正》:"此'故'字不應有,疑涉上下文誤衍。"

【按】楊説是,上下文並有"故"字,不當犯重,無"故"字語脈自通。《比興》篇"故比體雲構"之"故"字,與上文"故興義銷亡"犯重,不當有,誤與此同。

⑪ **心纏幾務。**

"幾",凌本作"機"。

楊氏《補正》:"以《徵聖》篇'妙極機神',《論説》篇'鋭思於機(此依元本等,黄本已改作幾)神之區'證之,'機'字是。《文選·嵇康〈與山巨源絶交書〉》'機務纏其心',爲此語所本,正作'機'。《宋書·王弘傳》:'參讚機務。'又《裴松之傳》:'而機務惟殷。'《梁書·徐勉傳》:'雖當機務,下筆不休。'又《孔休源傳》:'軍民機務,動止詢謀。'並其旁證。"

詹氏《義證》:"'幾'同'機'。'機務',機要之政務。嵇康《與山巨源絶交書》:'機務纏其心,世故繁其慮。'"

【按】楊説非是,此作"幾"自通,無煩改字。"幾"、"機"通。《尚書·皋陶謨》:"一日二日萬幾。"孫星衍今古文注疏:"幾,《漢書·王嘉傳》作'機'。"《梁書·徐勉傳》:"勉善屬文,勤著述,雖當幾務,下筆不休。"《易·乾·文言》孔穎達疏:"至失時不進,則幾務廢闕,所以乾乾須進也。"並"幾務"連文之證。

⑫ **將欲明經。**

"經",黄校:"汪本作'理'。" 元至正本、馮鈔元本、黄傳元本、弘治本、弘治活字本、佘本、隆慶本、張本、兩京本、胡本、王批本、訓故本、謝鈔本、薈要本、文淵本、文溯本、文津本、文瀾本作"理",《荆川稗編》七三、《古詩紀》一四五、《文儷》十三、《喻林》八八引同。 傳録何沈校本"經"旁過録"理"字。 張爾田圈點"理"字。

潘氏《札記》:"'采濫'二句正承上爲言,宜依汪本作'理'。"

王氏《校證》校"經"作理",云:"下文'采濫辭詭,則心理愈翳',即承此'聯辭結采,將欲明理'言。"

范氏《注》、户田《校勘記補》、楊氏《補正》、詹氏《義證》、李氏《斠詮》、牟氏《譯注》並校"經"作"理"。

【按】元明諸本多作“理”，梅本作“經”，與何本合，黃氏從之。

諸家解説是，此從元至正本等作“理”義長。上文言“經”、“緯”，謂行文之“主”、“次”與“先”、“後”，故如云“明經”，稍嫌不辭。《徵聖》篇：“或明理以立體。”“此明理以立體也。”此“明理”連文之證。此“理”字當訓情理、心文。“將欲明經”與“則心理愈翳”非對文，“心理”即承此“理”字而言，故前後不嫌犯重。其語式略同於《夸飾》篇“驗理，則理無不驗”。此既承上文“辭者理之爲緯”、“理定而後辭暢”，又與下文“設謨以位理”、“理正而後摛藻”照應。

⑬ **夫能設謨以位理。**

“謨”，梅校：“謝（兆申）云：當作‘模’。”何本、別解本、集成本、尚古本、岡本、王本、崇文本作“模”，《四六法海》十、《古儷府》九、《文通》二一引同。　徐燉云：“‘謨’，當作‘模’。”《詩法萃編》作“模”。　佚名批校兩京本改爲“模”。

張氏《考異》：“從‘模’是，《説文》：‘法也。’徐云：‘以木爲規模也。’張衡《歸田賦》：‘陳三五之軌模。’上言‘位’，下言‘置’，故曰地、曰地，從‘謨’則失義。”

范氏《注》、李氏《斠詮》、詹氏《義證》、牟氏《譯注》並校“謨”作“模”。

【按】梅本作“謨”，與元至正本等合，黃氏從之。

謝兆申云當作“模”，是，何本即作“模”，作“謨”者，蓋形聲並近而誤。《論衡·物勢篇》：“今夫陶冶者，初埏埴作器，必模範爲形。以土曰型，以金曰鎔，以木曰模，以竹曰範。”《慧琳音義》四二“作模”注引顧野王曰：“模，規形也，揰取象也。”又引鄭玄注《禮記》云：“模，所以琢文章之範也。”舍人常用“設模”義。如《章句》篇：“設情有宅，置言有位。”《鎔裁》篇：“情理設位，文采行乎其中。”“設模”與“設宅”、“置位”、“設位”義同。

⑭ **間色屏於紅紫。**

范文瀾云：“‘紅紫’，疑當作‘青紫’。上文云‘正采耀乎朱藍’。”

楊氏《補正》：“‘紅’本間色，其字未誤。若改作‘青’，則適爲正色矣。環濟《要略》：‘正色有五，謂青、赤、黃、白、黑也。間色有五，謂紺、紅、縹、紫、流黃也。’（《御覽》八一四引）《論語·鄉黨》：‘紅、紫不以爲褻服。’皇侃《義疏》：‘紅、紫，非正色也。……五方正色：青、赤、白、黑、黃；五方間色：緑爲青之間，紅爲赤之間，碧爲白之間，紫爲黑之間，緇爲黃之間也。故不用紅、紫，言是間色也。’又《陽貨》：‘子曰：惡紫之奪朱也。’集解引孔（安國）曰：‘朱，正色。紫，間色之好者。’《荀子·正論》篇：‘衣被則服五采，雜間色。’楊注：‘服五采，言備五色也。間色，紅、碧之屬。’《法言·吾子》篇：‘或問蒼蠅紅紫。’李注：‘紅、紫，似朱而非朱也。’《南齊書·文學傳論》：‘亦猶五色之有紅、紫。’並以‘紅’、‘紫’爲間色。《説文·糸部》：‘紅，帛赤白也。’段注：‘謂如今之粉紅、桃紅。’范氏蓋錯認‘紅’爲‘朱’，故疑其字有誤。”

王氏《校證》：“‘紅紫’不誤，蕭子顯《南齊書·文學傳論》：‘亦猶五色之有紅紫，八音之有鄭衛。’亦以‘紅紫’爲間色。”

【按】范説非是，此作“紅紫”自通，毋須改字。“紅”、“紫”皆爲間色。參見《體性》篇“淫巧朱紫”條校。

⑮ 吳錦好渝。

楊氏《校注》：“‘吳’，疑‘美’之誤。《鎔裁》篇有‘美錦製衣’語。”（按，楊氏《補正》無此條。）

【按】“吳錦”，六朝以前罕用，其義未詳。楊氏疑作“美錦”，亦嫌泛化，《補正》刊削此條，蓋亦覺前説之未確。細繹文義，此處當爲一貶義詞，“吳錦”疑當作“貝錦”，“吳”、“貝”形近致訛。

“貝錦”與下文“舜英”相儷，俱出《詩經》（“舜英”出《鄭風·有女同車》）。《詩·小雅·巷伯》：“萋兮斐兮，成是貝錦。”毛亨傳：“萋斐，文章相錯也。貝錦，錦文也。”鄭玄箋：“錦文者，文如餘泉、餘蚳之貝文也。興者，喻讒人集作已過以成於罪，猶女工之集采色以成錦文。”孔穎達疏：“女工集彼衆采而織之，使萋然兮，斐然兮，令文章相錯，以成是貝文，以爲其錦也。以興讒人集已諸過而構之，令過惡相積，故成是愆狀以爲己罪也。……《論語》云：‘斐然成章。’是斐爲文章之貌。萋與斐同類而云成錦，故爲文章相錯也。錦而連貝，故知爲貝之文。”朱熹集傳：“萋斐，文相錯也。貝錦，錦之貝文者也。讒人之構君子，其所以集成其罪者，猶織者縷縷相錯以成爲錦也。”此蓋舍人所本。

“貝錦”原本指錦繡富有文采，用以比喻構陷之辭，後常指文采繁盛。如《宋書·天竺迦毗黎國傳》：“貝錦以繁采發輝。”《弘明集·宗炳〈答何衡陽書〉》：“貝錦以繁采發華。”《文選·左思〈蜀都賦〉》：“貝錦斐成，濯色江波。”李善注：“貝錦，錦文也。”皆其例。“貝錦”又被賦予貶義，指無根之言、謊言、訛言。如《文選·謝靈運〈初發石首城〉》：“白圭尚可磨，斯言易爲緇。雖抱《中孚》爻，猶勞貝錦詩。”《北史·魏長賢傳》：“貝錦成章，青蠅變色。良田敗於邪徑，黄金鑠於衆口。”並其義。“貝錦”被認爲具有善變性。《梁書·劉孝綽傳》：

"飄風、貝錦，譬彼讒慝。""飄風"出自《老子》二十三章："飄風不終朝。"謂短暫即逝，不能持久，"貝錦"亦有此含義，故舍人言其"好渝"（渝，變也）。

此句贊語乃回應正文"淫麗而煩濫"、"採濫忽真"、"故有志深軒冕，而泛詠皐壤，心纏機務，而虛述人外，真宰弗存，翩其反矣。……夫以草木之微，依情待實，況乎文章，述志爲本，言與志反，文豈足徵"等語意。

⑯ 舜英徒艷。

"舜"，元至正本、馮鈔元本、弘治本、汪本、佘本、隆慶本、張本、兩京本、胡本、訓故本作"蕣"，《文體明辯》四八、《文章辨體彙選》四六八、《文儷》十三、《喻林》八九引同。

范氏《注》："《詩·鄭風·有女同車》：'有女同行，顏如舜英。'毛傳：'舜，木槿也。英，猶華也。'陸璣《草木疏》：'舜，一名木槿，今朝生暮落者是也。'"

楊氏《補正》："《禮記·月令》：'（仲夏之月）木菫榮。'《釋文》：'菫，一名舜華。'《爾雅·釋草》：'椵，木槿。櫬，木槿。'郭注：'別二名也。似李樹，華朝生夕隕。'邢疏：'其樹如李，其華朝生暮落。與草同氣，故在草中。……陸璣《（草木）疏》云：舜，一名木槿。……今朝生暮落者是也。'《説文·艸部》：'蕣，木菫，朝生莫落者。''徒艷'，謂舜華朝生夕隕也。又按《説文》引'舜'作'蕣'，是二字本通。"

【按】梅本作"舜"，與王批本、謝鈔本合，黃氏從之。

"舜"字無誤。"蕣"、"舜"於植物義可通，並花之易落者。

鎔裁第三十二

情理設位，文采行乎其中。剛柔以立本，變通以趨時。立本有體，意或偏長；趨時無方，辭或繁雜。蹊要所司，職在鎔裁：櫽括情理，①矯揉文采也。規範本體謂之鎔，剪截浮詞謂之裁。②裁則蕪穢不生，鎔則綱領昭暢，譬繩墨之審分，斧斤之斲削矣。駢拇枝指，由侈於性；附贅懸肬，實侈於形。二意兩出，③義之駢枝也；同辭重句，文之肬贅也。

凡思緒初發，辭采苦雜，心非權衡，勢必輕重。是以草創鴻筆，④

先摽三準：履端於始，則設情以位體；舉正於中，則酌事以取類；歸餘於終，則撮辭以舉要。然後舒華布實，獻替節文，⑤繩墨以外，美材既斲，故能首尾圓合，條貫統序。⑥若術不素定，而委心逐辭，異端叢至，駢贅必多。

　　故三準既定，次討字句。句有可削，足見其疎；字不得減，乃知其密。精論要語，極略之體；游心竄句，極繁之體：謂繁與略，隨分所好。⑦引而伸之，則兩句敷爲一章；約以貫之，則一章刪成兩句。思瞻者善敷，才覈者善刪。善刪者字去而意留，善敷者辭殊而意顯。⑧字刪而意闕，則短乏而非覈；辭敷而言重，則蕪穢而非瞻。

　　昔謝艾王濟，西河文士，張俊以爲"艾繁而不可刪，⑨濟略而不可益"，若二子者，可謂練鎔裁而曉繁略矣。至如士衡才優，而綴辭尤繁；士龍思劣，而雅好清省。及雲之論機，亟恨其多，而稱"清新相接，不以爲病"，蓋崇友于耳。夫美錦製衣，脩短有度，雖翫其采，不倍領袖，巧猶難繁，況在乎拙？而《文賦》以爲"榛楛勿剪"，"庸音足曲"，其識非不鑒，乃情苦芟繁也。⑩夫百節成體，共資榮衛，萬趣會文，不離辭情。若情周而不繁，辭運而不濫，非夫鎔裁，何以行之乎？

　　贊曰：篇章户牖，左右相瞰。辭如川流，溢則汎濫。權衡損益，斟酌濃淡。芟繁剪穢，弛於負擔。

校箋

①　鎔括情理。

"括"，元至正本、黃傳元本作"栝"。《詩法萃編》作"栝"。

徐氏《正字》："'鎔括'上當有'鎔裁者'三字。今本蓋脱。"

楊氏《補正》："以《宗經》《詮賦》《誄碑》《隱秀》等篇'釋名章義'之句式相例，'鎔括'上似脱'鎔裁者'三字。"

【按】徐説、楊説不可從，下文云"規範本體謂之鎔，翦截浮詞謂之裁"，即"釋名以章義"。

"鎔括"、"鎔栝"同。《荀子·非相篇》："府然若渠匽鎔栝之於己也。"楊倞

注:"檃栝,所以制木。"又《大略篇》:"乘輿之輪,太山之木也,示諸檃栝。"楊倞注:"檃栝,矯揉木之器也。"此"檃栝"連文之證。《孔叢子·儒服》:"夫木之性,以檃括自直。"《尚書大傳·略説》:"夫檃括之旁多枉木。"《抱朴子外篇·酒誡》:"是以智者嚴檃括於性理,不肆神以逐物。"此"檃括"連文之證。

② **剪截浮詞謂之裁**。

"剪",何本、凌本、合刻本、梁本、彙編本、集成本、尚古本、岡本、王本、崇文本、龍谿本作"翦",《詩法萃編》同。

楊氏《補正》:"正字作'前'。《説文·刀部》:'前,齊斷也。'經傳多假'翦'爲之,'剪'乃俗體。何本等作'翦'是也。《書·僞孔傳序》:'翦截浮辭。'《文選》吕向注:'有浮豔之辭,如刀翦而裁之。'"

【按】 梅本作"剪",與元至正本等合,黄氏從之。

"剪"字無誤,毋須改從,楊説非是。"剪"、"翦"字通。《玉篇·刀部》:"剪,俗'翦'字。"參見《議對》篇"諛辭弗剪"條校。

③ **二意兩出**。

"二",兩京本、胡本、訓故本、薈要本、文淵本、文溯本、文津本、文瀾本作"一",《子苑》三二引同。　顧黄合校本校作"一"。　傳録何沈校本改"二"爲"一"。　張爾田圈點"一"字。

范氏《注》:"'二意',黄蕘圃校本作'一意',極是。"

户田《校勘記補》:"正文'一意兩出,義之駢枝也;同辭重句,文之肬贅也','一意'、'同辭'相對成文,'一'字是也。"

楊氏《補正》:"'一'字是。'一意兩出',始爲'義之駢枝',若作'二',則不相應矣。"

王氏《校證》、張氏《考異》、李氏《斠詮》並校"二"作"一"。

【按】 梅本作"二",與元至正本等合,黄氏從之。

諸家解説是,"二"當從兩京本、訓故本等作"一"。清杭世駿《道古堂全集·與黄莘田論詩書》:"此雖不足爲足下與子遜病,但剖字鑽響,抭文申義,則吹毛次骨,恐不當受瑕於目論耳。又《沈香念珠》篇,頷既言'喃喃轉妙蓮',結復言'一百八聲圓',所謂'一意兩出,義之駢枝也'。"則杭氏所見者亦作"一"字,不誤。

④ **是以草創鴻筆**。

"鴻",元至正本、馮鈔元本、黄傳元本、弘治本、弘治活字本、汪本、佘本、隆慶本、張本、兩京本、胡本、何本、王批本、訓故本、謝鈔本、初刻梅本、復校梅本、凌本、合刻本、梁本、秘書本、梅六次本、梅七次本、彙編本、抱青閣本、集成本、尚古本、岡本、張松孫本、王本、崇文本作"鳴"，《子苑》三二、《文通》二一引同。

沈臨何校本改"鳴"爲"鴻"，云："'鳴'，校本闕疑。"（"鳴"爲沈氏藏汪本原有朱筆校字。）　傳錄何沈校本"鳴"旁過錄"鴻"字。　《詩法萃編》作"鳴"。

紀評："'鴻'，當作'鳴'，後'鳴筆之徒'句可證。"

鈴木《黃本校勘記》："'鴻'字不誤。此及《練字》篇'鳴'字並以'鴻'爲是。《書記》篇亦有'才冠鴻筆'句。"

潘氏《札記》："《封禪》：'誦德銘勳，乃鴻筆耳。'《書記》：'才冠鴻筆，多疎尺牘。'皆作'鴻筆'之證。"

戶田《宋本考》從鈴木說。

楊氏《補正》："紀說非是。《論衡·須頌篇》《抱朴子》佚文（《意林》四引）並有'鴻筆'之文。（《晉書》陳壽等傳論亦有'奮鴻筆於西京'語。）《封禪》篇'乃鴻筆耳'，《書記》篇'才冠鴻筆'，亦並作'鴻筆'。《練字》篇'鳴筆之徒'句，'鳴'字本誤，朱謀㙔已校改爲'鴻'矣。"

張氏《考異》："楊校、王校並從'鴻'，非。'鳴筆'常辭，'鳴'字下，先標三準句，義穎而辭活。紀評是。"

【按】元明諸本皆作"鳴"，黃氏蓋據何校本而改爲"鴻"。

紀評是，"鴻"當從元至正本等作"鳴"，二字形近而誤，黃氏所改非是。《玉篇·口部》："鳴，聲相命也。"《大戴禮記·夏小正傳》："鳴，相命也。"是"鳴"有"命"義，"鳴筆"，猶言命筆。《練字》篇："鳴筆之徒，莫不洞曉。"可爲佐證。此義古又常作"命筆"。如《顏氏家訓·名實篇》："屬音賦韻，命筆爲詩。"《陳書·徐伯陽傳》："置宴，酒酣，命筆賦劇韻二十。"《南史·荀伯玉傳》："見平澤有羣鶴，乃命筆詠之曰。"並其證。舍人之意，認爲凡動筆爲文者，皆須鎔裁工夫，本不限於鴻篇鉅制。

⑤ 獻替節文。

"替"，梅校："元作'贊'。"　黃校："疑作'質'。"　元至正本、黃傳元本、弘治本、弘治活字本、汪本、隆慶本、張本、兩京本、王批本、薈要本作"贊"。　文溯本作"質"。　徐𤊾云："'贊'，當作'替'，後有'獻替'之句。"　沈臨何校本改"贊"爲"質"，云："'質'，校本作'替'。"（"質"爲沈氏藏汪本原有朱筆校字。）

《詩法萃編》作"質"。

戸田《宋本考》："因'質'、'文'二字與上句'舒華布實'相對,故改作'質'爲是。"

楊氏《補正》："徐説是。作'贊',乃'朁'之形誤。'替'之正字作'朁',或體作'朁'。本書屢用'獻替'二字,何改'質',非也。"

張氏《注訂》："獻者進也,替者廢也。"

張氏《考異》："'獻替'有興廢取捨之義,故曰節文。從'替'是。"

詹氏《義證》："《附會》篇云:'獻可替否,以裁厥中。'作'替'字是。"

【按】元至正本、弘治本等作"贊",梅氏改爲"替",與何本、訓故本、謝鈔本合,黃氏從之。

作"替"是。此"獻替",即《附會》篇"獻可替否,以裁厥中"之義。《廣雅·釋詁》:"獻,進也。"《説文·竝部》:"替,廢,一偏下也。"張氏訓"取捨",近是,亦可訓行止,謂控制行文。

"獻替"乃古之常言。《章表》篇:"文翰獻替,事斯見矣。""敷奏絳闕,獻替黼扆。"《蔡中郎集·幽冀二州刺史久缺疏》:"官以議爲名,職以身爲貴,智淺謀漏,無所獻替,夙夜寤嘆。"《後漢書·黃瓊傳論》:"王暢、李膺彌縫袞闕,朱穆、劉陶獻替匡時。"又《荀悦傳》:"時政移曹氏,天子恭己而已,悦志在獻替,而謀無所用。"《世説新語·言語》:"陶公疾篤,都無獻替之言,朝士以爲恨。"《文選·王儉〈褚淵碑文并序〉》:"盡規獻替。"李善注引《國語》:"薦可而替否。"並其例。

⑥ 條貫統序。

"統",元至正本、馮鈔元本、弘治本、汪本、佘本、隆慶本、張本、兩京本、胡本、何本、王批本、訓故本、謝鈔本、初刻梅本、復校梅本、凌本、合刻本、梁本、秘書本、彙編本、梅六次本、梅七次本、抱青閣本、尚古本、岡本、張松孫本、崇文本作"始",《子苑》三二引同。　沈臨何校本改"始"爲"統",云:"'統',校本作'始'。"("統"爲沈氏藏汪本原有朱筆校字。)　傳録何沈校本"始"旁過録"統"字。

詹氏《義證》從黃本,云:"'條貫',有條理。'統序',有次序,有層次。"

【按】梅本及此前諸本皆作"始",黃氏蓋據何校本而改爲"統",薈要本、文淵本、文溯本、文津本、文瀾本、王本、掃葉本、龍谿本並從之。

作"統"是。"始"用作副詞,訓剛剛、正(《孟子·公孫丑上》:"若火之始然,泉之始達。"),訓然後、方才(《左傳·襄公二十五年》:"晉程鄭卒,子產始知然明。"),訓曾、嘗(《莊子·齊物論》:"而未始有封也。"),均與上文"故能"牴牾。另外,"始"字與上文"履端於始"嫌複。

《漢書·王莽傳》:"皇天上帝隆顯大佑,成命統序,符契圖文,金匱策書,神明詔告,屬予以天下兆民。"又《高祖紀下贊》:"漢承堯運,……協於火德,自然之應,得天統矣。"顏師古注:"臣瓚曰:'漢承堯緒,爲火德。秦承周後,以火代木,得天之統序,故曰得天統。'"《漢紀·前漢孝成皇帝紀》:"聖人立制,必有所定,所以防忿爭,一統序也。"此"統序"連文之證。

《説文·糸部》:"統,紀也。"即絲之頭緒。舍人以"故能"二字領起"首尾圓合"、"條貫統序",二句爲對文,則"統序"當解作形容詞,意爲井然而不紊亂。"條貫"亦當解作名詞,詹説失之。

⑦ **隨分所好。**

"隨",元至正本、馮鈔元本、弘治本、汪本、佘本、隆慶本、張本、兩京本、胡本、何本、王批本、訓故本、謝鈔本、初刻梅本、復校梅本、凌本、合刻本、秘書本、梅六次本、梅七次本、集成本、尚古本、岡本、文淵本、文溯本、文津本、張松孫本、王本、崇文本作"適",《子苑》三二、《文通》二一引同。　張爾田圈點"適"字。　《詩法萃編》作"適"。

范氏《注》:"隨分所好,謂各隨作者性之所好。"

楊氏《補正》:"'適'字是。《明詩》篇'隨性適分',《養氣》篇'適分胸臆',並以'適分'爲言,可證。"

張氏《考異》:"彥和善用'適'字,《徵聖》篇曰'會適',《明詩》《養氣》等篇曰'適分',與此正同,從'適'是。"

李氏《斠詮》校"隨"作"適"。

【按】元明諸本無作"隨"者,清代諸本亦多從明本作"適","隨"字當爲黃氏臆改。

諸本作"適"自通。《玉篇·辵部》:"適,從也。""適分",猶言隨分,黃氏臆改"隨",實無必要。此當改回"適"字。

⑧ **善敷者辭殊而意顯。**

"意",黃校:"汪本作'義'。"《玉海》二〇四引作"義"。　元至正本、馮鈔元本、黃傳元本、弘治本、弘治活字本、佘本、隆慶本、張本、兩京本、胡本、何本、王批本、訓故本、合刻本、梁本、集成本、尚古本、岡本、薈要本、文淵本、文溯本、文瀾本、王本、崇文本作“義”，《辭學指南》、《金石例》九、《文斷》、《子苑》三二引同。　《詩法萃編》作“義”。　張爾田圈點“義”字。

徐氏《正字》：“作‘義’較勝，與上句‘意’字亦不複出。”

戶田《校勘記補》：“正文‘善删者字去而意留，善敷者辭殊而意顯。字删而意闕，則短乏而非覈；辭敷而言重，則蕪穢而非贍’，‘字’與‘意’對文，‘意顯’當作‘義顯’，‘言重’亦疑當作‘義重’。”

楊氏《補正》：“‘義’字是。上云‘意留’，此云‘義顯’，始避重出。”

張氏《考異》、李氏《斠詮》並校“意”作“義”。

【按】元明諸本多作“義”，梅本作“意”，與謝鈔本合，黃氏從之。

諸家解說是，“意”當從《玉海》引等作“義”，黃氏未能擇善而從。全書恒“辭”、“義”對舉。如《明詩》篇：“辭譎義貞。”《詮賦》篇：“麗詞雅義。”《銘箴》：“義儉辭碎。”《指瑕》篇：“辭雖足哀，義斯替矣。”例多不徧舉。

⑨ 張俊以爲艾繁而不可删。

“俊”，梅校：“當作‘駿’。”　訓故本作“駿”，《古儷府》九、《文通》二一引同。　沈臨何校本改“俊”爲“駿”。

楊氏《補正》：“《章表》篇‘張駿自序’，亦作‘駿’。當據改。”

張氏《考異》、李氏《斠詮》並校“俊”作“駿”。

【按】“俊”當從梅校及訓故本作“駿”，二字形聲並近而誤。《晉書·張駿傳》：“駿，字公庭，幼而奇偉。建興四年，封霸城侯。十歲能屬文。”

⑩ 乃情苦艾繁也。

“艾”，梅校：“元作‘乑’。”　元至正本、黃傳元本、弘治本、弘治活字本、汪本、佘本、隆慶本、張本、兩京本、胡本、王批本、訓故本作“乑”，《子苑》三二、《古詩紀》一四八引同。　謝鈔本作“删”，馮舒校作“乑”。　沈臨何校本改“苦艾”爲“乑艾”。　張紹仁校“乑”作“艾”。

徐氏《正字》：“‘乑’與‘吝’同，亦通作‘悋’，謂意有所惜也。疑此句本作‘情乑艾繁’，今本‘乑’、‘艾’二字誤倒，‘艾’字又訛爲‘苦’。”

楊氏《校注》初版：“‘艾’字是，贊中有‘艾繁’文。”

楊氏《補正》：“‘乑’字是。《廣韻》二十一震：‘吝，……俗作乑。’是‘乑’或

‘悋’，原爲‘吝’之俗體。《書·僞仲虺之誥》：‘改過不吝。’枚傳：‘有過則改，無所吝惜。’《論語·堯曰》：‘出納之吝。’皇疏：‘吝，難惜之也。’《説文·口部》：‘吝，恨惜也。’《後漢書·張衡傳》：‘（《思玄賦》）栢舟悄悄吝（《文選》作丟）不飛。’章懷注：‘吝，惜也。’《家語·致思篇》：‘孔子曰：商之爲人也，甚悋於財。’王注：‘悋，嗇甚也。’上引諸書，於‘情苦丟繁’涵義，便煥然冰釋，迎刃而解矣。梅慶生因贊中有‘芟繁’之文，徑改‘丟’爲‘芟’，非是。”

王氏《校證》從黃本作“芟”，云：“本贊正作‘芟繁’。”

【按】元至正本等作“丟”，梅氏改爲“芟”，與謝鈔本、何本合，黃氏從之。

“丟（吝）繁”不辭，作“芟”是。“丟”蓋“芟”之形訛，謝鈔本作“刪”，蓋“芟”之音訛。“芟”訓剪除，詁此正合。《説文·艸部》：“芟，刈艸也。”《希麟音義》十“芟荑”注引《考聲》：“芟，剪也。”“情苦芟繁”，猶言以芟繁爲苦，與上文“艾繁而不可刪”照應。贊語“芟繁”二字正回應此意。楊校初版是，《補正》則非。

聲律第三十三

夫音律所始，本於人聲者也。聲含宮商，[①]肇自血氣，先王因之，以制樂歌。故知器寫人聲，聲非學器者也。[②]故言語者文章，神明樞機，吐納律呂，脣吻而已。[③]古之教歌，先揆以法，使疾呼中宮，徐呼中徵。夫商徵響高，宮羽聲下，[④]抗喉矯舌之差，攢脣激齒之異，廉肉相準，皎然可分。今操琴不調，必知改張；摘文乖張，[⑤]而不識所調。響在彼絃，乃得克諧，聲萌我心，更失和律，其故何哉？良由內聽難爲聰也。[⑥]故外聽之易，絃以手定；內聽之難，聲與心紛，可以數求，難以辭逐。凡聲有飛沈，響有雙疊。[⑦]雙聲隔字而每舛，疊韻雜句而必睽。[⑧]沈則響發而斷，[⑨]飛則聲颺不還，並轆轤交往，逆鱗相比，[⑩]迂其際會，[⑪]則往蹇來連，其爲疾病，亦文家之吃也。夫吃文爲患，生於好詭，逐新趣異，故喉脣糺紛。將欲解結，務在剛斷。左礙而尋右，末滯而討前，則聲轉於吻，玲玲如振玉；辭靡於耳，纍纍如貫珠矣。是以聲畫妍蚩，[⑫]寄在吟詠，吟詠滋味流於字句，氣力窮於和韻。[⑬]異音相從謂之和,同聲相應謂之韻。韻氣一定,故餘聲易遣;⑭和體抑揚,故遺響難契。屬筆易巧,選和至難,⑮綴文難精,而作韻甚易。雖纖意曲變,⑯非可縷言,然振其大綱,不出茲論。

　　若夫宮商大和,譬諸吹籥,翻迴取均,頗似調瑟。瑟資移柱,故有時而乖貳;籥含定管,故無往而不壹。陳思潘岳,吹籥之調也;陸機左思,瑟柱之和也。槩舉而推,可以類見。又詩人綜韻,率多清切,《楚辭》辭楚,故訛韻實繁。及張華論韻,謂士衡多楚,《文賦》亦稱"知楚不易",⑰可謂銜靈均之聲餘,⑱失黃鍾之正響也。凡切韻之動,勢若轉圜,⑲訛音之作,甚於枘方,免乎枘方,則無大過矣。練才洞鑒,剖字鑽響,識疎闊略,⑳隨音所遇,若長風之過籟,㉑南郭之吹竽耳。㉒古之佩玉,左宮右徵,以節其步,聲不失序,音以律文,其可忘哉?㉓

　　贊曰:摽情務遠,比音則近。吹律胸臆,調鍾脣吻。㉔聲得鹽梅,響滑榆槿。割棄支離,宮商難隱。

校箋

① **聲含宮商**。

"含",何本、凌本、合刻本、梁本、集成本、尚古本、岡本、王本作"合",《詩法萃編》同。

楊氏《補正》:"'合'字非是。'聲含宮商',猶言聲含有宮商耳,非謂其合於宮商也。《白虎通德論·論姓》篇:'人含五常而生,正聲有五:宮、商、角、徵、羽。'"

張氏《考異》:"上言'本於人聲',故下言'含'。含本內發,合由外鑠。從'含'是。"

【按】"含"字固是,然作"合"亦可通,楊說未確。"含"、"合"同。《周禮·春官·鬯人》:"凡山川四方用蜃。"鄭玄注:"蜃曰合漿。"陸德明釋文:"合,本亦作'含'。"《文選·嵇康〈琴賦〉》:"合天地之醇和兮。"劉良注:"吸、合,含也。"

② **聲非學器者也**。

"學",梅校:"當作'效'。"《詩法萃編》作"效"。

范氏《注》:"'學器',當作'效器'。《毛詩大序》:'情發於聲,聲成文謂之音。'正義曰：'原夫作樂之始，樂寫人音，人音有小大高下之殊，樂器有宮徵商羽之異，依人音而制樂，託樂器以寫人，是樂本效人，非人效樂。'沖遠數用彥和語，此亦其一也。"

楊氏《補正》："'學'字不誤。《廣雅・釋詁三》：'學，效也。'詁此正合。《物色》篇：'喓喓學草蟲之韻。'尤爲切證。"

張氏《考異》："朱子曰：'學之爲言效也。'學、效義同，無煩改從。"

王氏《校證》校"學"作"效"。李氏《斠詮》校"學"作"斅"。

【按】作"學"自通，梅校非是。"學"，訓仿效、模仿。《説文・攴部》："斅，篆文斅，省。""學（斅）"、"效"古通用。《尚書大傳》二："學，效也。"《類篇・教部》："斅，效也。"又，《墨子・貴義》："貧家而學富家之衣食多用，則速亡必矣。"《晉書・戴逵傳》："是猶美西施而學其顰眉。"並其義。

③ **故言語者文章，神明樞機，吐納律呂，脣吻而已。**

沈臨何校本云："疑有脱字。"

黃氏《札記》："'文章'下當脱二字。'者'下一豆，'神明樞機'四字一豆，'吐納律呂'四字一豆。"

鈴木《黃本校勘記》："據黃説，'言語者脣吻而已'是于文不成體樣，'文章'下原無脱字，'文章'、'樞機'、'律呂'六字皆屬虛用，視爲動字。若借黃語，'文章神明'一豆，'樞機吐納'一豆，'律呂脣吻'一豆，'文章'，文飾彰明之謂，'神明'，心性虛靈之謂。"

范氏《注》："'文章'下，疑脱'關鍵'二字。言語，謂聲音，此言聲音爲文章之關鍵，又爲神明之樞機，聲音通暢，則文采鮮而精神爽矣。至於律呂之吐納，須驗之脣吻，以求諸適，下贊所云'吹律胸臆，調鍾脣吻'，即其義也。《神思》篇用'關鍵'、'樞機'字。"

徐氏《正字》："先師黃君《札記》云：'文章下當脱二字。'疑脱'聲氣'二字。《附會》篇云：'情志爲神明，宮商爲聲氣。'云云，其義與此略近。"

劉氏《校釋》："'文章'下，疑脱'管籥'二字。"

楊氏《補正》讀作："故言語者，文章神明，樞機吐納，律呂脣吻而已。"

張氏《考異》："梅本楊氏句讀爲：'文章神明，樞機吐納，律呂脣吻而已。'意自可協，無煩以意增改。"

詹氏《義證》："説'文章'下脱二字，或補'關鍵'二字，或補'管籥'二字，或補‘聲氣’二字，都無根據。”

王氏《校證》、李氏《斠詮》並從范氏説，“文章”下補“關鍵”二字。

【按】此文確有訛誤，然諸家皆增字作解，義仍難通。此“者”字疑當爲衍文，蓋涉上文“者”字而誤。全書涉上文而誤衍者多有，此亦應爲一例。此文疑當作“故言語文章，神明樞機，吐納律吕，脣吻而已”，其大意爲：“人之外在語言活動，乃受内在神志控制（心主宰言，言爲心聲），而要使言語表達合乎五音六律，則須依靠脣吻等發音器官。”删去“者”字，則上下文怡然理順矣。試釋之如下。

第一，依鈴木説，此處之“文章”，非“文辭”、“文學”之謂，乃主謂結構，意爲“文理（言文）彰明”。“章”，乃動詞，訓明、顯、著。如《易·噬嗑》象：“雷電合而章。”惠棟述：“章，明也。”此亦爲舍人所慣用。如《章表》篇：“章者，明也。”《章句》篇：“故章者，明也。”《情采》篇：“是以衣錦褧衣，惡文太章。”並其證。“文”，指聲文。凡交錯之事物，皆曰文。如《説文·文部》：“文，錯畫也，象交文。”《易·繫辭下》：“物相雜，故曰文。”聲音交錯生發，亦可稱文。如《毛詩序》：“聲成文謂之音。”《禮記·樂記》：“聲相應，故生變，變成方，謂之音。”鄭玄注：“方，猶文章也。”舍人之“聲文”説即本此而立論。如《原道》篇：“聲發則文生矣。”“心生而言立，言立而文明。”《情采》篇：“立文之道，其理有三：……二曰聲文，五音是也。”並其義。

第二，“言語文章”之句式，本於《論語·公冶長》“夫子之文章”，何晏集解云：“章，明也，文采形質著見。”“夫子之文章”，即夫子之文采得以彰顯。此句式舍人常用。如《議對》篇：“自兩漢文明，楷式昭備。”“兩漢文明”，即兩漢之文（禮樂制度）彰明。《附會》篇：“凡大體文章，類多枝派。”“大體文章”，即大體之文得以彰明。又鍾嶸《詩品》評張華詩：“兒女情多，風雲氣少。”當解作“兒女之情多，風雲之氣少”，語法結構並與此同。

第三，“樞機”，訓發動、控制。《易·繫辭上》：“言行，君子之樞機。”王弼注：“樞機，制動之主。”《國語·周語下》：“夫耳目，心之樞機也。”注：“心有所慾，耳目爲之發動。”《雲笈七籤·三洞經教部·上清黄庭内景經》：“口爲心關精神機。”注：“言發於情，猶樞機也。”並其義。

“言語文章，神明樞機”，意爲：“言語之文理（即有序之語言）之所以能彰顯著明（指語言表達），乃依賴於神明之樞機（即由心志發動）。”即心動而言形之意。

第四,"吐納",乃偏義複詞,重在"吐",不在"納"。舍人用之,多指言辭表達。如《宗經》篇:"聖謨卓絕,墙宇重峻,吐納自深,譬萬鈞之洪鍾,無錚錚之細響矣。"《明詩》篇:"諷誦舊章,酬酢以爲賓榮,吐納而成身文。"《神思》篇:"吟詠之間,吐納珠玉之聲。"《體性》篇:"氣以實志,志以定言,吐納英華,莫非情性。"《養氣》篇:"是以吐納文藝,務在節宣。"並其義。此云"吐納律呂",即指從内向外發出和諧聲音。

第五,"脣吻而已"之"而已"二字,亦值得揣摩,其含義當爲:"吐納律呂,關鍵在於發音方法,而無關乎神明情志。"《南齊書·五行志》:"歌謠,口事也。口氣逆則惡言。"又《周顒傳》:"顒音辭辯麗,宮商朱紫,發口成句。"可證聲律乃純粹脣舌齒牙喉之事也。

④ **夫商徵響高,宮羽聲下。**

黄氏《札記》:"此二句有訛字。當云'宮商響高,徵羽聲下'。《周語》曰:'大不踰宮,細不踰羽。'《禮記·月令》鄭注云:'凡聲尊卑,取象五行,數多者濁,數少者清。'宮數八十一,商數七十二,角數六十四,徵數五十四,羽數四十八(詳見《律曆志》),是宮商爲濁,徵羽爲清,角清濁中。彦和此文爲誤無疑。"

劉氏《校釋》:"黄引經典及鄭注證原文有誤,是也。其所改之句,非也。當作'徵羽響高,宮商聲下'。"

王氏《校證》校同劉氏,作"夫徵羽響高,宮商聲下",云:"黄氏摘彦和之誤甚是,惟所改則非。彦和所謂宮商,即後世所謂平仄。《文鏡祕府論·天卷·調聲》引元兢云:'聲有五聲,角徵宮商羽也。分於文字四聲,平上去入也。宮商爲平聲,徵爲上聲,羽爲去聲,角爲入聲。'日本沙門了尊《悉曇輪略圖鈔》一引《元和新聲韻譜》云:'平聲者哀而安,上聲勵而舉,去聲清而遠,入聲直而促。'(神珙《四聲五音九弄反紐圖序》據此)晚明釋真空之《玉鑰匙》所云:'平聲平道莫低昂,上聲高呼猛烈強;去聲分明哀遠道,入聲短促急收藏。'本此,謂四聲之上去高而平入下也。換言之,即謂'徵羽響高,宮商聲下'也。"

張氏《考異》從黄侃説,云:"且古之所謂宮商,決非後世之謂平仄,分爲四聲則可,便稱等於宮商則非矣。王校殊非。"

李氏《斠詮》從劉説,改作"夫徵羽響高,宮商聲下"。

【按】"商徵"、"宮羽"組合,殊爲可疑。"宮"、"羽"宜分不宜合(見下),上述三家以"徵羽"、"宮商"組合,似較合理。劉氏、王氏校作"徵羽響高,宮商聲下”,可與上文“中徵”銜接,符合古人行文“先舉近以及遠”之體例(參見《史傳》篇“左史記事者,右史記言者”條校),較黃侃氏爲長。

《國語·楚語上》:“而以察清濁爲聰。”韋昭注:“清濁,宮羽也。”沈約《答陸厥書》:“自古辭人,豈不知宮羽之殊,商徵之別?”《宋書·謝靈運傳論》:“欲使宮羽相變,低昂互節。”可知宮、羽指音之清濁,乃高低相反者,故此不應云“宮羽”皆聲下。《禮記·月令》:“孟春之月……其音角。”鄭玄注:“謂樂器之聲也。三分羽益一以生角,角數六十四,屬木者,以其清濁中。……數多者濁,數少者清,大不過宮,細不過羽。”孔穎達疏:“宮三分去一(即八十一去二十七),下生徵,徵數五十四。徵三分益一,上生商,商數七十二。商三分去一,下生羽,羽數四十八。羽三分益一,上生角,角數六十四。”“木之聲清於土金之聲,濁於水火之聲,今角聲亦清於宮商,濁於徵羽,故角聲屬木,所以清濁中。凡數多者濁,數少者清。今宮數八十一,商數七十二,徵數五十四,羽數四十八。角數六十四,少於宮商,多於徵羽,故云清濁中。”關於五音之高下清濁之序,明倪復總結云:“宮最下最濁,商次下次濁,角高下清濁之間,徵次高次清,羽最高最清。”(《鍾律通考》六《五聲象義章》)“濁”,指音質厚重低沉。“清”,指清越激揚。宮商角徵羽,相當於現代音樂之五聲音階:1(do)2(re)3(mi)5(sol)6(la)。

　　⑤摘文乖張。

“摘”,何本、復校梅本、凌本、合刻本、梁本、梅六次本、梅七次本、集成本、尚古本、岡本、張松孫本、王本、崇文本作“摘”,《詩法萃編》同。　黃丕烈校作“擿”。馮班校“摘”作“擿”。

范氏《注》:“‘摘文’,當作‘擿文’。”

楊氏《補正》:“‘擿’字是。《樂府》《詮賦》《銘箴》《程器》四篇並有‘擿文’連文之句。左思《七諷》:‘擿文潤世。’(《書鈔》一百引)是‘擿文’一詞之先見者。”

王氏《校證》、張氏《考異》、李氏《斠詮》並校“摘”作“擿”。

【按】梅氏萬曆初刻本作“摘”,與元至正本等合,梅氏復校本、天啓二本作“擿”,與何本合,黃氏從之。

諸說是,“摘”當作“擿”,形近而致訛。《宋書·傅隆傳》:“擿文列錦,煥爛可觀。”梁簡文帝《上南郊頌表》曰:“昔東平琅琊,著藻炎德,臨淄中山,擿文魏美。”(《藝文類聚》三八引)《梁書·昭明太子傳》:“擿文掞藻。”並“擿文”連文之證。

⑥ 良由內聽難爲聰也。

梅校："'內'，元作'外'，王改。"　元至正本、黃傳元本、弘治本、弘治活字本、汪本、佘本、隆慶本、張本、兩京本、胡本、王批本、薈要本作"良由外聽難爲聰也"。　訓故本作"良由外聽易爲□，而內聽難爲聰也"。　《喻林》八九引作"良由外聽易爲察，內聽難爲聰也"。　沈臨何校本"外聽"下標增字符。　張爾田圈點"外"字。

范氏《注》："□，或是'巧'字。操琴不調，必知改張，語本《漢書‧董仲舒傳》對策文。"

徐氏《正字》："'外'字不誤。蓋今本'外聽'下，脫'易爲□而內聽'六字，缺字疑當作'聞'。"

劉氏《校釋》："'爲'下缺文，或是'力'字。"

楊氏《補正》："王氏訓故本所有六字是也。下文'外聽之易'、'內聽之難'云云，即承此引申，如今本，則踤踖而行矣。《喻林》八九引此文，正足以補訂今本之誤脫。"

王氏《校證》："然余猶疑□或是'力'字，以《封禪》篇有'追觀易爲明，循勢易爲力'句，與此正復相似也。"

張氏《考異》"□"從"巧"。王氏《綴補》從《喻林》引。李氏《斠詮》從劉說"易爲"下補"力"字。

【按】元至正本等作"外聽"，王氏改"外"爲"內"，與馮鈔元本、何本、謝鈔本合，梅氏、黃氏從之。

楊說可從，此文疑當作"良由外聽易爲察，而內聽難爲聰也"，訓故本當補"察"字，《榆林》引當補"而"字。"察"與"聰"對文，訓聰慧。《荀子‧不苟》："說不貴苟察。"楊倞注："察，聰察。"又，晉何劭《王弼傳》："弼幼而察惠。"亦其義。"□"處補"巧"字、"力"字者，皆非。

"而"字表前後語意轉折，不可少。《祝盟》篇："是以義同於誄，而文實告神。""凡羣言發華，而降神務實。"《哀弔》篇："是以義同於誄，而文實告神。"用法並與此同。

⑦ 凡聲有飛沈，響有雙疊。

梅校："楊（慎）云：'有'字下，諸本皆遺'翕散'二字。謝云：據下文，當作'雙疊'二字。"　黃校："'雙疊'二字脫。"　"雙疊"，元至正本、黃傳元本、弘治

本、弘治活字本、汪本、佘本、隆慶本、兩京本、胡本、王批本無。　張本作“動靜”。　何本、清謹軒本、集成本、尚古本、岡本、崇文本作“高下”。　訓故本作“翕散”。　馮鈔元本、謝鈔本、初刻梅本、復校梅本、凌本、合刻本、梁本、抱青閣本作“□□”。　徐燉云：“‘響有雙聲’，一作‘響有雙疊’”。　馮舒“有”下校云：“脱字。”　沈臨何校本“響有”下補“□□”，云：“脱二字。楊云：當作‘翕散’。謝云：據下文，當作‘雙疊’。”　顧廣圻補“雙聲”二字。　張紹仁補“高下”二字。

鈴木《黃本校勘記》：“‘雙疊’二字是也。楊説最爲妄斷。”

【按】梅氏萬曆初刻本及復校本作“□□”，與馮鈔元本、謝鈔本合，梅氏天啓二本補作“雙疊”，黃氏從之。

據下文，梅補“雙疊”是也，符合舍人“先舉近以及遠”之文例（參見《史傳》篇“左史記事者，右史記言者”條校）。《文鏡秘府論・天卷・四聲論》、《玉海》四五引亦並有“雙疊”二字。

⑧ **疊韻雜句而必睽。**

《文鏡秘府論・天卷・四聲論》引作“疊韻離句其必睽”。　“睽”，元至正本、弘治本、汪本、佘本、隆慶本、張本、兩京本、王批本、文瀾本作“暌”。

鈴木《黃本校勘記》：“‘離’字是也。《玉海》、嘉靖本‘暌’作‘睽’，從目者是也。”

范氏《注》：“雜句，《文鏡祕府論》一引此文作‘離句’，疑作‘離’者是，離亦隔也，謂疊韻字在句中隔越成病也。”

王氏《校證》改作“離”，云：“謂用疊韻字各在一句也。”

戸田《校勘記補》、李氏《斟詮》並從《文鏡秘府論》引作“睽”。

【按】梅本作“睽”，與何本、訓故本、謝鈔本合，黃氏從之。

“睽”、“暌”義並可通，訓乖違。元至正本、弘治本等作“暌”，本無誤，梅氏改作“睽”，實無必要，此作“睽”較長。參見《雜文》篇“文麗而義暌”條校。“雜”，《文鏡秘府論》引作“離”，是，“離句”與上句“隔字”對文。“而”，《文鏡秘府論》引作“其”，亦是，“其”與上句“而”相儷，互文見義，如《楚辭・遠遊》：“山蕭條而無獸兮，野寂寞其無人。”舍人句法與此同。此文當從《文鏡秘府論》引作“疊韻離句其必睽”。

⑨ **沈則響發而斷。**

“而”，《文鏡秘府論・天卷・四聲論》引作“如”。

范氏《注》：“作‘如’義較優。”

李氏《斠詮》校“而”作“如”。

【按】范說非是，作“而”自通，毋須改字。上文“疊韻離句其必睽”（見上條校），故此作“而”不犯重。“斷”，訓絕、止。“而”，訓如。《經傳釋詞》：“而，猶若也。‘若’與‘如’古同聲，故‘而’訓爲如，又訓爲若。”《易·明夷》象辭：“用晦而明。”虞翻注：“而，如也。”《新序·雜事三》：“白頭而新，傾蓋而故。”《漢書·鄒陽傳》引此作“白頭如新，傾蓋如故。”並“而”、“如”通用之證。

⑩ 逆鱗相比。

“比”，《文鏡秘府論·天卷·四聲論》引作“批”。

范氏《注》：“‘批’字恐誤，當作‘比’。”

【按】“比”字無誤，作“批”者，形聲並近而誤。《廣雅·釋詁》：“批，擊也。”引申爲觸擊、觸犯。《戰國策·燕策三》：“奈何以見陵之怨，欲批其逆鱗哉？”言逆鱗互相觸擊，殊爲不辭。王利器《文鏡秘府論校注》云：“《雕龍》作‘比’，義勝，‘比’取譬鱗之相比耳，本無批嬰之義。”此說是。

⑪ 迕其際會。

“迕”，《文鏡秘府論·天卷·四聲論》引作“迕”。　紀昀云：“‘迕’，當作‘迕’。”《詩法萃編》作“迕”。

楊氏《補正》、王氏《校證》、張氏《考異》、李氏《斠詮》並校“迕”作“迕”。

【按】“迕”當據《文鏡秘府論》引作“迕”，二字形近而致訛。“迕”，訓違、背、逆。《漢書·灌夫傳》：“與太后家迕。”顏師古注：“迕，相逆忤也。”《文選·陸機〈贈尚書郎顧彦先〉》：“凄風迕時序。”張銑注：“迕，逆也。”詁此正合。

⑫ 是以聲畫妍蚩。

“蚩”，何本、合刻本、梁本、尚古本、岡本、文溯本、文瀾本、王本、崇文本作“媸”，《詩法萃編》同。

楊氏《補正》：“‘媸’字《說文》所無，古多以‘蚩’爲之。《後漢書·文苑下·趙壹傳》：‘孰知辨其蚩妍。’《文選·文賦》：‘妍蚩好惡。’江淹《雜體詩·孫廷尉首》：‘浪迹無蚩妍。’劉峻《辨命論》；‘而謬生妍蚩。’並不作‘媸’。本書以‘妍蚩’連文者凡四處，各本亦多作‘蚩’。此文《四聲論》篇所引，亦作‘蚩’。則舍人原皆作‘蚩’，可知矣。”

【按】梅本作“蚩”，與元至正本等合，黃氏從之。

此作"妍蚩"自通。《文選·陸機〈文賦〉》："妍蚩好惡。"李善注引《聲類》："蚩,駭也。"劉良注："蚩,惡也。"《文選·江淹〈雜體詩三十首〉》："浪迹無蚩妍。"吕向注："蚩,醜。"然此作"妍媸"亦通,楊説未確。《抱朴子内篇·塞難》："妍媸有定矣。"王明校釋:"孫校:'媸'藏本作'蚩'。"《抱朴子外篇·文行》:"屬辭比義之妍媸。"並"妍媸"連文之證。

⑬ 寄在吟詠,吟詠滋味流於字句,氣力窮於和韻。

《文鏡秘府論·天卷·四聲論》引作"寄在吟詠,滋味流於下句,風力窮於和韻"。　下"吟詠"二字,何本、梅六次本、梅七次本、集成本、尚古本、岡本、王本、崇文本無。　王惟儉標疑下"吟詠"二字。　徐燉刪去下"吟詠"二字,云:"二字似衍。"　傳録何沈校本補下"吟詠"二字。　《詩法萃編》刪下"吟詠"二字。　"字",梅校:"元作'下',商孟和改。"　元至正本、黄傅元本、弘治本、弘治活字本、汪本、佘本、隆慶本、張本、兩京本、胡本、王批本、訓故本作"下",《胡維霖集·墨池浪語詩譜》一、《唐音癸籤》二六二引同。　孫汝澄云:"'氣'字上,當復有'字句'二字。"　沈臨何校本"氣力"上標增字符,云:"孫云:'氣力'上,當復有'字句'二字。"　張紹仁校"下"作"字"。　張爾田圈點"下"字。

黄氏《札記》:"下'吟詠'二字衍。"

鈴木《黄本校勘記》:"次句'氣力'上添'字句'二字,此'吟詠'二字不必爲衍。"

范氏《注》:"下句,猶言安句、造句。"

楊氏《補正》:"'吟詠'二字原係誤衍,孫氏不審,而欲再增'字句'二字以彌縫之,非是。'下'字未誤,……《四聲論》引,正作'滋味流於下句'。"

李氏《斠詮》校作"寄在吟詠,滋味流於字句,風力窮於和韻",云:"作'下'者,蓋誤認下句'和韻'之'和'字爲動詞,欲與對文而然。而不知'字句'與'和韻'皆平行詞,各包兩事,黄引馮本作'字'不作'下',是乃彦和之原文,商改正是。"

王氏《校證》從徐校,刪下"吟詠"二字。

【按】梅氏萬曆初刻本及復校本作"寄在吟詠,吟詠滋味流於字句,氣力窮於和韻",與馮鈔元本、謝鈔本合,梅氏天啓二本剗去下"吟詠"二字,黄氏仍從初刻本。

《文鏡秘府論》引近是,唯"風"字當作"氣","吟詠"二字當删,"字"當從元至正本等作"下"，此文當作"寄在吟詠，滋味流於下句，氣力窮於和韻"。"下句"與"和韻"對文。李氏《斟詮》云："作'下'者，蓋誤認下句'和韻'之'和'字爲動詞，欲與對文而然，而不知'字句'與'和韻'皆平行詞，各包兩事。"此説未確。下文云"異音相從謂之和，同聲相應謂之韻"，明"和"、"韻"俱爲動詞。"氣力"與"滋味"並承"吟詠"來，謂心思氣力表現於和韻。王氏、李氏並從"風力"，非是。

⑭ **故餘聲易遺。**

"故"，王氏《校證》："古鈔本《文鏡秘府論》無'故'字，日刊本《文鏡秘府論》'故'作'則'。"　鈴木《黃本校勘記》："'故'，《文鏡秘府論》、《玉海》作'則'。"（按，《玉海》四五引實作"故"，鈴木校有誤。）

林氏《集校》："'故'、'則'並通，但作'則'不與下'故'字複，較勝。"

范氏《注》、李氏《斟詮》並校"故"作"則"。

【按】林説非是，作"故"自通。《詮賦》篇："情以物興，故義必明雅；物以情覩，故詞必巧麗。"《頌讚》篇："風雅序人，故事兼變正；頌主告神，故義必純美。"句法並與此同，皆兩"故"字相儷，不爲犯重。

⑮ **選和至難。**

"選"上，兩京本、胡本有"而"字。

楊氏《補正》："有'而'字，始與下'綴文難精，而作韻甚易'相儷。"

張氏《考異》："舍人凡用'而'字，皆轉折相背，如本篇中用'而'字皆同此意，如'而每舛'、'而必暌'、'而尋右'、'而未備'、'而乖貳'、'而不壹'，別篇亦率如此，若此句'易巧'與'至難'，似增'而'字爲是。"

李氏《斟詮》"選"上補"而"字。

【按】楊、張兩説是，"選"上當從兩京本補"而"字。唯張氏舉"而必暌"爲例則不確，此"而"字當作"其"。參見《聲律》篇"疊韻雜句而必暌"條校。

⑯ **雖纖意曲變。**

"意"，黃校："一作'毫'。"　梅六次本、梅七次本作"毫"，集成本、張松孫本同。　《古詩紀》一四六引作"意"。　傳録何沈校本"毫"旁過録"意"字。　紀昀云："'纖意'，當作'纖毫'。"《詩法萃編》作"毫"。

楊氏《補正》："'毫'字較勝。"

張氏《考異》："據上文抑揚、難契、易巧、至難，此應作'毫'，紀評是。"

【按】梅氏萬曆初刻本及復校本作“意”，梅氏天啓二本改爲“毫”，然元明諸本皆作“意”，“毫”字蓋梅氏臆改，黃氏仍從初刻本。

此作“意”自通。“意”與“變”搭配，“纖意”，謂纖微深曲之意旨。《神思》篇：“思表纖旨，文外曲致，言所不追。”《高僧傳·僧伽提婆傳》：“學通三藏，尤善《阿毘曇心》，洞其纖旨。”“纖意”義同“纖旨”。

⑰ 《文賦》亦稱知楚不易。

傳録何沈校本標疑《文賦》二字，云：“‘知楚不易’，今《文賦》無此語。”

黃氏《札記》：“《文賦》云：‘亮功多而累寡，故取足而不易。’彥和蓋引其言以明士衡多楚，不以張公之言而變。‘知楚’二字乃涉上文而訛。”

鈴木《黃本校勘記》：“黃氏之意，益似謂‘知楚’二字，宜以‘取足’二字易之，但《文賦》‘取足不易’，就片言警策而言，與楚韻無相涉也。彥和汎説，士衡自知其平日之所謂多楚，而不改易，辭稱《文賦》，固爲失矣。而‘知楚’二字，必以爲訛，亦恐未爲得之。”

張氏《考異》：“《文賦》原作‘取足不易’，據黃氏所校，‘知楚’字爲涉上文而訛。”

王氏《校證》、李氏《斠詮》並校“知楚”作“取足”。

【按】黃説是，“知楚”疑當作“取足”，形近致訛。《文選·陸機〈文賦〉》李善注：“言其功既多，爲累蓋寡，故以取足而不改易其文。”此舍人所本。《列子·仲尼》：“外游者求備於物，内觀者取足於身，取足於身，游之至也，求備於物，游之不至也。”《莊子·天地》：“財用有餘而不知其所自來，飲食取足而不知其所從，此謂德人之容。”此“取足”連文之證。

⑱ 可謂銜靈均之聲餘。

“聲餘”，訓故本作“餘聲”。　謝鈔本無“餘”字，“聲”下空一格，馮舒補“餘”字。　張紹仁乙作“餘聲”。

楊氏《補正》：“‘聲餘’二字當乙，始能與‘正響’相對。上文‘餘聲易遣’亦與‘遺響難契’對。”

李氏《斠詮》校“聲餘”作“餘聲”。

【按】楊説非是，黃本自通，毋須改字。“聲餘”猶言聲音之餘，側重在剩餘、遺留之意。《養氣》篇：“賈餘於文勇。”《才略》篇：“賈餘於哀誄。”並用“餘”字爲賓詞，故此云銜其聲餘，亦不違語法。《禮記·建傳》：“三曲而偃。”鄭玄

注:“聲餘從容也。”《文選・張衡〈西京賦〉》:“聲清暢而蜲蛇。”薛綜注:“蜲蛇,聲餘詰曲也。”《史記・十二諸侯年表》:“紂爲象箸而箕子唏。”索隱:“唏,歎聲,音許既反,又音希,希亦聲餘,故《記》曰:‘夫子曰嘻其甚也。’亦音饎。”並“聲餘”連文之證。

⑲ **勢若轉圜。**

“圜”,元至正本、馮鈔元本、弘治本、弘治活字本、汪本、隆慶本、張本、兩京本、王批本、訓故本、文淵本、文瀾本、王本作“圓”,《玉海》四五、《喻林》八八引同。　沈臨何校本改“圓”爲“圜”。

張氏《考異》:“‘圜’同‘圓’。《韻會》:‘古方圓之‘圓’,皆作圜。’今皆作圓。”

【按】梅氏作“圜”,與何本、謝鈔本合,黃氏從之。

作“圜”自通。《周禮・冬官・考工記・輿人》:“圜者中規,方者中矩。”《楚辭・九辯》:“圜鑿而方枘兮。”“圜”即“圓”。《漢書・梅福傳》:“從諫如轉圜。”顏師古注:“轉圜,言其順也。”《三國志・魏書・武帝紀》裴松之注引《魏書》:“故計行如轉圜。”並“轉圜”連文之證。

⑳ **識疎闊略。**

“識疎”,黃校:“汪本作‘疎識’。”　元至正本、馮鈔元本、黃傳元本、弘治本、弘治活字本、佘本、隆慶本、張本、王批本、訓故本、文淵本、文溯本、文津本、文瀾本作“疎識”,《古詩紀》一四六、《喻林》八八引同。　兩京本作“識鑒”,薈要本同。　傳録何沈校本“識疎”乙作“疎識”。　張紹仁校作“識疎”。

楊氏《補正》:“汪本是也。‘疎識’、‘闊略’,詞性始能相偶。”

王氏《校證》:“‘疎識’與‘闊略’對文。”

張氏《考異》:“‘闊略’所以狀‘疎識’,無所謂相偶與對文耳。”

李氏《斟詮》校“識疎”作“疎識”。

【按】梅本作“識疎”,與何本、謝鈔本合,黃氏從之。

“識疎”當乙作“疎識”,與上文“練才”相儷。“闊略”陳述“疎識”,“洞鑒”陳述“練才”。張説是,楊、王兩説則非。“識鑒”與上文“洞鑒”字複,非是。

㉑ **若長風之過籟。**

黃校:“‘籟’字下,王本有‘流水之浮花,□□□鄭人之買櫝’十三字。”　訓故本作“□□□,若長風之過籟,流水之浮花,□□□鄭人之買櫝”。　兩京本、胡本有“若長風之過籟,流水之浮花,鄭人之買櫝”。

楊氏《補正》：“尋繹上下文意，（‘流水’等十三字）實不應有。‘長風’、‘南郭’二句，皆以音喻，‘流水浮花’、‘鄭人買櫝’，於此頗不倫類，疑爲後人妄增。《文子·自然》篇：‘若風之過簫，忽然而感之，各以清濁應。’《淮南子·齊俗》篇：‘若風之過簫，忽然感之，各以清濁應矣。’許注：‘簫，籟也。’高注：‘清，商。濁，宮也。’”

張氏《考異》、李氏《斠詮》並從楊校。

【按】楊説是，訓故本、兩京本“籟”下文字不當有。此與下文“南郭之吹竽”兩比喻，指憑感覺、靠偶遇而安排聲律，均關乎聲響，而“流水浮花”、“鄭人買櫝”，既無關聲音之道，喻意亦非指用律之盲目性。全書中誤衍之文字不止一處，此亦應爾。參見《論説》篇“然滯有者全繫於形用，貴無者專守於寂寥，徒鋭偏解，莫詣正理；動極神源，其般若之絶境乎”條校。

⑫ 南郭之吹竽耳。

“南”，梅校：“元作‘東’，葉循父改。”　元至正本、馮鈔元本、黄傳元本、弘治本、弘治活字本、汪本、隆慶本、張本、王批本、謝鈔本、薈要本、文津本作“東”，《古詩紀》一四六、《喻林》八八引同。　“南郭”，兩京本、胡本作“東華”。

紀評：“東郭吹竽，其事未詳。若南郭濫竽，則於義無取，殆必不然。疑或用《莊》南郭子綦三籟事，與上‘長風’句相足爲文耳。”

孫詒讓《札迻》十二：“葉校作‘南’，據《韓非子·内儲説上·七術》篇改也。今檢《新論·審名》篇云：‘東郭吹竽而不知音。’袁孝政注亦以齊宣王東郭處士事爲釋，則‘南郭’古書自有作‘東郭’者，不必定依《韓子》也。但濫竽事終與文意不相應耳。”

黄氏《札記》：“彦和之意，正同《新論》，亦云不知音而能妄成音，故與長風過籟連類而舉。章先生云：‘當作南郭之吹于耳，正與上文相連。《莊子》：前者唱于而隨者唱喁。此本南郭子綦語，而彦和遂以爲南郭事。儷語之文，固多此類。後人不知吹于之義，遂誤加竹耳。’如師語亦得，但原文實作‘東郭’，自以孫説爲長。”

范氏《注》：“《晉書·劉寔傳·崇讓論》：‘南郭先生不知吹竽者也。’南郭、東郭皆可通。”

潘氏《札記》：“此文之意，蘄春師説之極諦。依孫説，則東郭亦不必改爲南郭。據《莊子·齊物論》‘南郭子綦’，《寓言》篇作‘東郭子綦’，皆與弟子顔成子游相對應，其爲一人無疑。又《墨子・非儒下》：‘告南郭惠子以所欲爲。’孫氏間詁曰：‘《荀子・法行篇》有南郭惠子問於子貢，楊注云：“未詳其姓名，蓋居南郭，因以爲號，《莊子》有南郭子綦。”案見《齊物論》篇。南郭惠子，《尚書大傳略説》作南郭子思，《説苑・雜言》篇作南郭子惠。’是知南郭、東郭，初無定稱也。”

　　李氏《斠詮》校“南”作“東”。

　　【按】元至正本、弘治本等作“東”，葉循父改爲“南”，與何本、訓故本合，梅氏、黃氏從之。

　　作“南郭”無誤。《韓非子・内儲説上》：“南郭處士請爲王吹竽，宣王説之。”《莊子・齊物論》：“南郭子綦隱機而坐，……曰：‘汝聞人籟而未聞地籟，汝聞地籟而未聞天籟夫！’‘前者唱於而隨者唱喁，泠風則小和，飄風則大和，厲風濟則衆竅爲虛，而獨不見之調調、之刁刁乎？’”兩書並作“南郭”，可爲證。

　　㉓ 其可忘哉。

　　“忘”，黃校：“王本作‘忽’。” 訓故本作“忽”。

　　徐氏《正字》：“作‘忽’字是。《書記》篇云：‘豈可忽哉！’與此同義。”

　　楊氏《補正》：“‘忽’字是。《書記》篇：‘豈可忽哉！’辭義與此同，可證。《漢書・文帝紀》：‘不敢忽。’顔注：‘忽，息忘也。’”

　　王氏《校證》、李氏《斠詮》、牟氏《譯注》並從訓故本。

　　【按】“忘”當從訓故本作“忽”，二字形近而致訛。《金樓子・立言篇》：“一臣專君，羣臣皆弊。其可忽哉？”可爲旁證。

　　㉔ 調鍾脣吻。

　　“鍾”，元至正本、馮鈔元本、黃傳元本、弘治本、弘治活字本、汪本、佘本、隆慶本、張本、兩京本、何本、王批本、訓故本、謝鈔本、初刻梅本、復校梅本、凌本、合刻本、梁本、秘書本、梅六次本、梅七次本、抱青閣本、集成本、尚古本、岡本、薈要本、文淵本、文溯本、文津本、文瀾本、張松孫本作“鐘”，《喻林》八八、《詩法萃編》引同。 王本作“琴”。 沈臨何校本改“鐘”爲“鍾”。

　　楊氏《補正》：“‘鍾’、‘鐘’古本通用。然以《總術》篇‘知夫調鐘未易’諡之，當依各本作‘鐘’，前後始能一律。《吕氏春秋・長見》篇：‘晉平公鑄爲大鐘，使工聽之，皆以爲調矣。師曠曰：不調。請更鑄之。平公曰：工皆以爲調矣。師曠曰：後世有知音者，將知鐘之不調也。’高注：‘調，和也。’”

　　【按】元明諸本均作“鐘”，“鍾”字乃黃氏臆改或誤刻。

《説文·金部》：“鐘，樂鐘也。秋分之音，物種成。”此“鐘”之本義。於樂器義“鐘”可通“鍾”。如《漢書·揚雄傳下》：“師曠之調鍾，俟知音者之在後也。”可爲證。元明各本作“鐘”，本無誤，黄氏改“鍾”，實無必要，此仍從“鐘”字較長。二字舍人常混用，不必前後一律。參見《宗經》篇“譬萬鈞之洪鍾”條。

章句第三十四

夫設情有宅，置言有位，宅情曰章，位言曰句。故章者，明也；句者，局也。局言者，聯字以分疆；明情者，摠義以包體：區畛相異，而衢路交通矣。夫人之立言，因字而生句，積句而成章，[①]積章而成篇。篇之彪炳，章無疵也；章之明靡，句無玷也；句之清英，字不妄也。振本而末從，知一而萬畢矣。

夫裁文匠筆，篇有小大，離章合句，調有緩急，隨變適會，莫見定準。句司數字，待相接以爲用；章總一義，須意窮而成體。其控引情理，送迎際會，譬舞容迴環，而有綴兆之位；歌聲靡曼，而有抗墜之節也。尋詩人擬喻，雖斷章取義，然章句在篇，如繭之抽緒，原始要終，體必鱗次。啓行之辭，逆萌中篇之意；絶筆之言，追媵前句之旨。[②]故能外文綺交，内義脈注，跗萼相銜，首尾一體。若辭失其朋，[③]則羈旅而無友；事乖其次，則飄寓而不安。是以搜句忌於顛倒，裁章貴於順序，斯固情趣之指歸，文筆之同致也。若夫筆句無常，[④]而字有條數，[⑤]四字密而不促，六字格而非緩，或變之以三五，蓋應機之權節也。至於《詩·頌》大體，以四言爲正，唯“祈父”“肇禋”，以二言爲句。尋二言肇於黄世，《竹彈》之謡是也；三言興於虞時，《元首》之詩是也；四言廣於夏年，《洛汭》之歌是也；五言見於周代，《行露》之章是也；六言七言，雜出《詩》《騷》，而體之篇，[⑥]成於兩漢。[⑦]情數運周，隨時代用矣。

若乃改韻從調，[⑧]所以節文辭氣。[⑨]賈誼枚乘，兩韻輒易；劉歆桓譚，百句不遷：亦各有其志也。昔魏武論賦，嫌於積韻而善於資代，[⑩]

陸雲亦稱"四言轉句,以四句爲佳",觀彼制韻,志同枚賈。然兩韻輒易,則聲韻微躁;百句不遷,則唇吻告勞。⑪妙才激揚,雖觸思利貞,曷若折之中和,庶保无咎。

又詩人以"兮"字入於句限,《楚辭》用之,字出句外。尋"兮"字成句,⑫乃語助餘聲,舜詠《南風》,用之久矣,而魏武弗好,豈不以無益文義耶?至於"夫""惟""蓋""故"者,發端之首唱;"之""而""於""以"者,乃劄句之舊體;⑬"乎""哉""矣""也",⑭亦送末之常科。據事似閑,在用實切。巧者迴運,彌縫文體,將令數句之外,得一字之助矣。外字難謬,況章句歟?

贊曰:斷章有檢,積句不恒。理資配主,辭忌失朋。⑮環情草調,⑯宛轉相騰。離合同異,⑰以盡厥能。

校箋

① 積句而成章。

"成",元至正本、馮鈔元本、黃傳元本、弘治本、弘治活字本、汪本、佘本、隆慶本、張本、兩京本、胡本、王批本、訓故本、薈要本、文淵本、文津本、文瀾本作"爲",《子苑》三二、《翰苑新書序》、《唐音癸籤》四引同。 沈臨何校本改"爲"爲"成"。 張爾田圈點"爲"字。

楊氏《補正》:"作'爲章',與下句之'成篇'始不重出,是也。"

李氏《斠詮》校"成"作"爲"。

【按】元明諸本多作"爲",梅本作"成",與何本、謝鈔本合,黃氏從之。

楊說是,"成"字與下文犯重,當從元至正本等作"爲"。"生句"、"爲章"、"成篇"平列。

② 追勝前句之旨。

"勝",梅校:"元作'勝',謝(兆申)改。" 元至正本、馮鈔元本、黃傳元本、弘治本、弘治活字本、佘本、隆慶本、張本、兩京本、胡本、王批本、謝鈔本、文瀾本作"勝",《子苑》三二引同。 謝兆申改"勝"爲"勝",沈臨何校本、佚名批校兩京本同。

何本、訓故本、岡本作"勝",《文通》二三、《雅倫》十五引同。 徐燉云:"謝作‘媵’。”

王氏《校證》從黃本作“媵”,云:“《附會》篇云:‘若首唱榮華,而媵句憔悴。’理可互參。”

【按】元明諸本多作“勝”,謝兆申改爲“媵”,與何本、訓故本合,梅氏、黃氏從之。

作“媵”是,“勝”蓋“媵”之形訛。詹氏《義證》云:“‘追媵’,承接。《釋名·釋親屬》:‘任娣曰媵。媵,承也,承事嫡也。’”實爲確詁。

③ **若辭失其朋。**

“朋”,梅校:“元作‘明’。” 元至正本、黃傳元本、弘治本、弘治活字本、佘本、隆慶本、張本、兩京本、胡本、王批本、文瀾本、王本作“明”。 徐熥云:“玩贊語,‘明’當作‘朋’。” 張紹仁校“明”作“朋”。

【按】元明諸本多作“明”,梅氏改爲“朋”,與馮鈔元本、汪本、何本、訓故本、謝鈔本合,黃氏從之。

作“朋”是,“明”蓋“朋”之形訛。張氏《考異》云:“下句‘羈旅而無友’,及‘飄寓而不安’,皆承‘朋’字而來。”此說甚是。

④ **若夫筆句無常。**

徐氏《正字》:“‘筆’疑‘章’字之訛。”

劉氏《校釋》:“‘筆’乃‘章’誤,審文可知。”

王氏《校證》改作“篇”,云:“‘篇’原作‘筆’,蓋偏旁相涉而誤。上文‘啓行之辭,逆萌中篇之意;絕筆之言,追媵前句之旨’即以‘篇’‘句’爲言,此文承之。”

李氏《斠詮》從劉校,云:“此實承上文‘搜句’、‘裁章’二句之以章句爲言也。”

詹氏《義證》校“筆”作“章”。

【按】徐說、劉說可從,“筆”疑當作“章”。“筆”蓋“章”之形訛,或涉上文“文筆”而誤。李氏《斠詮》云:“此實承上文‘搜句’、‘裁章’二句之以‘章’‘句’爲言也。”此說甚是。

⑤ **而字有條數。**

“條”,何本、凌本、合刻本、梁本、尚古本、岡本作“常”。

張氏《考異》:“‘常’字犯重,從‘條’是。”

李氏《斠詮》校作“而字數有條”，云：“原倒作‘字有條數’，不辭費解。‘條’
作‘常’，亦與上句複。茲徵‘章句無常’對文並依文義移正。上句承上‘離章合
句。莫見定準’而言，下句爲下‘四字、六字、變以三五’云云而發。且‘有條’成
語見於《書·盤庚》：‘若綱在綱，有條而不紊。’‘有條’與‘無常’之相偶，平仄諧
和，亦明轉天然。”

【按】梅本作“條”，與元至正本等合，黃氏從之。

作“常”與上句“無常”複，非是，蓋“條”先因形近而誤作“恒”，又因義近而
誤作“常”。“條數”亦無誤，李說不可從。《文選·陸機〈文賦〉》：“或仰逼於先
條。”李善注引《廣雅》：“條，科條也。”《大戴禮記·保傅》：“不閑於威儀之數。”
王聘珍解詁：“數，品式也。”《老子》五章：“多言數窮。”河上公注：“數，理數也。”
“條數”，猶言理數、路數、規律，指一句之中使用多少字，皆有路數可循。

⑥ 而體之篇。

梅校：“（‘而’下）疑有脫字。” 訓故本作“而體之□篇”。 梅六次本、梅
七次本作“兩體之篇”，彙編本、集成本、薈要本、張松孫本同。 徐燉云：“疑脫
字。” 謝鈔本作“而□體之篇”，馮舒於“而”下云：“缺一字。” 馮班於“而”、
“體”之間劃一橫線。 李本“而”下補“衆”字。 傳録何沈校本云：“馮校‘兩’
作‘而’，‘而’下闕一字。”又云：“而全體之篇，成於兩漢。” 《詩法萃編》作“各
體長篇”。

范氏《注》：“‘而體之篇’，疑當作‘二體之篇’。‘二體’指上六言、七言。蓋
六言、七言雜出《詩》《騷》，未有全篇用之者。”

潘氏《札記》：“《後漢》諸傳每云‘著七言若干篇’、‘六言若干篇’，蓋六言、
七言至兩漢始有具體之作。‘而’下疑脫‘具’字。”

徐氏《正字》：“‘而’下疑脫‘具’字。同門潘氏重規說。”

劉氏《校釋》：“（‘而’下所脫）當是‘雜’字，雜體者，一篇之中，言之長短不
一。漢魏樂府多有之。”

楊氏《補正》：“‘體’上應據補‘各’字。上文已分述二言、三言、四言、五言
緣起，則此‘各體’當是雜體，亦即雜言詩也。‘各體之篇，成於兩漢’者，謂雜言
詩發展至兩漢，已由詩之附庸而蔚爲大國。”

張氏《考異》：“然脫字應作‘五’，不應爲‘二’，不然應爲‘諸’或‘衆’字，於
義可通。”

李氏《斟詮》校作“而兩體之篇”，云：“蓋‘而’爲承上文之轉折詞，在語氣上必不可少。又‘而’原作‘兩’，即涉上文‘而’下‘兩’之脱字而誤。”

王氏《校證》校“而”作“兩”。

【按】梅氏萬曆初刻本及復校本作“而體之篇”，與元至正本等合，梅氏天啓二本改“而”爲“兩”，黃氏仍從初刻本。

作“兩”與下文“兩漢”重出，非是。此文疑當從何校，於“而”下補一“全”字，作“而全體之篇”。潘氏疑作“具”，實與何校略同。《才略》篇：“夏侯孝若具體而皆微。”《明詩》篇：“《召南·行露》，始肇半章；孺子《滄浪》，亦有全曲。”“具體”、“全曲”即“全體”之義。《誄碑》篇：“揚雄之誄元后，文實煩穢，沙鹿撮其要，而摯疑成篇，安有累德述尊而闕略四句乎？”“成篇”亦即篇之“全體”。鍾嶸《詩品序》云：“夏歌曰：‘鬱陶乎予心。’楚謠曰：‘名余曰正則。’雖詩體未全，然是五言之濫觴也。”文義與此同，亦言體“全”。摯虞《文章流別論》：“古之詩，有三言、四言、五言、六言、七言、九言。古詩率以四言爲體，而時有一句二句雜在四言之間，後世演之，遂以爲篇。”（《藝文類聚》五六引）此“篇”字亦指全體之篇（整篇）。

⑦ **成於兩漢**。

“兩”，梅六次本、梅七次本作“西”，集成本、薈要本、張松孫本同。　徐燉校作“西”。　傳録何沈校本“西”旁過録“兩”字。

王氏《校證》、李說《斟詮》並校“兩”作“西”。

【按】梅氏萬曆初刻本及復校本作“兩”，與元至正本等合，梅氏天啓二本改爲“西”，黃氏仍從初刻本。

作“兩”自通。蓋梅氏先改“而體之篇”之“而”爲“兩”，後改“兩漢”爲“西漢”，非是。全書恒言“兩漢”，無作“西漢”者。如《明詩》篇：“比類而推，固兩漢之作乎？”《詔策》篇：“兩漢詔誥。”《封禪》篇：“鋪觀兩漢隆盛。”《奏啓》篇：“兩漢無稱。”例多不徧舉。

⑧ **若乃改韻從調**。

鈴木《黃本校勘記》：“‘從’，疑作‘徒’。”

楊氏《補正》：“鈴木說是。《文選·嵇康〈琴賦〉》：‘改韻易調，奇弄乃發。’《晉書·文苑·袁宏傳》：‘作《北征賦》：“……豈一性之足傷，乃致傷於天下。”’其本至此便改韻。（王）珣云：此賦方傳千載，無容率耳。今於“天下”之後，移韻徙事，然於寫送之致，似爲未盡。'並可資旁證。姚振宗《隋書經籍志考證・別集類》一引作'改韻易調'，蓋以意改也。"

張氏《考異》："據下文'兩韻輒易'，則鈴木疑作'徙'可從。"

牟氏《譯注》從鈴木説。

【按】鈴木説是，"從"疑當作"徙"，二字形近而誤。《廣雅・釋言》："徙，移也。"《玉篇・彳部》："徙，避也。"

⑨ 所以節文辭氣。

沈臨何校本標疑"辭"字。

徐氏《正字》："'節文'疑當作'節宣'。《養氣》篇：'是以吐納文藝，務在節宣，清和其心，調暢其氣。'云云，與此正合。"

陳氏《本義》："'節文'，此句可疑，未知何解。文字疑爲'止'字之誤，句若作'節止辭氣'，則可通矣。意謂：令辭氣調節而暫止也。"

【按】"辭"字無誤，毋須校改。《諸子》篇："斯則得百氏之華采，而辭氣（文）之大略也。"《封禪》篇："法家辭氣，體乏弘潤。"《議對》篇："及後漢魯丕，辭氣質素。"是舍人屢用"辭氣"。全書亦恒言"節文"。如《章表》篇："肅恭節文，條理首尾。"《書記》篇："若夫尊貴差序，則肅以節文。"《鎔裁》篇："然後舒華布實，獻替節文。"《附會》篇："夫能懸識湊理，然後節文自會。"可證此作"節文"不誤。

此"文"字，當作動詞解。《廣雅・釋詁二》："文，飾也。"《國語・晉語》："文錯其服。"韋昭注："文，文織。""節文"，猶言調節、佈置、整飾。徐氏疑當作"節宣"，不可從。又，"節文"乃一動詞，李氏《斠詮》解作"調節文之辭句語氣"，似讀作"文之辭氣"，非是。

⑩ 昔魏武論賦，嫌於積韻而善於資代。

《玉海》二〇四引作"昔魏武論詩，嫌於積韻，而□於貿代"。《金石例》九引"賦"作"詩"，"資"作"貿"。《文斷》引"資"作"貿"。馮舒云："賦，《玉海》作'詩'，'資'作'貿'。"沈臨何校本改"資"爲"貿"。吳翌鳳校"資"作"貿"。譚獻云："'賦'，《玉海》作'詩'，是也。'資'，《玉海》作'貿'，是也。"

黃氏《札記》："魏武嫌於積韻，善於資代，所謂善於資代，即工於換韻耳。"

范氏《注》："詩、賦亦得通稱。'資代'作'貿代'，是。貿，遷也。"

楊氏《補正》、李氏《斠詮》並從"詩"、"貿"。王氏《校證》從"賦"、"貿"。

【按】今本作"賦"自通，王氏《校證》不改，是。"改韻從調"，理兼詩賦。賦體較詩爲大，往往換韻。有換韻較快者，如揚雄《解嘲》，常用兩三韻腳即換韻，賈誼《弔屈原賦》，每兩句一換韻，每一韻祇用兩韻腳；有換韻較慢者，如江淹《別賦》，多五韻腳以上方換韻。舍人上文所舉賈誼、枚乘、劉歆、桓譚，固是賦家，下文舉陸雲之用韻，亦指作賦而言。《陸士龍集・與兄平原書》："文中有'於是'、'爾乃'，於轉句誠佳，然得不用之益快，有故不如無。又於文句中自可不用之，便少亦常。云四言轉句，以四句爲佳。……《喜霽》：'俯煩習均，弔誠重離。'此下重得如此語爲佳，思不得其韻，願兄爲益之。"此舍人所本。范氏《注》云："詳士龍此文，所論者乃賦也。"

"資代"於義難通，"資"當作"貿"，形近而誤。《玉海》引作"質"，亦當爲"貿"之形誤。《文選・任昉〈爲卞彬謝脩卞忠貞墓啓〉》："而年世貿遷。"李善注引《廣雅》曰："貿，易也。"李氏《斠詮》云："貿者，變易也。梁昭明太子《答晉安書》：'炎涼始貿，觸興自高。'""貿代"，猶言更換、替換。

⑪ 則脣吻告勞。

"脣"，元至正本、馮鈔元本、弘治本、汪本、佘本、隆慶本、張本、兩京本、胡本、何本、王批本、訓故本、合刻本、梁本、集成本、尚古本、岡本、薈要本、文溯本、文津本、文瀾本、文淵輯注本、王本、芸香堂本、翰墨園本、崇文本、掃葉本作"脣"。　"告"，何本、凌本、合刻本、梁本、尚古本、岡本、王本作"言"。

楊氏《補正》："'脣'字，當改作'脣'。"

張氏《考異》："脣、脣互通，其義以音別也。楊校云當作'脣'，是未深考也。"

【按】梅本作"脣"，與謝鈔本合，黃氏從之；梅本作"告"，與元至正本等合，黃氏從之。

於脣齒義"脣"、"脣"可通用，毋須改字，楊說非是。參見《章表》篇"脣吻不滯"條校。

此作"告"自通，"言"蓋"告"之形訛。《詩・小雅・十月之交》："黽勉從事，不敢告勞。"晉傅咸《櫛賦》曰："雖日用而匪懈，不告勞而自已。"（《藝文類聚》七〇引）並"告勞"連文之證。

⑫ 尋"兮"字成句。

"成"，元至正本、馮鈔元本、弘治本、弘治活字本、汪本、佘本、隆慶本、張本、兩京本、胡本、王批本、訓故本、文淵本、文津本、文瀾本作"承"。　沈臨何校本改"承"爲"成"。　張爾田圈點"承"字。

楊氏《補正》："'承'字是。"

張氏《考異》："'承'字固通，凡語句餘聲，用'兮'承句，而指歸有未竟，氣韻有未結，不得言成也。從'承'爲是。"

李氏《斠詮》校"成"作"承"，云："'承'原作'成'，聲誤。"

【按】梅本作"成"，與何本、謝鈔本合，黃氏從之。

諸家解說非是，此作"成"自通。上文明言"兮"可用於"句限"（句中）、"句外"（句尾），故不可統言"承接"句子。"成"，猶今言"既定的"、"完成的"、"現成的"、"成句"，謂已成之整句。《事類》篇："此全引成辭以明理者也。然則明理引乎成辭。"《知音》篇："豈成篇之足深。"《誄碑》篇："沙鹿撮其要，而摯疑成篇。"《序志》篇："及其品評成文。"用法並與此同。晉謝沈《祥禮議》："忌日舉哀，如昔成制。"（《通典》八〇引）"成"字亦同此義。"尋兮字成句"，猶言考察帶"兮"字之例句，作"承"則非其旨矣。

⑬ **乃劄句之舊體。**

李氏《釋譯》附錄："疑'劄'字是'剳'字之訛寫。剳，本義是鈎、鈎連，即連接之意。"

【按】"劄句"義不可通，李校可從。"劄"，《玉篇·刀部》："以針刺也。"又訓"筆札"，於義無取。《玉篇·刀部》："剳，剳剗。"《集韻·合韻》："剳，鈎也。"郭氏《注譯》譯"劄"作"接剳"，亦從"連接"義著眼，頗能得其要。

上文云"句司數字，待相接以爲用"，即指出句與句相互連接，乃構成一章。"剳句"與"發端"、"送末"句法應一律，故此"剳"字當爲動詞，訓鈎連，"剳句"，謂使句子或句子成分鈎連在一起，亦即造句。"舊體"，訓常規、常例。

⑭ **"乎""哉""矣""也"。**

"也"下，徐燉補"者"字。

楊氏《補正》："有'者'字始能與上兩句相儷。"

王氏《校證》補"者"字，云："以上文句法求之，當有'者'字。"

李氏《斠詮》"也"下補"者"字。

【按】徐燉校是。上文云"至於'夫''惟''蓋''故'者，發端之首唱；'之''而''於''以'者，乃劄句之舊體"，故此句"也"下補"者"字，方能使句法一律。

⑮ 辭忌失朋。

“失”，梅校：“元作‘告’，謝（兆申）改。” 元至正本、馮鈔元本、弘治本、汪本、隆慶本、張本、兩京本、胡本、王批本、訓故本、謝鈔本、文瀾本作“告”。 王惟儉標疑“告”字。 徐烗云：“‘告’，當作‘失’。” 沈臨何校本改“告”爲“失”，張紹仁校同。

【按】謝兆申改“告”爲“失”，與何本合，梅氏、黃氏從之。

“告朋”不辭，“告”當作“失”，二字形近而訛。正文明言“若辭失其朋”。《哀弔》篇“迷方告控”，“告”，黃校：“一作‘失’。”誤與此同。

⑯ 環情草調。

“草”，梅校：“孫（汝澄）云：當作‘節’。” 王惟儉標疑“草”字。 集成本作“節”。 徐烗校“草”作“革”。 沈臨何校本標疑“草”字，云：“‘草’，孫云：當作‘節’。”《詩法萃編》作“節”。

徐氏《校記》：“疑‘草’爲‘革’字形近之誤。革，謂急也。《禮記·檀弓》：‘夫子之病革矣。’陸德明釋文：‘革，本又作亟。’《廣雅·釋詁》：‘亟，急也。’是革、亟均有急義也。《文選》載謝靈運《道路憶山中詩》：‘采菱調宜急，江南歌不緩。’又顏延之《秋胡詩》：‘高張生絶弦，聲急由調起。’皆‘急調’連用之證。亦必云‘急調’，而後與‘宛轉相騰’之義合。”

楊氏《補正》從徐校，云：“‘草’即‘革’之形誤。革，改也（《易·革卦》鄭注）；更也（《詩·大雅·皇矣》毛傳）。‘革調’，申言篇中‘改韻徙調’之意。”

李氏《斠詮》校“草”作“革”。

【按】元明諸本皆作“草”，孫汝澄校作“節”，甚是，二字形近而誤。“草”訓控制、調和。《爾雅·釋樂》：“和樂謂之節。”《禮記·仲尼燕居》：“樂也者，節也。”孔穎達疏：“節，制也。”《大戴禮記·文王官人》：“其聲順節。”王聘珍解詁引高注《吕氏·重己》：“節，猶和也。”此云“節調”，猶言調和聲律，回應上文“應機之權節”、“節文辭氣”、“歌聲靡曼，而有抗墜之節也”。如作“革調”，則其意爲“更換聲律”，殊失舍人之旨。徐氏以“急促”解“革”，謬甚，“宛轉相騰”之音律非僅指急調而言。

⑰ 離合同異。

“合同”，元至正本、馮鈔元本、弘治本、汪本、佘本、隆慶本、張本、兩京本、胡本、何本、王批本、訓故本、合刻本、梁本、集成本、尚古本、岡本、薈要本、文淵本、文溯本、文津本、文瀾本、王本、崇文本作“同合”，《詩法萃編》同。　傳録何沈校本云：“沈本作‘同合’。”　張紹仁校“同合”作“合同”。

　　楊氏《補正》：“‘合同’、‘同合’，其義固無異也。”

　　李氏《斠詮》校“合同”作“同合”，云：“此處‘離同合異’句即上文‘離章合句’句之改寫，詞雖異而義實同。且此句型與上文‘環情革調’相對成文，若‘同合’互倒，則不相倫矣。”

　　【按】元明諸本多作“同合”，梅本作“合同”，與謝鈔本合，黃氏從之。

　　此文當從元至正本等作“離同合異”。《抱朴子・嘉遁》：“離同則肝膽爲胡越，合異則萬殊爲一和。”可爲“離同”、“合異”連文之證。此是指整體與部分之關係，“離同”即分章，“合異”即成篇。此四字回應正文“聯字以分疆”、“總義以包體”、“區畛相異，而衢路交通矣”、“離章合句”等語意。

麗辭第三十五

　　造化賦形，支體必雙；①神理爲用，事不孤立。夫心生文辭，運裁百慮，高下相須，自然成對。唐虞之世，辭未極文，而皋陶贊云：“罪疑惟輕，功疑惟重。”益陳謨云：“滿招損，謙受益。”豈營麗辭？率然對爾。②《易》之《文》《繫》，聖人之妙思也。序《乾》四德，則句句相銜；龍虎類感，則字字相儷；《乾》《坤》易簡，則宛轉相承；日月往來，則隔行懸合：雖句字或殊，而偶意一也。至於詩人偶章，大夫聯辭，奇偶適變，不勞經營。自揚馬張蔡，崇盛麗辭，如宋畫吳冶，刻形鏤法，麗句與深采並流，偶意共逸韻俱發。至魏晉羣才，析句彌密，聯字合趣，剖毫析釐。然契機者入巧，浮假者無功。

　　故麗辭之體，凡有四對：言對爲易，事對爲難，反對爲優，正對爲劣。言對者，雙比空辭者也；事對者，並舉人驗者也；反對者，理殊趣合者也；正對者，事異義同者也。長卿《上林賦》云：③“修容乎禮園，翱翔乎書圃。”此言對之類也。宋玉《神女賦》云：“毛嬙鄣袂，不足程式；西施掩面，比之無色。”此事對之類也。仲宣《登樓》云：④“鍾儀幽而楚奏，莊舃顯而越吟。”此反對之類也。孟陽《七哀》云：“漢祖想枌榆,光武思白水。"此正對之類也。凡偶辭胸臆,言對所以爲易也;徵人之學,⑤事對所以爲難也。幽顯同志,反對所以爲優也;並貴共心,⑥正對所以爲劣也。又以事對,各有反正。指類而求,萬條自昭然矣。⑦

張華詩稱:"遊鴈比翼翔,歸鴻知接翮。"劉琨詩言:"宣尼悲獲麟,西狩泣孔邱。"⑧若斯重出,即對句之駢枝也。是以言對爲美,貴在精巧;事對所先,務在允當。若兩事相配,⑨而優劣不均,是驥在左驂,⑩駑爲右服也。若夫事或孤立,莫與相偶,是夔之一足,趻踔而行也。⑪若氣無奇類,⑫文乏異采,碌碌麗辭,則昏睡耳目。必使理圓事密,聯璧其章,⑬迭用奇偶,節以雜佩,乃其貴耳。類此而思,理自見也。⑭

贊曰:體植必兩,辭動有配。左提右挈,精味兼載。⑮炳爍聯華,鏡靜含態。玉潤雙流,如彼珩珮。⑯

校箋

① 支體必雙。

李氏《斠詮》校作"體必雙支",云:"依下文'事不孤立'相對句並徵《左傳·昭三十三年》史墨對趙簡子'物生有兩……體有左右'語義乙正。所謂'體有左右',即'體必雙支'之易言也。惟友人潘重規教授以爲'支體必雙,文義本明,似不必改',仁智互見,存備參酌。"

【按】今本無誤,李説不可從。此與贊語"體植必兩"義同。"支"通"肢","支體"即體、身體。

② 率然對爾。

"爾",元至正本、馮鈔元本、黃傳元本、弘治本、弘治活字本、汪本、佘本、隆慶本、張本、兩京本、胡本、王批本、訓故本、謝鈔本、薈要本、文淵本、文溯本、文津本、文瀾本作"耳",《古詩紀》一四六引同。

楊氏《補正》:"'耳'字是。全書中送末用'耳'字者,凡十七處。此亦宜然。《明詩》篇'有符焉爾'句,乃'焉爾'連文。"

【按】元明諸本多作"耳",梅本作"爾",與何本合,黃氏從之。

作"爾"自通,不煩改字,楊説非是。"爾"、"耳"於"辭之終"義可通。《史記·高祖本紀》："極不忘爾。""爾"，《漢書》作"耳"；《新序·雜事》篇："徒虛語爾。""爾"，《史記·鄒陽傳》作"耳"。並其證。

　　③ 長卿《上林賦》云。

　　"賦"，梅校："元脱，補。"　元至正本、弘治本、弘治活字本、汪本、佘本、隆慶本、張本、兩京本、胡本、王批本、訓故本、文淵本、文溯本、文津本、文瀾本無。《子苑》三二引無"賦"字。　沈臨何校本"林"下補"賦"字，張紹仁校同。張爾田圈點"'賦'字無"之"無"字。

　　徐氏《正字》："上句本無'賦'字，不當沾補。《通變》《事類》二篇，均引'相如《上林》'云云，皆無'賦'字可證。又下句'賦'字，疑亦後人所增，本作'宋玉《神女》'矣。"

　　楊氏《補正》："本書引賦頗多，其名出兩字外者，皆未著'賦'字，此不應補。《通變》《事類》兩篇並有'相如《上林》云'之句，尤爲切證。梅氏補'賦'字，蓋求其與下'宋玉《神女賦》云'句相配耳。其實此'賦'字乃淺人所增，匪特與本書選文稱名之例不符，且與下'仲宣《登樓》'、'孟陽《七哀》'二句亦不相偶也。"

　　張氏《考異》、李氏《斠詮》並從楊校。

　　【按】元明諸本多作"上林"，梅氏補"賦"字，與馮鈔元本、何本合，黃氏從之。

　　徐説、楊説是，"賦"字不當有，黃氏輯注出條目即祇作"上林"，云："司馬相如字長卿，作《上林賦》。"

　　④ 仲宣《登樓》云。

　　"樓"下，何本、凌本、合刻本、梁本、尚古本、岡本、王本、崇文本有"賦"字。《詩法萃編》增"賦"字。

　　楊氏《補正》："此亦不應有'賦'字。"

　　【按】梅本無"賦"字，與元至正本等合，黃氏從之。

　　黃本自通，毋須增字。"登樓"即"《登樓賦》"之省稱，與《上林》《七哀》一例。參見上條校。曹丕《典論·論文》："如粲之《初征》《登樓》《槐賦》《征思》，……雖張蔡不過也。"《陸士龍集·與平原書》："《登樓》名高，恐未可越耳。""視仲宣賦《集初》《述征》《登樓》前耶？"此魏晉人稱"《登樓》"之例。

　　⑤ 徵人之學。

　　"徵"，梅校："當作'擬'。"　梅六次本、梅七次本校："元作'擬'。"　黃校：

“一作‘微’。” 弘治本、汪本、佘本、隆慶本、張本、兩京本、胡本、何本、王批本、訓故本、初刻梅本、復校梅本、凌本、合刻本、秘書本、抱青閣本、尚古本、岡本、王本作“微”。 《子苑》三二引作“微人乏學”。 王惟儉標疑“微”字、“之”字。

凌本“微”下校：“唐云：當作‘徵’。蓋用事則人之學可見矣。” 徐燉云：“‘微’，當作‘徵’。” 沈臨何校本改“微”爲“徵”。 馮班標疑“之”字。 張紹仁以“Δ”標疑“之”字。

劉氏《校釋》：“當作‘擬人貴學’，‘貴’字誤入下文‘並貴同心’句，‘並貴’當依紀評作‘並肩’，各本皆誤。此文謂事對必舉人相擬，舉人之功，在乎博學，學不博則擬人不於其倫，故曰‘所以爲難也’。‘擬人’二字，出《禮記・曲禮》。”

楊氏《補正》：“晉宋以降，隸事之風日盛，舍人曾列《事類》一篇論之。上文亦明言‘事對爲難’。由弘治本等作‘微’推之，必原是‘徵’字。劉説非是。”

張氏《考異》：“事對皆有所徵，從‘徵’是。”

李氏《斠詮》校作“徵人資學”，云：“‘資’原作‘之’，音誤，依文義改。《神思》篇：‘難易雖殊，並資博練。若學淺而空遲，才疏而徒速，以斯成器，未之前聞。’《事類》篇：‘才爲盟主，學爲輔佐，……表裏相資，古今一也。’又曰：‘夫經典沈深，載籍浩瀚，實羣言之奧區，而才思之神臯也。揚、班以下，莫不取資。’凡斯所論，皆足以説明欲贍文才，必資博學，以此推之，此處‘之’必爲‘資’之音誤無疑。”

王氏《駁正》從李氏説，云：“‘之’爲‘資’之音誤，應依文義改。”

李氏《釋譯》附録：“疑‘學’字是‘舉’字的訛寫。”

【按】梅氏萬曆初刻本及復校本作“微”，梅氏天啓二本改爲“徵”，與元至正本、馮鈔元本、謝鈔本合，黃氏從之。

諸家之解説均未確，細繹文義，疑此文當作“擬人以學”。“之”字，王惟儉標以白匡，張紹仁標以“Δ”，可知二氏已疑此字有誤。劉氏校作“擬人貴學”，“擬人”是，“貴”字則非。“之”疑當爲“以”之形訛。《明詩》篇“忽之爲易”，唐寫本、《御覽》引“之”作“以”，誤與此同。《讀書雜志・荀子第一・榮辱》：“傷人之言。”王念孫按：“之，本作‘以’。”亦其證。《章表》篇：“敷奏以言，明試以功。”句法與“擬人以學”同。

上文云“偶辭胸臆”，“偶”，當訓動詞，謂“使之成對”。《聲律》篇：“吹律胸臆。”用法與此同。此句當解作“偶辭（以）胸臆”（憑藉心思而造作駢儷之辭），故此作“擬人以學”，方可與“偶辭胸臆”句法一致。“偶辭”（字面對仗）可憑主觀想象，故成之易；而“擬人”（事類相對），則講究客觀事實，須憑藉學養方可，故成之難。

⑥　並貴共心。

《廣博物志》二九引作“並對苦心。”傳錄何沈校本云：“並貴，謂高祖、光武。”　紀昀云：“‘貴’，當作‘肩’。”《詩法萃編》作“肩”。

楊氏《補正》：“上文之‘幽顯同志’云云，是就所舉《登樓賦》例言，此處之‘並貴共心’云云，則指所舉《七哀詩》例言。高祖、光武俱爲帝王，故云‘並貴’；想枌榆、思白水，同是念鄉，故云‘共心’。紀説誤。”

【按】楊説是，今本文義自通。“幽顯同志”，應爲櫽括仲宣《登樓》“鐘儀幽而楚奏，莊舃顯而越吟”之事；“並貴共心”，應爲櫽括“漢祖想枌榆，光武思白水”之事。

⑦　又以事對，各有反正。　指類而求，萬條自昭然矣。

紀評：“‘又以’四句，當云：‘指類而求，萬條自昭然矣。又言對事對，各有反正。’於文義乃順。”

斯波《札記》：“‘以’下疑脱‘言對’二字，不必如紀説改句序。”

劉氏《校釋》：“‘又以事對，各有反正’，疑當作‘又言事二對，各有反正’，或‘言對事對，各有反正’。”

王氏《校證》從紀説，作“又言對事對”，云：“又紀謂‘又言對事對’二句當在‘指類而求’二句之下，於文義乃順。今所不從。”

李氏《斠詮》“又以”下補“言對”，云：“此處‘以’字，有承上啓下之意味，並非誤字，於辭氣實不可少。紀欲顛倒句序，正因抹去‘以’字耳，不可不辨。”

張氏《考異》從紀評。

范氏《注》：“‘萬’字衍，‘自’爲‘目’之誤，當作‘指類而求，條目昭然’，即上所云四對也。”

楊氏《補正》：“‘萬條’，喻其多。如他篇之言‘衆條’、‘衆例’然。‘萬’字非衍文，‘自’字亦未誤。‘指類而求，萬條自昭然矣’，即觸類自能旁通之意。原謂由已論列者類推，並非複述上之‘四對’，范説誤。”

【按】疑此文當作“又言對事對，各有反正。指類而求，條目昭然矣”。“事對”上當從紀説補“言對”二字，因下文云“各”，無疑當指兩類而言。“指類而求"者,當涵蓋上文所述各種對仗格式,"又"字領起下二句,另述兩種對仗類型,故"以"字於此便無著落,蓋涉上文"所以"而誤。李説未諦。

"萬條自昭然矣"句,"萬條"義不可通,語勢亦不順,當依范氏删改爲"條目昭然矣"。《諸子》篇:"子自肇始。""目"亦當爲"自"之誤(參見《諸子》篇"子自肇始"條校)。"指類而求,條目昭然",乃承上文"麗辭之體(格式)"而作總結,"條目",猶言格式、條例。《祝盟》篇:"舉彙而求,昭然可鑒矣。"句式與此同,皆四字句連用,"條目昭然"與"昭然可鑒"義同。《漢書・劉向傳》:"乃集合上古以來,歷春秋六國至秦漢符瑞災異之記,……比類相從,各有條目。"言及歸類與"條目"之關係,可與舍人此意互參。

⑧ 西狩泣孔邱。

"泣",元至正本、馮鈔元本、黄傳元本、弘治本、弘治活字本、汪本、佘本、隆慶本、張本、兩京本、何本、王批本、訓故本、合刻本、梁本、集成本、尚古本、岡本、王本、崇文本作"涕"。 《詩法萃編》作"涕"。 馮舒校作"涕"。

楊氏《補正》:"舍人原作何字雖不可知,然其義固無害也。"

【按】梅本以前諸本皆作"涕",凌本、秘書本、抱青閣本等明本均從梅本作"泣",黄氏亦從之。

此作"泣"自通,《古詩紀》一四六、《文通》二三引亦並作"泣"。《文選・劉琨〈重贈盧諶〉》:"西狩涕孔邱。"李善注:"《公羊傳》曰:哀公十四年春,西狩獲麟。……孔子曰:執謂來哉,執謂來哉!反袂拭面,涕泣沾袍。""涕",《晉書・劉琨傳》作"泣"。

此"邱"字,乃黄氏例避孔子諱所改,當依各本作"丘"。

⑨ 若兩事相配。

"事",《類要》三二引作"字"。 紀昀云:"'兩事',當作'兩言'。"《詩法萃編》作"言"。

楊氏《補正》:"紀説非是。下文'若夫事或孤立,莫與相偶',蓋言事奇無匹,故承云'是夔之一足,趻踔而行也'。此云事對不均,故承云'是驥在左驂,駑爲右服也'。"

張氏《注訂》:"'兩事'疑不誤,此指'反對爲優,正對爲劣'而言也。下文'若夫'云云,是指或反或正,其相偶必相趁,不然便如趻踔而行也。"

張氏《考異》:"紀評仍以文論,但下言優劣,則以事分,故'事'字不誤。"

李説《斟詮》從紀氏説作"言"。

【按】紀説非是，作"事"自通，毋須改字，《吟窗雜録》三七、《天中記》三七、《古詩紀》一四六、《文通》二三引亦並作"事"。"是以言對爲美，貴在精巧；事對所先，務在允當。若兩事相配，……若夫事或孤立，……若氣無奇類，……"，乃先總説後分説之結構。上文先云"言對"，後云"事對"，依舍人"先舉近以及遠"之行文條例（參見《史傳》篇"左史記事者，右史記言者"條校），當先承"事對"而論，"若兩事相配，……是夔之一足，踸踔而行也"屬之；後承"言對"而論，"若氣無奇類，……則昏睡耳目"屬之。

《類要》引非是，蓋由《練字》篇"若兩字俱要，則寧在相犯"而致誤。

⑩ 是驥在左驂。

"驥"，《類要》三二、《吟窗雜録》三七引作"驪"。

楊氏《補正》："以下文'夔之一足跰踔而行'係用《莊子・秋水》故實相例，則此當以作'驪'爲長。'驪'，盜驪之省。《列子・周穆王》篇：'命駕八駿之乘；……左驂盜驪而右山子。'是'驪在左驂'一語，正用《列子》之'左驂盜驪'也。今本作'驥'，似嫌空泛。"

【按】楊説不可從，今本自通，《天中記》三七、《古詩紀》一四六、《喻林》八九、《文通》二三引亦並作"驥"。"左驂"不必坐實作解，"驥"、"駕"、"右服"皆泛指而已。"驥"與下文"駕"對文。古書常"驥"、"駕"對舉。如《荀子・勸學》："騏驥一躍，不能十步；駕馬十駕，功在不舍。"《呂氏春秋・貴卒》："所爲貴驥者，爲其一日千里也；旬日取之，則與駑駘同。"《淮南子・齊俗訓》："夫騏驥千里，一日而通；駕馬十舍，旬亦至之。"並可證此作"驥"是。

⑪ 跰踔而行也。

"跰"，元至正本、馮鈔元本、弘治本、弘治活字本、汪本、佘本、隆慶本、張本、兩京本、胡本、王批本、訓故本、謝鈔本、集成本、文溯本、文津本、文瀾本作"踸"，《子苑》三二、《吟窗雜録》三七、《天中記》三七、《古詩紀》一四六、《喻林》八九引同。　《類要》三二引作"堪"。　傳録何沈校本"跰"旁過録"踸"字。張紹仁校"踸"作"跰"。　張爾田圈點"踸"字。

楊氏《補正》："'跰'字《説文》所無，《新附》有'踸'字。《楚辭・東方朔〈七諫〉》：'馬蘭踸踔而日加。'《文賦》：'故踸踔於短垣。'《江文通文集・鏡論語》：'寧踸踔於馬蘭。'是前人率用'踸'字。"

王氏《校證》："'跰'與'蹿'古通。《莊子·秋水》篇：'夔謂蚿曰：吾以一足跰踔而行。'宋本《道藏》、成疏本、《文選·文賦》注，'跰'並作'蹿'。"

【按】元明諸本多作"蹿"，梅本作"跰"，與何本合，黃氏從之。

"跰踔"、"蹿踔"字通，然此引《莊子·秋水》文，則作"跰踔"較長。《集韻·鎌韻》："跰，跰踔，行不進貌。""跰，或作'蹿'。"《集韻·寢韻》："蹿，《説文》：'蹿踔，行無常貌。'或作'跰'。"

⑫ **若氣無奇類。**

楊氏《補正》："'類'字費解，疑當作'貌'。《夸飾》篇'至如氣貌山海，體勢宮殿，……炭炭其將動矣。莫不因夸以成狀，沿飾而得奇也。'是'氣無奇類'之'類'，應改爲'貌'始合。《物色》篇：'寫氣圖貌。'亦其切證。蓋《文心》原有作'頯'之本，寫者誤認爲'類'，遂以譌傳譌，流行至今。《書·洪範》'一曰貌'《釋文》：'本亦作頯。'《説文·兒部》：'頯，兒。或從頁。'《玉篇·頁部》：'頯，孟教切，容也。與兒同。'《漢書·刑法志》：'夫人宵天地之頯。'顏注：'頯，古貌字。'《一切經音義》十二：'貌，古文兒、頯二形。''頯'字因不習見，故誤爲'類'耳。"

【按】楊説非是，今本作"類"自通，不煩改字。"奇類"與"異采"對文。"類"，訓同類、朋類、類聯，可與"氣"搭配。如《三國志·蜀書·蔣琬傳》："巴蜀賢智文武之士多矣，至於足下，諸葛思遠，譬諸草木，吾氣類也。"《晉書·閭纘傳》："昔魏文帝之在東宮，徐幹、劉楨爲友，文學相接之道，並如氣類。"《宋書·徐耕傳》："鹿鳴之求，思同野草，氣類之感，能不傷心。"《南齊書·陸厥傳》："吳興沈約、陳郡謝朓、琅邪王融，以氣類相推轂。"並"氣類"連文之證。

舍人所云"氣類"，當謂駢儷之聲律。《文鏡秘府論·天卷·調四聲譜》："傍讀轉氣爲雙聲。""上諧則氣類均調。""氣"即指聲氣、聲調。上文"節以雜佩"，贊語"如彼珩佩"，均指聲律之駢儷。"氣無奇類"，可解作"無奇特之氣類"，謂聲律之對偶平淡無奇，非奇妙之組合。《宋書·謝靈運傳論》："蕪音累氣。"謂聲律蕪雜凡庸，可與舍人此意互參。

⑬ **聯璧其章。**

楊氏《校注》："'其'，疑'共'之誤。"（按，楊氏《補正》無此條。）

詹氏《義證》："'聯璧其章'，謂其章采如聯璧。'其'字不誤。"

【按】作"其"自通。《雜文》篇："淵岳其心，麟鳳其采。"句法並與此同，楊説非是。楊氏於《補正》刊削此條，蓋亦覺前説之未確。

⑭ **理自見也。**

“自”，黄校：“汪本作‘斯’。”　元至正本、馮鈔元本、黄傳元本、弘治本、弘治活字本、汪本、佘本、隆慶本、張本、兩京本、胡本、王批本、訓故本、謝鈔本、薈要本、文淵本、文溯本、文津本、文瀾本作“斯”，《古詩紀》一四六引同。

楊氏《補正》從“斯”，云：“《章表》篇‘事斯見矣’，語意與此同，可資旁證。”

李氏《斠詮》校“自”作“斯”。

【按】元明諸本多作“斯”，梅本作“自”，與何本合，黄氏從之。

楊説是，作“斯”較長，訓乃。王引之《經傳釋詞》八：“斯，猶則也；猶乃也。”表示承接上文，得出結論。《弘明集·王謐〈答桓太尉〉》：“夫積學以之極者，必階纇以及妙，魚獲而筌廢，理斯見矣。”又釋慧遠《與桓太尉論料簡沙門書》：“夫涇以渭分，則清濁殊流；枉以直正，則不仁自遠。推此而言，符命既行，必二理斯得。”並其例。

⑮ **精味兼載。**

“味”，張甲本、張乙本作“未”。　張丙本作“末”。

潘氏《札記》：“《議對》篇云：‘若文浮於理，末勝其本。’則作‘末’是。”

劉氏《校釋》：“當作‘末’。精末，猶言精粗也。因‘末’誤‘未’，‘未’又誤作‘味’也。”

李氏《斠詮》從劉氏作“末”，云：“精，指情理。末，指辭采。”

趙氏《譯注》從劉氏説作“末”，此句譯作：“對仗的手段，有的是精巧的，有的是微不足道的。”

【按】諸説可從，“味”當從張丙本作“末”，蓋“末”先由形近而訛作“未”，又因聲同而訛作“味”。張甲本、張乙本作“未”，即“末”之形訛。《通變》篇“風味氣衰也”，“味”，黄校：“一作‘末’。”梅六次本、張松孫本改作“末”，誤與此同。

既云“兼載”，則當兩者相對，而“精味”實爲一事，於義不通。“精”，訓精神、精爽、精理、精氣。《淮南子·精神訓》高誘注：“精，人之氣。”《徵聖》篇：“精理爲文，秀氣成采。”“末”，訓四肢。《左傳·昭公元年》：“風淫末疾。”杜預注：“末，四肢也。”《管子·内業》：“氣不通於四末。”尹知章注：“四末，四肢。”《史記·樂書》：“粗厲猛起奮末廣賁之音作。”張守節正義：“末，支體也。”於文章而言，則内心之精理、秀氣爲“精”，外在之麗辭、辭采爲“末”。“精末兼載”（“載”訓負載、備具），猶言形神兼備、體魄健全。此回應正文“麗句與深采並流，偶意共逸韻俱發”、“氣無奇類，文乏異采”，“麗句”、“偶意”、“采”屬“末”，而“深采”、“逸韻”、“氣”屬“精”。

⑯ 如彼珩珮。

“珮”，元至正本、馮鈔元本、弘治本、汪本、佘本、隆慶本、張本、兩京本、胡本、王批本、訓故本、文淵輯注本、文淵本、文溯本、文津本、文瀾本作“佩”，《喻林》八九引同。　沈臨何校本改“佩”爲“珮”。

楊氏《補正》：“《禮記·玉藻》：‘古之君子必佩玉，……凡帶必有佩玉。’《說文·人部》：‘佩，大帶佩也。從人、凡、巾。’段注：‘從人者，人所以利用也。從凡者，所謂無所不佩也。從巾者，其一崼也。……俗作珮。’《玉篇·人部》：‘佩，大帶佩也。’又玉部：‘珮，本作佩。或從玉。’《廣韻》十八隊：‘佩，玉之帶也。……珮，玉珮。俗。’是‘珮’爲‘佩’之俗體。篇末‘節以雜佩’作‘佩’，則此‘佩’字亦應從元本等及《喻林》引改爲‘佩’始合。”

【按】元明諸本多作“佩”，梅本作“珮”，與何本、謝鈔本合，黃氏從之。

楊說是。“珮”爲“佩”之俗。《玉篇·玉部》：“珮，本作‘佩’。”《說文·玉部》：“珩，佩上玉也，所以節行止也。”《國語·晉語》：“白玉之珩六雙。”韋昭注：“珩，佩上飾也。”亦皆作“佩”。

“珩佩”、“珩珮”古通用。《宋書·樂志二》：“鳴珩佩，觀典章。”《梁昭明太子文集·七契》：“琅玕珩佩，言飾於背，飄颺輕裾，是用曜軀。”此“珩佩”連文之證。《文選·顏延年〈宋文皇帝元皇后哀策文〉》：“淪徂音乎珩珮。”《宋書·文帝袁皇后傳》：“想徂音乎珩珮。”沈約《俊雅》二：“珩珮流響。”（《樂府詩集》十四引）此“珩珮”連文之證。

然舍人上文云“節以雜佩”，不用“珮”字，可知此文舍人本亦應作“珩佩”。元明諸本多作“佩”，於義自通，梅氏改作“珮”，實無必要。又，於“佩戴”義全書屢用“佩”字，無作“珮”者，此作“佩”符合舍人用字習慣。故此文仍從元至正本等作“佩”較長。

文心雕龍校箋卷八

比興第三十六

《詩》文弘奧，包韞六義，毛公述《傳》，獨標興體，豈不以風通而賦同，①比顯而興隱哉？故比者，附也；興者，起也。附理者，切類以指事；起情者，依微以擬議。起情，故興體以立；附理，故比例以生。比則畜憤以斥言，②興則環譬以記諷。③蓋隨時之義不一，故詩人之志有二也。

觀夫興之託諭，④婉而成章，稱名也小，取類也大。關雎有別，故后妃方德；尸鳩貞一，故夫人象義。⑤義取其貞，無從於夷禽；⑥德貴其別，不嫌於鷙鳥：明而未融，故發注而後見也。且何謂爲比？蓋寫物以附意，⑦颺言以切事者也。故金錫以喻明德，珪璋以譬秀民，⑧螟蛉以類教誨，蜩螗以寫號呼，澣衣以擬心憂，席卷以方志固：⑨凡斯切象，皆比義也。至如麻衣如雪，兩驂如舞，若斯之類，皆比類者也。⑩楚襄信讒，⑪而三閭忠烈，依《詩》製《騷》，諷兼比興。炎漢雖盛，而辭人夸毗，《詩》刺道喪，⑫故興義銷亡。於是賦頌先鳴，故比體雲構，⑬紛紜雜遝，信舊章矣。⑭

夫比之爲義，取類不常：或喻於聲，或方於貌，或擬於心，或譬於事。宋玉《高唐》云：“纖條悲鳴，聲似竽籟。”此比聲之類也。枚乘《菟園》云：⑮“焱焱紛紛，⑯若塵埃之間白雲。”此則比貌之類也。⑰賈生《鵩賦》云：⑱“禍之與福，何異糾纆。”此以物比理者也。王褒《洞簫》云：“優柔溫潤，如慈父之畜子也。”⑲此以聲比心者也。馬融《長笛》

云："繁縟絡繹，范蔡之説也。"此以響比辯者也。張衡《南都》云："起鄭舞，蔓曳緒。"⑳此以容比物者也。若斯之類，辭賦所先，日用乎比，月忘乎興，習小而棄大，所以文謝於周人也。至於揚班之倫，曹劉以下，圖狀山川，影寫雲物，莫不纖綜比義，㉑以敷其華，驚聽回視，資此効績。又安仁《螢賦》云："流金在沙。"季鷹《雜詩》云：㉒"青條若總翠。"皆其義者也。㉓故比類雖繁，以切至爲貴，若刻鵠類鶩，則無所取焉。

　　贊曰：詩人比興，觸物圓覽。物雖胡越，合則肝膽。擬容取心，斷辭必敢。攢雜詠歌，如川之渙。㉔

校箋

① 豈不以風通而賦同。

"通"，黃校："一作'異'。"　梅六次本、梅七次本作"異"，集成本、薈要本、張松孫本同。　傳録何沈校本"異"旁過録"通"字。

紀評："'異'字是。"

黃氏《札記》："風通，'通'字是也。《詩》疏曰：'賦者，鋪陳今之政教善惡，其言通正變，兼美刺也。'"

楊氏《補正》："'通'，謂通於美刺；'同'，謂同爲鋪陳。'異'，非是。"

【按】梅氏萬曆初刻本及復校本作"通"，梅氏天啓二本改爲"異"，黃氏據以出校語，然字仍從初刻本。

"通"當從梅氏天啓二本作"異"。下文"隱"、"顯"相對，此亦應"同"、"異"對文，方合句法。《毛詩序》："故詩有六義焉，一曰風，二曰賦，三曰比，四曰興，五曰雅，六曰頌。"孔穎達疏："風、雅、頌者，詩篇之異體，賦、比、興者，詩文之異辭耳。大小不同，而得並爲六義者，賦、比、興是詩之所用，風、雅、頌是詩之成形，用彼三事，成此三事。"又云："風、雅、頌，以比、賦、興爲體。""比、賦、興，元來不分，唯有風、雅、頌三詩而已。"據此，賦、比、興者，乃風、雅、頌三種詩篇之成體手法。則此"風異而賦同"，其意當爲："'興'，異於風、雅、頌之詩篇而爲寫作手法，而作爲寫作手法，'興'又與賦、比同類。"風、雅、頌既爲三類詩篇，則無須標注，而賦、比兩種手法又顯然易識，故不必標注。

② **比則畜憤以斥言。**

“畜”，何本、合刻本、梁本、別解本、集成本、尚古本、岡本、文瀾本、王本、崇文本作“蓄”，《鈍吟雜録》四何焯評引同。　《詩法萃編》作“蓄”。

楊氏《補正》：“‘畜’當作‘蓄’，音之誤也。《説文・艸部》：‘蓄，積也。’又田部：‘畜，田畜也。’是二字意義各別。《情采》篇：‘蓋風雅之興，志思蓄憤。’尤爲切證。”

王氏《校證》、李氏《斠詮》、詹氏《義證》並作“蓄”。

【按】梅本作“畜”，與元至正本等合，黃氏從之。

作“畜”自通，毋須改字，楊説非是。“畜”，《廣韻・屋韻》音許竹切（xù）。《大戴禮記・文王官人》：“喜氣内畜。”王聘珍解詁：“畜，積也。”《漢書・景帝紀》：“素有畜積。”顏師古注：“畜，讀曰蓄。”“畜憤”連文，古亦常見。如《後漢書・王符傳》：“怨毒之家冀其辜戮，以解畜憤。”《宋書・袁淑傳》：“犯軍志之極害，觸兵家之甚諱，咸畜憤矣。”並其證。

馮春田《文心雕龍釋義》云：“‘畜憤’即積憤。‘憤’在這裡表示煩悶、憤懣。《説文》：‘憤，懣也。’又‘懣，煩也。’段玉裁説：‘忿與憤義不同，憤以氣盈爲義，忿以悁急爲義。’據此，則此字與《論語・述而》‘不憤不啓’之‘憤’義同。”

③ **興則環譬以記諷。**

“記”，黃校：“一作‘託’。”　張本作“寄”。　訓故本、梅六次本、梅七次本作“託”，集成本、文瀾本、張松孫本、崇文本同，《鈍吟雜録》四何焯評引同。徐燉校“記”作“託”。　《詩法萃編》作“託”。

紀評：“‘託’字是。”

劉氏《校字記》：“嘉靖本作‘寄’，是也。‘寄’譌作‘記’，後成‘託’耳。”

劉氏《校釋》：“‘託’譌爲‘記’，後改成‘寄’耳。作‘託’是。”

楊氏《補正》：“‘記諷’不辭，‘寄’字亦誤。當以作‘託’爲是。此云‘託諷’，下云‘託喻’，其意一也。《漢書・叙傳》下《司馬相如傳述》：‘寓言淫麗，託風（顏注：風讀曰諷）終始。’《文選・顏延之〈五君詠〉》：‘寓辭類託諷。’並以‘託諷’連文。《史通・序傳》篇亦有‘或託諷以見其情’語。”

王氏《校證》：“作‘寄’是，‘寄’以音近譌爲‘記’，‘記’又以形近改爲‘託’耳。”

李氏《斠詮》校“記”作“託”。

【按】梅氏萬曆初刻本及復校本作“記”，梅氏天啓二本改爲“託”，黃氏仍從初刻本。

楊説是，“記”當從訓故本等作“託”，二字形近而致訛，集成本、文瀾本、張松孫本、崇文本即改爲“託”。晉劉柔妻王氏《春花賦》：“詩人詠以託諷。”（《藝文類聚》八八引）可爲“託諷”連文之證。

作“寄”非是，蓋張之象氏以爲“記”字於義難通，故臆改爲同音字“寄”。王利器氏則適與之相反。劉氏先校“寄”，後從“託”，可謂能擇善而從。

④ **觀夫興之託諭。**

“諭”，集成本、文瀾本作“喻”。

【按】作“諭”自通。《集韻·遇韻》：“諭，或作‘喻’。”《玉篇·言部》：“諭，譬諭也。”《大戴禮記·曾子大孝》：“諭父母以道。”王聘珍解詁：“諭，不言而喻也。”《漢書·賈誼傳》：“因以自諭。”顏師古注：“諭，譬也。”“託諭”又作“託喻”。鍾嶸《詩品》：“（嵇康詩）託諭清遠。”“託諭”一作“託喻”。如《文選·曹植〈七啓〉》：“假靈龜以託喻。”

⑤ **故夫人象義。**

訓故本作“故淑人象儀”，下句“義取其貞”之“義”亦作“儀”。

楊氏《補正》：“《詩·曹風·鳲鳩》：‘鳲鳩在桑，其子七兮。淑人君子，其儀一兮。’如訓故本，是舍人此文所指，爲《曹風》之《鳲鳩》矣（王氏注即引《曹風·鳲鳩》）。然元明各本皆作‘夫人象義’，則所指乃《召南》之《鵲巢》。上云‘后妃方德’，此云‘夫人象義’，正相匹對。王本作‘淑人’嫌泛，非也。”

【按】楊説是，黃本自通。“義”，訓德。《國語·晉語四》：“義，廣德也。”《新書·道德説》：“有德，有道，有仁，有義，有忠，有密。此六者，德之美也。”《詩·召南·鵲巢》：“維鵲有巢，維鳩居之。”毛亨傳：“興也。鳩，鳲鳩，秸鞠也。鳲鳩不自爲巢，居鵲之成巢。”《序》：“鵲巢，夫人之德也。國君積行累功，以致爵位；夫人起家而居有之，德如鳲鳩，乃可以配焉。”鄭玄箋：“夫人有均壹之德，如鳲鳩然，而後可配國君。”此舍人所本。

⑥ **無從於夷禽。**

集成本“夷”作“彝”。　王惟儉標疑“從”字。　郝懿行云：“夷禽，未詳其義。”《詩法萃編》作“無惡於拙禽”。　黃侃云：“‘從’，當爲‘疑’字之誤。”

范氏《注》：“作‘疑’字是。《家語·好生》篇：‘孔子曰，小辯害義，小言破道。《關雎》興於鳥而君子美之，取其雌雄之有別；《鹿鳴》興於獸而君子大之，取其得食而相呼。若以鳥獸之名嫌之，固不可行也。'鄭注《周禮·天官·司裘》曰：'玄謂麚，興也，若詩之興，謂象飾而作之。'但有一端之相似，即可取以爲興，雖鳥獸之名無嫌也。"

楊氏《補正》："從，讀曰縱。《說文·糸部》：'縱，緩也；一曰舍也。'夷，常也（《書·顧命》孔傳、《詩·大雅·皇矣》毛傳）。'無從於夷禽'，言常禽如鳲鳩亦可歌詠，而不舍棄也。"

王氏《綴補》："'從'讀爲'縱'，《說文》：'縱，一曰舍也。''無從'猶言'無舍'，似無煩改字。"

李氏《斠詮》從黃侃氏說，校"從"作"疑"。

【按】黃、范兩說是，"從"疑當作"疑"，形近致訛。"夷"訓常，於義亦合，毋須改從。

"從"，訓放縱、放任，後可跟名詞，如《論語·八佾》："從之，純如也。"《論語·爲政》："從心所欲。"是其證。以此例之，云"從於"，實爲不辭。而作"疑"，正可與下句"嫌"對文。《說文·女部》："嫌，不平於心也。一曰疑也。""疑"，與"嫌"義同，謂心中疑忌而排斥之，正合語境。《詩法萃編》作"無惡於"，"惡"，訓厭棄，與"疑"義同。"無疑於夷禽"，謂"不因禽鳥平凡而嫌棄不用"。《指瑕》篇："永蟄頗疑於昆蟲。""疑"字用法與此同。

⑦ **蓋寫物以附意。**

鈴木《黃本校勘記》："上文言'附理'，此'意'字疑當作'理'。"

張氏《考異》："'意'指理之所歸。切事附意而後理得，故上文言'附理'，此言'附意'也。鈴校非。"

【按】鈴木說不可從，今本文義自通。明郭子章《喻林序》："《詩》有六義，其三曰比。言之貴喻，上矣。……靡不託物以附意，颺言以切事。"亦云"附意"。"意"謂意義，"附意"即以物來比附某一意義。

⑧ **珪璋以譬秀民。**

楊氏《補正》："此文有誤字。梅慶生以來各家俱引《詩·大雅·卷阿》之十一章以注，似是而實非也。因《卷阿》詩文與'秀民'無涉，非舍人所指。'秀'當作'誘'，今本脫其言旁耳。《大雅·板》：'天之牖民，如壎如篪，如璋如圭，……牖民孔易。'毛傳：'牖，道也。……如璋如圭，言相合也。'孔疏：'牖與誘古字通用。'《風俗通義·聲音》篇、《書鈔》十引'天之牖民'作'天之誘民'；《禮記·樂記》、《韓詩外傳》五、《史記・樂書》引‘牖民孔易’作‘誘民孔易’。則此處之‘秀民’，當作‘誘民’無疑。舍人用經傳語多從別本，此又一證矣。”

【按】楊説非是，作“秀民”自通，不煩改字。“誘”，訓教（《廣韻・有韻》：“誘，教也。”），與下文“教誨”義複。此當以《詩・大雅・卷阿》爲依據作解。《序》云：“言求賢用吉士也。”鄭玄箋：“吉，猶善也。”“顒顒卬卬，如圭如璋，令聞令望。”鄭玄箋：“王有賢臣，與之以禮義相切磋，體貌則顒顒然敬順，志氣則卬卬然高朗，如玉之圭璋也。”孔穎達疏：“言王者若得賢人，……以玉之成器，如圭然，如璋然。”“以圭璋是玉之成器。……既體貌敬順，志氣高朗，則可以比玉，故如玉之圭璋。”“秀民”即“吉士”、“賢人”，其美質可以圭璋喻之。《國語・齊語》：“其秀民之能爲士者，必足賴也。”韋昭注：“秀民，民之秀出者也。”《呂氏春秋・懷寵》：“舉其秀士。”高誘注：“秀士，儁士。”“秀民”，猶言秀異之人，與“明德”對文。“明德”，亦一名詞，指美質、美德。《易・晉》象辭：“明出地上，晉，君子以自昭明德。”《禮記・大學》：“大學之道，在明明德。”並其義。

⑨ 席卷以方志固。

“席卷”，黃校：“汪本作‘卷席’。”　元至正本、馮鈔元本、黃傳元本、弘治本、弘治活字本、汪本、佘本、隆慶本、張本、兩京本、胡本、王批本、訓故本、薈要本、文淵本、文溯本、文津本、文瀾本作“卷席”，《古詩紀》一四五引同。　張紹仁校“卷席”作“席卷”。　張爾田圈點“卷席”二字。

楊氏《補正》：“上云‘澣衣’，此云‘卷席’，文始相儷。”

張氏《考異》、李氏《斠詮》並校“席卷”作“卷席”。

【按】元明諸本多作“卷席”，梅本作“席卷”，與何本、謝鈔本合，黃氏從之。

依楊氏説，“席卷”當乙作卷席。《詩・邶風・柏舟》：“我心匪石，不可轉也，我心匪席，不可卷也。”鄭玄箋：“言己心志堅平，過於石席。”此舍人所本。

⑩ 若斯之類，皆比類者也。

李氏《斠詮》：“‘者’字，涉上文‘颷言以切事者也’及下文‘此以物比理者也’、‘此以聲比心者也’等句而衍，律諸上文‘皆比義也’相對句删。”

【按】李説非是，“者”字指代上文兩例，實不可少。上文已云“螟蛉以類教誨”，此又用兩“類”字，殊爲複贅。“比類”之“類”，疑涉上文而衍。此文當作“皆比者也”。

上云“皆比義”（“義”與下文“興義”、“比體”、“比之爲義”、“比義”同，指體例),意爲"此皆用比之例";此云"皆比者也",意爲:"此皆另類用比者也。""皆比義也"與"皆比者也",乃並承上文"且何謂爲比",分類列舉《詩經》中用比之體例,前者側重"寫物以附意者",後者側重"颺言以切事者"。下文云"安仁《螢賦》云:流金在沙。季鷹《春詩》云:青條若總翠。皆其義者也",所謂"皆其義者也",亦即"皆用比者也"。

⑪ **楚襄信讒。**

"楚襄",元至正本、馮鈔元本、弘治本、汪本、隆慶本、張本、兩京本、胡本、何本、王批本、謝鈔本、初刻梅本、復校梅本、凌本、合刻本、梁本、秘書本、彙編本、別解本、抱青閣本、尚古本作"襄楚",《古詩紀》一四五引同。　梅六次本、梅七次本作"衰楚",集成本、張松孫本同。　岡本作"楚懷"。　馮舒云:"'襄楚',當作'楚襄'。"　沈臨何校本改"衰楚"爲"楚襄"。

劉氏《校釋》:"作'衰楚'是也。'衰'誤作'襄'也。"

楊氏《補正》:"三閭見讒,不止楚懷一代,亦非始於楚襄之世。下文以'炎漢雖盛,而辭人夸毗'與此對言,則'襄'字當依梅六次本改作'衰',始合文意。作'襄'、作'懷'均非。《才略》篇'趙衰以文勝從饗',元本等亦誤'衰'爲'襄',與此正同。"

王氏《校證》從黃本作"楚襄",云:"班固《離騷贊序》:'至於襄王,復用讒言,逐屈原在野。又作《九章賦》以風諫。'此彥和所本。"

張氏《考異》:"'衰楚'對下'炎漢',從'衰'是。"

【按】梅氏萬曆初刻本及復校本作"襄楚",天啓二本改作"衰楚",黃氏改作"楚襄",與訓故本合。

此文當從梅氏天啓二本作"衰楚",與下文"炎漢"相對。蓋"衰楚"先訛作"襄楚"(《才略》篇"趙衰",字原作"襄",曹學佺改"衰",即二字易訛之證),又倒錯爲"楚襄"。"衰",訓衰末。"衰楚",蓋擬"衰周"一語。《漢書·刑法志》:"今漢承衰周暴秦極敝之流。"《三國志·魏書·文帝紀》:"(仲尼)懷帝王之器,當衰周之末。"鍾嶸《詩品序》:"固是炎漢之制,非衰周之倡也。"又,《事類》篇引劉邵《趙都賦》有"勁楚"、"強秦"語,詞法並與"衰周"同。

⑫ **《詩》刺道喪。**

"詩刺",訓故本作"諷刺"。　馮班校"詩"作"諷"。　譚獻云:"疑當作'諷刺'。"　曹學佺云:"'詩',當作'諷'。興起乎風,比近乎賦,興義銷亡,故風氣愈下。”

斯波《補正》：“詩刺，謂詩人之諷刺，不必改爲‘諷刺’。依上文言‘依《詩》製《騷》’，下文言‘倍舊章矣’可知，論《詩經》之標準。”

楊氏《補正》校“詩”作“諷”，云：“《書記》篇有‘詩人諷刺’語。《漢書·藝文志·詩賦略》：‘大儒孫卿及楚臣屈原離讒憂國，皆作賦以風，咸有惻隱古詩之義。其後宋玉、唐勒，漢興枚乘、司馬相如，下及揚子雲，競爲侈麗閎衍之詞，没其風諭之義。’顏注：‘離，遭也。風讀曰諷。’足與此文相發。”

張氏《考異》：“‘詩’字承上‘依《詩》’句而言。疑當作‘諷刺’者，誤以‘興義銷亡’句相偶也。然此文宜四句一氣讀，均兩用‘故’字，上言《詩》刺，下言‘比體’，所以説明炎漢雖盛，而辭人夸毗也。范氏《注》非。”

范氏《注》、劉氏《校釋》、王氏《校證》、李氏《斠詮》並從訓故本。

【按】“詩刺”當從訓故本作“諷刺”。上文云屈原“依《詩》製騷，諷兼比興”，與《漢書·藝文志》所云“（屈原）皆作賦以風”合，明屈原亦用“諷”。從《詩》至《騷》，“諷刺”之道一以貫之，至漢始銷亡，如作“《詩》刺”，則無關屈“《騷》”之諷刺矣。

《漢書·揚雄傳下》：“雄以爲賦者，將以風之。”顏師古注：“風讀曰諷，下以諷刺上也。”《顏氏家訓·教子》：“《詩》有諷刺之辭。”《隋書·經籍志一》：“《詩》者，所以導達心靈，……故誦美譏惡，以諷刺之。”又《經籍志四》：“詩人寢息，讇佞之道興，諷刺之辭廢。”並“諷刺”連文之證。

⑬ 故比體雲構。

范氏《注》：“‘故’字，疑衍。”

楊氏《補正》：“‘故’字，疑涉上誤衍。”

李氏《斠詮》删“故”字。

【按】范、楊兩説是，“故”字與上文犯重，且有此字則語脈隔斷，當删。《情采》篇“故體情之製日疎”之“故”字，涉上文“故爲情者要約而寫真”及下文“故有志深軒冕”而衍，誤與此同。

⑭ 信舊章矣。

鈴木《黄本校勘記》：“‘舊’上疑有脱字。”

范氏《注》：“‘信’，當作‘倍’。倍即背也。”

劉氏《校釋》從范説，云：“按文義，此言漢文興亡比盛，與舊不同，不當曰信。‘信’乃‘倍’字形誤。”

王氏《校證》：“舊章，謂漢以來賦頌，‘信舊章矣’，猶言‘由來久矣’。《詮賦》篇：‘信興楚而盛漢矣。’《雜文》篇‘信獨拔而偉麗矣’，《議對》篇‘信有徵矣’，句法與此同，范説未可從。”

張氏《考異》：“范氏《注》疑作‘倍’者，因上有‘炎漢雖盛，而辭人夸毗’，又‘興義銷亡’，比體雜遷，是反乎舊章也。故疑從‘倍’，義自可通。”

李氏《斠詮》：“舊章，乃指屈原依《詩》而製之騷體，而漢人賦頌，比體雲構，興義銷亡，故云‘倍舊章’。觀於下文‘辭賦用比忘興，習小棄大，所以文謝於周人’云云，正蒙此‘倍舊章’之語而言。細審上下文意，顯而易見。若如王説，解‘信舊章矣’爲‘由來久矣’，文頗難通。”

牟氏《譯注》：“《文心雕龍》全書無‘背’字，《正緯》篇説‘經正緯奇，倍摘千里’，‘倍’即用背意。”

【按】范説是，“信”疑當作“倍”，二字形近致訛。《説文·人部》：“倍，反也。”“倍舊章”，猶言違背前人之法度、程式。《詩·大雅·假樂》：“不愆不忘，率由舊章。”鄭玄箋：“率，循也。……循用舊典之文章。”朱熹注：“章，典法也。”“率由”即含不倍之意。

⑮ 枚乘《菟園》云。

“菟”，元至正本、黃傳元本、弘治本、弘治活字本、汪本、隆慶本、兩京本、胡本作“荒”。　張本、集成本、文溯本作“兔”。　徐燉校作“菟”，張紹仁校同。沈臨何校本改“兔”爲“菟”。

林氏《集校》：“‘荒’字實誤。枚乘《菟園賦》，《古文苑》載有此文。《詮賦》篇：‘枚乘《菟園》，舉要以會新。’作‘菟’是。”

【按】梅本作“菟”，與馮鈔元本、何本、王批本、訓故本、謝鈔本合，黃氏從之。

“菟園”、“兔園”古通用，林説非是。參見《詮賦》篇“枚乘《兔園》”條校。“荒”乃“菟”之形訛。

⑯ 猋猋紛紛。

楊氏《補正》：“從三‘火’之‘焱’與從三‘犬’之‘猋’，音義俱別。《説文·焱部》：‘焱，火華也。’音琰。又犬部：‘猋，犬走皃。’音飆。枚賦此段寫鳥，合是‘猋’字。”

王氏《校證》作"猋猋"。

【按】楊説非是，作"焱焱"無誤，不煩改字。《漢書·司馬相如傳》："雷動焱至。"顏師古注："焱，疾風也。焱，音必遥反。"《文選·曹植〈七啓〉》："風厲焱舉。"李善注引《楚辭》王逸注："焱，去疾貌。"焱焱，梅注："音標。"此爲聯綿詞，訓紛亂貌，作"焱焱"、"猋猋"皆可通。《文選·班固〈東都賦〉》："焱焱炎炎。"段玉裁謂當作"猋猋炎炎"（《説文》炎部下注）。《文選·班固〈西都賦〉》："颮颮紛紛。"李善注："颮颮紛紛，衆多之貌也。《説文》曰：颮，古颮字也。""颮颮"，同"猋猋"、"焱焱"。

⑰ **此則比貌之類也。**

"則"，王氏《校證》："以上下文例求之，不當有。"

楊氏《補正》："'則'字不應有，當删。"

李氏《斠詮》删"則"字。

【按】王、楊兩説是，"則"字不當有。全書無"此則"連文之例。

⑱ **賈生《鵩賦》云。**

"賦"，顧黄合校本標疑。　顧廣圻云："當作'鳥'。"　譚獻云："當作'鵩鳥'。"

楊氏《補正》："此段所引《高唐》《菟園》《洞簫》《長笛》《南都》諸賦，皆未箸'賦'字，此亦應爾。《詮賦》篇亦引《菟園》《洞簫》《鵩鳥》諸賦，而《鵩鳥》正不作《鵩賦》，亦可證。"

王氏《校證》、李氏《斠詮》並校"賦"作"鳥"。

【按】顧、譚校是，作"《鵩鳥》"始能與"《高唐》"、"《菟園》"等保持文例一致。《詮賦》篇："賈誼《鵩鳥》，致辨於情理。"可資旁證。

⑲ **如慈父之畜子也。**

"畜"，梅校："本賦作'畜'字。"　元至正本、馮鈔元本、黄傳元本、弘治本、弘治活字本、汪本、佘本、隆慶本、張本、兩京本、何本、王批本、訓故本、謝鈔本、初刻梅本、復校梅本、凌本、合刻本、梁本、秘書本、梅六次本、梅七次本、彙編本、別解本、抱青閣本、集成本、尚古本、岡本、張松孫本、王本、崇文本作"愛"，《古詩紀》一四五引同。　沈臨何校本改"愛"爲"畜"。　《詩法萃編》作"愛"。

楊氏《補正》："意舍人所見本有作'愛'者，不然，'愛'、'畜'二字之形、音俱不近，何由致誤？《漢書·陳湯傳》'示棄捐不畜'顏注：'畜，謂愛養也。'可證元本等作'愛'並非字誤，不必僅依今本《文選》遽改爲'畜'也。"

張氏《考異》：“《文選‧洞蕭賦》本作‘畜’字。畜，始養也。此或旁注誤入。始養之義，有愛存焉。”

【按】元明諸本皆作“愛”，黃氏據《洞蕭賦》及何校本改爲“畜”。

楊說是。蓋舍人原本即作“愛”字，舊本皆沿襲之。梅氏亦僅指出“本賦作‘畜’字”，而不遽改，蓋以原本自通，毋須改也。此仍從元明諸本作“愛”較長。

《六臣注文選‧王褒〈洞蕭賦〉》：“故聽其巨音，則周流汜濫，並包吐含，若慈父之畜子也。”李善注：“《韓詩》曰：夫爲人父者，必懷慈仁之愛，以畜養其子也。”呂向注：“乃如慈父之於子也，包含仁愛以養之。……畜，養也。”即黃氏所本。然“畜”亦含“愛”義，楊氏所舉《漢書‧陳湯傳》顏師古注“畜謂愛養也”可爲證，故“畜子”、“愛子”義可通。又，《呂氏春秋‧節喪》：“慈親之愛其子也。”高誘注：“愛，心不能忘也。”可知舍人“愛子”之文亦有淵源。

⑳ 璽曳緒。

“璽曳”，梅校：“元作‘璽抽’，按本賦改。”　元至正本、黃傳元本、弘治本、弘治活字本、隆慶本、兩京本、胡本、王批本、訓故本作“璽抽”。　汪本、佘本、張本作“璽抽”。　張紹仁校作“璽曳”。

楊氏《補正》云：“作‘抽’，蓋寫者依前《章句》篇‘如繭之抽緒’句妄改。”

【按】梅氏改“璽抽”爲“璽曳”，與馮鈔元本、何本、謝鈔本合，黃氏從之。

黃本是。《文選‧張衡〈南都賦〉》：“白鶴飛兮繭曳緒。”可證作“曳”是。“繭”，俗作“璽”。《論衡‧無形篇》：“績而爲璽。”作“璽”者，當爲“璽”之形訛。

㉑ 莫不纖綜比義。

“纖”，黃校：“疑作‘織’。”　王惟儉標疑此字。　沈臨何校本標疑“纖”，云：“‘纖’，疑作‘織’。”　《詩法萃編》作“織”。

潘氏《札記》：“‘纖’當作‘織’。《正緯》篇云：‘緯之成經，其猶織綜。’又云：‘先緯後經，體乖織綜。’可以互證。”

徐氏《正字》：“‘纖’正‘織’字之誤。《正緯》篇云：‘體乖織綜。’字亦作‘織’。”

楊氏《補正》：“《正緯》篇：‘蓋緯之成經，其猶織綜。’又：‘先緯後經，體乖織綜。’並足證‘纖’爲‘織’之誤。”

黃氏《札記》、范氏《注》、王氏《校證》、李氏《斠詮》、牟氏《譯注》並校“纖”作“織”。

【按】“纖綜”不辭，“纖”當從何校作“織”，二字形近致訛。《說文‧糸部》

段玉裁注：“經與緯相成曰織。”《廣韻・職韻》：“織，組織也。”

⑳ 季鷹《雜詩》云。

“雜”，元至正本、馮鈔元本、黃傳元本、弘治本、弘治活字本、汪本、佘本、隆慶本、兩京本、胡本、王批本、訓故本、文津本、文瀾本作“春”，《古詩紀》一四五引同。　徐燉校“春”爲“雜”。　馮舒校“雜”作“春”。　傳錄何沈校本“雜”旁過錄“春”字。　張爾田圈點“春”字。

楊氏《補正》校“雜”作“春”，云：“《文選》卷二九題作《雜詩》，徐氏蓋據《文選》校也。覆按其詞，發端四句即寫暮春景象：‘暮春和氣應，白日照園林。青條若總翠，黃華如散金。’宜人春色，躍然紙上。”

王氏《校證》：“季鷹《雜詩》，《文選》入《雜詩》内，詩中正有‘青條若總翠’語。作‘春’者誤。”

張氏《考異》：“從‘春’者，以其詩爲詠春草也。然目爲《雜詩》者，雜體中有寫春之句也。從‘雜’是。”

【按】元明諸本多作“春”，梅本作“雜”，與張本、何本、謝鈔本合，黃氏從之。

作“雜”自通，毋須改字。《文選》二九載張季鷹《雜詩》一首，云：“暮春和氣應，白日照園林。青條若摠翠，黃華如散金。嘉卉亮有觀，顧此難久就。延頸無良塗，頓足託幽深。榮與壯俱去，賤與老相尋。歡樂不照顏，慘愴發謳吟。謳吟何嗟及，古人可慰心。”同卷載左思《雜詩》一首，云：“秋風何冽冽，白露爲朝霜。柔條旦夕勁，綠葉日夜黃。明月出雲崖，皦皦流素光。披軒臨前庭，嗷嗷晨鴈翔。高志局四海，塊然守空堂。壯齒不恒居，歲暮常慨慷。”兩詩並以春景、秋景起興者，非單純咏春、咏秋之辭。

㉓ 皆其義者也。

斯波《補正》：“‘義’，疑‘美’之誤。蓋與《論說》第十八‘然亦其美矣’同一句法。”

【按】斯波説不可從，今本文義自通，毋須改字。“義”，當訓例、體例。上文云“起情故興體以立，附理故比例以生”，此“義”字與“體”、“例”義同，“其義”，猶言“其例”、“其體”。上文云“皆比義也”、“比之爲義”、“莫不織綜比義”、“興義銷亡”，“義”之用法並與此同。

㉔ 如川之渙。

“渙”，養素堂初刻本作“換”。　陳澧云：“‘渙’字不合韻，疑誤。”　黃侃云："'渙'字失韻,當作'澹',字形相近而誤。澹淡,水貌也。"

楊氏《補正》："黃說是。覽、膽、敢,皆'敢'韻字(見《廣韻》上聲四十九敢),惟'渙'字在'換'韻(《廣韻》去聲二十九換),確是失韻。作'澹',則在'敢'韻內矣。"

劉氏《校釋》、李氏《斠詮》並從黃侃氏說。

【按】元明諸本皆作"渙",養素堂初刻本作"換",此改刻本改作"渙"。

黃、楊兩說是,"渙"疑當作"澹"。然其義實與"渙"字無異。《易‧渙》象辭:"風行水上,渙。""渙",訓流散。波文渙散,則成排比牽合之勢。蓋比興之體,必比附而成,比附多端,接連不斷,如同水波渙然而成文理也。此回應正文"比體雲構,紛紜雜遝","比之爲義,取類不常","日用乎比,月忘乎興,……莫不纖綜比義,以敷其華,驚聽回視,資此効績"。

"換"蓋"渙"之形訛,當爲黃氏寫刻之誤。

夸飾第三十七

夫形而上者謂之道,形而下者謂之器。神道難摹,精言不能追其極;形器易寫,壯辭可得喻其真:才非短長,理自難易耳。故自天地以降,豫入聲貌,文辭所被,夸飾恒存。雖《詩》《書》雅言,風格訓世,①事必宜廣,文亦過焉。是以言峻則嵩高極天,論狹則河不容舠,說多則子孫千億,稱少則民靡孑遺,襄陵舉"滔天"之目,倒戈立"漂杵"之論,辭雖已甚,其義無害也。且夫鴟音之醜,豈有泮林而變好?荼味之苦,寧以周原而成飴?並意深褒讚,故義成矯飾。大聖所錄,以垂憲章,孟軻所云"說《詩》者不以文害辭,不以辭害意"也。

自宋玉景差,夸飾始盛。相如憑風,詭濫愈甚,故上林之館,奔星與宛虹入軒;從禽之盛,飛廉與鷦鷯俱獲。②及揚雄《甘泉》,酌其餘波,語瓌奇,則假珍於玉樹;言峻極,則顛墜於鬼神。至《東都》之比目,③《西京》之海若,驗理則理無不驗,④窮飾則飾猶未窮矣。又子雲《羽獵》,⑤鞭宓妃以饟屈原;張衡《羽獵》,困元冥於朔野。⑥變彼洛神,既非罔兩,⑦惟此水師,⑧亦非魑魅,而虛用濫形,不其疎乎?此欲夸

其威而飾其事，義暌剌也。⑨至如氣貌山海，體勢宮殿，嵯峨揭業，⑩熠
燿焜煌之狀，光采煒煒而欲然，聲貌岌岌其將動矣，莫不因夸以成
狀，⑪沿飾而得奇也。於是後進之才，獎氣挾聲，軒翥而欲奮飛，騰擲
而羞跼步。⑫辭入煒燁，春藻不能程其豔；言在萎絶，寒谷未足成其
凋。談歡，則字與笑並；⑬論慼，則聲共泣偕：⑭信可以發蘊而飛滯，披
瞽而駭聾矣。

然飾窮其要，則心聲鋒起，夸過其理，則名實兩乖。若能酌《詩》
《書》之曠旨，翦揚馬之甚泰，使夸而有節，飾而不誣，亦可謂之懿也。

贊曰：夸飾在用，文豈循檢。言必鵬運，氣靡鴻漸。倒海探珠，傾
崑取琰。曠而不溢，奢而無玷。

校箋

① **風格訓世。**

“格”，謝鈔本作“俗”。　顧廣圻校作“俗”。

徐氏《正字》：“‘格’字疑當作‘俗’。《議對》篇云：‘風格存焉。’宋本《御覽》
誤作‘風俗’。但此‘風格’，似係‘風俗’之誤。”

斯波《補正》：“‘格’蓋‘俗’之誤。‘風俗’謂風化俗，與‘訓世’相對爲句。”

楊氏《補正》：“‘風格訓世’，義不可通，作‘俗’是也。《議對》篇‘風格存
焉’，《御覽》五九五引‘格’作‘俗’，是二字易譌之例。‘風’讀爲‘諷’。‘風俗訓
世’，即《詩大序》‘風，諷也，教也；風以動之，教以化之’之意。慧皎《高僧傳
序》：‘明《詩》《書》禮樂，以成風俗之訓。’語意與此同，尤爲切證。”

李氏《斠詮》校“格”作“俗”。

【按】諸説是，“格”當從謝鈔本作“俗”，二字形近而誤。斯波説是，“風”當
讀爲“風化”字。《漢書·武帝紀》：“導民以禮，風之以樂。”顏師古注：“風，教
也。”又《儒林傳》：“勸學興禮，崇化厲賢，以風四方。”顏師古注：“風，化也。”則
“風俗”猶言化俗。

② **飛廉與鷦鵬俱獲。**

“鷦鵬”，梅校：“按本賦作‘焦明’。”　訓故本作“焦明”。　《詩法萃編》作
“鷦明”。

　　楊氏《補正》:"作'焦明'是。《史記・司馬相如傳》:'(《上林賦》)掩焦明。'（《漢書・相如傳上》同）集解:'焦明似鳳。'索隱:'《樂叶圖徵》曰:焦明狀似鳳皇。宋衷曰:水鳥。'又《難蜀父老》:'猶鷦明已翔乎寥廓。'（《文選》作鷦鵬）《楚辭・劉向〈九嘆・遠遊〉》:'駕鸞鳳以上遊兮,從玄鶴與鷦明。'王注:'鷦明,俊鳥也。''焦明'、'鷦明'、'鷦鵬',字形雖異,音義則同。'鷦鵕',當據訓故本改作'焦明'始合。……蓋淺人習見鷦鵠,罕見鷦鵬或鷦明,因而妄改致誤。"

　　李氏《斠詮》校"鷦鵕"作"鷦鵬",云:"當爲傳寫者習見'鷦鵠'連文,罕見'鷦鵬'而改。字或省作'焦朋'。""《文選・司馬相如〈上林賦〉》:'捷鵷雛捖焦朋。'焦朋',《史》《漢》並作'焦明',王先謙漢書補注:'焦明,《文選》作焦朋,《史記》集解、索隱作鷦明。《楚辭・遠遊》:從元鶴與鷦朋。王注:鷦朋,俊鳥。《吳都賦》作鷦鵬,《廣雅・釋鳥》又云:焦明,鳳凰屬也。是明、朋互寫,其來已久,疑以朋爲正,此鳥鳳屬,《說文》朋鵬二字鳳字異文。且非焦朋,《吳都賦》無緣作鷦鵬也。'又《文選・司馬相如〈難蜀父老〉》:'猶鷦鵬已翔乎寥廓之宇。'李善注:'《樂緯》曰:鷦鵬狀如鳳凰。'向注:'鷦鵬,大鳥也。'《史記會注考證》:'鷦明,《漢書》作焦朋,《文選》作鷦鵬。'意彥和原文作'鷦鵬',故傳寫形誤'鷦鵕'耳。"

　　范氏《注》、王氏《校證》並從訓故本。

　　【按】楊說是,"鷦鵕"當從訓故本作"焦明"。《說文・鳥部》:"鷫,鷫鷞也。五方神鳥也,東方發明,南方焦明,西方鷫鷞,北方幽昌,中央鳳皇。"各本無作"鷦鵬"者,李說不可從。此鳥名《文選・司馬相如〈難蜀父老〉》六臣注作"鷦鵬",胡刻本作"鷦鵕"。《廣韻・庚韻》:"鵕,鷦鵕,似鳳,南方神鳥。"可知字當作"鵕","鷦鵕"、"焦明"同。

　　③ 至《東都》之比目。

　　范氏《注》:"《文選・班固〈西都賦〉》曰:'揄文竿,出比目。'《爾雅》曰:'東方有比目魚焉,不比不行,其名謂之鰈。'此云《東都》,蓋誤記也。"

　　劉氏《校釋》:"'比目'出《西都賦》,此誤作《東都》。"

　　李善《斠詮》校作"西都",云:"'西都'原作'東都',蓋傳寫者昧於下文'西京'作對而妄改。彥和此文自'及揚雄賦甘泉'至'西京之海若'云云,顯然本諸左思《三都賦序》'揚雄賦甘泉而陳玉樹青葱,班固賦西都而歎以出比目,張衡賦西京而述以遊海若,假稱珍怪,以爲潤色'數語,不應張冠李戴,誤《西都》爲

《東都》也。”

【按】諸説是，“東都”疑當作“西都”。《後漢書·班固傳》：“乃上《兩都賦》，盛稱洛邑制度之美，以折西賓淫侈之論。其辭（《西都賦》）曰：有西都賓，問於東都主人曰（李賢注：中興都洛陽，故以東都爲主，而謂西都爲賓也）：……招白鷳，下雙鵠，揄文竿，出比目（李賢注：《爾雅》曰：‘東方有比目魚，不比不行。’）。”

④ **驗理則理無不驗。**

“不驗”，訓故本作“可驗”。　紀昀云：“‘不驗’，當作‘可驗’。”《詩法萃編》作“可驗”。

徐氏《正字》：“‘不驗’疑當作‘以驗’。‘不’、‘以’形近。”

范氏《注》、楊氏《補正》、王氏《校證》、張氏《考異》、李氏《斠詮》並從紀説。

【按】訓故本是。“不”作“可”，方合上下文語意，二字形近致訛。郭璞《山海經傳·中山經》：“參互其義，義既混錯，錯紛其理，理無可據，斯不然矣。”云“理無可據”，句法、語意並可與此相參。

⑤ **又子雲《羽獵》。**

“羽”，黄校：“一作‘校’。”　梅校：“‘校’，當作‘羽’。”　元至正本、黄傳元本、弘治本、弘治活字本、汪本、佘本、隆慶本、張本、兩京本、胡本、何本、王批本、訓故本、初刻梅本、復校梅本、凌本、合刻本、梁本、秘書本、梅六次本、梅七次本、抱青閣本、尚古本、岡本、薈要本、文淵本、文溯本、文津本、文瀾本、張松孫本、王本、崇文本作“校”，湯氏《續文選》二七、胡氏《續文選》十二、《文儷》十三、《四六法海》十、《古儷府》九、《雅倫》十九引同。　沈臨何校本改“校”爲“羽”，張紹仁校同。　《詩法萃編》作“校”。　張爾田圈點“校”字。

徐氏《正字》：“《通變》篇云‘揚雄《校獵》’云云，則彦和固作‘校’字矣。又作‘校’與下文‘羽獵’字不複。”

楊氏《補正》：“以《通變》篇引‘出入日月，天與地沓’二句而標爲‘校獵’證之，此當依諸本作‘校’，前後始能一律。黄氏從梅、何兩家校徑改爲‘羽’，非是。”

張氏《考異》：“‘校獵’見司馬長卿《上林賦》：‘天子校獵。’又揚子雲《羽獵賦序》：‘故聊因校獵，賦以風之。’此‘校獵’二字所本。且以‘羽獵’兩見，故此用‘校’也，所以別下句‘張衡《羽獵》’也。”

李氏《斟詮》校"羽"作"校"。

【按】元明諸本多作"校"，黄氏改梅本之"校"爲"羽"，與馮鈔元本、謝鈔本合。

諸家解説是，此當從元至正本等作"校"。《文選·揚雄〈羽獵賦〉》："鞭洛水之宓妃，餉屈原與彭胥。"此舍人語義所出，不云"羽獵"而云"校獵"者，蓋避免與下文"張衡《羽獵》"犯重也。張説是。

⑥ 困元冥於朔野。

"元"，元至正本、馮鈔元本、黄傳元本、弘治本、弘治活字本、汪本、佘本、隆慶本、張本、兩京本、何本、王批本、訓故本、謝鈔本、初刻梅本、復校梅本、凌本、合刻本、梁本、秘書本、梅六次本、梅七次本、抱青閣本、尚古本、岡本、薈要本、文淵本、文溯本、文津本、文瀾本、崇文本作"玄"，湯氏《續文選》二七、胡氏《續文選》十二、《文儷》十三引同。

鈴木《黄本校勘記》："'元'當作'玄'。"

【按】元明諸本皆作"玄"，作"元"者，蓋黄氏因避康熙帝諱而改。《左傳·昭公二十九年》："水正曰玄冥。"《左傳·昭公十八年》："禳火於玄冥回禄。"杜預注："玄冥，水神。"並其證。

⑦ 既非罔兩。

"罔兩"，元至正本、馮鈔元本、弘治本、弘治活字本、汪本、佘本、隆慶本、張本、兩京本、胡本、何本、王批本、訓故本、謝鈔本、初刻梅本、復校梅本、凌本、合刻本、梁本、秘書本、抱青閣本、集成本、尚古本、岡本、崇文本作"魑魅"，《文儷》十三引同。　梅六次本、梅七次本剜改作"罔兩"。　顧廣圻標疑"罔兩"二字。

湯氏《續文選》二七、胡氏《續文選》十二引作"蝄蜽"。

張氏《考異》："作'罔兩'是，因魑魅犯重。"

【按】梅氏萬曆初刻本及復校本作"魑魅"，梅氏天啓二本改爲"罔兩"，黄氏從之，薈要本、文淵輯注本、文淵本、文溯本、文津本、文瀾本、張松孫本、王本、芸香堂本、翰墨園本、掃葉本、龍谿本亦並從之。

此作"罔兩"是。"罔兩"，又作"蝄蜽"（見《別雅》）。《左傳·宣公三年》："螭魅罔兩。"杜預注："罔兩，水神。"《淮南子·道應》："罔兩問於景。"高誘注："罔兩，水之精物也。"又，《玄應音義》二"鬼魅"注引《通俗文》："山澤怪謂之魑魅。"《文選·張衡〈東京賦〉》："捎魑魅。"薛綜注："魑魅，山澤之神。"可知"魑魅"、"魍魎",乃泛指山、澤之神怪。下文"亦非魑魅",訓故本等作"魍魎","魑魅"與"罔兩"位置可互換,義固無妨。

⑧ 惟此水師。

"師",元至正本、馮鈔元本、黃傳元本、弘治本、弘治活字本、汪本、佘本、隆慶本、張本、兩京本、胡本、何本、王批本、訓故本、謝鈔本、初刻梅本、復校梅本、凌本、合刻本、梁本、秘書本、抱青閣本、集成本、尚古本、岡本、王本、崇文本作"怪",湯氏《續文選》二七、胡氏《續文選》十二、《文儷》十三、《四六法海》十、《古儷府》九、《文通》二二、《雅倫》十九引同。　張爾田圈點"怪"字。

楊氏《補正》:"《國語·魯語下》:'木石之怪,曰夔、蝄蜽;水之怪,曰龍、罔象。'《左傳·宣公三年》:'魑魅罔兩。'杜注:'魅,怪物。'是'怪'字未誤。黃本作'師',蓋據梅六次本改,惜未擇善而從也。"

詹氏《義證》:"此處'水師'承上文'玄冥'而言,下句又云'亦非魍魎',可見不應作'水怪'。"

【按】梅氏萬曆初刻本及復校本作"怪",梅氏天啓二本改爲"師",黃氏從之,薈要本、文淵輯注本、文淵本、文津本、張松孫本、翰墨園本、掃葉本、龍谿本亦並從之。

作"師"自通,楊說非是。此承上文"玄冥"而言。"水師"即水官,水正。《風俗通義·祀典》:"玄冥,雨師也。"《左傳·昭公十七年》:"共工氏以水紀,故爲水師而水名。"又《昭公二十九年》:"水正曰玄冥。"《禮記·月令》:"其神玄冥。"鄭玄注:"玄冥,少皞氏之子曰脩,曰熙,爲水官。"

⑨ 此欲夸其威而飾其事,義暌刺也。

梅校:"'飾'元脱。"　黃校:"(次'其')下有闕字。"　元至正本、弘治本、汪本、佘本、隆慶本、張本、兩京本、胡本、訓故本作"此欲夸其威而其事義暌刺也"。　馮鈔元本、黃傳元本、弘治活字本、王批本、文溯本、文津本、文瀾本作"此欲夸其威而其事義暌剌也",湯氏《續文選》二七、胡氏《續文選》十二、《文儷》十三引同。　合刻本、文淵本、掃葉本作"此欲夸其威而飾其事,義暌剌也"。　沈臨何校本"而"下補"飾"字,並云:"'其'下,當有闕字。"　張紹仁"而"下補"飾",改"暌"爲"暌"。　張爾田圈點"飾'字無"之"無"字。

鈴木《黃本校勘記》:"'暌'字當從目。"

潘氏《札記》:"'此欲夸其威而其事義暌剌也',正承上'鞭宓妃'、'困玄冥'

而言,不增'飾'字,文義本明。”

徐氏《正字》:“此句不脱,疑'而'字當在下句'義'字上,正讀爲'此欲夸其威飾其事,而義暌剌也',語自通順。”

楊氏《補正》從梅校補“飾”字,云:“'事'下加豆,文義自通,非有闕脱也。”

劉氏《校釋》、王氏《校證》、李氏《斠詮》並作“此欲夸飾其威而忘其事義暌剌也”。

【按】梅本作“此欲夸其威而飾其事,義暌剌也”,與何本、謝鈔本合,黄氏從之,凌本、秘書本、抱青閣本、集成本、尚古本、岡本、薈要本、張松孫本、王本、崇文本、龍谿本亦並從之。

諸家之解説均不可從。“而”下毋須補“飾”字,“事”下亦非有闕字。增“飾”字,則“威”與“事”成並列關係,非是,“威”即“事”之威風也。此句以“此欲”領起,則“而”後當補一動詞,始能與“夸其威”語法一律,劉、王二家補“忘”字,雖未必舍人之舊,然可使語法不謬。

細繹文義,疑“飾”字不當補,“其事”二字倒錯,當乙作“事其”(《定勢》篇“是楚人鬻矛譽楯兩難得而俱售也”,“譽楯”二字倒錯,誤與此同),且改“事”爲“使”(二字聲近致訛),讀作“此欲夸其威而使其義暌(暌)剌也”,方合語法。《檄移》篇:“不可使辭緩。”“不可使義隱。”《詮賦》篇:“遂使繁華損枝。”“使”字用法並與此同。此句語脉當爲“欲……反而……”,言主觀願望與客觀效果構成反差。

蓋此文本作“使其”,後訛作“事其”,又誤乙作“其事”,欲使“事義”二字相連。然“義”即義理、事理,可單用,毋須“事義”相連。上文云:“辭雖已甚,其義無害也。”“義無害”,即義不暌剌。《雜文》篇:“文麗而義暌。”《指瑕》篇:“辭雖足哀,義斯替矣。”“義暌”、“義替”與“義暌剌”之義同。摯虞《文章流別論》:“辯言過理,則與義相失。”(《藝文類聚》五六引)“與義相失”亦即“義暌剌”。

“暌”、“暌”字通,訓乖違。元至正本、弘治本作“暌”,本無誤,梅氏改爲“暌”,實無必要,此作“暌”較長,《四六法海》十引即作“暌”。《漢書·諸侯年表》:“大者暌孤横逆。”顔師古注:“暌孤,乖剌之意也。”則“暌剌”義同乖剌。見《雜文》篇“文麗而義暌”條校。“使其義暌剌”,謂使其義理乖剌難通也。

⑩ 嵯峨揭業。

“業”,鈴木《黄本校勘記》:“疑當作'嶪'。”

【按】鈴木説不可從。黃叔琳注：“《西京賦》：‘嵯峨崯巆。’《上林賦》：‘嵯峨嶵巆。’”“崯巆”、“嶵巆”同。字又作“揭孽”。《文選·王延壽〈魯靈光殿賦〉》：“飛陛揭孽，緣雲上征。”李善注：“揭孽，高貌。”吕向注：“揭孽，極高貌。”“業”可假借爲“辥”（《説文·辥部》朱駿聲通訓定聲），知舍人所謂“揭業”即揭孽，一聲之轉耳。

⑪ 莫不因夸以成狀。

楊氏《校注》：“‘狀’，疑當作‘壯’，與下句之‘奇’對。篇首亦言‘壯辭’也。”（按，楊氏《補正》無此條。）

【按】楊説可從，“狀”疑當爲“壯”之形訛。上文有“熠燿焜煌之狀”，此作“壯”字始避重出。《陸士龍文集·南征賦》：“超三軍以奔屬，賈餘勇以成壯。”此“成壯”連文之證。

舍人屢用“壯”字。如《詮賦》篇：“時逢壯采。”《雜文》篇：“高談宮館，壯語畋獵。”《諸子》篇：“心奢而辭壯。”《檄移》篇：“並壯筆也。”《封禪》篇：“然疏而能壯。”《體性》篇：“故言壯而情駭。”《夸飾》篇：“壯辭可得喻其真。”並與此同義。《才略》篇“故倫序而寡狀”之“狀”亦當作“壯”。

⑫ 騰擲而羞躕步。

“擲”，元至正本、馮鈔元本、弘治本、汪本、佘本、隆慶本、張本、兩京本、胡本、何本、王批本、訓故本、凌本、合刻本、梁本、尚古本、岡本、薈要本、文淵本、文溯本、文津本、文瀾本、王本、崇文本作“躑”，湯氏《續文選》二七、胡氏《續文選》十二、《文儷》十三引同。《詩法萃編》作“躑”。張爾田圈點“躑”字。“躕”，覆刻黃本作“碭”。

楊氏《補正》：“‘躑’爲‘躕’之後起字，‘擲’又‘躑’之俗體，當據改爲‘躑’。”

李氏《斠詮》校“擲”作“躑”。

【按】梅本作“擲”，與謝鈔本合，黃氏從之，彙編本、抱青閣本、張松孫本、掃葉本、龍谿本亦並從之。

作“擲”自通，不煩改字，《文通》二二、《歷代賦話》一二引亦並作“擲”。《慧琳音義》四九“跳擲”注引《廣雅》：“擲，振也。”《世説新語·假譎》：“（魏武、袁紹）墮枳棘中……紹遑迫自擲出。”是“擲”亦訓騰躍。《莊子·徐無鬼》：“有一狙焉，委蛇攫搔。”成玄英疏：“攫搔，騰擲也。”《弘明集·釋寶林〈破魔露布文〉》：“馺馬趁趨以騰擲，迅象飛控以馳驅。”此“騰擲”連文之證。

“跔”，覆刻黃本作“跼”，不見於字書，當爲誤刻。《廣韻·燭韻》：“跔，促也。”《戰國策·齊策》：“則亡天下不可跔足而須也。”鮑彪注：“跔，不伸也。”“跔”與“局”通。《列子·湯問》：“若夫封情慮於有方之境，循局步於六合之間者。”

⑬ 談歡則字與笑並。

“字”，徐爍校作“容”。

楊氏《補正》：“徐校、馮引皆非。《文賦》：‘思涉樂其必笑，方言哀而已歎。’《抱朴子外篇·嘉遁》：‘言歡則木梗怡顏如巧笑，語戚則偶象嚬嘁而滂沱。’並足與此文相發。”

【按】今本無誤，“字”即下字造語之意，與下文“聲”對文，“聲”非指哭泣之聲，乃指行文聲律。“字”、“聲”二字與上文“辭”、“言”二字一脈相承。徐爍蓋誤以“哭聲”解“聲”，故校“字”作“容”，非是。

⑭ 論慼則聲共泣偕。

“偕”，《經史子集合纂類語》九引作“諧”。

【按】“偕”字是，與“並”對文。《風骨》篇：“情與氣偕，辭共體並。”句法與此同。

事類第三十八

事類者，蓋文章之外，据事以類義，①援古以證今者也。昔文王繇《易》，剖判爻位，《既濟》九三，遠引高宗之伐；《明夷》六五，近書箕子之貞：斯略舉人事以徵義者也。至若《胤征》羲和，陳《政典》之訓；《盤庚》誥民，叙遲任之言：此全引成辭以明理者也。然則明理引乎成辭，徵義舉乎人事，迺聖賢之鴻謨，經籍之通矩也。《大畜》之象：“君子以多識前言往行。”亦有包於文矣。

觀夫屈宋屬篇，號依詩人，雖引古事，而莫取舊辭。唯賈誼《鵩賦》，②始用《鶡冠》之說；相如《上林》，撮引李斯之書：此萬分之一會也。及揚雄《百官箴》，③頗酌於《詩》《書》；劉歆《遂初賦》，歷叙於紀傳：漸漸綜採矣。至於崔班張蔡，遂捃摭經史，華實布濩，④因書立功,皆後人之範式也。

夫薑桂同地,⑤辛在本性,文章由學,⑥能在天資。才自内發,⑦學以外成,有學飽而才餒,有才富而學貧。學貧者迍邅於事義,才餒者劬勞於辭情,此内外之殊分也。是以屬意立文,心與筆謀,才爲盟主,學爲輔佐,主佐合德,文采必霸,才學褊狹,雖美少功。夫以子雲之才,而自奏不學,及觀書石室,乃成鴻采。表裏相資,古今一也。故魏武稱"張子之文爲拙,然學問膚淺,⑧所見不博,專拾掇崔杜小文,所作不可悉難,難便不知所出",斯則寡聞之病也。

夫經典沉深,載籍浩瀚,⑨實羣言之奥區,而才思之神皋也。揚班以下,莫不取資,任力耕耨,縱意漁獵,操刀能割,必列膏腴。⑩是以將贍才力,務在博見,狐腋非一皮能温,雞蹠必數千而飽矣。是以綜學在博,取事貴約,校練務精,捃理須覈,⑪衆美輻輳,⑫表裏發揮。⑬劉劭《趙都賦》云:⑭"公子之客,叱勁楚,令歃盟;管庫隸臣,呵强秦,使鼓缶。"用事如斯,可謂理得而義要矣。故事得其要,雖小成績,譬寸轄制輪,尺樞運關也。或微言美事,置於閑散,是綴金翠於足脛,靚粉黛於胸臆也。

凡用舊合機,不啻自其口出,引事乖謬,雖千載而爲瑕。陳思,羣才之英也,《報孔璋書》云:"葛天氏之樂,千人唱,萬人和,聽者因以蔑《韶》《夏》矣。"此引事之實謬也。按葛天之歌,唱和三人而已。相如《上林》云:"奏陶唐之舞,聽葛天之歌,千人唱,萬人和。"唱和千萬人,乃相如接人,⑮然而濫侈葛天,推三成萬者,信賦妄書,致斯謬也。陸機《園葵詩》云:"庇足同一智,生理合異端。"⑯夫葵能衞足,事譏鮑莊;葛藟庇根,辭自樂豫。若譬葛爲葵,則引事爲謬;若謂庇勝衞,則改事失真:斯又不精之患。夫以子建明練,士衡沈密,而不免於謬,曹仁之謬高唐,⑰又曷足以嘲哉?夫山木爲良匠所度,經書爲文士所擇,木美而定於斧斤,事美而制於刀筆,研思之士,無慚匠石矣。

贊曰:經籍深富,辭理遐亘。⑱皜如江海,鬱若崑鄧。文梓共採,瓊珠交贈。用人若己,古來無懵。

校箋

① **据事以類義。**

"据",養素堂初刻本作"捃"。

【按】作"据"義長,此與下句"援"對文("援"訓引、牽、取)。"捃"字與下文"捃摭"、"捃理"犯重,蓋黃氏寫刻之誤。

"据"同"據"。《説文·手部》段玉裁注:"據,或作'据',《揚雄傳》'三摹九据',晉灼曰:'据,今據字也。'按,何氏《公羊傳注》'據'亦皆作'据'。"《漢書·酷吏傳贊》:"趙禹据法守正。"顏師古注:"據,音据。""據",訓援引、引證。《廣韻·御韻》:"據,引也。"《後漢書·荀爽傳》:"引據大義,正之經典。"

② **唯賈誼《鵩賦》。**

楊氏《補正》:"'賦',當作'鳥'。"

【按】楊校可從,"賦"疑當作"鳥"。《鵩鳥》與下文"《上林》"相對。《詮賦》篇:"相如《上林》,繁類以成豔;賈誼《鵩鳥》,致辨於情理。"省稱與此同。參見《比興》篇"賈生《鵩賦》云"條校。下文"《遂初賦》"用全稱,意在與"《百官箴》"對文,此處如作"《鵩賦》",則"賦"字與之犯重。

③ **及揚雄《百官箴》。**

"百",梅校:"元作'六'。" 元至正本、黃傳元本、弘治本、弘治活字本、汪本、佘本、隆慶本、張本、兩京本、王批本、文津本作"六"。 沈臨何校本云:"'六官',梅改'百官'。" 張紹仁校"六"作"百"。

范氏《注》:"揚雄作《十二州二十五官箴》,不得云'揚雄《百官箴》'(《百官箴》之名,起自胡廣),'百'疑是'州'之誤。"

徐氏《正字》:"此(指六官箴)本作'官箴'二字,俗人既於下句'遂初'下加'賦'字,因又於上句妄加'六'字矣。又黃校作'百官箴',亦非。"

劉氏《校釋》:"胡廣補楊、崔官箴,合稱'百官箴',舍人或用後起之名也。"

楊氏《補正》從范説,云:"《銘箴》篇:'至揚雄稽古,始範《虞箴》,作《卿尹》《州牧》二十五篇,及崔、胡補綴,總稱《百官》。'挹彼注兹,最爲確切,亦可證作'六'、改'百'之謬。"

李氏《斠詮》從范氏説,校"百"作"州"。

【按】梅氏改"六"爲"百",與馮鈔元本、何本、訓故本、謝鈔本合,黃氏從之。

依范氏、楊氏説，疑此字當作“州”。《漢書·揚雄傳贊》：“箴莫善於《虞箴》，作《州箴》。”顏師古注晉灼曰：“九州之箴也。”是揚雄所作爲“《州箴》”。《後漢書·胡廣傳》：“初，楊雄依《虞箴》作《十二州二十五官箴》。其九箴亡闕，後涿郡崔駰及子瑗，又臨邑侯劉騊駼增補十六篇，廣復繼作四篇，文甚典美。乃悉撰次首目，爲之解釋，名曰《百官箴》，凡四十八篇。”是胡廣繼作之後始稱衆箴爲“《百官箴》”。

④ **華實布濩**。

“濩”，元至正本、馮鈔元本、黃傳元本、弘治本、汪本、佘本、隆慶本、張本、兩京本、胡本、王批本作“護”。　馮班校“護”爲“濩”。　沈臨何校本改“護”爲“濩”，張紹仁同。

楊氏《補正》：“‘護’、‘濩’同音通假。《文選·司馬相如〈封禪文〉》‘我氾布濩之’作‘護’；《上林賦》‘布濩閎澤’、揚雄《劇秦美新》‘布濩流衍’作‘濩’，是其相通之證。‘布濩’之作‘布護’，猶‘大濩’之作‘大護’然也。郭璞《上林賦》注：‘布濩，猶布露也。’”

【按】梅本作“濩”，與何本、訓故本、謝鈔本合，黃氏從之。

作“濩”是。張衡《南都賦》：“布濩漫汗，漭沆洋溢。”（《水經注》三一引）《文選·嵇康〈琴賦〉》：“牢落凌厲，布濩半散。”又張衡《東京賦》：“聲教布濩。”薛綜注：“布濩，猶散被也。”《江文通集·勑爲朝賢答劉休範書》：“是以綵雲祥風之瑞，布濩區中。”並“布濩”連文之證。

⑤ **夫薑桂同地**。

“薑桂”，合刻本、梁本作“桂薑”。　“同”，張本《御覽》五八五引作“同”，其餘各本《御覽》引並作“因”。

楊氏《補正》：“‘因’字是，‘同’其形誤也。《宋玉集序》：‘宋玉事楚懷王，友人言之宋玉，玉以爲小臣。王議友人，友曰：薑桂因地而生，不因地而辛。’（《書鈔》三三引）《韓詩外傳》七：‘宋玉因其友見楚襄王，襄王待之無以異，乃讓其友。友曰：夫薑桂因地而生，不因地而辛。’爲舍人此文所本，正作‘因’。”

王氏《校證》、張氏《考異》、李氏《斠詮》並校“同”作“因”。

【按】楊説是，“同”當從宋本《御覽》引作“因”，二字形近致訛。《慧琳音義》二三引《慧苑音義》：“解因自悟。”注：“因，由也。”

⑥ **文章由學。**

"由"，四庫本《御覽》五八五引作"由"，其餘各本《御覽》引並作"沿"。《記纂淵海》七五引作"沿"。

楊氏《補正》："'沿'字較勝。《文心》全書中有'沿'字辭句，凡十二見，此其一也。有'由'字辭句僅四見。"

李氏《斠詮》從今本。

【按】楊說非是，今本自通，毋須改字，《喻林》十七、《文通》二二引亦作"由"。"由"、"因"對文。《集韻·尤韻》："由，因也。"

⑦ **能在天資。　才自內發。**

"資"，諸本《御覽》五八五引並作"才"，《文斷》引同。　沈臨何校本改"資"爲"才"。"才"上，諸本《御覽》五八五引、《記纂淵海》七五有"故"字，《文斷》引同。

楊氏《補正》："'才'字是。下文屢以'才'、'學'對言，即承此引申。若作'資'，則上下不應矣。"又："有'故'字，於義爲長，當據增。"

李氏《斠詮》校"資"作"才"。

【按】"資"當從《御覽》引作"才"。此與下句兩"才"字相銜，符合"先舉近以及遠"之行文條例（參見《史傳》篇"左史記事者，右史記言者"條校）。"故"字不當有，有則破壞此一行文條例，且"才自內發"兩句與上兩句亦非因果關係。楊說非是。

⑧ **張子之文爲拙，然學問膚淺。**

王惟儉標疑"然"字。　范文瀾云："魏武語未知所出，'然'字疑衍。魏武語止'難便不知所出'句。"

楊氏《補正》："然，猶'乃'也（見《經傳釋詞》卷七），非衍文。"

【按】范說非是，"然"字實不可少（見下文）。楊說亦不可從，如訓"然"爲"乃"，則與上文"爲拙"之"爲"義複，且全書"然"字無此用法。此處文字前後牴牾，疑有訛誤，王惟儉於"然"字標疑，良有以也。

細繹文義，今本"爲"上當脫一"未"字。"未爲"，訓"不可謂"，相當於口語"稱不上"、"算不上"。《才略》篇："思王以勢窘益價，未爲篤論也。"即"未爲"連文。又，《戰國策·楚策四》："見菟而顧犬，未爲晚也；亡羊而補牢，未爲遲也。"《論衡·本性篇》："孟子之言情性，未爲實也。"《三國志·魏書·劉廙傳》裴松之注：“於治雖得計，其聲譽未爲美。”《嵇中散集·管蔡論》：“則管蔡懷疑，未爲不賢。”均其義。舍人舉張子爲例，説明文士爲文有“才富而學貧”一端，以與揚雄之“才學”兼備形成對比。其意當爲：“張子雖有作文之才華，能爲工麗之辭，然學養不深，格局狹小。”故此句改爲“未爲拙”（即“工”），始能與下句“然”字（轉折之意）呼應。

《奏啓》篇：“讜者，偏也。”楊明照、張立齋二氏疑“偏”上當補一“無”字；《知音》篇：“其事浮淺。”“其”下，楊明照認爲當補一“不”字，始合文意。二文之脱誤並與此同。參見《奏啓》篇“讜者，偏也”條、《知音》篇“其事浮淺”條。

⑨ 載籍浩瀚。

“瀚”，元至正本、馮鈔元本、黃傳元本、弘治本、弘治活字本、汪本、佘本、隆慶本、張本、兩京本、胡本、王批本、訓故本、謝鈔本作“汗”，《子苑》三二、《喻林》八九引同。

楊氏《補正》：“‘瀚’、‘汗’音同得通。”

【按】元明諸本多作“汗”，梅本作“瀚”，與何本合，黃氏從之。

“浩瀚”、“浩汗”通，毋須改從。《淮南子·俶真訓》：“浩浩瀚瀚，不可隱儀揆度而通光燿者。”高誘注：“浩浩瀚瀚，廣大貌也。”又，《抱朴子内篇·微旨》：“告之以無涯之浩汗，語之以宇宙之恢闊。”可爲證。

⑩ 必列膏腴。

“列”，黃校：“汪作‘裂’。” 元至正本、馮鈔元本、黃傳元本、弘治本、弘治活字本、佘本、隆慶本、張本、兩京本、胡本、何本、王批本、訓故本、合刻本、梁本、別解本、集成本、尚古本、岡本、薈要本、文淵本、文溯本、文津本、文瀾本、王本、崇文本作“裂”，《子苑》三二引同。 馮舒校作“裂”。 傳録何沈校本“列”旁過録“裂”字。 張爾田圈點“裂”字。

楊氏《補正》：“《説文·刀部》：‘列，分解也。’又衣部：‘裂，繒餘也。’是分裂字本應作‘列’，然古多通用不別。”

張氏《考異》：“《史記·項羽本紀》：‘分列天下。’《盧綰傳》：‘故得列地。’《漢書》作‘咸得裂地’。‘列’、‘裂’古通。”

【按】元明諸本多作“裂”，梅本作“列”，與謝鈔本合，黃氏從之。

《説文·衣部》：“裂，繒餘也。”《廣雅·釋詁》：“裂，分也。”《淮南子·覽冥訓》“九州裂”高誘注、《文選·曹冏〈六代論〉》“割裂州國”張銑注，並云：“裂，分也。”“裂”又通“列”。《諸子平議・管子二》：“故下與官列法。”俞樾按：“列、裂古通用。”然此字元明諸本皆作“裂”，於義本通，梅氏改作“列”，實無必要。此仍從元至正本等作“裂”較長。

⑪ 捃理須覈。

“理”，黃校：“一作‘摭’。”　梅六次本、梅七次本作“摭”，集成本、文津本、張松孫本同。　傳録何沈校本“摭”旁過録“理”字。

楊氏《補正》：“‘摭’字非是。《吟窗雜録》作‘捃理貴覈’，是所見本作‘理’。”

張氏《考異》：“綜學、取事、校練、捃理，四句一貫，故下言‘衆美’，指此四事也。從‘理’是。”

郭氏《注譯》、李氏《斠詮》並作“摭”。

【按】梅氏萬曆初刻本及復校本作“理”，與元明諸本合，梅氏天啓二本改爲“摭”，黃氏從之。

此作“摭”義長，黃氏輯注出條目即作“摭”。上文“取事”與“綜學”對文，此作“捃摭”，與“校練”對文，詞性始相協。“覈”，訓實，又訓確實。《後漢書・班固傳》：“遷文直而事覈。”即其義。此既云“覈”，則所捃者乃“事”，非“理”。“捃摭須覈”，即謂引用事典須保證字面含義真實不虛，確然無誤，下文舉“引事乖謬”數例，批評“信賦妄書”、“引事不精”、“改事失真”等，即指此而言。

上文云“校練務精”，意謂考校、分析事理必須精審，則是要求用事時須事理恰切。《抱朴子内篇・論仙》：“惟有識真者，校練衆方，得其徵驗，審其必有。”舍人所謂“校練”義可與此相參。

⑫ 衆美輻輳。

“輳”，元至正本、弘治本、汪本、隆慶本、張本、兩京本、王批本、訓故本、文溯本、文津本作“湊”，《子苑》三二引同。　張紹仁校作“輳”。

楊氏《補正》、李氏《斠詮》並校“輳”作“湊”。

【按】梅本作“輳”，與馮鈔元本、佘本、何本、訓故本、謝鈔本合，黃氏從之。

“輻輳”、“輻湊”通，不煩改字，楊説非是。參見《書記》篇“詭麗輻輳”條校。

⑬ 表裏發揮。

“揮”，元至正本、弘治本、汪本、佘本、隆慶本、張本、兩京本、胡本、何本、初刻梅本、復校梅本、凌本、合刻本、梁本、秘書本、梅六次本、梅七次本、彙編本、別解本、抱青閣本、尚古本、岡本、張松孫本、王本作“輝”。　徐燉校“輝”作

“揮”，張紹仁校同。　沈臨何校本標疑“輝”字，改“輝”爲“揮”。

詹氏《義證》從“輝”。

【按】梅本作“輝”，與元至正本等合，黄氏改作“揮”，與馮鈔元本，王批本、訓故本、謝鈔本合。集成本、薈要本等清以後諸本多從黄本。

此作“揮”義長，《子苑》三二引亦作“揮”。《易·乾·文言》：“六爻發揮，旁通情也。”孔穎達疏：“發，謂發越也；揮，謂揮散也。言六爻發越揮散，旁通萬物之情也。”《易·説卦》：“發揮於剛柔而生爻。”韓康伯注：“剛柔發散，變動相和。”可知《易》之“發揮”乃六爻發揮作用之義。上文云“主佐合德”，又云“表裏相資”，此云“表裏發揮”，當謂“才”與“學”發越揮散，變動相和，亦即相互爲用之意。言“發揮”，謂體之用也。如讀作“發輝”，則轉爲强調文體之光芒，與上文語義不協。

此句郭氏《注譯》解作：“才力和學力配合發揮。”王氏《讀本》釋爲：“外在的學養，内在的天賦，方能發揮效用，合作無間啊！”均能達其恉。

⑭ **劉劭《趙都賦》云。**

“劭”，元至正本、馮鈔元本、弘治本、弘治活字本、汪本、隆慶本、張本、兩京本、胡本、何本、王批本、訓故本、尚古本、岡本、王本作“邵”。　合刻本、梁本、別解本、清謹軒本作“劭”。

楊氏《補正》：“《丹鉛總録》卷四‘劉劭之劭從卩不從阝’條：‘劉劭，字孔才。宋庠曰：邵，從阝。《説文·卩部》：‘高也。’故字孔才。《揚子》“周公之才之劭”是也。《三國志》作劭，或作邵，從邑，皆非，不叶孔才之義。從阝爲邵，乃叶。’（宋説見《人物志》卷尾）則此當依梁本、清謹軒本改作‘邵’。”

【按】元明諸本多作“邵”，梅本作“劭”，與謝鈔本合，黄氏從之。

作“劭”無誤，不煩改字，楊説不可從。《三國志·魏書·劉劭傳》：“劉劭，字孔才，……嘗作《趙都賦》。”《文選》之木華《海賦》、顏延之《赭白馬賦》李善注，並云：“劉劭《趙都賦》。”即其證。“邵”、“劭”、“邵”通，《小爾雅》皆訓“美”。參見《議對》篇“然仲瑗博古”條校。

⑮ **乃相如接人。**

“接人”，梅校：“疑當作‘推之’二字。”　馮鈔元本、李本、文津本、文瀾本、崇文本作“推之”。　王惟儉標疑“接”字。　徐燉校作“接之”，云：“‘接’，一作‘佞’。”　馮舒、張紹仁校作“推之”。　沈臨何校本標疑“接人”二字，改“人”爲

"人",云:"'接人',一作'佞人',梅云:疑當作'推之'二字。" 紀昀云:"'接人'二字,疑爲'增人'之譌。"

李詳《補註》:"篇中'接人'乃'接人'之譌。古人引書,據前人引申之説,並爲本書,此例多有。"

范氏《注》:"'接人'似作'推之'爲是。"

張氏《考異》:"梅本疑作'推之'者,據下文'推三成萬'而言也。紀評疑作'增人'者,據上文'唱和千萬人'而言也。俱可以通,姑兩存之。"

李氏《斟詮》從李詳説,校"接人"作"接人"。

【按】元明諸本皆作"接人",梅氏疑當作"推之",與馮鈔元本合,黄氏仍從元明諸本。

諸家解説均未確,"接人"當依徐燉校作"接之"。"人"蓋涉上文而誤,或"之"字之形訛。"接"字自通,作"推"者,蓋據下文"推三成萬"而改,然前後用兩"推"字,實有犯重之嫌。"接",訓接續、承受(《字彙・手部》:"接,承也。"),此當爲使動用法,解作"使人承接",亦即交與、交給。此承上文所舉陳思引事之謬,推究其致誤之由,認爲曹植"千人唱,萬人和"之説實導源於相如《上林賦》,故曰:曹植"唱和千萬人"之辭,"乃相如接之"(由相如而來)。如此作解,方可使上下文意貫通。

⑯ **生理合異端。**

"合異",《藝文類聚》八二、《古詩紀》三五、《淵鑒類函》三九八引作"各萬"。

范氏《注》:"當是'各萬'之誤。"

楊氏《補正》:"作'各萬端',始能與'同一智'相儷。"

【按】范説是,"合異"當從《藝文類聚》引作"各萬",四字形近而誤。

⑰ **曹仁之謬高唐。**

馮班標疑"仁"字。

范氏《注》:"《文選》有陳琳《爲曹洪與魏文帝書》。'曹仁',當是'曹洪'之誤。書云:'蓋聞過高唐者,效王豹之謳。'李善注引《孟子》淳于髡曰:'昔王豹處淇,而河西善謳;綿駒處高唐,而齊右善歌。'彦和譏曹洪之謬高唐,謂綿駒誤作王豹也。文帝《答洪書》佚(李善注《爲曹洪與文帝書》引兩條),其中當有嘲辭。"

駱鴻凱《文選學》:"此文本孔璋爲曹洪作,故彦和即以爲曹洪耳。"

劉氏《校釋》："（范文瀾）謂‘仁’當作‘洪’。然實陳代曹作，彥和未加分別。"

楊氏《補正》、王氏《校證》、張氏《考異》、李氏《斠詮》並從范氏説。

【按】范氏疑"曹仁"當作"曹洪"，可從。然范氏解説則不確，楊氏《補正》糾其失云："上文明言‘夫以子建明練，士衡沈密，而不免於謬’，故此承之曰‘曹仁（當作洪）之謬高唐，又曷足以嘲哉’，意即曹洪非子建、士衡之比，其謬綿駒爲王豹，固無足嘲也。似與曹丕答洪書之是否有嘲辭無關。"此説是。

⑱ 皜如江海。

"皜"，《喻林》八九引作"暠"。

李氏《釋譯》附錄疑"皜"當作"浩"，云："此句是承前文‘經籍富深’而説的，作‘浩如江海’始能前後相承，若作‘皜如江海’則不合句意了。查‘皜’同‘皓’，爲‘白’爲‘亮’之意。蓋原作‘浩’，一誤而爲‘皓’，再誤而爲‘皜’也。"

【按】李説非是，作"皜"無誤，不煩改字。"皜"，字又作"皓"（《玉篇·白部》："皓同皜。"），通"浩"。《羣經平議·孟子一》："皜皜乎不可尚矣。"俞樾按："《説文》無‘皜’字，古字正作‘皓’，亦與‘浩’通。"《楚辭·大招》："白皓膠只。"舊校："皓，一作‘浩’。""皓"、"浩"聲同義通，故"皓"亦訓大。《文選·左思〈詠史〉》："皓天舒白日。"呂向注："皓，大也。"

"暠"同"皓"。《集韻·晧韻》："顥，《説文》：‘白皃。’或作‘皓’、‘暠’。"知三字本通。江淹《就謝主簿宿》："河凝暠如霜。"胡之驥注："‘暠’與‘皓’同。"

練字第三十九

夫文象列而結繩移，①鳥跡明而書契作，斯乃言語之體貌，而文章之宅宇也。蒼頡造之，鬼哭粟飛；黃帝用之，官治民察。先王聲教，書必同文，輶軒之使，紀言殊俗，所以一字體，摠異音。《周禮》保氏，掌教六書。②秦滅舊章，以吏爲師，及李斯删籀而秦篆興，③程邈造隸而古文廢。漢初草律，④明著厥法，太史學童，教試六體，⑤又吏民上書，字謬輒劾。是以"馬"字缺畫，而石建懼死，雖云性慎，亦時重文也。至孝武之世，則相如譔篇。及宣成二帝，⑥徵集小學，張敞以正讀傳業，揚雄以奇字纂訓，並貫練《雅》《頌》，⑦摠閱音義，鴻筆之徒，⑧莫不洞曉，且多賦京苑，假借形聲。是以前漢小學，率多瑋字，非獨制異，乃共曉難也。暨乎後漢，小學轉疎，複文隱訓，臧否太半。⑨

　　及魏代綴藻，則字有常檢，追觀漢作，翻成阻奧。故陳思稱：「揚馬之作，趣幽旨深，讀者非師傳不能析其辭，非博學不能綜其理。」豈直才懸，抑亦字隱。自晉來用字，率從簡易，時並習易，人誰取難？今一字詭異，則羣句震驚；三人弗識，則將成字妖矣。後世所同曉者，雖難斯易；⑩時所共廢，雖易斯難，⑪趣舍之間，不可不察。

　　夫《爾雅》者，孔徒之所纂，而《詩》《書》之襟帶也；《倉頡》者，⑫李斯之所輯，而鳥籀之遺體也。⑬《雅》以淵源詁訓，《頡》以苑囿奇文，異體相資，如左右肩股，該舊而知新，亦可以屬文。若夫義訓古今，興廢殊用，字形單複，妍媸異體，⑭心既託聲於言，言亦寄形於字，諷誦則績在宮商，⑮臨文則能歸字形矣。

　　是以綴字屬篇，必須練擇：⑯一避詭異，二省聯邊，三權重出，四調單複。詭異者，字體瓌怪者也。曹攄詩稱：「豈不願斯遊，褊心惡呦呧。」兩字詭異，大疵美篇，況乃過此，其可觀乎？聯邊者，半字同文者也。狀貌山川，古今咸用，施於常文，則齟齬爲瑕，⑰如不獲免，可至三接，三接之外，其字林乎？重出者，同字相犯者也。《詩》《騷》適會，而近世忌同，若兩字俱要，則寧在相犯。故善爲文者，富於萬篇，貧於一字，一字非少，相避爲難也。單複者，字形肥瘠者也。瘠字累句，則纖疎而行劣；肥字積文，則黯黮而篇闇。善酌字者，參伍單複，磊落如珠矣。凡此四條，雖文不必有，而體例不無，⑱若值而莫悟，則非精解。

　　至於經典隱曖，方冊紛綸，簡蠹帛裂，三寫易字，或以音訛，或以文變。子思弟子，於穆不祀者，⑲音訛之異也。晉之史記，三豕渡河，⑳文變之謬也。《尚書大傳》有「別風淮雨」，《帝王世紀》云「列風淫雨」。「別」「列」「淮」「淫」，字似潛移，「淫」「列」義當而不奇，「淮」「別」理乖而新異。傅毅制誄，已用「淮雨」，㉑固知愛奇之心，古今一也。史之闕文，聖人所慎，若依義棄奇，則可與正文字矣。

　　贊曰：篆隸相鎔，《蒼》《雅》品訓。古今殊跡，妍媸異分。字靡異流，㉒文阻難運。聲畫昭精，㉓墨采騰奮。

校箋

　　① 夫文象列而結繩移。

　　劉永濟云：“文象，各本皆如此，疑當作‘爻象’。《易·繫辭下》曰：‘八卦成列，象在其中矣；因而重之，爻在其中矣。’此言聖人因八卦爻象可治民事，故以易結繩。下句始及造文字之事，疑‘文’乃‘爻’字形誤。”

　　楊氏《補正》：“許慎《說文解字序》：‘倉頡之初作書，蓋依類象形，故謂之文。……文者，物象之本。’（此六字原脫，段依《左傳·宣公十五年》孔疏補）‘文象’二字，蓋出於此。”

　　詹氏《義證》：“全文均與爻象無關，且‘爻’字亦於板本無據，不當改。‘文象’，文字形象，即最初之象形文字。”

　　李氏《斠詮》從劉氏說，校“文”爲“爻”。

　　【按】劉說不可從。楊氏、詹氏以“文字之象”解“爻象”，與下文“鳥跡明”義複，亦未達其旨。“文象”，應指八卦爻畫。此“文”非文字之意，乃指天文、天書。《尚書璿璣鈐》：“上天垂文象，布節度書也，如天行也。”（《藝文類聚》五五引）《後漢書·襄楷傳》：“皇天不言，以文象設教。”“文象”具體指河洛符圖、《易》象等。《說文解字序》：“（庖犧氏）於是始作《易》八卦，以垂憲象。……黃帝之史倉頡，見鳥獸蹄迒之迹，知分理之可相別異也，初造書契。”《原道》篇：“幽贊神明，《易》象惟先。庖犧畫其始，仲尼翼其終。……自鳥跡代繩，文字始炳。”並謂先有八卦之“象”，後有文字。此言《易》象產生之後，即取代結繩記事之法。其時序當爲：結繩→文象（《易》象）→文字。

　　② 《周禮》保氏，掌教六書。

　　“保”下，黃校：“張本有‘章’字。”　元至正本、馮鈔元本、黃傳元本、弘治本、弘治活字本、汪本、佘本、隆慶本、兩京本、胡本、何本、王批本、謝鈔本、初刻梅本、復校梅本、凌本、合刻本、梁本、秘書本、梅六次本、梅七次本、彙編本、抱青閣本、集成本、尚古本、岡本、文淵本、文津本、文瀾本、張松孫本、王本、崇文本有“章”字，養素堂初刻本同。

徐氏《正字》："'童'（按，實當作'章'）字當在下句'教'字下，義自通耳。"

劉氏《校釋》："諸本作'保章氏'，誤。保章氏世守天文之變，與保氏異職，其誤無疑。"

楊氏《補正》："'教以六書'見《地官》保氏，非保章氏也。"

王氏《校證》："掌教六書，此《地官》保氏職，黃本删是。"

張氏《考異》認爲"章"爲衍文。

【按】梅本有"章"字，與明代諸本合，黃氏養素堂初刻本從梅本，此改刻本剗去"章"字，與訓故本合，文溯本亦無之。

作"保氏"是。《周禮·地官·保氏》："保氏掌諫王惡，養國子以道，乃教之六藝，……五曰六書。"《漢書·藝文志》："古者八歲入小學，故周官保氏掌養國子，教之六書。謂象形、象事、象意、象聲、轉注、假借，造字之本也。"顏師古注："保氏，地官之屬也。保，安也。"又，《周禮·春官·保章氏》："保章氏掌天星，以志星辰日月之變動，以觀天下之遷，辨其吉凶。"可知掌教六書者乃保氏，而非保章氏。

徐氏《正字》出校云："張本有'童'字。"此誤"章"爲"童"。如依徐氏臆改，讀作"《周禮》保氏，掌教童六書"，乃以今繩古，破壞舍人行文節奏，其説尤謬。

③ 及李斯删籀而秦篆興。

"及"，芸香堂本、翰墨園本、掃葉本作"乃"。

【按】元明諸本皆作"及"，符合舍人文例，"及"、"逮及"、"至"、"至於"等，常用於叙事之先後次序或引起下文。《夸飾》篇："及揚雄《甘泉》，酌其餘波。"《練字》篇："及宣平二帝，徵集小學。"並其例。作"乃"者，當爲誤刻，《明詩》篇"乃正始明道"之"乃"，唐寫本、《御覽》引作"及"，誤與此同。惜范《注》本沿之而未改。

④ 漢初草律。

"草"，元至正本、馮鈔元本、弘治本、弘治活字本、汪本、佘本、隆慶本、張本、兩京本、胡本、何本、王批本、謝鈔本、初刻梅本、復校梅本、凌本、合刻本、梁本、秘書本、梅六次本、梅七次本、彙編本、抱青閣本、集成本、張松孫本、王本、崇文本作"章"。

楊氏《補正》："'章'字非是。《漢書·藝文志·六藝略》：'漢興，蕭何草律，亦著其法。'（顏注：草，創造之。）舍人此文所本也。"

【按】梅本作“章”，與明諸本合，黃氏改爲“草”，與訓故本合，文淵輯注本、文淵本、文溯本、文津本、文瀾本、芸香堂本、翰墨園本、掃葉本、龍谿本亦並從之。

“章”與下文“明”義複，此作“草”是，“章”蓋“草”之形訛。“漢初草律”與上句“秦滅舊章”對文，一廢一興。《漢書·藝文志》：“漢興，蕭何草律，亦著其法，曰：‘太史試學童能諷書九千字以上，乃得爲史。’又以六體試之，課最者以爲尚書、御史、史書令史。”此舍人所本。《時序》篇：“爰至有漢，運接燔書，高祖尚武，戲儒簡學，雖禮律草創，《詩》《書》未遑。”《後漢書·陳寵傳》：“蕭何草律。”李賢注：“草，謂創造之也。”亦並作“草”律。又《漢書·刑法志》：“於是相國蕭何攈摭秦法，取其宜於時者，作律九章。”應瑒《文質論》曰：“蕭何創其章律。”（《藝文類聚》二二引）“作律”、“創律”與“草律”義同。

⑤ 太史學童，教試六體。

王氏《駁正》：“‘教試’應移在‘學童’之前，於文法始合，徵《漢書·藝文志》小學家序，當乙正。又‘六體’爲‘八體’，乃淺人據今本《漢志》之誤字而改，據王先謙《漢書補注》引李賡芸徵《說文叙》應訂正。”

李氏《斠詮》校改爲“太史教試學童八體”，云：“‘教試’原倒在‘學童’下，於文法不合，徵《漢書·藝文志》小學家序乙正。又‘八體’原作‘六體’，乃淺人據今本《漢志》之誤字而改，據王先謙《漢書補注》引李賡芸徵《說文叙》訂正。《補注》：‘李賡芸曰：《說文叙》云：學僮十七以上始試，諷籀書九千字，乃得爲吏，又以八體試之。此‘六’乃‘八’之誤。據《說文叙》言：王莽時甄豐改定古文有六體。蕭何時止有八體，無六體也。先謙曰：六當爲八，李說是也。上文（指《漢志》小學家書目“八體六技”）明言八體，是班氏非不知有八體者，且此數語與《說文序》吻合，不應事實歧異，淺人見下六體字（此釋亡新所定六體，上所云六伎也）而妄改也。’王引李說甚精，應從之。”

【按】今本文義自通，李、王說不可從。“太史學童”猶言師生，當解作“太史於學童”。此與“吏民上書，字謬輒劾”相對成文，皆以四字成句，如改作“太史教試學童六體”，於文勢亦不順。李氏據《漢志》“太史試學童”爲説，未免過於執泥。

《漢書·藝文志》：“漢興，蕭何草律，亦著其法，曰：‘太史試學童，能諷書九千字以上，乃得爲史。又以六體試之，課最者以爲尚書、御史、史書令史。吏民上書,字或不正,輒舉劾。'六體者,古文、奇字、篆書、隸書、繆篆、蟲書,皆所以通知古今文字,摹印章,書幡信也。"此舍人所本,明言太史試學童以"六體"。《周書·趙文深傳》:"太祖以隸書紕繆,命文深與黎季明、沈遐等依《說文》及《字林》刊定六體,成一萬餘言,行於世。"可知"六體"之說自有淵源,不必據《說文叙》改爲"八體"。

⑥ 及宣成二帝。

范氏《注》:"《漢書·藝文志》:'武帝時,司馬相如作《凡將》篇,無復字。'《説文序》曰:'孝宣皇帝時,召通《倉頡》讀者(《藝文志》:《倉頡》多古字,俗師失其讀,宣帝時,徵齊人能正讀者,張敞從受之),張敞從受之。涼州刺史杜業、沛人爰禮、講學大夫秦近亦能言之。孝平皇帝時,徵禮等百餘人,令説文字未央廷中。以禮爲小學元士。黃門侍郎揚雄采以作《訓纂》篇。'(《藝文志》:'至元始中,徵天下通小學者以百數,各令記字於庭中,揚雄取其有用者,以作《訓纂》篇。')《漢書·揚雄傳贊》:'劉棻嘗從雄學作奇字。'據《藝文志》及《説文序》,張敞正讀在孝宣時,揚雄纂訓在孝平時。此云'宣、成二帝',疑'成'是'平'之誤。"

劉氏《校釋》、李氏《斠詮》並從范氏説。

【按】范説是,"成"疑當作"平"。《説文序》明言"孝宣皇帝時,召通《倉頡》讀者","孝平皇帝時,徵禮等百餘人",不云孝成徵召之事。

⑦ 並貫練《雅》《頌》。

范文瀾云:"'頌'是'頡'字之誤。下文云:《雅》以淵源詁訓,《頡》以苑囿奇文。'"

劉氏《校釋》從范氏説,云:"'雅'、'頡'即後文之《爾雅》《蒼頡》。"

楊氏《補正》:"本段專論小學,'雅頌'二字於此不倫類,'頌'當作'頡'始合。下文'《雅》以淵源詁訓,《頡》以苑囿奇文',正以《雅》與《頡》對舉。贊中'倉、雅品訓',亦以《倉頡》篇與《爾雅》連文。皆'頌'爲'頡'之誤切證,當據改。傳寫者蓋不習見'雅頡'連文,而妄改爲'雅頌'。"

李氏《斠詮》從范氏説,校"頌"作"頡"。

【按】諸説是,"頌"疑當作"頡",指《蒼頡》,二字形近致訛。姚振宗輯《七略佚文》二:"《倉頡》七章者,秦丞相李斯所作也。《爰歷》六篇章者,車府令趙高所作也。《博學》七章者,太史令胡母敬所作也。文字多取《史籀》篇,而篆體復頗異,所謂秦篆者也。……漢興,閭里書師合《倉頡》《爰歷》《博學》三篇,斷六十字以爲一章，凡五十五章，并爲《倉頡》篇、《凡將》一篇、《急就》一篇、《元尚》一篇。武帝時司馬相如作《凡將》篇，無復字，元帝時黄門令史游作《急就》篇，成帝時，將作大匠李長作《元尚》篇，皆《倉頡》中正字也。”許慎《説文解字序》：“秦始皇帝初兼天下，丞相李斯乃奏同之，罷其不與秦文合者。斯作《倉頡》篇，中車府令趙高作《爰歷》篇，太史令胡毋敬作《博學》篇。皆取《史籀》大篆，或頗省改，所謂小篆者也。”知《倉頡》乃秦時字書之一，故可與《爾雅》並舉。

⑧ **鴻筆之徒。**

“鴻”，梅校：“元作‘鳴’，朱（謀㙔）改。”　元至正本、馮鈔元本、黄傳元本、弘治本、弘治活字本、汪本、佘本、隆慶本、張本、兩京本、胡本、王批本、訓故本作“鳴”。　徐燉校“鳴”作“鴻”，張紹仁校同。　馮班、沈臨何校本改“鳴”爲“鴻”。

張氏《考異》：“鳴，鳩之善鳴者也。鳴筆，言文之善者也，假筆墨以出之，故曰鳴筆。韓退之曾本之爲文，是徵‘鳴’字之用較‘鴻’爲長。朱改非是。”

【按】朱謀㙔改“鳴”爲“鴻”，與何本、謝鈔本合，梅氏、黄氏從之。

此當從元至正本等作“鳴”，二字形近致訛。《玉篇·口部》：“鳴，聲相命也。”《大戴禮記·夏小正傳》：“鳴，相命也。”是“鳴”有“命”義，“鳴筆”，猶言命筆。《練字》篇：“鳴筆之徒。”可爲佐證。參見《鎔裁》篇“是以草創鴻筆”條校。

⑨ **臧否太半。**

元至正本、黄傳元本、弘治活字本作“臧太半”。　弘治本作“臧■太半”，“臧■”二字並排刻，隆慶本改“■”爲“否”。　謝鈔本、薈要本、文淵本、文溯本、文津本、芸香堂本、翰墨園本、崇文本、掃葉本作“臧否大半”。

范氏《注》：“臧否大半（按，‘大半’二字范氏據翰墨園本或《四部備要》本迻録），‘大’疑是‘亦’字之誤，謂後漢之文，有深於小學者，有踈於小學者，臧否各半也。”

陳氏《本義》：“‘大’或‘各’字之誤。”

王氏《校證》、詹氏《義證》並校“太”作“大”。李氏《斠詮》從范氏説，校“太”作“亦”。

【按】明諸本多作“臧否太半”，梅氏、黄氏從之。

此句頗難索解。據元至正本、弘治活字本，可知此處文字原有脱誤。細繹文義，疑元至正本“臧”上當缺一“否”字，此文當作“否臧太半”。明以後各本

“否臧”二字倒錯，蓋因“臧否”連文更爲習見也，實則“否臧”與“臧否”之結構與意義均不相同。“否臧”，訓不善、不用，此謂後漢學士於“複文隱訓”無法理解，故廢棄不用也。

《易·師》初六曰：“師出以律，否臧凶。”陸德明釋文：“否，馬、鄭、王肅方有反。臧，作郎反，善也。”“否”，楚簡本、帛書本作“不”。呂祖謙《古易音訓》引晁氏曰：“否，荀、劉、一行作‘不’。”《左傳·宣公十二年》引《易·師》初六卦辭：“曰師出以律，否臧凶。”杜預注：“否，不也。”朱熹《周易本義》：“否臧，謂不善也。晁氏曰：‘否字，先儒多作不。’是也。在卦之初，爲師之始，出師之道，當謹其始，以律則吉，不臧則凶。”此“否臧”二字所本。

“否臧”，訓不臧（《説文·口部》：“否，不也。”），猶言放棄不用，上引《師》初六卦辭朱熹訓“以律則吉，不臧則凶”，即此意。《左傳·昭公七年》：“公曰：‘《詩》所謂彼日而食，于何不臧者，何也？’對曰：‘不善政之謂也。國無政，不用善，則自取謫于日月之災。’”“不臧”，即放棄善人而不用。

“太半”不誤。《廣雅·釋詁》：“太，大也。”《楚辭·七諫·怨世》：“年既已過太半兮。”王逸注：“言己年已過五十。”《史記·項羽本紀》：“漢有天下太半。”裴駰集解引韋昭曰：“凡數三分有二爲太半，一爲少半。”

上文云“複文隱訓”，指字形與字義較難理解者，此云“否臧太半”，其意當爲：“由於後漢學士不修小學，不通六書，故對於複雜難索之文字，有三分之二不能正確理解、使用。”此與上文“洞曉”、“共曉”之意恰成對比。許慎《説文序》：“今雖有尉律，不課；小學不修，莫達其説久矣。”“莫達其説”，謂不能明究其字體、字義，亦可移以解釋舍人此文。

⑩ **後世所同曉者，雖難斯易。**

鈴木《黄本校勘記》：“‘後’字可疑。”

斯波《補正》：“‘後’疑‘然’字之誤，蓋與《指瑕》第四十一‘然世遠者太輕，時同者爲尤矣’句法同。”

【按】斯波説是，“後”疑當作“然”，二字形近致訛。“世”字與下文“時”字相儷而成互文，如作“後世”，則失對矣。

⑪ **時所共廢，雖易斯難。**

楊氏《補正》：“以上文‘後世所同曉者，雖難斯易’例之，‘廢’下疑脱‘者’字。”

【按】楊校可從。依上條校，“後世所同曉者”之“後”當作“然”，則“廢”下補“者”字，方可使此兩句與“世所同曉者，雖難斯易”相儷，符合駢體之規則。《誄碑》篇：“是以勒石讚勳者，入銘之域；樹碑述己者，同誄之區焉。”《風骨》篇：“故練於骨者，析辭必精；深乎風者，述情必顯。”《定勢》篇：“是以模經爲式者，自入典雅之懿；効《騷》命篇者，必歸豔逸之華；綜意淺切者，類乏醞藉；斷辭辨約者，率乖繁縟。”句式並可與此相參。

⑫《倉頡》者。

“倉”，元至正本、馮鈔元本、黃傳元本、弘治本、弘治活字本、汪本、佘本、隆慶本、張本、兩京本、何本、王批本、合刻本、梁本、集成本、尚古本、岡本、薈要本、文淵本、文溯本、文津本、文瀾本、王本、崇文本作“蒼”。

楊氏《補正》：“‘倉’與‘蒼’音同得通。然此與篇首及贊中之二‘蒼’字不一律，應改其一。”

【按】元明諸本多作“蒼”，梅本作“倉”，與謝鈔本合，黃氏從之。

“蒼頡”、“倉頡”古通，舍人亦混用不別，毋須改字。《説文序》作“倉”。參見《史傳》篇“史有倉頡”條校。

⑬而鳥籀之遺體也。

“鳥籀”，范氏《注》：“當作‘史籀’。《藝文志》云：‘《蒼頡》七章者，秦丞相李斯所作也，文字多取《史籀篇》。’《説文序》亦云：‘斯作《倉頡篇》，取《史籀》大篆。’《倉頡》所載皆小篆，而鳥蟲書別爲一體，以書幡信，與小篆不同。”

楊氏《補正》：“‘鳥’字不誤。‘籀’即《史籀》簡稱，‘鳥’蓋指蒼頡初作之書言。（《説文序》云：“黃帝之史倉頡，見鳥獸蹏迒之迹，……初造書契。”《吕氏春秋·君守》篇：“蒼頡作書。”高注：“蒼頡生而知書，寫倣鳥跡，以造文章。”）舍人謂之‘鳥籀’，正如許君之云‘古籀’（《説文序》云：“今叙篆文，合以古籀。”）然也。《情采》篇‘鏤心鳥跡之中’，亦以‘鳥跡’代替文字。且此文與上相儷，上云‘《詩》《書》襟帶’，此云‘鳥籀遺體’，詞性相同；若作‘史籀’，則奇觚矣。《説文序》云：‘及宣王太史籀著《大篆》十五篇，與古文或同（或同二字，據《繫傳》本增）或異。……斯作《倉頡篇》，……皆取史籀大篆或頗省改。’或之云者，不盡然之詞。是大篆中存有古文之體，而《蒼頡篇》亦必有因仍之者。《漢志》云：‘文字多取《史籀篇》。’則《蒼頡篇》所載，不盡爲小篆，又可知矣。故舍人槩之曰‘鳥籀之遺體也’。鳥蟲書自別爲一體，許君列爲亡新時六書之一，雖未箸其緣起，然廁於佐書之後（見《説文序》），其爲後起無疑。舍人豈不是審，而置於史籀之上哉！"

張氏《注訂》："范注云：'鳥籀當作史籀。'非是。彥和辭旨在述李斯輯作，遵所沿習，鳥篆與籀書，皆古之遺文也。'多取'與'取'之爲言，略述其所本也。且斯之所作，統小篆言之，其中秦六體之書皆所包括，故此並言'鳥籀'爲是。"

【按】范説不可從，作"鳥籀"自通，指鳥篆與籀書。唐鄭愔《閏九月九日幸總持寺登浮圖應制》："鳥籀遺新閣，龍旂訪古臺。"（《文苑英華》一七八）可資旁證。

⑭　**姸媸異體。**

"媸"，元至正本、馮鈔元本、弘治本、弘治活字本、汪本、佘本、隆慶本、張本、王批本、訓故本、謝鈔本、初刻梅本、復校梅本、凌本、秘書本、梅六次本、梅七次本、抱青閣本、薈要本、文淵本、文溯本、文津本、張松孫本作"蚩"，《子苑》引同。　沈臨何校本改"蚩"爲"媸"。

【按】梅本作"蚩"，與元明諸本合，黃氏改爲"媸"，與兩京本、胡本、何本合。

"姸蚩"、"姸媸"通。參見《聲律》篇"是以聲畫姸蚩"條校。

⑮　**諷誦則績在宮商。**

"績"，元至正本、馮鈔元本、黃傳元本、弘治本、弘治活字本、汪本、佘本、隆慶本、張本、兩京本、胡本、何本、王批本、謝鈔本、初刻梅本、復校梅本、凌本、合刻本、梁本、秘書本、抱青閣本、尚古本、岡本、王本作"續"。　徐燉校"續"作"績"。

【按】梅氏萬曆初刻本及復校本作"續"，與元明諸本合，梅氏天啓二本改作"績"，與訓故本合，黃氏從之。

作"績"是，"續"蓋"績"之形訛。"績"與"能"對文，訓成、功。《爾雅·釋詁》："績，成也。"《國語·魯語下》："男女效績。"韋昭注："績，功也。"此義亦爲舍人所常用。如《神思》篇："機敏故造次而成功，慮疑故愈久而致績。"《比興》篇："驚聽回視，資此効績。"

⑯　**必須練擇。**

"練"，《廣博物志》二九引作"揀"。　徐燉云："'練'，當作'揀'。"　合刻本

“擇”作“釋”。

楊氏《補正》：“《埤蒼》：‘練，擇也。’（《文選‧七發》李注引）是‘練’字未誤。徐説非。董氏蓋以意改。”

王氏《綴補》：“‘練擇’複語，‘練’借爲‘柬’，《爾雅‧釋詁》：‘柬，擇也。’字亦作揀，《廣雅‧釋詁》：‘揀，擇也。’”

李氏《斠詮》校“練”作“揀”。

【按】今本作“練”自通，不煩改字，《雅倫》十五、《字林考逸》八引亦作“練”。《漢書‧禮樂志》：“練時日。”顏師古注：“練，選也。”《鹽鐵論‧復古》：“練擇守尉。”王利器校注：“張之象本、沈延銓本、金蟠本‘練’作‘揀’。練、揀音義同，《六韜》有《選將練士》篇，《韓非子‧和氏》篇：‘以奉選練之士。’《吕氏春秋‧愛類》篇：‘選卒練士。’又《七月紀》：‘簡練桀雋。’《淮南子‧道應》篇：‘選練甲卒。’《文選‧月賦》注：‘練，擇也。’”

⑰ **則齟齬爲瑕**。

“齟齬”，梅校：“元作‘鉏銛’，朱（謀㙔）改。”　元至正本、馮鈔元本、黃傳元本、弘治本、弘治活字本、汪本、佘本、隆慶本、張本、兩京本、胡本、王批本、訓故本作“鉏銛”。　徐㷏校“鉏銛”作“齟齬”。　沈臨何校本改“銛”爲“鋙”。　傳録何沈校本云：“‘銛’，何本改‘鋙’。”　張爾田圈點“鉏”字。

徐氏《正字》：“‘鉏’字不誤，‘銛’則爲‘鋙’之訛。《楚辭‧九辨》云：‘吾固知其鉏鋙而難入。’彦和即本於此。朱改‘齟齬’，非原文。”

楊氏《補正》：“‘銛’乃‘鋙’之殘誤。《楚辭‧九辯》：‘圓鑿而方枘兮，吾固知其鉏鋙而難入。’《文選》吕延濟注：‘鉏鋙，相距貌。’《玉篇》齒部：‘齟，床吕切，齟齬。齬，牛莒切，齒不相值也。’《廣韻》八語：‘齬，齟齬，不相當也。或作鉏鋙。’是‘鉏鋙’即‘齟齬’也。”

張氏《注訂》：“《説文》：‘齒不相值，曰齟齬。’音咀語。”

張氏《考異》：“朱改是。‘齬’又從金。”

李氏《斠詮》校“齟齬”作“鉏銛”。

【按】元明諸本多作“鉏銛”，朱謀㙔改爲“齟齬”，與何本、謝鈔本合，梅氏、黃氏從之。

“齟齬”、“鉏鋙”同，並可通，作“鉏銛”則非，“銛”蓋“鋙”之形訛。“鋙”，《廣韻》音魚巨切(yǔ)，《楚辭‧九辯》：“吾固知其鉏鋙而難入。”洪興祖補注：“鋙，不相當也。”“銛”,《廣韻》音息廉切(xiān),《説文·金部》訓“鍤屬”,《玉篇·金部》訓“銛利”。二字音義俱別。

⑱ 而體例不無。

“不”下,文瀾本有“可”字。

徐氏《正字》:“‘無’字疑當作‘乏’。《通變》篇云:‘通則不乏。’是用‘不乏’之證。又《風骨》篇云:‘鷹隼乏采。’宋本《御覽》引‘乏’作‘無’,是二字固已互混矣。”

范氏《注》:“‘而體例不無’,似當作‘而體非必無’。”

張氏《注訂》:“‘不無’者,言可存其一例也。”

張氏《考異》:“范意以‘非’字偶上‘不’字,而不知上句‘必有’,而下句‘不有’,有字犯重,而音節不勁。上言‘不有’,下對‘不無’,句法協律。范注殊非。”

王氏《駁正》:“‘例’字不誤。所謂‘體例不無’者,即綜言上列四條,綴字屬篇,必須練擇之意。若改作‘非’,則下承之‘若值而莫悟,則非精解’,便失去根據,故知范校不可從。”

李氏《斠詮》校作“而體非不無”。

【按】此文無誤,《玉海》四五引亦作“不無”,文瀾本“不”下臆補“可”字,反不合上下文語義。“不無”者,猶言並非沒有、實際存在。此意當爲:“然此等爲文用字之條例、格式,乃屬客觀存在,並非虛構。”

“不無”乃古之常言。《列子·天瑞》:“夫有形者,生於無形。”張湛注:“謂之生者,則不無,無者,則不生。”《莊子·秋水》:“以功觀之,因其所有而有之,則萬物莫不有,因其所無而無之,則萬物莫不無。”《道德指歸論·爲無爲篇》:“神明之數,自然之道,無不生無,有不生有,不無不有,乃生無有。”《肇論·不真空論》:“然則萬物果有其所以不有,有其所以不無。有其所以不有,故雖有而非有;有其所以不無,故雖無而非無。……故童子歎曰:説法不有亦不無。”並其證。

⑲ 於穆不祀者。

《玉海》四五引作“於穆不似”。

孫詒讓《札迻》十二:“‘祀’,當作‘似’。《詩·周頌·維天之命》‘於穆不已’,毛傳引孟仲子説,正義引鄭《譜》云:‘孟仲子者,子思弟子。’又云:‘子思論

《詩》於穆不已,仲子曰於穆不似.'即彥和所本也。"

　　鈴木《黄本校勘記》:"'似'字是也。"

　　王氏《校證》:"'者'字,《玉海》無。以下'三豕渡河'句例之,亦當無,此蓋涉'音'字形近而誤衍。"

　　楊氏《補正》、王氏《校證》、張氏《考異》、李氏《斠詮》並從孫説。

　　李氏《斠詮》删"者"字。

　　【按】諸説是,此文當從《玉海》作"於穆不似","祀"蓋"似"之音訛,"者"字蓋下文涉"音"字而誤衍,當删。《詩·周頌·維天之命》:"維天之命,於穆不已。"孔穎達引鄭《譜》云:"孟仲子者,子思弟子,蓋與孟軻共事子思,後學於孟軻,著書論《詩》,毛氏取以爲説。"又引鄭《譜》云:"子思論《詩》'於穆不已',仲子曰'於穆不似'。"舍人云"子思弟子,於穆不祀",當爲截取鄭《譜》原文以述其事,故句末毋須有"者"字。舍人之意當爲:《詩》文之"不已",當訓不止,並無"不似"之義,孟仲子讀作"不似",是語音之誤傳耳。

　　⑳ 三豕渡河。

　　楊氏《補正》:"'河'下,當有'者'字,始與上'於穆不似者'句相儷。"

　　張氏《考異》:"'者'字若上删,則下可增,下增則上自可存矣。"

　　【按】楊説非是。上句"者"字《玉海》引無,當删,則此句之"者"字亦不當有,《玉海》引即無之。《孔子家語·七十二弟子解》:"卜商,衛人,字子夏。……嘗返衛,見讀史志者,云:'晉師伐秦,三豕渡河。'子夏曰:'非也,己亥耳。'讀史志曰問諸晉史,果曰'己亥'。"舍人云"晉之史記,三豕渡河",蓋截取其文以述其事,句末毋須有"者"字。參見上條校。

　　㉑ **傅毅制誄,已用"淮雨"。**

　　"雨"下,顧廣圻校補"元長作序,亦用別風"二句,云:"宋本有之。《鍾山札記》'元長作序,亦用別風'。" 沈臨何校本"淮雨"下標增字符,云:"'淮雨'下,當缺王元長《曲水詩序》用'別風'事。" 傅録何沈校本云:"何云:'淮雨'下,當缺。" 楊氏《校注》云:"吴翌鳳云:'淮雨'下,當缺王元長《曲水詩序》用'別風'事。"

　　盧文弨《鍾山札記》一《別風淮雨》:"劉彥和《雕龍·練字》篇有云:'《尚書大傳》有別風淮雨,……傅毅制誄,已用淮雨;元長作序,亦用別風(今本脱此二句,宋本有之)。'……《蔡中郎集》中有《太尉楊賜碑》云:'烈風淮雨,不易其趣。'……元長序無攷,唯陸士龍《九愍》有'思振袂於別風'之語。於彥和所舉之外,又得此二證。"

盧文弨《抱經堂文集‧文心雕龍輯註書後》:"其《練字》篇引《尚書大傳》'別風淮雨',於'傅毅制誄,已用淮雨'下,多'元長作序,亦用別風'八字,頃無《王融集》可檢,惟憶陸雲《九愍》有'思振袂於別風'之句,此亦一證也。傅毅作《北海靖王興誄》云:'白日幽光,淮雨杳冥。'《古文苑》所載,其文不全,今見此書《誄碑》等篇者,又爲後人改去'淮雨',易易'氛霧'二字矣。鄭康成注《大傳》云:'淮,急雨之名。'是不以爲字誤,而《詩正義》引《大傳》竟改作'列風淫雨',蓋義僻則人多不曉也。"

徐氏《正字》:"《齊書‧王融傳》,融字元長,武帝永明九年三月二日,幸芳林園,禊飲朝臣,敕融爲《曲水詩序》,文藻富麗,當代稱之。融序文見《文選》,中有'雷風通饗'句,亦不作'別風',疑經後人竄改矣。"

劉氏《校釋》:"李慈銘《日記》曰:'《文心雕龍》謂淮、別字新異,引傅毅用淮雨,王融用別風爲證。'是李所見本亦有'元長作序,亦用別風'八字。"

楊氏《補正》:"盧文弨《鍾山札記》卷一則謂宋本有'元長作序,亦用別風'二句。頃檢《文選‧元長〈曲水詩序〉》,實無'別風'辭句。而盧氏所見宋本,又無從問津。姑存疑待攷。"

張氏《考異》、李氏《斠詮》並從顧校補二句。

【按】顧氏校補是。上文云"《尚書大傳》有'別風淮雨',《帝王世紀》云'列風淫雨'。……'淫''列'義當而不奇,'淮''別'理乖而新異",是"別風、列風"與"淮雨、淫雨"並提,故此處不應祇說"用淮雨"者而不及"用別風"者。補"某氏用別風"之例,方可與"傅毅用淮雨"之例相對成文,文意始全,且亦符合舍人一貫之"先舉近以及遠"之文法:上文先"別風"而後"淮雨",此則先"淮雨"而後"別風"。盧文弨云宋本《雕龍》有"元長作序,亦用別風"二句,言之鑿鑿,當有所據,蓋舍人書原本即有此二句,後世奪去之耳,何焯、顧廣圻、吳翌鳳皆云當補,亦有見地。

《陸士龍集‧紓思》:"耻蒙垢於同塵,思振揮於別風。"此陸雲用"別風"之例。又,舍人云《尚書大傳》作"淮雨",亦有可辯。《御覽》十天部十引《尚書大傳》曰:"久矣,天之無烈風東西南北來也,無滜雨(暴雨也),意中國有聖人乎?"陳壽祺輯校:"案,又曰劉勰《文心雕龍》云:'《尚書大傳》別風淮雨,《帝王世紀》

作列風淫雨,列淫義當而不奇,別准理違而新異。'乃謂《大傳》字作別、准,考《御覽》,先引《尚書說》曰:'准雨(准,暴雨之名也)。'下又引《尚書大傳》曰:'久矣,天之無烈風澍雨。注:暴雨也。'兩書兩注,各不同,則《尚書》說非伏氏《大傳》,而《大傳》作'澍',不作'准',明矣。《御覽》四夷部六又引作'注'字,此寫誤也,《藝文類聚》天部引作'烈風迅雨',亦非,而'烈'字諸書不異,鄭君亦無注,則《大傳》作'烈',不作'別',又明矣。恐彦和適見誤本《大傳》,執以爲說,未可據也。《尚書·舜典》正義、《毛詩·蓼蕭》序、《周頌》譜正義,並引作'烈風淫雨',則唐人因彦和之語,改從《帝王世紀》,並易'澍'爲'淫'耳。"

㉒ **字靡異流**。

"異",文瀾本作"易"。

黃氏《札記》:"當作'易'。"

張氏《考異》:"從'易'是,據下'難'字爲偶,於義亦通。"

李氏《斠詮》從黃氏說,改"異"爲"易"。

【按】"異"與上文"異分"犯重,當從文瀾本作"易"。"異"或爲"易"之音訛,或涉上文而誤。正文"自晉來用字,率從簡易,時並習易,人誰取難?……然世所同曉者,雖難斯易",即與此呼應。《文選·陸機〈演連珠五十首〉》:"臣聞因雲灑潤,則芬澤易流;乘風載響,則音徽自遠。"可爲"易流"連文之證。

㉓ **聲畫昭精**。

"精",訓故本作"情"。

【按】"昭精"連文,六朝前罕見,"精"作"情"義長。《論說》篇:"敷述昭情。"謝靈運《還舊園詩》:"夫子昭情素,探懷授佳篇。"(《藝文類聚》六五引)《梁書·武帝本紀》:"釋愧心於四海,昭情素於萬物。"並"昭情"連文之證。"昭",訓彰明、顯示。《爾雅·釋詁》:"昭,見也。"《廣韻·宵韻》:"昭,著也。"《左傳·定公四年》:"以昭周公之明德。"杜預注:"昭,顯也。"此句意爲:"正確之文字(形聲)能夠彰顯作者內心之情文。"《章句》篇:"明情者,摠義以包體。"此云"昭情",恰與"明情"義同。

此回應正文"斯乃言語之體貌,而文章之宅宇也"、"心既託聲於言,言亦寄形於字,諷誦則績在宮商,臨文則能歸字形矣"。舍人此意本於揚雄《法言·問神》:"言,心聲也;書,心畫也。聲畫形,君子小人見矣。聲畫者,君子小人之所以動情乎?"

隱 秀 第 四 十

　　夫心術之動遠矣，文情之變深矣，源奧而派生，根盛而穎峻。是以文之英蕤，有秀有隱。①隱也者，文外之重旨者也；秀也者，篇中之獨拔者也。隱以複意爲工，秀以卓絕爲巧，斯乃舊章之懿績，才情之嘉會也。

　　夫隱之爲體，義主文外，②秘響傍通，③伏采潛發，譬爻象之變互體，川瀆之韞珠玉也。故互體變爻，④而化成四象；珠玉潛水，而瀾表方圓。⑤始正而末奇，⑥内明而外潤，使翫之者無窮，⑦味之者不厭矣。彼波起辭間，⑧是謂之秀，纖手麗音，⑨宛乎逸態，若遠山之浮烟靄，⑩孌女之靚容華。然煙靄天成，不勞於粧點；容華格定，無待於裁鎔。⑪深淺而各奇，穠纖而俱妙，⑫若揮之則有餘，而攬之則不足矣。

　　夫立意之士，務欲造奇，每馳心於元默之表；⑬工辭之人，⑭必欲臻美，恒溺思於佳麗之鄉。⑮嘔心吐膽，不足語窮；⑯煅歲煉年，⑰奚能喻苦？⑱故能藏穎詞間，昏迷於庸目；⑲露鋒文外，驚絕乎妙心，⑳使醞藉者蓄隱而意愉，㉑英銳者抱秀而心悅，譬諸裁雲製霞，㉒不讓乎天工；㉓斲卉刻葩，有同乎神匠矣。若篇中乏隱，㉔等宿儒之無學，㉕或一叨而語窮；句間鮮秀，如巨室之少珍，㉖若百詰而色沮：㉗斯並不足於才思，而亦有媿於文辭矣。㉘

　　將欲徵隱，聊可指篇。《古詩》之《離別》，樂府之《長城》，詞怨旨深，㉙而復兼乎比興；陳思之《黄雀》，公幹之《青松》，格剛才勁，而並長於諷諭；叔夜之(闕二字)，㉚嗣宗之(闕二字)，㉛境元思澹，㉜而獨得乎優閑；㉝士衡之(闕二字)，㉞彭澤之(闕二字)，㉟心密語澄，而俱適乎(下闕二字)。㊱如欲辨秀，亦惟摘句。"常恐秋節至，涼飇奪炎熱。"㊲意悽而詞婉，㊳此匹婦之無聊也。"臨河濯長纓，念子悵悠悠。"志高而言壯，此丈夫之不遂也。"東西安所之，徘佪以旁皇。"㊴心孤而情懼，此閨房之悲極也。"朔風動秋草，㊵邊馬有歸心。"氣寒而事傷，此羈旅之怨曲也。

　　凡文集勝篇，不盈十一；篇章秀句，裁可百二：並思合而自逢，非研慮之所求也。㊶或有晦塞爲深，雖奧非隱，㊷雕削取巧，雖美非秀矣。㊸故自然會妙，譬卉木之耀英華；潤色取美，㊹譬繒帛之染朱綠。朱綠染繒，深而繁鮮；㊺英華曜樹，㊻淺而燁燁：秀句所以照文苑，㊼蓋以此也。

　　贊曰：深文隱蔚，餘味曲包。辭生互體，有似變爻。言之秀矣，萬慮一交。動心驚耳，逸響笙匏。

校箋

　　① 有秀有隱。

　　《吟窗雜録》三七引作“有隱有秀”。

　　李氏《斠詮》從《吟窗雜録》引，云：“先隱後秀，合於篇題之命名，且與下文順序相符。”

　　【按】今本無誤，李説非是。下文先言“隱也者”，後言“秀也者”，此當以“有隱”與“隱也者”相銜，始合“先舉近以及遠”之文例。參見《史傳》篇“左史記事者，右史記言者”條校。

　　② 義主文外。

　　“主”，黃校：“汪作‘生’。”　元至正本、馮鈔元本、黃傳元本、弘治本、弘治活字本、汪本、佘本、隆慶本、張本、兩京本、胡本、王批本、訓故本、抱青閣本、薈要本、文淵本、文津本、文瀾本作“生”。　《古詩紀》一四八《別集》四、《喻林》八八《文章門》引作“生”。　趙彥俌云：“胡本作‘生’。”　張紹仁校“生”作“主”。

　　紀評：“‘生’字是。”

　　張氏《考異》：“文内以意爲主，闡發引申，則屬之文外則義見，故從‘生’也。”

　　李氏《斠詮》校“主”作“生”。

　　【按】梅本作“主”，與何本、謝鈔本合，黃氏從之。

　　“主”當從元至正本等作“生”，二字形近而訛。贊云：“辭生互體。”可爲證。許敬宗《謝皇太子玉華山宮銘賦啓》：“莫不理超詞表，意生文外。”（《文苑英華》

六五六引)可與舍人此文互參。

③ **秘響傍通。**

"秘",元至正本、馮鈔元本、弘治本、汪本、佘本、隆慶本、張本、兩京本、王批本、訓故本、集成本、尚古本、岡本、薈要本、文淵本、文溯本、文津本、崇文本作"祕",《喻林》八八引同。　"傍",薈要本作"旁"。

楊氏《補正》:"'祕'字是。'傍'當改作'旁'。"

李氏《斠詮》校作"祕響旁通"。

【按】元明諸本多作"祕",梅本作"秘",與何本、謝鈔本合,黃氏從之。

"秘"、"祕"通(參見《正緯》篇"東序秘寶"條校),"傍"、"旁"通(參見《原道》篇"傍及萬品"條校),毋須改從。

④ **故互體變爻。**

趙彥偁云:"'互體變爻',當作'互變體爻',文理方通,且與上文爲一例,詳見予《三願堂群書讀》。黃本亦同此誤。"

按,今本無誤,趙氏説不可從。贊云:"辭生互體,有似變爻。"即回應正文"互體變爻"之語意。《左傳・莊公二十二年》:"陳侯使筮之,遇觀🀱之否🀱。是謂觀國之光,利用賓于王。"杜預注:"坤下巽上觀。坤下乾上否。觀六四爻變而爲否。……《易》之爲書,六爻皆有變象,又有互體,聖人隨其義而論之。"孔穎達疏:"《易》之爲書,揲蓍求爻,重爻爲卦。爻有七、八、九、六,其七、八者,六爻並皆不變。卦下揔爲之辭,名之曰象,象者,才也,揔論一卦之才德,若'乾,元亨利貞'之類,皆是也。其九、六者,當爻有變,每爻別爲其辭,名之曰象,象者,像也,指言一爻所象,若'乾初九,潛龍勿用'之類皆是也。不變者,聚而爲象,其變者,散而爲象,計每於一卦當書兩體,但以此爻陰陽既同,唯變否有異,且每爻異辭,不可爻作二畫,從上可知,故不畫二也。……每爻各有象辭,是六爻皆有變象。二至四,三至五,兩體交互,各成一卦,先儒謂之互體。聖人隨其義而論之,或取互體,言其取義無常也。"按孔氏説,觀卦二至四爻爲坤,三至五爻爲艮,否卦二至四爻爲艮,三至五爻爲巽卦。

⑤ **而瀾表方圓。**

"圓",李本作"員"。

⑥ **始正而末奇。**

自本句起,迄"朔風動秋草"之"朔"字止,共四百餘字,元至正本即無(元至正本"瀾表方圓風動秋草"連文),此後諸刻仍之。現存補文實爲可疑,紀昀、黃侃、劉永濟、郭紹虞、楊明照、王利器等先生俱已辨其僞,今從刊削。詳本篇校後附録。

徐燉校本、梅七次本、馮班鈔元本、謝恒鈔馮舒校本、明人鈔馮舒校本、毛子晉刻本、靜嘉堂何焯校本、李安民評點本,均載有《隱秀》篇補文。黃丕烈顧廣圻傳校元本於補文亦有校字,黃丕烈眉批云:"'玉潛'至末,元刻補鈔,案,馮本亦鈔補。活(字本)闕。"可知黃氏所見元本有《隱秀》篇補文。今即以此九種本爲參校本,校其文字異同,以示各本淵源。

⑦ 使翫之者無窮。

"翫",何校本同,其餘諸本皆作"玩"。

⑧ 彼波起辭間。

"辭",徐校本、梅七次本、謝鈔本、明人鈔馮校本、李本作"詞"。

⑨ 纖手麗音。

何焯校:"'纖'、'麗'二字闕。"　黃校:"'纖'、'麗'字闕。"　徐校本、梅七次本、馮鈔元本、李本作"□乎□音"。　謝鈔本、明鈔馮校本、黃傳元本作"□手□音"。

⑩ 若遠山之浮烟靄。

"浮",梅七次本作"□"。

⑪ 無待於裁鎔。

"裁鎔",梅七次本、李本作"鎔裁"。

⑫ 孃纖而俱妙。

黃校:"《字典》無'孃'字,應是'穠'字之誤。"　"孃",徐校本、梅七次本作"穠"。　王氏《校證》云毛刻本作"穠"。

⑬ 每馳心於元默之表。

"元",諸本皆作"玄"(何校本缺末筆)。

⑭ 工辭之人。

"辭",梅七次本、謝鈔本、明鈔馮校本、李本作"詞"。

⑮ 恒溺思於佳麗之鄉。

"思",徐校本作"心"。

⑯ 不足語窮。

"語",徐校本、梅七次本作"□"。

⑰ 煅歲煉年。

“歲”,馮鈔元本作“季”。　“年”,馮鈔元本、謝鈔本、明鈔馮校本作“季”。

⑱ 奚能喻苦。

“奚”,王氏《校證》云毛刻本作“莫”。　“喻”,馮舒校:“‘諭’,錢本注云:一作‘愈’。”　馮鈔元本、謝鈔本、明鈔馮校本、何校本、黄傳元本作“諭”。

⑲ 昏迷於庸目。

“於”,徐校本、梅七次本、馮鈔元本、李本作“乎”。

⑳ 驚絶乎妙心。

“妙”,王氏《校證》云毛刻本作“遐”。

㉑ 使醖藉者蓄隱而意愉。

“醖”,何校本、李本作“韞”。　“蓄”,徐校本、梅七次本、馮鈔元本、謝鈔本、明鈔馮校本、李本作“畜”。

㉒ 譬諸裁雲製霞。

“裁雲製霞”,徐校本、梅七次本、李本作“裁霞製雲”。　王氏《校證》云毛刻本作“裁霞製雲”。

㉓ 不讓乎天工。

“工”,馮舒校:“‘上’當作‘工’。”　謝鈔本、明鈔馮校本、黄傳元本作“上”。

㉔ 若篇中乏隱。

“若”,梅七次本、李本作“故”。　王氏《校證》云毛刻本作“若”。

㉕ 等宿儒之無學。

“等”,梅七次本、馮鈔本、謝鈔本、明鈔馮校本、李本作“若”。

㉖ 如巨室之少珍。

何焯校:“‘少珍’,馮本有。”　黄校:“馮本有此二字(‘少珍’)”　“巨”,梅七次本、李本作“鉅”。　王氏《校證》云毛刻本作“鉅”。

㉗ 若百詰而色沮。

何焯校:“‘詰’字闕。”　黄校:“‘詰’字闕。”　“詰”,何焯校本同,諸本皆無。　王氏《校證》云毛刻本補“詰”。

㉘ 而亦有塊於文辭矣。

馮舒校:“‘無’當作‘有’。”　“有塊”,徐校本、謝鈔本、明鈔馮校本、黄傳元本作“無愧”。　馮鈔元本作“無塊”。　“辭”,謝鈔本作“詞”。

㉙ 詞怨旨深。

“詞怨”，徐校本、梅七次本、馮鈔本作“調遠”。　李本作“詞遠”。

㉚ 叔夜之（闕二字）。

王氏《校證》云毛刻本空格處作“疎”字。

㉛ 嗣宗之（闕二字）。

徐校本、梅七次本作“嗣宗之詠懷”。　王氏《校證》云毛刻本空格處作“放”字。

㉜ 境元思澹。

梅七次本、馮鈔元本、謝鈔本、明鈔馮校本作“境玄思淡”。　何校本、黄傳元本作“境玄思澹”。　李本作“境元思淡”。

㉝ 而獨得乎優閑。

徐校本作“幽閒”。　“閑”，梅七次本、黄傳元本作“閒”。

㉞ 士衡之（闕二字）

王氏《校證》云毛刻本空格處作“豪”字。

㉟ 彭澤之（闕二字）

王氏《校證》云毛刻本空格處作“逸”字。黄校：“以上四句，功甫本闕八字，一本增入‘疎’、‘放’、‘豪’、‘逸’四字。”

㊱ 而俱適乎（下闕二字）。

黄校：“一本有‘壯采’二字。”　王氏《校證》云毛刻本空格處作“壯采”二字。

㊲ 涼颷奪炎熱。

“颷”，梅七次本作“飇”。　馮鈔元本、謝鈔本、明鈔馮校本、何校本作“飈”。

㊳ 意悽而詞婉。

“詞”，馮鈔元本作“辭”。　“婉”，李本作“惋”。

㊴ 徘徊以旁皇。

“旁皇”，梅七次本、李本作“彷徨”。　謝鈔本、馮鈔元本、明鈔馮校本作“傍偟”。

㊵ “朔風動秋草”。

元至正本、弘治本、佘本、隆慶本、兩京本、胡本、訓故本、薈要本作“風動秋草”。　張本作“涼風動秋草”。　何本、初刻梅本、復校梅本、凌本、合刻本、秘書本、梅六次本、集成本、尚古本、岡本作“涼颷（或作飈）動秋草”，《文通》二一引同。　徐燉“風”上補“朔”字。　顧廣圻校“涼飈”作“朔風”。　佚名批校張丙本：“‘涼’當作‘朔’。”　張爾田圈點“‘朔’字無”之無字。

楊氏《補正》從“朔風”，云：“正長‘朔風’之句，曾爲沈約（《宋書·謝靈運傳論》）、鍾嶸（《詩品》中）所標舉，蕭統且以入《選》（見《文選》卷二九），作‘涼風’、‘涼飈’均非是。”

【按】梅氏萬曆初刻本、復校本、天啓六次本作“涼飈動秋草”，天啓七次本改作“朔風動秋草”，與馮鈔元本、王批本、謝鈔本合，黄氏從之，文淵輯注本、文淵本、文溯本、文津本、文瀾本、張松孫本、王本、芸香堂本、翰墨園本、崇文本、掃葉本、龍谿本亦並從之。《古詩紀》一四八引亦同天啓七次本。又，楊氏《校注》云胡本作“朔風動秋草”。

作“朔風”是。《宋書·謝靈運傳論》：“子荆零雨之章，正長朔風之句。”《文選·王讚〈雜詩〉》：“朔風動秋草。”李善注引臧榮緒《晉書》曰：“王讚，字正長。”鍾嶸《詩品》：“子荆‘零雨’之外，正長‘朔風’之後。”可爲證。

⑪ 非研慮之所求也。

“求”，梅校：“謝（兆申）云：‘果’，當作‘求’。”　黄校：“元作‘果’，謝改。”元至正本、黄傳元本、弘治本、弘治活字本、佘本、隆慶本、張本、兩京本、胡本、何本、王批本、訓故本、初刻梅本、復校梅本、凌本、合刻本、梁本、秘書本、梅六次本、抱青閣本、集成本、尚古本、岡本、王本、崇文本作“果”，《古詩紀》十八、《文通》二一引同。　王氏《校證》云胡本作“得”。　梅七次本作“求”。　徐燉云：“‘果’，一作‘求’。”　徐渭仁校“果”作“求”。　佚名批校張丙本：“‘果’當作‘求’。”

范氏《注》：“‘果’，疑‘課’字壞文，本書《才略》篇‘多役才而不課學’，即與此同義。陸機《文賦》：‘課虛無以責有，叩寂寞而求音。’則‘課’亦有責求義，謝氏臆改非是。”

劉氏《校釋》：“‘果’，疑‘得’之誤。‘得’或作‘㝵’，因誤成‘果’也。”

楊氏《補正》：“‘果’與‘求’之形音俱不近，恐難致誤。疑原是‘課’字，偶脱其言旁耳。《諸子》篇‘課名實之符’，《章表》篇‘循名課實’，《議對》篇‘名實相課’，《指瑕》篇‘課文了不成義’，《才略》篇：‘多俊（當作役）才而不課學。’其用‘課’字義，並與此同，可證。”

王氏《校證》校“求”作“課”，云：“‘果’是‘課’之壞文。‘課’亦有責求意。”

王氏《綴補》：“謝改‘果’爲‘求’，是也。‘求’，隸書與‘果’形近，因致誤耳。”

李氏《斠詮》從“課”。

【按】梅氏萬曆初刻本、復校本、天啓六次本作“果”，與元至正本等合，天啓七次本改爲“求”，與馮鈔元本、謝鈔本合，黃氏從之。

諸家之説非是，“求”當從元至正本等作“果”，二字形近致訛。作“求”與上文“研慮”（即用心所求）義複。“果”，訓能、濟、成。《老子》三十章：“善有果而已。”王弼注：“果，濟也。”司馬光云：“果，猶成也。”《論語·子路》：“行必果。”皇侃義疏引《繆協》：“果，成也。”《孟子·公孫丑下》“聞王命而遂不果”、《梁惠王下》“君是以不果來也”趙岐注，並云：“果，能也。”《文選·曹植〈與楊德祖書〉》：“若吾志未果。”李周翰注：“果，遂也。”則“所果”即所能、所成，猶言所能奏效。《真誥·闡幽微》注：“則妻復似是緣夫之功，而夫身反不見有所果。”舍人句法與此同。上云“自逢”（自然而成），此云“秀句非研慮所成（研慮無濟於事）”，意正相對。劉氏校作“得”，於上下文語意亦合，然無版本依據，終當以作“果”爲是。

㊷ 或有晦塞爲深，雖奧非隱。

“晦塞爲深，雖奧非隱”，元至正本、弘治本、弘治活字本、佘本、隆慶本、張本、兩京本、胡本、何本、王批本、訓故本、梅本、凌本、合刻本、梁本、秘書本、梅六次本、抱青閣本、尚古本、岡本、崇文本無，《文通》二一引同。　顧廣圻補“晦塞爲深，雖奧非隱”八字。　佚名批校張丙本補“晦塞爲深，雖奧非隱”。“非”，李本作“弗”。

【按】梅氏萬曆初刻本、復校本、天啓六次本無此八字，與元至正本等合，天啓七次本補之，與馮鈔元本、謝鈔本合，黃氏從之。

此二句八字實不當有。謝兆申云：“内‘涼飆動秋草’上，或‘怨曲也’句下，必脱數行。前云‘隱’之爲體，此當論‘秀’之爲用。”李漢燁云：“後篇俱發秀義。”本篇“隱”、“秀”釋義畢，先論“隱”，後論“秀”，體例同《比興》篇之先論“興”，後論“比”。上文云“篇章秀句，……”，下文云“秀句所以照文苑，蓋以此也”，可知此節專論“秀句”之生成，而不及“隱”義。“雕削取巧”緊承上文“研慮”之意，有此八字，則語脈隔斷。此二句蓋後人據《總術》篇“奧者複隱，詭者亦曲”之意而妄增。

㊸ **雖美非秀矣。**

"非",李本作"弗"。

㊹ **潤色取美。**

楊氏《補正》:"'取'字與上'取巧'複,疑當作'致'。《左傳·文公十五年》:'史佚有言曰:兄弟致美。'杜注:'各盡其美,義乃終。'此'致美'二字見於古籍之最早者。《頌讚》篇'並致美於序',《才略》篇'亦致美於序銘',亦並以'致美'連文。"

【按】楊説非是,"取美"自通,不煩改字。《雜文》篇:"陳思七啓,取美於宏壯。"《詔策》篇:"豈直取美當時。"《列子·湯問》楊倞注:"取美於當年者,在身後而長悲。"《説苑·立節》:"夫彰父之過而取美諸侯。"並"取美"連文之證。

㊺ **深而繁鮮。**

【按】諸家於此無校。然"繁鮮"連文,六朝以前罕見,"繁"字實爲可疑。"鮮",訓明。《淮南子·俶真》:"華藻鏄鮮。"高誘注:"鮮,明好也。"《文選·曹丕〈遊覽芙蓉池作〉》:"五色一何鮮。"張銑注:"鮮,明也。""繁鮮",猶言繁華、鮮明。此義宋以後始常用,如宋崔敦禮《宮教集·九序》:"春日兮繁鮮。"宋韓維《南陽集·仲連兄治南堂》:"朱白爭繁鮮。"並其例。然如言繪帛之染色"深而明",則與卉木之燁燁英華無別,兩者皆可"照文苑",如此作解,與舍人上文崇尚自然之旨相背。

據上下文義,"深而繁鮮"與"淺而燁燁"對文,實爲一貶一褒,淺者既云"燁燁(訓明盛。《玉篇·火部》:"燁,明也。"《慧琳音義》七九"燁曄"注引《考聲》:"光彩盛也。"),則深者當與之相反方可,故此"繁"字原本應爲一否定副詞("繁"字本身無此語法功能),其文義當爲"深而不鮮",或"深而弗鮮",或"深而非鮮",如此,即可照應上文"雖美非秀"之意。

然"繁"與"不"、"弗"、"非"形聲俱不近,恐難致誤,且上文屢用"非"字,此復言"不(弗)"鮮或"非"鮮,稍嫌複贅。細繹文義,此字蓋受上下文"卉木之耀英華"及"英華曜樹"之語意影響(兩句皆含"繁"義),循其本字之音而誤書。"繁"或當爲"乏"之音訛歟? 繁,《廣韻》屬並母,元韻,合口三等,擬音 biwɐn;乏,《廣韻》屬並母,乏韻,合口三等,擬音 biwɐp,二字聲近,故易致訛。

《文選·陸機〈文賦〉》:"澱涊而不鮮。"李善注:"澱涊垢濁而不鮮明也。"又許慎《説文·黑部》:"黵,不鮮也。"亦以"不鮮"連文,此蓋舍人造語之所本。

《風骨》篇：“振采失鮮，負聲無力。”“失”與“無”對文，“失鮮”即“不鮮”，此云“乏鮮”，實與“失鮮”義近。

於詞法而言，其義可云“不鮮”，可云“失鮮”，亦可云“乏鮮”。如《封禪》篇：“體乏弘潤。”《定勢》篇：“類乏醞藉。”“乏”之用法並與此同。作“深而乏鮮”，於句法亦可成立，如《物色》篇：“繁而不珍。”即其例。又，《史記·太史公自序傳》云：“博而寡要。”句式亦與此同。

舍人此文之意當爲：“染於繒帛之朱緑雖然深濃，然終究不夠明亮鮮活；卉木之華顔色雖淺淡，卻能熠熠生輝，富有生機。”刻削者死，自然者活，恰成對比。

全書文字常有因聲近或聲同而致訛者。如《原道》篇“木鐸起而千里應”之“起”，《御覽》引作“啓”。《宗經》篇“紀傳銘檄”之“銘”，唐寫本作“盟”。《樂府》篇“兩漢之作乎”，“兩”上，唐寫本有“故”字，而《御覽》引作“固”字。《誄碑》篇“上古帝皇”之“皇”，唐寫本作“王”；“《周》《乎》衆碑”之“乎”，唐寫本作“胡”。《哀弔》篇“觀其慮善辭變”之“善”，唐寫本作“瞻”；“褒而無聞”之“聞”，《御覽》引作“文”。《諧讔》篇“唯《七厲》叙賢”之“厲”，唐寫本作“例”。《封禪》篇“然骨掣靡密”之“掣”，王批本作“徹”。《奏啓》篇“王觀《教學》”之“王”，《御覽》引作“黄”。《比興》篇“興則環譬以記諷”之“記”，張本作“寄”。《養氣》篇“志於文也”之“志”，訓故本作“至”。等等，並是。則此篇“繁”字或由“乏”而致誤，亦當屬此類。

此句“繁”字於義難通，以上解説，未敢以爲是，姑發於此，以俟來哲考定焉。

㊻ 英華曜樹。

“曜”，馮鈔元本、梅七次本、李本、集成本、文津本作“耀”。

趙彦偁云：“（耀）黄作‘曜’，宜得兩通，然上文作‘耀’，此不宜變體。”

楊氏《補正》：“此句爲回應上文‘譬卉木之耀英華’之詞，曜、耀不同，當改其一。”

【按】梅氏萬曆初刻本、復校本、天啓六次本作“曜”，天啓七次本作“耀”，與馮鈔元本合，黄氏仍初刻本。

“曜”、“耀”字通，毋須改從。《廣韻·笑韻》：“耀，光耀。”《韓非子·解老》：“光而不耀。”王先慎集解：“河上公作‘曜’。”《文選·阮籍〈詠懷詩〉》：“明月耀清暉。”舊校：“五臣作‘曜’字。”參見《原道》篇“鯀辭炳曜”條校。黄氏此本之寫刻,異體字所在多有,前後毋須强求一律。趙氏、楊氏説不可從。

⑪ **秀句所以照文苑。**

梅七次本作"隱篇所以照文苑,秀句所以侈翰林",李本從之。

趙彥偁云:"胡本止有'秀句'七字,無'隱篇'句,'侈翰林'又作'照文苑',黃本同之。案,篇名'隱秀',束處不宜有'秀'無'隱',此刻是也。"

李氏《斠詮》校"句"作"秀",云:"'秀句'涉上文'篇章秀句'而脱衍。上文'雖奧非隱,雖美非秀',以隱秀對舉,此句蓋正承上句作結。若僅言秀句,則文不周延矣。紀評曰:'此秀句乃泛稱佳篇,非本題之秀字。'是紀氏已知其有誤,故作如此説。兹審上下文義訂正。"

詹氏《義證》從梅氏重修本改,云:"'隱篇'二句是據曹批梅六次本,其他各本都把這兩句話錯簡成一句'秀句所以照文苑',就使人難以索解。"

【按】黃本承初刻梅本、梅六次本來,文字無誤。此專論"秀",不論"隱",體例與《比興》篇先論"興"後論"比"一律。參見本篇上出"或有晦塞爲深,雖奧非隱"條校。梅七次本蓋以意添改,非是,詹氏從之,則又踵其謬矣。趙氏、李氏亦不明舍人成篇之體例,誤認"所以照文苑"一句乃指"隱"、"秀"兩端而言,誤與梅氏、詹氏同。

【附録】關於《隱秀》篇補文之來龍去脈及真僞

明錢允治(字功甫)曰:按,此書至正乙未(一三五五)刻于嘉禾,弘治甲子(一五〇四)刻于吳門,嘉靖庚子(一五四〇)刻于新安,辛卯(一五三一)(楊明照先生云當作辛丑,一五四一)刻于建安,癸卯(一五四三)又刻于新安。萬曆己酉(一六〇九)刻于南昌(楊明照先生云當作金陵)。至《隱秀》一篇,均之闕如也。余從阮華山得宋本鈔補,始爲完書。甲寅(萬曆四十二年,一六一四)七月廿四日,書于南官坊之新居。時年七十四歲。功甫記。

(馮舒校謝鈔本卷末附葉)

明朱謀㙔(字鬱儀)曰:《隱秀》中脱數百字,旁求不得,梅子庚既以註而梓之,萬曆乙卯(一六一五)夏,海虞許子洽於錢功甫萬卷樓檢得宋刻,適存此篇,喜而録之。來過南州,出以示余,遂成完璧,因寫寄子庚補梓焉。子洽,名重熙,博奥士也。原本尚缺十三字,世必再有別本可續補者。

(何焯批校梅七次本《隱秀》篇末)

明徐𤊀(字興公)曰:第四十《隱秀》一篇,原脱一板,予以萬曆戊午(一六一八)之冬,客游南昌,王孫孝穆云:"曾見宋本,業已鈔補。"予亟從孝穆録之。予家有元本,亦係脱漏,則此篇文字既絶而復蒐得之,孝穆之功大矣。因告諸同志,傳鈔以成完書。古人云:"書貴舊本。"誠然哉! 己未秋日,興公又記。

(徐𤊀批校本第三册卷末附葉)

《隱秀》一篇,諸本俱脱,無從覓補。萬曆戊午之冬,客遊豫章,王孫朱孝穆得故家舊本,因録之,亦一快心也。興公識。

(徐𤊀批校本第三册《隱秀》篇末)

明馮舒曰:功甫,諱允治,郡人也。厥考諱穀,藏書至多。功甫卒,其書遂散爲雲煙矣。余所得《毘陵集》《陽春録》《簡齋詞》《嘯堂集古》,皆其物也。歲丁卯(天啓七年,一六二七),予從牧齋借得此本,因乞友人謝行甫録之。①録畢,閲完,因識此。其《隱秀》一篇,因恐遂多傳于世,聊自録之。八月十六日,屏守居士記。

(馮舒校謝鈔本卷末附葉)

又曰:南都有謝耳伯挍本,則又從牧齋所得本,而附以諸家之是正者也。讐對頗勞,鑒裁殊乏。惟云"朱改",則鑿鑿可據,今亦列之上方。聞耳伯借之牧齋時,牧齋雖以錢本與之,而秘《隱秀》一篇。故别篇頗同此本,而第八卷獨缺。今而後始無憾矣。

(馮舒校謝鈔本卷末附葉)

清何焯曰:《隱秀》篇自"始正而末奇"至"朔風動秋草"朔字,元至正乙未刻于嘉禾者,即闕此一葉,此後諸刻仍之。胡孝轅、朱鬱儀皆不見完書,錢功甫得阮華山宋槧本鈔補,後歸虞山,而傳録于外甚少。康熙庚辰(三十九年,一七〇〇),心友弟從吳興賈人得一舊本,適有鈔補《隱秀》篇全文,除夕,坐語古小齋,走筆録之。

辛巳(康熙四十年,一七〇一)正月,過隱湖,訪毛先生斧季,從汲古閣架上見馮己蒼先生所傳功甫本,記其闕字以歸。如"疏"、"放"、"豪"、"逸"四字,顯爲不學者以意增加也。上元夜,焯又識。

(靜嘉堂藏沈臨何校本《隱秀》篇末)

又曰:康熙甲申(四十三年,一七〇四),余弟心友得錢丈遵王家所藏馮

---

① 按,謝行甫,名恒。

己蒼手校本，功甫此跋，己蒼手抄于後。乙酉（四十四年，一七〇五）攜至京師，余因補録之。己蒼以天啓丁卯從宗伯借得，因乞友人謝行甫録之。其《隱秀》一篇，恐遂多傳于世，聊自録之。則兩公之用心，頗近于隘，後之君子，不可不以爲戒。若余兄弟者，蓋惟恐此篇傳之不廣，或致湮没也。乙酉除夕，呵凍記。

（傳録何焯校梅七次本卷首）

清沈巖曰：庚寅（康熙四十九年，一七一〇）夏，吾友子遵得弘治刻本于吳興書賈，[①]並爲余得嘉靖間刊于新安者。弘治本稍善，余本間有硃筆改正一二訛處，但不知爲何人手校。因從義門先生借所藏校本，與子遵勘對。至《隱秀》《序志》兩篇脱誤，亦都補定，並録吾師跋語五條，附載功甫語一條，以識《隱秀》全文前輩傳録之難，而此本幸爲完善矣。巖記。

（静嘉堂藏沈臨何校本卷末）

《古今圖書集成·考證》曰：此篇（《隱秀》）“瀾表方圓”以下缺一葉，《永樂大典》所收舊本亦無之，今坊本乃何焯校補。

（中華書局影印雍正六年銅活字本）

清李安民曰：自此（“始正而末奇”）以下，諸本俱脱，誤不可讀，今蒐求補之，闕十字。

（清乾隆四年李安民評點本《隱秀》篇旁批）

清黃叔琳曰：《隱秀》篇自“始正而末奇”至“朔風動秋草”朔字，元至正乙未刻於嘉禾者即闕此葉，此後諸刻仍之。胡孝轅、朱鬱儀皆不見完書。錢功甫得阮華山宋槧本鈔補，後歸虞山，而傳録於外甚少。康熙庚辰（三十九年，一七〇〇），何心友從吳興買人得一舊本，適有鈔補《隱秀》篇全文。辛巳（四十年，一七〇一），義門過隱湖，從汲古閣架上見馮己蒼所傳録功甫本，記其闕字以歸。如“疎”、“放”、“豪”、“逸”四字，顯然爲不學者以意增加也。

（黃氏《文心雕龍輯注》之《隱秀》篇末）

清紀昀曰：此篇（《隱秀》）出於僞託，義門（何焯）爲阮華山所欺耳。

（芸香堂本卷首“例言”第三條評語）

又曰：此一頁，詞殊不類，究屬可疑。“嘔心吐膽”，似摭玉溪《李賀小傳》

---

①　按，子遵，蔣杲字。

"嘔出心肝"語。"煅歲鍊年"，似撼《六一詩話》周朴"月煅季鍊"語。稱淵明爲"彭澤"，乃唐人語，六朝但有"徵士"之稱，不稱其官也。稱班姬爲"匹婦"，亦撼鍾嶸《詩品》語，此書成於齊代，不應述梁代之說也。且《隱秀》二段，皆論詩而不論文，亦非此書之體。似乎明人僞託，不如從元本缺之。

（芸香堂本篇末評語）

又曰：癸巳（一七七三）三月，以《永樂大典》所收舊本校勘，凡阮本所補悉無之，然後知其真出僞撰。

（芸香堂本篇末）

又曰：是書自至正乙未刻于嘉禾，至明弘治、嘉靖、萬曆間，凡經五刻，其《隱秀》一篇，皆有缺文。明末，常熟錢允治稱得阮華山宋槧本，鈔補四百餘字。然其書晚出，別無顯證，其詞亦頗不類。……況至正去宋未遠，不應宋本已無一存，三百年後，乃爲明人所得。又考《永樂大典》所載舊本，缺文亦同。其時宋本如林，更不應內府所藏無一完刻。阮氏所稱，殆同影撰，何焯等誤信之也。

（《四庫全書總目提要》一九五《文心雕龍》提要）

清趙彥俉曰：《隱秀》篇殘脱最甚，自"始正而末奇"至"朔風動秋草"，元至正乙未嘉禾刊本即闕，後來胡惟庸（按，當作胡維新）《兩京遺編》本同。惟此刻始得宋刻補録，而黃氏刊本則從何屺瞻校本録出，與此同出一原，而復有差異，今一一比而列之。黃云何氏從汲古閣見馮己蒼所傳功甫本，記其闕文以歸。俉記。

（趙彥俉批校本《隱秀》篇眉批）

近人葉德輝曰：《文心雕龍》世無宋刻，自明以來，《隱秀》篇脱去一葉，自"始正而末奇"句起，至"朔風動秋草""朔"字止，共四百零字。何義門學士焯始據元刻阮華山本校補，讀者始得其全。北平黃叔琳注此書，又據何校補入，何校所闕之字，則據別本補。今坊行紀文達昀評點朱墨套印本，即以黃注爲藍本。然紀謂阮本四百餘字，祇論詩不論文，與全書不類，疑爲明人僞作，後又檢《永樂大典》校訂，亦無此篇脱文，因益信阮本之不可據。余謂凡書作僞，必有隙罅可尋，紀評所指，已足抉其僞迹，何況有《永樂大典》可證乎？……楊升庵慎博極群書，又盡讀明文淵閣四部書，其中豈無一二善本與阮本合者爲其所見？何待何義門時始得見之？固知義門爲明人所欺，今人又爲義門所欺耳。

（清抱青閣本卷首）

近人黄侃曰：詳此補亡之文，出辭膚淺，無所甄明。且原文明云：「思合自逢，非由研慮。」即補亡者，亦知不勞妝點，無待裁鎔，乃中篇忽羼入「馳心」、「溺思」、「嘔心」、「煆歲」諸語，此之矛盾，令人笑詫，豈以彦和而至於斯？至如用字之庸雜，舉證之闊疏，又不足誚也。案此紙亡於元時，則宋時尚得見之，惜少徵引者，惟張戒《歲寒堂詩話》引劉勰云：「情在詞外曰隱，狀溢目前曰秀。」此真《隱秀》篇之文。今本既云出於宋槧，何以遺此二言？然則贗跡至斯愈顯，不待考索文理而亦知之矣。

（《文心雕龍札記》）

今人劉永濟曰：《陶集》流傳，始於昭明，舍人著書，乃在齊代，其時《陶集》尚未流傳，即令入梁，曾見傳本，而書成已久，不及追加。故以彭澤之閑雅絕倫，《文心》竟不及品論。淺人見不及此，以陶居劉前，理可援據，乃於此文特加徵引，適足成其僞託之證。

（《文心雕龍校釋》）

今人郭紹虞曰：元至正、明弘治、嘉靖、萬曆各本，皆缺《隱秀》一篇，別有錢允治據宋本補正本，然不可信。

（《中國文學批評史》上卷）

今人楊明照曰：①此篇所補四百餘字，出明人僞撰，紀氏已多所抉發；惟謂「稱淵明爲彭澤，乃唐人語」云云，則未確。《鮑氏集》卷四有「學陶彭澤體」一首，是稱淵明爲彭澤，非始於唐人也。

（《增訂文心雕龍校注》之《隱秀》「彭澤之□□」條）

今人王利器曰：《隱秀》闕葉，明人鈔補之僞，世人多能言之，今從刊削。……今所見元本，每半頁十行，行二十字，其款式當出宋本，則所脫一頁，當爲四百字；今明人鈔補者乃爲四百十一字，即此亦足以知其爲僞撰矣。

（《文心雕龍校證》）

---

① 楊先生有《〈文心雕龍·隱秀篇〉補文質疑》一文，詳論《隱秀》篇實爲明人僞撰。見《文學評論叢刊》一九八〇年第七輯。

文心雕龍校箋卷九

指瑕第四十一

　　管仲有言:"無翼而飛者,聲也;無根而固者,情也。"然則聲不假翼,其飛甚易;情不待根,其固匪難:以之垂文,可不慎歟? 古來文才,①異世爭驅,或逸才以爽迅,或精思以纖密,而慮動難圓,鮮無瑕病。陳思之文,羣才之俊也,而《武帝誄》云:"尊靈永蟄。"《明帝頌》云:"聖體浮輕。""浮輕"有似於胡蝶,②"永蟄"頗疑於昆蟲,③施之尊極,豈其當乎?④左思《七諷》,說孝而不從,反道若斯,餘不足觀矣。潘岳爲才,善於哀文,然悲内兄,則云"感口澤";傷弱子,則云"心如疑"。《禮》文在尊極,而施之下流,辭雖足哀,義斯替矣。若夫君子擬人必於其倫,⑤而崔瑗之誄李公,比行於黄虞;向秀之賦嵇生,方罪於李斯,與其失也,雖寧僭無濫,然高厚之詩,不類甚矣。凡巧言易摽,拙辭難隱,斯言之玷,實深白圭。繁例難載,故略舉四條。

　　若夫立文之道,惟字與義。字以訓正,義以理宣,而晉末篇章,依希其旨,⑥始有"賞際奇至"之言,終無"撫叩酬即"之語,⑦每單舉一字,指以爲情。夫"賞"訓錫賚,豈關心解?"撫"訓執握,何預情理?《雅》《頌》未聞,⑧漢魏莫用,懸領似如可辯,課文了不成義,斯實情訛之所變,文澆之致弊。而宋來才英,未之或改,舊染成俗,非一朝也。近代辭人,率多猜忌,至乃比語求蚩,⑨反音取瑕,雖不屑於古,而有擇於今焉。又製同他文,理宜删革,若排人美辭,⑩以爲己力,寶玉大弓,終非其有。全寫則揭篋,⑪傍采則探囊,然世遠者太輕,時同者爲尤矣。

　　若夫注解爲書，所以明正事理，然謬於研求，或率意而斷。《西京賦》稱"中黄育獲之儔"，⑫而薛綜謬注，謂之"閹尹"，是不聞執雕虎之人也。又《周禮》井賦，舊有"疋馬"，而應劭釋"疋"，或量首數蹄，斯豈辯物之要哉？原夫古之正名，車兩而馬疋，"疋""兩"稱目，以並耦爲用。蓋車貳佐乘，⑬馬儷驂服，服乘不隻，故名號必雙，名號一正，則雖單爲疋矣。疋夫疋婦，亦配義矣。⑭夫車馬小義，而歷代莫悟，辭賦近事，而千里致差，況鑽灼經典，能不謬哉？夫辯言而數筌蹄，⑮選勇而驅閹尹，失理太甚，故舉以爲戒。丹青初炳而後渝，文章歲久而彌光，若能矑括於一朝，可以無慚於千載也。

　　贊曰：羿氏舛射，東野敗駕。雖有儁才，⑯謬則多謝。斯言一玷，千載弗化。令章靡疚，亦善之亞。

校箋

① 古來文才。

"才"，《金樓子》四引作"士"。

李氏《斠詮》校"才"作"士"，云："作'文才'涉下文'逸才'、'群才'而誤。"

詹氏《義證》："'才'字與下第二句複，當以作'士'爲長。"

【按】詹説是，"才"當從《金樓子》引作"士"，蓋形近而誤。舍人恒用"文士"一語。《程器》篇："略觀文士之疵。""並文士之瑕累。""豈曰文士必其玷歟？"例多不徧舉。

② "浮輕"有似於胡蝶。

"胡蝶"，諸本《御覽》五九六引並作"蝴蝶"。　元至正本、馮鈔元本、黄傳元本、弘治本、弘治活字本、汪本、佘本、隆慶本、張本、兩京本、胡本、何本、王批本、訓故本、謝鈔本、初刻梅本、復校梅本、凌本、梁本、秘書本、梅六次本、梅七次本、抱青閣本、尚古本、岡本、薈要本、文淵本、文溯本、文津本、文瀾本、張松孫本、王本、崇文本作"蝴蝶"，《金樓子》四、《天中記》三四、《廣博物志》二九、《文通》二五引同。　沈臨何校本改"蝴蝶"爲"胡蝶"。

【按】宋元明諸本皆作"蝴蝶"，黄本忽作"胡蝶"，或據何校本而改。

"蝴蝶"、"胡蝶"古通用。《字彙·虫部》："蝶，蝴蝶。古惟單'胡'字，後人加蟲。"如《列子·天瑞》："胡蝶胥也化而爲蟲。"《文選·張協〈雜詩十首〉》："借問此何時,胡蝶飛南園。"李善注："《莊子》曰:莊周夢爲胡蝶栩栩然。"又,《搜神記》十二:"麥之爲蝴蝶,由乎濕也。"《郭弘農集》二:"故皋壤爲悲欣之府,蝴蝶爲物化之器矣。"並其例。宋元明諸本皆作"蝴蝶",或舍人原本即作此,黃氏改字,實屬無謂,此仍從舊本作"蝴蝶"較長。

③　"永蟄"頗疑於昆蟲。

"疑",《金樓子》四、諸本《御覽》五九六、《事文類聚》別集五引作"擬"。

楊氏《補正》:"《漢書·何武王嘉師丹傳贊》:'董賢之愛,疑於親戚。'顏注:'疑,讀曰擬。擬,比也。'意舍人此文,原是'疑'字。《金樓子》等作'擬',蓋改引也。"

張氏《考異》:"疑、擬古通。《易·文言》:'陰疑於陽。'疑,擬也。《集韻》云:'疑同擬。'《禮·射義》:'而以大夫爲貴賓爲疑也。'疏:'疑,擬也。'是在下比擬於上也。楊校非。"

李氏《斠詮》校"疑"作"擬"。

【按】楊、張兩説非是,作"疑"自通,《天中記》三四、《廣博物志》二九、《六語》一、《文通》二五引亦並作"疑"。此"疑"字與"擬"不通用,當訓嫌、疑忌,不當訓比擬。參見《比興》篇"無從於夷禽"條校。

④　豈其當乎。

《金樓子》四引作"不其嗤乎"。　　明鈔本《御覽》九五六引作"不其蚩",其餘各本《御覽》引並作"不其蚩乎"。　　王批本作"不其蚩乎",《事文類聚》別集五引同。　　謝鈔本作"豈有當乎"。　　"其",顧廣圻校作"有",張紹仁校同。

楊氏《補正》:"句首以'豈其'二字發端者,古籍中多有之。如《詩·陳風·衡門》二、三章僅八句,即有四句以'豈其'發端。可證改'其'爲'有'之非。"

張氏《考異》:"蚩、當皆通,此別本異文,兩存爲是。"

李氏《斠詮》校作"不其蚩乎"。

【按】此文從《御覽》及王批本作"不其蚩乎"義長。"當"蓋"蚩"之形訛。舍人屢用"不其……"句法。如《宗經》篇:"不其懿歟?"《議對》篇:"不其鮮歟?"《夸飾》篇:"不其疏乎?"即其例。曹植於文中用語不當,已毋庸置疑,此是舍人針對其不當用語而進行指斥,出辭頗爲嚴苛。

"蚩",訓惡、醜。《文選·陸機〈文賦〉》:"夫放言遣辭,良多變矣,妍蚩好惡，可得而言。”李善注：“然妍蚩，亦好惡也。”劉良注：“蚩，惡也。”方廷珪注：“蚩，醜也。”《後漢書·史弼傳》：“時人或譏曰：平原行貨以免君，無乃蚩乎？”句法及“蚩”字用法並與此同。

此承上文“瑕病”之義，言曹植“浮輕”、“永蟄”兩語用得草率拙劣，不合禮義，實可蚩惡。下文“餘不足觀矣”，其鄙夷口氣與“不其蚩乎”同。

⑤ 若夫君子擬人必於其倫。

楊氏《補正》：“《禮記·曲禮下》：‘儗人必於其倫。’鄭注：‘儗，猶比也。’是‘擬’當作‘儗’，始與《曲禮》合。《歷代賦話續集》十四引作‘儗’，蓋意改也。”

【按】楊說非是，“擬”、“儗”字通，毋須改從。《說苑·奉使》：“《禮》，擬人必於其倫。諸侯毋偶，無所擬之。”《晉書·李重傳》：“非所謂擬人必於其倫之義也。”又《郗鑒傳》：“擬人必於其倫。”《三國志·魏書·辛毗傳》裴松之注：“臣松之以爲擬人必於其倫。”晉張敏《頭責子羽文》曰：“且擬人其倫。”（《世說新語·排調》注引）並可爲證。

⑥ 依希其旨。

“依希”，元至正本、黃傳元本、弘治活字本、張本作“依俙”。　馮鈔元本、兩京本、胡本作“依稀”。

【按】黃本無誤。《北史·劉昶傳》：“我得髣像唐虞，卿等依希元凱。”《隋書·流求國傳》：“天清風靜，東望依希，似有煙霧之氣。”並“依希”連文之證。“依希”乃聯綿詞，字又作“依俙”、“依稀”。顏延之《爲齊景靈王世子臨會稽郡表》曰：“此郡歌風蹈雅，既髣髴於淹中；春誦夏絃，實依俙於河上。”（《藝文類聚》五十引）《宋書·謝靈運傳》：“反平陵之杳藹，復七廟之依稀。”即其例。

⑦ 終無“撫叩酬即”之語。

“無”，鈴木《黃本校勘記》：“當作‘有’。”　馮班、沈臨何校本、顧黃合校本標疑“無”字。　“即”，梅校：“謝（兆申）云：當作‘酢’。”　文溯本、文津本作“酢”，《文通》二五引同。　岡本“酬即”作“即酬”。　徐燉校作“節”，云：“一作‘酢’。”

黃氏《札記》：“當作‘有’。”黃氏《文選平點》四“江淹《雜體詩三十首》”云：“此‘無’，即下‘撫’字誤。”

徐氏《正字》：“‘無’字疑當作‘有’。‘叩’疑‘節’字之訛。”

李氏《斠詮》校作“終有撫叩即酬之語”，云：“撫叩即酬，猶言隨機叩問，即口酬答也。”

【按】“撫叩酬即”與上文“賞際奇至”，不知所出。此四字當有訛誤。李氏校作“終有‘撫叩即酬’之語”，可從，然解説則未確。“無”蓋涉下文“撫”字而誤，當依鈴木説作“有”。“始有”、“終有”，乃舉例用語，略同於“既有”、“又有”。“酬即”不辭，當從岡本乙作“即酬”。“即”，訓就（見《廣雅·釋詁》）。《漢書·叙傳上》：“即拜伯爲定襄太守。”顔師古注：“即，就也。”舍人云“即酬”，與此“即拜”用法同。徐氏臆改“節”，不可從。

⑧ 《雅》《頌》未聞。

楊氏《補正》：“此段專就文字訓詁言，與《詩》之《雅》《頌》無關，‘頌’乃‘頡’之誤。”

【按】楊説是，“頌”疑當作“頡”，指《蒼頡》，二字形近致訛。參見《練字》篇“並貫練《雅》《頌》”條校。

⑨ 至乃比語求蚩。

劉永濟云：“比語，諸本皆作‘比’，疑‘切’字之誤，下言反音，詞異義同，皆指其時反切之學也。”

【按】劉説不可從，作“比語”自通。“比”，訓比附、附會。“比語”，猶言附會語音，指諸音法。“反語”則指反切法。《顔氏家訓·文章》：“梁世費旭詩云：‘不知是耶非。’殷澐詩云：‘颷颺雲母舟。’簡文曰：‘旭既不識其父，澐又颷颺其母。’世人或有文章引《詩》‘伐鼓淵淵’者，《宋書》已有屢遊之誚。如此流比，幸須避之。”王利器集解：“‘是耶’之‘耶’爲父，‘雲母’之‘母’爲母，即‘比語求蚩’之證。下文‘伐鼓’又‘反音取瑕’之證也。”鮑照詩“伐鼓早通晨”，伐、鼓切“腐”，致使“伐鼓”與“腐骨”諧音，乃成蚩語。

⑩ 若排人美辭。

“排”，黃校：“王本作‘掠’。”　養素堂初刻本黃校：“疑作‘採’。”　訓故本、文溯本作“掠”。　沈臨何校本云：“‘排’，疑作‘採’。”吳翌鳳校同。　徐渭仁校作“掠”。

楊氏《補正》：“《説文·手部》：‘排，擠也。’《廣雅·釋詁三》：‘排，推也。’其訓與此均不愜，當以作‘掠’爲是。《左傳·昭公十四年》：‘己惡而掠美爲昏。’杜注：‘掠，取也。’詁此正合。若作‘排’，則與下幾句文不屬矣。”

李氏《斠詮》校“排”作“掠”。

【按】楊説是，“排”當從訓故本作“掠”，二字形近而誤。“排”，訓排斥，作

“排人美辭”與下文“以爲己有”矛盾。作“採”與下文“旁采”重出。《説文·手部》新附：“掠，奪取也。”《廣韻·漾韻》：“掠，取也。”詁此正合。

⑪ **全寫則揭篋。**

劉氏《校字記》：“此與下‘探囊’，皆用《莊子》語。‘揭’當作‘胠’，字之誤也。”

【按】今本無誤，劉説非是。《莊子·胠篋》：“則負匱揭篋擔囊而趨。”陸德明釋文引《三蒼》：“揭，舉也，擔也，負也。”此舍人所本。

⑫ **《西京賦》稱“中黄育獲之儔”。**

“儔”，秘書本、岡本作“儔”。

楊氏《補正》：“以《詮賦》篇‘然逐末之儔’，《時序》篇‘文蔚、休伯之儔’，《才略》篇‘則揚、班儔矣’例之，作‘儔’是也。”

王氏《校證》：“《文選·西京賦》：‘迺使中黄之士，育獲之儔。’字正作‘儔’。”

【按】楊説、王説非是，“儔”、“儔”字通，毋須改從。“儔”，訓類。《戰國策·齊策三》：“夫物各有儔。”高誘注：“儔，類也。”《文選·陸機〈辨亡論〉》“魯肅吕蒙之儔”、曹植《七啓》“乃使北宫東郭之儔”李周翰注，並云：“儔，類也。”《説文·人部》“儔”下段玉裁注：“然自唐以前用‘儔侣’皆作‘儔’，絶無作‘儔’者。‘儔’亦類也。今或作‘儔’矣。然則用‘儔’者起唐初，以至於今。”

《漢書·車千秋傳》：“江充先治甘泉宫人，轉至未央椒房，以及敬聲之儔、李禹之屬，謀入匈奴。”又《叙傳上》引班彪《王命論》：“燕雀之儔不奮六翮之用。”並“之儔”連文之證。

⑬ **蓋車貳佐乘。**

楊氏《補正》：“此文湆次，當乙作‘車乘貳佐’，始能與下句‘馬儷驂服’相對。‘車乘貳佐’者，謂車乘有貳車、佐車也。”

【按】楊説非是，今本自通，文字非有湆次。《禮記·少儀》：“乘貳車則貳，佐車則否。貳車者，諸侯七乘，上大夫五乘，下大夫三乘。”鄭玄注：“貳車、佐車，皆副車也。”車有貳、佐，馬分儷、驂，義正相對。“乘”與下文“服”並指駕車，其大意當爲：“車以貳、佐而乘，馬以儷、驂而服。”

⑭ **亦配義矣。**

“矣”，元至正本、馮鈔元本、黄傳元本、弘治本、弘治活字本、汪本、佘本、隆慶本、張本、兩京本、王批本、訓故本、薈要本、文淵本、文溯本、文津本、文瀾本作“也”。　馮舒校“矣”作“也”。

楊氏《補正》：“‘也’字是。既與上‘則雖單爲疋矣’句避複，語氣亦較勝。

【按】梅本作“矣”，與何本、謝鈔本合，黃氏從之。

楊説是，此作“也”較長。“矣”與上文犯重，“義矣”連文，聲律不如“義也”響亮。

⑮ **夫辯言而數筌蹄。**

梅校：“‘筌’，一作‘首’。”　黃校：“‘言’，一作‘疋’。”　元至正本、兩京本作“夫辨言而數蹄”。　馮鈔元本、黃傳元本、弘治本、弘治活字本、汪本、佘本、隆慶本、胡本、訓故本作“夫辯言而數蹄”。　王批本作“夫辯言而數筌”。　何本、謝鈔本、凌本、合刻本、梁本、秘書本、復校梅本、尚古本、岡本、王本、崇文本作“夫辯言而數首蹄”。　梅六次本、梅七次本作“夫辯疋而數首蹄”，集成本、薈要本、張松孫本同。　徐燉校“言”作“疋”，“蹄”上補“首”字，沈臨何校本同。　張紹仁於“蹄”上補“首”字。

楊氏《補正》：“《大戴禮記·小辯》篇：‘《爾雅》以觀於古，足以辯言矣。’上文有‘量首數蹄’語，則作‘夫辯言而數首蹄’是也。”

劉氏《校釋》、范氏《注》、王氏《校證》、李氏《斠詮》並從“夫辯疋而數首蹄”。

【按】梅氏萬曆初刻本作“夫辯言而數筌蹄”，與張本合，復校本改爲“夫辯言而數首蹄”，梅氏天啓二本改爲“夫辯疋而數首蹄”，黃氏仍從初刻本。

楊説非是，此文當從梅六次本作“夫辯疋而數首蹄”。“言”蓋“疋”之形訛。作“辯言”，嫌空泛。下文云“舉以爲戒”，既是舉例，則此句當是隱括上文“應劭釋疋，或量首數蹄，斯豈辯物之要哉”之語意。

⑯ **雖有儁才。**

“儁”，元至正本、馮鈔元本、弘治本、弘治活字本、汪本、佘本、隆慶本、兩京本、王批本、訓故本、薈要本、文淵本、文溯本、文津本、文瀾本作“雋”。

【按】梅本作“儁”，與何本、謝鈔本合，黃氏從之。

“雋”、“儁”通。《左傳·莊公十一年》：“得儁曰克。”阮元《校勘記》：“淳熙本、足利本‘儁’作‘雋’。”《後漢紀·光武皇帝紀》：“譚字君山，有儁才。”《三國志·魏書·袁渙傳》裴松之注：“荀綽《九州記》稱準有儁才。”並“儁才”連文之證。

養氣第四十二

　　昔王充著述，制《養氣》之篇，驗己而作，豈虛造哉？夫耳目鼻口，生之役也；心慮言辭，神之用也。率志委和，則理融而情暢；鑽礪過分，則神疲而氣衰：此性情之數也。夫三皇辭質，^①心絕於道華；帝世始文，言貴於敷奏；三代春秋，雖沿世彌縟，並適分胸臆，非牽課才外也。戰代枝詐，^②攻奇飾說，漢世迄今，辭務日新，爭光鬻采，慮亦竭矣。故淳言以比澆辭，文質懸乎千載；率志以方竭情，勞逸差於萬里：古人所以餘裕，後進所以莫遑也。

　　凡童少鑒淺而志盛，長艾識堅而氣衰。志盛者思銳以勝勞，氣衰者慮密以傷神，斯實中人之常資，歲時之大較也。若夫器分有限，智用無涯，或慚鳧企鶴，瀝辭鑴思，於是精氣內銷，有似尾閭之波；^③神志外傷，同乎牛山之木；^④怛惕之盛疾，^⑤亦可推矣。至如仲任置硯以綜述，叔通懷筆以專業，既暄之以歲序，又煎之以日時。是以曹公懼爲文之傷命，陸雲歎用思之困神，非虛談也。

　　夫學業在勤，功庸弗怠，故有錐股自厲，和熊以苦之人。^⑥志於文也，則申寫鬱滯，^⑦故宜從容率情，優柔適會。若銷鑠精膽，蹙迫和氣，秉牘以驅齡，灑翰以伐性，豈聖賢之素心，會文之直理哉？且夫思有利鈍，時有通塞，沐則心覆，且或反常，^⑧神之方昏，再三愈黷。是以吐納文藝，務在節宣，清和其心，調暢其氣，^⑨煩而即捨，勿使壅滯。意得則舒懷以命筆，理伏則投筆以卷懷。逍遙以針勞，談笑以藥勌，常弄閑於才鋒，賈餘於文勇，使刀發如新，湊理無滯，^⑩雖非胎息之邁術，^⑪斯亦衛氣之一方也。

　　贊曰：紛哉萬象，勞矣千想。元神宜寶，^⑫素氣資養。水停以鑒，火靜而朗。無擾文慮，鬱此精爽。

校箋

① 夫三皇辭質。

"皇"，兩京本、胡本作"王"。　　楊氏《校注》云胡本作"王"。

楊氏《補正》："'王'字非是。《孝經緯·援神契》：'三皇無文。'（《周禮·地官·保氏》賈疏引）是其證。"

【按】黃氏從梅本作"皇"無誤，"王"蓋"皇"之音訛。《老子河上公注·還淳》"絕聖"注："五帝垂象，蒼頡作書，不如三皇結繩無文。"《孟子·滕文公章句上》趙岐注："三皇之時，質樸無事。"舍人之意可與此互參。

② 戰代枝詐。

"枝"，兩京本、胡本、訓故本、岡本作"技"。　　徐𤊹校作"譎"。　　趙氏《譯注》云："楊慎注：疑當作'權詐'。"

楊氏《補正》："'枝'與'技'於此均費解，與'譎'之形音亦不近，恐非舍人之舊。疑當作'權'。權，俗作'权'。蓋初由'權'作'权'，後遂譌爲'枝'或'技'耳。此云'權詐'，正如《諧隱》篇'蓋意生於權譎'之'權譎'然也。《説文·言部》：'譎，權詐也。'《詩大序》孔疏：'譎者，權詐之名。'楊雄《尚書箴》：'秦尚權詐。'（《類聚》四八引）《論衡·定賢篇》：'以權詐卓譎，能將兵御衆爲賢乎？是韓信之徒也。'《漢書·刑法志》：'春秋之後，滅弱吞小，並爲戰國。……雄桀之士，因勢輔時，作爲權詐，以相傾覆，吳有孫武，齊有孫臏，魏有吳起，秦有商鞅，皆禽敵立勝，垂著篇籍。當此之時，合從連衡，轉相攻伐，代爲雌雄。……世方爭於功利，而馳説者以孫、吳爲宗。'《抱朴子外篇·仁明》：'曩六國相吞，豺虎力競，高權詐而下道德。'並以'權詐'連文，可證。"

李氏《斠詮》從兩京本，校"枝"爲"技"。

【按】楊校可從。"枝詐"、"技詐"古書均罕見，"枝"疑當作"權"，"枝"、"技"蓋並"權"之形訛。王逸《楚辭章句叙》："其後周室衰微，戰國並爭，道德陵遲，譎詐萌生。""譎詐"與"權詐"義通，語意可與舍人互證。

③ 有似尾閭之波。

"波"，兩京本、胡本作"洩"。　　楊氏《校注》云胡本作"洩"。　　王惟儉云："一作'洩'。"

楊氏《校注》："'洩'字，蓋出後人妄改，不如'波'字義長。"

楊氏《補正》又從"洩"字，云："'洩'（同泄）字是。《玉篇·水部》：'泄，漏也。洩，同上。’《廣韻》十七薛：‘泄，漏泄也。……亦作洩。’上句言‘銷’，下句言‘洩’，文意始合，聲律亦諧。作‘波’非是。《文選・嵇康〈養生論〉》：‘或益之以畎澮，而泄之以尾閭。’李注引司馬彪（《莊子注》）曰：‘尾閭，水之從海水出者也。一名沃燋，在東大海之中。尾者，在百川之下，故稱尾。閭者，聚也，水聚族之處，故稱閭也。’李翰周注：‘畎澮，細流也。尾閭，海水泄處也。言人之服藥，所益如細流之進，而多泄其精，如尾閭之泄。’”

李氏《斠詮》從兩京本，校“波”作“洩”。

【按】楊氏《補正》説是，“波”當從兩京本作“洩”，與下句“伐”對文。《抱朴子内篇・論仙》：“但以升合之助，不供鍾石之費，畎澮之輸，不給尾閭之洩耳。”可爲佐證。《莊子・秋水》：“天下之水，莫大於海，萬川歸之，不知何時止而不盈；尾閭泄之，不知何時已而不虚。”成玄英疏：“尾閭者，泄海水之所也。”此舍人所本。

④ **同乎牛山之木**。

“木”，兩京本、胡本作“伐”。　楊氏《校注》云胡本作“伐”。　王惟儉云：“一作‘伐’。”

楊氏《校注》：“‘伐’字，亦出後人妄改。”

楊氏《補正》又從“伐”字，云：“‘伐’字是。‘伐’與上句之‘洩’皆動詞。《孟子・告子上》：‘孟子曰：牛山之木嘗美矣，以其郊於大國也，斧斤伐之，可以爲美乎？是其日夜之所息，雨露之所潤，非無萌櫱之生焉，牛羊又從而牧之，是以若彼濯濯也。人見其濯濯也，以爲未嘗有材焉，此豈山之性也哉？……亦猶斧斤之於木也，旦旦而伐之，可以爲美乎？……故苟得其養，無物不長，苟失其養，無物不消。’趙注：‘牛山，齊之東南山也。邑外謂之郊。息，長也。濯濯，無草木之貌。牛山未嘗盛美，以在國郊，斧斤牛羊使得不得有草木耳，非山之性無草木也。’”

李氏《斠詮》從兩京本，校“木”作“伐”。

【按】楊氏《補正》説是，“木”當從兩京本作“伐”，與上句“洩”對文。

⑤ **怛惕之盛疾**。

“盛”，黄校：“一作‘成’。”　訓故本、梅六次本、梅七次本作“成”，集成本、薈要本、文瀾本、張松孫本同。

楊氏《補正》：“‘盛’讀平聲，在器中曰盛（《史記・文帝紀》集解引應劭注）。

'怛惕盛疾',猶言疾在怛惕之中,即憂能傷人之意也。改'成',非是。"

范氏《注》、李氏《斠詮》並校"盛"作"成"。

【按】梅氏萬曆初刻本及復校本作"盛",梅氏天啓二本改爲"成",黄氏仍從初刻本。

楊校從黄本,是,然訓釋則迂曲難通。"盛"當訓"成",二字通。《周禮·地官·掌蜃》:"白盛之蜃。"鄭玄注:"盛,猶成也。"孫詒讓正義:"盛、成,聲同義通。"《左傳·宣公二年》:"宣子盛服將朝。"陸德明釋文:"盛,本或作'成'。"《荀子·王霸》:"以觀其盛者也。"楊倞注:"盛,讀爲'成'。"

⑥ **夫學業在勤,功庸弗怠,故有錐股自屬,和熊以苦之人。**

"功庸弗怠"、"和熊以苦之人"二句,元至正本、馮鈔元本、黄傳元本、弘治本、弘治活字本、汪本、佘本、隆慶本、張本、王批本、訓故本、謝鈔本、初刻梅本、彙編本、文淵本、文津本無。　馮班旁批增此二句。　傳録何沈校本云:"何本無'功庸弗怠'句。""何本無'和熊'六字。"　何焯云:"和熊,唐人事。此後人謬增。"

盧文弨《抱經堂文集·文心雕龍輯註書後》:"下六字(和熊以苦之人)吳本無,當本脱四字,不學者妄增成之,而忘其年代之不合也。"

楊氏《補正》:"尋繹文意,實不必有,確出後人謬增。"

王氏《校證》、李氏《斠詮》並據盧氏說删此二句。

【按】梅氏萬曆初刻本無此二句,與元至正本等合,復校梅本、梅六次本、梅七次本補此二句,與兩京本、胡本、何本合,集成本、李本、黄本等皆從之。

"功庸弗怠"、"和熊以苦之人"二句當係衍文。"學業"與"爲文"對舉,"錐股自屬"與"從容率情,優柔適會"對舉。蓋傳寫者以爲"有"字後須跟一名詞,故增"之人"以補足之,實則不然,"有"後可跟動詞。如《樂府》篇:"繆韋所改,亦有可算焉。"《頌讚》篇:"漢之惠景,亦有述容。"《誄碑》篇:"孔融所創,有摹伯喈。"《體性》篇:"體式雅鄭,鮮有反其習。"並其例。全書誤衍文句多有,此亦應爲一例。參見《論説》篇"然滯有者全繫於形用,貴無者專守於寂寥,徒鋭偏解,莫詣正理;動極神源,其般若之絶境乎"條校。

"和熊"事,見於《新唐書·柳仲郢傳》:"母韓,即皋女也,善訓子,故仲郢幼嗜學,嘗和熊膽丸,使夜咀嚥以助勤。"

⑦ **志於文也,則申寫鬱滯。**

"志",訓故本作"至"。　兩京本、胡本"也"下有"舍氣無依"四字,"滯"下有“玄解頓釋之輩”六字。　沈臨何校本標疑“志”字,云:“‘志’,疑作‘至’。”紀昀云:“‘志’,當作‘至’。”

楊氏《補正》:“何、紀說是。《樂府》篇‘精之至也’,唐寫本誤‘至’爲‘志’。《史傳》篇‘子長繼志’,元本等又誤‘志’爲‘至’。是‘至’、‘志’二字易淆誤之證。兩京本、胡本多出二句,亦爲後人妄增。”

李氏《斠詮》校“志”作“至”。

【按】“志”當從訓故本作“至”,聲近而誤。兩京本多出兩句,欲求與“功庸弗怠”、“和熊以苦之人”相儷,實則亦皆後人妄增。參見上條校。

⑧ 且或反常。

“且”,鈴木《黃本校勘記》:“‘且’字疑當作‘旦’。蓋用孟軻氏所謂平旦之氣之意也。反,復也。”

范氏《注》:“‘且’字不誤,無待改字。”

李氏《斠詮》:“范說是,‘且或反常’正承上文‘沐則心覆’而言,反常謂違反正常,鈴木訓反爲復,亦非。”

【按】鈴木說不可從,今本“且”字無誤。《孟子·告子上》:“其日夜所息,平旦之氣。”孟子所云者,乃指平旦清明之氣,然“旦”字本身並無清氣之義,故云“且或反常”,須解作“平明即恢復正常”方可,如此,則與上文語脈不貫。此“反”字來自《左傳·僖公二十四年》“沐則心覆,心覆則圖反”,當訓相反,與《定勢》篇“似難而實無他術也,反正而已,故文反正爲乏,辭反正爲奇”之“反”義同,彼云“反正”,此云“反常”,義亦相近。此兩句意謂:“沐”則低頭,低頭則心覆,心覆則思慮違反常情。如此即可與下文“昏”、“黷”照應。

《物色》篇:“一葉且或迎意。”《出三藏記集·慧印三昧及濟方等學二經序讚》:“乍有寓言,且或假夢。”《南齊書·王融傳》:“夫唯動植,且或有心。”“且”字用法並與此同。

⑨ 調暢其氣。

“調”,何本、凌本、合刻本、梁本、尚古本、岡本、王本、崇文本作“條”。

戶田《校勘記補》:“《書記》篇‘條暢以任氣’,‘條暢’亦有例。”

楊氏《補正》:“以《書記》篇‘故宜條暢以任氣’例之,作‘條’是。《文選·王襃〈四子講德論〉》:‘進者樂其條暢。’《古文苑·劉歆〈遂初賦〉》:‘玩琴書以條暢兮。’並以‘條暢’爲言。”

【按】楊説非是，作"調"自通，毋須改字，《子苑》三二亦作"調"。《説文·言部》："調，和也。""調暢"，訓和易，與上文"清和"相儷。

《詩·大雅·旱麓》："黃流在中。"孔穎達疏："和釀其酒，其氣芬香調暢。"《尚書·益稷》孔穎達疏："又樂之感人，使和易調暢。"《風俗通義·正失》："俗變一足而用精專，故能調暢於音樂。"《世説新語·賞譽》："身正自調暢。"劉孝標注："《續晉陽秋》曰：安弘雅有氣，風神調暢也。"並"調暢"連文之證。

⑩ **湊理無滯。**

"湊"，兩京本、訓故本、集成本作"腠"，《子苑》三二引同。　楊氏《校注》云胡本作"腠"。　黃氏輯注出條目作"腠"。

鈴木《黃本校勘記》："'湊'，當作'腠'。"

楊氏《補正》、王氏《校證》並作"腠"。

【按】元明諸本多作"湊理"，唯兩京本、訓故本作"腠理"，黃氏從梅本而不改。

"腠理"、"湊理"通，毋須改字。《鹽鐵論·大論》："扁鵲攻於湊理。"王利器校注："明初本……《百子彙函》'湊'作'腠'。湊、腠古通。"又，《宋書·王僧達傳》："風虛漸劇，湊理合閉。"可爲證。

此字正文作"湊理"，而輯注出條目作"腠理"，前後不一，養素堂初刻本、改刻本、覆刻本皆如此，芸香堂本、思賢講舍等紀評本亦沿襲不改。輯注條目亦當作"湊理"。

⑪ **雖非胎息之邁術。**

"邁"，元至正本、馮鈔元本、黃傅元本、弘治本、弘治活字本、汪本、隆慶本、張本、兩京本、胡本、王批本、訓故本作"萬"，《子苑》三二、《廣博物志》二九引同。　張紹仁校"萬"爲"邁"。　顧廣圻校"邁"作"萬"。　佚名批校兩京本校"邁"作"萬"。　張爾田圈點"萬"字。

斯波《補正》："邁，恐'萬'字之誤。'萬術'蓋萬全之術之意，對下句'一方'。"

劉氏《校釋》、楊氏《補正》、王氏《校證》、李氏《斠詮》並校"邁"作"萬"。

【按】元明諸本多作"萬"，梅本作"邁"，與佘本、何本、謝鈔本合，黃氏從之。

"邁"當從元至正本等作"萬"，形近致訛。"萬術"乃道教術語。《無上秘要·三皇要用品》："欲昇仙，當求此文，能修此文，萬術之真生於皇道，克定乾坤。”又《尸解品》：“若夫道數兼備，萬術斯明，役使百鬼，招召衆靈。”並其證。

　　⑫ 元神宜寶。

　　“元”，元至正本、馮鈔元本、黃傳元本、弘治本、汪本、佘本、隆慶本、張本、兩京本、胡本、何本、王批本、訓故本、謝鈔本、初刻梅本、復校梅本、凌本、合刻本、梁本、秘書本、梅六次本、梅七次本、別解本、抱青閣本、尚古本、岡本、文淵本、文溯本、文津本、文瀾本、崇文本作“玄”，《文體明辯》四八引同。　張爾田圈點“玄”字。

　　鈴木《黃本校勘記》：“‘元’，當作‘玄’。”

　　【按】“元”當從元明諸本作“玄”，此黃氏因避康熙帝諱而改。

附會第四十三

　　何謂附會？謂總文理，統首尾，定與奪，合涯際，彌綸一篇，使雜而不越者也。若築室之須基構，裁衣之待縫緝矣。夫才量學文，①宜正體製。必以情志爲神明，事義爲骨髓，②辭采爲肌膚，宮商爲聲氣，然後品藻元黃，③摛振金玉，獻可替否，以裁厥中，斯綴思之恒數也。④凡大體文章，類多枝派，整派者依源，理枝者循幹。是以附辭會義，務摠綱領，驅萬塗於同歸，貞百慮於一致，使衆理雖繁，而無倒置之乖；羣言雖多，而無棼絲之亂。扶陽而出條，順陰而藏跡，首尾周密，表裏一體，此附會之術也。夫畫者謹髮而易貌，⑤射者儀毫而失墙，銳精細巧，必疎體統。故宜詘寸以信尺，枉尺以直尋，棄偏善之巧，學具美之績，此命篇之經略也。

　　夫文變多方，⑥意見浮雜，約則義孤，博則辭叛，率故多尤，⑦需爲事賊。且才分不同，思緒各異，或製首以通尾，或尺接以寸附。然通製者蓋寡，接附者甚衆。若統緒失宗，辭味必亂，義脉不流，則偏枯文體。夫能懸識湊理，⑧然後節文自會，⑨如膠之粘木，豆之合黃矣。⑩是以駟牡異力，⑪而六轡如琴；並駕齊驅，而一轂統輻。⑫馭文之法，有似於此。去留隨心，脩短在手，齊其步驟，總轡而已。

　　故善附者異旨如肝膽，拙會者同音如胡越。改章難於造篇，易字艱於代句,此已然之驗也。昔張湯擬奏而再卻,[13]虞松草表而屢譴,並理事之不明,[14]而詞旨之失調也。及倪寬更草,[15]鍾會易字,而漢武歎奇,晉景稱善者,乃理得而事明,心敏而辭當也。以此而觀,則知附會巧拙,相去遠哉!

若夫絶筆斷章,譬乘舟之振楫;會詞切理,如引轡以揮鞭。[16]克終底績,[17]寄深寫遠。[18]若首唱榮華,而媵句憔悴,則遺勢鬱湮,餘風不暢。[19]此《周易》所謂"臀無膚,其行次且"也。[20]惟首尾相援,則附會之體,固亦無以加于此矣。

贊曰:篇統間關,情數稠疊。原始要終,疎條布葉。道味相附,[21]懸緒自接。如樂之和,心聲克協。

校箋

① **夫才量學文。**

"量",宋本、宮本《御覽》五八五引作"童",明鈔本《御覽》引作"父",周本、倪本、汪本《御覽》引作"文"。

范氏《注》:"才量學文,'量'疑當作'優',或係傳寫之誤。殆由'學優則仕'意化成此語。"

徐氏《校記》:"作'才童'極是。'量'爲'童'字形近之誤。本書《體性》篇云:'童子雕琢,必先雅製。'《通變》篇云:'今才穎之士,刻意學文。'正爲作'才童'之確詁。"

楊氏《補正》:"范説誤。'量'之形音與'優'俱不近,恐難致誤,'才量學文'與'學優則仕'亦毫不相干,何能由其化成?《御覽》引'量'作'童',極是,'量'其形誤也。"

王氏《校證》、李氏《斠詮》並校"量"作"童"。

【按】范説非是,"量"當從宋本《御覽》引作"童",二字形近致訛。《體性》篇云"童子雕琢",亦以"童"指稱少年人。《高僧傳·釋法安傳》:"(朱勃)能讀書詠詩,時人號才童。"可爲證。

② **事義爲骨髓。**

"髓",宋本、宮本、明鈔本、喜多邨本《御覽》五八五引作"骾",周本、倪本、汪本、張本、鮑本《御覽》引作"鯁"。

張氏《考異》："《文心》屢用'骨鯁'，義含梗介。此用'骨髓'者，骨外指事，髓内指義，精義内含，均可曰髓，與他文所指有殊。從'髓'是。"

范氏《注》、楊氏《校注》、王氏《校證》、李氏《斠詮》俱依《辯騷》篇"骨鯁所樹，肌膚所附"作"鯁"，謂"骨鯁"與"肌膚"對文。

【按】"髓"從宋本《御覽》引作"髖"義長。此以人擬文，上文既云"體"，則當有"神明"、"骨髖"、"肌膚"、"聲氣"以實之。

③ **然後品藻元黃。**

"元"，元至正本、馮鈔元本、黃傳元本、弘治本、弘治活字本、汪本、佘本、隆慶本、張本、兩京本、何本、王批本、訓故本、謝鈔本、初刻梅本、復校梅本、凌本、合刻本、梁本、秘書本、梅六次本、梅七次本、彙編本、抱青閣本、尚古本、岡本、文淵本、文溯本、文津本、文瀾本、崇文本作"玄"，《子苑》三二引同。　楊氏《校注》云胡本作"玄"。

【按】"元"當從元明諸本作"玄"，此黃氏因避康熙帝諱而改。《原道》篇："夫玄黃色雜。"《詮賦》篇："畫繪之著玄黃。"並"玄黃"連文。

④ **綴思之恒數也。**

"恒"，元至正本、馮鈔元本、黃傳元本、弘治本、弘治活字本、汪本、佘本、隆慶本、張本、王批本、兩京本、胡本、何本、訓故本、初刻梅本、復校梅本、凌本、合刻本、梁本、秘書本、梅六次本、梅七次本、彙編本、抱青閣本、集成本、尚古本、岡本、薈要本、文淵本、文溯本、文津本、文瀾本、張松孫本、王本、崇文本作"常"，《子苑》三二引同。　何焯、張紹仁校"常"作"恒"。　《詩法萃編》作"常"。

楊氏《補正》："'恒'、'常'古多通用。然以《文心》全書諗之，用'常'字者，凡二十一見，用'恒'字者，僅十一見。似不必改'常'爲'恒'也。"

張氏《考異》："'恒'字，漢文避諱改爲'常'，後人遂沿用，恒、常互通。"

【按】元明諸本皆作"常"，唯謝鈔本作"恒"，何焯校作"恒"，黃氏從之。

"恒"、"常"通，毋須改字。《總術》篇："則術有恒數。"《南齊書·河東王鉉傳》："仕無常資，秩有恒數。"《南齊書·王秀之傳》："夫盛衰迭代，理之恒數。"並"恒數"連文之證。

⑤ **夫畫者謹髮而易貌。**

范氏《注》："《呂氏春秋·處方篇》：'今夫射者儀毫而失墙，畫者儀髮而易貌，言審本也。’注：‘儀，望也。’《淮南子‧説林訓》：‘畫者謹毛而失貌，射者儀小而遺大。’注：‘謹悉微毛，留意於小，則失其大貌。儀望小處而射之，故能中。事各有宜。’此謂謀篇之始，宜規畫大體，明立骨幹，體幹既立，然後整理枝派，獻替可否，以裁厥中。若僅知鋭精細巧，則體幹必有倒置棼亂之失。‘易貌’，疑當作‘遺貌’。遺貌，即失貌也。”

楊氏《補正》：“‘易’字不誤，范説非是。易，輕也（《左傳‧襄公十五年》杜注），輕易也（《禮記‧樂記》鄭注），詁此並無不合。‘謹髮易貌’，即重小輕大之意。不必準《吕氏春秋‧處方篇》《淮南子‧説林篇》之‘失貌’，而改‘易’爲‘遺’也。孫鏘鳴《吕氏春秋高注補正》：‘《處方篇》注未明。《文心雕龍‧附會篇》引此二語下，言鋭精細巧，必疏體統，似謹於小而忽於大之意。’（見《國故月刊》第三册）孫説確得其肯綮所在，故迻録之。”

張氏《注訂》：“易者，輕忽也。范注非是。”

李氏《斠詮》從今本，云：“《吕氏春秋‧處方篇》：‘……言審本也。’高注：‘儀，望也。睎望毫毛之微，而不視堵牆之大，故能中也。畫者睎毫髮，寫人貌，儀之於象，不失其形，故曰易貌也。射必能中，畫必象人，故曰審本。’許維遹集釋：‘《説文》：“儀，度也。”度有慎義。易爲傷之借字。《説文》：“傷，輕也。”此謂畫者謹慎其髮，而輕易其貌。《淮南‧説林篇》襲此文作“畫者謹毛而失貌，射者儀小而遺大”，語尤明。’”

【按】范説非是。此“易”字不訓變易，應訓輕易、輕慢。《説文‧人部》：“傷，輕也。”段玉裁注：‘《蒼頡篇》曰：‘傷，慢也。’《廣韻》曰：‘傷，相輕也。’自‘易’專行而‘傷’廢矣。《禮記》：‘易慢之心入之矣。’注：‘易，輕易也。’《國語》：‘貴貨而易土。’注：‘易，輕也。’凡皆‘傷’之假借字也。”

《國語‧晉語七》：“貴貨而易土。”韋昭注：“貴，重也。易，輕也。”舍人句法與此同。

⑥ 夫文變多方。

“多”，黄校：“汪作‘無’。” 諸本《御覽》五八五引並作“無”。 元至正本、馮鈔元本、黄傳元本、弘治本、弘治活字本、佘本、隆慶本、張本、兩京本、胡本、何本、王批本、訓故本、合刻本、梁本、集成本、尚古、岡本、薈要本、文淵本、文溯本、文津本、文瀾本、王本、崇文本作“無”。 《子苑》三二引作“無”。 馮舒、何焯校“多”作“無”。 張爾田圈點“無”字。

范氏《注》：“本書《通變》篇：‘變文之數無方。’文與此正同，疑作‘無方’爲是。”

王氏《校證》校“多”作“無”，云：“《明詩》篇云：‘屬辭無方。’《諧讔》篇云：‘歡謔之言無方。’《書記》篇云：‘兵謀無方。’《通變》篇云：‘變文之數無方。’文與此正同。”

戶田《校勘記補》、楊氏《補正》、李氏《斠詮》並校“多”作“無”。

【按】元明諸本多作“無”，梅本作“多”，與謝鈔本合，黃氏從之。

范、王兩說是，“多”當從《御覽》引作“無”。《莊子·齊物論》：“彼是莫得其偶，謂之道樞。”郭象注：“此居其樞要而會其玄極，以應夫無方也。”可爲證。

⑦ **率故多尤。**

“率”，四庫本《御覽》五八五引作“率”，其餘各本《御覽》引並作“變”。

范氏《注》：“謂率爾操觚，事不經思，固多尤悔。”

楊氏《補正》：“《文賦》：‘或率意而寡尤。’舍人反其意而用之，與下‘需爲事賊’句各明一義。作‘變’非是。”

張氏《考異》：“從‘變’爲長，‘變’字承上文‘無方’來。”

【按】作“率”自通。“變”與“率”形近，又涉上“文變”而誤。“率”，訓直率、輕遽，與下句“需”對文。“需”，訓猶豫、遲疑。《左傳·哀公十四年》：“需，事之賊也。”陸德明釋文：“需，疑也。”“率”則“需”之反。

⑧ **夫能懸識湊理。**

“湊”，兩京本、胡本、訓故本、岡本作“腠”，《子苑》三二、《文通》二一引同。張爾田圈點“腠”字。

鈴木《黃本校勘記》：“‘湊’，當作‘腠’。”

楊氏《補正》：“‘腠’字是。‘懸識腠理’，用扁鵲見蔡桓公事（《史記·扁鵲傳》《新序·雜事二》作齊桓侯），見《韓非子·喻老》篇。”

王氏《校證》、李氏《斠詮》並校“湊”作“腠”。

【按】鈴木、楊說非是，“腠理”、“湊理”通，毋須改字，諸本《御覽》五八五引亦並作“湊理”。參見《養氣》篇“湊理無滯”條校。

⑨ **然後節文自會。**

“節文”，黃校：“一作‘文節’。”　元至正本、馮鈔元本、黃傳元本、弘治本、弘治活字本、汪本、佘本、隆慶本、張本、兩京本、胡本、何本、王批本、訓故本、謝鈔本、初刻梅本、復校梅本、凌本、合刻本、梁本、秘書本、梅六次本、梅七次本、彙編本、抱青閣本、集成本、尚古本、岡本、文淵本、張松孫本、崇文本作"文節"。

文溯本、文津本作"節文"。　王本作"文飾"。　沈臨何校本改"文節"爲"節文"。　《詩法萃編》作"文節"。

楊氏《補正》："《誄碑》《章表》《書記》《定勢》《鎔裁》《章句》五篇，均有'節文'之詞。《禮記·坊記》：'禮者，因人之情而爲之節文。'即舍人'節文'一詞所本。"

【按】元明諸本均作"文節"，黃氏據何校本而改爲"節文"，薈要本、文溯本、文津本、文瀾本、掃葉本、龍谿本並從之。

黃本是，諸本《御覽》五八五引亦並作"節文"。"芇"蓋"節"之形訛。《定勢》篇："雖復契會相參，節文互雜。"《鎔裁》篇："然後舒華布實，獻替節文。"義與此同。《荀子·宥坐篇》："官致良工，因麗節文。"楊倞注："工則因隨其木之美麗節文而裁制之。"王念孫曰："言因良材而施之以節文也。"此"節文"二字所本。

⑩ 豆之合黃矣。

諸本《御覽》五八五引、謝鈔本作"石之合玉矣"。　王批本作"豆之合玉矣"。　馮舒校"石"作"豆"，校"玉"作"黃"。

紀評："'豆之合黃'，未詳，俟考。"

鈴木《黃本校勘記》："'石'、'豆'草體形近之訛。'玉'或有作'王'者，而'王'、'黃'以音近致訛也。'石之合玉'，謂玉石之聲，其調和合也。"

潘氏《札記》："先師黃君曰：'豆，疑當作白。'《呂氏春秋·別類》篇：'白所以爲堅，黃所以爲牣。黃白雜，則堅且牣，良劍也。'《考工記》：'金錫之齊。'是其義。又《頌讚》篇：'徒張虛論，有如黃白之僞説。'則本書固已黃白連用矣。"

徐氏《刊誤》："宋本《御覽》文部一引作'石之合玉'，較爲近之。惟'合'疑'含'字之誤。此正承上'懸識湊理'句言之。《明詩》篇云'叔夜含其潤'，宋本《御覽》文部二引'含'訛作'合'，其誤正同。又班固《賓戲》曰：'和氏之璧，韞於荆石。'韞，正訓含，可以移釋此句。"

王氏《校證》："'石之合玉'，謂石之韞玉，混沌元包，故附合無間也。"

李氏《斠詮》："言玉產於石中，爲石之結晶體，與石合而爲一者也。《説文》：'玉，石之美者。'……《文賦》：'石韞玉而山暉。'皆石玉相合之證。"

【按】此文當從《御覽》引、謝鈔本作"石之合玉矣"。"合黃"，《御覽》引、王批本、謝鈔本皆作“合玉”，應爲原文。“豆”蓋“石”之形訛。依鈴木説，“玉”先訛爲“王”，“王”又訛作“黃”。《奏啓》篇“王觀《教學》”之“王”當爲“黃”之音訛，誤與此同。

《易緯·易乾坤鑿度》：“物性包蔽，不顯其源。出處不知，潛隱罔差忒。”鄭玄注：“石含璞，若木含榴。榴者，瘦之類。”當爲舍人所本。“合玉”，猶言含玉。《文選·嵇康〈琴賦〉》：“合天地之醇和兮，吸日月之休光。”劉良注：“吸、合，含也。”參見《詮賦》篇“合飛動之勢”條校。

“膠”，《廣韻·效韻》：“膠黏物。”《庾子山集·園庭詩》：“枯楓乍落膠。”倪璠注：“膠，楓樹膠。”此“膠之粘木”，當解作“膠之粘附於樹”（亦即“樹中含膠”），與鄭玄“木含榴”意同。“木含膠”與“石合玉”對文。

⑪ **是以駒牡異力。**

“駒”，諸本《御覽》五八五引、何本、凌本、合刻本、梁本、集成本、尚古本、岡本、王本、崇文本作“四”，《詩法萃編》同。

楊氏《校注》：“作‘四’是也。《詩·小雅·車舝》：‘四牡騑騑，六轡如琴。’《毛詩》中句有‘四牡’者，凡二十七見，皆不作‘駒’。”

張氏《考異》、李氏《斠詮》並校“駒”作“四”。

【按】元至正本以迄王批本、訓故本、謝鈔、梅本皆作“駒”，黃氏從之。

作“駒”無誤，毋須改字。《爾雅·釋言》：“偟，暇也。”邢昺疏：“《詩》曰不遑啓處者，《小雅·駒牡》文。”《儀禮·既夕禮》：“玄纁束馬兩。”賈公彦疏：“《小雅》云：駒牡騑騑。”又，《後漢書·鄭玄傳》：“矧乃鄭公之德，而無駒牡之路。”張衡《司徒呂公誄》：“駒牡超驤。”（《藝文類聚》四七引）並作“駒牡”之證。

⑫ **並駕齊驅，而一轂統輻。**

諸本《御覽》五八五引、元至正本、馮鈔元本、黃傳元本、弘治本、弘治活字本、汪本、佘本、隆慶本、張本、何本、王批本、謝鈔本、初刻梅本、復校梅本、凌本、合刻本、梁本、秘書本、彙編本、抱青閣本、集成本、尚古本、岡本、文淵本、王本、崇文本無此二句。　傳録何沈校本云：“何本少‘並駕’二句。”　《詩法萃編》刪此二句。

劉氏《校釋》：“（此二句）似後人所加。”

楊氏《校注》：“尋繹文意，此二句實不可少。”（按，楊氏《補正》無此條。）

張氏《考異》：“下二句宜存，蓋四句統演‘馭文’之‘馭’字義。”

李氏《斠詮》:"此二句九字正與'四牡異力,而六轡如琴'相對,辭氣一貫,況兩京、四庫、胡、梅、黃、張松孫等本既有其文,自應從楊說仍舊貫爲是。"

王氏《校證》刪此二句。

【按】梅氏萬曆初刻本及復校本無此二句,梅氏天啓二本補此二句(與"駉牡異力,而六轡如琴"二句夾行刻),與訓故本合,黃氏從之,李安民亦從之。

劉說是,細繹文義,此二句實爲衍文,當從《御覽》引等刪。《詩·小雅·車舝》:"四牡騑騑,六轡如琴。"鄭玄箋:"如御四馬騑騑然,持其教令,使之調均,亦如六轡,緩急有和也。"孔穎達疏:"如善御者之使四牡之馬,騑騑行而不息,進止有度,執其六轡,緩急調和,如琴瑟之相應也。"此言駕馭手法高明,致使四馬行進和諧一致。而"一轂統輻",則强調一轂之大用,乃以寡制衆之意,無關乎應和、協調之旨。實則下文"齊其步驟,總轡而已",僅照應"六轡如琴"一句而已。楊氏先云此二句當有,作《補正》時又刊削之,以糾前繆,可謂能擇善而從也。

⑬ **昔張湯擬奏而再卻。**

"擬",宋本、宮本、明鈔本《御覽》五八五引作"疑"。　元至正本、馮鈔元本、黃傳元本、弘治本、弘治活字本、汪本、佘本、隆慶本、張本、兩京本、胡本、何本、王批本、訓故本、謝鈔本、初刻梅本、復校梅本、凌本、合刻本、梁本、秘書本、梅六次本、梅七次本、彙編本、抱青閣本、集成本、尚古本、岡本、張松孫本、王本、崇文本作"疑",《子苑》三二、《廣博物志》二九、《文通》二一、《詩法萃編》引同。　馮舒、馮班校"疑"爲"擬"。　沈臨何校本改"疑"爲"擬",張紹仁校同。

楊氏《補正》:"'擬'字是。'擬'爲動詞,'擬奏',始能與下句之'草表'相儷。各本作'疑',蓋狃於《漢書·兒寬傳》'有疑奏,已再見卻矣'句而改耳。殊不知彼文之'疑奏',乃指所草之奏言;此處之'擬奏',則就草擬其奏之事言,所指固不同也。"

【按】宋元明諸本皆作"疑",黃氏蓋據馮舒、何焯校而改作"擬"。

楊說非是,宋本《御覽》引及元明諸本作"疑"無誤,不應改"擬"。"疑奏",乃一專稱,與《時序》篇"歎兒寬之擬奏"含義不同,當解作"疑獄之奏"。此處用作動詞,指"上疑奏"。

《漢書·兒寬傳》:"張湯爲廷尉,廷尉府盡用文史法律之吏,而寬以儒生在其間,見謂不習事,不署曹,除爲從史,之北地視畜數年。還至府,上畜簿。會

廷尉時有疑奏，已再見卻矣，掾吏莫知所爲。寬爲言其意，掾吏因使寬爲
奏。……（湯）上寬所作奏，即時得可。異日，湯見上。問曰：‘前奏非俗吏所
及，誰爲之者？’”既云“有疑奏”，則“疑奏”當爲名詞。宋王楙《野客叢書·史記
簡略》：“《史記》但曰‘以試第次，補廷尉史。是時張湯方鄉學，以爲奏讞掾，以
古法議決疑大獄，而愛幸湯。湯以爲長者，數譽之’，才此數句而已，……不見
還至府，爲湯作疑奏之説，不見上疑奏，即時賜可之説。”既云“作疑奏”、“上疑
奏”，則“疑奏”乃一專名無疑。《漢書·張湯傳》：“湯決大獄，欲傅古義。乃請
博士弟子治《尚書》《春秋》，補廷尉史，平亭疑法，奏讞疑。”顏師古注：“言平均
疑法及爲讞疑奏之。”“奏讞疑”，即奏獄疑（《玉篇·言部》：“讞，獄也。”），故《漢
書》之“疑奏”實爲“獄疑之奏”。《戰國策·秦策三》：“范子因王稽入秦，獻書昭
王曰：……今臣之胸不足以當椹質，要不足以待斧鉞，豈敢以疑事嘗試于王
乎？”“疑事”乃范雎所上者，亦爲專名，與“疑奏”用法同。參見《諸子》篇“范雎
之言事”條校。

　　⑭ 並理事之不明。

　　“理事”，諸本《御覽》五八五引並作“事理”。

　　楊氏《補正》：“《銘箴》篇‘何事理之能閑哉’，《雜文》篇‘致辨於事理’，《議
對》篇‘事理明也’，《指瑕》篇‘所以明正事理’，並作‘事理’。則此當以《御覽》
所引爲是。”

　　户田《校勘記補》、李氏《斠詮》並從《御覽》引。

　　【按】楊説是，“理事”當據《御覽》引乙作“事理”，與“詞旨”對文。下文有
“理得而事明”，正指明正事理。“理事”，指處理事務之能力，與“明”不搭配。
《論衡·效力篇》：“文吏以理事爲力，而儒生以學問爲力。”由上條所引《漢書·
兒寬傳》可知，張湯廷尉府皆“習事”之吏，而兒寬則更擅長儒學，故能明正事
理，爲皇帝所賞。

　　⑮ 及倪寬更草。

　　“倪”，元至正本、馮鈔元本、黄傳元本、弘治本、弘治活字本、汪本、佘本、張
本、王批本、兩京本、胡本、訓故本、薈要本、文淵本作“兒”，《子苑》三二、《廣博
物志》二九引同。　馮舒、何焯校“倪”作“兒”。　《漢書》本傳作“兒”。　張爾
田圈點“兒”字。

　　楊氏《補正》：“以《時序》篇‘歎兒寬之擬奏’證之，此必原作‘兒’也。當據

改。《漢書》卷八五有傳作‘兒’。”

李氏《斠詮》校“倪”作“兒”。

【按】弘治本作“兒”，而覆刻本隆慶本改爲“倪”。梅本作“倪”，與何本、謝鈔本合，黃氏從之。

楊説非是，作“倪”無誤，毋須改字。《鹽鐵論·刺復》：“自千乘倪寬以治《尚書》，位冠九卿。”《論衡·偶會篇》：“韓生仕至太傅，謂賴倪寬。”《潛夫論·讚學》：“倪寬賣力於都巷。”並其證。

⑯ 會詞切理，如引轡以揮鞭。

元至正本、馮鈔元本、黃傳元本、弘治本、弘治活字本、汪本、佘本、隆慶本、張本、何本、王批本、謝鈔本、初刻梅本、復校梅本、凌本、合刻本、梁本、秘書本、抱青閣本、集成本、尚古本、岡本、文淵本、王本無此二句。　傳録何沈校本云：“何本少‘會詞切理’二句。”

劉氏《校釋》：“詳審文義，此段乃論文家結尾之法，故曰‘絕筆斷章’，曰‘克終底績’，不應復有‘會詞切理’之言。”

楊氏《校注》：“此二句亦不可少。”（按，楊氏《補正》無此條。）

李氏《斠詮》：“楊説是，王刪此二句未可。此二句正與上二句對文。”

王氏《校證》刪此二句。

【按】梅氏萬曆初刻本及復校本無此二句，梅氏天啟二本補此二句（與“克終”二字品排刻），與兩京本、胡本、訓故本合，黃氏從之，李安民亦從之。

劉説是，此二句不當有。上文云“六轡”、“總轡而已”，此又云“引轡”，詞意重出。此與上文“並駕齊驅，而一轂統輻”皆爲後人妄增。此言文章結尾須有餘勢，能使言盡而意永，故以“乘舟之振楫”喻之（振楫有力，則船行不已）。而“會詞切理，如引轡以揮鞭”則僅指行文而已，無關乎文章終結之法。

⑰ 克終底績。

“底”，楊氏《校注》云：“鄭藏鈔本作‘厎’。”《詩法萃編》作“厎”。

楊氏《補正》：“‘底’，當作‘厎’。”

【按】楊説非是，“厎績”、“底績”義通。《漢書·地理志上》：“覃懷厎績。”顏師古注：“厎，致也。績，功也。”《後漢書·肅宗孝章帝紀》：“厎績遠圖。”李賢注：“《尚書》曰：‘覃懷厎績。’孔安國傳云：‘厎，置。績，功也。’”並其證。參見《詮賦》篇“厎績於流制”條校。

⑱ **寄深寫遠**。

元至正本、弘治本、汪本、佘本、隆慶本作“寄在寫遠送”。　黄傳元本、弘治活字本作“寄在寫遠”,《喻林》八八引同。　馮鈔元本、張本、何本、謝鈔本、初刻梅本、復校梅本、凌本、合刻本、秘書本、梁本、抱青閣本、集成本、尚古本、岡本作“寄在寫以遠送”,《文通》二一引同。　兩京本、胡本、王批本作“寄深寫遠送”。　李本作“寄深寫以遠送”。　徐燉云:“五字中疑脱誤。”　沈臨何校本標疑“寄在寫”三字,“寫”字增“以”字,“送”下標增字符,校作“寄在寫以遠送”,云:“‘底績’下,作‘寄深寫遠’。”　吴翌鳳云:“作‘寄深寫遠’,與上四字作對。”

范氏《注》:“‘寫遠’,當作‘寫送’。《世説新語·文學》篇注:‘(袁)宏嘗與王珣、伏滔同在温坐,温令滔讀其《北征賦》,至“豈一物之足傷,乃致傷於天下”,其本至此便改韻。珣云:今於“天下”之後,移韻徙事,然於寫送之致,似爲未盡。’”

徐氏《正字》:“疑此‘寫遠’亦爲‘寫送’之誤,皆指文勢矣。”

劉氏《校釋》:“‘寫送’乃六朝文人常語,猶今言收束有餘韻也。本書《詮賦》篇有‘寫送文勢’之言,此言致終篇之功,在收筆有不盡之勢也。”

楊氏《補正》:“諸本皆誤。疑當作‘寄在寫送’。‘寫送’,六朝常語。”

李氏《斠詮》校作“寄深寫送”。

【按】梅氏萬曆初刻本及復校本作“寄在寫以遠送”,梅氏天啓二本改爲“寄深寫遠”,與訓故本合,黄氏從之。

楊説是,此文疑當作“寄在寫送”,與“克終底績”同爲四音節句,語勢較順。元至正本等作“寫遠送”,蓋涉上文“相去遠哉”而誤衍“遠”。黄傳元本、弘治活字本等作“寫遠”,“遠”蓋“送”之形訛。

“寫送”,訓傾吐、傾述、抒發。《説文·宀部》段玉裁注:“寫,凡傾吐曰寫。”《詩·小雅·蓼蕭》:“我心寫兮。”朱熹注:“寫,輸寫也。”又,《説文·辵部》:“送,遣也。”“遣,縱也。”則“送”有“放縱”義。又訓發。陸機《文賦》:“夫放言遣辭。”吕延濟注:“遣,發也。”實則“遣”與“放”義近,總謂抒發、釋放文辭,“寫送”連文,亦當作如是解。參見《詮賦》篇“迭致文契”條校。

⑲ **餘風不暢**。

“餘”上,兩京本、訓故本有“而”字。

【按】黃本自通，此與上文“遺勢鬱湮”並列。“而”字，蓋涉上文“而”誤衍。

⑳ 其行次且也。

“且”，元至正本、馮鈔元本、黃傳元本、弘治本、弘治活字本、汪本、隆慶本、張本、王批本、十行訓故本作“趄”。　徐炌云：“‘趄’，當作‘且’。”　沈臨何校本改“趄”爲“且”，張紹仁校同。

楊氏《補正》：“舍人用經傳語，多從別本。以元至正本等作‘趄’推之，此必原是‘趄’字。今作‘且’者，蓋爲後人所改，絕不是《文心》即已作‘且’也。《廣雅·釋訓》：‘迏趄，難行也。’《玉篇·佳部》：‘趄，次趄，行難也。’是‘趄’字不誤，何煩依《易·夬卦》爻辭改爲‘且’耶？”

李氏《斠詮》：“次且，行不進也。……字亦作趑趄，《文選》張載《劍閣銘》：‘一人荷戟，萬夫趑趄。’李善注：‘趑趄，難行也。’”

【按】訓故本作“且”，十行訓故本作“趄”。梅本作“且”，與兩京本、胡本、何本、訓故本、謝鈔本合，黃氏從之。

楊說未確，作“次且”自通。《易·夬》九四爻辭：“臀無膚，其行次且。”陸德明釋文：“本亦作‘趑趄’。”此舍人所本。

㉑ 道味相附。

【按】諸家於此無校。然“道味”於義難通，且與正文語意無所回應，有悖“贊”與正文互證之體例，疑當作“首末”。“道”與“首”形近致訛，“末”蓋先因形近訛作“未”，又因聲同訛作“味”。《通變》篇：“風味氣衰也。”“味”，黃校：“一作‘末’。”《麗辭》篇：“精味兼載。”“味”，張本作“未”（當爲“末”之形訛），並“味”、“末”易訛之證。

此既言“相”，則必關乎兩者，如言“道”與“味”相附，殊爲不辭。“首末相附”，猶言首尾相附。於“首尾”義，舍人又作“首末”。如《祝盟》篇：“誄首而哀末。”《封禪》篇：“首胤典謨，末同祝辭。”故此作“首末”，亦甚合舍人用語常例。又，《定勢》篇：“形生勢成，始末相承。”“始末相承”亦即“首末相附”。

此句回應正文“統首尾”、“首尾周密”、“製首以通尾”、“首唱榮華，而膝句憔悴”、“首尾相援”等語意。上文云“原始要終”，指行文之法；此云“首末相附”，則指成文之體。《鎔裁》篇：“故能首尾圓合，條貫統序。”可與此“首末相附，懸緒自接”之義相參。

總術第四十四

　　今之常言，有文有筆，以爲無韻者筆也，有韻者文也。夫文以足言，理兼《詩》《書》，別目兩名，自近代耳。顏延年以爲："筆之爲體，言之文也，經典則言而非筆，傳記則筆而非言。"請奪彼矛，還攻其楯矣。何者？《易》之《文言》，豈非言文？若筆不言文，^①不得云經典非筆矣。將以立論，未見其論立也。予以爲發口爲言，屬筆曰翰，^②常道曰經，述經曰傳。經傳之體，出言入筆，筆爲言使，可强可弱。分經以典奧爲不刊，^③非以言筆爲優劣也。昔陸氏《文賦》，號爲曲盡，然汎論纖悉，而實體未該。故知九變之貫匪窮，知言之選難備矣。

　　凡精慮造文，各競新麗，多欲練辭，莫肯研術。落落之玉，或亂乎石；碌碌之石，時似乎玉。^④精者要約，匱者亦尠；博者該瞻，蕪者亦繁；辯者昭晢，^⑤淺者亦露；奧者複隱，詭者亦典。^⑥或義華而聲悴，或理拙而文澤。知夫調鐘未易，張琴實難。伶人告和，不必盡窕槬之中；^⑦動用揮扇，^⑧何必窮初終之韻：魏文比篇章於音樂，蓋有徵矣。夫不截盤根，無以驗利器；不剖文奧，^⑨無以辨通才。才之能通，必資曉術，自非圓鑒區域，大判條例，豈能控引情源，^⑩制勝文苑哉？

　　是以執術馭篇，似善弈之窮數；棄術任心，如博塞之邀遇。故博塞之文，借巧儻來，雖前驅有功，而後援難繼。少既無以相接，多亦不知所刪，乃多少之並惑，何姸蚩之能制乎？^⑪若夫善奕之文，則術有恒數，按部整伍，以待情會，因時順機，動不失正。數逢其極，機入其巧，則義味騰躍而生，辭氣叢雜而至。視之則錦繪，聽之則絲簧，味之則甘腴，佩之則芬芳，斷章之功，於斯盛矣。

　　夫驥足雖駿，纆牽忌長，以萬分一累，且廢千里，況文體多術，共相彌綸，一物攜貳，莫不解體。所以列在一篇，備揔情變，譬三十之輻，共成一轂，雖未足觀，亦鄙夫之見也。

　　贊曰：文場筆苑，有術有門。務先大體，鑑必窮源。乘一揔萬，舉要治繁。思無定契，理有恒存。

校箋

① 若筆不言文。

黃氏《札記》：“‘不’字爲‘爲’字之誤。”

鈴木《黃本校勘記》：“是承上顏説‘筆之爲體，言之文也’，‘筆不’之‘不’，當作‘爲’字。”

潘氏《札記》：“‘不’似‘乃’字形近之誤。《韓非子·内儲説下》：‘因請立齊爲東帝而不能成也。’顧廣圻曰：‘不，當作乃。’亦‘乃’誤爲‘不’也。”

徐氏《正字》：“‘筆不言文’句有訛。疑‘不’爲‘亦’字形近之誤。”

范氏《注》：“‘若筆不言文’句，‘不’字誤。”

劉氏《校釋》：“黃説是也，而所改之‘爲’字，猶未的。‘不’乃‘果’之壞字，承顏説而言果也。”

王氏《校證》：“‘不’字乃‘果’字草書形近之誤，此承顏説而爲言也。《序志》贊‘文果載心’，句法同。”

李氏《斠詮》從潘氏説，校“不”作“乃”。牟氏《譯注》從黃氏説，校“不”作“爲”。

【按】“不”與下文“不得”犯重，依黃氏《札記》説，此作“爲”於義較長。此“爲”字含有“被認爲是”之義，與“若”字語義一貫。其意當爲：“若以爲筆爲言文。”上文云“以爲無韻者筆也”、“顏延年以爲”，下文云“不得云”，言“以爲”、言“云”，即主觀認定某事。

② 屬筆曰翰。

楊氏《補正》：“以下文‘出言入筆，筆爲言使’及‘非以言筆爲優劣也’驗之，‘屬筆曰翰’，當乙作‘屬翰曰筆’。”

王氏《駁正》：“‘翰’、‘筆’二字互倒。上文‘筆之爲體，言之文也’，‘經典則言而非筆，傳記則筆而非言’，皆以‘筆’與‘言’對文，此處上句爲‘發口爲言’，自亦應以‘言’對‘筆’；下文‘出言入筆，筆爲言使’，及‘非以言筆爲優劣也’，皆承此‘言’、‘筆’對文而言，作‘翰’者，乃淺人所妄易，應依文理、辭例改。”

李氏《斠詮》校作“屬翰曰筆”，云：“上文‘筆之爲體，言之文也’，‘經典則言而非筆，傳記則筆而非言’，皆以‘筆’與‘言’對文，此處上句爲‘發口爲言’，自亦應以‘言’對‘筆’。下文‘出言入筆，筆爲言使’，及‘非以言筆爲優劣也’，皆承此‘言’、‘筆’對文而言，作‘翰’者乃淺人所妄易，兹以文理、辭例改。”

牟氏《譯注》從楊氏説。

【按】諸説是，疑此文當作“屬翰曰筆”。“翰”，訓筆、筆毫。《文選·潘岳〈秋興賦〉》：“於是染翰操紙。”李善注：“翰，筆毫也。”而此“筆”字乃與“言”相對而言，“言”爲口語，“筆”爲書面語。

③ **分經以典奥爲不刊。**

“分”下，黄校：“疑有脱誤。”　王惟儉標疑“分”字。　沈臨何校本標疑“分”字，云：“‘分’下，疑有脱誤。”　黄侃云：“‘分’當作‘六’。”

王氏《校證》、李氏《斠詮》並校“分”作“六”。

【按】黄侃氏之説可從，“分”疑當爲“六”之形訛。上文云“經典”，即指儒家六經。《原道》篇：“鎔鈞六經。”《正緯》篇：“六經彪炳。”《時序》篇：“六經泥蟠。”並舍人用“六經”之證。

④ **落落之玉，或亂乎石；碌碌之石，時似乎玉。**

楊氏《補正》：“《老子》第三十九章：‘不欲琭琭（《文子·符言》篇作碌）如玉，落落如石。’河上公注：‘琭琭，喻少。落落，喻多。’《後漢書·馮衍傳下》：‘又《自論》曰：馮子以爲夫人之德，不碌碌如玉，落落如石。’章懷注：‘《老子·德經》之詞也。言可貴可賤，皆非道真。玉貌碌碌，爲人所貴；石形落落，爲人所賤。’疑此處‘玉’、‘石’二字淆次。《晏子春秋·內篇下》：‘堅哉石乎！落落，視之則堅，無以爲久，是以速亡也。’亦可資旁證。”

王氏《校證》：“《老子》三十九章：‘不欲碌碌若玉，落落若石。’此彦和所本。《晏子春秋·內篇下》亦云：‘堅哉石乎！落落，視之則堅，無以爲久，是以速亡也。’此文‘碌碌’、‘落落’，疑當互易。”

李氏《斠詮》從王氏説，校作“碌碌之玉”、“落落之石”。

【按】諸家之説非是，今本文義自通，毋須改動。《老子》三十九章：“不欲碌碌如玉，落落如石。”河上公注：“琭琭喻少，落落喻多。玉少故見貴，石多故見賤。”《後漢·馮衍傳》李賢注：“玉貌碌碌，爲人所貴；石形落落，爲人所賤。”“碌碌”，玉美貌。“落落”，石惡貌。舍人乃反《老子》之意而用之：落落形惡之玉，或與石無異；碌碌美麗之石，或與玉相似。

⑤ **辯者昭晳。**

“晳”，元至正本、弘治本、汪本、佘本、隆慶本、張本、兩京本、王批本、訓故本作"晢"。

　　楊氏《補正》："'晢'字是。"

　　李氏《斠詮》校"晢"作"晣"。

　　【按】梅本作"晢",與馮鈔元本、何本、謝鈔本合,黃氏從之。

　　楊説是,"晢"當從元至正本等作"晣"。《説文・日部》:"晣,昭晣,明也。從日,折聲。"字亦寫作"晰"。參見《徵聖》篇"文章昭晰以象《離》"條校。

　　⑥ **詭者亦典。**

　　何焯云:"'典'字有訛。"

　　徐氏《正字》:"'典'當作'曲',文義方合。上文云:'昔陸氏《文賦》,號爲曲盡,然汎論纖悉,而實體未該。'云云,即此'曲'字之義。又《明詩》篇'清典可味','典'字,元本作'曲',是二字亦互訛矣。"

　　楊氏《補正》:"'典'字與上文之'尠'、'繁'、'露',實不倫類,疑爲'曲'之誤。"

　　王氏《校證》改"典"作"曲",云:"匱尠、蕪繁、淺露、詭曲,皆聯字爲義,若作'詭典',則文不成義也。《宗經》篇、《頌讚》篇俱有'纖曲'語,'曲'字義與此同。《明詩》篇'清典可味',今本'典'皆作'曲',此本書'典'、'曲'二字互誤之證。"

　　劉氏《校釋》、李氏《斠詮》並校"典"作"曲"。

　　【按】諸説是,"典"疑當作"曲",形近致訛。"曲",訓隱蔽、隱晦不顯,與上文"複隱"相對。參見《體性》篇"馥采典文"條校。

　　⑦ **不必盡窕槬桍之中。**

　　梅校:"'窕槬'二字見《國語》(按,當作《左傳》),'桍'字衍。" 元至正本、馮鈔元本、黃傳元本、弘治本、弘治活字本、隆慶本、張本、兩京本、胡本、何本、王批本、訓故本、謝鈔本、復校梅本、凌本、合刻本、梁本、秘書本、梅六次本、梅七次本、集成本、尚古本、岡本、薈要本、文淵本、文溯本、文津本、文瀾本、張松孫本、王本、崇文本無"桍"字。 汪本、佘本"窕槬桍"作"窕瓜桍"。 抱青閣本無"槬"字。 文溯本、文津本"槬"作"搣"。 徐燉校"窕瓜桍"作"窕槬",張紹仁校同。 沈臨何校本"瓜"字改爲"□","桍"改爲"槬"。

　　楊氏《補正》:"'桍'當據删。蓋寫者誤重'槬'字未竣時,知其爲衍,故未全書,傳寫者不察,亦復書出,遂致文不成義。"

　　劉氏《校釋》、范氏《注》、王氏《校證》、張氏《考異》、李氏《斠詮》皆認爲"桍"

字當刪。　　張爾田圈點"'楙'字無"之"無"字。

【按】元明諸本中,唯梅氏萬曆初刻本作"不必盡宛楙楙之中",梅氏復校本、天啓二本剗去"楙"字,黃氏仍從初刻本。

"楙"字不當有,黃氏輯注出條目即祇作"宛楙"。《集韻・模韻》:"楙,空也。"於義無取。"楙",《廣韻・禡韻》:"寬也。""大也。""鐘橫大也。""宛楙"連文,語意已足。《左傳・昭公二十一年》:"天子省風以作樂,器以鐘之,輿以行之,小者不宛,大者不楙,則和於物。"杜預注:"宛,細不滿。楙,橫大不入。""中",訓中和,與"韻"對文。

"楙"、"挧"同。《左傳》"大者不楙","楙"《漢書・五行志》引作"挧",顏師古注:"宛,輕小也。挧,橫大也。"《玉篇・手部》:"挧,寬也。"《類篇・手部》:"挧,鍾橫大也。"

⑧ **動用揮扇。**

沈臨何校本云:"'揮扇',未詳。"　郝懿行云:"'動用揮扇,何必窮初終之韻'二句,未詳。"

范氏《注》:"'動用揮扇'二句,未詳其義。"

楊氏《補正》:"二語既承上'張琴'句,其義必與鼓琴有關。《說苑・善說》篇:'雍門子周以琴見乎孟嘗君。……雍門子周引琴而鼓之,徐動宮、徵,微揮羽、角;初(原誤作'切',據桓譚《新論》改)終,而成曲。孟嘗君涕浪汗增欷,下而就之曰:先生之鼓琴,令文立若破國亡邑之人也。'舍人遣辭,即出於此。如改'用'爲'角',改'扇'爲'羽',則文從字順,渙然冰釋矣。"

潘重規《講壇一得》:"余謂'扇'或爲'羽'之誤,然觀察文義脈絡,'伶人告和'承'調鐘未易','動用揮扇'承'張琴實難',故此語必就張琴立言,方合文理。許生學仁對曰:'江淹《別賦》"琴羽張兮鍾鼓陳",動用揮羽,蓋謂揮琴之羽聲也。'余謂此解可通,'動用'當爲'動角',許生即檢《文選・別賦》李善注云:'琴羽,琴之羽聲。《說苑》曰:雍門周以琴見孟嘗君,微揮角羽。張晏《甘泉賦》注曰:聲細不過羽。'又檢《說苑》本書《善說》篇曰:'雍門子周引琴而鼓之,徐動宮徵,微揮羽角,切終而成曲。孟嘗君涕浪汗增欷而就之。'又引蔡邕《琴賦》云:'爾乃清聲發兮五音舉,韻宮商兮動角羽,曲引與兮繁弦撫。'彥和此文'動角揮羽',即用《說苑・善說》及蔡邕《琴賦》之成文,辭義礭然,因明白矣。"

李氏《斠詮》校作"田連揮羽",云:"此句殆本自嵇康《琴賦》'田連操張'一語而來。茲審文義並衡與上文‘伶人告和’偶句訂正。‘田’先誤爲‘用’，傳寫者以‘用連’不辭，又改‘連’爲‘動’而乙之。語雖勉通，而不知與上文‘伶人’不相對應矣。又‘揮羽’，謂揮琴之羽聲也，有‘操張’之意，語出《説苑‧善説篇》，淺人不習見，乃改爲‘揮扇’以就之，則不得其解矣。”

張氏《注訂》校“扇”爲“羽”。

【按】楊、潘二氏所校可從，疑此文當作“動角揮羽”，“用”、“扇”蓋“角”、“羽”之形訛。蔡邕《琴賦》：“發宮商兮動角羽。”（《藝文類聚》四四引）可爲旁證。

⑨ **不剖文奧。**

范氏《注》引陳漢章曰：“‘不判（當爲剖）文奧’，‘文’字當是‘文’之誤。班孟堅《答賓戲》：‘守宎奧之熒燭，未仰天庭而覩白日也。’‘宎’與‘文’字形近，故誤。杜詩‘文章開宎奧’，又本此文。”

張氏《注訂》：“文奧，亦即文妙。‘宎’與‘文’，筆劃疏密大別，陳説非。”

李氏《斠詮》從范氏説，校“文”作“宎”。

【按】今本自通，陳説不可從。《比興》篇：“《詩》文弘奧。”《三國志‧吳書‧陳武傳》：“弟表，字文奧。”可爲“文、奧”連文之證。

⑩ **豈能控引情源。**

“情”，梅校：“‘清’，當作‘情’。” 元至正本、馮鈔元本、黃傳元本、弘治本、弘治活字本、汪本、佘本、隆慶本、張本、何本、王批本、初刻梅本、復校梅本、凌本、合刻本、秘書本、梅六次本、梅七次本、集成本、尚古本、岡本、薈要本、文津本、張松孫本、王本、崇文本作“清”。 文溯本、文瀾本改爲“情”。 沈臨何校本改“清”爲“情”。

【按】梅本作“清”，與元至正本等合，黃氏改爲“情”，與馮鈔元本、訓故本、謝鈔本合。

“清源”於義無取，“清”當從訓故本等作“情”，二字形近致訛。《章句》篇：“其控引情理。”《詮賦》篇：“序以建言，首引情本。”可爲當作“情源”之佐證。又，《定勢》篇：“文辭盡情。”《情采》篇：“體情之製日疏。”《鎔裁》篇：“情理設位。”“櫽括情理。”“設情以位體。”《聲律》篇：“摽情務遠。”《章句》篇：“夫設情有宅。”“宅情曰章。”“明情者摠義以包體。”並可與此互參。

⑪ **何妍蚩之能制乎。**

楊氏《補正》：“‘制’字與上下文意不符，疑爲‘別’之誤。《抱朴子外篇‧自序》：‘夫才未必爲增也，直所覽差廣，而覺妍蚩之別。’可資旁證。”

【按】楊説不可從，作“制”自通，毋須改字。《説文·刀部》：“制，裁也。”引申爲控制、把握，與上文“控引”、“制勝”、“執術馭篇”照應。上文云“惑”，即不知所制。

時序第四十五①

時運交移，質文代變，古今情理，如可言乎？昔在陶唐，德盛化鈞，野老吐“何力”之談，郊童含“不識”之歌。有虞繼作，政阜民暇，②“薰風”詩於元后，③“爛雲”歌於列臣。盡其美者何？乃心樂而聲泰也。④至大禹敷土，“九序”詠功；成湯聖敬，“猗歟”作頌。逮姬文之德盛，《周南》勤而不怨；大王之化淳，⑤《邠風》樂而不淫。幽厲昏而《板》《蕩》怒，平王微而《黍離》哀。故知歌謠文理，與世推移，風動於上，而波震於下者。⑥

春秋以後，角戰英雄，《六經》泥蟠，百家飆駭。方是時也，韓魏力政，燕趙任權，“五蠹”“六蝨”，嚴於秦令，唯齊楚兩國，頗有文學。齊開莊衢之第，楚廣蘭臺之宮，孟軻賓館，荀卿宰邑，故稷下扇其清風，蘭陵鬱其茂俗，鄒子以“談天”飛譽，騶奭以“雕龍”馳響，屈平聯藻於日月，宋玉交彩於風雲，觀其艷説，則籠罩《雅》《頌》。故知暐燁之奇意，出乎縱橫之詭俗也。

爰至有漢，運接燔書。高祖尚武，戲儒簡學，雖禮律草創，《詩》《書》未遑，然《大風》《鴻鵠》之歌，亦天縱之英作也。施及孝惠，迄於文景，經術頗興，而辭人勿用，賈誼抑而鄒枚沈，亦可知已。逮孝武崇儒，潤色鴻業，禮樂爭輝，辭藻競騖。柏梁展朝讌之詩，金堤製恤民之詠，徵枚乘以蒲輪，申主父以鼎食，擢公孫之對策，歎兒寬之擬奏，⑦買臣負薪而衣錦，相如滌器而被繡。於是史遷壽王之徒，嚴終枚皋之屬，應對固無方，篇章亦不匱，遺風餘采，莫與比盛。越昭及宣，實繼武績，⑧馳騁石渠，暇豫文會，集雕篆之軼材，發綺縠之高喻，於是王褒之倫,底禄待詔。⑨自元暨成,降意圖籍,美玉屑之譚,清金馬之路,子雲鋭思於千首,子政讐校於六藝,亦已美矣。爰自漢室,迄至成哀,雖世漸百齡,辭人九變,而大抵所歸,祖述《楚辭》,靈均餘影,於是乎在。

　　自哀平陵替,光武中興,深懷圖讖,頗略文華,然杜篤獻誄以免刑,班彪參奏以補令,雖非旁求,亦不遺棄。及明帝疊耀,⑩崇愛儒術,肆禮璧堂,講文虎觀;孟堅珥筆於國史,賈逵給札于瑞頌,東平擅其懿文,沛王振其通論:帝則藩儀,輝光相照矣。自安和已下,⑪迄至順桓,則有班傅三崔,王馬張蔡,磊落鴻儒,才不時乏,而文章之選,存而不論。然中興之後,羣才稍改前轍,華實所附,斟酌經辭,蓋歷政講聚,故漸靡儒風者也。降及靈帝,時好辭製,造《羲皇》之書,⑫開鴻都之賦,而樂松之徒,招集淺陋,故楊賜號爲驩兜,蔡邕比之俳優,其餘風遺文,蓋蔑如也。

　　自獻帝播遷,文學蓬轉,建安之末,區宇方輯。魏武以相王之尊,雅愛詩章;⑬文帝以副君之重,妙善辭賦;陳思以公子之豪,下筆琳瑯:⑭並體貌英逸,⑮故俊才雲蒸。仲宣委質於漢南,孔璋歸命於河北,偉長從宦於青土,公幹狥質於海隅,⑯德璉綜其斐然之思,元瑜展其翩翩之樂,文蔚休伯之儔,于叔德祖之侶,⑰傲雅觴豆之前,⑱雍容衽席之上,灑筆以成酣歌,和墨以藉談笑。觀其時文,雅好慷慨,良由世積亂離,風衰俗怨,並志深而筆長,故梗槩而多氣也。至明帝纂戎,制詩度曲,徵篇章之士,置崇文之觀,何劉羣才,迭相照耀。少主相仍,唯高貴英雅,顧盼合章,⑲動言成論。於時正始餘風,篇體輕澹,而嵇阮應繆,並馳文路矣。

　　逮晉宣始基,景文克構,並跡沈儒雅,而務深方術。至武帝惟新,承平受命,而膠序篇章,弗簡皇慮。降及懷愍,綴旒而已。然晉雖不文,人才實盛:茂先搖筆而散珠,太沖動墨而橫錦,岳湛曜聯璧之華,機雲摽二俊之采,應傅三張之徒,孫摯成公之屬,並結藻清英,流韻綺靡。前史以爲運涉季世,人未盡才,誠哉斯談,可爲歎息!

　　元皇中興，披文建學，劉刁禮吏而寵榮，景純文敏而優擢。逮明帝秉哲，雅好文會，升儲御極，孳孳講藝，練情於誥策，振采於辭賦，庾以筆才逾親，溫以文思益厚，揄揚風流，亦彼時之漢武也。及成康促齡，穆哀短祚，簡文勃興，淵乎清峻，微言精理，函滿元席，⑳澹思濃采，㉑時灑文囿。至孝武不嗣，安恭已矣，其文史則有袁殷之曹，孫干之輩，㉒雖才或淺深，珪璋足用。自中朝貴元，㉓江左稱盛，㉔因談餘氣，流成文體。是以世極迍邅，而辭意夷泰，詩必柱下之旨歸，賦乃漆園之義疏。故知文變染乎世情，興廢繫乎時序，原始以要終，雖百世可知也。

　　自宋武愛文，㉕文帝彬雅，秉文之德，孝武多才，英采雲構。自明帝以下，㉖文理替矣。爾其縉紳之林，霞蔚而颷起，王袁聯宗以龍章，顏謝重葉以鳳采，何范張沈之徒，亦不可勝也。㉗蓋聞之於世，故略舉大較。

　　暨皇齊馭寶，運集休明。太祖以聖武膺籙，高祖以睿文纂業，文帝以貳離含章，中宗以上哲興運，㉘並文明自天，緝遐景祚。㉙

　　今聖歷方興，㉚文思光被，㉛海岳降神，才英秀發，馭飛龍於天衢，駕騏驥於萬里，經典禮章，跨周轢漢，唐虞之文，其鼎盛乎！鴻風懿采，短筆敢陳，颺言讚時，請寄明哲。

　　贊曰：蔚映十代，辭采九變。樞中所動，環流無倦。質文沿時，崇替在選。終古雖遠，曠焉如面。㉜

校箋

　　① **時序第四十五。**

　　楊氏《補正》：“此篇當在《才略》之前，此篇論世，彼篇論人，本密邇相連。《序志》篇云：‘崇替於時序，褒貶於才略。’明文可驗也。”

　　【按】楊說不可從，全書之篇序毋須調整。參見下文《物色》篇“物色第四十六”條校。

　　② **政阜民暇。**

　　“暇”，《古詩紀》別集一引作“安”。

王氏《校證》："'暇'疑作'殷'。《法言·孝至》篇'殷民阜財',《文選·張衡〈西京賦〉》'百物殷阜',皆以'殷'、'阜'對文。"

張氏《考異》："政阜民暇,《孟子》有'今國家閒暇',堯有'擊壤之歌',爲'民暇'之所本,似無可疑。王校據《法言》改定,非是。"

【按】今本無誤,王説不可從。"暇",訓閑暇、安閑。《説文·日部》:"暇,閑也。"《古詩紀》引作"安",與"暇"字異而義同,如《慧琳音義》三"無暇"注引賈逵注《國語》云:"暇,安也。"

《史記·樂書》:"昔者舜作五弦之琴,以歌南風;夔始作樂,以賞諸侯。……故其治民勞者,其舞行級遠;其治民佚者,其舞行級短。故觀其舞而知其德,聞其謚而知其行。"裴駰集解:"王肅曰:遠以象民行之勞,近以象民行之逸。"張守節正義:"佚音逸。言若諸侯治民暇逸,由君德盛,王賞舞人多,則滿,將去纜促近也。"蓋即舍人所指,此言"民暇",而彼言"民佚(逸)",義正相同。

陳朝陽慎《從駕祀麓山廟詩》曰:"聖德憂民暇。"(《藝文類聚》三八引)可爲"民暇"連文之證。

③　"薰風"詩於元后。

范文瀾云:"'詩於元后',疑當作'詠於元后'。"

楊氏《補正》:"范説非是,'詩'字自通。《史記·樂書》:'高祖過沛,詩三侯之章。'又《司馬相如傳》:'(《封禪文》)詩大澤之博。'其'詩'字正作動詞用也。"

張氏《注訂》:"'詩於元後'之'詩'字,與下文'歌'字用同,皆動字也。范氏《注》疑作'詠',非。"

李氏《斠詮》從范氏説,校"詩"作"詠"。

【按】范説非,楊、王説是,今本作"詩"自通。作"詠"與下文"九序詠功"犯重。

④　盡其美者何?　乃心樂而聲泰也。

楊氏《補正》:"范注以'何'字屬上句讀,非是。《史記·蒙恬傳贊》:'何乃罪地脈哉!'又《陸賈傳》:'王何乃比於漢!'又《李將軍傳》:'尉曰:今將軍尚不得夜行,何乃故也?'又《汲黯傳》:'黯數質責(張)湯於上(武帝)前,曰:……何乃取高皇帝約束紛更之爲?'《漢書·霍光傳》:'(昌邑)王曰:徐之,何乃驚人如是!'《三國志·魏書·陳琳傳》:'太祖謂曰:……何乃上及父祖邪?'《説苑·建本》篇:'何乃獨思若火之明也!'《風俗通義·愆禮》篇:'何乃若兹者乎?'《中論・智行》篇：'俱謂賢者耳，何乃以聖人論之？'《世說新語・輕詆》篇：'周（伯仁）曰：何乃刻畫無鹽，唐突西子也！'並'何乃'連文之證。如范氏《注》斷句，搖曳語氣，便索然無味矣。"

【按】楊説不可從。范氏斷句無誤，"何"字當屬上句，且讀爲疑問語氣。此兩句乃一問一答。"何"，用於句末表疑問語氣，解作"原因是什麼"。《白虎通德論・姓名》："太古之時所不諱者何？　尚質也。"《春秋繁露・精華》："或請焉或怒焉者何？　曰……"《漢書・周亞夫傳》："廷尉責問曰：'君侯欲反何？'亞夫曰……"又《伍被傳》："公獨以爲無福何？　被曰……"《韓詩外傳》七："宋燕曰：'夫失諸已而責諸人者何？'陳饒曰……"《三國志・魏書・鍾會傳》注引何邵《王弼傳》："夫無者，誠萬物之所資也，然聖人莫肯致言，而老子申之無已者何？"並其義。"乃"，可用以引起下文，意爲"是因爲"。《莊子・知北遊》："聖人之愛人也終無已者，亦乃取於是者也。"與此用法同。

而"何乃"連文，乃表反詰語氣。《春秋穀梁傳・僖公十一年》注引鄭玄《起廢疾》："國君而遭旱，雖有不憂民事者，何乃廢禮本不雩禱哉？　顧不能致精誠也。"《三國志・魏書・王粲傳》："琳避難冀州，袁紹使典文章。袁氏敗，琳歸太祖。太祖謂曰：'卿昔爲本初移書，但可罪狀孤而已，惡惡止其身，何乃上及父祖邪？'"楊氏所舉例句，皆與此同類，而非感嘆語氣。此處如讀作"何乃心樂而聲泰也"，則其意當爲："爲何心樂而聲泰？"語意與上句頓成兩截矣。

⑤ **大王之化淳。**

"大"，元至正本、馮鈔元本、弘治本、汪本、佘本、張本、兩京本、何本、王批本、訓故本、謝鈔本、合刻本、梁本、別解本、集成本、尚古本、岡本、薈要本、文淵本、文溯本、文津本、文瀾本、王本、崇文本作"太"，《子苑》三二、湯氏《續文選》二七引同。

楊氏《補正》："'大'，讀爲'泰'（《子苑》三二引作太）。"

【按】弘治本作"太"，覆刻本隆慶本改爲"大"。梅本作"大"，與隆慶本合，黃氏從之。

楊説是。"太"、"大"通。《廣雅・釋詁》："太，大也。"參見《史傳》篇"於是就太師以正《雅》《頌》"條校。

⑥ **而波震於下者。**

郝懿行云："'者'下，疑有'也'字。"

范氏《注》、楊氏《補正》、王氏《校證》、張氏《考異》均認爲當有"也"字。

【按】郝説是，"也"字當補，與"者"搭配，構成"者也"句式。《時序》篇："羣才稍改前轍，華實所附，斟酌經辭，蓋歷政講聚，故漸靡儒風者也。""者也"用法與此略同。

⑦ **歎兒寬之擬奏。**

"兒"，隆慶本作"倪"。　"擬"，元至正本、馮鈔元本、黄傳元本、弘治本、弘治活字本、汪本、佘本、隆慶本、張本、兩京本、胡本、文津本作"凝"，《子苑》三二、湯氏《續文選》二七引同。　王批本、訓故本、謝鈔本作"疑"。　馮舒、張紹仁校"疑"作"擬"。　馮班校"凝"作"擬"。

鈴木《黄本校勘記》："'擬'，當作'疑'。"

楊氏《補正》："'凝'、'疑'並誤。此云'擬奏'，明指寬所爲奏，其非'已再見卻'之'疑奏'可知。不然，漢武何爲稱嘆耶？且'擬奏'始能與上句之'對策'相對。"

李氏《斟詮》校"擬"作"疑"。

【按】梅本作"擬"，與何本合，黄氏從之。

楊説非是，"擬"當從王批本、訓故本、謝鈔本作"疑"，黄氏輯注出條目即作"疑奏"。"疑奏"，指讞疑之奏，與"對策"並爲專名。此"疑"字，不當訓作"擬度"、"擬寫"。參見《附會》篇"昔張湯擬奏而再卻"條校。

⑧ **實繼武績。**

徐氏《正字》："'績'疑當作'蹟'。繼蹟，猶繼踵矣。"

【按】今本無誤，徐校不可從。《廣韻・錫韻》："績，功業也。"《詩・大雅・文王有聲》："豐水東注，維禹之績。"毛亨傳："績，業皇大也。"詁此正合。郭氏《注譯》："《漢書・王襃傳》：'宣帝時，修武帝故事，講論《六藝》群書，博盡奇異之好。'故云'實繼武績'。"

⑨ **厎禄待詔。**

楊氏《補正》："《左傳・昭公元年》：'厎禄以德。'杜注：'厎，致也。'《釋文》：'厎，音旨。'是'底'爲'厎'之誤，當據改。"

【按】楊説非是，"厎"、"底"通，訓致。《左傳・昭公元年》："叔向曰：底禄以德。"校勘記："石經、宋本、明翻岳本'底'作'厎'。"《文選・陸機〈演連珠〉》："貞臣底力而辭豐。"張銑注："底，致也。"參見《詮賦》篇"底績於流制"條校。

⑩ **及明帝疊耀。**

范氏《注》：“《後漢書·桓榮傳》‘永平二年（明帝年號），三雍初成，拜榮爲五更。每大射養老禮畢，帝輒引榮及弟子升堂執經，自爲下説。’章懷注曰：‘三雍，宮也。謂明堂、靈臺、辟雍。’‘講文虎觀’，……此是章帝事，疑‘明帝疊耀’當作‘明章疊耀’，‘帝’與‘章’形近而誤。”

徐氏《正字》：“《詔策》篇云‘暨明帝崇學’，宋本《御覽》引作‘明章’，是也。此亦當作‘明章’，方與‘疊耀’義合。”

劉氏《校釋》校“帝”作“章”，云：“此稱兩朝，故曰‘疊耀’，下文‘肄禮璧堂’，明帝事也；‘講文虎觀’，章帝事也。”

楊氏《補正》：“既云‘疊耀’，則非一帝。范説是也。《詔策》篇‘暨明章崇學’，其誤‘章’爲‘帝’，與此同。《論衡·佚文篇》：‘孝明世好文人，并徵蘭臺之官，文雄會聚；今上（章帝）即令（當作命）詔求亡失，購募以金，安得不有好文之聲？’《隋書·經籍志一》：‘光武中興，篤好文雅，明、章繼軌，尤重經術。四方鴻生鉅儒，負袠自遠而至者，不可勝算。石室、蘭臺，彌以充積。’並明、章二帝崇愛儒術之證。”

王氏《校證》從范説作“章”，云：“《詔策》篇：‘明章崇學’，今本‘章’亦誤爲‘帝’，與此正同。”

李氏《斠詮》從范氏説，校“帝”作“章”。

【按】諸説是，“帝”疑當作“章”，二字形近而誤。下文“肄禮璧堂”，即言明帝事。《後漢書·桓榮傳》：“永平二年，三雍初成，拜榮爲五更。每大射養老禮畢，帝輒引榮及弟子升堂、執經，自爲下説。”李賢注：“三雍，宮也。謂明堂、靈臺、辟雍。”又《儒林傳》：“（明帝永平二年）袒割辟雍之上，尊養三老五更，饗射禮畢，帝正坐自講，諸儒執經問難於前，冠帶縉紳之人，圜橋門而觀聽者，蓋億萬計。”而“講文虎觀”乃言章帝事。《後漢書·章帝紀》：“（建初）四年，……十一月壬戌，詔曰：‘……中元元年詔書，五經章句煩多，議欲減省。至永平元年，長水校尉儵奏言，先帝大業，當以時施行。欲使諸儒共正經義，頗令學者得以自助。……’於是下太常，將、大夫、博士、議郎、郎官及諸生、諸儒會白虎觀，講議五經同異，使五官中郎將魏應承制問，侍中淳於恭奏，帝親稱制臨決，如孝宣甘露石渠故事，作《白虎議奏》。”此舍人所本。

⑪ **自安和已下。**

徐氏《正字》：“‘安和’當作‘和安’，今本誤倒。《詔策》篇云：‘安和政弛。’

宋本《御覽》引正作‘和安’，可據以乙正。”

楊氏《補正》：“‘安和’二字當乙，始合時序。《詔策》篇‘安和政弛’句，誤與此同。”

王氏《校證》、張氏《考異》、李氏《斠詮》並校“安和”作“和安”。

【按】諸説是，“安和”疑當乙作“和安”。漢和帝，章帝子，在位十七年（八九至一〇五）。漢安帝，章帝孫，在位十九年（一〇七至一二五）。參見《詔策》篇“安和政弛”條校。

⑫ 造《羲皇》之書。

楊氏《補正》：“《後漢書·蔡邕傳》：‘初，（靈）帝好學，自造《皇羲》篇五十章。’《典略》：‘熹平四年五月，帝自造《皇羲（原誤作義）》五十章。’（《御覽》九二引）《通鑑·漢紀》四九《孝靈皇帝上之下》：‘（熹平六年）初，帝好文學，自造《皇羲》篇五十章。’是‘羲皇’當乙爲‘皇羲’。《嵇中散集·述志詩》：‘寢足俟皇羲。’又《太師箴》：‘紹以皇羲。’范泰《高鳳贊》：‘邈矣皇羲。’（《類聚》三六引）並稱伏羲爲‘皇羲’。‘皇羲’蓋摘首章之頭二字以名其書也。”

【按】楊説是，此既指靈帝造書，則當據《後漢書》作“《皇羲》”。《楚辭·九思·疾世》：“將諮詢兮皇羲。”原注：“皇羲，羲皇也。一云：羲，伏羲。伏羲稱皇也。”《後漢書·劉陶傳》：“雖皇羲之純德，唐虞之文明，猶不能以保蕭牆之内也。”《嵇中散集·太師箴》：“故君道自然，必託賢明。茫茫在昔，罔或不寧。赫胥既往，紹以皇羲。默静無文，大朴未虧。”《三國志·魏書·公孫瓚傳》裴松之注：“《典略》載瓚表紹罪狀曰：臣聞皇羲以來，始有君臣上下之事，張化以導民，刑罰以禁暴。”又《魏書·管輅傳》裴松之注引《管輅別傳》：“若敷皇羲之典，揚文孔之辭，周流五曜，經緯三度。”並稱“皇羲”之證。

⑬ 雅愛詩章。

“詩章”，元至正本、黃傳元本、弘治本、弘治活字本、隆慶本無。兩京本、胡本作“篇翰”。　王惟儉云：“一作‘篇翰’。”

楊氏《補正》：“作‘詩章’是。王沈《魏書》：‘（太祖）御軍三十餘年，手不捨書，晝則講武策，夜則思經傳。登高必賦，及造新詩，被之管絃，皆成樂章。’（《三國志·魏書·武帝紀》裴注、《御覽》九三引）”

【按】梅本作“詩章”，與馮鈔元本、汪本、佘本、張本等合，黃氏從之。

此作“詩章”自通。《晉書·徐邈傳》：“（孝武）帝宴集酣樂之後，好爲手詔詩章,以賜侍臣。"《宋書·樂志一》:"雖詩章詞異,興廢隨時。"《世説新語·文學》:"玄度五言詩,可謂妙絶時人。"劉孝標注:"《續晉陽秋》曰:……及至建安,而詩章大盛。"並"詩章"連文之證。

⑭ **下筆琳瑯。**

"琳瑯",元至正本、馮鈔元本、黄傅元本、弘治本、弘治活字本、汪本、佘本、隆慶本、張本、兩京本、何本、王批本、訓故本、初刻梅本、復校梅本、凌本、合刻本、梁本、秘書本、梅六次本、梅七次本、彙編本、別解本、抱青閣本、集成本、尚古本、岡本、文溯本、文津本、文瀾本、張松孫本、王本、崇文本作"琳琅",《子苑》三二、《古詩紀》一四五、湯氏《續文選》二七引同。　沈臨何校本改"琅"爲"瑯"

楊氏《補正》:"'瑯'爲'琅'之俗體,當以作'琅'爲正。《才略》篇'磊落如琅玕之圃',亦作'琅',此亦應耳。當據改,前後一律。"

【按】元明諸本皆作"琳琅",唯謝鈔本作"琳瑯",黄氏從之,文淵輯注本、文淵本、翰墨園本、掃葉本、龍谿本並從黄本。

"琳琅"、"琳瑯"字通。《文選·張衡〈南都賦〉》:"金銀琳琅。"吕向注:"琳琅,亦玉名。"又何晏《景福殿賦》:"垂環玭之琳琅。"張銑注:"琳琅,皆珠玉。"此"琳琅"連文之證。《江文通集·待罪江南思北歸賦》:"愧金碧之琳瑯。"《真誥·稽神樞》:"此山是琳瑯衆玉。"《梁皇懺法·發願》:"琳瑯玉珮。"《史記·仲尼弟子傳》索隱述贊曰:"將師宫尹,俎豆琳瑯。"此"琳瑯"連文之證。元明諸本皆作"琳琅",蓋舍人原本如此,黄氏改字,實屬無謂,改回"琳琅"較長。

⑮ **並體貌英逸。**

"體",何焯云:"疑作'禮'。"

【按】何説非是,作"體"自通。《戰國策·齊策》:"孟嘗君令人體貌而親郊迎之。"鮑彪注:"體貌,有禮容也。"《漢書·賈誼傳》:"(《上疏陳政事》)所以體貌大臣而厲其節也。"顏師古注:"體貌,謂加禮容而敬之。"並"體貌"連文之證。此"體"字當訓親近。《管子·樞言》:"先王取天下,遠者以禮,近者以體。"安井衡云:"體,猶親也。"《禮記·文王世子》:"外朝以官,體異姓也。"並其義。

⑯ **公幹狥質於海隅。**

"狥",元至正本、馮鈔元本、弘治本、汪本、佘本、張本、兩京本、集成本、文淵輯注本、文淵本、文溯本、芸香堂本、翰墨園本、掃葉本作"徇"。　隆慶本改"徇"爲"狥"。

楊氏《補正》：“‘徇質’實不可解，殆涉前行之‘委質’而誤。‘質’疑當作‘禄’。《論衡·非韓篇》：‘夫志潔行顯，不徇爵禄。’《文選·謝靈運〈登池上樓詩〉》：‘徇禄反窮海。’李注引趙岐《孟子》注曰：‘徇，從也。’（今本《盡心上》作殉）是‘徇禄’即從禄。此云‘公幹徇質於海隅’，與上句‘偉長從宦於青土’，其意正同。”

王氏《綴補》：“徇質，疑本作‘徇身’，涉上文‘委質’字而誤。”

李氏《斠詮》：“徇者，從死之謂；質者體也。‘徇質’聯詞，殆即‘獻身’、‘致身’之意。”

【按】弘治本作“徇”，覆刻本隆慶本改爲“狥”。梅本作“狥”，與隆慶本、何本、王批本、訓故本、謝鈔本合，黃氏從之，黃本所派生之文淵輯注本、芸香堂本、翰墨園本、掃葉本以及文淵本、文溯本並改作“徇”。

“狥”字無誤，毋須改從。“狥”、“徇”字通。《篇海類編·鳥獸類》：“狥，俗‘徇’字。”《漢書·司馬遷傳贊》：“嘗思奮不顧身，以狥國家之急。”顏師古注：“狥，從也。”“狥禄”，猶言求俸禄，亦即爲官之義。

楊氏校“質”作禄，可從。“質”字蓋涉上文“委質”而誤。《文選·謝靈運〈登池上樓〉》：“徇禄反窮海。”張銑注：“徇，求也。”任昉《泛長谿詩》曰：“徇禄聚歸糧，依隱謝羈勒。”（《藝文類聚》九引）並“徇禄”連文之證。

⑰ 于叔德祖之侣。

“于叔”，梅校：“元作‘子儌’。” 凌本眉批：“元作‘子淑’，梅改。” 元至正本、馮鈔元本、弘治本、汪本、佘本、隆慶本、張本、兩京本、胡本、王批本、訓故本、謝鈔本、文瀾本作“子儌”，《子苑》三二、湯氏《續文選》二七引同。 黃傳元本、弘治活字本作“子叔”。 何本、合刻本、梁本、別解本、集成本、尚古本、岡本、文溯本、文津本、王本、崇文本作“于儌”。

劉氏《校釋》校“于叔”作“子淑”，云：“邯鄲淳字子淑，黃初中爲博士給事中，舊作‘子儌’，‘儌’亦‘淑’誤。”

楊氏《補正》：“邯鄲淳之字，《三國志·魏書·王粲傳》裴注引《魏略》作‘子叔’（此據宋本），《書鈔》六七引同。《類聚》七四則引作‘淑’（‘淑’上當脱一字），《御覽》七五三又引作‘元淑’，頗不一致。然此處由各本作‘子叔’、‘子儌’、‘于儌’、‘子淑’與《魏書》注之‘子叔’、《類聚》之‘淑’、《御覽》之‘元淑’相校，似應作‘子淑’。《法書要録》八、《金壺記》上並作‘子淑’，可證。”

王氏《校證》、詹氏《義證》、李氏《斠詮》並校“于叔”作“子叔”。

【按】元明諸本或作“子俶”，或作“于俶”，或作“子叔”，梅氏改“子俶”爲“于叔”，黃氏從之。

劉、楊兩説可從，“于叔”當從另本作“子淑”。“子叔”、“于叔”、“子俶”、“于俶”蓋並“子淑”之形誤。王惟儉注：“邯鄲淳，字子淑。”古人立字，展名取同義。《廣韻·諄韻》：“淳，清也。”《説文·水部》：“淑，清湛也。”可知“淳”、“淑”義同。《玄應音義》八有“淳淑”一詞，《後漢書·梁節王暢傳》：“朕惟王至親之屬，淳淑之美。”又《崔駰傳》：“竊見足下體淳淑之姿。”晉戴逵《閒遊贊》：“滌除機心，容養淳淑而自適者爾。”（《藝文類聚》三六引）並“淳淑”連文，可證此作“淑”義長。

⑱ 傲雅觴豆之前。

“傲”，何本、別解本、集成本、尚古本、岡本作“俊”。　王惟儉標疑“傲雅”二字。　徐燉云：“‘雅’亦杯類。疑‘稚’字或‘岸’字。”

楊氏《補正》：“‘岸’字是也。《序志》篇贊‘傲岸泉石’，正以‘傲岸’連文，且與下句之‘咀嚼’相對。則此亦當作‘傲岸’，始能與‘雍容’對也。‘傲岸’雙聲，‘雍容’疊韻。《晉書·郭璞傳》：‘（《客傲》）傲岸榮悴之際，頡頏龍魚之間。’語式與此同，可證。《鮑氏集·代挽歌》：‘傲岸平生中。’《廣弘明集·釋真觀〈夢賦〉》：‘爾乃見一奇賓，傲岸驚人。’亦並以‘傲岸’爲言。今本‘雅’字，蓋涉次行‘雅好慷慨’句而誤。”

郭氏《注譯》依徐燉校作“岸”。

【按】楊説是，“傲雅”連文，古書罕見，“雅”當從徐校作“岸”。郭氏《注譯》云：“‘雅’疑‘岸’字之音誤。”王氏《讀本》云：“‘傲雅’爲‘傲岸’的轉音。”此説近是。“雅”，上古音屬疑母魚韻，擬音 ŋea，《廣韻》屬疑母馬韻，擬音 ŋa；“岸”，上古音屬疑母元韻，擬音 ŋan，《廣韻》屬疑母翰韻，擬音 ŋan，二字音近。“傲岸”與“雍容”並爲聯綿字，正可相對成文，如作“雅”，則此詞須皆作“傲岸風雅”，詞性前後不協矣。此句與《序志》篇“傲岸泉石”語式略同。

⑲ 顧盼合章。

“盼”，元至正本、馮鈔元本、弘治本、弘治活字本、汪本、佘本、隆慶本、張本、兩京本、王批本、訓故本、謝鈔本、秘書本、文淵本作“盻”，《子苑》三二引同。　湯氏《續文選》二七引作“眄”。　“合”，岡本作“含”。

楊氏《校注》：“‘盼’，當作‘眄’。”（按，楊氏《補正》無此校語。）

范氏《注》："'合章'，應據岡本作'含章'。"

楊氏《補正》："'含'字是。《三國志·魏書·管寧傳》：'含章素質，冰潔淵清。'《宋書·武三王·孝獻王義真傳》：'(元嘉三年詔)故廬陵王含章履正。'《梁書·皇后·太宗簡皇后傳》：'齊故太尉南昌公含章履道。'僧祐《出三藏記集·齊竟陵王世子撫軍巴陵王雜集序》：'至於才中含章，思入精理。'《文選·左思〈蜀都賦〉》：'揚雄含章而挺生。'並以'含章'爲言。下文'文帝以貳離含章'，正作'含章'。均可證'合'確爲誤字。"

王氏《校證》："《原道》篇《徵聖》篇《神思》篇有'含章'語，下文亦云：'文帝以貳離含章'，疑作'含'是。"

李氏《斠詮》校"盼"作"眄"。

【按】元明諸本多作"眄"，梅本作"盼"，與何本合，黃氏從之。

作"顧盼"自通，毋須改字，楊氏《校注》説非是。《宋書·范曄傳》："及在西池射堂上，躍馬顧盼，自以爲一世之雄。"《文選·陳琳〈爲曹洪與魏文帝書〉》："陵厲清浮，顧盼千里。"《金樓子·立言篇》："動容則燕歌鄭舞，顧盼則秦箏齊瑟。"並"顧盼"連文之證。

作"合"自通，無煩改字。"合"，訓含。《文選·嵇康〈琴賦〉》："合天地之醇和兮，吸日月之休光。"劉良注："吸、合，含也。"參見《詮賦》篇"合飛動之勢"條校。

⑳ **函滿元席。**

"函"，黃校："何本(按，當爲何焯校本)改'亟'。"　元至正本、馮鈔元本、黃傳元本、弘治本、弘治活字本、汪本、佘本、隆慶本、張本、兩京本、王批本、訓故本、合刻本、梁本作"亟"，《古詩紀》一四五、《子苑》三二引同。　沈臨何校本改"函"爲"亟"。　張紹仁校"亟"作"函"。

鈴木《黃本校勘記》："'亟'字是也。"

斯波《補正》："'亟'與下文之'時'字對。"

楊氏《補正》："'亟'，讀爲器，數也(見《左傳·隱公元年》釋文)；屢也(見《漢書·刑法志》顏注)。'微言精理，亟滿玄席'二語，即《晉書·簡文帝紀》所謂'尤善玄言，……不以居處爲意，凝塵滿席，湛如也'之意。此云'亟滿玄席'，下云'時灑文囿'，文正相對。猶《諸子》篇《鶡冠》縣縣，亟發深言；《鬼谷》眇眇，每環奧義'之'亟'與'每'對然也。"

李氏《斠詮》校作“亟滿玄席”。

【按】元明諸本多作“亟”，梅本作“函”，與何本、謝鈔本合，黃氏從之。

“函”當從元至正本等作“亟”，二字形近致訛。“亟”，《廣韻·志韻》音去吏切（qì）。《爾雅·釋言》：“屢，亟也。”郭璞注：“亟亦數也。”

“元”，當依元明各本改作“玄”，此黃氏因避康熙帝諱而改。

㉑ 澹思濃采。

“濃”，元至正本、馮鈔元本、黃傳元本、弘治本、弘治活字本、汪本、佘本、隆慶本、張本、兩京本、胡本、王批本、訓故本、文淵本作“醲”，《古詩紀》一四五、《子苑》三二、湯氏《續文選》二七引同。　楊氏《校注》云胡本作“醲”。　馮舒校“濃”作“醲”。

楊氏《補正》：“‘醲’字是。《説文·酉部》：‘醲，厚酒也。’詁此甚合。《廣雅·釋詁》：‘醲，厚也。’《體性》篇‘博喻醲采’，劉永濟謂‘釀’爲‘醲’之誤，極是。此當據元本等改‘濃’爲‘醲’，俾前後俱作‘醲采’也。楊慎《均藻》卷二《九蠏》引作‘醲’，是所見本未誤。今本‘濃’字，蓋寫者因‘澹思’之‘澹’妄改。”

【按】元明諸本多作“醲”，梅本作“濃”，與何本、謝鈔本合，黃氏從之。

楊説非是，“醲”、“濃”通，毋須改字。《廣韻·鍾韻》：“濃，厚也。”《慧琳音義》十三“淳濃”注引《考聲》：“濃，露多也。”從“農”之字多訓厚，露水多爲“濃”，酒厚爲“醲”。

㉒ 孫干之輩。

“干”，元至正本、馮鈔元本、弘治本、汪本、佘本、隆慶本、張本、兩京本、何本、王批本、謝鈔本、梁本、秘書本、彙編本、抱青閣本、尚古本、岡本、薈要本、文淵輯注本、文淵本、文溯本、文津本、文瀾本、王本、芸香堂本、翰墨園本、崇文本、掃葉本作“于”，《子苑》三二引同。

户田《校勘記補》：“‘于’當作‘干’。”

【按】元明諸本多作“于”，梅本作“干”，與訓故本合，黃氏從之，張松孫本、龍谿本亦並從之。

“孫干”是，指孫盛、干寶，“于”蓋“干”之形訛。《史傳》篇云：“干寶述紀，以審正得序；孫盛《陽秋》，以約舉爲能。”《晉書·孫盛傳》：“（孫盛）著《魏氏春秋》《晉陽秋》，並造詩賦論難復數十篇。《晉陽秋》詞直而理正，咸稱良史焉。”又《干寶傳》：“干寶，字令升，……寶少勤學，博覽書記。寶撰《搜神記》凡三十卷，又爲《春秋左氏義外傳》,注《周易》《周官》凡數十篇,及雜文集皆行於世。"

㉓ **自中朝貴元。**

鈴木《黄本校勘記》:"'元',當作'玄'。" 張爾田圈點"玄"字。

【按】"元",當依元明各本作"玄",此黄氏因避康熙帝諱而改。

㉔ **江左稱盛。**

"稱",元至正本、馮鈔元本、弘治本、兩京本、胡本、王批本、訓故本作"彌"。 隆慶本作"弥"。 汪本、佘本作"穪"。 覆刻汪本、文津本作"稱"。 馮舒云:"'稱',當作'彌'。" 楊氏《校注》云:"何焯云:'稱',意改'彌'。" 張爾田圈點"彌"字。

楊氏《補正》:"稱,俗作'称'。'彌'又作'弥',二字形近易譌。此當以作'彌'爲是。《説苑·修文》篇:'德彌盛者,文彌縟。'即'彌盛'二字之所自出。《章表》《書記》兩篇,並有'彌盛'之文。《南齊書·劉瓛陸澄傳論》:'執卷欣欣,此焉彌盛。'《南史·文學傳序》:'降及梁朝,其流彌盛。'《隋書·牛弘傳》:'(上表請開獻書之路)齊、梁之間,經史彌盛。'張湛《列子注序》:'而寇虜彌盛。'成公綏《正旦大會行禮歌》:'於穆三皇,載德彌盛。'亦並以'彌盛'爲言。"

【按】梅本作"稱",與汪本、佘本、張本、何本、謝鈔本合,黄氏從之。

楊説是,"稱"當從元至正本等作"彌",二字形近致訛。"稱"俗作"称",又訛作"弥"。《廣韻·支韻》:"彌,益也。"《國語·晉語》:"讒言彌興。"韋昭注:"彌,益也。"詁此正合。

㉕ **自宋武愛文。**

斯波《補正》:"此句之下,疑脱一句。"

【按】斯波説近是。下文叙文帝、孝武帝,並兩句贊一帝,今本於武帝祇此一句,語意似未完,不合文例。所脱字句,已無可考。

㉖ **自明帝以下。**

"帝",梅校:"元脱。" 元至正本、馮鈔元本、弘治本、弘治活字本、汪本、佘本、隆慶本、張本、兩京本、胡本、王批本、訓故本無,《子苑》三二、湯氏《續文選》二七引同。 王氏《校證》:"'帝'字原脱,梅補,王惟儉本有。"(按,兩種訓故本實無"帝"字,王氏讎校有誤。) 馮班、徐渭仁補"帝"字。

【按】元至正本等無"帝"字,梅氏補之,與何本、謝鈔本合,黄氏從之。

有"帝"字所指始明。范氏《注》云:"明帝以下,謂歷後廢帝、順帝而宋亡矣。"是也。《南史·明帝紀》:"帝好讀書,愛文義。在藩時,撰《江左以來文章志》,又續衞瓘所注《論語》二卷。及即大位,舊臣才學之士,多蒙引進。泰始六年,立總明觀,徵學士以充之,……分爲儒、道、文、史、陰陽五部學。"

㉗ **亦不可勝也。**

訓故本作"亦不可勝□也"。

范氏《注》:"'勝'字下疑脱'數'字。"

楊氏《補正》:"'勝'下並無脱字。以《風骨》篇'筆墨之性,殆不可勝'例之,即何、范、張、沈所作,亦不易超越之意。"

王氏《校證》:"《文心》他篇,如《程器》《序志》,雖俱有'不可勝數'之文,然此文作'勝'亦通,言何、范、張、沈之徒,亦不可度越也。《風骨》篇亦云:'筆墨之性,殆不可勝。'"

張氏《注訂》:"自篇首,皆列舉漢晉以來帝王之尚文倡雅,兼及衰微之世,至此舉'縉紳之林',言南朝文士之盛也,故曰'不可勝也'。范氏《注》謂'勝'字下疑脱'數'字,未明何所指。"

李氏《斠詮》從范注,"勝"下補"數"字。

李氏《釋譯》附録:"疑'勝'字後面脱一'數'字。"

【按】范説不可從,黃本文義自通,增字則非。"勝",訓抑制、掩蓋。《國語·晉語四》:"尊明勝患。"韋昭注:"勝,遏也。"《文子·符言》:"老子曰:'聖人不勝其心,衆人不勝其欲。'耳目鼻口不知所欲,皆心爲之制,各得其所。由此觀之,欲不可勝,亦明矣。"即其義。"勝",又訓乘陵。《易·漸》九五:"終莫之勝。"李鼎祚集解引虞翻曰:"勝,陵也。"上文云王、袁、顔、謝等人如"龍章"、"鳳采",顯耀一時,此言何、范、張、沈之徒亦各有光彩,不可掩抑。《風骨》篇:"筆墨之性,殆不可勝。"用法與此同。

㉘ **高祖以睿文纂業,文帝以貳離含章,中宗以上哲興運。**

郝懿行云:"'高'疑'世'字之譌,'中'疑'高'字之譌。"

范氏《注》:"武帝廟號'世祖',此云'高祖','高'是'世'之誤。……明帝號'高宗',豈'中'爲'高'之誤歟?"

李氏《斠詮》校"高祖"作"世祖",校"中宗"作"高宗"。

李氏《釋譯》附録:"疑'中宗'肯定是'高宗'之誤。"

【按】郝、范兩説是,"高"疑當作"世","中"疑當作"高"。《南齊書·高帝紀下》：“太祖高皇帝諱道成，字紹伯，姓蕭氏。……上謚曰太祖高皇帝。”又《武帝紀》：“世祖武皇帝諱賾，字宣遠，太祖長子也。”又《文惠太子傳》：“文惠太子長懋，字云喬，世祖長子也。……鬱林立，追尊爲文帝，廟號世宗。”又《明帝紀》：“高宗明皇帝諱鸞，字景棲，始安貞王道生子也。”並可爲證。

㉙ **緝退景祚**。

梅校：“‘退’，疑作‘熙’。”

楊氏《補正》：“‘退’字似不譌，惟誤倒耳，如乙作‘退緝’，則文意自通。《宋書·隱逸·周續之傳》：‘江洲刺史劉柳薦之高祖曰：……濯纓儒冠，亦王猷退緝。’即‘退緝’聯文之證。”

劉氏《校釋》、王氏《校證》、張氏《考異》、李氏《斠詮》並校“退”作“熙”。

【按】梅校是，“退”當作“熙”，二字形近而誤。《爾雅·釋詁》：“緝、熙，光也。”郭璞注：“《詩》曰：學有緝熙于光明。”楊氏校作“退緝”，古書罕見，不可從。

《毛詩·周頌·維清》：“維清緝熙。”鄭玄箋：“緝熙，光明也。”《國語·周語下》：“夙夜基命宥密，於，緝熙。”韋昭注：“緝，明也。熙，光也。”《漢書·楊雄傳下》：“典謨之篇，雅頌之聲，不溫純深潤，則不足以揚鴻烈而章緝熙。”顏師古注：“緝熙，光明也。”《後漢書·章帝紀》：“朕聞明君之德，啓迪鴻化，緝熙康乂，光照六幽緝熙。”李賢注：“緝熙，光明也。”並“緝熙”連文之證。

㉚ **今聖歷方興**。

“歷”，梅本作“曆”，與何本、謝鈔本合，黃氏改爲“歷”，與元至正本、馮抄元本、弘治本、汪本、佘本、隆慶本、張本、兩京本、胡本、王批本、訓故本合。

【按】“歷”，乃曆法、曆象之本字，“曆”乃“歷（厤）”之後起字。梅本作“曆”，本無誤，黃氏改作“歷”，蓋爲避乾隆帝諱，此改回“曆”字較長。梅本《史傳》篇：“紬三正以班曆。”《書記》篇：“醫曆星筮。”黃氏均改“曆”爲“歷”，例與此同。參見《史傳》篇此條校。

㉛ **文思光被**。

“光”，黃校：“元作‘充’。”　梅校：“‘充’一作‘光’。”　元至正本、馮鈔元本、黃傳元本、弘治本、弘治活字本、汪本、佘本、隆慶本、張本、兩京本、胡本、何本、王批本、謝鈔本、初刻梅本、復校梅本、凌本、合刻本、梁本、秘書本、梅六次本、梅七次本、彙編本、別解本、抱青閣本、集成本、薈要本、文津本、張松孫本、崇文本作“充”，《古詩紀》一四五、湯氏《續文選》二七引同。　尚古本、岡本作

“克”。　　沈臨何校本改“充”爲“光”。　　張爾田圈點“充”字。

楊氏《補正》：“《書·堯典》：‘欽明文思安安，允恭克讓，光被四表，格于上下。’孔傳：‘光，充也。’‘光被’原非僻詞，諸本又皆作‘充被’，疑舍人原從傳文作‘充’。”

【按】元明諸本皆作“充”，黃氏據梅校而改作“光”，文淵本、文瀾本、王本、芸香堂本、翰墨園本、掃葉本、龍谿本並從之。

楊説不可從，“充被”連文，六朝以前罕見，此當作“光”。《尚書·堯典》：“昔在帝堯，聰明文思，光宅天下。”孔安國傳：“言聖德之遠著。”此當舍人所本。《漢書·宣帝紀》：“陛下聖德，充塞天地，光被四表。”《新語·輔政》：“德配天地，光被四表。”《漢紀·孝文皇帝紀下》：“妖孽藏，符瑞出，澤潤天下，光被四海。此治國大體之功也。”並“光被”連文之證。

㉜　曠焉如面。

“曠”，黃校：“汪（原誤作注）作‘曖’。”　元至正本、馮鈔元本、黃傳元本、弘治本、弘治活字本、隆慶本、兩京本、胡本、王批本、謝鈔本、薈要本、文瀾本作“曖”，十行訓故本同。　汪本、佘本、張本、訓故本、文淵本、文津本作“曖”。謝鈔本作“曖”，馮舒、張紹仁校作“曖”。

鈴木《黃本校勘記》：“‘曖’，當作‘僾’。此用《（禮記）祭義》‘僾然必有見乎其位’文。”

潘氏《札記》：“《誄碑》篇：‘論其人也，曖乎若可覿。’與此文同意。作‘曖’爲是。《説文》無‘曖’字，有‘僾’，云：‘仿佛也。’”

徐氏《正字》：“作‘曖’字是。《誄碑》篇云：‘論其人也，曖乎若可覿。’‘可覿’與‘如面’義近。”

楊氏《補正》：“‘曠’字未誤。《説文·日部》：‘曠，明也。’詁此並正合。《曹子建集·與吳質書》：‘申詠反覆，曠若復面。’可資旁證。鈴木説非是。本篇‘總論其世’（紀昀評語），於十代崇替，持之有故，言之成理，一覽即曉。故篇末以‘終古雖遠，曠焉如面’贊之。”

王氏《校證》校“曠”作“曖”，云：“《誄碑》篇：‘曖乎若可覿。’與此辭意同。”

張氏《注訂》：“‘曖焉如面’者，彷彿若面也。”

張氏《考異》：“‘曖’、‘曠’義皆可通，從‘曠’爲長。”

李氏《斠詮》校“曠”作“曖”，云：“‘曖’借爲‘僾’。《説文》：‘僾，仿佛也。《詩》云：僾而不見。’《説苑·脩文》：‘僾然若有見乎其容。’《廣韻》：‘曖，曖隱。’

‘曖隱’與‘仿佛’義通。”

【按】元明諸本多作“曖”或“曖”，梅本作“曠”，與何本合，黃氏從之。

“曠”當從元至正本等作“曖”，二字形近而誤。《廣韻・代韻》：“曖，日不明。”《文選・謝莊〈宋孝武宣貴妃誄〉》：“金釭曖兮玉座寒。”李善注：“曖，不明也。”“曖焉”，即曖然，訓仿佛、隱約。謝朓《與王儉書》曰：“但心之所暗，邈尺千里；志之所符，滄洲曖然。”（《藝文類聚》二六引）《江文通集・悼室人十首》：“曖然時將罷，臨風返故居。”《弘明集・宗炳〈明佛論〉》：“驟與余言於崖樹澗壑之間，曖然乎有自言表而肅人者。”“曖然”並與“曖焉”通。

“曖”、“僾”於“隱約”、“仿佛”義可通。《方言》六“掩翳，蔜也”錢繹箋疏：“蔜、僾、曖並字異義同。”《説文・人部》：“僾，仿佛也。《詩》曰：僾而不見。”徐鍇繫傳：“僾，見之不明也。”《禮記・祭儀》：“僾然必有見乎其位。”陸德明釋文：“僾，微見貌。”“僾然”即“曖然”。

“面”，訓見。《玉篇・面部》：“面，私覿也。”《禮記・聘義》：“賓私面私覿。”孔穎達疏：“面，亦見也。”《晉書・張華傳》：“陸機兄弟見華，一面如舊。”用法與此同。

文心雕龍校箋卷十

物色第四十六①

　　春秋代序，陰陽慘舒，物色之動，心亦搖焉。蓋陽氣萌而玄駒步，陰律凝而丹鳥羞，微蟲猶或入感，四時之動物深矣。若夫珪璋挺其惠心，英華秀其清氣，物色相召，人誰獲安？是以獻歲發春，悦豫之情暢；滔滔孟夏，鬱陶之心凝；天高氣清，陰沈之志遠；霰雪無垠，矜肅之慮深。歲有其物，物有其容，情以物遷，辭以情發。一葉且或迎意，蟲聲有足引心，況清風與明月同夜，白日與春林共朝哉？

　　是以詩人感物，聯類不窮。流連萬象之際，沈吟視聽之區，寫氣圖貌，既隨物以宛轉；屬采附聲，亦與心而徘徊。故“灼灼”狀桃花之鮮，②“依依”盡楊柳之貌，“杲杲”爲出日之容，“瀌瀌”擬雨雪之狀，③“喈喈”逐黄鳥之聲，“喓喓”學草蟲之韻。“皎日”“嘒星”，一言窮理；“參差”“沃若”，兩字窮形：④並以少總多，情貌無遺矣，雖復思經千載，將何易奪？及《離騷》代興，觸類而長，物貌難盡，故重沓舒狀，於是“嵯峨”之類聚，“葳蕤”之羣積矣。及長卿之徒，詭勢瓌聲，模山範水，字必魚貫，所謂詩人麗則而約言，辭人麗淫而繁句也。

　　至如《雅》詠棠華，⑤或黄或白；《騷》述秋蘭，緑葉紫莖。凡摛表五色，貴在時見，若青黄屢出，則繁而不珍。

　　自近代以來，文貴形似，窺情風景之上，鑽貌草木之中。吟詠所發，志惟深遠；體物爲妙，功在密附。故巧言切狀，如印之印泥，不加雕削，而曲寫毫芥。故能瞻言而見貌，印字而知時也。⑥然物有恒姿，而思無定檢，或率爾造極，或精思愈疎。且《詩》《騷》所摽，並據要害，故後進銳筆，怯於爭鋒，莫不因方以借巧，即勢以會奇，善於適要，則雖舊彌新矣。是以四序紛迴，而入興貴閑，物色雖繁，而析辭尚簡，使味飄飄而輕舉，情曄曄而更新。古來辭人，異代接武，莫不參伍以相變，因革以爲功，物色盡而情有餘者，曉會通也。若乃山林皋壤，實文思之奧府，略語則闕，詳說則繁。然屈平所以能洞監《風》《騷》之情者，⑦抑亦江山之助乎？

　　贊曰：山沓水匝，樹雜雲合。目既往還，心亦吐納。春日遲遲，秋風颯颯。情往似贈，興來如答。

校箋

① **物色第四十六。**

關於此篇之位置以及全書之篇次，校勘諸家有致疑者。略舉數説於下。

范氏《注》：“本篇（《物色》）當移在《附會》篇之下，《總術》篇之上。蓋‘物色’猶言聲色，即《聲律》篇以下諸篇之總名，與《附會》篇相對而統於《總術》篇，今在十卷之首，疑有誤也。”（《物色》篇注）

劉氏《校釋》：“此篇（《物色》）宜在《練字》篇後，皆論修辭之事也。今本乃淺人改編，蓋誤認《時序》爲時令，故以《物色》相次。”（《物色》篇校釋）

楊氏《補正》：“今本有錯簡。本篇（《總術》）統攝《神思》至《附會》所論爲文之術，應是第四十五，殿九卷之後；《時序》與《才略》互有關聯，不能分散在兩卷，《時序》應爲第四十六，冠十卷之首。《子苑》卷三十二即以《時序》與《才略》兩篇相連，是所見《文心》篇之次第尚未淆亂也。《物色》介於《時序》《才略》之間，殊爲不倫，當移入九卷中，其位置應爲第四十一。《指瑕》《養氣》《附會》三篇依次遞降。”（《總術》篇校注）

王氏《校證》：“范氏獻疑是。《序志》篇云：‘崇替於《時序》，褒貶於《才略》，怊悵於《知音》，耿介於《程器》，長懷《序志》，以馭羣篇。’彥和自道其篇次如此。《物色》正不在《時序》《才略》間，惟此篇由何處錯入，則不敢決言之耳。”（《物色》篇校證）

張氏《考異》：“《序志》篇載，自‘崇替於《時序》’以下，言《才略》，言《知音》，言《程器》，言《序志》，共五篇，每卷五篇，而《物色》篇不在内，而《時序》在九卷五篇中，是《物色》篇之位，當移出十卷以外，而《時序》當移入十卷之中也。故《時序》篇依彦和自序次第當無可疑。……故《物色》篇當在《總術》篇之下爲宜。且以兩篇次序緊接，易致顛倒，若遠移於《總術》之上，或非也。范氏之疑則是，而位置似不可從。"（《物色》篇題下考異）

李氏《斠詮》："兹以《序志》篇於文術論部分之序目提綱云：'摛神性，圖風勢，苞會通，閲聲字。'所謂'神性'，指《神思第二十六》，《體性第二十七》，'風勢'之'風'，指《風骨第二十八》無疑，'勢'應指《定勢》，而《定勢》非第二十九，且其下句'苞會通'，指《附會》與《通變》而言，而《附會》爲第四十三，非第三十，《通變》爲第二十九，非第三十一。核其篇目號次與序目提綱多所乖迕，顯見今本篇目次序錯亂，近人郭晉稀《文心雕龍譯注十八篇》有見及此，謂'圖風勢'之'勢'必爲《養氣》篇'氣'字之誤，而改爲'圖風氣'，並將《養氣第四十二》移前，改爲第二十九，次於《風骨第二十八》之後。其説甚是，自應擇從。果爾，《附會第四十三》亦應隨同《養氣》移前，改爲第三十。蓋《文心》全書篇目之安排，前後義脈一貫。范文瀾於《神思》篇末段注云：'情數詭雜，體變遷貿，隱示下篇將論體性。《文心》各篇前後相銜，必於前篇之末，預告後篇所論者。'此誠如《章句》篇所謂'原始要終，體必鱗次。……跗蕚相銜，首尾一體'者也。試觀《風骨》篇之論'風'，往往兼及'氣'，曰：'《詩》總六義，風冠其首，風冠其首，斯乃化感之本源，志氣之符契也。''情之含風，猶形之包氣。''意氣駿爽，則文風清焉。''是以綴慮裁篇，務盈守氣，……思不環周，索莫乏氣，則無風之驗也。'又云：'相如賦仙，氣號凌雲，蔚爲辭宗，迺其風力遒也。''故魏文稱文以氣爲主，氣之清濁有體，不可力强而致。故其論孔融，則云體氣高妙；論徐幹，則云時有齊氣；論劉楨，則云有逸氣。公幹亦云孔氏卓卓，信含異氣，筆墨之性，殆不可勝。並重氣之旨也。'贊語並云：'情與氣偕，辭共體並。'而《養氣》篇，開宗明義便云：'昔王充著述，制《養氣》之篇，驗己而作，豈虚造哉。'末後贊語復結穴曰：'玄神宜寶，素氣資養。'以與《風骨》篇前後映帶。至《養氣》之於《附會》，一則申説'會文之直理'，一則提示'命篇之經略'，皆關乎構思布局之要領。前者曰：'率志委和，則理融而情暢；鑽礪過分，則神疲而氣衰。'又：'是以吐納文藝，務在節宣，清和其心，調暢其氣，……使刀發如新，湊理無滯。'贊語更强調：'紛哉萬象，勞矣千想。……無擾文慮，鬱此精爽。'後者曰：'附辭會義，務揔綱領，驅萬塗於同歸,貞百慮於一致。'又:'統緒失宗,辭味必亂,義脉不流,則偏枯文體。夫能懸識湊理,然後節文自會。'贊語復肯定:'篇統間關,情數稠疊。……道味相附,懸緒自接。'彼此需濟,相得益彰。則《養氣》之應緊次於《風骨》,《附會》之應依隨於《養氣》,密切關聯,自然可知也。"(《養氣》篇題下斠詮)

【按】《文心雕龍》五十篇之順序,各本皆如此安排,應無倒錯,諸家無端變亂舊帙次第,均不可從。

《序志》篇"擿神性,圖風勢,苞會通,閱聲字"一節,乃概述下篇之"毛目"(議題),列舉既不全面,亦不拘泥於篇目先後,《神思》與《體性》、《風骨》與《定勢》、《附會》與《通變》、《聲律》與《練字》,兩兩組合,每篇拈出一字,構成一詞,亦不過出於行文方便而已,未可據以定各篇之次第。

依唐寫本及《隋書·經籍志》,可知《雕龍》一書共十卷,每五篇爲一卷。蓋今本如此劃分篇目,亦僅求各卷篇數相當而已,並不以各卷内容之連貫性爲依據。自《神思》至《附會》十八篇,實爲文術論,舍人以《總術》一篇總結之;《總術》之後,《時序》《物色》《才略》《知音》《程器》等五篇,已非論文術,實爲另一大類論題,當歸爲一卷,然如此分卷,則必出現卷九有四篇,卷十有六篇(含《序志》篇),導致卷帙失衡,故今本《時序》篇與四篇文術論乃共在一卷之中。

全書篇次如此安排,自有其合理性。舍人自言《文心》全書之規模,乃依《周易》大衍之數而建構,而細察《時序》以下五篇之内容,可知其篇次安排,實亦略仿《周易》。《周易·序卦》云:"盈天地之間者唯萬物,故受之以《屯》,屯者盈也。屯者物之始生也,物生必蒙,故受之以《蒙》。蒙者蒙也,物之稚也,物稚不可不養也,故受之以《需》……"明六十四卦之排列,乃以卦義關聯爲依據。《文心雕龍·時序》以下五篇之次第,亦當如是看。《時序》篇論時運左右文學發展。《物色》篇承《時序》之"時",論四時之景物感人而作文,乃論作文之由(此意源於陸機《文賦》:"佇中區以玄覽,……遵四時以嘆逝,瞻萬物而思紛。"舍人《物色》篇實非討論文術者)。感四時物色而賦詩作文者,無代無之,故接以《才略》篇,歷叙各代所産文士之才華。文士之文,須經鑒定,方可流芳,故接以《知音》。知音者又須立足文章大義,提倡經世致用之文,推崇梓材之士,故以《程器》終焉。通觀五篇文字,《時序》立足天道,言"天"生文,《物色》立足地道,言"地"生文,《才略》立足人道,言"人"生文,其邏輯符合"三才"之道。《知音》《程器》兩篇則屬於"用文"。全書以《原道》始,以《程器》終,"道"、"器"一貫,首尾呼應,文章大用及寫作宗旨由此而得以彰顯焉。

② 故 "灼灼" 狀桃花之鮮。

"花",尚古本、岡本作"華"。

楊氏《校注》:"作'華'是。《玉篇·火部》:'灼,之藥切。灼灼,花盛貌。"

【按】元明諸本多作"花",唯尚古本、岡本改作"華",黃氏仍從梅本。

"花",乃"華"之俗,起於魏晉以後。參見《情采》篇"木體實而花萼振"條校。此作"花"、"華"並通,毋須改從。《詩·周南·桃夭》:"灼灼其華。"毛亨傳:"灼灼,華之盛也。"即舍人所指。

③ "瀌瀌" 擬雨雪之狀。

"瀌瀌",鈴木《黃本校勘記》:"當作'麃麃'。閔本、岡本誤作'瀌瀌'。"

楊氏《補正》:"今《小雅·角弓》作'瀌瀌'。陳奐《詩毛氏傳疏》卷二二云:'瀌瀌,疑《詩》本作麃麃,後人加水旁耳。《韓詩外傳》四、《荀子·非相》篇、《漢書·劉向傳》作麃麃。'鈴木氏蓋本陳氏為説也。"

張氏《考異》:"《詩·小雅》:'雨雪瀌瀌。'狀雨雪之貌。《鄭風》:'駟介麃麃。'麃麃,武貌。兩字音近而義殊。……'瀌'字是。"

李氏《斠詮》從今本,云:"《小雅·角弓》作'瀌瀌',《漢書·劉向傳》作'麃麃',則作'瀌瀌'者古文詩,作'麃麃'者今文詩也。不必改字。"

【按】元明諸本皆作"瀌瀌",無誤,毋須改字。《詩·小雅·角弓》:"雨雪瀌瀌。"鄭玄箋:"雨雪之盛瀌瀌然。"孔穎達疏:"瀌瀌,雪之盛貌。"

④ 兩字窮形。

"窮",元至正本、馮鈔元本、弘治本、汪本、佘本、隆慶本、張本、兩京本、胡本、何本、王批本、訓故本、初刻梅本、復校梅本、凌本、合刻本、梁本、秘書本、梅六次本、梅七次本、彙編本、別解本、集成本、尚古本、岡本、張松孫本、王本、崇文本作"連",《古詩紀》一四五、湯氏《續文選》二七、胡氏《續文選》十二、《文儷》十三、《喻林》八九、《四六法海》十、《古儷府》九引同。 沈臨何校本改"連"為"窮"。 《詩法萃編》作"連"。 張爾田圈點"連"字。

楊氏《校注》:"上云'窮理',此云'窮形',殊嫌重出。"

楊氏《補正》:"'連'字是,何改非也。此二句謂《詩·周南·關雎》之'參差',《衛風·氓》之'沃若',皆兩字相連聯緜詞('參差'雙聲,'沃若'疊韻),以形容荇菜長短不齊,桑葉潤澤也。黃氏從何校改'連'為'窮',未能擇善而從。"

王氏《綴補》：“作‘窮’，蓋涉上文‘一言窮理’而誤。”

李氏《斠詮》：“參差雙聲，沃若疊韻，皆連語形容詞，故云‘連形’。”

【按】元明諸本多作“連”，黃氏據何校本而改爲“窮”，與謝鈔本合。

楊説是，“窮”與上文犯重，此當從元至正本等作“連”。郭氏《注譯》：“‘兩字連形’，謂用‘參差’兩字形容荇菜，‘沃若’兩字形容桑葉也。”解説大意雖不誤，然仍嫌浮泛。楊氏解“連形”作“兩字相連聯繇詞”，李氏解作“連語形容詞”，均非是。此“連”字與“窮”相對，當謂盡其形，非指聯綿詞兩字相連。《玉篇·辵部》：“連，合也。”“連形”猶言契合形狀，指辭義與形狀相符合。“連”又訓兼得。《史記·司馬相如列傳》：“弋白鵠，連駕鵝。”張守節正義：“連，謂兼獲也。”《漢書·司馬相如傳》：“連駕鵝。”顏師古注：“連，謂重累獲之也。”《淮南子·覽冥訓》：“故蒲且子連鳥於百仞之上。”劉孝威《結客少年行》：“近發連雙兔，高彎落九烏。”並其義。此云“連形”，當謂僅用二字即能盡得其形狀。

⑤ 至如《雅》詠棠華。

“棠”，王批本作“裳”。

楊氏《補正》校“棠”作“裳”，云：“《詩·小雅·裳裳者華》：‘裳裳者華，或黃或白。’毛傳：‘興也，裳裳，猶堂堂也。’鄭箋：‘興者，華堂堂於上，喻君也。’（按，此傳箋當在‘裳裳者華，其葉湑兮’之下，楊引有誤。）是‘裳裳’爲形容詞，與‘皇皇者華’之‘皇皇’訓爲‘煌煌’同（見《小雅·皇皇者華》毛傳）。‘華’亦泛指，非如‘維常之華’之‘常’屬於‘常棣’也（見《小雅·采薇》毛傳，常棣亦名棠棣）。據此，則‘棠華’之‘棠’，非緣舍人誤記，即由寫者臆改。”

李氏《釋譯》附錄：“疑‘棠華’定是‘裳華’之訛寫。”

【按】楊説是，“棠”當從王批本作“裳”，形聲並近而誤。此既云“裳裳者華，或黃或白”，則當依《小雅·裳裳者華》，不當牽涉《小雅·采薇》之“維常之華”。“裳華”，即“裳裳者華”之省。歐陽修《詩本義·裳裳者華》：“然毛鄭之失者，以裳華喻君。”用法與此同。

⑥ 印字而知時也。

“印”，黃校：“疑作‘即’。”　薈要本、文溯本、文津本作“即”。　沈臨何校本標疑“印”字，云：“‘印’字，疑作‘即’。”

王氏《校證》校“印”作“即”，云：“下文‘即勢會奇’，《宗經》篇‘即山而鑄銅’，《史傳》篇‘棄同即異’，用法同。”

李氏《斟詮》、牟氏《譯注》並從黃氏,校"印"作"即"。

【按】何校是,"印"當作"即"。"印"字非"即"之形訛,即涉上文"如印之印泥"而誤。

⑦ **然屈平所以能洞監《風》《騷》之情者。**

《能改齋漫録》七、《海録碎事》十八引無"能"、"監"二字。　王批本"能洞監"作"洞鑒"。

楊氏《補正》:"以《聲律》篇'練才洞監'例之,'監'字實不可少。"

【按】楊説非是,"能"字當有,"監"字當删。《文選·陸倕〈新刻漏銘〉》:"通幽洞靈。"張銑注:"洞,通也。"指内在性靈之開通。"風騷之情",乃泛指詩情。此兩句意爲:"屈平之所以能夠從内心發抒詩情,寫成《離騷》,乃得力於江山之觸發。"

"洞監",訓深察。《列子·周穆王》張湛注:"故洞監知生滅之理均。"《魏書·李順傳》:"卿往復積歲,洞鑒廢興。"並其義。作"洞監風騷之情",於義不可通。

才略第四十七

九代之文,富矣盛矣!其辭令華采,可略而詳也。①虞夏文章,則有皋陶六德,夔序八音,益則有贊,五子作歌,辭義温雅,萬代之儀表也。商周之世,則仲虺垂誥,伊尹敷訓,吉甫之徒,並述《詩·頌》,義固爲經,文亦師矣。②

及乎春秋大夫,則修辭聘會,磊落如琅玕之圃,焜燿似縟錦之肆,遽敖擇楚國之令典,隨會講晉國之禮法,趙衰以文勝從饗,國僑以脩辭扞鄭,子太叔美秀而文,公孫揮善於辭令,③皆文名之標者也。戰代任武,而文士不絕。諸子以道術取資,屈宋以楚辭發采,樂毅報書辨以義,④范雎上疏密而至,蘇秦歷説壯而中,李斯自奏麗而動,若在文世,則揚班儔矣。荀況學宗,而象物名賦,文質相稱,固巨儒之情也。

漢室陸賈,首發奇采,賦《孟春》而選典誥,⑤其辯之富矣。⑥賈誼才穎，陵軼飛兔，議愜而賦清，豈虛至哉？枚乘之《七發》，鄒陽之上書，膏潤於筆，氣形於言矣。仲舒專儒，子長純史，而麗縟成文，亦詩人之告哀焉。相如好書，師範屈宋，洞入夸艷，致名辭宗，然覆取精意，⑦理不勝辭，故揚子以爲“文麗用寡者長卿”，誠哉是言也！王褒構采，以密巧爲致，附聲測貌，泠然可觀。子雲屬意，辭人最深，⑧觀其涯度幽遠，搜選詭麗，而竭才以鑽思，故能理贍而辭堅矣。桓譚著論，富號猗頓，宋弘稱薦，爰比相如，而《集靈》諸賦，偏淺無才，故知長於諷論，⑨不及麗文也。敬通雅好辭說，而坎壈盛世，《顯志》自序，亦蚌病成珠矣。二班兩劉，弈葉繼采，⑩舊說以爲固文優彪，歆學精向，然《王命》清辯，《新序》該練，璿璧産於崑岡，亦難得而踰本矣。傅毅崔駰，光采比肩，瑗寔踵武，能世厥風者矣。⑪杜篤賈逵，亦有聲於文，跡其爲才，⑫崔傅之末流也。李尤賦銘，志慕鴻裁，而才力沈膇，垂翼不飛。馬融鴻儒，思洽識高，⑬吐納經範，華實相扶。王逸博識有功，而絢采無力。延壽繼志，瓌穎獨標，其善圖物寫貌，豈枚乘之遺術歟？張衡通贍，蔡邕精雅，文史彬彬，隔世相望，是則竹柏異心而同貞，金玉殊質而皆寶也。劉向之奏議，⑭旨切而調緩；趙壹之辭賦，意繁而體疎；孔融氣盛於爲筆，禰衡思銳於爲文，有偏美焉。潘勖憑經以騁才，故絶羣於錫命；王朗發憤以託志，亦致美於序銘。然自卿淵已前，多俊才而不課學；⑮雄向已後，⑯頗引書以助文：此取與之大際，其分不可亂者也。

魏文之才，洋洋清綺，舊談抑之，謂去植千里。然子建思捷而才儁，詩麗而表逸，子桓慮詳而力緩，故不競於先鳴，而樂府清越，《典論》辯要，迭用短長，亦無懵焉。但俗情抑揚，雷同一響，遂令文帝以位尊減才，思王以勢窘益價，未爲篤論也。仲宣溢才，捷而能密，文多兼善，辭少瑕累，摘其詩賦，則七子之冠冕乎？琳瑀以符檄擅聲，徐幹以賦論標美，劉楨情高以會采，應瑒學優以得文；路粹楊修，頗懷筆記之工；丁儀邯鄲，亦含論述之美：有足算焉。劉劭《趙都》，⑰能攀於前脩；何晏《景福》，克光於後進；休璉風情，則《百壹》摽其志；吉甫文理，則《臨丹》成其采；嵇康師心以遣論，[18]阮籍使氣以命詩：殊聲而合響，異翮而同飛。

張華短章，奕奕清暢，其《鷦鷯》寓意，即韓非之《説難》也。左思奇才，[19]業深覃思，盡鋭於《三都》，拔萃於《詠史》，無遺力矣。潘岳敏給，辭自和暢，[20]鍾美於《西征》，賈餘於哀誄，非自外也。陸機才欲窺深，辭務索廣，故思能入巧而不制繁。士龍朗練，以識檢亂，故能布采鮮浄，敏於短篇。孫楚綴思，每直置以疏通。[21]摯虞述懷，必循規以温雅，其品藻流別，有條理焉。傅元篇章，[22]義多規鏡；長虞筆奏，世執剛中：並楨幹之實才，[23]非羣華之韡萼也。成公子安選賦而時美，[24]夏侯孝若具體而皆微，曹攄清靡於長篇，季鷹辨切於短韻，各其善也。孟陽景陽，[25]才綺而相埒，可謂魯衛之政，兄弟之文也。劉琨雅壯而多風，盧諶情發而理昭，亦遇之於時勢也。景純豔逸，足冠中興，《郊賦》既穆穆以大觀，《仙詩》亦飄飄而凌雲矣。[26]庾元規之表奏，靡密以閑暢；温太真之筆記，循理而清通：亦筆端之良工也。孫盛干寶，[27]文勝爲史，準的所擬，志乎典訓，户牖雖異，而筆彩略同。袁宏發軫以高驤，故卓出而多偏；孫綽規旋以矩步，故倫序而寡狀。[28]殷仲文之"孤興"，[29]謝叔源之"閑情"，並解散辭體，縹緲浮音，雖滔滔風流，而大澆文意。

宋代逸才，辭翰鱗萃，世近易明，無勞甄序。觀夫後漢才林，可參西京；晉世文苑，足儷鄴都。然而魏時話言，必以元封爲稱首；宋來美談，亦以建安爲口實。何也？豈非崇文之盛世，招才之嘉會哉？嗟夫！此古人所以貴乎時也。

贊曰：才難然乎，性各異禀。一朝綜文，千年凝錦。餘采徘徊，遺風籍甚。[30]無曰紛雜，皎然可品。

校箋

① 可略而詳也。

劉永濟云："'詳'疑'言'誤。"

楊氏《補正》：“《詩·鄘風·牆有茨》：‘不可詳也。’毛傳：‘詳，審也。’《吕氏春秋·察微》篇：‘公怒不審。’高注：‘審，詳也。’詁此正合。”

李氏《斠詮》：“此‘詳’非與‘略’反，乃‘審議’之謂也。不煩改字。《説文》：‘詳，審議也。’《易·大壯》：‘不詳也。’釋文：‘詳，審也。’”

【按】劉説非是，今本作“詳”自通。《廣弘明集·釋明濬〈答柳博士書并頌〉》：“莫不夷夏欽風，幽明翼化，聯華靡替，可略而詳。”樂史《李翰林别集序》：“其諸事蹟，《草堂集序》、范傳正撰新墓碑，亦略而詳矣。”可爲佐證。

此“詳”、“略”，指記載、叙述之方法而言。《文選·沈約〈齊故安陸昭王碑文〉》：“軍麾命服之序，監督方部之數，斯固國史之所詳，今可得略也。”李善注引賈逵《國語注》：“略，簡也。”又潘岳《笙賦》：“若乃縣蔓萬紛敷之麗，潤靈液之滋，隔限夷險之勢，禽鳥翔集之嬉，固衆作者之所詳，余可得而略之也。”李善注引賈逵《國語注》：“略，猶簡也。”“略”謂簡述之，又訓舉其大要。《荀子·非相》：“略則舉大。”楊倞注：“略，謂舉其大綱。”詁此正合。“詳”，訓詳説。《詩·鄘風·牆有茨》：“不可詳也。”朱熹集傳：“詳，詳言之也。”《隋書·律曆志》：“古史所詳，事有紛互。”即其義。舍人之意當謂：既可舉其大綱，亦可陳其細目。

② **文亦師矣**。

范文瀾云：“‘文亦師矣’句有缺字，疑‘師’字上脱一‘足’字。”

楊氏《補正》：“‘師’上確脱一字。以《徵聖》篇‘徵之周孔，則文有師矣’證之，所脱者應是‘有’字。”

李氏《斠詮》：“范説是。‘文亦足師’與‘義固爲經’相對，因句末有矣字，淺人以爲上下句字不相偶，而妄删‘足’字耳。”

【按】今本文義自通，諸家增字作解，皆非是。張氏《注訂》云：“‘文亦師矣’，言上述諸作，既爲文章之楷模，亦足以爲後人之師法也。范氏《注》非。”此説甚是。“亦”，訓“也是”，後可跟名詞。《諧讔》篇：“故其自稱爲賦，乃亦俳也。”《誄碑》篇：“辨給足采，亦其亞也。”《哀弔》篇：“虐民構敵，亦亡之道。”《章表》篇：“既其身文，且亦國華。”《知音》篇：“書亦國華。”用法並與此同。此句意爲：“其文亦足爲後世作文者之師。”舍人一貫重視文學之師承。如《徵聖》篇：“徵之周孔，則文有師矣。”《宗經》篇：“邁德樹聲，莫不師聖。”《序志》篇：“師乎聖。”此處亦有以聖爲師之意。

③ **公孫揮善於辭令。**

"揮",元至正本、馮鈔元本、弘治本、弘治活字本、汪本、佘本、隆慶本、張本、兩京本、胡本、何本、王批本、訓故本、謝鈔本、初刻梅本、復校梅本、凌本、合刻本、梁本、秘書本、梅六次本、梅七次本、彙編本、抱青閣本、集成本、尚古本、岡本、文淵本、文津本、文瀾本、張松孫本、王本、崇文本作"翬",《子苑》三二、《文通》二五引同。　馮舒云:"'翬',當作'揮'。"　沈臨何校本改"翬"爲"揮"。張爾田圈點"翬"字。

楊氏《補正》:"公孫揮字子羽(見《左傳·襄公二十四年》),則本是'翬'字。古人立字,展名取同義,子羽名翬,猶羽父之名翬也。黃本從馮、何校徑改爲'揮',蓋據《左傳·襄公三十一年》文耳。舍人用字多從別本,元本等又皆作'翬',可能此文原是'翬'字,不必單據《左傳》遽改爲'揮'也。"

王氏《校證》:"《左》襄二十四年、三十年、三十一年傳,皆以'公孫揮'與'子羽'錯舉,作'揮'者是。《左》襄三十一年傳云:'子產之爲政也,擇能而使之,馮簡子能斷大事,子太叔美秀而文,公孫揮能知四國之爲,而辨其大夫之族姓、班位、貴賤、能否,而尤善爲辭令。'即彥和此文所本。"

張氏《考異》:"從'揮'是。《左傳》作'揮',注云:'字子羽。'又魯有公子翬,音同揮。"

李氏《斠詮》從楊氏説,云:"彥和引書愛用或字,此處以作'翬'爲是。黃改多餘。'翬'與'揮'古通。《説文通訓定聲》:'揮,假借爲翬。'《文選·潘岳〈西征賦〉》:'終奮翼而高翬。'李善注:'《西京賦》曰:遊鵾高翬。薛綜曰:翬,飛也。揮與翬古字通。'是彥和之作'翬',蓋用正字。"

【按】元明諸本皆作"翬",黃氏據馮校、何校而改作"揮",薈要本、文淵輯注本、文溯本、芸香堂本、翰墨園本、掃葉本、龍谿本並從之。

《説文·羽部》:"翬,大飛也。從羽,軍聲。一曰伊雒而南,五彩皆備曰翬,《詩》曰:'如翬斯飛。'"子羽名翬,"名""字"正可相應。然"公孫翬"古書罕見,古多作"公孫揮"。《論語·憲問》:"行人子羽脩飾之。"何晏集解:"子羽,公孫揮。"劉寶楠正義:"公孫揮,'揮'與'翬'同,故字子羽。若魯太宰翬字羽父也。"《説苑》卷七"子產相鄭"條亦作"公孫揮"。《漢書·五行志中》:"鄭行人子羽曰:假不反矣。"顏師古注:"行人,官名。子羽,公孫揮字也。"並可爲證。然依楊氏解説,此字元明諸本皆作"翬",蓋舍人原本即作此,"翬"字自通,不必改

“揮”。此仍從舊本作“翬”較長。

④ 樂毅報書辨以義。

“辨”，元至正本、馮鈔元本、弘治本、汪本、佘本、隆慶本、張本、兩京本、胡本、何本、王批本、訓故本、合刻本、梁本、集成本、尚古本、岡本、文淵本、文溯本、文津本、文瀾本、王本、崇文本作“辯”。　徐燉云：“‘以’，當作‘而’。”

王氏《校證》：“‘而’原作‘以’，以下文句法求之，徐説是。今據改。”

張氏《考異》、李氏《斠詮》、詹氏《義證》並校“以”作“而”。

【按】元明諸本多作“辯”，梅本作“辨”，與謝鈔本合，黄氏從之。

“辨”，訓明，“辯”、“辨”通，毋須改字。“以”與上文兩“以”字複，且下文云“密而至”、“壯而中”、“麗而動”，此當據徐燉校作“而”，始能前後句法一律。王説是。

⑤ 賦《孟春》而選典誥。

孫詒讓《札迻》十二：“‘選典誥’，當作‘進《典語》’（按，據下文‘典’當爲‘新’之誤）。《諸子》篇云：‘陸賈《典語》。’並誤以‘新語’爲‘典語’也。《史記·陸賈傳》：‘凡著十二篇，每奏一篇，高帝未嘗不稱善，號其書以《新語》。’‘進’即謂奏進也。‘進’、‘選’，‘語’、‘誥’，皆形近而誤。”

鈴木《黄本校勘記》：“‘選’疑當作‘撰’，不必改爲‘進’。”

徐氏《刊誤》：“孫改‘典誥’爲‘典語’，是也。惟‘選’之爲‘進’，佐證似猶不足。此疑‘選’爲‘造’字之訛，宋元俗字‘選’作‘选’，與‘造’形略近，因而致混。《漢書·高帝紀》：‘陸賈造《新語》。’斯彦和所本也。”

劉氏《校釋》：“‘語’誤作‘誥’，是也。‘選’乃‘撰’字，二字古通。司馬相如《封禪書》：‘歷選列辟。’《史記》作‘撰’，徐廣曰：‘撰，一作選。’是其證。不必據《漢書》改作‘進’也。”

楊氏《補正》：“《子苑》引作‘選典誥’，是此文本無誤字。孫説未可從也。《漢書·藝文志·詩賦略》列賦爲四家，陸賈賦其一也。《詮賦》篇亦云：‘秦世不文，頗有雜賦。漢初詞人，順流而作，陸賈扣其端。’是此處之‘首發奇采’，當專指陸賈之賦而言，未包其《新語》在内。因諸子戰國已臻極盛，《新語》乃屬於‘體勢浸弱’、‘類多依采’之流，舍人於《諸子》篇曾明言之，豈能又以‘首發奇采’相許？則‘典誥’非‘《新語》’之誤，可知矣。‘賦《孟春》而選典誥’，蓋止論賈之《孟春賦》，本爲一事，非謂其既賦《孟春》，又撰《新語》也。《史傳》篇：‘是立義選言，宜依經以樹則。’《詔策》篇：‘武帝崇儒，選言弘奧，策封三王，文同訓典。’《封禪》篇：‘樹骨於訓典之區，選言於弘富之路。’又《漢志·諸子略》所列‘儒五十三家’，陸賈二十三篇即在其中。然則‘（陸賈）賦《孟春》而選典誥’，謂其賦選言於典誥也。”

范氏《注》、李氏《斠詮》、張氏《考異》並從孫氏説作“進《新語》”。郭氏《注譯》從劉氏説，作“撰《新語》”。

【按】孫説未確，楊説尤迂曲難通。“選典誥”，疑當作“造《新語》”。徐氏疑“選（俗作选）”乃“造”之形訛，其説可從。《漢書·高帝紀下》：“天下既定，命蕭何次律，令韓信申軍法，張蒼定章程，叔孫通制禮儀，陸賈造《新語》。”《論衡·書解篇》：“管仲晏嬰，功書並作；商鞅虞卿，篇治俱爲。高祖既得天下，馬上之計未敗，陸賈造《新語》，高祖粗納采。”正作“造《新語》”，此蓋舍人所本。於“寫作”、“撰述”義，舍人屢用“造”字。如《明詩》篇：“舜造《南風》之詩。”“亦造仙詩。”《雜文》篇：“始造對問。”《時序》篇：“造皇羲之書。”並其例。又《論衡·自紀篇》：“然則通人造書，文無瑕穢。”《後漢書·王充傳》：“年漸七十，志力衰耗，乃造《養性書》十六篇。”亦用“造”字。此作“造”始能與上文“賦”相對，孫氏云當作“進《新語》”，不確，“進”訓進獻，未能與“賦”相對。

如此文確作“選”字，依鈴木説，亦當讀作“撰”（《集韻·綫韻》：“選，或作‘撰’。”），訓造作。下文“成公子安選賦而時美”之“選”，亦當作如是解。

楊氏謂舍人“專指陸賈之賦而言，未包其《新語》在内”，未確。下文云賈誼“議愜而賦清”，“議”即指賈誼《新書》而言。楊氏又謂此句當解作“其賦選言於典誥也”，亦非，因下文有“志乎典訓”語，前後意複。實則此“而”字爲平列連詞，用以列舉陸賈之各類作品，且此句專論陸賈文辭之“富”，不應忽轉入論其賦之風格。

⑥ 其辯之富矣。

“辯”，張本、秘書本、彙編本作“辨”，《子苑》三二引同。　沈臨何校本點去“之”字。　傳録何沈校本云：“‘辯’下，或無‘之’字。”

【按】今本文義難通，無“之”字亦非。“之”疑當爲“言”之誤，二字草書形近。徐幹《中論·覈辯》：“故辯之言別也，爲其善分別事類而明處之也，非謂言辭切給而以陵蓋人也，故《傳》稱《春秋》‘微而顯，婉而辯’者。然則辯之言必約以至，不煩而諭，疾徐應節，不犯禮教，足以相稱，樂進人之辭，善致人之意。……故言有拙而辯者焉,有巧而不辯者焉。"所謂"辯之言",即簡要而能達意之言也。《後漢書·崔寔傳》:"(崔寔)明於政體,吏才有餘,論當世便事數十條,名曰《政論》,指切時要,言辯而確。"所謂"言辯",即言辭能指事、明理,與"辭達"義近,故此"言"亦可稱"辯言"。舍人所云"辯言",亦即徐幹所謂"辯之言",其句大意當爲:"陸賈所作之簡約而能達意之文辭,堪稱豐富。"

"辯言",亦指言之有文采者。如《論衡·自紀篇》:"故辯言無不聽,麗文無不寫。""然則辯言必有所屈。"《文選·曹植〈七啓〉》:"夫辯言之艷,能使窮澤生流,枯木發榮。"摯虞《文章流別論》:"辯言過理,則與義相失。"(《藝文類聚》五六引)《文選·應貞〈晉武帝華林國集詩〉》:"行捨其華,言去其辯。"並其證。此義亦可用於形容陸賈之文章,上文已言"首發奇采"。

⑦ **然覆取精意。**

"覆",兩京本、胡本作"復"。　清謹軒本作"覈"。　徐燉校作"覈"。

張氏《考異》:"范氏《注》非。《周禮·冬官·考工記》注:'詳察曰覆。'《集韻》:'覆,審也。'"

李氏《斠詮》:"覆訓審,見《爾雅·釋詁》,謂詳察之也。'覆取精意',謂審察擇取其精思妙意也。"

范氏《注》、徐氏《正字》、楊氏《補正》、王氏《校證》並校"覆"作"覈"。

【按】作"覆"自通,"覈"蓋"覆"之形訛。《銘箴》篇"其取事也必覈以辨",元至正本、弘治本等誤"覈"爲"覆",是二字易訛之證。劉氏《校釋》云:"此言相如之文夸艷,致精意覆蔽也。"李氏《斠詮》引申劉説,云:"覆蔽,謂掩覆遮蔽也。《漢書·食貨志》:'依阻山澤,吏不能禽,而覆蔽之,浸淫日久。'《情采》篇末段斥采勝之弊有言:'固知翠綸桂餌,反所以失魚。言隱榮華,殆謂此也。'此云'覆蔽精意',亦即'言隱榮華'之謂也。"兩家之説甚是。

"覆",訓隱、滅。《逸周書·周祝》:"傾國,覆。"孔晁注:"覆,滅也。"《左傳·莊公十一年》:"覆而敗之,曰取某師。"孔穎達疏引服虔云:"覆,隱也。""取",亦訓滅除。《春秋·隱公十年》:"鄭伯伐取之。"范寧注:"變滅言取。"《公羊傳·昭公四年》:"其言取之何? 滅之也。"故"覆取"當訓覆沒、滅除。《呂氏春秋·慎行論》:"率諸侯以攻吳,圍朱方,拔之。"高誘注:"覆取之曰拔。"《三國志·魏書·荀彧傳》裴松之注:"遂摧大逆,覆取其衆。"並其義。

於文章而言,辭藻夸艷,則必掩滅真意。《莊子·繕性》:"文滅質,博溺心。"成玄英疏:"質是文之本,文華則隱滅於素質;博是心之末,博學則没溺於心靈。"於文質之理揭示甚明。《情采》篇云:"采濫辭詭,心理愈翳。""理正而後摛藻,使文不滅質,博不溺心。"正承《莊子》之旨。此云"覆取精意"("精意"指文章應有之深意),亦即"心理愈翳"、"滅質"、"溺心"之意。

此句與上文"洞入夸艷"以及下文"理不勝辭"、"文麗用寡",皆針對相如辭賦之弊病而言,非指舍人"詳察"相如爲文之精思妙意。

⑧ **辭人最深。**

"人",梅校:"疑誤。"　彙編本作"令"。　沈臨何校本標疑"人"字。　劉永濟云:"'人',乃'采'字之誤。"

范氏《注》:"《漢書・揚雄傳》:'雄少而好學,……默而好深湛之思。'子雲多知奇字,亦所謂搜選詭麗也。'搜選詭麗',辭深也;'涯度幽遠',義深也。'辭人最深','人'當作'義',俗寫致訛。"

徐氏《正字》:"'人'不當言'深',疑'人'爲'文'字之誤。"

戶田《校勘記補》:"'人'疑作'理',下文'故能理瞻而辭堅矣'。"

楊氏《補正》:"范説是。《漢書・揚雄傳贊》:'今揚子之書,文義至深。'可證此文'人'字確爲'義'之誤。'辭義最深',即'文義至深'也。"

王氏《校證》從范説作"義",云:"下文'理瞻辭堅',即承此言。"

李氏《斠詮》從范氏説,云:"張氏之訂范注,往往矯枉過正,所謂'辭人最深'云云,語句不解,跡近強解,細推上下文辭氣,似仍以從范説爲勝。"

【按】諸家之説皆非,今本作"人"自通,毋須改字。彙編本作"令",蓋亦臆改。潘氏《札記》云:"'詩人'、'辭人',《文心》屢用常語。言子雲屬意,乃辭人之最深者。子雲心好沈博絶麗之文,又好爲深沉之思,故言其用意於辭人最深也。"張氏《注訂》云:"'辭人最深'者,辭人中之最爲深湛者,故下有'涯度幽遠'之言。范注非。"兩家之説甚是。上云"詩人",此云"辭人",前後呼應。桓譚《新論》:"楊子雲才智閎達,卓絶於衆,漢興已來,未有此也。"(《御覽》六〇二引)此則云揚雄作文往往構意深邃(《定勢》:"綜意淺切。"《誄碑》:"潘岳構意。"),高出於一般辭人。如作"辭義",一則與"屬意"義複,再則與下文"理瞻而辭堅"義複,非是。

⑨ **故知長於諷論。**

"諷論",崇文本作"諷諭"。　徐燉云:"'諷論',當作'諷諭'。"

鈴木《黃本校勘記》："'論'，疑當作'諭'。"

楊氏《補正》："'論'字不誤。'諷'指其諷諫之疏言（見《後漢書》本傳），'論'則指《新論》。此以君山之'諷'、'論'並舉，正如後文評徐幹之以'賦'、'論'連言然也。上疏與《新論》皆屬於筆類，與辭賦異，故云'長於諷論，不及麗文'。"

李氏《斠詮》校"諷論"作"諷諭"。

【按】楊說是，作"論"自通，毋須改字。上文云"賦《孟春》而選《新語》（見上校）"，下文云"徐幹以賦論標美"，均"賦"、"論"並舉。《周書·王襃庾信傳論》："大儒荀況，賦禮智以陳其情，含章鬱起，有諷論之義。"即"諷論"連文之證。

⑩ 弈葉繼采。

"弈"，元至正本、馮鈔元本、弘治本、汪本、佘本、隆慶本、張本、兩京本、何本、王批本、訓故本、謝鈔本、梅本、凌本、合刻本、梁本、秘書本、梅六次本、梅七次本、抱青閣本、集成本、尚古本、岡本、薈要本、文淵本、文溯本、文津本、文瀾本、張松孫本、王本、崇文本作"奕"，《子苑》三二引同。

楊氏《補正》："'弈'字誤，當依各本改作'奕'。《子苑》作'奕'，未誤。"

【按】元明諸本皆作"奕"，黃本忽作"弈"，由黃本派生之文淵輯注本、芸香堂本、翰墨園本、掃葉本、龍谿本並從之。

"奕"，訓重、累。《文選·鍾會〈檄蜀文〉》："奕世重光。"李周翰注："奕，重也。"又潘岳《楊仲武誄》："伊子之先，奕葉熙隆。"呂延濟注："奕，累也。"元明諸本作"奕"無誤，"弈"字或爲黃氏臆改，或即爲誤刻，四庫五本已改作"奕"。此當從舊本改回"奕"字。

⑪ 能世厥風者矣。

"能"，汪本、佘本、何本、初刻梅本、復校梅本、凌本、合刻本、梁本、秘書本、梅六次本、梅七次本、彙編本、抱青閣本、集成本、尚古本、岡本、張松孫本作"龍"，養素堂初刻本同。　徐燉校"龍"作"能"，徐渭仁、張紹仁校同。　沈臨何校本改"龍"爲"能"。

張氏《考異》："'能'、'龍'並通，可兩存。"

【按】元至正本、弘治本等作"能"，梅本作"龍"，與汪本、佘本、何本合，黃氏養素堂初刻本從梅本作"龍"，此改刻本改爲"能"。

張說非是，此當作"能"，"龍"蓋"能"之形訛，或因涉《後漢書》云崔氏"世禪雕龍"而誤。《後漢書·楊震傳》:"震少子奉,奉子敷,篤志博聞,議者以爲能世其家。"《南史·孔道徽傳》:"道徽少厲高行,能世其家風。"並"能世"連文之證。

⑫ 跡其爲才。

"才"下,元至正本、馮鈔元本、弘治本、汪本、佘本、隆慶本、張本、兩京本、胡本、王批本、訓故本、謝鈔本、初刻梅本、復校梅本、凌本、合刻本、梁本、秘書本、梅六次本、梅七次本、彙編本、抱青閣本、集成本、尚古本、岡本、文淵本、張松孫本、王本、崇文本有"也"字。　沈臨何校本點去"也"字。

王氏《校證》:"黃注本刪'也'字,今據舊本補。"

張氏《考異》:"'也'字衍。此句與下句義屬一貫,王校非。"

【按】元明諸本皆有"也"字,黃氏據何校本而刪,薈要本、文津本、文淵輯注本、翰墨園本、掃葉本、龍谿本並從之。

有"也"與下文"崔傳之末流也"字複,當刪。《誄碑》篇:"察其爲才,自然而至。"《指瑕》篇:"潘岳爲才,善於哀文。"句法與此同。

⑬ 思洽識高。

"識",黃校:"一作'登'。"　元至正本、馮鈔元本、黃傳元本、弘治本、弘治活字本、汪本、佘本、隆慶本、張本、兩京本、胡本、何本、王批本、訓故本、謝鈔本、初刻梅本、復校梅本、凌本、合刻本、梁本、秘書本、彙編本、抱青閣本、尚古本、岡本、崇文本作"登",《子苑》三二引同。　沈臨何校本"登"字無校改,傳錄何沈校本"識"旁過錄"登"字。　張爾田圈點"登"字。

楊氏《補正》:"'思洽登高',謂其善於辭賦也。'登高能賦',見《詩·鄘風·定之方中》毛傳及《漢志》。《韓詩外傳》七:'孔子曰:君子登高必賦。'《後漢書》本傳所叙季長撰述,即以賦爲稱首,今存者尚有《琴賦》《長笛賦》《圍棋賦》《樗蒲賦》《龍虎賦》等篇(見嚴輯《全後漢文》卷十八,其中有不全者)。而《長笛》一賦,且登《選》樓。是季長所作,以賦爲優,故云'思洽登高'。本篇評論作者,皆就其最擅長者言。若作'識高',則空無所指矣。何況'登'與'識'之形音俱不近,焉能致誤?《出三藏記集·齊竟陵王世子撫軍巴陵王法集序》:'雅好辭賦,允登高之才。'《南齊書·文學傳論》:'卿、雲巨麗,升堂冠冕;張、左恢廓,登高不繼。'亦並以'登高'二字指賦。《詮賦》篇亦有'原夫登高之旨'語。"

王氏《綴補》校"識"作"登",云:"《漢書·藝文志》:'《傳》曰:登高能賦,可以爲大夫。'(今《詩·鄘風·定之方中》毛傳登作升,義同)此云'思洽登高',謂馬融能賦也。作‘識’，蓋後人不得其義而妄改，或涉下文‘博識有功’而誤。”

　　李氏《斠詮》校“識”作“登”。

　　【按】梅氏萬曆初刻本及復校本作“登”，與元明諸本合，梅氏天啓二本改爲“識”，黃氏從之。

　　作“識”與下文“博識”字複，此當從元至正本等作“登”。鈴木《黃本校勘記》云：“登高，謂其能賦也。”甚是。“登高”，即“登高能賦”之省，如同“友于兄弟”（《書·君陳》）省爲“友于”。“洽”，訓融會、通。《廣韻·洽韻》：“洽，合也。”《管子·國蓄》：“故民愛可洽於上也。”尹知章注：“洽，通也。”

　　⑭ 劉向之奏議。

　　王惟儉標疑“向”字。　　何焯云：“‘向’字疑誤。”

　　王惟儉《訓故》：“此段叙東漢，不宜有劉向，且向前已見，此‘向’字恐誤。”

　　【按】王氏、何氏之説近是。然此文所指當爲何人，疑不能明。

　　⑮ 多俊才而不課學。

　　“俊”，《史通·雜説下》引作“役”。

　　徐氏《正字》：“作‘役’是也。‘役才課學’與‘引書助文’，正對文。”

　　楊氏《補正》：“‘俊’字於義不屬，當是‘役’之形誤。《左傳·成公二年》：‘以役王命。’杜注：‘役，事也。’此當作‘役’而訓爲事，始合。”

　　劉氏《校釋》、王氏《校證》、張氏《考異》、李氏《斠詮》並校“俊”作“役”。

　　【按】今本“俊”字自通，毋須改從。“俊才”，即“有俊才”或“憑藉俊才”之意。此爲舍人常用文法。如本篇云“左思奇才”，“奇才”者，謂左思有奇才，《哀弔》篇云“或美才而兼累”，“美才”者，言有美才也（參見該篇此條校），《指瑕》篇云“或逸才以爽迅”，“逸才”者，言有逸才也。並其證。又，《後漢書·列女傳·曹世叔妻》：“（班昭）字惠班，一名姬，博學高才。”《文選·向秀〈思舊賦〉》李善注引干寶《晉書》：“（吕）安，巽庶弟，俊才，妻美。”《魏書·袁躍傳》：“袁躍，字景騰，陳郡人，尚書翻弟也，博學儁才，性不矯俗。”《南史·袁彖傳》：“覬好學美才，早有清譽。”又《顏延之傳》：“穆之聞其美才。”“高才”、“俊才”、“美才”之用法並與此同，皆毋須增“有”字。可證舍人造語，淵源有自，不可繩以今人語法而疑之。

　　《説文·言部》：“課，試也。”《文選·諸葛亮〈出師表〉》：“陛下亦宜自課，以咨諏善道。”李善注引王逸《楚辭注》：“課，試也。”引申爲勉勵、督促。《三國志·魏書·賈逵傳》：“最好《春秋左傳》，及爲牧守，常自課讀之，月常一遍。”

《宋書‧南郡王義宣傳》：“義宣至鎮，勤自課屬，政事修理。”並其義。則“俊才而不課學”一句，當解作：（卿、淵等人爲文，）往往依憑己之俊才，不待勤心向學而後成，亦即才高者不假外求之意。

《史通‧雜說》引此文作“役”，似亦可通，然上文已云“騁才”，此復言“役才”，前後語意犯重；且劉知幾之前古書亦不見有“役才”連文者，蓋“役”字或爲劉知幾臆改，或爲寫刻致誤（二字形近），未必《雕龍》之舊，諸家不當據此孤證而輕改舍人之文。

⑯ **雄向已後。**

“雄向”，李氏《斟詮》校作“向雄”，云：“二字原互倒，據《史通‧雜說下篇》引文乙正。”

張氏《考異》：“王校據《史通》作‘向雄’。王校改是。”（按，王氏《校證》實仍作“雄向”，不作“向雄”，張說有誤。）

【按】各本皆作“雄向”，《史通‧雜說下篇》引不足據，李說未可從。《諸子》篇：“若夫陸賈《典語》，賈誼《新書》，揚雄《法言》，劉向《說苑》。”亦先揚雄而後劉向，與此正同。蓋舍人敘列人物、文章，未必盡合時序之先後，原本如此，文義自通，心知其意可也。《舊唐書‧經籍志》：“漢興學校，復創石渠。雄向校讎於前，馬鄭討論於後，兩京載籍，由是粲然。”亦“雄向”連文。

《晉書》有《向雄傳》，知向雄字茂伯，河內山陽人，初仕魏爲郡主簿，後以過失入獄，司隸鍾會從獄中辟爲都官從事，及鍾會以叛逆罪被殺，無人殯斂，雄迎喪而葬之，晉太康初爲河南尹，賜爵關內侯。《世說新語‧方正》《宋書‧符瑞志》均載向雄事，可知向雄乃魏晉間名人，舍人當亦熟知之，此處不云“向雄”而云“雄向”，抑或欲有意避向雄之名以免誤解耶？

⑰ **劉劭《趙都》。**

“劭”，元至正本、馮鈔元本、黃傳元本、弘治本、汪本、佘本、隆慶本、張本、兩京本、王批本、訓故本、謝鈔本、初刻梅本、復校梅本、梅六次本、梅七次本、彙編本、抱青閣本、張松孫本作“邵”，《子苑》三二、《文通》二五引同。　秘書本作“邵”，楊氏《校注》云：“《歷代賦話續集》十四引同。”

楊氏《校注》：“‘邵’字是。”

楊氏《補正》：“‘邵’字是。”（按，“邵”字當爲排印之誤。）

【按】梅本作“邵”，黃氏改爲“劭”，與何本合。

楊説非是，作"劭"自通，毋須改字。《三國志·魏書·劉劭傳》："劉劭，字孔才，……嘗作《趙都賦》。"可爲證。"卲"、"劭"、"邵"義並可通。參見《事類》篇"劉劭趙都賦"條校。

⑱ **嵇康師心以遣論。**

"遣"，梅校："疑作'造'。"

楊氏《補正》："《哀弔》篇'以辭遣哀'，《聲律》篇'故餘聲易遣'，其'遣'字義與此同，是'遣'字不誤，何必改作？《子苑》引亦作'遣'。"

張氏《考異》："'遣'字不誤，字義爲長。"

【按】梅説非是，作"遣"自通。《文選·陸機〈文賦〉》："夫放言遣辭。"吕延濟注："遣，發。"

⑲ **左思奇才。**

"奇"，元至正本、馮鈔元本、黃傳元本、弘治本、弘治活字本、汪本、佘本、隆慶本、張本、兩京本、胡本、王批本、訓故本、謝鈔本作"立"。　徐燉校"立"作"奇"。　沈臨何校本改"立"爲"奇"，云："'立'，近刻'奇'。"

王氏《校證》："'立'即'奇'之壞文。"

張氏《考異》："立、奇並通，從'立'爲長。"

【按】元明諸本多作"立"，梅本作"奇"，與何本合，黃氏從之。

王説是，張説非，此作"奇"自通。此猶言"左思有奇才"，句法與《哀弔》篇"或美才而兼累"同，"美才"即"有美才"之義。參見上"多俊才而不課學"條校。

⑳ **辭自和暢。**

"自"，黃校："疑作'旨'。"　文瀾本作"旨"。　沈臨何校本標疑"自"字，云："'自'，疑作'旨'。"

王氏《綴補》："旨，俗書與'自'形近，又涉下文'自外'字而誤。"

【按】"自"當從何校作"旨"，二字形近致訛。作"自"與下文"非自外也"字複。《後漢書·郅壽傳》："遂因朝會譏刺憲等，厲音正色，辭旨甚切。"《三國志·蜀書·許靖傳》："得所貽書，辭旨款密。"《高僧傳·釋玄暢傳》："暢刊正文字，辭旨婉切。"並"辭旨"連文之證。

㉑ **每直置以疏通。**

范文瀾云："'直置'不可解，'置'或'指'之誤歟？"

楊氏《校注》初版："'直置'二字當乙，始能與下句'循規'相對。"

楊氏《補正》："范説誤。此二句當是指其詩言，非謂所作《遺孫皓書》也。'子荆零雨之章'，沈約《宋書·謝靈運傳論》曾稱之，鍾嶸《詩品》中亦特爲標舉；蕭統且以入《選》。'直置疎通'，蓋即休文所謂'直舉胸情，非傍詩史'也。《文鏡祕府論》地卷《十體》篇：'直置體者，謂直書其事，置之於句者是。'是'置'字未誤。《宋書·劉穆之傳》：'穆之曰：……而公（指劉裕）功高勳重，不可直置。'又《謝方明傳》：'謝方明可謂名家駒，直置便自是台鼎人。'《梁書·文學下·伏挺傳》：'懷抱不可直置。'《江文通集·雜體詩·殷東陽》：'直置忘所宰。'亦並以'直置'連文。評文論事皆用此二字，足見爲當時常語。"

李説《斠詮》從楊氏初版，乙作"置直"。

【按】范説及楊氏《校注》初版均不可從，楊氏《補正》是。此作"直置"自通，指徑直表達，純任自然。

㉒ 傅元篇章。

"元"，當依元明諸本作"玄"，此黃氏爲避清康熙帝諱而改者。

㉓ 並楨幹之實才。

"楨"，黃校："汪作'杶'。"　元至正本、馮鈔元本、黃傳元本、弘治本、弘治活字本、汪本、隆慶本、張本、兩京本、胡本、訓故本、文淵本、文溯本、文津本、文瀾本作"杶"。　徐渭仁、張紹仁校"杶"作"楨"。

楊氏《補正》："'杶'字與文義不符，非是。《後漢書·盧植傳》：'（曹操）告守令曰：（盧植）學爲儒宗，士之楷模，國之楨幹也。'《三國志·吳書·陸凱傳》：'（上疏）……姚信、樓玄、賀邵、張悌、郭逴……皆社稷之楨幹，國家之良輔。'例多不再列。並以'楨幹'爲言。《程器》篇贊'貞幹誰則'作'貞'，乃'楨'之借字。《論衡·語增篇》：'夫三公鼎足之臣，王者之貞幹也。'即作'貞'。"

【按】梅本作"楨"，與佘本、何本、王批本、謝鈔本合，黃氏從之。

楊説是，作"楨"自通。"杶"蓋"楨"之形訛。《説文·木部》："杶，木也。從木，屯聲。"杶即香椿，於義無取。《漢書·匡衡傳》："朝廷者，天下之楨幹也。"《法言·五百》："經營然後知幹楨之克立也。"李軌注："幹楨，築牆版之屬也。言經營宮室，立城郭，然後知幹楨之能有所立也。"

㉔ 成公子安選賦而時美。

"時"，集成本作"辭"。

鈴木《黃本校勘記》："'選'，當作'撰'。"

楊氏《補正》：“‘選’，讀爲‘撰’。”

王氏《校證》：“‘撰’、‘選’古通。《史記・司馬相如傳》：‘歷撰列辟。’集解：‘徐廣曰：撰，一作選。’《正緯》篇：‘曹褒撰讖。’唐寫本‘撰’作‘選’，是其證。”

【按】“選”字自通，當讀作“撰”，訓造作。參見《正緯》篇“曹褒撰讖以定禮”條、本篇“賦《孟春》而選典誥”條校。

“時”字亦通，與下“皆”字對文，集成本作“辭”，蓋臆改。

㉕ 孟陽景陽。

下“陽”字，元至正本、馮鈔元本、黃傳元本、弘治本、弘治活字本、汪本、佘本、隆慶本、張本、兩京本、胡本、何本、王批本、謝鈔本、初刻梅本、復校梅本、凌本、合刻本、梁本、秘書本、梅六次本、梅七次本、彙編本、集成本、尚古本、岡本作“福”，養素堂初刻本同。　《子苑》三二引作“福”。　馮舒、何焯云：“‘福’，當作‘陽’。”

户田《校勘記補》從“陽”。

楊氏《補正》：“史傳未言張載撰有《景福殿賦》，梅注二字誤。舍人一則曰‘才綺而相埒’，再則曰‘可謂魯衛之政，兄弟之文也’，則當以作‘景陽’爲是。”

【按】元明諸本多作“福”，唯訓故本作“陽”，黃氏養素堂初刻本從“福”，此改刻本從訓故本作“陽”。

作“陽”是。鍾嶸《詩品序》：“晉太康中，三張、二陸、兩潘、一左，勃爾復興。”張載字孟陽，張協字景陽。《晉書・張載傳論》：“孟陽鏤石之文，見奇於張敏，……景陽摛光王府，棣萼相輝。”

㉖ 《仙詩》亦飄飄而凌雲矣。

“凌”，元至正本、黃傳元本、弘治活字本、兩京本、胡本作“陵”。

楊氏《補正》：“‘飄飄凌雲’，用司馬相如奏《大人賦》事，《史記・相如傳》作‘凌’，《漢書》作‘陵’。‘凌’、‘陵’古通。以《風骨》篇‘相如賦仙，氣號凌雲’例之，作‘凌’前後一律。”

【按】元至正本作“陵”，梅本及其他明諸本皆作“凌”，黃氏從之。

“凌”、“陵”通，毋須改字。《史記・司馬相如傳》：“相如既奏《大人》之頌，天子大說，飄飄有凌雲之氣，似游天地之間意。”《漢書・司馬相如傳下》作“陵雲”。

㉗ 孫盛干寶。

“干寶”，梅校：“元作‘子寶’。”　元至正本、馮鈔元本、黃傳元本、弘治本、弘治活字本、佘本、隆慶本、張本、兩京本、胡本、王批本、薈要本、文津本作“子實”，《子苑》三二引同。　汪本作“于實”。　謝鈔本、梁本、文瀾本作“于寶”。
徐燉校“于實”作“干寶”，張紹仁校同。　馮班校“子實”作“干寶”。　沈臨
何校本改“子實”爲“于寶”。

【按】元明諸本多作“子實”，梅氏改爲“干寶”，與何本、訓故本合，黄氏
從之。

作“干寶”是，“于”、“子”蓋並“干”之形訛，“實”蓋“寶”之形訛。參見《時
序》篇“孫干之輩”條校。

⑱ 故倫序而寡狀。

楊氏《補正》：“‘狀’，疑當作‘壯’。舍人謂其‘倫序寡壯’，蓋如鍾嶸《詩品
序》之評爲‘平典似《道德論》’然也。興公詩由《文館詞林》所載四首觀之，確係
‘規旋矩步，倫序寡壯’。”

【按】楊説是，“狀”疑當作“壯”，形聲並近而訛。“多偏”，乃越出規矩之結
果，“寡壯”，乃嚴守規矩之結果，皆指文章缺陷而言。《史傳》篇：“或疎闊寡
要。”《序志》篇：“《翰林》淺而寡要。”用法與“寡壯”同。

⑲ 殷仲文之“孤興”。

“孤”，黄校：“疑作‘秋’。”　沈臨何校本云：“‘孤’，疑作‘秋’。”　顧廣圻校
作“秋”。

楊氏《補正》：“《文選》載仲文《南州桓公九井作》詩，有‘獨有清秋日，能使
高興盡’句，何氏蓋據此爲言。然由江淹《雜體詩·殷東陽》首標目爲‘興矚’及
所擬全詩觀之，‘孤’字不誤。‘孤興’與下句‘閑情’對。‘孤興’二字出《文賦》。
《子苑》同今本。”

張氏《考異》：“上有‘獨有’一辭，‘孤’字不誤。”

李氏《斠詮》校“孤”作“秋”。

【按】作“孤”自通，與下句“閑”相儷。牟氏《譯注》云：“孤興，即謂孤高之
興，不必改‘孤’爲‘秋’。”甚是。《論衡·自紀篇》：“士貴故孤興，物貴故獨産。”
《文選·陸機〈文賦〉》：“或託言於短韻，對窮跡而孤興。”李善注：“短韻，小文
也。言文小而事寡，故曰窮跡，跡窮而無偶，故曰孤興。”《弘明集·釋寶林〈破
魔露布文〉》：“是以如來越重昏而孤興，蔚勤功於曠劫。”《晉書·孟陋傳》：“口
不及世事，未曾交游，時或弋釣，孤興獨往，雖家人亦不知其所之也。”此“孤興”
連文之證。

㉚ **遺風籍甚。**

"籍"，張本作"藉"。

楊氏《補正》："《史記·陸賈傳》：'陸生遊漢廷公卿間，名聲藉盛。'集解引《漢書音義》曰：'言狼藉甚盛。'《漢書》賈傳作'籍甚'。是'藉'、'籍'本通。然以《論說》篇'雖復陸賈籍甚'證之，則此亦當作'籍'，前後始能一律。"

　　【按】楊説是，作"籍"自通。《宋書·王景文傳論》："王景文弱年立譽，聲芳籍甚。"《文選·任昉〈宣德皇后令〉》："客游梁朝，則聲華籍甚。"並其例。

知音第四十八

　　知音其難哉！音實難知，知實難逢，逢其知音，千載其一乎？夫古來知音，多賤同而思古，所謂"日進前而不御，遙聞聲而相思"也。昔《儲說》始出，《子虛》初成，秦皇漢武，恨不同時，既同時矣，則韓囚而馬輕，豈不明鑒同時之賤哉？至於班固傅毅，文在伯仲，而固嗤毅云"下筆不能自休"。及陳思論才，亦深排孔璋，敬禮請潤色，歎以爲美談，季緒好詆訶，方之於田巴，意亦見矣。故魏文稱"文人相輕"，非虛談也。至如君卿脣舌，而謬欲論文，乃稱"史遷著書，諮東方朔"，於是桓譚之徒，相顧嗤笑。彼實博徒，輕言負誚，況乎文士，可妄談哉？故鑒照洞明，而貴古賤今者，二主是也；才實鴻懿，而崇己抑人者，班曹是也；學不逮文，而信僞迷真者，樓護是也。醬瓿之議，豈多歎哉！

　　夫麟鳳與麏雉懸絶，珠玉與礫石超殊，白日垂其照，青眸寫其形，然魯臣以麟爲麏，楚人以雉爲鳳，魏氏以夜光爲怪石，①宋客以燕礫爲寶珠。形器易徵，謬乃若是，文情難鑒，誰曰易分？

　　夫篇章雜沓，質文交加，知多偏好，人莫圓該。慷慨者逆聲而擊節，醞藉者見密而高蹈，②浮慧者觀綺而躍心，愛奇者聞詭而驚聽。會己則嗟諷，異我則沮棄，各執一隅之解，欲擬萬端之變，所謂"東向而望，不見西墻"也。

　　凡操千曲而後曉聲，觀千劍而後識器，故圓照之象，務先博觀。

閲喬岳以形培塿,酌滄波以喻畎澮,③無私於輕重,不偏於憎愛,然後能平理若衡,照辭如鏡矣。是以將閲文情,先標六觀:一觀位體,二觀置辭,三觀通變,四觀奇正,五觀事義,六觀宮商。斯術既形,④則優劣見矣。

　　夫綴文者情動而辭發,觀文者披文以入情,⑤沿波討源,雖幽必顯。世遠莫見其面,覘文輒見其心,豈成篇之足深,患識照之自淺耳。夫志在山水,琴表其情,況形之筆端,理將焉匿? 故心之照理,譬目之照形,目瞭則形無不分,心敏則理無不達。然而俗監之迷者,⑥深廢淺售,此莊周所以笑《折楊》,宋玉所以傷《白雪》也。昔屈平有言:“文質疎內,衆不知余之異采。”見異唯知音耳。⑦揚雄自稱“心好沈博絶麗之文”,其事浮淺,⑧亦可知矣。夫唯深識鑒奥,⑨必歡然內懌,譬春臺之熙衆人,樂餌之止過客。蓋聞蘭爲國香,服媚彌芬;書亦國華,翫澤方美。⑩知音君子,其垂意焉。

　　贊曰:洪鍾萬鈞,夔曠所定。良書盈篋,妙鑒迺訂。流鄭淫人,無或失聽。獨有此律,⑪不謬蹊徑。

校箋

　① **魏氏以夜光爲怪石。**

　“氏”,復校梅本、凌本、秘書本、梅六次本、梅七次本、集成本、張松孫本作“民”。

　　鈴木《黄本校勘記》:“‘氏’作‘民’是也。”

　　楊氏《校注》:“以上下文例之,‘民’字是。《尹文子·大道下》篇所謂魏之田父者也。此稱‘魏民’,猶《頌讚》篇之稱‘魯民’然。”

　　楊氏《補正》又改從“氏”,云:“‘民’字非是。《孟子·公孫丑上》:‘宋人有閔其苗之不長而揠之者。’《抱樸子外篇·知止》‘宋氏引苗’一語,即本於《孟子》。不作‘人’而作‘氏’,是‘氏’與‘人’一實。”

　　李氏《斠詮》校“氏”作“民”。

　　【按】梅氏萬曆初刻本作“氏”,梅氏復校本、天啓二本改爲“民”,黄氏從之。

楊氏《校注》說是，《補正》則非。“氏”當從梅氏復校本等作“民”，二字形近而誤。此與上文“人”字相對，民亦人也。《尹文子·大道下》云：“魏之田父得玉徑尺，不知其玉也，以告鄰人，鄰人紿之曰：‘怪石也。’歸而置之廡下，明照一室，怪而棄之於野。”“父”，指從事某行業者之通稱。《莊子·漁父》云：“有漁父者，下船而來。”陸德明釋文：“有漁父者，音甫，取魚父也。”《史記·項羽本紀》云：“項王至陰陵，迷失道，問一田父，田父紿曰：‘左。’”並其義，“漁父”即漁民，“田父”即田民。“魏民”，猶言魏國之某人。《頌讚》篇：“魯民之刺裦韠。”用法與此同，可資旁證。

“氏”，訓氏族、姓氏，不訓民、人，此文如作“魏氏”，則與《尹文子·大道下》所述之意不合。舍人常以“氏”稱朝代，如《詔策》篇“晉氏中興”、《奏啓》篇“晉氏多難”，不見有以“氏”稱民之例。又，《晉書·孫盛傳》云孫盛著《魏氏春秋》，“魏氏”亦朝代之稱，可證此處之“氏”當爲“民”之訛誤。

② 醞藉者見密而高蹈。

“藉”，尚古本、岡本、文淵輯注本、文津輯注本、芸香堂本、翰墨園本、掃葉本作“籍”。　楊氏《校注》云：“覆刻黃本、思賢講舍本作‘籍’。”（按，本底本所據之養素堂初刻本亦作“藉”，楊氏謂“覆刻黃本”作“籍”，蓋據另一養素堂覆刻本而言。）

楊氏《補正》：“‘籍’字誤。”

【按】“醞藉”固是，作“醞籍”亦通，楊校失之。《南史·留異傳》：“異善自居處，言語醞籍，爲鄉里雄豪。”《北史·崔瞻傳》：“謂容止醞籍者爲潦倒。”並“醞籍”連文之證。參見《定勢》篇“類乏醞藉”條校。

③ 酌滄波以喻畎澮。

“澮”，元至正本、馮鈔元本、黃傳元本、弘治本、弘治活字本、汪本、佘本、隆慶本、張本、兩京本、胡本作“壎”。　王批本作“埨”。　秘書本作“嚕”。　徐燉校“壎”作“澮”，馮班、沈臨何校本、徐渭仁、張紹仁校同。

楊氏《補正》：“壎，字書所無，當以作‘澮’爲是。《爾雅·釋水》：‘注溝曰澮。’《釋名·釋水》：‘注溝曰澮；澮，會也，小溝之所聚會也。’《史記·夏本紀》‘澮畎致之川’集解：‘鄭注曰：畎澮，田間溝也。’滄，滄海。滄波，滄海所揚之波。‘畎澮’以小言，‘滄波’以大言也。”

【按】梅木作“澮”，與何本、訓故本、謝鈔本合，黃氏從之。

"澮"字是。《尚書·益稷》:"濬畎澮距川。"《漢書·李尋傳》:"今汝、潁畎澮皆川水漂涌。"並"畎澮"連文之證。

④ 斯術既形。

"形",《廣博物志》二九引作"行"。

楊氏《補正》:"'行'字誤。《禮記·樂記》:'應感起物而動,然後心術形焉。'(鄭注:'言在所以感之也。術,所由也。形,猶見也。'《釋文》:'見,賢遍反。')即此語所本。《情采》篇贊'心術既形',亦有力切證。"

李氏《斠詮》校"形"作"行",云:"作'形',涉上文'青眸寫其形'、'形器易徵'、'閱喬岳以形培塿'諸'形'字音近而誤。據《廣博物志》引改。"

【按】楊説是,今本作"形"自通,《文通》二五引同。"行"蓋"形"之音訛。《史記·律書》:"然後數形而成聲。"張守節正義:"言天數既形,則能成其五聲也。"《鬼谷子》下:"養志則氣盛,不養則氣衰,盛衰既形,則其所安所能可知矣。"並"既形"連文之證。

⑤ 觀文者披文以入情。

"披文",元至正本、黃傳元本、弘治活字本、兩京本、胡本作"披尋"。　訓故本作"披辭"。

楊氏《補正》:"上句既言'綴文者情動而辭發',則此當作'觀文者披辭以入情',始能相應。"

【按】梅本作"披文",與馮鈔元本、弘治本、汪本等合,黃氏從之。

楊説是,"披文"當從訓故本作"披辭"。作"文"與上"觀文"字複。"披",訓分、開。《玉篇·手部》:"披,開也。"《玄應音義》十三"開披"注:"披,猶分也。"此義亦爲舍人所常用。如《辨騷》篇:"論山水,則循聲而得貌;言節候,則披文而見時。"《論説》篇:"披肝膽以獻主,飛文敏以濟辭。"《夸飾》篇:"信可以發蘊而飛滯,披瞽而駭聾矣。"此云"披辭",猶言進入文本,依循文辭。

⑥ 然而俗監之迷者。

"監",訓故本作"鑑"。

鈴木《黃本校勘記》:"'監'宜作'鑒'。"

楊氏《補正》:"以上文'文情難鑒',下文'夫唯深識鑒奧',及贊中'妙鑒迺訂'證之,鈴木説是也。"

王氏《校證》校"監"作"鑒",云:"本贊'妙鑒迺訂'語,即承此爲言,亦作'鑒'。"

【按】“監”、“鑒”字通，無煩改從。《詩·邶風·柏舟》：“我心匪監。”陸德明釋文：“監，鏡也。”李富孫異文釋：“監、鑒二字古多通假。”《莊子·盜跖》：“不監於道。”成玄英疏：“監，明也，見也。”

⑦ **衆不知余之異采。** 見異唯知音耳。

劉氏《校釋》：“兩‘異’字應作‘奥’，後人據誤本《楚辭》改此文耳。觀下文‘深識鑒奥’可知。”

李氏《斠詮》：“不改字自通。異采者，殊異之文采也。”

詹氏《義證》：“《文論選》注：‘《史記·屈原列傳》：文質疎内分，衆不知余之異采。《集解》引徐廣曰：異一作奥。’此‘異’、‘奥’形近易誤之證。……另外，《文心雕龍》中還兩用‘異采’字。《體性》篇：‘壯麗者，高論鴻裁，卓爍異采者也。’《麗辭》篇：‘若氣無奇類，文乏異采，碌碌麗辭，則昏睡耳目。’”

【按】兩“異”字無誤，劉説非是。“奥采”連文，古書罕見，而“異采”則舍人常言。《楚辭·九歌·懷沙》：“文質疎内分，衆不知余之異采。”王逸注：“采，文采也。言己能文能質，内以疎達，衆人不知我有異藝之文采也。”此舍人所本。又，劉氏認爲《序志》篇“辭訓之異”之“異”亦當“奥”字之形誤，其説亦不可從。詳參《序志》篇“辭訓之異”條校。

⑧ **其事浮淺。**

訓故本作“其□事浮淺”。 顧黄校本於“其”字旁標“乙”，示有脱誤。

范氏《注》：“‘其事浮淺’，疑當作‘不事浮淺’。”

潘氏《札記》：“‘其事’，疑當作‘共事’，意謂楊雄自稱心好沈博絕麗之文，則時俗共事浮淺，亦可知矣。”

徐氏《正字》：“‘其事浮淺’句，與文義不屬，疑‘其’下本有‘不’字，傳寫脱之耳。”

劉氏《校釋》：“‘其’疑‘匪’誤，此言雄好深奥之文，匪從事於浮淺可知。故下曰‘深識鑒奥，歡然内懌’也。”

楊氏《補正》：“此二句，承上‘揚雄自稱心好沈博絕麗之文’句立論，‘其’下白匡當補一‘不’字，始合文意。”

王氏《校證》：“疑當作‘共事浮淺’，意謂揚雄自稱心好沈博絕麗之文，則世俗之共事浮淺，亦可知矣。”（按，此與潘氏説同。）

李氏《斠詮》從潘氏説，云：“‘共事浮淺’，承上文‘俗監之迷者，深廢淺售’

而言,亦與上文屈平所謂'眾不知余之異采'之意相偶。若如范、楊二氏之校,則語意直致,上下文不相貫串矣。劉氏《校釋》疑'其'係'匪'誤,說雖可通,但仔細衡之,似仍以作'共'爲勝。"

張氏《考異》從范氏說。

【按】徐說、楊說是,此文疑有訛脫,"其"下當補"不"字,作"其不事浮淺"。范氏改"其"爲"不",非是,此句有"其"字義長。此句乃緊承上文,揭示揚雄爲文之宗趣,"其"當指揚雄無疑,潘氏、王氏臆改"共",非是。參見《事類》篇"張子之文爲拙,然學問膚淺"條校。

⑨ **夫唯深識鑒奧。**

徐氏《正字》:"'深識'疑當作'識深',與'鑒奧'二字詞性均同。"

楊氏《補正》:"'鑒奧',疑當乙作'奧鑒',與'深識'對。《漢書·叙傳上》'淵哉深識',《文選·盧諶〈贈劉琨詩〉》'寄之深識',王儉《褚淵碑文》'深識臧否',並以'深識'爲言。此云'深識奧鑒',與《聲律》篇之'練才洞鑒',句法正相似也。"

王氏《校證》:"'深識',疑當作'識深'。"

張氏《考異》從王氏說。

【按】今本文義自通,毋須改動。此古人特殊句法,參見《原道》篇"業峻鴻績"條、《諸子》篇"淮南汎採而文麗"條校。《養氣》篇:"凡童少鑒淺而志盛。"《高僧傳·譯經下》論曰:"其後鳩摩羅什碩學鈎深,神鑒奧遠。"《三藏法師傳》卷十釋慧立論曰:"神鑒奧遠,博閑三藏。"並可證作"鑒奧"亦合乎語法。

⑩ **翫澤方美。**

"澤",黃校:"王(惟儉)作'繹'。"(按,養素堂初刻本無此校語,芸香堂本、翰墨園本、掃葉本此校語作:"王作'懌'。"鈴木《黃本校勘記》:"黃氏原本無此校語,疑亦節署本所添。") 訓故本作"繹"。

范氏《注》:"'翫澤',疑當作'翫繹'。"

楊氏《補正》:"作'繹'是。繹,尋繹也(《文選·王褒〈四子講德論〉》李注引馬融《論語·八佾》注)。"

張氏《考異》:"'澤'與上'媚'字爲對文,服之媚,書之澤也。作'懌'非。"

王氏《校證》、李氏《斠詮》、牟氏《譯注》並校"澤"作"繹"。

【按】"翫澤"古書罕見,"澤"當從訓故本作"繹",二字形近致訛。作"懌"

與上文“必歡然內懌”重出，此作“繹”較長。“繹”、“懌”於“愉悅”義可通。《詩·大雅·板》：“辭之繹矣。”陸德明釋文：“本亦作‘懌’，説也。”《詩·小雅·頍弁》：“庶幾説懌。”陸德明釋文：“懌，本又作‘繹’。”楊氏解“繹”作“尋繹”，是也，然其字亦當訓悅。《文選·謝惠連〈雪賦〉》：“王迺尋繹吟翫。”李善注引毛萇《詩傳》：“繹，悅也。”

唐宋以後，“玩繹”或“翫懌”始習見。唐歐陽詹《二公亭記》：“幕烟茵草，翫懌移日。”（《文苑英華》八二四）唐呂巖《呂子易説·卦序圖》：“當循環觀象而玩繹之也。”宋呂祖謙《東萊集·別集·與陳同甫》：“再三玩懌，辭氣平和，殊少感慨悲壯之意。”宋陳造《江湖長翁集·題東堂集》：“玩繹諷味其文之瓌艷充托。”《朱子語類·學五》：“看人文字，……須沉潛玩繹，方有見處。”並其證。

⑪ **獨有此律。**

【按】 諸家於此無校。然“獨”訓但、僅、唯，如作“唯有此律”，則與下句語意不能連貫。“獨”疑當爲“持”之形訛，二字草書形近。《大智度論》二：“皆言長老憂婆離於五百阿羅漢中，持律第一。”《雜阿含經》十一：“此等不能執持律儀，防護眼根。”《高僧傳·釋道淵傳》：“（釋道淵）出家，止京東安寺，少持律檢。”此“持”、“律”搭配之證。《太玄經》五：“閉朋牖，善持有也。”范望注：“守一不移，持有善道也。”此“持有”連文之例。

“持有此律”，回應正文“無私於輕重，不偏於憎愛，然後能平理若衡，照辭如鏡矣”、“斯術既形”等語意。《楚辭·嚴忌〈哀時命〉》：“執權衡而無私兮，稱輕重而不差。”“律”，訓音律（《史記·五帝本紀》：“同律度量衡。”集解引鄭玄曰），“持律”與“執權衡”文例同。

程器第四十九

《周書》論士，方之梓材，蓋貴器用而兼文采也。是以樸斲成而丹雘施，垣墉立而雕杇附。①而近代詞人，務華棄實，故魏文以爲“古今文人之類不護細行”，②韋誕所評，又歷詆羣才，後人雷同，混之一貫，吁可悲矣！

略觀文士之疵：相如竊妻而受金，揚雄嗜酒而少算，敬通之不循廉隅，③杜篤之請求無厭，班固諂竇以作威，馬融黨梁而黷貨，文舉傲誕以速誅，正平狂憨以致戮，仲宣輕脆以躁競，④孔璋惚恫以麤疎，⑤丁儀貪婪以乞貨，⑥路粹餔餟而無恥，潘岳詭禱於愍懷，⑦陸機傾仄於賈郭，傅玄剛隘而詈臺，孫楚狠愎而訟府。⑧諸有此類，⑨並文士之瑕累。文既有之，武亦宜然。古之將相，疵咎實多：至如管仲之盜竊，吳起之貪淫，陳平之污點，絳灌之讒嫉，沿茲以下，不可勝數。孔光負衡據鼎，而仄媚董賢，況班馬之賤職，潘岳之下位哉？⑩王戎開國上秩，而鬻官囂俗，況馬杜之磬懸，丁路之貧薄哉？然子夏無虧於名儒，濬冲不塵乎竹林者，名崇而譏減也。若夫屈賈之忠貞，鄒枚之機覺，黃香之淳孝，徐幹之沉默，豈曰文士必其玷歟？

蓋人禀五材，修短殊用，自非上哲，難以求備。然將相以位隆特達，文士以職卑多誚，此江河所以騰湧，⑪涓流所以寸折者也。名之抑揚，既其然矣，位之通塞，亦有以焉。蓋士之登庸，以成務爲用。魯之敬姜，婦人之聰明耳，然推其機綜以方治國，安有丈夫學文而不達於政事哉？⑫彼揚馬之徒，有文無質，所以終乎下位也。昔庾元規才華清英，勳庸有聲，故文藝不稱，若非台岳，則正以文才也。文武之術，左右惟宜，郤縠敦《書》，故舉爲元帥，豈以好文而不練武哉？孫武《兵經》，辭如珠玉，豈以習武而不曉文也？

是以君子藏器，待時而動，發揮事業，固宜蓄素以弸中，⑬散采以彪外，梗柟其質，豫章其幹，摛文必在緯軍國，負重必在任棟梁，窮則獨善以垂文，達則奉時以騁績，若此文人，應梓材之士矣。

贊曰：瞻彼前脩，有懿文德。聲昭楚南，采動梁北。雕而不器，貞幹誰則？豈無華身，亦有光國。

校箋

① 垣墻立而雕杇附。

"杇"，馮鈔元本、弘治本、汪本、佘本、隆慶本、張本、謝鈔本、梅本、文淵本、文溯本、文津本、文瀾本作"朽"。　何本、復校梅本、凌本、合刻本、梁本、秘書

本、梅六次本、梅七次本、集成本、尚古本、岡本、張松孫本、王本、崇文本作
"墁"。　徐燉校"朽"作"杇"。　黃丕烈校作"鏝"。

楊氏《補正》："是'朽'爲'杇'之誤,'巧'爲'圬'之誤。圬,'杇'之或體。當
以作'杇'爲正。《論語·公冶長》：'子曰：朽木,不可雕也,糞土之牆,不可杇
也。'即此'雕杇'二字之所自出。《爾雅·釋宮》：'鏝謂之杇。'郭注：'泥鏝。'
《釋文》：'鏝,本或作槾。'《説文·木部》：'杇,所以塗也。秦謂之杇,關東謂之
槾。'何本等作'墁',其義雖通,恐非舍人之舊。"

【按】梅氏萬曆初刻本作"杇",與元至正本、兩京本、王批本、訓故本合,梅
氏天啓二本改爲"墁",與何本合,黃氏仍從初刻本。

楊説是,作"杇"是,"朽"、"巧"蓋並"杇"之形訛。《爾雅·釋宮》："鏝謂之
杇。"陸德明釋文引李云："杇,塗工之作具。"引申爲塗飾,抹。《論語·公冶
長》："糞土之牆不可杇也。"何晏集解引王曰："杇,鏝也。"

② 故魏文以爲"古今文人之類不護細行"。

梅校："'之'字,衍。"　訓故本、李本、文溯本無"之"字,《文通》二五引同。
合刻本"之"字置於白匡內。　謝兆申云："'之'字似衍。"　徐燉云："無'之'字
便不成文,伯元(即謝兆申)以爲衍,非是。若去'之'字,'類'字連下句讀,亦
通。"　馮舒云："'文人'下,衍'之'字。"　沈臨何校本點去"之"字,云："'之'字
衍。"　徐渭仁圈去"之"字。

户田《校勘記補》、楊氏《補正》、張氏《考異》並云無"之"字是。

【按】元明諸本唯訓故本無"之"字,李本、文溯本從之,合刻本亦疑"之"字
當删,而黃氏仍從梅本。

無"之"字方合語法。《文選·曹丕〈與吳質書〉》："觀古今文人,類不護細
行,鮮能以名節自立。"可爲旁證。"類",訓率、皆、大抵。《後漢書·郅壽傳》：
"賓客放縱,類不檢節。"李賢注："類,猶皆也。"

③ 敬通之不循廉隅。

楊氏《補正》："'循',當作'修'。'修'與'脩'通,'循'蓋'脩'之誤。古籍中
多有此例。《漢書·揚雄傳上》：'不修廉隅。'又《元后傳》：'(王)禁有大志,不
修廉隅。'《晉書·王國寶傳》：'少無士操,不修廉隅。'蕭倫《隱居先生陶君碑》：
'含章貞吉,不脩廉隅。'(《文苑英華》八七三)並其證也。"

張氏《考異》："循,《説文》：'行順也。'《爾雅·釋詁》：'率,循也。'《史記·

循吏傳》：‘奉職循理，亦可爲治。’《廣雅》：‘循，述也。’與‘修’字義近而用同。且‘循’、‘修’二字有輕重深淺程度之略別，‘循’字不誤，楊校非。”

【按】“循”、“脩”古通。《荀子·王霸》：“不好循正其所以有。”王先謙集解引郝懿行曰：“‘循’、‘脩’古字通也。”《慎子·定分》：“遇民不修法。”孫詒讓按：“‘修’當爲‘循’。經典‘脩’、‘修’通用，隸書‘脩’、‘循’二字形略同，傳寫多互譌。”《莊子·大宗師》：“以德爲循。”釋文云：“循，本亦作‘脩’。”《戰國策·趙策》：“今重甲循兵。”姚宏注：“（循）一作‘修’。”

此文各本皆作“循”，蓋舍人沿經典“脩”、“修”通之例而用之。楊氏泥於《漢書》《晉書》等所言而致疑，固不足據，張氏以“循”之本義作解亦非，“循廉隅”，即修廉隅也。

④ 仲宣輕脆以躁競。

“脆”，馮鈔元本作“銳”，馮班校作“脱”。

徐氏《正字》：“‘脆’疑當作‘銳’，《體性》篇云：‘仲宣躁銳，故穎出而才果。’此分用‘躁銳’二字。”

楊氏《補正》：“《體性》篇‘仲宣躁銳’之‘銳’當作‘競’。《三國志·魏書·王粲傳》：‘（劉）表以粲貌寢而體弱通侻（裴注：通侻者，簡易也），不甚重也。’‘侻’與‘脱’通。疑此處‘脆’字爲‘脱’之形誤。《後漢書·列女·曹世叔妻傳》：‘（《女誡》）若夫動靜輕脱。’《晉書·羊祜傳》：‘軍師（按，應作司）徐胤執棨當營門曰：將軍都督萬里，安可輕脱！’《南齊書·謝朓傳》：‘江夏（蕭寶玄）年少輕脱。’《廣弘明集·釋法雲〈上昭明太子啓〉》：‘退思輕脱，用深悚懼。’並以‘輕脱’爲言。舍人稱‘仲宣輕脱’與劉表之以爲‘通侻’同，皆謂其爲人簡易也。”

王氏《校證》：“‘輕脆’，疑作‘輕侻’。”

李氏《斠詮》校“脆”作“脱”。

【按】楊説是，“脆”疑當作“脱”，形近而誤。《莊子·則陽》：“君爲政焉，勿鹵莽；治民焉，勿滅裂。”郭象注：“鹵莽滅裂，輕脱末略，不盡其分。”《尚書·太甲》：“王未克變。”孔安國傳：“太甲性輕脱，伊尹至忠。”並“輕脱”連文之證。

⑤ 孔璋惚恫以麤疎。

“惚恫”，馮鈔元本、弘治本、隆慶本、謝鈔本、初刻梅本、復校梅本、凌本、梅六次本、梅七次本、彙編本、文淵輯注本、張松孫本、王本、芸香堂本、翰墨園本、掃葉本作“惚恫”，《四部備要》本同。　弘治活字本爲空格。　龍谿本作"慅恫"。

徐氏《校記》："'慅恫'二字，當依《廣韻》去聲一送作'謥詷'，謂言急，二字疊韻。《三國志·魏志·程昱傳附孫曉傳》：'其選官屬，以謹慎爲粗疏，以謥詷爲賢能。'亦以'粗疏'、'謥詷'連文。又《臧霸傳》：'部從事謥詷不法。'據上二文，則'謥詷'當爲言事不謹之稱。黃注'不得志'，非其義矣。"

楊氏《校注》："'慅恫'，當與'謥詷'同。《三國志·魏書·程昱傳附孫曉傳》：'其選官屬，以謹慎爲粗疏，以謥詷爲賢能。'又《臧霸傳》：'從事謥詷不法。'《玉篇·言部》：'謥，謥詷，言急也。'"

楊氏《補正》："《玉篇·心部》：'慅，七弄切。慅恫，不得志也。'《廣韻·一送》：'慅，慅恫。'又：'恫，慅恫，不得志。'"

張氏《考異》："'慅'爲'慅'之俗體。《類篇》，謥詷，急言。《後漢書·皇后紀》：'輕薄謥詷。'注云：'忽遽也。音同。'疑'慅恫'當作'謥詷'。又，'慅'見《老子》，'恫'見《詩·大雅》。'慅'有微妙不測之意，而'恫'有呻吟意，故從'謥詷'爲是。"

李氏《斠詮》："慅，原作'慅'，字俗，據《字彙》訂正。""慅恫，猶言奔競。《抱朴子·交際》：'慅恫官府之間。'"

【按】梅本作"慅"，黃氏改作"慅"，與元至正本、汪本、佘本、張本、兩京本、何本、王批本、訓故本合。

古書恒以"慅恫"連文，"慅"爲"慅"之俗字（見《字彙·心部》）。"慅"即恍慅，與"慅"音義俱別，不通用。黃本所據之底本梅本作"慅"，不誤，此作"慅"，當爲誤刻，黃氏輯注出條目即作"慅恫"，云：《廣韻》：慅恫，不得志也。"可知黃氏認定此文當作"慅"或"慅"。此"慅"字當從梅本改作"慅"。李氏《斠詮》因"慅"爲"慅"之俗而改作"慅"，不確，二字古通，不必定作"慅"字。《原道》篇"民胥以俲"之"俲"，爲"傚"之俗體，然《戰國策·齊策》云"俲小節者不能行大威"，《釋名·釋衣服》云"今中國人俲之耳"，《潛夫論·浮侈》云"亦競相倣俲"，並用俗體。似此等字皆毋須校改。

"慅恫"，可訓鹵莽。《類篇·心部》："慅恫，心急。"於"急遽"義"慅恫"可通"謥詷"。《類篇·言部》："謥詷，言遽。"《玄應音義》八引《通俗文》："言過，謂之謥詷。"又引《纂文》："謥詷，急也。"訓言行匆遽而不謹慎，草率，此即陳琳之性格缺陷所在。本句與"仲宣輕脆以躁競"相儷，描述二人之氣質、禀賦，無關乎道德、觀念之評價,李氏以"奔競"釋此"惚恫",不確。又,"惚恫"實爲疊韻聯綿字,張氏乃析爲二實詞,各自爲訓,大謬不然。

⑥ 丁儀貪婪以乞貨。

楊氏《補正》:"'貨'字與上'黷貨'重出,疑爲'貸'之形誤。《史記·孔子世家》:'遊説乞貸,不可以爲國。'又《王蕡傳》:'將軍之乞貸,亦已甚矣。'又《韓王信傳》:'旦暮乞貸蠻夷。'《梁書·任昉傳》:'世或譏其多乞貸。'《鹽鐵論·疾貪》篇:'乞貸長吏。'並以'乞貸'連文。"

李氏《斟詮》從楊説,校"貨"作"貸"。

【按】楊校可從,"貨"疑當作"貸",二字形近致訛。《鹽鐵論·疾貪》:"縣吏相遣,官庭攝追,小計權吏,行施乞貸,長吏侵漁。"《史記·孔子世家》:"崇喪遂哀,破産厚葬,不可以爲俗,游説乞貸,不可以爲國。"《論衡·商蟲篇》:"被刑乞貸者,威勝於官,取多於吏。"並"乞貸"連文之證。

⑦ 潘岳詭譸於愍懷。

"譸",元至正本、馮鈔元本、弘治本、汪本、佘本、隆慶本、張本、兩京本、胡本、何本、王批本、訓故本、謝鈔本、初刻梅本、復校梅本、凌本、合刻本、梁本、秘書本、梅六次本、梅七次本、抱青閣本、集成本、尚古本、岡本、張松孫本、崇文本作"禱",《文通》二五引同。　沈臨何校本改"禱"爲"譸",云:"校本作'譸'。"("譸"爲沈氏藏汪本原有朱筆校字。)　傳録何沈校本"禱"字旁過録"譸"字。

張爾田圈點"禱"字。

徐氏《正字》:"'譸'字疑本作'禱',謂詭作禱神之文也。"

戶田《宋本考》:"因爲'詭'與'譸'都有欺騙的意思,故以朱筆校語作'譸'爲正確。"

楊氏《補正》:"'禱'字是。'詭禱',即《晉書·愍懷太子傳》所載'賈后將廢太子,……使黃門侍郎作書草,若禱神之文'者,是也。"

張氏《考異》:"此指潘岳草禱神之文,受賈后之旨,以害愍懷太子也。詭禱本此,'禱'字不誤。"

李氏《斟詮》校"譸"作"禱"。

【按】元明諸本皆作"禱",黃氏據何校本而改爲"譸",薈要本、文淵輯注本、文淵本、文溯本、文津本、文瀾本、芸香堂本、翰墨園本、掃葉本、龍谿本並從之。

戶田説是,作"禱"無誤,輯注所出條目亦作"詭禱",不作"詭禱",明此字當爲黃氏有意改之。黃丕烈於"詭譸"無校，蓋其所見元至正本與黃本同。

《晉書‧愍懷太子傳》："賈后將廢太子，詐稱上不和，呼太子入朝。既至，后不見，置于別室。遣婢陳舞賜以酒棗，逼飲醉之，使黃門侍郎潘岳作書草，若禱神之文，有如太子素意，因醉而書之，令小婢承福以紙筆及書草使太子書之。"即舍人所本。據此，潘岳既無禱神之舉，更無祈禱於愍懷太子之事，故"禱"字之義實無由出。"詭譸"，訓欺騙，正可與《晉書》所言之"詐"字對應。此詞與下句之"傾仄"文義相對，於文法亦通。句意當爲："潘岳僞造文書，欺詐愍懷太子。"周氏《今譯》讀此詞作"詭譸（zhōu）"，訓陰謀，譯作"潘岳陰謀暗害愍懷太子"，大致不誤。

古常"譸張"連語，爲雙聲聯綿字，訓欺騙，作僞。《玉篇‧言部》："譸，譸張，誑也。"《尚書‧無逸》："民無或胥譸張爲幻。"孔安國傳："譸張，誑也。"《漢書叙傳》："孝昭幼冲，冢宰惟忠。燕蓋譸張，實叡實聰。"如淳曰："譸音輈。應劭曰：'譸張，誑也。'"《中論‧考僞》："昔楊朱、墨翟、申不害、韓非、田駢、公孫龍，汩亂乎先王之道，譸張乎戰國之世。"《世說新語‧雅量》："汝故是吳興溪中釣碣耳，何敢譸張？"是其證。

"譸"字亦可單用。《玄應音義》十二"伕詶"注："古文譸、嚋二形，同。是由、竹鳩二反。依字，詶，誑也。"又《玄應音義》八"譸張"注："譸，又作詶、嚋、侜三形，同，竹尤反（zhōu）。"是"譸"與"詶"同，可訓誑。《尚書‧無逸》"譸張"蔡沈集傳："譸，誑。張，誕也。"宋梁安世《秦碑一紙並古詩呈王梅溪太守》："民昔畏擾相譸欺。"並其例。

⑧ 孫楚狠愎而訟府。

"狠"，黃校："汪作'佷'。"　元至正本、弘治本、弘治活字本、汪本、隆慶本、張本、兩京本、胡本作"佷"，《子苑》、《漢魏詩乘總錄》引同。　楊氏《校注》云胡本作"佷"。　何本、凌本、合刻本、尚古本、岡本、王本作"恨"。　王批本、訓故本作"恨"。　佘本、初刻梅本、復校梅本、秘書本、梅六次本、梅七次本、李本、彙編本、抱青閣本、張松孫本作"狠"。　集成本、文津本作"很"。　馮舒校作"佷"。　張紹仁校"佷"作"狠"。　張爾田圈點"佷"字。

楊氏《補正》校"狠"作"佷"，云："《逸周書‧謚法》篇：'愎佷（與佷愎同）遂過曰刺。'《易林‧恒之噬嗑》：'狠戾復（與愎通）佷。'並其證也。"

李氏《斠詮》校"狠"作"佷"。

【按】梅本作"狼"，與佘本合，黃氏改爲"狠"，與馮鈔元本、謝鈔本合，文淵閣輯注本、文淵本、文溯本、文瀾本、芸香堂本、翰墨園本、崇文本、掃葉本、龍谿本並從之。

"很"、"佷"、"狠"可通。"很"爲正字，"佷"、"狠"並爲"很"之俗。《説文·彳部》："很，不聽從也。"桂馥義證："很，俗作'佷'。"《玉篇·人部》："佷，本作'很'。"《廣韻·很韻》："很，俗作'狠'。"

"恨"，《説文·心部》："怨也。"字可通"很"，訓違逆。《戰國策·齊策四》："今不聽，是恨秦也。"《漢書·楚元王傳·劉向》："忤恨者誅傷。"王念孫雜志："恨，讀爲很。很，違也。謂與王鳳相違逆，非謂相怨恨也。""悢"，《廣雅·釋詁》："悵也。""悢悢"連文，訓悲、悲恨，詁此不合。至於作"狼"者，當爲"狠"之形訛。

"很愎"、"恨愎"連文，古書罕見，唐以前多作"很愎"。如《宋書·索虜傳》："若距我義言，很愎遂往，敗國亡身，必成噬齊之悔。"《晉書·甘卓傳》："卓轉更很愎，聞諫輒怒。"又《劉毅傳》："毅剛猛沈斷，而專肆很愎。"並其證。唐宋以後"狠愎"始多見。如唐許嵩《建康實錄·晉·中宗》："卓轉更狠愎，散兵大佃而不爲備。"《二程外書·傳聞雜記》："介甫性狠愎。"《包孝肅奏議·彈王逵》："以王逵狠愎任性，必也違戾敗事。"並其證。則此作"狠愎"、"很愎"並通，毋須改字。

⑨ 諸有此類。

斯波《補正》："'有'，疑當作'如'。"

楊氏《校注》："'有'，當作'如'，蓋涉次行而誤者。《通變》篇有'諸如此類'語。"

楊氏《補正》："'類'，疑當作'纇'。《説文·系部》：'纇，絲節也。'段注：'節者，竹約也。引申爲凡約結之稱。絲之約結不解者説纇。引申之，凡人之愆尤皆曰纇。《左傳》(昭公二十八年)忿纇無期。是也。'《淮南子·説林》篇：'若珠之有纇，玉之有瑕。'以'纇'與'瑕'對言，是'纇'、'瑕'可互訓。《老子》第四十一章：'夷道曰纇。'《釋文》：'簡文云：纇，疵也。'《玉篇·系部》：'纇，絲節不調。'"

王氏《綴補》："有，猶'如'也。'有'、'如'同義，吳昌瑩《經詞衍釋》三有説。"

【按】斯波、楊氏説可從，作"有"與下文"文既有之"重出，疑當作"如"。《顏氏家訓·書證篇》："諸如此類，專輒不少。"《春秋左傳注疏·序》："諸所諱辟,璧假許田之類是也。"孔穎達疏:"諸如此類,是諱辟之事也。"可爲證。

"類"字,楊氏臆改爲"纇",非是,"纇",訓疵,與下文"瑕累"義複。

⑩ **潘岳之下位哉。**

"潘岳",訓故本作"潘陸"。

【按】訓故本作"潘陸",適可與"班馬"成對文,於義較長。下文"況馬杜之磬懸,丁路之貧薄哉",亦以"丁路"對"馬杜",句法與此同。上文云"潘岳詭禱於愍懷,陸機傾仄於賈郭",明潘、陸二人皆"仄媚"權貴者。

⑪ **此江河所以騰湧。**

"湧",顧廣圻校作"涌"。

楊氏《補正》:"'湧'爲'涌'之或體。顧校是。"

【按】"湧"字無誤,不煩改字。《六臣注文選·木華〈海賦〉》:"騰傾赴勢。"張銑注:"皆安理而通流,騰湧傾注,以赴下勢。"又:"餘波獨湧。"吕向注:"尚見吞吐餘波而爲騰湧。"《水經注》三一:"東源方七八步,騰湧若沸。"並"騰湧"連文之證。

⑫ **安有丈夫學文而不達於政事哉。**

"丈",元至正本、馮鈔元本、弘治本、弘治活字本、汪本、佘本、隆慶本、張本、兩京本、胡本、王批本作"大"。　文瀾本作"文"。　沈臨何校本改"大"爲"丈",張紹仁校同。

楊氏《校注》初版:"此文爲反應上文'魯之敬姜,婦人之聰明耳'之詞,'大'字非是。《諸子》篇贊'丈夫處世',元本等亦誤'丈'爲'大'也。"

【按】元明諸本多作"大",梅本作"丈",與何本、訓故本、謝鈔本合,黃氏從之。

作"丈"自通,"大"、"文"蓋並"丈"之形訛。《老子》三十八章:"是以大丈夫處其厚,不居其薄。"《後漢書·張奐傳》:"大丈夫處世,當爲國家立功邊境。"可爲佐證。

⑬ **固宜蓄素以弸中。**

"弸",元至正本、馮鈔元本、黃傅元本、弘治本、汪本、隆慶本、張本、兩京本、胡本、王批本作"剛"。　何本、初刻梅本、復校梅本、凌本、合刻本、秘書本、梅六次本、梅七次本、梁本、彙編本、抱青閣本、集成本、尚古本、岡本作"綳"。

謝鈔本作"綱"。　馮舒校"綱"作"剛"。　何焯改"綳"作"弸"。　徐渭仁校"剛"作"弸"。譚獻云:"'綳',黃本作'弸'。"

鈴木《黃本校勘記》："'弸'字是也。"

楊氏《校注》："'剛'、'綳'字皆誤。《法言·君子》篇：'或問：君子言則成文，動則成德，何以也？曰：以其弸中而彪外也。'李注：'弸，滿也。'即舍人'弸中'二字所本。下句亦用'彪外'二字。《隸釋·魯峻碑》：'弸中獨斷，以效其節。'亦可證。"

【按】元至正本等作"剛"，梅本作"綳"，黃氏改爲"弸"，與佘本、訓故本合，清諸本皆從之。

作"弸"是。蓋"綳"由"弸"致訛，"綱"由"綳"致訛，"剛"又由"綱"致訛。《説文·弓部》："弸，弓彊貌。"《法言·君子》："以其弸中而彪外也。"李軌注："弸，滿也。彪，文也。積行内滿，文辭外發。"

序志第五十

夫"文心"者，言爲文之用心也。昔涓子《琴心》，王孫《巧心》，心哉美矣！故用之焉。[①]古來文章，以雕縟成體，豈取騶奭之羣言"雕龍"也。[②]夫宇宙緜邈，黎獻紛雜，拔萃出類，智術而已。歲月飄忽，性靈不居，騰聲飛實，制作而已。夫有肖貌天地，[③]禀性五才，[④]擬耳目於日月，方聲氣乎風雷，其超出萬物，亦已靈矣。形同草木之脆，[⑤]名踰金石之堅，是以君子處世，樹德建言，豈好辯哉？[⑥]不得已也。

予生七齡，乃夢彩雲若錦，則攀而採之。齒在踰立，則嘗夜夢執丹漆之禮器，[⑦]隨仲尼而南行，旦而寤，迺怡然而喜，[⑧]大哉聖人之難見也！乃小子之垂夢歟？自生人以來，[⑨]未有如夫子者也。敷讚聖旨，莫若注經，而馬鄭諸儒，弘之已精，就有深解，未足立家。唯文章之用，實經典枝條，五禮資之以成，六典因之致用，[⑩]君臣所以炳焕，軍國所以昭明，詳其本源，莫非經典。[⑪]而去聖久遠，文體解散，辭人愛奇，言貴浮詭，飾羽尚畫，文繡鞶帨，離本彌甚，將遂訛濫。蓋《周書》論辭，貴乎體要；尼父陳訓，惡乎異端。辭訓之異，[⑫]宜體於要，於是搦筆和墨，乃始論文。

詳觀近代之論文者多矣。至於魏文述《典》，[⑬]陳思序《書》，應瑒

《文論》，陸機《文賦》，仲治《流別》，⑭弘範《翰林》，⑮各照隅隙，鮮觀衢路，或臧否當時之才，或銓品前修之文，或汎舉雅俗之旨，或撮題篇章之意。魏《典》密而不周，陳《書》辯而無當，應《論》華而疏略，陸《賦》巧而碎亂，《流別》精而少巧，⑯《翰林》淺而寡要。⑰又君山公幹之徒，吉甫士龍之輩，汎議文意，往往間出，並未能振葉以尋根，觀瀾而索源。不述先哲之誥，無益後生之慮。

　　蓋《文心》之作也，本乎道，師乎聖，體乎經，酌乎緯，變乎《騷》，文之樞紐，亦云極矣。若乃論文敘筆，則囿別區分。原始以表末，⑱釋名以章義，選文以定篇，敷理以舉統，上篇以上，綱領明矣。至於割情析采，⑲籠圈條貫，⑳摛神性，圖風勢，㉑苞會通，㉒閱聲字，崇替於《時序》，襃貶於《才略》，怊悵於《知音》，耿介於《程器》，長懷《序志》，以馭羣篇，下篇以下，毛目顯矣。位理定名，彰乎大《易》之數，㉓其爲文用，四十九篇而已。

　　夫銓序一文爲易，彌綸羣言爲難。雖復輕采毛髮，㉔深極骨髓，或有曲意密源，似近而遠，辭所不載，亦不勝數矣。㉕及其品列成文，㉖有同乎舊談者，非雷同也，勢自不可異也；有異乎前論者，非苟異也，理自不可同也。同之與異，不屑古今，擘肌分理，唯務折衷。按轡文雅之場，環絡藻繪之府，亦幾乎備矣。但言不盡意，聖人所難，識在缾管，㉗何能矩矱？㉘茫茫往代，既沈予聞，㉙眇眇來世，㉚倘塵彼觀也。㉛

　　贊曰：生也有涯，無涯惟智。逐物實難，憑性良易。傲岸泉石，咀嚼文義。文果載心，余心有寄。

校箋

　① **心哉美矣！　故用之焉。**

　"故"下，黃校："一本上有'夫'字。"　梅校："'焉'元脱，按《廣文選》補。"元至正本、黃傳元本、弘治本、弘治活字本、汪本、隆慶本、張本、兩京本、胡本、王批本、薈要本、文津本作"心哉美矣夫故用之"。　沈臨何校本有"夫"字。

《梁書》、馮鈔元本、佘本、王批本、訓故本、謝鈔本作"心哉美矣夫故用之焉"。

《廣文選》四二、《梁文紀》十四、胡氏《續文選》十二、《經濟類編》五四、《廣文選删》十一、《文章辨體彙選》二九〇、《漢魏六朝正史文選》十九引並有"夫"、"焉"。　徐燉云："'夫'當作'文'。"《梁書》作'夫故用之焉'。"　張爾田圈點"夫"字。

楊氏《補正》："尋繹語氣,當以有'夫'字爲勝,屬上句讀。《禮記·中庸》：'子曰:中庸其至矣夫!'又:'子曰:道其不行矣夫!'《論語·雍也》：'伯牛有疾,子問之,自牖執其手,曰:亡之,命矣夫!'又:'子曰:君子博學於文,約之以禮,亦可以弗叛矣夫!'又《子罕》：'子曰:苗而不秀者,有矣夫! 秀而不實者,有矣夫!'又《憲問》：'君子而不仁者,有矣夫!'《法言·學行》篇:'禮義之作,有以矣夫!'又:'求而不得者,有矣夫!'並'矣夫'連文之證。如以'夫'屬下句讀,則頓失語氣搖曳之勢矣。"

王氏《綴補》："'夫故'複語,'夫'猶故也。《莊子·應帝王》篇:'而以道與世亢,必信,夫故使人得而相汝。'(按,《列子·黃帝》作"而以道與世抗,必信矣,夫故使人得而相汝")《論衡·死僞篇》:'先君必欲一見羣臣百姓也,夫故使鸞水見之於是也。'亦並以'夫故'連文,與此同例。黃本無'夫'字,非也。"

李氏《斠詮》："夫故,複語,'夫'亦'故'也。"

【按】元至正本等"矣"下有"夫"字,梅本無,與何本合,黃氏從之。

楊說是,"矣"下有"夫"字義長,應屬上句讀(中華書局點校本《梁書》即從上讀),《梁書》等作"心哉美矣夫! 故用之焉",是。"夫",訓矣。《莊子·列禦寇》："使宋王而寤,子爲韲粉夫。"即其例。"矣夫"連用,可加强贊嘆語氣。《說苑·貴德》："智襄子爲室,美土苗夕焉。智伯曰:'室美矣夫!'"《周書》三九論曰："既茂國猷,克隆家業,美矣夫!"並"美矣夫"連文之證。"夫故"固可作發端詞,然全書無此例,用於此語勢亦不順。

又,楊氏所舉《法言》"求而不得者有矣夫",斷句恐未確。汪榮寶《法言義疏·學行》："求而不得者有矣,夫未有不求而得之者也。"陳仲夫校記："'有矣',習俗誤以下文'夫'上屬,與'有矣'連讀,汪氏仍之,而頗覺其非。今正以'夫'爲發語詞,與下文'未有'連讀,於義固無可疑。"此說較勝。

②豈取騶奭之羣言"雕龍"也。

"取",元至正本、馮鈔元本、弘治本、汪本、隆慶本、張本、兩京本、胡本、何本、王批本、謝鈔本、初刻梅本、復校梅本、凌本、合刻本、梁本、秘書本、梅六次本、梅七次本、彙編本、別解本、抱青閣本、集成本、尚古本、岡本、薈要本、張松孫本、崇文本作“效”，《讀書引》十二引同。　王本作“郊”。　“驪”，元至正本、馮鈔元本、黃傅元本、弘治本、弘治活字本、汪本、隆慶本、張本、兩京本、何本、王批本、訓故本、合刻本、梁本、別解本、文淵本、文津本、王本、崇文本作“鄒”。

楊氏《補正》：“《原道》篇‘取象乎《河》《洛》’，《奏啓》篇‘取其義也’，《書記》篇‘取象於《夬》’，又‘蓋取乎此’，其‘取’字義與此同，則作‘效’非是。”

王氏《校證》：“豈，讀爲‘冀’，《文選·曹子建〈朔風詩〉》：‘豈云其誠。’李注引《蒼頡》云：‘豈，冀也。’《禮記·檀弓下》釋文：‘庶覬，音冀，本又作幾，音同。’《史記·滑稽傳》：‘幾可謂非賢大夫哉！’‘幾’即‘豈’借字，此又‘幾’、‘豈’通用之證。”

【按】梅本作“效”，黃氏改爲“取”，與佘本、訓故本合，文淵輯注本、文津輯注本、文瀾輯注本、文淵本、文溯本、文津本、文瀾本、掃葉本、龍谿本並從之。梅本作“驪”，與佘本、謝鈔本合，黃氏從之。

“豈”，當讀爲“即”，表肯定語氣，王氏訓“冀”，表希望語氣，非是。參見《風骨》篇“豈空結奇字，紕繆而成經矣”條校。

“取”，訓取用，與上文“用之”相對，並截取其辭以爲吾用之意。《梁書》、佘本、訓故本、沈臨何校本即作“取”，作“效”非是。

“驪”字無誤。參見《諸子》篇“驪子養政於天文”條校。

③ **夫有肖貌天地。**

“有”，梅氏萬曆初刻本校：“衍。”《梁書》、佘本、訓故本、文溯本無，《廣文選》四二、《經濟類編》、《廣文選刪》十一、《天中記》三七、《喻林》八六、《漢魏六朝正史文選》十九引同。　沈臨何校本無“有”字。　梅氏復校本校：“‘自’，曹（學佺）改。”　何本、復校梅本、凌本、合刻本、梁本、秘書本、梅六次本、梅七次本、別解本、集成本、尚古本、岡本、張松孫本、王本、崇文本作“自”，《讀書引》十二引同。　徐熥云：“一無此（‘有’）字。‘有’字宜作‘其’。”　何焯校本無“自”字。　徐渭仁圈去“有”字。

黃氏《札記》：“此數語本《漢書·刑法志》。彼文曰：‘夫人肖天地之貌，懷五常之性。’則此‘有’字當作‘人’字。”

楊氏《補正》：“《列子·楊朱》篇：‘楊朱曰：人肖天地之類（當作貌），懷五常之性，有生之最靈者也。’張注：‘肖，似也。……性稟五行也。’《漢書·刑法志》：‘夫人宵天地之貌，懷五常之性。……’並足證今本‘夫’下‘有’字確爲衍文。”

范氏《注》、李氏《斠詮》並從黃侃氏説。

【按】梅氏萬曆初刻本作“有”，梅氏復校本、天啓二本改爲“自”，與何本合，黃氏仍從初刻本。

黃氏《札記》説是，此文當據《列子》《漢書》改作“夫人肖貌天地”。蓋“有”字緣“肖”字而誤衍，且奪“人”字。“人”作下六句之主語，不可少，僅剗去“有”字而不補“人”字者，非是。《章句》篇：“夫人之立言，因字而生句，積句而成章，積章而成篇。”亦以“夫”字發端，叙“人”之行爲，句式與此互參。

《漢書·刑法志》：“夫人宵天地之貌（應劭曰：宵，類也，頭圜象天，足方象地。孟康曰：宵，化也，言稟天地氣化而生也。師古曰：宵義與肖同，應説是也，故庸妄之人謂之不肖，言其狀貌無所象似也，貌，古貌字），懷五常之性（師古曰：五常，仁、義、禮、智、信），聰明精粹（師古曰：精，細也，言其識性細密也，粹，淳也），有生之最靈者也。”此蓋舍人所本。

④ 稟性五才。

“才”，梅校：“‘行’，一作‘才’。”　黃校：“‘才’，一作‘行’。”　元至正本、馮鈔元本、黃傳元本、弘治本、弘治活字本、汪本、隆慶本、張本、兩京本、胡本、何本、王批本、謝鈔本、初刻梅本、復校梅本、凌本、合刻本、梁本、秘書本、梅六次本、梅七次本、彙編本、別解本、抱青閣本、集成本、尚古本、岡本、薈要本、文溯本、文津本、張松孫本、王本、崇文本作“行”，《讀書引》十二引同。　徐燉云：“《梁書》作‘五才’。”

徐氏《正字》：“作‘行’字是。《原道》篇云：‘爲五行之秀，實天地之心。’語與此同。惟《程器》篇有‘人稟五材’句，則作‘才’亦通。”

徐氏《校記》：“《梁書》亦作‘才’，作‘才’是。‘才’與‘材’通用。本書《程器》篇云：‘人稟五材，脩短殊用。’亦可爲證。《左傳·襄公二十七年》：‘天生五材，民並用之。’杜預注：‘金木水火土也。’一本作‘行’者，以‘五才’不可解，又涉本書《原道》篇有‘爲五行之秀，實天地之心生’二句，故改爲‘五行’耳。”

户田《校勘記補》：“‘才’、‘材’通，黃本似是。”

楊氏《校注》：“‘才’、‘行’於此並通。然以《程器》篇‘人稟五材’（材與才通)例之,作‘才’是也。”

楊氏《補正》:“‘行’字是。《荀子·非十二子》篇:‘案往舊造説,謂之五行。’楊注:‘五行,五常,仁、義、禮、智、信是也。’是‘五行’與‘五常’義同。‘肖貌天地,稟性五行’,意即‘人肖天地之貌,懷五常之性’也。”

【按】梅本作“行”,黃氏改爲“才”,與《梁書》、佘本、訓故本合,文淵輯注本、文津輯注本、文瀾輯注本、文淵本、文瀾本、芸香堂本、翰墨園本、掃葉本、龍谿本並從之。

此作“五才”自通,毋須改字。詹氏《義證》云:“‘五才’就是‘五行’:金、木、水、火、土。《後漢書·馬融傳》:‘五才之用,無或可廢。’”此説甚是。《列子·黃帝》:“夫子能之而能不爲者也。”張湛注:“夫陰陽遞化,五才偏育,金土以母子相生,水火以燥濕相乘。”《文選·郭璞〈江賦〉》:“咨五才之並用,寔水德之靈長。”李善注:“《左氏傳》:‘宋子罕曰:天生五材,人並用之,廢一不可。’杜預曰:‘金、木、水、火、土也。’”《魏書·刑罰志》:“二儀既判,彙品生焉。五才兼用,廢一不可。金水水火土,咸相愛惡。”並以“五才”指金木水火土。徐氏先校“行”,後校“才”,能擇善而從矣。

此處下文“日月”回應“天地”,“風雷”回應“五才”,“風”、“雷”皆《易》巽、震之象徵物,並可對應五行之木。可知此“五才”無關乎仁義禮智信之五行(五常)。

⑤ 形同草木之脆。

“同”,《梁書》、佘本、訓故本作“甚”,《天中記》三七、《廣文選》四二、《梁文紀》十四、《經濟類編》五四、《廣文選删》十一、《喻林》八六、《漢魏六朝正史文選》十九引同。　沈臨何校本作“甚”。　徐煒校作“甚”。　梅慶生、馮舒校云:“‘同’,《梁書》作‘甚’。”

楊氏《補正》:“下句云‘名踰金石之堅’,疑‘甚’字是。”

李氏《斠詮》校“同”作“甚”。

【按】“同”從《梁書》作“甚”義長,與“踰”字對文。《集韻·沁韻》:“甚,過也。”《論語·衛靈公》:“民之於仁也,甚於水火。”皇侃疏:“甚,勝也。”

⑥ 豈好辯哉。

“辯”,元至正本、馮鈔元本、弘治本、汪本、隆慶本、張甲本、兩京本、何本、王批本、訓故本、合刻本、梁本、彙編本、別解本、集成本、尚古本、岡本、王本、崇文本作“辨”,《讀書引》十二引同。　沈臨何校本作“辨”。　楊氏《校注》云胡本作“辨”。

楊氏《補正》:“‘辨’字非是。《孟子·滕文公下》:‘孟子曰:予豈好辯哉?予不得已也!’即此文所本,原是‘辯’字。”

【按】梅本作“辯”,與佘本、張乙本、張丙本、謝鈔本合,黃氏從之。

“辯”、“辨”通。《論衡·答佞篇》:“人主好辨。”即其證。此從《孟子》作“辯”較長。

⑦ **則嘗夜夢執丹漆之禮器。**

“則嘗夜夢”,《梁書》、《南史》、佘本、張乙本、張丙本作“嘗夜夢”,《廣文選》四二、《廣文選刪》十一引同。　元至正本、馮鈔元本、黃傳元本、隆慶本、張甲本、兩京本、王批本作“則常夢”。　何本、合刻本、梁本、別解本、集成本、尚古本、岡本、文溯本、文津本、王本、崇文本作“則常夜夢”,《讀書引》十二引同。徐燉校作“則嘗夜夢”。　徐燉云:“‘夢’字下脫落三百餘字,楊用修。”　元至正本、弘治本、隆慶本、張甲本、兩京本、王批本無“執丹漆⋯⋯觀瀾而”三百二十二字。

王氏《綴補》:“‘則’字,蓋涉上文‘則攀而採之’而衍。”

王氏《校證》:“宋本此處亦當是脫一頁,以今所見元本行款推之,當脫四百字,楊慎所補三百二十二字,非出宋本,乃據《梁書》耳,然此亦愈於阮華山輩之自我作故矣。”

李氏《斠詮》、林氏《集校》並以“則”字為衍文。

【按】梅本作“則嘗夜夢”,與訓故本、謝鈔本合,黃氏從之。

有“則”字與上文犯重,《梁書》、佘本、張本無之,是。《廣韻·陽韻》:“嘗,曾也。”“常”蓋“嘗”之音訛。“夜”字當有。“夢”下、“索源”上之三百餘字當有。

⑧ **迺怡然而喜。**

《南史》七二、宋本《御覽》六〇一引《梁書》、《通志》一七六引、佘誨序作“寤而喜曰”(今本《梁書》無“曰”字)。　《夢林玄解》四引作“怡然而喜曰”。

楊氏《補正》:“尋繹文氣,當以有‘曰’字為勝。”

【按】“喜”下當補“曰”字,下文“大哉聖人之難見也!乃小子之垂夢歟”,當為舍人夢後感嘆之辭。《晉書·劉牢之傳》:“(劉敬宣)夢丸土而服之,既覺,喜曰。”舍人行文可與此相參。

⑨ **自生人以來。**

“人”，《南史》七二作“靈”。汪本《御覽》六〇一引《梁書》作“靈”。

劉氏《校釋》：“作‘人’者，唐人避唐太宗李世民諱改。”

楊氏《補正》：“‘靈’字非是。‘人’當作‘民’，蓋唐避太宗諱而未校復者也。《孟子·公孫丑上》：‘子貢曰：……自生民以來，未有夫子也。’即此文之所自出。《原道》篇‘曉生民之耳目矣’，亦作‘生民’，可證。”

王氏《校證》：“‘人’當作‘民’，傳鈔者避唐諱改。”

李氏《斠詮》校“人”作“民”。

【按】“人”字依《孟子》作“民”較長。作“靈”與上文兩“靈”字複，非是。

⑩ **五禮資之以成，六典因之致用。**

宋本《御覽》六〇一引《梁書》“成”下有“文”字，“致”上有“以”字，今本《梁書》、《南史》無。

楊氏《補正》：“《論語·八佾》：‘子語魯大師樂曰：樂其可知也，始作，翕如也；從之，純如也，皦如也，繹如也，以成。’《易·繫辭上》：‘備物致用。’是‘以成’、‘致用’皆有所本也。”

李氏《斠詮》校作“五禮資之以成文，六典因之以致用”。

【按】今本文義自通，《御覽》所引非是。“之”指代文章，增“文”字則與“之”義複，不合語法。“以成”者，以文章完成禮儀也。《老子》二十五章：“有物混成。”王弼注：“混然不可得而知，而萬物由之以成。”《管子·樞言》：“唯無得之，堯、舜、禹、湯、文、武、孝己斯待以成，天下必待以生。”《韓非子·解老》：“宇內之物，恃之以成。”“得之以敗，得之以成。”句法並與此同。

⑪ **莫非經典。**

黃校：“‘非’，一作‘外’。” 沈臨何校本作“外”。

楊氏《補正》：“以《宗經》篇‘莫非寶也’，《誄碑》篇‘莫非清允’，《體性》篇‘莫非情性’例之，‘外’字非是。”

【按】楊說非是，“非”當從一本作“外”。“外”、“非”草書形近，因而致訛。若云後世文章“莫非”經典，於義不通。“莫外”，即不外乎。《宗經》篇已言：“故論說辭序，則《易》統其首，……並窮高以樹表，極遠以啓疆，所以百家騰躍，終入環內者也。”“終入環內”，即文章皆源於五經，無有出其外者，“莫外經典”句即回應此意。《蔡中郎集·司空文烈侯楊公碑》：“溥天率土，而衆莫外。”“莫外"用法與此同。

⑫ **辭訓之異。**

劉永濟云:"'異',疑'奧'誤。《史記·屈原傳》:'文質疏内兮,衆不知予之異采。'集解引徐廣曰:'異,一作奧。'此'異'、'奧'形近易誤之證。'辭訓'二句,即總上'《周書》論辭,尼父陳訓'四句之義而言之也。《周書·畢命》曰:'辭尚體要,不惟好異。'惡異端,即不好異,故此總説奧義,惟舉體要耳。"

王氏《讀本》從劉説,云:"'奧',指二書所言的奧義所在。"

李氏《斠詮》從劉氏説。

【按】此文於義難通,當有訛誤。劉氏疑"異"當作"奧",愈不可解。細繹上下文,聯繫全書宗旨,疑此"異"字乃涉上文而誤,當爲"貫"之形訛("異"、"貫"楷書、草書俱近)。"辭訓之貫",猶言辭義之聯綴(即"屬文")。連同下句,其意當爲:"運用文辭進行寫作,理應提高表現力,以表達真實内容爲宗旨。"試析之如下。

第一,"辭訓",當解作"辭義"。《爾雅·釋訓》陸德明釋文引張揖《雜字》:"訓者,謂字有意義也。"郝懿行《爾雅義疏》:"蓋'訓'之一字,兼意、義二端,明明、斤斤之類,爲釋訓;子子孫孫之類,爲釋意,意、義合而爲訓。"可知"訓"指文字意義,"釋訓",即解釋字之含義。《三國志·魏書·鍾會》裴松之注引鍾會所撰鍾母傳曰:"十五使入太學,問四方奇文異訓。""文"即字,"訓"即義。

"訓"之此義,集中見於《練字》篇,如:"複文隱訓。"斯波六郎解"隱訓"爲"意義難懂",則"訓"即字之含義。("隱訓",趙仲邑先生解作"怪僻的字義",周勳初先生解作"隱晦的字義",陸侃如、牟世金先生解作"深奧的字義",王運熙、周鋒先生解作"字義難懂"。)又:"義訓古今,興廢殊用;字形單複,妍蚩異體。""義訓"即字義,與"字形"對文。("義訓",趙仲邑先生解作"詞義",周振甫先生解作"字義",王更生先生解作"字的意義",陸侃如、牟世金先生解作"字義",王運熙、周鋒先生解作"文字的意義"。)又:"篆隸相鎔,《蒼》《雅》品訓。""品訓",猶言匯聚字義,與融匯篆隸字體對言。又:"張敞以正讀傳業,揚雄以奇字纂訓,並貫練《雅》《頡》,總閲音義。""總閲音義",謂揚雄等字書匯總字音、字義,則"纂訓"即匯集字義。另外,《宗經》篇亦云:"《書》實紀言,而詁訓茫昧,通乎《爾雅》,則文意曉然。""《詩》主言志,詁訓同《書》。""詁訓",亦指字之意義。("詁訓茫昧",王更生先生解作"精言奧義,悠遠難知",王久烈等先生解作"古字的意義渺茫不明"。)

上文"陳訓"與"論辭"對文,"訓"字亦當解作"辭義","尼父陳訓",謂"(孔子)陳說字義(運用之原則)",此"訓"字,不當解作"教訓",否則即與下文"先哲之誥"之"誥"義複(《廣雅·釋詁》:"誥,教也")。

第二,"貫",訓聯綴。《離騷》:"貫薜荔之落蕊。"王逸注:"貫,累也。"《漢書·谷永傳》:"以次貫行。"顏師古注:"貫,聯續也。"故"辭訓之貫",猶言辭義之聯綴,指行文寫作。全書常有此用法,如《封禪》篇:"辭貫圓通。"《鎔裁》:"約以貫之。"《聲律》篇:"辭靡於耳,纍纍如貫珠。"並"貫辭"之義。舍人又常用"屬"、"聯"、"綴"等詞表達寫作之意。如《明詩》篇:"屬辭無方。"《頌讚》篇:"相如屬筆。"《議對》篇:"屬辭枝繁。"《聲律》篇:"屬筆易巧。"《練字》篇:"亦可以屬文。"《物色》篇:"屬采附聲。"《情采》篇:"聯辭結采。"《鎔裁》篇:"綴辭尤繁。"《聲律》篇:"綴文難精。"《練字》篇:"魏代綴藻。""綴字屬篇。"並與"貫辭"義同。不惟舍人如此,古人亦恒以"聯"、"屬"指寫作,如《三輔決錄》二:"(韋誕)有文學,善屬辭。"沈約《宋書·謝靈運傳論》:"雖綴響聯藻,波屬雲委,莫不寄言上德,托意玄珠。"例多不徧舉。

第三,作"辭訓之貫(義同聯)",符合古人句法。《詩·小雅·何人斯》:"及爾如貫。"鄭玄箋:"我與女俱爲王臣,其相比次,如物之在繩索之貫也。"管輅《管氏指蒙》上:"如珠之貫,如璧之聯。"並"之貫"連文之證。

第四,作"辭訓之貫,宜體於要",合乎語法,語意上下貫通。"之"字用於動詞"貫"與賓語"辭訓"之間,將"辭訓之貫"變成"宜體於要"之陳述對象。此句式又見於《雜文》篇:"原夫茲文之設,乃發憤以表志。"及本篇:"《文心》之作也,本乎道。"

第五,上文之"異端",與"體要"相對,指游離於文章本體之外、多餘之辭義,而非"異端邪說"之謂。此用法見於《鎔裁》篇:"一意兩出,義之駢枝也;同辭重句,文之肬贅也。……歸餘於終,則撮辭以舉要。若術不素定,而委心逐辭,異端叢至,駢贅必多。"所謂"異端",即指行文中辭義岐出雜亂之現象。王力主編《古代漢語》之《文心雕龍·鎔裁》"異端叢至"注:"異端,指繩墨以外的東西。"訓釋極確。"惡乎異端",謂"(孔子)反對辭義虛浮訛濫"。此意實與"貴乎體要"無異,一反說,一正說而已。

總之,"《周書》論辭,貴乎體要;尼父陳訓,惡乎異端。辭訓之貫,宜體於要"六句,當解作:"《周書》論及文辭之作用,主張體要(即"辭達");孔子陳説辭義之使用,反對雜亂虛浮。文士屬文,理應以體要爲本。"此《雕龍》全書之大宗旨、大關鍵也。

⑬ **至於魏文述《典》。**

"於",黃校:"一作'如'。"《梁書》、馮鈔元本、佘本、張乙本、張丙本、訓故本作"如",《廣文選》四二、《梁文紀》十四、《經濟類編》五四、《廣文選删》十一、《文章辨體彙選》二九〇、《漢魏六朝正史文選》十九引同。　沈臨何校本作"如"。

王氏《綴補》:"'如'猶'於'也。"

李氏《斠詮》校"於"作"如"。

【按】梅本作"至於",與何本、謝鈔本合,黃氏從之。

"至於"用以列舉事例,爲舍人所常用,無煩改字。《銘箴》篇:"至於潘勗《符節》,要而失淺。……"《雜文》篇:"至於陳思《客問》,辭高而理疏。……"《樂府》篇:"至於軒岐《鼓吹》,……"並其例。參見《正緯》篇"至於光武之世"條校。

⑭ **仲治《流別》。**

"治",薈要本、文津本、芸香堂本、翰墨園本、崇文本、掃葉本作"洽"。

鈴木《黄本校勘記》:"'治'字是也。"

【按】元明諸本作"治"是,"洽"蓋"治"之形訛。《南齊書・文學傳論》:"若子桓之品藻人才,仲治之區判文體。"《梁書》亦作"治"(中華書局點校本改爲"洽",非是)。《金樓子・終制》:"高平劉道真、京兆摯仲治,並遺令薄葬。"又《立言》下:"摯虞論(蔡)邕《玄表賦》曰:……余以爲仲治此説爲然也。"並可爲確證。摯虞之名字當取自《史記》《漢書》"唐虞之治"之語。參見《頌讚》篇"而仲治《流別》"條校。

⑮ **弘範《翰林》。**

王惟儉標疑"範"字。

王惟儉《訓故》:"《隋志》:'《翰林論》三卷,晉著作郎李充撰。'《晉書》:'李充,字弘度,江夏人。歷官大著作郎,注《尚書》及《周易旨六論》《什(釋)莊論》二篇,詩賦雜文二百四十首行於世。'傳中不言有《翰林論》,而《玉海》引《翰林論》,亦云弘範。"

黃氏《札記》：“李充，《晉書》字弘度，此云宏範，或其字兩行。”

吳林伯《文心雕龍義疏》：“《世說新語·言語》南梁劉孝標注引晉何法盛《晉中興書》、《文選·任彥升〈王文憲集序〉》李善注引王隱《晉書》、陸公佐《新刻漏銘》李善注引臧榮緒《晉書》，亦均以充字弘度。惟明鈔本《太平廣記》曰‘李弘範《翰林明道論》’，則弘度、弘範本爲二人，弘範之論，乃明道之作，與弘度之論文者不同。劉勰以弘度爲弘範，自是誤記，《玉海》因之，亦曰弘範。”

【按】吳說是，“弘範”從《晉書》作“弘度”較長。訓故本以白匡標疑本字，可知王氏已疑“範”字有誤。《四庫全書總目提要》指摘黃注云：“《時序》篇中論齊，無太祖、中宗；《序志》篇中論李充，不字宏範，皆不附和本書。”可知四庫館臣亦謂此當從《晉書》作“弘度”。《說文·儿部》：“充，長也，高也。”引申爲滿、足、實、大。“度”訓丈尺、度數、器度，“弘度”猶言大度量，其義正可與“充”字相關。

《晉書·李充傳》：“李充，字弘度，江夏人。……爲大著作郎，于時典籍混亂，充刪除煩重，以類相從，分作四部，甚有條貫，秘閣以爲永制。累遷中書侍郎，卒官。充注《尚書》及《周易旨》六篇，《釋莊論》上下二篇，詩、賦、表、頌等雜文二百四十首，行於世。”《史記·仲尼弟子列傳》：“君子好勇而無義則亂，小人好勇而無義則盜。”司馬貞索隱：“充字弘度，晉中書侍郎，亦作《論語解》。”《白氏六帖事類集》二一“四部”：“晉李充，字弘度，爲著作，于時典籍混亂，分爲四部。”並云李充字“弘度”。

《隋書·經籍志四》：“《翰林論》三卷，李充撰。”《舊唐書·經籍志下》：“《翰林論》二卷，李充撰。”《太平御覽·經史圖書綱目》：“李充《翰林論》。”並云李充有《翰林論》。又，李善注《文選》亦常引李充《翰林論》。如《文選·木華〈海賦〉》：“品物類生，何有何無。”李善注：“李尤（充）《翰林論》曰：木氏《海賦》，壯則壯矣，然首尾負揭，狀若文章，亦將由未成而然也。”又應璩《百一詩》李善注：“李充《翰林論》曰：應休璉五言詩百數十篇，以風規治道，蓋有詩人之旨焉。”

⑯ 《流別》精而少巧。

“巧”，梅校：“《梁書》作‘功’。”《梁書》、馮鈔元本、張乙本、張丙本、訓故本、謝鈔本作“功”，《廣文選》四二、《梁文紀》十四、《經濟類編》五四、《廣文選删》十一、《文章辨體彙選》二九〇、《漢魏六朝正史文選》十九引同。　沈臨何校本作“功”。

紀評:"'功'字是。"

范氏《注》:"作'少功'是,《史記‧太史公自序傳》:'儒者博而寡要,勞而少功。'此彥和所本。"

楊氏《補正》:"《史記‧自序》:(司馬談《論六家要指》)'儒者博而寡要,勞而少功。'此'少功'二字所本。當以作'功'爲是。《抱朴子內篇‧明本》:'而儒者博而寡要,勞而少功。'唐貞觀修《晉書》詔:'(榮)緒煩而寡要(謂臧榮緒所撰《晉書》),(行)思勞而少功(謂徐廣所撰《晉紀》)。'《隋書‧經籍志序》:'《春秋》有數家之傳。其餘互有蹖駁,不可勝言。此其所以博而寡要,勞而少功者也。'魏徵《羣書治要序》:'以爲六籍紛綸,百家蹖駁,窮理盡性,則勞而少功;周覽泛觀,則博而寡要。'其用'寡要'、'少功',亦皆出自《史記‧自序》。"

王氏《校證》、李氏《斠詮》並校"巧"作"功"。

【按】梅本作"巧",與佘本、何本合,黃氏從之。

諸說是。"少巧"不辭,"巧"當從《梁書》等作"功",形近而誤,或涉上文"巧"字而誤。《後漢書‧鄭玄傳論》:"章句多者或乃百餘萬言,學徒勞而少功。"可爲"少功"連文之證。

⑰《翰林》淺而寡要。

"淺",《玉海》六二引作"博"。

楊氏《校注》初版:"以上各句皆美惡同辭,先襃後貶,此亦應爾。然《詩品序》:'李充《翰林》,疏而不切。'與舍人持論略同,則《玉海》所引者,或伯厚意改之也。"

李氏《斠詮》:"《詩品》論'《翰林》疏而不切',所謂'疏'乃廣泛之意,與彥和之所謂'博',詞異而義同。'不切'即'寡要'也。且'博而寡要'語出《史記‧太史公自序傳》'儒者博而寡要,勞而少功',此彥和所本,與上句'精而少功'對文。……審《文鏡祕府論》謂'李充之製《翰林》,襃貶古今,斟酌利病',則其涉論之廣博,可想而知;又黃季剛先生《札記》謂'《翰林論》所取,蓋以沈思翰藻爲貴'者,則其非'淺'明矣。斟酌再四,仍以順從各句筆序義例,依《玉海》訂正爲勝。"

【按】李說是,"淺"當依《玉海》引作"博"。上文"密而不周"、"辯而無當"、"華而疏略"、"巧而碎亂"、"精而少功",皆先揚後抑,此作"博而寡要"始能一律。楊氏指出"各句皆美惡同辭,先襃後貶"之句例,是也。

此"博"字當訓通。《玉篇·十部》:"博,通也。"《詩品序》云李充《翰林》"疏而不切","疎"亦訓通。《說文·疋部》:"疏,通也。"《荀子·解蔽》:"疏觀萬物而知其情。"楊倞注:"疏,通也。"舍人與鍾嶸並以"博通、貫通"評《翰林》,可謂所見略同。而楊氏又云《玉海》引作"博","或伯厚意改之",則是主張此當從今本作"淺",蓋楊氏以"疏闊、疏漏"解"疏",謂其義可與"淺"字互證,失之。

⑱ **原始以表末。**

"末",王惟儉校:"一作'來'。"《梁書》作"末"。　元至正本、馮鈔元本、黃傳元本、弘治本、弘治活字本、隆慶本、張甲本、兩京本、胡本、王批本、訓故本作"時"。　何本、王本作"末"。　徐燉校"時"作"末"。　顧廣圻校"末"作"時"。　張爾田圈點"時"字。

楊氏《補正》校"末"作"時",云:"'來'蓋由'末'致誤。《文心》上篇自《明詩》至《書記》,於每種文體皆明其緣起,故云'原始以表時'。若作'末',則多所窒礙。因文體之次要者,舍人往往僅一溯源而已,並未詳其流變也。"

【按】元明諸本多作"時",梅本作"末",與佘本、張乙本、張丙本、謝鈔本合,黃氏從之。

楊、張兩說非是,"末"當從王惟儉所云之一本作"來"。"末"、"來"草書形近易訛。如《詩·鄭風·溱洧》鄭玄箋"未從之也","未",巾箱本作"來",由"未"、"來"互訛,可推知"末"、"來"亦可致訛。

劉勰追溯各種文體之起源,屢用"來"字。如《明詩》篇:"太康敗德,五子咸諷,順美匡惡,其來久矣。"《銘箴》篇:"仲尼革容於欹器,列聖鑒戒,其來久矣。"《史傳》篇:"軒轅之世,史有蒼頡,主文之職,其來久矣。"《檄移》篇:"故觀電而懼雷壯,聽聲而懼兵威,兵先乎聲,其來已久。"《議對》篇:"昔管仲稱軒轅有明臺之議,則其來遠矣。"即其例。又,《後漢書·范升傳》:"《詩》《書》之作,其來已久。"唐孫過庭《書譜》:"六文之作,肇自軒轅;八體之興,始於嬴政:其來尚矣。"亦並爲"來"字可作名詞之佐證。此云"表來","來"字作賓語,謂探明該文體之來歷、起源。作"末"者,蓋欲使其與上文之"始"字形成對文,非是。

⑲ **割情析采。**

"割",元至正本、馮鈔元本、弘治本、弘治活字本、隆慶本、張甲本、兩京本、胡本、王批本、訓故本、薈要本、文津本作"剖"。　沈臨何校本作"剖"。　王惟儉校:"'剖',一作'割'。"　張爾田圈點"剖"字。　掃葉本"情"作"精"。

范氏《注》校"割"作"剖",云:"剖情析采,'情'指《神思》以下諸篇,'采'則指《聲律》以下也。"

楊氏《補正》:"《文選・張衡〈西京賦〉》'剖析毫釐',《體性》篇'剖析毫釐者也',《麗辭》篇'剖析毫釐',並其證。"

李氏《斠詮》、詹氏《義證》並校"割"作"剖"。

【按】元明諸本多作"剖",梅本作"割",與佘本、張甲本、張乙本、何本合,黃氏從之。

"割"當從元至正本等作"剖",形近致譌。"割",訓斷、絕、分,詁此不合。"情"字不誤,"精"蓋"情"之形譌。

⑳ 籠圈條貫。

"籠"上,元至正本、馮鈔元本、黃傳元本、弘治本、弘治活字本、隆慶本、張甲本、兩京本、胡本、何本、王批本、凌本、合刻本、秘書本、別解本、集成本、尚古本、岡本、李本、薈要本、王本、崇文本有"必"字,《讀書引》十二引同。　何焯補"必"字。

李氏《斠詮》"籠"上補"必"字。

【按】"籠"上,元明諸本多有"必"字,梅本無,與佘本、訓故本、謝鈔本合,黃氏從之。

"籠"上,元明諸本多有"必"字,梅本無之,非是,當據補。上文"若乃……則……"搭配,此處"至於……必……"搭配。《章表》篇:"及後漢察舉,必試章奏。"《奏啓》篇:"夫王臣匪躬,必吐謇諤。"《議對》篇:"故其大體所資,必樞紐經典。"《體性》篇:"故童子雕琢,必先雅製。"《知音》篇:"夫唯深識鑒奧,必歡然內懌。"句式並與此略同。

㉑ 圖風勢。

"風勢"下,元至正本、黃傳元本、弘治本、弘治活字本、隆慶本、兩京本、胡本、何本、王批本、凌本、合刻本、梁本、秘書本、別解本、集成本、尚古堂本、岡本、李本、王本、崇文本有"幽遠"二字,《讀書引》十二引同。

"勢",郭氏《注譯》改作"氣",云:"'風'指《風骨》第二十八,'氣'指《養氣》第二十九,'氣'原作'勢',非。《定勢》亦非第二十九,《養氣》本在第四十二,應提前作第二十九。"

李氏《斠詮》從郭氏説,云:"審上句'摛神性'及下句'苞會通'所叙篇目順序,郭説是。"

【按】元至正本"圖風勢"與"於時序"之間殘缺十字(空十格),依弘治本等,當補"幽遠包會遍閲聲字崇替",方能填滿十格,可證元至正本亦當有"幽遠"二字。元明諸本多有"幽遠"二字,梅本無,與佘本、張本、訓故本、謝鈔本合,黄氏從之。

郭説不可從。"勢"即指《定勢》篇,與《風骨》篇之"風"義正相對。"氣"亦風也,如改作"風氣",則成同義重複,且言"圖"風氣,亦嫌不辭。又,舍人云"圖風勢",本頗具形象性,如改作"氣",則索然無味矣。郭氏、李氏隨意調整《雕龍》篇次,導致舍人書之嚴謹體系面目全非,已是大謬,今復臆改舍人文字,實鹵莽之甚者也。

"摛神性,圖風勢,苞會通,閲聲字"四句,句式一致,增"幽遠"二字則語勢不協,且二字亦不關本書篇目,或爲旁注而竄入正文者。

㉒ 苞會通。

"苞",黄校:"一作'包'。" 黄傳元本、弘治本、弘治活字本、隆慶本、張甲本、兩京本、胡本、王批本、訓故本、薈要本、文津本作"包"。 徐燉云:"'包'作'苞'。"

【按】梅本作"苞",與馮鈔元本、佘本、張乙本、張甲本、何本、謝鈔本合,黄氏從之。

"苞"、"包"字通,毋須改從,《梁書》作"苞"。《莊子·天運》:"苞裹不極。"陸德明釋文:"苞,本或作'包'。"

㉓ 彰乎大《易》之數。

范氏《注》:"《易·上繫》:'大衍之數五十,其用四十有九。'焦循《易通釋》:'大衍,猶言大通。''大易',疑當作'大衍'。"

斯波《補正》:"彦和據《繫辭》之文,故意改'大衍'爲'大易'。以'大《易》'稱《易》之例,見《正緯》第四,又見《抱朴子·喻蔽》篇。"

楊氏《補正》:"范説是。凌廷堪《祀古辭人九歌》:'探大衍兮取數。'(《校禮堂集》卷六)已疑'易'字爲誤矣。"

李氏《斠詮》從范氏説。

【按】范説不可從,作"易"自通,不煩改字,沈臨何校本亦作"易"。《正緯》篇:"馬龍出而大《易》興。"是舍人稱"大《易》"之證。《論語·爲政》:"五十而知天命。"皇侃疏引孫綽云:"大《易》之數五十,天地萬物之理究矣。"宋陳摶《河洛真數·起例卷上》：“始知大《易》之數，與天地準矣。”並“大《易》之數”連文之證。

㉔ 雖復輕采毛髮。

“復”，黃校：“一作‘或’。” 佘本、張乙本、張丙本作“或”，《廣文選》四二、《經濟類編》五四、《喻林》八七、《文章辨體彙選》二九○引同。 謝兆申校作“或”。 徐燉云：“《梁書》作‘雖復’，伯元（即謝兆申）改爲‘或’，又重下‘或’字。” 楊氏《校注》云：“何焯改‘或’。”

楊氏《補正》：“《論説》《封禪》《定勢》三篇，並有‘雖復’之文，則作‘復’是。《文鏡祕府論》北卷《論屬對》篇（句端）有‘假令、假使、假復……雖令、雖使、雖復’條。”

【按】梅本作“復”，與元至正本、弘治本等合，黃氏從之。

楊説是，作“復”自通，毋須改字，《梁書》即作“復”。作“或”，與下文“或”字重出。“雖復”連文，本書常見。如《論説》篇：“雖復陸賈籍甚，張釋傅會。”《封禪》篇：“雖復道極數殫，終然相襲。”《定勢》篇：“雖復契會相參，節文互雜。”《物色》篇：“雖復思經千載，將何易奪？”並其證。

㉕ 亦不勝數矣。

“不”下，馮鈔元本、黃傳元本、弘治本、弘治活字本、隆慶本、張甲本、兩京本、胡本、王批本、訓故本有“可”字。 徐燉刪“可”字。 馮舒添“可”字，張紹仁校同。 馮班標疑“可”字。 沈臨何校本云：“一作‘不可勝數’，無‘矣’字。” 張爾田圈點“可”字。

楊氏《補正》：“以《程器》篇‘不可勝數’例之，馮沾‘可’字是也。”

李氏《斠詮》“不”下補“可”字。

【按】梅本無“可”字，與佘本、何本合，黃氏從之。

“不”下有“可”字義長。《諸子》篇：“承流而枝附者，不可勝算。”句式與此同，可爲佐證。“不可勝數”乃古之常語。如《韓非子·外儲説右上》：“齊嘗大饑，道旁餓死者，不可勝數也。”《荀子·勸學》：“若挈裘領詘，五指而頓之，順者不可勝數也。”《莊子·秋水》：“子不見夫唾者乎？噴則大者如珠，小者如霧，雜而下者，不可勝數也。”《文選·司馬相如〈封禪書〉》：“不可勝數。”李善注：“勝，盡也。”並其例。

㉖ 及其品列成文。

“列”，黃校：“一作‘評’。” 《梁書》、佘本、張乙本、張丙本作“評”，《廣文選》四二、《梁文紀》十四、胡氏《續文選》十二、《經濟類編》五四、《廣文選刪》十一、《文章辨體彙選》二九〇、《漢魏六朝正史文選》十九引同。　黃傳元本、弘治本、弘治活字本、王批本爲一墨釘。　訓故本"品列"作"評品"。　徐燉校"列"作"評"。　沈臨何校本云："'品評',一作'品列'。"

徐氏《刊誤》："'許'字於義似隔,疑爲'評'字之訛。《梁書》本傳'品列'作'品評',是也。可據校正。"

鈴木《黃本校勘記》、楊氏《補正》、王氏《校證》、李氏《斠詮》並校"列"作"評"。

【按】梅本作"列",與馮鈔元本、隆慶本、張甲本、何本、王批本、謝鈔本合,黃氏從之。

"列"當從《梁書》、佘本、張本作"評"。"許"蓋"評"之形訛。《世說新語·文學》："(習鑿齒)於病中猶作《漢晉春秋》,品評卓逸。"

㉗ 識在缾管。

"缾",馮鈔元本、弘治本、隆慶本、張甲本、兩京本、王批本、訓故本、文津本作"瓶"。　黃傳元本、弘治活字本作"瓾"。　佘本、張乙本、張丙本作"缾",《廣文選》四二同。　徐燉校"瓶"作"缾"。　沈臨何校本作"瓾"。　何焯校"缾"爲"瓾"。

張氏《考異》："瓶、缾同。缾,俗字,見《正字通》。"

【按】梅本作"缾",與何本、謝鈔本合,黃氏從之。

"缾"字無誤,《梁書》即作"缾"。《説文·缶部》："缾,䍃也。瓶,或從瓦。"《玉篇·缶部》："缾,汲水器也。"《左傳·昭公七年》："雖有挈缾之知,守不假器,禮也。"杜預注："挈缾,汲者,喻小知。"《文選·陸機〈文賦〉》："患挈缾之屢空。"

㉘ 何能矩矱。

"矩矱",元至正本、黃傳元本、弘治活字本、兩京本、胡本作"規矩"。　馮鈔元本作"規矱"。　弘治本、隆慶本、張甲本、王批本作"規短"。　徐燉校"規短"作"矩矱"。　張爾田圈點"規矩"二字。

【按】梅本作"矩矱",與佘本、張乙本、張丙本、何本、訓故本、謝鈔本合,黃氏從之。

"矩矱"無誤,《梁書》、沈臨何校本亦並作此。《慧琳音義》八五"榘矱"注引《考聲》曰："矱,規也。"《楚辭·離騷》："求榘矱之所同。"王逸注："榘,法也。矱,度也。"舊校云："榘,一作'矩'。"

㉙ 既沈予聞。

“沈”，梅校：“謝（兆申）云：一作‘洗’。” 王惟儉校：“一作‘洗’。” 《梁書》、佘本、張乙本、張丙本作“洗”，《廣文選》四二、《梁文紀》十四、《經濟類編》五四、《廣文選刪》十一、《文章辨體彙選》二九〇、《漢魏六朝正史文選》十九引同。 沈臨何校本作“洗”。 徐燉校“沈”作“洗”。 盧文弨云：“‘沈’，似當作‘況’。‘況’與‘既’古通用。”

紀評：“‘洗’字是。”

范氏《注》：“《戰國策・趙策》：‘趙武靈王曰：學者沈於所聞。’此彥和所本，作‘洗’者不可從。”

鈴木《黃本校勘記》：“《梁書》作‘洗’，是也。‘洗’字與‘塵’字相對。不必改爲‘況’也。”

潘氏《札記》：“參詳辭義，此文似應作‘洗’字。彥和著書，博採前修，自抒卓見，故曰：‘不述先哲之誥，無益後生之慮。’其書初成，未爲時流所稱，乃至負書干沈約於車下，其徬徨求索，寄懷來者，懼遂湮滅，没世無聞，衷情蓋可想見。夫先哲洗我之蒙蔽，而我不能貽後生以讜言，斯志士之大痛也。‘茫茫往哲，既洗予聞。’此彥和受知於前哲者也。‘眇眇來世，倘塵彼觀。’則己之著述，能入來世之目與否未可知也。‘倘’者冀望之辭，亦未可必之辭也。前聞沃我，故曰‘洗’；人觀己作，故謙言‘塵’。‘塵’、‘洗’文義，正相鋒對。故知作‘洗’爲長。若‘沈聞’、‘溺聞’，則是爲見聞所蔽，非彥和此文之意旨矣。”

徐氏《正字》：“‘沈’疑當作‘耽’，《明詩》篇贊云：‘萬代用耽。’其義正與此同。作‘洗’者以不識‘沈’義，妄改之耳。”

劉氏《校釋》：“作‘沈’不誤，《梁書》作‘洗’，亦‘沈’之訛。《戰國策・趙策》趙武靈王曰：‘常民溺於習俗，學者沈於所聞。’即彥和所本。”

楊氏《補正》：“《戰國策・趙策二》‘（武靈）王曰：子言世俗之間，常民溺於習俗，學者沈於所聞。’則此當以作‘沈’爲是。《商子・更法》篇：‘夫常人安於故俗，學者溺於所聞。’（又見《史記・商君傳》《新序・善謀篇》）《漢書・揚雄傳下》：‘（《解難》）使溺於所聞，而不自知其非也。’‘溺聞’，亦‘沈聞’也。其作‘洗’者，乃‘沈’之形誤。”

王氏《校證》：“《戰國策・趙策上》‘武靈王平晝閒居’章：‘常民溺於習俗，學者沈於所聞。’即彥和所本。”

　　王氏《綴補》："'洗'蓋'沈'之誤，或淺人所改。'沈'猶'溺'也。此彥和自謙之辭。《戰國策·趙策》：'學者沈於所聞。'《商君書·更法》篇、《史記·商君傳》、《新序·善謀》篇並云：'學者溺於所聞。''沈'、'溺'同義，此其驗矣。"

　　李氏《斠詮》從潘氏説，云："'洗'有推陳出新、承先啓後之意，若作'沈聞'，固然有高自傲視、目空往古之嫌，與下句不相貫串；即作'況聞'，亦未免傍人門户，耳食陳言之疚，與上文無以圓説。權衡輕重，皆不若'洗'字爲得。《周語》：'三日姑洗。'韋注：'洗，濯也。'凡除垢令潔者皆可曰洗。"

　　【按】元明諸本多作"沈"，《梁書》、佘本、張乙本、張丙本作"洗"，黃氏仍從梅本。

　　"沈"，當從《梁書》、佘本、張本作"洗"，二字形近致訛。"沈於所聞"，謂沉溺於所聞，不可簡化爲"沉予聞"。"洗"與"塵"對文（"塵"訓污、穢）。《集韻·銑韻》："洗，潔也。"《希麟音義》七"洗滌"注引《字書》："盪也，刷也。"《説文·耳部》："聞，知聞也。""洗予聞"，猶言洗滌予之心靈，新潔予之視聽，亦即啓予之蒙。

　　"洗聞"與"洗心"用法同。《檄移》篇："洗濯民心。"《易·繫辭上》："聖人以此洗心。"又："聖人以此齋戒。"韓康伯注："洗心曰齋。"《老子河上公注·能爲》："滌除玄覽。"注："當洗其心，使潔净也。心居玄冥之處，覽知萬事，故謂之玄覽也。"《莊子·德充符》："不知先生之洗我以善邪？"郭象注："不知先生洗我以善道故邪？我爲能自反邪？"成玄英疏："不知師以善水洗滌我心？爲是我之性情能自反覆？"傅玄《傅子》："人皆知滌其器而莫知洗其心。""洗"與"心"搭配乃古人常言，可推知"洗"與"聞"連文之合句法。

　　㉚ 眇眇來世。

　　"眇眇"，弘治本、汪本、隆慶本、張甲本、兩京本、何本、王批本、訓故本、別解本、尚古本、岡本、文津本、王本、崇文本作"渺渺"，《讀書引》十二引同。　徐燉校"渺渺"作"眇眇"。

　　楊氏《補正》："《諸子》篇有'《鬼谷》眇眇'語，此亦應作'眇眇'，前後始一律。《廣雅·釋訓》：'眇眇，遠也。'《一切經音義》七一同。'眇眇'指'來世'時間之長言。若作'渺渺'，則與文意不符矣。"

　　張氏《考異》："從'渺'是。《管子》：'渺渺乎如窮無極。'眇，一目視也。又細小也。"

　　李氏《斠詮》："渺、眇，音同義通。《文賦》：'志眇眇而臨雲。'注：'眇眇，高遠貌。'"

【按】梅本作"眇眇"，與佘本、張乙本、張丙本、謝鈔本合，黃氏從之。

"渺渺"、"眇眇"於"遠"義可通。"渺"、"眇"二字舍人亦常混用，如《原道》篇云"年世渺邈"，而《諸子》篇又云"《鬼谷》眇眇"。此作"眇眇"與《諸子》篇一律，較長，《梁書》即作此。《玄應音義》二五"眇然"注："眇眇，遠也，亦深大也。"《楚辭·九章·悲回風》："路眇眇之默默。"洪興祖補注："眇眇，遠也。"《文選·王儉〈褚淵碑文〉》："眇眇玄宗。"李周翰注："眇眇，深遠貌。"

㉛ 倘塵彼觀也。

"倘"，《梁書》、佘本、張乙本、張丙本作"儻"，《廣文選》四二、《梁文紀》十四、《經濟類編》五四、《文章辨體彙選》二九〇引同。　沈巖臨何校本作"儻"。

馮鈔元本、弘治本、隆慶本、張甲本、兩京本、胡本、何本、王批本、訓故本、謝鈔本、初刻梅本、復校梅本、凌本、梁本、秘書本、梅六次本、梅七次本、彙編本、別解本、抱青閣本、尚古本、岡本、張松孫本、王本、崇文本作"諒"，《讀書引》十二引同。　徐𤊹校"諒"作"倘"。　張爾田圈點"諒"字。

楊氏《補正》："以《宗經》篇'諒以邃矣'證之，'諒'字是。黃本作'儻'，依《梁書》改也（梅本原作諒）。"（按，所見養素堂初刻本、改刻本、覆刻本均作"倘"，不作"儻"，楊氏蓋據另一覆刻本而言。）

王氏《綴補》："'倘'猶'或'也，'塵'猶'汙'也。此亦彥和謙辭。《程器》篇：'澡汋不塵乎竹林者，名崇而譏減也。''塵'亦'汙'也，與此同例。"

李氏《斠詮》校"倘"作"儻"，云："'倘'，字俗。'諒'亦揣度詞，與'儻'義通。"

【按】《梁書》及元明諸本或作"儻"，或作"諒"，黃本忽"倘"，蓋黃氏據徐𤊹校而改。

此從《梁書》、佘本、張本作"儻"義長，訓或、或許。《經傳釋詞》卷六："儻，或然之詞也。字或作'黨'，或作'當'，或作'尚'。"《史記·伯夷列傳》："儻所謂天道是邪非邪。"張守節正義："儻，未定之詞也。"《文選·石崇〈思歸引序〉》："儻古人之情。"呂向注："儻，疑辭也。"於"或然"義古多用"儻"。

《莊子·在宥》："倘然止。"陸德明釋文引司馬云："倘，欲止貌。"成玄英疏："倘，驚疑貌。"《集韻·蕩韻》："倘，自失貌。"詁此不合。此作"諒"亦非。《說文·言部》："諒，信也。"又訓誠然、的確。《詩·小雅·何人斯》："諒不我知。"《楚辭·九章·惜往日》："諒聰不明而蔽壅兮。"即其義。此書塵污後人，乃舍人自謙之辭，非確信其必如此也。

附　　錄

一、《梁書·劉勰傳》

劉勰，字彦和，東莞莒人。祖靈真，宋司空秀之弟也。父尚，越騎校尉。

勰早孤，篤志好學，家貧不婚娶，依沙門僧祐，與之居處，積十餘年，遂博通經論，因區別部類，録而序之。今定林寺經藏，勰所定也。

天監初，起家奉朝請，中軍臨川王宏引兼記室，遷車騎倉曹參軍。出爲太末令，政有清績。除仁威南康王記室，兼東宮通事舍人。時七廟饗薦已用蔬果，而二郊農社猶有犧牲，勰乃表言二郊宜與七廟同改，詔付尚書議，依勰所陳。遷步兵校尉，兼舍人如故。昭明太子好文學，深愛接之。

初，勰撰《文心雕龍》五十篇，論古今文體，引而次之。其序曰：

夫“文心”者，言爲文之用心也。昔涓子《琴心》，王孫《巧心》，心哉美矣夫，故用之焉。古來文章，以雕縟成體，豈取騶奭羣言“雕龍”也。夫宇宙縣邈，黎獻紛雜，拔萃出類，智術而已。歲月飄忽，性靈不居，騰聲飛實，制作而已。夫肖貌天地，稟性五才，擬耳目於日月，方聲氣乎風雷，其超出萬物，亦已靈矣。形甚草木之脆，名踰金石之堅，是以君子處世，樹德建言，豈好辯哉？不得已也。

予齒在踰立，嘗夜夢執丹漆之禮器，隨仲尼而南行，旦而寤，迺怡然而喜。大哉聖人之難見也！迺小子之垂夢歟？自生人以來，未有如夫子者也。敷讚聖旨，莫若注經，而馬、鄭諸儒，弘之已精，就有深解，未足立家。唯文章之用，實經典枝條，五禮資之以成，六典因之致用，君臣所以炳煥，軍國所以昭明，詳其本源，莫非經典。而去聖久遠，文體解散，辭人愛奇，言貴浮詭，飾羽尚畫，文繡鞶帨，離本彌甚，將遂訛濫。蓋《周書》論辭，貴乎體要；尼父陳訓，惡乎異端。辭訓之異，宜體於要。於是搦筆和墨，乃始論文。

詳觀近代之論文者多矣。至如魏文述《典》，陳思序《書》，應瑒《文論》，陸機《文賦》，仲治《流別》，①弘範《翰林》，各照隅隙，鮮觀衢路。或臧否當時之才，或銓品前修之文，或汎舉雅俗之旨，或撮題篇章之意。魏《典》密而不周，陳《書》辯而無當，應《論》華而疏略，陸《賦》巧而碎亂，《流別》精而少功，《翰林》淺而寡要。又君山、公幹之徒，吉甫、士龍之輩，汎議文意，往往間出，並未能振葉以尋根，觀瀾而索源。不述先哲之誥，無益後生之慮。

蓋《文心》之作也，本乎道，師乎聖，體乎經，酌乎緯，變乎《騷》，文之樞紐，亦云極矣。若乃論文叙筆，則囿別區分，原始以表末，釋名以章義，選文以定篇，敷理以舉統。上篇以上，綱領明矣。至於割情析表，籠圈條貫，摛神性，圖風勢，苞會通，閲聲字，崇替於《時序》，褒貶於《才略》，怊悵於《知音》，耿介於《程器》，長懷《序志》，以馭羣篇。下篇以下，毛目顯矣。位理定名，彰乎大《易》之數，其爲文用，四十九篇而已。

夫銓叙一文爲易，彌綸羣言爲難。雖復輕采毛髮，深極骨髓，或有曲意密源，似近而遠，辭所不載，亦不勝數矣。及其品評成文，有同乎舊談者，非雷同也，勢自不可異也；有異乎前論者，非苟異也，理自不可同也。同之與異，不屑古今，擘肌分理，唯務折衷。案轡文雅之場，而環絡藻繪之府，亦幾乎備矣。但言不盡意，聖人所難，識在缾管，何能矩矱？茫茫往代，既洗予聞；眇眇來世，儻塵彼觀。

既成，未爲時流所稱。勰自重其文，欲取定於沈約。約時貴盛，無由自達，乃負其書，候約出，干之於車前，狀若貨鬻者。約便命取讀，大重之，謂爲深得文理，常陳諸几案。

然勰爲文長於佛理，京師寺塔及名僧碑誌，必請勰製文。有敕與慧震沙門於定林寺撰經，證功畢，遂啓求出家，先燔鬢髮以自誓，敕許之。乃於寺變服，改名慧地。未朞而卒。文集行於世。

（録自《梁書》卷五十《文學下》）

二、《文心雕龍》四庫提要四種

《文心雕龍》提要

《文心雕龍》十卷，梁通事舍人劉勰撰。今依內府所藏明汪一元刻本繕録，

---

①　中華書局點校本《梁書》校勘記：“治，各本譌‘洽’，今改正。”今依《梁書》各本改回“洽”。

據元、明槧本及楊慎、朱謀㙔諸家校本及國朝何允中《漢魏叢書》本、黄叔琳《輯註》本恭校。①

臣謹案，詩文，藝事也，而通於道，作之固難，解亦不易，鑒之偏正，好惡系焉，古人所以有取於評論也。《宋史・志》、陳振孫《書録解題》及馬端臨《經籍考》，並標"文史"一目，所録皆論文之説。焦竑正名之曰"詩文評"，附於集部，今用其例焉。自來作者，或曰格，曰式，曰訣，曰品，曰例，曰句圖，各抒所見，深淺殊致，兹不具録，録劉勰一種，以發其凡云。

（録自《四庫全書薈要目録・總目五・集部四・詩文評一》）

《文心雕龍》提要

臣等謹案，《文心雕龍》十卷，梁劉勰撰。其書《原道》以下二十五篇，論文章體製，《神思》以下二十四篇，論文章工拙，合《序志》一篇，爲五十篇。據《序志》篇稱"上篇以下"、"下篇以上"，②本止二卷，然《隋志》已作十卷，蓋後人所分。又據《程材》篇中所言，③此書實成于齊代，舊本署"梁通事舍人劉勰撰"，亦後人追題也。

是書自至正乙未刻于嘉禾，至明弘治、嘉靖、萬曆間，凡經五刻，其《隱秀》一篇，皆有缺文，明末常熟錢功甫稱得阮華山宋槧本，鈔補四百餘字，然其書晚出，别無顯證。其詞亦頗不類，如"嘔心吐膽"，似摭《李賀小傳》語；"鍛歲煉年"，似摭《六一詩話》論周朴語；稱班姬爲"匹婦"，亦似摭鍾嶸《詩品》語，皆有可疑。況至正去宋未遠，不應宋本已無一存，三百年後乃爲明人所得。又考《永樂大典》所載舊本，闕文亦同，其時宋本如林，更不應内府所藏，無一定刻。④阮所稱，殆亦影撰，何焯等誤信之也。

至字句舛訛，自楊慎、朱謀㙔以下，遞有校正，而亦不免於妄改。如《哀弔》篇"賦憲之謚"句，皆云"'賦憲'當作'議德'"，蓋以"賦"形近"議"，"憲"形近"悳"，悳，古"德"字也。然考王應麟《玉海》曰：⑤"《周書・謚法》：'惟三月既生魄，周公旦、

---

① 按，何允中乃明人，何氏《漢魏叢書》刻於萬曆二十年。

② 按，《序志》篇原作"上篇以上"、"下篇以下"。

③ 按，"《程材》"，當作"《時序》"。

④ 按，"定"，疑當作"完"。

⑤ 按，"《玉海》"，當作"《困學紀聞》"。

太公望相嗣王發，既賦憲，受臚于牧之野。將葬，乃制作諡。'《文心雕龍》云'賦憲之諡'出於此。"然則二字不誤，古人已言。以是例之，其以意雌黃者多矣。

乾隆四十二年正月恭校上。

(録自《四庫全書薈要·總目五·集部四·詩文評一》)

《文心雕龍》提要

《文心雕龍》十卷，梁劉勰撰。分上、下二篇，上篇二十有五，論體裁之別，下篇二十有四，論工拙之由，合《序志》一篇，亦爲二十五篇。其書於文章利病，窮極微妙，摯虞《流別》，久已散佚，論文之書，莫古於是編，亦莫精於是編矣。

(録自《四庫全書簡明目録·集部九·詩文評類》)

《文心雕龍輯注》提要

國朝黃叔琳撰。叔琳有《研北易鈔》，已著録。考《宋史·藝文志》，有辛處信《文心雕龍註》十卷，其書不傳。明梅慶生《註》，粗具梗概，多所未備。叔琳因其舊本，重爲删補，以成此編。其譌脱字句，皆據諸家校本改正。惟《宗經》篇末附註，極論梅本之舛誤，謂"宜從王惟儉本"，而篇中所載，乃仍用梅本，非用王本，殊自相矛盾。

所註如《宗經》篇中"《書》實紀言，而訓詁茫昧，通乎《爾雅》，則文義曉然"句，謂"《爾雅》本以釋《詩》，無關《書》之訓詁"。案，《爾雅》開卷第二字，郭註即引《尚書》"哉生魄"爲證，其他釋《書》者不一而足，安得謂與《書》無關？《詮賦》篇中"拓宇於《楚詞》"句，"拓宇"字出顏延年《宋郊祀歌》，而改爲"括宇"，引《西京雜記》所載司馬相如"賦家之心，包括宇宙"語爲證，割裂牽合，亦爲未協。《史傳》篇中"徵賄鬻筆之愆，公理辨之究矣"句，"公理"爲仲長統字，此必所著《昌言》中有辨班固徵賄之事，今原書已佚，遂無可考。觀劉知幾《史通》，亦載班固受金事，與此書同，蓋《昌言》唐時尚存，故知幾見之也，乃不引《史通》互證，而引陳壽索米事爲註，與《前漢書》何預乎？

又《時序》篇中論齊，無"太祖"、"中宗"；《序志》篇中論李充，不字"宏範"，皆不附和本書。而《指瑕》篇中"《西京賦》稱中黃賁獲之疇，①薛綜繆註，謂之

---

① 按，"賁"，當作"育"。

閽尹"句,今《文選》薛綜註中,實無此語,乃獨不糾彈。小小舛誤,亦所不免。

至於《徵聖》篇中"四象精義以曲隱"句,註引"《易》有四象,所以示也",又引朱子《本義》曰:"四象,謂陰、陽、老、少。"案,《繫辭》:"《易》有四象。"孔穎達疏引莊氏曰:"四象,謂六十四卦之中,有實象,有假象,有義象,有用象,爲四象也。"又引何氏説,以"天生神物"八句爲四象,其解"兩儀生四象",則謂"金、木、水、火,秉天地而有"。是自唐以前,均無"陰陽老少"之説,劉勰梁人,豈知後有邵子《易》乎? 又"秉文之金科"句,引揚雄《劇秦美新》"金科玉條",又引註曰:"謂法令也。言金玉,佞詞也。"案,李善註曰:"金科玉條,謂法令。言金玉,貴之也。"此云"佞詞",不知所據何本,且在《劇秦美新》猶可謂之佞詞,此引註《徵聖》篇而用此註,不與本意剌謬乎? 其他如註《宗經》篇"三墳"、"五典"、"八索"、"九丘",不引《左傳》而引僞孔安國《書》序;註《諧讔》篇"荀卿《蠶賦》",不引《荀子・賦篇》,而引明人《賦苑》,尤多不得其根柢。然較之梅註,則詳備多矣。

(録自《四庫全書總目提要・集部四十八・詩文評類一》)

三、《四庫全書考證・文心雕龍輯注》

卷一《辨騷》篇"駟虬乘鷖,則時乘六龍",刊本"駟"訛"駉",據《離騷》改。

卷二《頌讚》篇"樊渠"注"基趾工堅",刊本"趾"訛"跌",據《蔡中郎集》"樊惠渠頌"改。

卷三《銘箴》篇"溫嶠《侍臣》,博而患繁",刊本"侍"訛"傳",據《晉書》改。又"仲山"注"南單于遺憲古鼎",刊本"古"訛"占",據《前漢書》改。又("魏顆"條注)"魏顆以其身卻退秦師於輔氏",刊本"於"訛"放",據《晉語》改。又"潘勗"注"潘勗與覬,並以文章顯",刊本"覬"訛"凱",據《魏志・衛覬傳》改。

卷四《論説》篇"敬通"注"則聊城之説",刊本"城"訛"成",據《文選注》改。

卷五《封禪》篇"勒碑"注"遣侍御史與蘭臺令史",刊本"御"訛"十",據《後漢書》改。

卷十《才略》篇"李尤"注"有《函谷》諸賦,《孟津》諸銘",刊本脱"孟津"二字,據《李蘭臺集》增。(按,《漢魏六朝百三家集・李尤集》收録有《井銘》《車銘》《孟津銘》等,黃氏輯注原作"有《函谷》諸賦,《井》《車》諸銘",當無誤。陳鱣改"《井》《車》"爲"《孟津》",批云:"《蘭臺集》作《孟津銘》。"亦不確。)

四、歷代序跋題識①

元錢惟善序

《六經》,聖人載道之書,垂統萬世,折衷百氏者也,與天地同其大,與日月同其明,亘宇宙相爲無窮而莫能限量,後雖有作者,弗可尚已。自孔子没,由漢以降,老佛之説興,學者日趨於異端,聖人之道不行,而天地之大,日月之明,固自若也。當二家濫觴橫流之際,孰能排而斥之? 苟知以道爲原,以經爲宗,以聖爲徵,而立言著書,其亦庶幾可取乎? 嗚呼! 此《文心雕龍》所由述也。

夫佛之盛,莫盛於晉宋齊梁之間,而通事舍人劉勰生於梁,獨不入于彼而歸于此,其志寧不可尚乎? 故其爲書也,言作文者之用心,所謂"雕龍",非昔之鄒奭輩所能知也。勰自序曰:"《文心》之作也,本乎道,師乎聖,體乎經,酌乎緯,變乎《騷》。"自二卷以至十卷,其立論井井有條不紊,文雖靡而説正,其指不謬於聖人,要皆有所折衷,莫非《六經》之緒餘爾。雖曰一星土之微,不可與語天地之大;一螢爝之光,不可與語日月之明,視彼畔道而陷於異教者,顧不韙矣乎!

嘉興郡守劉侯貞,家多藏書,其書皆先御史節齋先生手録,侯欲廣其傳,思與學者共之,刊梓郡庠,令余叙其首。因念三十年前,嘗獲聆節齋先生教而拜床下,今侯爲政是郡,不失其清白之傳,文章政事,爲時所推。余嘗職教於其地而目擊者,故不敢辭。

若夫學者欲觀天地之大,覿日月之明,則自有《六經》在,此固不可並論。聖人不曰"不有博奕者乎? 爲之猶賢乎已",②況是書乎? 侯可謂能世其家學者,故樂爲之序。

至正十五年龍集乙末秋八月,曲江錢惟善序。

(録自元至正本卷首)

---

① 歷代序跋中關於《隱秀篇》真僞之討論,已見於本書《隱秀》篇附録,兹不複出。

② 按,見《論語·陽貨》。"奕",當作"弈"。

明馮允中序

天地間物，莫奇於書。奇則秘，秘則不行，此好古者之所同惜也。有能於其晦伏之餘，廣而通之，使不終至於泯没，非吾黨其誰與歸？

梁通事舍人劉勰撰《文心雕龍》四十九篇，論文章法備矣。觀其本道原聖，暨於百氏，推窮起始，備陳其訣，自詩騷賦頌而下，凡爲體二十七家，一披卷而摛詞之道具。學者如不欲爲文則已，如欲爲文，舍是莫之能焉。蓋作者之指南，藝林之關鍵，大可以施廟堂，資制作，小亦足以舒情寫物，信乎其爲書之奇也。

余素粗知嗜文，每覽是書，輒愛翫不忍釋。然惜其摹印脱略，[①]讀則有歎。兹奉命至江南，巡歷之暇，偶聞都進士玄敬家藏善本，用假是正。既慰夙願矣，因以念夫國家右文圖治，彬彬乎著作之盛，與三代比隆，屈宋班馬，並駕於當時者踵相接，則固無庸求古以爲法矣。惟是石渠具草之用，皁囊封事之作，以迪後彥而備時需者，不可一日缺，則是編能無益乎？此予捐廩而行之者，蓋有以也。不然，世以其奇也而秘，至有克爲文者，又直視其秘而不之鋟，以永厥傳，抑豈公天下之心哉？

按史，勰字彦和，東莞莒人。既成書，以見沈約，約大重之，嘗陳諸几案，其爲當時所貴如此。覽者其毋徒以吕舍人所謂文一小技，與楊子雲云“雕蟲”者埒觀，則庶乎資有益之文，而余志副矣。

弘治十七年歲在甲子，四月上澣日，文林郎監察御史郴陽馮允中書于姑蘇行臺之涵清亭。

（録自弘治本卷首）

明都穆跋

梁劉勰《文心雕龍》十卷，元至正間嘗刻於嘉興郡學，歷歲既久，板亦漫滅。弘治甲子，監察御史郴陽馮公出按吳中，謂其有益於文章家，而世不多見，爲重刻以傳。

夫文章與時高下，時至齊梁，佛學昌熾，而文隨以靡，其衰甚矣。當斯之

---

① 楊明照注：“‘略’，徐鈔作‘落’，是。”

際,有能深於文理,折衷羣言,究其指歸,而不謬於聖人之道如劉子者,誠未易
得。是編一行,俾操觚之士,咸知作文之有體,而古人之當法,則馮公嘉惠學者
之功,豈淺淺哉? 穆以進士試政內臺,受知於公,亦嘗有志古學而未之能者,因
不媿荒陋,而書其後。

　　吳人都穆識。

(錄自弘治本卷末)

明方元禎序

　　《文心雕龍》凡十卷,合篇終《序志》一篇爲五十篇,梁通事舍人劉勰彥和所
作也。勰,東莞人,自言嘗夜夢執丹漆之器,隨仲尼而南行,寤而思敷讚聖旨,
莫若注經,而馬鄭諸儒,弘之已精,就有深解,未足立家,唯文章之用,有裨經
典。於是搦筆和墨,論著古今文體,以成此書。出示沈約,約大重之,謂其深得
文理,常陳之几案。

　　今讀其文,出入六經,貫穿百氏,遠搜荒古之世,近窮寓內之事,精推顯穹
之微,粗及塵礫之細;陳明王之禮樂,述大聖之道德,蔚如也。至其陽烁先後作
家,袞鉞區分,瑕瑜不掩,百季斷案,莫之異同。非博學雄辯,深識遐究,烏能及
兹? 若夫論著爲文之義,陳古繹今,別裁分體,如方員之規矩,聲音之律呂,雖
使班馬長雲竝列,將彬彬與揖,共升游夏之堂矣。論者以六朝齊梁而下,佛學
昌熾,爲文多工纖巧駢驪,氣亦衰靡,槩以律勰,豈通論哉?

　　方今海內,文教盛隆,操觚之士,爭崇古雅,獨是書時罕印本,好古者思欲
致之,恒病購求之難。吾邑汪子仁卿,博文談藝,喜而校刻之。嗚呼! 此刻既
行,世有休文,寧無同賞音者? 吾知雋永之餘,固不必鐫肝刻肺,抽黃對白,而
於文也,亦思過半矣。

　　時嘉靖庚子六月既望,書于葵柏山齋。

(錄自汪氏私淑軒本卷首)

明程寬序

　　昔之君子曰:"六朝無文章,惟陶淵明《歸去來辭》一篇爾。"陶公人品甚高,
固未易班,然六朝風靡,雋傑崇清虛之教,篇牘咸雪月之形,孰知太極一元之
真,仲尼六經之訓乎哉? 是故余竊於劉子《原道》有取焉。觀其述羲皇堯舜相

傳之源流，闡天地萬物自然之法象，其知識有大過人者。其餘所著四十九篇，當時以沈文通品論見重。吁！後世詎知無沈之知音耶？歲弘治甲子，馮公允中已鋟于吳，汪子一元再鋟于歙。兹嘉靖辛丑，建陽張子安明將重鋟于閩，以廣其傳，迺拜余，囑余以序。序曰：

　　文之義，大矣哉！魏文《典論》，隘而未揚；士衡《文賦》，華而未精。若氣揚矣，而法能玄博；義精矣，而詞能燁燁。兼斯二者，其劉子之《文心》乎？揚摧今古，鑿鑿不詭；樹之矩繩，彬彬可宗，誠文苑獨照之鴻匠，詞壇自得之天機也。究其所自，夫豈徒哉？蓋勰也，彩雲已兆七齡之初，丹漆獨隨大成之聖。夢之所寄，心亦寄焉；心之所寄，文亦寄焉。其志固，其幽芳，其歷時久，是故焕成一家，法垂百祀云。惜也道崇金聲玉振，而謂雕琢性情；志雅樹德建言，而詫知術拔萃；宗經而無得於六經，養氣而固迷其正氣，此劉子《文心》之所以爲“雕龍”也。自辨不群，鄒奭詎能免誚虛車？嗚呼！宇宙浩浩，喑高才之陵替；歲月悠悠，惟性靈之不居。君子誠欲啓此文心，能無把玩于五十篇之文？或曰：“君子欲充此文心，則有宋儒原道之言粹如也。”要之，實得此文心，則羲皇堯舜一也，禹湯文武周公一也，孔子孟軻一也，天地與我一也，顧劉子見其本，宋儒見其末；劉子見其華，宋儒見其實云。

（録自徐㶿批校本第一册卷首附葉）

明 佘 誨 序

　　齊梁以上，立言之士無慮數千家，珠聯綺合，玉振金聲，彬彬焉、鏘鏘焉於文雅之場矣。夫世代所趨，巧拙所指，作者殊科。擇源涇渭，則澄濁易淆；按轡路岐，而康徑未顯。自非子野，安能雅俗並陳乎？故知宏覽尚於體裁，銓品存乎明鏡，《文心雕龍》之所以作也。

　　文作於梁通事舍人劉勰氏。勰，東筦人，①嘗夜夢執丹漆之禮器，隨仲尼而南行，寤而喜曰：“大哉聖人之難見也！小子之垂夢與？”乃始論文，以成此籍，雖弘經之志未竟，庶乎聖典之英蕤矣。史稱勰博雅君子，醞釀篇章，今讀其文，網羅古今，彌綸載籍，遡文體之自始，要辭流之所終，析其義於毫芒，精其法於聲賾，誠文章之奥區，聲音之律吕也。至其銓衡往哲，品論群言，彰美指瑕，

---

① 　按，“筦”，當原作“莞”。

曲極情狀，昭昭乎化工之肖形，九原可作，懲其月旦矣。《典論》之制，徒擬夫七臣；《文賦》之摛，未窮乎九變，方斯何如哉？

今天下文教隆盛，海内操觚之士，翕然同風，人蓺麟鳳，家寶隨和，享弊帚於千金者，亦寡矣。顧擬迹前脩，存乎體要，筌求是本，不異司南。苦印傳之不廣，博古者致憾於斯。予偶搜諸壁間，如見良玉，又惡夫己而不人者也，遂校梓布焉。文凡四十九篇，合篇終《序志》一篇，五十篇氂爲十卷。

時嘉靖癸卯仲春朔日，古歙佘誨序。

（録自佘氏原刻本卷首）

明楊慎《與張含書》及王惟儉、梅慶生識語

批點《文心雕龍》，頗謂得劉舍人精意。此本亦古，①有一二誤字，已正之。其用色，或紅，或綠，或黃，或青，或白，自爲一例，正不必説破，説破又宋人矣。蓋立意一定，時有出入者，是乖其例。人名用斜角，地名用長圈，亦有不然者，如董狐對司馬，有苗對無棣，雖繫人名、地名，而儷偶之切，又當用青筆圈之。此豈區區宋人之所能盡？高明必契鄙言耳。

（録自王惟儉訓故本卷末）

林宗本載有此條，②乃從南中一士大夫藏本録之者。然林宗本亦多誤，政不知楊公原本今定落何處耳。安得快覩，一洗余之積疑乎？

六月二十三日惟儉識。

（録自王惟儉訓故本卷末）

張含，字愈光，別號禺山，滇之永昌人也。寄懷人外，耽精詞賦。弱冠，從渠尊人宦游京師，李獻吉一見忘年，相與定交，爲作《月塢癡人對》，以寫其致。嗣後爲楊用脩最所推服，以地遠莫可與談，乃于暇日，選前人諸詩不常見者題品，名曰《千里面談》二卷，作書前後寄之；其書具論詞場得失，而言不及世事。

己酉孟冬，梅慶生識。

（録自梅慶生萬曆音註本卷首）

---

① 按，"此本"，指王氏所云之"滇本"。
② 楊明照注："林宗，張姓，名民表。"

明葉聯芳序

文，生於心者也。文心，用心於文者也。雕，刻鏤也。龍，靈變不測而光彩者也；又籠取也。觀夫命名，則其爲文也可知矣。孔子曰："詞達而已矣。"雕龍奚爲哉？聖人道德淵鴻，吐詞爲經，憲垂億世，下此則言以徵志，文以永言，言之無文，行之不遠，文固弗可已夫。

梁劉彥和氏著兹編，爲凡四十有九，自《書記》以上，則文之名品，《神思》以下，則文之情度，所謂"綱領明，毛目顯"是已。稽聖據典，援經訂子，考傳彙畧，褒同折異，聖賢之蘊，幽顯之閡，廣約之分，運甓之則，隳括之變，鈞鑄鎔焱，攢蠹剔抉，翕儵韜截，泷漾混演，摩揣焜斲，各極其趣，成一家言。若錦綺錯揉，而毫縷有條；若星斗雜麗，而象緯自定。詭然而潛，耀然而見，爛然而章，燦然而絡。噫，信奇備矣哉！

或謂傷於綺靡而乏氣骨。文以時論，梁之體自應爾也。夫衆材聚，始足以成匠氏之技；列寶積，始可以驗朱頓之富；群書徧，始能登藝苑之籙。千金之裘，非一狐之腋；九層之臺，非一陶之埴。牛溲敗鼓，兼蓄於醫師之良，則跂遲躅於邃古，寄妙想於異代者，里歌埤雅，尚不克遺，況兹縟集也哉？

沙陽樂生應奎，家藏善本，獨好而刻以傳焉，其有得於是焉矣，因爲之叙。

嘉靖乙巳孟秋望日，臨橋葉聯芳書。

（錄自徐㶿批校本第一册卷首附葉）

明樂應奎序

樂應奎曰：《文心雕龍》一書，文之思致備而品式昭矣。蓋嘗觀之，《序志》之篇，而文之全體已具；各篇之中，而文之各法俱詳，且有窮源遡流之學，摘弊奇美之功，從善違否之義；又於各篇之末，約爲一贊，要而備，簡而明，精而不詭，予以是知文之思致備而品式昭也。

劉彥和故自言嘗夢從仲尼遊，寤而思，敷贊聖言，莫若注經，迺搦筆和墨，論著古今文體，以成此書。出示沈休文，休文大重之，謂其深得文體，常陳之几案而不置。然則是書，是開先於神助，而括盡乎人能者也。或曰怪，則嘗於《練字》之篇其厭奇恠也，已先言之矣。或曰拘於駢驪，如《麗辭》篇所云，則駢驪之體，亦非易作也。或又以其猶滯六朝之風氣，獨不曰文運每關乎世運，相爲汙隆者也,梁之時,何時耶?然又可以過論乎哉?唯其思致備而品式昭,則亦可以傳也。但時前未尚是書,予雖得之,家藏之久,猶未敢以自信。迄今聞之父師之言,與乎士類之論,多得我心同然,迺以梓行之。告成,用序其意如此云。

(録自徐𤊹批校本第一册卷首附葉)

明朱載壐序①

予生當海岱之墟,慶衍天潢之派,坐享千鍾,深慚尸素,行年四十,自媿無聞。是以心存尚友,志切探奇,誦讀則典墳丘索,上自聖經賢傳之旨,每肆焚膏;旁搜則《史記》《國語》,下逮百家衆技之流,頗煩絕韋。奈何世教下衰,衆言淆亂,放逸者泛濫乎繩檢,深詭者屈抑其音節,體裁舛戾,妄希武仲之下筆不休;斧藻參差,謬同季緒之訶詆弗置,無惑乎至文閴覬,而古□難期也。

予嘗閉關卻掃,馳騁藝圃之場,文章自秦漢而上,未暇殫述。嘗取六朝以下諸書,擇其事偕文告,語及故實,圓融密緻之體,峻潔遒勁之格,足以啓多識蓄德之助,擅登高作賦之奇者,惟梁通事舍人劉勰所著《文心雕龍》一書,凡十卷,合篇終《序志》爲五十篇。見其綱領昭暢,而條貫靡遺,什伍嚴整,而行綴不亂,標其門户,而組織成章;雕縷錯綜,②而輻輳合節。典雅則黄鐘大吕之陳,綺靡則祥雲繁星之麗,該贍儲太倉武庫之積,考覈拆黄熊白馬之辯。羽陵玉笥,奧遠畢收,牛鬼蛇神,秘恠悉録。語駢驪則合璧連珠,談芬芳則佩蘭紉蕙,酌聲而音合金匏,③絢采而文成黼黻。真文苑之至寶,而藝圃之瓊葩也。惜其棗梨漫漶於歲月之深,訛謬踵承於亥豕之襲。爰命博雅之夫,懷鉛之士,勘校窮年,重鍰諸梓,以昭示來學焉。嗚呼!是刻也,英華泄越,與日月而並明;聲名流播,垂古今而不朽。嗣休文芳躅之跡,敢步後塵;鼓朱弦疏越之音,寧無同賞者乎?

嘉靖四十五年歲次丙寅上元。

(録自徐𤊹批校本第一册卷首附葉)

---

①　楊明照注:"朱載壐,明宗室。《明史·諸王傳四》:'(憲宗諸子)衡恭王祐楎,憲宗第七子。弘治十年,之藩青州。……新樂王載壐,恭王孫也。博雅善文辭。'徐𤊹批校本第一册附葉其子延壽鈔此序,標作'青社誠軒載壐信父序',考青社,即青州(出典見《史記·三王世家》封齊王策文,以表其封地及爵位)。誠軒,號;載壐,名;信父,字也。"

②　按,"縷",疑當作"鏤"。

③　按,"金"字原缺,據楊明照《增訂文心雕龍校注》附録七補。

明朱頤堀序

《文心雕龍》,梁通事舍人劉勰所著也,十卷四十九篇,《序志》一篇。先御史郴陽馮君已序之矣。予讀而愛之,命工翻刻,以廣其傳,因復爲序。

夫文以載道,匪道弗文也,而況名以《文心雕龍》,又用心于道者也。道之大,原出于天,則始之以《原道》。推而六經史傳,體裁各具,其間天地造化,物理人事,纖悉具備,信乎雕龍其心,而文之原于道者也,其視月露風雲,溢頤聲牙,信天淵之隔,而朱紫之異乎?

且勰七齡,夢擷雲錦,踰立,夢索河源。雲錦天章,觀乎天文以察時變,則在天之成象者,文之雕龍于心,形而上之道也;河源地脈,風行水上,以渙至文,則在地之成形者,文之雕龍于心,形而下之道也。徹上徹下,禮器不離,體天地之撰,通神明之德,尚體以法經,繹言以折聖,因文以見道,信龍游天衢,神化自然者也。引伸觸類,以繼其義,勰之用心,亦云苦矣。因書授徐左史,左史曰:"敬聞命矣,盍考其行事之迹?"按史,勰,東莞莒人,書成,示沈約,約大重之,遂盛譚于梁苑,文士藉是爲見道一助,其功焉可誣哉? 若夫勒文詞而不本于心,刻削之技,蟲魚之書,寧不蹈宋人之弊而興列子之欸乎? 遂書。

隆慶三年三月三日。

(錄自隆慶三年魯王三畏堂覆馮本卷首)

明張之象序

《文心雕龍》十卷,四十九篇,合篇終《序志》一篇爲五十篇,梁通事舍人劉勰彦和所著也。勰生而穎慧,甫七齡,乃夢彩雲若錦,則攀而採之,崗在踰立,則又嘗夢持丹漆禮器,隨孔子南行,寤而喜焉,思敷贊聖道,莫若注經,而馬鄭諸儒,弘之已精,即有深解,未足表見,惟文章之用,羽翼經典。於是引筆行墨,論著古今文體,以成此書。勰自負蓋不淺矣,出示沈約,約大重之,謂爲深得文理,嘗陳諸几案。當是時,如昭明太子最好文學,深愛接之。其爲名流賞識,殆不異其所自負也。

今覽其書,採摭百氏,經緯六合,遡維初之道,闡大聖之德,振發幽微,剖析淵奧。及所論撰,則又操舍出入,抑揚頓挫,語雖合璧,而意若貫珠,綱舉目張,枝分派別,假譬取象,變化不窮。至其揚推古今,品藻得失,持獨斷以定羣囂,證往哲以覺來彥，蓋作者之章程，藝林之準的也。自非博極羣書，妙達玄理，頓悟精詣，天解神授，其孰能與於此耶？如在仲尼之門，較以文學，必當與游夏同科矣。

或者謂六朝齊梁以下，佛學昌熾，而文多綺艷，氣甚衰靡，執以議勰，不亦謬乎？嗚呼！道貴自信，豈必求知？世無文殊，誰能見賞？阮光祿思曠有云："非但能言人不可得，正索解人亦不可得。"是以牙生輟絃於鍾子，匠石廢斤於郢人，作之難，知之難也。

方今海內，文教振興，綴學之士，競崇古雅，秘典奇編，往往間出，獨是書世乏善本，譌舛特甚，好古者病之。比客梁溪，友人秦中翰汝立藏本頗佳，請歸研討，始明徹可誦。且聞之山谷黃太史云："論文則《文心雕龍》，評史則《史通》，二書均有益後學，不可不觀也。"①予遂梓之，與《史通》並傳，不使掩没，又安得如休文者共披賞哉？勰作書大旨本末，語在《序志》及《梁書》列傳，故不論，論其時之遇不遇，類如此。

萬曆七年歲次己卯春三月朔旦，碧山外史雲間張之象撰。

（錄自張乙本卷首）

明 伍 讓 序

夫文之爲用大矣，而其旨莫備於《書》。《書》之言曰："辭尚體要。"蓋謂言以足志，文以足言，用雖不同，而其體各有攸當，譬天呈象緯，地列流峙，人別陰陽，其孰能易之？故《書》之典謨訓誥，符采不同，《詩》之《國風》《雅》《頌》，音節自異；《易》之典奧，《禮》之閎該，《春秋》之謹嚴，蓋諷而可知其爲體也。故曰六經無文法，非無法也，夫文而能爲法也。世未有不明於體而可以語法者。今世學士大夫，一意修古，無不尸祝司馬子長，第類多依採，而闇於指歸，獵其殘膏餘瀝，輒自神王，曰："此龍門令家法也。"而不知設情有宅，置言有區，即如優孟學孫叔敖尚不可得，安所稱神理耶？試取子長紀傳書表觀之，一何奇古雄深，不可端倪。至其《報任安書》，則又慷慨閎肆，若壅大川焉，決而放諸陸也，彼其體固自有在也。

---

① 按，《山谷老人刀筆》二《與王立之承奉直方》："劉勰《文心雕龍》，劉子玄《史通》，此兩書曾讀否？所論雖未極高，然譏譚古人，大中文病，不可不知也。"

《文心雕龍》者，梁劉彥和緦所論著，其言文之體要備矣，大都本道而徵信聖，酌緯而宗經，自騷賦以至書記，臚陳列示以詮序之要，而《神思》諸篇，則又直陳雅道，妙拆言詮，①標置六觀，陽秋九代，纚纚乎若鑑懸而衡設也。若夫《程器》一篇，則以警夫驚華而棄實者，與吾夫子躬行君子之旨合，蓋篤論哉！

書成，以示沈約，約大重之，常置几案，卓乎成一家言已。緦嘗夢綵雲若錦，則攀而拆之，②又嘗夢操丹漆之器，隨仲尼南行。蓋致精久習，形諸夢寐，宜其品藻玄黃，若斯之諦也。其《自序》曰：“文果載心，余心有寄。”古人之立言於世，豈直目睫已哉？世未可以六朝語而易之也。綴文之士，玩其意，不泥其詞，循派而索其源，酌奇而馭以正，則可以按彎文雅之場，而《書》所云“體要”，或者其庶幾乎？

是書類多舛譌，不可讀，偶于里人所得善本，與近世所刻迴異，然亦不能無亥豕者。貴陽守謝君文炳，博雅士也，相與共讎之，間有疑者，仍闕焉。余爲刻置郡庠而序其大旨如此。

萬曆十九年歲辛卯仲春，湘東伍讓子謙甫書。

（録自徐㷆批校本第三册卷末附葉）

明朱謀㙔跋

往余弱冠，日手抄《雕龍》諷味，不舍晝夜。恒苦舊無善本，傳寫譌漏，遂注意校讐。往來三十餘年，參考《御覽》《玉海》諸籍，并據目力所及，補完改正，共三百二十餘字。如《隱秀》一篇，脫數百字，不復可補；他處尚有譌誤，所見吳、歙、浙本，大略皆然，雖有數處改補，未若予此本之最善矣。俟再諮訪博雅君子，增益所未備者而梓傳之，亦劉氏之忠臣，秕苑之功臣哉！

萬曆癸巳六月日，南州朱謀㙔跋。

（録自梅慶生萬曆音註本卷末）

明徐㷆跋

劉彥和《文心雕龍》一書，詞藻璀璨，儷偶豐贍。先人舊藏此本，已經校讎。

---

① 按，“拆”，疑當作“析”。

② 按，“拆”，當作“採”。

燉少學操觚，時取披覽，快心當意，甘之若飴。每有綴辭，采爲筌餌。此羊棗之
嗜，往往爲慕古者所竊笑也。然秘之帳中，積有年歲，非同好者不出相示。但
彦和《自序》一篇，諸處刻本俱脱誤，乃抄諸《廣文選》中。近于友生薛晦叔家獲
覩抄本一副，乃其叔父觀察滇南得歸者，中間爲楊用脩批評圈點，用硃黄雜色
爲記，又自秘其竅，不煩説破以示後人，大都於其整嚴新巧處而注意也。遂借
歸數日，依其批點。蓋自愧才不逮前人，而識見謭陋，得此以爲法程，不啻楊先
生之面命矣。

　　前跋云，禺山者，初未知何許人。兹按《升庵文集》，禺山，張姓，字愈光，雲
南永昌人，年八十，工詩，善書。集中有《跋愈光結交行》，又有《龍編行答禺
山》，又有《五老圖壽禺山八十》，又有《重寄張愈光》二律，又有《存没絶句懷及
愈光》，又有《寄愈光》六言四首。觀用脩詩文推轂之言，可以識禺山之大概矣。
　　萬曆辛丑三月望日，徐惟起於緑玉齋。①

（録自徐燉批校本第三册卷末附葉）

　　此書脱誤甚多，諸刻本皆傳訛就梓，無有詳爲校定者。偶得升菴校本，初
謂極精。辛丑之冬，攜入樵川，友人謝伯元借去讎校，②多有懸解。越七年始
付還。余反覆諷誦，每一篇必誦數過，又校出脱誤若干，合升庵、伯元之校，尤
爲嚴密。然更有疑而未穩，不敢妄肆雌黄，尚俟同志博雅者商略。丁未夏日，
徐惟起。

（録自徐燉批校本第三册卷末附葉）

　　《文心雕龍》一書，余嘗校之，至再至三，其譌誤猶未盡釋然。彦和博綜羣
書，未敢遽指爲亥豕而臆肆雌黄也。今歲偶遊豫章，王孫鬱儀素以洽聞稱，余
乃扣之。鬱儀出校本相示，旁引經史，以訂其訛，詳味細觀，大發吾覆。鬱儀僅
有一本，乞之不敢，鈔之不遑，而王孫圖南欣然捐家藏斯本見贈。余方有應酬
登眺之妨，鬱儀又請去重校，凡有見解，一一爲余細書之，鐙燭下，作蠅頭小楷，
六十老翁，用心亦勤，愛我亦至矣。今之人略有一得，則視爲奇祕，不肯公諸
人；偶有藏書，便祕爲帳中之寶。若鬱儀、南圖，真以文字公諸人者也。鬱儀名
謀㙔，石城王裔；圖南名謀埠，弋陽王裔，皆鎮國中尉，與余莫逆。

---

①　按，徐燉，原名惟起。
②　按，謝兆申，字伯元。

時萬曆己酉十一月二十八日，徐惟起書於臨川舟次。

（録自《重編紅雨樓題跋》一）

晁氏曰："世之詞人，刻意文章，讀書多滅裂。杜牧之以龍星爲真龍，王摩詰以去病爲衛青，昔人譏之。然亦不足恠，蓋詩賦或率爾之作故也。今勰著書垂世，自謂夢月執漆器，①隨仲尼南行，其自負亦不淺矣。觀其《論說》篇《論語》以前，經無論字，六韜三論，後人追題。'是殊不知《書》有'論道經邦'之言也，其疎略過於王、杜矣。"②

庚戌穀日，又取鬱儀王孫本校一過。惟起書。

（録自徐㸌批校本第三册卷末附葉）

按藏經《出三藏記》卷十二載，③勰有《鍾山定林上寺碑銘》《建初寺初刱碑銘》《僧柔法師碑銘》三篇，有其目而無其文。曹能始云："沙門僧佑作《高僧傳》，④乃勰手筆。"今觀其《法集總目録序》及《釋迦譜序》《世界記序》等篇，全類勰作，則能始之論不誣矣。

壬子仲秋五日，興公志。

（録自徐㸌批校本第三册卷末附葉）

此本吾辛丑年較讎極詳，梅子庾刻於金陵，列吾姓名於前，不忘所自也。後吾得金陵善本，遂舍此少觀。前序八篇，半出吾鈔録，半乃汝父手書，⑤又金陵刻之未收者。家藏書多，此紙易蛀，當倍加珍惜。時取讀之，可資淹博也。

崇禎己卯中秋，書付鍾震。⑥

（録自徐㸌批校本第一册卷首附葉）

眉上小字，是吾所書，閒有謝伯元註者，伯元看書甚細耳。

（録自徐㸌批校本第一册卷首附葉）

梅慶生重梓，有朱之蕃序一篇。

（録自徐㸌批校本第三册卷末附葉）

---

① 按，"月執"，當作"執丹"。
② 楊明照注："晁氏説出《郡齋讀書志》，興公轉引《通考》，蓋未目睹《讀書志》原書也。"
③ 楊明照注："'記'下，合有'集'字。"
④ 楊明照注："此説有誤，見《梁書劉勰傳箋注》。"
⑤ 按，"汝父"，指徐㸌之子徐延壽。
⑥ 按，鍾震，即徐㸌之孫，字器之。

明曹學佺《與徐𤊹書》

《文心雕龍》曾校過數本,但首篇有"莫不原道心裁文章"之句,恐脱。及第四十《隱秀》篇,自"玄體變爻而成化"起,至"珠玉潛水"止,俱亡。想兄所校者已精,幸録此二篇見示,則爲完書矣。

戊申八月朔日,弟佺頓首。

(録自徐𤊹批校本第三册卷末附葉)

明王惟儉序

夫文章之道,蓋兩曜之麗天;綴文之術,則六轡之入握。不稟先民之矩,妄意絶麗之文,縱有駿才,將逸足之泛駕;豈無博學,終愚賈之操金。此彦和《文心雕龍》之所繇作也。爾其自詔敕之弘筆,逮箋記之細文,繇碑賦之巨篇,暨箴贊之短什,網羅千種,鑽神思於奥窔;牢籠羣彦,程品格於錙銖。篇體精嚴,骨氣爽緊。觀其《序志》之篇,薄《典論》爲不周,嗤《文賦》爲煩碎,知自待之不輕,審斯語之不謬矣,固宜昭明之鑒裁,深被愛接;隱侯之名勝,時置几案者也。

惟是引證之奇,等絳老之甲子;兼之字畫之誤,甚晉史之己亥。爰因誦校,頗事箋釋,庶暢厥旨,用啓童蒙。

余反覆斯書,聿考本傳,每恠彦和晚節,燔其鬒髮,更名慧地,是雖靈均之上客,實如來之高足也,乃篇什所及,僅"般若"之一語;援引雖博,罔祇陀之雜言,豈普通之津梁,雖足移人,而洙泗之畔岸,終難踰越者乎?且其持論深刻,摛詞藻繪,凡所撰著,必將含屈吐宋,陵顏蹈謝爲者。而《新論》一書,[①]類儒士之書抄,老生之常譚,何也?匪知之難,惟行之難,士衡言之矣。

萬曆己酉夏日,王惟儉序。

(録自訓故本卷首)

明張同德序

二劉《訓故》者,梁劉彦和、唐劉子玄所著書,而揖仲王君爲之訓也。

今操觚之士,皆雅言三代,挈《騷》《雅》而跨秦漢,至於晉魏,下逮六朝,視

---

① 按,"《新論》",即《劉子》,一般認爲乃劉書所撰。王説未確。

猶隸也。損仲奚取於二書而訓之？風以世移，文繇風變，即在三代之世忠質，文且遞相代而不相襲也，何論輓近，賦情殊軌，摛辭分途，漸斲樸而爲雕，遂極妍而盡態。

彦和仕於梁天監中，撰《文心雕龍》五十篇，文采翩翩，博綜羣籍，蒐諸彦之菁華，程藝品於掌上，月露煙雲，體極藻繢，點綴宏麗，評騭精嚴，雖稱晉魏之濫觴，寔亦宗工之能品。

子玄才擅三長，擅持議論，三爲史臣，再入東觀，與時齟齬，美志未酬，退而網羅古今，著《史通》若干卷，上窮王道，下揆人倫，總括萬殊，包吞千有，予奪諷刺，取裁於獨斷，其所發明論著，斯亦勤矣。至其稱引汲冢諸書，間有奇衺，不無稍詭於正經，乃鋪張故實，繁繡絶工，考信稽疑，亦後事之資也。

彦和品藻諸體，語極匠心；子玄雌黄百代，世稱良史。屬辭則芳程具在，指事則文獻可徵，珠聯璧貫，並稱奇書。第醲籍弘博，詞旨玄奧，語非空設，字必典訓。其所考據，無事不該；其所取材，無書不備。辭侔靈光之麗，富擬武庫之藏。承學曲士，讀之不啻星漢之難窺，滄海之難測也。更以傳寫失真，訛誤相承，讀未竟篇，扞格易勒。損仲慕古好奇，於學無所不窺，讀是二書，有味乎其言，繙閱羣籍，注爲訓箋，參互諸刻，正其差謬，疑則乙其處，以竢考訂。浹歲而書成，刻以傳焉。

或謂秦漢以上，其氣渾樸，其文古質，學士家莫不尸而祝之，損仲何遺彼而取此？嗜味者取饜於山珍海錯，競華者侈美於狐白雉頭，膏粱布帛，非不貴也，飫異品而炫綺服，亦好奇者之一班耳。損仲固自奇士，其所表章，亦從其所好以見奇，兹二劉《訓故》所繇刻也。微損仲，二子之書無以標示來世；微二子，亦無能一當於損仲，建二子之書既傳，[①]損仲亦流文采於世，而割名於不朽。

損仲富於春秋，好學弗厭，語妙天下，識窺千古，當揚搉六藝，折衷正史，成一家之言，以昭示來禩。是刻也，何足以盡損仲？損仲其有意乎？

萬曆辛亥四月之吉，祥符張同德昭甫氏題。

（錄自國圖十行訓故本卷首《合刻訓註〈文心雕龍〉〈史通〉序》）

明田毓華跋

損仲自丁未冬臥病，久之未已，然猶不什卷也。客秋疏是書，三月告竣。

---

① 按，"建"訓至（《廣韻·願韻》），或即"逮"之訛。

予見損仲坐臥一繩牀，書盈四壁間，每疏一事，命童子取原書閱之再三，即記憶甚悉，不檢其書終不下筆也，抑何其慎乎！損仲才穎，而得科名早，向時頗有虛憍之氣，今則都忘之矣，即疏是書，可徵也。若此書之微，其序已悉，故不具論。

同郡友人田毓華。

（錄自國圖藏十行訓故本乙種卷末）

明張民表跋

劉更生校閱專精，徐誦讀書，日五十字，務滿千遍。故知古人誦讀之勤，與著作之業功力足以相敵，非徒記其言句，曉其文義而已。古今推注書，莫過於裴氏《三志》、李氏《選》。劉氏《世說》，孝標援引周覼，得不言之妙，只如晉氏一代史，及諸公列傳、譜牒雜記二百一十二家，皆出於正史之外，紀載特詳，見聞未接，豈但注書之軼軌，足爲讀書之良法也。

劉氏《文心雕龍》，陶陰之訛，及隱義僻事，用修氏間一拈出，《宗經》校一百二十三字，《序志》補三百二十三字，獨《隱秀》闕文，無從取綴。予友王損仲，購訪異本，劉覽冥搜，凡正九百一字，而疑處重下雌黃，方圍以俟。又於篇末旁引直書，都不解說，亦如注《世說》之旨也。昔禰生一見上口，瞥聞不忘，此惟損仲能之耳。予曰：《宗經》“《尚書》則覽文如詭，而尋理即暢，《春秋》則觀辭立曉，而訪義方隱”，似非誤也。

清人張民表書。

（錄自國圖藏十行訓故本乙種卷末）

明勤羙跋

僕以簡書之役，訓飭族姓，授經之餘，談及藝文，兩漢而外，無先《文心》者矣。伯叔昆弟，時時諮恂，頗煩酬答。會王損仲司馬注此書成，僕即人付一帙，此微惠於仲爲何如者？仲位置微峻，世多病之，僕以仲坦夷君子也，第不觭薾於世，世未之深交耳。

友人勤羙伯榮甫。

（錄自國圖藏十行訓故本乙種卷末）

明顧起元序

彥和之爲此書也，濬發靈心，而以"雕龍"自命。末篇序志，垂夢聖人，意蓋鴻遠。前乎此者，有魏文之《典》，陸機之《賦》，摯虞之《論》，並爲藝苑懸衡。彥和囊舉而獄究之，疏瀹詞源，摶裁意匠，甄叙風雅，揚搉古今，允哉述作之金科，文章之玉尺也。至其辭條佚麗，蔚乎鸞龍，《辨騷》有云："才高者菀其鴻裁，中巧者獵其豔辭。"殆是自爲賞譽耳。

升菴先生酷嗜其文，咀嗂菁藻，爰以五色之管，標舉勝義，讀者快焉。顧世夐文渝，駁蝕相禪，間攄戡定，猶俟剗除。豫章梅子庚氏，既擷東莞之華，復賞博南之鑒，手自較讐，愽稽精考，補遺刊衍，汰彼淆訛。凡升菴先生所題識者，載之行間，以嚴詞致。至篇中曠引之事，畢用疏明，旁采之文，咸爲昭晳，使敦悦研味者，不滯子才之思；翫索鈎校者，直撮孝標之勝。若子庚者，微獨爲劉氏之功臣，抑亦稱揚公之益友矣。

昔彥和既著此書，欲取定于沈尚書，無繇自達，至乃負笈車前，示同鬻販。洎尚書取閲，大爲稱賞，謂其深得文理，陳諸几案。夫以寸心千古，猶假通人，名山寂寥，遺帙誰賞？肆今歷禩緜曖，不乏子雲，斯知羽陵之蠹，不腐神奇；酉室之藏，寧憂泯絶？彥和固言"百齡影徂，千載心在"矣。故士有薄鍾鼎而貴竹素，絀珪組而伸觚翰，誠知不朽之攸寄，豈故抗辭以夸世哉？

子庚系本偓源，洞精文事，閔雅道之漸淪也，是以寱寐昔賢，抽揚遺典，懲兹畫虎，冀彼真龍，豈徒茹華搴采，糅其雕蔚已乎？君它所著述，固以彪炳一時，睹厥標尚，可以知其志之所存矣。

萬曆己酉嘉平月，江寧顧起元撰，上元許延祖書。

（録自梅慶生萬曆音註本卷首）

明謝兆申跋及梅慶生識語

始徐興公得是批點本示予，①予因取他刻數種復正之。比至豫章，以示朱鬱儀氏、李孔章氏，②彼各有所正，而鬱儀氏加詳矣。然譌缺尚亦有之。今歲，

---

① 　按，"徐興公"，即徐𤊻。"批點本"，即楊慎批點《文心雕龍》。
② 　按，"朱鬱儀"，名謀埠。"李孔章"，名漢煃。

焦太史讀予是本，以爲善也，當梓。而會梅子庾氏慨文章之道日獗，盍以是書爲程爲則？乃肆爲訂補音註，使彦和之書頓成嘉本，彦和有知，當驚知己于曠代矣。予嘗謂六朝之有《文心龍雕》也，[1]是曰文史；其有《水經注》也，是曰地史，固當絶豔千古，不但孤炳一時也。子庾以爲知言。子庾別有《水經注箋》，將次第梓焉，姑識之于此。

　　時萬曆三十有七年，綏安謝兆申譔。

　　此謝耳伯己酉年初刻是書時作也，未嘗出以示予，其研討之功，實十倍予。距今一十四載，予復改補七百餘字，乃無日不思我耳伯。六月間，偶從亂書堆得耳伯《雕龍》舊本，内忽見是稿，豈非精神感通乃爾耶？令予悲喜交集者纍日夕，因手書付梓，用以少慰云。

　　天啓二年壬戌仲冬至日，麻原梅慶生識。

（録自何焯批校梅七次本卷首）

明曹學佺序

　　劉勰撰《文心雕龍》五十篇，見於本傳，《文獻通考》諸家評騭無稱焉。"文"之一字，最爲宋人所忌，加以"雕龍"之號，則目不閱此書矣。[2]黃魯直以"作文者不可無《雕龍》，作史者不可無《史通》"，雖則推尊，亦乖倫次。魯直好捃撃，故引子玄也。論家《劉子》五卷，《唐志》亦謂勰撰，陳振孫歸之劉晝孔昭，謂序云："晝傷己不遇，天下陵夷，播遷江表，故作是書。"按是勰以前人，似東渡時作，[3]其於文辭，燦然可觀，晁公武以淺俗譏之，亦不好文之一證矣。

　　《傳》稱勰爲文深於佛理，京師寺塔，名僧碑誌，多其所作。予讀《高僧傳》往往及之，但惜不見全文一篇。勰不婚娶，依沙門僧佑，與之居處十餘年，博通經論，定林寺藏，勰所次也。竊恐佑《高僧傳》乃勰手筆耳。沈約論文，欲易見事，易見理，使人易誦，而賞譽《雕龍》，謂其深得文理。大抵理非深入則不能躍然，彦和義炳而采流，故取重於休文也。

　　《雕龍》上廿五篇銓次文體，下廿五篇驅引筆術，而古今短長，時錯綜焉。

---

　　①　按，"龍雕"，當作"雕龍"。
　　②　楊明照注："宋人於《文心》，著録者八書，品評者七家，采撫者十二家，因習者八家，引證者十一家，考訂者三家。曹氏説非是。"
　　③　楊明照注："此語亦誤，《梁書劉勰傳箋注》曾略爲論及。"

其原道以心，即運思於神也；其徵聖以情，即體性於習也。宗經詘緯，存乎風雅；詮賦及餘，窮乎變通。良工心苦，可得而言。夫雲霞煥綺，泉石吹籟，此形聲之至也，然無風則不行，風者，化感之本原，性情之符契。詩貴自然，自然者，風也。辭達而已，達者，風也。緯非經匹，以其深瑕，歌同賦異，流於侈靡。郡國文計，先集太史之府，諸家詭術，不應賢王之求，以至詞命動民，有取於異，諧隱自喻，適用於時，豈非風振則本舉，風微則末墜乎？故《風骨》一篇，歸之於氣，氣屬風也。文理數盡，乃尚通變，變亦風也。剛柔乘利而定勢，繁簡趨時而鎔裁，律調則標清而務遠，位失則飄寓而不安。風刺道喪，比興之義已消；物色動搖，形似之工猶接，蓋均一風也。襲蘭轉蕙，足以披襟；伐木折屋，令人喪膽。倏焉而起，不知所自；倏焉而止，不知所終。善御之人，行乎八極；知音之士，程於尺幅。勰不云乎？“深於風者，其情必顯。”勰之深得文理也，正與休文之好易合，而勰之所以能易也，則有風以使之者矣。

《雕龍》苦無善本，漫漫不可讀，相傳有楊用脩批點者，然義隱未標，字譌猶故。予友梅子庾從事於斯，音註十五，而校正十七，差可讀矣。予以公暇，取青州本對校之，閒一籤其大指，是亦以易見意而少補茲刻之易見事、易誦者也。江州與子庾將別書。

萬曆壬子春仲，友人曹學佺撰。

（録自萬曆壬子複校音釋梅本卷首）

李本寧先生與梅子庾書

贈詩成於愁病中，殊不足為行李重，且以不疑代面，遂不具八行，伏荷手字，深慚簡率。曹公書付去，小舟已附陳方伯青雀。足下行，何日穀雨無風，而黃沙盈寸，先後又大雨，地上無塵，此何祥也。江漲道遠，萬望珍重。

《雕龍》偶檢數篇，或有可商，具在別紙。左乳結塊為祟，不能據案，俟後卒業，更請教。楨白。子庾兄足下。

（録自萬曆壬子複校音釋梅本卷首）

曹能始先生與梅子庾書

移居定否？米麪、蹄酒、為煖具，幸勿卻。《文心雕龍》欲補一序，前所閱者發下，併黃、鄧二公往復書，便中擲之亦可。王損仲《雕龍》刻本似當參校，總攝來面商之耳。子庾丈。弟佺頓首。

（録自萬曆壬子複校音釋梅本卷首）

明閔繩初序

《洪範》五行，兆於龍馬之圖，列于禹箕之書。其見象於天也，爲五星；分位於地也，爲五方；行于四時也，爲五德；稟於人也，爲五常；播于聲也，爲五音；發于文章，爲五色。則五色之文，自《陰符》已記之矣。若夫握五色管，點綴五色文，則吾明升庵楊先生寔始基之。先生起成都，探奇摘艷，漁四部，弋七略，胸中具一大武庫。凡經目所涉獵，手所指點，若闇室而賜之燭，閉關而提之鑰也，豈與粉黛飾無鹽，效靚粧冶態，作倚市羞者絜長較短哉？將令寶之者，如吳綾，如蜀錦，如冰綃，如火布，不勝自駴，後世文人之心之巧，蔑以加矣。至于《文心雕龍》之爲書，則有先生之五色管在，余知爲圖之河、書之洛而已矣，又何贊焉？

吳興閔繩初玄宰甫撰。

（録自凌雲刻本卷首《刻楊升菴先生批點〈文心雕龍〉引》）

明 傅 巖 序

夫攻金削木，並悉槧鉛；研羽審鱗，尚勞牘筆，矧以辭文自遺揚述哉？是故弘意高稱，魏文之論斯雋；渺情極揣，平原之賦獨繁。繇茲以還，風流幾墜。

舍人劉勰者，崛發蕭代，翩燁梁年，恢量玄宗，搆裁虛位。因名窮體，遡原委之經營；摹思列則，妙深湛之變態。良以文非小技，爲用實宏。倚理琱言，劑聲傳象，居胸臆則鬼神莫測，出屑腕則日月可縣。是故飾文武，播風聲，拓萬方，通億載，搖魄識於載籍之林，尋金石於句讀之表。或有遙海名山，真人秘笈，靡不受摖清思，託契淵衷。何則？精形具象，惟心最靈，綜補二儀，周羅萬物，雖媧皇之斷鼇，神禹之鑿石，羲肇其畫，字體未成；頡始其義，文情未暢。至于寸觚扢美，必待其人，意久而彌出其新，語工而益增其絢，此尼父所以遜辭命於不能也。顧趨芬就下，勢之自然，或競纖奇，殊乖作旨。子桓簡而難精，士衡詳而寡備，雕龍有奭，一言匪留，勰之意，殆欲補亡乎？而思致贍麗矣。

浙上傅巖書。

（録自姜午生本卷首）

明楊若題辭

夫道憑文以爲牕者也，而文非心則靈誰？予故知文心應精賢聖。梁劉勰夢仲尼南行，而著爲兹集，良亦做删定之遺，繼吾衰之嘆耳。説者謂喹形若履，①文在乎行，丹漆之祥，於斯爲驗。

今國家文運丕變，士風競古，然而誕章圖徵，莫知雅鄭。至有淺嗜之夫，驟獵古先，自矜奇貴，淈度亂真，亦已甚矣。吾友姜鎮惡氏，幼髫嗜古，長而彌深，束髮攬毫，力屏足藻，卑視陋淺，而恒自悲其過侈，不啻介丘、枯澤，豈剏𢉯、惡沱也哉？噫嘻！"君子豹變，其文蔚也。"②書肆、説鈴，其何補焉？又奚恠童而習之，白猶紛如也。於是發橐搜金，窮笥檢牘，乃興斯刻，蓋猶凌厲之帡幪，而非緑衣紵絮也。子雲氏曰："萬物紛錯，則縣諸天；衆言淆亂，則折諸聖。"③存則人，亡則書。蓋存人者書，而令書不亡者誰？

天啓丙寅歲杪，仁和楊若仲震題並書。

（録自姜午生本卷首）

明姜午生叙

若劉子者，可謂深乎文者也。故未始不紛藹而盈予掬，豈華説而獨精者哉？與夫挈瓶踸踔者，固難同日語矣。夫言而苕，言而穎，則牢落徘徊，非庸常所揥偶，蓋精於華説者也。此其所以神龍變化，而爲文章之奥窟也。若劉子，可謂深於文者也，而言尚矣，序華實之興，窮聲音之玅，通情性之宜，仰制先型，俯規來彦，胎遺訓於未萌，發陳筌於既作，是故陳其樸，咀其英，融會其神液，莫不知摛辭之大端矣。故曰善自見，乃能備善，於道靡遺，於言靡假，恣睢猖行於聖賢百家之間，理道極於兩儀，聲象窮於衆物，斧藻通乎墳典，不愆乎經，不溢於華，銓衡殿最，而不爽於毫末。其文繁，其理富，其指適不復益，是言有物，而懷韞以成，非孤興短韻也。故其纂組之所工，條流之所暢，情性之所得，莫不風發雲蒸，以盛稱其所獨會，豈曾率意竭情，而游譚于六藝之外以取悔哉？是故著其業，則天象麗，龍鳳出，虎豹蔚。而嘈囋之士，淫蕩之流，猶浮漂而不歸，吾知免夫。

（録自姜午生本卷首）

---

① 按，"喹"，當作"奎"。
② 按，見《易・革》象辭。
③ 按，見《法言・吾子篇》。

清　馮　舒　跋

丁卯中烁日閱始，十八日始終卷。此本一依功甫原本，不改一字。即有確然知其誤者，亦列之卷端，不敢自矜一隙，短損前賢也。屠守居士識。

（録自馮舒校謝鈔本卷末附葉）

崇禎甲戌，借得錢牧齋趙氏鈔本《太平御覽》，又挍得數百字。

（録自馮舒校謝鈔本卷六末）

崇禎壬申仲冬，覆閱。默庵老人記。

（録自馮舒校謝鈔本卷十末）

清　馮　班　跋

功父，名允治，厥考穀，傳世好書，①所藏精而富，今則散爲烟雲矣。余從錢牧齋得是書，前有元人一叙，極爲可嗤，因去之，而重加繕寫。其間譌字尚多，不更是正，貴存其舊云。

馮彪。（隆慶本卷末此後有：康熙辛丑七月廿六日觀河老人，年七十有七。）

（録自馮班鈔元本卷末）

清沈巖録何焯跋語

義門師云：此書萬曆己卯雲間張之象所刊者，分上下篇，而《序志》別爲一篇，②似亦有本，然晁公武《讀書志》亦云五十篇，則此固未爲失也。晁引書有"論道經邦"之語，匡其《論説》篇中所謂"《論語》以前，經無‘論’字"者爲疎畧。則是時《古文尚書》之出未久，多疑其非古籍，恐難以遽議該洽之士爾。《序志》中，張氏刻脱誤尤甚，自"嘗夢執丹漆"至"觀瀾而索源"，中間失去數百字，張氏書其後，遂云"嘗夢索源"，③近代寡學，蓋不足道也。

又云：《序志》中固自分上下篇，其中又自析爲四十九篇耳。子止引"論道經邦"駁之，固未爲失。《議對》篇中即引"議事以制"，同爲古文，何

---

①　"穀"，馮舒校謝鈔本卷末附葉作"穀"。據《明史·文苑傳》，文徵明門人錢穀，字叔寶，"穀"爲"穀"之俗，則此錢氏此字實當作"穀"。

②　楊明照注："余曾見張之象本凡五部，皆與義門所言不符，未知何故。"

③　楊明照注："此蓋張氏初刻或原刻。"

獨此之遺耶？

庚寅（康熙四十九年）五月十九日嚴録。

（録自靜嘉堂藏沈臨何校本卷首目録末）

清清謹軒鈔本序

　　勰著《文心》十卷，總論文章之始末，古今之妍媸。其文雖拘于聲偶，不離六朝之體，要爲宏博精當，鮮麗琢潤者矣。《傳》言勰聲名未振，書既成，欲取定於沈約，無繇自達，以負書候約于車前，狀若粥貨者，約取讀，大重之，爲之標譽，而書乃傳。晉魏諸家，寔難與竝鑣争先矣。

（録自清謹軒鈔本卷首）

日本岡白駒序

　　昔者聖王之爲政也，其迹乃有《詩》《書》《禮》《樂》。《詩》《書》《禮》《樂》之教，雖高矣美矣哉，而其書所載，則不過事之與言而已。言之不喻也，文以足之，焕乎炳蔚，高矣美矣者，具存於文辭之間。世驟代馳，千載逝矣，其行也與其英，未之逮也，而庶其足以知耶？雖然，俗易物亡，言亦從之。玄酒猶醴酒與？鸞刀猶割刀與？繇秦漢以上，抱玉者聯肩，握珠者踵武，美哉，郁郁乎盛也哉！

　　凡物久則弊，至則變，物之情也。東西二京，既非一途，魏製晉造，斯乃畫境。降及齊梁，綺靡艷説，飾羽尚畫，又從而繡其鞶帨，紅以成紫，以鄭爲雅，朱曠不世，孰能辨之？東筦劉勰氏蓋有見乎兹焉，[1]是籍之所由作也。乃旁論文體，而要其樞紐，以爲古之爲辭者，爲情而造文，今之爲辭者，爲文而造情，淫麗煩濫，離本也邈焉以遠，言與志翩其反矣，辟諸楚人鬻珠，鄭文豈足徵乎哉？

　　夫文章之道，情動而言形，理發而文見。其屬意立言也，心與筆謀，理苞塞不喻，假之辭，體立理位，而後摛藻，使文不滅其質，言不隱於榮華，然後可謂彬彬君子矣。然是特即其修辭而矯弊，一齊衆楚，終不能動當時之習也，又其運未逮耳。自時厥後，浮緟益聘，[2]採濫忽真，葉之解柯，枝之拔本，非虛語也。

---

① 按，“筦”，當作“莞”。

② 按，“聘”，當作“騁”。

文辭之弊，至於斯極矣。韓柳崛起，一新宇內，倡古文而絀辭，乘其運而驅之，自歐蘇王曾諸曹，喁喁應於後，凡天下之搦管者，非理則弗道，非論則弗談，於是乎文辭掃地矣。五百之運，忽諸其逝，流弊所至，亦猶六代之於古也，言既非其言也，文雖在茲乎？後死者將奚從與焉？

夫聖賢之書辭，總稱文章。傳曰："文以載道。""夫子之文章，可得而聞。"則吾舍文辭何適矣？生於今之世，而讀古之經，辟若乎與微盧彭濮人語，以理逆諸，以言求諸，亦可以知也已。俾卯金氏當今之世，則攘袂而論者，其必在乎茲矣。

余夙嗜此書，是年剞劂氏有請重鐫者，遂校訂並乙而付云。

享保辛亥春三月朔，①西播岡白駒千里序。

（錄自日本浪華書肆文海堂刻本卷首）

清黃叔琳序

劉舍人《文心雕龍》一書，蓋藝苑之祕寶也。觀其苞羅羣籍，多所折衷，於凡文章利病，抉摘靡遺，綴文之士，苟欲希風前秀，未有可舍此而別求津逮者。若其使事遣言，紛綸葳蕤，罕能切究。明代梅子庚氏爲之疏通證明，②什僅四三耳，略而弗詳，則剏始之難也。又句字相沿既久，別風淮雨，往往有之，雖子庚自謂挍正之功五倍於楊用修氏，然中間脫訛，故自不乏，似猶未得爲完善之本。

余生平雅好是書，偶以暇日，承子庚之綿蕝，旁稽博攷，益以友朋見聞，兼用衆本比對，正其句字。人事牽率，更歷暑寒，乃得就緒，覆閱之下，差覺詳盡矣。適雲間姚子平山來藩署，因共商付梓。

方今文治盛隆，度越先古，海內操奇觚，弄柔翰者，咸有騰聲飛實之思。竊以爲劉氏之緒言餘論，乃斯文之體要存焉，不可一日廢也。夫文之用在心，誠能得劉氏之用心，因得爲文之用心，于以發聖典之菁英，爲熙朝之黼黻，則是書方將爲魚兔之筌蹄，而又況於瑣瑣箋釋乎哉？

時乾隆三年歲次戊午秋九月，北平黃叔琳書。

（錄自養素堂初刻本卷首）

---

① 按，時當清雍正九年。

② 按，"梅子庚"，當作"梅子庚"。楊明照注："梅慶生，字子庚，姓、名、字均相應，自黃氏誤'庚'爲'庚'，遂謬字相沿，無復知其爲非者。特舉正於此。"

清李安民序

《文心雕龍》五十篇,蕭梁劉勰彥和撰。按史,彥和撰録既成,舉以示沈休文,休文大重之,稱爲"深得文理"。黄涪翁云:"學文者不可不讀《文心雕龍》。"其爲先哲所珍賞如此。

自著作緜多,體製各別,操觚家每恨昧其源流,乖於矩度,爲有識所姍笑。使陳是書於几案,反復玩味,當不翅得所師授,於以馳騖古今,而攷其異同得失,不亦可昭晰無疑,優游有餘矣乎?

是書專行蓋寡,惟前明楊用修稍加品騭,顧頗病其簡略。又第四十篇脱誤不全,余廣爲蒐輯補之,暇餘點次,庶幾别其眉目,抉其英華,至於瑕瑜互見,亦繆以己意參論其間,令覽者知所決擇。

近因友人慫恿,取付剞劂,極知淺陋,無所發明,然汲古之思,尚驥少進,知言者幸有以箴余之闕焉。

時乾隆四年嘉平月上浣臨川李安民書臣氏題。

（録自李安民批點《文心雕龍》卷首）

清姚培謙跋

此書向乏佳刻,少宰北平先生因舊注之闕略,爲之補輯,穿穴百家,翦裁一手,既博既精,誠足以爲功于前哲,嘉惠乎來兹矣。培謙於先生爲年家子,屢辱以文字教督,午秋,過山左藩署,蒙出全帙見示,并命攜歸校勘,付之棗梨。謭劣無能爲役,又良工難得,遷延歲月,而後告成,匪苟遲之,蓋重之而不敢輕云爾。

乾隆六年辛酉仲秋,華亭姚培謙謹識。

（録自養素堂初刻本卷末）

清盧文弨跋

余向有此本,粗加讎校,寓吴趨時,兒輩不謹,爲何人攜去,後遂不更蓄也。昨年吴秀才伊仲示余校本,無可比對,復就長安市覓得此本,紙墨俱不精,吴所録《隱秀》篇之缺文,及勝國諸人增删改正之處,此本俱有之。然他人所改,俱著其姓,唯梅子庚獨不,①不幾攘其美以爲己有耶? 亦有異同數處。其《練字》

---

① 　按,"梅子庚",當作"梅子庚"。

篇引《尚書大傳》'別風淮雨',於'傅毅制誄,已用淮雨'下,多'元長作序,亦用別風'八字,頃無《王融集》可檢,惟憶陸雲《九愍》有'思振袂於別風'之句,此亦一證也。傅毅作《北海靖王興誄》云:'白日幽光,淮雨杳冥。'《古文苑》所載,其文不全,今見此書《誄碑》等篇者,又爲後人改去'淮雨',易易'氛霧'二字矣。鄭康成注《大傳》云:'淮,急雨之名。'是不以爲字誤,而《詩正義》引《大傳》竟改作'列風淫雨',蓋義僻則人多不曉也。《哀弔》篇首云:"賦憲之謐。"此出《周書·謐法解》:"既賦謐,受臚於牧之野,乃制作謐。"今所傳《周書》,文多脫誤,惟《困學紀聞》所引尚有此語。此於"賦憲"下引舊人校云:"當作'議德'。"失之不考也。至《詔策》篇:"賜太守陳遂。"汪本作"責博進陳遂",正與下"故舊之厚"句相應。然"責"字亦疑"償"字之誤。其末引《詩》云"有命在天,明爲重也;《周禮》曰師氏詔王,爲輕命。"吳本亦如此。余以爲當作《詩》云有命自天,明爲重也;《周禮》曰師氏詔王。明爲輕也。"下衍一"命"字。《養氣》篇:"故有錐股自厲,和熊以苦之人。"案,下六字吳本無,當本脫四字,不學者妄增成之,而忘其年代之不合也。末《序志》篇云:"茫茫往代,既沈予聞,眇眇來世,倘塵彼觀也。"謝耳伯云:"沈,一作洗。"余疑皆未是,似當作"況","況"與"覘"古通用。又吳本"倘"字作"諒"。吳本從曲江錢惟善本臨出,前有其序。

余遲暮之年,尚爲此矻矻,不欲虛見示之惠故也。凡異同處勝此本者,已俱錄之。爲語小兒子輩,慎勿再棄也。

乾隆辛丑七月九日書。舟車攜帶此本,近又不完全。

(錄自《抱經堂文集》十二《文心雕龍輯註書後》)

清紀昀批語

此書挍本,實出先生,其注及評,則先生客某甲所爲。先生時爲山東布政使,案牘紛繁,未暇徧閱,遂以付之姚平山。晚年悔之,已不可及矣。長山聶松嚴云。

此注不出先生手,舊人皆知之,然或以爲盧紹弓,則未確。紹弓館先生家,在乾隆庚午、辛未間,戊午歲方游京師,未至山東也。

(錄自芸香堂本卷首)

清張松孫序

　　周詩雅麗，漢賦喬皇。典午風流，每華言而少實；昭明精選，乃壽世而不磨。青宮窺玉海之藏，紫閣盡金相之彙，然而紛紜卷軸，疇是總持？輝映縹緗，誰歟甄綜？則有青州才子，宋代公孫，萃百家藝苑之精，研衆體詞場之妙，隨人變幻，歸我折衷，著論説者五十篇，示津梁於千百載。鏤文錯采，如吐鳳而欲飛；索隱鈎元，①取“雕龍”以爲號。珠璣歷落，常耀珊瑚玳瑁之旁；金石鏗訇，更越琴瑟管簫而上。窺來衆妙，心結花叢；挹盡羣芳，文成蘭氣。檢昔賢之篇什，幾燃太乙之藜；啓後學之聰明，如贈景純之筆。爾其留連初地，參契空王，敷辭於靜悟之餘，心映水晶之域；摛藻於研幾之後，字成舍利之光。自喜性靈，流傳不朽，縱甘身隱，賞鑑寧孤？爰仰一世知音，賴有東陽家令；亦若《三都》作序，重煩元晏先生。②故歷唐宋元明，爲《藝文志》不祧之目；直比經史子集，爲絃誦家必讀之書。楊升庵闡發精微，厥功偉矣；梅子庚疏通訓詁，③其旨深焉。乃迄今一百餘年，古篇漸缺，雖不至二三其説，真本難傳。徒問東觀之藏，意殷往代；空入洛陽之市，心切前人。

　　余也卅載宦場，一麾出守。家原儒素，酷類任昉之貧；學媿書淫，深慕張華之積。況東都士俗，堪上擬鄒魯之風；而古郡人文，宜益振絃歌之化。是編盡屈壘曹牆之蘊，擅班香宋艷之能。試攬英華，快覯珠聯璧合；堪供佔畢，永稱玉律金科。惟思被諸膠序，資多士下帷之讀；必當壽之梨棗，公一時希世之珍。爰爲數典而稽，瞭如指掌；庶使悦心以解，朗若列眉。視梅註而加詳，稍更陳式；集楊評而參考，敢步後塵。略避雷同，習見者尤滋娱目；再經剞劂，傳誦者益足賭心。寫入衍波牋中，碧窗觀海；攜到讀書樓上，烏几生雲。從兹比户流傳，儒林爭賞。卷非縿衍，自薈紅珊碧樹之奇；集便批吟，莫弛黄絹青箱之志。文成競秀，可相與鼓吹齊梁；體善衆長，亦且得笙簧典籍云爾。

　　乾隆五十六年歲在重光大淵獻九月既望，長洲張松孫鶴坪氏并書。

（録自張刻原本卷首）

---

　　①② 按，“元”，當作“玄”。
　　③ 按，“梅子庚”，當作“梅子庾”。

清　王　謨　跋

右劉勰《文心雕龍》十卷，見隋唐志。按《南史·文學傳》，劉勰，字彥和，天監中，兼東宮通事舍人，撰《文心雕龍》，論古今文體，凡五十篇，篇係以贊。沈約謂其"深得文理"。劉知幾亦云："詞人屬文，其體非一，譬甘辛殊味，丹素異彩，後來祖述，識昧圓通，家有詆訶，人相掎摭，故劉勰《文心》生焉。"①蓋亦服膺此書。而晁氏乃題其後以譏之，曰："世之詞人，刻意文藻，讀書多滅裂。杜牧之以龍星爲真龍，王摩詰以去病爲衛青，昔人譏之。然亦不足怪，蓋詩賦或率爾之作故也。今勰著書行世，自謂嘗夢執丹漆器，隨仲尼南行，其自負亦不淺矣。乃其《論説》篇云：'《六經》《論語》以前，經無論字，六韜三論，後人追題。'是殊不知《書》有'論道經邦'之言也，其疏略過於王、杜矣。"②愚考"論道經邦"語出《古文尚書·周官》，説者亦以爲非真《尚書》，則此字仍出《論語》後。要之，《文心》原主論文，不得以是爲病也。

汝上王謨識。

（録自王氏《漢魏叢書》原刻本卷末）

清　吳　騫　跋

胡夏客曰："《隱秀》篇書脱四百餘字，余家藏宋本獨完。丁丑冬，復得崑山張誕嘉氏雅苣緘寄家藏鈔本，爲校定數字，以貽之朋好。"夏客，字宣子，海鹽人，孝轅先生子也。然據所録補四百餘言，尚不無魯魚，爰復爲校訂，録於簡端。

槎客吳某記。

（録自《拜經樓藏書題跋記》四）

清　陳　鱣　識語

《文心雕龍》及《史通》二書，少時最喜玩索，俱係北平黃氏刻本。《史通》既得盧弓父學士所臨宋本相校，而是書則未見宋刊，每爲恨事。取其便于展讀，

---

① 按，見《史通自叙》。
② 按，見《郡齋讀書志》別集類上。

常置案頭,間有管窺之見,書諸上方焉。

乾隆四十九年夏六月,陳鱣識。

(録自陳鱣校《文心雕龍輯註》卷首)

清黄丕烈跋

案《讀書敏求記》,謂此書至正己未刻于嘉禾,①而此本録功甫跋亦云然。然刻書緣起未之詳也。頃郡中張青芝家書籍散出,②中有青芝臨義門先生校本,首載錢序一篇,亦屬鈔補,爰録諸卷端素帋,行欵用墨筆識之。噫,阮華山之宋槧不可見,即元刊亦無從問津,徒賴此校本流傳。言人人殊,即如此本爲沈寶硯所臨,與青芝本又多異同,同出一師,而傳録各異,何以徵信乎? 聊著於此,以見古刻無傳,臨校有全不足信有如此者。甲子十一月六日,蕘翁記。

戊辰三月,得元刻本校正,並記行欵。復翁。

此嘉靖庚子刻於新安本,郡中朱丈文游家藏書也。文翁故後,書籍散亡,此册爲其甥所取售于五柳書店者。先是,五柳主人來,云:③"是校宋本,需直白金六兩。"余重之,故允其請。而書來,其實校語無足重,舊可差可貴爾。攜屬澗薲校録一過,與向收宏治本並儲焉。己未中秋,檢書及此,爰題數語,以著顛末。蕘圃黄丕烈。

(録自静嘉堂藏沈臨何校本卷首)

馮己蒼手校本,藏同郡周香嚴家。④歲戊辰春,余校元刻畢,借此覆之。馮本謂出于錢牧齋,牧齋出于功甫,則其抄必有自來矣。惜朱校紛如,即功甫面目已不可見,況功甫雖照宋槧增《隱秀》一篇,而通篇與宋槧是一是二,更難分别。古書不得原本,最未可信,《雕龍》其坐此累歟? 余既校元刻,又臨馮本,暇日當以元刊爲主,再以弘治活字、嘉靖汪刻參其異同,就所目見之刻本,輯一定本。若馮校,可爲參考之助,因非目擊功甫本也。復翁。

(録自傳録黄丕烈顧廣圻合校本卷尾謝鈔本跋文後)

---

① 按,"己未",當作"乙未"。
② 楊明照注:"張青芝,即張位。"
③ 楊明照注:"五柳主人,當是陶珠琳。"
④ 楊明照注:"周錫瓚,號香嚴居士。"

清顧廣圻跋

甲寅冬孟，檢閱一過，見注尚多疎舛，①偶有舉正，著于上方，其所未盡，俟之暇日。十四日，燈下。顧廣圻記。

（録自傳録黄丕烈顧廣圻合校本卷首目録後）

嘉靖庚子歙汪一元本校一過。澗蘋記。時戊午九月。

（録自傳録黄丕烈顧廣圻合校本卷十篇末）

附：《復堂日記》五：“顧千里傳校《文心雕龍》十卷，蓋出黄蕘圃，蕘圃則據元刻本、弘治活字本、嘉靖汪一元刻本，朱墨合施，足爲是書第一善本。”

清劉開跋

自永嘉以降，文格漸弱，體密而近縟，言麗而鬭新，藻繪沸騰，朱紫夸耀，蟲小而多異響，木弱而有繁枝，理詘於辭，文滅其質。求其是非不謬，華實並隆，以駢儷之言而有馳驟之勢，含飛動之彩，極瓌瑋之觀，其惟劉彦和乎？

以爲鐘鼓琴瑟，所以理性也，而亦可以慆性；黼黻文章，所以飾情也，而亦可以掩情。故名川三百，非無本之泉也；寶璧十雙，皆自然之質也。是宜尋源於經傳，毓材於性靈，問途於古先，假徑於賢哲，求溢藻於神爵而後，想盛事於青龍以前，磅礴以發端，感歎以導興，優柔以竟業，慷慨而命辭。

故其爲是編也，縱意筆區，徵采文圃。創局於宏富之路，廓基於峻爽之衢。騁節於八鸞，選聲於七律。樹骨於秋幹以立其體，津顔於春華以豐其膚。削句以郢人之斤，刻字以荆山之玉。清暉以鑑其隱，流雲以媚其姿。《國風》益其性情，《春秋》授以凡例，《爾雅》助其名物，騷人贈以芬芳。故能美善咸歸，洪細兼納，效妍於越艷，逞博於漢侈，獵奇於兩京，拾珍於七子，分膏於晉宋，振響於齊梁。歷世體製，罔不追摩，六代雲英，比其總會者矣。

且夫衆美既出，通才實難。達於道者，或義肥而詞瘠；豐於文者，或言澤而理枯。彦和則俯察仰窺，宵思晝作，綜括儒術，淬厲才鋒，騰實於虛，揮空成有。

夫天文炳於日星，聖言孕於河洛，此《原道》所由作也；指成周爲玉律，以尼山爲金科，此《述聖》所由名也；伐薪必於崑鄧，汲水宜從江海，此《宗經》所由篤

---

① 按，指黄叔琳《輯註》。

也；黃金紫玉，瑞而弗經，綠字黑書，古而非雅，此《正讖》所由嚴也；奇服以喻行修，芳草以表志潔，忠怨之意，與瀟湘競深，駘宕之懷，挾雲龍俱遠，未嘗乞幽於山鬼，自能取鑒於雲君，此《辨騷》所由詳也；故《明詩》以序四始之嫡友，《詮賦》以恢六義之屬國，《樂府》以古調而黜新聲，《頌讚》以神明而及人物，《雜文》以廣其波，《諧隱》以窮其派，《諸子》以蕩其趣，《史傳》以正其裁，《誄碑》弔引，沉至而哀往，《銘箴》《論説》，莊贍而切今。於是淵府既充，王言攸重，《詔策》則溫以雨露，《檄移》則肅以風霜，《封禪》則隆以皇王，《祝盟》則將以天日；《章表》《奏啟》，則飛聲於廊廟，《議對》《書記》，則騰譽於公卿。分之則千門森夫建章，合之則九面歸乎衡岳，文家之審體，詞人之用心，莫備於是焉。

故論及《神思》，則寸心捷於百靈；論及《體性》，則八途包乎萬變；論及《風骨》，則資力於天半之鸞鳳；論及《情采》，則借色於木末之芙蓉；論其《夸飾》，則因山而言高；論其《隱秀》，則聳條而獨拔。示人以璞，探驪得珠，華而不汨其真，鍊而不觖於氣，健而不傷於激，繁而不失之蕪，辨而不逞其偏，覈而不鄰於刻。文犀駭目，萬舞動心，誠曠世之宏材，軼羣之奇搆也。前修言文，莫不引重。

自韓退之崛起於唐，學者宗法其言，而是書幾爲所掩。然彥和之生，先於昌黎，而其論乃能相合，是其見已卓於古人，但其體未脱於時習耳。夫墨子錦衣適荆，無損其儉；子路鼎食於楚，豈足爲奢？夫文亦取其是而已，奚得以其俳而棄不重哉？然則昌黎爲漢以後散體之傑出，彥和爲晉以下駢體之大宗，各樹其長，各窮其力，寶光精氣，終不能掩也。

（録自《孟塗駢體文》二《書〈文心雕龍〉後》）

清吳蘭修跋

右《文心雕龍》十卷，黃崑圃侍郎本，紀文達公所評也。是書自至正乙未刻於嘉禾，至明末刻於常熟，凡六本。①此爲黃侍郎手挍而門下客補注。時侍郎官山東布政使，不暇推勘，而遽刻之，尋自悔也。今按文達舉正凡二十餘事，其稱引參錯者不與焉，固知通儒不出此矣。道光癸巳冬，宮保盧涿州夫子命余挍刻《史通削繁》，既訖，復刊此本。（此下原有子注，今略。）

昔黃魯直謂"論文則《文心雕龍》，論史則《史通》，學者不可不讀"。余謂文達

---

① 楊明照注："此語有誤。閲《附録八》所列板本自明。"

之論二書，尤不可不讀。或曰："文達辨體制甚嚴。删改故籍，批點文字，皆明人之陋習，文達固嘗訶之。是書得無自戾與?"余曰："此正文達之所以辨體制也。學者苟得其意，則是書之自戾，可無議也。雖然，必有文達之識，而後可以無議也夫?"

嘉應吴蘭修跋。

（録自《四部備要》本《文心雕龍輯注》卷末）

清張澍序①

昔摯虞纂《文章流别》，任昉作《文章緣起》，剖析裁製，義藴無遺。梁陳之閒，鍾嶸《詩品》，袁昂《書評》，究其一端，揚厥芬芳，體斯狹矣。獨劉彦和《文心雕龍》，殫各體之軌範，標衆作之源流，誠操觚家之金鎞也。曉嵐相國舊有批本，抉其精汋，指其瑕纇，復于北平黄氏之注，糾繩僢謬，舍人之書乃雕龍活現，心趯行閒。余得原本于其孫香林觀察，爲之校栞，以廣其傳。從此蓺林樹幟，咸有準的，别裁僞體，爝火自消，則先生啓迪後學之心，庶不至湮没也。

（録自《養素堂文集》四《代盧厚山制軍刻紀聞達公批〈文心雕龍〉序》）

清劉毓崧跋

《文心雕龍》一書，自來皆題"梁劉勰"著，而其著於何年，則多弗深考。予謂勰雖梁人，而此書之成，則不在梁時，而在南齊之末也。

觀於《時序》篇云："暨皇齊馭寶，運集休明，太祖以聖武膺録，世祖以睿文纂業，文帝以貳離含章，高宗以上哲興運：竝文明自天，緝遐景祚。今聖歷方興，文思光被。"云云。此篇所述，自唐虞以至劉宋，皆但舉其代名，而特於"齊"上加一"皇"字，其證一也。魏晉之主，稱謚號而不稱廟號，至齊之四主，惟文帝以身後追尊，止稱爲"帝"，餘並稱"祖"、稱"宗"，其證二也。歷朝君臣之文，有褒有貶，獨於齊則極力頌美，絶無規過之詞，其證三也。

東昏上高宗之廟號，係永泰元年八月事，據"高宗興運"之語，則成書必在是月以後；梁武受和帝之禪位，係中興二年四月事，據"皇齊馭寶"之語，則成書必在是月以前。其間首尾相距，將及四載，所謂"今聖歷方興"者，雖未嘗明有所指，然以史傳核之，當是指和帝而非指東昏也。《梁書・勰傳》云："撰《文心

① 此序原爲張澍代盧坤刻紀昀評《文心雕龍》而作。

雕龍》，既成，未爲時流所稱。勰自重其書，欲取定於沈約，約時貴盛，無由自達，乃負其書候約出，干之於車前，約便命取讀，大重之。"今考約之事東昏也，官司徒左長史征虜將軍南清河太守，雖品秩漸崇，而未登樞要，較諸同時之貴倖，聲勢曾何足言？及其事和帝也，官驃騎司馬，遷梁臺吏部尚書，兼右僕射，維時梁武尚居藩國，而久已帝制自爲，約名列府僚，而實則權倖宰輔，其委任隆重，即元勳宿將莫敢望焉。然則約之貴盛，與勰之無由自達，皆不在東昏之時，而在和帝之時明矣。

且勰爲東莞莒人，此郡僑置於京口，密邇建康，其少時居定林寺十餘年，故晚歲奉敕撰經證，即於其地，則踪跡常在都城可知。約自高宗朝由東陽徵還，任內職最久，其爲南清河太守，亦京口之僑郡，與勰之桑梓甚近，加以性好墳籍，聚書極多，若東昏時此書業已流行，則約無由不見。其必待車前取讀，始得其書者，豈非以和帝時書適告成，故傳播未廣哉？

和帝雖受制於人，僅同守府，然天命一日未改，固儼然共主之尊，勰之"颺言讚時"，亦儒生之職分。其不更述東昏者，蓋和帝與梁武舉義，本以取殘伐暴爲名，故特從而削之，亦猶文帝之後，不叙鬱林王與海陵王，皆以其喪國失位而已。

東昏之亡，在和帝中興元年十二月，去禪代之期不滿五月，勰之負書干約，當在此數月中。故終齊之世，不獲一官，而梁武天監之初，即起家奉朝請，未必非約延譽之力也。

至於約之《宋書》成於齊世祖永明六年，而自來皆題"梁沈約"撰，與勰之此書，事正相類，特約之《序傳》言成書年月，而勰之《序志》未言成書年月，故人但知《宋書》成於齊，而不知此書亦成於齊耳。

（録自《通義堂文集》十四《書〈文心雕龍〉後》）

越南裴秀嶺序

《文心雕龍》者，梁劉舍人所作，後黃崑圃注之。是書《原道》《徵聖》《尊經》《正緯》《辨騷》《明詩》《樂府》《詮賦》《頌贊》《祝盟》《銘箴》《誄碑》《哀弔》《雜文》《諧讔》《史傳》《諸子》《論說》《詔策》《移封》《章表》《奏啓》《議對》《書記》《神思》《體性》《風骨》《通變》《定勢》《情采》《鎔裁》《聲律》《章句》《麗辭》《比興》《夸飾》《事類》《練字》《隱秀》《指瑕》《養氣》《附會》《總術》《辰序》《物色》《才略》《知音》《程器》《序志》，凡五十篇。其工心妙思，變幻百出，文采絢然，冠騰□上，雛鳴鳳遑驥之文無以逾此，詢千古藝□之秘寶矣。

今聖上右文，科途日廣，務以蒐羅博達之才，學者隱几讀書之下，餐英咀華，蓋將以鶴翥文場而策龍門之價，然是書不爲無補。松(按，"松"原刻爲小字，當爲裴秀嶺自稱)間嘗披覽，欣賞不置，爰付之重梓，藏于同文之堂，以公同好云耳。

皇朝嗣德萬年之六春月穀日，壽河裴秀嶺序。

唐豪扶擁同文齋黎氏鐫刻。

（錄自越南同文堂重刻黃叔琳《文心雕龍輯註》卷首）

清史念祖跋

論文與作文殊，作者不必善論，論者不必善作。豈非以荆公手筆而不明《春秋》，陸機作《文賦》而己不踐言乎？劉彥和《文心雕龍》，稽古探源，於文章能道其所以，不溺六朝淺識，此由心得，不關才富也。其爲文亦稱贍雅。然徵引既繁，或支或割，辭排氣壅，如肥人鞁步，極力騰踔，終不越江左蹊徑，亦毋尤才富，習囿之也。《南史》本傳稱其"長於佛理，都下寺塔，名僧碑誌，必請製文"，是固寢饋於禪學者也。顧當摛藻揚葩，羣言奔腕之際，乃能不雜內典一字，視王摩詰詩文之儒釋雜糅，亦可以爲難矣。

（錄自《俞俞齋文稿初集》二《〈文心雕龍〉書後》）

近人李詳序

《文心雕龍》，有明一代校者十數家，朱鬱儀、梅子庚、王損仲其尤也。[①]梅氏本有注，取小遺大，瑣瑣不備。北平黃崑圃侍郎注本出，始有端緒。復經獻縣紀文達公點定，糾正甚夥，盧敏肅刊於廣州，即是本也。顧文達止舉其凡，黃氏所待勘者，尚不可悉舉。合肥蒯禮卿觀察，鄉病黃注之失，曾屬余爲注，會以授學子而止，然觀察之盛心所期余者，不可沒也。

時過矑矑，淹留無成，每取此書觀之，粗有見地。志朆茅蕝，以啓後人。略以日課之法行之，日治一二條，稍可觀覽，準元吳禮部《戰國策校注》之例，名曰《黃注補正》。中有甚契於心，匪言可喻。將復廣求同志，共成此業。海內君子，有善治是書者，若能助余張目，則於瑞安孫氏之外(原注：孫氏《札迻》內有

---

① 按，"梅子庚"，當作"梅子庚"。

《文心雕龍》一種,研求字句,體準高郵王氏,與余書異),未嘗不可別樹一幟云。

宣統紀元三月,李詳。

近人葉德輝題識

《文心雕龍》世無宋刻,自明以來,《隱秀》篇脱去一葉,自"始正而末奇"句起,至"朔風動秋草""朔"字止,共四百零字。何義門學士焯始據元刻阮華山本校補,讀者始得其全。北平黄叔琳注此書,又據何校補入,何校所闕之字,則據別本補之。今坊行紀文達昀評點朱墨套印本,即以黄注爲藍本。然紀謂阮本四百餘字,祇論詩不論文,與全書不類,疑爲明人僞作,後又檢《永樂大典》校訂,亦無此篇脱文,因益信阮本之不可據。余謂凡書作僞,必有隙罅可尋,紀評所指,已足抉其僞迹,何況有《永樂大典》可證乎?

此本爲康熙三十四年武林書坊抱青閣刻楊升庵批點本,兼刻明張墉、洪吉臣二家合注,黄叔琳注亦引及之。注中援據各本,訂譌補闕,一一注明原書原文,在明人注書,最有根柢。其《隱秀》篇亦闕四百餘字,楊升庵慎博極羣書,又盡讀明文淵閣四部書,其中豈無一二善本與阮本合者爲其所見? 何待何義門時始得見之? 固知義門爲明人所欺,今人又爲義門所欺耳。

坊刻書余向不取,而在康熙中葉民康物阜之時,其校刻之精,實遠勝于今日,故特爲標出之,後有讀者,幸毋忽視焉。

壬子(一九一二)夏六月二旬之四日,麗廔主人葉德輝記。

李　詳　序

余昔有《文心雕龍黄注補正》一書,"補"者,補其罅漏;"正"者,正其違失。係用盧敏肅公所刊紀氏評本,凡經紀所糾者,皆未羼入。今老友唐君元素,爲其門人潮陽鄭君堯臣重刊黄本,徵余舊説,因稍加理董,附入紀氏及瑞安孫氏之説,通名"補注",以示有所檢括云爾。

時丙辰春仲揚州興化李詳。

近人梁啓超序

　　吾國論文之書，古尟專籍。東漢之桓譚《新論》、王充《論衡》，雜論篇章，時有善言。然《新論》已佚，而傳者不過數言，《論衡》雖存，而議論或涉偏激。自此以後，摯虞《流別》、李充《翰林》，爲論文之專籍矣，而亦以蒐輯殘闕，難窺全豹，學者憾之。若夫曹丕《典論》，號爲辨要；陸機《文賦》，亦稱曲盡。然一則掎摭利病，密而不周，一則泛論纖悉，實體未賅。

　　求其是非不謬，華實並隆，析源流，明體用，以駢儷之言而有馳驟之勢，含飛動之采，極瓌瑋之觀者，其惟劉彦和之《文心雕龍》乎？

　　《文心》之爲書也，本乎道，師乎聖，體乎經，酌乎緯，變乎騷。綴文之士，苟能任力耕耨，奉爲準則，是誠文思之奧府，而文學之津逮也。

　　輓近學子，好詆前修而自炫新異，可喻於巴之議稷下，猶未能譬於孟堅之嗤武仲也。揚己抑人，甘於謭陋，其何能讀古人之書而默契彦和之深意乎？

　　雖然，抑又有故焉。"文心"者，言爲文之用心也。雖爲論文之言，而摛翰振藻，煒燁其辭，杼軸獻功，整齊其語，是以命意而曰《附會》，修辭而言《鎔裁》，師古而稱《通變》，別體而號《定勢》，文術雖同，標名則殊，讀者不察，或生曲解，或肆譏評，其故一也。加以徵引之文，間有亡佚，輾轉傳鈔，譌奪滋甚，苟不辨訂錯悟，網羅散失，以詮釋之，讀者自易致迷。其故二也。

　　有此二故，《文心》一書，領悟者寡，誠無足怪，然竊嘗深惜焉！迺者吾友張伯苓手一編見視，則范君仲澐之《文心雕龍講疏》也。展卷誦讀，知其徵證詳覈，考據精審，於訓詁義理，皆多所發明，薈萃通人之説而折中之，使義無不明，句無不達，是非特嘉惠於今世學子，而實有大勳勞於舍人也。爰樂而爲之序。

　　民國十三年十一月，梁啓超。

（録自范文瀾《文心雕龍講疏》卷首）

近人陳準跋

　　劉氏之書，自成一家，昭晰羣言，發揮衆妙，海内學者所公認也。但校本絶少，注釋不詳，所以校讎者非窮源討流，終難折衷。余於劉氏之書，頗有研究之志，苦無善本耳。但就所知者，惟弘治甲子吳門刊本、①嘉靖庚午

---

　　①　原注："顧黄合校引活字本，即此本也。"楊明照按："馮允中弘治甲子刊於吳門者，書尾有'吳人楊鳳繕寫'六字，非活字本也。陳説有誤。"

新安刊本、①辛丑建安刊本、癸卯新安刊本、萬曆乙酉南昌刊本、②漢魏叢書本、兩京遺編本。《繡谷亭書錄解題》云：“錢功甫有阮華山宋刊本，秘不肯示人，所以傳於世者極少也。餘杭譚中義藏有顧黃合斠本十卷，至詳，吾邑孫仲容先生假此本傳錄。乃從孫先生所校本轉移書眉，以留其真，蓋抑劉氏之幸矣。”顧黃合斠本，李慈銘《越縵堂日記》云：“顧黃二氏所據元刊、弘治活字本、嘉靖汪一元本，朱墨合校，足爲是書第一善本。”《原道》《時序》篇紀氏云：“此書實成於齊代，今題曰梁。”按顧氏云：“此所題非也。《時序》篇有‘曁皇齊馭寶，運集休明’，是彥和此書，作于齊世。”又“人文之先（按當作元），肇自太極，幽贊神明，《易》象爲先”，顧氏所引舊本作“讚”，是也。“素王述訓，莫不原道心以敷章”，黃注云：“‘以敷’，一作‘裁文’。”不明來曆。今此本注：“元刊本以‘敷章’作‘裁文’，活汪本同。”足見是書之勝於各本也。

　　近來，敦煌有唐人寫本艸書《文心雕龍》殘卷十篇，③爲燕京趙萬里先生《校記》一卷，足以匡正各本之先。余鑒唐人寫本雖不成帙，亦是瓌寶。爰附於後，羽翼而行。余友范君仲澐文瀾有《文心雕龍講疑（按，當作疏）》之作，以未見此本爲恨。乃轉告樸社，囑其集資刊行。余感良友之愛，亟付剞劂，俾此書流傳海內，學者有所共鑒焉。

　　（錄自《顧黃合斠文心雕龍跋》，《圖書館學季刊》一九二八年第二卷第二期）

近人楊明照評范氏《注》

　　《文心雕龍注》，范文瀾纂，民國二十五年七月，開明書店出版，七冊一函，定價三元六角。

　　去年春，余於范君北平學社印行之《文心注》，曾有所舉正，刊燕京大學國文學會《文學年報》第三期，時此書已問世數月，而余尚未之知也。昨以友人之介，亟如城購歸而讀之。意謂所舉正者，彼常畣已自正之矣。及批閱終篇，其紕繆者，率依然如故，惟大體間有增損耳。

----

　　①　原注：“顧黃合校引汪一元本，即此本也。”楊明照按：“‘午’字誤，當作‘子’。”

　　②　楊明照按：“‘乙’字誤，當作‘己’。”原注：“《天一閣書目》爲萬曆七年張之象序，即此本也。”楊明照按：“張之象本刊於‘萬曆七年，歲次己卯’，與萬曆（三十七年）己酉刊於南昌者，相距三十年，非一刻也。陳說誤。”

　　③　楊明照按：“存十三篇，陳說誤。”

　　范君於舍人書,用力甚勤,故視黃註爲詳,後來居上,勢固應爾。然終嫌取諸人以爲善者多,出其自我者少(全書中除黃叔琳原註、孫詒讓《札迻》、李詳《補正》、黃侃《札記》,及陳漢章、孫人和、李笠諸家説外,范君自有者,寥寥無幾,其碩然成册者,不過迻錄前人原文之賜耳)。且於黃註探囊揭篋,幾一一鶴聲,亦不復存(書中明標黃註者,僅十許則,縱黃氏引書闊略,重爲補綴後,於體例之便,自可取而代之,然例言中亦當述及,若黃註已詳明,因而未革者,實不應掠美)。餘如李詳《補正》,黃氏《札記》,皆時竊而取之。貪人之功,以爲己力,殊未得乎我心。至書中疵累,後先一揆,疊費梨棗,何猶如此?

　　新讀畢,輒論列其未安者於下方,范君或不以吹毛求瑕,次骨爲庋見咎也。若其立體之雜越,援引之渙散,則不之及云。(後文詳評范注,文長不錄)

(錄自《燕京學報》一九三八年第二十四期)

近人傅增湘跋

　　此嘉靖癸卯佘誨刻本,半葉十行,行二十字,白口,左右雙闌,每卷首葉版心記刊工姓名,有黃鏈、黃瑄、黃璵等名。前有嘉靖癸卯佘誨序。余適假得徐興公手校本,因以此本臨勘一過。徐氏所用原本,爲汪一元校刊,版式行格與此悉同,前有嘉靖庚子新安方元禎序,版心上方有"私淑軒"三字,其付梓視此早三年,然余詳審之,實即一版也。蓋佘氏序言校梓,實則並未重刊,第取汪氏舊版,去其校人姓名一行及版心三字,而刊工人名宛然尚存。且不獨此也。凡汪本誤字,多已改正,如卷八《事類》篇"有才富而學貧"句,其下應疊"學貧"二字,汪本脱失,及檢此本,則二字已嵌增於本行內矣。其最著者,如末卷《序志》篇"余齒在踰立"下,脱文至三百二十二字,此本亦悉爲補完,疑佘氏補版,固已見升庵及徐謝諸人之校本,故知佘氏此本雖不及金陵梅刻之詳審,然視新安初刻已差爲完善矣。

　　按此書宋刻,自阮華山而外,別無傳本,即元至正本,今亦無可踪尋。明代刊本漸多,然錢功甫所述新安、建安諸本,亦殊未備。據余所見者,明代凡十一刻。最先者,弘治甲子馮允中刻於吳門,有都穆序,曾見之吳佩伯家。次則嘉靖辛卯建安本,次則庚子新安汪一元本,次則辛丑建陽張安明本(有程寬序),次則癸卯新安本,即此佘氏刻也,次則乙巳沙陽樂應奎本(有葉聯芳序),次則丙寅青州藩府本(有誠軒載璽序),次則萬曆雲間張之象本(十行十九字,今四部叢刊印行者是也），次則辛卯貴陽郡庠本（有湘東伍襄序），次則癸巳朱謀㙔本。最後爲萬曆己酉梅慶生刻本，悉取諸家校證之説，重爲改正，別增音注，遂爲是書之總匯。至天啓二年子庚第六次校定刻版，復改補七百餘字。由是千百年來淆訛不可爬梳者，至此乃粗可誦習焉。其他若王惟儉之訓故本，胡維新之《兩京遺編》本，尚所不計。

顧有不可解者，《序志》篇闕文三百餘字，余氏既就汪一元板爲之補訂增入矣。張之象本刻於萬曆七年，距余刻之傳布已三十七年，乃考之張本，於此逸文仍付闕如，豈余刻流傳已久，而張氏竟不及見耶？抑所據爲別一舊刻也？

余按此書自弘治以後，百年之間，雕鐫競起，然古槧既已失傳，新梓率沿訛踵謬，雖諸家校讐，略資釐正，而得失參半，要亦未可盡從，顧自梅刻盛行，學者便於誦習。至國初黃氏叔琳，遂有《輯註》之作，於梅本多所糾正，其訛文奪字，亦綜合諸本之得失，以定其是非。此編一出，則凡明刊各本皆可束置不觀，非學識果邁於前賢，繼事者固易爲力也。

即余之臨興公校本，亦重爲前人手蹟，錄之以存一家之言，其實滿紙榛蕪，不能盡掃，勒爲定本固猶有待也。又《隱秀》篇中佚文，今世所傳者，多出自錢功甫，言得之阮華山家宋槧本，今興公所據，係見於豫章王孫朱孝穆許，其手錄在萬曆戊午，後於功甫者四年（功甫自記爲甲寅），是否即出阮氏所藏？抑華山外，別有宋槧也？竢更考證之。

辛巳五月二十一日，藏園雨窗記。

（錄自《明嘉靖本〈文心雕龍〉跋》，《國民雜誌》一九四一年第九期）

傅　增　湘　跋

《文心雕龍》一書，論文章之流別，爲詞苑之南鍼，文人學士，誦習不衰，而傳世乃少善本。阮華山之宋槧，自錢功甫一見後，踪迹遂隱，即黃蕘圃所得之元至正嘉禾本，後此亦不知何往。明代刻本，以弘治甲子吳門本爲最先，嗣是嘉靖中，建安、新安等處付梓者凡六本。萬曆中，自張之象以後，付梓者凡四本，而奪文譌字，多不能舉正。至金陵梅慶生本出，乃取諸家校本，彙集而刊傳之，雖校訂未必悉當，然考證之功亦云勤矣。

頃從李椒微師遺書中，假得徐興公手勘本。原書用嘉靖汪一元所刊，半葉十行，行二十字，版心上方有“私淑軒”三字。其校讎始於萬曆二十九年辛丑，訖於四十七年己未。逮崇禎己卯,乃手跋以付其孫鍾震。卷首《南史》本傳,及元明刻本序八首,均興公暨其子延壽所繕。歷年數十,留貽及於三世,詣力專精,良堪欽仰。各卷訂正之字,自興公所校外,所取者以楊升庵爲多,①餘則謝耳伯、朱鬱儀、曹石倉諸家。今以梅子庚本對核,興公之説,固已十取八九。此己卯跋中所謂"金陵刻本,列吾姓名,不忘所自",正指此也。末卷《序志》篇,脱三百二十二字,取《廣文選》本訂補。其《隱秀》篇闕葉四百餘字,則萬曆戊午游豫章,於王孫朱孝穆許始録得之,是所見在錢功甫之外矣。兹將興公前後跋語書於左方,其各序咸有本書可考,不復盡録焉。

辛巳五月十九日,藏園識。

（録自《徐興公校〈文心雕龍〉跋》,《國民雜誌》一九四一年第十期）

近人張爾田識語

自古統論學術者,史則有《史通》,詩則有《詩品》,文則有此書,惟經子二部無專書。余近纂《史微》内外篇,闡發百家六藝之流別。既卒業,復取八代文章家言攷治之。因瀏覽是編,證以《昭明文選》,頗多奧窔。而所藏本乃紀文達評定者,憑虚肊斷,武斷專輒,不一而足。繼而又得此册,雖非北平原槧,尚無紕繆,以視紀評,判若霄壤矣。爰加墨以識簡首。

泉唐張采田記。②

（録自張氏手校養素堂本卷首）

五、清人《文心雕龍》賦兩則

沈叔埏《〈文心雕龍〉賦》

（以"言立文明自然之道"爲韻）

惟靈心之結撰,出妙理之紛繁,鳳九苞而振藻,龍五采而高騫,推文章之作手,攬雕鏤之營魂。驚曼衍之璒奇,秖是思抽乙乙;儵之而之夭矯,非徒狀類蜿蜿。是用標禪世之辭,帝歆崔駰之頌;何妨借談天之口,人誇鄒奭之言。

---

① 按,"楊升庵",原誤作"楊叔庵"。
② 按,"采田",字孟劬,後改名"爾田"。

若夫管遠曾闚，綆脩用汲。任索隱而探幽，須艱辛而苦澀；迨彪外而弸中，方大含而細入。書成繁露，幾經夢裏懷蛟；才可捫天，能使聲聞啓蟄。極風雲之變態，天池奮而將遷；涌波浪於詞源，海水因之盡立。

斯其爲心也，潛兮若蟠龍之裊裊，淬兮若應龍之蝹蝹。欲刻雕於形象，先收攝乎視聞；要搜羅夫千古，俄馳騖於八垠。襄文治於垂裳，足光黼黻；佐文思於輯瑞，擅美元纁。抽獨得之秘思，恰是珠探驪頷；縱獨扛之健筆，也同鼎列龍文。

爰是行間采烈，字裏文生，炳如緷繡，和似瑽琤。逾鳥瀾而虎變，勝春麗而鯨鏗。經燕許之鉅公，故裁之而益煥；奪班倕之巧匠，且琢之而愈瑩。詎刻鵠之能方，誰猶約署；奚雕蟲之可擬，此最分明。

爾乃看訝水翻，誦疑泉出，掀不竭之波瀾，搆非常之工緻，既夸目而能奢，洵厭心而靡魄。擾如董父，未必知獨運之神；好是葉公，焉得窺此中之秘。感重淵之浮石，思有作之通靈；遡皇古之負圖，驗行文之所自。

然而知希貴悟，見少誰憐。潛巧心而自憙，驚俗眼而難妍。倘華實之莫辨，即遇合之無緣。士簡詩存，因虞訥之讒而毀；彥和書在，得隱侯之譽以傳。惟心之相孚，所貴於適如其印；況文之有色，固出於不知其然。

所以文呈萬狀，心有寸知，原不煩夫繩削，實同類於雕幾，曰九方與千里，真希代而冠時。龍豈久藏，裕文明於天下；豹雖暫隱，蔚文彩於來茲。躍津水而雙翔，誰復識同煥者；跳天門而直上，豈惟書賞義之。

方今士盡懷珍，人爭摛藻，名皆擅於文雄，志各抒其素抱，分宋艷與班香，兼漢製而魏造。澤躬開萬卷，蘊雷雨之經綸；報國獻千篇，輝璧琮之藉藗。本心聲爲心畫，猶然仰俾彼於爲章；光文運於文昌，莫不徵化成於久道。

（録自《劍舟律賦》下）

李執中《劉彥和〈文心雕龍〉賦》

（以題爲韻）

客有博綜古籍，品藻勝流，讀《雕龍》之論著，譏文體之俳優。爰造主人，以申其説，曰：蒙不解夫劉彥和之此筆，胡爲亘六代三唐之久，而餘豔仍留也？彼其詞纖體縟，氣靡骨柔，毋變於齊梁之習，特重爲容止之脩。五十篇目雖眉列，三萬言思比絲抽，實藝苑之莫貴，何撰述之能儔？乃復負簡候休文之轍，蠚聲儕《文選》之樓，居然價重儒林，言語欲齊蹤游夏，毋亦名成廣武，英雄同致嘅曹劉者乎？

　　主人曰：然歟？否，否！客所謂不習其素，徒習其絢，但玩其辭，未窮其變者也。夫永嘉既降，靡音斯扇，翦采爲腴，揉花作片，罔殷其輅，祗周厥弁，誠有如客之所云，毋詫世俗之目賤。若斯篇也，是非不謬於聖賢，義理一衷之經傳。故徒賞其運駢儷之作，而馳驟自如；極璣瑋之觀，而飛動自見，亦已無惡於馬班，耀輝於筆硯，而況萬萬於淫哇者流，不僅作一時之彥哉？

　　則如縱意文囿，舒采文波，選聲乎協律，騁節乎詞科，斲句則楚郢借削，鍊神則魯陽揮戈。風雅菁華，咸歸掇摭，《爾》《騷》名物，胥與搜羅，用能洪細兼納，古今不磨。此蓋全箸之美善，擬之於物，殆如荊玉之有卞和也。

　　又如原天地之道以爲學，徵聖人之言以述聞。宗經則仰儀山海，正緯則考證典墳。詩義明則質而不野，騷體辨則芬而不紛。賦詮其所自出，樂觀其所以分。頌讚上求之巫黑，祝盟爰溯乎蒿焄。或龍尾羊裘，辨託詞於諧讔；亦連珠璅語，標奇旨於雜文。

　　識力深沈，字酌句斟，鍥而不已，義例彌森。正其裁於子史，廣其義於銘箴。哀弔誄碑，沈至而悲往；詔策論說，莊瞻而切今。檄移則風霜比肅，封禪則天帝如臨。表啓則言思封板，議書則談必整襟。合之爲衡岳九面之曲曲，分之爲建章萬户之深深。不以文傳，固足振千秋之文教；即以文論，亦自傾絶世之文心。

　　矧觀其言體性之真，則八途所包，萬變與括；究神思之雋，則寸心所匯，千里非迢。風骨則取喻於鷙雄之窠集，情采則借色於草木之夭喬。隱秀聳條而獨拔，夸飾因山以爲翹。文備百家，家著其説，文有一義，義靡不標。驪珠獨得，葉畫奚描？誠煌煌之傑構，豈子雲之所謂雕蟲！

　　且夫駢詞本非枝指，偶語豈曰層峯？然使妃紅儷白，桃豔李穠，史無可鑄，經不堪鎔，徒餖飣之彌簡，矜針綫之非縫。則亦有無兩居其可，體用舉無所庸，而何取乎箸作，徑宜束以自封。惟彦和則美搜藝圃，華耀筆鋒，理精意密，字順文從，義原菽粟，直寫臆胸，無矯無澀，亦澹亦濃。擬以鍾嶸之品目，其殆亦文中之龍乎？

　　高談未終，客意已悟，謂文則出以比合，心實勞乎陶鑄，蒙以小道識之，等迷道於大路。庸詎知隱顯屈伸，風雲雨霧，龍之爲物也靈，雕之爲言也具，惟千古之文人，具此心其可數。第求之章句之間，夫何殊簡編之蠹。敢以子言，筆之竹素，冀有詔於來兹，藉以續夫《文賦》。

（録自叢書集成初編本《沅湘通藝録》七）

六、《文心雕龍》舊校注凡例五種

明王惟儉《文心雕龍訓故》凡例

一、是書之注，第討求故實，即有奧語偉字，如"鳥跡"、"魚網"之隱，"玄駒"、"丹鳥"之奇，既讀斯書，未應河漢，姑不置論。

二、故實雖煩，以至舜禹周孔之聖，游夏僑肹之賢，世所共曉，無勞訓什。

三、古稱善注，六經之外，無如裴松之之注《三國志》，劉孝標之注《世說》。然裴注發遺事于本史之外，劉注廣異聞于原說之餘，故理欲該贍，詞競煩縟。若此書，世更九代，詞人罔遺，而人詳其事，事詳其篇，則殺青難竟，摘鉛益勞。故人止字里之槩，文止篇什之要，勢難備也。

四、諸篇之中，或一人而再見，或一事而累出，止於首見注之，其或人雖已及而事非前注者，方再爲訓什。

五、此書卷分上下，篇什相等，而上卷訓釋視下倍之，以上卷詳諸文之體，事溢于詞；下卷詳撰述之規，詞溢于事，故訓有煩簡，非意有初終也。

六、訓釋總居每篇之末，則原文便于讀誦，至于直載引證之書而不復更題原文者，省詞也。

七、是書凡借數本，凡校九百一字，標疑七十四處。其標疑者，即墨□本字，以俟善本，未敢臆改。

（録自十行訓故本卷首）

明梅慶生《文心雕龍音註》凡例

一、《雕龍》五十篇，楊用脩間有批評，一篇之上，或總批，或另批。今總批則附本篇之末，另批則入本段之中，俱用雙行小字，以便觀者。

二、圈點，楊用脩元用紅、黃、綠、青、白五色筆，今刻本不能爲五色，因作五種區別以代之：其紅色，圈作◎，點作❥；其黃色，圈作⊙，點作❧；其綠色，圈作□，點作△；其青色，圈作●，點作❯；其白色，圈作○，點作❝。其人名元用斜角，地名元用長圈，今人名、地名已爲註釋，二法無所用。

三、元本字句，雖經楊用脩校正，而其脱、其誤、其衍十尚七八，因取諸家所校衆本參互攷訂，以改其誤，補其脱，删其衍，視元本自謂五倍其功。然訛若渡河，喻同掃葉，補闕訂疑，尚俟來喆。

四、篇中於改補字外，用一"□"圈之，且註"元脱"、"元誤"并元改補人姓字于下；如無姓字，即爲愚所正者，欲使讀者知諸家用心之苦，與愚校訂之煩爾。

五、篇中字有訛者，註云"當作某"，疑者，註云"疑作某"；他本與元本不同而二義俱通者，註云"一作某"，皆存其本文，不欲擅易，志慎也。

六、音字專以《韻會》一書叶切。

七、註元爲字句脱誤甚多，至不可讀，乃尋攷諸書，用以改補，復引諸書之文以相印證；又因篇中之事有難通曉者，諸書之文有多秀偉者，釋名、釋義有便初學者，遂並載其文，而註成焉。故每篇之中有註有不註，每段之中或詳或略。

八、各註居各篇之後，不令本文間斷，唯人名及鳥獸、書篇等名二三小字者，註入本文，以便觀覽。

（録自萬曆初刻梅本卷首）

明凌雲《劉子文心雕龍》凡例

一、楊用脩批點，元用五色，刻本一以墨別，則閲之易溷，寧能味其旨趣？今復存五色，非曰炫華，實有益於觀者。

二、五色，今紅、綠、青依舊，獨黃者太多，易以紫；白者乏采，易以古色。改之，特便觀覽耳，若用脩下筆，每色各有意，幸味原旨可也。

三、元本字句多脱誤，惟梅子庾本攷訂甚備，因全依之，且注元脱、元誤并元改補人於上，庶使閲者知之。

四、篇中於改補字，則用○，於衍文，則用□，於"當作"、"疑作"，則用丶，俱以墨別之。其云"一作某"者，但存以見諸本之備而已。

五、梅子庾注，每篇之中有注有不注，每段之中或詳或略，故使人致惜於不全，然事有難曉者，一覽黎然，不得謂無功於劉子也。子庾有云"釋名、釋義有便初學者"，吾於子庾亦云謹存其舊。

六、各註元居各篇後，今并於各卷後，以便稽考。人名及鳥獸等名，元註本文下，今以硃載於旁，庶文易明而不至本文間斷。

（録自凌本卷首）

清黄叔琳《文心雕龍輯註》（改刻本、初刻本）凡例

一、此書與《顏氏家訓》，余均有節鈔本，顏書已刻在前。細思此書，難於裁節。上篇備列各體，一篇之中，遡發源，釋名目，評論前製，後標作法，俱不可删薙者；下篇極論文術，一一鏤心鉥骨而出之，真不愧“雕龍”之稱，更未易去取也。今仍録全文。中加圈點，則係節鈔之舊，讀者可一覽而得其要。

（初刻本作：此書與《顏氏家訓》，余均有節鈔本，顏書已刻在前。今此書仍録全文。中加圈點，則係節鈔之舊，可一覽而得其要。）

二、諸本字句互有異同，擇其義之長者用之，仍於本句下注明“一作某”，或“元作某字，從某改”，或“元脱，從某補”，另刻元校姓氏一紙於卷首。

（初刻本内容同，唯其中三字寫刻有別：上“或”字，初刻本作“戜”，改刻本作“或”；下“或”字，初刻本作“或”，改刻本作“戜”；“紙”下“於”字，初刻本作“扵”，改刻本作“於”。）

三、《隱秀》一篇，脱落甚多，諸家所刻，俱非全文。從何義門校正本補入。

四、梅子庚《音註》流傳已久，[①]而嫌其未備，後得王損仲本，援據更爲詳核，因重加攷訂，增注什之五六。尚有闕疑數處，以俟博雅者更詳之。

（初刻本作：梅子庚《音註》流傳已久，而嫌其未備，故重加攷訂，增注什之五六。尚有闕疑數處，以俟來哲更詳之。）

五、升庵批點，但標辭藻，而略其論文之大旨。今於其論文之大旨處，提要鈎元，用○○；于其辭藻纖穠新雋處，或全句，或連字，用丶丶；於其區別名目處，用△△，以志精擇。

（初刻本無此條。）

六、此書分上下二篇，其中又自析爲四十九篇，合《序志》一篇，篇共五十，今依元本分十卷。注釋例於每篇之末。偶有臆見，附於上方。其參考注之得失，則顧子尊光、金子雨叔、張子實甫、陳子亦韓、姚子平山、王子延之、張子今涪，及諸同學之力居多。

（録自陳鱣藏改刻本及上海圖書館藏初刻本卷首）

---

① 按，“梅子庚”，當作“梅子庚”。

清張松孫《文心雕龍輯註》凡例

一、是書四十九篇，楊用修間有評語，今照梅本全錄，總批附本篇之後，另批入本段之中，俱寫雙行小字，而加"楊批"二字以識之。

二、圈點，楊用修元用紅、黃、綠、青、白五色筆，今照梅本作五種區別以代之：其紅，圈作◎，點作❥；黃，圈作⊙，點作❧；綠，圈作□，點作△；青，圈作●，點作❥；白，圈作○，點作◗。標其辭藻，其句讀，則并用○圈出，以便誦覽。

三、篇中字有訛者，注云"當作某"，疑者，注云"疑作某"，他本與元本不同而義無妨害者，注云"一作某"，其改補字，則注云"元脱，某補"、"元誤，某改"，并列其人姓氏于下，其無姓氏者，乃梅子庚校訂，①悉爲采入，並另刻元校諸人姓名一紙于卷首。

四、梅子庚元本讐校精密，②但流傳既久，初印難購，字跡或至糢糊，今得黃崑圃本依據參考，悉爲訂補。其字句間有多寡不同，仍照梅本刊刻。惟《隱秀》一篇，則照黃刻從何義門校本補足全文。

五、注釋，梅本簡中傷煩，黃本煩中傷雅，且皆附載各篇之後，長者累紙不盡，難于繙閱。愚于參考之中，畧加增損，即各注當句之下。其重出疊見者，概從畧焉。

六、是書篇分上下，又自于其中析爲四十九篇，象大衍之用數，合《序志》一篇，共成五十。舊刻于各篇次第皆首尾相綴，今間分之，令每篇各爲起止，似更有眉目。其分卷則仍依舊本。

七、音字悉照梅本，注其難通曉者于當字之下，經見者畧之。

八、是書卷帙雖簡，亦資衆力，校讐則有德清蔡曰讓、武進董達章、長洲胡紹曾、遂寧張問彤，以僅此數人，故附見于此。

（録自張松孫本卷首）

七、章太炎講授《文心雕龍》記錄稿兩種（重訂本）

按，太炎先生一九〇六年東渡日本，於東京開辦國學講習會，一九〇九年三、四月間，曾講授《文心雕龍》，講課記錄稿本現藏於上海圖書館。稿本有兩

---

①② 按，"梅子庚"，當作"梅子庚"。

種，紙質形態不同，均保存完好。其一題爲《文心雕龍劄記》，共八篇，可稱爲《劄記》甲種本；其二無題，共十八篇，可稱爲《劄記》乙種本。前者標明係由錢東潄（即錢玄同）記録、整理，朱希祖、朱宗萊、沈兼士、張傳琨四人提供藍本。後者不著記録者姓名，然據錢玄同日記及錢玄同《説文解字》聽課筆記推之，其記録者亦當爲錢玄同。①

太炎先生關於《雕龍》之卓識高論集中保存於此，吉光片羽，彌足珍貴。筆者於北京大學攻讀博士學位期間，曾對此兩種稿本之文字做過初步識讀，今即以此爲基礎，重加整理，並略施箋注，以饗讀者。

（一）文心雕龍劄記（甲種本）

古者凡字皆曰文，不問其工拙優劣，故即簿録表譜，亦皆得謂之文，猶一字曰書，全部之書亦曰書。

漢世無“集”名，②故《七略》衹有詩賦而無文，建安以後始有集部。至晉荀勖分經、史、子、集爲四部。摯虞作《文章流別》，爲選總集之始。原總集之初意，衹因別集易散而作，③故僅選集散篇文之佳者，因其他已成書者，不至散失，無庸選也。後昭明太子忘其本意，以爲集以外皆不得稱文，故惟選集部之文。然爲例亦不純，經（序）、史（贊論）、子（《典論》《過秦論》）等，亦有選入者，然總集之初命意，非謂一切佳文皆在其集中也。

《文心雕龍》始言文、筆之分。蓋文、筆之分，實始東漢。然此分之界限，亦各不同。在東漢，以詩賦爲文，奏札爲筆。六朝人以有韻爲文，④無韻爲筆。唐人又以詩歌爲文，賦（頌）銘爲筆（見《一切經音義》）。⑤至於阮元之説（言駢體始可稱文），更不足道。

至於《易》之《文言》，梁武帝解爲“文王之言”，⑥是也（蓋“元者，善之長也；

---

① 參見董婧宸《章太炎〈文心雕龍劄記〉史料補正》，《國際中國文學研究叢刊》第七輯，上海古籍出版社二〇一九年版。

② 整理者按，“集”，《劄記》甲種本概作“亼”，字同。《説文》：“亼，三合也，从入、一，象三合之形。讀若集。”

③ 整理者按，“別”，《劄記》甲種本概作“仈”，《劄記》乙種本時作“小”，字並同。《説文》：“仈，分也，从重八。八，別也，亦聲。”《玉篇·八部》：“仈，古文別。”

④ 整理者按，《劄記》甲種本“韻”字皆寫作“均”，字通。

⑤ 整理者按，《一切經音義》二十七《安樂行品》：“文筆：文謂詩歌之屬，筆謂銘賦之流。”

⑥ 整理者按，《經典釋文》於《乾·文言》下云：“梁武帝云：‘《文言》是文王所制。’”

亨者，嘉之會也"等句《左傳》已引之，可證）。

古人之文，大都駢儷有韻（《易》自《文言》而外，亦有有韻者，可證），此由古人語簡，又不箸竹帛，故必駢而有韻，乃易於記憶。

《文心雕龍》於凡有字者，皆謂之文，故經、傳、子、史、詩、賦、歌、謠，以至諧、隱，皆稱謂文，惟分其工拙而已。此彥和之見高出於他人者也。

1. 原道

【"夫玄黃色雜"至"此蓋道之文也"】據此數語，則並無字者亦得稱文矣。

【故形立則章成矣，聲發則文生矣】"文"、"章"二字，當互調，當云："形立則文成，聲發則章生。"樂竟爲一章。

【而《乾》《坤》兩位，獨制《文言》，言之文也，天地之心哉】此解"文言"，不如梁武之説諦。

【剷詩緝頌】"剷"爲"制"之誤。

2. 徵聖

【夫子文章，可得而聞】此亦未必專指有字之文。

【稚圭勸學】此四字爲後人所補。

【故知正言所以立辯，體要所以成辭】此二語爲文章之要旨。

【然則聖文之雅麗，固銜華而佩實者也】晉宋以前之文，類皆銜華而佩實，固不僅孔子一人也。至齊梁以後，漸偏於華矣。（故魏徵言："篤尚藝文，重浮華而棄忠信。"[①]）

3. 宗經

六朝之時，南人文章不能宗經，北人則宗經，如宇文泰使蘇綽擬《大誥》，此宗經之證。唐世文章，蓋出於蘇綽，故必佶屈聱牙。至中唐以後，以至於宋，又漸不宗經而學子矣。

【書標七觀】見《尚書大傳》。

【五石六鶂，以詳略成文】見《穀梁傳》。

【《春秋》則觀辭立曉，而訪義方隱】此因有五例故也。

【銘誄箴祝，則禮總其端】《儀禮》有"祝辭"。

---

① 整理者按，《梁書・敬帝本紀》史臣侍中鄭國公魏徵曰："其篤志藝文，採浮淫而棄忠信。"《南史・梁本紀下・敬帝》論曰："其篤志藝文，採浮華而棄忠信。"

【故文能宗經,體有六義】當梁之時,文學浮靡,達於極點,侯景説簡文帝"賦詠不出桑中",①而徐、庾之徒亦起於是時。故斯時劉起於南,蘇起於北,皆思以質樸救弊。故《宗經》一篇,實爲彦和救弊之言。自宋代歐、曽、王、蘇以降,以迄今,兹弊又不在淫艷,而專在膚泛矣。

4. 正緯

緯亦有真有僞。

"而八十一篇"者,所謂八十一緯也。

【蟲葉成字】漢昭帝宮中事。

【通儒討覈,謂起哀平】《後漢書·張衡傳》已如此説。

【沛獻集緯以通經,曹襃撰讖以定禮】先有今文學派,後有緯書,故以之通經定禮。

【尹敏戲其深瑕】尹敏造讖曰:"君無口,爲漢輔。"以愚光武,光武不信之。

三國以後,緯書漸微,梁武、隋煬且禁之矣。彦和生當梁武之世,故《正緯》一篇亦間有迎合之意。

5. 辨騷

賦推郇卿,騷推屈原。

【而楚人之多才乎】騷獨起於楚者,因《周南》《召南》起於南陽(今湖南)、南郡(今荆州)之間(見《韓詩外傳序》)。於此可知中國詩賦本爲楚所始興,屈原以楚人而能作《離騷》,固其所也。

【淮南作《傳》】史公即抄爲《屈傳》。

【及漢宣嗟嘆,以爲皆合經術】按,《離騷》與經術,實不相侔,其實是漢人附會之談。

【體慢於三代】"慢"當從元本作"憲",發也。②

【亦自鑄偉辭】凡古人作文,皆出自鑄,不肯抄襲前人也。

6. 明詩

此篇彦和頗有心得。

---

① 整理者按,《資治通鑑·梁紀·高祖武皇帝》:"(侯景)又言……皇太子珠玉是好,酒色是耽,吐言止於輕薄,賦詠不出桑中。"《太炎文録·别録·革命道德説》:"侯景數梁武帝十失,謂皇子吐言止於輕薄,賦詠不出桑中。"

② 整理者按,"憲"訓發,不見於字書及各種訓詁書,"發"疑爲誤寫,當作"法"。

【自商暨周，雅頌圓備】商只有風、雅，無頌，至周始備。

【漢初四言，韋孟首唱】漢世四言，唯韋孟尚可觀，餘均無說①焉。

【唯嵇志清峻，阮旨遙深】嵇不及阮。

【爭價一句之奇】自謝靈運始有此弊，古無是也。

【離合之辭】謂長短之句。

7. 樂府

《藝文志・詩賦略》不別立。? 詩賦(?)本乎風、雅，②樂府本乎頌。故樂府亦多無韻者。

【樂盲被律】此句未詳所謂。

【雖摹《韶》《夏》】《韶》《夏》唯於行大禮時用之。

魏武帝之樂府，尚多悲憤，有關於社會者。

8. 詮賦

《藝文志》屈原賦及他賦分別。

【拓宇於《楚辭》也】"拓"字不誤。

通言則詩賦互稱，別言則賦特詩中之一體也。

詩本無賦，通言詩亦有賦，別言則賦爲六體之一。鄭玄。③（整理者按，此末兩條上，有錢玄同眉批："此二條俟質。"）

（二）文心雕龍劄記（乙種本）

原道第一

"文學"定誼，詳《國學講習會略說》。④

─────────────

①　整理者按，原稿此字書寫頗不合草書常體，姑定爲"說"字。《公羊傳・莊公四年》："古者諸侯必有會聚之事，相朝聘之道，號辭必稱先君以相接，然則齊、紀無說焉，不可以並立乎天下。"何休解詁："無說，無說懌也。"陸德明釋文："無說，音悅。"

②　整理者按，兩"?"爲原稿所有。

③　整理者按，此意未完，當有闕文。

④　整理者按，"誼"通"義"，"定誼"即"定義"。章太炎《國學講習會略說》（一九〇六年九月講於日本，日本秀光社印行）之《論文學》云："何以謂之文學？以有文字著於竹帛，故謂之文。論其法式，謂之文學。凡文理、文字、文辭皆謂之文。而言其采色之煥發，則謂之彣。《說文》云：'文，錯畫也，象交文。''彣，馻也。'彣有馻彰也，馻有彣彰也。或謂'文章'當作'彣彰'。此說未是。要之，命其形質，則謂之文，狀其華美，則謂之彣。凡彣者必皆成文，而成文者，不必皆彣。是故研論文學，以文字爲主，不當以彣彰爲主。"即太炎先生所指。

文集始於建安，晉荀勗分經、史、子、集，可證也。

魏文帝《典論》、賈誼《過秦論》皆子書類，《文選》亦收此二論，可知文、筆固無可分。

《易》"文言"，梁武帝解作"文王之言"，是也。蓋"元者，善之長也；亨者，嘉之會也"等句，《左傳》已引之，可證。

【故形立則章成矣，聲發則文生矣】"文"、"章"二字，當互置。

【剬（音專）詩緝頌】"剬"者，"制"字之誤。

徵聖第二

【故知正言所以立辯，體要所以成辭】二語，文學之圭臬也。晉以前文章，概文實兼備，非僅聖人爲然。齊梁而後，漸染浮靡之習。

宗經第三

梁時蘇綽擬《大誥》，效《尚書》體，開初唐文學之端。

【銘誄箴祝】《儀禮》有"祝辭"。

【四教所先】四教者，文、行、忠、信。

侯景言簡文帝"賦咏不出桑中"，可知梁時文學，浮靡達於極點，《宗經》一篇，殆彦和救敝之言歟？

正緯第四

"而八十一篇"者，所謂八十一緯也。

梁武帝深惡緯書，彦和之作是篇，亦間有迎合之意。

緯書，今文學派之流亞也。

尹敏校緯書，加"君無口，爲漢輔"二語，世祖知其加沾。①

辨騷第五

【而楚人之多才乎】案，《韓詩序》曰："二南，其地在南郡、南陽之間。"漢南郡，今湖北荆州府荆門州，及襄陽、施南、宜昌三府之境。南陽，今河南南陽府汝州之境。於此可知，中國詩賦本爲楚所始興，屈原起於楚，作《離騷》，亦其所也。

"木夫九首"之"木"。②

【體漫於三代③】"漫"當從元作"憲"，發也。④

---

① 　整理者按，"沾"，《廣韻·添韻》音他廉切（tiān），訓增加，"加沾"即添加。《說文》："沾，益也。"徐鍇繫傳："今俗作'添'。"段玉裁注："沾、添，古今字。俗製'添'爲沾益字，而沾之本義廢矣。"

② 　整理者按，此意未完，當有闕文。

③ 　整理者按，"漫"字蓋誤記，當作"慢"。下同。

④ 　整理者按，"憲"訓發，不見於字書及各種訓詁書，"發"疑爲誤寫，當作"法"。

明詩第六

【嚴馬之徒】嚴助、司馬相如也。

四言詩，唯韋孟爲可觀。

【唯嵇志清峻，阮旨遥深】阮嗣宗詩甚佳，嵇則不及也。

【爭價一句之奇】古詩無此敝。

樂府第七

樂府本於頌，二者皆多無韻。

【雖摹《韶》《夏》】《韶》《夏》唯於行大禮時用之。

詮賦第八

通言詩賦同，別言則賦爲詩之一體。

【至於草區禽族】此類賦權輿於荀卿。

頌讚第九

風、雅、頌三者，在古亦間有混襟，如《大雅》“其風肆好”，則雅兼言風矣。

《説文》無“讚”字，止作“贊”，與“相”誼同爲助。

【及遷《史》固《書》，託讚襃貶】《史記》止稱“太史公曰”，“讚”實始於《漢書》，所以助本文所未了者。《禮記》“《贊大行》”，①亦助之誼也。

【仲洽】即摯虞。

頌有襃無貶，讚則兼有之。

祝盟第十

祝即後世之“呪”。

【祝幣史辭】當作“視幣更辭”。

【“然則策本書贈”至“因周之祝文也”八句】失當。

銘箴第十一

【夫箴誦於官（述己之官守，所以戒其主也），銘題於器】是也。銘、碑、頌三者實同。漢碑多有稱“頌”、稱“銘”者，唯銘、碑必題於器，頌則可不必也。

【若乃飛廉有石槨之錫，靈公有蒿里之謚，銘發幽石】始者偶然得之，後乃

---

① 整理者按，《禮記・雜記下》：“《贊大行》曰：‘圭，公九寸，侯伯七寸，……’”鄭玄注：“《贊大行》者，書説大行人之禮者名也。”孔穎達疏：“贊，明也。大行，謂《周禮》有《大行人》篇，掌諸侯五等之禮。舊作記之前，有人説書贊明大行人之事，謂之贊大行。今亦作記者，引此舊書，故云‘《贊大行》曰’，曰，發語端也。”

人爲,即後世神道碑之起原。

誄碑第十二

誄與碑實異,如秦世所勒之碑,概稱揚己之功德。

【序事如傳】爲誄之正體,古言誄,今言行狀,唯有韻與無韻之別耳。

【其序則傳,其文則銘】碑,據彦和所言,正與後世之家傳相似,唯碑則兼稱揚,有異於家傳耳。

【"若夫殷臣誄湯"至"蓋詩人之則也"六句】皆頌體,非誄也。

古者樹碑於中庭,此言"樹之兩楹"者,難解。

【夫碑實銘器,銘實碑文】是也。

哀弔第十三

《禮記》:"知生者弔,知死者傷。"鄭云:"傷者,傷辭。"①即此言哀辭也。弔則如秦穆公使人弔公子重耳;宋大水,公使弔焉,皆弔生者。

【華過韻緩,則化而爲賦】故賈生弔屈原,相如弔二世,皆賦也;揚雄弔屈原,即《反離騷》,亦賦也。陸機之弔魏武,間涉譏諫,則弔之別體也。

雜文第十四

連珠,乃純然駢文。

諧隱第十五

《漢書·藝文志·詩賦略》載《隱書》十八篇,可知諧隱即詩賦之一種,爲有韻之文。即《東方朔傳》所載,亦有韻,故不當列諸《雜文》後。

史傳第十六

彦和以史傳列諸文,是也。昭明以爲非文,誤矣。

【言經則《尚書》,事經則《春秋》】言、事二者,實難分,如《尚書》,則間有記事,《國語》則間有記言。

傳,即專,即六寸籤,所以記事者也,即《孟子》"於傳有之"之傳。《史記》"列傳",傳之正體也,若《左傳》《毛詩故訓傳》,皆注疏類,傳之變體也。

史遷《史記》,體例皆有所本。《漢書·張騫傳》贊曰:"《禹本紀》言:'河出

---

① 　整理者按,《禮記·曲禮上》:"知生者弔,知死者傷。知生而不知死,弔而不傷;知死而不知生,傷而不弔。"鄭玄注:"人恩各施於所知也。弔、傷,皆謂致命辭也。《雜記》曰,諸侯使人弔,辭曰:'寡君聞君之喪,寡君使某,如何不淑?'此施於生者,傷辭未聞也。説者有弔辭云:'皇天降灾,子遭罹之,如何不淑?'此施於死者,蓋本傷辭。辭畢,退,皆哭。"

昆侖。’”是史遷以前已有本紀。世家，即《世本》之遺規，唯表則爲其創體，但與譜似，恐即譜之變耳。

【而氏族難明】《左傳》《世本》，皆左邱明所作。《左傳》詳事實，《世本》載氏族，故於《左傳》不再出氏族，《史記》則合《左傳》《世本》而一之。

秉當世之大政者，皆得有本紀，故項羽、呂后皆列《本紀》。彦和所言，頗涉正統、閏統之見。

【荀況稱“録遠略近”】當作“録近略遠”。

作史以表、志爲最難。彦和於史學頗疎，故止能論紀、傳，不能評表、志，蓋彦和亦一“文勝質”之人。

諸子第十七

【録爲《鬻子》】彦和所見《鬻子》，已係僞書，唯賈生所引當尚真。

【入道見志之書】是子書者，凡發表個人意見者，皆得稱之，若《論語》《孝經》，亦子書類也。後人尊孔過甚，乃妄入經類。

【而煙燎之毒，不及諸子】王充《論衡》亦言之，其實非也。何者？經書多言禮制，歷史爲不可移易之物，若子書則各有是非，議論易涉縱橫，爲害尤巨。既禁經書，斷無不禁子書之理。其所以不殘缺者，亦有故。蓋子書爲當時人書，訓詁易解，而信奉其説者易於記憶故也。

【雖標論名，歸乎諸子】古人云“論”，皆成書，非如後世之單篇論説。

論説第十八

【魏之初霸，術兼名法】《隋書·經籍志》所列名家，皆臧否人物，與先秦名家有異。

論説以明晰事理爲貴，故文字不厭其繁。彦和務簡之説，非也。

論説以釋例、議禮爲最難（指駢文言）。釋例，若輔嗣之《易略例》，則得矣；議禮，若魏晉間議喪服諸文，雖以汪中之能文，亦不能爲其後世也。

【羞學章句】古人每言“不爲章句，通訓詁而已”。①

章句之存於今者，唯趙岐《孟子章句》，每章有章旨，殊無要誼，故人羞學之。

（稿終）

———————————

① 整理者按，《漢書·揚雄傳》：“揚雄少而好學，不爲章句，訓詁通而已。”顔師古注：“詁，謂指義也。”《東觀漢記·班固列傳》：“（固）學無常師，不爲章句，舉大義而已。”

主要引用及參考文獻

甲、本書校證所徵引者

(一)《文心雕龍》類

李詳《文心雕龍補註》，中原書局，一九二六年版。原題《文心雕龍黃註補正》，刊於《國粹學報》一九〇九年第五七期第八號、第五八期第九號、第六一期第十二號、第六二期第十三號，一九一一年第七九期第五號。簡稱“李詳《補註》”。

章太炎《文心雕龍劄記（甲種本）》，章氏一九〇九年於日本東京講授《文心雕龍》，錢玄同筆記。今藏上海圖書館。簡稱“章氏《劄記》甲種”。

章太炎《文心雕龍劄記（乙種本）》，章氏一九〇九年於日本東京講授《文心雕龍》，錢玄同筆記。今藏上海圖書館。簡稱“章氏《劄記》乙種”。

范文瀾《文心雕龍講疏》，新懋印書局，一九二五年版。

趙萬里《唐寫本文心雕龍殘卷校記》，《清華學報》，一九二六年六月第三卷第一期。簡稱“趙氏《校記》”。

（日）鈴木虎雄《燉煌本文心雕龍校勘記》，收入《內藤博士還歷祝賀支那學論叢》，一九二六年版。簡稱“鈴木《燉煌本校勘記》”。

黃侃《文心雕龍札記》，北平文化學社，一九二七年版；中華書局，一九六二年初版，二〇〇六年重排版；文史哲出版社，一九七三年版。簡稱“黃氏《札記》”。

鈴木虎雄《黃叔琳本文心雕龍校勘記》，《支那學研究》，一九二九年第一卷。簡稱“鈴木《黃本校勘記》”。

葉長青《文心雕龍雜記》，葉氏自印本，福州職業中學印刷，一九三三年版。

楊明照《文心雕龍拾遺》，稿本，一九三四年，寫於重慶大學。見《余心有寄：楊明照先生未刊稿論著遺編》，四川大學出版社，二〇一九年版。

范文瀾《文心雕龍注》，人民文學出版社，一九五八年重排版。簡稱"范氏《注》"。

一九三六年章錫琛據涵芬樓影印日本帝室圖書寮京都東福寺東京岩崎氏靜嘉堂文庫藏宋刊本《太平御覽》所作之《校記》，附范《注》書後。簡稱"章錫琛《御覽校記》"。

劉永濟《文心雕龍校字記》，《學箋》第一卷第一期，一九三七年。

潘重規《讀文心雕龍札記》，《制言》，一九三九年第四九期。又文史哲出版社一九七三年版黃侃《文心雕龍札記》後附潘氏《讀文心雕龍札記》（修訂本）。簡稱"潘氏《札記》"。

徐復《文心雕龍正字》，《斯文》，一九四一年第二卷第一、二期。簡稱"徐氏《正字》"。

顏虛心《文心雕龍集注》，《國文月刊》，一九四三年第十二期，一九四四年第二六期、二七期，一九四五年第三三、三四期。簡稱"顏氏《集注》"。

金毓黻《文心雕龍史傳篇疏證》，《中國學報》，一九四三年第一卷第二期，一九四四年第一卷第三期。簡稱"金氏《疏證》"。

徐復《文心雕龍刊誤》，《中國文學》，一九四五年第一卷第五期。簡稱"徐氏《刊誤》"。

徐復《文心雕龍校記》，作於一九四八年，收入《徐復語言文字學叢稿》，江蘇古籍出版社，一九九〇年版。簡稱"徐氏《校記》"。

劉永濟《文心雕龍校釋》，正中書局，一九四八年版；中華書局，一九六二年、二〇一〇年版。簡稱"劉氏《校釋》"。

（日）橋川時雄《文心雕龍校讀》，打印本，僅有前五篇，詹鍈《文心雕龍義證》徵引。簡稱"詹氏引橋川《校讀》"。

（日）户田浩曉《黃叔琳本文心雕龍校勘記補》，《支那學研究》第七號，一九五一年。收入户田浩曉《文心雕龍研究》，曹旭譯，上海古籍出版社，一九九二年版。簡稱"户田《校勘記補》"。

（日）斯波六郎《文心雕龍范注補正》，廣島大學文學部中國文學研究室，一九五二年。收入黃錦鋐《文心雕龍論文集》，學海出版社，一九七九年版。簡稱"斯波《補正》"。

（日）户田浩曉《文心雕龍何義門校宋本考》，《支那學研究》特輯第十一號，一九五四年。收入户田浩曉《文心雕龍研究》，曹旭譯，上海古籍出版社，一九九二年版。簡稱"户田《宋本考》"。

楊明照《文心雕龍校注》，中華書局（上海編輯所），一九五九年版。簡稱"楊氏《校注》初版"。

郭晉稀《文心雕龍譯注十八篇》，甘肅人民出版社，一九六三年版。

張立齋《文心雕龍注訂》，正中書局，一九六七年版。簡稱"張氏《注訂》"。

户田浩曉《作爲校勘資料的〈文心雕龍〉燉煌本》，《正立大學教養部紀要》第二號，一九六八年。收入户田浩曉《文心雕龍研究》，曹旭譯，上海古籍出版社，一九九二年版。簡稱"户田《燉煌本》"。

潘重規《唐寫文心雕龍殘本合校》，新亞研究所，一九七〇年版。簡稱"潘氏《合校》"。

饒宗頤等《文心雕龍集釋稿》，收入《文心雕龍研究專號》，明倫出版社，一九七一年版。簡稱"饒氏《集釋稿》"。

張立齋《文心雕龍考異》，正中書局，一九七四年版。簡稱"張氏《考異》"。

王叔岷《文心雕龍綴補》，台灣藝文印書館，一九七五年版。簡稱"王氏《綴補》"。

潘重規《講壇一得》，中國文化學院《創新周刊》第二一三期，一九七七年四月四日。

王更生《文心雕龍范注駁正》，華正書局，一九七九年版。簡稱"王氏《駁正》"。

王利器《文心雕龍校證》，上海古籍出版社，一九八〇年版。簡稱"王氏《校證》"。

周振甫《文心雕龍注釋》，人民文學出版社，一九八一年版；里仁書局，一九八四年版。簡稱"周氏《注釋》"。

陸侃如、牟世金《文心雕龍譯注》，齊魯書社，一九八一年版。簡稱"牟氏《譯注》"。

李曰剛《文心雕龍斠詮》，國立編譯館中華叢書編審委員會，一九八二年版。簡稱"李氏《斠詮》"。

郭晉稀《文心雕龍注譯》，甘肅人民出版社，一九八二年版。簡稱"郭氏《注譯》"。

趙仲邑《文心雕龍譯注》，灕江出版社，一九八二年版。簡稱"趙氏《譯注》"。

周振甫《文心雕龍今譯》，中華書局，一九八六年版。

馮春田《文心雕龍釋義》，山東教育出版社，一九八六年版。

王禮卿《文心雕龍通解》，黎明文化出版社，一九八六年版。

詹鍈《文心雕龍義證》，上海古籍出版社，一九八九年版。簡稱"詹氏《義證》"。

李蓁非《文心雕龍釋譯》，江西人民出版社，一九九三年版。簡稱"李氏《釋譯》"。

陳拱《文心雕龍本義》，台灣商務印書館，一九九九年版。簡稱"陳氏《本義》"。

楊明照《增訂文心雕龍校注》，中華書局，二〇〇〇年版。簡稱"楊氏《校注》"。

周紹恒《文心雕龍散論及其他》（增訂本），學苑出版社，二〇〇四年版。

楊明照《文心雕龍校注拾遺補正》，江蘇古籍出版社，二〇〇一年版。簡稱"楊氏《補正》"。

吳林伯《文心雕龍義疏》，武漢大學出版社，二〇〇二年版。

王更生《文心雕龍讀本》，文史哲出版社，二〇〇四年版。簡稱"王氏《讀本》"。

林其錟、陳鳳金《增訂文心雕龍集校合編》，華東師範大學，二〇一一年版。簡稱"林氏《集校》"。

龔師鵬程《文心雕龍講記》，廣西師範大學出版社，二〇二一年版。

（二）其他古文獻類(略依四部排列)

(唐)孔穎達《周易注疏》，嘉慶二十年南昌府學重刊宋本十三經注疏本。

(魏)王弼注《周易》，四部叢刊景宋本。

(舊題周)卜子夏《子夏易傳》，清通志堂經解本。

(漢)焦延壽《易林》，士禮居叢書景刻陸校宋本。

《易緯乾元序制記》，清武英殿聚珍版叢書本。

(唐)吕巖《吕子易說》，清乾隆曾燠刻本。

(宋)陳摶《河洛真數》，明萬曆刻本。

（宋）雷思齊《易圖通變》，清文淵閣四庫全書本。

（北周）衛元嵩《元包經傳》，明刻本。

（唐）孔穎達《尚書注疏》，嘉慶二十年南昌府學重刊宋本十三經注疏本。

（唐）孔穎達《禮記注疏》，嘉慶二十年南昌府學重刊宋本十三經注疏本。

（漢）戴德《大戴禮記》，四部叢刊景明袁氏嘉趣堂本。

（清）王聘珍《大戴禮記解詁》，清咸豐元年王氏刻本。

（北周）盧辯《大戴禮記注》，清文淵閣四庫全書本。

（唐）賈公彥《周禮注疏》，嘉慶二十年南昌府學重刊宋本十三經注疏本。

（清）方苞《周官集注》，清文淵閣四庫全書本。

（唐）孔穎達《毛詩注疏》，嘉慶二十年南昌府學重刊宋本十三經注疏本。

（宋）朱熹《詩本義》，四部叢刊三編景宋本。

（宋）朱熹《詩序辨説》，明崇禎刻本。

（唐）孔穎達《春秋左傳正義》，清嘉慶二十年南昌府學重刊宋本十三經注疏本。

（唐）徐彦《春秋公羊傳注疏》，清乾隆武英殿刻本。

（晉）杜預《春秋釋例》，清武英殿聚珍版叢書本。

（明）倪復《鍾律通考》，清文淵閣四庫全書本。

（宋）邢昺《論語注疏》，嘉慶二十年南昌府學重刊宋本十三經注疏本。

（梁）皇侃《論語義疏》，清知不足齋叢書本。

（清）劉寶楠《論語正義》，清同治刻本。

（周）《古文孝經》，知不足齋叢書本。

（漢）《孝經援神契》，嘉慶十四年刊趙在翰輯《七緯》。

（宋）高似孫《緯略》，嘉慶十五年刊本。

（宋）張文伯《九經疑難》，明祁氏澹生堂鈔本。

（清）朱彝尊《經義考》，清文淵閣四庫全書本。

（明）孫瑴《古微書》，清文淵閣四庫全書本。

（清）喬松年《緯攟》，清光緒三年強恕堂刻本。

（漢）劉熙《釋名》，四部叢刊景明翻宋書棚本。

（周）《國語》，士禮居叢書景宋本。

（漢）高誘《戰國策注》，士禮居叢書景宋本。

（周）晏嬰《晏子春秋》，四部叢刊景明活字本。

（漢）司馬遷《史記》，清乾隆武英殿刻本。

（漢）荀悅《漢紀》，四部叢刊景明嘉靖刻本。

（漢）班固《漢書》，清乾隆武英殿刻本。

（清）王先謙《漢書補注》，清光緒刻本。

（宋）王應麟《漢藝文志考證》，清文淵閣四庫全書本。

（漢）劉珍《東觀漢記》，清武英殿聚珍版叢書本。

（宋）范曄《後漢書》，百衲本景宋紹熙刻本。

（清）王先謙《後漢書集解》，民國王氏虛受堂刻本。

（晉）陳壽《三國志》，百衲本景宋紹熙刊本。

（晉）房喬等《晉書》，清乾隆武英殿刻本。

（晉）常璩《華陽國志》，四部叢刊景明鈔本。

（梁）沈約《宋書》，清乾隆武英殿刻本。

（梁）蕭子顯《南齊書》，清乾隆武英殿刻本。

（唐）姚思廉《梁書》，清乾隆武英殿刻本。

（北齊）魏收《魏書》，清乾隆武英殿刻本。

（唐）李延壽《北史》，清乾隆武英殿刻本。

（唐）李延壽《南史》，清乾隆武英殿刻本。

（唐）令狐德棻《周書》，清乾隆武英殿刻本。

（唐）魏徵《隋書》，清乾隆武英殿刻本。

（清）章宗源《隋書經籍志考證》，清光緒元年湖北崇文書局刻三十三種叢書本。

（後晉）劉昫《舊唐書》，清乾隆武英殿刻本。

（唐）許嵩《建康實錄》，清文淵閣四庫全書本。

（宋）司馬光《資治通鑑》，四部叢刊景宋刻本。

（明）沈朝陽《通鑑紀事本末前編》，明萬曆四十五年唐世濟刻本。

（明）嚴衍《資治通鑑補》，清光緒二年盛氏思補樓活字印本。

（宋）高似孫《史略》，古逸叢書景宋本。

（宋）羅泌《路史》，清文淵閣四庫全書本。

（清）馬驌《繹史》，清文淵閣四庫全書本。

（北魏）酈道元《水經注》，清武英殿聚珍版叢書本。

（唐）劉知幾《史通》，四部叢刊景明萬曆刊本。

（清）紀昀等《四庫全書總目提要》，清乾隆武英殿刻本。

（清）顧鎮《黃崑圃先生年譜》，幾輔叢書本。

（舊題周）列禦寇《列子》，四部叢刊景北宋本。

（漢）嚴遵《老子指歸》，正統道藏本。

（周）《文子》，明子彙本。

（周）墨翟《墨子》，明正統道藏本。

（周）管仲《管子》，四部叢刊景宋本。

（周）荀況《荀子》，清抱經堂叢書本。

（周）孟軻《孟子》，四部叢刊景宋大字本。

（唐）成玄英《南華真經注疏》，四部叢刊景明世德堂刊本。

（清）王先謙《莊子集解》，清宣統元年思賢書局刻本。

（周）商鞅《商子》，四部叢刊三編景明本。

（周）韓非《韓非子》，四部叢刊景清景宋鈔校本。

（戰國）呂不韋《呂氏春秋》，四部叢刊景明刊本。

（舊題漢）孔鮒《孔叢子》，四部叢刊景明翻宋本。

（漢）賈誼《新書》，四部叢刊景明正德十年吉藩本。

（漢）劉向《新序》，四部叢刊景明翻宋本。

（清）蘇輿《春秋繁露義證》，清宣統刊本。

（漢）劉安《淮南鴻烈解》，四部叢刊景鈔北宋本。

（漢）揚雄《揚子法言》，四部叢刊景宋本。

（漢）應劭《風俗通義》，明萬曆兩京遺編本。

（漢）班固《白虎通德論》，四部叢刊景元大德覆宋監本。

（漢）王充《論衡》，四部叢刊景通津草堂本。

（漢）王符《潛夫論》，四部叢刊景述古堂景宋鈔本。

（漢）荀悅《申鑒》，四部叢刊景明嘉靖本。

（漢）蔡邕《獨斷》，四部叢刊三編景明弘治本。

（漢）劉邵《人物志》，四部叢刊景明本。

（魏）徐幹《中論》，四部叢刊景明嘉靖本。

（魏）王肅注《孔子家語》，四部叢刊景明翻宋本。

（晉）葛洪《抱朴子》，四部叢刊景明本。

（梁）蕭繹《金樓子》，清知不足齋叢書本。

（北齊）顏之推《顏氏家訓》，四部叢刊景明本。

（唐）王冰《重廣補註黃帝內經素問》，四部叢刊景明翻北宋本。

（南朝宋）劉義慶《世說新語》，四部叢刊景明袁氏嘉趣堂本。

（隋）王通《中說》，四部叢刊景宋本。

（唐）馬總《意林》，清武英殿聚珍版叢書本。

（唐）張彥遠《法書要錄》，清文淵閣四庫全書本。

（唐）虞世南《北堂書鈔》，清光緒十四年萬卷堂刻本。

（唐）徐堅《初學記》，清光緒孔氏三十三萬卷堂本。

（唐）歐陽詢《藝文類聚》，文淵閣四庫全書本宋。

（宋）晏殊《晏元獻公類要》，浙江范氏天一閣藏本。

（宋）李昉等《太平御覽》，四部叢刊三編景宋本（日本帝室圖書寮京都東福寺東京岩崎氏靜嘉堂文庫藏本）。

又日本宮內廳藏宋慶元五年刻本。

明鈔南宋蜀本（國家圖書館藏）。

明萬曆周堂銅活字本。

明萬曆倪炳刻本。

清乾隆《四庫全書》本。

清嘉慶十一年汪昌序活字本。

清嘉慶十四年張海鵬刻本。

清嘉慶十七年鮑崇城刻本。

日本喜多邨直寬活字本。

（宋）王應麟《玉海》，清光緒九年浙江書局刊本。

又元至元六年慶元路儒學刊本。

（宋）王應麟《困學紀聞》，四部叢刊三編景元本。

（宋）高承《事物紀原》，明弘治十八年魏氏仁實堂重刻正統本。

（宋）祝穆《事文類聚》，清文淵閣四庫全書本。

（宋）潘自牧《記纂淵海》，清文淵閣四庫全書本。

(宋)陳應行《吟窗雜録》,明嘉靖二十七年崇文書堂刻本。

(宋)洪邁《容齋四筆》,清修明崇禎馬元調刻本。

(元)《羣書通要》,清嘉慶宛委別藏本。

(明)廖道南《楚紀》,明嘉靖二十五年何城李桂刻本。

(明)王三聘《事物考》,明嘉靖四十二年刻本。

(明)唐順之《荆川稗編》,明萬曆九年刻本。

(明)周子文《藝藪談宗》,明刻本。

(明)郭子章《六語》,明萬曆刻本。

(明)陳耀文《天中記》,清文淵閣四庫全書本。

(明)無名氏《翰苑新書》,明陳文燭序,明萬曆十九年刊本。

(明)徐元太《喻林》,清文淵閣四庫全書本。

(明)董斯張《廣博物志》,清文淵閣四庫全書本。

(明)李之藻《頖宮禮樂疏》,清文淵閣四庫全書本。

(明)郎瑛《七修類稿》,明刻本。

(明)沈堯中《沈氏學弢》,明萬曆刻本。

(明)彭大翼《山堂肆考》,清文淵閣四庫全書本。

(明)田藝蘅《留青日札》,明萬曆重刻本。

(明)馮琦《經濟類編》,清文淵閣四庫全書本。

(明)魯重民編《經史子集合纂類語》,明崇禎十七年刊本。

(明)顧炎武《日知録》,清乾隆刻本。

(清)方以智《通雅》,清文淵閣四庫全書本。

(清)宮夢仁《讀書紀數略》,清文淵閣四庫全書本。

(清)黃中松《詩疑辨證》,清文淵閣四庫全書本。

(清)張英《淵鑒類函》,清文淵閣四庫全書本。

(清)金埴《不下帶編》,清稿本。

(清)孫詒讓《札迻》,清光緒二十年籀廎刻,二十一年正修本。

(民國)李詳《媿生叢録》,江寧刊本。

(梁)釋僧祐《出三藏記集》,大正新修大藏經本。

(梁)釋僧祐《弘明集》,四部叢刊景明本。

(唐)釋道宣《廣弘明集》,四部叢刊景明本。

（梁）釋慧皎《高僧傳》，大正新修大藏經本。

（唐）釋道宣《續高僧傳》，大正新修大藏經本。

（隋）釋智顗《摩訶止觀》，大正新修大藏經本。

（元）釋文才《肇論新疏》，大正新修大藏經本。

（漢）劉向《列仙傳》，明正統道藏本。

（漢）《太平經》，明正統道藏本。

（南朝）《洞玄靈寶自然九天生神章經序説》，明正統道藏本。

（南朝宋）《度人上品妙經》，明正統道藏本。

（北魏）寇謙之《老君音誦誡經》，明正統道藏本。

（梁）陶弘景《真誥》，明正統道藏本。

（梁）陶弘景《華陽陶隱居集》，明正統道藏本。

（南北朝）《赤松子章曆》，明正統道藏本。

（南北朝）《三洞奉道科戒》，明正統道藏本。

（唐）賈嵩《華陽陶隱居内傳》，民國景印明正統本。

（唐）孟安排《道教義樞》，明正統道藏本。

（宋）張君房《雲笈七籤》，明正統道藏本。

（宋）洪興祖《楚辭補注》，四部叢刊景明翻宋本。

（明）陳第《屈宋古音義》，清文淵閣四庫全書本。

（漢）《諸葛武侯文集》，清正誼堂全書本。

（魏）曹植《曹子建集》，四部叢刊景明活字本。

（魏）嵇康《嵇中散集》，四部叢刊景明嘉靖本。

（晉）陸機《陸士衡文集》，清嘉慶宛委別藏本。

（晉）陸雲《陸士龍集》，四部叢刊景明正德翻宋本。

（梁）鍾嶸《詩品》，明夷門廣牘本。

（梁）江淹《江文通集》，四部叢刊景明翻宋本。

（梁）蕭統《六臣注文選》，四部叢刊景宋本。

（梁）蕭統《文選》，胡刻本。

（梁）徐陵《徐孝穆集》，四部叢刊景明屠隆本。

（梁）庾信《庾子山集》，四部叢刊景明屠隆本。

（清）吳兆宜《玉臺新咏箋注》，清乾隆三十九年刻本。

（宋）魏仲舉編《五百家注昌黎文集》，清文淵閣四庫全書本。

（日）遍照金剛《文鏡秘府論》，日本東方文化叢書影印本。

（新羅）崔致遠《無染和尚碑銘》，見《孤雲先生文集》卷二。《崔致遠全集》，上海古籍出版社，二〇一八年版。

（新羅）崔致遠《唐大薦福寺故寺主翻經大德法藏和尚傳》，見《孤雲先生續集》。《崔致遠全集》，上海古籍出版社，二〇一八年版。

（宋）李昉等《文苑英華》，明刻本。

（宋）程顥、程頤《二程外書》，明弘治陳宣刻本。

（宋）包拯《包孝肅奏議》，清文淵閣四庫全書本。

（宋）李覯《直講李先生文集》，四部叢刊景明成化本。

（宋）吕祖謙《東萊集》，民國續金華叢書本。

（宋）《宋文選》，清文淵閣四庫全書本。

（宋）孔延之《會稽掇英總集》，文淵閣四庫全書本。

（宋）郭茂倩《樂府詩集》，四部叢刊景汲古閣本。

（宋）計有功《唐詩紀事》，四部叢刊景明嘉靖本。

（宋）李綱《梁溪集》，清文淵閣四庫全書本。

（宋）陳造《江湖長翁集》，明萬曆刻本。

（宋）戴栩《浣川集》，民國敬鄉樓叢書本。

（宋）韓淲《澗泉集》，清文淵閣四庫全書本。

（元）辛文房《唐才子傳》，清佚存叢書本。

（元）潘昂霄《蒼崖先生金石例》，明刊本。

（明）唐之淳《文斷》，明成化十六年刊本。

（明）張時徹《芝園集》，明嘉靖刻本。

（明）徐師曾《文章辨體》，明萬曆三年刊本。

（明）馮惟訥《古詩紀》，清文淵閣四庫全書本。

（明）梅鼎祚《古樂苑》，明萬曆刻本。

（明）梅鼎祚《皇霸文紀》，清文淵閣四庫全書本。

（明）梅鼎祚《梁文紀》，清文淵閣四庫全書補配清文津閣四庫全書本。

（明）朱珪《名蹟録》，清文淵閣四庫全書本。

（明）王世貞《弇州四部稿》，明萬曆刻本。

（明）焦竑《焦氏澹園集》，明萬曆三十四年刻本。

（明）顧璘《顧璘詩文全集》，清文淵閣四庫全書補配清文津閣四庫全書本。

（明）焦竑《國史經籍志》，明徐象橒刻本。

（明）黃鳳翔《田亭草》，明萬曆四十年刻本。

（明）陳繼儒《陳眉公集》，明萬曆四十三年刻本。

（明）賀復徵《文章辨體彙選》，清文淵閣四庫全書補配清文津閣四庫全書本。

（明）王志堅《四六法海》，明天啓七年刊本。

（明）王志慶《古儷府》，清文淵閣四庫全書本。

（明）朱荃宰《文通》，明天啓刻本。

（明）許清胤、顧在觀編《漢魏六朝正史文選》，明崇禎八年刊本。

（明）許學夷《詩源辯體》，明崇禎十五年陳所學刻本。

（明）程敏政《明文衡》，四部叢刊景明本。

（清）劉毓崧《通義堂文集》，民國求恕齋叢書本。

（清）史念祖《俞俞齋文稿》，清光緒雲南刊本。

（清）費經虞《雅倫》，清康熙四十九年刻本。

（清）浦銑《歷代賦話》，清乾隆五十三年刻本。

（清）浦銑《復小齋賦話》，清乾隆五十三年刻本。

（清）陳元龍《歷代賦彙》，清文淵閣四庫全書本。

（清）孫梅《四六叢話》，清嘉慶三年吳興舊言堂刻本。

（清）許印芳《詩法萃編》，一九一九年《雲南叢書》本。

乙、本書撰寫所參考者

（一）《文心雕龍》類（依成書、出版先後排列）

劉咸炘《文心雕龍闡說》，成書於一九一七年至一九二○年。見《推十書》（增補全本），上海科學技術文獻出版社，二○○九年版。

范文瀾《文心雕龍注》，北平文化學社，一九三一年版。

莊適《文心雕龍選注》，商務印書館，一九三三年版。

杜天縻《廣注文心雕龍》，世界書局，一九三五年版。

錢基博《文心雕龍校讀記》，無錫國學專修學校，一九三五年版。

范文瀾《文心雕龍注》，開明書店，一九三六年版。

楊明照《范文瀾文心雕龍注舉正》，燕京大學《文學年報》一九三七年第三期。

楊明照《〈文心雕龍注〉書評》，《燕京學報》一九三八年第二四期。

李景溁《文心雕龍新解》，翰林出版社，一九六八年版。

張嚴《文心雕龍通識》，台灣商務印書館，一九六九年版。

王理器（按，當作王利器）《文心雕龍新書》，宏業書局，一九七○年版。

彭慶環《文心雕龍釋義》，華星出版社，一九七○年版。

李中成《文心雕龍析論》，大聖書局出版社，一九七二年版。

張嚴《文心雕龍文術論詮》，臺灣商務印書館，一九七三年版。

（美）施友忠英譯《文心雕龍》，臺灣中華書局，一九七五年版。

黃錦鋐等《語譯詳注文心雕龍》，弘道文化事業有限公司，一九七六年版。

沈謙《文心雕龍批評論發微》，聯經出版事業公司，一九七七年版。

黃春貴《文心雕龍之創作論》，文史哲出版社，一九七八年版。

王更生《文心雕龍范注駁正》，華正書局，一九七九年版。

王更生《重修增訂文心雕龍研究》，文史哲出版社，一九七九年版。

黃錦鋐《文心雕龍論文集》，學海出版社，一九八○年版。

王金凌《文心雕龍文論術語析論》，華正書局，一九八一年版。

楊明照《文心雕龍校注拾遺》，中華書局，一九八二年版。

張長青、張會恩《文心雕龍詮釋》，湖南人民出版社，一九八二年版。

王夢鷗《文心雕龍：古典文學的奧秘》，時報文化出版社，一九八二年版。

王元化《日本研究文心雕龍論文集》，齊魯書社，一九八三年版。

姜書閣《文心雕龍繹旨》，齊魯書社，一九八四年版。

向長青《文心雕龍淺釋》，吉林人民出版社，一九八四年版。

鍾子翱、黃安禎《劉勰論寫作之道》（含二十七篇譯注），長征出版社，一九八四年版。

張仁青《文心雕龍通詮》，明文書局，一九八五年版。

蔣祖怡《文心雕龍論叢》，上海古籍出版社，一九八五年版。

王運熙《文心雕龍探索》，上海古籍出版社，一九八六年版。

張師少康《文心雕龍新探》，齊魯書社，一九八七年版。

牟世金《劉勰年譜彙考》，巴蜀書社，一九八八年版。

王更生《重修增訂文心雕龍導讀》，華正書局，一九八八年版。

沈謙《文心雕龍之文學理論與批評》，華正書局，一九九〇年版。

馮春田《文心雕龍語詞通釋》，明天出版社，一九九〇年版。

王元化《文心雕龍講疏》，上海古籍出版社，一九九二年版。

户田浩曉《文心雕龍研究》，曹旭譯，上海古籍出版社，一九九二年版。

沈謙《文心雕龍與現代修辭學》，文史哲出版社，一九九二年版。

龍必琨《文心雕龍全譯》，貴州人民出版社，一九九二年版。

祖保泉《文心雕龍解説》，安徽教育出版社，一九九三年版。

于師維璋《劉勰文藝思想簡論》，山東大學出版社，一九九四年版。

吳林伯《文心雕龍字義疏證》，武漢大學出版社，一九九四年版。

羅立乾《新譯文心雕龍》，三民書局，一九九四年版。

牟世金《文心雕龍研究》，人民文學出版社，一九九五年版。

楊明照主編《文心雕龍學綜覽》，上海書店出版社，一九九五年版。

涂光社《雕龍遷想》，遼寧大學出版社，一九九五年版。

周振甫主編《文心雕龍辭典》，中華書局，一九九六年版。

華仲麐《文心雕龍要義申説》，學生書局，一九九八年版。

王運熙、周鋒《文心雕龍譯注》，上海古籍出版社，一九九八年版。

李平《文心雕龍綜論》，中國文聯出版社，一九九九年版。

馮春田《文心雕龍闡釋》，齊魯書社，二〇〇〇年版。

張師少康、汪師春泓、陳允鋒、陶禮天《文心雕龍研究史》，北京大學出版社，二〇〇一年版。

劉漢《台灣近五十年來文心雕龍學研究》，萬卷樓圖書有限公司，二〇〇一年版。

楊明《劉勰評傳》，南京大學出版社，二〇〇一年版。

韓泉欣校注《文心雕龍》，浙江古籍出版社，二〇〇一年版。

汪師春泓《文心雕龍的傳播和影響》，學苑出版社，二〇〇二年版。

穆克宏《文心雕龍研究》，鷺江出版社，二〇〇二年版。

黄霖《文心雕龍彙評》，上海古籍出版社，二〇〇五年版。

戚良德《文心雕龍學分類索引》，上海古籍出版社，二〇〇五年版。

戚良德《文論巨典：文心雕龍與中國文化》，河南大學出版社，二〇〇五年版。

羅宗强《讀文心雕龍手記》，三聯書店，二〇〇七年版。

楊明《文心雕龍精讀》，復旦大學出版社，二〇〇七年版。

賴欣陽《"作者"觀念之探索與建構：以〈文心雕龍〉爲中心的研究》，學生書局，二〇〇七年版。

楊明照《楊明照論文心雕龍》，上海科學技術文獻出版社，二〇〇八年版。

戚良德《文心雕龍校注通譯》，上海古籍出版社，二〇〇八年版。

李建中《文心雕龍講演録》，廣西師範大學，二〇〇八年版。

徐正英、羅家湘譯註《文心雕龍》，中州古籍出版社，二〇〇八年版。

李明高《文心雕龍譯讀》，齊魯書社，二〇〇九年版。

耿素麗、黄伶選編《文心雕龍學》（民國期刊資料分類彙編），國家圖書館出版社，二〇一〇年版。

鄧國光《文心雕龍文理研究》，上海古籍出版社，二〇一二年版。

王志彬譯注《文心雕龍》，中華書局，二〇一二年版。

姚愛斌《〈文心雕龍〉詩學範式研究》，湖南人民出版社，二〇一二年版。

陳允鋒《〈文心雕龍〉疑思録》，中央民族大學出版社，二〇一三年版。

張師少康《〈文心雕龍新注〉選》，見張健師、郭鵬《古代文論的現代詮釋》，北京大學出版社，二〇一五年版。

周勛初《文心雕龍解析》，鳳凰出版社，二〇一五年版。

張國慶、涂光社《文心雕龍集校集釋直譯》，中國社會科學出版社，二〇一五年版。

周興陸《文心雕龍精讀》，北京大學出版社，二〇一五年版。

黄維樑《文心雕龍：體系與應用》，文思出版社，二〇一六年版。

游志誠《文心雕龍五十篇細讀》，文津出版社，二〇一七年版。

陳書良《文心雕龍直讀》，作家出版社，二〇一七年版。

涂光社《〈文心雕龍〉範疇考論》，中國書籍出版社，二〇一九年版。

李平《范文瀾〈文心雕龍注〉研究》，中華書局，二〇二一年版。

李平《范文瀾〈文心雕龍注〉版本研究》，光明日報出版社，二〇二一年版。

李飛《〈文心雕龍注〉舊注辨證》，人民出版社，二〇二二年版。

（二）易　學　類

王弼《周易注》，文淵閣四庫全書本；又樓宇烈校釋，中華書局，一九八〇年版。

王弼《周易略例》，刑璹注，四部叢刊本。

陸德明《周易釋文》，通志堂經解本。又黃焯《經典釋文彙校》本。

《周易注疏》，王弼注，孔穎達疏，宋兩浙東路茶鹽司刻，日本足利學校遺跡圖書館藏。

《周易注疏》，王弼注，陸德明音義，孔穎達疏，清武英殿本。

《周易正義》，王弼注，孔穎達正義，阮刻十三經注疏本。又盧光明、李申整理本，北京大學出版社，二〇〇〇年版。

李鼎祚《周易集解》，嘉靖三十六年聚樂堂本；又王豐先點校，中華書局，二〇一六年版。

程頤《周易程氏傳》，文淵閣四庫全書本。

項安世《周易玩辭》，文淵閣四庫全書本。

朱震《漢上易傳》，文淵閣四庫全書本；又种方點校，中華書局，二〇二〇年版。

朱熹《周易本義》，宋咸淳元年吳革刻本；又文淵閣四庫全書本。

趙汝楳《周易輯聞》，文淵閣四庫全書本。

俞琰《周易集說》，文淵閣四庫全書本。

吳澄《易纂言》，通志堂經解本。

胡炳文《周易本義通釋》，通志堂經解本。

來知德《易經來註圖解》，康熙十六年朝爽堂刻本；又王豐先點校《周易集注》，中華書局，二〇一九年版。

唐鶴徵《周易象義》，萬曆三十五年純白齋刊本。

黃宗羲《周易象數論》，中華書局，二〇一〇年版。

胡渭《易圖明辨》，中華書局，二〇〇八年版。

李光地等《御纂周易折中》，文淵閣四庫全書本；又劉大鈞點校，巴蜀書社，一九八八年版。

　　紀大奎《雙桂堂易説二種》（《易問》《觀易外編》），嘉慶十三年刻本。

　　胡煦《周易函書》，文淵閣四庫全書本；又程林點校，中華書局，二〇〇八年版。

　　茹敦和《周易證籤》，續修四庫全書本。

　　茹敦和《周易二閭記》，續修四庫全書本。

　　茹敦和《重訂周易小義》，續修四庫全書本。

　　茹敦和《周易象考》，續修四庫全書本。

　　張惠言《周易虞氏義》，續修四庫全書本。

　　焦循《易章句》，皇清經解本；又陳居淵點校《雕菰樓易學》本，北京大學出版社，二〇一二年版。

　　焦循《易通釋》，皇清經解本；又陳居淵點校《雕菰樓易學》本，北京大學出版社，二〇一二年版。

　　惠棟《周易述》，中華書局，二〇〇七年版。

　　惠棟《易漢學》，叢書集成初編本。

　　端木國瑚《周易指》，道光刻本，《四庫未收書輯刊》影印本，北京出版社，二〇〇〇年版。

　　朱駿聲《六十四卦經解》，中華書局，一九五八年版。

　　李道平《周易集解纂疏》，光緒十七年三餘草堂刻本；又潘雨廷點校，中華書局，一九九四年版。

　　丁壽昌《讀易會通》，商務印書館，一九三五年版。

　　張步騫《易解經傳證》，同治十年養靜齋刻本。

　　彭申甫《易經解注傳義辯正》，光緒十二年刊本。

　　沈紹勳《周易易解》，續修四庫全書本。

　　曹元弼《周易學》，民國十五年刊本。

　　曹元弼《周易鄭氏注箋釋》，民國十五年刊本。

　　曹元弼《周易集解補釋》，民國十六年刊本。

　　杭辛齋《學易筆談》（附《易楔》《愚一録易説訂》《沈氏改正揲蓍法》《易數偶得》《讀易雜識》），天津市古籍書店影印，一九八八年版。

　　黃元炳《周易探原經傳解》，集文書局，二〇〇一年版。

尚秉和《周易尚氏學》，中華書局，一九八〇年版。

馬振彪《周易學説》，花城出版社，二〇〇二年版。

高亨《周易大傳今注》，齊魯書社，一九七九年版。

李鏡池《周易探源》，中華書局，一九七八年版。

屈萬里《先秦漢魏易例述評》，學生書局，一九八五年版。

徐芹庭《漢易闡微》，中國書店，二〇一〇年版。

丁四新《楚竹書與漢帛書周易校注》，上海古籍出版社，二〇一一年版。

牟宗三《周易哲學演講録》，華東師範大學出版社，二〇〇四年版。

李懷民《大易哲學論》，成文出版社，一九七八年版。

龔師鵬程《孔穎達〈周易正義〉研究》，花木蘭文化出版社，二〇〇八年版。

尚秉和《易説評議》，見《尚氏易學存稿校理》，中國大百科全書出版社，二〇〇五年版。

吳承仕《檢齋讀易提要》，見《尚氏易學存稿校理》，中國大百科全書出版，社，二〇〇五年版。

黃壽祺《易學羣書平議》，見《尚氏易學存稿校理》，中國大百科全書出版社，二〇〇五年版。

朱伯崑《易學哲學史》（四卷），藍燈文化事業股份有限公司，一九九一年版。

徐芹庭《易學源流》，國立編譯館，一九八七年版。

李懷民《先秦易學史》，廣西師範大學出版社，二〇〇七年版。

李懷民《兩漢易學史》，廣西師範大學出版社，二〇〇七年版。

李懷民《宋元易學史》，廣西師範大學出版社，二〇〇七年版。

（三）緯　書　類

（日）安居香山、中村璋八輯《緯書集成》，河北人民出版社，一九九四年版。

孫瑴《古微書》，嘉慶二十一年對山問月樓刻本。

趙在翰《七緯》，鍾肇鵬等點校，中華書局，二〇一二年版。

林忠軍《易緯導讀》，齊魯書社，二〇〇二年版。

姜忠奎《緯史論微》，上海書店出版社，二〇〇五年版。

陳槃《古讖緯研討及其書録解題》，上海古籍出版社，二〇一〇年版。

呂凱《鄭玄之讖緯學》，臺灣商務印書館，一九八二年版。

鍾肇鵬《讖緯論略》，遼寧教育出版社，一九九一年版。

（日）安居香山《緯書與中國神秘思想》，田人隆譯，河北人民出版社，一九九一年版。

蕭登福《讖緯與道教》，文津出版社，二〇〇〇年版。

（四）禮　學　類

秦蕙田《五禮通考》，文淵閣四庫全書本；又王鍔等點校，中華書局，二〇二〇年版。

徐乾學《讀禮通考》，文淵閣四庫全書本。

曹元弼《禮經校釋》，光緒十八年刻本。

曹元弼《禮經學》，宣統元年刻本。

凌廷堪《禮經釋例》，嘉慶十四年揚州阮氏文選樓刻本。

黃以周《禮書通故》，中華書局，二〇〇七年版。

張錫恭《喪服鄭氏學》，上海書店出版社，二〇一七年版。

錢玄《三禮通論》，南京師範大學出版社，一九九六年版。

（五）經學及經學史類

武英殿《十三經注疏》，清乾隆四年（一七三九）刊刻。

阮元刻《十三經注疏》，清嘉慶二十一年（一八一六）刊刻。

皮錫瑞《經學通論》，中華書局，一九五四年版。

皮錫瑞《經學歷史》，中華書局，一九五五年版。

劉師培《經學教科書》，《劉申叔遺書》本；又陳居淵注，上海古籍出版社，二〇〇六年版。

（日）本田成之《中國經學史》，廣文書局，一九七九年版。

馬宗霍《中國經學史》，上海書店，一九八四年版。

（六）史　學　類

杜佑《通典》，中華書局，一九八八年版。

鄭樵《通志》，中華書局，一九八七年版。

鄭樵《通志二十略》，中華書局，一九九五年版。

閻鎮珩《六典通考》，江蘇廣陵古籍刻印社，一九九〇年版。

朱銘盤《南朝宋會要》，上海古籍出版社，一九八四年版。

朱銘盤《南朝齊會要》，上海古籍出版社，一九八四年版。

朱銘盤《南朝梁會要》，上海古籍出版社，一九八四年版。

顧炎武《日知錄集釋》，上海古籍出版社，一九八五年版。

錢大昕《廿二史考異（附《三史拾遺》）》，商務印書館，一九五八年版。

王樹民《廿二史劄記校證》，中華書局，一九八四年版。

唐長孺《魏晉南北朝史論叢》，三聯書店，一九五五年版。

唐長孺《魏晉南北朝史論叢續編》，三聯書店，一九五五年版。

呂思勉《兩晉南北朝史》，上海古籍出版社，一九八三年版。

王仲犖《魏晉南北朝史》，上海人民出版社，一九八〇年版。

祝總斌《材不材齋史學叢稿》，中華書局，二〇〇九年版。

（七）子　書　類

河上公《老子道德經河上公章句》，中華書局，一九九三年版。

嚴遵《老子指歸》，中華書局，一九九四年版。

饒宗頤《老子想爾注校證》，上海古籍出版社，一九九一年版。

王弼《老子道德經注》，黎庶昌刊刻《古逸叢書》本，光緒十年刊於日本東京。

樓宇烈《老子道德經注校釋》，在《王弼集校釋》中，中華書局，一九八〇年版。

成玄英《道德經義疏》，四部要籍注疏叢刊，《老子》上冊，中華書局，一九九八年版。

蘇轍《道德真經注》，華東師範大學出版社，二〇一〇年版。

范應元《老子道德經古本集註》，華東師範大學出版社，二〇一〇年版。

林希逸《老子鬳齋口義》，華東師範大學出版社，二〇一〇年版。

奚侗《老子集解》，在《老子註三種》中，黃山書社，一九九四年版。

馬其昶《老子故》，在《老子註三種》中，黃山書社，一九九四年版。

馬叙倫《老子校詁》，古籍出版社，一九五六年版。

陳柱《老子集訓》,商務印書館,一九二八年版。

蔣錫昌《老子校詁》,商務印書館,一九三七年版。

高亨《重訂老子正詁》,古籍出版社,一九五六年版。

朱謙之《老子校釋》,中華書局,一九八四年版。

陳鼓應《老子注譯及評介》,中華書局,一九八四年版。

郭慶藩《莊子集釋》,中華書局,一九六一年版。

王先謙《莊子集解》,中華書局,一九八七年版。

劉文典《莊子補正》,安徽大學出版社,一九九九年版。

陳鼓應《莊子今注今譯》,中華書局,一九八三年版。

楊柳橋《莊子譯詁》,上海古籍出版社,一九九一年版。

高明《帛書老子校注》,中華書局,一九九六年版。

（八）道　教　類

《道藏》(全三十六册),文物出版社、上海書店、天津古籍出版社,一九八八年版。

張繼禹主編《中華道藏》(全四十九册),華夏出版社,二〇〇四年版。

胡道靜主編《藏外道書》(全三十六册),巴蜀書社,一九九四年版。

任繼愈主編《道藏提要》,中國社會科學出版社,一九九一年版。

張君房編《雲笈七籤》,中華書局,二〇〇三年版。

宇文邕纂《無上秘要》,中華書局,二〇一六年版。

王明《太平經合校》,中華書局,一九六〇年版。

王明《抱朴子内篇校釋》,中華書局,一九八五年版。

王家葵《登真隱訣輯校》,中華書局,二〇一一年版。

陶弘景《真誥》,中華書局,二〇一一年版。

（日）吉川忠夫、麥谷邦夫《真誥校註》,朱越利譯,中國社會科學出版社,二〇〇六年版。

陳國符《道藏源流考》,中華書局,二〇一二年第二版。

陳國符《道藏源流續考》,明文書局,一九八三年版。

朱越利《道經總論》,遼寧教育出版社,一九九一年版。

劉屹《六朝道教古靈寶經的歷史學研究》,上海古籍出版社,二〇一八年版。

許地山《道教史》,商務印書館,一九三四年版。

傅勤家《中國道教史》,商務印書館,一九三七年版。

(日)小柳司氣太《道教概説》,商務印書館,一九三〇年版。

(日)窪德忠《道教史》,上海譯文出版社,一九八七年版。

(日)小林正美《六朝道教史研究》,李慶譯,四川人民出版社,二〇〇一年版。

(日)福井康順等監修《道教》(三卷),朱越利譯,上海古籍出版社,一九九〇年版。

任繼愈主編《中國道教史》,中國社會科學出版社,二〇〇一年版。

卿希泰、詹石窗主編《中國道教通史》,人民出版社,二〇一九年版。

王明《道家與道教思想研究》,中國社會科學出版社,一九八三年版。

湯一介《魏晉南北朝時期的道教》,陝西師範大學出版社,一九八八年版。

龔師鵬程《道教新論》,學生書局,一九九一年版。

龔師鵬程《道教新論》,北京大學出版社,二〇〇九年版。

葛兆光《道教與中國文化》,上海人民出版社,一九八七年版。

柳存仁《道教史探源》,北京大學出版社,二〇〇〇年版。

(德)馬克斯·韋伯《儒教與道教》,洪天富譯,江蘇人民出版社,二〇一〇年版。

(日)小林正美《中國的道教》,王皓月譯,齊魯書社,二〇一〇年版。

(九) 小 學 類

郝懿行《爾雅義疏》,上海古籍出版社,一九八三年版。

王先謙《釋名疏證補》,上海古籍出版社,一九八四年版。

段玉裁《説文解字注》,上海古籍出版社,一九八八年版。

朱駿聲《説文通訓定聲》,武漢市古籍書店,一九八三年版。

桂馥《説文解字義證》,齊魯書社,一九九七年版。

湯可敬《説文解字今釋》,嶽麓書社,一九九七年版。

王念孫《廣雅疏證》,江蘇古籍出版社,二〇〇〇年版。

顧野王《大廣益會玉篇》,中華書局,二〇〇四年版。

呂浩《篆隸萬象名義校釋》,學林出版社,二〇〇七年版。

黃焯《經典釋文彙校》,中華書局,二〇〇六年版。

《一切經音義三種校本合刊》(《玄應音義》《慧琳音義》《希麟音義》),上海古籍出版社,二〇〇八年版。

周祖謨《廣韻校本》,中華書局,一九八八年版。

丁度等《宋刻集韻》,中華書局,二〇〇五年版。

張自烈《正字通》,國際文化出版公司,一九九六年版。

阮元《經籍籑詁》,中華書局,一九八二年版。

王念孫《讀書雜志》,江蘇古籍出版社,二〇〇〇年版。

王引之《經義述聞》,江蘇古籍出版社,二〇〇〇年版。

王引之《經傳釋詞》,嶽麓書社,一九八五年版。

吳昌瑩《經詞衍釋》,中華書局,一九五六年版。

劉淇《助字辨略》,中華書局,二〇〇四年版。

孫詒讓《札迻》,齊魯書社,一九八九年版。

俞樾等《古書疑義舉例五種》,中華書局,二〇〇五年版。

裴學海《古書虛字集釋》,中華書局,一九五四年版。

楊樹達《詞詮》,中華書局,一九六五年版。

楊伯峻《古漢語虛詞》,中華書局,一九八一年版。

楊樹達《高等國文法》,商務印書館,一九五五年版。

黃侃《文字聲韻訓詁筆記》,上海古籍出版社,一九八三年版。

王力《漢語史稿》,中華書局,一九八〇年版。

王力《漢語語音史》,中國社會科學出版社,一九八五年版。

郭錫良《漢字古音手册》,北京大學出版社,一九八六年版。

唐作藩《上古音手册》,中華書局,二〇一三年版。

唐蘭《古文字學導論》,齊魯書社,一九八一年版。

高亨《文字形義學概論》,山東人民出版社,一九六三年版。

姜師寶昌《文字學教程》,山東教育出版社,一九八七年版。

王力《漢語音韻學》,中華書局,一九五六年版。

王力《漢語音韻》,中華書局,一九六三年版。

齊佩瑢《訓詁學概論》,中華書局,一九八四年版。

洪誠《訓詁學》,江蘇古籍出版社,一九八四年版。

路師廣正《訓詁學通論》,天津古籍出版社,一九九六年版。

楊師端志《訓詁學》，山東文藝出版社，一九八六年版。

陸宗達《説文解字通論》，北京出版社，一九八一年。

高亨《古字通假會典》，齊魯書社，一九八九年版。

徐中舒主編《漢語大字典》，湖北辭書出版社、四川辭書出版社，一九九二年版。

宗福邦等《故訓匯纂》，商務印書館，二〇〇三年版。

宗福邦等《古音匯纂》，商務印書館，二〇二〇年版。

顧南原《隷辨》，中國書店，一九八二年版。

掃葉山房《草書大字典》，中國書店，一九八三年版。

（十）文學與文論類

洪興祖《楚辭補注》，中華書局，一九八三年版。

朱熹《楚辭集注》，上海古籍出版社，二〇〇一年版。

戴震《楚辭賦注》，中華書局，一九九九年版。

嚴可均《全上古三代秦漢三國六朝文》，中華書局，一九五八年版。

張溥《漢魏六朝百三名家集》，江蘇古籍出版社，二〇〇二年版。

丁福保《全漢三國晉南北朝詩》，藝文印書館，一九八三年版。

逯欽立《先秦漢魏晉南北朝詩》，中華書局，一九八五年版。

蕭統編，李善注《文選》，中華書局，一九七七年版。

蕭統編，李善等注《六臣注文選》，中華書局，二〇一二年版。

高步瀛《文選李注義疏》，中華書局，一九八五年版。

劉躍進《文選舊注輯存》，鳳凰出版社，二〇一七年版。

俞紹初等《新校訂六家注文選》，鄭州大學出版社，二〇一三年版。

趙俊玲編著《文選彙評》，鳳凰出版社，二〇一七年版。

傅剛《昭明文選研究》，中國社會科學出版社，二〇〇〇年版。

曹旭《詩品集注》，上海古籍出版社，二〇一一年版。

張伯偉《鍾嶸詩品研究》，南京大學出版社，一九九九年版。

張師少康《文賦集釋》，人民文學出版社，二〇〇二年版。

余嘉錫《世説新語箋疏》，中華書局，一九八三年版。

劉師培《中國中古文學史》，人民文學出版社，一九五九年版。

游國恩《游國恩楚辭論著集》，中華書局，二〇〇八年版。

蕭滌非《漢魏六朝樂府文學史》，中國文化服務社，一九四四年版。

曹道衡《中古文學史論文集》，中華書局，一九八六年版。

劉躍進《門閥士族與永明文學》，三聯書店，一九九六年版。

盧盛江《文鏡秘府論彙校彙考》，中華書局，二〇〇六年版。

葉瑛《文史通義校注》，中華書局，一九八五年版。

姚永樸《文學研究法》，北京京華印書局，一九一四年版。

孫德謙《六朝麗指》，四益宧刊本，一九二三年版。

高步瀛《文章源流》，民國北平師範大學鉛印本。

張師少康、盧師永璘《先秦兩漢文論選》，人民文學出版社，一九九六年版。

郁沅、張明高《魏晉南北朝文論選》，人民文學出版社，一九九六年版。

郭紹虞《中國文學批評史》，商務印書館，一九三四年版。

羅根澤《魏晉六朝文學批評史》，商務印書館，一九四三年版。

朱東潤《中國文學批評史大綱》，開明書店，一九四四年版。

張師少康《中國文學理論批評發展史》，北京大學出版社，一九九五年版。

張師少康《中國古代文學創作論》，北京大學出版社，一九八三年版。

龔師鵬程《中國文學批評史論》，北京大學出版社，二〇〇八年版。

詹福瑞《中古文學理論範疇》，河北大學出版社，一九九七年版。

袁濟喜《南朝學術與文論》，上海古籍出版社，二〇一九年版。

曾棗莊《中國古代文體學》，上海人民出版社，二〇一二年版。

吳承學《中國古代文體學研究》，人民出版社，二〇〇一年版。

劉躍進《中古文學文獻學》，江蘇古籍出版社，一九九七年版。

陸侃如《中古文學繫年》，人民文學出版社，一九五八年版。

曹道衡、劉躍進《南北朝文學編年史》，人民文學出版社，二〇〇〇年版。

張可禮《東晉文藝繫年》，山東教育出版社，一九九二年版。

汪師春泓主編《中國文學編年史·兩晉南北朝卷》，湖南人民出版社，二〇〇六年版。

（十一）其他學術著作

陳寅恪《金明館叢稿初編》，上海古籍出版社，一九八〇年版。

陳寅恪《金明館叢稿二編》，上海古籍出版社，一九八〇年版。

湯用彤《魏晉玄學論稿》，人民出版社，一九五七年版；又增訂版，三聯書店，二〇〇九年版。

湯用彤《湯用彤學術論文集》，中華書局，一九八三年版。

湯用彤《理學・佛學・玄學》，北京大學出版社，一九九一年版。

王伊同《五朝門第》，中華書局，二〇〇六年版。

蒙思明《魏晉南北朝的社會》，上海人民出版社，二〇〇七年版。

田餘慶《東晉門閥政治》，北京大學出版社，二〇一二年版。

毛漢光《兩晉南北朝士族政治之研究》，中國學術著作獎助委員會，一九六六年版。

毛漢光《中國中古社會史論》，上海書店出版社，二〇〇二年版。

蘇紹興《兩晉南朝的士族》，聯經出版事業公司，一九八七年版。

龔師鵬程《中國文人階層史論》，蘭州大學出版社，二〇〇四年版。

龔師鵬程《文化符號學》，上海人民出版社，二〇〇九年版。

龔師鵬程《文化符號學導論》，北京大學出版社，二〇〇五年版。

龔師鵬程《儒學新思》，北京大學出版社，二〇〇九年版。

龔師鵬程《六經皆文》，學生書局，二〇〇八年版。

張舜徽《中國文獻學》，華中師範大學出版社，二〇〇四年版。

倪其心《校勘學大綱》，北京大學出版社，一九八七年版。

杜澤遜《文獻學概要》，中華書局，二〇〇一年版。

羅宗真主編《魏晉南北朝文化》，學林出版社，二〇〇〇年版。

劉汝霖《東晉南北朝學術編年》，華東師範大學出版社，二〇一〇年版。

林家驪《中國學術編年・南北朝卷》，華東師範大學出版社，二〇一三年版。

跋

　　校勘《文心雕龍》的工作始於二〇一二年春天，二〇一五年寫成《文心雕龍校詁長編》，二〇一七年該研究由山東大學"全球漢籍合璧工程"立項，又耗時六年，以成此書。

　　一九九二年，我在山東大學學習，受于師維璋先生講授"中國文學批評史"的感發，從濟南某書店購得陸侃如、牟世金兩先生合著的《文心雕龍譯注》，開始系統地研讀。二〇〇二年秋，我有幸考入燕園攻讀碩士學位，細讀的第一本學術著作就是汪師春泓先生的《文心雕龍的傳播和影響》，此書徵引浩博，論析透辟，給了我很大的啓迪。盧師永璘先生給我們開設"《文心雕龍》研究"，聯繫六朝文化藝術，系統地講授劉勰的文學理論，幫助我們大大拓展了"龍學"的理論視野。太老師張少康先生的"龍學"自成一家，早在一九八五年，先生就寫成了《文心雕龍新探》一書，讀其書以承其學，深受教益。在燕園從盧師攻讀博士學位期間，選修了龔師鵬程先生的"文化符號學"、"中國文學專題"等數門課程，課上課下，承先生清誨，對《周易》象數學、道教理論始能真正入門，爲日後從天師道世家的視角解釋《雕龍》打下了基礎。龔先生於"龍學"也有卓見，論著刊布，沾溉學林。我的"龍學"淵源大致如此。

　　從二〇一二年開始，我給中文系大三的本科生講授《文心雕龍》，後來又給研究生開設"《文心雕龍》研究"。本科生的課以文本細讀爲主，研究生的課則適當增加通論，兩門課都使用自編教材《文心雕龍選讀》（電子版）。在注解和講讀文本的過程中，遇到了很多難以驟解的問題，有文字訓詁方面的，有文化典制方面的，當現有的"龍學"著述不能提供令人滿意的答案時，就不得不重新回到《雕龍》的本文，試圖從版本異文入手尋求更加合理的讀法。這就是撰寫本書的緣起。

　　校書的首要任務是搜集版本。《雕龍》版本學大家楊明照先生一生經眼的版本最多,我們即以楊先生開列的版本名單爲主,輔以王利器、詹鍈兩位先生所使用的版本,按圖索驥,逐一目驗。十餘年之中,本着"求全"的原則,我們把前賢們提及、使用的現存版本基本都掌握了(幾個不公開的前賢自藏本除外),並且還發現了不少前賢們沒有見過的重要版本,如吉安劉雲刊梅慶生萬曆初刻本、明末馮班抄本、日本靜嘉堂藏何焯校本、清李安民評點本、黃氏養素堂初刻本,等等。我們不僅對現存有校勘價值的海内外各類《雕龍》版本做了匯總,而且還梳理了各版本之間的源流關係,點明了底本文字的來處,爲校訂《雕龍》提供了可靠的版本依據。

義理明而後訓詁明。校勘《雕龍》,不能直接從版本、訓詁入手,而必須首先充分了解《雕龍》產生的歷史文化背景,深刻領會此書的宗旨。爲此,我花了大約五六年的時間從事基礎研究,深入探索了與《雕龍》有關的文化學術問題,諸如易學、道教、緯書、禮學、玄學,以及東晉南朝的政治、社會、文化,把它們作爲理解《雕龍》以及判定其文字問題的根本依據。例如,《原道》篇"玉版金鏤之實"之"實"字,《御覽》引作"寶",從緯書和道教觀念看,此作"寶"於義較長。又如,《詔策》篇"若天下之有風矣",楊明照先生認爲"下"字誤衍,當刪,實則此承上文《易》之《姤》象"而言,《姤》卦上《乾》下《巽》,《乾》爲天,《巽》爲風,正爲"天"下有"風"之象。凡此等處的判斷,已非單純依靠訓詁學知識所能奏效。

二〇〇三年以後,由于新工具書的出現,今人可以利用的訓詁材料比前賢更加豐富,這爲我們重新訂正《雕龍》文字提供了有力支持。本書採用校、詁結合的辦法,著重從義訓、語法和文例入手,探其義旨,度其辭氣,逐一落實《雕龍》的異文。對於一些難解的字句,校勘時除了多引有效例句,增加實證性之外,還有意識地加強了論證過程,試圖把問題說透徹。

我們對底本文字的校訂,絕大多數都有版本依據。但也有少量文字前人已有校勘(據他本或依理校),而結論又不能令人滿意,我們在無版本依據的情況下,也適當運用理校法,提出了新的解說。例如:

《祝盟》篇"太史所作之讚,因周之祝文也",疑當作"太史所讀,固祝之文也"。

《論説》篇"抵嘘公卿之席","抵"疑當爲"吸"之形訛。

《風骨》篇"紕繆而成經矣","經"疑當爲"怪"之形訛。

《情采》篇"吴錦好渝","吴"疑當爲"貝"之形訛。

《聲律》篇"故言語者文章","者"疑當爲衍文。

《麗辭》篇"徵人之學"，"之"疑當爲"以"之形訛。

《比興》篇"皆比類者也"，"類"疑當爲衍文。

《序志》篇"辭訓之異"，"異"疑當爲"貫"之形訛。

等等。今本《雕龍》中，尚有數處文字難以索解，卻一直沒有被校者所觸及，我們認爲當屬文字破綻，需要加以校勘，所以也把它們指出來，並做出了初步解釋。我們處理的這類文字問題主要有：

《論說》篇"然滯有者全繫於形用，貴無者專守於寂寥，徒銳偏解，莫詣正理；動極神源，其般若之絕境乎"六句，疑當爲衍文，屬後人評注闌入正文者。

《神思》篇"物以貌求"，"求"疑當爲"來"之形訛。

《體性》篇"習亦凝真"，"亦"疑當爲"宜"之形訛。

《定勢》篇"情交而雅俗異勢"，"交"疑當爲"變"之形訛。

《事類》篇"張子之文爲拙"，疑有脫文，"爲"上當補一"未"字。

《練字》篇"臧否太半"，"臧否"二字疑倒錯，當乙作"否臧"。

《隱秀》篇"深而繁鮮"，"繁"疑當爲"乏"之音訛。

等等。這些看法未敢以爲是，權作獻疑吧。

清人王鳴盛曾說："欲讀書必先精校書，校之未精而遽讀，恐讀亦多誤矣。"（《十七史商榷序》）故治《雕龍》當先治其文字。上世紀九十年代，我遵循山大姜寶昌先生、路廣正先生、曹正義先生等諸位老師的教導，對小學下過一番功夫；入燕園讀書以後，又選修裘錫圭先生、張雙棣先生的課程，旁聽蔣紹愚先生的課程，並從孫詒讓《札迻》等清人著作入手，摸索校勘學的要義和方法。今不避舉鼎絕臏的危險，用全副精力來校理劉勰的這部絕艷千古的煌煌傑構，多半也是憑着自己對訓詁學的興趣。然《雕龍》文字訛誤多，版本複雜，加上前賢已經做了大量的校勘工作，要想再有所發現，有所推進，又談何容易！面對諸多文字疑難，勢必要窮思博討，如老吏治獄，直至使前後文皆怡然理順，校安一個字（如《情采》"吳錦好渝"之"吳"，《序志》"辭訓之異"之"異"），甚至經歷數年困惑。整部書校下來，遵從前賢結論的地方固然不少，與前賢商榷之處也很多，且不乏戛戛獨造者。雖然如此，由於自己學識謭陋，終不免竭情多悔之譏，願讀者有以教我。

讎校版本，訂正文字，僅爲"龍學"之首務，而非其終詣，盈科後進，暢申大義，則有待來哲焉。

十多年以來，盧師永璘先生一直關心學生的"龍學"研究工作，常常給予熱心鼓勵和鞭策，並幫助解決版本訪求的難題；拙稿付梓之前，盧師欣然爲之作序。

校勘工作伊始，汪師春泓先生曾給予我具體指點，提出了很多寶貴建議，保證了此項研究不至於偏離正途。

拙稿撰寫期間，中國《文心雕龍》學會會長左東嶺先生對這項工作表示過關心，並給予熱情鼓勵；

山東大學戚良德先生熱心關注本研究，並幫助解決原版序跋中的文字疑難，賜教寔多；

上海師範大學曹旭先生濟我所乏，慷慨惠贈多種稀見版本；

復旦大學陳引馳先生特意推薦有關校勘材料，賜示綫索；

復旦大學汪湧豪先生對於本研究工作屢加熱心鼓勵；

復旦大學羊列榮先生熱情幫助核對復旦館藏有關版本，過錄館藏清代校本；

青島大學朱葆華先生熱情幫助識讀某些原版印章的難字。

拙稿殺青，山東大學馮春田先生仔細審閱，就校勘、訓詁、體例等方面提出了寶貴的修改意見，使本書最大程度地減少了謬誤。

拙稿即將付梓，龔師鵬程先生欣然爲之題寫書名。

在此，謹向各位先生致以萬分的感謝和敬意！

北京大學王豐先學兄，同窗方麟、馮巍、逯銘昕、伊强諸君，在版本信息、文獻資料、古字識讀等方面給予我熱心幫助，謹致誠摯的感謝！

近三年以來，孫偉、孫美倩、牟金元、楊雪玉、彭程、馬春麗等同學，在外地幫我獲取某些研究資料，加快了定稿進度，在此也一併表示感謝。

甘肅省圖書館特意爲我提供前往校錄文溯閣四庫全書本《文心雕龍》的機會，特致謝忱。

王術臻

謹識於青島浮山之陽，校龍齋

二〇二三年八月三十日

圖書在版編目(CIP)數據

文心雕龍校箋/(梁)劉勰撰;王術臻校箋.--上
海:上海古籍出版社,2023.12
(漢籍合璧精華編)
ISBN 978-7-5732-0939-9

Ⅰ.①文… Ⅱ.①劉… ②王… Ⅲ.①《文心雕龍》
-研究 Ⅳ.①I206.2

中國國家版本館 CIP 數據核字(2023)第 207676 號

漢籍合璧精華編

文心雕龍校箋

（全三册）

［梁］劉　勰 撰

王術臻　校箋

上海古籍出版社出版發行

(上海市閔行區號景路 159 弄 1-5 號 A 座 5F　郵政編碼 201101)

(1) 網址：www.guji.com.cn

(2) E-mail：guji1@guji.com.cn

(3) 易文網網址：www.ewen.co

上海惠敦印務科技有限公司印刷

開本 710×1000　1/16　印張 55.25　插頁 7　字數 876,000

2023 年 12 月第 1 版　2023 年 12 月第 1 次印刷

ISBN 978-7-5732-0939-9

I·3770　定價：298.00 元

如有質量問題,請與承印公司聯繫